国家社科基金一般项目”莎士比亚戏剧的早期版本研究“（18BWW082）成果

让未来学术检验吧

莎士比亚戏剧的
早期版本研究

彭建华 著

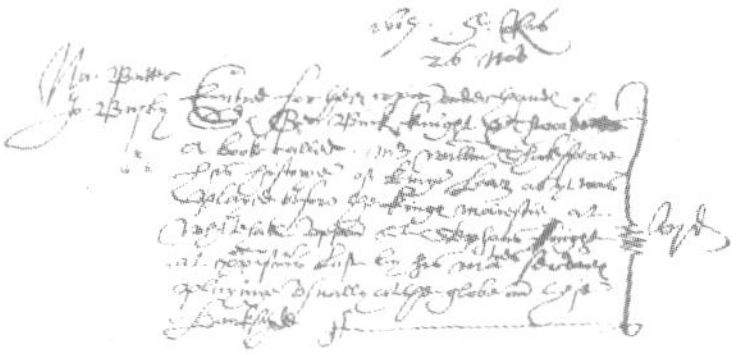

（上册）

上海三联书店

目　录

序　言

书籍因为不同的媒介而不同。为了记载人类的重大事件（神话、历史、法律和宗教），古代人们在石头、泥版、竹木、莎草、布帛、纸张、陶器、铜器、铁器、甲骨、兽皮等不同的媒介上抄写 / 写作，形成了不同的古典书写形式。当人类文明出现成熟的书写，完善的书写内容自然形成一种更便利于制作和保存的媒介形式，即篇幅整一的书，例如，中国春秋时期的竹木简、巴比伦的泥版、南亚的贝多罗棕叶（Tālapatrā）和桦树皮等。"书"是特定文字抄写 / 写作发展到成熟阶段的文明产物。① 公元前 3000 年之后金字塔和石碑留下了大量的圣书体、世俗体象形文字。古代埃及和小亚细亚较早采用了莎草作为书写媒介，公元前 2400–2000 年咒语、赞美诗和《死亡之书》(*Book of the Dead, Chapters of Coming-Forth-by-Day*）等抄写在莎草纸上（Pyramid Texts）。② 盎格鲁–萨克森统治时期，麦西亚王国、西萨克森王国因为文化繁荣而产生了大量的手抄羊皮书，这些古英语手抄稿几乎全部是基督教僧侣制作 / 写作而成的。③ 而后英格

① David Bland, *A History of Book Illustration: The Illustrated Manuscript and the Printed Book*. Berkeley: University of California Press, 1974: 20.

② Wallace Budge, John Romer. *The Egyptian Book of the Dead*, London: Penguin Books Ltd, 2008: 8.

③ Bruce Mitchell, Fred C. Robinson. *A Guide to Old English*, 8th edition, Oxford: Wiley-Blackwell, 2012: 117.

兰安茹王朝时期，英格兰再次产生了大量的手抄羊皮书，主要包括大量的中古法语宗教文学和宫廷骑士文学，以及一些语言学习的书籍等。①9 世纪中国唐王朝出现的雕版印刷书籍改变了古典时代书籍的生产与传播方式，也改变了人们的教育与阅读活动，弗兰西斯·培根《新工具》(Francis Bacon, *Novum Organum*, 1620) 热情称赞了中国的印刷术。同样，受到中国活字印刷的影响，1455 年古腾堡《圣经》的出现意味着欧洲（西方）活字印刷即将改变书籍的主流形态。②

莎士比亚生活在英格兰文艺复兴时期，活字印刷时代为他的戏剧传播提供了极大的便利。1590 年至今，莎士比亚戏剧出现了数量众多的版本。③ 莎士比亚戏剧现存 40 多个早期印刷文本，表明莎士比亚戏剧与剧团、书商和印刷商有复杂的经济–文化联系，有利于人们更深入的了解莎士比亚和英格兰文艺复兴戏剧。④ 查尔顿·欣曼《印刷与莎士比亚第一对折本的校勘式阅读》认为，目录学分析可以确定一本书的印刷历史的许多事实，可以明确各种文本现象的本质，准确地展示文本中特定的“腐败”是如何产生的，然而早期现代英语的拼写尚未能达到标准化的一致，例如，griefe, grieue, greeue; howre, houre, hour。⑤

E. L. 爱森斯坦《作为变革动因的印刷机》指出，印刷术促进了早期现代欧洲的传播与文化变革。1448 年前后，德意志美因茨的约翰·古腾堡发明了

---

① George Haven Putnam. *Books and Their Makers during the Middle Ages*, New York: G. P. Putnam’s Sons, 1897: 302.

② David D. Hall. *Cultures of Print: Essays in the History of the Book*, Amherst: University of Massachusetts Press, 1996: 15.

③ Henry R. Plomer. *A Short History of English Printing, 1476–1898*, London: K. Paul, Trench, Trübner & Company, Limited, 1900: 163.

④ Andrew Murphy. *Shakespeare in Print: A History and Chronology of Shakespeare Publishing*, Cambridge, New York: Cambridge University Press, 2003: 15.

⑤ Charlton Hinman. *The Printing and Proof-Reading of the First Folio of Shakespeare*, Oxford: Clarendon Press, 1963: 371.

金属活字印刷术，1476 年凯克斯顿（William Caxton）最早将印刷术引入英国。现代印刷技术极大推动了文学的广泛传播，由此也产生了文学作品的不同版本。①1590 年至今，莎士比亚作为一个现代印刷时代的诗人和剧作家，他的戏剧常常有不同的版本。18 世纪，N. 罗（Nicholas Rowe）、L. 西奥博尔德（Lewis Theobald）、A. 蒲柏（Alexander Pope）、S. 约翰逊（Samuel Johnson）、E. 马隆（Edmond Malone）等编辑了莎士比亚戏剧集或者注释本全集。18 世纪莎士比亚逐渐被尊崇为英国的国家诗人。1900 年至今，英国、北美共出版了 17 种新编辑的（英语）莎士比亚全集。②

E. 马隆作为学者、编辑，致力于建立威廉·莎士比亚作品的真实文本和年表，促进了莎士比亚作品的标准化，预示了莎士比亚戏剧文本批评的新方向。1778 年马隆基于伦敦书业公会（Company of Stationers）登记簿的记录、早期手稿和戏剧文本的内部证据写作了《试图确定莎士比亚戏剧的写作顺序》（*An Attempt to Ascertain the Order in Which the Plays of Shakespeare Were Written*）一文。1780–1783 年马隆为约翰逊、乔治·斯蒂文斯（Samuel Johnson, George Steevens）编辑的《莎士比亚戏剧集》（Supplement to the Edition of Shakespeare's Plays Published in 1778 by Samuel Johnson and George Steevens）补充了伪剧、十四行诗和文本校订等三卷，对伪剧进行了甄别与揭露，有利于莎士比亚戏剧的文本批评。1800 年马隆的《关于英国戏剧舞台的兴起和发展，以及英国古代剧院的使用和经济学的历史记述》（Historical Account of the Rise and Progress of the English Stage, and of the Economy and Usages of the Ancient Theatres in England）为莎士比亚研究提供了更广泛的社会文化背景。1790 年他出版了 11

① Elizabeth L. Eisenstein. *The Printing Press as an Agent of Change*, Cambridge: Cambridge University Press, 1980: 112.

② Andrew Murphy, *Shakespeare in Print: A History and Chronology of Shakespeare Publishing*, Cambridge: Cambridge University Press, 2007.

卷本《莎士比亚全集》，此后成为莎士比亚作品的标准版本。①

一、1594–1612 年莎士比亚的诗歌、戏剧创作

莎士比亚（1564 年 4 月 26 日受洗–1616 年 4 月 23 日）是英国文学和世界文学中伟大的戏剧家、诗人。1568 年旅行剧团第一次来到埃文河畔的斯特拉特福德演出，莎士比亚少年时期（1568–1582?）可能熟悉戏剧表演，但他不可能阅读过这些戏剧的文学文本。莎士比亚在本地的国王语法学校（King Edward VI Grammar School, The King's New School）学习古典语文学；莎士比亚的父亲约翰作为富裕的商人，先后成为市镇议员、行政官员、财政事务官。莎士比亚曾作为未注册的免费学生，1576 年他可能由于父亲的破产而辍学，但他在语法学校的学习可能持续到 1582 年之前。② 如果缺乏长时期的持续的古典语文学教育，莎士比亚无法成为伦敦商业剧团的剧作家和专业记录员（Bookkeeper）。

莎士比亚创作了 38 个戏剧，（即第一对折本 F1 中的 36 个，可能还包括《伯里克勒斯》《两个贵亲戚》），3 首长篇叙事诗（《维纳斯和阿多尼斯》《凤凰和斑鸠》《鲁克丽丝受辱记》），和 154 首商籁体诗，以及别的诗作。除开《热情的朝圣之旅》（*The Passionate Pilgrim*），莎士比亚的叙事诗和商籁体诗集，在伦敦书业公会的登记信息是不完整的，但这并不意味着 2 个未作出版登记的叙事诗《恋人的怨语》（*A Lover's Complaint*）、《凤凰和斑鸠》（*The Phoenix and the Turtle*）都是盗印本。其中仅有（1）1593 年 4 月 18 日印刷商理查德·菲尔德（Richard Field）在伦敦书业公会登记的《维纳斯和阿多尼斯》（*Venus and Adonis*）。（2）1594 年 5 月 9 日书商约翰·哈里森（John Harrison the Elder）在伦敦书业公会

---

① Peter Martin. *Edmond Malone, Shakespearean Scholar: A Literary Biography*, Cambridge: Cambridge University Press, 1995: 30, 274.

② George Greenwood. *Sir Sidney Lee's New Edition of A Life of William Shakespeare; Some Words of Criticism*, London: J. Lane, 1916: 20–22.

登记的《鲁克丽丝受辱记》(*the Ravyshement of Lucrece*)。(3)1609 年 5 月 20 日书商托马斯·托普(Thomas Thorpe)在伦敦书业公会登记的《莎士比亚商籁体诗集》(*Shakespeare's Sonnettes*)。莎士比亚戏剧在语言、知识和机智上表现出非凡的才华,理性主义批评者更坚信学习 / 教育-成长观念而不是天才观念。

1781 年詹姆斯·威尔莫特对埃文河畔的斯特拉福德莎士比亚作为诗人、剧作家身份的疑问,一直持续了下来。① 吉尔伯特·斯莱特认为,由于“莎士比亚戏剧”的丰富性,它们是牛津伯爵爱德华·德维尔和一群才华横溢的朝臣共同创作了这些戏剧作品。② 莎士比亚作为剧作家身份的问题值得从理论和哲学角度进行分析。③1616 年《本杰明·琼森作品集》(*The Works of Benjamin Jonson*)第 1 对折本中 2 次提到了作为演员的莎士比亚:其一,1598 年宫内大臣剧团演出过的喜剧《人人都有自己的脾性》(*Every Man in His Humor*)提到了 Will Shakespeare;其二,1603 年国王剧团演出过的悲剧《塞扬努斯》(*Sejanus*)提到了 Will Shakespeare。1623 年“莎士比亚戏剧集”第 1 对折本中有本·琼森的《回忆敬爱的作家莎士比亚》(*To the Memory of My Beloved the Author, Mr. William Shakespeare*)一诗。1650 年尼古拉斯·埃斯特兰热爵士(Nicholas L'Estrange, 1604–1655)在一份手稿中记录了他在诺福克的朋友及其家人的笑话和轶事,其中 Mr. Dun 讲述了莎士比亚的礼物,可以确认剧作家、演员莎士比亚是本·琼森的朋友。④

---

① N. B. Cockburn. *The Bacon Shakespeare Question: The Baconian Theory Made Sane*, Surrey: Limpsfield, 1998: 2.

② Gilbert Slater. *Seven Shakespeares: A Discussion of the Evidence for Various Theories With Regard to Shakespeare's Identity*, London: Kemp Hall Press Ltd., 1931: 176.

③ William Leahy ed., *Shakespeare and His Authors: Critical Perspectives on the Authorship Question*, London: Continuum, 2010: 7.

④ Paul Edmondson, Stanley Wells. *The Shakespeare Circle: An Alternative Biography*, Cambridge: Cambridge University Press, 2015: 186.

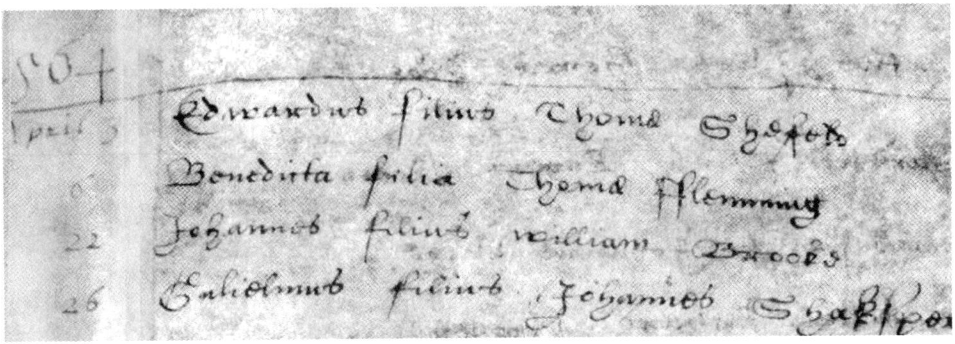

1590年初约翰·海明（John Heminge, 1566–1630）、亨利·康德尔（Henry Condell, ?1576–1627）和莎士比亚3人可能是彭布洛克伯爵剧团（Lord Pembroke's Men, 1591–1592）的（演员）学徒。1594年他们加入了理查德·伯比奇（Richard Burbage, 1567–1619）主持的宫内大臣剧团（Lord Chamberlain's Men）。剧团的保护人是第一任亨斯顿伯爵、宫内大臣（勋爵）亨利·凯里。理查德·伯比奇曾是莱斯特伯爵剧团（Earl of Leicester's Men, 1559–1588）、斯特兰奇勋爵剧团（Lord Strange's Men, 1582–1594）的演员，他的父亲詹姆士·伯比奇（James Burbage）和威廉·坎普（William Kempe）是莱斯特伯爵剧团的演员。1576年詹姆士·伯比奇在伦敦老城区肖迪奇的圣利奥纳德教区建造了大剧院（The Theatre），孩子剧团（Children's Company）在黑修士剧场开始商业演出。1596–1597年第二任亨斯顿勋爵亨利·凯里将剧团更名为亨斯顿勋爵剧团（Lord Hunsdon's Company），1597年3月第二任亨斯顿勋爵亨利·凯里成为宫内大臣（勋爵），剧团再次更名为宫内大臣剧团。莎士比亚作为宫内大臣剧团和国王剧团（King's Men, 1603–1642）的重要成员，他首先是一个职业戏剧家，而不仅是一个成功的文学家/诗人。在伊丽莎白时代和雅各宾时代，莎士比亚是一位畅销的戏剧作家，休·霍兰德（Hugh Holland）的十四行诗《纪念莎士比亚》标题写作 *Upon the Lines and Life of the Famous Scenicke Poet, Master William Shakespeare*，明显区分了莎士比亚的二重身份：博学的诗人（Scenicke

Poet）和戏剧师傅（Master）。①

英格兰文艺复兴时期，古典希腊罗马戏剧受到普遍的尊崇。在意大利旅行剧团、西班牙旅行剧团的推动下，现代英格兰戏剧逐渐脱离了中世纪戏剧［表演］的传统。1594 年莎士比亚加入宫内大臣剧团，并出版了流血的罗马复仇剧《泰图斯·安德洛尼库斯》第 1 四开本和英格兰历史剧《亨利六世　第二部》第 1 四开本 2 个未署名的剧作。1597 年《罗密欧与朱丽叶》第 1 四开本的标题页写到该剧多次被亨斯顿剧团演出过［As it hath been often (with great applause) plaid publiquely, by the right Honourable the L. of Hunsdon his Seruants］。但直到 1598 年，莎士比亚的名字首次出现在《爱的徒劳》第 1 四开本、《亨利四世　第一部》第 1 四开本、《理查德二世》第 2 四开本的标题页上；《爱的徒劳》的标题页上写作"W. 莎士比亚最新修正和增写"（Newly corrected and augmented/By W. Shakespere）。莎士比亚作为剧作者（AUTHOR），远比人们想象的要复杂。英格兰本土剧团的经常演出剧目，并不总是强调并尊重剧作者的原创权利，因为戏剧文本大多是多次改编而成的，或者戏剧文本是剧团集体创作并加以修改的。1594–1616 年，18 个莎士比亚戏剧出版了早期的印刷文本。1766 年乔治·斯蒂文斯《二十个莎士比亚戏剧》不恰当地把伪莎士比亚戏剧《约翰王困难重重的统治》（Q2, 1611）列入早期四开本之中。②

对于文艺复兴早期的戏剧来说，题材的借用与改写，往往没有明确的界限。与在牛津大学、剑桥大学接受教育的其他剧作家不同，莎士比亚的戏剧并不强调剧作家个人的原创性和独特性，他更倾向于融入当代流行的戏剧主流，接纳

① Peter Womack. *English Renaissance Drama*, Oxford: Wiley-Blackwell, 2006: 7.

② George Steevens. *Twenty of the Plays of Shakespeare: Being the Whole Number Printed in Quarto During His Life-Time, or Before the Restoration*, volume 2, London: Printed for J. and R. Tonson, 1766: 201.

任何可以利用的要素，并积极与同时代剧作家合作。其罗马题材戏剧几乎都是改写的。（1）1594年5月2日彼得·肖特在伦敦书业公会登记《驯悍记》（*A Pleasant Conceited Historie, Called the Taming of A Shrew*），同年稍后印刷了该剧；该剧是彭布洛克伯爵剧团（Pembroke's Men）或者“海军上将剧团”的一个戏剧；1607年1月22日书商卡特伯特·伯比（Cuthbert Burby）在伦敦书业公会将《罗密欧与朱丽叶》《爱的徒劳》和《驯悍记》（*The Taminge of A Shrewe.*）的出版权转让给书商尼古拉斯·林。可能1598年前后《驯悍记》才成为宫内大臣剧团的戏剧；1607年11月19日书商尼古拉斯·林将《哈姆雷特》《驯悍记》《罗密欧与朱丽叶》和《爱的劳动》等16部作品的出版权转让给书商约翰·斯密斯威克，二者都没有出版《驯悍记》；1631年印刷商威廉·斯坦斯比为书商约翰·斯密斯威克出版了《驯悍记》第1四开本。（2）1594年12月28日在西修道院区的船队河格雷旅店表演的《错误的喜剧》是一个罗马喜剧的模仿剧作。（3）1594年之前？在伦敦书业公会登记了佚名《亨利五世显赫有名的胜利》（*The Famovs Victories of Henry the Fifth: Containing the Honourable Battel of Agincourt*）。1598年印刷商托马斯·克里德出版该剧第1四开本，它是女王剧团（the Queen's Men）的一个剧作。它影响了莎士比亚《亨利四世》《亨利五世》的创作。1600年初印刷商托马斯·克里德为书商托马斯·米林顿和约翰·巴斯比出版了《亨利五世》。（4）1600年8月11日书商托马斯·帕维尔在伦敦书业公会登记了两部《约翰·奥尔德卡斯托爵士》（*The First Parte of the History of the Life of Sir John Oldcastell Lord Cobham; The Second and Last Parte of the History of Sir John Oldcastell Lord Cobham with His Martyrdom*）。授予该剧出版权并接受付费的是安东尼·曼代（Anthony Munday）、迈克尔·德雷顿（Michael Drayton）、罗伯特·威尔逊（Robert Wilson）和理查德·海瑟维（Richard Hathaway）。同年稍晚，印刷商瓦伦丁·西蒙斯为书商托马斯·帕维尔印刷了《约翰·奥尔德卡斯托爵士　第一部》，标明它是“海军上将剧团”的一个剧作。《约翰·奥尔德卡斯托爵士》影响了莎士比亚《亨利四世》的创作。（5）1600年《亨利六世　第二部》第1，2四开本标明它是彭布洛克伯爵剧团的一个戏剧。（6）《亨利八世》《两个贵亲戚》是莎士比亚和约翰·弗莱彻的合作的戏剧，1634年4月8日书商约翰·沃特森（John Waterson）在伦敦书业公会登记了《两个贵亲戚》（*The Two Noble Kinsmen by John Fletcher and William Shakespeare*）。同年稍后，印刷商托马斯·科茨为约翰·沃特森出版了该剧的第1四开本，标明剧作者是弗莱彻和莎士比亚，该剧没有收入"莎士比亚戏剧集"第1, 2对折本之中。（7）1609年约翰·哈林顿爵士（Sir John Harington）在其收藏的168个戏剧目录中包括3个"李尔王"的剧作：莎士比亚《李尔王》（*K. Leir*, Shakespear）、莎士比亚《李尔王》（*King Leyr*, W. Sh.）和旧剧《李尔王》（*King Leire*. old），后者是菲利普·亨斯洛日记中1593年4月6日记载的女王剧团演出的非莎士比亚戏剧，1605年印刷了该剧。①

二、莎士比亚论羊皮书、纸张、手抄稿和印刷书

1500年前后英格兰抄写稿包括羊皮书和（亚麻）纸质手稿，伦敦已经出现活字印刷书籍。现存的莎士比亚戏剧的早期文本包括40多种活字印刷文本，和《亨利四世》第一、二部德灵抄写稿（Dering Manuscript）。此外，现存一份伪莎士比亚戏剧《托马斯莫尔爵士》（*The Booke of Sir Thomas Moore*）的抄写稿。

首先谈谈羊皮手抄稿。羊皮纸（parchment）得名于公元前5世纪建立的迈西亚城市贝加蒙（Pergamum），公元前2世纪羊皮纸加工制作技术完全成熟，取代了埃及的莎草纸。②希腊、罗马古典时代一直到中世纪、文艺复兴时期，羊皮纸一直是欧洲（西方）书写的主要媒介。直到中东、欧洲从中国

---

① Philip Henslowe. *Henslowe's Diary*, Walter W. Greg ed., London: A. H. Bullen, 1904: 17.

② Marie Browning. *Crafting with vellum & parchment: New & Exciting Paper Projects*, New York: Sterling, 2001: 12.

传入造纸术，它逐渐被纸张取代。从公元1世纪以来，羊皮纸是可塑性的片/块状材料，除了用于文本书写之外，还有其他多种用途。①Vellum（牛皮纸）源自中古法语vélin（小牛），是由小牛皮制成的牛皮纸，在精细度或品质上比早期羊皮纸更优越。②威廉·霍尔曼的《俗语》(William Horman, *Vnlgaria viri doctissimi Guil*, 1519）写道："我们在上面写的材料，是兽皮制成的，有时叫做羊皮纸，有时叫做牛皮纸，有时叫做abortyve，有时叫做薄片"（That stouffe that we write upon and is made of beastis skynnes, is somtyme called parchement, somtyme velem, somtyme abortyve, somtyme membraan. Parchement of the cyte, where it was fyrst made. Velem, because it is made of a calvys skynne. Abortyve, because the beeste was scante parfete. Membraan, because it was pulled off by hyldyne fro the beestis lymmes.)。③悲剧《哈姆雷特》写道一份羊皮/小牛皮记载的文书：

Hamlet (Quarto 2, 1604)	**哈姆雷特（第五场第1幕）**
Hamlet: Is not parchment made of sheepskins?	哈姆雷特：这是绵羊皮制作的文书吗？
Horatio: Ay, my lord, and of calves' skins too.	霍拉旭：是的，亲王，是小牛皮做的。
Hamlet: They are sheep and calves which seek out assurance in that.	哈姆雷特：它们是绵羊和小牛的皮，［其中的纪要文字］就可靠啦。

① Christopher Clarkson. *Rediscovering Parchment: The Nature of the Beast*, The Paper Conservator, Vol. 16, No. 1(Jan. 1992), pp. 5–26.

② Karen Jutzi, *Medieval Manuscripts: Bookbinding Terms, Materials, Methods & Models*, Yale University, 2014: 11–12.

③ Vincent Stuckey Lean. *Lean's Collectanea, Collections of Proverbs (English & Foreign), Folk-lore, and Superstitions*, Vol.3, Bristol: J. W. Arrowsmith, 1904: 28.

伊丽莎白时期，英格兰同时并存活字印刷书籍、手抄稿和羊皮书。诗人莎士比亚的父亲约翰从事羊毛、皮革贸易，可能是手套制作商、制革商。莎士比亚戏剧中常常写到羊皮书，并表达了明朗且温和的怀旧情绪。① 例如，《错误的喜剧》以弗所的德洛米奥的对白中写道：If the skin were parchment, and the blows you gaue were ink, /Your owne hand-writing would tell you what I thinke.（*The Comedy of Errors*, III, 1）。《冬天的故事》卡米罗的对白中写道：But since/Nor Brasse, nor Stone, nor Parchment beares not one, /Let Villanie it selfe forswear't.（*The Winter's Tale*, III, 2）。《约翰王》国王约翰的对白中写道：I am a scribled forme drawne with a pen/Vpon a Parchment,（*King John*, V, 7）。《理查德二世》兰开斯特公爵冈特的对白中写道：Whose rocky shore beates backe the enuious siedge/ Of watery Neptune, is now bound in with shame, / With Inky blottes, and rotten Parchment bonds.（*Richard II*, II, 1）。《亨利六世　第二部》凯德的对白中写道：that of the skin of an innocent Lambe should/be made Parchment; that Parchment being scribeld ore, /should vndoe a man.（*2 Henry VI*, IV, 2）。《尤利乌斯 · 恺撒》安东尼的对白中写道：But heere's a Parchment, with the Seale of Cæsar,（*Julius Caesar*, III, 2）。

其次谈谈莎士比亚论阅读和书写。由于都铎王朝对教育的重视和普遍实行，除开中世纪的修道院 / 教堂设立的宗教学校，英格兰出现了多种类型的学校，中产家庭的男孩可能有较多机会在当地接受不同的教育，他们通过熟练读写而获得人文知识。语法学校（Grammar school）是比较严格的人文教育学校，在英格兰语法学校中部分接受了法兰西–罗曼语语法课本的规范，例如，1509年《基础语法》(*Grammatica Initialis*）表明学生被要求做大量的阅读与书写练习，莎士比亚戏剧中多次提及练习本 / 笔记本（note-booke）。印刷课本出现以

① Stephen Greenblatt. *Will in the World: How Shakespeare Became Shakespeare*, New York, London: Bodley Head, 2014: 25.

后，[例如，对折本《泰伦斯通俗读本》(*Vulgaria Terentii*)、《礼物》(*Donatus*)等]，语法学校得到了极大的发展。①（1）Bible（圣经）作为被错误发音的英语词，唯一出现在莎士比亚《温莎的风流娘们儿》中法国医生卡攸的对白里，hee has pray his Pible well, dat he is no-come:（*Merry Wives of Windsor*, II, 3）。（2）在莎士比亚戏剧（F1, 1623）的别的地方，整个中世纪"圣经"作为珍贵的手抄稿，被称为 Scripture（*The Merchant of Venice*, I, 3; *Richard III*, I, 3; *Hamlet*, V, 1; *Cymbeline*, III, 4）；或者被称为"神圣的书"holy writ（*Richard III*, I, 3; *All's Well That Ends Well*, II, 1; *Othello*, III, 3），和"神圣的书"sacred Writ（*2 Henry VI*, I, 3）。（3）莎士比亚偶尔用书 book 指示《圣经》或者"祈祷书"，《亨利六世 第二部》中国王的对白写道：Such as by Gods Booke are adiudg'd to death.（*2 Henry VI*, II, 3）。《威尼斯商人》中葛莱西安诺的对白写道：Weare prayer bookes in my pocket,（*Merchant of Venice*, II, 2）。《温莎的风流娘们儿》中快嘴太太（Mistress Quickly）的对白写道：Ile be sworne on a booke/shee loues you:（*The Merry Wives of Windsor*, I, 4）。

16 世纪随着注册入学人数的增长，学校教育深刻改变了人们的阅读活动与书写实践。阅读与书写 / 写作作为一种获得自由知识的技能，也成为社会阶层的重要标志；相反，《维洛那二绅士》第三场第 1 幕不会读写的仆人斯皮德（Speed，字意为跑得快）遭到了嘲讽（Oh illiterate loyterer ... this proues that thou canst not read.）。②《辛柏林》凯德的对白中写道：To write, and read,（*Cymbeline*, IV, 2）。《辛柏林》伊摩琴的对白中写道：For they can write and reade.《无事生非》道格贝利（Dogberry，字意为傻蛮）的对白中写道：but to write and reade,

① W. Carew Hazlitt. *Schools, School-books and Schoolmasters*, New York: G. E. Stechert & Co., 1905: 14.

② Craig R. Thompson. *Schools in Tudor England*, Washington: Folger Shakespeare Library, 1958: 4–5.

comes by Nature.（*Much Ado About Nothing*, III, 3）。《无事生非》道格贝利的对白中写道：and for your writing and reading。《爱的徒劳》杜曼尼的对白中写道：Once more Ile read the Ode that I haue writ.（*Love's Labour's Lost*, IV, 3）。《仲夏夜之梦》波顿的对白中写道：then read the names of the Actors: and so grow on to a point.（*A Midsummer Night's Dream*, I, 2）。《威尼斯商人》摩洛哥的对白中写道：Ile reade the writing.（*The Merchant of Venice*, II, 7）。《亨利六世 第二部》织工的对白中写道：hee can write and reade, and cast accompt.（*2 Henry VI*, IV, 2）。《提图斯·安特洛尼库斯》凯德的对白中写道：Oh doe ye read my Lord what she hath writs?（*Titus Andronicus*, IV, 1）《雅典的泰门》一男孩的对白中写道：Prythee Apemantus reade me the superscription of these Letters,（*Timon of Athens*, II, 2）。《雅典的泰门》中的舞台指示写道：Alcibiades reades the Epitaph.（*Timon of Athens*, V, 4）。

接着谈谈纸张与图书。（一）公元前 1 世纪中国西汉王朝发明了用植物纤维制造纸张，8 世纪之后造纸术（Papermaking）从中国传入阿拉伯、欧洲，12 世纪中期摩尔人把造纸术最早引入西班牙，1282 年传入意大利的博洛纳，1320 年报传入德意志的科隆。1490 年前后造纸术和白纸传入英格兰，纸张为欧洲（西方）的书写媒介带来了重大的变革。① 莎士比亚戏剧（F1, 1623）92 次写到（亚麻）纸张（paper），尤其是纸上写的信、指令、摘要和故事等：《爱的徒劳》贝罗恩的对白中写道：Giue me the paper, let me reade the same, (*Love's Labor's Lost*, I, 1)。《皆大欢喜》第一个士兵的对白中写道：heere's a paper, shall I reade it to you? (*All's Well that Ends Well*, IV, 3)。《亨利八世》国王的对白中写道：I must reade this paper: I feare the Story of his Anger.（*Henry VIII*, III, 2)。《无事生非》克劳迪奥的对白中写道：till she haue writ a sheet of paper: (*Much Ado About Nothing*, II, 3)。《李尔王》格洛切斯特公爵的对白中写道：What Paper were you reading?

---

① Edwin Sutermeister. *The Story of Papermaking*, Boston: S. D. Warren Co., 1954: 11.

(*King Lear*, I, 2)。李尔王是5世纪凯尔特不列颠时期的科尔诺维人（Cornovii）首领，其王国统治着现今莱切斯特（Leicester, Kaerleir）至伦敦之间的中部地区。《李尔王》(Q1, 1608）一剧中7次使用了词语Paper（即写在纸上的国王分封领土的敕令），中世纪初期的不列颠可能通用羊皮纸，显然《李尔王》中的词语Paper是无意间的误用。同样，除开《亨利八世》《爱的徒劳》等之外，别的莎士比亚戏剧中所写到的纸张（Paper）几乎都不是历史真实。莎士比亚和他的同时代剧作家往往更容易倾向于重写历史，以迎合当代戏剧观众的文学趣味与思想观念。

（二）图书是文艺复兴时期最常见的物品与论题。莎士比亚戏剧（F1, 1623）126次写到书book，即抄写稿、印刷书，但一些剧作的早期四开本（Quartos）并没有论及书book及其相关情景。卡斯坦《莎士比亚和书的观念》认为，书在莎士比亚戏剧中扮演了不同的戏剧性的和语义性的角色，这些角色通过符号和图像以不同的重要性，触及了表象的极限和语言的商业化，“书——无论是物质的还是隐喻的——遍布莎士比亚的戏剧中：哈姆雷特在复仇变得发疯时拿着它；普罗斯珀罗摆脱了音乐作为艺术和狂暴的情感时，他深深地陷入书的朦胧气氛中；理查德二世被强迫承受它作为死亡的证词；它被情人爱恋，教育者受到折磨，国王被它迷失，外邦人被描述，为失去声音人们来记述血淋淋的纷争”。①《约翰王》国王约翰的对白中写道：Can in this booke of beautie read, I loue: Read o're this Paper, (*King John*, II, 1)。《哈姆雷特》(Q2, 1604）中5次写到书book，波洛尼乌斯的对白中写道：Reade on this booke, /That shew of such an exercise may colour/Your lonelinesse. (*Hamlet*, III, 1)。《哈姆雷特》中的舞台指示写道：Enter Hamlet reading on a Booke. (*Hamlet*, II, 2)。《特洛伊罗斯与克瑞西达》赫克托尔的对白中写道：O like a Booke of sport thou'lt reade me ore: (*Troilus and*

① Charlotte Scott. *Shakespeare and the Idea of the Book*, New York: Oxford University Press, 2007: 187–188.

Cressida, IV, 5)。《理查德二世》(F1, 1623)中 3 次在隐喻的层面写到书 book，博林布鲁克伯爵莫布雷的对白中写道：My name be blotted from the booke of life, (*Richard II*, I, 3)。《暴风雨》中 8 次写到书 book，暗示 13 世纪意大利文艺复兴时期对古典文献（羊皮书）的推崇，该剧没有出现纸张（paper）一词。普罗斯珀罗亲王的对白写道：Knowing I lou'd my bookes, he furnishd me/From mine owne Library, (*The Tempest*, I, 2)。《温莎的风流娘们儿》(F1, 1623)中 7 次写到书 book，斯兰德宣称 40 多先令买了一本十四行诗和歌曲本：I had rather than forty shillings I had my booke/of Songs and Sonnets heere: (*The Merry Wives of Windsor*, I, 1)。沙娄的对白中提到［语法］学校课本：and a good Student from his booke, (*The Merry Wives of Windsor*, III, 1)，这些书都是印刷书而不是羊皮 / 小牛皮抄写稿。然而 1602 年该剧第 1 四开本中没有提及书 book。《无事生非》中 5 次写到书 book，佩德罗的对白中写到一本词语书，这可能是一本早期字典，或者是学校的识字课本：And tire the hearer with a booke of words: (*Much Ado About Nothing*, I, 1)。

三、关于莎士比亚戏剧早期版本

1612 年前后莎士比亚既已离开国王剧团，1616 年这位伟大的（戏剧）诗人去世。其戏剧的早期版本是指 1623 年第一对折本（the First Folio）以及此前的多种四开本（quarto）或者极少数八开本（octavo）等印刷形态，四开本（241 × 305 mm）是 16、17 世纪最通行的印刷形态。莎士比亚戏剧早期版本，还可以考察第二对折本（1632）、第三对折本（1663，1664）、第四对折本（1685）的情况。值得指出的是，1709 年尼古拉斯·罗（Nicholas Rowe）以第四对折本为基础编辑了第一个《莎士比亚喜剧、历史剧和悲剧集》注释本，并对每个戏剧作品分场分幕。①

① T. H. Howard-Hill. *Shakespearian Bibliography and Textual Criticism: A Bibliography*, Oxford: Clarendon Press, 1971: 81.

以下是莎士比亚戏剧的第 1 四开本 Quartos、第 1 八开本 Octavos 一览表。

Titus Andronicus, 1594	*Henry VI, Part 2*, 1594	*Henry VI, Part 3*, 1595	*Edward III*, 1596
Romeo and Juliet, 1597	*Richard II*, 1597	*Richard III*, 1597	*Love's Labor's Lost*, 1598
Henry IV, Part 1, 1598	*Henry IV, Part 2*, 1600	*Henry V*, 1600	*Much Ado About Nothing*, 1600
A Midsummer Night's Dream, 1600	*The Merchant of Venice*, 1600	*The Merry Wives of Windsor*, 1602	*Hamlet*, 1603
King Lear, 1608	*Troilus and Cressida*, 1609	*Pericles, Prince of Tyre*, 1609	*Othello*, 1622
The Taming of the Shrew, 1623, 1631	*The Two Noble Kinsmen*, 1634		

对折本（12 × 15 inches）是手稿或印刷书籍的一种特殊形式，英格兰现存有 1344–1464 年不同抄写员的对折本手抄稿（羊皮 / 牛皮书）。它意味着更严谨的设计、更精细的装订、更昂贵的价格。“整个 1485 年上半年一定是在制作《金色传奇》(*Golden Legend*)，这是卡克斯顿出版的最大的一本［印刷］书。它包含 449 页，印刷在比卡克斯顿通用对折本大得多的纸张上，整张纸的尺寸是 24 × 16 英寸。”① 印刷书籍四开本、对折本的区别，显然超出了它们在大小的区别，对折本在排版设计的复杂程度、排版装订的难度、市场预测与资金投入、印刷商与书商的多方协作要求、可能的商业利润与图书贸易的风险程度、较为漫长的时间周期等方面远远高于四开本。四开本是小而便宜、快速印刷的、廉价的印刷书籍，对于印刷商、书商和读者来说，它们是更为便利的、更容易获

① Edward Gordon Duff. *Early Printed Books*, New York: Haskell House Publishers Ltd., 1968: 132.

得偏爱的书籍形式。1598 年莎士比亚作为剧作者首次出现在《理查德三世》《爱的徒劳》的标题页上（by William Shakespeare），这可能表示他已经在戏剧行业取得了自由的演员资格。日益发展的英格兰图书贸易活动，有利于莎士比亚第一对折本的出版。八开本 octavo（152 × 229 mm）是一种比四开本更小的版本形态，一些笔记本（notebook）即是八开本。1594 年《约克郡理查公爵的真正悲剧》（*The True Tragedy of Richard Duke of York*），即后来的《亨利六世　第三部》是一个八开本；它出现在 2 个早期四开本之后，1611 年《泰图斯·安特洛尼库斯》（*The Most Lamentable Tragedy of Titus Andronicus*）也是一个八开本。

除开《圣经》和别的宗教文本，在莎士比亚之前，已经出现了一些文学作品较为昂贵的对折本。1476 年威廉·卡克斯顿（William Caxton, 1424–1491）在伦敦西部的西修道院区（Westminster）开始用对折本、四开本（quarto）、八开本（octavo）和插图本（illustrations）等形式来印刷图书，卡克斯顿印刷了 10 多个对折本：《特洛伊故事》（*the Recuyell of the Historyes of Troye*, 1474）、《薄伽丘小说集》（*Boccace*, 1476）、《让森之书》（*The Book of Jason*）、《安托尼乌斯·安德烈》（*Antonius' Andreæ, Questiones super XII, libros metaphysica*, 1480）、《不列颠编年史》（*the Chronicle of Brute*, 1480）、《世界之镜》（*The Mirrour of the World*, 1481）、《论老年论友谊》（*De Senectute, De Amitia, Declamation of Noblesse*, 1481）、《黄金传奇》（*Golden Legend*, 1484）、《坎特伯雷故事集》（*The Canterbury Tales*, 1484）、《变形记》（*Metamorphoses*, 1484）、《亚瑟王之死》（*The Morte d'Arthur*, 1486）等。① 别的印刷商 / 书商还出版了乔叟、丹尼尔、斯宾塞和琼森等作家的个人文集，1532, 1542, 1561, 1598 年出版了乔叟文集多个对折本。1601 年诗人、剧作家塞缪尔·丹尼尔（Samuel Daniel, 1562–1619）出版了对折本文集（*The Works of Samuel Daniel*），1609 年诗人埃德蒙·斯宾塞

① William Blades. *The Biography and Typography of William Caxton, England's First Printer*, New York: Scribner and Welford, 1882: 136–141.

（Edmund Spenser, 1552/53–1599）出版了对折本文集，1616年剧作家本·琼森（Ben Jonson, 1572–1637）也出版了对折本文集。

从严格的盗印版（pirated editio princeps）来看，1619年威廉·伽噶德和托马斯·帕维尔出版的盗印版“伪对折本”（The false folio）是第一个莎士比亚戏剧集，其中包含10个莎士比亚戏剧，其中一些作品标注了并不可靠的日期，例如，《温莎的风流娘们儿》标注为“1619年亚瑟·约翰逊（Arthur Johnson）印刷/出版”。① 该集收入莎士比亚的8个作品：合辑的《亨利六世》第二、三部，《亨利五世》《李尔王》《威尼斯商人》《温莎的风流娘们儿》《仲夏夜之梦》《泰尔亲王伯里克勒斯》。其中2个剧作，《约克郡悲剧》（*The Whole Contention Between the Two Famous Houses, Lancaster and York*）被错误地认为是莎士比亚创作的。《约翰·奥尔德卡斯托爵士》（Sir John Oldcastle）显然不是莎士比亚的作品，亨斯洛（Philip Henslowe, 1550–1616）在日记中指出，该剧是米歇尔·德莱顿（Michael Drayton）等创作的。由于伊丽莎白时期对新教的国家政策，莎士比亚《亨利四世　第二部》中的约翰·福尔斯塔夫较大改写了奥尔德卡斯托爵士的清教徒形象。②

1623年11月8日书商爱德华·布朗特（Edward Blount）和伊萨克·伽噶德（Isaac Jaggard）在伦敦书业公会登记簿（Liber D. of the Stationers' Company）上注册了《威廉·莎士比亚师傅的喜剧、历史剧和悲剧》（*Mr William Shakespeers Comedyes Histories, and Tragedyes*），包括16个戏剧（8个喜剧、2个历史剧和6个悲剧），《暴风雨》《维罗纳的二绅士》《一报还一报》《错误的喜剧》《如愿》《皆大欢喜》《第十二夜》《冬天的故事》《亨利六世　第三部》《亨利八

① Alfred W. Pollard, *Shakespeare Folios and Quartos: A Study in the Bibliography of Shakespeare's Plays 1594–1685*, Oxford, Oxford University Press, 1909: 81–107.

② Alice-Lyle Scoufos. *Shakespeare's Typological Satire: A Study of the Falstaff-Oldcastle Problem*. Athens: Ohio University Press, 1979: 44.

世》《科里奥拉努斯》《雅典的泰门》《尤利乌斯·恺撒》《麦克白》《安东尼和克利奥帕特拉》和《辛柏林》;《亨利八世》刊印在稍后的“第一对折本”中，该剧创作于1613年。

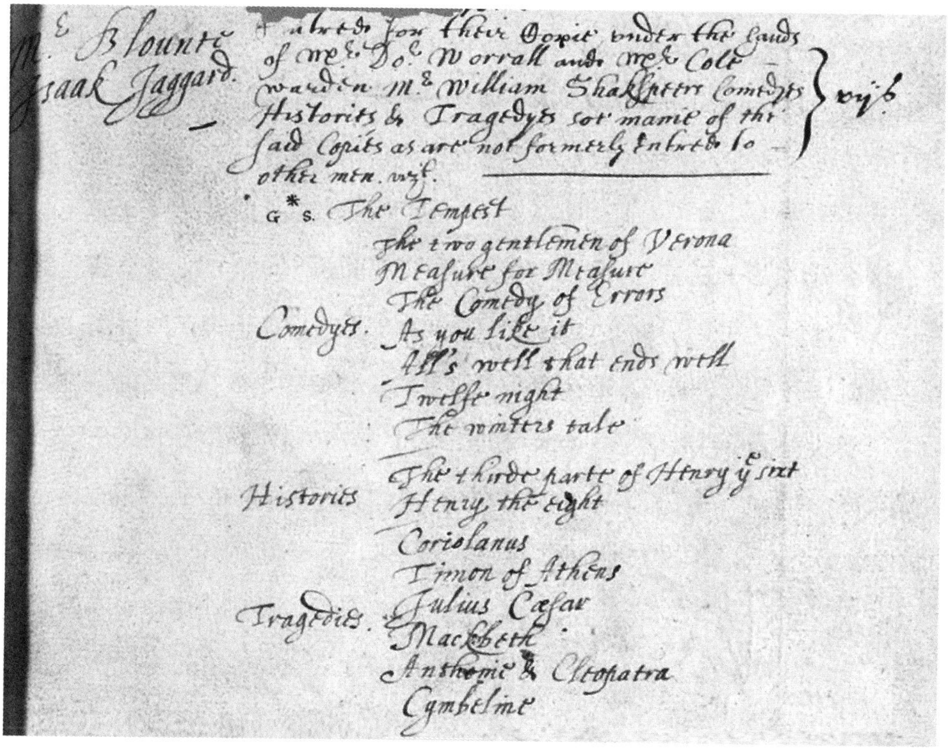

Mr. Blounte
Isaak Jaggard.
Entred for their Copie under the hands of Mr. Doctor Worrall and Mr. Cole warden Mr. William Shakspeers Comedyes Histories & Tragedyes soe manie of the said Copies as are not formerly entred to other men. vizt. vijs.

Comedyes.
The Tempest
The two gentlemen of Verona
Measure for Measure
The Comedy of Errors
As you like it
All's well that ends well
Twelfe night
The winters tale

Histories
The thirde parte of Henry ye sixt
Henry the eight

Tragedies.
Coriolanus
Timon of Athens
Julius Caesar
Mackbeth
Anthonie & Cleopatra
Cymbeline

1623年莎士比亚戏剧第一对折本（*Mr. William Shakespeare's Comedies, Histories & Tragedies*）包括36个喜剧、历史剧和悲剧作品，共一卷，目录有35个剧作，插入的《特洛伊罗斯与克瑞西达》(*Troilus and Cressida*）列为第一个悲剧。该集由莎士比亚所在剧团的演员海明斯（John Heminges）和康德尔（Henry Condell）编辑而成，出版的书商主要是伽噶德父子（William & Isaac Jaggard)、布朗特（Edward Blount)。一般的，第一对折本被认为是较好的、精心校订的版本，它标志着莎士比亚经典化的最初完成，因为莎士比亚是极少数出版了对折本（305×483 mm）的诗人。莎士比亚戏剧的早期版本表明作者及其不同作品在接受过程中声誉持续上升的状况。①

第一对折本36个剧作可分为：14个喜剧，即从《暴风雨》(*The Tempest*)到《冬天的故事》(*The Winter's Tale*)，第1–304页；10个与不列颠、英格兰历史相关的历史剧，即从《约翰王》(*The Life and Death of King John*)到《亨利八世》(*The Life of King Henry the Eight*)，第1–232页；12个悲剧，即从《科里奥兰纳斯》(*The Tragedy of Coriolanus*)到《辛白林》(*Cymbeline, King of Britain*)，第1–399页。显然，这些作品没有按照写作或者出版时间排列，该集的页码还显示其中个别作品更像是临时插入的。②依据Bodleian馆藏1623年第一对折本，该集包含两位编辑者对作者和读者的献词，和本·琼森、L. 迪格斯、匿名者，以及休·霍兰德（Hugh Holland）写作的4首献给莎士比亚的诗作。莎士比亚同时代的戏剧作家本·琼森对莎士比亚的赞誉显然是极其重要的，它表明后者已经获得了不再局限于一个时代的崇高的文学声誉。在剧作目录之前，该剧集宣称："准确依据它们最初原版排版付印"(Truely set forth, according to their first originall)，这一说法显然并不可靠，该集包括一些印刷错误、文本损坏，和各种对更早四开本文本的增衍删略。值得指出的是，该剧集中包含一份参与表演莎士比亚戏剧的26位主要演员名单（The Names of the Principall Actors in all these Players)：除开莎士比亚，伯比奇（Richard Burbage)、海明斯、菲利普（Augustine Phillips)、波普（Thomas Pope)、布赖恩（George Bryan)、康德尔、斯赖（William Sly)、洛温（John Lowin）是剧团中的核心演员，肯普特（William Kempe）和阿敏（Robert Armin）则是主要喜剧演员，后二者深刻影响了莎士比亚的戏剧创作。③

1623年之前，19个戏剧出现了早期的四开本。1634年《两个高贵的亲

---

① 彭建华. 17世纪莎士比亚的经典化过程. 外语与外语教学，2013（3)：74–79.

② *The First Folio of Shakespeare*, Introduction by Doug Most, Applause Books, 1995: vii.

③ Frank Ernest Halliday, *A Shakespeare Companion 1564–1964*, Baltimore: Penguin, 1964: 457–458.

戚》[弗莱切（John Fletcher）合作］出现了1个四开本：其中2个作品有6个四开本，《理查德三世》有6个四开本（1597，1598，1602，1605，1612，1622），《亨利四世　第一部》有6个四开本（1598，1599，1604，1608，1613，1622）；《理查德二世》有4个四开本（1597，1598，1608，1615）；6个作品有3个四开本，《亨利六世　第二部》有3个四开本（1594，1600，1619），《亨利六世　第三部》有3个四开本（1595，1600，1619），《罗密欧与朱丽叶》有3个四开本（1597，1599，1609），《亨利五世》有3个四开本（1600，1602，1608/1619），《哈姆雷特》有3个四开本（1603，1604，1611），《泰尔亲王伯里克勒斯》有3个四开本（1609，1611，1619），虽然《伯里克勒斯》最初收入第三对折本中，而合作者可能是威尔金斯（George Wilkins）；5个作品有2个四开本，《泰图斯·安特洛尼库斯》有2个四开本（1594，1600），《威尼斯商人》有2个四开本（1600，1619），《仲夏夜之梦》有2个四开本（1600，1619），《无事生非》（1600），《温莎的风流娘们儿》有2个四开本（1602，1619），《李尔王》有2个四开本（1608，1619）；5个作品有1个四开本，《爱德华三世》（1596），《爱的徒劳》（1598），《亨利四世　第二部》（1600），《特洛伊罗斯与克瑞西达》（1609），《奥赛罗》（1622）。1604年《哈姆雷特》四开本，1608年《李尔王》四开本显然是比第一对折本更可靠的早期版本；然而，这些早期的四开本并不全是比较完善的、可依据的版本，一些学者（例如，Alfred W. Pollard）认为，至少其中6个是糟糕的盗印版本。①

此外，（四）莎士比亚的叙事诗或者诗集也出现了多种四开本或者八开本的印刷形态。《维纳斯和阿多尼斯》出现了2个四开本（1593，1594）和9个八开本（1595，1596，1599，1602，1617）；《卢克丽丝受辱记》出现了1个四开本（1594）和7个八开本（1598，1600，1607，1614，1616，1624，

① William S. Kable, *The Pavier Quartos and the First Folio of Shakespeare*, Dubuque: W. C. Brown Co., 1970.

1632）;《凤凰和斑鸠》出现了 2 个四开本（1601，1611）; 1609 年《十四行诗集》和《情女怨》(*A Lover's Complaint*）出现了 1 个四开本。总体上，叙事诗或者诗集的四开本是完整而准确的。1640 年本森（John Benson）出版的莎士比亚诗集（原名为 Poems: Written by Wil. Shakespeare, Gent.），却出现了一些诗行遗漏和别的错误。

The Names of the Principall Actors
in all theſe Playes.

William Shakeſpeare.
Richard Burbadge.
John Hemmings.
Auguſtine Phillips.
William Kempt.
Thomas Poope.
George Bryan.
Henry Condell.
William Slye.
Richard Cowly.
John Lowine.
Samuell Croſſe.

Samuel Gilburne.
Robert Armin.
William Oſtler.
Nathan Field.
John Underwood.
Nicholas Tooley.
William Eccleſtone.
Joſeph Taylor.
Robert Benfield.
Robert Goughe.
Richard Robinſon.
Iohn Shancke.

The First Folio, 1623

A CATALOGVE

of the feuerall Comedies, Hiftories, and Tragedies contained in this Volume.

COMEDIES.

The Tempeft.	Folio 1.
The two Gentlemen of Verona.	20
The Merry Wiues of Windfor.	38
Meafure for Meafure.	61
The Comedy of Errours.	85
Much adoo about Nothing.	101
Loues Labour loft.	122
Midfommer Nights Dreame.	145
The Merchant of Venice.	163
As you Like it.	185
The Taming of the Shrew.	208
All is well, that Ends well.	230
Twelfe-Night, or what you will.	255
The Winters Tale.	304

HISTORIES.

The Life and Death of King John.	Fol. 1.
The Life & death of Richard the fecond.	23
The Firft part of King Henry the fourth.	46
The Second part of K. Henry the fourth.	74
The Life of King Henry the Fift.	69
The Firft part of King Henry the Sixt.	96
The Second part of King Hen. the Sixt.	120
The Third part of King Henry the Sixt.	147
The Life & Death of Richard the Third.	173
The Life of King Henry the Eight.	205

TRAGEDIES.

The Tragedy of Coriolanus.	Fol. 1.
Titus Andronicus.	31
Romeo and Juliet.	53
Timon of Athens.	80
The Life and death of Julius Cefar.	109
The Tragedy of Macbeth.	131
The Tragedy of Hamlet.	152
King Lear.	283
Othello, the Moore of Venice.	310
Anthony and Cleopater.	346
Cymbeline King of Britaine.	369

四、英格兰文艺复兴时期的英语字母与字体

考察英格兰文艺复兴时期手写 / 抄写与印刷的英语拼写，现代英语字母（Alphabet）、英语字体（type founts, hands, styles, script）无疑是极其重要的两

个方面。由于诺曼–法兰克语的强势介入，盎格鲁–萨克森语（古英语，OE）转向中古英语（ME），而现代英语是从中古英语发展而来的。1066–1400 年，拉丁语和法语是英格兰的官方书写语言，并引入了与古英语不同的新拼写法（orthography），例如，13 世纪盎格鲁方言 hlehhan, hlæh(h)an, leiʒen 的拼写形式改为 lauʒe, lawʒhe(n), 乔叟写作 laughen, lawghen，莎士比亚写作 laugh, loffe (And then the whole quire hold their hips, and loffe)。1258 年亨利三世在官方通告中同时使用法语和英语，标志着英语作为“雅致语言”再次复出英格兰王国。英法百年战争（Hundred Years' War, 1337–1453）日益突出了英格兰的民族意识，但并没有立即形成英语即是民族语言的观念。爱德华三世（Edward III, 1327–1377）统治时期，“在法庭上，直到 1362 年议会才正式承认英语的［官方语言］权利，以取代拉丁语或法语；尽管在整个 14 世纪，召开议会时使用英语，这只是作为一种民族主义姿态，直到 1386 年议会辩论的记录才用英语写成”。① 随着官方法语的衰落，中世纪英语很快向现代英语转变。现代英语拼写，例如印刷书籍中的英语拼写，主要是基于现代英语语音（即口语发音）的，即发音保持不变。15 世纪晚期的印刷术深刻地影响了现代英语的发展，普遍遵循的拼写规则主要是基于现代英语语音，即口语语音。②

理查德二世（Richard II, 1377–1399）统治时期，伦敦作为王国的都城，是英格兰最发达的手工业城市，手工制造和商业贸易十分发达。同时期，英格兰东部方言也成为雅致的语言，乔叟、高渥、朗格兰、利德盖特（John Lydgate）等在文学上等成就斐然可观，“个人的真正发现，很迟才出现在英国文学中，即理查德二世时期的伟大作家及其 15 世纪的继承者。骑士叙事诗《高文和绿衣

---

① Norman Blake. *The Cambridge History of the English Language: 1066–1476*, Vol. 2, Cambridge: Cambridge University Press, 1992: 428.

② Roger Lass. *The Cambridge History of the English Language: 1476–1776*, Vol. 3, Cambridge: Cambridge University Press, 2000: 6.

骑士》(*Sir Gawayne and the Grene Knight*)的作者是匿名的，但是他的同时代人乔叟、朗格兰和高渥却是著名诗人，身份确实可考，他们以各自独特的声音叙述”。①1450 年前后，早期现代英语是基于英格兰东部方言（尤其是伦敦方言）而逐渐确立起来的。“在大法院采用中部地区的东部方言作为书面文字大约 50 年后，1476 年，印刷机由商人威廉·卡克斯顿引入英格兰”。②“我们定义中古英语时期的部分原因是，没有一种方言在全国范围内被接受或用作书面语的标准。到 15 世纪末，印刷术的发明是英格兰政治和经济变化之间复杂的相互作用的一个因素，即导致了英国书面标准格式的建立”。③

首先谈谈英语手写 / 抄写的传统与活字印刷的出现。1403 年伦敦市议会准许成立最早的抄写人兄弟会（the Brotherhood of the Craft of Writers of Text-Letters），“在伦敦，1300–1520 年间，有 254 人次是从事书籍的制作及销售行业，这中间 117 位是书商，其中应该包括画师。他们都集中在圣保罗大教堂附近。存在于 14 世纪的两个复制书籍和装饰画师的行会，于 1403 年合并为一个书籍工匠行会”。④1485 年亨利七世建立都铎王朝，结束了中世纪战争，古典书籍（ancient inscriptions）越来越多地受到普遍的重视。⑤1533–1537 年亨利八世的宗教改革使得英格兰的传统手抄 / 抄写体制迅速衰落。由于取消了国外印刷商在英格兰王国的特许权，经营活字印刷的英格兰本土书商得到了初步发展，1557 年伦敦的书业公会（the Stationers' Company）最终获得皇家特许权。由于

---

① J. A. Burrow. *Medieval Writers and Their Work: Middle English Literature 1100–1500*, 2nd Edition, Oxford: Oxford University Press, 2008: 42.

② Richard Hogg, David Denison. *A History of the English Language*, Cambridge: Cambridge University Press, 2006: 277.

③ Dennis Freeborn. *From Old English to Standard English: A Course Book in Language Variation Across Time*, London: Macmillan, 1998: 260.

④ 弗雷德里克·巴比耶 . 书籍的历史，刘阳等译，广西师范大学出版社，2005：75.

⑤ 雅各布·布克哈特 . 意大利文艺复兴时期的文化，何新译，北京：商务印书馆，1997：182–188.

伦敦印刷商多采用巴黎、鲁昂制作的活字，作为廉价的印刷书，《亨利四世》第一、二部第1四开本（1598Q1, 1600Q1）采用了早期现代英语字母和伦敦式的罗马字体，其中包含少量意大利斜体。①

1476–1557年英格兰各地（例如，坎特伯雷、牛津、剑桥、圣阿尔班、约克）依然“生产”各种手抄书籍，它们是多样的。同样，活字印刷书籍也是多样化的，远未达到整齐划一。15世纪后期的活字印刷书与手抄书之间并没有明确的分界线，但二者在各自的发展方向上则将出现越来越大的分歧，甚至是不可跨越的鸿沟。印刷商和抄书人模仿彼此的产品，为共同的市场复制相同的文本。②E. L. 爱森斯坦《作为变革动因的印刷机》写道：“早期复制的机印书依靠手抄书的存货；在印刷术发明后的第一百年里产生的书籍文化和过去的手抄书文化并没有多大的差别。你越细察这个时期的初期机印本，印刷术带来的变化就越是不可能给你留下很深的印象。”③费弗尔、马丁《书籍的历史》写道：“早期印刷书的外观与手抄本的完全一致，在其发展的初期阶段，印刷工并没有想到要革新；相反，他们把模仿推到了极致：比如印制版《四十二行圣经》的字体，就忠实复制了莱茵河地区祈祷书手抄版的字体。在很长一段时间内，印刷工不仅使用分离的字母，还使用连体的字母组合，且用来连接相邻字母的笔画也与手抄本法一致。而在更长的一段时间内，印刷书的首字母都是手工书写、上色，进行此项工作的匠人也就是为那些手抄本写彩饰字母的艺术家。”④

---

① Marta Straznicky, *Shakespeare's Stationers: Studies in Cultural Bibliography*, Philadelphia: University of Pennsylvania Press, 2013: 12.

② Celia M. Millward, Mary Hayes. *A Biography of the English Language,* 3rd Edition, Boston: Wadsworth, Cengage learning, 2011: 219.

③ 伊丽莎白·爱森斯坦.作为变革动因的印刷机，何道宽译，北京大学出版社，2010：15.

④ 吕西安·费弗尔、亨利–让·马丁.书籍的历史：从手抄本到印刷书，和灿欣译，中国友谊出版公司，2019：73.

其次谈谈现代英语字母的确立。盎格鲁-萨克森时期的英格兰语言使用的是西日耳曼弗里西亚方言所使用的茹尼字母（The runic alphabet, or futhorc）。①1066年以来，诺曼底王朝、安茹-金雀花王朝时期作为罗曼语系的法语成为英格兰的官方语言，中古英语一直采用查理曼时期确立起来的加洛林字体（Carolingian minuscule）和12世纪手写/抄写哥特小字体（twelfth-century minuscule），因而现代英语字母的广泛使用早于活字印刷（印刷术）。1476–1500年印刷书籍所使用的现代英语字母主要还是中古英语的手写/抄写字体。由于意大利、尼德兰（荷兰）、法国等外来影响，英语拼写的标准化却也在印刷商不自觉的努力中取得了不可忽视的进展。②

除开手抄字符&（and），在《亨利四世》第一、二部中，残余了一些中古英语手抄字母，例如，1598年《亨利四世　第一部》第一四开本中有hãgman（= hangman. What talkest thou to me of the hãgman?）, mã（= man. who hath not the life of a mã:）, proficiẽt（=proficient. I am so good a proficiẽt in one quarter of an houre）, vpõ（= vpon. and then wil they aduenture vpõ the exploit themselues, and swore the diuel his true liegeman vpõ the crosse of a Welsh hooke:）, coũterfet（= counterfet. but to coũterfet dying when a man therby liueth,）；然而hangman在1598年第一四开本（Q1）中使用3次，man是一个高频词，proficiẽt在1623年第一对折本中已经被proficient取代，vpon使用60次，counterfet使用11次。1600年《亨利四世　第二部》第一四开本中有Phãg（= Fang. do your offices master Phãg,）, marchãts（= Marchants. theres a whole marchãts venture of Burdeux stuffe in him,）, hãd（=hand. to Plutoes damnd lake by this hãd to th'infernal deep,）, cãnot（= cannot. but I cãnot tary dinner: nor a mã cãnot make him laugh,）, inuẽted（= inuented. or is inuẽted on me,）, thẽ

① Elly van Gelderen. *A History of the English Language*, Amsterdam: John Benjamins Publishing Company, 2006: 50.

② John Feather. *A History of British Publishing*, London, New York: Routledge, 2006: 10–12.

（=then. thou didst sweare to me thẽ, let thẽ do so,），ô（= Oh. ô sleepe! ô gentle sleep! ô partiall sleepe, ô sweet Pistol,），compoũded（= compounded. the braine of this foolish compoũded clay-man），coũter（=counter. you hunt coũter,）。Phãg 在 1623 年第一对折本中已经被 Fang 取代，marchãts 在 1623 年第一对折本中已经被 Marchants 取代，Oh 在第一四开本（Q1）中使用 5 次，而且 ô 在 1623 年第一对折本中已经分别被 O, Oh 取代，hand 是一个高频词，cannot 在第一四开本（Q1）中使用 22 次，inuent 使用 2 次，compound 使用 2 次，coũter 在 1623 年第一对折本中已经被 counter 取代。古英语字母 æ 虽然没有出现在《亨利四世》第一、二部中，但在 1623 年第一对折本中使用了 885 次。

接着谈谈早期现代英语手写与印刷的字体及其类型。15 世纪的手写书籍、印刷书籍自始至终都是混血的文化产品。手抄书、活字印刷书主要采用 5 种字体：经院文献的哥特字体（the gothic of scholastic texts）即圆黑字体或者索姆字体，竖画裂纹的哥特大字体（即祈祷书字体），世俗通用的斜圆的哥特字体（the "bastard" gothic），古典字体即罗马字体（littera antiqua, roman script），掌玺大臣公署字体即意大利斜体（the Cancelleresca, italic script）。巴黎的斜圆字体表现出明显的地域风格，意大利的"古典字体"深受古罗马碑铭文字（the Alphabetum Romanum）、加洛林小写字体的启发。鲁昂印刷商 G. 勒–塔罗尔（Guillaume Le Talleur）用草书体（cursive script）为英格兰书商 R. 品森（Richard Pynson）印刷了 2 份法律合同。

14–16 世纪，"哥特式"字体（Gothic script, Gothic type-forms）在欧洲大多数地区以平等的地位与"古典"字体即罗马字体竞争。E. 帕诺夫斯基《西方艺术的复兴》夸大了罗马字体、意大利字体与哥特式字体的对立，"我们的手写 / 抄写与活字印刷（script and letter press）都源于意大利文艺复兴时期的版式，而且是有意识地抗衡哥特式字体（Gothic），后者是基于加洛林（Carolingian）样式和 12 世纪样式的产物；反过来，加洛林样式和 12 世纪样式又是在古典（classical）样式的基础上演化而来的。可以说，哥特式字体（Gothic script）是中世纪复兴的短暂性的象征；我们现代的活字印刷（letter press），无论罗马字体还是意大利字体（Roman or Italic），都验证了意大利文艺复兴的持久性”。①E. L. 爱森斯坦指出，如果将手写书和印刷书放在一起，就可以清楚地看见抄书的字体和活字字体显然不同，尤其是抄写 / 手写书籍表现出多样化的、鲜明的个人书写风格。精致的抄写 / 手写文化被称为“原型”（archetypes），印刷文化最终走向僵化，被称为“类型”（typologies）或者“刻版定型”（stereotypes）。②

J. 布克哈特《意大利文艺复兴时期的文化》（Jacob Burckhardt, *The Civilization of the Renaissance in Italy*）论述了 14 世纪意大利文艺复兴早期“古典著作”（The Classics）的收集与抄写：“抄写的字迹（handwriting）是前一世纪已经开始使用的美丽的现代意大利字体（modern Italian），它使那个时代的书籍看起来非常美观。教皇尼古拉五世、波吉奥、吉安诺佐・曼内蒂、尼科洛・尼科利和其他有名的学者，他们自己都写一手好字，并且希望看到好字，不能容忍别的拙劣的字迹。那些附带的装饰，即使其中没有微型画（miniatures），也是饶有风趣的；这特别可以从洛伦佐的手抄本（Laurentian manuscripts）中看到，这些抄本在字行的开始和结尾都有浅淡而美丽的涡卷纹饰（scrolls）。如果抄写工作是由大人物或富有者的命令进行的，用来抄写的材料总是羊皮纸（parchment），而无论是在梵蒂冈或在乌尔比诺，都一律用深红色的天鹅绒作为封面装订，并带有白银的搭扣”。③14–16 世纪英格兰，手写 / 抄写文献（scribes）常常采用

---

① Erwin Panofsky, *Renaissance and Renascences in Western Art*, London, New York: Routledge, 1972: 108.

② Elizabeth L. Eisenstein. *The Printing Revolution in Early Modern Europe*, Cambridge: Cambridge University Press, 2012: 99.

③ 雅各布・布克哈特 . 意大利文艺复兴时期的文化，何新译，北京：商务印书馆，1997: 189.

草书字体（cursive script），潦草的字母、连体的字母组合、连线和语词省略，抄写人的笔误以及文本的舛误，让人难以辨认。考察与卡克斯顿印刷书籍同时期的手写 / 抄写文本是有益的。《亨利四世》第一、二部在伦敦书业公会登记簿注册的手写文本（见上），这是某个熟练的抄写人记录的，使用了通用的草书字体，其中有优美的装饰性笔画（ornamental motifs, ornamental styles）。1594 年 3 月 12 日莎士比亚《亨利六世　第二部》(the firste parte of the Contention of the twoo famous houses of York and Lancaster with the deathe of the good Duke Humfrey and the banishement and Deathe of the Duke of Suffolk and the tragicall ende of the prowd Cardinall of Winchester/with the notable rebellion of Jack Cade and the Duke of Yorkes firste clayme vnto the Crowne.）在伦敦书业公会登记簿注册。这份早期现代英语的手写文本使用了现代英语字母和草书体：现代英语字母 f, s 在字形上略为近似；现代英语字母 u, v; w, vv 在字形上极为近似，常不作分别；古英语字母 c 在中古英语分别写作 c, ch, k；古英语字母ȝ在中古英语较多写作 g，古英语字母 ð 和 þ 在中古英语写作 th，古英语字母ƿ在中古英语写作 w, g, th; w 也用在早期现代英语中。此外，i, y 分别是独立的元音字母，可替换使用。①

费弗尔、马丁论述了活字印刷的多种字体，“由于文本性质不同，用途不同，印制文本的字体也大有不同”。“这些就是早期印刷工可以使用的不同字体，它们非常多样化。这些差异可以解释，在早期印刷书中，甚至 16 世纪初的书籍中所使用字体也呈现出极度的多样性。跟手抄本时代一样。每一类型的书籍——每一类型的读者也是——都对应着特定的字体：神职人员和大学研究人员阅读用圆体字母印刷的经院书籍或教律教规；在世俗教徒阅读一般由通俗语写成，用斜圆体印刷的叙述性作品；而喜欢优美语言的人，则阅读用罗马字体

① Charles Barber, Joan C. Beal, Philip A. Shaw. *The English Language: A Historical Introduction*, Cambridge: Cambridge University Press, 2009: 161–162.

印刷的拉丁语经典和人文主义著作。”①

1476 年肯特人威廉 · 卡克斯顿（William Caxton, 1422–1491）从荷兰的布鲁日市将活字印刷引入伦敦，此前他也去过出版中心科隆（德意志）。他在伦敦印刷的近百种书籍主要是依靠传统的手抄书籍的拼写体系，而不是建立新的标准化拼写体系，② 例如，1484 年在伦敦威斯特敏斯特（Westmestre）印刷出版的乔叟《坎特伯雷故事集》(Geoffrey Chaucer, *The Canterbury Tales*)，1485 年 7 月 31 日印刷出版的马洛礼《亚瑟之死》(Thomas Malory, *le morte Darthur Notwythſtondyng it treateth of the byrth lyf and actes of the ſayd kyng Arthur of his noble knyghtes of the rounde table ... whiche book was reduced in to englyſſhe by ſyr Thomas Malory knyght*)。二者是对折本印刷书，使用了哥特式圆黑字体，和现代英语字母，保留了肯特旧手稿的拼写法；首字母模仿了手抄书的微型画，无装饰纹。

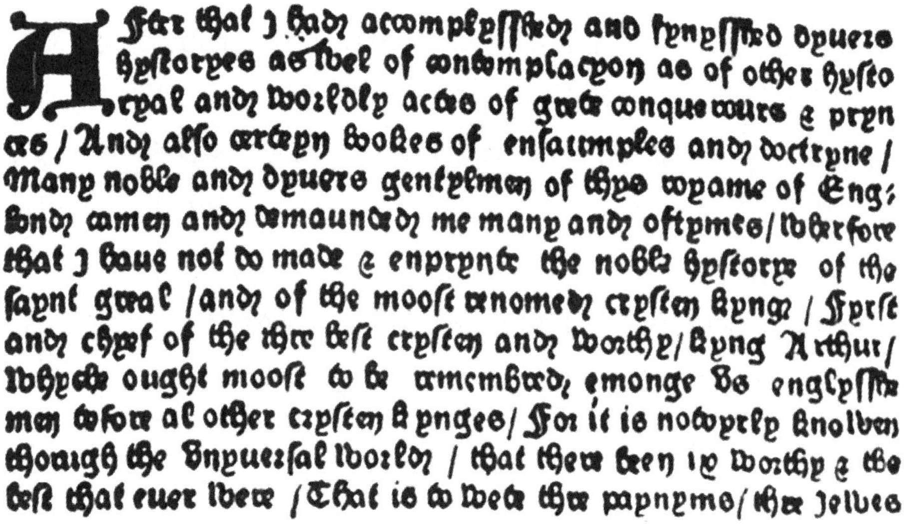
After that I had accomplysshed and fynysshed dyuers
hystoryes as wel of contemplacyon as of other hysto
ryal and worldly actes of grete conquerours & pryn
ces / And also certeyn bookes of ensaumples and doctryne /
Many noble and dyuers gentylmen of thys royame of Eng:
lond camen and demaunded me many and oftymes / wherfore
that I haue not do made & enprynte the noble hystorye of the
saynt greal / and of the moost renomed crysten kyng / Fyrst
and chyef of the thre best crysten and worthy / kyng Arthur /
whyche ought moost to be remembred emonge vs englysshe
men tofore al other crysten kynges / For it is notoyrly knowen
thorugh the vnyuersal world / that there been ix worthy & the
best that euer were / That is to wete thre paynyms / thre Jewes

① Lucien Febvre, Henri-Jean Martin. *The Coming of the Book: The Impact of Printing, 1450–1800*, London: NLB Humanities Press, 1976: 79.

② Julia Y. Robinson. *The Literary Significance of William Caxton*, Basingstoke: Palgrave Macmillan, 2006: 153.

卡克斯顿《亚瑟之死》之“前言”写道：“AFter that I had accomplysshed and fynysshed dyuers/hystoryes as wel of contemplacyon as of otherhysto-/ryal and wordly actes of grete conquerours & pryn-/ces And also certeyn bookes of ensaumples and doctryne/Many noble and dyuers gentylmen of thys royame of Eng-/lond camen and demaunded me many and oftymeswherefore/that I haue not do made & enprynte the noble hystorye of the/saynt great land of the moost renomed crysten kyng Fyrst/and chyef of the thre best crysten and worthy kyng Arthur/whyche ought moost to be remembred emonge vs englysshe/men tofore al other crysten kynges”。①

五、英国的莎士比亚研究概况

自 18 世纪英帝国时代以来，莎士比亚往往被尊崇为英国的国家诗人。对莎士比亚戏剧的研究，总是随着英国的国家政治、社会文化、时代思潮而变化，人们总是在莎士比亚戏剧上投射各自的时代精神和意识形态。17 世纪下半期复辟王朝的戏剧家和评论者重新关注莎士比亚戏剧，杰拉德 · 朗拜恩《英国戏剧诗人的记述》(Gerard Langbaine, *Account of the English Dramatick Poets*, 1691) 较早简要说明了莎士比亚戏剧的素材。② 约翰 · 德莱顿对莎士比亚的赞誉以及对其戏剧的改编，重新燃起了人们对莎士比亚的热情。③1745–1756 年夏洛特 R. 伦诺克斯《描述莎士比亚》第一次系统整理了关于莎士比亚的原始资

---

① H. Oskar Sommer ed., *Le Morte Darthur by Syr Thomas Malory: The Original Edition of William Caxton*, London: David Nutt, 1889: 1–2.

② Frederick James Furnivall, Lucy Toulmin Smith, C. M. Ingleby. *Allusions to Shakspere, A. D. 1592–1693*, Vol. 2, London: N. Trũbner & Co. , 1886: 293–295, 305–317.

③ Edward Dowden. *Introduction to Shakespeare*, New York: Charles Scribner’s Sons, 1895: 90–92.

料文献，并细致比较莎士比亚戏剧的早期版本。① 约翰·佩恩·科利尔是 19 世纪杰出的莎士比亚评论家，他写作了《莎士比亚文库》(*Shakespeare's Library, A Collection of the Plays, Romances, Novels, Poems*, 1844)、《莎士比亚戏剧的注释与校订》(*Notes and Emendations to the Text of Shakespeare's Plays*, 1853)、《莎士比亚生平的新发现事实》(*New Facts Regarding the Life of Shakespeare*, 1835)、《答哈密尔顿先生对伪莎士比亚作品的调查》(*Mr. J. Payne Colliers' Reply to Mr. Hamiltons' Inquiry Into the Imputed Shakespeare Forgeries*)、《对 J. P. 科利尔先生注释的 1632 年莎士比亚戏剧集手抄稿真实性的考察评议》(*A Review of an Inquiry Into the Genuineness of the Manuscript Corrections in Mr. J. Payne Collier's Annotated Shakspere, Folio, 1632*)、《对莎士比亚作品的特殊新思考》(*New Particulars Regarding the Works of Shakespeare*, 1836)、《对莎士比亚作品的特殊再思考》(*Farther Particulars Regarding Shakespeare; and His Works*, 1839) 等论著。科利尔也是《莎士比亚作品集》(*The Works of William Shakespeare*, 1841–1853) 的主编。1875 年 W. C. 哈兹里特 (W. Carew Hazlitt) 出版了《莎士比亚文库》的增订版。②1957–1972 年杰弗里·布洛编辑《莎士比亚的叙事与戏剧来源》(Geoffrey Bullough, *Narrative and Dramatic Sources of Shakespeare*) 是 20 世纪较完整的原始文献汇编。1996 年布莱恩·韦克斯主编《莎士比亚：批评的遗产》(Brian Vickers ed., *William Shakespeare: The Critical Heritage*) 汇集了 1623–1801 年莎士比亚批评的原始文献，为研究者提供了较为便利的基础文献。

(一) 20 世纪以来，1623 年第一对折本 (the First Folio) 受到了明显的重视，并有少数影印本出版。1902 年伦敦目录学学会 (the Bibliographical

① Charlotte Ramsay Lennox. *Shakespeare Illustrated: Or the Novels and Histories, on Which the Plays of Shakespeare Are Founded*, Philadelphia: Bradford & Inskeep, 1809.

② Henry B. Wheatley. *Notes on the Life of John Payne Collier, with a Complete List of His Works*, London: E. Stock, 1884: 3–50.

Society）的学者西德尼·李在牛津大学出版社影印了1623年第一对折本。美国维吉尼亚目录学者 Ch. J. K. 欣曼编辑了《诺顿影印本：莎士比亚第一对折本》（1968年）。W. W. 格雷戈著有《莎士比亚第一对折本》，E. E. 威洛比（Edwin Eliott Willoughby）著有《莎士比亚第一对折本的出版》，Ch. 欣曼著有《莎士比亚第一对折本的印刷与校对》。沃克（Alice Walker）论述了第一对折本6个作品的文本问题（*Textual Problems of the First Folio: Richard III, King Lear, Troilus & Cressida, 2 Henry IV, Hamlet, Othello*. Cambridge, 1953）。

（二）一些学者也关注到早期四开本（quartos），1910年 W. J. 内迪格（William J. Neidig）《1619年莎士比亚（戏剧）四开本》在芝加哥出版。Ch. 欣曼编辑了《莎士比亚四开本影印本》。G. 霍德尼斯、B. 罗格瑞推动了 Folger Library 新版莎士比亚戏剧集（影印本）的刊行，此后 Bodleian Library，British Library，Huntington Library，University of Edinburgh Library，National Library of Scotland 等多种馆藏莎士比亚早期戏剧版本都对外公开发布。1950年代以来，柯林斯版、阿登版、新河边版、新牛津版及2005年第二版、新剑桥版、企鹅版莎士比亚全集、麦克米伦皇家莎士比亚全集都采纳了早期版本的研究成果。这些编辑者往往有对莎剧早期版本的研究论述，例如，新阿登版的编者 R. 诺勒斯（Ronald Knowles）《莎士比亚与狂欢化》《莎士比亚的历史论争》较深入研究了早期版本。

（三）莎士比亚戏剧早期版本的目录学研究取得了丰富的成果。美国学者 G. 伊冈《莎士比亚文本的抗争历程》较详细描述了早期戏剧版本在20世纪的发现与研究状况，突出了英国目录学派、美国维吉尼亚大学新目录学派、新文本学派等学者的研究成果。①

（1）1902–1942年间，伦敦目录学会的学者西德尼·李（Sidney Lee）、R.

---

① Gabriel Egan, *The Struggle for Shakespeare's Text: Twentieth-Century Editorial Theory and Practice*, Cambridge: Cambridge University Press, 2010.

B. 麦克科茹（Ronald Brunlees McKerrow）、A. W. 波拉德（Alfred W. Pollard）、W. W. 格雷戈（Walter Wilson Greg）较早关注了莎士比亚戏剧的早期版本。A. 波拉德先后出版了 5 种有关莎士比亚版本的专著，深入探讨了莎士比亚戏剧的早期版本。1909–1939 年波拉德先后出版了 5 种有关莎士比亚版本的专著，深入探讨了莎士比亚戏剧的早期版本。W. 格雷戈著有《源于伊丽莎白剧场的戏剧资料》《莎士比亚戏剧的编辑问题》等。R. 麦克科茹著有《牛津莎士比亚前言：编辑方法的研究》。E. K. 钱伯斯（Edmund Kerchever Chambers）《莎士比亚：事实与问题的研究》汇集了丰富的莎士比亚传记资料和早期舞台资讯，莎士比亚戏剧评论等文献，也关注到莎士比亚戏剧的早期版本和别的早期文献资料。（2）伯明翰大学莎士比亚研究所（The Shakespeare Institute）的 E. A. J. 霍尼格曼（Ernst Anselm Joachim Honigmann）在《莎士比亚文本的稳定性》等十多种莎士比亚研究专著中持续关注了这些早期版本。（3）维吉尼亚目录学者 F. T. 鲍尔斯（Fredson Thayer Bowers）著有《论莎士比亚全集的编辑和伊丽莎白时期剧作家》《论莎士比亚全集的编辑》等。Ch. 欣曼著有《1709–1768 年莎士比亚文本早期编辑者的处理方法》等。G. W. 威廉姆斯著有《莎士比亚作品的印刷出版技巧》。（4）美国新目录学派的学者麦克肯兹（D. F. McKenzie），麦克冈（Jerome John McGann），伽德伯格（Jonathan Goldberg）等也较深入地评论到这些早期版本，新目录学派还提出了后结构理论的阐释。（5）1990 年代以来，新文本论者（the New Textualism）和文化唯物论者（Cultural materialism）则强调这些早期版本原本的独特价值和非可编辑性。其中，霍德尼斯（Graham Holderness）写作了《文本的莎士比亚：写作与词语》等二十余种莎士比亚论著，B. 罗格瑞（Bryan Loughrey）写作了《哈姆雷特第一四开本》等论著。李・马库斯（Leah S. Marcus）写作了《令人费解的莎士比亚》等多种论著，德・格拉兹亚（Margreta de Grazia）写作了《没有哈姆雷特的哈姆雷特》等多种论著。奥吉尔（Stephen Orgel）写作了《权威的莎士比亚》《想象的莎士比亚》等论著。此外，

《莎士比亚指南：1564–1964》的编者哈里德（Frank Ernest Halliday），《莎士比亚：文本指南》的编者威尔斯、约维特、蒙特戈梅利、泰勒都较为深入地关注了这些早期版本。①

（四）N. F. 布莱克指出，莎士比亚的戏剧再现了与现今标准化英语在拼写、句法、表达等诸多方面差异。② 莎士比亚语言也引发了语言学学者的关注，例如，E. 帕特里奇《英语俚语与非常用词词典》《莎士比亚的鄙俗语》较早揭示了莎剧中俗俚语、双关语的意义。③F. 鲁宾斯坦《莎士比亚的性双关语及其意义》集中考察了莎剧的双关语。④F. 克默德《莎士比亚的语言》对莎士比亚的非标准化语汇作出较合理准确的注释。⑤D. 克里斯特尔《莎士比亚的语音》《回想：探索莎士比亚的语言》等论述莎士比亚的语言，他还编辑了《牛津词典：莎士比亚的原初发音》。⑥N. 布莱克《莎士比亚语言导论》《莎士比亚语言的语法》《莎士比亚的非标准化语言》等深入论述了莎士比亚的语言。⑦

（五）对莎士比亚戏剧的文化研究也取得了丰富的成果，女性主义批评、新历史主义批评、后殖民主义批评、后结构主义批评、传播学等从文化的视角重新审视了莎士比亚戏剧，然而，这些学者们却极少关注这些早期版本。例如，

---

① Stanley Wells; Gary Taylor; John Jowett; William Montgomery eds. *William Shakespeare: A Textual Companion*(2nd ed.), New York, London: W. W. Norton & Company, 1997.

② Norman Francis Blake, *Shakespeare's Language: An Introduction*, London: Macmillan Press, 1983.

③ Eric Partridge, *Shakespeare's Bawdy*. London: Routledge & Kegan Paul, 1947: 17.

④ Frankie Rubinstein, ed. *A Dictionary of Shakespeare's Sexual Puns and their Significance*. Basingstoke: Palgrave Macmillan, 1995.

⑤ Frank Kermode, *Shakespeare's Language*, London: Penguin, 2001.

⑥ David Crystal, *Pronouncing Shakespeare: The Globe Experiment*, Cambridge: Cambridge University Press, 2005.

⑦ Norman Francis Blake, *A Grammar of Shakespeare's Language*, Basingstoke: Palgrave Macmillan, 2001; *Shakespeare's Non-Standard English: A Dictionary of His Informal Language*, London: Continuum, 2004.

多利莫尔《激进的悲剧》《政治的莎士比亚》论述了莎士比亚戏剧的政治文化义涵。① 德·索萨《莎士比亚的跨文化际遇》论述了莎士比亚戏剧中关于欧洲大陆和新大陆、东方文化的种种表现，并由此树立了英国自我的文化定位。②

六、20 世纪中国的研究状况及动态

从魏源编撰《四洲志》（即慕瑞《世界地理大全》的节译）提及莎士比亚，到达文社刊印的《澥外奇谭》和林纾、魏易翻译《英国诗人吟边燕语》（即兰姆《莎士比亚戏剧故事集》），到林纾、陈家麟翻译《亨利第六遗事》（包含片段选译），再到田汉翻译《哈孟雷特》，现代中国逐渐接触到莎士比亚的作品。1907 年 10 月佚名《莎士比传》刊载于王国维主编的《教育世界》第 17 期 159 号，这是现代中国第一次论述到莎士比亚的戏剧版本，尤其是多种对折本。该文写道："自一六〇〇年以后，专意著悲剧，置史剧喜剧等不作，……第四期自一千六百〇八年至一千六百十一、二年，是期专作悲喜调和之传奇剧。""莎氏之诸作，当莎氏生时，多未经其允许遂出版，故其中错误舛谬，在在俱是，几不堪卒读。今日所传诸版中，则以福利亚版（First Folio）为最佳。福利亚版为莎氏殁后七年，其友人等所校正之版，故诸版中是版最可信。其后一六三二年第二福利亚版出，一六六四年第三福利亚版出，一六八五年第四福利亚版出，然而均不若第一福利亚版善。例如，第二福利亚版所订正之莎氏生平，多半臆测。第三福利亚版，除原有诸作外，更附载七编［篇］。其中除 Pericles 略似莎氏所作外，其余诸篇之真伪，至今尚无定论。七篇之名曰 Pericles、《伦敦奢人》

---

① Jonathan Dollimore, *Political Shakespeare: Essays in Cultural Materialism*. 2nd edition, Ithaca, New York: Cornell University Press, 1994; *Radical Tragedy: Religion, Ideology and Power in the Drama of Shakespeare and His Contemporaries*. 3rd edition, Basingstoke: Palgrave Macmillan, 2003.

② Geraldo U. de Sousa, *Shakespeare's Cross-Cultural Encounters*, Basingstoke: Palgrave Macmillan, 2002.

（The London Prodigal）、《大麦斯传》（Thomas Lord Cromwell）、《沙约翰传》（Sir John Oldcastle）、《清净教寡妇》（The Puritan）、《洛克林悲剧》（Locrine）、《约夏悲剧》（A Yorkshire Tragedy）是也。”[①] 值得指出的是，1663 年菲利普·切特温德（Philip Chetwinde）出版了第三对折本，1664 年重印该书，则新增了上述七个剧作，这些剧作在 1616 年以前都曾以四开本刊印过。

20 世纪，梁实秋、梁宗岱、曹未风、朱生豪、孙大雨、方平等翻译的“莎士比亚全集”无一参考 / 依据莎士比亚戏剧的早期版本，大抵以现代编辑注释的牛津版、环球版为主。梁实秋在后来也反复强调这些早期版本的存在状况，例如，《亨利六世》（中）之“一　版本及著作人问题”写道：“一五九四年三月十二日伦敦出版商 Thomas Millington 在书业公会做这样的登记：The First part of the Contention betwixt the twoo famous Houses of Yorke and Lancaster with the death of the good Duke Humfrey, and the banishment and Deathe of the Duke of Suffolk, and the Tragicall end of the proud Cardinall of Winchester, with the notable Rebellion of Jacke Cade and the Duke of Yorkes ffirste clayme vnto the Crowne.”[②]20 世纪晚期，中国学者开始关注莎士比亚的早期版本，顾绶昌《莎士比亚的版本问题》及续篇明确论述了这个问题。[③] 而后，陈国华《论莎士比亚重译》呼吁重视这些早期版本。[④]21 世纪初，沈林（中央戏剧学院）多次提及研究莎士比亚戏剧的新目录学学者、新文本论者和文化唯物论者，例如，加里·泰勒《重现莎士比亚 1606–1623》等。[⑤] 辜正坤在一篇关于麦克米伦皇家《莎士比亚全

---

① 佚名 . 莎士比传，教育世界（王国维主编），第 17 期 159 号，1907 年 10 月 .

② 梁实秋译 . 莎士比亚全集　亨利六世（中），台北：远东图书公司，1978：3.

③ 顾绶昌 . 莎士比亚的版本问题（续），外国文学研究，1986（1）：62–67；顾绶昌 . 莎士比亚的版本问题（续），外国文学研究，1986（2）：12–15.

④ 陈国华 . 论莎剧重译（上），外语教学与研究，1997（2）：26–34；陈国华 . 论莎剧重译（下），外语教学与研究，1997（3）：51–57.

⑤ 沈林 . 莎士比亚：重现与新生，读书，2010（3）：130–139.

集》(The RSC Shakespeare: The Complete Works)书评中论及这些早期版本，2015–2016年辜正坤、彭镜禧、傅浩等翻译的《皇家莎士比亚全集》(即基于第一对折本的新校对注释本)在北京外语教学与研究出版社出版。① 此外，论述这些早期版本论文还有2篇：段素萍《莎士比亚作品第一对折本研究述评》从新牛津版《莎士比亚全集》(2005)和麦克米伦版皇家《莎士比亚全集》出发评述第一对折本研究，论及新弗尔捷图书馆版，尤其突出了N. 弗瑞曼，P. 塔克，D. 温加斯特等"演出派"的观点，未论及早期文本。② 朱玉彬《正本清源好念"李"——〈李尔王〉四开本与对折本比较浅淡》虽有早期文本引用，然而错讹较多。③

七、结语

对莎士比亚戏剧的早期版本研究主要集中在语言研究、文本分析与文学阐释，以及文化批评这三个层面。(1)首先谈谈语言研究。16世纪英国，在完成了从中世纪英语到早期现代英语的转换之后，英语(作为一种民族语言)的纯洁运动方兴未艾，莎士比亚在其戏剧中有意无意地摒除了拉丁语、法语、意大利语的影响。莎士比亚无疑是一位语言大师，他的戏剧中包含了极其丰富的英语词汇，尤其是他最早使用了一些新的词语和短语，例如，《牛津英语词典》收入了2900多个莎士比亚使用的词语，S. 杰维斯《莎士比亚语言词典》较全面收集了莎士比亚所使用的词汇。④ 由此，莎士比亚戏剧的早期版本引发了人

① 辜正坤．英国皇家版《莎士比亚全集》简评，外语教学与研究，2009，41(5)：386–390.

② 段素萍．莎士比亚作品第一对折本研究述评，北京第二外国语学院学报，2012(2)：56–63.

③ 朱玉彬．正本清源好念"李"——《李尔王》四开本与对折本比较浅淡，池州师专学报，2002, 16(2)：55–57.

④ Swynfen Jervis, *A Dictionary of the Language of Shakespeare*, London: John Russell Smith 1868.

们对莎士比亚语言的关注。例如，1604 年《哈姆雷特》(1807–1810 行) 写道："The Courtiers, souldiers, schollers, eye, tongue, sword, /Th'expectation, and Rose of the faire state, /The glasse of fashion, and the mould of forme, /Th'obseru'd of all obseruers, quite quite downe。" 对于英语发展史来说，考察莎士比亚的语言是有益的。

（2）接着谈谈文本分析与文学阐释。1623 年第一对折本与此前的多种四开本或者极少数八开本在诗行 / 诗节、段落、情节存在或多或少的差异（或增衍或删略）。这些差异对于每个莎士比亚戏剧的整体性分析具有不可忽视的价值，它们对于戏剧人物、情节、表演艺术的分析与阐释具有重要的价值。①这些早期版本表现了每个戏剧在舞台演出中的演变，或者表现出不同的风格，例如，1603（Q1），1604（Q2），1622（Q5），1623（F1），1637 年（Q6）《哈姆雷特》5 个版本本身就是一种舞台历史的解释性集注，因为 Q2，Q5，Q6 几乎是一致的，却与 Q1，F1 不同。后二者可能是独立的演出剧本，因为 1603（Q1）表现出更为连贯且紧凑的（复仇）情节；②它们可以成为理解每个莎士比亚戏剧的可靠指南，甚至共同建构一个新的（诗体戏剧）整体性。目录学派曾主张对这些早期文本取精融汇，致力于编辑出完美的、合理的合并文本（conflated editions）。例如，1608（Q1），1619（Q2），1623（F1）《李尔王》表现出较多的不同处，新牛津版《李尔王》中的第四场第 3 幕只存在 2 个四开本中，而在 1623（F1）中却被删除，显然，这对于戏剧人物、情节的分析是极其重要的；此外，1608（Q1）中较多的素体诗行 / 诗节，在 1623（F1）中却被印为散文体。显然，《李尔王》四开本和第一对折本可以为人们重新建构一个完善的、合理的诗体戏剧整体。③它们可以共同指明表演艺术的细节和舞台情景。莎士比亚的戏剧融合了中世纪戏剧、民间闹剧、文艺复兴时期意大利西班牙（新）戏剧和拉丁戏剧的表演要素，这些早期版本则透漏出各自不同的表演要素，奥地利学者弗莱特《莎士比亚创作的手》较早强调了第一对折本呈现出来的艺术手法、表演潜力与价值。① 例如，1603（Q1）《哈姆雷特》中奥菲利亚演奏鲁特琴唱歌，散乱的头发下垂（playing on a Lute, and her haire downe singing），此后版本均无这一舞台指示。

（3）以下谈谈文化批评。莎士比亚戏剧汇聚了一个时代林林总总的社会文化，构成了一个丰富的、多元的历史图景，例如，文学的传统，音乐与表演（艺术），中世纪以来的宗教，骑士文化的残余，性别与法律观念，历史观念与教育，政治与意识形态，经济生活，地理与风俗等，这些早期版本显然包含了极其丰富的文本信息。例如，1603（Q1）《哈姆雷特》的剧中人物柯兰庇斯（Corambis），意味着自以为是的、专断的、教条的、唯书是从的人，此后的版本更改为波洛涅斯（Polonius），意味着圆滑的、狡猾的人。

莎士比亚戏剧早期版本的研究表明莎士比亚戏剧首先是一种历史的文化现象。沈林《莎士比亚：永恒的还是历史的？》写道："莎士比亚的语言，构成他剧本的根本元素，不仅没有超越国界，甚至也没有完全飞跃历史间隔而适用于他的同乡。""莎士比亚写的不是表现永恒不变人性的史诗剧，而是时事剧。"② 这些早期版本的研究可以促进当代中国对莎士比亚，乃至英国文艺复兴时期文学的更为深入的理解；为莎士比亚的汉语翻译提供积极的、目录学、语文学的学术观点。

---

① Richard Flatter. *Shakespeare's Producing Hand: A Study of His Marks of Expression to Be Found in the First Folio*, New York: W. W. Norton & Co, 1948.

② 沈林．莎士比亚：永恒的还是历史的？文艺理论与批评，2010（2）：94–99.

第一章　莎士比亚戏剧与图书印刷及舞台表演

第一节　论莎士比亚戏剧的印刷商、书商与早期版本

在现在的数字化时代，印刷图书是一种传统的媒介，但它曾经使得封建国家广泛的民众教育和普遍阅读成为可能。印刷术的出现改变了信息的产生和传播方式。从手抄稿到活字印刷书籍，在欧洲文明史上无疑是极大的进步。与基于记忆的口头文学或者在剧院观看戏剧表演对比，印刷书籍能提供一个更持久、更稳定的文本图像。口头文学或者舞台表演的文本信息必然会弱化或改变，印刷书籍的保存能力使持续表现成为可能。

9 世纪早期中国唐朝已经出现雕版印刷，11 世纪中期北宋时期出现了活字印刷术，北宋的雕版书籍已经十分精美。① 中世纪欧洲，政治与宗教政策、战争、瘟疫、糟糕的教育状况和图书的匮乏等原因制约了人们极为有限的阅读活动。法兰克国王查理曼（Charlemagne, 742–814）、英格兰国王阿尔弗雷德（Aelfred, 849–899）分别促进了法兰克、英格兰手抄书籍与书籍贸易的发展，激

① T. F. 卡特 . 中国印刷术的发明和它的西传，北京：商务印书馆，1991：53，71.

发了人们对古典语文学的热情。[①]12世纪古典语文学的复兴，为英格兰安茹王朝的宫廷带来了文学繁荣，手抄书籍得到了较大的发展，而图书贸易成为一种重要的商业活动。人们对阅读总是充满好奇的，昂贵且稀少的早期手抄本与阅读情境是紧密相关的，其读众主要是王室成员、贵族、绅士、商业阶层和宗教团体。[②]整个中世纪英格兰的书籍都是由抄写员手工抄写的，这些装订而成的手写书（小牛皮/羊皮、纸张等）被称为手抄本/手稿（manuscripts）。[③]抄写稿和印刷书籍通过其页面设计、形式、结构（包括装订）和功能的美学揭示了对其使用的先入为主的看法，包括它们被认为是私人的保存，或社会交流和流通的文本。[④]

早期印刷商往往会选择一些已经在抄写稿中获得成功的作品来出版，而那些其他不太受欢迎的文本则被遗忘。1475年之前，古典作家波伊提乌斯《哲学的慰藉》（Boethius's *Consolation of Philosophy*, 1478）、维吉尔《埃涅多斯纪》（Virgil's *The bok yf Eneydos*, 1490）、不列颠编年史《布鲁特》（Brut, 1480），宗教作品圣徒传《金色传奇》（*The Golden Legend*, 1483）、《圣母传》（John Lydgate's *Life of Our Lady*, 1483）、《灵魂朝圣》（*Pilgrimage of the Soul*, 1483）、《基督传之镜鉴》（*Speculum vitae Christi*, 1484），已经广泛发行其手抄本。另外一些很受欢迎的手抄本作品还包括，中世纪骑士文学《特洛伊传奇》（*the Recuyell of the Histories of Troy*, 1473）、马洛里《亚瑟王之死》《艾蒙

---

① John Gough Nichols. *Historical Notices of the Worshipful Company of Stationers of London*, London: Priv. print., 1861: 2–6.

② Charles Homer Haskins. *The Renaissance of the Twelfth Century*, Cambridge, Massachusetts: Harvard University Press, 1955: 248.

③ Michael Robert Johnston, Michael Van Dussen. *The Medieval Manuscript Book: Cultural Approaches*, Cambridge: Cambridge University Press, 2015: 1–16.

④ Mark Bland. *A Guide to Early Printed Books and Manuscripts*, Chichester: Wiley-Blackwell, 2010: 50.

四子》(*The Four Sons of Aymon*, 1490)，和乔叟、高渥、利德盖特等主要是英格兰诗人的作品。卡克斯顿的印刷设备可能来自德意志科隆，其印刷图书几乎完全移用了传统手抄书的设计、布局、格式和字体（哥特黑体）。这些拉丁语、英语书籍将满足都铎王朝初期读众对新趣味的需求，也积极迎合了他们旧的阅读习惯。

15 世纪晚期传入英格兰的活字印刷极大促进了书籍更广泛的阅读，活跃的伦敦图书市场刺激了更多的书籍印刷。① 古典作品、宗教作品和宗教改革作品更容易成为普遍阅读的文本：1567–1612 年阿瑟·戈尔丁翻译的奥维德《变形记》印刷了 7 次；1548–1651 年威廉·鲍德温《道德哲学论》(William Baldwin, *A Treatise of Morall Philosophie*) 先后以四开本的形式印刷了 24 次；1612–1631 年刘易斯·贝利《虔诚的实践》(Lewis Bayly, *The Practice of Piety*) 是一个有独创性的清教文本，先后以四开本的形式印刷了 20 多次。1360–1400 年威廉·朗格兰《农夫皮尔斯》存在 50 份或者更多的抄写稿。这首新教寓言诗至少有 4 次显著的修改（A, B, C, X Version）：1550 年出现了 3 个独立的四开本；1561 年欧文·罗杰斯出版了第 4 四开本。在抄写、印刷并存的时期，人们对印刷文本持有争议和质疑。书无论在智力、字面上还是在材料上，都被重新解读和重新发现，早期印刷的书较多的是对原初抄写稿新的整理和批评性的编辑。区分作者手稿和商业化抄写稿是必要的，中世纪后期出现的商业化抄写稿的生产，是图书贸易发展的一个重要阶段。教育（尤其是大学教育）、官方机构和书业公会之间建立的联系激励了多份副本的制作，这些社会力量塑造了一种新的文献。②

15 世纪中后期活跃的欧洲贸易、纸张的广泛使用有利于活字印刷术迅速

① Lucien Febvre, Henri-Jean Martin. *The Coming of the Book*. London: New Left Books, 1976: 32.

② Mark Bland. *A Guide to Early Printed Books and Manuscripts*, Chichester: Wiley-Blackwell, 2010: 12.

在欧洲传播开来。意大利一直是西班牙、英格兰、低地国家、奥地利和德意志的主要纸张供应商，尽管德意志、瑞士已经有纸张生产。1450 年德意志美因茨的约翰·古腾堡（Johannes Gutenberg）发明活字印刷，德意志只有少数几家造纸作坊在运作。早期活字印刷在欧洲（例如，法国）也出现了印刷在小牛皮书上的文学文本，例如，1457/1459 年美因茨印刷的“基督教颂歌”；1482 年印刷商约翰·莱特伯利（John Lattebury）出版了对折本《〈耶利米哀歌〉评论》（*Commentary on the Lamentations of Jeremiah*）；1485 年约翰·拉特布尔（John Lathbur）出版了《英格兰编年史》（*The Chroniclis of Englonde with the Frute of Timis*）。1480 年代印刷商威廉·卡克斯顿、约翰·勒顿（John Letton）、托马斯·亨特（Thomas Hunte）和科隆的特奥多利克·卢德（Theodoric Rood of Cologne）等出版了昂贵的小牛皮书。① 对纸张的最后一种挥之不去的偏见在近半个世纪前就已经消失了，即使小牛皮抄写稿在很长一段时间内仍然存在。

伊丽莎白时期伦敦书业公会是由印刷商、文具商、抄写员、装订工匠等以自主合作方式建构起来的（company，合伙人）。国家议会将书业公会的监管权限扩大到外国书籍进口商和在伦敦的外国印刷商。②1475 年活字印刷引入英格兰。1485 年玫瑰战争结束之后，英格兰王国迎来了日趋繁荣的经济境况。1495 年赫特福德商人约翰·泰特（John Tate）把造纸术传入英格兰，但英格兰的早期造纸作坊经过了较长时间的困难之后才得到发展。迅速发展的世俗教育和大量的印刷书籍激发了英格兰的文艺复兴。③ 活字印刷为图书复制带来了新的方法、模式和机制，早期的印刷书籍往往是根据已有手稿文本排版印刷的，沿袭

① Edward Gordon Duff. *English Printing on Vellum to the End of the Year 1600*, Aberdeen: Aberdeen University Press, 1902: 3.

② Edward Gordon Duff. *Early Printed Books*, London: K. Paul, Trench: Trübner & Co., 1893: 125–126.

③ Richard L. Hills. *Papermaking in Britain 1488–1988: A Short History*, Bloomsbury: Bloomsbury Academic Collections, 1988: 4.

了原初手稿的传统风格。与手抄书籍比较，印刷书籍以绝对高效、节约成本、性能优良等诸多特点而尽显优势。除开从欧洲大陆输入的印刷书籍，威廉·卡克斯顿被认为是最早的英格兰本土印刷商。1471 年卡克斯顿从德意志的科隆返回英格兰，1476 年卡克斯顿在西部西修道院（也译为“威斯敏斯特寺”，即现今 City of Westminster）建立了伦敦第一家印刷屋[排版、印刷、校对和装订（binding）]，先后刊印了杰弗里·乔叟《坎特伯雷故事集》、约翰·高渥《恋人的忏悔》(John Gower, *Confessio Amantis*, 1483)、《特洛伊罗斯与克瑞西达》(*Troilus and Criseyde*, 1483)、托马斯·马洛里《亚瑟王之死》(Thomas Malory's *Le Morte Darthur*, 1485）等一百多种图书。卡克斯顿用新的活字印刷技术（凸版印刷）来取代手工抄写，这是一个极有诱惑力的商业利益领域。印刷书籍作为一种新媒介，吸引了人们广泛的关注，并迅速地扩大。①

一、中世纪欧洲城市的行业公会与书籍审查制度

由于欧洲封建国家逐渐建立了各自的民族政治与经济制度，中世纪欧洲存在不同形式的审查。封建王权总会以专制权力干预戏剧[表演]和文学，书籍出版一直处于官方的审查制度之下。中世纪后期出现的城市有利于各个行业的发展，作为自治组织而成立的行业公会保护了手工业者、商人、国际贸易和文化艺术团体自身的利益。书业公会是从中世纪文具商群体发展而来的。书籍审查制度是基于商业利益的，也强化了封建专制统治，封建君主及其权立贵族拥有书籍出版的许可权。玫瑰战争结束之后，移居伦敦的外国商人、英格兰商人从欧洲大陆引进了一些印刷设备，并建立了自己的印刷屋，开启其书籍印刷业务。

首先谈谈书业公会（Stationers' Company）。在中世纪的欧洲城市的各个

① Julia Y. Robinson, *The Literary Significance of William Caxton* (Thesis), University of Southern California, 1950: 275.

行业，人们往往是通过长期的学习制度获得行业技能，即经过学徒期、游学期（普通工匠），然后才能获得行业认可，即成为自由的行业师傅。① 行业公会（livery guilds, craft guilds, trade guild）是 12、13 世纪欧洲城市经济活动中从事相同事务并旨在追求共同目标的工匠或商人所组成的协会。最早的行会旨在业内相互帮助和保护，促进正当的行业利益，禁止非法的暴利，并在固定的场所进行贸易。② 书业公会是一个城市的行业公会（livery company, livery guild），主要是监督、管理抄写、印刷、装订、文具和书籍售买的贸易活动，例如，1592 年 12 月 18 日伦敦书业公会没收了爱德华·怀特（Edward White）非法印刷的《西班牙悲剧》(*The Spanish Tragedy*)，并被罚款 10 先令，印刷商阿贝尔·杰夫斯（Abel Jeffes）取得了该剧的出版权。书业公会的成员主要包括自由的印刷师傅（Master Printers）、独立的文具商或者出版商（publishers）以及书籍零售商（booksellers）等。

在作为都城的伦敦，商人和工匠们被组织成强大的行会，封建王国以行业公会为基础建立了灵活的、长期的监管机制。③1357 年伦敦法院记录和文书抄写员协会（Craft of Courthand and Text Write and Scrivners）较早预示了书业公会的形成。④1403 年伦敦市长和议员法庭允许参与书籍、报刊生产的各种工艺的商人和工匠成立了一个独立的书业公会（The Worshipful Company of Stationers and Newspaper Makers），并选举理事长（Wardens）监督相关商人的行为，还在

① Ebenezer Bain. *Merchant and Craft Guilds: A History of the Aberdeen Incorporated Trades*, Aberdeen: J. & J. P. Edmond & Spark, 1887: 1–12.

② Sheilagh Ogilvie. *The European Guilds: An Economic Analysis*, Princeton: Princeton University Press, 2018: 3.

③ S. R. Epstein, Maarten Prak. *Guilds, Innovation, and the European Economy, 1400–1800*, Cambridge: Cambridge University Press, 2008: 289.

④ *A Short Account of the Worshipful Company of Stationers*, London: Stationers' Company, 1903: 1–2.

伦敦老城圣保罗大教堂附近设立了书业公会大厅（Stationers' Hall）。①

其次谈谈印刷商及其印刷设备。1500年之前，英格兰的印刷纸张主要是从欧洲大陆（例如，西班牙、意大利、德意志）进口的；英格兰也进口一些科隆、斯特拉斯堡、法兰克福、纽伦堡、巴塞尔、里昂、巴黎等大陆图书市场上的古典语文学文本。② 印刷技术改变了中世纪文具商的书籍出版业务。区分印刷商和书商是必要的，例如，1632年《莎士比亚喜剧、历史剧和悲剧集》第2对折本标题页写道：London: Printed by Tho. Cotes, for Robert Allot And Are To Be Sold At His Shop, in 1632.，托马斯·科茨（Thomas Cotes）是印刷商（词语标示为 Printed by），罗伯特·阿洛特（Robert Allot）是出版商（词语标示为 Printed for）和书商（词语标示为 be sold at his shop）。与中世纪以宫廷、大教堂、法院为中心的书籍手抄工艺不同的是，经营活字印刷的印刷商一般都是独立的商人。印刷商拥有印刷设备作为财产，他可能还是书籍生产的投资合伙人，兼有抄写稿收藏者、取得出版权的书商，甚至也是图书贸易商。③

一个印刷商拥有多种字模和印刷设备，有学徒，也雇佣排字工、印刷工和装订工等。活字印刷设备是昂贵的，例如，1606年亚当·伊斯利普（Adam Islip）以140英镑的价格将自己的印刷屋卖给了罗伯特·罗沃斯（Robert Raworth）和约翰·蒙格（John Monger），其中一套印刷设备可能占整个价格的1/4–1/3。由于稀缺且昂贵的印刷设备和印刷工艺有较高的行业要求，生产和复制书籍本身成为印刷商的主要事务。1530年罗伯特·雷德曼接受了理查德·平森（Richard Pynson）在船队街圣乔治教堂的印刷屋有3台印刷设备。亨利·拜

---

① William Carew Hazlitt. *The Livery Companies of the City of London*, London: Swan Sonnenschein & Co., 1892: 625–627.

② Frans Laurentius, *Watermarks 1450–1850: A Concise History of Paper in Western Europe*, Leiden, Boston: Brill, 2023: 3.

③ Bettina Wagner. *Early Printed Books as Material Objects*, De Gruyter: Ifla Publications, 2010: 81.

尼曼（Henry Bynneman, ?–1583）有 3 台印刷设备。1564–1589 年亨利·邓哈姆（Henry Denham）有 4 台印刷设备，其他印刷商仅有 1—2 台印刷设备。虽然有时印刷商也是书商（例如，罗伯茨、爱德华·布朗特等），更常见的是与书商合作出版书籍的自由印刷商，和贸易印刷商（trade printer）。例如，老托马斯·道森（Thomas Dawson, senior）、彼得·肖特（Peter Short）是一名贸易印刷商，为别的书商印刷众多的书籍。由于自由印刷商自身不直接售卖印刷书籍，所以他们印刷的图书只是分发给其他文具商。在印刷书籍传播 / 流通的过程中，商业利益和价值功能与获得出版权的书商稍有差异。1582 年印刷商克里斯托弗·巴克（Christopher Barker）指出，书商占有了书籍贸易的利益，而印刷商获利很少，甚至常常受损。①

1556 年伦敦的印刷商、文具商、抄写员和装订工等成立了伦敦书业公会（the Stationers' Company），以监督管理图书贸易。1557 年女王玛丽·都铎颁行的《书业公会的法人特许权》(the Charter of Incorporation of the Stationers' Company）进一步加强了书业公会对图书行业从业者的管理，授予其督查地位，有权搜查并禁止煽动性或异端的书籍。②1559 年伊丽莎白一世发布谕示，要求所有演员和旅行剧团（touring companies）都需要获得许可。新剧团的保护人分别是女王及其主要朝臣。1583 年弗朗西斯·沃尔辛厄姆爵士、埃德蒙·蒂尔尼创建了女王剧团（the Queen's Men）。1594 年女王剧团解散，取代它的是海军上将剧团（Lord Howard's Men, the Admiral's Men）和宫内大臣勋爵剧团。[1576–1579 年受到第一任诺丁汉伯爵、第二任埃芬厄姆男爵查尔斯·霍华德（Charles Howard, 1536–1624）保护的旅行剧团原初名为霍华德勋爵剧团；1585 年霍华德

---

① Edward Arber, Charles Robert Rivington ed., *A Transcript of the Registers of the Company of Stationers of London, 1554–1640*, Vol. 5, New York: P. Smith, 1950: 777.

② Thomas R. Way, Philip Norman. *The Ancient Halls of the City Guilds*, New York: J. Lane, 1903: 177–180.

勋爵被任命为海军上将，剧团更名为海军上将剧团；1600–1603 年更名为诺丁汉伯爵剧团；1603 年剧团受到亨利亲王的庇护，被称为亨利亲王剧团（Prince Henry's Men）；1613–1626 年剧团受到德意志莱茵选帝侯（汉译另作“大公”）帕拉廷的赞助，更名为帕拉廷剧团（Palatine's Men）]。1565 年书业公会确立了出版权原则，印刷商、书商向书业公会的主管和理事长登记计划出版的书籍，取得特定作品的出版权。1664 年书业公会（the Company of Stationers）和国王就印刷 / 出版事务中谁拥有或应该拥有最大权力的问题发生争论。一般的，书业公会的许可登记需要缴纳 6 便士或者更多。① 在伦敦书业公会登记的大多是书商，也有印刷商。②

再次谈谈印刷设备与印刷屋。除开从欧洲大陆（德意志、瑞士、法国、尼德兰、比利时等）通过国际贸易输入英格兰的印刷书籍，15 世纪晚期英格兰的活字印刷技术与设备主要是从法兰西（例如，巴黎、鲁昂）、德意志（例如，科隆、美茵河畔的法兰克福）、尼德兰、比利时和意大利传入的，例如，1538 年印刷《大圣经》(the Great Bible）的印刷商理查德·格拉夫顿（Richard Grafton）从巴黎带来了印刷设备。都铎王朝早期英格兰有少数定居伦敦的外来印刷商，例如，来自法国特鲁瓦的托马斯·沃特罗里尔（Thomas Vautrollier)、来自法国布列塔尼地区旺内的朱利安·诺塔里（Julian Notary)、[1520–1529 年] 来自大陆加莱的劳伦斯·安德鲁（Laurence Andrewe)、法国裔的印刷商托马斯·贝切莱特（Thomas Berthelet)、来自尼德兰的印刷商斯蒂芬·米尔德曼（Steven Mierdman)、来自尼德兰的尼古拉斯·希尔（Nicholas Hill or Montanus or van de bergh）等，1569–1579 年约翰·沃尔夫（John Wolfe）在意大利佛罗伦萨学习印

---

① P. M. Handover. *Printing in London from 1476 to Modern Times*, Cambridge, Massachusetts: Harvard University Press, 1960: 26.

② E. Gordon Duff. *The Printers, Stationers and Bookbinders of Westminster and London from 1476 to 1535*, Cambridge: Cambridge University Press, 1906: 2.

刷技术。①

16 世纪末和 17 世纪初的英格兰图书贸易以伦敦为中心，在英格兰出版的图书中，约 85% 是在伦敦生产的。莎士比亚时代的伦敦图书贸易规模很小，印刷屋不超过 24 家，直接参与书籍印刷的估计有 200–300 人。② 在英格兰南部、东南部城市也出现了书业公会，例如，1603 年 8 月莎士比亚《爱的徒劳》（*Loues Labour Loste*）出现在英格兰南部某书业公会的登记簿上。1475–1625 年英格兰的数十位印刷商主要集中在伦敦，出现在外省的印刷商是较少的，例如，剑桥大学的西伯奇印刷商约翰·赖尔（Johann Lair, or John Siberch）、剑桥大学的印刷商托马斯·托马斯（Thomas Thomas）、剑桥大学的印刷商约翰·莱格特（John Legate）、牛津大学的印刷商约瑟夫·巴恩斯（Joseph Barnes）、牛津大学的印刷商约翰·利希菲尔德（John Lichfield）、圣阿尔班斯教堂的佚名印刷商、伍切斯特的印刷商约翰·欧斯文（John Oswen）等。③

接着谈谈书籍出版的许可权。在行业公会获得出版许可的书商或者印刷商，将独立出版该作品。在伊丽莎白时代，戏剧作品的所有权往往属于剧团（Companies of players）而不是剧作者，剧团向印刷商、书商授予剧作的出版权。例如，1600 年 8 月 14 日《亨利五世》的出版权转让给印刷商托马斯·帕维尔，而 8 月 4 日登记簿特别注释宫内大臣剧团保留该剧再次印刷和零售的权利。

除开城市的书业公会，可以授予特许书籍出版权的，还有很多实际的权力机构。由于封建君王有最高的特许权，书籍出版权也可以通过国王 / 王室允许而获得。星室法庭（the Court of Star Chamber）也可以授予特殊类别的书籍

① Harry Gidney Aldis, *The Book-Trade, 1557–1625*, Cambridge: Cambridge University Press, 1909: 386.

② Lukas Erne, *Shakespeare and the Book Trade*, Cambridge: Cambridge University Press, 2013: 19.

③ E. Gordon Duff. *The English Provincial Printers, Stationers and Bookbinders to 1557*, Cambridge: Cambridge University Press, 1912: 73.

（官方宣传文稿、行政通告等）的出版权。国家教会中的大主教、主教有权授予布道书、祈祷书、忏悔书、信条（小册子）、连祷文、圣诗等的出版权，而宗教书籍（Holy Scriptures）的印刷数量是巨大的。① 书业公会对印刷商有行业指导、规范、监督的作用，它可以授予普通书籍的出版权，由于处于英格兰多语言社会的末期，甚至特许某种字体（希腊字体，希伯来字体等）。1547 年雷尼尔·伍尔夫（Reyner Wolfe）获得了印刷拉丁语、希腊语和希伯来语书籍的出版权，他作为王室印刷商，获得了 26 先令 8 便士的年金。②1561 年伊丽莎白女王授予约翰·博德利（John Bodley）出版“日内瓦圣经”为期七年的独家特许，而且他出版的“日内瓦圣经”必须是坎特伯雷和伦敦主教审批过的版本。③1566 年亨利·拜尼曼（Henry Bynneman）获得了印刷“所有语言的词典、所有编年史和历史”的许可权，他首次使用法国手写“优美字体”（civilité type）来印刷。④1576 年之前伊丽莎白女王已经授予威廉·塞瑞斯（William Seres）、理查德·朱格（Richard Jugge）、约翰·戴（John Day）等出版宗教颂歌集、通用祈祷书的特许权。1588 年蒂莫西·布莱特（Timothy Bright, *Characterie: An Arte of Shorte, Swifte, and Secrete Writing by Character*）关于速记法的书获得了伊丽莎白女王的特许权，即布莱特及其继承人享有十五年独家特许的教学、印刷和出版权利。

---

① Henry Stanley Bennett. *English Books & Readers, 1475 to 1557*, Cambridge: Cambridge University Press, 1952: 29.

② Edward Gordon Duff. *A Century of the English Book Trade: Short Notices of All Printers, Stationers, Book-Binders, and Others Connected with it from the Issue of the First Dated Book in 1457 to the Incorporation of the Company of Stationers in 1557*, London: Bibliographical Society, 1905: 171–172.

③ Naseeb Shaheen. *Biblical References in Shakespeare's Plays*, Newark: University of Delaware Press, 1999: 28.

④ Daniel Berkeley Updike. *Printing Types, Their History, Forms, and Use*, Vol. 1, Cambridge, Mass.: Belknap Press, 1962: 201–202.

王室印刷商是获得国王特许权的印刷商，名义上他们可以印刷所有类型的书籍文献（omnimodo libros）。对于竞争日益加剧的印刷商群体，只有特定获得许可权的、具有尊贵称号（Esquire）的王室印刷商（Royal Printer, King's Printer）能印刷和装订所有国家法令、法院文件和行政文书和宗教改革文件等。①卡克斯顿、威廉·法因斯（William Faynes）、理查德·平森（Richard Pynson）、托马斯·贝切莱特（Thomas Berthelet）、理查德·格拉夫顿（Richard Grafton）、爱德华·怀特丘奇（Edward Whitchurch）、雷尼尔·伍尔夫（Reyner/Reginald Wolfe）、约翰·卡伍德（John Cawood）、理查德·朱格（Richard Jugge）、克里斯托弗·巴克（Christopher Barker）、罗伯特·巴克（Robert Barker）、弗朗西斯·弗劳尔（Francis Flower）、约翰·诺顿（John Norton）、亨利·希尔（Henry Hill）等先后被任命为特许的王室印刷商。巴克、巴斯克特（Baskett）家族分别有 5、6 位印刷商成为王室印刷商。②西里尔·达文波特认为，直到托马斯·贝切莱特在亨利八世时期与国家印刷事务相关联，人们才知道他。1530 年他继理查德·平森之后成为王室特许的印刷商、装订商，通过一项王室特许权获得了这一职位的任命；这一特许权是已知最早的这类特许权，因为尽管理查德·平森自称是"接受了国王的崇高恩典的印刷商"，但他的宣称却未获得官方的授权确认。③1553 年约翰·卡伍德继理查德·格拉夫顿之后成为皇家印刷商，被授权出版所有"法令手册、法律文书、公告、禁令和其他书籍"。④

剧作者、剧团与书业公会在戏剧出版权上表现出复杂的关系。从多个莎士

① Edward Arber, Charles Robert Rivington ed., *A transcript of the registers of the company of stationers of London, 1554–1640*, Vol. 5, New York: P. Smith, 1950: xxix.

② Edward Arber, Charles Robert Rivington ed., *A transcript of the registers of the company of stationers of London, 1554–1640*, Vol. 2, New York: P. Smith, 1950: lix.

③ Cyril Davenport. *Thomas Berthelet, royal printer and bookbinder to Henry VIII, king of England*, Chicago: The Caxton club, 1901: 32.

④ *A short account of the worshipful Company of stationers*. London: Stationers' company, 1903: 53.

比亚伪作来看，可能只有宫内大臣剧团或者国王剧团才能授予戏剧的出版权。宫内大臣剧团和国王剧团曾表演过《洛克林的悲剧》《克伦威尔勋爵》，但二者都署名为 W. S.（William Shakespeare?）。1594 年 7 月 20 日印刷商托马斯·克里德（Thomas Creede）在伦敦书业公会登记了《令人叹惜的洛克林悲剧》(The Lamentable Tragedy of Locrine, the eldest sonne of Kinge Brutus. discoursinge the warres of the Brittans &c.)，1595 年底《令人叹惜的洛克林悲剧》第 1 四开本出版，其标题页上宣称该剧是“最近由 W. S. 编辑、审阅和订正”(Newly set foorth, overseene and corrected, By VV. S.)。几乎所有研究者都认为这个拉丁式的塞内加复仇悲剧是莎士比亚伪作，因为它与《提图斯·安德罗尼库斯》部分近似。1602 年 8 月 11 日印刷商威廉·科顿（William Cotton）在伦敦书业公会取得了《克伦威尔勋爵的生平》(*the lyfe and Deathe of the Lord CROMWELL' as yt was lately Acted by the Lord Chamberleyn his servantes*）的出版权。科顿从未出版过已知的四开本。1602 年稍后印刷商理查德·里德（Richard Read）为书商威廉·琼斯（William Jones）出版了第 1 四开本，标题页表明宫内大臣剧团曾多次表演过该剧，剧作者是 W. S.（The true chronicle historie of the whole life and death of Thomas Lord Cromwell. As it hath beene sundrie times publikely Acted by the Right Honorable the Lord Chamberlaine his Seruants. Written by W. S.）。1611 年 12 月 16 日书商威廉·琼斯在伦敦书业公会将该剧的出版权转让给书商约翰·布朗（John Browne）；1613 年印刷商托马斯·斯诺德姆（Printed by Thomas Snodham）印刷了第 2 四开本，标题页宣称国王剧团表演过该剧（As it hath beene sundry times publikely Acted by the Maiesties Seruants）。1607 年 8 月 6 日印刷商兼书商乔治·埃尔德（George Eld）在伦敦书业公会登记了《女清教徒》(the comedie of The Puritan Widowe)，同年稍后他出版了第 1 四开本（The Pvritaine, or the VViddow of Watling-Streete. Acted by the Children of Paules)，标题页上写到该剧曾由圣保罗大教堂孩子剧团表演过，剧作者是 W.

S.（Written by W. S.），显然 W. S. 不是威廉·莎士比亚，例如，《葬仪哀歌》（*A Funeral Elegy* by W. S.）等。①

最后谈谈书籍审查制度。中世纪欧洲存在不同形式的审查，封建王权总会以专制权力干预戏剧［表演］和文学，书籍出版一直处于官方的审查制度之下。宗教作品、煽动叛乱的作品、政治性作品、当代时政新闻、讽刺作品、历史书籍、知识学科作品、格言诗与民谣、诗歌和戏剧作品等不同类型的书籍表现出明显差异的审查。② 英格兰都铎王朝的枢机议会（the Privy Council）、星室法院（the Court of Star Chamber）和城市议会监督审查剧院、戏剧表演和书籍出版。国王、宫内大臣、财政大臣、宫廷节庆典礼官、市长、伦敦主教和坎特伯雷大主教也会影响到戏剧表演、书籍出版的审查行为。③1558–1625 年诗人、作家和剧作家需要从不同的权威审查者获得自由表演、书籍出版的许可。总体上，英格兰王国的法令法规较少阻止人们发表自己的意见。1541 年枢机议会指控理查德·格拉夫顿（Richard Grafton）印刷为托马斯·克伦威尔辩护的非法民谣。1543 年格拉夫顿、爱德华·怀特丘奇（Edward Whitchurch）等 7 个印刷商因“印刷被认为非法的书籍”而被关进监狱，格拉夫顿被罚款 300 英镑。1585 年罗伯特·瓦尔德格拉夫（Robert Waldegrave）因印刷清教徒书籍而入狱；1590 年因为印刷违法书籍而被迫流亡爱丁堡。1588 年托马斯·奥温（Thomas Orwin）与星室法庭发生冲突而被禁止印刷书籍；1592 年可能因为印刷“罗马教廷”的书籍，奥温的印刷设备被查封。1597 年印刷商兼书商丹特的印刷屋遭到了当局的突袭检查。1598 年 7 月 22 日詹姆斯·罗伯茨在伦敦书业公会登记《威尼斯商人》，得到宫内大臣勋爵的授权（Entred for his copie vnder the

---

① Peter Kirwan, The First Collected “Shakespeare Apocrypha,” *Shakespeare Quarterly* 62.4 (2011): 594–601.

② Evelyn May Albright. *Dramatic Publication in England, 1580–1640*, New York: D. C. Heath, 1927: 46.

③ John Palmer. *The Censor and the Theatres*, London: T. F. Unwin, 1912: 21–23.

handes of both the wardens, a booke of the Marchaunt of Venyce or otherwise called the Jewe of Venyce. Prouided that yt bee not prynted by the said James Robertes or anye other what—soeuer without lycence first had from the Right honorable the lord Chamberlen）；传说《温莎的风流娘们儿》（A Most pleasaunt and excellent conceited Comedie, of Syr Iohn Falstaffe, and the merrie Wiues of Windsor.）一剧获得了伊丽莎白女王的喜欢；《亨利四世 第一部》则因为几个贵族的起诉而把一人物更改为福尔斯塔夫（Syr Iohn Falstaffe）。① 审查制度的证据是书面的、文本的和文学史的，因为手稿上有文本许可证和在审查制度下的各种修改的证据。印刷文本的不同版本往往表明存在一定程度的审查制度。1597 年 8 月 29 日商安德鲁·怀斯伦敦书业公会登记《理查德二世》，该剧的前三个四开本（1597，1598，1598）中都没有描绘国王亨利四世宣誓继位的场景，直到 1608 年才首次出现。1595 年瓦伦丁·西蒙斯的印刷机和印刷设备被没收；1603 年他被禁止介入印刷或出售任何未经许可或煽动性的书籍和民谣。② 劳德大主教（Archbishop Laud）在查理一世时期间实施了严厉的审查活动。

二、莎士比亚剧作的书商和伦敦书业公会的登记

在伊丽莎白时代，文本的作者没有自由出版的权利。只有获得书业公会的许可，手稿的所有者才有权利印刷出版该作品，而且文本的作者往往不参与文本的印刷出版活动。莎士比亚首先是属于戏剧行业的人员，无论他是宫内大臣剧团、国王剧团的剧作家，还是一个舞台演员。书业公会则处于另一个相关的行业，伦敦书业公会监督、管理书籍的印刷出版，莎士比亚戏剧的出版与出售则必须由印刷商或者书商取得该文本的出版权许可。作为宫内大臣剧团、国王

① L. M. Griffiths. *Evenings with Shakspere*, Bristol: J. W. Arrowsmith, 1889: 101.

② Sophie Chiari. *Freedom and Censorship in Early Modern English Literature*, New York: Routledge, 2018: 50.

剧团的常演剧目，莎士比亚戏剧部分是仿作、改编或者集体写作的，而且在持续的舞台表演中一直在修改和增写。这些戏剧文本作为合法出版的书籍，是宫内大臣剧团、国王剧团，而不是剧作家莎士比亚，直接向书商授予剧作文本的出版权。

首先谈谈伦敦书业公会的许可登记。图书登记的条目形式主要包括通用/正式的出版权获得登记和出版权转让登记、预备登记（to be staied）以及在登记簿边缘上的临时登记，显然只有正式登记才具有合法的版权保护作用。从15世纪以来，在书业公会制度之下，图书出版权的转让（transfer）也是常见的现象，莎士比亚戏剧的出版权转让是频繁的。1600年8月4日《亨利五世》（HENRY the FFIFT）、《无事生非》（muche A doo about nothing）和《如你所愿》（As you like yt）就是少有的预备登记，因而未标明登记的印刷商或书商。现存29条莎士比亚戏剧出版的登记和出版权转让的登记，包括38个剧作。一些剧作从初次的登记（四开本）到1623年第1对折本，版权的转让详情未明。此外，《罗密欧与朱丽叶》《驯悍记》《亨利五世》《泰图斯·安德洛尼库斯》等都没有出现初次登记。其一，包括18条剧作出版权的初次登记，和2条出版权的第二次登记，其实这2条就是版权的转让。（1）1600年8月23日《无事生非》的版权转让给了安德鲁·怀斯和威廉·阿斯普利。（2）1609年2月7日书商亨利·沃利（Henry Walley）、理查德·博尼安（Richard Bonian）在伦敦书业公会的第二次登记《特洛伊罗斯与克瑞西达》（Troilus and Cresseda' as yt is acted by my lord Chamberlens Men）。其二，包括9条剧作出版权转让的登记，包括13个莎士比亚剧作，其中《威尼斯商人》《罗密欧与朱丽叶》《爱的徒劳》《驯悍记》四个剧作出现了出版权的二次转让。（1）1598年10月28日罗伯茨将《威尼斯商人》（the Marchaunt of Venyce or otherwise called the Jewe of Venyce）的版权转让给托马斯·海耶斯（Thomas Hayes）。（2）1619年7月8日《威尼斯商人》的出版权从托马斯·海耶斯转让给他的儿子劳伦斯·海耶斯（Lawrence Hayes）。（3）

1607 年 1 月 22 日《罗密欧与朱丽叶》(Romeo and Juliett)《爱的徒劳》《驯悍记》(The taminge of A Shrewe) 版权转让给尼古拉斯 · 林。(4) 1607 年 11 月 19 日《罗密欧与朱丽叶》《爱的徒劳》《驯悍记》等版权转让给约翰 · 斯密斯威克。迄至 1642 年,《约翰王》《伯里克勒斯》出现了 4 次以上的出版权转让。如果图书的出版权发生转让，那么新刊印的图书则会转移到新的书商或者印刷商兼书商的文具店售卖。①

其次谈谈莎士比亚剧作的书商。欧洲中世纪后期，享有特别许可权的文具商 (stationer) 主要是从事官方法令教会教义等书籍抄写 (手抄)、文具 (例如，笔、墨水、纸张、熟制羊皮等) 分销与流通、书籍售卖 (retail) 等商业活动。活字印刷传入英格兰之后，原初的文具商部分成为新的书商 (publisher), 书商的事务主要是获得特定图书的出版权和售卖印刷书籍 (bookseller)；由于部分印刷书籍未装订就已出售，书商则参与到该书籍进一步的精细装订工作。例如，1632 年贸易印刷商托马斯 · 科茨为约翰 · 斯密思威克 (John Smethwicke)、威廉 · 阿斯普利 (William Aspley)、理查德 · 霍金斯 (Richard Hawkins)、理查德 · 梅根 (Richard Meighen) 和罗伯特 · 阿洛特 5 个书商印刷了所有的第 2 对折本副本 (454 张)。这些中线对折本 (Median folio) 由于书商的分别装订，书页的大小分别为 333 × 223 mm, 327 × 215 mm, 327 × 210 mm。虽然大多数印刷商和书商取得了合法的出版权，一般的，他们会尽快出版这些剧作 (Quartos), 然而也有未印刷特定剧作的情况 (罗伯茨、布朗特), 而且还有一些盗版现象。

16 世纪用活字印刷的早期书籍，由于时间和商业成本，获得某个作品出版权的书商多次刊印该文本，也会产生多个不同的版本。1594 年 2 月 6 日印刷商约翰 · 丹特在伦敦书业公会的登记《提图斯 · 安德洛尼库斯》(A Noble Roman Historye of Tytus Andronicus), 这是莎士比亚戏剧最早的出版登记 (Stationers'

① Leo Kirschbaum. *Shakespeare and the Stationers*, Columbus: Ohio State University Press, 1955: 3.

Register entry)。25 位书商先后获得了莎士比亚戏剧早期版本(Qs)的出版权,他们包括,威廉·阿斯普莱、罗伯特·伯德(Robert Bird)、理查德·博尼安(Richard Bonian)、卡特伯特·伯比(Cuthbert Burby)、约翰·巴斯比(John Busby)、纳撒尼尔·巴特(Nathaniel Butter)、托马斯·科茨(Thomas Cotes)、托马斯·克里德(Thomas Creede)、托马斯·费舍尔(Thomas Fisher)、亨利·戈森(Henry Gosson)、劳伦斯·海耶斯(Lawrence Hayes)、托马斯·海耶斯(Thomas Heyes)、亚瑟·约翰森(Arthur Johnson)、马修·劳(Matthew Law)、尼古拉斯·林(Nicholas Ling)、托马斯·米林顿(Thomas Millington)、托马斯·帕维尔(Thomas Pavier)、约翰·斯密思威克、约翰·特鲁戴尔(John Trundell)、托马斯·沃克利(Thomas Walkley)、亨利·沃利(Henry Walley)、约翰·沃特森(John Waterson)、爱德华·怀特(Edward White)、威廉·怀特(William White)、安德鲁·怀斯(Androw Wise)等。1609 年 2 月 7 日书商亨利·沃利、理查德·博尼安在伦敦书业公会的第二次登记《特洛伊罗斯与克瑞西达》(the history of Troylus and Cressida)。同年稍后,印刷商乔治·艾尔德(George Eld)为博尼安、沃利印刷了第一、二四开本。①

接着谈谈“差/次的四开本”。与 1623 年第 1 对折本的文本比较,莎士比亚戏剧的早期四开本在文本上显现出或多或少的粗疏和错误,甚至戏剧情节上的简略,这些不甚完善的早期版本被 A. W. 波拉德称为“差/次的四开本”(bad quartos)。莎士比亚似乎没有像托马斯·海伍德(Thomas Heywood, 1574–1641)那样指责印刷商或者书商出版了“败坏和混乱”的文本。②波拉德指出,《罗密欧与朱丽叶》(1597)、《亨利五世》(1600)、《温莎的风流娘们儿》(1602)和《哈

① William Jaggard. *Shakespeare's publishers; notes on the Tudor-Stuart period of the Jaggard press*, Liverpool: The Shakespeare press, Jaggard & co. 1907: 1–7.

② Arthur Melville Clark. *Thomas Heywood, Playwright and Miscellanist*, New York: Russell & Russell, 1967: 319.

姆雷特》(1603)《理查德三世》(1597)的第1四开本不是从莎士比亚的权威手稿中刊印出来的，可能是由一些演员根据记忆重建的文本。① 一般的，“好的四开本”文本（good quartos）是通过伦敦书业公会直接购买的，并经由宫内大臣剧团完全授权而刊印的。虽然盗版书至少会有商业利益的动机，然而并非所有“差/次的四开本”都是没有取得出版权的盗印书。（1）1597年之前未见有《罗密欧与朱丽叶》在伦敦书业公会的登记，详情未明。（2）1600年初托马斯·克里德为托马斯·米林顿和约翰·巴斯比印刷了第1四开本。1600年8月14日《亨利五世》(The historye of Henry vth with the battell of Agencourt)版权转让给书商托马斯·帕维尔（Thomas Pavier）。由此可知，1600年《亨利五世》应该是来自宫内大臣剧团的原初/权威文本。（3）1602年1月18日约翰·巴斯比（John Busby）在伦敦书业公会登记《温莎的风流娘们儿》(An excellent and pleasant conceited commedie of Sir John ffaulstof and the merry wyves of Windesor)，但巴斯比没有刊印任何已知的副本。同一天巴斯比将出版权转让给阿瑟·约翰森。该剧的第1四开本是1602年书商约翰逊出版的。显然，该剧是来自宫内大臣剧团的权威文本，即原初剧场的表演版（acting version）。（4）1602年7月26日印刷商詹姆斯·罗伯茨（James Roberts）在伦敦书业公会的登记《哈姆雷特》(the Revenge of Hamlett Prince Denmarke as yt was latelie Acted by the Lord Chamberleyne his servantes)。1604年罗伯茨为书商尼古拉斯·林（Nicholas Ling）刊印了第2四开本（Q2）。因而1603年尼古拉斯·林、约翰·特鲁戴尔（John Trundell）《哈姆雷特》(Q1)的印刷商可能是罗伯茨，至少可以推论第1四开本不是盗印本。（5）1597年10月20日书商安德鲁·怀斯（Andrew Wise）在伦敦书业公会的登记《理查德三世》(The tragedie of kinge Richard the Third with the death of the Duke of Clarence)。同年稍后印刷商瓦伦丁·西蒙斯（Valentine Simmes）和彼得·肖特（Peter Short）为怀斯

① Alfred W. Pollard. S*hakespeare folios and quartos: a study in the bibliography of Shakespeare's plays, 1594–1685*, London: Methuen and company, 1909: 64–79.

印刷了第 1 四开本。显然，该剧是来自宫内大臣剧团的剧院文本，是合法的印刷文本，面向公共剧院的观众。利亚・马库斯、理查德・达顿认为这些变化的一致性表明需要有意识地进行修改。第 1 对折本比第 1 四开本文本增写了 200 行左右，并有许多重要的文本改变。第 1 对折本不仅增加了场景，而且更具体地将这些场景定位在温莎及其周围的村庄和地方，而第 1 四开本则将该剧设定在更普遍的城市环境中。第 1 对折本的修改和添加表现宫廷废黜而新写的文本。乔吉奥・米尔齐奥利认为，第 1 四开本开始时是公共剧场的表演版，第 1 四开本和第 1 对折本之间的主要差异主要是由于修订，其次是由于原初提供文本的一个或多个演员的错误记忆。

以下是莎士比亚戏剧早期版本的书商（publisher）一览表。①

plays	**Quarto 1**	**Quarto 2**	**Quarto 3**	**Quarto 4**	**Quarto 5**	**Quarto 6**
King John	1608, Nathaniel Butter	1611, Iohn Helme	1622, Thomas Dewe			
Richard II	1597, Androw Wise	1598, Androw Wise	1598, Andrew Wise	1608, Matthew Law	1608, Mathew Law	1615, Matthew Law
Richard III	1597, Androw Wise	1598, Andrew Wise	1602, Andrew Wise	1605, Matthew Law	1612, Matthew Law	1622, Matthew Law
Henry IV Part 1	1598, Andrew Wise	1599, Andrew Wise	1604, Mathew Law	1608, Matthew Law	1613, Matthew Law	1622, Matthew Law
Henry IV Part 2	1600, Andrew Wise, William Aspley	1600, Andrew Wise, William Aspley				[Q0, 1598]? Henry IV

① Marta Straznicky. *Shakespeare's Stationers: Studies in Cultural Bibliography*, Philadelphia: University of Pennsylvania Press, 2013: 63.

（续表）

plays	Quarto 1	Quarto 2	Quarto 3	Quarto 4	Quarto 5	Quarto 6
Henry V	1600, Thomas Millington, John Busby	1602, Thomas Pavier	1619［1608］, Thomas Pavier			
Henry VI, Part 2	1594, Thomas Millington	1600, Thomas Millington	1619,［T.P.］Thomas Pavier			
Henry VI, Part 3	1595, Thomas Millington	1600, Thomas Millington				
Edward III	1596, Cuthbert Burby	1599, Cuthburt Burby				
Titus Andronicus	1594, Edward White, Thomas Millington	1600, Edward White	1611, Edward White			
Hamlet	1603,［N.L.］Nicholas Ling, John Trundell	1604,［I.R.］James Roberts,［N.L.］Nicholas Ling	1605,［N.L.］Nicholas Ling	1611, John Smethwicke	1622, John Smethwicke	
King Lear	1608, Nathaniel Butter	1619［1608］, Nathaniel Butter				
Pericles	1609, Henry Gosson	1609, Henry Gosson,［William White, Thomas Creede］	1611,［ ］?	1619,［T.P.］Thomas Pavier	1630, Robert Bird	1635, Thomas Cotes

（续表）

plays	Quarto 1	Quarto 2	Quarto 3	Quarto 4	Quarto 5	Quarto 6
Othello	1622, Thomas Walkley					
Romeo and Juliet	1597,［ ］?	1599, Cuthbert Burby	1609, John Smethwicke	1622, John Smethwicke	1622, John Smethwicke	
Love's Labour's Lost	1598, Cutbert Burby					
A Midsummer Night's Dream	1600, Thomas Fisher	1619,［ ］?				
Much Ado About Nothing	1600, Andrew Wise, William Aspley					
The Merchant of Venice	1600, Thomas Heyes	1619［1600］,［Thomas Heyes］?	1637, Lawrence Hayes			
The Merry Wives of Windsor	1602, Arthur Johnson	1619, Arthur Johnson				
Troilus and Cressida	1609,［R.］Richard Bonian,［H.］Henry Walley	1609,［R.］Richard Bonian,［H.］Henry Walley				
The Taming of the Shrew	1594, Cuthbert Burby	1596, Cuthbert Burby	1631, William Stansby			
Two Noble Kinsmen	1634, John Waterson					

三、莎士比亚戏剧的早期版本与伦敦印刷商

1557–1625 年，同一时间活跃在伦敦的剧团大致有 3–5 个。1594 年伦敦诸多旅行剧团出现了重大的转型，莎士比亚成为宫内大臣剧团的演员 / 剧作家。1592 年亨利 · 切特尔《善良的心的梦》(Henry Chettle, *Kind-Hart's Dreame*) 向莎士比亚致敬，此时莎士比亚可能还与舞台无关；现今没有文献证明 1593 年莎士比亚是否已经加入某一伦敦剧团。①1592–1594 年莎士比亚可能是伦敦某一剧团的学徒；1598 年莎士比亚作为剧作者出现在 2 个早期版本标题页上，这可能表示他已经在戏剧行业取得了自由的演员资格。1607 年 11 月 26 日纳撒尼尔 · 巴特（Nathaniel Butter）和约翰 · 巴斯比（John Busby）在伦敦书业公会登记《亨利五世》的出版权，莎士比亚首次被称为戏剧师傅（Mr. William Shakespeare his *historye of Kinge Lear*）。1623 年第 1 对折本中莎士比亚也被称为戏剧师傅（Mr. William Shakespeare），这符合英格兰文艺复兴时期戏剧行业的成长经历。莎士比亚戏剧的登记分别出现在伦敦书业公会登记簿卷 B、卷 C、卷 D 中。印刷商 / 书商在某一剧作出版之前，没有必要在伦敦书业公会登记该剧的出版权。作品的版权是由出版的事实确定的，确定的版权可以从一个书商有效地转让给另一个书商。② 迄至 1622 年，他的戏剧已经出版了 19 个剧作的 40 多个四开本，其中历史剧《理查德二世》《理查德三世》和《亨利四世　第二部》出版了 6–8 个版本。

首先谈谈莎士比亚戏剧的版本。从目录学上看，每一个独立的版本都是特殊的，具有与别的文本区别开来的文本特征。对于活字印刷书籍而言，独立版本的多次印刷还是极少见的。一般的，为了节省成本，某个特定的作品由于有

---

① Alfred Cecil Calmour. *Fact and fiction about Shakespeare, with some account of the playhouses, players, and playwrights of his period*, New York: AMS Press, 1972: 56.

② Leo Kirschbaum. *Shakespeare and the Stationers*, Columbus: Ohio State University Press, 1955: 6.

共同的印刷商和书商，一个版本往往沿袭上一个版本排版印刷，二者的文本差异很小，便被看作是同一版本的异本（variant）。莎士比亚戏剧的早期版本包括，1600 年安德鲁·怀斯、威廉·阿斯普莱刊印的《亨利四世　第二部》2 个第 1 四开本；1605 年尼古拉斯·林刊印的《哈姆雷特》被看作 1604 年第 2 四开本的异本；1608 年马修·劳刊印的《理查德二世》2 个第 4 四开本；1622 年约翰·斯密斯威克刊印的《罗密欧与朱丽叶》2 个第 4 四开本。①

其次谈谈莎士比亚戏剧的印刷商。对于莎士比亚戏剧的早期版本，由于部分四开本没有提供印刷商的信息，现在很难实际了解所有印刷商的信息，以及他们是否取得了合法的出版权。标题页上已标明的印刷商包括，理查德·布拉多克（Richard Braddock）、托马斯·科茨（Thomas Cotes）、托马斯·克里德（Thomas Creede）、约翰·丹特（John Danter）、乔治·埃尔德（George Eld）、威廉·伽噶德（William Jaggard）、奥古斯丁·马修斯（Augustine Mathewes）、约翰·诺顿（John Norton）、尼古拉斯·奥克斯（Nicholas Okes）、小托马斯·普尔富特（Thomas Purfoot）、詹姆斯·罗伯茨（James Roberts）、托马斯·斯卡利特（Thomas Scarlet）、彼得·肖特、瓦伦丁·西姆斯（Valentine Simmes）、威廉·斯坦斯比（William Stansby）、西蒙·斯特拉福德（Simon Strafford）、威廉·怀特（William White）、约翰·温德（John Windet）等18位。②

丹特、肖特、罗伯茨、伽噶德 4 位印刷商在伦敦书业公会获得了莎士比亚戏剧的出版权，他们既是印刷商也是书商。其他 10 多位印刷商是与不同的书商合作出版的，其中部分书商却没有取得合法的剧作出版权。盗版书是指没有获得手稿的所有者或者书业公会所授予出版许可的印刷文本。1619 年书商托马

① Frank Arthur Mumby. *The Romance of Bookselling*, Boston: Little, Brown and Company 1911: 87.

② Evelyn May Albright. *Dramatic Publication in England, 1580–1640: A Study of Conditions Affecting Content and Form of Drama*, New York: D. C. Heath, 1927: 122.

斯・帕维尔（Thomas Pavier）和印刷商威廉・伽噶德出版了一本莎士比亚戏剧集，这可能就是显著的盗版书。①

从莎士比亚戏剧（尤其是第 1 对折本）在伦敦书业公会的登记来看，即使书商或者印刷商更早时间与手稿的所有者达成了出版授权的许可，印刷商可能更早就开始了书籍的规划、设计、排版等印刷事宜，常常是在临近书籍装订、销售的时间才去伦敦书业公会登记而取得许可权。②

（1）约翰・丹特（John Danter, fl. 1589–1599）被看作一些盗版书的印刷商，1582–1589 年作为约翰・代（John Day）的学徒。1594 年 2 月 6 日约翰・丹特在伦敦书业公会登记《提图斯・安德洛尼库斯》，同年稍后印刷了该剧。1597 年丹特印刷了《罗密欧与朱丽叶》的前 4 张纸，爱德华・奥尔德（Edward Allde）印刷了该剧的最后 6 张纸，该书是图书市场的典型产品。③

（2）彼得・肖特（Peter Short, 1565–1603）作为印刷商和书商，出版了 170 多个作品，他的"星星文具店"(at the sign of the star）位于面包街山上。他先后出版了莎士比亚《亨利四世　第一部》第 1、2 四开本,《亨利六世　第三部》第 1 四开本,《驯悍记》第 1、2 四开本，以及《鲁克丽丝受辱记》第 2 四开本和《维纳斯和阿多尼斯》第 5 四开本。1589 年 3 月肖特成为自由的印刷商，和理查德・亚德利（Richard Yardley）接受了亨利・邓哈姆（Henry Denham）的印刷业务，继续出版"狐狸"丛书。1595–1598 年肖特和托马斯・伊斯特（Thomas Snodham, alias East）获得了书业公会的许可印刷音乐书（牧歌曲谱），他出版了

① Baldwin Maxwell. *Studies in the Shakespeare Apocrypha*, New York: King's Crown Press, 1956: 14.

② Alfred W. Pollard. *Shakespeare's Fight with the Pirates and the Problems of the Transmission of His Text*, London: Alex. Moring, 1917: 10.

③ Harry R. Hoppe. *The Bad Quarto of Romeo and Juliet: A Bibliographical and Textual Study*, Ithaca: Cornell University Press, 1948: 9–10, 17–24.

较多欧洲大陆语言的翻译作品、拉丁语书。①

（3）詹姆斯·罗伯茨（James Roberts）是一个杰出的伦敦印刷商。1598 年 7 月 22 日罗伯茨在伦敦书业公会登记了《威尼斯商人》(the Marchaunt of Venyce or otherwise called the Jewe of Venyce.)。1602 年 7 月 26 日印刷商罗伯茨在伦敦书业公会登记了《哈姆雷特》(the Revenge of Hamlett Prince Denmarke as yt was latelie Acted by the Lord Chamberleyne his servantes.)。1603 年 2 月 7 日罗伯茨在伦敦书业公会登记《特洛伊罗斯与克瑞西达》(Troilus and Cresseda' as yt is acted by my lord Chamberlens Men.)，罗伯茨可能未获得完全授权。罗伯茨是印刷商约翰·查尔斯伍德（John Charlewood）的合作者，1593 年娶了后者的遗孀，并继承了查尔斯伍德的印刷设备和图书的出版权。此外，1600 年罗伯茨印刷了《仲夏夜之梦》，1604，1605 年罗伯茨还印刷了《哈姆雷特》第 2，3 四开本。

（4）威廉·伽噶德（William Jaggard, 1569–1623）。1599 年伽噶德印刷了包括 5 首莎士比亚十四行诗的《热情的朝圣之旅》，第 2 四开本（Q_2）标明莎士比亚是诗作者（The Passionate Pilgrim by W. Shakespeare），这个以维纳斯和阿多尼斯为主题的诗歌选集可能是一盗印版。1615 年罗伯茨把一些剧作（the players' bills or theatre programmes）的出版权转让给伽噶德。1619 年伽噶德印刷了《亨利五世》第 3 四开本，《亨利六世　第二部》第 3 四开本，《温莎的风流娘们儿》第 2 四开本和《伯里克勒斯》第 4 四开本。

（5）瓦伦丁·西姆斯（Valentine Simmes, 1561–1623）是伦敦的印刷商和书商，1585 年完成了亨利·萨顿（Henry Sutton）指导下的学徒期，1594 年印刷了第一本印有西蒙斯的书，1606 年成为印刷师傅。他的“白天鹅”文具店位于百纳德城堡附近的阿德琳山（on Adling Hill near Bainard's Castle at the sign of the White Swan），他先后出版了莎士比亚《约翰王》第 1、2 四开本，《理查德二

① Alan E. Craven. *The Compositors of the Shakespeare Quartos Printed by Peter Short*. The Papers of the Bibliographic Society of America 65 (1971): 393–397.

世》第 1、2、3 四开本,《理查德三世》第 1 四开本,《亨利四世　第一部》第 3、4 四开本,《亨利四世　第二部》第 1、2 四开本,《亨利六世　第二部》第 2 四开本；可能还包括《哈姆雷特》第 1 四开本。①

（6）威廉·怀特（William White）在伦敦书业公会取得了 7 个戏剧作品的出版权，他先后出版了莎士比亚《理查德二世》第 4、5 四开本,《亨利四世　第一部》第 5 四开本,《亨利六世　第三部》第 2 四开本,《爱的徒劳》第 1 四开本。

（7）托马斯·克里德（Thomas Creede, fl. 1593–1617）是一位伊丽莎白–雅各宾时代杰出的书商、印刷商，在泰晤士河街的“凯瑟琳·惠尔文具店”（the signe of Catherine Wheel）、老贸易市场的“飞鹰与儿童文具店”（the signe of Eagle and Children）售书，1590–1604 年出版了 26 个戏剧作品。他先后出版了莎士比亚《理查德三世》第 2–5 四开本,《亨利五世》第 1、2 四开本,《亨利六世　第二部》第 1 四开本,《罗密欧与朱丽叶》第 2 四开本,《温莎的风流娘们儿》第 1 四开本；可能还出版了《伯里克勒斯》第 1、2 四开本和 3 个莎士比亚伪作。②

（8）1615 年大托马斯·普尔富特（Thomas Purfoot Senior, 1591–1640）继承了其父亲托马斯·普尔富特（Thomas Purfoot, 1546–1615）位于圣尼古拉·沙姆布勒斯的印刷屋的事务，他先后出版了莎士比亚《理查德二世》第 6 四开本,《理查德三世》第 6 四开本,《亨利四世　第一部》第 6 四开本。

以下是莎士比亚戏剧早期版本印刷商（printer）一览表。③

---

① W. Craig Ferguson. *Valentine Simmes printer to Drayton, Shakespeare, Chapman, Greene, Dekker, Middleton, Daniel, Jonson, Marlowe, Marston, Heywood and other Elizabethans*. Charlottesville: Bibliographical Society of the University of Virginia, 1968: 16.

② F. E. Halliday. *A Shakespeare Companion 1564–1964*. Baltimore: Penguin, 1964: 120.

③ Adam G. Hooks. *Selling Shakespeare: Biography, Bibliography, and the Book Trade*, Cambridge: Cambridge University Press, 2016: 66.

Plays	Quarto 1	Quarto 2	Quarto 3	Quarto 4	Quarto 5	Quarto 6
King John	1594,[ ] ?	1611, Valentine Simmes	1622, [Aug.] Augustine Mathewes			
Richard II	1597, Valentine Simmes	1598, Valentine Simmes	1598, Valentine Simmes	1608, William White	1608, [W.W.] William White	1615, Thomas Purfoot
Richard III	1597, Valentine Simmes, [Peter Short]	1598, Thomas Creede	1602, Thomas Creede	1605, Thomas Creede	1612, Thomas Creede	1622, Thomas Purfoot
Henry IV Part 1	1598,[P.S.] Peter Short	1599, Peter Short	1604, Valentine Simmes	1608, [Valentine Simmes]	1613, [W.W.] William White	1622, [T.P.] Thomas Purfoot
Henry IV Part 2	1600, Valentine Simmes	1600, Valentine Simmes				Henry IV Part 1,[Q0, 1598] ?
Henry V	1600, Thomas Creede	1602, Thomas Creede	1619 [1608] , William Jaggard			
Henry VI, Part 2	1594, Thomas Creede	1600, Valentine Simmes	1619, [William Jaggard]			
Henry VI, Part 3	1595,[P.S.] Peter Short	1600, [W.W.] William White				
Edward III	1596, [?Thomas Scarlet]	1599, Simon Strafford				

（续表）

Plays	Quarto 1	Quarto 2	Quarto 3	Quarto 4	Quarto 5	Quarto 6
Titus Andronicus	1594, John Danter	1600, James Roberts	1611, ?			
Hamlet	1603, [Valentine Simmes] ?	1604 [J.R.] James Roberts	1605, [J.R.] James Roberts	1611, [ ] ?	1622, [W.S.]	
King Lear	1608, [Nicholas Okes] ?	1619 [1608] , [ ] ?				
Pericles	1609, [William White, Thomas Creede]	1609, [William White, Thomas Creede]	1611, [S.S.] Simon Stafford	1619, William Jaggard	1630, John Norton	1635, [ ] ?
Othello	1622, [N.O.] Nicholas Okes					
Romeo and Juliet	1597, John Danter	1599, Thomas Creede	1609, [ ] ?	1622, John Windet	1622, [ ] ?	
Love's Labour's Lost	1598, [W.W.] William White					
A Midsummer Night's Dream	1600, Richard Braddock	1619, James Roberts				
Much Ado About Nothing	1600, [ ] ?					

（续表）

Plays	Quarto 1	Quarto 2	Quarto 3	Quarto 4	Quarto 5	Quarto 6
The Merchant of Venice	1600,［J. R.］James Roberts	1619［1600］, James Roberts				
The Merry Wives of Windsor	1602,［T.C.］Thomas Creede	1619,［William Jaggard］?				
Troilus and Cressida	1609, G.［George］Eld	1609, G.［George］Eld				
The Taming of the Shrew	1594, Peter Short	1596, Peter Short	1631, William Stansby			
Two Noble Kinsmen	1634,［Tho.］Thomas Cotes					

四、莎士比亚戏剧的第 1 对折本与图书贸易

莎士比亚戏剧的第 1 对折本包含 36 个戏剧作品，它是雅各宾时代卓越的戏剧集。第 1 对折本新增了此前从未出版过任何四开本的 18 个戏剧，超出了对已出版的戏剧文本的简单整理和编辑。曾经取得了 6 个莎士比亚戏剧出版权的书商约翰·斯密思威克、威廉·阿斯普利可能参与了第一对折本的出版。对折本、四开本、八开本作为不同形式的印刷文本，都是优雅且高贵的文学文本。同样，昂贵的对折本、廉价的四开本、八开本也是图书贸易中的商品，在图书市场上是具有风险的投资计划，尤其是对于贸易印刷商而言，它们在伦敦的圣保罗大教堂、船队街、皇家贸易市场等地的诸多书商文具店售卖。1609 年

约翰·哈林顿爵士现存的2份书单中包括了17个莎士比亚戏剧的四开本（不计重复）：1602年莎士比亚《温莎的风流娘们儿》（Merry wyves winsor, Mery wyves of winsor），1608年莎士比亚《李尔王》，其他还有《理查德二世》（Richard the 2.）、《亨利四世　第一部》（Henry the fourth. 1）、《亨利四世　第二部》（Henry the fourth. 2）、《亨利五世》（Henry the fift. Pistol.）、《亨利六世　第二部》（York and Lanc. j. part）、《理查德三世》（Richard ye 3d）、《亨利八世》（Henry the viijt）、《哈姆雷特》（Hamlet）、《威尼斯商人》（The Marchant of Venice）、《罗密欧与朱丽叶》（Romeo and Iulyet）、《驯悍记》（The taming of a shrow, Taming of a shrow）、《无事生非》（Moch adoe about nothing）、《爱的徒劳》（Loves labor lost）、《仲夏夜之梦》（Midsomer night dream）、《伯里克勒斯》（Pericles, Perocles. pr. of Tyre），和2个伪莎士比亚戏剧的四开本：1607年莎士比亚《女清教徒》（Puritan wyddow, Puritan widdow），1608年莎士比亚《约克郡悲剧》（Yorkshire Tragedy, Yorkshyre tragedy）。

首先谈谈莎士比亚戏剧的第1对折本。莎士比亚去世后的第7年出版了第1对折本，标题页标明第1对折本由两位国王剧团的演员和莎士比亚的好友约翰·赫明（John Heminge, 1566–1630）和亨利·康德尔（Henrie Condell, ?–1627）整理、编辑并监督印刷，爱德华·布朗特、艾萨克·伽噶德出版（Printed by Isaac Iaggard, and Ed. Bount）。

1623年11月8日印刷商兼书商爱德华·布朗特和印刷商艾萨克·伽噶德在伦敦书业公会登记了《莎士比亚喜剧、历史剧和悲剧集》（*Mr William Shakespeers Comedyes Histories, and Tragedyes.*）包括16个戏剧，即《暴风雨》《维罗纳的二绅士》《一报还一报》《错误的喜剧》《如愿》《皆大欢喜》《第十二夜》《冬天的故事》《亨利六世　第三部》《亨利八世》《科里奥拉纳斯》《雅典的泰门》《尤利乌斯·恺撒》《麦克白》《安东尼和克利奥帕特拉》《辛伯林》。该登记还特别指出，这16个莎士比亚戏剧是别的剧团从未登记过的戏剧（not formerly entred to other men)。1623 年 11 月威廉 · 伽噶德去世，他的儿子艾萨克继承了这个宏伟的出版计划。1622 年威廉 · 伽噶德失明之前，布朗特可能已经参与第 1 对折本的印刷出版。除开布朗特的资金投入，对第 1 对折本文本的深入分析可能部分揭示他的直接贡献。①

人们已经无法知道第 1 对折本的出版计划是如何开始的。1619 年 3 月 13 日理查德 · 伯比奇去世，可能是约翰 · 赫明、亨利 · 康德尔收集并出版已故的莎士比亚“戏剧集”的直接原因。印刷商威廉 · 伽噶德是务实的，他对图书市场也是敏锐的，敢于在出版“莎士比亚戏剧集”上冒险 / 投机行为，便有了 5 人的合作出版，5 个合作出版者拥有 36 个剧作的完全出版权。1622 年秋季（10 月）德意志法兰克福书展上的一份英文图书目录记载，全一卷本“莎士比亚戏剧集”由伊萨克 · 伽噶德用对折本形式印刷（Playes written by Mr. William Shakespeare, all in one volume, printed by Isaac Jaggard, in fol.)。1624 年春季德意志法兰克福书展目录中再次出现“莎士比亚戏剧集”第 1 对折本（Master William Shakesperes workes, printed for Edward Blount, in fol.)，标明爱德华 · 布朗特也是书商。这 2 份信息简略的书展目录并不能为第一对折本提供更多的印刷出版信息。

第一对折本是一本取得完全出版权的、合法的出版物，在《亨利八世》《科里奥拉努斯》之间出现了《特洛伊罗斯与克瑞西达》，但目录只列出了 35 部，没有该剧。这可能是因为很晚才获得《特洛伊罗斯与克瑞西达》的出版权，伦敦书业公会记录 1609 年 1 月 28 日书商亨利 · 沃利、理查德 · 博尼安取得了《特洛伊罗斯与克瑞西达》的出版权，却没有 1609 年之后的出版权转让。第一对折本新增加了《约翰王》《理查德三世》《亨利六世　第一部》《亨利八世》《麦克白斯》《尤利乌斯 · 恺撒》《雅典的泰门》《暴

① Emma Smith. *Shakespeare's First Folio: Four Centuries of an Iconic Book*, Oxford: Oxford University Press, 2016: 14.

风雨》《辛柏林》等9个过去没有刊印过的剧作。1608年5月20日书商爱德华·布朗特在伦敦书业公会登记《伯里克勒斯》(the booke of Pericles prynce of Tyre.)，然而布朗特从未出版该书。1614年爱德华·布朗特与威廉·伽噶德合作出版了《爱德华·德林作品集》(*Edward Dering's Workes*)。1615年威廉·伽噶德可能获得了4个以上莎士比亚剧作的出版权（见上）。1623年12月5日爱德华·德林爵士的账簿记录了他以2英镑购买了"莎士比亚戏剧集"和"本·琼森作品集"两卷。① 现存有爱德华·德灵的莎士比亚《亨利四世》第一、二部抄写稿（Dering's manuscript）。此外，约翰·赫明和亨利·康德尔可能以国王剧团的名义授予了其他10多个剧作出版权。②

1623年《莎士比亚喜剧、历史剧和悲剧集》第1对折本因为其庞大的体积、厚度大于宽度而令人印象深刻，重量近5磅，双栏页，454张/908页，具体印数不明。虽然第1对折本宣称"按照［已故作者］真正的原初作品印刷"（Published according to the True Original Copies），对比各个早期四开本，该戏剧集中的文本大多发生了较大的修改与订正。1807年图书管理员威廉·阿普科特（William Upcott）指出第1对折本包含368个印刷错误。（1）该书扉页有本·琼森写作的10行诗《致读者》;（2）标题页上包含一幅侨居伦敦的佛兰德画家马丁·德鲁肖特（Martin Droeshout, 1560–1642）制作的莎士比亚雕版肖像;（3）下2页是献给保护人/赞助者彭布洛克伯爵兼宫内大臣威廉·赫伯特和蒙哥马利伯爵菲利浦·赫伯特兄弟的献辞，1909年莎士比亚《十四行诗集》扉页上的保护人Mr. W. H. 也许即是威廉·赫伯特。现存曼彻斯特大学约翰·赖

① James O. Halliwell. *A brief hand-list of books, manuscripts, &c., illustrative of the life and writings of Shakespeare*, London: Printed by J. E. Adlard, 1859: vi.

② Charles Clement Walker. *John Heminge and Henry Condell, Friends and Fellow-actors of Shakespeare*, London: C. J. Clay & Sons, 1896: 19–26.

兰德图书馆的《十四行诗集》扉页上附写着购买价格为 5 便士。爱德华·艾伦《回忆录》记载《十四行诗集》第 1 四开本的售价是 5 便士（a book Shaksper Sonets 5d）；①（4）接着是约翰·赫明和亨利·康德尔写作的序诗《致广大的读者》(To the great Variety of Readers)，这首赞美诗更近似一份商业广告，暗示早期四开本的可能售价是 6 便士，或者 3–5 先令（Judge your six-pen'orth, your shillings worth, your five shillings worth at a time, or highcr,)。对折本大约是 1 英镑，当然这是不菲的价格，“所有书籍的命运都取决于……你的钱包”。《温莎的风流娘们儿》第一场第 1 幕中的斯兰德宣称 40 多先令买了一本十四行诗和歌曲本（I had rather then forty shillings I had my booke/of Songs and Sonnets heere）；（5）下 2 页是本·琼森写作的另一首赞美诗《纪念作者威廉·莎士比亚》，赞美莎士比亚是“埃文河优雅的天鹅”(Sweet Swan of Avon)。（6）而后是休·霍兰德写作的十四行诗《关于著名的博学诗人和师傅威廉·莎士比亚的诗行与生平》；（7）附录了莎士比亚喜剧、历史剧和悲剧的目录；（8）当代数学家伦纳德·迪格斯（L.［Leonard］Digges）和詹姆斯·梅贝（I. M.［James Mabbe］）分别写作的诗歌《纪念威廉·莎士比亚》，迪格斯同样向两位编辑者约翰·赫明和亨利·康德尔致敬；（9）附录了演出过这些戏剧的 26 位［宫内大臣剧团、国王剧团］演员名单，也许还有别的演员未列入这份名单中。为了获得更好的商业利益，第 1 对折本显然是经过长时间计划、严谨设计、精心制作的文学书籍，它采用比四开本圣经更好的纸张。

第 1 对折本是莎士比亚戏剧最重要的早期版本，首次权威性地确认了莎士比亚所写作的 36 个戏剧作品。1632，1663，1664，1685 年《莎士比亚喜剧、历史剧和悲剧集》先后印刷了第 2、3、4 对折本。1664 年书商菲利普·切特温德（Philip Chetwinde）重印了第 3 对折本，并从早期出版的四开本剧作中发

① Katherine Duncan-Jones, *Ungentle Shakespeare: Scenes from His Life*, London: Arden, 2001: 218.

现 7 个所谓莎士比亚的剧作，宣称这 7 个新增戏剧从未在对折本中印刷过，即共包含 43 个剧作（And unto this impression is added seven Playes, never before Printed in Folio ... London: Printed for P. C., 1664.）。在此后一百多年里，新增剧作的作者身份一直受到质疑。人们认为除开《伯里克勒斯》之外，其他剧作都是莎士比亚的伪作。1700 年以后，莎士比亚研究逐渐发展起来，1709 年尼古拉斯·罗放弃了对折本的形式，用全新的版面设计重新印刷了《莎士比亚作品集》（Nicholas Rowe, *The Works of Mr. William Shakespear*），这个全新的 6 卷插图本包含 37 个莎士比亚剧作和 6 个伪作。

其次谈谈伦敦的图书市场。伦敦的图书市场或者书籍交易基本上发生在东部老伦敦城、西部西修道院区和南岸坊贸区的某些特定地点，这可能是国王或者特权贵族特别准许的。莎士比亚的戏剧作为通俗书籍，大部分早期版本都在其标题页上明确显示文具商的售卖地点，然而盗版书所标明的售书地点往往是错误信息。

由于沿袭中世纪的传统习惯，一般的，文具店和剧院都以旗幡作为商业广告标志，而旗幡上则有各自分别的纹章图案。每一个书商都有自己固定的售卖图书的商店（Shop，以下简称为“文具店”），售卖莎士比亚戏剧的文具店因不同的书商而异，大多数都在东区的老伦敦城，尤其是以圣保罗大教堂院内（the churchyard of old St Paul’s）为中心，向西到霍尔本（Holborn），向东到奥尔德斯门（Aldersgate）。

（一）伦敦城圣保罗大教堂院内及其附近有 10 多家文具店。朱利安·诺塔里（Julian Notary）、理查德·朱格（Richard Jugge）等印刷商曾在伦敦船队街印刷出版书籍。8 个圣保罗大教堂的印刷商印刷了莎士比亚戏剧：（1）安德鲁·怀斯在圣保罗大教堂院内“天使”（the signe of the Angel）文具店售卖《理查德二世》第 1 四开本（Q1, 1597），《亨利四世　第一部》第 1 四开本（Q1, 1598），和《理查德三世》第 1–3 四开本。（2）1608 年以后马修·劳则在圣保罗大教堂院内“狐狸”文具店售卖《理查德二世》的第2–5四开本（Qs），和《理查德三世》第4–6四开本。（3）托马斯·海耶斯在圣保罗大教堂院内“绿龙”文具店（the signe of the Greene Dragon）售卖《威尼斯商人》第1四开本（Q1, 1600）。（4）亚瑟·约翰逊在圣保罗大教堂院内“百合花与王冠”文具店（the signe of the Flower de Leuse and the Crowne）售卖《温莎的风流娘们儿》第1四开本（Q1, 1602）。（5）纳撒尼尔·巴特在圣保罗大教堂院内（靠近圣奥斯汀门）的“斗牛犬–公牛”文具店（the signe of the Pide Bull）售卖《李尔王》第1四开本（1608）。（6）亨利·沃利、理查德·博尼安在圣保罗大教堂背向北大门（ouer against the great North doore）的“飞鹰”（the Spred Eagle）文具店售卖《特洛伊罗斯与克瑞西达》第1、2四开本。（7）爱德华·怀特、托马斯·米林顿在圣保罗教堂小北门的“火枪”文具店售卖《泰图斯·安德洛尼库斯》第1–3四开本（at the little North doore of Paules Church at the signe of the Gunne）。（8）托马斯·米林顿、约翰·巴斯比在圣保罗大教堂上方邻近的卡特巷的自家住房售卖1600年《亨利五世》第1四开本（are to be sold at his house in Carter Lane, next the Powle head）。（9）来自埃文河畔的斯特拉特福德的印刷商兼书商理查德·菲尔德（Richard Field）的文具店在圣保罗教堂院内的“白色灰头猎犬”文具店售卖《维纳斯与阿多尼斯》第1、2四开本（at the signe of the White Greyhound in Paules Church-yard）。

（二）1500–1580年以来西部的西修道院区船队街有近10家文具店和印刷屋。威廉·拉斯特尔（William Rastell）、罗伯特·雷德曼（Robert Redman）、托马斯·贝切莱特（Thomas Berthelet）、温金·德·沃德（Wynkyn de Worde）、理查德·托特尔（Richard Tottel）、约翰·韦兰德（John Waylamd）等印刷商曾在西修道院区的船队街印刷出版书籍。共有6个船队街的印刷商印刷了莎士比亚戏剧：（1）托马斯·费舍尔在船队街的“白鹿”文具店（the Signe of the White Hart）售卖《仲夏夜之梦》第1四开本（Q1, 1600）。（2）尼古拉斯·林、约翰·特鲁戴尔在船队街的圣敦斯顿教堂院内的文具店售卖《哈姆雷特》第 1–3 四开本。（3）约翰·赫尔姆在伦敦船队街的圣敦斯顿教堂院内（Saint Dunstons Churchyard in Fleetestreet）的文具店售卖《约翰王》第 2 四开本（Q2, 1611）。（4）托马斯·丢在船队街的圣敦斯顿教堂院内售卖《约翰王》第 3 四开本（Q3, 1622）。（5）约翰·斯密斯威克在船队街的圣敦斯顿教堂院内的"航标仪"（the Diall/Dyall）文具店售卖《哈姆雷特》第 4 四开本（Q4）。（6）斯密斯威克在其文具店售卖《罗密欧与朱丽叶》第 3、4 四开本。

（三）伦敦皇家贸易市场（the Royall Exchange/Exchange）有多家文具店，（1）桑普森·克拉克在皇家贸易市场仓贮区的文具店（the backe-sake of the Royall Exchange）售卖《约翰王》第 1 四开本（Q1, 1591）。（2）托马斯·帕维尔在皇家贸易市场谷物山（Cornhill）的"猫与鹦鹉"（the signe of the Cat and Parrets）文具店售卖《亨利五世》（Q2, 1602）。（3）卡特伯特·伯比（Cuthbert Burby）在邻近皇家贸易市场的文具店售卖《泰图斯·安德洛尼库斯》第 1 四开本（Q1, 1594），《驯悍记》第 1、2 四开本，和《罗密欧与朱丽叶》第 2 四开本（Q2, 1599）。1590 年代他在伦敦书业公会登记了 13 个戏剧作品的出版权，推动了戏剧文本的广泛传播。（4）1591 年《约翰王困难重重的统治》第 1 四开本在桑普森·克拉克（Sampson Clarke）位于皇家贸易市场背后的文具店（are to be solde at his shop, on the backe-side of the Royall Exchange）售卖。

（四）伦敦老贸易市场的不列颠圣餐布箱［街道］（Brittans Bursse）有沃克利的文具店，托马斯·沃克利在伦敦不列颠圣餐布箱［街道］的"飞鹰与孩童"（the Eagle and Child）文具店售卖《奥赛罗》第 1 四开本（Q1, 1622）。

（五）伦敦谷物墙［街］圣彼得教堂下方有米林顿的文具店，托马斯·米林顿在谷物墙（Cornwall）［街］圣彼得教堂下方的文具店售卖《亨利六世　第一部》第 1、2 四开本，和《亨利六世　第二部》第 1、2 四开本。

E. G. 杜弗《1476–1535 年威斯敏斯特和伦敦的印刷商、文具商和装订工》

指出，早期印刷商威廉·卡克斯顿（William Caxton）、温肯·德沃德（Wynkyn De Worde）的印刷屋位于威斯敏斯特［西修道院区］，后者出版了插图版《列那狐》（*Reynard the Fox*, 1500）等。1498 年印刷商朱利安·诺塔里（Julian Notary）在西修道院区的国王街建立了印刷屋，用哥特字体印刷《阿尔贝特论语义［表达］方式》（Albertus de modis significandi），诺塔里还出版了乔叟《恋情与怨语》（*Love and Complaintes between Mars and Venus*）。西修道院区的印刷商可能还包括简·巴比耶（Jean Barbier）、简·郁文（Jean Huvin）等。①

在莎士比亚戏剧的 40 多个四开本中，还有 10 个印刷文本［的标题页］没有标明书商的售卖地点。这些书商、印刷商、销售商的不完整信息并不意味着它们是盗印本，《罗密欧与朱丽叶》（Q1, 1597）、《爱的徒劳》第 1 四开本（Q1, 1598）、《无事生非》第 1 四开本（Q1, 1600）、《威尼斯商人》第 2 四开本（Q2, 1600）、《仲夏夜之梦》第 2 四开本（Q2, 1600）、《哈姆雷特》（Q1, 1603）、《温莎的风流娘们儿》第 2 四开本（Q2, 1619）、《李尔王》第 2 四开本（Q2, 1619）、《亨利五世》第 3 四开本（Q3, 1619）、《亨利六世　第二部》第 3 四开本（Q3, 1619）没有卖书地点。

五、结语

剧团和舞台剧场所构成的戏剧［表演］行业，与书籍出版与书籍售卖的书业是两个不同的行业。伦敦书业公会登记簿上的 30 多条登记，表明莎士比亚戏剧在伊丽莎白-雅各宾时期受到了普遍的欢迎。莎士比亚戏剧总是在持续的演出过程中修改和增写，但不同的印刷版本并不总是随意的、被篡改的文本。与诸多“大学才子派”剧作家不同的是，莎士比亚戏剧主要是模仿、改写或者合作

① Edward Gordon Duff. *The Printers, Stationers, and Bookbinders of Westminster and London from 1476 to 1535*, New York: Arno Press, 1977: 37.

编写的。[①] 舞台表演，尤其是伦敦专业剧院的表演，作为一种文化现象，是伊丽莎白时期引人注目的大众娱乐事件。莎士比亚戏剧的早期版本则是剧团在伦敦书业公会授予书商或者印刷商出版的，莎士比亚几乎没有参与任何戏剧出版的过程。

作为一个卓越的剧作家，莎士比亚的戏剧生涯是成功的。日趋繁荣的书籍贸易，为莎士比亚戏剧的出版提供了社会促动力。由于伦敦书业公会的监督管理，莎士比亚戏剧的早期版本大多数是宫内大臣剧团、国王剧团授予一些印刷商、书商特定剧作的出版权而刊印出来的。伦敦书业公会的登记包括莎士比亚剧作的出版许可和出版权的转让。莎士比亚戏剧也产生了少数未授权的盗印本，甚至出现了伪莎士比亚戏剧。与其诗歌作品的出版不同，莎士比亚没有直接参与到这些戏剧作品的印刷与书籍贸易活动中。这些印刷文本为其印刷商、书商带来了足够的商业利益，也为迅速增多的读者带来了阅读便利。莎士比亚戏剧的第 1 对折本出现在法兰克福书展的目录中，表明国际书籍贸易扩展了莎士比亚的文学声誉。

1500 年以来活字印刷愈来愈深刻地改变了英格兰社会。与剧院里的舞台表演不同，印刷文本（对折本、四开本、八开本等）可以用持久的方式把戏剧表演持续地固定在纸面上。莎士比亚戏剧中丰富而明了的舞台指示表明戏剧文本并没有完全远离舞台表演，相反，它们会召唤读者回到黑修士剧院、环球剧院等人们熟悉的舞台场景，并把戏剧舞台作为结构要素永久性地插入戏剧情节中。莎士比亚戏剧的早期版本作为特定的印刷文本，要求得到读者的尊重，而阅读能力往往是一个人所属阶层值得称赞的标志。除开继承中世纪的象征与寓言的法则，“自然”是文艺复兴时期戏剧创作所坚持的古典原则，不是说戏剧的印刷

---

① Lene B. Petersen. *Shakespeare's Errant Texts: Textual Form and Linguistic Style in Shakespearean Bad Quartos and Co-authored Plays*, Cambridge, New York: Cambridge University Press, 2010: 7.

文本比戏剧表演本身更真实，也不是说印刷文本不易受到读者 / 观众倾向性解读的影响。作为早期现代英语文本，莎士比亚戏剧的印刷文本持久地再现了伊丽莎白-雅各宾时代在物质方面和精神方面的社会图景。

第二节　论莎士比亚戏剧的早期版本与伦敦剧场、舞台表演及舞台提示

英格兰戏剧经历了中世纪圣经戏剧（Bible plays, liturgical drama）到道德剧（morality plays）再到伊丽莎白时代文艺复兴戏剧的演变 / 发展。1570 年代切斯特的道德剧和考文垂的系列［神秘］剧（cycle plays）迅速走向衰落，伦敦的人文主义戏剧逐渐发展起来。都铎王朝的学者 / 抄写员收集并保存了早期的戏剧文本，他们将中世纪戏剧描述为公共的、神圣的和天主教的，人文主义戏剧则是专业的、世俗的和新教的。1576 年之前英格兰有丰富多样的戏剧传统，现存近 100 个戏剧（抄写稿），现有记载却已佚失的戏剧超过 200 个。① 在活字印刷的戏剧文本出现之前，持久的记忆力是自由演员的基本技能，莎士比亚在第 122 首十四行诗中宣称一种“持久的记忆力”(... are within my braine/Full characterd with lasting memory, ... so long as braine and heart/Haue facultie by nature to subsist)。② 在 16 世纪英格兰，传统戏剧即兴表演和人文主义戏剧短暂地混合在一起，二者可能出现了激烈的竞争，然而纸张的大量生产与活字印刷在根本上改变了传统戏剧作为口头文学的形态，抄写 / 印刷的文学文本使得戏剧表演更为规范和职业化。③

---

① Tucker Brooke. *The Tudor drama: a history of English national drama to the retirement of Shakespeare*, Hamden: Archon Books, 1964: 47.

② John Barnard, Donald Francis McKenzie ed., *The Cambridge History of the Book in Britain: 1557–1695*, Volume 4, Cambridge: Cambridge University Press, 2002: 101.

③ Lawrence M. Clopper. *Drama, Play, and Game: English Festive Culture in the Medieval and Early Modern Period*, Chicago, London: University of Chicago Press, 2001: 20.

1510 年代英格兰出现印刷的戏剧文本，一些印刷的戏剧单行本出现了包含标题、装饰画和印记的标题页，例如，1512–1516 年间出版印刷的幕间剧《福尔根斯和卢克丽丝》(*Here is coteyned a godely interlude of Fulgens Cenatoure of Rome. Lucres his doughter*)；1518/1519 年出版印刷的道德剧《平凡的人》(*Everyman*)，?1520 年出版印刷的对折本《庄严的君王》(John Skelton, *Magnyfycence, A goodly interlude and a mery deuysed and made by mayster Shelton*)，1560 年出版印刷的《罗宾汉与修士》(*Robin Hood and the Friar*)，《罗宾汉与罐子》(*Robin Hood and the Potter*)。随着 1576–1577 年在伦敦建立了戏剧院（The Theatre）、窗户剧院（Curtain Theatre），旅行剧团在伦敦的商业表演开始确立。约翰·诺斯布鲁克《反对掷骰子、跳舞、戏剧和幕间剧》(John Northbrooke, *A Treatise Against Dicing, Dancing, Plays and Interludes*, 1577）表明英格兰的戏剧表演逐渐走向繁荣。① 莎士比亚在《李尔王》《亨利五世》《爱的徒劳》等剧中谈论到老 / 旧的戏剧或者老 / 旧的喜剧：（1）Bardolfe and Nym had tenne times more valour, then this roaring diuell i'th olde play (*Henry V*, IV, 4)（2）Our woing doth not end like an old Play (*Love's Labour's Lost*, V, 2)（3）he comes like the Catastrophe of the old Comedie (*King Lear*, I, 2)。这些老 / 旧的戏剧可能指中世纪圣经戏剧、16 世纪的道德剧、神秘剧（mystery plays）和奇迹剧（miracle plays or Saint's Plays），或者别的旅行剧团职业表演［例如，哑剧（mumming plays）等］。②

人们把文学文本和表演看作戏剧的两个方面，但戏剧的文学文本和舞台表演在起源和效果上没有关联。在严格的意义上，二者可能并不构成同一个戏剧实体。舞台表演不完全是对文学文本在舞台上的视觉再现，或者文学文本的最

① David M. Bevington. *From Mankind to Marlowe: Growth of Structure in the Popular Drama of Tudor England*. Cambridge, Massachusetts: Harvard University Press, 1962: 43.

② Frederick Samuel Boas. *An Introduction to Tudor Drama*, New York: AMS Press, 1978: 42.

直接表演实践。戏剧的文学文本和舞台表演是不同的、不连续的生产模式。戏剧的文学文本（无论古代抄写稿、印刷书，还是现今的电子书）都可以更广泛、更频繁地使用；在不同的时期，戏剧的舞台表演则与特定的剧场、剧团、演员和观众相关，剧团及其演员则可能采用多种适合观众和时代精神的舞台象征符号系统。根据亚里士多德《诗学》来看，古希腊的戏剧表演显然早于戏剧文本在羊皮纸上的书写。埃斯库罗斯、索福克勒斯等参与雅典酒神节的戏剧比赛，较早留下了戏剧文本的抄写稿。① 在伊丽莎白–雅各宾时代的英格兰，戏剧文本写作及其印刷出版、戏剧的舞台演出分别属于两个不同的行业公会，前者属于书籍–文具行业公会（简称为书业公会），后者属于文艺保护人制度下的戏剧表演行业。②

一、莎士比亚戏剧的印刷文本及其类别问题

18 世纪以来出现了莎士比亚戏剧现代文本的重大改变。1700 年书商雅各布·侗森（Jacob Tonson, 1656–1736）取得了莎士比亚所有戏剧的出版权，诗人和剧作家尼古拉斯·罗（Nicholas Rowe, 1674–1718）担任编辑，先后出版了 8 卷插图版八开本《莎士比亚作品集》(*The Works of Mr. William Shakespear*)，放弃了对折本形式，增加了 17 世纪晚期至 18 世纪初期舞台表演的插图。尼古拉斯·罗尝试为每个戏剧文本增添了戏剧人物列表、舞台指示、表演信息和场景划分，这些场景划分几乎是过度偏向于罗马古典戏剧的传统。1709 年尼古拉斯·罗（Nicholas Rowe, *Some Account of the Life of Mr. William Shakespear*）为

① Aristotle. *Poetics* (Clarendon Greek Text and English Commentary), ed. by Donald William Lucas, Oxford: Oxford University Press, 1968: 95.

② Tamara Atkin. *Reading Drama in Tudor England*, New York: Routledge, 2018: 24.

重印的新莎士比亚戏剧集提供了最早的莎士比亚传记和评论。① 作为 S. 约翰逊的朋友和作家，夏洛特·伦诺克斯（Charlotte Ramsay Lennox, 1729/30–1804）收集整理了莎士比亚第一批原始资料集。1753–1754 年三卷本《描述莎士比亚：虚构的和历史的［戏剧］故事……及评论》对 22 个莎士比亚戏剧及其题材（情节来源）进行了细致的比较研究，并指责莎士比亚的情节改编。②1843 年约翰·佩恩·科利尔《莎士比亚文库》(John Payne Collier, *Shakespeare's Library*; W. Carew Hazlitt，1875 年修订）汇集了 19 世纪最详实的莎士比亚研究文献。1957–1972 年杰弗里·布洛编辑的七卷本《莎士比亚的叙事和戏剧来源》(Geoffrey Bullough, *Narrative and Dramatic Sources of Shakespeare*) 取代了这些早期的文献集。1970 年萨缪尔·肖恩班《莎士比亚传》(Samuel Schoenbaum, *Shakespeare's Lives*）是一本基于事实的、信息丰富的、较完善的传记。

19 世纪以来的原创性（Origin and originality）文学观念，意味着诗人或者剧作家是唯一的、自主的、原初的、新颖的、创造性的文本制作 / 生产者，目录学家迈克凯洛（Ronald Brunlees McKerrow）等把原创性观念用于莎士比亚戏剧的批评。16 世纪英格兰诗人和印刷商广泛试验了一种新的文学形式，这是一个复制、模仿典范和仿作（reproductions）的时期。在严格的意义上，几乎莎士比亚的所有戏剧都不是独立的原创产物。借用、模仿、戏仿（parody)、改写 / 改编别的剧作，是莎士比亚及同时期职业剧作家常见的文学现象。③ 例如，《仲

① Peter Holland. *Modernizing Shakespeare: Nicholas Rowe and The Tempest*. Shakespeare Quarterly, Vol. 51, No. 1 (Mar., 2000), 24–32.

② Charlotte Lennox. *Shakespear Illustrated, or the Novels and Histories, On Which the Plays of Shakespear are Founded, Collected and Translated from the Original Authors, with Critical Remarks by the Author of the Female Quixote*, London: A. Millar, 1753–1754.

③ Matthew Zarnowiecki. *Fair Copies: Reproducing the English Lyric from Tottel to Shakespeare*, Toronto: University of Toronto Press, 2013: 5.

夏夜之梦》中的戏中戏“皮拉姆斯与提斯柏”（Pyramus and Thisbe），可能是对某一糟糕戏剧的模仿或者喜剧化的戏拟，甚至《约翰王》可能是从女王剧团的喜剧改写 / 改编而来。1539 年出版了约翰·巴尔的幕间剧《约翰王》（John Bale, *Kynge Johan*）。1591 年书商桑普森·克拉克（Sampson Clarke）首次出版了匿名《约翰王困难重重的统治》（*The Troublesome Raigne of Iohn King of England*）第 1 四开本（两个单册，第二册标题为 *The Second Part of the Troublesome Raigne of King John*）。1611 年印刷商瓦伦丁·西蒙斯（Valentine Simmes）为书商约翰·赫尔姆（Iohn Helme）出版了第 2 四开本（The First and Second Part of the Troublesome Raigne of John King of England），标题页包含 2 个互相矛盾的信息：其一，有剧作者署名（Written by W. Sh.），1598 年之前宫内大臣剧团可能已经取得该剧作，莎士比亚改写 / 改编为新的《约翰王》，宫内大臣剧团演出过该剧；其二，宣称最近女王剧团多次演出过［As they were (sundry times) lately acted by the Queenes Maiesties Players］，因此这可能是非法的盗印版。①1588–1603 年英格兰，优雅（Euphuism）与巧智（wit）是社会文化的主流风尚，古典文学在人文主义教育中占据了崇高的地位。亚里士多德《诗学》与贺拉斯《诗艺》等倡导的模仿自然原则，与现代原创（Original）观念不同，②塞缪尔·罗利（Samuel Rowley）、威廉·罗利（William Rowley）、威廉·莎士比亚、托马斯·海伍德和内森·菲尔德（Nathan Field）等剧作家常常与剧团别的演员一起谈论常演剧目，以便于戏剧本身更符合［主要］演员。③为了迎合来到剧场的观众，英格兰文艺复兴时期戏剧并不推崇原创（Original）的文学观念，各

① Samuel Frederick Johnson, William R. Elton, William B. Long ed., *Shakespeare and Dramatic Tradition*, Newark: University of Delaware Press, 1989: 96.

② John Erskine. *Originality in Literature*, The North American Review, Vol. 216, No. 805 (Dec., 1922), pp. 735–749.

③ Gerald Eades Bentley. *The Professions of Dramatist and Player in Shakespeare's Time, 1590–1642*, Princeton: Princeton University Press, 1986: 76.

商业剧团在话语、戏剧题材和表演技巧上都必须表现出对传统的沿袭和积极追求主流时尚。①

首先谈谈莎士比亚 1593–1594 年的印刷文本。一般的，莎士比亚诗歌和戏剧的早期版本的标题页都包含木版雕刻印刷插画 / 插图，而活字印刷的作品文本可能附有插画 / 插图，这些装饰图画象征性地解释说明了作品的主题和伦理取向。②1592–1594 年莎士比亚在伦敦生活，开始了其创作诗歌和戏剧的文学生涯。莎士比亚印刷 / 出版了叙事诗《维纳斯与阿多尼斯》《鲁克丽丝》和戏剧《提图斯·安德洛尼库斯》《亨利六世　第二部》的最早四开本。（1）亨斯洛的日记（Henslowe's diary）表明，1592 年 4 月 11 日斯特兰奇–海军上将剧团在玫瑰剧院演出《提图斯和维斯帕先》(Titus and Vespasian)。亨斯洛的日记表明，1594 年 1 月 24 日苏塞克斯勋爵–女王剧团在玫瑰剧院首次演出《提图斯·安德洛尼库斯》(titus & ondronicus)。③1594 年 2 月 6 日印刷商约翰·丹特在伦敦书业公会登记了《提图斯·安德洛尼库斯》，1594 年稍晚丹特印刷了《提图斯》第 1 个四开本，由文具商爱德华·怀特、托马斯·米林顿出售，(现仅存一本)。该剧可能原初是斯特兰奇–海军上将剧团、彭布罗克伯爵剧团、苏塞克斯伯爵剧团的常演剧目，宫内大臣剧团如何取得这一“复仇悲剧”的所有权未知，这个授权出版的合法版本不是一个回忆性重构的戏剧文本。（2）1594 年 3 月 12 日书商托马斯·米林顿在伦敦书业公会登记了《约克与兰开斯特两个显耀家族的纷争　第一部》(即现今《亨利六世　第二部》)。印刷商出版了该剧第 1 四开本，这也是合法的授权版本，它可能是 1592 年 3 月斯特兰奇勋爵剧团首次演出的《亨利六世》的后续写作文本。（3）由于缺失书商卡特伯特·伯比（Imprinted

① G. U. Cleeton, Henry Chequer. Originality: A summary of experimental literature, *Journal of Abnormal and Social Psychology*, Vol. 3, No. 21, 1926, pp. 304–315.

② *Catalogue of printed books of William Shakespeare*, London: W. Clowes and Sons, 1897: 4.

③ Philip Henslowe. *Henslowe's Diary*, ed., by R. A. Foakes, R. T. Rickert, New York: Cambridge University Press, 1961: 21.

at London by W. W. for Cutbert Burby）最初在伦敦书业公会的出版权登记，A. W. 坡拉德暗示《爱的徒劳》是盗印版（piratical edition）。①

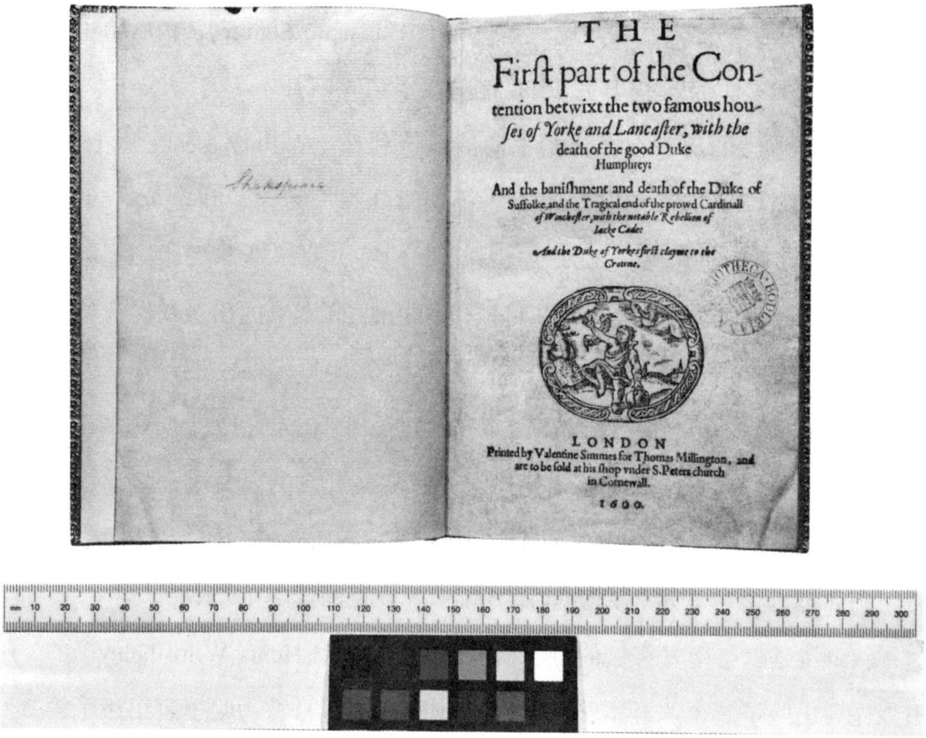

1593–1594 年出现的长篇叙事诗的印刷文本，确定了莎士比亚的诗人地位。（1）《维纳斯与阿多尼斯》（*Venus and Adonis*）是在伦敦书业公会登记的威廉·莎士比亚的第一个作品。这首深受罗马诗人奥维德影响的叙事诗是献给南安普顿伯爵亨利·里奥斯泰利（Henry Wriostheley）的，人文主义的爱情主题使得该诗在清教英格兰王国流行一时。1593 年 4 月 18 日来自埃文河畔的斯特拉特福德印刷商兼书商理查德·菲尔德（Richard Field）在伦敦书业公会登记了《维

① Thomas Whitfield Baldwin. *Shakespeare's Love's Labor's Won*, Carbondale: Southern Illinois University Press, 1957: 80.

纳斯与阿多尼斯》。稍后该诗出版了第 1 四开本，1593 年 6 月 12 日理查德·斯托恩利（Richard Stonley）在日记中记录他已购买了《维纳斯与阿多尼斯》的印刷文本。1594 年 6 月之前菲尔德印刷了第 2 四开本。1594 年 6 月 25 日该书的出版权转让给书商老约翰·哈里森（John Harrison, Senior），稍后哈里森出版了第 3 四开本（实为八开本）；1596 年出版了第 4 四开本（实为八开本）。1596 年哈里森将自己的出版权转让给书商威廉·利基（William Leake）。1599 年印刷商彼得·肖特为威廉·利基出版了第 5 四开本（实为八开本），1599、1602 年出版了第 6、7 四开本。1607 年印刷商罗伯特·罗沃斯非法印刷了第 8 四开本。1617 年 2 月 16 日威廉·利基将该诗和其他 29 本书的出版权转让给书商威廉·巴雷特（William Barrett），稍后巴雷特继续印刷了第 11 四开本，及以后的 6 个四开本。1641 年之前《维纳斯与阿多尼斯》共印刷了 17 个四开本，所有版本都没有署名诗人是威廉·莎士比亚。（2）1594 年 5 月 9 日书商老约翰·哈里森在伦敦书业公会登记了《鲁克丽丝奸污记》（the Ravyshement of Lucrece），稍后印刷商理查德·菲尔德为哈里森出版了《鲁克丽丝》（Lvcrece）第 1 八开本。这首叙事诗是献给南安普顿伯爵亨利·里奥斯泰利（Henry Wriostheley）的，哈里森先后出版了 5 个八开本，1598 年印刷商彼得·肖特为哈里森出版了第 2 八开本。1614 年 3 月 1 日哈里森将该诗的出版权转让给书商罗杰·杰克逊（Roger Jackson），1616 年杰克逊出版了第 6 个四开本。1641 年之前该诗共有 8 个四开本。（3）《凤凰与乌龟》一诗附录在 1601 年印刷商理查德·菲尔德（Richard Field）为爱德华·布朗特（Edward Blount）出版的诗集《爱的殉道者》（*Loues martyr, or Rosalins complaint*） 中，（allegorically shadowing the truth of Loue, in the constant Fate of the Phoenix and Turtle）。罗伯特·切斯特创作的《爱的殉道者》献给威尔士的索尔兹伯里的约翰爵士（John Salusbury）；《乌龟与凤凰》一诗原初没有标题，末尾署名莎士比亚（William Shake-speare）。1611 年书商马修·洛恩斯出版《大不列颠年鉴》（*The Anuals of great Brittaine*），即《爱的殉道者》第 2 四开本，附录莎士比亚《乌龟与凤凰》一诗。（4）1590–1600 年间出现了 20 余本初版十四行诗集，1600 年 1 月 3 日书商埃莉扎·埃德加（Eleazar Edgar）在伦敦书业公会登记了“W. S. 的十四行行诗别集”（certain oyr [other] sonnetes by W. S.）。1609 年 5 月 20 日书商托马斯·托普在伦敦书业公会登记了《莎士比亚十四行诗》（*Shakespeares sonnettes*），1609 年稍晚印刷商乔治·埃尔德（G. Eld）为托普出版第 1 四开本。1640 年印刷商托马斯·科茨（Tho. Cotes）出版了莎士比亚《诗集》（*Poems: VVritten by Wil. Shake-speare Gent.*），即《莎士比亚十四行诗》第 2 四开本，没有该书的出版权转让的记载，第 2 四开本的售书文具商是约翰·本森（are to be sold by Iohn Benson, dwelling on St. Dunstans Church-yard）。①

其次谈谈印刷文本的分类争议。由于造纸的传统惯例，纸张的大小几乎是近似的。1476 年以来，英格兰的印刷书籍一般是印刷商装订的，也有一些是书商装订的，偶尔也有收藏者二次装订，例如，1823 年亨利·班伯里爵士（Henry Bunbury）在其庄园的一个书橱里发现了一本装订粗糙的 12 部莎士比亚戏剧，几乎所有的剧作都是初版。虽然印刷书在大小上一般分为对折本、四开本和八开本，但是同一种书的不同对折本、四开本和八开本可能稍有差异，例如，1632 年《莎士比亚喜剧、历史剧和悲剧集》第 2 对折本，5 个书商装订书页的大小分别为 333 × 223 mm，327 × 215 mm，327 × 210 mm。值得指出的是，即使同一种书的相同版本，时间稍后印刷的版本可能由于印刷商修改排印中词语 / 语句错误往往会出现词语 / 语句的轻微差异。例如，文具商约翰·赖特（are to be solde by Iohn Wright, dwelling at Christ Church gate）、威廉·阿斯普利（are to be solde by William Aspley）在其文具店售卖的《莎士比亚十四行诗》第 1 四开本（1609）有轻微的差异。早期的图书贸易

① Cuming Walters. *The mystery of Shakespeare's sonnets: an attempted elucidation*, university of california press, London: The New century press, limited, 1899: 91.

和书籍收藏（包括而后的图书馆）使得人们尤其关注印刷文本的版本。现代目录学家认为，《哈姆雷特》第 2 四开本、《罗密欧与朱丽叶》第 4 四开本、《理查德二世》第 4 四开本、《亨利四世　第二部》第 1 四开本等有语句修改的异本（edition variant），这些有微小修改的文本往往不被看作下一个新的版本。①

1909 年 A. W. 波拉德《莎士比亚的对折本和四开本》将莎士比亚戏剧早期的 19 种四开本分为两类，但波拉德并没有清晰地说明判断二者的可靠标准，主要是通过比较早期戏剧本身的多种文本（Qs, F1, F2）的完整性或者准确性而判断的，尤其是与 1623 年第一对折本在戏剧文本上的比较——14 个"好的四开本"（good quartos）和 5 个"差 / 次的四开本"（bad quartos）。前者被假想是剧作家亲笔手稿，"差 / 次的四开本"又叫记忆性的重构文本（memorial reconstruction）。②"差 / 次的四开本"包括《罗密欧与朱丽叶》第 1 四开本（1597）、《哈姆雷特》第 1 四开本（1603）、《亨利五世》《温莎的风流娘们儿》（A Most pleasaunt and excellent conceited Comedie, of Syr Iohn Falstaffe, and the merrie Wiues of Windsor）、《伯里克勒斯》等，部分是剧场的速记本或者回忆性重构本，或者是没有在书业公会登记出版权的非法印刷文本。沃尔特 · 格雷格进而强调了"差 / 次的四开本"是"记忆性的重构"这一假想。③罗伯特 · 布克哈特《莎士比亚"差 / 次的四开本"》列举了 6 个剧作：《亨利六世》第二、三部（1594 *Contention*, 1595 *True Tragedy*）、《亨利五世》《罗密欧与朱丽叶》《温莎的风流娘们儿》《哈姆雷特》作为"差 / 次的四开本"，"所有这些戏剧都以文本的省略、解释和错位为特征，通常被认为是讲述-记录的结果，也就是说，参

① Georg Schneider. *Theory and History of Bibliography*, trans. by Ralph Robert Shaw, New York: Columbia University Press, 1934: 78.

② Alfred W. Pollard. *Shakespeare folios and quartos: a study in the bibliography of Shakespeare's plays, 1594–1685*, London: Methuen and company, 1909: 79–80.

③ Walter W. Greg. *The Editorial Problem in Shakespeare*, Oxford: Clarendon Press, 1942: 71.

与演出的演员根据记忆重构了这一戏剧。”①A. 哈特《盗印的、秘密的偷印的文本：莎士比亚戏剧“差 / 次的四开本”的比较研究》认为，第 1 对折本中海明斯（John Heminges）和康德尔（Henry Condell）《致广大读者》所指出的盗印文本（diverse stolne, and surreptitious copies, maimed, and deformed by the frauds and stealthes of injurious impostors）是《两个显赫家族的纷争》《理查德三世》《罗密欧与朱丽叶》《亨利五世》《温莎的风流娘们儿》《哈姆雷特》等 6 个“差 / 次的四开本”，而不是 1623 年之前出版的所有四开本。②

在严格的意义上，区分口头文学与文学文本，是 E. L. 马奎尔与“新目录学”学者关于莎士比亚戏剧的文本分析明显的分歧之处。E. L. 马奎尔《莎士比亚的可疑文本：差 / 次的四开本及其语境》认为，41 个莎士比亚戏剧早期印刷文本（包括 20 多个伪莎士比亚戏剧的四开本）是讲述–记录（Reporting speech）而重构的文本（reconstructing texts），它们可以被划分为“差 / 次的四开本”或者“记忆性重构”文本。其中仅仅《驯悍记》《温莎的风流娘们儿》是明显的“记忆性重构”文本，《哈姆雷特》《伯里克勒斯》可能是“记忆性重构”文本。③L. E. 马奎尔把“记忆性重构”分为两个阶段：剧团演员在伦敦舞台上表演新的戏剧，和推定的观众或者演员在演出后重建文本的尝试；马奎尔强调了记忆在口头文学中的重要作用以及记忆错误的文本标志，例如，重复（Repetition）、插入（Insertion）、遗漏（Omission）、换位移动（Transposition）、沉没或损坏的诗句（Submerged or wrecked verse）、听觉误差（Aural error）、断裂的暗指（Fractured allusions）、事实错误（Factual errors）、不匀衡特性（Unevenness）、

① Robert E. Burkhart. *Shakespeare's Bad Quartos: Deliberate Abridgments Designed for Performance by a Reduced Cast*, Hague, Paris: Mouton, 1975: 9–11.

② Alfred Hart. *Stolne and surreptitious copies, a comparative study of Shakespeare's bad quartos*, Melbourne: Melbourne university press, 1942: v–vi.

③ Laurie E. Maguire, *Shakespearean suspect texts: the "bad" quartos and their contexts*, Cambridge: Cambridge UP, 1996: 324.

人物花絮（Character vignette）、拙劣的玩笑（Poor jesting）、文本的简化/简写（Brevity）、诗行错分（Mislined verse）等。马奎尔忽视了剧作者与（演员）共同创作者的作用，误认陈述者-记录者、抄写员二者是完全的同一身份，并过度夸大了抄写员对文本的决定性作用。其一，是（集体）剧作者而不是记录员/抄写员决定了戏剧中对白的长度（Length of speeches）、情节上的不一致（Plot unconformities）、简化的角色分配（Reduced casting）、舞台的必需条件（Staging requirements）、舞台指示的缺漏与失误等，标点符号的混乱与错误可能是早期现代英语尚未标准化的结果，与记录员没有直接的关联。其二，由于不同剧团的多次戏剧表演，一些戏剧文本往往会发生多次增写与改编。劳丽·马奎尔忽视了一些剧本在不同剧团之间的分享、转让与改编，例如，苏塞克斯伯爵剧团、海军上将剧团和宫内大臣剧团都演出过《泰图斯·安德洛尼库斯》，彭布洛克伯爵剧团、海军上将剧团和宫内大臣剧团都演出过《驯悍记》，这些戏剧文本甚至有较大的差异。迄至 1623 年，即使宫内大臣剧团演出的《哈姆雷特》《理查德二世》等剧也都经历 2 次以上的显著修订改编。

1588 年蒂莫西·布莱特（Timothy Bright）发明了速记法，现代学者认为，剧团的抄写员或者剧作家会在剧院把自己能记住的戏剧文本写下来，而后依据记录的笔记整理出一个近似完整的文本。①1933 年 J. Q. 亚当斯认为，1608 年印刷商盗印的《李尔王》第 1 四开本是［某记录者］在该剧表演时速记下来的文本。② 而后玛德琳·多兰详细分析了《李尔王》第 1 四开本中的速记表征，论证了 J. Q. 亚当斯提出该剧（Q1）是速记的结果。③1949 年 G. I. 杜斯《伊丽莎白时

① W. Matthews. Shorthand and the Bad Shakespeare Quartos, *The Modern Language Review*, Vol. 27, No. 3 (Jul., 1932), pp. 243–262.

② Joseph Quincy Adams. The Quarto of "King Lear" and Shorthand, *Modern Philology*, Vol. 2, No. 31 (nov., 1933), pp. 135–163.

③ Madeleine Doran. The Quarto of "King Lear" and Bright's Shorthand, *Modern Philology*, Vol. 2, No. 33 (nov., 1935), pp. 139–157.

期的速记与〈李尔王〉第1四开本》指出，虽然莎士比亚时代已经有3种速记体系，直到1608年没有任何一种速记体系足以让演员或者观众完成《李尔王》舞台表演的现场记录。杜斯的观点部分否定了"差/次的四开本"即是"记忆性的重构"假想。① 几乎在所有的莎士比亚戏剧中或多或少存在着手抄速写字母，例如，descēd, gentlemẽ, frō, intentiõ, thāk, womã，甚至是2种速写体系。

20世纪的大多数评论者持续使用波拉德的划分法，虽然这个二分法显得过于简单，甚至近似谬误，然而1980年代之后二分法逐渐被遗弃了，对莎士比亚戏剧印刷文本的客观叙述取代了此前文学批评中的推理–假想的论证法。J. D. 威尔逊、波拉德提出了复杂的莎士比亚戏剧早期版本的来源：莎士比亚对别人的戏剧文本进行过再加工，而且为外省旅行剧团准备过缩略本；莎士比亚戏剧中有某个或某些演员根据回忆重构的文本。因此威尔逊把这个中间人称为记录者/陈述者，即演员兼陈述者（actor-reporter）。②

20世纪上半期新目录学家主要考察莎士比亚戏剧早期版本的"好的四开本""差/次的四开本"的特征并推定其来源。由于剧院抄写本是剧团的共同财产，除开莎士比亚作为剧作家及其合作剧作家，1594–1616年宫内大臣剧团、国王剧团可能有别的戏剧保管者–记录者（Bookeeper, shareholder）。1638年诗人约翰·泰勒（John Taylor）回忆道某个托马斯·文森特（Thomas Vincent）作为环球剧院的保管者–记录者或［舞台］提示员。③ 然而人们现已无法知道书业公会里的职业抄写员是否参与了戏剧文本的抄写/誊清。1733年L. 特奥巴尔德《莎士比亚作品集·序言》（Lewis Theobald, *The Works of Shakespeare: In Seven*

① George Ian Duthie, *Elizabethan Shorthand and the First Quarto of King Lear*, Oxford: Basil Blackwell, 1949: 2.

② John Dover Wilson. *Shakespeare and the New Bibliography*, rev. and ed. Helen Gardner, Oxford: Clarendon Press, 1970: 13–14.

③ Thomas Whitfield Baldwin, *The organization and personnel of the Shakespearean company*, New York: Russell & Russell, 1961: 124.

Volumes）较早暗示莎士比亚戏剧的四开本可能是速写记录的。1856 年 J. P. 科利尔认为，《罗密欧与朱丽叶》第 1 四开本存在一定程度的和多种不完美，这归因于有缺陷的、速记的抄写稿。①1881 年 P. A. 丹尼尔《〈温莎的风流娘们儿〉导言》提出演员兼记录者、改编者或者修订者，例如《温莎的风流娘们儿》中的既是记录员又是扮演嘉德旅店主人的演员。②1910 年 W. W. 格雷格《1602 年莎士比亚〈温莎的风流娘们儿〉》提出剧作家、改编者、记录者、修订者共同参与了戏剧文本的产生。③ 格雷格的“回忆性重构”假想启发了此后文本批评者，虽然这一理论可能包含了明显的逻辑谬误（logical fallacy）。而后詹姆斯·菲茨杰拉德等提出，《李尔王》中的既是记录员又是扮演高纳里尔的演员，《哈姆雷特》中的既是记录员又是扮演马西勒斯、伏提曼德和路西安纳斯的同一个演员等，④ 现今人们已经无法知道这些演员-记录者是莎士比亚本人，还是已经列出的 26 个剧团成员中的其他人，高纳里尔的扮演者是某个年轻学徒，然而没有任何文献可以证实年轻学徒成为戏剧保管者-记录者。1918 年 H. D. 格雷《〈哈姆雷特〉第 1 四开本》提出演员兼记录者、修订者，认为“差 / 次的四开本”被假想是这些记录者、修订者制作的，因为 1603 年《哈姆雷特》第 1 四开本源于舞台表演的版本，而扮演“马塞鲁斯”（Marcellus）的演员是该剧的记录者。⑤

---

① Samuel Taylor Coleridge. *Seven lectures on Shakespeare and Milton A list of all the ms. emendations in Mr. Collier's folio, 1632*; and an introductory preface by J. Payne Collier, London: Chapman and Hall, 1856: lxxxviii–xcvii.

② William Griggs. *Shakspere's Merry wives of Windsor: the first quarto, 1602*, a facsimile in photo-lithography, Clear Prints, 1881: i–vi.

③ Walter Wilson Greg ed., *Shakespeare's Merry Wives of Windsor 1602*, Oxford: Clarendon Press, 1910: xvi.

④ James D. Fitzgerald. *The First Quarto of Hamlet, a Literary Fraud*, Royal Philosophical Society of Glasgow Proceedings, Vol. 41(1910), pp. 181–218.

⑤ Henry David Gray. *The First Quarto "Hamlet"*, The Modern Language Review, Vol. 10, No. 2 (Apr., 1915), pp. 171–180, esp. 17.

H. R. 霍普提出《罗密欧与朱丽叶》第 1 四开本的“回忆性重构”假想，但他可能误解了书业公会的所授予的出版权，忽视了戏剧［表演］行业公会和戏剧保护人制度的存在，一个剧团的抄写员或者剧作家不可能完全抄袭与之竞争的别的剧团当下演出的任何剧作。①

接着谈谈印刷文本的统一性与独创性假说。20 世纪目录学家往往致力于建构一种莎士比亚戏剧的早期印刷文本的统一性，致力于描述唯一作者或者作为演员的单一记录者，记录者以及别的修改者将独自为复杂的、随时出现的错误甚至有内在矛盾的戏剧文本承担责任。1633 年 6 月亨利 · 赫伯特《海员的诚实妻子》（Henry Herbert, *The Seaman's Honest Wife*）在书业公会登记的记载表明一些剧团有戏剧保管者–记录者（book-keeper）负责剧院抄写稿的修改及完成誊清稿。② 然而伊丽莎白–雅各宾时期，英格兰戏剧经历了以下几个阶段：（1）1557–1594 年，剧作往往是剧团所有的财产，可能是剧作家和演员共同创作的，剧作家独立署名的情况较少，较多会标明其所属的剧团本身。（2）1588 年前后，“大学才子派”（University Wits）作为世俗的人文主义者，加入人文主义戏剧的创作，极大改变了戏剧创作的社会环境，将英国通俗戏剧从一种粗俗的民间艺术转变为一种复杂的文学体系。他们创作复杂的商业戏剧来回应民族化的趣味与宗教情感的需求。③（3）1598 年之后，诗人和剧作家的独立创作显著增加，戏剧的印刷文本总会署名剧作家，本 · 琼森、托马斯 · 德克尔（Thomas Dekker）、海伍德等剧作家 / 诗人有意强调戏剧文本的独立地位。戏剧的类别总是随着时代而变化的，除开来自欧洲大陆（意大

① Harry Reno Hoppe. *The Bad Quarto of Romeo and Juliet: A Bibliographical and Textual Study*, Ithaca: Cornell University Press, 1948: 34.

② Evelyn May Albright. *Dramatic Publication in England, 1580–1640: A Study of Conditions Affecting Content and Form of Drama*, New York: D. C. Heath, 1927: 191.

③ George Kirk Patrick Hunter. *English Drama 1586–1642: the Age of Shakespeare*, Oxford: Clarendon Press, 1997: 36.

利、西班牙）的旅行剧团的表演，中世纪的道德剧、奇迹剧、民间闹剧、骑士传奇剧、拉丁仪式戏剧（Latin Liturgical Drama）、古典戏剧与人文主义戏剧混合在一起。在莎士比亚戏剧中并不缺乏中世纪神秘剧、道德剧、奇迹剧、闹剧的残余。意大利即兴艺术喜剧和意大利文艺复兴戏剧（悲喜剧、田园剧、博学的喜剧等）对莎士比亚的影响则更为深刻，除开古典罗马题材的戏剧，莎士比亚戏剧中以意大利为背景或者意大利题材的戏剧包括《罗密欧与朱丽叶》《威尼斯商人》《维洛纳的二绅士》《驯悍记》《如愿》《第十二夜》《暴风雨》等 11 个剧作。① 在莎士比亚 11 个戏剧中，丰富的意大利城市生活、意大利社会和意大利城邦作为故事背景（vision）表现在 16 世纪莎士比亚舞台上，创造一个开放交流的、戏剧化的城市世界。杰拉德·朗拜恩《英国戏剧诗人评述》(Gerard Langbaine, *An account of the English dramatick poets, or, Some observations and remarks on the lives and writings*, 1691）称意大利格言 / 谚语在莎士比亚戏剧中时而可见，而且莎士比亚《皆大欢喜》《一报还一报》《无事生非》《奥赛罗》《罗密欧与朱丽叶》等剧采用了意大利题材。②

伊丽莎白-雅各宾时期出现了英格兰文艺复兴的戏剧繁荣。从伦敦书业公会的登记来看，一般是某一剧团拥有戏剧文本的所有权，而不是剧作家拥有戏剧文本的所有权。1598 年前后戏剧的印刷文本才流行剧作家的署名；1623 年之前，莎士比亚戏剧的早期印刷文本并不总是署名的。伊丽莎白-雅各宾时期，某一剧团的常演剧目往往会在较长的演出过程中做出修改 / 改编，尤其是根据剧团演员的更改而重新改写原戏剧文本，例如，《爱的徒劳》《理查德二世》《亨利六世　第二部》《亨利六世　第三部》第 3 四开本、《哈姆雷特》第 2–3 四开本

① Jack D'Amico. *Shakespeare and Italy: The City and the Stage*, Gainesville: University Press of Florida, 2001: 161.

② Jack D'Amico. *Shakespeare and Italy: The City and the Stage*, Gainesville: University Press of Florida, 2001: 65.

等出现了剧作的增写与修改；1623 年《莎士比亚喜剧、历史剧和悲剧》第 1 对折本中的大多数戏剧相对于早期四开本都有修改 / 改编。坡拉德在论述《哈姆雷特》时认为，“1603 年第 1 四开本是一个差 / 次的盗印本，这一点总体上可以确认，同样，它呈现了一种处于中间形态的戏剧（文本），它介于佚失的《哈姆雷特》（Ur-Hamlet）与莎士比亚（完全写作）的《哈姆雷特》对开本和第二及其后四开本之间”。①1918–1919 年 A. W. 波拉德、J. D. 威尔逊认为《哈姆雷特》《亨利五世》《温莎的风流娘们儿》《罗密欧与朱丽叶》《仲夏夜之梦》等可能是莎士比亚对前人作品和 / 或他自己早期作品的改编。②

伊丽莎白时期，训练有素的记忆是职业演员的基本技能，演员会熟悉大量常演剧目、双重 / 多重角色和表演中的情感强烈的言语。伦敦和外省剧团往往是以戏剧师傅、自由演员作为独立的合作者 / 合伙人（Company）组合而成的，学徒则追随戏剧师傅，例如，女王剧团（Queen’s Company）、莱切斯特伯爵剧团（Lord Leicester’s Company）、沃切斯特伯爵剧团（Lord Worcester’s Company）等。③1588 年以来，激烈的表演竞争有利于迅速提升伦敦的各旅行剧团的表演艺术及其戏剧写作的创新。商业剧团的即兴表演、人文主义戏剧的模仿、剧团内部演员的集体创作而不是独立的剧作家的原创，和剧团具有戏剧作品的所有权并直接授予书商出版权。1604 年第 2 四开本《哈姆雷特》（Hamlet, II, 2）写到了城里的旅行剧团创作、表演简略情景：（1）剧作家与演员合作写作戏剧：只要诗人（剧作家）和演员不再陷入争执，否则就没人为戏剧表演付

---

① Alfred William Pollard. *Shakespeare Folios and Quartos: A Study in the Bibliography of Shakespeare's Plays 1594–1685*, London: Methuen, 1909: 74.

② Felix Emmanuel Schelling. *Elizabethan Drama, 1558–1642; A History of the Drama in England from the Accession of Queen Elizabeth to the Closing of the Theaters*, Vol. 2, New York: Russell & Russell, 1959: 68.

③ John Tucker Murray. *English Dramatic Companies, 1558–1642*, New York, Russell & Russell, 1963: 5.

钱，(no mony bid for argument, vnlesse the Poet and the Player went to Cuffes in the Question.)。（2）而后哈姆雷特王子与演员对表演的谈论，可以假想为宫内大臣剧团平日的集体写作、戏剧表演的描述：（a）剧作家 / 演员提出一个戏剧主题（I heard thee speak me a speech once）；（b）写作戏剧场景（begin at this Line, ...' Tis not so, it begins with Pyrrhus）；（c）集体讨论戏剧内容（波洛迪乌斯：这太长了。哈姆雷特：这可以剪除。演员：……波洛迪乌斯：看他的脸色未变，眼中没有泪水。哈姆雷特：好的，余下的我将请你以后来说。）；（d）戏剧修改：插入 12–16 行对白（You could for need study a speech of some dozen lines or sixteen lines, which I would set down and insert in't, could you not?)；（e）写下戏剧定稿，而后试演（Player: Ay, my lord）；（f）产生"表演抄写稿"(performance script, play-script)。现代目录学家的分歧在于印刷商 / 书商是基于誊清的定稿还是"表演抄写稿"印刷出版的，而且二者都被称为"剧院抄写稿"和"表演文本"(playtexts)。

由此可以想象出大多数伊丽莎白–雅各宾时期人文主义戏剧产生的过程：戏剧故事是大多数观众所熟知的，商业剧团的演员共同设置了情节，戏剧采用巧智、想象、夸张、民族神话等表现手法以便提高观众的兴趣，音乐与舞蹈、服装、手势和表演都成为文本的一部分。剧团的演员每次为不同的观众表演时，可能会改变、调整舞台上的动作节奏，可能会引起修改、新场景、重点变化，以及添加或删除演讲和角色。莎士比亚作为剧作家，可能不会使用誊清稿来准备新的剧院抄写稿，而是以新的方式重写文本，《李尔王》一剧可能借鉴了更早的材料。①

现存的 36–38 个莎士比亚戏剧中，两个或多个剧作家的合作写作也是常见的。只有演员们集体完成的、认真整理过的戏剧文本，才会被剧团中接受过较

① Mark Bland. *A Guide to Early Printed Books and Manuscripts*, Oxford: Wiley-Blackwell, 2010: 154.

好古典语文学教育的演员作为抄写员或者保管者-记录者记录在笔记本（note, notebook）上，（这个最初的戏剧文本被称为剧院抄写稿，playhouse transcript, playhouse manuscript），并加上必要的舞台指示，便于当前舞台表演时提示、对照，因而也被称为提词本（promptbook, prompt-book, prompt-copies）。每一次戏剧表演后剧院抄写稿可能会有必要的修改订正，以便下次演出使用。在 1623 年第 1 对折本中，演员海明斯（John Heminges）和康德尔（Henry Condell）《致广大读者》（*To the Great Variety of Readers*）写道："恰如他是一个愉悦的自然模仿者，他也是极优雅的自然表现者。他的思想与手合一：他把他所想到的，闲舒自如地表达出来，我们几乎在他的抄写稿中看不到涂污的墨痕。"（Who, as he was a happy imitator of Nature, was a most gentle expresser of it. His mind and hand went together; and what he thought, he uttered with that easiness, that we have scarce received from him a blot in his papers.）其中"他的抄写稿"可能意味着莎士比亚作为剧作家和演员，也是熟练的保管者-记录者。

1623 年第 1 对折本收入了《泰图斯·安德洛尼库斯》《雅典的泰门》《迈克白》《亨利八世》4 个莎士比亚及其合作者共同写作的戏剧。莎士比亚戏剧中的"戏中戏"（play-within-a-play）场景可以证实戏剧情节、表演活动的多重 / 混合性特征，例如，"戏中戏"以不同形式出现在《哈姆雷特》《驯悍记》《爱的徒劳》《仲夏夜之梦》《温莎的风流娘们儿》《如愿》和《暴风雨》等剧作中。①

继而谈谈非原本 / 糟糕的抄写稿（foul papers, foul sheets）、剧作家亲笔手稿（hologragh, playwright's manuscripts, original papers）、表演抄写稿（performance script, play-script）、提词本、讲述-记录本（reported text）、誊清稿（fair copies）等分类的争议。由于 16 世纪后期伦敦书业公会之下有较多的文具商 / 书商以及职业抄写员，旅行剧团、图书审查、印刷业已经普遍使用作为正式文本的誊清

① Robert James Nelson. *Play within a Play: the Dramatist's Conception of his Art: Shakespeare to Anouilh*, New Haven: Yale University Press, 1971: ix.

稿，这些誊清稿较多是非作者亲手写下的誊清稿（author's fair copy），而是职业抄写员 / 记录者抄写的誊清稿。① 与现存的作者约翰·纽迪盖特写下的亲笔手稿不同，《格拉萨蒙德和菲德利亚》（*Glausamond and Fidelia*）的第三者［抄写员］的抄写稿有大量的删除和订正，行间也有很多字迹。② 从 1594–1623 年莎士比亚戏剧的印刷文本（Qs, F1）来推测莎士比亚作为剧作家的亲笔手稿根本上是不可靠的，正如推测宫内大臣剧团、国王剧团所表演的戏剧都是莎士比亚作为剧作家的亲笔手稿一样是不合理的。剧作家亲笔手稿、初稿或者草稿（original drafts, rough drafts）以及终稿（last draft）是 20 世纪初文学批评基于天才–原创的理论而虚构的抄写文本观念。事实上，很难确定哪些版本代表莎士比亚的“原创”作品。③

1613 年 11 月 13 日罗伯特·达伯恩写给菲利普·亨斯洛的信中提出“初稿”（... trew it is I promysd to bring yu the last scean which yt yu may see finished I send yu the foule sheet & ye fayr I was wrighting as ye man can testify ...）。1925 年 W. W. 格雷格在研究鲍曼、弗莱彻《邦杜卡》（*Bonduca*）的戏剧抄写稿时提出了“非原本 / 糟糕的抄写稿”（foul papers），这个中间形态的抄写稿指一类具有可识别特征的、内容不完整的抄写者制作的文本。整个《邦杜卡》抄写稿抄写细致清晰，没有混淆 / 混乱，它是剧作者的原初文本被修改过的结果。大约 1619–1624 年之间国王剧团的簿记员爱德华·奈特（Edward Knight）写下了该抄写稿。E. 奈特抄写的《邦杜卡》抄写稿本可能是为国王剧团的戏剧表演而做出的修改文本，因为每个剧团必然做出更适合演员实际状况的修改，而不会严格保留剧作家的原初剧作本

① Walter Wilson Greg. *The Editorial Problem in Shakespeare*, Oxford: Clarendon Press, 1962: 27.

② Trevor H. Howard-Hill, *Boccaccio, Ghismonda, and Its Foul Papers*, Glausamond, Renaissance Papers 1980: 19–28.

③ Ronald B. McKerrow. *The Elizabethan Printer and Dramatic Manuscripts*, The Library, 4th ser., 12 (1931), 253–275.

身。①P. 威尔斯汀认为，《邦杜卡》抄写稿对照1647年鲍曼、弗莱彻戏剧集第1对开本来看，有缺失的场景、第四场第3幕的改变，别的段落和对白的移动或者空缺等。为了重新审视莎士比亚戏剧的产生过程，即从手抄稿到印刷文本的编辑过程，在重新定义“非原本/糟糕的抄写稿”之后，直接或间接地在莎士比亚戏剧的早期版本中找到有效的、可识别的抄写者抄写稿的特征。对于莎士比亚戏剧的早期印刷文本来说，威尔斯汀最后指出，“非原本/糟糕的抄写稿”的观念对于莎士比亚的文本批评和编辑几乎没有什么作用。②

关于抄写稿的原作者和抄写者，P. 威尔斯汀《对莎士比亚戏剧印刷文本的叙述》揭示了“非原本/糟糕的抄写稿”的观念，但有意放弃了“推理式的”研究，代之以后现代主义的“叙述”。③菲利普·威廉姆斯认为，莎士比亚戏剧的早期版本是基于誊清稿，但戏剧的修改则不是莎士比亚修改的（foul papers）。④A. 汉蒙德、D. 德尔维奇奥《墨尔本抄写稿与约翰·韦伯斯特：一份复制抄本》重新界定了“糟糕的抄写稿”。⑤

一些目录学家（例如，迈克凯洛、布雷尼、威尔斯汀等）往往会关注莎士比亚戏剧早期版本的印刷错误，许多四开本中的印刷错误是印刷商、排字工造成的，可能与剧作家、演员-记录者无关，例如，《温莎的风流娘们儿》中，quandaries, rustling 误写作 canaries, rushling。W. W. 格雷格较早区分了“提词

① Walter Wilson Greg. *Dramatic Documents From The Elizabethan Playhouses*, Oxford: The Clarendon Press, 1931: 195.

② Paul Werstine. *Early Modern Playhouse Manuscripts and the Editing of Shakespeare*, Cambridge University Press, 2012: 12–59, 60–106.

③ Paul Werstine. Narratives about Printed Shakespeare Texts: “Foul Papers” and “Bad” Quartos, *Shakespeare Quarterly*, Volume 41, Issue 1, Spring 1990, Pages 65–86.

④ Fredson Bowers. *On editing Shakespeare and the Elizabethan dramatists*, Philadelphia: the University of Pennsylvania Library, 1955: 10–33.

⑤ Anthony Hammond, Donna Delvecchio. *The Melbourne Manuscript and John Webster: A Reproduction and Transcript*, SB, 41 (1988), 1–32, esp. p. 3.

本”“非原本 / 糟糕的抄写稿”，后者是为文学流通而制作的私人抄写稿。①A. W. 波拉德《莎士比亚戏剧的对折本与四开本》区分了莎士比亚作为剧作家的亲笔手写稿（holograph）、抄写员或者记录者的抄写稿（scribal transcripts），并认为前者成为剧院抄写稿，而后者更容易成为非法盗印本的文本来源。在严格的意义上，在莎士比亚戏剧早期版本中，只有 1–2 个剧作明显属于未取得出版权的盗印本，而且无法证实它们是抄写员非法剽窃 / 盗写的。② 从现存的菲利普・马辛杰《请你相信这份人物表》(Philip Massinger, *Believe as You List*, 1631)、伪莎士比亚《托马斯・莫尔爵士》(Anthony Munday’s transcription of *Sir Thomas More*)、瓦尔特・蒙特福特《玛丽的行动》(Walter Mountfort, *The Launching of the Mary*) 三个抄写稿来看，三者都是“誊清稿”(fair copies)，而不是抄写员仓促写下的“待修订稿”或者潦草杂乱的修改稿。③ 彼得・布雷尼《〈李尔王〉的文本及其原本》认为，17 世纪初伦敦印刷商用以排印的抄写稿总是字迹清晰的、精心准备的。即使人们发现了“有大量修改的”墨尔本抄写稿，这些残余的片段却不能证实它即是“非原本 / 糟糕的抄写稿”。④

莎士比亚戏剧的早期文本中保留了较多舞台指示和舞台表演的信息。1590–1616 年剧场的舞台表演记载和同时期印刷的戏剧文本，为伊丽莎白–雅各宾时期的戏剧研究提供了丰富的原始材料。在莎士比亚戏剧的早期版本中，人物的名称并不总是一致的。R. B. 迈克凯洛《关于莎士比亚抄写稿的几点看法》指出，

---

① Walter Wilson Greg, ed., *Shakespeare's Merry Wives of Windsor 1602*, Oxford: Clarendon Press, 1910: xvi.

② Alfred W. Pollard. *Shakespeare's Fight with the Pirates and the Problems of the Transmission of His Text*, New York: Haskell House, 1974: 53.

③ Philip Massinger. *Plays, with notes critical and explanatory*, by W. Gifford, Vol. 1, London: W. Bulmer, 1813: cxiv.

④ Peter Blayney. *The texts of King Lear and their origins*, Cambridge, New York: Cambridge University Press, Volume 1, 1982: 184.

在一些剧作中，出现在舞台指示中的名字和对话者的名字是相同的，除了一些明显的印刷错误，在整个戏剧中是相同的。在另一些剧作中，某些人物的名字，通常不是主要人物（protagonists），而是次要人物，有时会是不同的。因此，一个戏剧人物在一个场景中以他的个人名字表示，而为了当前突出他的个性的特殊方面，在别的场景中可以被称为“父亲”“仆人”“商人”或其他什么，例如，《维洛那二绅士》《错误的喜剧》《爱的徒劳》《皆大欢喜》《威尼斯商人》等。《罗密欧与朱丽叶》第 2 四开本中，卡普莱特夫人在对白之前和舞台指令中的名称有“母亲”“妻子”和“夫人”等多种。①

1605 年 7 月托马斯 · 海伍德《如果你不认识我，你就不认识任何人》（Thomas Heywood, *If You Know Not Me, You Know Nobody*）第一部分的序言中写道：你发出巧言妙语的舌头，使我们动听的话语在君王的耳边嗡嗡作响；对于我们的文本你却做了一个错误的解释。海伍德指责一个角色误解了他的话，并直接引用了出现在他的戏剧中盗用他的文本的人。这仅仅是一个独立的事件，与莎士比亚戏剧无关。同样，莎士比亚《哈姆雷特》（*Hamlet*, III, 2）也抱怨演员过于自由的表演，而不是严谨地依照戏剧文本（Speak the speech, I pray you, as I pronounced it to you, trippingly on the tongue; but if you mouth it, as many of our players do, I had as lief the town crier spoke my lines. Nor do not saw the air too much with your hand, thus, but use all gently .... 1604 Q2）。② 关于《罗密欧与朱丽叶》（Q1）和《哈姆雷特》（Q1）是否普遍存在文本的误解是可争议的，因为 1600 年前后演员对戏剧文本的误解是常见的。③

---

① Ronald Brunlees McKerrow. A Suggestion regarding Shakespeare's Manuscripts, *Review of English Studies*, 11 (1935), 459–465.

② Thomas Heywood. *The dramatic works of Thomas Heywood*, Vol. 1, London: J. Pearson, 1874: 191.

③ David Farley-Hills. The 'Bad' Quarto of Romeo and Juliet, *Shakespeare Survey*, Vol. 49 (1996), pp. 27–44.

二、莎士比亚戏剧早期版本中的舞台指示与表演信息

莎士比亚戏剧的早期版本不仅仅是戏剧的文学文本，其中包含了较多舞台表演的信息，而最常见的是印刷文本中的舞台指示。这些丰富的舞台指示与表演信息表明，早期版本源自剧作家、演员–记录者共同写作的“剧院抄写稿”或者“提词本”。显然这些舞台指示和表演信息不是书商或者印刷商后来添加的，它们已经存在于“剧院抄写稿”或者“提词本”之中。20世纪早期的目录学家［例如，W. W. 格雷格、安德烈·古尔（Andrew Gurr）、加里·泰勒（Gary Taylor）等］并不完全同意莎士比亚戏剧的所有早期版本都是舞台演出的“提词本”，甚至认为“差/次的四开本”文本中的舞台指示是抄写员、保管者–记录者或者演员兼记录者在“回忆性重构”过程中产生的；只有“好的四开本”文本中的舞台指示才是剧作家写下的。这一假想中的内在矛盾并不能证实“好的四开本”“差/次的四开本”二元划分的理论基础是合理的，因而以下考察莎士比亚戏剧早期版本中的舞台指示和舞台表演的信息，关注演员–记录者参与戏剧文本修改的作用。①L. E. 马奎尔认为，《亨利五世》第1四开本的舞台指示/对白题头（speech prefixes）通常是不充分、模糊和矛盾的，尤其是在进场和退场方面。例如，皮斯托在第三场第5幕中被纳入国王的随从。这是出乎意料的，然而，在该幕的末尾有他的对白，没有其他地方表明他已进场。在莎士比亚戏剧的印刷文本中不难发现这种笨拙的戏剧手法。②

（1）莎士比亚的喜剧《爱的徒劳》可能是一个从某一个［宫廷娱乐的］幕间剧《赢得爱情》（*Loue labours wonne*）改写而成的当代题材的剧作。M. B. 塞

① Robert S. Knapp. *Shakespeare: The Theater and the Book*, Princeton: Princeton University Press, 1989: 27.

② Laurie E. Maguire, *Shakespearean Suspect Texts: the "Bad" Quartos and Their Contexts*, New York: Cambridge University Press, 1996: 257.

恩格认为，《爱的徒劳》一剧中包含托马斯·纳什写作的诗行，① 但塞恩格不恰当地推论“爱的徒劳”最初写作于 1589 年。1598 年弗朗西斯·梅雷斯《智慧宝库》(Francis Meres, Palladis Tamia, *Wits Treasury*) 简略地提到莎士比亚的戏剧《赢得爱情》(*Loue labours wonne*)，1598 年之前该剧可能出版了印刷文本，但剧作未详。②《错误的喜剧》改编自普劳图斯《孪生兄弟》，原本是为格雷旅店的法律学生在圣诞节期间的娱乐表演 (Gesta Grayorum)。1598 年弗朗西斯·梅雷斯《智慧宝库》(Francis Meres, Palladis Tamia, *Wits Treasury*) 将其简略地写作 his Errors [*Play of Errors and Confusions*]。1594 年 12 月 28 日婴孩殉道日 (Innocents Day)，海军上将剧团在西修道院区 [威斯敏斯特] 的格雷旅店表演了《二王子传奇故事》(Gesta Grayorum, or The history of the high and mighty Prince Henry, Prince of Purpoole, Anno Domini)；同日宫内大臣剧团则在格林威治演出。1594–1595 年《审计过的财务账目》(The Audited Account of the Exchequer) 的记录表明该剧最初并不是宫内大臣剧团的剧目，剧作者可能是弗兰西斯·培根或者别的人。③1598 年底印刷商威廉·怀特 (William White) 为书商卡特伯特·伯比 (Cutbert Burby) 出版了第 1 四开本《爱的徒劳》(*A Pleasant Conceited Comedie Called Loues Labors Lost*)，其标题页上写作“W. 莎士比亚最新修正和增写” (Newly corrected and augmented/By W. Shakespere)，该剧最近为女王演出过 (As it vvas presented before her Highnes this last Christmas)。17 世纪英格兰南部一位文具商账簿的 2 页片段上记录了 1603 年 8 月 9–17 日售出的书目，其中包括《爱的徒劳》(loves labor lost)、《赢得爱情》(loves labor

---

① Michael Baird Saenger. Nashe, Moth, and the Date of Love’s Labour’s Lost, *Notes and Queries*, Vol. 45, No. 3 (1998), pp. 357–358.

② Thomas Whitfield Baldwin. *Shakespeare’s Love’s labor’s won; new evidence from the account books of an Elizabethan bookseller*, Chicago: The University of Chicago Press, 1902: 14.

③ Basil Brown. *Law sports at Gray’s Inn* (1594), ed. by Isabelle Brown, New York: Basil Brown, 1921: v–vii.

won)、《威尼斯商人》(marchant of vennis)《驯悍记》(taming of a shrew)、《托马斯莫尔勋爵》(The True Chronicle Historie of Thomas Lord Cromwell)等16个幕间剧和悲剧([inter] ludes & tragedyes)。《爱的徒劳》《赢得爱情》作为幕间剧是两个独立的剧作，其演出情况可能更为复杂。虽然没有《爱的徒劳》出版权登记的更早记录，1607年1月22日，出版商卡斯伯特·伯比在伦敦书业公会将《罗密欧与朱丽叶》(Romeo and Juliett)、《爱的徒劳》(Loues Labour Loste)和《驯悍记》(The taminge of A Shrewe)转让给了同为出版商的尼古拉斯·林(Nicholas Ling)。1607年11月19日尼古拉斯·林在伦敦书业公会将《爱的徒劳》(Loues Labour Lost)、《驯悍记》(The taminge of A Shrew)、《罗密欧与朱丽叶》(Romeo and Julett)等16个戏剧的出版权转让给书商约翰·斯密斯威克(John Smethwick)。1604–1605年《狂欢节之书》(Revels Book)中该剧写作(The plaie of Errors)，国王剧团在宫廷演出了《爱的徒劳》等七个戏剧。

1598年《爱的徒劳》(第1四开本)文本只是部分而不是完全表现人物进出场的舞台指示，其中有37次人物进场，24次人物退场，(15次写作Exit，8次写作拉丁词语Exeunt和1次简写的拉丁词语Exe.)。该剧中的舞台指示与表演信息还包括10多处舞台表演行为说明，即朗读、合唱、舞台音乐、服装道具的说明，人物扮演，以及人物站立、疾步快走等表演动作等。(1)考斯塔德退场时的表演动作说明“在内喊叫”(Shoot within)[*Love's Labor's Lost*, IV, 1]。(2)舞台表演动作说明“伯龙站在一旁”He standes a side. [Love's Labor's Lost, IV, 3]。(3)舞台表演动作说明“国王站在一旁”The King steps a side. [Love's Labor's Lost, IV, 3]。(4)舞台表演动作说明“他[伯龙]朗读十四行诗”He reades the Sonnet. [*Love's Labor's Lost*, IV, 3]。(5)舞台表演动作说明“杜曼朗读十四行诗”Dumaine reads his Sonnet. [*Love's Labor's Lost*, IV, 3]。(6)舞台表演动作说明“他[伯龙]朗读书信”He reades the letter. [Love's Labor's Lost, IV, 3]。(7)舞台表演动作说明“取出他的语法书”Draw-out his Table-booke. [*Love's*

Labor's Lost, V, 1]。(8)对“戏中戏”假面舞剧的舞台表演动作说明：“暗黑的摩尔人在音乐中进场，男童说着话，别的贵族戴着面具”Enter Black-moores with musicke, the Boy with a speach, and the rest of the Lordes disguysed. [*Love's Labor's Lost*, V, 2]。(9)“戏中戏”《九位历史名人》表演场景，有人物扮演说明：庞培进场 Enter Pompey. [*Love's Labor's Lost*, V, 2]，侍从扮演的亚历山大进场 Enter Curate for Alexander. [*Love's Labor's Lost*, V, 2]，佩丹扮演犹太人、男童扮演赫尔克勒斯 Enter Pedant for Iudas, and the Boy for Hercules. [*Love's Labor's Lost*, V, 2]。(10)舞台表演动作说明“伯龙快步走出”Berowne steps foorth. [*Love's Labor's Lost*, V, 2]。(11)舞台表演说明“娱乐表演[即戏中戏]结束”The partie is gone [*Love's Labor's Lost*, V, 2]。(12)剧末的舞台表演动作说明“[众人合唱的]歌曲”The Song. [*Love's Labor's Lost*, V, 2]。

以下按照剧中场幕顺序列出人物的进退场，从多个重复的进退场提示来看，剧作家、演员-记录者可能采用了速记法。此外，人物的进退场未能明显表现分场分幕的作用。(1)戏剧开场即有纳瓦尔国王和3个贵族进场的舞台指示 Enter Ferdinand K. of Nauar, Berowne, Longauill, and Dumaine。(2)治安警手持一封信和小丑考斯塔德进场 Enter a Constable with Costard with a letter. [*Love's Labor's Lost*, I, 1]。(3)阿玛多的进场 Don Adriano de Armado [*Love's Labor's Lost*, I, 1]，但没有“进场”一词。(4)小丑退场(Exeunt)，这是常用的拉丁词语；和阿玛多及其随从莫斯进场 Enter Armado and Moth his page. [*Love's Labor's Lost*, I, 2]。(5)小丑、治安警和乡下姑娘进场 Enter Clowne, Constable, and Wench. [*Love's Labor's Lost*, I, 2]。(6)小丑退场(Exeunt)[*Love's Labor's Lost*, I, 2]，这是常用的拉丁词语；小丑再次退场(Exit)和 Armado 退场(Exit)。(7)法国公主的进场 Enter the Princesse of Fraunce, with three attending Ladies and three Lordes. [*Love's Labor's Lost*, II, 1]。(8)男孩的退场(Exit Boy)[*Love's Labor's Lost*, II, 1]。(9)法国贵族波瓦耶进场 Enter Boyet. [*Love's Labor's Lost*, II, 1]。(10)

纳瓦尔国王和贵族进场 Enter Nauar, Longauill, Dumaine, & Berowne. [*Love's Labor's Lost*, II, 1]。(11) 接着的舞台指示是纳瓦尔贵族伯龙的退场 (Exit), 和纳瓦尔贵族杜曼的进场 (Enter Dumaine)、退场 (Exit)[*Love's Labor's Lost*, II, 1]。(12) 纳瓦尔贵族隆佳维耶的退场 (Exit Longauil), 和伯龙的进场 (Enter Berowne)、退场 (Exit Bero.)[*Love's Labor's Lost*, II, 1]。(13) 所有人退场 (Exeunt omnes.), 和布拉加尔及其侍童的进场 (Enter Braggart and his Boy.)[*Love's Labor's Lost*, III, 1]。(14) 侍从和小丑进场 Enter Page and Clowne. [*Love's Labor's Lost*, III, 1]。(15) 侍从退场 (Exit)[*Love's Labor's Lost*, III, 1], 和伯龙的进场 Enter Berowne. [*Love's Labor's Lost*, III, 1]。(16) 小丑退场 (Exit.)[*Love's Labor's Lost*, III, 1]。(17) 法国公主及其随从人员进场 Enter the Princesse, a Forrester, her Ladyes, and her Lordes [*Love's Labor's Lost*, IV, 1]。(18) 小丑进场 Enter Clowne. [*Love's Labor's Lost*, IV, 1]。(19) 公主女侍洛萨兰退场 (Exit)[*Love's Labor's Lost*, IV, 1]。(20) 小丑进场 Enter Clowne. [*Love's Labor's Lost*, IV, 1]。(21) 考斯塔德退场 (Exeunt)[*Love's Labor's Lost*, IV, 1]。(22) 杜勒、霍洛芬斯等进场 Enter Dull, Holofernes, the Pedant and Nathaniel. [*Love's Labor's Lost*, IV, 2]。(23) 乡下姑娘杰奎奈塔、小丑进场 Enter Iaquenetta and the Clowne. [*Love's Labor's Lost*, IV, 2]。(24) 玛伊德退场 (Exit)[*Love's Labor's Lost*, IV, 2]。(25) 佩丹退场 (Exeunt)[*Love's Labor's Lost*, IV, 2], 这是常用的拉丁词语; 和伯龙独自一人手中拿着纸进场 Enter Berowne with a paper in his hand, alone. [*Love's Labor's Lost*, IV, 2]。(26) 纳瓦尔国王进场 The King entreth. [*Love's Labor's Lost*, IV, 3]。(27) 隆加维耶进场 Enter Longauill. [*Love's Labor's Lost*, IV, 3]。(28) 杜曼进场 Enter Dumaine. [*Love's Labor's Lost*, IV, 3]。(29) 乡下姑娘杰奎奈塔、小丑再次进场 Enter Iaquenetta and Clowne. [*Love's Labor's Lost*, IV, 3]。(30) 佩丹、杜勒等再次进场 Enter the Pedant, the Curat, and Dull. [*Love's Labor's Lost*, IV, 3]。(31) 布拉加尔、男童再次进场 Enter Bragart,

Boy.［*Love's Labor's Lost*, V, 1］。（32）众人退场（Exeunt）［*Love's Labor's Lost*, V, 1］，这是常用的拉丁词语；和众女士再次进场 Enter the Ladyes.［*Love's Labor's Lost*, V, 2］。（33）波瓦耶再次进场 Enter Boyet.［*Love's Labor's Lost*, V, 2］。（34）纳瓦尔国王退场（Exe.）［*Love's Labor's Lost*, V, 2］，这是一个简写的拉丁词语。（35）假面舞剧中的"女王"（Quee.）的退场（Exeunt）；和国王再次进场 Enter the King and the rest.［*Love's Labor's Lost*, V, 2］；以及男童的退场（Exit）。（36）众女士再次进场 Enter the Ladies.［*Love's Labor's Lost*, V, 2］。（37）小丑再次进场 Enter Clowne.［*Love's Labor's Lost*, V, 2］。（38）小丑再次退场（Exit）［*Love's Labor's Lost*, V, 2］。（39）布拉加尔再次进场 Enter Bragart.［*Love's Labor's Lost*, V, 2］、退场（Exit.）。（40）男童退场（Exit Boy）［*Love's Labor's Lost*, V, 2］。（41）布拉加尔再次进场 Enter Braggart.［*Love's Labor's Lost*, V, 2］。（42）信使马卡德进场 Enter a Messenger Mounsier Marcade.［*Love's Labor's Lost*, V, 2］。（43）"《历代名人》的表演者"退场 Exeunt Worthys［*Love's Labor's Lost*, V, 2］。（44）布拉加尔再次进场 Enter Braggart.［*Love's Labor's Lost*, V, 2］。（45）所有人进场 Enter all.［*Love's Labor's Lost*, V, 2］。

1623 年《爱的徒劳》第 1 对折本划分为五场（Actus），但每一场内没有幕（Scoena）的划分。第 1 对折本在情节-内容上没有太多的修订和增写，但第 1 对折本文本致力于用素体诗取代原初的散文体对白；对比第 1 四开本文本，得到了部分改善。例如，第 1 对折本在舞台指示与表演信息上有少量的补充和完善，第 1 对折本中有 42 次人物进场，31 次人物退场，（21 次写作 Exit，10 次写作拉丁词语 Exeunt）。总言之，《爱的徒劳》作为一个宫内大臣剧团、国王剧团的常演剧目，多次在公共剧场和宫廷演出。从 1598 年至 1623 年该剧是一个比较完善、稳定的剧作，其舞台指示与表演信息的改善，意味着该剧印刷文本作为提词本，是演员-记录者而不是莎士比亚作为剧作家修改了这些内容。

（2）在"差 / 次的四开本"中，《罗密欧与朱丽叶》受到了最广泛的关注，然而《罗密欧与朱丽叶》可能并不具有“差/次的四开本”的普遍特征，因为别的“差/次的四开本”是剧团授权的合法印刷文本。《罗密欧与朱丽叶》是一个意大利题材的悲喜剧，其写作时间可能是1596–1597年，即乔治·凯里（George Carey）成为第二任亨斯顿勋爵之初。15–16世纪意大利小说家路易吉·达波塔（Luigi da Porta）和马泰奥·班德洛（Matteo Bandello）写作了“罗密欧与朱丽叶”故事，班德洛的中篇小说名为《两个非常不幸的情人之死》（Matteo Bandello, *La sfortunata morte di dui infelicissimi amanti che l'uno di veleno e l'altro di dolore morirono, con vari accidenti*, 1554）。①1559年法国翻译者波埃思杜奥（Boaistuau）创作了一首“罗密欧与朱丽叶”题材的长篇叙事诗。②1562年阿瑟·布鲁克从法语编译了《罗密欧与朱丽叶的悲剧故事》，布鲁克《致读者》宣称，他“最近在舞台上看到了一个类似的故事”（页iiir）。③爱德华·艾伦《回忆录》表示，《罗密欧》《伯里克勒斯》是1590年代剧作家共同使用的主题，可能最初是某个意大利即兴艺术喜剧旅行剧团为伦敦带来了“罗密欧”题材的戏剧表演。1596年海军上将剧团首次演出了《罗密欧》，该剧早于或者与宫内大臣剧团的演出同期。④对于当时通行的小册图书市场，1597年丹特盗印的《罗密欧与朱丽叶》（前四张纸）是一种普遍可见的形态。印刷商爱德华·奥尔德印刷了第1四开本的最后六张纸，因而无法充分证实波拉德–雷格的假想。第1四开本的标题页上（An excellent conceited tragedie of Romeo

---

① Olin H. Moore. *Shakespeare's Deviations from Romeus and Iuliet*, PMLA, Vol. 52, No. 1 (Mar., 1937), pp. 68–74.

② Jill L. Levenson. Romeo and Juliet before Shakespeare, *Studies in Philology*, Vol. 81, No. 3 (Summer, 1984), pp. 325–347.

③ Arthur Brooke. *The Tragicall Historye of Romeus and Iuliet, written first in Italian by Bendell, and now in Englishe*, London: Richard Tottill, 1567.

④ John Payne Collier ed., *Memoirs of Edward Alleyn, founder of Dulwich college*, London: the Shakespeare Society, 1841: 18.

and Iuliet.）指出，该剧是亨斯顿勋爵剧团［即莎士比亚所在剧团，1596–1597年更为此名］演出的戏剧，极受观众欢迎（As it hath been often (with great applause) plaid publiquely, by the right Honourable the L. of Hunsdon his Seruants.）。1599年印刷商托马斯·克里德为书商卡特伯特·伯比出版了第2四开本，标题更改为“最精彩、最令人叹惜的悲剧”（The Most Excellent and lamentable Tragedie, of Romeo and Iuliet），其标题页上指出，该剧是新近订正、增写和修改的（Newly corrected, augmented, and amended），宫内大臣剧团曾多次演出过该剧（As it hath bene sundry times publiquely acted, by the right Honourable the L. of Chamberlaine his Seruants.）。1607年1月22日卡特伯特·伯比将《罗密欧与朱丽叶》《爱的徒劳》《驯悍记》转让给书商尼古拉斯·林（Nicholas Ling），这表明1599年或者此前卡特伯特·伯比已经取得《罗密欧与朱丽叶》的出版授权，虽然现今佚失了文献的记载。①1607年11月19日尼古拉斯·林将出版权转让给书商约翰·史密斯威克。1609年印刷商约翰·温德特（John Windet）为史密斯威克出版了第3四开本，其标题页上指出，国王剧团曾在环球剧院演出过该剧（As it hath beene sundrie times publiquely acted, by the Kings Maiesties Seruants at the Globe），该剧是新近订正、增写和修改的（Newly corrected, augmented, and amended）。1622年约翰·温德特为史密斯威克出版了第4四开本，稍后出版的第4四开本异本（fourth edition variant）的标题页有署名剧作者莎士比亚（Written by W. Shakespeare），文本的其他修改极少。②

1597年《罗密欧与朱丽叶》第1四开本文本只是部分而不是完全表现人物进出场的舞台指示，其中有71次人物进场，35次人物退场，（16次写作

---

① Robert E. Burkhart. *Shakespeare's Bad Quartos: Deliberate Abridgments Designed for Performance by a Reduced Cast*, Hague, Paris: Mouton, 1975: 56.

② Kenneth Muir. Arthur Brooke and the imagery of “Romeo and Juliet”, *Notes and Queries*, Vol. 3, No. 6 (june 1956), pages 241–243.

Exit，18 次写作拉丁词语 Exeunt，和 1 次简写的拉丁词语 Exeu.）。该剧中的舞台指示与表演信息还有近 40 处舞台表演行为说明，包括朗读、舞台音乐、舞蹈、服装道具的说明，人物站立、疾步快走、拥抱、决斗等表演动作等。（1）卡普雷特与蒙塔古的人决斗 They draw, to them enters Tybalt, they fight, [*Romeo and Juliet*, I, 1]。（2）罗密欧朗读书信 He reads the Letter.（3）他们对着他发出嘘声 They whisper in his ears.（4）他在他们旁边走着、唱着歌 He walkes by them, and sings.（5）乳母转向彼得和她的丈夫 She turnes to Peter her man.（6）朱丽叶快步入场，拥抱罗密欧 Enter Iuliet somewhat fast, and embraceth Romeo.（7）提巴尔特从罗密欧手臂下刺向梅库提奥，向里面跑去 Tibalt under Romeos arme thrusts Mercutio, in and flyes.（8）决斗，提巴尔特倒下 Fight, Tibalt falles.（9）乳母紧握着手进场，手中托着绳梯 Enter Nurse wringing her hands, with the ladder of cordes in her lap.（10）乳母敲门 Nurse knockes.（11）乳母再次敲门 Shee knockes againe.（12）罗密欧站起来 He rises.（13）罗密欧用短剑刺向自己，乳母夺走短剑 He offers to stab himselfe, and Nurse snatches the dagger away.（14）乳母走入里面，并在此转回 Nurse offers to goe in and turnes againe.（15）帕里斯走入里面，卡普雷特再次唤回他 Paris offers to goe in, and Capolet calles him againe.（16）罗密欧与朱丽叶从窗户进入 Enter Romeo and Iuliet at the window.（17）罗密欧走下去 He goeth downe.（18）乳母匆匆入场 Enter Nurse hastely.（19）朱丽叶从窗户退下 She goeth downe from the window.（20）朱丽叶跪下 She kneeles downe.（21）朱丽叶寻找乳母 She lookes after Nurse.（22）朱丽叶跪下 She kneeles downe.（23）在窗内朱丽叶躺在她的床上 She fals vpon her bed within the Curtaines.（24）仆人进入，带来木材和木炭 Enter a Seruingman with Logs & Coales.（25）所有人立刻喊叫起来，手紧紧握着 All at once cry out and wring their hands.（26）除开乳母，其他人都走出去，把迷迭香熏向她，关上窗 户 They all but the Nurse goe foorth, casting Rosemary on her and shutting the

Curtens.（27）帕里斯入场，他的侍从带着鲜花和蜜汁 Enter Countie Paris and his Page with flowers and sweete Water.（28）帕里斯给坟墓放上鲜花 Paris strewes the Tomb with flowers.（29）罗密欧和巴尔塔萨入场，手里拿着火炬、鹤嘴锄和一支鸦嘴铁锄 Enter Romeo and Balthasar, with a torch, a mattocke, and a crow of yron.（30）罗密欧掘开坟墓 Romeo opens the tombe.（31）二人决斗 They fight.（32）倒下 Falls.（33）修道士持提灯进入 Enter Fryer with a Lanthorne.（34）修道士停住，看着武器与流血 Fryer stoops and lookes on the blood and weapons.（35）朱丽叶站起来 Iuliet rises.（36）朱丽叶用短剑自杀并倒下 She stabs herselfe and falles. 1599 年《罗密欧与朱丽叶》第 2 四开本与第 1 四开本在文本上仅有 82 行完全一致，增写了近五分之一的内容（7000 词语）。第 2 四开本只是部分而不是完全表现人物进出场的舞台指示，其中有 77 次人物进场，38 次人物退场，（24 次写作 Exit，14 次写作拉丁词语 Exeunt）。1623 年《罗密欧与朱丽叶》第 1 对折本的戏剧文本只是部分而不是完全表现人物进出场的舞台指示，其中有 80 次人物进场，43 次人物退场（24 次写作 Exit，19 次写作拉丁词语 Exeunt）。对比第 1 四开本，第 2 四开本和第 1 对折本的舞台指示与表演信息都有少量的增加。如果人们［例如，坡拉德、格雷格、理查德・霍斯雷（Richard Hosley）等］认为 1597 年《罗密欧与朱丽叶》第 1 四开本是一个盗印的、不完善的提词本，这意味着该戏剧在较长时期的演出过程中，演员–记录者而不是莎士比亚作为剧作家有意完善了戏剧表演的记录。

如果对比《爱的徒劳》第 1 四开本［作为“差 / 次的四开本”］，《罗密欧与朱丽叶》第 1 四开本并不意味着戏剧文本本身有明显的失误或者缺陷。从舞台指示与表演信息上来看，《罗密欧与朱丽叶》表现出更丰富的舞台表演行为，它保留了较多意大利即兴艺术喜剧的特征，然而《罗密欧与朱丽叶》第 2 四开本及其后的戏剧文本有意转向古典希腊戏剧，剧前的“序言”被标注为希腊悲剧式的合唱歌（Corus, Chorus），第二场开始的十四行诗也被标注为“合唱歌”

（Now old desire doth in his deathbed lie）；剧中的另一首十四行诗是以罗密欧、朱丽叶的对白形式出现的（If I prophane with my vnworthiest hand），剧作家在情节和对白上有较多的修改和增写。

（3）《温莎的风流娘们儿》现存2个四开本（1602，1619）和4个对折本（1623，1632，1663/1664，1685），1619年印刷商威廉·伽噶德（William Jaggard）为书商亚瑟·约翰逊（Arthur Johnson）出版了第2四开本，其标题页有署名莎士比亚（Written by W. Shakespeare）。1602年第1四开本（Entermixed with sundrie variable and pleasing humors, of Syr Hugh the Welch knight, Iustice Shallow, and his wise cousin M. Slender.）在情节结构上近似闹剧式的五幕喜剧，突出古希腊医学家伽伦（Galenos）的四种体液学说。该戏剧文本只是部分而不是完全表现人物进出场的舞台指示，其中有59次人物进场，46次人物退场，（46次写作 Exit，未使用拉丁词语 Exeunt, Exeu., Exe.）。该剧中的舞台指示与表演信息还包括20处舞台表演行为说明，包括谈话、朗读、舞台音乐、舞蹈、服装道具的说明，闹剧式表演、假面舞、拥抱、决斗等表演动作等，特别标识出佩吉太太的旁白（Aside）：（1）休牧师和辛普勒从餐厅入场 Enter sir Hugh and Simple, from dinner.（2）卢格比走进会计室 He steps into the Counting-house.（3）快嘴奎克利太太开门 And she opens the doore.（4）凯斯医生写字 The Doctor writes.（5）佩吉太太进场，朗读书信 Enter Mistresse Page, reading of a Letter.（6）福德与嘉德旅店主人谈话 Ford and the Host talkes.（7）福德进场，伪装成布鲁克 Enter Foord disguised like Brooke.（8）医生和店主入场，二人决斗 Enter Doctor and the Host, they offer to fight.（9）福德小姐入场，两个人带着一个大衣物篮子 Enter Mistresse Ford, with two of her men, and a great buck busket.（10）福尔斯塔夫爵士站在之后 Falstaffe stands behind the aras.（11）福尔斯塔夫爵士钻进篮子，人们把衣物扔在他身上，两人把它抬走，福德和别的所有人依次遇见它 Sir Iohn goes into the basket, they put cloathes ouer him, the two men carries it away: Foord meetes it, and all the rest, Page, Doctor, Priest, Slender, Shallow.（12）大家发出嘘声 they whisper.（13）福尔斯塔夫爵士站在之后 He steps behind the arras.（14）福德、佩吉等进场，两个人带着一个装衣裤大篮子，福德遇见它 Enter M. Ford, Page, Priest, Shallow, the two men carries the basket, and Ford meets it.（15）福尔斯塔夫爵士伪装成老妇人进场，佩吉太太跟着他，福德打他，他逃走了 Enter Falstaffe disguised like an old woman, and misteris Page with him, Ford beates him, and hee runnes away.（16）敲门 Knock.（17）约翰爵士进场，他头上顶着一个大裤子 Enter sir Iohn with a Bucks head vpon him.（18）号角声响起，两个女人跑走。休牧师进场，扮成羊人神，男童扮成林泽水仙，快嘴奎克利太太扮成仙后。人们先唱一首歌，而后说话 There is a noise of hornes, the two women run away. Enter sir Hugh like a Satyre, and boyes drest like Fayries, mistresse Quickly, like the Queene of Fayries: they sing a song about him, and afterward speake.（19）They put the Tapers to his fingers, and he starts.（20）Here they pinch him, and sing about him, & the Doctor comes one way & steales away a boy in red. And Slender another way he takes a boy in greene: And Fenton steales misteris Anne, being in white. And a noyse of hunting is made within: and all the Fairies runne away. Falstaffe pulles of his bucks head, and rises vp. 1623年《罗密欧与朱丽叶》第1对折本的文本只是部分而不是完全表现人物进出场的舞台指示，其中有30次人物进场，21次人物退场（2次写作 Exit，19次写作拉丁词语 Exeunt）。1623年《罗密欧与朱丽叶》第1对折本分为5场：第一场分为3幕，第二场分为2幕，第三场分为4幕，第四场分为6幕，第五场分为5幕，这可能是剧作者、演员–记录者对舞台表演的记录。1623年《罗密欧与朱丽叶》第1对折本明显减少了舞台指示和表演信息，增加了情节和对白，尤其是较多使用了拉丁语。这意味着剧作者、演员–记录者有意弱化原初的闹剧、假面舞剧的成分，转向拉丁古典戏剧。

（4）《亨利五世》是一个人文主义的五幕历史剧，现存3个四开本（1600，1602，1608/1619）和4个对折本（1623，1632，1663/1664，1685）。1600年8月4日书商托马斯·米林顿在伦敦书业公会登记了《亨利五世》《无事生非》《如你所愿》等剧作的出版权。1600年8月14日托马斯·米林顿把《亨利五世》等7个剧作的出版权转让给书商托马斯·帕维尔。1600年9月之前印刷商托马斯·克里德为书商托马斯·米林顿和约翰·巴斯比出版了第1四开本（Printed by Thomas Creede for Tho. Millington and John Busby）。该戏剧文本只是部分而不是完全表现人物进出场的舞台指示，其中有49次人物进场，25次人物退场（22次写作Exit，3次写作拉丁词语Exeunt）。第1四开本中的舞台指示与表演信息还包括7处舞台表演行为说明，包括打人、警报等表演动作等。作为比较别的“差/次的四开本”，《亨利五世》第1四开本文本中显示的很少的舞台表演信息更符合古典戏剧规范。（1）他们拔剑（决斗）They drawe.（2）他们拔剑（决斗）They draw.（3）国王等进场，警报 Enter the King and his Lords alarum.（4）乔装的国王进场 Enter the King disguised.（5）警报声响起 Alarum soundes.（6）上尉（营长）高渥打他 He strikes him.（7）上尉（营长）弗鲁厄伦打他 He strikes him. 1623年《亨利五世》第1对折本文本增写到第1四开本的2倍，这些情节和对白修改与增写可能是在持续演出过程中由剧作家、演员-记录者共同完成的。4首进场序言和2首合唱歌表明第1对折本致力于转向希腊古典戏剧的形式。第1对折本（F1）分为5场，第一场前有“进场歌”（Enter Prologue），仅标注第1幕；第二场仅标注第1幕，前有“合唱歌”（Chorus），大约近似希腊古典戏剧的Parode, parodos，其中另有“进场歌”（Enter Prologue），可看作第2幕；第三场前有“合唱歌”（Chorus），仅标注第1幕；第四场仅标注第1幕；第五场前有“进场歌”（Enter Prologue），第五场仅标注第1幕；剧末有十四行诗“退场歌”，近似希腊古典戏剧的Exode。该戏剧文本只是部分而不是完全表现人物进出场的舞台指示，其中有79次人物进场，42次人物退场，（26次写作 Exit，16 次写作拉丁词语 Exeunt）。第 1 对折本中的舞台指示与表演信息还包括 7 处舞台表演行为说明，炫耀性管弦乐器合奏、打人、警报等表演动作等，（1）炫耀性管弦乐器合奏［全剧共出现 8 次］，合唱队进场 Flourish. Enter Chorus.（2）拔剑 Draw.（3）小号响起 Sound Trumpets.（4）炫耀性管弦乐器合奏，合唱队进场 Flourish. Enter Chorus.（5）警报声 Alarum, and Chambers goe off.（6）警报声 Alarum: Scaling Ladders at Harflew.（7）警报声 Alarum, and Chambers goe off.（8）国王及其军队从门口进场 Enter the King and all his Traine before the Gates.（9）鼓声和彩旗飞舞 Drum and Colours.（10）吹奏军乐 Tucket.（11）国王哈利留在舞台上 Manet King.（12）警报声，远行 / 远征 Alarum. Excursions.（13）短暂的警报声 A short Alarum.（14）警报声，国王及其军队押着俘虏进场 Alarum. Enter the King and his trayne, with Prisoners.（15）警报声，国王及其军队押着俘虏进场，炫耀性管弦乐器合奏 Alarum. Enter King Harry and Burbon with prisoners. Flourish.（16）上尉（营长）弗鲁厄伦打他 Strikes him.（17）国王哈利和凯瑟琳留在舞台上 Manet King and Katherine.。

（5）《伯里克勒斯》是 17 世纪前期最受欢迎的戏剧之一（The Late, and much admired Play, Called Pericles, Prince of Tyre），1609–1635 年共出版了 6 个四开本（1609a，1609b，1611，1619，1630，1635）和 2 个对折本（1664，1685），1608 年 5 月 20 日书商爱德华 · 布朗特（Edward Blount）在伦敦书业公会登记了《伯里克勒斯》。1609 年印刷商威廉 · 怀特、托马斯 · 克里德为书商亨利 · 戈森出版了《伯里克勒斯》第 1 四开本（Imprinted at London for Henry Gosson），其标题页有署名莎士比亚（By William Shakespeare），它可能是从流行的伯里克勒斯题材改编成戏剧的。一些学者认为，乔治 · 威尔金斯（George Wilkins）是该剧的合作者，1608 年威尔金斯写作了散文体骑士传奇《伯里克勒斯》。1609 年戈森还出版了第 2 四开本。戈森可能已经从布朗特获得了出版该剧的权利，但伦敦书业公会登记簿上没有出版权转让的记录。1609 年之前该剧在环球剧院多次演出（As it hath been diuers and sundry times acted by his Maiesties Seruants, at the Globe on the Banck-side.）。1611 年某位身份不明的印刷商和印刷商西蒙·斯塔福德（S. S.［Simon Stafford］）出版了第 3 四开本，其标题页有署名莎士比亚（Written by VVilliam Shakespeare）。

1609 年第 1 四开本在情节结构上近似希腊古典戏剧，戏剧文本只是部分而不是完全表现人物进出场的舞台指示，其中有 62 次人物进场，其中“戴安娜进场”写作 Diana，这是一条不完整的舞台提示；22 次人物退场（17 次写作 Exit，5 次使用拉丁词语 Exeunt）。该剧中的舞台指示与表演信息还有 20 处舞台表演行为说明，包括对谈话、朗读、舞台音乐、舞蹈、服装道具的说明，闹剧式表演、假面舞、拥抱、决斗等表演动作等，特别标识出国王（即泰尔亲王）的 2 次旁白 Aside.（1）谜语 The Riddle.（2）仅伯里克勒斯留在舞台上 Manet Pericles solus.（3）仅塔利亚德留在舞台上 Enter Thaliard solus.（4）哑剧表演：伯里克勒斯和克勒翁等进场，并封克勒翁为骑士 Dombe shew. Enter at one dore Pericles talking with Cleon, all the traine with them: Enter at an other dore, a Gentleman with a Letter to Pericles, Pericles shewes the Letter to Cleon; Pericles giues the Messenger a reward, and Knights him: Exit Pericles at one dore, and Cleon at an other.（5）两个渔民进场，撒网 Enter the two Fisher-men, drawing vp a Net.（6）第一个骑士走过 The first Knight passes by.（7）大声喊，大家都哭了 Great shoutes, and all cry, the meane Knight.（8）国王和骑士从帐篷处入场 Enter the King and Knights from Tilting.（9）他们跳舞 They daunce.（10）他们跳舞 They daunce.（11）国王读着信从一个门进场，骑士们与他相遇 Enter the King reading of a letter at one doore, the Knightes meete him.（12）第二个哑剧：伯里克勒斯和西莫尼德斯从一个门进场 Enter Pericles and Symonides at one dore with attendantes, a Messenger meetes them, kneeles and giues Pericles a letter, Pericles shewes it Symonides, the Lords kneele to him; then enter Thaysa with child, with Lichorida a nurse, the King shewes her the letter, she reioyces: she and Pericles take leaue of her father, and depart.（13）船上，伯里克勒斯进场 Enter Pericles a Shipboard.（14）二三个人和一个基督教徒进场 Enter two or three with a Chist. 莎士比亚不恰当地论述到多种宗教，伯里克勒斯所在的希腊化时期尚未出现基督教，（15）一个人带着餐巾和火 Enter one with Napkins and Fire.（16）她走过 Shee moues.（17）他们带着她离开，全都离开 They carry her away. Exeunt omnes.（18）玛丽纳带着花篮进场 Enter Marina with a Basket of flowers.（19）第三个哑剧：伯里克勒斯从一个门进场 Enter Pericles at one doore, with all his trayne, Cleon and Dioniza at the other. Cleon shewes Pericles the tombe, whereat Pericles makes lamentation, puts on sacke-cloth, and in a mighty passion departs.（20）唱歌 The Song. 但未写出歌曲本身，（21）剧末是诗人高渥的独白（合唱歌）。

（6）1603 年《哈姆雷特》第 1 四开本在 5 个“差 / 次的四开本”中出版最晚的戏剧，宫内大臣剧团近来在伦敦、剑桥和牛津大学等演出过该剧（As it hath beene diuerse times acted by his Highnesse Seruants in the Cittie of London: as also in the two Vniuersities of Cambridge and Oxford, and else-where.）。1602 年 7 月 26 日印刷商詹姆斯 · 罗伯茨（James Roberts）在伦敦书业公会登记了《哈姆雷特》(the Revenge of Hamlett Prince Denmarke as yt was latelie Acted by the Lord Chamberleyne his servantes.）。1603 年印刷商瓦伦丁 · 西蒙斯（Valentine Simmes）为书商尼古拉斯 · 林、约翰 · 特伦德尔出版了《哈姆雷特》第 1 四开本（printed for N. L. [Nicholas Ling] and Iohn Trundell），其标题页有署名莎士比亚（By William Shake-speare）。由于没有罗伯茨的出版权转让记录，西蒙斯、尼古拉斯 · 林可能取得了宫内大臣剧团而不是罗伯茨的临时授权，第 1 四开本可能不是盗版。1604 年詹姆斯 · 罗伯茨为书商尼古拉斯 · 林出版第 2 四开本（Printed by I. R. for N. L. and are to be sold at his shoppe vnder Saint Dunstons Church in Fleetstreet）。

1603 年第 1 四开本（Entermixed with sundrie variable and pleasing humors, of

Syr Hugh the Welch knight, Iustice Shallow, and his wise cousin M. Slender.）的文本只是部分而不是完全表现人物进出场的舞台指示，其中有 56 次人物进场，47 次人物退场（31 次写作 Exit，15 次使用拉丁词语 Exeunt，1 次使用异写拉丁词语 *excunt*）。该剧中的舞台指示与表演信息还包括 20 多处舞台表演行为说明，包括对哑剧表演、朗读、歌唱（进场歌）、舞蹈、音乐、服装道具（鲁特琴、小号、鼓）的说明，忏悔、比剑、掘墓等表演动作等，但未标识出哈姆雷特的旁白 Aside。（1）小号响起 Sound Trumpets.（2）鬼魂在舞台之下 The Gost vnder the stage.（3）小号响起，柯兰庇斯进场 The Trumpets sound, Enter Corambis.（4）哑剧表演，（演员）进场 Enter in a Dumbe Shew, the King and the Queene, he sits downe in an Arbor, she leaues him: Then enters Lucianus with poyson in a Viall, and powres it in his eares, and goes away: Then the Queene commeth and findes him dead: and goes away with the other.（5）"进场歌"，（合唱队）进场 Enter the Prologue.（6）国王克劳狄乌斯跪下（忏悔）hee kneeles.（7）鬼魂着晚礼服进场 Enter the ghost in his night gowne.（8）哈姆雷特退场，僵死般的 Exit Hamlet with the dead body.（9）挪威王子福丁布拉斯和士兵进场，鼓声响起 Enter Fortenbrasse, Drumme and Souldiers.（10）奥菲利亚弹奏鲁特琴唱着歌进场，头发纷披 Enter Ofelia playing on a Lute, and her haire downe singing.（11）里面喧闹 A noyse within.（12）奥菲利亚进场，像上次一样 Enter Ofelia as before.（13）国王、王后和雷阿特斯等人进场，牧师跟随在棺材之后 Enter King and Queene, Leartes, and other lordes, with a Priest after the coffin.（14）雷阿特斯跳进墓穴 Leartes leapes into the graue.（15）哈姆雷特在雷阿特斯之后也跳入 Hamlet leapes in after Leartes.（16）在这里二人比剑 Heere they play.（17）二人比剑 They play againe.（18）王后饮酒 Shee drinkes.（19）二人抓住彼此的长剑，都受伤；雷阿特斯倒下，王后倒下而后死去 They catch one anothers Rapiers, and both are wounded, Leartes falles downe, the Queene falles downe and dies.（20）国王死去

The king dies.（21）雷阿特斯死去 Leartes dies.（22）哈姆雷特死去 Ham. dies.

三、莎士比亚戏剧的分场分幕与戏剧文本中的拉丁语

首先谈谈莎士比亚戏剧的分场（act, Actus）分幕（scene, Scoena）。戏剧的印刷文本与舞台表演并不总是持续一致的，因为戏剧场景在印刷文本上的标注往往表现为极简单的象征符号，而在戏剧舞台上则是舞台设备、人物、服装道具、表演行为的转变。哑剧表演在英格兰中世纪闹剧或者意大利即兴艺术喜剧中随处可见。在伊丽莎白–雅各宾时代，对即将发生的情节做出或多或少明确预测的哑剧是常见的，哑剧常常用作补充性的、解释的情节表演。莎士比亚戏剧中往往有哑剧表演（dumbe shew, dumbe show），例如，《哈姆雷特》（*Hamlet*, III, 2）、《无事生非》（*Much Ado About Nothing*, II, 3）、《威尼斯商人》（*The Merchant of Venice*, I, 2）、《泰图斯·安德洛尼库斯》（*Titus Andronicus*, III, 1; III, 2）、《伯里克勒斯》（*Pericles*, II, 5）等。①

对莎士比亚戏剧来说，戏剧的分场分幕有多种模式可以选择：（1）希腊古典戏剧采用合唱队的进场出场来划分为多个行为情节（acts），各行为情节之间的区分不太明显；（2）罗马古典戏剧有明显的分场分幕，而且场景（幕）是行为情节 act（场）的内部划分；（3）神秘剧、奇迹剧、道德剧等宗教戏剧的情节划分和教义规范下的象征性表演；（4）意大利即兴艺术喜剧的表演惯例和意大利文艺复兴戏剧的启发；（5）中世纪闹剧的传统；和（6）新流行的假面舞剧和宫廷娱乐表演。显然莎士比亚戏剧总是混合了不同的戏剧的分场分幕模式，尤其是“戏中戏”突出了不同戏剧表演模式的调和。宫内大臣剧团、亨斯顿勋爵剧团和国王剧团作为商业剧团。由于戏剧的集体创作而不是剧作家独立的原创，戏剧内部的分场分幕可能并不需要剧作家明显的标识在戏剧的文学文本中。演

① Dieter Mehl. *The Elizabethan Dumb Show: The History of a Dramatic Convention*, London: Methuen & Co. Ltd., 1965: 109.

员准备并承担了所有的戏剧表演，演员-记录者会随意记下部分分场分幕，因而印刷文本再现了剧院手抄稿中的分场分幕。①

在严格意义上，莎士比亚“差 / 次的四开本”不是一种印刷文本的划分类型，因为其中大多数是合法印刷 / 出版的戏剧文本，而且由于每个戏剧写作的过程不同，它们相互之间差异悬殊。《罗密欧与朱丽叶》《伯里克勒斯》有意模仿了希腊古典戏剧，而《亨利六世》第二、三部和《亨利五世》是英格兰文艺复兴时期的历史剧，部分近似拉丁式的五幕剧。1616 年之前，几乎莎士比亚戏剧早期版本所有的第 1 个印刷文本都没有分场分幕，这些戏剧的后来的印刷文本（尤其是 1623 年第 1 对折本）则可能是演员-记录者添加了场幕划分的标识。由于深受罗马古典戏剧的影响，场幕的划分全都是拉丁语而不是英语词语，而且仅仅是部分场幕划分的尝试。（1）1594 年印刷商托马斯·克里德为书商托马斯·米林顿出版《亨利六世　第二部》第 1 四开本（Printed by Thomas Creed, for Thomas Millington）。全剧没有分场分幕，70 次退场写作 Exet，而不是 Exit；未使用“退场”拉丁词语 Exeunt, Exeu., Exe.。1623 年《亨利六世　第二部》（The second Part of Henry the Sixt, with the death of the Good Duke Hvmfrey.）仅标注了第一场第 1 幕（Actus Primus. Scoena Prima.），57 次人物退场（36 次写作 Exit，21 次写作 Exeunt）。（2）1595 年印刷商彼得·肖特为书商托马斯·米林顿出版了《亨利六世　第三部》第 1 八开本（Printed at London by P. S. [Peter Short] for Thomas Millington），1611 年莎士比亚《泰图斯·安特洛尼库斯》、1595 年《维纳斯和阿多尼斯》、1598 年《卢克丽丝受辱记》也是用八开本出版的，全剧没有分场分幕。《亨利六世　第三部》第 1 八开本，共有 70 次进场和 21 次“退场”（18 次使用拉丁词语 Exeunt，3 次使用略写拉丁词语 Ex.）。1623 年第 1 对折本仅标注了第一场第 1 幕（Actus Primus. Scoena Prima.）（3）1597 年《罗密

① James Hirsh. Act Divisions in the Shakespeare First Folio, *The Papers of the Bibliographical Society of America*, Vol. 96, No. 2 (JUNE 2002), pp. 219–256.

欧与朱丽叶》第1四开本在情节结构上近似拉丁式的五幕剧，但全剧没有分场分幕，剧前有十二行诗“进场歌”（The Prologue）。莎士比亚戏剧中“进场歌”模仿了希腊古典戏剧“进场歌”。1623年《罗密欧与朱丽叶》第1对折本试图分场分幕，但仅仅出现第一场第1幕（Actus Primus. Scoena Prima.）的划分，而后就放弃了，这可能是印刷商、书商一次不成功的努力。（4）1598年《爱的徒劳》（第1四开本）在情节结构上近似拉丁式的五幕剧，但全剧没有分场分幕。（5）1602年《温莎的风流娘们儿》第1四开本没有分场分幕。（6）《亨利五世》全剧没有分场分幕。（7）1603年《哈姆雷特》第1四开本在情节结构上近似拉丁式的复仇悲剧，全剧没有分场分幕。（8）1609年《伯里克勒斯》第1四开本在情节结构上近似希腊古典戏剧，全剧中多次出现的“合唱歌”起到了分场分幕的作用，但未标识出 chorus。该剧包含3个哑剧表演。

作为诗人和戏剧作家，莎士比亚的生平与事迹是模糊不清的，极少有同时代人对莎士比亚做出清晰的评论。本·琼森在1623年《莎士比亚喜剧、历史剧和悲剧集》第1对折本前面的《回忆敬爱的作家莎士比亚》（*To the Memory of My Beloved the Author*, Mr. William Shakespeare）一诗中宣称与“大学才子派”作家李利（John Lyly）、基德（Thomas Kyd）、马洛（Christopher Marlowe）比较，“尽管你学过的拉丁语不多，希腊语更少”（And though thou hadst small Latin and less Greek），在莎士比亚戏剧中，希腊语词语是较少的，例如，Misanthropos, Threnos, threne, Epitheton 等。1485年之前，英格兰大多数文献仍然是用中古拉丁语写成的，拉丁语教学是英格兰文艺复兴时期语法学校的主要内容，拉丁语也是伊丽莎白–雅各宾时期部分官方文献的正式用语。① 直到17世纪，拉丁语依然是欧洲各国官方的外交语言。《亨利八世》第三场沃尔西与女王交谈使用了拉丁语句 Tanta est erga te mentis integritas

① John J. Enck. A Chronicle of Small Latin, *Shakespeare Quarterly*, Vol.3, No. 12(1961), pp. 342–345.

Regina serenissima.（*Henry The Eighth*, III, 1），这不是拉丁文学的引用，而是严谨的宫廷交往语言。活跃的伦敦手工业者和商人是戏剧表演的主要观众，可能普遍接受了多种语言（英语、拉丁语、法语）的基础教育。莎士比亚戏剧中有 31500 多个词语，它们不是戏剧文学家的独立原创所使用的词汇，而是伦敦市民可以理解的通用词汇。莎士比亚戏剧中的拉丁语是剧作家、演员熟悉的日常语言，也是剧场观众熟悉的日常语言。

莎士比亚戏剧中偶尔也会描述拉丁语学习情景，1560 年代新国王爱德华六世学校（即斯特拉特福德语法学校）使用的拉丁语课本可能是威廉·李利《语法简介》（William Lily, *A Shorte Introduction of Grammar*, 1552）。J. E. 汉金斯《莎士比亚思想的背景》认为，莎士比亚戏剧中有较多拉丁词语和拉丁古典文学形象、情节和文化观念，这些内容全部或部分可能是其通过阅读拉丁语文献得到的。他可能在任何时候用拉丁文翻译，但他并不局限于翻译。① T. W. 鲍德温《莎士比亚“不多的拉丁语，更少的希腊语”》认为，伊丽莎白时期语法学校以拉丁语为主的课程，使得莎士比亚有能力阅读普鲁塔克、维吉尔、奥维德、李维、西塞罗、昆提利安、普劳图斯等的拉丁语著作。②J. 贝特《莎士比亚与奥维德》（Jonathan Bate, *Shakespeare and Ovid*）全面描述了莎士比亚所接受的奥维德的文学影响与启发，有利于考察莎士比亚的拉丁语阅读能力。几乎所有的莎士比亚戏剧中都随处可见拉丁词语或者语句，例如，Accommodo, Accusativo, Adsum, Aer, Alias, Armigero, Ave, Benedicite, Caelo (O. Edd. celo), caetera, Candidatus, Canis, Caret, Caveto, Circum circa, Curam, Cubiculo, Custdlorum 等，然而早期版本中的拉丁语错误可能是剧作家、演员–记录者或者

① John Erskine Hankins. *Backgrounds of Shakespeare's Thought*, Hassocks: Harvester Press, 1978: 14.

② Thomas Whitfield Baldwin. *William Shakespeare's Small Latine & Lesse Greeke*, Volume 1, Urbana: University of Illinois Press, 1944: 682.

印刷商产生的。[①]J. W. 宾斯《莎士比亚的拉丁语引语》写道："莎士比亚在他的戏剧中大约 120 次使用拉丁语，包含单独的词语到两行引语。在喜剧中，尤其是《爱的徒劳》《温莎的风流娘们儿》中，拉丁语，尤其是它的误用和误解，有助于塑造人物形象，也是喜剧效果的来源，为戏剧带来了熟悉的、陈旧的学究式的回响。在历史剧和悲剧中，拉丁语的使用带有严肃的意图。它可能发生在情绪高涨的时刻（例如《尤利乌斯·恺撒》，Et-tu，Brute? Julius Caesar, III, 1）。古典拉丁诗人的引用语提供了一个暗示性共鸣的记录；在《提图斯·安德罗尼库斯》一剧中，拉丁语增加了罗马式的、塞内加式的气氛；在历史剧中，拉丁语的引用再次唤起了相应的宏伟、夸张和崇高，精辟的或高雅的言辞则使这一戏剧瞬间变得崇高。"[②] 例如，《提图斯·安德罗尼库斯》中的 Suum cuique（每个人自我）和《第十二夜》中的 Diluculo surger［diluculo surgere saluberrimum est］（清晨早起）可能是引用自弗兰西斯·培根，也可能源自拉丁语法课本。

《温莎的风流娘们儿》第四场第 1 幕表现了修·埃文斯爵士（Sir Hugh Euans）作为私人教师所讲授的拉丁语语法课，剧中有少量的拉丁语（Coram=quoram, Cust-alorum/Rato lorum=custos rotulorum, Armigero, pulcher, Lapis, hic, qui, Primero）。冠词从代词演变而来 Articles are borrowed of the Pronoune，以及冠词（Articles）、代词（Pronounes）的性（genders）数（numbers）格（cases）的词尾变化。例如，单数（Singulariter），主格（nominatiuo），所有格（genitiuo），受格（Accusativo），呼格（Vocativo）。威廉·李利《语法简介》作为语法学校的通用课本，其中有拉丁语冠词、代词的变格。[③]

---

① Alexander Schmidt, Gregor Sarrazin. *Shakespeare Lexicon and Quotation Dictionary*, 3 ed., New York: Dover Publications, 1971: 1426–1428.

② J. W. Binns, Shakespeare's Latin Citations: the Editorial Problem, *Shakespeare Survey* 35(1982), pp. 119–128.

③ William Lily. *A Shorte Introduction of Grammar*, New York: Scholars' Facsimiles & Reprints, 1945: 1.

hic, hec, hoc

Singular

Case	Masculine	Feminine	Neuter	Adjective	Pronoun
Nominative	hic	hec	hoc	this	he, she, it
Accusative	hunc	hanc	hoc	this	him, her, it
Genitive	huius	huius	huius	of this	his, her, its
Dative	huic	huic	huic	to this	to him/her/it
Ablative	hoc	hac	hoc	by this	by him/her/it

Plural

Case	Masculine	Feminine	Neuter	Adjective	Pronoun
Nominative	hi	he	hec	these	they
Accusative	hos	has	hec	these	them
Genitive	horum	harum	horum	of these	their
Dative	his or hiis	his or hiis	his or hiis	to these	to them
Ablative	his or hiis	his or hiis	his or hiis	by these	by them

qui, que, quod

Singular

	Masculine	Feminine	Neuter	Means
Nominative	*qui*	*que*	*quod*	who/which
Accusative	*quem*	*quam*	*quod*	whom/which
Genitive	*cuius*	*cuius*	*cuius*	whose, of whom
Dative	*cui*	*cui*	*cui*	to whom, to which
Ablative	*quo*	*qua*	*quo*	by whom/which; in whom/which

Plural

	Masculine	Feminine	Neuter	Means
Nominative	*qui*	*que*	*que*	who/which
Accusative	*quos*	*quas*	*que*	whom/which
Genitive	*quorum*	*quarum*	*quorum*	whose, of whom
Dative	*quibus*	*quibus*	*quibus*	to whom, to which
Ablative	*quibus*	*quibus*	*quibus*	by whom/which; in whom/which

《伯里克勒斯》中第六位骑士盾牌上铭刻的箴言 In hac spe viuo（*Pericles*, II, 2）可能是未知来源的拉丁引语，也许是戏拟或者反讽的拟词。

四、结语

莎士比亚时期，英格兰同时并存活字印刷书籍、手抄稿和羊皮 / 小牛皮手抄书。由于国家的法令和行业公会的制度，除开戏剧来源不明的盗印版，书商往往是从剧团取得特定剧作的合法出版权，而不是从剧作家、演员兼记录者、速记写下的观众购买戏剧文本。从伦敦书业公会及其记录簿来看，戏剧文本的所有权和出版授权是某个剧团而不是剧作家，当然剧作家可以在某个印刷文本上署名或者不署名。

20 世纪批评家（例如，R. B. 迈克凯洛等）对莎士比亚戏剧统一性的追求，过分强调了莎士比亚作为剧作家独立的原创性，而且不恰当地认为早期印刷文本是来源于单一的中间人（演员–记录者或者改编者）的手抄稿。伊丽莎白–雅各宾时期戏剧文本往往是剧作家、演员集体写作的。它们是可改编的，可修改的，甚至图书审查员、书商以及排字工、校对者都可以介入和更改。印刷文本之间的差异，大多数情况是源于长期的戏剧表演过程中产生的改编 / 修改，因为每一次表演之后人们有可能增删一些内容。

1590–1616 年速记体系无法支持抄写员–记录者在剧院的舞台表演时记录一个完整的戏剧文本。莎士比亚戏剧的记录抄写，应该考虑昂贵纸张的成本。商业剧团的演员、剧作家可能是在戏剧文本完成之后才记录下来原初的“剧院抄写稿”，然而一些包含了舞台指示、舞台表演信息的“提词本”，可能是演员–记录者在剧作家文本之上修改和增写而产生的。最初“剧院抄写稿”可能就是作为“提词本”而由剧作家、演员–记录者抄写的。即兴表演艺术、职业表演使得演员们不必在集体创作之前由剧作家提供一份戏剧文本“草稿”，以及多次修改后的“誊清稿”。

由于剧团是以戏剧师傅、自由演员作为独立的合作者 / 合伙人（Company）组合而成的，剧作家可能兼有演员–记录者的身份。莎士比亚作为剧作家，同时也是演员–记录者。在此暂时不讨论莎士比亚的戏剧文学家身份问题。由于受到罗马古典文学的广泛影响，莎士比亚戏剧中随处可见拉丁语语句的使用，尤其是退场的标识 Exeunt 和部分戏剧的分场分幕。

第三节　论 1619 年盗印本莎士比亚戏剧集的伪作

由于显著的地域差异，书写、书写工具及其媒介材料是在不同的社会文化中形成的。成熟的文明及其书写体系是书籍产生的基础。现存最早的书籍或类似书籍是美索不达米亚的刻有铭文的泥板（楔形文字）和古埃及的莎草纸（象形文字），二者的原始起源都可以追溯到公元前 3000 年早期。迄今为止，在米诺斯克里特岛、迈锡尼的大量遗迹中没有发现石质铭文，阿克提努斯的史诗《埃塞俄比斯》（Arctinus of Miletus, *The Aethiopis*, 775–750BCE）与“荷马史诗”，可能意味着希腊书籍的开始。古代希腊和罗马主要用羊皮制作图书，而羊皮书的传统将持续到欧洲文艺复兴时期。① 根据作者个人、相同文体或者特定主题 / 题材范围而编辑的个人文集或者作品选集（Anthology），是最早时期书籍的基本形态。《诗三百》《尚书》是中国春秋早期出现的汉语作品选集。古代希腊雅典城邦已经出现个人文集，例如，赫西俄德、梭伦（Solon, 630–560BCE）的诗歌，埃斯库罗斯、索福克勒斯等戏剧集。希腊化时期的埃及托勒密王朝出现了众多的作品集，《荷马史诗》《柏拉图文集》《亚里士多德文集》等羊皮书是在亚历山大城的图书馆整理而成的。公元前 1 世纪希腊语诗人加达拉的墨勒阿格（Meleager of Gadara）《花环集》（*Anthologia*）是较早的诗歌选集。由于羊皮（纸）制作的困难和极少的读者，古典时代的书籍是昂贵而稀少的。② 教会学校

---

① David Diringer. *The Book Before Printing: Ancient, Medieval and Oriental*, New York: Dover Publications, 2011: 13.

② Frederic George Kenyon. *Books and Readers in Ancient Greece and Rome*, Oxford: Clarendon Press, 1951: 8–12.

培养了宗教文学的广大读者。在印刷术发明之前的几个世纪里，西欧以手工复制书籍为工作的抄写员能够根据不断变化的需求调整他们的产品和工作方法。5 世纪初，西欧许多地方都有能够同时生产数十本甚至数百本最受欢迎的书籍的抄写作坊。需求量最大的书籍是祈祷书（Books of Hours）、通行的宗教作品和标准的学校课本。16 世纪末以来，学校和学院的数量成倍增加，对课本的需求也在增长。①

15 世纪后期造纸术与活字印刷传入英格兰，促进了都铎王朝时期的文艺复兴。莎士比亚戏剧的写作处于从抄写稿到印刷品的转变完成之后，其早期语法学校的教育、文学生涯中从文本印刷中受益匪浅。相对便宜的纸张取代羊皮纸是不可忽视的变革因素。1050 年之后造纸术从阿拉伯传入西班牙，12 世纪上半期雕版印刷术从阿拉伯、西班牙传入西西里岛和意大利的阿玛尔菲等地，为希腊罗马古典语文学在意大利的普遍且便捷的传播提供了基础。1460 年代活字印刷术从德意志美因茨传入意大利的罗马、威尼斯等地。1488 年赫特福德的商人约翰·泰特（John Tate, 1448–1507）在斯蒂夫尼奇（城镇）建立第一个造纸作坊，[其父亲曾是伦敦市长]。1498 年 5 月 25 日驻跸赫特福德城堡的国王亨利七世造访了该造纸作坊，并给予泰特 16 先令 8 便士（16s 8d）的奖金。约翰·泰特为印刷商威廉·卡克斯顿提供了部分的印刷纸张。② 除了图书印刷商，许多新领域都出现了对纸张的需求：教育普及，商业交易变得更加复杂，写作成倍增加，服装商、杂货商、普通商人和经销商对非文字 / 文学用途纸张的需求越来越大。③

---

① Lucien Febvre, Henri-Jean Martin. *The Coming of the Book: The Impact of Printing 1450–1800*, Translated by David Gerard, Atlantic Highlands: Humanities Press, 1976: 248.

② Richard Leslie Hills. *Papermaking in Britain 1488–1988: A Short History*, London, Atlantic Highlands: Athlone Press, 1988: 8.

③ Lucien Febvre, Henri-Jean Martin. *The Coming of the Book: The Impact of Printing 1450–1800*, Translated by David Gerard, Atlantic Highlands: Humanities Press, 1976: 40.

印刷文本的出现植根于西欧不断变化的社会关系和意识形态斗争之中，它预示着现代时代的到来，并成为人文主义教育、现代生活中普遍的现象。16 世纪以来，英格兰各种印刷作品主要是在书业公会监督审查之下产生的，书籍贸易及其带来的商业利益往往关联着复杂的社会权力。1593 年之后活字印刷的戏剧文本在伦敦才变得普遍。印刷书籍是一种奇特的商品（Bookes are a strange commoditie）。印刷商和书商从一开始就以商业利益为主要目标，印刷书籍的复杂性是贸易的正常运作。只有少数印刷作品得到保护人的赞助，例如，1577 年印刷商理查德·罗宾逊（Richard Robinson）将《古代历史故事》(Johane Leylando, Gesta Romanorum, *A Record of Ancyent Historyes*）第 3 四开本献给奇切斯特主教，主教赠予他 2 先令。

在伊丽莎白–雅各宾时代，由于绝大多数世俗的印刷作品（中世纪、当代作品）只有极少数读者感兴趣，只有当前流行的主要畅销书才吸引大批读者，书商往往需要尽可能销售自己出版的图书。无论出于什么特定的原因，将一些近似的作品收录在一起，合成一个作品集，这是书商常见的一种销售方式。①1541 年 4 月枢密院（the Privy Council）将《圣经》的价格定为 10 先令（未装订）和 12 先令（装订）。② 书商装订的 8–13 个戏剧作品合辑大约售价为 3–5 先令（Judge your six-pen'orth, your shillings worth, your five shillings worth at a time, or higher），帕维尔四开本的售价约为 3–5 先令。例如，1599–1612 年书商威廉·伽噶德（Printed for W. Iaggard）十四行诗集《激情的朝圣之旅》(*The Passionate Pilgrim*）第 1、2、3 八开本署名为莎士比亚（By W. Shakespeare）。

---

① Lucien Febvre, Henri-Jean Martin, *The Coming of the Book: The Impact of Printing 1450–1800*, Atlantic Highlands: Humanities Press, 1976: 216.

② Edward Gordon Duff. *A Century of the English Book Trade: Short Notices of All Printers, Stationers, Book-Binders, and Others Connected with It from the Issue of the First Dated Book in 1457 to the Incorporation of the Company of Stationers in 1557*, Folcroft Library Editions, 1972: 99.

1630年代在查理一世图书馆中，一本由《托马斯·克伦威尔勋爵》与其他7个戏剧组成的合集《莎士比亚　第一卷》(*Shakespeare*, Vol. 1) 中首次明确认为《激情的朝圣之旅》是莎士比亚写作的。1609年前后诗人约翰·哈林顿爵士 (Sir John Harington) 购买了莎士比亚、本·琼森、托马斯·米德尔顿、托马斯·海伍德、托马斯·德克等168个戏剧的四开本印刷文本,《李尔王》《伯里克勒斯》等剧作可能有重复印刷文本。约翰·哈林顿可能将2份书单上的四开本装订成11册，其中包括18个莎士比亚戏剧和5个伪剧。第一份书单上的第1册 (1 Tom) 共列举了13个戏剧，包括6个莎士比亚戏剧:《威尼斯商人》(The Marchant of Venice)、《亨利四世　第一部》(Henry the fourth. 1)、《亨利四世　第二部》(Henry the fourth. 2)、《理查德三世》(Richard ye 3d:. tragedie)、旧剧《李尔王》(King Leire: old)、《哈姆雷特》(Hamlet) 和2个伪剧《伦敦挥霍者》(The London prodigall)、《洛克林的悲剧》(Locryne)。其中《李尔王》可能是1593年在伦敦书业公会登记的旧剧作，1605年出版的非莎士比亚戏剧印刷文本。① 第2册 (2 Tom) 共列举了11个戏剧，包括1个莎士比亚伪剧:《克伦威尔勋爵》(Lord Cromwell)。第3册 (3 Tom) 共列举了9个戏剧，包括2个莎士比亚戏剧:《亨利八世》(Henry the viijt)、《罗密欧与朱丽叶》(Romeo and Iulyet)。第4册 (4 Tom) 共列举了12个戏剧，包括4个莎士比亚戏剧:《驯悍记》(The taming of a shrow)、《无事生非》(Moch adoe about nothing)、《爱的徒劳》(Loves labor lost)、《仲夏夜之梦》(Midsomer night dream)、《理查德二世》(Richard the 2)。第5册 (5 Tom) 共列举了13个戏剧，第6册 (6 Tom) 共列举了13个戏剧，二者都无莎士比亚剧作。第二份书单上的第7册 (7 Tom) 共列举了13个戏剧，包括2个莎士比亚戏剧:《亨利五世》(Henry the fift. Pistol)、《亨利六世　第一部》(York and Lanc. j. part.)。第8册 (8 Tom) 共列举了11个

① Walter Wilson Greg. *A Bibliography of the English Printed Drama to the Restoration*, Vol. 3, London: Bibliographical Society, 1962: 306-313.

戏剧，包括 3 个莎士比亚戏剧：《温莎的风流娘们儿》(Merry wyves of winsor. w. s.)、《李尔王》(King Leyr. W. Sh.)、《爱德华三世》(Ed the third) 和莎士比亚伪剧《约克郡悲剧》(Yorkshire Tragedy. w. s.)。第 9 册（9 Tom）共列举了 12 个戏剧，包括莎士比亚《伯里克勒斯》(Pericles)。第 10 册（10 Tom.）共列举了 12 个戏剧，包括 1 个莎士比亚伪剧：《女清教徒》(Puritan wyddow. w. s.)。第 11 册（11 Tom）共列举了 11 个戏剧，包括莎士比亚《驯悍记》(The taming of a shrow)。每册包含 9–13 个剧作，约翰 · 哈林顿的装订成册是随意的，而不是按照剧作家或者主题来分册的。

一、威廉 · 伽噶德、托马斯 · 帕维尔与 1619 年盗印本

莎士比亚戏剧的早期版本是根据 16 世纪末、17 世纪初人们非正式阅读的习惯而印刷的。盗印本（盗版书）是指没有获得手稿的所有者或者书业公会所授予出版许可的印刷文本，授权者可能是作者或者剧团等作品手稿的所有者，书业公会主要是监督与审查印刷文本。莎士比亚戏剧也产生了少数未授权的盗印本，甚至出现了 14 个伪莎士比亚戏剧。①1664 年书商菲利普 · 切特温德（Philip Chetwinde）重印了第 3 对折本，并从早期出版的四开本剧作中发现《伯里克勒斯》《伦敦挥霍者》《托马斯 · 克伦威尔爵士》《科巴姆勋爵约翰 · 奥尔德卡斯托》《女清教徒》《约克郡悲剧》《令人叹惜的洛克林悲剧》7 个所谓莎士比亚的剧作，宣称这 7 个新增戏剧从未在对折本中印刷过（Unto which is added seven plays, never before printed in folio: viz. Pericles Prince of Tyre, The London prodigal, The history of Thomas Lord Cromwel, Sir John Oldcastle, Lord Cobham, The Puritan widow, A Yorkshire tragedy, The tragedy of Locrine）。1685 年书商 H. 赫灵曼（Henry Herringman）、E. 布鲁斯特（Edward Brewster）、R. 本特利（Richard

---

① C. F. Tucker Brooke ed., *The Shakespeare Apocrypha, Being a Collection of Fourteen Plays which have been Ascribed to Shakespeare*, Oxford: The Clarendon press, 1918: xi.

Bentley）出版《莎士比亚喜剧、历史剧和悲剧集》第 4 对折本，书商 R. 奇兹韦尔（Richard Chiswell）可能参与了合作出版，它包含 37 个莎士比亚剧作（F1+《伯里克勒斯》）和 6 个伪作。第 4 对折本由于 4 个书商分别装订而成，大小稍有不同，346 × 213 mm，355 × 229 mm，358 × 224 mm，双栏页，458 张。

1616 年 4 月 23 日莎士比亚大约因为感染流行瘟疫而去世，四年前他就已经离开了伦敦的国王剧团，返回埃文河畔的斯特拉特福德镇。1619 年印刷商威廉·伽噶德（William Jaggard）为书商托马斯·帕维尔（Thomas Pavier, fl. 1598–1625）出版了 10 个莎士比亚戏剧，这 10 个戏剧被单独装订成四开本在帕维尔的文具店售卖，该文具店位于贸易市场附近的谷物山（are to bee sold at his shop on Cornhill, neere to the exchange）。虽然这 10 个戏剧分别标注了不同的印刷时间（1600，1608，1619），A. H. 史蒂文森（Allan H. Stevenson）从纸张上的水印推断，真实的印刷时间是 1617–1619 年，因而被售卖的戏剧合集（装订）不会早于 1619 年。① 这些装订在一起的四开本被称为“伪对折本”（The false folio），有人也称之为“帕维尔四开本”（Pavier quartos）。②

“帕维尔四开本”中 10 个戏剧是现存早期版本的重新排版印刷的产物，部分剧作与 1623 年第 1 对折本相关。考察 / 分析三者之间的拼写差异有利于分析莎士比亚戏剧在文本上的演变，尤其是在发音近似的原则下，即使某个词语没有固定的优先拼写形式，剧中词语的拼写差异是可以识别的，例如，do, doe, go, goe, here, heere 等。③ 现存的“帕维尔四开本”没有总标题（收藏号

---

① Allan H. Stevenson. Watermarks Are Twins, *Studies in Bibliography*, Vol. 4(1951/1952), pp. 57–91, +235.

② William J. Neidig. The Shakespeare Quartos of 1619, *Modern Philology*, Vol. 2, Issue 8(oct. 1910), pp. 145–163.

③ William S. Kable, John Leeds Barroll. *Studies in the Bibliography of Renaissance Dramatic Texts: the Pavier Quartos and the First Folio of Shakespeare*, Dubuque, Iowa: Wm. C. Brown, 1970: 7–13.

STC 26101），现存3个装订在一起的印刷文本，其中10个戏剧的顺序不是固定的，相反是较为随意的，这可能是因为书商或者买书的收藏者确定了这些戏剧的顺序。（1）17世纪爱德华·格温（Edward Gwynn）收藏的原初装订本的10个戏剧顺序是《兰开斯特和约克两个显赫家族之间的整个纷争》（The VVhole Contention betvveene the tvvo Famous Houses, Lancaster and Yorke.）即《亨利六世》第一、二部，《仲夏夜之梦》《约翰·奥德卡斯克爵士》《威尼斯商人》《亨利五世》《李尔王》《伯里克勒斯》《温莎的风流娘们儿》《约克郡悲剧》。①（2）据托马斯·珀西（Thomas Percy）的记载，玛丽·奥勒巴小姐收藏（Miss Orlebar）的"帕维尔四开本"的11戏剧目录是托马斯·海伍德《被善良害死的女人》（Thomas Heywood, *A Woman Killed with Kindness*），莎士比亚《亨利五世》《亨利六世》第一、二部，《威尼斯商人》《李尔王》《仲夏夜之梦》《温莎的风流娘们儿》《约翰·奥德卡斯克爵士》《约克郡悲剧》《伯里克勒斯》。②（3）第三份文本合辑（副本）的戏剧目录是《亨利六世》第一、二部、《仲夏夜之梦》《约翰·奥德卡斯克爵士》《威尼斯商人》《亨利五世》《李尔王》《伯里克勒斯》《温莎的风流娘们儿》《约克郡悲剧》。③（4）此外，目录学家A. W. 波拉德列出的戏剧目录是《约翰·奥德卡斯克爵士》《亨利五世》《李尔王》《威尼斯商人》《温莎的风流娘们儿》《仲夏夜之梦》《约克郡悲剧》《亨利六世》第一、二部，《伯里克勒斯》。目录学家W. W. 格雷格列出的戏剧目录是《亨利六世》第一、二部，《伯里克勒斯》《约克郡悲剧》《威尼斯商人》《温莎的风流娘们儿》《李尔王》《亨利五世》《约翰·奥德卡斯克爵士》《仲夏夜之梦》。

---

① R. Carter Hailey. The Shakespearian Pavier Quartos Revisited, *Studies in Bibliography*, Vol. 57 (2005/2006), pp. 151–195.

② Kitamura Sae, *The Role of Women in the Canonization of Shakespeare: From Elizabethan Theatre to the Shakespeare Jubiliee* (thesis), King's College, London, 2013: 236–237.

③ Walter Wilson Greg. *A Bibliography of the English Printed Drama to the Restoration*, Vol. 3, London: Bibliographical Society, 1962: 1107.

Pavier Texts	*Greg #*	*Copy*	*Printed by:*
2 Henry VI	119(c)	Q1(1594)	Thomas Creede
3 Henry VI	138(c)	O1(1595)	Peter Short
Pericles	284(d)	Q3(1611)	Simon Stafford
A Yorkshire Tragedy	272(b)	Q1(1608)	Richard Bradock
The Merchant of Venice	172(b)	Q1(1600)	James Roberts
Merry Wives of Windsor	187(b)	Q1(1602)	Thomas Creede
King Lear	265(b)	Q1(1608)	Nicholas Okes?
Henry V	165(c)	Q1(1600)	Thomas Creede
Sir John Oldcastle	166(b)	Q1(1600)	Valentine Simmes
Midsummer Night's Dream	170(b)	Q1(1600)	Richard Bradock?

"帕维尔四开本"收入莎士比亚的8个作品，即《亨利六世　第一部》(the First part of The Whole Contention of the Two Famous Houses of York and Lancaster)、《亨利六世　第二部》(the second part of The Whole Contention Between the Two Famous Houses, Lancaster and York)、《仲夏夜之梦》(A Midsummer Night's Dream)、《威尼斯商人》(The Merchant of Venice)、《亨利五世》(Henry V)、《李尔王》(King Lear)、《泰尔亲王伯里克勒斯》(Pericles, Prince of Tyre)、《温莎的风流娘们儿》(The Merry Wives of Windsor)；另外2个戏剧《约翰·奥德卡斯克爵士》(Sir John Oldcastle)和《约克郡悲剧》(A Yorkshire Tragedy)被错误地认为是莎士比亚创作的。① 在1619年帕维尔四开本中，《著名的兰开斯特和约克两个家族之间的整个纷争》(未标明时间)、《仲夏夜之梦》《亨利五世》《约翰·奥德卡斯克爵士》《伯里克勒斯》《约克郡悲剧》七个剧作已经取得了出版权，它们是一个合法的印刷文本，但《李尔王》《威尼斯商人》《约翰·奥德卡斯克爵士》三剧是没有合法出版权的盗印版。

首先，《兰开斯特和约克两个显赫家族之间的整个纷争》(The Whole Contention betvveene the tvvo famous Houses, Lancaster and Yorke)即现今《亨利

① Peter Kirwan, The First Collected "Shakespeare Apocrypha", *Shakespeare Quarterly*, Vol. 62, No. 4 (Winter 2011), pp. 594–601.

六世　第二部》《亨利六世　第三部》合辑的第 3 四开本标注为“托马斯·克里德出版”(Printed for T. P.)，但没有标明出版时间。1594 年 3 月 12 日书商托马斯·米林顿（Thomas Millington）在伦敦书业公会登记了《约克与兰开斯特两个显赫家族的纷争》(the firste parte of the Contention of the twoo famous houses of York and Lancaster with the deathe of the good Duke Humfrey and the banishement and Deathe of the Duke of Suffolk and the tragicall ende of the prowd Cardinall of Winchester/with the notable rebellion of Jack Cade and the Duke of Yorkes ffirste clayme vnto the Crowne.）的出版权。1594 年稍后印刷商托马斯·克里德（Thomas Creede）为米林顿出版了第 1 四开本。1600 年印刷商瓦伦丁·西蒙斯（Valentine Simmes）为米林顿印刷了第 2 四开本。1602 年 4 月 19 日托马斯·米林顿将《亨利六世　第一部》《亨利六世　第二部》(The first and Second parte of Henry the vjth)《提图斯·安德罗尼库斯》(Titus and Andronicus）三部戏剧的出版权全部转让给托马斯·帕维尔。1619 年威廉·伽噶德和托马斯·帕维尔出版的第 3 四开本是合法的、取得出版权的印刷文本。

其次，在 10 个莎士比亚戏剧中，5 个戏剧标注了并不可靠的日期，这可能是为了免于宫内大臣剧团、国王剧团或者伦敦书业公会的出版权申诉及其惩罚。其中《李尔王》《亨利五世》二剧未取得合法的出版权，因为别的书商拥有二者的出版权；威廉·伽噶德或者托马斯·帕维尔在伦敦书业公会登记了《仲夏夜之梦》《亨利五世》《约翰·奥德卡斯克爵士》三剧的出版权，但《仲夏夜之梦》可能未取得“国王剧团”的完全授权。(1)《亨利五世》第 3 四开本，标注为“1608 年托马斯·帕维尔出版”(Printed for T. P.)。1600 年 8 月 14 日托马斯·米林顿向托马斯·帕维尔转让了《亨利五世》《爱德华三世》《约翰·奥德卡斯克爵士》等多个戏剧的出版权。1602 年印刷商托马斯·克里德为托马斯·帕维尔出版了《亨利五世》第 2 四开本。可能与国王剧团的未完全授权有关。1619 年《亨利五世》第 3 四开本标注伪造的日期，原因未知。(2)《李尔王》标注为“1608年纳撒尼尔·巴特出版”。1607年11月26日书商纳撒尼尔·巴特（Nathaniel Butter）和约翰·巴斯比（John Busby）在伦敦书业公会取得了《李尔王》的出版权，1608年纳撒尼尔·巴特出版了《李尔王》第1四开本（Printed for Nathaniel Butter），1619年托马斯·帕维尔出版的《李尔王》第2四开本是没有合法授权的盗印版。（3）《威尼斯商人》第2四开本标注为“詹姆斯·罗伯特（J. Robert）印刷”。1598年7月22日书商詹姆斯·罗伯茨在伦敦书业公会登记了《威尼斯商人》（the Marchaunt of Venyce or otherwise called the Jewe of Venyce）。同年10月28日罗伯茨把出版权转让给书商托马斯·海耶斯（Thomas Hayes）。1619年7月8日《威尼斯商人》的出版权转让给海耶斯的儿子劳伦斯（Lawrence Hayes）。显然，威廉·伽噶德和托马斯·帕维尔出版的第2四开本是没有合法授权的盗印版。（4）《仲夏夜之梦》第2四开本标注为“1600年詹姆斯·罗伯特印刷”（Printed by Iames Robert）。1600年10月8日书商托马斯·费舍尔在伦敦书业公会登记了《仲夏夜之梦》（A mydsommer nightes Dreame），同年稍后出版了第1四开本（Imprinted, for Thomas Fisher）。第2四开本可能是1615年詹姆斯·罗伯茨转让给伽噶德，但没有取得完全授权。（5）《约翰·奥德卡斯克爵士》第2四开本标注为“1600年托马斯·帕维尔出版”（Printed for T. P.）。1600年托马斯·帕维尔在伦敦书业公会登记了《约翰·奥德卡斯克爵士》（The first parte of the history of the life of Sir John Oldcastell lord Cobham），同年稍后印刷商瓦伦丁·西蒙斯（Valentine Simmes）出版了该剧第1四开本。显然威廉·伽噶德和托马斯·帕维尔出版的第2四开本是没有合法出版权的盗印版。①

再次，由于国王或者权贵的介入，以及普遍存在的保护人制度，伦敦书业公会中的大多数印刷商、书商内部存在较为复杂的商业竞争、合作关系，印刷

① William S. Kable. Compositor B, the Pavier Quartos, and Copy Spellings, *Studies in Bibliography*, Vol. 21 (1968), pages 131–161.

书籍的出版权本身和书籍售卖有着或明或隐的各种利益关系。《温莎的风流娘们儿》《伯里克勒斯》《约克郡悲剧》标注为1619年印刷，但这并不意味着3个剧作是合法的、取得出版权的印刷文本。在1619年“莎士比亚戏剧”中，《温莎的风流娘们儿》第2四开本是一个盗印文本，而《约克郡悲剧》《伯里克勒斯》是合法的、取得出版权的印刷文本。（1）《温莎的风流娘们儿》第2四开本标注为“1619年亚瑟·约翰逊出版”（Printed for Arthur Johnson），显然威廉·伽噶德和托马斯·帕维尔出版的第2四开本是没有合法出版权的盗印版。1602年1月18日书商约翰·巴斯比（John Busby）在伦敦书业公会取得了《温莎的风流娘们儿》（An excellent and pleasant conceited commedie of Sir John ffaulstof and the merry wyves of Windesor）的出版权，巴斯比没有出版任何已知的印刷文本。同日下一个条目，巴斯比却将出版权转让给书商亚瑟·约翰逊。1602年稍后印刷商托马斯·克里德为亚瑟·约翰逊印刷了第1四开本。（2）《伯里克勒斯》第4四开本标注为“1619年托马斯·帕维尔出版”（Printed for T. P.），帕维尔似乎已经获得了该剧的出版权，但并未记录在《伦敦书业公会登记簿》中。1608年5月20日书商爱德华·布朗特在伦敦书业公会取得了《伯里克勒斯》（*The booke of Pericles prynce of Tyre*）和《安东尼和克利奥帕特拉》（*Anthony and Cleopatra*）的出版权，但爱德华·布朗特从未出版过这两部剧的四开本，却与威廉·伽噶德合作出版了“莎士比亚戏剧”第1对折本。《伯里克勒斯》出现了6个四开本（1609a，1609b，1611，1619，1635a，1635b）。印刷商威廉·怀特（William White）、托马斯·克里德（Thomas Creede）分别为书商亨利·戈森（Henry Gosson）出版了第1、2四开本，虽然第1、2四开本标明莎士比亚是剧作者（By William Shakespeare），一般的，人们认为这是莎士比亚与乔治·威尔金斯（George Wilkins）合作创作的。1611年印刷商西蒙·斯塔福德（Simon Stafford）出版了第3四开本，未标明书商，这可能是一个没有取得出版权的盗印本。（3）《约克郡悲剧》第2四开本标注为“1619年托马斯·帕维尔出版”（Printed for T. P.），是威廉·贾噶德印刷的。第 2 四开本删除了表演信息和售书信息。1608 年 5 月 2 日帕维尔已经获得了该剧的出版权，这是一个合法的印刷文本。①

接着谈谈印刷商伽噶德和书商帕维尔。1616 年之前印刷商威廉·伽噶德和书商托马斯·帕维尔在伦敦书业公会取得多个莎士比亚戏剧的出版权。（3）威廉·伽噶德（William Jaggard, 1569–1623）及其兄弟约翰·伽噶德（John Jaggard）都是伦敦的印刷商，后者印刷了“培根散文集”。1584 年威廉·伽噶德成为印刷商亨利·邓哈姆（Henry Denham）的学徒。1592 年威廉·伽噶德可能取得了自由的印刷商资格。1599 年威廉·伽噶德印刷了包括 5 首莎士比亚十四行诗的《热情的朝圣之旅》，该书第 2、3 四开本不恰当地标明诗作者是莎士比亚（*The Passionate Pilgrim* by W. Shakespeare）。1612 年托马斯·海伍德《演员的申辩》（Thomas Heywood, *An Apology for Actors*）表达了对这个盗印版的抱怨 / 不满。1615 年詹姆斯·罗伯茨（James Roberts）把一些剧作（the players' bills or theatre programmes）的出版权转让给威廉·伽噶德，但后者没有得到国王剧团授予的完全出版权。1623 年 11 月 8 日爱德华·布朗特（Edward Blount）和艾萨克·伽噶德（Isaac Jaggard）在伦敦书业公会取得了 16 个莎士比亚戏剧（Mr William Shakespeers Comedyes Histories, and Tragedyes）的出版权，并强调它们是“此前没有剧团登记过的［剧作］”（not formerly entred to other men）。1623 年威廉·伽噶德、艾萨克·伽噶德父子和印刷商兼书商爱德华·布朗特出版了《莎士比亚喜剧、历史剧和悲剧集》第 1 对折本。1619 年“帕维尔四开本”的成功可能启发了第 1 对折本的出版计划。托马斯·帕维尔或者威廉·伽噶德可能在稍后计划编辑一本更完整的“莎士比亚戏剧集”，因为莎士比亚作为广为人知的剧作者，也许能给印刷文本带来更好的商业利益。1621 年 8 月开始的“第 1 对折本”出版计划，可能不是一个连续的运作，1622 年可能因为其他图

① Alfred W. Pollard, *Shakespeare Folios and Quartos: A Study in the Bibliography of Shakespeare's Plays 1594—1685*, Oxford: Oxford University Press, 1909: 81–107.

书的出版而短暂中断。伦敦印刷商威廉和艾萨克・伽噶德父子最终实现了这个伟大的文学出版计划。"第 1 对折本"作为印刷的大型书籍，甚至与《圣经》近似，印刷商与书商可能得到了快速的现金回报。①

（2）托马斯・帕维尔取得 4 个莎士比亚戏剧的出版权，1600 年 8 月 14 日托马斯・帕维尔取得了书商（托马斯・米林顿、约翰・巴斯比）转让的（亨利五世）（The historye of Henry vth with the battell of Agencourt）和其他七本书的出版权。1602 年托马斯・帕维尔出版了第 2 四开本。1602 年 4 月 19 日托马斯・米林顿（Thomas Millington）将《亨利六世　第二部》《亨利六世　第三部》（The first and Second parte of Henry the vjth）和《提图斯・安德罗尼库斯》的出版权转让给托马斯・帕维尔。《亨利六世　第二部》《亨利六世　第三部》的原初题名是《约克和兰开斯特两大著名家族之争的第一部分》（the first part of The Whole Contention Between the Two Famous Houses, Lancaster and York）、《约克公爵理查德的真实悲剧》（The True Tragedy of Richard Duke of York），即第 1 对折本重新命名为《亨利六世　第三部》。首次合辑的莎士比亚《亨利六世　第二部》《亨利六世　第三部》第 3 四开本，未标注印刷 / 出版时间，却强调了对早期文本更正和增写（And newly corrected and enlarged. Written by William Shakespeare, Gent.）。这 2 个戏剧是合法的、取得出版权的印刷文本。②

除开足够的出版资金，每个莎士比亚戏剧的出版权是"第 1 对折本"出版计划的重要因素。1619 年书商托马斯・帕维尔出版了 10 个戏剧合辑，其中一些在标题页上标明错误日期或作者错误，其中 7 个剧作（即 6 个莎士比亚戏剧和 1 个莎士比亚伪作）已经取得了合法的出版权。这些错误可能是故意的，因

① Charlton Hinman, *The Printing and Proof-Reading of the First Folio of Shakespeare*, Oxford: Clarendon Press, 1963: 15–19.

② Alvis Clayton Greer. *The York and Lancaster Quarto-Folio Sequence*, PMLA, Vol 48, Issue 3 (September 1933), pp. 655–704.

为该戏剧集中还有 3 个剧作（即 2 个莎士比亚戏剧和 1 个莎士比亚伪作）没有取得合法的出版权。①

1619 年多位书商和印刷商分别拥有国王剧团的 18 个常演剧目（repertory）的出版权，这些戏剧的出版权是分散的。从 1623 年 11 月 8 日爱德华·布朗特（Edward Blount）、艾萨克·伽噶德（Isaac Jaggard）在伦敦书业公会登记《莎士比亚喜剧、历史剧和悲剧集》（Mr William Shakespeers Comedyes Histories, and Tragedyes）16 个戏剧的出版权来看，书商和印刷商很难从国王剧团获得更多剧作的出版权。1619 年 3 月 13 日理查德·伯比奇去世，原初宫内大臣剧团的演员约翰·赫明、亨利·康德尔可能已经考虑出版莎士比亚戏剧集，与印刷商威廉·伽噶德的合作，最终得以出版第 1 对折本。没有可靠的文献证实，国王剧团是否通过伦敦书业公会阻止了帕维尔印刷 6 个已经取得授权的莎士比亚戏剧。1600—1625 年帕维尔出版了 200 种作品，其中 100 多个是宗教作品，26 个是世俗的、流行的戏剧。帕维尔出版的一些书出现了多个印刷版本，这表明他在图书市场上具有吸引力，并取得商业上的成功。② 然而托马斯·帕维尔没有参与 1623 年第 1 对折本的出版。对于充满了投机与竞争的伦敦书籍贸易，爱德华·布朗特是否取代了帕维尔，人们已经无法得知。伦敦书业公会也没有帕维尔转让 6 个戏剧出版权的记录，然而威廉·伽噶德或者他的儿子艾萨克·伽噶德获得了完全的代理出版权。第 1 对折本应该是基于早期好的四开本或者精心修改过的剧院抄写本，其主要变化是人物对白、舞台指示，和演员参与的表演活动。早期目录学者（Thomas Satchell, Charlton Hinman 等）把莎士比亚戏剧的早期文本拼写特征归属为某一 / 数个排版人员，但这可能更多的是早期现代英

① Walter Wilson Greg. *The Shakespeare First Folio: Its Bibliographical and Textual History*, Oxford: Clarendon Press, 1955: 11–15.

② Gerald D. Johnson, Thomas Pavier, Publisher, 1600–1625, *The Library*, 6th series, Vol. 14, Issue 1 (March 1992), pp. 12–50.

语（伦敦）与英格兰方言交互影响的结果。①

二、伪莎士比亚剧作《约克郡悲剧》

1608年5月2日书商托马斯·帕维尔（Thomas Pavier）在伦敦书业公会登记了《约克郡悲剧》(A Yorkshire Tragedy written by Wylliam Shakespere)。这是莎士比亚作为剧作者首次出现在书业公会登记簿上。尽管条目中注明该剧是莎士比亚写作的，它却是一个莎士比亚伪作。②1608年稍后印刷商理查德·布拉多克为帕维尔出版了第1四开本（Printed R. B. [Richard Braddock] for Thomas Pavier)。该剧标题页也标明“莎士比亚写作”(Written by VV. Shakspeare.)。这一家庭悲剧共计10幕，29页（除开空白页），802行，6300多词语。这个由国王剧团在环球剧院演出的戏剧（Acted by his Maiesties Players at the Globe)，它沿袭了中世纪道德剧的诸多特征。第二个标题标题表明该剧是四个道德剧或娱乐表演的合集中的一部分（ALL'S ONE, OR, One of the foure Plaies in one, called a Yorkshire Tragedy: as it was plaid by the Kings Maiesties Plaiers)。1605年由于科巴姆男爵威廉·布鲁克的强势介入，陷入债务危机中的约克郡威克菲尔德镇绅士沃尔特·卡尔维利爵士谋杀了他的两个孩子并刺伤其妻子，1606年8月5日卡尔维利在约克城堡被判处死刑。1605年6月下旬这一丑闻即以小册子《灭绝人伦的谋杀二子》(Two Unnatural Murthers, ...）的方式流传开来，同月12日该书在伦敦书业公会登记（A booke called Twoo Vnnaturall Murthers, ...)。同年7月产生了一首关于该故事的歌谣《悲惨的谋杀》(A ballad of Lamentable Murther Donne in Yorkshire by a gent vppon 2 of his owne Children sore woundinge his Wife and Nurse),

---

① Paul Werstine. Cases and Compositors in the Shakespeare First Folio Comedies, *Studies in Bibliography*, Vol. 35 (1982), pp. 206–234.

② H. Dugdale Sykes. The Authorship of "A Yorkshire Tragedy", *The Journal of English and Germanic Philology*, Vol. 16, No. 3 (Jul., 1917), pp. 437–453.

纳撒尼尔·巴特在一篇小册子谈论该臭名昭著的罪行。乔治·威尔金斯《强迫婚姻的惨案》(George Wilkins, *The Miseries of Enforced Marriage*, 1607)与《约克郡悲剧》都是以此故事而改编为戏剧的，可能与印刷的小册子有关。①

由于帕维尔在伦敦书业公会登记簿上的信息，和第1、2四开本的标题页信息，短剧《约克郡悲剧》被错误地认为是莎士比亚写作的，然而大卫·莱克(David J. Lake)、麦克唐纳·P. 杰克逊(MacDonald P. Jackson)等学者认为它是托马斯·米德尔顿的戏剧作品。②托马斯·米德尔顿(Thomas Middleton)可能是该剧的作者，托马斯·帕维尔对1619年剧集作者的署名，是不可靠的。③这一短剧收入1664年第3对折本第二次印刷版，也收入1685年第4对折本及以后的版本。《约克郡悲剧》是以最近的实事改编而成(Not so New as Lamentable and true)，剧中人物被寓言化处理：丈夫、妻子、男孩、骑士、女仆、男仆、四绅士、贪婪的仆人(LUSTY Servant)等，突出了近乎寓言的道德即时性(a moral immediacy)。该剧并没有成为国王剧团的经常演出剧目。由于推崇和追随古典戏剧和意大利文艺复兴戏剧，莎士比亚的戏剧远离中世纪道德剧，他几乎从未采用最近的实事作为戏剧主题，虽然莎士比亚在戏剧中写到了贾果(Iago)、麦克白夫人、塔莫拉、克劳狄乌斯、理查德三世等恶人形象(villain)。《约克郡悲剧》第一幕(scene)在叙事和语气上与其他9幕不同，侍从奥利弗和拉尔夫的对白谈论到女主人，另一仆人山姆从伦敦(不是牛津大学)带来信息，暗示了即将发生的"阴谋"，男主人对别的女人(剧中没有任何暗示指菲丽芭·科巴姆小姐)有贪欲，由此引入婚姻与

① Marc Friedlaender. Some Problems of a "Yorkshire Tragedy", *Studies in Philology*, Vol. 35, No. 2(Apr., 1938), pp. 238–253.

② R. V. Holdsworth. Middleton's Authorship of A Yorkshire Tragedy, *The Review of English Studies*, Volume XLV, Issue 177(Feb. 1994), pp. 1–25.

③ Laurie E. Maguire, *Shakespearean Suspect Texts: The 'Bad' Quartos and Their Contexts*, Cambridge: Cambridge University Press, 1996: 154.

道德主题。其中第 4 幕丈夫的散文独白表现出激情的、机智且优美的措辞风格（迻录如下），戏剧排版设计有时稍显马虎粗糙，其中对白旁白用新罗马字体印刷，舞台指示（*Teares his haire*）则用意大利斜体印刷。这些可能暗示该剧还有复杂的、合作创作的情况，现已不得而知。①

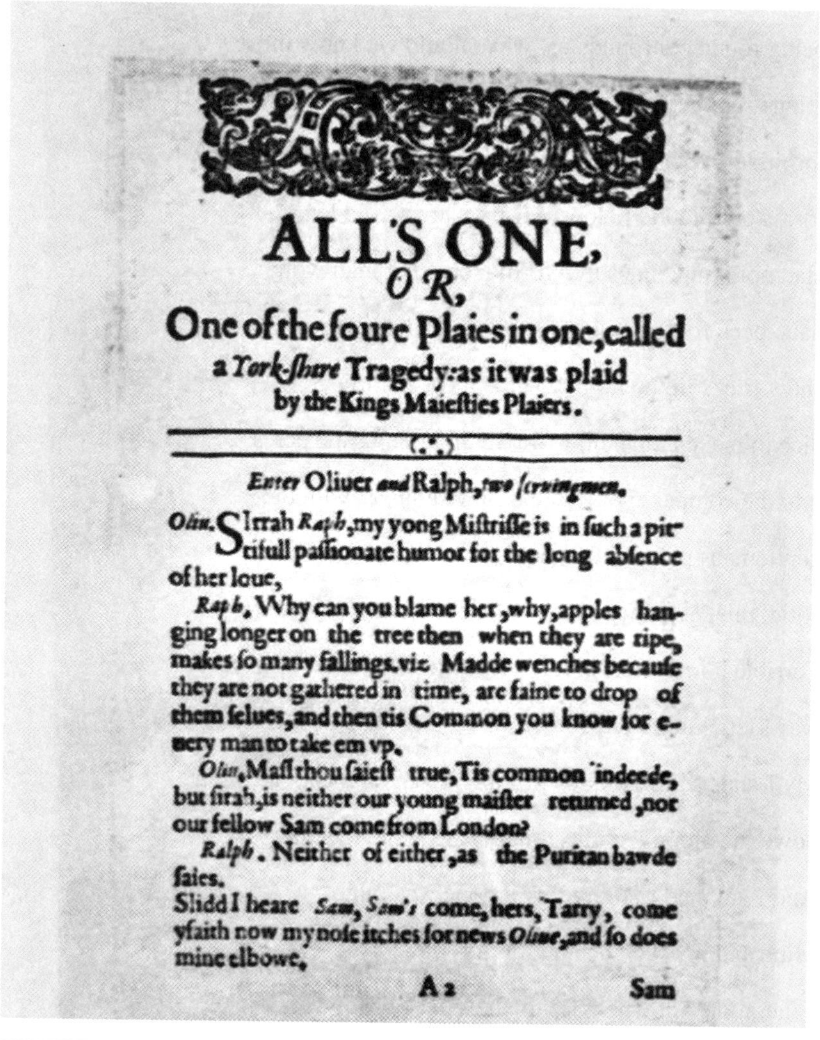

ALL'S ONE,
OR,
One of the foure Plaies in one, called a *York-shire* Tragedy: as it was plaid by the Kings Maiesties Plaiers.

Enter Oliuer *and* Ralph, *two seruingmen.*

Oliu. Sirrah *Raph*, my yong Mistrisse is in such a pittifull passionate humor for the long absence of her loue,

Raph. Why can you blame her, why, apples hanging longer on the tree then when they are ripe, makes so many fallings, viz. Madde wenches because they are not gathered in time, are faine to drop of them selues, and then tis Common you know for euery man to take em vp.

Oliu. Mass thou saiest true, Tis common indeede, but sirah, is neither our young maister returned, nor our fellow Sam come from London?

Ralph. Neither of either, as the Puritan bawde saies. Slidd I heare *Sam*, *Sam's* come, hers, Tarry, come yfaith now my nose itches for news *Oliue*, and so does mine elbowe,

A 2　　Sam

① Baldwin Maxwell. *Studies in the Shakespeare Apocrypha*, New York: King's Crown Press, Columbia University, 1956: 138–154.

HU. Oh thou confused man, thy pleasant sins have vndone thee thy damnation has beggerd thee, That Heaven should say we must not sin, and yet made women: gives our senses waie to finde pleasure, which being found confounds us, why should we know those things so much misuse us — oh would vertue had been forbidden, wee should then haue prooued all vertuous, for tis our bloude to loue what we are forbidden, Had not drunkennes byn forbidden what man wold haue been foole to a beast, and Zany to a swine to show tricks in the mire, what is there in three dice to make a man draw thrice three thousand acres into the compasse of a round little table, & with the gentlemans palsy in the hand shake out his poste Ritie, thieues or beggars: tis done, I ha don't, yfaith: Terrible horrible misery. How well was I left, very well, very wel.

My Lands shewed like a full moone about mee, but nowe the moon's ith last quarter, wayning, waining, And I am mad to think that moone was mine: Mine and my fathers, and my forefathers, generations, generations: downe goes the howse of vs, down, downe, it sincks: Now is the name a beggar, begs in me that name which hundreds of yeeres has made

this shiere famous: in me, and my posterity runs out.
In my seede fiue are made miserable besides my
Selfe, my ryot is now my brothers iaylor, my wiues
sighing, my three boyes penurie, and mine own
confusion. *Teares his haire.*
Why sit my haires vpon my cursed head?
Wil not this poyson scatter them? Oh my brother's
In execution among deuells that stretch him: & make
him giue. And I in want, not able for to lyue,
Nor to redeeme him,
Divines and dying men may talke of hell,
But in my heart her severall torments dwell,
Slauery and mysery.
Who in this case would not take vp mony vpon his
soule, pawn his saluation, liue at interest:
I that did euer in aboundance dwell,
For me to want, exceeds the throwes of hel.①

虽然作为一个极其简短的现代悲剧（更像是道德剧），《约克郡悲剧》第 1、2 四开本的剧作者都是署名莎士比亚，但这个雅各宾时代的、寓言式的道德剧，与 1623 年第一对折本中的 36 个戏剧（大多是拉丁式的五幕剧）在语言与措辞、戏剧主题、文体风格、情节与结构、人物与形象、宗教与思想等方面极为悬殊，无论是剧中的散文还是素体诗，与人们熟悉的莎士比亚早期现代英语的使

① William Shakespeare. *A Yorkshire tragedy*, London: Printed by R. B. for Thomas Panier, 1608.

用方式相去甚远。值得指出的是，国王剧团演员、莎士比亚的朋友约翰·海明（John Heminge）和亨利·康德尔（Henry Condell）在编辑整理这些戏剧时，直接放弃了《约克郡悲剧》这个家庭悲剧。

三、伪莎士比亚剧作《约翰·奥德卡斯克爵士》

1600年8月11日托马斯·帕维尔在伦敦书业公会取得了《约翰·奥尔德卡斯托爵士》两部分的出版权，“科巴姆勋爵约翰·奥尔德卡斯托传第一部分”（*The first parte of the history of the life of Sir John Oldcastell lord Cobham*），和“科巴姆爵士约翰·奥尔德卡斯托殉难史第二部分和最后部分”（*The second and last parte of the history of Sir John Oldcastell lord Cobham with his martyrdom*），但海军上将剧团拥有“第二部”的戏剧所有权。①1600年稍后印刷商瓦伦丁·西蒙斯（Printed by V. S. for Thomas Pavier）为托马斯·帕维尔出版了该剧第一部分的第1四开本（The first part of the true and honorable historie of the life of Sir John OldCastle, the good Lord Cobham），标题页未标明剧作者，却宣称海军上将剧团多次表演该剧“第一部”（As it hath been lately acted by the right honourable, the Earle of Notingham Lord high Admirall of England his seruants）。该剧的印刷文本在帕维尔位于贸易市场的“猫与鹦鹉”文具店售卖（are to be solde at his shop at the signe of the Catte and Parrots neere the Exchange）。②

菲利普·亨斯洛（Philip Henslowe）是伦敦南岸匠作区的玫瑰剧院所有者和多所剧院经理，1599年10月16日他在日记中指出，海军上将剧团至少一次表演过“第二部”（Receved of Mr Hinchloe, for Mr Mundaye and the Reste of the poets,

---

① J. Payne Collier. *Henslowe and Alleyn: being the diary of Philip Henslowe, from 1591 to 1609*, London: Printed for the Shakespeare Society, 1853: 158.

② Anthony Munday, Jonathan Rittenhouse ed., *A Critical Edition of 1 Sir John Oldcastle*, New York: Garland Publishing, 1984: 1.

at the playnge of Sr John Oldcastell, the ferste tyme. As a gefte ....)。1602 年亨斯洛可能付钱给沃切斯特剧团（Worcester's Men）的托马斯·德克尔（Thomas Dekker），要求他将“第一、二部”辑合起来。1619 年托马斯·帕维尔出版的《约翰·奥尔德卡斯托爵士》“第一部”错误地标明出版日期为 1600 年（printed for T. P. 1600），首次错误地标明莎士比亚是剧作者（Written by William Shakespeare）。菲利普·亨斯洛表明《约翰·奥尔德卡斯托爵士》一剧是安东尼·蒙代（Anthony Munday）、米歇尔·德莱顿（Michael Drayton）、理查德·哈撒韦（Richard Hathway）和罗伯特·威尔逊（Robert Wilson）合作创作的（Receved by me, Thomas Downton, of phillip Henslow, to pay Mr Monday, Mr Drayton, and Mr Wilson and Hathway, for the first pte of the lyfe of Sr Jhon Ouldcasstell, and in earnest of the second pte, for the use of the compayny, ten pownd, I say receved ...)。①《约翰·奥尔德卡斯托爵士》“第二部”没有手稿或印刷文本，可能因为该剧的内容是奥尔德卡斯托爵士成为宗教改革的殉难者，这便与英国新教政策有冲突，无法通过坎特伯雷大主教或者伦敦主教的宗教审查。《第一部》“序言”担忧，对于平和宁静的思想来说，有争议的标题引起质疑，产生困扰的误会。戏剧要表现的仅仅是奥尔德卡斯托爵士的美德，而不是被纵容的贪念和新的纷争之恶（May breede suspence, and wrongfully disturbe/The peacefull quiet of your setled thoughts:/To stop which scruple, let this briefe suffise./It is no pamperd glutton we present, /Nor aged Councellor to youthfull sinne, /But one, whose vertue shone aboue the rest）。②

约翰·奥尔德卡斯托爵士（Sir John Oldcastle, Lord Cobham, 1378–1417）是追随牛津学者约翰·威克利夫（John Wycliffe, 1330–1384）教义改革的罗拉德教

---

① Philip Henslowe. *Henslowe's Diary*, R. A. Foakes, R. T. Rickert ed., Cambridge: Cambridge University Press, 1961: 126.

② Walter Wilson Greg, On Certain False Dates in Shakespearean Quartos, *The Library*, Volume s2-IX, Issue 36, (Oct. 1908), pp. 381–409.

派的领袖。1533年宗教改革开始，人们采取了严肃的行动，将他作为宗教信仰的殉道者。[①]1382年英格兰出现信仰非正统宗教教义的罗拉德教派（Lollards），该教派更早出现于荷兰。在1397–1400年王位危机中，由于与莫蒂默家族的紧密关系，约翰·奥尔德卡斯托不自觉地卷入了马奇伯爵莫蒂默、兰开斯特公爵亨利之间的王位争夺，以及日益激烈的宗教改革运动。1397年国王理查德二世逮捕并处死格洛斯特公爵托马斯之后，约翰·奥尔德卡斯托接受理查德二世之命前往爱尔兰，成为马奇伯爵罗杰·莫蒂默（Roger de Mortimer, 4th Earl of March, 1374–1398）旗下的军官，1400年欧文·格伦道尔（Owain Glyn Dŵr, Owen Glendower）与马奇伯爵叛乱之初，约翰·奥尔德卡斯托爵士成为守卫布尔特城堡的营长（captain）。作为英勇的骑士，约翰·奥尔德卡斯托爵士参加了1400年亨利四世对抗苏格兰人的战役、1403年受命接受威尔士的投降。[②]1408年约翰·奥尔德卡斯托爵士作为威尔士亲王亨利（即亨利五世，1387–1422）旗下的骑士，围攻反叛的阿伯里斯特威斯城堡，并成为亨利亲王信赖的爵士之一。1408年他与科巴姆勋爵的女继承人琼·德拉·波尔结婚，1409年被封为科巴姆男爵，并加入贵族议院。1413年他被坎特伯雷大主教托马斯·阿伦德尔指控为异教徒，一度被监禁在伦敦塔，1417年12月被处以绞刑。[③]1601年《殉道者之鉴，约翰·奥尔德卡斯托爵士传》是一首以奥尔德卡斯托爵士为主题的宗教赞美诗，部分符合伊丽莎白女王对温和的新教意识形态所采取的包容政策。[④]

---

① Thomas Gaspey. *The life and times of the good Lord Cobham*, London: H. Cunningham, 1844: 47.

② Stephen Cooper. *The Real Falstaff: Sir John Fastolf and the Hundred Years War*, Barnsley: Pen & Sword Military, 2010: 33.

③ William Gilpin. *The Lives of John Wicliff; and of the most Eminent of His deciples; Lord Cobham, John Huss, Jerome of Prague and Zisca*, London: J. Robson, 1766: 106.

④ *The mirror of martyrs, or, The life and death of that thrice valiant capitaine, and most godly martyre Sir Iohn Oldcastle, knight Lord Cobham*. London: Printed by V. S. for W. Wood, 1601.

亨利八世的宗教改革（1533）激起了人们对奥尔德卡斯托爵士的普遍关注，他也成为英国戏剧人物的原型，例如，《闻名遐迩的亨利五世的胜利》(*The Famous Victories of Henry the Fifth*)。莎士比亚在《温莎的风流娘们儿》,《亨利四世》第一、二部,《亨利五世》中写到的约翰·福尔斯塔夫爵士，即是以约翰·奥尔德卡斯托爵士为原型的。1415 年 8 月约翰·法斯塔夫爵士在便宜东街的老野猪头旅店死去，他的随从皮斯托、尼姆什么也没有做。①J. M. 罗伯逊《论〈温莎风流的娘们儿〉的问题》认为，奥尔德卡斯托爵士的主题更早出现在 1580 年代的戏剧中,《温莎风流的娘们儿》中肥胖的约翰·福尔斯塔夫爵士是在暗指约翰·奥尔德卡斯托爵士（Sir Iohn, theres his Castle, his standing bed, / his trundle bed, his chamber is painted about with/the story of the prodigall, fresh and new)。同样，约翰·福尔斯塔夫爵士回应了《亨利四世　第一部》中哈尔亲王的戏谑称呼“城堡中的老女士”(As the hony of Hibla my old lad of the castle, and is/not a buffe Ierkin a most sweet robe of durance?)。可能是因为现任科巴姆勋爵及别的贵族的抗议，这个舞台上的历史人物才改名为约翰·福尔斯塔夫爵士(Sir Iohn Falstalffe)。1594 年《闻名遐迩的亨利五世的胜利》在伦敦书业公会登记，1598 年第 1 四开本出版，女王剧团曾表演过这一戏剧。该剧是匿名的剧作家为女王剧团写作的，有意避免了亨利八世统治时期分裂性的宗教问题。② 莎士比亚关于福尔斯塔夫的剧作是否明智，甚至是否具有严肃的意图，一直是一个有争议的问题。M. 莫冈认为，福尔斯塔夫形象表现出“批判性娱乐”的意图，即剧作家努力寻求文学消遣。③

---

① Alice-Lyle Scoufos. *Shakespeare's Typological Satire: A Study of the Falstaff/Oldcastle Problem*, Athens: Ohio University Press, 1979: 44.

② John Mackinnon Robertson. *The Problem of "The Merry Wives of Windsor"*, London: Chatto and Windus for the Shakespeare Association, 1918: 28–32.

③ Maurice Morgann. *An Essay on the Dramatic Character of Sir John Falstaff*, New York: AMS Press, 1970: 2.

《约翰·奥尔德卡斯托爵士》是一个用素体诗和散文体写成的五幕历史剧，标题、序言（十四行诗）和戏剧本身共计 78 页，大约 22300 多个词语，1249 行。约翰·奥尔德卡斯托爵士的生活大多是在赫里福德郡，赫里福德是邻近威尔士的英格兰地区，也是马奇伯爵的受封领地。该剧的部分情节与《亨利四世　第二部》近似，骑士的生活与战斗是戏剧中较为显著的喜剧性故事。面对威尔士的反叛，作为王权的拥护者，赫里福德市长呼吁人们效忠国王。① 该剧表现了马奇伯爵与威尔士（尤其是欧文·格伦道尔）的复杂关系，以及哈里亲王（Prince Harry）与法国的属地权斗争。虽然赫尔伯特勋爵指责奥尔德卡斯托爵士是反叛者，罗彻斯特主教指责奥尔德卡斯托爵士是新教教徒（Protestant），但后者是一个效忠于国王、保卫国土的骑士（In whose true faith and loyaltie exprest/Vnto his soveraigne, and his countries weale）。② 戏剧中的人物大多是戏剧化的真实的历史人物，也包含没有名字的舞台虚构人物，例如，法官 1，2（1. Iudge, 2. Iudge），战士 1，2，3，4（1. souldier）和老人等。剧中人物哈普尔（Harpoole）的原型可能是奥尔德卡斯托爵士的亲密伙伴威尔士骑士约翰·哈利（John ap Harry），他是兰开斯特公爵的忠实侍从，亨利·博林布鲁克（Henry of Bolingbroke）的封臣，威尔士方言构成了该剧的喜剧性要素。以下迻录第二场罗杰·阿克顿爵士、威廉·默利爵士的对白：

ACTON.　You know our faction now is growne so great,
Throughout the realme; that it beginnes to smoake
Into the Cleargies eies, and the Kings eares,

① Rudolph Fiehler. *Sir John Oldcastle, The Original Of Falstaff* [Dissertation], The University of Texas at Austin, 1950: 37.

② Mark Dominik, *A Shakespearean anomaly: Shakespeare's hand in "Sir John Oldcastle"*, Beaverton: Alioth Press, 1991: 4.

High time it is that we were drawne to head,
Our generall and officers appoynted.
And warres ye wot will aske great store of coine.
Able to strength our action with your purse,
You are elected for a colonell
Ouer a regiment of fifteene bands.

MURLEY.　Fue paltrie paltrie, in and out, to and fro, be it more or lesse, vppon occasion, Lorde haue mercie vppon vs, what a world is this? Sir Roger Acton, I am but a Dunstable man, a plaine brewer, ye know: will lusty Caualiering captaines gentlemen come at my calling, goe at my bidding? Daintie my deere, theile doe a dogge of waxe, a horse of cheese, a pricke and a pudding, no, no, ye must appoint some lord or knight at least to that place.①

四、结语

1619 年威廉·伽噶德和托马斯·帕维尔出版的盗印版四开本是第一个莎士比亚戏剧集，其中包含 8 个莎士比亚戏剧。由《亨利六世》第一、二部 2 剧合辑而成的《著名的兰开斯特和约克两个家族之间的整个纷争》未标明时间，别的作品标注了并不可靠的日期。《约克郡悲剧》《约翰·奥德卡斯克爵士》是莎

① Anthony Munday, Michael Drayton, Richard Hathwaye and Robert Wilson. *The First Part of the True and Honorable Historie of the Life of Sir John Old Castle*, the good Lord Cobham, London: Printed by V. S. for T. Paulier, 1600.

士比亚伪剧，前者是一个雅各宾时代的道德剧，后者对于国家宗教政策来说是较为敏感的。

1619 年威廉·伽噶德和托马斯·帕维尔是否计划出版一个完全的莎士比亚戏剧集，或者说“帕维尔四开本”与 1623 年伽噶德出版的第 1 对折本的关系，已经不可得而知。《李尔王》《威尼斯商人》《约翰·奥德卡斯克爵士》三剧是没有合法出版权的盗印版。为了混淆这一模糊的印刷事件，“帕维尔四开本”中一些戏剧标题页上不真实的日期（5 个戏剧）和错误的剧作者（伪剧）看起来像是陈旧的印刷品，便于它们在贸易市场常青藤巷的帕维尔文具店自由售卖。

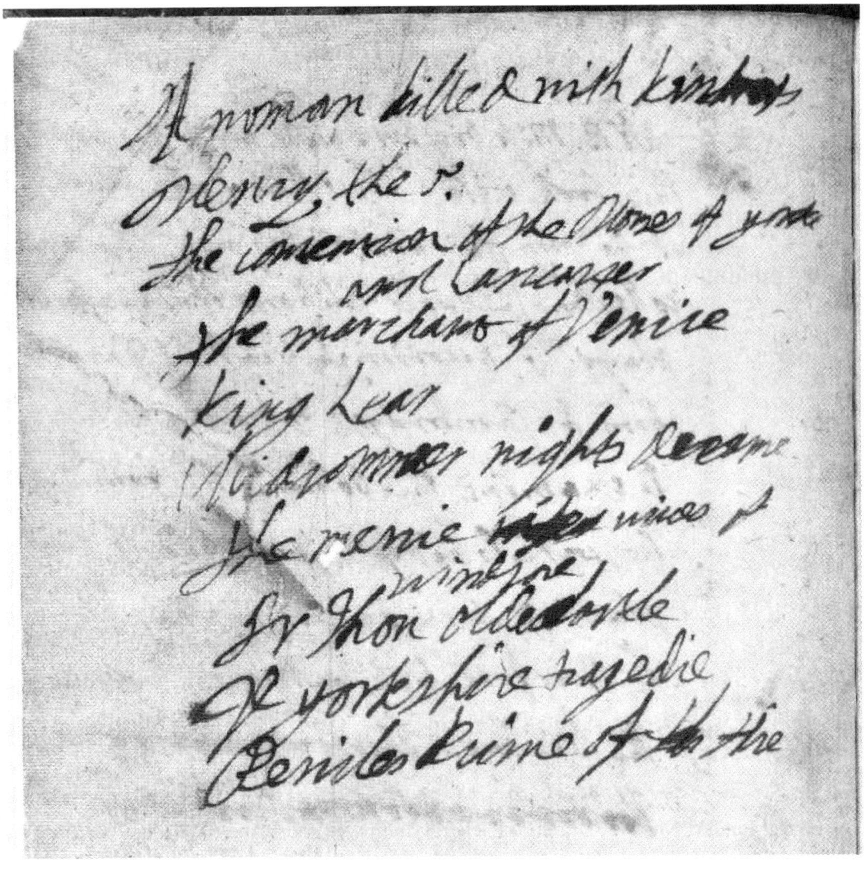

Miss Orlebar copy of the Pavier quartos

第四节　论莎士比亚合作写作的戏剧、伪剧与《亨利六世　第一部》

在 16 世纪印刷文本之前，“复制”抄写稿是中世纪和文艺复兴时期抄写员的日常工作。1580 年代英格兰戏剧文本往往没有署名剧作者，戏剧文本的所有权属于剧团，因而戏剧通常会突出剧团的名字。1594 年以来莎士比亚的名字首次出现在《爱的徒劳》第 1 四开本、《亨利四世　第一部》第 1 四开本、《理查德二世》第 2 四开本的标题页上。大约 1598–1600 年莎士比亚、本・琼森、托马斯・德克尔等剧作家开始在印刷文本上标明剧作者的名字，强调剧作家的著作权。1598 年弗朗西斯・梅尔斯《智慧的宝藏》(Francis Meres, Palladis Tamia, *Wits Treasury*) 对莎士比亚的赞誉，表明莎士比亚作为剧作家已经赢得了很高的声誉。在 1623 年第 1 对折本中，移居伦敦的佛兰德新教徒马丁・德罗肖特（Martin Droeshout, ?1568–1642）雕刻的一幅莎士比亚肖像，有意突出了莎士比亚的剧作家地位。自 1623 年以来，莎士比亚《亨利六世》包含第一、二、三部，它们是宫内大臣剧团、国王剧团的常演剧目。这三部历史剧写作的确切顺序一直存在分歧和争论。

莎士比亚戏剧是为商业剧团演出写作的，虽然莎士比亚也被看作文学的戏剧家。卢卡斯・埃恩认为《罗密欧与朱丽叶》《亨利五世》和《哈姆雷特》的第 1 四开本是以读者为中心创作的可阅读文本而不是为了舞台演出的戏剧文本，这可能并不符合原初的戏剧舞台表演本身。①K. 缪尔认为，莎士比亚与别的剧作家合作写作《托马斯・莫尔爵士》《理查德三世》《伯里克勒斯》《两个贵亲

① Lukas Erne. *Shakespeare as Literary Dramatist* (2nd edition), New York: Cambridge University Press, 2013: 155.

戚》和已遗失的《卡德尼奥》(*Cardenio*)。1613 年国王剧团在宫廷演出了戏剧《卡德尼奥》；1653 年汉弗莱·莫斯利（Humphrey Moseley）在伦敦书业公会登记该剧的出版权，称剧作家是“弗莱彻和莎士比亚”，这是一个莎士比亚伪剧。区分莎士比亚合作写作的戏剧和莎士比亚伪作是有益的。① 伦敦多家剧院所有者菲利普·亨斯洛的日记（*Diary of Philip Henslowe*），和演员爱德华·阿霖（Edward Alleyn, 1566–1626）的回忆录（*Memoirs of Edward Alleyn*）提供了丰富的戏剧表演行业可靠信息。亨斯洛日记记载了伊丽莎白–雅各宾时期超过 325 个剧作的演出，包括《泰图斯·安德洛尼库斯》《驯悍记》《亨利六世　第一部》3 个莎士比亚戏剧的演出记载。②J. H. 斯托滕堡指出，虽然菲利普·亨斯洛记载了 3 个莎士比亚戏剧的演出，但莎士比亚作为剧作家或者演员，他的名字没有出现在亨斯洛的日记中，这表明 / 是因为莎士比亚并没有什么地位。③

一、莎士比亚及其合作者写作的戏剧

在中世纪的欧洲城市，行会（guild, gild, merchant guilds, craft guilds）是一个由从事相同职业事务或有共同利益的工匠或商人所组成的协会，旨在相互帮助和保护并促进该职业的利益。中世纪的行会通常分为商人行会和工匠行会。④工匠行会是不同职业群体的协会，通常由特定产业或商业部门的所有手工艺人、技工和工匠组成。例如，戏剧［表演］行业是由演员、剧作家、剧院经理、剧院资产所有者等组成的，剧团常常向独立的剧作家或者别的剧团购买戏剧作品。

① Kenneth Muir. *Shakespeare as Collaborator*, London: Methuen & Co Ltd, 1960: 1, 148.

② John Payne Collier. *Henslowe and Alleyn: Being the Diary of Philip Henslowe, from 1591 to 1609*, London: Printed for the Shakespeare Society, 1853: xiv.

③ John H. Stotsenburg. *An Impartial Study of the Shakespeare Title, with Facsimiles*, Louisville: Ky., J. P. Morton & Company, 1904: 39–41.

④ Sheilagh Ogilvie. *The European Guilds: An Economic Analysis*, Princeton University Press, 2018: 3.

由于并不是所有剧作都成为特定剧团的常演剧目，区分特定剧团的常演剧目和一时演出过的剧作是必要的。剧团和舞台剧场所构成的戏剧［表演］行业，与书籍出版与书籍售卖的书业是两个不同的行业。中世纪欧洲的行会可能源自拜占庭帝国时期对城市工艺和贸易控制的行会组织（collegia）。11–16 世纪欧洲各城市不同的行会成为社会经济和社会结构的重要组成部分。各个行业中，人们往往是通过学徒期、游学期（自由的工匠 / 手工艺人）长期的学习制度获得行业技能，然后才获得行业认可，成为受人尊敬的行业师傅。①

1588–1592 年莎士比亚作为戏剧表演的学徒可能加入某一个外省旅行剧团（？斯特兰奇勋爵剧团）。1592–1594 年莎士比亚可能成为伦敦某一剧团的学徒（？彭布洛克伯爵剧团、？海军上将剧团）。因为流行瘟疫的原因，1594 年女王剧团解散，伦敦将重组建几个新的剧团；莎士比亚成为宫内大臣剧团的自由演员、剧院抄写稿的保管者（book-keeper），还可能兼作抄写员。1598 年莎士比亚作为剧作者出现在 2 个早期版本标题页上，这可能表示他已经在戏剧行业取得了自由的剧作家资格，直到 1607 年纳撒尼尔・巴特和约翰・巴斯比在伦敦书业公会登记《亨利五世》的出版权（条目）中莎士比亚首次被称为戏剧师傅（Master）。由于向书商或者印刷商授予出版权的是剧团，1623 年莎士比亚戏剧集第 1 对折本中的剧作可能是宫内大臣剧团、国王剧团的常演剧目，而不是（作为剧作家）莎士比亚个人的写作。

莎士比亚及其合作者写作的戏剧是两百年来众多学者持续争议的问题，尤其是合作者是否对一些戏剧的部分低劣文本负有责任。②1560–1625 年马洛、

① Ebenezer Bain. *Merchant and Craft Guilds. A history of the Aberdeen incorporated trades*, Aberdeen: J. & J. P. Edmond & Spark, 1887: 1–12.

② Reginald Charles Churchill. *Shakespeare and His Betters: A History and a Criticism of the Attempts which have been Made to Prove that Shakespeare's Works were written by others*, London: M. Reinhardt, 1958: 219.

本·琼森、米德尔顿、韦伯斯特、莎士比亚等剧作家，都曾合作创作过戏剧。《托马斯·莫尔爵士》《爱德华三世》《法弗舍姆的阿登》《约克郡悲剧》等是伪莎士比亚戏剧。① 人们由此看到了莎士比亚及其合作者如何在戏剧中达到了一致性以及其中隐含的张力，而分析合作者写作的部分文本，可以揭示该文本在风格上的独立性和差异性。“合作（Collaboration, Co-Author）是戏剧创作中不可避免的事实，这不仅是因为演员和其他戏剧实践者将他们的理解强加给了作者的剧本，还因为剧本本身会定期为每一个新的制作和场地进行修改、删减和结构调整。” ② 布莱恩·维克斯《莎士比亚与合作剧作者》认为，《泰图斯·安德洛尼库斯》是莎士比亚、乔治·皮尔（George Peele, 1556–1596）合作写作的；《雅典的泰门》是莎士比亚、托马斯·米德尔顿（Thomas Middleton, 1580–1627）合作写作的；《伯里克勒斯》是莎士比亚、乔治·威尔金斯（George Wilkins, 1576–1618）合作写作的；《两个贵亲戚》是莎士比亚、约翰·弗莱彻（John Fletcher, 1579–1625）合作写作的；《亨利八世》是莎士比亚、约翰·弗莱彻合作写作的。③ 托马斯·米德尔顿可能还是《麦克白》一剧的合作写作者。在 1623 年第 1 对折本中，《泰图斯·安德洛尼库斯》《雅典的泰门》《亨利八世》《麦克白》是莎士比亚与别的剧作家合作写作的 4 个戏剧，但没有收入合作写作的《泰尔亲王伯里克勒斯》《两个贵亲戚》二剧。杰克逊在《定义莎士比亚：以〈伯里克勒斯〉为例的考查》认为，乔治·威尔金斯与莎士比亚合作写作了《泰尔亲王伯里克勒斯》的第 1、2 场；同样，《亨利六世　第一部》《提图斯·安德罗尼库斯》《雅典的泰门》《亨利八世》《两个贵亲戚》《爱德华三世》等都是莎士

---

① Jonathan Bate and Eric Rasmussen, with Jan Sewell and Will Sharpe, eds. *William Shakespeare and Others: Collaborative Plays*, Basingstoke: Palgrave Macmillan, 2013: 730–745.

② David Scott Kastan. *Shakespeare and the Book*, Cambridge: Cambridge University Press, 2001: 47.

③ Brian Vickers. *Shakespeare, Co-Author: A Historical Study of the Five Collaborative Plays*, Oxford: Oxford University Press, 2002: vii.

比亚与别的剧作家合作写作的。[①]E. H. C. 欧利范特《莎士比亚及其合作剧作家》提出在选入的15个莎士比亚戏剧中，从韵律、句法、语法、词汇和戏剧中语言怪癖的细节可以确定，合作剧作家（Fellow Dramatists, part author）参与了某些戏剧的写作，例如，《亨利八世》第二场第1、2幕、第三场第5幕并不融洽，更像是与某个剧作家合作写作的，或者是对某个戏剧拙劣的修订。[②]E. K. 钱伯斯《莎士比亚：事实与问题的研究》认为，第1对折本中的舞台指示可能是剧作者写下的，也可能是由戏剧保管者–记录者增衍的，四开本的舞台指示是为戏剧情节而改写的。例如《亨利六世　第一部》等是莎士比亚与别的剧作家合作写作的作品。[③]

（1）《泰图斯·安德洛尼库斯》最初是苏塞克斯伯爵剧团的一个罗马复仇剧，乔治·皮尔写作了该剧的一些场景。菲利普·亨斯洛日记记载了1594年《泰图斯·安德洛尼库斯》的5次演出。1594年1月23、28日和2月6日苏塞克斯伯爵剧团在玫瑰剧院三次演出该剧。菲利普·亨斯洛日记记载了1594年6月5，12日，此时玫瑰剧院因瘟疫而关闭，宫内大臣剧团与海军上将剧团在纽因顿码头（Newington Butts）进行了两次例外的表演。菲利普·亨斯洛在这五次演出中的收入从首次演出的3英镑8先令（R'd at titus and Ondronicus the 23 of Jeneway 1593 iij pounds viij shillings）到最低7先令不等。1594年2月6日印刷商约翰·丹特（John Danter）在伦敦书业公会登记了《泰图斯·安德洛尼库斯》(a Noble Roman Historye of Tytus Andronicus)。1594年稍后约翰·丹特出版了该剧第1四开本（The Most Lamentable Romaine Tragedie of Titus

① MacDonald P. Jackson. *Defining Shakespeare: Pericles as Test Case*, Oxford: Oxford University Press, 2003: 1–3.

② Ernest Henry Clark Oliphant. *Shakespeare and His Fellow Dramatists: A Selection of Plays Illustrating the Glories of the Golden Age of English Drama*, Volume 1, Prentice-Hall, 1929: 282.

③ E. K. Chambers, *William Shakespeare: A Study of Facts and Problems*, Vol. 1, Oxford: Clarendon Press, 1930: 277–293.

Andronicus），标题页标明苏塞克斯伯爵剧团、海军上将剧团曾演出过该剧（As it was Plaide by the Right Honourable the Earle of Darbie, Earle of Pembrooke, and Earle of Sussex their Seruants），却未提及宫内大臣剧团。自由书商爱德华·怀特（Edward White）和托马斯·米林顿（Thomas Millington）在圣保罗大教堂小北门的“火枪文具店”（at the little North doore of Pailes at the signe of the Gunnes）售卖该书。1600年印刷商詹姆斯·罗伯茨（James Roberts）为书商爱德华·怀特出版了《提图斯·安德罗尼科斯》第2四开本，在怀特的“火枪文具店”售卖。1602年4月19日托马斯·米林顿在伦敦书业公会将该剧的出版权转让给书商托马斯·帕维尔，帕维尔没有出版任何四开本。1611年书商爱德华·怀特出版了第3四开本，其标题页宣称国王剧团表演过该剧（As it hath sundry times beene plaide by the Kings Maiesties Seruants）。

（2）菲利普·亨斯洛日记写到1594年6月11日演出《驯悍记》的收入为9先令（R'd at the tamynge of a shrowe ix shillings）。它是由海军上将剧团与宫内大臣剧团一起演出或协同演出的戏剧之一，因此可能是莎士比亚的《驯悍记》。1594年5月2日印刷商彼得·肖特在伦敦书业公会登记了《驯悍记》（A plesant Conceyted historie called the Tayminge of a Shrowe）的出版权。同年稍后肖特印刷了第1四开本（A pleasant conceited historie, called The taming of a shrew），在皇家贸易市场的卡特伯特·伯比文具店售卖（are to be sold by Cutbert Burbie, at his shop at the Royall Exchange）。其标题页宣称彭布洛克伯爵剧团表演过该剧（As it was sundry times acted by the Right honourable the Earle of Pembrook his seruants）。1596年肖特（Imprintes at London by P. S.）印刷了第2四开本，也在卡特伯特·伯比的文具店售卖。[①]1607年1月22日斯伯特·伯比在伦敦书业公会将《驯悍记》

① Edd Winfield Parks, Richmond Croom Beatty. *The English drama: an anthology, 900–1642*, New York: W. W. Norton, 1935: 23.

（The taminge of A Shrewe）、《罗密欧与朱丽叶》（Romeo and Juliett）和《爱的徒劳》（Loues Labour Loste）的出版权转让给书商尼古拉斯·林（Nicholas Ling）。同年稍后尼古拉斯·林出版了《驯悍记》第3四开本。1607年11月19日尼古拉斯·林在伦敦书业公会将《哈姆雷特》（Hamlett）、《驯悍记》（The taminge of A Shrew）、《罗密欧与朱丽叶》（Romeo and Julett）和《爱的徒劳》（Loues Labour Lost）等16个戏剧的出版权转让给书商约翰·斯密思威克（John Smethwick）。彭布洛克伯爵剧团表演的《驯悍记》与1623年莎士比亚戏剧第1对折本中的《驯悍记》差异较大，前者可能是莎士比亚戏剧的来源、模拟或篡改版本，该剧的作者未知。

（3）《亨利八世》印刷文本第一次出现在1623年莎士比亚戏剧第1对折本中，该剧没有出现四开本。1623年11月8日书商爱德华·布朗特（Edward Blount）和伊萨克·伽噶德（Isaac Jaggard）在伦敦书业公会登记了16个此前未出版的戏剧，其中包括《亨利八世》（*Henry the eight*）。

（4）《两个贵亲戚》与乔叟《坎特伯雷故事集》的“骑士的故事”（The Knight’s Tale）有密切的关系，友谊的美德是古典欧洲的常见主题，这个五幕悲喜剧没有收入1623年第1对折本、1632年第2对折本之中。①1634年4月8日书商约翰·沃特森（John Waterson）在伦敦书业公会登记了《两位贵族亲戚》（the two noble kinsmen by John ffletcher and William Shakespeare）。同年稍后，印刷商托马斯·科茨为沃特森出版了该剧第1四开本（Printed at London by Tho. Cotes, for Iohn Waterson），其标题页宣称约翰·弗莱彻、莎士比亚合作写作该剧（Written by the memorable Worthies of their time; Mr. John Fletcher, and Mr. William Shakspeare. Gent.），国王剧团曾在黑修士剧院表演过该剧（Presented at the Blackfriers by the Kings Maiesties servants）。该剧第1四开本在沃特森位于圣

① Martin Wiggins, *Shakespeare and the Drama of His Time*, Oxford: Oxford University Press, 2000: 4.

保罗大教堂院内的“王冠文具店”售卖（are to be sold at the signe of the Crowne in Pails Church-yard）。

（5）1591 年匿名剧作家《约翰王困难重重的统治》(*The Troublesome Raigne of Iohn King of England, with the discouerie of Richard Cordelions Base sonne (vulgarly named, The Bastard Fawconbridge): also the death of King Iohn at Swinstead Abbey*)，书商桑普森·克拉克（Sampson Clarke）出版了第 1 四开本，女王剧团曾在伦敦老城演出过该剧（As it was sundry times publikely acted by the Queenes Maiesties Players, in the honorable Citie of London），该剧模仿了马洛《帖木儿大帝》(Christopher Marlowe, *Tamburlaine the Great*, 1587)。①1611 年印刷商瓦伦丁·西姆斯（Valentine Simmes）为书商约翰·赫尔姆（Iohn Helme）出版了第 2 四开本（The First and Second Part of the troublesome Raigne of Iohn King of England），其标题页标明剧作者（Written by W. Sh.），该剧可能在更早时间转让给国王剧团，从沿用第 1 四开本上的女王剧团演出来看，第 2 四开本可能是非法的盗印本，戏剧情节与 1623 年第 1 对折本中的《约翰王》有明显的区别。1622 年第 3 四开本依据第 2 四开本重新排印，其标题页标明剧作者为莎士比亚（Written by W. Shakespeare），但 1664 年第 3 对折本第二次印刷版本、1685 年第 4 对折本都没有收入该剧。

二、关于莎士比亚戏剧伪作

“莎士比亚伪作”(Shakespeare Apocrypha）是指 1623 年莎士比亚戏剧第 1 对折本（F1）未收入的、疑似莎士比亚戏剧的早期印刷文本（Qs）的传统称谓，其中包括莎士比亚与合作者写作的戏剧作品（见上）。某一时，人们不无争议地认为这些剧作完全或部分是威廉·莎士比亚写作的。20 世纪有人认

① Brian Walsh. *Shakespeare, the Queen's Men, and the Elizabethan Performance of History*, Cambridge: Cambridge University Press, 2009: 30.

为“莎士比亚伪作”是指与莎士比亚（包括署名 W. S., W. Sh. 的戏剧）有关的大约 75 个剧作，例如，《闻名遐迩的亨利五世的胜利》（*The Famous Victories of Henry the Fifth*, 1580?）、《巴黎的法庭传讯》（*The Arraignment of Paris*, 1584）、《约翰王困难重重的统治》（*The Troublesome Reign of King John*, 1591）、《剑锋骑士埃德蒙》（*Edmund Ironside, or War Hath Made All Friends*, 1590?）、《第二女士的悲剧》（*The Second Maiden's Tragedy: A Jacobean Saint's Life*, 1611）、《托马斯·克伦威尔爵士》（*The True Chronicle Historie of the whole life and death of Thomas Lord Cromwell* ... Written by W. S.）等，以及已经佚失的戏剧《汉弗莱公爵》（*Seruingmen of Duke Humphrey*）、《伊菲斯和简特》（*Iphis and Ianthe, or Marriage without a Man*）、《斯蒂芬王》（*King Stephen*）、《卡德尼奥》（*The History of Cardenio*, 1613）等。①

16 世纪末人们已经开始谈论“莎士比亚伪作”，即一些错误署名的伊丽莎白–雅各宾时代的戏剧被认为是莎士比亚写作的作品。1908 年 C. F. 塔克·布鲁克首次提出 Shakespeare Apocrypha 这个术语，指疑似莎士比亚戏剧（doubtful plays），塔克·布鲁克认为这些疑似戏剧大约有 42 个。同时莎士比亚作品已经被看作文学经典，1930 年 J. M. 罗伯逊编辑了 4 卷本《莎士比亚经典》（J. M. Robertson ed., *The Shakespeare canon*）。塔克·布鲁克认为莎士比亚的伪作有 14 戏剧，包括《法弗舍姆的阿登》（*Arden of Faversham*, 1592）、《漂亮的厄姆》（*A pleasant commodie, of faire Em the millers daughter of Manchester*, 1592）、《洛克林悲剧》（*The lamentable tragedie of Locrine*, 1595）、《爱德华三世》（*The raigne of King Edvvard the third*, 1596）、《科巴姆勋爵约翰·奥尔德卡斯托》（*The First Part of the True and Honorable Historie of the Life of Sir John Oldcastle*, 1600）、《托马斯·克伦威尔勋爵》（*The true chronicle historie of the whole life and death of*

① David McInnis. *Shakespeare and Lost Plays: Reimagining Drama in Early Modern England*, Cambridge: Cambridge University Press, 2021: 27.

Thomas Lord Cromwell, 1602）、《伦敦挥霍者》（*The London Prodigal*, 1605）、《牟齐多罗斯的极有趣的喜剧》（*A most pleasant comedie of Mucedorus the Kings sonne of Valentia*, 1598）、《女清教徒》（*The puritaine or The widdow of Watling-streete*, 1607）、《约克郡悲剧》（*A Yorkshire tragedy*, 1608）、《埃德蒙顿的快乐之恶》（*The Merry Devil of Edmonton*, 1608）、《托马斯·莫尔爵士》（*A Tragedy on the History of Sr. Thomas More*, 1603）、《两个贵亲戚》（*The two noble kinsmen*, 1634）、《梅林的出生》（*The Birth of Merlin Or the Childe Hath Found His Father*, 1662）等。①

17 世纪下半期英格兰出现了一些模仿、改写或者改编莎士比亚戏剧的新古典主义作品，例如，约翰·德莱顿（John Dryden）、威廉·戴夫南特（William D'avenant）、托马斯·达菲特（Thomas Duffett）、纳胡姆·泰特（Nahum Tate）改写了《暴风雨》《安东尼和克利奥帕特拉》《麦克白》等。② 对莎士比亚戏剧的改写一直持续到 18、19 世纪，例如，1700 年科里·西伯的戏剧《理查德三世》（Colley Cibber, *The tragical history of King Richard III*），1727/1728 年刘易斯·西奥博尔德的戏剧《双重谎言》（*Double Falsehood; or, the Distressed Lovers*），1740–1770 年代大卫·加利克（David Garrick）的歌剧改编，1820 年弗莱德里克·李诺兹（Frederick Reynolds）的歌剧改编等。③

1664 年书商菲利普·切特温德（Philip Chetwinde）重印了第 3 对折本，并从早期出版的四开本剧作中发现 7 个从未在对折本中印刷过的（Unto which is added seven plays, never before printed in folio）、莎士比亚的剧作，即《伯里克勒斯》（*Pericles Prince of Tyre*）、《伦敦挥霍者》（*The London prodigal*）、《托

① Charles Frederick Tucker Brooke ed., *The Shakespeare Apocrypha, being a Collection of Fourteen Plays which have been Ascribed to Shakespeare*, Oxford: The Clarendon press, 1918.

② Louis Michael Eich. *Alterations of Shakespeare, 1660–1710*, Michigan: University of Michigan, 1923: 183.

③ Frederick W. Kilbourne. *Alterations and Adaptations of Shakespeare*, Boston: R. G. Badger, 1906: 98.

马斯·克伦威尔爵士》(*The history of Thomas Lord Cromwel*)、《科巴姆勋爵约翰·奥尔德卡斯托》(*Sir John Oldcastle, Lord Cobham*)、《女清教徒，瓦特林街的寡妇》(*The Puritan, or the widow of Watling*)、《约克郡悲剧》(*A Yorkshire tragedy*)、《洛克林的悲剧》(*The tragedy of Locrine*)。1685 年第 4 对折本和此后的莎士比亚戏剧集几乎都包含 43 个剧作，除开《伯里克勒斯》，其中 6 个被认为是莎士比亚伪作。

18 世纪编辑注释了多个标准化的莎士比亚戏剧集，并产生了大量的莎士比亚传记和关于莎士比亚作为剧作家、诗人的诸多质疑，也产生了丰富的莎士比亚作品评论，其中包括对莎士比亚的疑似戏剧评论，疑似戏剧主要局限于 1664 年提出的 7 个戏剧。①1700–1709 年尼古拉斯·罗（Nicholas Rowe, 1674–1718）以第四对开本（Fourth Folio, 1685）为基础重新编辑出版了莎士比亚戏剧集（*The Works of Mr. William Shakespear; in* 6 volumes. Adorn'd with Cuts. *Revis'd and Corrected*, with an Account of the Life and Writings of the Author.)，43 个剧作再次出现在 1714 年尼古拉斯·罗的第二版中（*The Works of Mr. William Shakespear; in Eight Volumes*. Adorn'd with cutts. Revis'd and corrected, with an Account of the Life and Writings of the author.)。1725 年亚历山大·蒲柏（Alexander Pope, 1688–1744）根据第 1、2 对折本整理校订新的 6 卷本《莎士比亚作品集》(*The Works of Shakespeare in Six Volumes*. collated and corrected by the former editions, by Mr. Pope.)(36 个剧作)。1728 年亚历山大·蒲柏整理校订的《莎士比亚作品集》扩展版（*The Works of Mr. William Shakespear in Eight Volumes*）和后续的第九卷共收入 43 个剧作。②1767 年爱德华·卡佩尔整理注释了《莎士比亚

① Ronald B. McKerrow. *The Treatment of Shakespeare's Text by his Earlier Editors, 1709–1768*, London: H. Milford, 1933.

② Richard Proudfoot, *Shakespeare: Text, Stage and Canon*, London: The Arden Shakespeare, 2001: 30.

喜剧、历史剧和悲剧》(Edward Capell ed., *Mr. William Shakespeare, his comedies, histories, and tragedies*: set out by himself in quarto, or by the players his fellows in folio, and now faithfully republish'd from those editions in ten volumes octavo), 这个 10 卷本收入 36 个剧作，列举了《哈姆雷特》等 20 个四开本印刷文本，《奥赛罗》等 14 个戏剧。1778 年乔治·斯蒂文斯（George Steevens）重新出版塞缪尔·约翰逊编辑注释的八卷本《莎士比亚戏剧集》(*The Plays of William Shakespeare*, in eight Volumes: With the Corrections and Illustrations of Various Commentators; To which are added Notes by Sam. Johnson, 1765）时增加了《约克郡悲剧》《伦敦挥霍者》。爱尔兰学者埃德蒙·马隆（Edmond Malone, 1741–1812)《确定莎士比亚戏剧写作顺序的尝试》(An attempt to ascertain the order in which the plays attributed to Shakespeare were written, 1778）一文基于作者传记致力于建立莎士比亚作品的真实文本和年表。1780 年马隆为约翰逊编辑注释的莎士比亚戏剧集补充了 1 卷七个疑似戏剧（Supplement to the edition of Shakspeare's plays published in 1778 by Samuel Johnson and George Steevens)。1783 年马隆补充了第 2 卷（A Second Appendix to Mr. Malone's Supplement to the Last Edition of the Plays of Shakespeare)。1790 年马隆基于爱德华·卡佩尔编辑整理的十卷本莎士比亚戏剧集出版了 11 卷本《莎士比亚戏剧和诗集》(*The plays and poems of William Shakespeare*, with the corrections and illustrations of various commentators: comprehending a life of the poet, and an enlarged history of the stage, by the late Edmond Malone)。1816 年该集更名为 16 卷本《莎士比亚作品集》（The works of William Shakspeare, in sixteen Volumes)。埃德蒙·马隆确认《伯里克勒斯》是莎士比亚的戏剧，他选取的疑似戏剧主要限于在 1664 年对折本中的《约克郡悲剧》等 6 个戏剧，马隆拒绝了刘易斯·西奥巴尔德（Lewis Theobald）提出的伪剧《双重虚假》(*Double Falsehood, or The Distressed Lovers,1613*)。1821 年埃德蒙·马隆写作了《莎士比亚传》(*Life of Shakespeare*)，其中同样提

到了莎士比亚的疑似戏剧。

根据版画、戏剧提词本、日记、塑像和以前未出版的诗歌等广泛的证据来看，18 世纪莎士比亚逐渐被人们看作英国的民族诗人，莎士比亚作为诗人和剧作家，即使是莎士比亚伪剧也很容易为剧团、剧院和出版商带来商业利益。①18 世纪晚期，有人提出《法弗舍姆的阿登》和《爱德华三世》是莎士比亚的戏剧，但一般的，人们认为二者是莎士比亚伪剧。（1）1592 年 4 月 3 日书商爱德华·怀特（Edward White）在伦敦书业公会登记了《法弗舍姆的阿登与黑威尔悲剧》（The Tragedy of Arden of Faversham and Black Will），伦敦主教约翰·艾尔默（John Aylmer）许可该剧出版。同年稍后，印刷商爱德华·奥尔德（Edward Allde）为爱德华·怀特出版了第 1 四开本（*The Lamentable and Trve Tragesie of M. Arden of Feversham in Kent*），该剧有意突出了道德主题，在爱德华·怀特位于圣保罗教堂小北门的"火枪文具店"售卖。1592 年 8 月 3–7 日阿贝尔·杰夫斯（Abel Jeffes）出版了非法的盗印版第 2 四开本。1592 年 12 月 18 日书业公会没收了杰夫斯的盗印文本（Arden of Kent），并罚款 10 先令。1599、1633 年爱德华·怀特出版了该剧的第 3、4 四开本，现存 3 个早期四开本的作者匿名。1656 年《法弗舍姆的阿登》与托马斯·米德尔顿（Thomas Middleton）、威廉·罗利（William Rowley）和托马斯·海伍德（Thomas Heywood）写作《古老律法》（*The Old Law*）、乔治·皮尔《巴黎的法庭传讯》（*George Peele, The Arraignment of Paris*, 1584）列在一起，剧作者错误地标注为莎士比亚。1770 年爱德华·雅各布（Edward Jacob）出版《法弗舍姆的阿登》一剧，首次宣称剧作者是莎士比亚。②（2）《爱德华三世》作为莎士比亚伪剧（pseudo-Shakespearian

---

① Michael Dobson. *The Making of the National Poet: Shakespeare, Adaptation and Authorship, 1660–1769*, Oxford: Oxford University Press, 1995: 185.

② Tucker Brooks ed. , *The Shakespeare Apocrypha*, Lampeter: Edwin Mellen, 2007: 39–73.

plays)，大致达成了一般共识。①

19 世纪完全被经典化的诗人莎士比亚的名声，随着英帝国活跃的全球殖民行为，迅速传播到世界各地。玛丽·西尔斯比《向莎士比亚致敬》(Mary S. Silsby, *Tributes to Shakespeare*, 1892)、C. E. 休斯《对莎士比亚的赞誉》(C. E. Hughes, *The praise of Shakespeare, an English anthology*, 1904) 等表现出莎士比亚已经获得了崇高的经典地位。同样，人们越来越多地接受经典的流动性，伊丽莎白-雅各宾时期匿名剧作家的数十个印刷文本被浪漫主义评论者（哈兹利特、柯勒律治、兰姆、德昆西等）不恰当地归属于莎士比亚。卡尔·宛科、路德维希·普洛肖德、劳伦斯·麦克劳斯等编辑注释了 5 卷本《伪莎士比亚戏剧》，其中包括《漂亮的厄姆》《埃德蒙顿的快乐之恶》《国王爱德华三世》《梅林的出生》《法弗舍姆的阿登》五剧。②B. 马克斯韦尔《莎士比亚伪作研究》分析论述了《洛克林悲剧》《托马斯·克伦威尔爵士》《女清教徒》《约克郡悲剧》4 个伪莎士比亚戏剧。③查尔斯·奈特（Charles Knight, *The pictorial edition of the works of Shakspere, 1843; The Works of Shakspere, 1876*)、1853 年亨利·泰瑞尔（Henry Tyrrell, *The doubtful plays of Shakspere, revised from the original editions*)、1869 年马克斯·莫尔奇（Max Leopold Moltke, *The Doubtful Plays of William Shakespeare*）等编辑的疑似莎士比亚戏剧集，都包含虚假的、可疑的莎士比亚戏剧。威廉·哈兹利特（William Hazlitt, *Characters of Shakespear's Plays*, 1887）引用奥古斯特·威廉·施莱格尔的评论提及《伦敦挥霍者》《法弗舍姆的阿登》《洛克林》等十个可疑的莎士

---

① Edward Dowden. *Introduction to Shakespeare*, New York: C. Scribner's Sons, 1896: 85–86.

② Karl Warnke, Ludwig Proescholdt, Lawrence A. McLouth ed., *Pseudo-Shakespearian plays*, Vol. 1, Halle: Max Niemeyer, 1888: vii.

③ Baldwin Maxwell. *Studies in the Shakespeare Apocrypha*, New York: King's Crown Press, Columbia University, 1969: 3–6.

比亚戏剧（*Doubtful Plays of Shakespeare*）。作为对柯勒律治《文学演讲遗稿》（Samuel Taylor Coleridge, *Literary Remains*, 1836–1839）的积极回应，E.劳《某些假定的莎士比亚伪作》细致考查了这些早期剧作的真实性。① 彼得·科旺《莎士比亚与伪作的观念》认为，1664–1734 年莎士比亚经典在 36–43 个戏剧之间动摇，亚历山大·蒲柏编辑的作品集使得莎士比亚的地位和声誉发生了变化。1723–1765 年莎士比亚重新获得尊崇的地位、被人们普遍崇拜，伪莎士比亚戏剧的争议显著回落，一些匿名剧作家的早期戏剧越来越多地被归属于莎士比亚，1780–1908 年莎士比亚伪剧逐渐经典化。现今合作写作的观念，使得莎士比亚经典与伪作的区分变得模糊。② 克里斯塔·简松《反思莎士比亚伪作》认为，莎士比亚伪作是剧作者身份（authorship）可疑的一个戏剧类别；与莎士比亚佚作（Lost Play）、莎士比亚疑似戏剧（supposed Shakespeare plays）一样，它们为莎士比亚经典文本提供了一种新的、启发性的时代语境。③1995 年以来部分新编莎士比亚全集有意强调了一些莎士比亚伪剧，例如，皇家莎士比亚剧团的莎士比亚全集（The RSC Shakespeare: The Complete Works）收入《伯里克勒斯》《两个贵亲戚》等 38 个戏剧，河边版莎士比亚全集（Riverside Shakespeare, 1996）收入《伯里克勒斯》《两个贵亲戚》《爱德华三世》《托马斯·莫尔爵士》等 40 个戏剧，阿登版莎士比亚全集（Arden Shakespeare）收入《哈姆雷特》（Q1, Q2, F1）、《伯里克勒斯》《两个贵亲戚》《双重虚假》《托马斯·莫尔爵士》《国王爱德华三世》等 43 个戏剧。一些莎士比亚伪剧与 36/38 个莎士比亚的经典戏剧并列共存。

---

① Ernest Law. *Some supposed Shakespeare forgeries*, London: G. Bell and sons, limited, 1911: 20.

② Peter Kirwan. *Shakespeare and the Idea of Apocrypha*, Cambridge: Cambridge University Press, 2015: 28.

③ Christa Jansohn, "The Shakespeare Apocrypha: A Reconsideration," *English Studies* 84 (2003): 318–329.

三、《亨利六世　第一部》是合作写作还是伪作?

1592年罗伯特·格林《值一个格罗特银币、买了百万个忏悔券的才子格林》(*Greenes, groats-vvorth of witte, bought with a million of repentance*),可能是印刷商和诗人亨利·切托(Henry Chettle)、托马斯·纳什(Thomas Nashe)写作的戏剧,Shake-scene(使人震惊的场景)是否暗示Shakespeare,是可争议的;换言之,格林无法为1623年《亨利六世　第一部》(F1)的写作提供足够可靠的证据。罗伯特·格林提到了一个隐藏不显的、擅长写素体诗的、无所不能的演员(an vp=start Crow, beautified with our feathers, that with his Tygers hart wrapt in a Players hyde, supposes he is as well able to bombast out a blanke verse as the best of you: and beeing an absolute Iohannes fac totum is in his owne conceit the onely Shake-scene in a countrey.)其中拉丁式的表达his Tygers hart wrapt in a Players hyde,是否近似于《约克公爵理查德的真正悲剧》第1八开本中的对白Oh Tygers hart wrapt in a womans hide?由于1595年《真正的悲剧》是彭布洛克伯爵剧团戏剧的盗印本,该剧原初的作者不是莎士比亚,而是别的剧作家,二者可能有更早的、共同的表达句式,例如,乔治·佩蒂翻译《斯蒂文·瓜佐先生温柔有礼的谈话》(George Pettie, *The Civile Conver-sation of M. Steeven Guazzo*, 1581–1586)第三卷中写道:So monstrous a creature ... that it was doubtfull whether she were a woman or a tigar.斯蒂法诺·瓜佐(Stefano Guazzo, 1530–1593)是意大利作家,其英译作品在伊丽莎白时期流行。①E. K.钱伯斯较早将《亨利六世　第一部》《亨利八世》看作是莎士比亚与别的剧作家合作写作的戏剧。②

① Jack D'Amico. *Shakespeare and Italy: The City and the Stage*, Gainesville: University Press of Florida, 2001: 17.

② Edmund Kerchever Chambers, *William Shakespeare: A Study of Facts and Problems*, Vol. 1, Oxford: Clarendon Press, 1930: 277–293.

约翰·多佛尔·威尔逊指出，《亨利六世　第一部》是1623年第1对折本中最糟糕的、最有争议的戏剧，《亨利六世　第一部》在人物、情节、诗体上与1623年《亨利六世　第二部》《亨利六世　第三部》有矛盾之处，1623年《亨利六世　第一部》与1592年《哈利六世》是同一主题的两个戏剧，《亨利六世　第一部》是《亨利六世　第二部》《亨利六世　第三部》的后续剧作。①1623年《亨利六世　第一部》（F1）是从斯特兰奇勋爵剧团的《哈利六世》（1592）改写的，而《纷争　第一二部》（即1623年《亨利六世　第二部》《亨利六世　第三部》）是受到《哈利六世》的成功演出的激励为宫内大臣剧团写作的，《亨利六世　第二部》《亨利六世　第三部》（即1594年《著名的约克和兰开斯特两个家族纷争　第一部》和1595年《约克公爵理查德的真实悲剧》）在写作时间上早于《亨利六世　第一部》，部分原因是斯特兰奇勋爵剧团较长时间拥有《哈利六世》的所有权。1592年4月13日亨斯洛的日记表明，斯特兰奇-海军上将剧团在玫瑰剧院演出《哈利六世》，收入25先令。②1623年《亨利六世　第一部》的末尾暗示存在一个更早的原初戏剧与该剧密切相关。由于缺乏可以确定日期的任何莎士比亚手稿，人们对历史剧《亨利六世》写作和表演的确切顺序一直存在分歧。A. 哈贝吉《975-1700年英语戏剧编年》认为，《亨利六世》（第一部）是1590年斯特兰奇勋爵剧团（Lord Strange's Men）、彭布洛克伯爵剧团演出过的戏剧。③塞缪尔·约翰逊在论述《亨利六世　第三部》时指出，"西奥巴尔德质疑《亨利六世》三部是［莎士比亚的］疑似戏剧，瓦布顿（Warburton）博士宣称它们确定不是莎士比亚的戏剧"。西奥巴尔德的质疑

---

① John Dover Wilson ed., *The First Part of King Henry VI* (Cambridge Shakespeare), Cambridge: Cambridge University Press, 1952: ix-xxi.

② Alden Brooks. *Will Shakspere, Factotum and Agent*, New York: Round table press, Inc., 1937: 73, 129-130.

③ Alfred Harbage. *Annals of English Drama, 975-1700*, revised by S. Schoenbaum, London: Routledge, 1989: 56.

来自某些过时的陈旧词，但句法和段落还是与我们的作家的别的作品相似，约翰逊进而指出《亨利六世　第一部》在风格上的差异和感性上的异质可以充分地表明这个剧作不是莎士比亚写作的。① 埃德蒙德·马隆《论〈亨利六世〉第一二三部》(Edmond Malone, A Dissertation on the Three Parts of King Henry VI, 1787) 认为，现今《亨利六世　第一部》完全或者几乎完全是一个更早的剧作家写作的；1600 年出版第 1 四开本的《纷争》可能创作于 1590 年之前，可能是一个比莎士比亚更早的剧作家写作的。②《纷争》是早于莎士比亚或者同时期的剧作家写的，因为 R. 格林（Robert Greene）、T. 洛奇（Thomas Lodge）、T. 纳什（Thomas Nashe）、T. 基德（Thomas Kyd）等的剧作与《纷争　第一部》在韵律上近似，后来被莎士比亚修改为《亨利六世　第一部》。③ 查尔斯·奈特（Charles Knight）对《亨利六世　第一部》的作者提出了与马隆不同的观点，他认为《亨利六世》第一、二、三部与《理查德三世》在韵律、措辞、动机、情节的整体性、戏剧趣味上具有相同的特质，因而前者无疑是莎士比亚写作的。④ 基于哈利维尔·利普（James Orchard Halliwell-Phillipps）的观点，R. G. 怀特《论〈亨利六世〉三部的剧作者》认为，《亨利六世》第一、二、三部是彭布洛克伯爵剧团的常演剧目，它们是 1592 年之后马洛、格林和莎士比亚（可能还有皮尔）合作写作的；《亨利五世》剧末的合唱表明《亨利六世》曾在黑修士

---

① Arthur Murphy ed., *The Works of Samuel Johnson*, LL. D., a new edition, in twelve volumes, Vol. 2, London: J. Haddon, 1820: 155.

② Edmond Malone. "Dissertation on the Three Parts of Henry VI", in *The works of William Shakspeare*, vol. 9, London: The proprietors, 1816: 357–358, 365–366.

③ Clayton Alvis Greer. *The York and Lancaster Quarto-Folio Sequence*, PMLA(Publications of the Modern Language Association of America), Vol. 48, No. 3 (Sep., 1933), pp. 655–704.

④ Charles Knight. *Studies of Shakspere: forming a companion volume to every edition of the text*, London: Charles Knight, 1849: 35–40.

剧院、环球剧院演出，成为宫内大臣剧团的常演剧目。①1600 年初印刷商托马斯·克里德为书商托马斯·米林顿和约翰·巴斯比出版了《亨利五世》第 1 四开本。1600 年 8 月 14 日书商托马斯·帕维尔在伦敦书业公会取得了《亨利五世》的出版权的转让。现代学者，例如，爱德华·伯恩斯（Edward Burns）、罗纳德·诺尔斯（Ronald Knowles）、乔治·泰勒（George Taylor），和迈克尔·泰勒（Michael Taylor）一致认为，《亨利六世》第一部是在第二、三部之后编写的，《亨利六世》第一、二、三部最晚是在 1592 年编写的。然而从莎士比亚加入宫内大臣剧团来看，莎士比亚作为自由的演员 / 剧作家，他的戏剧写作不会早于 1594 年，而在此前的戏剧可能是女王剧团、海军上将剧团、彭布洛克伯爵剧团等的常演剧目。②

1623 年 11 月 8 日书商爱德华·布朗特（Edward Blount）和印刷商艾萨克·伽噶德（Isaac Jaggard）在伦敦书业公会登记了《威廉·莎士比亚师傅的喜剧历史和悲剧》（*Mr. William Shakespeers Comedyes Histories, and Tragedyes*）等 16 部此前未印刷过的戏剧的出版权，其中包括《亨利六世　第三部》（Henry VI Part 3），这可能是现今的《亨利六世　第一部》。同年稍后莎士比亚戏剧的第 1 对折本出版，原初出版的四开本《著名的约克和兰开斯特两个家族纷争》第一、二部被更改为《亨利六世》第二、三部。1623 年之前已出版的莎士比亚《纷争》第一、二部分别印刷了 3 个四开本。1594 年 3 月 12 日书商托马斯·米林顿（Thomas Millington）在伦敦书业公会登记现今《约克与兰开斯特两个显耀家族的纷争　第一部》（*the firste parte of the Contention of the twoo famous houses of York and Lancaster with the deathe of the good Duke Humfrey and the banishement*

① Richard Grant White. *An essay on the authorship of the three parts of King Henry the Sixth*, Cambridge: Printed by H. O. Houghton and company, 1859: 8–9.

② Allison Gaw. *The origin and development of 1 Henry VI, in relation to Shakespeare, Marlowe, Peele, and Greene*, Los Angeles: University of Southern California, 1926: 1.

and Deathe of the Duke of Suffolk and the tragicall ende of the prowd Cardinall of Winchester）的出版权。同年稍后印刷商托马斯·克里德（Thomas Creede）为米林顿出版了《纷争　第一部》(*The first part of the contention betwixt the two famous houses of Yorke and Lancaster, with the death of the good Duke Humphrey: And the banishment and death of the Duke of Suffolke, and the Tragicall end of the proud Cardinall of VVinchester*）的第 1 四开本，即现今《亨利六世　第二部》。1595 年印刷商彼得·肖特（P. S., Peter Short）为托马斯·米林顿出版了《约克公爵理查德的真实悲剧》(*The true Tragedie of Richard Duke of Yorke, and the death of the good King Henrie the Sixt, with the whole contention betweene the two Houses Lancaster and Yorke.*）八开本，即现今《亨利六世　第三部》，其标题页上宣称彭布洛克伯爵剧团多次演出过该剧（as it was sundrie times acted by the Right Honourable the Earle of Pembrooke his seruants.）。该剧此前没有在伦敦书业公会的登记信息，这可能是一个没有取得合法授权的盗印本，而且 1594–1595 年莎士比亚几乎不可能为彭布洛克伯爵剧团写作戏剧文本。1602 年 4 月 19 日书商托马斯·米林顿将《纷争　第一、二部》(*The first and Second party of henry The vjt ii books*）的出版权转让给书商托马斯·帕维尔（Thomas Pavier），人们已无法可知托马斯·米林顿如何取得《纷争　第一部》的出版权。1619 年托马斯·帕维尔将《纷争　第一、二部》合辑在一起印刷，更名为《兰开斯特和约克两个著名家族的整个纷争》(The vvhole contention betvveene the tvvo famous houses, Lancaster and Yorke. With the Tragicall ends of the good Duke Humfrey, Richard Duke of Yorke, and King Henrie the sixt），即现今《亨利六世》第二、三部第 3 四开本，这两个戏剧依然是独立的（Diuided into two Parts）。总言之，直到 1623 年，第一对开本中才出现《亨利六世　第一部》的印刷文本，第一部是三部中最后出现的剧作，可能也是最后编写的，而且现今第二、三部都没有提及第一部的故事情节。加里·泰勒认为，莎士比亚和其他三位剧作家合作写作

了《亨利六世　第一部》。①

1580–1590 年代历史剧是最受欢迎的戏剧类型，早期现代观众和读者因此可以获得令人兴奋和多样化的历史故事。② 斯科特 · 麦克米林、萨莉 · 贝丝 · 麦克莱恩指出，剧团、书商和印刷商塑造了历史剧这一类型，也决定了其受欢迎程度，1594 年之后女王剧团的常演剧目部分转让给宫内大臣剧团。③1588 年爱德华 · 艾伦、乔治 · 布莱恩、托马斯 · 波普、奥古斯丁 · 菲利普斯、威廉 · 肯普和约翰 · 海明斯等创建了斯特兰奇勋爵剧团（Lord Strange's Men），1592–1594 年《亨利六世　第一部》是斯特兰奇勋爵剧团的常演剧目，匿名剧作者（不是莎士比亚）可能在更早的时间写作了该剧。④ 亨斯洛日记写到 1592 年 3 月 3、7、11、16、28 日，1592 年 4 月 5、13、21 日，1592 年 5 月 4、7、14、19、25 日，1592 年 6 月 12、19 日和 1594 年 1 月 16 日斯特兰奇勋爵剧团 16 次在玫瑰剧院演出《哈利六世》的收据，1592 年 3 月 3 日亨斯洛因该剧的首次演出收入 3 英镑 16 先令，而后每场演出则收入 8 便士到 22 先令不等。1592–1594 年莎士比亚来到伦敦，可能是斯特兰奇勋爵剧团的学徒演员，虽然没有任何现存的文献证明这一假设。受到宫内大臣剧团《亨利六世　第一部》成功演出的激励，莎士比亚创作了现今《亨利六世》第二、三部，即 1594 年《著名的约克和兰开斯特两个家族纷争　第一部》和 1595 年《约克公爵理查德的真实悲剧》，二剧表演可能也是成功的。可能在此后的某一时间，莎士比亚为宫内大臣

① Gary Taylor, *Shakespeare and Others: The Authorship of "Henry the Sixth, Part One"*, Medieval & Renaissance Drama in England, Vol. 7 (1995), pp. 145–205.

② Amy Lidster. *Publishing the History Play in the Time of Shakespeare: Stationers Shaping a Genre*, Cambridge: Cambridge University Press, 2022: 86.

③ Scott McMillin, Sally-Beth MacLean. *The Queen's Men and Their Plays*, Cambridge: Cambridge University Press, 1998: 155.

④ Lawrence Manley, Sally-Beth MacLean. *Lord Strange's Men and Their Plays*, New Haven: Yale University Press, 2014: 280.

剧团改写了斯特兰奇勋爵剧团的《哈利六世》，但由于伦敦行业公会的监督、审查权力，直到 1623 年莎士比亚改写的《哈利六世》在伦敦书业公会登记为《亨利六世　第三部》(Henry VI Part 3)，国王剧团完全授予爱德华·布朗特、艾萨克·伽噶德该剧的出版权。C. T. 普劳蒂认为，莎士比亚根据《约翰王困难重重的统治》(*The Troublesome Reign of King John*, 1591) 和《亨利五世的著名胜利》(*Famous Victories of Henry V*) 分别改写创作了《约翰王》和《亨利五世》，而《亨利六世　第一部》可能是根据更早的某个戏剧改写而成的。① 斯特兰奇勋爵剧团的《哈利六世》即是《亨利六世　第一部》的改写来源。

由于伊丽莎白-雅各宾时代是一个充满强烈宗教信仰的时代，在莎士比亚戏剧中，有数百处圣经文献的引用或者指涉。纳西布·沙欣讨论了《亨利六世　第一部》中圣经的引用或者指涉，例如，God is our Fortresse（上帝是我们的堡垒）。例如，莎士比亚使用了日内瓦《圣经》(the Geneva Bible, 1557, 1560) 中的“诗篇”Psalter 46: for thou [Lord God] art my rock, and my fortress. 詹姆士国王版《圣经》(King James Version, 1611)“诗篇”Psalter 46 写道：for thou art my rock and my fortress. 日内瓦《圣经》“诗篇”Psalter 71 写道：for thou art my rock, and my fortress; For thou art mine hope, O Lord God, even my trust; thou art my sure trust. 国王版《圣经》“诗篇”Psalter 71 写道：for thou art my rock and my fortress; For thou art my hope, O Lord God; thou art my trust; thou art my strong refuge.② 由于国王剧团的历史剧《亨利六世　第一部》首次出现在 1623 年第 1 对折本中，Fortresse 一词更可能是源自国王版《圣经》，前者沿袭了日内瓦《圣经》。以下逐录《亨利六世　第一部》一剧最初的贝德福德公爵兰开斯特的约翰

① Charles Tyler Prouty. *The Contention and Shakespeare's 2 Henry VI*, Yale: Yale University Press, 1954: 120.

② Naseeb Shaheen. *Biblical References in Shakespeare's Plays*, Newark: University of Delaware Press, 1999: 317.

的对白（第一场第 1 幕）：

Bedford. Hvng be ye heauens with black, yield day to night;
Comets importing change of Times and States,
Brandish your crystall Tresses in the Skie,
And with them scourge the bad reuolting Stars,
That haue consented vnto Henries death:
King Henry the Fift, too famous to liue long,
England ne're lost a King of so much worth.

19 世纪学者对《亨利六世　第一部》的评论几乎全是基于个人化的文本风格印象的假设，普遍地忽视莎士比亚作为演员 / 剧作家是戏剧表演行会的事实。S. T. 柯勒律治（Samuel Taylor Coleridge）论及《亨利六世　第一部》一剧最初用素体诗写作的贝德福德（Bedford）的对白，提出从诗律来看这不是莎士比亚写作的。① 以色列 · 戈兰茨（Israel Gollancz）认为，（Frederick James Furnivall, *Shakespeare: life and work*, 1908）和（Frederick Gard Fleay, *A Chronicle History of the Life and Work of William Shakespeare*, 1886）提出《亨利六世　第一部》是皮尔、马洛、洛奇、纳什和莎士比亚合作写作的，但这一观点缺乏足够的证据。该剧创作于 1589 年，1591 年莎士比亚增写了该剧，例如，第二场第 4 幕、第四场第 2–7 幕。② 值得指出的是，戈兰茨忽视了 1592 年 3–6 月亨斯洛日记对《哈利六世》的记载文字，而女王剧团的历史剧《哈利六世》的写作时间一

① Thomas Middleton Raysor ed., *Coleridge's Shakespearean Criticism*, Cambridge, Massachusetts: Harvard University Press, 1930: 141.

② William Shakespeare. *The First Part of King Henry VI*, New York, Bigelow: Smith & Co. 1909: ix–x.

定在 1592 年之前。H. C. 哈特强调了亨斯洛日记的记载，却不认同《亨利六世》三联剧本身。由于 1600 年出版的《亨利五世》第 1 四开本无法提供《亨利六世　第一部》可能的写作时间，哈特认为，托马斯·纳什《身无分文的皮尔斯》（Thomas Nashe, *Pierce Penilesse, His Supplication to the Devil*, 1592）可能为《亨利六世　第一部》(第四场第 6–7 幕）提供唯一的外在证据，即有关“英勇的塔尔博特”（braue Talbot）场景。① 夏洛特·波特沿袭了 19 世纪下半期编辑者的通行观点，认为《亨利六世　第一部》的创作早于 1592 年，合作写作的剧作者可能包括格林、皮尔、马洛、洛奇和莎士比亚。② 路易斯·庞德错误地引述了亨斯洛日记的记载，但也认同通行观点。③H. D. 格雷（Henry David Gray）认为马洛本人不会合作写作但他的影响存在于《亨利六世　第一部》一剧中，例如，在第一场第 6 幕等。④ 塔克·布鲁克认同格雷的观点，严谨细致地考察了《亨利六世　第一部》与马洛、皮尔风格近似的部分文本，皮尔可能是《哈利六世》的合作作者，合作作者排除了格林、洛奇。⑤

四、结语

伊丽莎白–雅各宾时期，旅行剧团存在于文艺保护人制度下。戏剧表演作为世俗的通俗的公共活动，将接受较严格的官方审查。同时，旅行剧团也常常因

① Henry Chichester Hart. *The First Part of King Henry the Sixth*, Indianapolis, London: Methuen: 1909: vii–x.

② Charlotte Porter ed., *The First Part of Henry the Sixt by William Shakespeare*, New York: Thomas Y. Crowell Company, 1912: 126–127.

③ William Shakespeare. *The First Part of Henry the Sixth*, Louise Pound ed., New York: Macmillan 1911: vii–x.

④ Henry David Gray. *The Purport of Shakespeare's Contribution to 1 Henry VI*, Publications of the Modern Language Association(PMLA), Vol. 32, No. 3 (1917), pp. 367–382.

⑤ William Shakespeare. *The First Part of Henry the Sixth*, Tucker Brooke ed., New Haven: Yale University Press, 1918: 147–154.

为严重的流行瘟疫而禁止表演。1557–1625 年活跃在伦敦的剧团大致有 3–5 个，1594 年伦敦诸多旅行剧团出现了重大的转型，莎士比亚成为宫内大臣剧团自由的演员 / 剧作家。宫内大臣剧团、海军上将剧团是女王剧团解散之后在伦敦最活跃的剧团。除开对某些流行戏剧作品的改写改编，还有一些莎士比亚戏剧是莎士比亚和别的剧作家合作写作的。分析这些合作写作的戏剧文本，有利于深入理解莎士比亚的文学创造力。

1660 年以来，伦敦重新恢复了戏剧表演。1664 年莎士比亚戏剧第 3 对折本增补版的出版，首次收入几个莎士比亚伪剧。18 世纪出现了越来越多的莎士比亚伪剧；19 世纪莎士比亚戏剧、合作写作戏剧和伪剧达到了近 80 个，一些匿名剧作家和合作剧作家的戏剧文本不恰当地被归属于莎士比亚。

1592 年莎士比亚来到伦敦，可能是某个伦敦剧团的学徒演员。1594 年莎士比亚成为宫内大臣剧团自由的演员 / 剧作家。在严格的意义上，莎士比亚的戏剧是在 1594–1612 年写作或者改写的。伊丽莎白–雅各宾时期，戏剧文本的所有权是属于特定剧团的，而不是属于剧作者本人。《亨利六世　第一部》作为国王剧团的常演剧目，可能是莎士比亚根据斯特兰奇勋爵剧团的《哈利六世》改写的。1594 年《著名的约克和兰开斯特两个家族纷争　第一部》和 1595 年《约克公爵理查德的真实悲剧》在写作时间上早于《亨利六世　第一部》，部分原因是斯特兰奇勋爵剧团较长时间拥有《哈利六世》的所有权，宫内大臣剧团没有取得转让的合法所有权，无法改写该剧。

第五节 《爱德华三世》疑是莎士比亚的历史剧

1595 年 12 月 1 日书商 C. 伯比（Cuthbert Burby）在伦敦书业公会登记簿上注册了《爱德华三世》，原题名为《爱德华三世、黑王子爱德华与法国约翰王的战争》（*Edward the Third and the Blacke Prince their warres with Kinge John of Fraunce*），作者匿名。1596、1599 年伦敦书商 C. 伯比先后刊印了《爱德华三世》（*The Raigne of King Edward the Third*）的第一、二四开本。第 2 四开本标明印刷者为西蒙·斯塔福德（Imprinted at London by Simon Stafford, for Curthbert Burby: And are to be sold at his shop neere the Royall Exchange, 1599），二者均未署名剧作者。二者标题页均宣称"此剧曾多次在伦敦城演出"（As it hath bin sundrie times plaied about the City of London）。该剧可能是在东区伦敦城的玫瑰剧场演出的。1609 年该剧的出版权转让给书商 W. 威尔比（William Welby）；1618 年 3 月 2 日该剧的版权转让给书商 T. 斯诺丹（Thomas Snodham），然而，二者均未刊印过该剧。历史剧《爱德华三世》未收入早期 4 个对折本莎士比亚戏剧集（Folio 1–4）中，现未见该剧的原初手抄本。1656 年书商汉弗莱利·莫斯利（Humphrey Moseley）在一份附录在托马斯·戈弗《无忧无虑的牧羊女》（Thomas Goffe, *The Careless Shepherdess*）的罗杰和莱伊的戏剧目录中首次被认为该剧是莎士比亚写作的。1760 年爱德华·卡佩尔（Edward Capell, *Prolusions, or Select Pieces of Antient Poetry*）宣称莎士比亚是该剧的作者。

关于历史剧《爱德华三世》的作者，一直是有争议的问题。1760 年莎士比亚戏剧集的注释者 E. 卡佩尔《序曲，古诗选辑》仅在目录中指出，《爱德华三

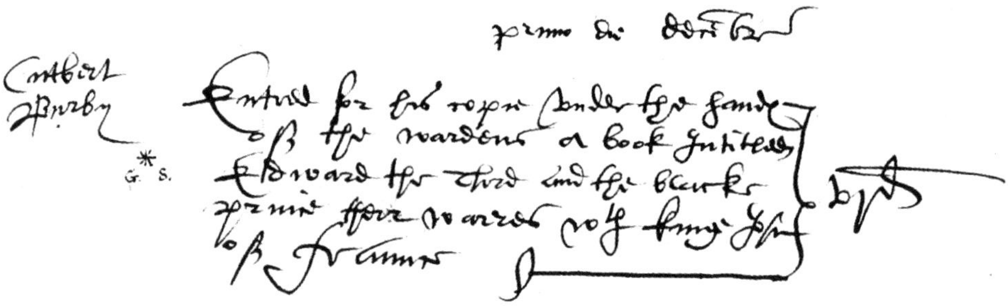

世》一剧被认为是莎士比亚写作的（*Edward the Third*, a play, thought to be writ by Shakespeare）。卡佩尔编辑注释了这个剧本，其中包括戏剧文本 93 页，另有 7 页注释。编辑本与 1596 年版有较大的拼写法差异，且添加了细致的分场分幕。该剧作为《序曲》一书的第二部分。① 此后，凯恩克鲁斯（A.S. Cairncross, 1935）、泰洛尔（Gary Taylor）、斯莱特（Eliot Slater, 1988）、霍普（Jonathan Hope, 1994）、马修（Robert A. J. Matthews, 1994）、梅瑞姆（Thomas V.N. Merriam, 1994）、桑斯（Eric Sams, 1996）、梅勒乔利（Giorgio Melchiori, 1998）等认为该剧至少部分场景是莎士比亚创作的。

1800 年以来历史剧《理查德三世》被多次编辑出版。H. 泰勒尔指出《理查德三世》疑是莎士比亚创作的作品。②N. 德利乌斯（*Edward III. Ein Shakspere zugeschriebenes drama*, 1854）则肯定该剧是莎士比亚创作的；1877 年“洛珀尔德版莎士比亚”（The Leopold Shakspere）中收录了《理查德三世》，注释者是 N.

① Edward Capell and Thomas Overbury ed. *Prolusions, or Select Pieces of Antient Poetry*, Compil'd With Great Care From Their Several Originals, and Offer'd to the Publick as Specimens of the Integrity That Should Be Found in the Editions of Worthy Authors, London: J & R Tonson, 1760: F3–M5.

② Henry Tyrrell ed., *The doubtful plays of Shakspere*, revised from the original editions, accompanied with historical and analytical introductions to each play, London: Tallis, 1800: 263–299.

德利乌斯。[①]M. 摩尔特克注释出版了《国王理查德三世》，他也肯定该剧是莎士比亚创作的。[②]19 世纪下半期，C. 奈特（Charles Knight, *The pictorial edition of the works of Shakspere Doubtful Plays, Etc*, 1860），J. P. 科里耶（John Payne Collier, *The plays and poems of William Shakespeare*, 1878），1886 年 K. 瓦尼克、L. 普罗谢尔德编辑的《理查德三世》(Pseudo-Shakespearian Plays, *King Edward III*)，均标明其为伪作或者疑是之作。[③]20 世纪出版商和注释者对《爱德华三世》的兴趣明显增强：T. 布鲁克（Tucker Brooke, *The Shakespeare Apocrypha*, 1908）, R. L. 阿莫斯通（Ray Livingstone Armstrong, *Six early plays related to the Shakespeare canon*, 1965）, F. R. 拉皮德（Frederick R. Lapides, *The raigne of King Edward the Third*, 1980）编辑出版了该剧。1996 年耶鲁大学版《莎士比亚全集》，[④]1997 年新河边版第二版《莎士比亚全集》也收入了《爱德华三世》一剧。[⑤]“河边版莎士比亚”中的《爱德华三世》主要参考了 F. R. 拉皮德的新注释本，对第一、二四开本有明显的修订校改。此后，2005 年牛津新版、2007 年新剑桥版、2017 年阿登第三版都收入该剧。2007 年约翰·约厄特《莎士比亚与文本》(John Jowett, *Shakespeare and the Text*) 认为，《爱德华三世》有足够的文本证据表明是基德、莎士比亚等共同创作的。[⑥]2009 年威克斯（Brian Vickers）

---

① Nikolaus Delius, Frederick James Furnivall ed., *The poet's works in chronological order from the text of Professor Delius*, with “The two noble kinsmen” and “Edward III”, London: Cassell, 1896.

② William Shakespeare. *König Eduard der Dritte; geschichtliches Schauspiel von W. Shakspere; uebersetzt und mit einem Nachwort begleitet von Max Moltke*, Leipzig: P. Reclam, 1875.

③ Karl Warnke, Ludwig Proescholdt ed., *Pseudo-Shakespearian Plays, King Edward III*, Halle: Max Niemeyer, 1886.

④ William Shakespeare, *Shakespeare's Edward III*, ed. Eric Sams, New Haven: Yale University Press, 1996.

⑤ Anne Barton, G. Blakemore Evans, Herschel Baker ed., *The Riverside Shakespeare*, 2nd Edition , New York: Houghton Mifflin Harcourt, 1997.

⑥ John Jowett. *Shakespeare and Text*, Oxford: Oxford University Press, 2007: 17, 18.

认为，该剧是基德、莎士比亚合作创作的。2017 年浦洛夫特、本内特（Richard Proudfoot and Nicola Bennett）认为，该剧是莎士比亚和马娄、基德等共同创作的，莎士比亚写作了第 2、3、12 幕。

1900 年以来一直有学者否认《爱德华三世》是莎士比亚的创作。① 例如，T. 布鲁克《莎士比亚的伪作》认为，George Peele 是该剧的真实作者。②J. M. 罗伯特逊提出了《爱德华三世》的创作者问题（The Authorship of "Edward III"），较合理地论述了该剧非莎士比亚写作。③R. G. 霍华特在《莎士比亚诞辰 400 周年纪念》之"莎士比亚，绅士及其神秘"（William Shakespeare, gentleman and mystic）中指出，《爱德华三世》的作者是 Robert Greene。④ 此外，E. A. Gerard（1928），H. W. Crundell（1939），S. R. Golding（1929），W. Wells（1940），G. Lambrechts（1963）都认为《爱德华三世》一剧的作者不是莎士比亚，而是别的同时代的剧作家。

1980 年代以来，孙法理《莎士比亚历史剧〈爱德华三世〉真伪之辨》较早介绍了英美的研究现状。⑤ 孙家琇《莎士比亚的英国历史剧：从〈爱德华三世〉可能是莎作谈起》、张冲《历史演绎　爱国主义　道德训诫：论莎士比亚的新作〈爱德华三世〉》都通过 1996 年霍顿·米夫林公司（Houghton Mifflin company）出版的新修订"河边版莎士比亚"论述了《爱德华三世》一剧的作者问题及其

---

① Timothy Irish Watt, "The Authorship of The Raigne of Edward the Third," in *Shakespeare, Computers, and the Mystery of Authorship*, ed. Hugh Craig and Arthur F. Kinney, Cambridge: Cambridge University Press, 2009: 116–133.

② Tucker Brooke ed., *The Shakespeare Apocrypha, Being a Collection of Fourteen Plays which have been Ascribed to Shakespeare*, London: Oxford University Press, 1908: 67.

③ John Mackinnon Robertson, *The Shakespeare Canon*, London: G. Routledge & Sons, 1922: 155–194.

④ Robert Guy Howarth. *Shakespeare at 400: a series of public lectures given in May and June 1964*, Cape: Editorial Board of the University of Cape, 1965.

⑤ 孙法理 . 莎士比亚历史剧《爱德华三世》真伪之辨，外语与外语教学，1999(12）: 46–49.

思想内容。

一、《爱德华三世》中的混淆和舛误

1327年阿基坦公爵温莎的爱德华继承英格兰王位，即爱德华三世（Edward III, 1312–1377）。爱德华是一个勇敢的骑士，他喜欢骑士比武、打猎和军旅生活，甚至对外战争，热切地追求辉煌的胜利和荣誉，他的身边多是权贵、勇士，或者骑士。1325年温莎的爱德华作为阿基坦的领主（公爵）向法国国王查理四世宣誓效忠。1327年爱德华三世在他的父亲爱德华二世（Edward of Carnarvon, Edward II, 1284–1327）被废黜之后成为英格兰和爱尔兰国王。1330年爱德华三世联合一些年轻的贵族夺回了统治权，处死了摄政大臣马奇伯爵莫蒂默（Roger Mortimer, 3rd Baron Mortimer, 1st Earl of March, 1287–1330）。1332–1333年爱德华三世发起了对苏格兰的战争，但与法国保持着谨慎的外交关系，即使法国实际支持了苏格兰的独立；爱德华最终赢得了巨大的胜利。由于1337年法国国王菲利六世（Philip VI, 1293–1350）决定取消爱德华在阿基坦公爵领地的独立主权，并派兵入侵阿基坦，1337–1340年爱德华三世联合莱茵兰和佛兰德等低地国家，发动了对法战争；1340年，爱德华基于母系的血缘宣称自己是法国王位的合法继承人。1342–1347爱德华以布列塔尼公爵继承问题再次发动了对法国的战争，以英格兰军队在克勒西战役（1346年）和围攻加莱（1347年）的胜利而宣告结束。虽然蔓延欧洲的黑死病使得英法短暂停止战争，1355–1357年爱德华三世、威尔士亲王爱德华（黑王子）再次发动了对法国的战争，以英格兰军队在普瓦提埃的胜利（1356年）而宣告结束。从对外战争的辉煌胜利来看，爱德华三世和亨利五世是英格兰历史上享有最高荣耀的君王，二者都拥有爱尔兰、苏格兰、法国国王的称号。

《爱德华三世》主要取材于霍林谢德《英格兰、苏格兰和爱尔兰历史》、弗洛瓦萨尔《编年史》(Jean Froissart, *Chronicles of England, France, Spain, and the*

Adjoining Countries）、佩特《快乐之宫》（William Painter, *Palace of Pleasure*, 1575）。弗洛瓦萨尔的保护人是沃尔特·莫尼爵士（Walter Manny, 1st Baron Manny），而莫尼是海诺特伯爵（Earle of Henalt）的后裔。罗杰·普瑞奥《〈爱德华三世〉是为迎奉汉斯顿勋爵吗？》写道："剧作家可能拜读了宫内大臣汉斯顿勋爵（Henry Carey, 1st Baron Hunsdon, 1526–1596）私人收藏的弗洛瓦萨尔《编年史》抄本，并利用其抄本页边的笔记作为戏剧的来源。此外，剧作家经常改变或添加［历史故事］到弗洛瓦萨尔的编年史，似乎旨在赞美或奉承汉斯顿。在 1594 年上半年，'汉斯顿剧团'有理由赞美他们的主人，并且内部证据使得这可能成为剧本构成的日期。最后，新的事实与莎士比亚参与写作《爱德华三世》的其他证据是一致的。"①

历史剧《爱德华三世》的叙事主要包括英格兰国王爱德华三世对苏格兰战争，与英格兰（爱德华三世、黑王子爱德华）对法战争，和一个想象 / 虚构的骑士爱情故事（爱德华三世、索尔兹伯里伯爵夫人），突出表现了中世纪后期的骑士行为和骑士精神。②较多的学者认为《爱德华三世》的情节缺乏戏剧性的统一。J. P. 坎兰《莎士比亚的〈爱德华三世〉：英语反权威学者的慰藉》认同该剧是莎士比亚的作品，并指出该剧具有莎士比亚时代历史剧的普遍特征，由两个并不紧密关联的部分组成的。③

（1）在人物和历史事件上，《爱德华三世》一剧多有细节上的混淆和舛误。例如，第一场第 1 幕的叙事中出现了年轻的黑王子爱德华（Edward, the Black Prince, 1330–1376），则暗示时间当是 1346 年。1328 年苏格兰国王大卫

① Roger Prior. Was The Raigne of King Edward III a Compliment to Lord Hunsdon? *Connotations*, Volume 3 1993/94 No. 3, 243–264.

② J. P. Conlan. Shakespeare's "Edward III": A Consolation for English Recusants, *Comparative Drama*, Volume 35, Number 2, Summer 2001: 177–207.

③ 罗伯茨、比松 . 英国史　上册，潘兴明等译，北京：商务印书馆，2013: 189–191.

与英格兰公主简安（Joan of the Tower, 1321–1362）举行婚礼，此剧却暗示大卫王对罗克斯城堡的围攻是在 1337–1340 年。剧中苏格兰军队的指挥官道格拉斯是十分模糊的，因为他无法确指阿奇巴尔德·道格拉斯（Archibald Douglas, before 1298–1333）或是威廉·道格拉斯伯爵（William Douglas, 1st Earl of Douglas, 1323–1384）。索尔兹伯里伯爵威廉·蒙太古（William Montagu, 1st Earl of Salisbury, 1301–1344）没有参加克勒西战役以及蒙福德勋爵（John IV, Duke of Brittany, 1295–1345）夺取布列塔尼公爵爵位的战争（the War of the Breton Succession, 1341–1365）；爱德华三世请求其岳父海诺特伯爵（William I, Count of Hainaut, 1286–1337）联合弗兰德尔，并寻求德意志皇帝的支持，事件当早于 1337 年；1337 年威廉·蒙太古男爵被封为索尔兹伯里伯爵，称呼伯爵夫人当晚于 1337 年。第一场第 1 幕写道："好卑鄙的大卫，怎么别人不敢惹，却伸出胳膊去欺负孤苦无告的妇女？"伯爵夫人自称"征战在外的丈夫"，"他正在战场上忠心耿耿的为主上服务"，① 暗示蒙太古伯爵还活着，则时间不晚于 1344 年；第一场第 1 幕爱德华三世宣称"朕已在此册封你为里齐曼伯爵"，1341 年阿托瓦的罗贝尔（Robert III of Artoys）被封为里齐曼伯爵。索尔兹伯里伯爵威廉·蒙塔古（William Montagu, 1st Earl of Salisbury, 1301–1344）和约翰·德·蒙特福特（John IV of Montfort, Duke of Brittany, 1295–1345）在克雷西战役之前均已去世。1350 年瓦卢瓦的约翰（John Valoys, 1319–1364）继位成为法国国王。剧中虚构了索尔兹伯里伯爵夫人的父亲瓦威克伯爵，然而，1299 年蒙太古的岳父格兰迪森（William de Grandison, 1st Baron Grandison, ?–1330）只是受封为勋爵。1068 年威廉一世在埃文河畔建立瓦威克城堡，1088 年创立瓦威克伯爵领地，此地即是莎士比亚的出生地的旧名。

（2）《爱德华三世》想象性地叙述了对苏格兰的战争（Scotland's Second

① 莎士比亚 . 爱德华三世，孙法理译，莎士比亚全集（增补本）四，南京：译林出版社，2012: 450, 455, 466.

War of Independence, 1332–1357），突出了戏剧化的虚构情节，而非历史事件，甚至把苏格兰国王大卫（David Bruce, David II, 1324–1371）对罗克斯城堡的围攻说成是为了夺取美丽的索尔兹伯里伯爵夫人（Catherine Grandison, Countess of Salisbury, 1304–1349）。

在第2幕中，大卫王、道格拉斯伯爵夸张其词地讨论如何分配被俘的伯爵夫人（Countesse of Salsbury）。在被围的城堡里，伯爵夫人曾担心，"我一旦沦落为俘虏，受到苏格兰人轻贱……他们不是用污秽的言语向我求欢，便会对我进行粗暴野蛮的凌辱"。

第一场第2幕的叙述从国王爱德华决定率领军队再度赶走入侵的苏格兰人开始，罗克斯城堡由索尔兹伯里伯爵夫人（Countesse of Salsbury）管理政务，索尔兹伯里伯爵威廉·蒙太古在布列塔尼战斗，支持蒙福德勋爵（John IV of Montfort, 1341–1345）夺取公爵爵位。当爱德华的军队抵达时，大卫二世、道格拉斯已经领着狂暴的苏格兰人逃跑了。第2幕的开头明显呈现了舞台叙事的喜剧性特征：伯爵夫人躲在城堡的垛口之后偷听大卫王、道格拉斯、洛林公爵在罗克斯城堡前面的对话，大卫王宣称苏格兰军队将一直袭击英格兰边境的城镇，并向约克城进攻；大卫王与道格拉斯讨论如何分配将要到手的战利品（certayne spoyle）。这两个苏格兰人（外国人）作为剧中的喜剧人物，在舞台上被表现为自命不凡的、大吹大擂的、贪财好色的、胆小怯弱的军官（The confident and boystrous boasting Scot）。当爱德华的英格兰军队来到时，伯爵夫人从城堡的隐蔽处走出来嘲笑匆匆逃离 / 溜之大吉的大卫王与道格拉斯，"苏格兰老爷们（My Lords of Scotland），请来休息休息，喝杯水好吗？""说呀，老爷们，这位夫人究竟归谁呀？珠宝又归谁呀？""……你们不敢到约克城去了，就借口说你那匹美丽的马跛了腿吧！""但是并没有害怕，只不过逃之夭夭罢了。"

（3）与同时期莎士比亚的历史剧《亨利四世》《亨利五世》比较，有关大卫王、道格拉斯伯爵和索尔兹伯里伯爵夫人的喜剧性插曲，与《亨利五世》第二场第 1、3 幕下士尼姆、中尉巴多夫、旗官皮斯多和快嘴奈耳的伦敦东市野猪头旅店前场景具有近似的喜剧特性；大卫王、道格拉斯伯爵夸大其词的对白与《亨利五世》第二场第 1、3 幕中法国王太子路易、法国元帅、奥尔良公爵的夸张语言有近似的喜剧特性，例如，谈论战马等；但是《爱德华三世》剧中插曲的喜剧形象显得更为简略，模糊且单调。

（4）宫廷爱情（Fin'amor, Amour Courtois）是封建社会、骑士制度、基督教和哲学等众多因素的复杂产物，最早出现在 11 世纪末法国的阿基坦、普罗旺斯、香槟、勃艮第公爵和西西里诺曼王国等封建宫廷，它与第一次十字军东征有密切的关联。《爱德华三世》第一场第 2 幕至第二场第 2 幕叙述了一个想象 / 虚构的骑士爱情，即爱德华三世向索尔兹伯里伯爵夫人凯瑟琳求爱，再现了中世纪文学中表现出来的宫廷爱情。① 该剧突出表现了伯爵夫人的贞洁、美丽与智慧。第一场第 2 幕爱德华三世的旁白包含一首巴洛克式的爱情诗："但它正在你勾魂的眉梢眼际。你那双美目总毒扰我的心魂，连我的聪明才智也彷徨困惑。人世间不仅有太阳能用光明夺去凡夫俗子们明亮的眼睛，我还见她两颗星星白昼辉煌，比太阳还耀眼，使我神迷目盲。"国王的侍从罗多维克（Lodwicke, Lodowike, Lodwike）为爱德华王代写了一首爱情诗片段（"比黑夜的女王更美丽而贞洁"）。这一着力叙述的情节也与《亨利五世》第五场第 2 幕在香槟特洛瓦王宫中亨利五世向法国公主凯瑟琳求婚的场景具有近似的喜剧特性，然而，亨利五世却嘲笑了法国贵族的爱情诗和跳舞。莎士比亚时代往往可见意大利彼得拉克十四行诗影响的风尚，《哈姆雷特》第二场第 2 幕则有王子哈姆雷特写给奥菲利亚的爱情诗，《爱的徒劳》第二场第 1 幕有纳瓦尔国王写给法国公主凯瑟琳的爱情诗。地位崇高的国王及其侍从贵族在莎士比亚戏剧中有时表现为喜剧形象。此外，对比《亨利五世》第一场第 2 幕、

① George McMichael, Edgar M. Glenn, *Shakespeare and His Rivals: A Casebook on the Authorship Controversy*. New York: Odyssey Press, 1962.

第四场第 7 幕与《爱德华三世》（第 12 幕）对克勒西战役的叙述，可见莎士比亚对《爱德华三世》所叙述的情节是十分熟悉的。

概言之，从历史事件的叙述，想象的历史人物（形象），以及人物的对白和旁白来看，《爱德华三世》是较为粗糙的，而且部分移用了陈旧的骑士小说的手法，因此对比《约翰王》《亨利八世》等别的莎士比亚历史剧，人们有充分理由怀疑《爱德华三世》的作者是莎士比亚。

二、来自文本的证据

1595–1599 年，莎士比亚的戏剧主要包括 12 个剧本：《理查德二世》（*The tragedie of King Richard the second*, 1597）、《约翰王》（*The Life and Death of King John*）、《亨利四世》（*Henry IV*）第一、二、三部、《亨利五世》（*The Cronicle History of Henry the fift*, 1599）、《仲夏夜之梦》（*A Midsummer Night's Dream*, 1595）、《威尼斯商人》（*Merchant of Venice*,1596）、《无事生非》（*Much Ado About Nothing*, 1598）、《温莎的风流娘们儿》（*The Merry Wives of Windsor*, 1597）、《如愿》（*As You Like It*, 1599）、《尤利乌斯·恺撒》（*Julius Caesar*, 1599）等。① 一般的，这些同时期的戏剧文本与《爱德华三世》一剧的语言应该具有明显的词语的拼写、语法、形象上相似性特征，尤其是历史剧《亨利四世》《亨利五世》可作为最佳的参照文本。W. 夏普《作者与归属》之“怎么样的语汇相似：来自内部证据”（“What's Like to be Their Words”: The Case for Internal Evidence）再次回应了《爱德华三世》的作者问题。②

---

① Harold Love. *Attributing Authorship: An Introduction*, Cambridge: Cambridge University Press, 2002.

② Will Sharpe, “Authorship and Attribution,” in *William Shakespeare and Others: Collaborative Plays*, ed. Jonathan Bate and Eric Rasmussen, Basingstoke: Palgrave Macmillan, 2013: 643–649.

首先谈谈《爱德华三世》的第1、2四开本的语言特征。可以说，1596年第一四开本显然并不是一个精心校对的文本，其中出现了少量印刷错误，例如在第一场1—3幕中，第47行fruitefull误印为fruictfull，第64行much误印为mnch，第145行threatening误印为threatning，第159行Flaunders误印为Flaundsrs，第183行spirit误印为spirirt，第208行spurre误印为spu，第336行fruitles误印为fruictles，第342行testimonie误印为testimie，第355行rackt误印为racke，第400行there误印为thete，第403行aloue误印为alone，第540行treasure误印为treasurer，第577行proofe误印为prose，第591行lend误印为leue或者leaue，第632行guiltie误印为giulty，第644行strict误印为stricke，第657行gift误印为giift，第657行offerest误印为proferest，第737行such误印为snch，第749行doth误印为goth，第843行Here误印为Hhere，第877行will误印为wiii，第879行counsaile误印为counsaiie，第884行with误印为wrth，第969行louing误印为loning，第983行through误印为throng，第1023行taske误印为taskt等。但是，1599年第二四开本已经纠正了这些错误。

与早期印刷文本相似，1596年第一四开本在部分词语拼写上较为自由，这些英语词汇主要是基于的传统的、日常的读音而拼写的。1599年第2四开本则往往作有正字法的修订。第1、2四开本在字体上，字母j常写作i,（按语：自1600—1611年而来，字母j的使用逐渐增多。除开《约翰王》（King John），包含字母j的10余个词语enjoy, injur'd, joined, joynts, jigge, jewel, just, vnjust, justice, judge, judgement, object, Project常见于1623年第1对折本《暴风雨》《维诺纳的二绅士》《无事生非》《如愿》《特洛伊罗斯与克瑞西达》《哈姆雷特》《亨利六世》第二、三部）；除开词尾和大写首字母，字母s主要是简化的哥特字体，与字母f形近；字母u常写作v，反是；复辅音ct组合中，字母c常写作花体连写。不同于现代英语的正字法，以下是第1、2四开本的第1—3幕的拼读常见形态：

（1）词尾默音 e 是常见的拼写现象，在第 1、2 四开本中，词语拼写保留词尾默音 e 与省略词尾默音并存互见。例如，1596 年 recorde, Repleate 二词有词尾默音 e，1599 年却省略词尾默音 e；但是别的大多数词语，1599 年更常见保留词尾默音 e。act 拼写作 acte，Anon 拼写作 Anon 或者 Anone，Art 拼写作 Arte，bonds 拼写作 bonds 或者 bondes，chast 拼写作 chaste，child 拼写作 childe，do 拼写作 do 或者 doe，dost 拼写作 dost 或者 doest，doth 拼写作 doeth，esteemd 拼写作 esteemed，excommunicat 拼写作 excommunicate，eye 拼写作 ey，fault 拼写作 fault 或者 faulte，find 拼写作 find 或者 finde，forward 拼写作 forward 或者 forwarde，go 拼写作 go 或者 goe，gone 拼写作 gon 或者 gone，growne 拼写作 grown，he 拼写作 hee，host 拼写作 hoste，infinit 拼写作 infinit 或者 infinite，inherit 拼写作 inherite，law 拼写作 lawe，lead 拼写作 lead 或者 leade，me 拼写作 mee，mind 拼写作 mind 或者 minde，needs 拼写作 needs 或者 needes，noon 拼写作 noon 或者 noone，now 拼写作 now 或者 nowe，Queen 拼写作 Queene，rakt 拼写作 rakte，read 拼写作 read 或者 reade，say 拼写作 say 或者 saye，seen 拼写作 seen 或者 seene，She 拼写作 Shee，sick 拼写作 sick 或者 sicke，shoots 拼写作 shootes，spirit 拼写作 spirit 或者 spirite，sand 拼写作 sand 或者 sande，shouldst 拼写作 shouldst 或者 shouldest，solicite 拼写作 solicit 或者 solicite，speakst 拼写作 speakest，spout 拼写作 spoute，stamp 拼写作 stampe，stands 拼写作 stands 或者 standes，surprised 拼写作 surprisd 或者 surprisde，sweet 拼写作 sweet 或者 sweete，tast 拼写作 taste，thereof 拼写作 therof，thinkst 拼写作 thinkest，tribut 拼写作 tribut 或者 tribute，warrs 拼写作 warrs 或者 warres，weed 拼写作 weede，wind 拼写作 wind 或者 winde，wrong 拼写作 wrong 或者 wronge，woon 拼写作 woon 或者 woone，words 拼写作 words 或者 wordes，yoak 拼写作 yoake。

（2）元音字母 i, y 在拼写中的替换，aid 拼写作 aide 或者 ayde，air 拼写作 aire 或者 ayre，any 拼写作 anie，arriue 拼写作 arryue，away 拼写作 awaie，barrain 拼写作 barraine 或者 barrayne，bid 拼写作 byd，binde 拼写作 bynd，bloody 拼写作 bloodie，body 拼写作 bodie，buy 拼写作 buie，certain 拼写作 certaine 或者 certayne，conspiring 拼写作 conspyring，days 拼写作 dayes 或者 daies，deadly 拼写作 deadie，defiance 拼写作 defyance，decline 拼写作 decline 或者 declyne，dies 拼写作 dyes 或者 dies，dim 拼写作 dim 或者 dym，duety 拼写作 duety 或者 duetie，eyes 拼写作 eyes 或者 eies，entertain 拼写作 entertaine 或者 entertayn，fairly 拼写作 fairely 或者 fayrely，fiery 拼写作 fiery 或者 fierie，forty 拼写作 forty 或者 fortie，gloomy 拼写作 gloomie，glory 拼写作 glorie，guilty 拼写作 guiltie，helly 拼写作 hellie，holy 拼写作 holie，if 拼写作 if 或者 yf，inclines 拼写作 inclynes，it 拼写作 it 或者 yt，liberty 拼写作 libertie，lie 拼写作 ly 或者 lye，lineal 拼写作 lineal 或者 lyneal，Lorraine 拼写作 Lorraine 或者 Lorrayne，louingly 拼写作 louinglie，maist 拼写作 mayst，melancholy 拼写作 melancholie，mighty 拼写作 mighty 或者 mightie，mine 拼写作 mine 或者 myne，needie 拼写作 needy 或者 needie，party 拼写作 partie，pennalty 拼写作 penaltie，penitrable 拼写作 penytrable，pine 拼写作 pine 或者 pyne，plaine 拼写作 playne，play 拼写作 plaie，remedy 拼写作 remedie，retain 拼写作 retaine 或者 retayne，Riuer 拼写作 Ryuer，Salisbury 拼写作 Salisburie，snaily 拼写作 snailie 或者 snayly，staine 拼写作 stayne，straid 拼写作 strayd，study 拼写作 study 或者 studie，sayes 拼写作 saies，times 拼写作 tymes，vnsay 拼写作 vnsaie，voluntary 拼写作 voluntaire，way 拼写作 waie，why 拼写作 whie。

元音字母 i, e 在拼写中的替换，encompassed 拼写作 incompassed，enioy 拼写作 inioy，flee 拼写作 flie，grieve 拼写作 grieue 或者 greeue，hether 拼写作 hither，imbrace 拼写作 embrace，intaild 拼写作 entayld，plenteous 拼写作

plentious，siege 拼写作 seege，speedily 拼写作 speedely。

（3）发音近似的组合元音 / 音丛替换，Acquant 拼写作 Acquaint，Audley 拼写作 Awdley，blood 拼写作 bloud，branches 拼写作 braunches，Brittayne 拼写作 Britany，bruising 拼写作 brusing，currant 拼写作 curraunt，each 拼写作 each 或者 ech，heart 拼写作 heart 或者 hart，beauty 拼写作 beauty，beautie 或者 bewtie，exchange 拼写作 exchaunge，Flanders 拼写作 Flaunders，France 拼写作 France 或者 Fraunce，gardian 拼写作 gardion，high 拼写作 hie，mettall 拼写作 mettel，prophane 拼写作 prophaine，raigning 拼写作 ragning，Romane 拼写作 Romaine，show 拼写作 shew，strait 拼写作 straite 或者 straight，sute 拼写作 suite，villayne 拼写作 villane。

e, a, ea, ee 在拼写中的替换，been 拼写作 been 或者 bene，Caesar 拼写作 Cesar，cheerie 拼写作 cherie，each 拼写作 each 或者 ech，Easterne 拼写作 esterne，extremes 拼写作 extreemes，haye 拼写作 heye，here 拼写作 heere，hearts 拼写作 hearts 或者 hartes，here 拼写作 heare 或者 heere，neere 拼写作 nere，Souereigne 拼写作 Soueraigne，sweare 拼写作 swere，vassall 拼写作 vassell，vniuersall 拼写作 vniuersell，weel 拼写作 wele 或者 weele，weather 拼写作 wether。

元音字母 y, ey 在拼写中的替换，Country 拼写作 countrey。

元音字母 o, u, oa, oo, ou, ow 在拼写中的替换，actor 拼写作 actour，Armour 拼写作 Armor，attourny 拼写作 atturnie，bould 拼写作 bold，coast 拼写作 cost，command 拼写作 comaund，colours 拼写作 coullours，cousin 拼写作 cosin，cumber 拼写作 comber，dost 拼写作 doost 或者 doest，embassadour 拼写作 embassador，endeuor 拼写作 endeuour，falts 拼写作 faults，forth 拼写作 foorth，gold 拼写作 gould，honour 拼写作 honor，hounds 拼写作 hunds，houre 拼写作 howre，house 拼写作 howse，inchaunted 拼写作 inchanted，indevour 拼

写作 indeuor，loose 拼写作 lose，misdoe 拼写作 misdoo，most 拼写作 most 或者 must，neighbour 拼写作 neighbor，oath 拼写作 oth 或者 othe，remoue 拼写作 remooue，summer 拼写作 sommer，suddenly 拼写作 sodenly，summon 拼写作 sommon，two 拼写作 to，turne 拼写作 tourne，vncouple 拼写作 vncupple，too 拼写作 to，woo 拼写作 woe，youngest 拼写作 yongest。

元音字母 er, ar 在拼写中的替换，Derby 拼写作 Darby，gazars 拼写作 gazers，vulgar 拼写作 vulger。

（4）双写的辅音字母，abbey 拼写作 abey，Angel 拼写作 Angell，cannon 拼写作 Canon，cheerefull 拼写作 cheerfull 或者 cheereful，coloured 拼写作 colloured，commence 拼写作 comence，commit 拼写作 comit，Countess 拼写作 Countes，Counties 或者 Countesse，done 拼写作 donne 或者 don，drop 拼写作 droppe，dug 拼写作 dugge，dwel 拼写作 dwell，far 拼写作 farre，farewel 拼写作 farewell，gone 拼写作 gonne，idole 拼写作 Idoll，intellectual 拼写作 intellectuall，little 拼写作 litle 或者 litel，off 拼写作 of，quarrel 拼写作 quarrell，run 拼写作 runne，shall 拼写作 shall 或者 shal，shadow 拼写作 shaddow，sin 拼写作 sinne，stars 拼写作 starres，sun 拼写作 sunne，upon 拼写作 Vpon 或者 Vppon，war 拼写作 warre。词缀 ness 拼写作 nes 或者 nesse，例如，busines 拼写作 businesse，greatnesse 拼写作 greatnes，highnes 拼写作 highnesse，mightines 拼写作 mightinesse，vnwillingnes 拼写作 vnwillingnesse，witness 拼写作 witnes 或者 witnesse。

（5）辅音字母 c, k, ck 在发音为［k］时的拼写替换，cynike 拼写作 cyncke，rankor 拼写作 rancor，thanke 拼写作 thancke，thinke 拼写作 thincke，Warwike 拼写作 Warwicke。

辅音字母 c, s 在发音为［s］时的拼写替换，choice 拼写作 choyse，percing 拼写作 persing，thrice 拼写作 thrise，uncivill 拼写作 vnciuill 或者 unsevill。

辅音字母 g, j 在发音为［ʒ］时的拼写替换，Jig 拼写作 gigges 或者 Iigges。

辅音字母 c, sh, t 在发音为［ʃ］时的拼写替换，delicious 拼写作 delitious，gratious 拼写作 gracious，Marshall 拼写作 Martiall，spatious 拼写作 spacious。

辅音字母 f, v 的拼写替换，knifes 拼写作 kniues 或者 knyfes。

辅音字母 g 在发音为［ g ］时的拼写为 gu，tong 拼写作 tongue。

（6）名词首字母的大写现象，Bee 写作 bee（639line），Bricke 写作 bricke（363line），Corrall 写作 corrall（363line），Image 写作 image（615line），King 写作 king（619line），parentage 写作 Parentage（28 line）。

（7）合成词的分写与连写现象，amisse 分写作 a misse，Arise 分写作 A rise，asleepe 分写作 a sleepe，Away 分写作 A waie，henceforth 分写作 hence forth，himself 分写作 him self 或者 him selfe，myself 分写作 my self 或者 my selfe，watchmen 分写作 watch men，Intreates 分写作 In treates，withall 分写作 with all。

（8）复数形式的变化形式，Artoyes 写作 Artoys，walls 拼写作 walles，winds 拼写作 windes。

（9）第二、三人称单数的变化形式，may 第二人称单数拼写作 mayst，want 第二人称单数拼写作 want'st 或者 wants，do 第二人称单数拼写作 dost，doest 或者 doost，lurke 第三人称单数的变化形式 lurkt。

（10）词语内的省略间隔符号，hee's 写作 hees，hous'd 写作 housd，know'st 写作 knowst，obscur'd 写作 obscurd，periurd 写作 periur'd，seal'd 写作 seald，seru'd 写作 serud，think'st 写作 thinkst，Turn'd 写作 Turnd，wronged 写作 wrong'd，you'le 写作 youle。

在 1600 年《亨利五世》第 1 四开本中，字母 j 常写作 i；除开词尾和大写首字母，字母 s 主要是简化的哥特字体，与字母 f 形近；字母 u 常写作 v，反是。可以说，在词语拼写上，《亨利五世》第 1 四开本表现出十分明显的正字法特征。（1）词语拼写中的词尾默音明显减少，词语拼写保留词尾默音 e 与省略词尾默音 e 并存互见。上述词语分别写作：act, art, bond, do/dost/doth, fault, need, now, spirit, sands, should, stand, thank, wrong, woon, word/words 等省略词尾默音 e；entertaine, childe, faire, finde, goe, gone, heare, houre, leade, musicke, Queene, sicke, taste, turne, warre, windes, Yoake 等保留词尾默音 e；certain 或者 certaine, eye 或者 Eyde, few 或者 fewe, go 或者 goe, he 或者 hee, host 或者 hoste, law 或者 lawe, me 或者 mee, mind 或者 minde, say 或者 sayes, show 或者 showe, speak 或者 speake, sweet 或者 sweete, think 或者 thinke。（2）元音字母 i, y 在拼写中的替换明显减少，bid, conspired, fortie, guiltie, maister, mine, plaine, riuer, Salisburie, time 或者 times 等词语未用 y 替换形式；Ayde, ayre, any, away, bloody, buy, glory, lyes, onely, play, study, way 或者 wayes, why 等词语未用 i 替换形式；body 或者 bodie, day 或者 dayes, defiance 或者 defyance, die/dye 或者 dies/dyes, say, said, saith 或者 sayes/saies 等词语则保留了元音字母 i, y 在拼写中的替换形式。（3）maiestie 或者 ioy, ioyne, majesty, periur'd, reioyce, subiects 等字母 j 常写作 i。（4）元音字母 i, e 在拼写中的替换明显减少，例如，greeuous，但更多的词语 flie, hither, siege 等已经遵守正字法的要求。（5）发音近似的组合元音 / 音丛替换明显减少，armour, Bene, blood, bold, branch, cheer, colour, commaund, Cousin, each, Embassador, Eyther, fault, France, gold, house, hound, mettall, neighbour, oath, Romanes, sommers, Soueraigne, sweare, vassals, woo, yonge 等已经遵守正字法的要求。 ancient 或者 auncient, Country 或者 countrey, do/doo 或者 dost/doost, forth 或者 foorth, hart 或者 heart, here 或者 heeres, high 或者 hie, honour 或者 honor, loose 或者 lose, neare 或者 nere, show 或者 shew, strait 或者 straight, weele 或者 weell。Angel, cannon, colour, commit, drop, farre, farewell, gone, run, seuerall, Vpon 等词语不再出现双写的辅音字母，词语后缀 ness 一般拼写作 nesse。少数词语依然保持了双写的辅音字母，lawfull 或者 lawful, litle 或者 little, quarrel 或者

quarrell, shall 或者 shal, sin 或者 sinne, sun 或者 sunne, war 或者 warre 等。此外，仅有辅音字母 c, sh, t 在发音为［ʃ］时的拼写替换，gratious 拼写作 gracious；其余发近似音的各组辅音字母几乎没有拼写替换现象，marshals, thrice, tongue, kniues 等都已遵守正字法的要求。词语内的省略间隔符号，仅见 dar’st, Ther’s 或者 theres。情态动词 may 无第二、三人称单数的变化形式，do 第二人称单数拼写作 dost 或者 doost，knows, knowes 或者 knowst, takes 或者 takest。除开反身代词 my selfe, your selfe 或者 her selfe，没有出现合成词的分写现象。

从词语拼写来看，历史剧《爱德华三世》与《亨利五世》表现出较大的差异，后者明显遵守正字法的要求：发音近似的组合元音 / 音丛替换明显减少，发近似音的各组辅音字母几乎没有拼写替换现象。一般的，《亨利五世》中名词复数的变化形式表现出较规范的语法化特征，例如，Angels, Attendants, goates, peeres, Servants, seruices, thoughts, windes。此外，在《亨利五世》一剧中出现了 8 次 my Liege，无一例外地表示对君王的称呼，然而在《爱德华三世》中，分别出现了 true liegeman, my liege, My thrice louing liege, shee liege。《亨利五世》7 次使用了 soueraigne 一词（包含 His Soueraignes life），《爱德华三世》16 次使用了该词，分别是 my soueraigne, our soueraigne, thy soueraigne, their true borne soueraigne。因此推知，《爱德华三世》的作者可能不是莎士比亚。

三、结语

历史剧《爱德华三世》突出表现了这位英格兰的骑士国王，剧中也反复写到了战马（形象），然而从《爱德华三世》一剧中繁多的历史事件及人物的错误，与《亨利五世》有显著差异的文本来看，莎士比亚仅仅是被认为参与了该剧的写作，因为在该剧文本中，素体诗行大多有单个或多个作者的思想和写作的痕迹。一直以来《爱德华三世》受到了较多的怀疑，近年来，该剧再次成为莎士比亚戏剧的一个重要候选作品。不列颠民族国家的形成始于安茹王朝的亨利二世（Henry Curtmantle, 1154–1189），然而从英格兰国王“失地约翰”（John Lackland, 1199–1216）开始，到都铎王朝的亨利八世，尤其是经历了英法百年战争，英格兰逐渐与法国分离，莎士比亚的历史剧有意表现了都铎王朝的英格兰“历史神话”。关于《爱德华三世》作者的长期争议，正如 J. J. M. 托宾所暗示的，人们希望莎士比亚写作《爱德华三世》，因为该剧表现了英格兰历史的荣耀。

第六节　论《理查德二世》早期版本的文本写作与修改

莎士比亚的四开本是一种廉价书的印刷格式，即单张纸折叠两次，形成4个折叠页或8个印刷页（171 × 119 mm）。《理查德二世》(*King Richard the Second*）是一个受到普遍欢迎的历史剧，1642年之前该剧出现了6个四开版本，并收入第1、2对折本中。①《理查德二世》也许是莎士比亚最成功的历史剧，其独特的语言、人物形象、情节结构和历史内容受到了现代批评的极大关注。②它创作于1587–1595年间，1595年12月7日E. 霍比（Edward Hoby）在一封书信中提到了戏剧“理查王”，这暗示该剧可能是在1595年创作的，而后成为宫内大臣剧团的常演剧目。③1597年8月29日《理查德二世》首次出现在伦敦书业公会的登记簿上，注册人为书商安德鲁·怀斯（Andrew Wise），原题为“理查德二世的悲剧”(*The Tragedie of King Richard the Second*)。同年晚些时候，怀斯开始销售第1四开本（Q1），印刷商是V. 西蒙斯（Printed by Valentine Simmes for Androw Wise），出售该书的“天使”文具店（at the singe of the Angel）位于老伦敦城的保罗教堂院内（are to be sold at his shop in Paules church yard)。第1四开本（Q1）在封页扉页未标明剧作者，随后的2个四开本在很大程度上重印了前一版本的文本，即第2四开本（Q2）是重印第1四开本（Q1），

① Martin Wiggins, Catherine Richardson, *British Drama, 1533–1642: A Catalogue*. Vol. 3, 1590–1597, Oxford: Oxford University Press, 2013: 287–292.

② Jeremy Lopez ed., *Richard II: New Critical Essays*, London: Routledge, 2012: 1–50.

③ David M. Bergeron. The Hoby Letter and Richard II: A Parable of Criticism, *Shakespeare Quarterly* Vol. 26, No. 4 (Autumn, 1975), pp. 477–480.

而第 3 四开本（Q3）是重印第 2 四开本（Q2）。1598 年西蒙斯出版了第 2、3 四开本（Q2, Q3），怀斯在伦敦刊印并出售这 2 个新版本，第 2、3 四开本在标题页上标明莎士比亚是剧作家（[Written] By William Shake-speare）。在 1601 年叛乱事件之前，国家议会的审查制度可能使得《理查德二世》被迫删除“[理查德] 退位场景”（the deposition scene）。珍妮特·克莱尔认为，对废黜理查德二世和博林布鲁克篡夺王位的明确描述是一种风险，它引起了对“狂欢节 [娱乐] 艺师”的干预，并压制了剧中最具有戏剧化的时刻。①

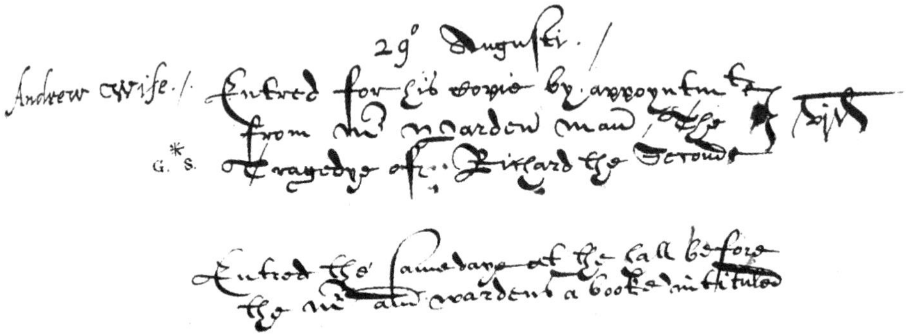

1603 年 6 月 25 日《理查德二世》再次出现在伦敦书业公会的登记簿上，怀斯将他的版权转让给书商马修·劳（Matthew Law）。1608 年 M. 劳刊印第 4 四开本（Q4），主要是根据第 3 四开本（Q3）重印，新的文本有一些重大改变，印刷商是威廉·怀特（Printed by W. W. for Mathew Law），出售该书的“狐狸”文具店（at the singe of the Foxe）位于老伦敦城的保罗教堂院内（are to be sold at his shop in Paules church yard）。同年晚些时候，M. 劳以新的扉页重新刊印了该剧。第四场第 1 幕增加了约 170 行（4.1.160–331），即现在称为“议会场景和废黜场景”（new additions of the Parliament Sceane and the deposing of King Richard）。这些诗行似乎是从该剧的另一份手抄稿中增录而来的。1615 年刊印了第 5 四开本（Q5），

① Janet Clare, *“Art Made Tongue-Tied by Authority”: Elizabethan and Jacobean Dramatic Censorship*, Manchester: Manchester University Press, 1990: 93–94.

它只是简单地重印了第 4 四开本。1623 年该剧收录在第 1 对折本（F1）中，其中包含更完整的“退位场景”，提供更详细的舞台指导（stage directions），第 5 四开本中的约 51 行被删略，并将该剧分场分幕。第 1 对折本（F1）与第 4 四开本（Q4）中的“退位场景”中印刷行数有较大不同。第 1 对折本（F1）似乎是根据第 1、5 四开本（Q1，Q5）的文本而刊印的，原题改为 *The life and death of King Richard the second*。1632 年该剧收录在第 2 对折本（F2）中，1634 年《理查德二世》出现了第 6 四开本（Q6），原题为 The life and death of King Richard the second。第 2–6 四开本（Q2-Q6）在封页均有标明剧作者威廉·莎士比亚（William Shakespeare）。该剧的故事主要来霍林谢德《英格兰、苏格兰和爱尔兰编年史》（Raphael Holinshed, *Chronicles of England, Scotlande, and Irelande*, second edition, 1587），剧中大部分内容直接指涉了理查德的生活事实。

一、第 1 四开本（Q1）是“好的四开本”

1597 年《理查德二世》第 1 四开本（Q1），共计 76 页，在其扉页上表示宫内大臣勋爵剧团曾演出该剧（As it hath beene publikely acted by the right Honourable the Lorde Chamberlaine his Seruants.）。除开第一页，每页的页眉有题签，双页为 The Tragedie of，单页为 King Richard the second。除开页眉和页脚的标识文字，每页 35–37［印刷］行。除开词语间空格，每印刷行约 44–50 字母和符号。该剧以素体诗写成，其总［印刷］行数为 2665 行，诗行数为 2608 行。英语拼写主要采用普通 / 简易的罗马字体、意大利斜体，有连写字符，例如，ct；舞台指示语和人物一般为斜体，别的文本为罗马字体。E. K. 钱伯斯（Edmund Kerchever Chambers）认为，第 1 四开本（Q1）是“好的四开本”（good Quarto）。①A. W. 坡拉德在其列举的“好的四开本”中包括《理查德二

① Edmund Kerchever Chambers, *William Shakespeare: A Study of Facts and Problems*, Volume 1, Oxford: Clarendon Press, 1930: 348.

世》。[1]1916年A. W. 坡拉德编辑的《理查德二世》(*A New Shakespeare Quarto: The Tragedy of King Richard II*)采用了第1四开本(Q1)作为原文本。

而后,《理查德二世》第2、3四开本(Q2, Q3)都是基于相同的抄本由V. 西蒙斯刊印的,共计72页。"(Q1)旧有的错误未加改正,并且又增加了123处新的错误(根据Pollard的计算)"。书商A. 怀斯拥有这3个四开本的出版权。换言之,第1、2、3四开本(Q1, Q2, Q3)属于同一文本系列。第1四开本(Q1)没有像第4、5、6四开本、第1对折本那样分场分幕(例如,Actus Primus, Scaena Prima.),然而,明确的舞台指示,即人物进场(Enter)与退场(Exit, Exeunt),却表示剧中每场各幕的划分。例如,第五场第3幕是从人物入场开始的,Enter the King with his nobles. 在第五场第4幕之前(即第3幕的末尾)有人物的退场(*EXEUNT*)。当然也有极少数的例外。剧中圣朗伯节(Saint Lambarts day,9月17日)是一个源自比利时佛兰德尔的天主教节日。

第1四开本(Q1)中有约30个排印错误,主要包括排版错误和拼写错误。(1)排版错误包括,art误印为ait,And误印为An,bloudy误印为bouldy,Brittaine误印为Brittanie,blessing误印为blessiing,consequently误印为eonsequently,extinct误印为extint,for误印为sor,Glendower误印为Glendor,hath误印为htah,Manent误印为Manet,markes误印为matkes,mouth误印为month,must误印为uust,proud误印为prond,thy误印为rhy,whose误印为wohse,writing误印为writtng,you误印为yon。(2)拼写错误包括,civil误印为cruell,hear误印为cheere,him误印为them,houre误印为hower,inch误印为intch,not误印为nor,remember误印为remcmber,seize误印为cease,sought误印为ought,sun to sun误印为sinne to sinne,take误印为taske,too误印为two,traitor误印为taitour,woe误印为wo。该剧作中使用了法语词语Pardonne moy,

① Alfred William Pollard. *Shakespeare Folios and Quartos: A Study in the Bibliography of Shakespeare's Plays, 1594–1685*, London: Methuen and company, 1909: 64.

adue, Callice, Burdeaux，这有意指示理查德二世（Richard II, 1367–1399）时期的英格兰依然还是流行多种语言（拉丁语、法语、盎格鲁–萨克森诸方言、布列顿方言）的中古王国。

早期现代英语远未确立标准化的正字法（orthography），其拼写、词汇、语法缺乏普遍遵守的一致性。词语拼写中发音近似的组合元音 / 音群替换并存互见。由于罗马拉丁语并不严格区分 u, v，在早期现代英语中，u, v 往往是可以互换的。第 1 四开本（Q1）的语言表现出丰富的拼写、词汇、语法等变异，这是伊丽莎白时期常见的英语现象。（1）词尾默音 e（mots finissant par e）是常见的拼写现象，例如，containe, keepe, law（lawe, lawes）, learn（learne, learnt）, oath（oathe）, regreet（regreete）, run（runne, runnes, runs）, slaine, villaine 等。（2）元音字母 i, e, ie 在拼写中的替换，例如，bin, been; coosin, coosen, cousin; enterchangeably, interchaungeably; height, hie, high; happie, happy; together, togither。（3）元音字母 a, au 在拼写中的替换，例如，change, changde, interchaungeably; command, commaunds; dance, Daunce, dauncing; danger, dangers, dangerous, daunger, daungerous; demaunde, demaunds; falter, faulter; France, Fraunce; granted, graunt; strange, straunge。（4）元音字母 i, y 在拼写中的替换，例如，annointed, annoynted; awaie, away; eie, eye; guiltie, guilty; point, points, poynt; their, theyr; triall, tryall 等。（5）元音字母 e, a, ea, ee, ai, ei, ia, ay, ey 在拼写中的替换，例如，deare, deere; ere, eare; easterne, esterne; haynous, heynous; here, heere; neare, neere, neerenes; then, than; yeare, yeares, yeeres。（6）元音字母 o, u, oa, oo, ou, ow 在拼写中的替换，例如，blood, bloud, bloudes, blouds, bloudie, bloudy, bloeding; coates, cote; cosin, coosin, cousin; dost, doost; foule, fowle; houre, hower; loose, lose; loath, loth; naught, nought; old, Ovld, olde; oath, oth; rouze, rowze; sommer, summer; throat, throate, throte; yong, young。（7）元音字母 er/ar, or/er, ur/or 等在拼写中的替换，例如，Lambarts, Lamberts; souldiers, souldiours; tutor, tuture。

（1）辅音字母的双写依然是十分普遍的词语拼写现象，例如，begins, beginne; sad, sadde; highnes, Highnes, highnesse, Highnesse; royal, royall, royally; war, warre 等。（2）辅音字母 c, k, ck 在发音为［k］时的拼写替换，例如，blanckes, blanke; rancle, ranckle，sculs, skuls。（3）辅音字母 c, s, z 在发音为［s］［z］时的拼写替换，例如，bace, base; brasen, brazen; pace, pase; rousde, rouzde; thrice, thrise。（4）辅音字母 g, y, j 在发音为［ʒ］时的拼写替换，一般的，莎士比亚戏剧早期版本中极少使用 j，总是以 i 替代，例如，jewell 拼写作 Iewell，justice 拼写作 iustice，jauncing 拼写作 iauncing，Mayor 拼写作 Maior，Majesty 拼写作 Maiesty 等。（5）辅音字母 c, t 在发音为［ʃ］时的拼写替换，例如，pernicious, pernitious; precious, pretious。（6）辅音字母 g 在发音为［g］时的拼写为 gu，例如，gard，gardes, Guard; tongue 拼写作 tong。（7）拼写中包含辅音 t, d 替换的词语，例如，hundreth 写作 hundred，mark'd 写作 markt，murthers 写作 murders，reuerend 写作 reuerent。（8）别的辅音近似发音的替换，还有 doubly 写作 dumbly，marriage/mariadge, spit/spight。

第 1 四开本（Q1）结合了抒情的、修辞的风格，这是一种强烈的模式化的诗歌语言。"莎士比亚试图用抒情化的笔调来写作戏剧，披上可吟唱的外衣，充满激情，使用高度色彩化的语言，并辅之以韵律和别的抒情表达的技巧。"① 剧中的舞台指示刻意强调虚构情节本身，即提醒观众 / 读者将戏剧故事想象为一种舞台表演。"空空的房间和没有装修的墙面，/ 没人出入的事务厅，人迹罕至的石板路"（But empty lodgings and vnfurnisht wals, /Vnpeopled offices, vntrodden stones）。第三场第 1 幕描述诺森伯兰伯爵来到威尔士的弗林特城堡前，"小号响起，理查德出现在城墙上"（The trumpets sound, Richard appeareth on the walls.）即"这个城堡的破败的墙垛"（this Castels tottered battlements）。与第 4 四开本

① Edmund Kerchever Chambers. *Shakespeare: A Survey of E. K. Chambers*, New York: Oxford University Press, 1926: 88.

（Q4）、第 1 对折本比较，第 1 四开本（Q1）中的舞台指示是简明的，甚至某些场景是缺乏必要的舞台指示。

《理查德二世》作为莎士比亚最成功的历史剧之一，剧体诗主要包括素体诗与严格的格律诗、双行诗等。第 1 四开本（Q1）中较少不均衡的诗节，然而该剧并未实现巧妙的情节设计，且插入的情节在戏剧结构中往往潜藏一些冲突与断裂。每一场大约 600 多个诗行，虽然每场中的各幕在长度上较为悬殊。然而，第四场却只有 1 幕，共计 170 诗行，而且其中第 2070–2072 行，第 4 四开本（Q4）、第 1 对折本则有显著的增衍改写，即“退位场景”，这可能是出版审查后删除而造成的结果，因为理查德二世退位在伊丽莎白晚期是一个敏感的政治话题。①

J. D. 威尔逊在“导言”中指出，《理查德三世》是根据一个旧戏剧改编的，《理查德二世》是历史知识上的博学与不准确的奇怪混合体，甚至忽视了历史真实；剧中有多处不一致的叙述。“这与对历史真实性和一致性的漠不关心相结合，例如，白格特（Bagot）不仅与威尔特郡伯爵混淆，他被送往爱尔兰（2. 2.138），然后宣布在布里斯托尔被处决（3. 2.122），最后却在第四场的开头（4.1）再次出现，充满活力并发声。”博林布洛克（Bolingbroke）直接提到了他的婚姻，没有进一步叙述（2.1.168–169）；博林布洛克指控布什、格林获得了理查德二世过分的宠幸溺爱，使得王后与理查德发生了隔离（3.1.11–15）。②E. M. W. 蒂里亚德《莎士比亚的历史剧》认为，莎士比亚写作了《理查德二世》的早期版本，而现存版本是它的修订版。③伊丽莎白时期，佚名作者的历史剧

① Janet Clare. The Censorship of the Deposition Scene in Richard II, *The Review of English Studies* Vol. 41, No. 161 (Feb., 1990), pp. 89–94.

② John Dover Wilson ed., *Richard II*, Cambridge: Cambridge University Press, 1951: lxv–lxvi.

③ Eustace Mandeville Wetenhall Tillyard. *Shakespeare's History Plays*, London: Chatto & Windus, 1944: 244–263.

《伍德斯托克的托马斯》(*Thomas of Woodstock*)容易被认为是莎士比亚《理查德二世》的第一部，该剧的唯一现存手抄本藏于伦敦大英博物馆，最后一页或几页已遗失；2002 年科宾、塞吉编辑的《伍德斯托克的托马斯》(Peter Corbin, Douglas Sedge eds., *Thomas of Woodstock: or, Richard II, Part One*)有争议地确认二者即是在主题上紧密相关的二联剧。莎士比亚戏剧的风格与《伍德斯托克的托马斯》(*Thomas of Woodstock, or, Richard the Second, part one*)最为相似，人们根本无法说出哪一个是莎士比亚的，哪一个是佚名剧作家的。2006 年 M. 伊根认为,《伍德斯托克的托马斯》在故事情节上与《理查德二世》是关联的，前者所描述的事件早于后者，因而二者是不可分割的二联剧。[①] 然而，G. 布洛[②] 和 C. R. 弗科[③] 指出，二者并没有直接的联系。E. K. 钱伯斯《威廉·莎士比亚》认为，《伍德斯托克的托马斯》可能为《理查德二世》提供了一些题材材料。[④]

二、第 4 四开本（Q4）的修订

1603 年 6 月 25 日在伦敦书业公会的登记簿 Liber C 记录了《理查德二世》的版权从出版商安德鲁·怀斯转移给马修·劳,《理查德二世》写作 Richard the 2。1608 年 M. 劳在伦敦圣保罗教堂刊印了《理查德二世》第 4 四开本（Q4），80 页（含 6 空白页），剧作正文 73 页。第 4 四开本（Q4）有两种标题页，第一种是“THE/Tragedie of King/Richard the second./As it hath been publikely acted by the Right/

---

① Michael Egan ed., *The Tragedy of Richard II, Part One: a newly authenticated play by William Shakespeare*, New York: Edwin Mellen Press, 2006: 7.

② Geoffrey Bullough. *Narrative and Dramatic Sources of Shakespeare*, Vol. 3. London: Routledge, 1960: 354.

③ Charles R. Forker, Nicholas F. Radel ed., *King Richard II: Shakespeare: The Critical Tradition*, London: Arden, 2002: 185.

④ Edmund Kerchever Chambers. *William Shakespeare: A study of Facts and Problems*, Vol. 1. Oxford: Clarendon Press, 1930: 352.

Honourable the Lord Chamberlaine/his seruantes./By William Shake-speare./LONDON, /Printed by W. W. for Matthew Law, and are to be/sold at his shop in Paules Church-yard, at/the signe of the Foxe./1608.”基本沿袭了前一个四开本（Q3）的标题内容，其中“宫内大臣剧团”（the Lord Chamberlain’s seruantes）显然是不恰当的，因为1603年莎士比亚的剧团就已经更名为“国王剧团”；后一种是“THE/Tragedie of King/Richard the Second:/With new additions of the Parliament/Sceane, and the deposing/of King Richard./As it hath been lately acted by the Kinges/Maiesties seruantes, at the Globe./AT LONDON, /Printed by W. W. for Matthew Law, and are to be/sold at his shop in Paules Church-yard, at/the signe of the Foxe./1608.”其中把“宫内大臣剧团”合理地更改为“国王剧团”（the Kinges Maiesties seruantes），还进一步指出该剧近期在环球剧院演出，（1598年12月末理查德·伯比奇等在南岸区建造环球剧院，1599年环球剧院开始有戏剧表演；前三个四开本没有特别指出演出场所，可能是玫瑰剧院），并有意宣传了新的增补内容，即“退位场景”。

	Q1（1597）	**Q4（1608）**	**F1（1623）**	**New Oxford Shakespeare**
总行数	2665	2832	2850	
单词总数	21392	22772	22576	
Actus Primus, Scaena Prima	1–213	1–215	1–215	第一场第1幕
Scaena Secunda	214–288	216–288	216–291	第一场第2幕
Scena Tertia	289–602	289–602	292–573	第一场第3幕
Scoena Quarta	603–668	603–668	574–639	第一场第4幕
Actus Secundus, Scena Prima	669–975	669–975	640–950	第二场第1幕
Scena Secunda	976–1124	976–1124	951–1102	第二场第2幕
Scaena Tertia	1125–1297	1125–1297	1103–1282	第二场第3幕
Scoena Quarta	1298–1322	1298–1322	1283–1308	第二场第4幕

（续表）

	Q1（1597）	Q4（1608）	F1（1623）	New Oxford Shakespeare
Actus Tertius. Scena Prima	1323–1368	1323–1368	1309–1356	第三场第 1 幕
Scena Secunda	1369–1590	1369–1590	1357–1580	第三场第 2 幕
Scaena Tertia	1591–1802	1591–1802	1581–1805	第三场第 3 幕
Scena Quarta	1803–1915	1803–1915	1806–1919	第三场第 4 幕
Actus Quartus. Scoena Prima	1916 → 2069	1916–2073	1920–2073	第四场第 1 幕
	2070 → 2072	2074–2238	2074–2245	（插入诗行）
	2073 → 2086	2239–2251	2246–2258	
Actus Quintus. Scena Prima	2087–2189	2252–2356	2259–2364	第五场第 1 幕
Scoena Secunda	2190–2318	2357–2486	2365–2494	第五场第 2 幕
Scoena Tertia	2319–2470	2487–2638	2495–2651	第五场第 3 幕
	2471–2483	2639–2650	2652–2665	第五场第 4 幕
Scaena Quarta	2484–2607	2651–2774	2666–2790	第五场第 5 幕
Scoena Quinta	2608–2665	2775–2832	2791–2850	第五场第 6 幕

伦敦印刷商威廉·怀特（William White）刊印的第 4 四开本（Q4）修订了前三个四开本中出现的一些排印错误，也新增了一些排印错误。① 例如，and 误印为 aud，Brittaine 误印为 Brittanie，Caleil 误印为 Carleill，extinct 误印为 extint，Glendower 误印为 Glendor，Manent 误印为 Manet，month 误印为 mouth，not 误印为 nor，Vpon 误印为 Tpon，traitor 误印为 taitour，whose 误印为 wohse，writing 误印为 writtng，you 误印为 yon，其中一些错误沿袭自此前的四开本（Q1, Q3）。

① Henry Robert Plomer. The Printers of Shakespeare’s Plays and Poems. *The Library*, Volume s2-VII, Issue 26(April 1906), Pages 149–166.

基于发音一致的拼写替换是常见的现象，第 4 四开本（Q4）在拼写上表现出较为明显的特征，其中多次使用了德语字母 ß(ss)，例如，Ducheße（Duchesse）, Roße（Rosse），这表示 W. 怀特所使用的活字字模来自欧洲大陆的德语地区。28 次 w 被 vv（double v）替代，例如，vvhere(where), vvhich(which), vvho(who), ansvvere(answere) 等。i 也多次被 y 替代，例如，annoynted, auoyde, vnauoyded, dayes, eye, fayth, loyall, poyson, reynes, sayd, strayte, tydings, traytor/traytours, voyces 等。元音字母 a, e, o 的双写比前三个四开本更为显著，例如，fast 写作 faast，outfast 写作 outfaast；grieuous 写作 greeuous，Here 多次写作 Heere，me 多次写作 mee，neare 多次写作 neere，pieces 多次写作 peeces；afford 写作 affoord；bloudy 多次写作 bloody，cousins 多次写作 coosins，do 也写作 doo，forth 多次写作 foorth，Proue 多次写作 Prooue，stope 写作 stoope。此外，coutous 多次写作 couetous，damn'd 写作 damd，high 多次写作 hie，than 多次被 then 替代。值得指出的是，vnborne, vnKingd, vnseene, wayward, mine owne 是早期现代英语中特别突出的语法用例。

第 4 四开本（Q4）基本上沿袭了该剧前 3 个四开本的文本，偶尔有删略；每页比第 3 四开本（Q3）多 2–5 个印刷行。第 1–602 行（印刷行）即第一场 1–3 幕稍有调整，第 2252–2832 行（印刷行）即第五场 1–6 幕也有微小调整。and these externall manners/Of laments are meerely shadowes to the vnseene/Griefe that swelles with silence in the tortured soule. 这是一个显著的散文语句。

与前 3 个四开本不同，第 4 四开本（Q4）在第四场增加了理查德二世在威斯特敏斯特议会的"退位场景"（the Parliament Sceane, and the deposing of King Richard），即增加了 165（印刷）行（2074–2238 行），新增部分的文本并不一致，绝大多数是诗行。人们对"退位场景"一直有许多批判性辩论和推测。①

① David Bergeron, "The Deposition Scene in Richard II", *Renaissance Papers* 1974, 31–37.

由于该场景的内容存在争议，一些学者认为，前 3 个四开本中没有该场景表明该剧最初已经存在该场景，但随后该剧在印刷中受到审查而删除。① 另一种观点认为，这一场景是后来添加的，反映了莎士比亚对剧本的修改。② 从第 1 四开本（Q1）中的第 2070–2074 行（North. Well haue you argued sir, and for your paines, /Of Capitall treason, we arrest you heere: /My Lord of Westminster, be it your charge, /To keepe him safely till his day of triall.）来看，前一种观点更合理些，因为第 2073–2074 两个诗行在前 4 个四开本中是一致的。换言之，退位场景或许不能简单地看作新插入的戏剧场景。为了弥合审查而删除的内容所引发的断裂，前三个诗行（第 2070–2072 行）可能是临时增写的，因而在第 4 四开本（Q4）中被替换为原初的文本。在“退位场景”中，理查德二世的对白往往使用严格的格律诗体，这与全剧整体抒情的、修辞的风格一致。③ 以下选录理查德二世、博林布洛克（Bullingbrooke）的对白（lines 2111–2123），它们使用较自由的双行诗体写成，其中包含 care 一词的双关用法，和 resigne 一词的文字游戏。

Richard II, 1608 (Q4)	**理查德二世（1608 年）**
William Shakespeare	彭建华译
Bull. I thought you had been willing to resigne?	博林布洛克：我以为你愿意辞让?
Rich. My Crowne I am, but still my Griefes are mine:	理查：王冠是我的，而悲伤也是我的：
You may my Glories and my State depose,	你可以废除我的荣耀和我的王权，

① Janet Clare, “The Censorship of the Deposition Scene in Richard II”, *Review of English Studies*, 1990, XLI: 89–94.

② David Bergeron, “Richard II and Carnival Politics”, *Shakespeare Quarterly*, Volume 42, Issue 1(April 1991), Pages 33–43.

③ Claire Valente. The Deposition and Abdication of Edward II, *The English Historical Review*, Vol. 113, No. 453 (Sep., 1998), pp. 852–881.

（续表）

Richard II, 1608 (Q4)	理查德二世（1608 年）
But not my Griefes, still am I King of those.	却不能废除我的悲伤，我仍是那些悲伤的王。
Bull. Part of your Cares you giue me with your Crowne.	博林布洛克：与王冠一起，你给了我部分的烦恼。
Rich. Your cares set vp, do not plucke my cares downe:	理查：你的烦恼增加，没有减少我的烦恼：
My care is losse of care, by old care don,	我的烦恼失了忧惧，旧的忧惧已了，
Your care is gaine of care, by new care won:	你的烦恼得了忧惧，赢得新的忧惧：
The cares I giue, I haue, though giuen away,	烦恼我已送出，而我还有烦恼，虽然已经送出，
They tend the Crowne, yet still with me they stay.	它们追逐王冠，但它们仍然与我同在。
Bull. Are you contented to resigne the Crovvne?	博林布洛克：你情愿辞让王冠吗？
Rich. I, no no I: for I must nothing bee,	理查：我，不不，我——因为我什么都不是，
Therefore no no, for I resigne to thee.	故而说不不，因为我只能向你辞让。

三、第 1 对折本（F1）的修订

1623 年伦敦印刷商 J. 伽噶德（Isaac Iaggard）、E. 布伦特（Edward Blount）刊行《莎士比亚喜剧、历史剧与悲剧》第 1 对折本（*Mr. William Shakespeares comedies, histories & tragedies: published according to the true originall copies.*），《理查德二世》（The life and death of King Richard the Second）是其中的第 2 个历史剧（第 23–45 页）。一般认为第 1 对折本（F1）主要是根据第 5 四开本（Q5）编辑而成，并直接参考了原初的第 1 四开本（Q1）而作出修订。第 1 对折本（F1）恢复 / 重现了第 1 四开本（Q1）的部分原初诗行，这些诗行在后来刊印的第 4、5 四开本中被破坏。

第1对折本（F1）是一个仔细校对过的文本，其中的《理查德二世》在标点使用上较为一致，趋向于规范化。第1779–1789行的分行是第1四开本原初第1782–1789行的错误排列，第1792–1793，1801–1802行的分行是第1四开本原初第1792，1800行的错误排列，这种误排也出现在别处。

"在第1对折本里，改正了第1四开本原有的错误约三分之一，第2、3两个四开本的新错误约二分之一，第4、5两个四开本几乎所有的新错误。但是第一对折本本身也有不少新的错误。"（梁5）第1对折本新出现了20多处排印错误，主要是e/c, I/l, n/u, t/r的排印错误，例如，already误印为aIready，And误印为Aad，Armes误印为Atmes，Atturneyes误印为Atrurneyes，Bull误印为Bnll，but误印为bur，cool'd误印为cooI'd，familiar误印为familiat，greene误印为grcene，Ile误印为lIe，liue误印为Iiue，Liuerie误印为Liucrie，mee误印为mec，neuer误印为ueuer，open误印为ope，play误印为pIay，prouide误印为poouide，returnst误印为teturnst，right误印为iust，tane误印为ta'ne，this误印为rhis，Three误印为Threc，volume误印为voIume，within误印为withiu，word误印为wotd，your误印为yron。从词语拼写的正字法来看，第1对折本（F1）表现出更为一致的特征，例如，后缀-nesse的语例更为普遍，而-nes的语例则是极少的，vnkindnesse, vnwillingnesse是早期现代英语中特别突出的语法用例。动词一般过去时的后缀ed/'d的语例更为普遍，例如，Aimde被改为Aym'd，begd被改为begg'd，detainde被改为detain'd，stomackt被改为stomackd，tolde被改为told。

第1对折本（F1）出现了明显的分场分幕。即拉丁语（意大利斜体）标注的五场。第一、二、三场分为4幕，即拉丁语标注的幕（Scaena, Scoena, Scena）。第一场第1幕最初出现了多个进入舞台且沉默（不参与对话）的人物（with other Nobles and Attendants），冈特的约翰退场（Exit Gaunt）并不意味着该幕的结束，国王理查宣告在圣朗伯节（S. Lamberts day）的决定之后，人物全部退场（Exeunt）才是该幕的结束。第五场第 5 幕开初也出现了多个进入舞台且沉默（不参与对话）的人物（with other Lords & attendants.）。第 1 对折本（F1）增加了不少舞台指示，较多场合下明确标示出戏剧人物在舞台上的进场（Enter）和退场（Exit, Exeunt），更为详细的舞台指示还包括舞台上的行为（Snatches it. strikes him downe.），乐器（Tucket. Drums）与音乐演奏（Flourish. A long Flourish.），背景声音（A charge sounded.），和表演状况（Yorke withiu. Dutchesse within. Parle without, and answere within.），舞台服装（in Armor），以及作为舞台道具的彩旗、玻璃镜子、靴子与棺材（and Colours, with a Glasse. with Boots. with a Coffin）。一般的，这些详细的舞台指示总是有助于读者想象舞台上的表演。例如，第三场第 1 幕（Scena Prima）中的舞台指示包括 Enter Bullingbrooke, Yorke, Northumberland, Rosse, Percie, Willoughby, with Bushie and Greene Prisoners. Exeunt. 第 2 幕（Scena Secunda）中的舞台指示包括 Drums: Flourish, and Colours. Enter Richard, Aumerle, Carlile, and Souldiers. Enter Salisbury. Exeunt. 第 3 幕（Scaena Tertia）中的舞台指示包括 Enter with Drum and Colours, Bullingbrooke, Yorke, Northumberland, Attendants. Enter Percie. Parle without, and answere within: then a Flourish. Enter on the Walls, Richard, Carlile, Aumerle, Scroop, Salisbury. Flourish. Exeunt. 该幕中出现了多个进入舞台且沉默（不参与对话）的人物（即卡莱尔主教、奥默尔公爵、索尔兹伯里伯爵、斯克鲁普勋爵）。国王理查德同他们出现在弗林特城堡"城墙上"（Enter on the Walls, Richard, Carlile, Aumerle, Scroop, Salisbury），这一舞台指示与前 5 个四开本不同的是，因为还增加了音乐演奏（then a Flourish.）和表演状况（Parle without, and answere within），甚至直接暗示舞台的真实场景（thundring smoake）（III. 3, 1640）。联系到该剧在环球剧院演出的舞台建筑，国王理查德应是出现在舞台后方的二楼回廊中，舞台的象征空间容易让观众理解戏剧人物是出现在城堡的城墙上。第 1 四开本（Q1）第 4 幕（Scena Quarta）中的舞台指示包括 Enter the

Queene, and two Ladies. Enter a Gardiner, and two Seruants. Exit. Exit. 该幕的舞台上次要人物（two Ladies, two Seruants）有较清楚的角色分工，其台词分配的标识（speech-tags）也较为正常。

第五场第5幕出现在舞台上的人物超过10人，接近尾声时，艾克斯顿勋爵偕侍从抬棺材出场（Enter Exton with a Coffin.）表明出场人物至少有3人。从“国王剧团”的成员构成来看，添加一些额外的、不参与对话的人物也许更适合文学的文本，而不是舞台表演自身，这也许与莎士比亚时代的戏剧实践相矛盾。这表明前者已经遵照博林布洛克的密令处死了被囚禁于西约克郡庞特弗雷特（Pomfret）的理查德二世（1400年2月），作为舞台道具的棺材似乎是为了引起拉丁复仇剧式的惊悚感觉。值得指出的是，霍林谢德《编年史》记载了埃克斯顿的皮尔斯爵士杀死了理查德二世，第1对折本（F1）中第五场第5幕的舞台指示和出场人物遵照霍林谢德的记载做出了微小的改正。以下选录博林布洛克的忏悔对白（第2835–2849行），这些较严格/严整的格律诗（即双行诗），和修辞性的文字游戏，表现出强烈的天主教色彩。

Richard II, 1623 (F1)	**理查德二世（1623年）**
William Shakespeare	彭建华译
Ex. From your owne mouth my Lord, did I this deed.	艾：君王您口中的严令，我做完这事，
Bul. They loue not poyson, that do poyson neede,	博：他们不是爱毒药，而是需要毒药，
Nor do I thee: though I did wish him dead,	我不是爱你：虽然我愿他去死，
I hate the Murtherer, loue him murthered.	我憎恨凶手，却爱他被谋杀。
The guilt of conscience take thou for thy labour,	良知上的罪恶使你成就你的辛劳，
But neither my good word, nor Princely fauour.	却得不到我的嘉言，也没有王家的恩惠。
With Caine go wander through the shade of night,	与该隐一起在黑夜里流浪吧，

（续表）

Richard II, 1623 (F1)	理查德二世（1623 年）
And neuer shew thy head by day, nor light.	永远不得在白天露头，见不到光明。
Lords, I protest my soule is full of woe,	诸位勋爵，我抗议我的心灵充满了悲哀，
That blood should sprinkle me, to make me grow.	鲜血洒在我身上，它让我成长。
Come mourne with me, for that I do lament,	来，跟我一起哀悼，为此我感到悲痛，
And put on sullen Blacke incontinent:	穿上沉郁的、无法节制的黑色衣服：
Ile make a voyage to the Holy-land,	我将乘船远行去圣地，
To wash this blood off from my guilty hand.	洗掉我有罪的手上的血迹。
March sadly after, grace my mourning heere,	悲伤地跟随我，在这里和我一起哀悼，
In weeping after this vntimely Beere.	为这不合其时的逝者的盛具而哭泣。

对比第 4 四开本，第 1 对折本（F1）所有更改的共计 51 个诗行。在第 1 对折本（F1）中，第一场第 3 幕、第三场第 3 幕也有较明显的修改。第一场第 3 幕（第 292–573 行）对原初的印刷行做出了较为重大的更改。第 4 四开本（Q4）的第一场第 3 幕（第 289–602 行）基本上沿袭了第 1 四开本（Q1）中的对应诗行（第 288–602 行），主要是词语拼写上的更改。第 1 对折本（F1）删略了第 1 四开本中的第 422–426 行，第 532–535 行，第 561–586 行，这些删略（35 行）几乎造成了粗暴的割裂，使得其间内容难以连接一贯。亨利 · 布林布鲁克篡夺理查德二世王位的事件是伊丽莎白晚期极为敏感的政治话题；同时，第 1 对折本（F1）出现了较多用 God 替换 heauen 的用例，还删除多个含有 God saue the King, God pardon, to God 的诗行，都铎王朝初期更严厉的宗教政策的法令也可能是导致以上删除的原因。第三场第 3 幕（第 1581–1805 行）做出了一些仓促而不谨慎的更改，第 1596–1597 行有增写，with him, he would/Haue beene so briefe with you。第 1620–1622 行博林布洛克（Henry Bullingbrooke）的对白被重新分行，表现出散文体的风格，vpon his knees doth kisse/King Richards

hand, and sends allegeance/And true faith of heart to his Royall Person: hither come ...

第四场第 1 幕中的“退位场景”在第 1 对折本（F1）与第 4、5 四开本（Q4, Q5）中表现出高度相似，第 4、5 四开本（Q4, Q5）的“退位场景”（第 2074–2238 行）可能不是剧作原初文本的记忆性的抄录，第 1 对折本（F1）显然是基于前者做出了更为细致的增订修饰（第 2074–2245 行）。第 1 对折本（F1）提供了更合理、更连贯、风格一致的“退位场景”（第 2075–2243 行），增写了 8 个诗行与分行（行中小句），即第 2103 行，第 2199 行（and therein will I reade.），第 2204 行（Thou do’st beguile me.），第 2207–2208 行，第 2223 行（There lyes the substance:），第 2224 行（For thy great bountie,），第 2228 行，消除了第 4、5 四开本（Q4, Q5）中的“退位场景”的部分割裂。以下选录理查德二世的对白片段（2204–2209），这些素体诗的修辞性风格突出了人物的强烈情感，其中包含 face 一词的文字游戏。

Richard II, 1623 (F1)	**理查德二世（1623 年）**
William Shakespeare	彭建华译
Thou do’st beguile me. Was this Face, the Face	你欺骗了我。是这张脸吗？他的脸
That euery day, vnder his House-hold Roofe,	那些日子，在他广厦的屋宇下，
Did keepe ten thousand men? Was this the Face,	曾豢养过一万人？是这张脸吗？
That like the Sunne, did make beholders winke?	像太阳一样，眩幻过旁观者的眼？
Is this the Face, which fac’d so many follyes,	是这张脸吗？曾面对如此多的荒唐，
That was at last out-fac’d by Bullingbrooke?	最终被博林布洛克搞得尽失脸面？

四、结语

理查德二世是在贵族叛乱中被推翻的金雀花王朝国王。历史剧《理查德二世》是从 1398 年国王理查德面对国内贵族的尖锐争斗开始，即 1381 年 6 月瓦尔特 · 泰勒农民起义以来的第 18 年（for these eighteene yeares），到 1399 年 8

月理查德二世在威尔士向诺森伯兰伯爵投降，成为反叛贵族亨利·博林布洛克的俘虏，并被送往威斯敏斯特修道院监禁，修道院院长宣称“我们在这里看到了一场悲惨的盛会”（A wofull Pageant haue we heere beheld），而后博林布洛克命令“把他带到伦敦塔”（conuey him to the Tower），该戏剧的末尾是理查德二世的棺材被送到伦敦，这位被称为“波尔多的理查德”（Richard of Burdeaux）不再以舞台上的人物而出现。

第 1、4 四开本（Q1, Q4）、第 1 对折本之间存在着显著的诸多差异，主要出现在第三场第 3 幕、第四场第 1 幕中。人们已无法知道第 4 四开本（Q4）、第 1 对折本所做出的更改的详细情景，尤其是剧作者莎士比亚是否参与了前 5 个四开本的修改。第 4 四开本（Q4）基本上沿袭了第 1 四开本（Q1）的舞台指示，然而，第 1 对折本对前 5 个四开本的舞台指示做出了很多细节的补充，其中一些舞台指示与莎士比亚时代的戏剧实践相矛盾。

1900 年以来，人们乐于把莎士比亚戏剧区分为“好的四开本”“差 / 次的四开本”，这些是容易引发争议的概念，至少 1980 年代之后学者和莎士比亚戏剧的编辑者对它们提出了合理的质疑。从 2 次伦敦书业公会的登记文字来看，深受观众与读者喜爱的《理查德二世》显然不是盗印本、私印本。前 4 个四开本应该是剧作者参与过修订的权威文本，尤其是增加了“退位场景”的第 4 四开本（Q4, 1608）。1612 年莎士比亚已经退出了伦敦的“国王剧团”，第 5、6 四开本（Q5, Q6）和第 1 对折本是出版商或者“国王剧团”别的成员完成修改的。

第七节　论《亨利四世　第一部》的早期印刷版本

1623年之前19个莎士比亚戏剧的早期版本是以“四开本”（quarto）形式印刷的，这是一种小型的、廉价的出版物。四开本不像更大的“对折本”那样将几张只折叠一次的纸聚集在一起，而是由单张纸组成（每一个单张纸有2个印刷页），这些单张折叠两次以提供四张“折叠页”（即8个印刷页）。在伊丽莎白时期和雅各宾时期，纸张很贵，印刷商往往会采取节约成本的方法，即在每一页中增加1–2行。一本书的每一次新印刷都需要重新设置各个类型的字体。这是一项乏味、往往是有压力的工作，而且很容易出错。伊丽莎白时期，早期现代英语尚未形成一致的标准规范，还残余中世纪通用多种语言的现象。从作者手写原稿、抄写稿到印刷的过程是复杂的。莎士比亚早期的四开本可能是根据他的手稿刊印的，因而拼写上的种种差异/不一致来源于抄写员、印刷商的工作。

16世纪英格兰手抄书稿依然流行，印刷商更喜欢基于已印刷的版本而不是手抄本来刊印新的副本。E. K. 钱伯斯认为，《亨利四世　第一部》第1四开本（Q1）之后各四开本与第1对折本（F1）也是依照顺序从第1四开本（Q1）递相沿袭、修改而刊印的。该剧的每一次修改往往与第1四开本（Q1）文本形成了新的差异：舞台指示变得越来越切合表演活动，且对剧中的散文体对白做出了各种重新分行的努力。然而，除开因为1606年新的宗教法令而做出的删略与更改，该剧各四开本与第一对折本（F1）与第1四开本（Q1）的主体文本（故事情节）还是保持了极大限度的一致。因此从第2四开本（Q2）开始出现的“新更正”（Newly corrected）只是书商的一种推销法。①

《亨利四世　第一部》多处影射1590年代的英格兰社会政治事件，其创作应该晚于1595年12月7日演出的《理查德二世》。M. 维金斯认为《亨利四世　第一部》创作时间不会早于1597年，因为该剧引用了霍林谢德《编年史》第2版中的文本，并在1597年首次演出。②1598年2月25日《亨利四世》首次出现在伦敦书业公会的登记簿（Liber C of the Stationers' Company）上，注册人为书商安德鲁·怀斯（Andrew Wyse），原题为"亨利四世纪事"（*The Historye of Henry the iiijth with his battaile at Shrewsburye againt Henry Hottspurre of the northe with the conceipted mirthe of Sir Iohn Ffalstoff.*）。在1640年之前，《亨利四世　第一部》共有9个早期印刷版本，即1599年第2四开本（Q2）、1604年第3四开本（Q3）、1608年第4四开本（Q4）、1613年第5四开本（Q5）、1622年第6四开本（Q6）、1632年第7四开本（Q7）、1639年第8四开本（Q8）和1623年第1对折本（F1）、1632年第2对折本（F2）。每一个剧团常常会尽可能长时间地为自己保留剧场演出的成功。对于莎士比亚的剧团，《亨利四世　第一部》显然是一个极受欢迎的历史剧，从早期印刷版本和演出来看，都是一个不寻常的成功。

现存最早的完整的《亨利四世　第一部》是1598年刊印的第1四开本（Q1），原标题为 *The History of Henrie the fovrth; VVith the battell at Shrewsburie, betweene the King and Lord Henry Percy, surnamed Henrie Hotspur of the north, With the humorous conceits of Sir Iohn Falstalffe*，第1四开本（Q1）共计80页，未署名剧作者。印刷商是P. 肖特（Peter Short），书商A. 怀斯开始销售第

---

① Edmund Kerchever Chambers. *William Shakespeare: A study of Facts and Problems*, Vol. 1, Oxford: Clarendon Press, 1930: 375–384.

② Martin Wiggins ed., *British Drama 1533–1642: A Catalogue*, Volume III: 1590–1597. Oxford: Oxford University Press, 2013: 888.

1 四开本（Q1），出售该书的“天使”文具店（at the signe of the Angell）位于老伦敦城的保罗教堂院内（in Paules churchyard）。第 2 四开本（Q2）共计 80 页，其标题页第一次标明剧作者是莎士比亚（W. Shake-speare），印刷商变更为 S. S.（Simon Stafford），书商还是 A. 怀斯。

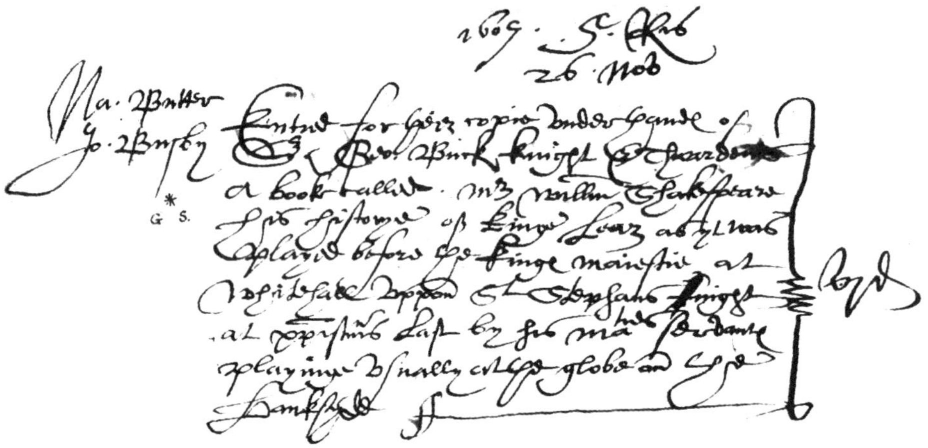

1603 年 6 月 25 日《亨利四世》(Henry the 4, the firste part）与《理查德二世》等 4 个剧作再次出现在伦敦书业公会的登记簿上，A. 怀斯将他的版权转让给书商马修 · 劳（Mathew Lawe）。虽然 1600 年已经刊印了《亨利四世　第二部》(*The second part of Henrie the fourth, continuing to his death, and coronation of Henrie the fift.*)，1604 年 M. 劳刊印第 3 四开本（Q3），主要是根据第 2 四开本（Q2）重印，也沿用了第 2 四开本（Q2）标题。第 3 四开本（Q3）有一些较大改变，印刷商是 V. 西蒙斯（Valentine Simmes），出售该书的“狐狸”文具店（at the singe of the Foxe）位于老伦敦城的保罗教堂院内（are to be sold at his shop in Paules church yard）。此后，M. 劳连续刊印了《亨利四世　第一部》的第 4 四开本（Q4, 1608），第 5 四开本（Q5, 1613），第 6 四开本（Q6, 1622）。标题页进而标明保罗教堂院内的“狐狸”文具店，邻近圣奥斯汀门（neere vnto S. Augustines gate）。第 6 四开本（Q6）的印刷商变更为 T. 普尔福特（Thomas Purfoot）。

第 1 对折本（F1）表明它是基于第 5 四开本（Q5）重新修订的。1632 年印刷商 J. 诺顿（Iohn Norton）为书商 W. 谢尔斯（William Sheares）刊印了第 7 四开本（Q7），后者在伦敦的圣保罗教堂南大门和法院街 2 处文具店出售（to bee sold by William Sheares, at his shop at the great south doore of Saint Pauls-Church; and in Chancery-Lane, neere Serieants-Inne）。1639 年印刷商 J. 诺顿为书商 H. 佩里（Hugh Perry）刊印了第 8 四开本（Q8），后者在邻近泰晤士河北岸滨河大道的艾维桥的文具店出售该书（at his shop next to Ivie-bridge in the Strand）。

一般的，人们乐于把莎士比亚的历史剧《理查德二世》《亨利四世》第一、二部、《亨利五世》看作四联剧。①S. 约翰逊在编辑新的莎士比亚戏剧集时较早宣称两部《亨利四世》是一个连续的整体。② 这是有争议的观点，《亨利四世　第二部》的编辑、注释者 M. A. 夏柏尔在《〈亨利四世〉的整一性》(*The Unity of Henry IV*）一文中对该争议做出了较完好的综述。③H. 詹金斯《莎士比亚〈亨利四世〉中的结构性问题》认为，两部“亨利四世”作为更大的一个整体中的一部分，是各自独立、自主的、区别的剧作。④G. K. 亨特《〈亨利四世〉与伊丽莎白时期的二联剧》认为 D. 威尔逊（Dover Wilson）和 E. M. W. 蒂利亚德所主张的 2 部《亨利四世》“整一性和连续性”的论据是不充分的或者基于假定的证据，而且伊丽莎白时期的戏剧更多是偏向主题上的而不是故事情节上的整一。2 部《亨利四世》形成了一种集中到二者共同点上的、双联画式（diptych）的整一特

① Charles W. R. D. Moseley. *Shakespeare's History Plays: Richard II to Henry V, the Making of a King*, London: Penguin Books, 1988: 183–186.

② Samuel Johnson ed., *The Plays of William Shakespeare in Eight Volumes* (eight volumes) Vol. 4, London: J. and R. Tonson, 1765: 235.

③ James G. McManaway, Giles E. Dawson, Edwin E. Willough ed., *Joseph Quincy Adams Memorial Studies*, Washington: Folger Shakespeare Library, 1948: 217–227.

④ Harold Jenkins. *The Structural Problem in Shakespeare's "Henry IV"*, London: Methuen, 1956: 18–21.

征。[①]G. 梅尔基奥里在《亨利四世　第二部》(*The New Cambridge Shakespeare*)的“导言”中认为，该剧是《亨利四世　第一部》获得成功之后进而由亨利四世的历史故事发展、续写而来。[②]R. A. 劳《〈亨利四世〉两部中的结构性统一》认为，两部剧作目的不同,《第一部》有意突出了“父与子”主题下的哈尔亲王与火爆人亨利·珀西的对比,《第二部》是对《第一部》作出的“无预谋的补充”，在材料的重复上与《第一部》有显著的差异。[③]S. H. 霍金斯《再谈〈亨利四世〉的结构性问题》认为，追溯到 18 世纪两位莎士比亚文集的主编 S. 约翰逊与马隆（Edmond Malone）的争议。[④]

《亨利四世　第一部》的实际表演没有同时代记录。《亨利四世　第一部》的舞台指示增写、多次提及福尔斯塔夫则暗示，1598 年之后该剧可能多次演出，可能在环球剧院中演出过。从一份约翰·海明斯的演出酬金收据来看（Item paid to the said Iohn Heminges vppon the lyke warrant: dated att Whitehall xx° die Maij 1613 for presentinge sixe severall playes），1613 年 5 月该剧可能以“火爆人”(The Hotspur)、“约翰·福尔斯塔夫爵士”分别演出过。[⑤]1623 年 12 月 5 日爱德华·德灵爵士购买了两本威廉·莎士比亚的第一对折本（F1），可能从 1619 年开始，德灵爵士就曾购买了别的剧作，并成为活跃的戏剧爱好者。1622/1623 年德灵抄写本是《亨利四世　第一部》第 5 四开本（Q5, 1613）

---

① G. K. Hunter. Henry IV and the Elizabethan Two-Part Play, *The Review of English Studies*, Vol. 5, No. 19 (Jul., 1954), pp. 236–248.

② William Shakespeare. *The Second Part of Henry IV*, ed. by Giorgio Melchiori, Cambridge: Cambridge University Press, 1989: 1.

③ Robert Adger Law. Structural Unity in the two parts of Henry IV, *Studies in Philology*, Vol. 24, No. 2 (Apr., 1927), pp. 223–242.

④ Sherman H. Hawkins. Henry IV: The Structural Problem Revisited, *Shakespeare Quarterly*, Vol. 33, No. 3 (Autumn, 1982), pp. 278–301.

⑤ Edmund Kerchever Chambers. *William Shakespeare: A study of Facts and Problems*, Vol. 1, Oxford: Clarendon Press, 1930: 375–384.

90% 文本和《亨利四世　第二部》第 1 四开本（Q1, 1600）30% 的文本私人演出合写本，抄写人是塞缪尔·卡灵顿（Samuel Carington），抄写本遗漏了 3000 行莎士比亚戏剧原文（主要与福尔斯塔夫有关的内容）。该剧是在德灵爵士在肯特的苏林顿府邸（Surrenden Hall）演出的。显然，德灵抄写本（Dering's manuscript）不是权威文本，对原剧作出了重大的创造性修改。L. 英得勒《论〈亨利四世纪事〉德灵抄写本的日期》认为，德灵抄写本的日期可以肯定不会晚于 1623 年 2 月，并且可能不会早于这年年初。现存文献包括 1623 年 2 月 27 日德灵爵士的支付记载"为卡灵顿师傅抄写《国王亨利四世》戏剧而付钱"（P［ai］d mr Carington for writing oute ye play of K: /Henry ye fourth att 1d ob' p［er］sheete and given him □ etc □ 00 04 00）。①

一、最初，第 1 四开本（Q0, Q1）的文本

最初四开本（Q0）和第 1 四开本（Q1）中相对较少的错误似乎表明该剧是清晰可靠的剧作，其词语前缀与其他剧本相比是非常规范的。A. W. 坡拉德认为，第 1 四开本（Q1）是"好的四开本"。②1598 年《亨利四世　第一部》出现了 2 个四开本，即"最初四开本"（Q0）和第 1 四开本（Q1）。最初四开本（Q0）现保存在美国华盛顿的福尔格图书馆（Folger Shakespeare Library）中。1598 年王室印刷商 T. 伯塞莱特（Thomas Berthelet）刊印了威廉·托马斯《意大利语法的基本规则》（William Thomas, *Principal rvles of the Italian grammer, with a dictionarie for the better vnderstandynge of Boccace, Pethrarcha, and Dante:/ gathered into this tongue*）第 4 四开本，该书中错误插入一份包含《亨利四

① Laetitia Yeandle. The Dating of Sir Edward Dering's Copy of "The History of King Henry the Fourth", *Shakespeare Quarterly*, 1986/SUM Vol. 37; Iss. 2, 224–226.

② Alfred William Pollard. *Shakespeare Folios and Quartos: A Study in the Bibliography of Shakespeare's Plays, 1594–1685*, London: Methuen, 1909: 13.

世　第一部》的 4 个单张、8 页文本，这一最初四开本（Q0）共计 297 个印刷行，单页页眉题签为 of Henry the fourth，双页页眉题签为 The Hystorie，对应于第 1 四开本（Q1）的第 512–806 行（1.1.119–2.2.106）。最初四开本（Q0）的第 1 页首行为 By heauen me thinkes it were an easie leape, 即第 1 四开本（Q1）第 14 页中的第 23 行；最初四开本（Q0）的第 1 页末两行为 Po. How the fat rogue roard. Exeunt. / Enter. 即第 1 四开本（Q1）第 22 页中的第 10 行。最初四开本（Q0）第 1 页共计 37 个印刷行，而第 1 四开本（Q1）第 14 页共计 38 个印刷行，可知二者是完全独立的不同版本。为了节省纸张，把原本应该分开的、简短的二人对白排印为一行，在第 1 四开本（Q1）中是常见的现象。早期现代英语远未确立标准化的正字法（orthography），其拼写、词汇、语法缺乏普遍遵守的一致性。词语拼写中发音近似的组合元音 / 音群替换并存互见。M. P. 杰克逊指出，在《亨利四世　第一部》第 1 四开本（Q1）中有 20 次使用 prethe(4), preethe(16)，然而，在 1604 年《哈姆雷特》第 2 四开本之前莎士比亚戏剧的其他“好的四开本”中却始终使用 pray thee 这一拼写形式。① 对比最初四开本（Q0）和第 1 四开本（Q1）的文本，主要是众多的标点符号、拼写差异，第 1 四开本（Q1）偶尔有词语删略，二者大约有 250 个细微差别。

Henrie the fovrth	最初四开本（Q0）(1598)	第 1 四开本（Q1）(1598)
词末默音 -e	be, bee, bound, deede, deed, doe, fellow, ground, hee, he, head, heads, Iordane, Kings, know, me, mee, muddy, only, own, villaine, vizards, wee, week, weeke, wilde, would, ye, yee, yeardes	Be, Bee, bounde, deed, do, fellowe, grounde, heade, heades, Iordan, Kinges, knowe, me, mee, muddye, onely, owne, villain, vizardes, we, wild, woulde, ye, yee, yeards
元音 a, e, i 替换	Bullenbrooke, inough, iest, Leon	Bullinbrooke, enough, ieast, Lion

① MacDonald P. Jackson, “The Manuscript Copy of the Quarto (1598) of Shakespeare’s 1 Henry IV.” *Notes and Queries*（sep. 1986）, 353–354.

（续表）

Henrie the fovrth	最初四开本（Q0）(1598)	第 1 四开本（Q1）(1598)
元音 i, ey, y 替换	Alwaies, already, Awaie, coine, Company, continuallie, crie, faith, fayth, ioine, ioied, laie, laiest, Lyon, mercie, merilie, money, mony, Poines, staies, Troians, very, vncertainty	alreadie, away, alwayes, Companie, continually, coyne, Cry, faith, fayth, ioyne, ioyed, lay, layest, Lion, mercy, merrily, Poynes, stayes, Troyans, verie, vncertaintie
元音 o, ou 替换	honour, rougue, toung, villainons	Honor, rogue, tongue, villainouns
元音 er, re 替换	powres, Caterpillars	Caterpillers, powers
辅音双写	al, Bardoll, bots, call, cal, diuill, farewel, fat, Gadshill, Hal, profer, rascal, rob, shall, solemnly, still, tell, wil, will	All, Bardol, bottes, cal, call, diuil, farewell, fatte, Gadshil, Hall, proffer, rascall, robbe, shal, sollemnly, stil, tel, wil, will
辅音 c, ck 替换	Tricke, vncle	Trike, vnckle
词内省略记号	fac'd, reueng'd, scourg'd	fac't, reuengd, scourgd
词语误印	Falstaffe, mine, our, Saint, villaines, whipt	Falstalffe, my, out, Saine, villiaines, whip

最初四开本（Q0）和第 1 四开本（Q1）可能是较容易上演的剧本，详细而明确地标注了人物的进场与退场、表演动作、舞台道具和音乐表演等舞台指示，由此预示了第 1 对折本（F1）中将首次出现的分场分幕。例如，第 2636 行 manent Prince, Falst。第 1 四开本（Q1）共计 60 次进场指示，共计 35 次退场指示（Exit[19], Exeunt[16]），同一幕中有时也出现了多次进场与退场的舞台指示，这些舞台指示显得有些随意，而且不总是一致的，甚至印刷商有误排现象，例如，第 656 行 Enter Chamberlaine. Exeunt。对于演员来说，舞台指示（stage direction）与其说是准确的指定动作，不如说为行为留下了较大的空间。第 1 四开本（Q1）初期的表演可能是在大剧院或者玫瑰剧院，第 305–306 行表明一次出场的人物超过 7 人，Enter the King, Northumberland, Worcester, Hotspur, /sir

Walter blunt, with others. 第 2895–2897 行表明一次出场的人物超过 8 人，Enter the King, the Prince of Wales, Lord Iohn of Lancaster, Earle of Westmerland, with Worcester, and Vernon, prisoners. 对于宫内大臣剧团来说，这并不是常见的舞台现象。

理查德二世时期的英格兰依然还是流行多种语言（拉丁语、法语、盎格鲁–萨克森诸方言、布列顿方言）的中古王国。早期现代英语远未确立标准化的正字法（orthography），其拼写、词汇、语法缺乏普遍遵守的一致性。词语拼写中发音近似的组合元音 / 音群替换并存互见。由于罗马拉丁语并不严格区分 u, v，在早期现代英语中，u, v 往往是可以互换的。第 1 四开本（Q1）的语言表现出丰富的拼写、词汇、语法等变异，这是伊丽莎白时期常见的英语现象。

莎士比亚采用多种诗体、散文体创作了《亨利四世　第一部》。剧体诗主要包括素体诗与严格的格律诗、双行诗等。剧中威尔士的场景是用素体诗写作的，以下选录第三场第 1 幕（III, 1, 1436–1450）威尔士人格伦道尔（Owen Glendower）的对白，其诗行用非叶韵抑扬格五音步的素体诗写成，这种灵活自如的音韵模式明显区别于普通的散文风格。每个诗行中较自由的重音和停顿的安排更有利于把握语音质感的变化、语言的情感色彩。

Henry IV, Part 1 (Quarto 1, 1598)	**亨利四世（1598 年）**
William Shakespeare	彭建华译
Glen. Coosen of many men	格伦：表亲，对于许多男人
I do not beare these crossings, giue me leaue	我受不了这些顶杠，让我离开，
To tell you once againe that at my birth	再一次告诉你，我出生的时候
The front of heauen vvas full of fiery shapes,	对面的天上满是火红的形状，
The goates ran from the mountaines, and the heards	山羊从山上跑来，还可听到
Were strangely clamorous to the frighted fields.	惊恐的田野里有异常的喧嚣。

（续表）

Henry IV, Part 1 (Quarto 1, 1598)	亨利四世（1598 年）
These signes haue markt me extraordinary,	这些征象使得我与众不同，
And all the courses of my life do shew	我生命中的所有经历都显示
I am not in the roule of commen men:	我不是处于平常人之列：
Where is he liuing clipt in with the sea,	人们所居住的土地，被大海围绕，
That chides the bancks of England, Scotland, Wales,	海冲击英格兰、苏格兰、威尔士的沿岸，
Which cals me pupil or hath read to me?	谁能叫我学生，或者指导我读书？
And bring him out that is but womans sonne?	说出他来，一个女人生养的儿子？
Can trace me in the tedious waies of Arte,	可以用玄术（魔法）的乏味方式跟上我，
And hold me pace in deepe experiments.	和我一样步入深奥玄妙的（魔法）体验。

同时，《亨利四世　第一部》一剧中有 3000 多行散文体对白，这应该是受到了散文体历史剧《亨利五世的著名胜利》的影响。《亨利四世　第一部》一剧中的散文体段落大多是与剧中人物福尔斯塔夫（Falstalffe）及其同伴有关的场景，莎士比亚可能是扩充和修改了《亨利五世的著名胜利》的素材。① 这包括：第一场第 2 幕（I, 2, 115–280）、第二场第 1、2、3 幕（II, 1–3, 615–834, 870–883）、第二场第 4 幕（II, 4, 917–978, 983–1084, 1102–1248, 1261–1294, 1300–1362, 1378–1399）、第三场第 3 幕（III, 3, 1856–1929, 1941–2017）、第四场第 1 幕（2181–2249）。从 A. 怀斯注册登记的剧题来看，福尔斯塔夫是一个虚构的喜剧性人物，第 213 行强调了该人物的癖性特征，what sayes sir Iohn Sacke, and Sugar Iacke?

以下选录第一场第 2 幕（I, 2, 115–124）中哈利亲王的对白，剧中刻意追求语言的形象化特质，突出了时钟的新颖意象，这一对白表现出夸张而巧智的优雅风格。

① Seymour M. Pitcher. *The Case for Shakespeare's Authorship of "The Famous Victories"*, New York: the State University of New York, 1961: 165.

Henry IV, Part 1 (Quarto 0, 1598)	亨利四世（1598 年）
William Shakespeare	彭建华译
Prince. Thou art so fat-witted with drinking of olde sacke,	亲王：你真是肥硕巧智，喝了很多袋老酒，
and vnbuttoning thee after supper, and sleeping vpon benches	晚饭后解开纽扣，午后在长凳上
after noone; that thou hast forgotten to demaunde that truelie	入睡；你忘记了真要知道的事
which thou wouldest trulie knowe. What a diuell hast thou to	而你真应该知道它。你好家伙应该做的
do with the time of the daie? vnles houres were cups of sacke,	与白天的时间相关吗？似乎各时刻都是一杯醇酒，
and minutes capons, and clockes the tongues of Baudes, and	每分钟是阉鸡肉，时钟就是鸨妇的饶舌，
Dialles the signes of leaping houses, and the blessed sunne	钟表盘是欢快娼家的招牌，而有福的阳光
himselfe a faire hot wench in flame-ouloured taffata; I see no	自身是穿着火焰色塔夫绸的靓丽风骚姑娘；我看不出
reason why thou shouldst be so superfluous to demaunde the	有什么理由你应该如此多余地去要求
time of the day.	一天中的时间。

《亨利四世　第一部》超出了一般的历史剧，约翰·福尔斯塔夫的想象癖性突出表现了人物（形象）的喜剧特质。A. C. 布拉德利“拒绝福尔斯塔夫”（*The Rejection of Falstaff*）一文认为，在《亨利四世　第一部》一剧中，福尔斯塔夫是一个癖性（humorous）的快乐人物，即使哈尔亲王与他一起出场时，前者并不缺少严肃的色彩，常常表现出诗意的趣味，尤其是得到了伦敦民众的爱戴。① 作为“及时行乐”观念的体现者，福尔斯塔夫是一个粗鲁的、肥胖的年老骑士，

① Andrew Cecil Bradley. *Oxford Lectures on Poetry*, London: Macmillan and co., 1909: 247–275.

他表现出中世纪世俗的快乐生活中较为活泼的、自然的、真实的方面，也代表了英格兰文艺复兴时期的怀旧情绪。剧作中的 Oldcastle, Harvey, Russell 等人名已永久更改为 Falstaff, Peto, Bardolph。从 1597 年该剧作的登记开始，约翰·福尔斯塔夫这个角色最初就取代了约翰·奥德卡斯尔爵士。《亨利四世　第一部》是一个更广泛的故事的一部分，剧中人物福尔斯塔夫还出现在《亨利四世　第二部》《亨利五世》《风流的温莎娘们儿》等别的剧作中。①《亨利四世　第一部》“最初四开本”（Q0）、第 1 四开本（Q1）都未采用 Oldcastle，而是采用 Falstalffe 这一名字；约翰·福尔斯塔夫爵士是该剧情节 / 主题的重要组成部分（With the humorous conceits of Sir Iohn Falstalffe）。②

审查制度的介入或者观众的不利反应，《亨利四世　第一部》第 1 四开本（Q1）的修改可能与 Oldcastle 争议有关，《亨利四世　第一部》第一场第 1 幕（I. 1. 151）哈尔王子的对白“我的城堡里的老伙计”（my old lad of the castle）却直接暗示了 Oldcastle 这个名字。《亨利四世　第一部》受到了 12 幕历史剧《亨利五世的著名胜利》（创作时间可能早至 1570 年代，一般认为是 1574 年）的影响，③ 这一匿名作者的戏剧包含了 Sir John Oldcast, Ned, alias Gadshill 等喜剧人物，1598 年《亨利五世的著名胜利》第 1 四开本在标题页写到这是女王剧团演出过的剧作（As it was plaide by the Queenes Maiesties Players）。④ 伯纳德·沃德《〈亨利五世的著名胜利〉在伊丽莎白时代戏剧文学中的地位》注意到便宜东街和棍棒山的狂欢、旅店生活、“蛋

---

① Michael D. Bristol, *Carnival and Theatre: Plebeian Culture and the Structure of Authority in Renaissance England*. London: Methuen, 1985: 182.

② James J. Marino. William Shakespeare's “Sir John Oldcastle”, *Renaissance Drama* (New Series), 1999–2001, Vol. 30, pp. 93–114.

③ Eva Turner Clark. *Hidden Allusions in Shakespeare's Plays*, New York: Kennikat/Minos, 1974: 13.

④ Brian Walsh. *Shakespeare, the Queen's Men, and the Elizabethan Performance of History*, Cambridge: Cambridge University Press, 2009: 59.

糕和啤酒”以及盗窃等伦敦社会边缘发生的低级生活事件，并认为该剧对莎士比亚编写《亨利四世》产生了实际的影响，而《亨利五世的著名胜利》几乎完全是散文体的。①

1595–1600 年，Oldcastle 成为伦敦戏剧的常见主题 / 题材，甚至出现了一个伪莎士比亚的戏剧《约翰·奥德卡塞爵士》(The first part of the true and honorable historie, of the life of Sir Iohn OldCastle, the good Lord Cobham)。② 然而，人们对莎士比亚关于 Oldcastle, Russell, Harvey 所引发的争议知之甚少。J. M. 罗伯特逊认为，Oldcastle 是从罗拉德教派殉道者约翰·奥德卡塞勋爵（Sir John Oldcastle, 1378–1417）原型改编而来的，他的妻子是柯班勋爵三世的女儿琼（Joan Cobham），1409 年他成为柯班勋爵四世。③J. 奥德卡塞是理查德·奥德卡塞勋爵（Sir Richard Oldcastle）的儿子，新教神学家约翰·威克利夫（John Wycliffe, 1330–1384）的追随者。④ 可能是由于其后人柯班勋爵十世威廉·布鲁克（William Brooke）和别的贵族的抗议，剧中人物 Oldcastle 被改为福尔斯塔夫（Falstalffe），Russell, Harvey 也改为 Bardolph, Peto，至少在印刷商 P. 肖特所接收的抄写本中已经更改了。⑤ 该剧可能在依据莎士比亚原初手稿的最初表演中采用了那些历史人物的名字，第 1 四开本（Q1）保留了一些有关 J. 奥德卡塞的痕迹，例如，第一场第 1 幕（I, 1,154.）what in thy quips and thy quiddities? 第一场第 2 幕（I, 2, 246.）God give thee the spirit of persuasion；第二场第 4 幕（II,

---

① Bernard M. Ward. The Famous Victories of Henry V: Its Place in Elizabethan Dramatic Literature, *The Review of English Studies*, Volume os-IV, Issue 15(July 1928), pp. 270–294.

② A. F. Hopkinson ed., *The First part of Sir John Oldcastle*, London: M. E. Sims & Co., 1894: i.

③ Gary Taylor. “The Fortunes of Oldcastle.” *Shakespeare Survey* 38 (1985): 85–100.

④ Rudolph Fiehler. *Sir John Oldcastle, the Original of Falstaff* [Dissertation] , Austin: The University of Texas, 1950: 129.

⑤ J. M. Robertson. *The Problem of “The Merry Wives of Windsor”*, London: Chatto and Windus, 1918: 28.

4, 1038–1052.）Are not you a cowarde? aunswere mee to that。①

以下选录第二场第 4 幕（II, 4, 1320–1332）中福尔斯塔夫的对白。面对哈尔亲王指责他是一个邪恶的可怕的青年的引诱者、白胡子的老撒旦（that old white-bearded Sathan），这个假想为父亲的老贵族为自己作出了机智的辩护，或者说福尔斯塔夫用甜蜜的言辞争取了哈尔亲王的宽恕，表现出言辞浮夸的滑稽风格：他对自己的生活有着一种活泼的意识，他保持生命的自然活力，他就是"整个世界"（梁译 115 页）。

Henry IV, Part 1 (Quarto 1, 1598)	**亨利四世（1598 年）**
William Shakespeare	彭建华译
Fal. But to say I knowe more harme in him then in my selfe,	福尔斯：但可以说，我知道对他的伤害比对我自己的更大，
were to say more then I know: that he is olde the more the pittie,	所说的那些（坏）超出我所知道的：他是老了，真值得怜悯，
his white haires doe witnesse it, but that he is sauing your reuerence,	他的白发可以证实这一点，但是他一直怀着对你的崇敬，
a whoremaster, that I vtterlie denie: if sacke and sugar	一个嫖妓的人，我对此完全否认：如果醇酒和糖
be a fault, God helpe the wicked; if to be olde and merry be a sin,	是一种过错，愿上帝保佑恶人；如果老了且快乐是一种罪过，
then many an old host that I know is damnd: if to be fat be to be	那么我认识的许多老店主都该受到诅咒：如果变胖该是
hated, then Pharaos lane kine are to be loued. No my good lord	讨厌的，那么法老的瘦牛就是可爱的。不，我的好主公，
banish Peto, banish Bardoll, banish Poines, but for sweet Iacke	放逐皮托，放逐巴多夫，放逐坡伊尼斯，但为了甜蜜的杰克
Falstalffe, kinde Iacke Falstalffe, true Iacke Falstalffe, valiant	福尔斯塔夫、和善的福尔斯塔夫、真诚的杰克福尔斯塔夫，

① Lily B. Campbell, *Shakespeare's "Histories": Mirrors of Elizabethan Policy*, San Marino: Huntington Library, 1947. pp. 213–254.

（续表）

Henry IV, Part 1 (Quarto 1, 1598)	亨利四世（1598 年）
Iacke Falstalffe & therfore more valiant being as he is old Iacke	勇敢的杰克福尔斯塔夫，因为杰克福尔斯塔夫他变得越老，
Falstalffe, banish not him thy Harries companie, banish not	就越勇敢。不要放逐他，你的哈里伙伴，不要放逐他，您
him thy Harries companie, banish plumpe Iacke, and banish all	高贵的哈利斯伙伴，放逐了丰腴的杰克，就是放逐整个
the world.	世界。

二、第 2 四开本（Q2）与第 3 四开本（Q3）的修订

第 2 四开本（Q2）忽略了第 1 四开本（Q1）几个明显的错误并引入了少量新的错误，例如，He cals 误印为 He call，com 误印为 come，gorgde 误印为 gordge，guest 误印为 ghest，limbe 误印为 limme，twas 误印为 tw'as。第 2 四开本（Q2）几乎没有出现较为重大的更改，而且其中的更改是来自印刷商，而不是剧作者。作为早期现代英语，莎士比亚英语还不是非标准英语（Received Pronunciation, RP），第 2 四开本（Q2）中标点符号的使用有较多的更改，例如，And tis but wisedome to make strong against him, 改写为 And, t'is but wisedome, to make strong against him, What is the king incampt? 改写为 What, is the king incamp't? 手抄体的缩写字母使用更多一些，而且在词语拼读上与接受的传统惯例（Standard English）更一致，例如，thou makst 改写为 thou makest，sirrha 改写为 sirra，waight 改写为 wait，haughtie 改写为 hautie，and 改写为 &，conparisons 改写为 cõparisons，euen 改写为 euẽ，giuen 改写为 giuẽ，he marion 改写为 mariõ，standing 改写为 stãding，them 改写为 thẽ，then 改写为 thẽ，zounds 改写为 zoũds。第 434 行 drunke with choler? 第 493 行 Euen with the bloody payment of your deaths, 第 563 行 the deuill take such coosoners, God forgiue mee。

第 2 四开本（Q2）中，福尔斯塔夫的散文体对白有多处更改，例如，第 1142–1153 行福尔斯塔夫的对白，第 1192–1203 行哈利亲王、福尔斯塔夫的对白，第 1866–1872 行福尔斯塔夫的对白，第 1879–1895 行，第 2543–2554 行福尔斯塔夫的对白，第 2842–2856 行福尔斯塔夫的对白，第 2874–2881 行福尔斯塔夫的对白。舞台指示偶尔也有修改，例如，Enter Percy 改写为 Enter Hotspur。

以下选录第二场第 4 幕（II, 4, 917–941）中哈利亲王的散文体对白，其中 by the Lord 是一个常见的宗教式表达。《亨利四世　第一部》包含大量宗教表达语句，1606 年“限制演员滥用的法案”（the Act to Restrain Abuses of Players）之后，宗教表达语句明显受到限制。①prethee 是一个由 pray thee 演变而来的、语义弱化的词语；此节仅有较少的文本更改，含有手抄字母的 proficiẽt 改为 proficient，而 addition 改为包含手抄字母的 additiõ。每个印刷行却做出了明显的重排，这里突出描述了伦敦便宜东街一佚名酒店的日常景象，这一对白表现出亲切的、俗俚而巧智的游戏风格。

Henry IV, Part 1 (Quarto 2, 1599)	**亨利四世（1599 年）**
William Shakespeare	彭建华译
Prin. With three or foure logger-heads, amongest three or	亲王：与三四个伐木工头脑的人在一起，还有
fourescore hogsheads. I haue sounded the very base string of	六十八十个猪头的人。我发出了卑微的琴弦上的
humilitie. Sirra, I am sworne brother to a leash of drawers, and	最低音。阁下，我是一众系皮带的酒保的盟誓兄弟，

① Virginia Crocheron Gildersleeve. *Government Regulation of the Elizabethan Drama*, New York: B. Franklin, 1961: 19, 64.

（续表）

Henry IV, Part 1 (Quarto 2, 1599)	亨利四世（1599 年）
can call them all by their christen names, as Tom, Dicke, and	可以用他们的名字来称呼他们，比如汤姆、迪克、
Francis, they take it already vpon their saluation, that though I	弗朗西斯，他们就以崇敬的态度而接受它，虽然我
be but Prince of Wales, yet I am the king of Curtesie, and tel me	是威尔士亲王，我也是礼节上的君王，直率地告诉
flatly, I am no proud Iacke, like Falstalffe, but a Corinthian, a	我，我不像福尔斯塔夫那样傲慢，而是一个科林斯人，
lad of mettal, a good boy, (by the Lord, so they call me) and	坚毅的人，一个好小伙，（天主，他们这样称呼我）
when I am king of England, I shall command all the good lads	当我成为英格兰国王时，我将指挥便宜东街的
in Eastcheape. They call drinking deepe, dying scarlet, and	所有好小伙。他们把酗酒大喝叫作染上绯红色，
when you breathe in your watering, they cry hem, and bid you	当你喘口气暂停狂饮时，他们就大喊嗨，催促你
play it off. To conclude, I am so good a proficient in one quarter	完全干掉。总言之，一刻钟我就可以深谙这些
of an houre, that I can drinke with any Tinker, in his own	风习，我可以在我的一生中和任何修补匠一起喝酒，
language, duringmy life. I tell thee, Ned, thou hast lost much	用他自己的语言。我告诉你，奈德，你已错失很多
honour, that thou wert not with me, in this action; but sweet	荣耀，这次行动中你没有和我在一起；但是甜蜜的
Ned, to sweeten which name of Ned, I giue thee this peniworth	奈德，让奈德的名字更甜蜜，我给你这个半便士的
of sugar, clapt euen now into my hand, by an vnderskinker,	糖，这是一个预习调酒师刚好送到我手里的，
one that neuer spake other English in his life, then eight shillings	他这个人一生中只会说这几句英语，“好的，八先令

（续表）

Henry IV, Part 1 (Quarto 2, 1599)	亨利四世（1599 年）
and sixe pence, and you are welcome, with this shrill additiõ,	又六便士”，“欢迎你”，另外用尖锐的声调说，
anon, anon sir; skore apint of bastard in the halfe moone,	“很快，很快，先生。‘半边月’要一品脱甜酒”，
or so. But Ned, to driue away the time till Falstalffe come: I	诸如此类。但是奈德，为了消磨时间，等福尔斯塔夫来到：
Prethee, doe thou stande in some by-roome, while I question my	我请求你，你最好站在旁边的房间里，我要问问
puny drawer, to what end he gaue me the sugar, and do thou	可爱的小酒保，他为了什么目的给我加糖，你千万不要
neuer leaue calling Frances, that his tale to me may bee nothing	走过去叫弗朗西斯，他讲的事对我来说毫无兴趣，
but anon: step aside, and ile shew thee a present.	只会说“很快”。退到一边，我来给你展示一下。

1604 年书商 M. 劳刊印了第 3 四开本（Q3），印刷商 V. 西蒙斯（Valentine Simmes）依据第 2 四开本（Q2）重印，共计 80 页，在字体上与前三个四开本稍有不同，部分减少了意大利斜体的使用，意大利斜体仅用于大写的第一人称单数 I、人名、地名、舞台指示。每一次新刊印的版本都有或多或少的错误，第 3 四开本（Q3）中的排印错误大约 8 处，比较别的莎士比亚戏剧早期版本，这已经是极好的排印状况：coosen 误印为 coose，Hollow 误印为 hollo，o’returne 误印为 or turne，VVestward 误印为 Vestward，welbelou’d 误印为 welbelu’d，you 误印为 pou 等。对比第 2 四开本（Q2），第 3 四开本（Q3）主要是词语拼读与标点符号上的差异，词尾默音 e 的现象增多，vv 更改为 w，字母 z 的使用增加到 54 次，并取代了大多数手抄体的缩写字母。此外，也有极少的词语更改，例如，chuse 更改为 choose，did 更改为 like，farre 更改为 far，pray thee 更改为 prethee，squiers 更改为 squires，straight 更改为 strait。第

2 四开本（Q2）中非标准的英语拼写是显著的，例如，第 307 行 My bloud hath bene too colde and temperate, 第 976 行 Why then your browne bastard is your onely drinke? 手写体的字母 j 是字母 i 的速写形态，第 1916–1918 行 holland of viij s. an ell, xxiiij. Pound。第 3 四开本（Q3）不同寻常地使用了字母 j，例如，第 780–781 行 young men must liue, you are grand jurers, are yee?/weele jure yee faith. 第 972 行 Wilt thou robbe this leatherne jerkin, cristall button。

第 3 四开本（Q3）没有出现明确的分场分幕，关于人物进场与退场的舞台提示可以标识场幕的划分。对比前三个四开本，第 3 四开本（Q3）增加了 2 个舞台提示，例如，第 2037 行 Enter Hotspur, Worcester, and Douglas，这是第四场第 1 幕开始的舞台提示；第 2581 行 Enter Hotspur。由于采用了更小字模，增加了印刷行内的字符排印数量，几乎所有与福尔斯塔夫及其伙伴的散文体对白相关的文本（段落）都有更改。

以下选录第二场第 1 幕（II, 1, 674–690）中加德希尔（Gadshill）在罗切斯特旅店中与搬运夫的散文体对白，其中包含一些亵渎性的宗教词语，许多中世纪社会偷盗打劫行业里的黑话，但这些非标准化的早期现代英语并不是伦敦方言本身（参看　梁译 67 页）。

Henry IV, Part 1 (Quarto 3, 1604)	**亨利四世（1604 年）**
William Shakespeare	彭建华译
Gads. What talkest thou to me of the hangman? if I hang, ile	加德：你对我谈什么绞刑手？如果我上了绞架，我会
make a fat paire of Gallowes: for if I hang, old sir Iohn hangs with	做一对肥大的绞刑架；因为如果我上绞架，老约翰爵士会和我一起
me, and thou knowest hee is no starueling: tut, there are other	上绞架，你知道他没有挨过饿。嘘！还有别的你做梦
Troians that thou dream'st not of, the which for sport sake are	也想不到特洛伊诡计，也就是为了活络身体，而乐意

（续表）

Henry IV, Part 1 (Quarto 3, 1604)	亨利四世（1604 年）
content to do the profession, some grace, that would (if matters	去做那行业的事；（当然这些事件可能被看破）
should be lookt into) for their owne credit sake make all whole.	为了他们自己的名誉，那要将事做得全无破绽。
I am ioyned with no footeland rakers, no long-staffe sixpennie	我不会加入那些两脚踩地的耙子（小偷），也不参加为了六便士的
strikers, none of these mad mustachio purple hewd maltworms,	长棍袭击者，也不参加那些脸色紫红的大麦烧酒醉鬼；
but with nobilitie, and tranquilitie, Burgomasters and great Oneyres,	而是与高贵的、安逸的人、市镇官员和大人物为伍，
such as can hold in such as will strike sooner then speak, and	比如沉着持重，在出手之先；比如先发制人，在说话之前；
speak sooner then drinke, and drinke sooner then pray, and yet	比如先喝酒后说话，比如先喝酒再祈祷，如此之类，
(zoundes) I lie, for they pray continually to their Saint the Common-	（该死的），我是说谎了，因为他们一直地向圣徒 Nick 求祈
wealth, or rather not pray to her, but pray on her, for they	大家的财物；或者说，不是为了它祈祷，而是他们的掠夺，
ride vp and downe on her, and make her their bootes.	因为他们夺取它是骑马来去，把它当作他们的套靴（劫取物）。

以下选录第二场第 2 幕（II, 2, 712–730）中福尔斯塔夫在棍棒山计划抢劫的一则散文体对白，这是一种夸张其词、隐晦浮夸的喜剧性风格，除开通行的（世俗）诅咒言语，其中还包含一些中世纪社会偷盗打劫行业里的黑话。hangd 误印为 handg，xxij. Yeeres（二十二年）包含手写体的 j，3 次写到瘟疫这一令人恐怖的意象，这些非标准化的早期现代英语并不是伦敦方言本身（参看　梁译 69–70 页）。

Henry IV, Part 1 (Quarto 3, 1604)	**亨利四世（1604 年）**
William Shakespeare	彭建华译
Falst. I am accur'st to rob in that theeues companie, the rascall	福尔斯：参与这个盗贼团伙一起去抢劫，我会受诅咒，
hath remooued my horse, and tyed him I know not where, if I	这恶棍可把我的马牵走了，不知把它拴在哪里，如果我
trauell but foure foote by the squire further a foote, I shall breake	一步一步地走上四英尺的地方，我会喘不过气来的，
my winde. Well, I doubt not but to die a faire death for all	好啦，我毫不怀疑，有一天我死了也算是有得善终，为了这个事，
this, if I scape hanging for killing that rogue. I haue forsworne	如果我因为杀死那个流氓而逃脱了绞刑。我赌咒 / 发誓
his company hourely any time this xxij. yeeres, and yet I am be	弃绝他的这个盗贼团伙，这二十二年的每时每刻。但我
witcht with the rogues company. If the rascall haue not giuen	还是被这个盗贼团伙迷惑住了。如果这个坏蛋没有
me medicines to make me loue him, Ile be handg. It could not	给我吞下让我会爱他的迷药，我情愿被绞死。这不可能
be else, I haue drunke medicines, Poynes, Hal, a plague vpon you	是别的，我已经喝下了迷药。坡伊尼斯、哈尔，两个害瘟疫的，
both. Bardoll, Peto, Ile starue e're Ile rob afoote further, and	巴道夫！皮托！我会饿死的，我要是再往前走一步。
t'were not as, good a deede as drinke to turne true man, and to	就将会像喝酒一样快意，变成一个真正的人，只要离开
leaue these rogues; I am the veriest varlet that euer chewed with a	这些盗贼。否则我就是一个用牙齿嚼来嚼去的真正坏蛋。
tooth: eight yeardes of vneuen ground is threescore and ten miles	地面高低不平的八码路，让我徒步走起来就像是七十里，
afoote with me: and the stonie hearted villaines knowe it well	这些其心坚如硬石的坏人是非常明了这一点的，
inough, a plague vpon it when theeues can not be true one to(another,	让瘟疫降临吧，当这些盗贼不再对另一个人诚实的时候，
They whistle,	［他们发出嘘声］

（续表）

Henry IV, Part 1 (Quarto 3, 1604)	亨利四世（1604 年）
Whew, a plague vpon you all, giue me my horse, you rogues,	唷！让瘟疫打击你们所有人！把马还给我，你们这些坏蛋，
giue me my horse and be hangd:	把我的马还给我，你们都将上绞架！

三、第 1 对折本（F1）的修订

1623 年伦敦印刷商 I. 伽噶德（Isaac Iaggard）、E. 布伦特（Edward Blount）刊行《莎士比亚喜剧、历史剧与悲剧》第 1 对折本（*Mr. William Shakespeares comedies, histories, & tragedies: published according to the true originall copies.*），《亨利四世　第一部》（The First Part of Henry the Fourth, with the Life and Death of Henry Sirnamed Hotspur.）是其中的第 3 个历史剧（第 46–73 页）。一般认为第 1 对折本（F1）主要是根据第 5 四开本（Q5）编辑而成的，并直接参考了原初的第 1 四开本（Q1）而作出修订（the Folio restored some Q1 readings）。A. 沃克认为，第 1 对折本（F1）尽管存在错误，但对第 5 四开本（Q5）做出了企求达到一致性的进一步修正，在标点使用上较为一致，并努力使得拼写、词语、标点符号规范化，恢复 / 重现了第 1 四开本（Q1）的部分原初诗行。作为英语的时代特征，拼写上的差异依然普遍存在，例如，Pointz, Poines, Poynes, 以及省略形态 Poin. Poyn.。①G. R. 怀特在其编辑的《亨利四世　第一部》序言中甚至认为，第 1 对折本（F1）是一个仔细校对过的文本，比此前的四开本更好，但是人们并不普遍认同这一观点的合理性。② 第 1 对折本（F1）替换了一些口语省略，例如，Bardolph, Bardolfe 部分替代了 Bardol，many moe 替代了 many mo，my

① Alice Walker. "The Folio Text of 1 Henry IV." *Studies in Bibliography* Vol. 6 (1954): 45–59.

② Richard Grant White ed. *The Complete Works of Shakespere* Vol. 4, London: London Printing and Publishing Co., 1859: 278.

Lord 替代了 my Lo。同样，在第 1 对折本（F1）中，也较多使用了 in, it 的省略拼写形式，例如，i'th dust（Q1, in the dust）, i'th Ayre（Q1, in the aire）, de'ye（Q1, do you）, vpon't（Q1, vpon it）, too't againe（Q1, to it againe）, an't be（Q1, An it be）。

	Q1（1598）	Q3（1604）	F1（1623）	New Oxford Shakespeare
总行数	2943	2943	3182	
单词总数	25576	25562	25438	
Actus Primus. Scoena Prima	3–112	3–112	1–111	第一场第 1 幕
Scaena Secunda	113–304	113–304	112–318	第一场第 2 幕
Scoena Tertia	305–612	305–612	319–632	第一场第 3 幕
Actus Secundus. Scena Prima	613–702	613–734	633–733	第二场第 1 幕
Scaena Secunda	703–803	735–803	734–847	第二场第 2 幕
Scoena Tertia	804–912	804–912	848–963	第二场第 3 幕
Scena Quarta	913–1400	913–1400	964–1518	第二场第 4 幕
Actus Tertius. Scena Prima	1401–1672	1401–1672	1519–1813	第三场第 1 幕
Scaena Secunda	1673–1854	1673–1854	1814–2001	第三场第 2 幕
Scena Tertia	1855–2037	1855–2036	2002–2217	第三场第 3 幕
Actus Quartus. Scoena Prima	2038–2179	2037–2179	2218–2373	第四场第 1 幕
Scaena Secunda	2180–2249	2180–2249	2374–2456	第四场第 2 幕
Scoena Tertia	2250–2370	2250–2370	2457–2585	第四场第 3 幕
Scena Quarta	2371–2412	2371–2412	2586–2630	第四场第 4 幕
Actus Quintus. Scena Prima	2413–2554	2413–2554	2631–2779	第五场第 1 幕
Scena Secunda	2555–2657	2555–2657	2780–2955	第五场第 2 幕
Scena Tertia	2657–2718	2657–2718	2956–3131	第五场第 3 幕

（续表）

	Q1（1598）	Q3（1604）	F1（1623）	New Oxford Shakespeare
Scaena Quarta	2718–2894	2719–2894	3132–3181	第五场第 4 幕
[缺]	2895–2943	2895–2942		第五场第 5 幕

第 1 对折本（F1）首次出现了明确的分场分幕，即采用拉丁语（意大利斜体）将其分为五场 Actus Primus, Actus Secundus, Actus Tertius, Actus Quartus, Actus Quintus，同样，各场又分为多幕（Scoena, Scaena, Scena）。对比第 1、3 四开本（Q1, Q3），在第 5 四开本（Q5）、第 1 对折本（F1）中，原本的散文体对白被重新分行，增加了 239 行，其中新增的 71 行是分场分幕和舞台指示，主要是第一场第 3 幕第 449–588 行，第二场第 4 幕第 1096–1157 行，168 个刻意转化为非典型的素体诗的分行，并未明显改变散文体特征。①

第 1 对折本（F1）重写了一些舞台指示，其中的一些舞台指示却稍显混乱，例如，第 825–826 行 Heere they rob them, and binde them. Enter the/Prince and Poines. 由于包含 2 个分别的、独立的舞台行为，却沿袭了前期四开本不恰当的分行而未做更正。② 第二场第 2 幕中的舞台指示可能是剧作抄写者有意添加了来自剧院的舞台表演、舞台状态以及场景指示，以方便读者了解更详细的舞台信息。包括：（1）人物的进场与退场，第 735 行 Enter Prince, Poynes, and Peto. 第 739 行 Enter Falstaffe. 第 782 行 Enter Gads-hill. 第 811 行 Enter Trauellers. 第 826 行 Enter the/Prince and Poines. 第 832 行 Enter Theeues againe. 第 847 行 Exeunt.（2）舞台状态说明，第 763 行 They Whistle.（3）剧中人物在舞台上的行为表演，第 825 行 Heere they rob them, and binde them. 第 839–840 行

① Fredson Bowers. Establishing Shakespeare’s Text: Notes on Short Lines and the Problem of Verse Division, *Studies in Bibliography*, Vol. 33 (1980), pp. 74–130.

② William B. Long, “Stage Directions: a Misinterpreted Factor in Determining Textual Provenance.” *TEXT* 2 (1985): 121–137.

As they are sharing, the Prince and Poynes set vpon them./They all run away, leauing the booty behind them.① 对比第 1 四开本（Q1）第 796 行 and Falstaffe after a blow or two runs away too, 第 1 对折本（F1）删除了第 782 行伪装的哈尔亲王与坡伊尼斯在打劫并捆绑福尔斯塔夫之后的退场（Exeunt），也删除了第 796 行福尔斯塔夫遭受打击这一舞台上的行为表演。显然，第三场第 1 幕中的舞台指示有意突出了威尔士语及威尔士地理场景，尤其是格伦道尔、火爆人珀西、莫蒂默、班戈副主教等聚集在不列颠地图周围达成协议。（1）人物的进场与退场，第 1520–1521 行 Enter Hotspurre, Worcester, Lord Mortimer, Owen Glendower. 第 1675 行 Exit. 第 1725 行 Enter Glendower, with the Ladies. 第 1808 行 Exit. 第 1813 行 Exeunt.（2）舞台状态说明，第 1773 行 The Musicke playes.（3）剧中人物在舞台上的行为表演，第 1732–1733 行 Glendower speakes to her in Welsh, and she answeres him in the same. 第 1737 行 The Lady speakes in Welsh. 第 1742 行 The Lady againe in Welsh. 第 1751 行 The Lady speakes againe in Welsh. 第 1790 行 Heere the Lady sings a Welsh Song.②

1606 年“限制演员滥用的法案”（the Act to Restrain Abuses of Players）禁止在任何剧作中使用亵渎性语言，它将精确而全面地审查戏剧表演，“为了防止和避免在舞台戏剧、幕间曲、五月节游戏、展演等中对天主神圣名字的严重滥用……任何人或某些人，或将在任何舞台剧、幕间曲、展演、五月节游戏或异教仪式，开玩笑地和预言地说出，或使用天主、基督耶稣、圣灵，或三位一体的神圣名字。他或他们将因其所犯下的每一项此类罪行而被惩罚十英镑”（For the preuenting and auoyding of the great abuse of the holy Name of God

① Antony Hammond. “Encounters of the Third Kind in Stage-Directions in Elizabethan and Jacobean Drama.” *Studies in Philology*, 89:1 (1992): 71–99.

② Alan C. Dessen. *Elizabethan Stage Conventions and Modern Interpreters* (Revised), Cambridge: Cambridge University Press, 1986: 40–43.

in Stage-playes, Interludes, Maygames, Shewes and such like, Bee it enacted by our Soueraigne Lord the Kings Maiestie, and by the Lords Spiritual (and Temporall, and Commons in this present Parliament assembled, and by the Authoritie of the same, That if at any time or times after the end of this present Session of Parliament, any person or persons, doe or shall in any Stage-play, Interlude, Shew, Maygame, or Pageant, iestingly, and prophanely speake, or vse the holy Name of God, or of Chirist Iesus, or of the holy Ghost, or of the Trinitie, which are not to bee spoken but with feare and reuerence, [? he or they] Shall forfeit for euery such offence by him or them committed tenne Pounds; The one moytie thereof to the Kings Maiestie, his Heires and Successours; The other moytie thereof to him or them that will sue for the same in any Court of Record at Westminster, wherein no Essoigne, Protection, or Wager of Law shall be allowed.)。① 第 1 对折本（F1）删除了“最初四开本”（Q0）、第 1 四开本（Q1）中的一些脏话，这是新法令对舞台表演的规定所产生的结果。② 值得指出的是，这些变化可能是第 1 对折本（F1）的合作编辑者约翰·赫明吉（John Heminge）和亨利·康德尔（Henry Condell）根据国王剧团的最新演出剧作所作出的必要更改。

以下选录第二场第 2 幕（II, 2, 1183–1205）中哈尔亲王与福尔斯塔夫的散文体对白，当福尔斯塔夫对其棍棒山抢劫活动的胡说吹嘘，哈尔亲王揭穿真相，并用世俗的诅咒言语嘲笑他，其中还包含一些中世纪社会低俗下流的类比（base comparisons），这暗示伦敦社会常见的嫖娼现象。第 1 四开本（Q1）原写作 Zbloud you starueling, you elsskin, you dried neatstong, 第 1 对折本（F1）删除

① Hugh Gazzard. An Act to Restrain Abuses of Players (1606), *The Review of English Studies New Series*, Vol. 61, No. 251 (September 2010), pp. 495–528.

② Geoffrey Bullough ed., *Narrative and Dramatic Sources of Shakespeare*, Vol. 4, New York: Columbia University Press, 1975: 299–343.

了宗教表达词 Zbloud。S. M. 皮切尔则宣称，福尔斯塔夫那种夸张其词的对白具有古怪的机智、可爱的愚蠢、天真的荒谬、奇思妙想和悲怆的喜剧性风格。①（参看　梁译 99-101）

Henry IV, Part 1 (Quarto 3, 1604)	**亨利四世（1604 年）**
William Shakespeare	彭建华译
Prin. These Lyes are like the Father that begets them,	亲王：这些谎言很像生产它们的"父亲"
grosse as a Mountaine, open, palpable. Why thou Clay -	像山一样巨大、明显、易看清。你这土头土脑
brayn'd Guts, thou Knotty-pated Foole, thou Horson obscene -	的肥肠，乱涂满黄油的傻瓜，你这婊子养的，
greasie Tallow Catch.	肮脏污渍的牛油篓子，
Falst. What, art thou mad? art thou mad? is not the	福尔斯：怎么，你疯了？你疯了吗？真实就不是
truth, the truth?	真实吗？
…	……
Prin. Ile be no longer guiltie of this sinne. This sanguine	亲王：我不再为这罪过而愧疚。血红脸色的
Coward, this Bed-presser, this Hors-back-breaker,	懦夫，躺平在床上的浑人，压断马背的家伙，
this huge Hill of Flesh.	堆叠起来的大块肉。
Falst. Away you Starueling, you Elfe-skin, you dried	福尔斯：滚开，你这挨饿的瘦瘪，披着精怪的皮，
Neats tongue, Bulles-pissell, you stocke-fish: O for breth	你这牛的舌头，公牛的棒梗，贮存的鱼干：吁，
to vtter. What is like thee? You Tailors yard, you sheath	让我喘口气来说，你像什么？你像裁缝的量尺，
you Bow-case, you vile standing tucke.	你像刀鞘，你像讨厌的直挺的塞头。

① Seymour M. Pitcher. *The Case for Shakespeare's Authorship of "The Famous Victories"*, New York: State University of New York, 1961: 120.

以下选录第二场第 4 幕（II, 4, 1224–1235），这是对威尔士亲王的谄言谀辞。返回伦敦旅店的福尔斯塔夫在抢劫行为被揭穿后做出了自我辩白，这是一则散文体对白，突出了福尔斯塔夫的自相矛盾、夸张其词、浮夸吹牛的喜剧性形象。第 1 四开本（Q1）原写作 By the Lord, I knew ye as wel as he that made ye. 但第 1 对折本（F1）在拼写、词语和分行上有较明显的改变，删除了宗教用语 By the Lord,（参看　梁译 103 页）

Henry IV, Part 1 (Quarto 3, 1604)	**亨利四世（1604 年）**
William Shakespeare	彭建华译
Fal. I knew ye as well as he that made ye. Why heare	福尔斯：我知道你们，像创造你们的［上帝］一样。为什么-
ye my Masters, was it for me to kill the Heire apparant?	你们听着，各位大人–我要去杀害乔装的王位继承人？
Should I turne vpon the true Prince? Why, thou knowest	我应该向亲王本人对峙吗？为什么？你知道的
I am as valiant as *Hercules*: but beware Instinct, the Lion	我和大力神赫拉克勒斯一样勇敢：却明了［谨慎的］本能，一只狮子
will not touch the true Prince: Instinct is a great matter.	也不会加害亲王本人：本能是一个很重要的东西。
I was a Coward on Instinct: I shall thinke the better of	在本能上，我是一个懦夫：我却认为这会更好些，
my selfe, and thee, during my life: I, for a valiant Lion,	我自己和你，我这一生，我，即是一头勇敢的狮子，
and thou for a true Prince. But Lads, I am glad you haue	你则是一个真正的亲王。但是，伙计们，我很高兴你们
the Mony. Hostesse, clap to the doores: watch to night,	得到了［那笔］钱。老板娘，今晚要关好门，守好夜，
pray to morrow. Gallants, Lads, Boyes, Harts of Gold,	明天祈祷。英勇的人，伙计们，小伙子，金子般的心，

（续表）

Henry IV, Part 1 (Quarto 3, 1604)	亨利四世（1604 年）
all the good Titles of Fellowship come to you. What,	所有好朋友的称呼都归于你们。怎么样，
shall we be merry? shall we haue a Play extempory.	我们要作点乐子吗？ 我们可以做一个即兴表演吗？

四、结语

亨利四世（Henry IV, 1399–1413）是在贵族叛乱中推翻国王理查德二世而后夺取英格兰王位的，1377–1397 年被封为德比伯爵，1397–1399 年被封为赫尔福德公爵，也称为亨利・博林布洛克，他是兰开斯特公爵冈特的约翰（John of Gaunt）之子。历史剧《亨利四世　第一部》讲述的是从 1400 年国王亨利四世面对国内贵族的反叛宣布将募集英格兰军队远征耶路撒冷开始（And breath shortwinded accents of new broils/To be commenc'd in Stronds a-farre remote）(据霍林谢德《编年史》，这原本 1413 年的事情），到 1403 年 7 月舒兹伯利战役打败叛军诺森伯兰的珀西，该剧末尾亨利四世决定将亲自率领亨利亲王去威尔士与格伦道尔、马奇伯爵作战。《亨利四世　第一部》包含 2 个平行的事件：其一是国王亨利四世与诺森伯兰的亨利・珀西的战斗，其二是福尔斯塔夫及其同伙的搞笑故事，恰好是威尔士亲王亨利把这 2 个平行事件密切地连接起来。

《亨利四世　第一部》混合了喜剧与历史剧成分，第 1 四开本（Q1）是一个较为完备的“好的四开本”。从第 1 四开本（Q1）到第 1 对折本（F1），戏剧的主体文本基本上是相同的，几乎没有特别突出的段落增写或者删略。没有一个四开本版本将《亨利四世纪事》称为“亨利四世”两部戏剧中的“第一部”，也没有确实证据表明它的创作与《亨利四世　第二部》的创作有关。该剧所有的诗体对白中，一般的差异在于拼写、词语和宗教用语；由于受到散文剧《亨利五世的著名胜利》的影响，那些与福尔斯塔夫及其同伙相关的散文体对白的分行则出现了明显的差异，以及由于 1606 年法令禁止的宗教用语的删略。换言之，1606 年新法令颁布之后，《亨利四世　第一部》显然受到了出版物审查的限制。从 2 次伦敦书业公会的登记文字来看，深受观众与读者喜爱的《亨利四世　第一部》并不是盗印本、私印本。前 6 个四开本和第 1 对折本的修改可能是印刷商、出版商或者“国王剧团”别的成员完成的，而与剧作者莎士比亚无关。

第八节 论《李尔王》的早期印刷版本及其文体

410 年之后罗马人退出不列颠，凯尔特–布列顿人诸部落重新控制了不列颠。李尔王（King Leir, Leyre, Leyr）是凯尔特不列颠时期的科尔诺维人（Cornovii）首领。众多关于李尔王的历史记载往往是不一致的，《法兰克人历史》（Gregory of Tours, *A History of the Franks*）和《高卢战记》等拉丁语历史文献表明，把李尔王的年代确认为“世界［纪元］3105 年”即公元前 845 年是错误的，因为法兰克人入侵高卢的时间是 406–451 年。①1135 年蒙茅斯的杰弗里《不列颠诸王史》较早记载了李尔的故事，“在布拉杜德（Bladud）以这种方式去世后，他的儿子李尔继承了王位。李尔统治了这个国家 60 年。他在索阿尔河上建造了一座城镇，在不列颠语言中以他的名字命名为‘李尔城’（Kaerleir），撒克森语的名字是莱切斯特。他没有男性继承人，但他生了三个女儿。她们的名字是格诺丽拉（Goneril, Gonorilla）、瑞根（Regan）和科迪莉亚（Cordelia）”。“在他的王国贵族的建议下，他将二个长女分别嫁给了康沃尔和阿尔班尼两位公爵，并把他的王国分给他们，在他在世的时候。”科迪莉亚则嫁给了法兰克国王（Aganippus）。②1564 年格拉夫顿《英格兰编年史》也记载了李尔王和他的三个女儿的故事，李尔被两个大女儿抛弃后，在小女儿科迪莉亚（Cordeilla）和她的丈夫阿加尼普斯（Aganippus）的帮助下夺回了王国的统治权，而后科迪莉亚继承了王位，5 年后科迪莉亚被两个姐姐的儿子推翻。③1587 年霍林谢德在《英格兰编年史》第二

---

① Georges Duby. *Histoire de la France*, Paris: Larousse, 1999: 124–137.

② Geoffrey of Monmouth. *The History of the Kings of Britain*, London: Penguin, 1969: 62–63.

③ Richard Grafton. *Chronicles of England*, Vol. 1, London: Richard Tottell, 1809: 35–36.

卷第 5—8 章（The Second Booke, Chapters 5—8）记述了科尔诺维人的首领李尔（Leir），李尔王是卢得（Lud or Ludhurdibras）的孙子，巴尔都德（Baldud）的儿子，他统治中部地区的切斯特、罗克塞特、莱切斯特等地，即现今威尔士的东部地区；他的三个女儿，格诺丽拉（Gonorilla）嫁给了康沃尔公爵（Henninus），瑞根（Ragan）嫁给了阿尔班尼亚公爵（Maglanus），科迪莉亚（Cordeilla）嫁给了高卢亲王（Aganippus）。① 塞文河畔的格罗切斯特位于（北）威尔士的东部，虽然莎士比亚《李尔王》（*True Chronicle Historie of the life and death of King LEAR and his three Daughters*, 1608）表示康沃尔与格罗切斯特（Gloucester, Glouster, Gloster）毗邻，其二女儿瑞根的丈夫康沃尔公爵可能是多布尼人（Dobuni, Dobunni）的首领，即西威尔士的东部地区，莎士比亚几乎没有突出表现康沃尔 / 威尔士的背景。剧作中的荒原可能在索尔兹伯里原野（Sarum Plain），或者在肯特郡的某地，即前往多弗的路上（Thou wilt ore-take vs here a mile or twaine/I'th way to Douer）。②

一、“李尔王”的刊印

伊丽莎白时期，旅行剧团、剧作者与印刷商的关系是较为复杂的，戏剧的舞台表演与剧作文本的印刷相对而言是有明显区隔的两条传播路线。由于李尔王是伦敦各剧团较为通行的戏剧题材，甚至书商之间产生了剧作出版权的争议。③1594 年 5 月 14 日书商 A. 伊思利普（Adam Islip）在伦敦书业公会的登记簿注册了匿名《李尔王和他的三个女儿》（The moste famous Chronicle historye

① Raphael Holinshed. *Chronicles of England, Scotland and Ireland*, Vol. 1, London: Richard Taylor & Co. , 1808: 447.

② Gary Taylor, Michael Warren ed., *The Division of the Kingdoms: Shakespeare's Two Versions of King Lear*, Oxford: Clarendon Press, 1983: 195.

③ Walter Wilson Greg, *Variants in the First Quarto of King Lear: A Bibliographial and Critical Inquiry*, Oxford: Oxford University Press, 1940: 8.

of LEIRE king of England and his Three Daughters），可能因为登记的书商有误，伊斯利普的名字被从记录中划掉，更改为爱德华·怀特（Edward White）。据玫瑰剧院经理 P. 亨斯娄（Philip Henslowe）记载，1594 年 4 月 6–8 日女王剧团（Queen Elizabeth's Men）、苏塞克斯伯爵剧团（The Earl of Sussex's Men）合作曾演出过该剧。①

1605 年 5 月 8 日书商西蒙·斯塔福德（Simon Stafford）再次登记《李尔王的悲哀故事和他的三个女儿》（A booke called the Tragecall historie of Kinge LEIR and his Three Daughters & ces. As it was latelie Acted），同日 S. 斯塔福德把出版权转给 E. 怀特的学徒约翰·莱特（John Wright）。同年稍后印刷商 S. 斯塔福德、书商 J. 莱特（Iohn Wright）刊印了《李尔王的真实历史故事》（*The True Chronicle History of King Leir, and his three daughters, Gonorill, Ragan, and Cordella*），该剧已经在伦敦演出过（As it hath bene diuers and sundry times lately acted），并在毗邻新门市场的基督教堂门口销售（and are to bee sold at his shop at Christes Church dore, next Newgate-Market）。1605 年《李尔王的真实历史故事》中的诗体文本对莎士比亚重新创作"李尔王"题材的悲剧的影响无疑是深刻而广泛的。②

1607 年 11 月 26 日莎士比亚《李尔王》首次出现在伦敦书业公会的登记簿（Liber C of the Stationers' Company）上，注册人为书商纳塔尼尔·布特（Nathaniel Butter）、约翰·巴斯比（John Busby），原题为"李尔王纪事"（*Master William Shakespeare his historye of Kinge Lear as yt was played before the kinges maiestie at Whitehall vppon Sainct Stephens night at Christmas Last by his maiesties servantes playinge vsually at the Globe on the Banksyde.*），署名莎士比亚写作。该剧已经在 1606 年 12 月 26 日圣斯蒂芬之夜（vppon Sainct Stephans

① Tiffany Stern ed., *King Leir, Globe Quartos*, London: Taylor & Francis Group, 2002: ix.

② Sidney Lee ed., *The Chronicle History of King Leir: the Original of Shakespeare's King Lear*, New York: Duffield, 1909: xii.

night at christmas Last）为国王詹姆斯一世在皇宫白厅表演过（as yt was played before the kinges maiestie at Whitehall），并多次在南岸区的环球剧院表演过（by his maiesties servantes playinge vsually at the globe on Banksyde）。

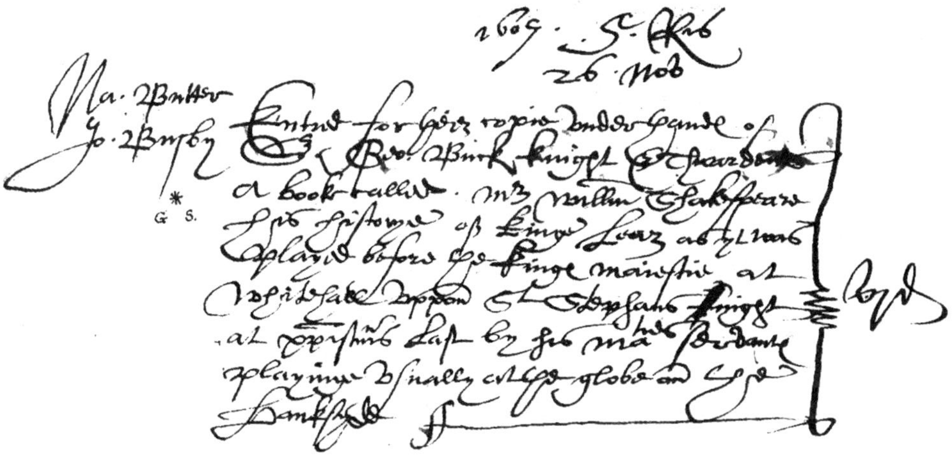

显然《李尔王》第 1 四开本晚于该剧在环球剧院的演出。因为莎士比亚《李尔王》部分采用了 1603 年牛津学者 J. 弗洛里奥（John Florio）翻译的蒙田散文中的语句，和 1603 年英国圣公会副主教 S. 哈斯奈特《对恶劣的通行欺骗的审议》（Samuel Harsnett, *A Declaration of Egregious Popish Impostures*）中所指责的恶魔、驱魔术、天主教等内容，所以该剧的创作时间不会早于 1603 年。① 同时，莎士比亚移用了匿名《李尔王和他的三个女儿》一剧的情节结构和多处语句。K. 缪尔认为，莎士比亚的《李尔王》创作于 1603–1606 年间，② 而 R. 魏斯认为，莎士比亚《李尔王》的创作时间可能在 1605–1606 年间。③M. 威金斯

① Kenneth Muir. Samuel Harsnett and King Lear, *The Review of English Studies*, New Series, Vol. 2, No. 5 (Jan., 1951), pp. 11–21.

② Kenneth Muir. *The Arden Shakespeare: King Lear*, Cambridge, Massachusetts: Harvard University Press, 1959: xxi.

③ Rene Weis. *King Lear: Parallel Text Edition*, London: Routledge, 2009: 44.

认为，该剧的写作时间最有可能是 1605 年，并在 1610 年进行了修订。①

在莎士比亚的悲剧中，《李尔王》显然是一个成功的剧作。20 世纪学者 W. J. 克莱格②、L.科斯巴姆③、G. I.杜西④、K.缪尔⑤、G. B.伊文思⑥、S.乌尔考维茨⑦、R.A.佛克斯⑧、S.威尔斯⑨、J.哈里奥⑩、R.韦斯⑪、K. R.诺尔斯⑫分别编辑了现代版《李尔王》，强调了 1608 年第 1 四开本、1623 年第 1 对折本的印刷文本。⑬

《李尔王》早期印刷版本共有 3 个，即 1608 年第 1 四开本（Q1）、1608 年第 2 四开本（Q2），第 2 四开本（Q2）实为 1619 年印刷商威廉·伽噶德为书商托马斯·帕维尔刊行的，和 1623 年第 1 对折本（F1）。现存最早的完整的《李尔王》是 1608 年刊印的第 1 四开本（Q1），原标题为 *M. William Shakspeare: HIS True Chronicle Historie of the life and death of King LEAR and his three*

① Martin Wiggins ed., *British Drama 1533–1642: A Catalogue*, Volume II: 1567–1589 (2012); Volume V: 1603–1608. Oxford: Oxford University Press, 2015.

② William James Craig ed., *The Tragedy of King Lear*, The Arden Shakespeare, 1st edition, London: Methuen, 1901.

③ Leo Kirschbaum ed., *The True Text of "King Lear"*, Baltimore: The Johns Hopkins Press, 1945.

④ William Shakespeare. *King Lear*, edited by George Ian Duthie, John Dover Wilson, New York: Cambridge University Press, 1960.

⑤ Kenneth Muir ed., *The Arden Shakespeare: King Lear*, London: Harvard University Press, 1959.

⑥ G. Blakemore Evans ed., *The Riverside Shakespeare: King Lear*, Boston: Houghton Mifflin, 1974.

⑦ Steven Urkowitz, *Shakespeare's Revision of King Lear*, Guildford: Princeton University Press, 1980.

⑧ Reginald Anthony Foakes, *Arden Shakespeare: King Lear* (Arden Shakespeare), London: Methuen, 1997.

⑨ Stanley Wells ed., *The Oxford Shakespeare: The History of King Lear*, Oxford: Oxford University Press, 2000.

⑩ Jay Halio ed., *The Tragedy of King Lear*, Cambridge: Cambridge University Press, 2005.

⑪ Rene Weis. *King Lear: Parallel Text Edition* (2nd Edition), London: Routledge, 2009.

⑫ Kevin J. Donovan Richard Knowles ed., *Shakespeare's King Lear: A New Variorum Edition of Shakespeare*, Modern Language Association, 2020.

⑬ P. W. K. Stone. *The Textual History of King Lear*, London: Scolar Press, 1980: 13.

Daughters. With the vnfortunate life of Edgar, sonne and heire to the Earle of Gloster, and his sullen and assumed humor of Tom of Bedlam: As it was played before the Kings Maiestie at Whitehall vpon S. Stephans night in Christmas Hollidayes. By his Maiesties seruants playing vsually at the Gloabe on the Bancke-side. London, Printed for Nathaniel Butter, and are to be sold at his shop, 1608. 比较在伦敦书业公会的登记簿注册的剧名，第 1 四开本（Q1）更改为"李尔王和他的三个女儿的真实历史故事"。第 1 四开本（Q1）共计 80 页，署名剧作者 William Shak-speare。印刷商是 N. 奥克斯（Nicholas Okes），书商 N. 布特（Nathaniel Butter）开始销售第 1 四开本（Q1），出售该书的"花色公牛"文具店（at the signe of the Pide Bull）位于老伦敦城的保罗教堂院内（in Pauls Church-yard），毗邻圣奥斯汀门（neere St. Austins Gate）。

一般的，每个四开本都是依据其前一个版本而刊印的。第 2 四开本（Q2）标题稍有更改，写作 *M. VVilliam Shake-speare, HIS True Chronicle history of the life and death of King Lear, and his three daughters. With the vnfortunate life of EDGAR, sonne and heire to the Earle of Gloster, and his sullen and assumed humour of TOM of Bedlam: As it was plaid before the Kings Maiesty at White-Hall, vppon S. Stephens night, in Christmas Hollidaies. By his Maiesties Seruants, playing vsually at the Globe on the Banck-side. Printed for Nathaniel Butter, 1608.* 标题页不再标明出版和销售地址，书商还是 N. 布特。第 2 四开本（Q2）是从较短的第 1 四开本（Q1）刊印出来的，剧作文本包含许多更改，包括对第 1 四开本（Q1）中刊印错误的更正，并产生了一些新的错误。第 2 四开本（Q2）共计 80 页。C. J. 希松《莎士比亚时代的佚失剧作》指出，1610 年《李尔王》一剧曾在约克郡尼德谷地的郭特威特府邸演出。①

① Charles Jasper Sisson. *Lost Plays of Shakespeare's Age*, Cambridge: Cambridge University Press, 1936: 4.

1623年伦敦印刷商J. 伽噶德（Isaac Iaggard）、E. 布伦特（Edward Blount）刊行《莎士比亚喜剧、历史剧与悲剧》第1对折本（*Mr. William Shakespeares comedies, histories, & tragedies: published according to the true originall copies*），《李尔王》(The Tragedy of King Lear）是其中的第8个悲剧（第283—309页）。①一般认为第1对折本（F1）主要是根据第1四开本（Q1）重新修订而成。第1对折本（F1）文本在许多细节上与第1四开本（Q1）不同，有些是实质性的。前者（F1）缺少在第1四开本（Q1）中找到的近300行，并且在第1四开本（Q1）中没有找到后者的100多行。威尔斯、泰勒认为，第1四开本（Q1）和第1对折本（F1）是基于不同的副本。②J. 哈里奥认为，它们具有同等的权威性，因为第1四开本（Q1）源自莎士比亚的草稿（rough drafts），而第1对折本（F1）源自17世纪剧院使用的手稿（manuscript）。③1632年印刷商托马斯·科特斯（Tho. Cotes）、书商罗伯特·阿洛特（Robert Allot）在伦敦刊行《莎士比亚喜剧、历史剧与悲剧》第2对折本（*Mr. William Shakespeare Comedies, histories and tragedies. Published according to the true originall copies. The second impression*）。④

二、第1四开本（Q1）的文本

《李尔王》第1四开本（Q1）包含60多个明显的排印错误，这些错误可能是来自印刷商，而不是剧作者。由于印刷字母ſ（=s），近似f，因而有3个词语误印，例如，fenced(senced), possesses(professes), russel(ruffle/ruffell)。

① Gary Taylor. The Folio Copy for Hamlet, King Lear, and Othello, *Shakespeare Quarterly*, Vol. 34; Iss. 1(Apr. 1983), pp. 44–61.

② Stanley Wells, Gary Taylor ed., *The History of King Lear*, Oxford: Oxford University Press, 2001: 3–5.

③ Jay Halio ed., *The Tragedy of King Lear*, Cambridge: Cambridge University Press, 2005: xi.

④ Sidney Thomas. Shakespeare's Supposed Revision of King Lear, *Shakespeare Quarterly*, Vol. 35; Iss. 4(1984), pp. 506–511.

W. W. 格雷戈详细列举了第 1 四开本（Q1）中的拼写差异、误印词语、可疑的拼读现象。①

King Lear	Q1(1608)	Q2(1608/1619)
词语误印（括号内是原词）	Albaines(Albanies), con(can), countenadce(countenance), disuetur'd(disnatured), flechuent(fleshment), guie(giue), gull(gall), it'h(in the), Klnd(Kind), maidenlest(maidenliest), nd(and), obrayds(vpbraids), one(owne), ont(out)，pâst(paste), protecction(protection), puspos'd(purposed), quesse(guesse), ruslngs(ruslings), sharpes(sharpnes), sholud(should), sith(sigh), tha(that), thar't(thou art), thee(the), tral(trial), vm(vp), weaknes(weakens), where(were)	Albanies, can, countenance, disuetur'd(disnatured), flechuent(fleshment), guie(giue), gall, Kind, maidenlest(maidenliest), and, vpbraids, owne, out, paste, protecction(protection), purposed, guesse, ruslings, sharpnes, should, sith(sigh), that, the, tral(trial), vm(vp), weakens, were
词语误印	adultresse, Autums, bornet, Byt'h/bit'h, caterickes, churgion, coster, diguise, dungell, entends, fac't, Fauchon, fastned, ha'dst, horeson, ioyne, it'h, Iustisers, no, paromord, purpost, shewen, snurff, Stew, sumter, vnusuall, thereat, thorough, tral, voke, wanst	adulteresse, Autumnes, bounty, By the, carterickes, chirurgeon, costard, disguise, dunghill, extends, fac'st, Fauchion, fastened, hadst, whoreson, ioynt, i'th, Iustices, now, paramord, purposd, shewne, snuffe, Steward, sumpter, vnusall, threats, through, triall, volke, wantst

李尔王时期的英格兰是流行岛屿凯尔特语、拉丁语的中古王国，但莎士比亚在悲剧《李尔王》中没有使用陈旧的凯尔特语。作为早期现代英语，莎士比亚英语还不是非标准英语（Received Pronunciation, RP），未确立标准化的正字

① Walter Wilson Greg, *Variants in the First Quarto of King Lear: A Bibliographial and Critical Inquiry*, Oxford: Oxford University Press, 1940: 59.

法（orthography），在拼写、词汇、语法上表现出丰富的变异（variants），缺乏普遍遵守的一致性。①《李尔王》包含法语词汇、日耳曼词汇的拼写形式，例如，araign, Cockney, Mounsieur, Zedd; choghes, dizi, Dutchesse, letchers, Snatches, stretch, wretchednes 等。在第 1 四开本（Q1）中，词语拼写远未达到一致，bee/be, beene/bin, ceaze/seaze/sizes, battle/battell, drawne/drawen, hee/he, mee/me, shee/she, wee/we, Preethe/Prethee/prithe/prithee/prithy, All/Al, adultery/adulterie, hie/high, Iayle, gayle, will/wil, makeing/making, wakeing/to wakes, comming/coming, swimming，busines/businesse, highnes/highnesse, redresse/redres, Tayler/Taylor, wher's/whers/wheres；常用的词尾后缀 -nes/nesse, -les/lesse, ful/full 在第 1 四开本（Q1）中并不一致，2 种拼写形式总是可以替换的。动词在数量、时态、语态上的变化形式偶尔也表现出差异，braz'd, brazen; has, hath; purpost, purposd; shewne, shewed; toucheth, touches; Whil'st, Whiles。此外，否定性词语前缀 in-、vn- 有时是可替换的，例如，Indistinguisht, vndistinguisht。②

第 1 四开本（Q1）中手抄体的缩写字母 ã, ẽ, õ, ũ, &（and）使用较多，例如，attendãce, cãnot, deathsmã, instãly, substãce, stãd/stãds, strãge; bẽt, beatẽ, ẽtertained, engẽdred, iudgemẽt, negligẽce, obediẽce, offẽce, offriẽds, tẽder, thẽ, thẽselues, whẽ; accõmodate, cõmon, Cõmand, cõfort, cõsider, demonstratiõ, diuisiõ, frõ, preparatiõ, restoratiõ; boũd, Burgũdie, Burgũdy, cũning, Edmũd, Exeũt, grayhoũd, grim-hoũd, haũts, soũded, trũdletaile。值得指出的是，由于罗马拉丁语并不严格区分 u, v，在早期现代英语中，u, v 往往是可以互换的。《李尔王》第 1 四开本（Q1）中字母 v 的使用明显增多，而且出现了 f, v 在词语拼写上的替换；含有字母 z 的词语共计 9 个，s, z 往往是可以互换的，例如，amazd, anotomize, gazing,

---

① P. W. K. Stone, *The Textual History of King Lear*, London: Scolar Press, 1980: 1–12.

② William C. Carroll. New Plays vs. Old Readings: "The Division of the Kingdoms" and Folio Deletions in "King Lear", *Studies in Philology* Vol. 85, No. 2 (Spring, 1988), pp. 225–244.

hissing/hiszing, prize/prise, vnprizd。beniz, benizon 是 13 世纪出现的高卢罗曼语化的新词，源自拉丁语复合词 benedicere（bene, well; dicere, to say）。①

莎士比亚剧作中的“差 / 次的四开本”（Bad Quartos），一般被认为是“盗印本”或者“偷抄本”（Stolne and Surreptitious Copies）。②A. W. 坡拉德认为，《李尔王》第 1 四开本（Q1）即是“差 / 次的四开本”。③《李尔王》现存六个第 1 四开本（Q1）复印本，第 1 对折本和此前的四开本有很大不同，它们各自在标点符号、拼写、页码和文本行数是不同的，其中 2 个完全相同的四开本可能是最初的权威刊印本。第 1 四开本（Q1）共计 3000 多行，其中偶尔存在词语的省略，这将会在文本中留下空白。20 世纪莎士比亚的编辑们认为第 1 四开本（Q1）文本要么源于对表演的速记抄录（shorthand transcription），要么源于演员根据他们对自己角色的记忆而对戏剧进行的重建。④ 也有人认为第 1 四开本（Q1）是莎士比亚自己的手稿印刷出来的。⑤

第 1 对折本删除了第 1 四开本中的 285 行，新增了 115 行早期四开本中没有的内容。学者们对文本中这些差异的重要性提出了质疑。一些人认为，第 1 四开本是莎士比亚原创的、最初的文本，甚至是从剧作家的亲笔手稿印刷的，它也是最早表演的版本。R. Ch. 哈塞尔列举了《李尔王》中的宗教词语，above, adultery, affliction, anointed, banes, believe, beneath, benediction, benison,

① Michael J. Warren. *The Complete King Lear 1608–1623*, Berkeley: University of California Press, 1989: 25.

② Paul Werstine. *A Century of "Bad" Shakespeare Quartos*, *Shakespeare Quarterly*, Vol. 50, No. 3 (Autumn, 1999), pp. 310–333.

③ Alfred W. Pollard. *Shakespeare Folios and Quartos: A Study in the Bibliography of Shakespeare's Plays, 1594–1685*, London: Methuen and company, 1909: 64–65.

④ Jay L. Halio. *The Tragedy of King Lear*, Updated Edition, Cambridge: Cambridge University Press, 2005: 265.

⑤ Stephen Orgel. *King Lear: the 1608 Quarto and 1623 Folio texts*, New York: Penguin Group (USA) Inc., 2000: xxv.

bless[1], blessed (blest)[1], blessing, bond, curse[3], darkness, despair, divinity[1], doomsday, dreadful, evil[3], fall[3], folly, fool, forgive, ghost[2], God, goddess, gods, godson, heavenly[1], Hecate, hell, heretic, high, Hobbidence, holy water, just, love[2], luxury, miscreant, mortified, mysteries, nothing, obey, pelican, pray, preach, renounce, revengive, right[1], rosemary, sacrifice[1], self-slaughter, skies, soul[2], spirit[1], steeple, sulphur, thunder, thunder-bearer, tithing, Turlygod, vanity[3], venge, vengeance, vice[3] 等。① 朱迪·克伦菲尔德深入考察了宗教的、政治的和文学文化中赤裸和穿衣的形象和隐喻（以及与之相关的物质现实）、戏剧性的逼真性（即历史主义的文化表征）和共同的宗教道德观，突出了该剧中明显表现出来的伊丽莎白时期的基督教新教思想。②

莎士比亚采用多种诗体、散文体创作了《李尔王》。第 1 四开本（Q1）中包含 2000 多个素体诗行（blank verse），这是一种无韵的、自由的五重音或抑扬格五音步诗行；60 个亚历山大体诗行（Alexandrine），这是一种自由的六重音诗或抑扬格六音步的法语诗行；37 组双行诗体（Couplets），这是一种自由的五重音或抑扬格五音步诗组；宫廷小丑 / 傻子的谣曲（Fool’s Snatches）、疯子埃德加的谣曲（Edgar’s Snatches）。第 1 四开本（Q1）中有 800 多个散文体（印刷）行，几百个诗行要么被错误地划分，要么被设置为散文，例如，第 1044–1045 行 The King must take it ill, /that hee’s so slightly valued //In his messenger, /should haue him thus restrained. 同样，一些散文体（印刷）行也被错误地设置为诗行。③

① Rudolph Chris Hassel. *Shakespeare's Religious Language: A Dictionary*, Bloomsbury Academic, 2015: 443.

② Judy Kronenfield. *King Lear and the Naked Truth: Rethinking the Language of Religion and Resistance*, Durham: Duke University Press, 1998: 17.

③ Charles J. Sisson. *Shakespeare Quartos as Prompt-Copies. With Some Account of Cholmeley's Players and a New Shakespeare Allusion*, The Review of English Studies, Vol. 18, No. 70 (Apr., 1942), pp. 129–143.

从中古英语到早期现代英语，较于素体诗和散文体，押韵诗作为一种表达方式占有显著的优先地位。格律诗、奇迹剧、道德剧和幕间剧都是押韵的。莎士比亚的写作实践经历了从较多押韵到较少押韵的转变。“谣曲”在韵律模式上往往是自由的，包括双重音（dimeter）、三重音（trimeter）、四重音（tetrameter），常常与抑扬格韵式（Iambic）交替使用。《李尔王》一剧中，弄人/傻子的谣曲出现在第一场第 4 幕（I, 4, 111–118; I, 4, 130–137; I, 4, 307–311），第二场第 4 幕（II, 4, 72–79）、第三场第 1 幕（III, 2, 69–72; III, 2, 75–86）中。它们在节奏上近似约翰·斯克尔顿（John Skelton, 1460–1529）的讽刺诗，即基于自然的语音节奏的、短诗行的韵律诗。

以下选录第三场第 1 幕（I, 4, 588–592）宫廷小丑/傻子的即时对白（Fool's Snatches），这是一种短诗行的、押韵的“谣曲”（ballad rhythm）片段，这个“斯凯尔顿式”诗段（Skeltonics）采用不规则的抑扬格双重音，以阴韵结尾；然而，第 1 四开本（Q1）中傻子的对白被错误地划分为看似散文体的（印刷）行，因此重新标注出原诗行的划分是必要的。[①] 在此段中，宫廷小丑/傻子用简明的、多重的比较句式（more/lesse then）重申了日常生活经验的智慧，最末一行是 2 个双重音诗行，同时包含一个词语 score（分数、得分、二十）的文字游戏。

***King Lear* (Quarto 1, 1608)**	**李尔王（1608 年）**
William Shakespeare	彭建华译
Foole. Marke it vncle, /haue more then thou shewest, / speake	傻子：请听吧，老叔，/拥有的该比你表露的多，/说出的
lesse then thou knowest, /lend lesse then thou owest, /ride more	该比你知道的少，/借出的该比你所有的少，/骑行的
then thou goest, /learne more then thou trowest, / set lesse then	该比你徒步的多，/学到的该比你轻信的多，/下赌的

① René Weis. *King Lear: A Parallel Text Edition*, London, New York: Longman, 1993: 41.

（续表）

King Lear (Quarto 1, 1608)	李尔王（1608 年）
thou throwest, / leaue thy drinke and thy whore, / and keepe in a	比你掷骰子的多，/ 放弃你的美酒和妓女，/ 长驻留
doore, / and thou shalt haue more, / then two tens to a score.	在门内，/ 你将拥有更多，双十甚于二十。

作为一种押韵诗，疯子埃德加的谣曲片段（Edgar's Snatches）是不规则的民谣节奏。以下选录第三场第 6 幕（III, 6, 1773–1779），第 1774–1778 行是四重音的扬抑格不完整诗行（trochaic verse catalectic），它往往被看作咒语，莎士比亚常常用这种押韵诗来表达超自然的存在。这段对白被错误地划分为看似散文体的（印刷）行，因此重新标注出原诗行的划分是必要的。此外，第四场第 1 幕（IV, 1, 1985–1992）埃德加的谣曲与 S. 哈斯奈特《对恶劣的通行欺骗的审议》(Samuel Harsnett, *A Declaration of Egregious Popish Impostures*）中所指责的恶魔、驱魔术有直接的关联。①

King Lear (Quarto 1, 1608)	李尔王（1608 年）
William Shakespeare	彭建华译
Edg. Tom will throw his head at them, auant you curs,	埃德加：汤姆会把他的头投掷向他们，在你们这些狗的前面，
Be thy mouth, or blacke, or white, / tooth that poysons if it bite, /	就是你们的嘴，黑色或者白色，/ 如果它咬人，牙齿是有毒的，/
Mastife, grayhoũd, mungril, grim/ hoũd or spaniel, brach or lim, /	法国獒犬，灰色猎犬，杂种犬，/ 冷酷猎犬或西班牙猎犬，狼狗，/
Bobtaile tike, or trũdletaile, /*Tom* will make them weep & waile, /	短尾巴狗，或者卷尾巴狗，/ 汤姆会让它们哭泣和哀号，/

① Kenneth Muir. *Samuel Harsnett and King Lear*, The Review of English Studies, Volume 2, Issue 5(1951), Pages 11–21.

（续表）

***King Lear* (Quarto 1, 1608)**	**李尔王（1608 年）**
For with throwing thus my head, / dogs leape the hatch and all	因为把我的头这样投掷，/ 狗会蹿跳出舱口，全都会
are fled, // loudla doodla come march to wakes, and faires, and	逃跑的。// 喽啦，嘟啦，来到集市和市场，集市市镇，
market townes, poore *Tom* thy horne is dry.	可怜的汤姆，你的角器风干了。

亚历山大体诗行源自 12 世纪法国骑士传奇《亚历山大传奇》(*Le Roman d'Alexandre, ou La vie et les hauts faits d'Alexandre de Macedoine*)，在法语诗歌中是指 12 个音的诗行，在第六个音之后有停顿。它在中世纪道德剧和早期的英雄剧中很常见，也是伊丽莎白时代最受喜爱的格律诗体。莎士比亚常常以传统惯例来使用法语式的亚历山大体诗行（多是抑扬格六音步，偶尔有三音节组成的多音步）。《李尔王》第 1 四开本（Q1）中的六重音亚历山大体诗行（多是抑扬格六音步）是分散的，例如，第一场第 1 幕（I, 1, 222）Could neuer plant in me. 第一场第 1 幕（I, 1, 225）To speake and purpose not, since what I well entend, 第二场第 3 幕（II. 3. 1092–1093）Sometime with lunaticke bans, sometime with prayers, /Enforce their charitie, poore Turlygod, poore Tom, 第四场第 3 幕（IV. 3. 2148）A soueraigne shame so elbows him his own vnkindnes。第一场第 1 幕（I, 1, 116–133）中李尔王对科迪莉亚的愤怒是由最初的 2 音半行、13 个素体诗行、3 个亚历山大体诗行和最末一行自由的四重音诗行组成的，例如，第 118 行 On her kinde nursery, hence and auoid my sight: 第 126 行 That troope with Maiesty, our selfe by monthly course, 第 129 行 Make with you by due turnes, onely we still retaine。

在《李尔王》第 1 四开本（Q1）中，抑扬格五音步的双行诗节是常见的格律诗体，它们表现为 3 种主要作用：（1）和伊丽莎白时代别的戏剧一样，双行诗节用来标记退场或者对白、独白的结束，例如，第一场第 2 幕（I, 2, 463–464）Let me if not by birth, haue lands by wit, /All with me's meete, that I can fashion fit.（2）有条理的概括上文，并赋予警句效果，例如，第一场第 5 幕（I, 1, 797–798）Shee that is maide now, and laughs at my departure, /Shall not be a maide long, except things be cut shorter.（3）有意突出高贵人物的优雅辞令，例如，第一场第 1 幕（I, 1, 255–262）法兰克国王赢得与科迪莉亚的婚约之后告辞的对白 Gods, Gods! tis strãge, that from their couldst neglect；第一场第 1 幕（I, 1, 263–266）李尔王随后应答的对白，Thou hast her France, let her be thine, 其中包含 2 处诗行的错误划分。

以下选录第三场第 6 幕末尾（III, 6, 1803–1815）人物退场之际，埃德加的独白突显了强烈的情感音调（悲哀），其中第 1803–1804 行包含 1 处诗行的错误划分，因此重新标注出原诗行的划分是必要的。or'e scip 是 overskip 的非标准化拼写形式。

***King Lear* (Quarto 1, 1608)**	**李尔王（1608 年）**
William Shakespeare	彭建华译
Edg. When we our betters see bearing our woes:/ we scarcely	埃德加：当我们看见更高贵者承受我们的悲戚：
thinke, our miseries, our foes.	我们似乎不再去计较我们的不幸，我们的仇敌。
Who alone suffers suffers, most it'h mind,	那些人独自承受着苦痛，其最苦痛的是在心里，
Leauing free things and happy showes behind,	抛却自由的事物，而欢乐却只在身后显示，
But then the mind much sufferance doth or'e scip,	但是心里却有很多的痛苦纷扰乱窜，
When griefe hath mates, and bearing fellowship:	当悲伤结伴而来时，它们呼朋引伴：
How light and portable my paine seemes now,	现在，我的哀伤看起来轻微屑小，
When that which makes me bend, makes the King bow.	那使我屈服的，也使得国王弯腰。
He childed as I fathered, *Tom* away,	他有孩子就像我有父亲一样，汤姆走吧，

（续表）

King Lear (Quarto 1, 1608)	李尔王（1608 年）
Marke the high noyses and thy selfe bewray,	注意听了高的喧声，注意扮演好你自己，
When false opinion whose wrong thoughts defile thee,	她们的错误思想使你遭受玷污，虚假的观念
In thy iust proofe repeals and reconciles thee,	将由你公正的证实而废止，你也将得到和解，
What will hap more to night,safe scape the King,	今晚可能要发生什么，愿国王离去，一切安好，

三、第 2 四开本（Q2）的修订

1619 年刊印了第 2 四开本（Q2），剧作题名与第 1 四开本（Q1）完全相同，它甚至在标题页上保留了第 1 四开本（Q1）日期 1608 年。20 世纪初发现第 2 四开本（Q2）真实的刊印日期是 1619 年。第 2 四开本（Q2）包含了许多更正和修改，例如，在词语省略及省略记号上更为严谨，Command/commend, demanding, grand, France, gantlet 六个词语用 an 替换了东中部方言的 aun 拼写形式。从后缀 -full, -less, -ness 辅音拼写来看，第 2 四开本（Q2）表现出对一致拼写的努力。它忽略了第 1 四开本（Q1）10 多个明显的错误，同时也出现了近 10 个新的错误，这些更改是来自印刷商，而不是剧作者。最显著的更改在第四场（IV）和第五场的最后一幕（V, 5）。

在第 2 四开本（Q2）中，手抄体的缩写字母使用减少了许多，仅留存 4 个词语 seruãt, diligẽt, frõ, ô(oh)。然而，含有字母 z 的词语新增了 10 个，共计 19 个，amaz’d, anotomize, benizon, braz’d, brazen, craz’d, dizy, gazing, seize, vnpriz’d, Zed; cozener/cosioner, pezant/pesant, prize/prise, raizd/raised, rouzd/rousd, zir/sir, zo/so, zwaggar’d/swaggar’d, 其中 s, z 常常可以替换。它们表明装疯的埃德加所说的英格兰方言（Kentish Dialect）中，z 的发音可能与法语里昂方言或者普罗旺斯

方言（Occitan Language）有关。

King Lear	Q1(1608)	Q2(1608/1619)
词末默音 -e	shee, doe, hee, againe, child, find, she, goe, whome, bee, between, kind, auoide, shafte, answere, safty, maide, thinks, deedes, wordes, maide, farewell, vnkind, find, therfore, bosoms, moneth, betweene, wherfore, mind, bastardie, speede, find, wrot, tast, find, me, ther's, thinke, pawn, wind, mee, own, finds, wee, child, gon, heat, seene, answere, mind, old, again, looks, readie, seeme, be, truly, fishe, looke, struck, wind, cold, heede, sweet, need, wholsome, weale, discreet, child, knowe, shewe, teeme, spleene, child, pluck, dost, add, gon, kind, Fool, sweet, maide, hast, said, charms, told, finds, wast, own, deepe, truly, visit, whorson, beat, Moone, kind, behind, intreat, find, wind, Post, hast, answere, traueled, wherfore, only, beat, stick, buttered, standes, burne, finds, afoot, child, farewell, needes, cheape, bleak, winds, abusd, scattered, kingdome, credit, sheets, heades, vild, whirle, vnkind, heede, keep, curld, mind, sweet, deeply, cold, answere, sheepe, ons, wild, cold, foode, vild, Only, curtains, conueyd, Ingratfull, pluck, lunatick, vild, sparks, ranks, vsurps, vild, behind, seemed, elbows, weedes, wisdome, News, kneeles, conceit, raggs, neers, beene, forfended, strain, safty, hourly, desperatly, summond	she, do, he, again, childe, finde, shee, go, whom, be, betweene, kinde, auoid, shaft, answer, safety, maid, thinkes, deeds, words, maid, farwell, vnkinde, finde, therefore, bosomes, month, between, wherefore, minde, bastardy, speed, finde, wrote, taste, finde, mee, there's, think, pawne, winde, me, owne, findes, we, childe, gone, heate, seen, answer, minde, olde, againe, lookes, ready, seem, bee, truely, fish, look, strucke, winde, colde, heed, sweete, neede, wholesome, weal, discreete, childe, know, shew, teem, spleen, childe, plucke, doest, adde, gone, kinde, Foole, sweete, maid, haste, saide, charmes, tolde, findes, waste, owne, deep, truely, visite, whoreson, beate, Moon, kinde, behinde, intreate, finde, winde, Poste, haste, answer, traueld, wherefore, onely, beate, sticke, butterd, stands, burn, findes, afoote, childe, farwell, needs, cheap, bleake, windes, abused, scatterd, kingdom, credite, sheetes, heads, vilde, whirl, vnkinde, heed, keepe, curlde, minde, sweete, deepely, colde, answer, sheep, ones, wilde, colde, food, vilde, Onely, curtaines, conueyed, Ingratefull, plucke, lunaticke, vilde, sparkes, rankes, vsurpes, vilde, behinde, seemd, elbowes, weeds, wisedome, Newes, kneels, conceite, ragges, neeres, been, forefended, straine, safety, hourely, desperately, summoned

（续表）

King Lear	Q1(1608)	Q2(1608/1619)
元音 a, ai, e, ea, ee, ei, i 替换	Albany, Cornwell, hereafter, here, maister, harted, allegeance, deere, plant, entend, bin, intire, Leir, ceaze, inflam'd, receaued, bin, feirce, abhorred, intirely, surfeit, beene, intreatie, indure, raz'd, maister, harted, Ladie, indured, increase, pearce, seaze, beene, ruffen, intreat, check, bin, neare, leasure, perceau'd, hedier, heare, indow'd, bag, tailes, leasure, intreat, gorgeous, counsails, horred, deerely, leachers, counterfeiting, Traytor, tratours, meare, hele, Conceaue, deere, nether, speedely, bereued, Lest, discrie, harke, deceaued, extreame, yealds, neare, pearcing, heart, harke, here's, proclamed, mistres, griefes, hir, hirs, indure, battaile, taine, harke, hether, briefe, extreames, griefe, pitious	Albeney, Cornewall, heereafter, heere, master, hearted, alleigeance, deare, plaint, intend, bene, entire, Lear, seize, enflam'd, receiu'd, beene, fierce, abhorrid, entirely, surfet, bin, entreaty, endure, raizd, master, hearted, Lady, endured, encrease, pierce, seize, bene, ruffian, entreat, checke, bene, neere, leisure, perceiu'd, headier, heere, endowed, beg, tales, leisure, entreate, gorgious, counsels, horrid, dearely, lechers, counterfeting, Traitor, traitors, meere, heel, Conceiue, deare, neather, speedily, bereaued, Least, descrie, hearke, deceiued, extreme, yeelds, nere, piercing, hart, hearke, heare's, proclaim'd, mistris, greefes, her, hers, endure, battell, tane, hearke, hither, breefe, extremes, greefe, pitteous
元音 e, ay, ey, i, y 替换	curiositie, ryuals, bountie, libertie, beautie, enemie, find, hereditarie, Vnhappie, Maiestie, Propinquitie, pittyed, relieued, marrie, iointly, sustayn'd, prayers, dutie, flatterie, eye, countrie, Burgundie, Royall, oyly, historie, infirmitie, waywardnes, curiositie, lye, lyed, qualitie, policie, conspiracie, guiltie, necessitie, Lyars, natiuitie, ryotous, wearie, sayes, Authoritie, ordinarie, fortie, say's, dutie, curiositie, dayes, bandie, player, prettie, Wearie, necessitie, eyes, lethergie, soueraintie, remedie, disquantitie, drie, fiftie, flea, kibes, readie, prettie, readie, partie, Albany, indeuour,	curiosity, riuals, bounty, liberty, beauty, enemy, finde, hereditary, Vnhappy, Maiesty, Propinquity, pittied, releeued, marry, ioyntly, sustain'd, praiers, duty, flattery, eie, country, Burgundy, Roiall, oily, history, infirmity, waiwardnes, curiosity, lie, lied, quality, policy, conspiracy, guilty, necessity, Liars, natiuity, riotous, weary, saies, Authority, ordinary, forty, saies, duty, curiosity, daies, bandy, plaier, pretty, Weary, necessity, eies, lethergy, souerainty, remedy, disquantity, dry, fifty, fley, kybes, ready, pretty, ready, party, Albaney, endeuor, noise, authority, replied, faith'd, deny, Lady, eide, Lipsbury, liuer'd, whining, deny,

（续表）

King Lear	Q1(1608)	Q2(1608/1619)
元音 e, ay, ey, i, y 替换	noyse, authoritie, replyed, fayth'd, denie, Ladie, ey'd, Lipsburie, lyuer'd, whyning, denie, dayes, Vanitie, royaltie, vnnecessarie, wagtayle, oyle, varie, smoyle, praysd, twentie, veritie, rayld, prayses, imployments, miserie, wearie, heauie, eyes, happie, loynes, Countrie, voyces, nayles, prayers, charitie, Hayle, loynes, tarie, fierie, Infirmitie, Hayle, tyed, vnnecessarie, ayrs, beautie, enmitie, bile, amytie, prayse, Stayne, tast, eyles, furie, Rotunditie, drie, nether, ioin'd, rayne, tyrannie, mayst, layd, traytor, charitie, traytor, obay, pray, extremitie, bodie, mercie, loyaltie, poysons, mungril, prithy, trayterous, traytor, corkie, filthie, traytor, indur'd, layd, horred, pittie, eyes, intreate, treacherie, Tigers, benifited, pray, deuill, obay, inraged, fancie, necessarie, playd, raritie, moystened, sustayning, centurie, aydant, traytor, voyce, dizi, my, treasurie, die, adultery, flie, luxurie, mortalitie, inough, impertinencie, wayl, descryes, Hartie, rayse, payd, pitie, mustie, poyson, Germanie, togither, inioy'd, speedie, indure, mistery, imployment, carie, dride, aduersarie, saiest, liest, extreamitie, spoyle, obey, foyns, Scythyan	daies, Vanity, royalty, vnnecessary, wagtaile, oile, vary, smoile, praisd, twenty, verity, raild, praises, imploiments, misery, weary, heauy, eies, happy, loines, Country, voices, nailes, praiers, charity, Haile, loines, tarry, fiery, Infirmity, Haile, tied, vnnecessary, aires, beauty, enmity, byle, amity, praise, Staine, taste, eielesse, fury, Rotundity, dry, neyther, ioyn'd, raine, tirany, maist, laide, traitor, charity, traitor, obey, prey, extremity, body, mercy, loyalty, poisons, mungrel, prethee, traiterous, traitor, corky, filthy, traitor, endur'd, laid, horrid, pitty, eies, entreate, treachery, Tygers, beneflicted, prey, deuill, obey, enraged, fancy, necessary, plaid, rarity, moistened, sustaining, century, aidant, traitor, voice, dizy, may, treasury, dye, adulterie, flye, luxury, mortality, enough, inough, ynough, impertinency, waile, descries, Hearty, raise, paid, pitty, musty, poison, Germany, together, enioy'd, speedy, endure, mystery, employment, carry, dryed, aduersary, sayst, lyest, extremity, spoile, obay, foines, Scythian
元音 a, au, oa, o 替换	assalted, commaund, demaunding, Fraunce, gauntlet, graund, lancht, naught; approach, gloabe, gotish, loath, loathly, lothed, oth, Roaring, tode; bedlom, tottered	assaulted, Command/commend, demanding, grand, France, gantlet, launcht, nought; approch, globe, goatish, loth, lothly, loath'd, oath, Roring, toade; bedlam, tattered

（续表）

King Lear	Q1(1608)	Q2(1608/1619)
元音 o, oo, ou, ow 替换	blood, bloudie, bloudy, bould, boults, choghes, conquerour, controule, couldst, curtesie, dishonord, fauor'd, forescore, Hould, honour, honorable, mowse, ould, sauor, soiorne, souldiers, Taylor, though, tould, traitour, troupe, yong, yonger; dore, do't, Do'st/Doo'st, forth, loose, looses, loosest, moued, proue, strooke, to/toe, too, tombe, troupes, wodden, Woolfe; auowched, controwle, fowle, howerly, howers	bloud, bloudy/bloody, bloody, bold, bolde, bolts, choughes, conqueror, controle, cold'st, courtesie, dishonoured, fauour'd, fourescore, Hold, honor, honourable, mouse, old, sauour, soiourne, soldiers, Taylour, thogh, told, traitor, troope, young, younger; doore, doo't, Dost, foorth, lose, loses, losest, mooued, prooue, stroke, too, to, toombe, troopes, wooden, Wolfe; auouched, controle, foule, hourely, houres
元音 au, aw, ew, ow, u, ui 替换	bloes, dew, sawcy, showes, sommons; bruse, brutish	blowes, saucie, shewes, due, summons; bruise, bruitish
元音 er, re, ar, ir, or, ur 替换	powre, dowre, Caractar, perfit, parson, heer, disordred, disordred, hir, Tayler, stubburne, powrefull, particuler, venture, durst, arbiterment	power, dower, Carracter, parfit, person, here, disordered, disordered, her, Taylor/Taylour, stubborne, powerfull, particular, venter, darst, arbitrement
辅音双写	Allwaies, busines, al, mettall, mar, Happely, cary, Mary, disclaime, addres, dismantell, foulnes, tardines, wil, sory, alas, donne, gadde, needes, sons, til, run, Citties, find, shal, loose, harted, Starres, eclipses, nuptial, busines, trifell, full, will, mar, mungrel, cal'd, maner, cal, cur, prety, kenell, All, redres, worships, giltles, cursse, mery, crab, tel, tast, spie, neither, coming, caytife, conceals, farre, Ocasions, Zedd, walles, dogge, of, legges, sory, trespas, hill, runs, oprest, cursses, allow, Als, wel, tenne, pities, battel, mary, cary, Caytife, witte, shun,	Alwaies, businesse, all, mettal, marre, Haply, carry, Marry, dissclaime, addresse, dismantle, will, sorry, alasse, done, gad, needs, sonnes, till, runne, Cities, finde, shall, lose, hearted, Stars, ecclipses, nuptiall, trifle, ful, wil, marre, mungrell, call'd, manner, call, curre, pretty, kennell, Al, redresse, weaknesse, Darkenesse, worshippes, curse, merry, crabbe, tell, taste, spy, neyther, comming, caytiffe, conceales, far, Occasions, Zed, wals, dog, off, legs, sorry, trespasse, hil, runnes, oppress, curses, alow, All's, well, ten, pitties, battell, marry, carry, Caytiffe, wit, shunne, Animal, called, still, euil,

（续表）

King Lear	Q1(1608)	Q2(1608/1619)
辅音双写	Animall, caled, stil, euill, pity, spaniel, vilaine, mistris, bitt, brimme, sott, vilains, pitty, horid, sorow, Brittish, pitied, ariues, chaffes, pursse, trifell, quarel, robbe, billes, smal, sunnes, purse, vpon, runne, smal, smell, pots, pitifull, sorowes, drum, arayd, lips, kis, royall, miscaried, miscary, enemies, shaddow, incurd, aduanct, bitte, gotte, smillingly, skippe, You'r	pitty, spaniell, villaine, misttris, bit, brim, sot, villains, pity, horrid, sorrow, British, pittied, arriues, chafes, purse, trifle, quarrell, rob, bils, small, suns, pursse, vppon, run, small, smel, pottes, pittifull, sorrowes, drumme, array'd, lippes, kisse, royal, miscarried, miscarry, enemy's, shadow, incurr'd, aduancst, bit, got, smilingly, skip, You are
后缀 -ful, -less, -ness 辅音拼写	highnes, plainnes, rashnes, hollownes, dowreles, oldnes, likenes, needles, vnkindnesse, weaknes, Darkenes, fruitful, gentlenes, mildnes, breefnes, bluntnes, plainnes, breathles, kindnes, vnkindnes, forgiuenes, ingratful, lamenes, needful, vnkindnes, dreadful, madnesse, pittiles, raggednesse, lownes, darkenes, greedines, madnes, badnes, tamenes, hardnes, eyles, wickednes, madnes, dumbnes, goodnes, noyseles, fitnes, harmefull, opposles, strangenes, goodnes, Ripenes, sicknes, sweetnes, chearles	highnesse, plainnesse, rashnesse, hollownesse, foulenesse, tardinesse, oldnesse, likenesse, vnkindnes, dowrelesse, giltlesse, gentlenesse, mildnesse, breefnesse, bluntnesse, plainnesse, breathlesse, kindnesse, vnkindnesse, forgiuenesse, lamenesse, vnkindnesse, raggednesse, lownesse, darknesse, greedinesse, madnesse, badnesse, tamenesse, hardnesse, wickednesse, madnesse, dumbnesse, goodnesse, fitnesse, strangenesse, goodnesse, Ripenesse, sicknesse, sweetnesse, fruitfull, ingratefull, needfull, dreadfull, harmfull, pittilesse, eyelesse, needlesse, noiselesse, opposelesse, cheerelesse
辅音［k］c, ck, qu,［s］s, z, c, th 替换	truncke, nuncle, stincke, vncle, drunckards, rousd, crackt, prise, aduise, councell, truncke, nisely, councell, practise, diuorse, scarce, twise, scarcely, scarce, mise, scarcely, scip, sences, scarce, beach, cosioner, reskue, sence, scarce, domestique, scarcely, practise, circled, prophecie	trunke, nunckle, stinke, vnckle, drunkards, rouzd, crakt, prize, aduice, counsell, trunke, nicely, counsell, practice, diuorce, scarse, twice, scarsely, scarse, mice, scarsely, skip, senses, scarse, beake, cozener, rescue, sense, scarse, domesticke, scarsely, practice, circkled, prophesie

（续表）

King Lear	Q1(1608)	Q2(1608/1619)
[ʃ] 辅音 c, t, [f] ph, f, v, [tʃ] ch, tch 替换	Physicion, curphew, Mastife, beleeft, polititian, fortnight, vngratious, auntient	Physition, curfue, Mastiue, beleeu'd, politician, vortnight, vngracious, ancient
辅 g, gu, gh 替换	gard, roges, gests, gessingly, hie, Maugure	guard, rogues, guests, guessingly, high, Maugre
词内省略记号	enforst, vs'd, condem'd, would'st, Do'st, Whats, apeer's, say'st, remember'st, on's, can'st, weele, gainst, where is, stand's, It'h, tak't, Weele, may'st, poyson'd, Display'd, wrong'd, chanc'st, Despis'd, heers, desir'd, for't, nam's, reseru'd, shalbe, Theile, youle, Seet, contemnd, toth', ouer, I'de, speakest, y'ar, flattered, tha're, thers, knowest, find'st, you'l, weele, wal'd, bith', the'xtreamest, for't, bee'st, know't, armed, poysoned, whers, murderous, als, thout	enforc'st, vsed, condemn'd, wouldst, Dost, What's, appeares, saist, remembrest, ones, canst, wee'l, against, where's, stand his, In the, take it, Wee'l, maist, poisoned, Displaid, wrongd, chancst, Despised, heere's, desired, for it, name is, reserued, shall be, They'l, you'l, See it, contemn'd, to the, ore, I'de, speakst, y'are, flatter'd, they, are, theres, knowest, findst, youle, weell, walld, by the, th'extremest, for it, beest, know it, arm'd, poyson'd, where's, murdrous, all's, thou't

第 2 四开本（Q2）基本沿袭了第 1 四开本（Q1）的文本内容，但在拼写、词汇、语法上有较大的不同，因此不是第 1 四开本（Q1）的重印。同时，第 2 四开本（Q2）对第 1 四开本（Q1）中的各种诗行与散文体（印刷）行做出了重新划分，使得一些诗行恢复了它们的原初形态。第 2 四开本（Q2）仅有 4 处删除与增写：（1）删除了第 1 四开本（Q1）第 809–811 行，Curan. Haue you heard of no likely warres towards, twixt/the two Dukes of Cornwall and Albany?/Bast. Not a word. 这是 3 个散文体（印刷）行。（2）删除了第 2355 行 ther's the sulphury pit, burning, scalding, stench。（3）删除了第 2472 行 consumation, and for you her owne for Venter。（4）第 2 四开本（Q2）新增写了第 768–771 行宫廷小丑 / 傻子与李尔王的对白

Foole. Why to keep his eyes on either side his nose, that what/a man cannot smell out, he may spy into./Lear. I did her wrong!/Foole. Canst tell how an Oyster makes his shell.

由于约翰·李利（John Lyly, 1554?–1606）的努力，在伊丽莎白时期的戏剧中，散文体成为一种与诗体享有同等权利的表达方式。莎士比亚对散文体进行了有趣的尝试，而且散文的比例在其后期创作中有所增加。《李尔王》一剧中的散文可以区分四种：（1）在正式文件中所使用的的散文体。（2）戏剧对白中口语化的散文体。（3）下层人物和喜剧性人物所使用的散文体，如宫廷小丑 / 傻子的独白等。（4）戏剧人物精神失常或者疯子（装疯）所使用的散文体。

在莎士比亚剧作中，散文体是信件、通告和别的正式文件常用的语言媒介 / 文体，例如，《李尔王》中第四场第 6 幕（IV, 6, 239–245）格诺丽拉的信 Let your reciprocall vowes be remembred, 和第五场第 3 幕（V, 3, 111–114）信使的通告 If any man of quality or degree, in the hoast of the Army。以下选录第一场第 2 幕（I, 2, 344–351）中格罗切斯特伯爵所诵读的散文体信件，这是一封伪造的埃德加写给埃德蒙的信。也许人们不必强调格洛切斯特朗读（read）这一舞台行为本身，policy（行为规范）是一个源自高卢罗曼语的词语，wakt 是一个源自日耳曼语的词语，它出现在虚拟语气句式中，表达将要谋害父亲的阴谋（conspiracy），格罗切斯特伯爵突出了这一点（slept till I wakt him），显然，莎士比亚在此利用了 sleepe/slept 这一文字游戏。

***King Lear* (Quarto 2, 1619)**	**李尔王（1619 年）**
William Shakespeare	彭建华译
Glost. This policy of age makes the world bitter to the best	格洛切斯特：这个尊崇年龄的传统法令，使我们最好的［青春］时光
of our times, keepes our fortunes from vs till our oldnesse can-	对世界感到苦恼，让我们的财富远离我们，却要等到我们也变成
not relish them, I begin to finde an idle and fond bondage in	老人而无法享受它们。我开始在专制的压迫下感到一种闲散

（续表）

King Lear (Quarto 2, 1619)	李尔王（1619 年）
the oppression of aged tyranny, who swaies not as it hath -	与羁绊拘束，老年人之所以左右指使，不是因为他有权力，
power, but as it is suffered, come to mee, that of this I may speake	而是因为它是被容忍被顺受。请来到我这里，我要对此
more; if our Father would sleepe till I wakt him, you should	深入详谈。如果我们的父亲一直睡着，直到我把他惊醒，
enioy halfe his reuenew for euer, and liue the beloued of your	你可以永远享受他的一半收入，永远爱你的兄长
brother *Edgar.*	埃德加。

在《李尔王》一剧的开头，肯特伯爵、格洛切斯特伯爵与私生子埃德蒙之间的对白使用了口语化的散文体。由于偏信前两个女儿的谄媚言辞，李尔王狂怒地谴责理智的科迪莉亚，并驱逐了肯特伯爵。以下选录第一场第 1 幕（I, 1, 139–149）中肯特伯爵直率地对李尔王谏言，指出李尔王失去理智的行为将带来厄运。值得称赞的是，作为《李尔王》一剧的开始，它明确的指示了故事的悲惨结局，这突出了悲剧的情节本身。莎士比亚继承了中世纪宗教戏剧中抽象观念人格化表达，例如，责任（duty）、权力（power）、谄媚（flattery）、荣誉（honours）的寓意，而且 the region of my heart（心间）, plainnesse（平实说话）, hollownesse（空虚 / 空泛）都有利于形象化的表达。

King Lear (Quarto 2, 1619)	李尔王（1619 年）
William Shakespeare	彭建华译
Kent. Let it fall rather,	肯特：扔下它更好，
Though the forke inuade the region of my heart,	虽然箭镞射入了我的心间，
Be *Kent* vnmannerly, when *Lear* is mad,	李尔王疯的时候，肯特只得不礼貌了，
What wilt thou do old man, think'st thou that duty	你该怎么做，老人家，你认为责任会害怕

（续表）

King Lear (Quarto 2, 1619)	李尔王（1619 年）
Shall haue dread to speake, when power to flattery bowes,	而不敢说出来，当权力面对谄媚而俯首自诩时，
To plainnesse honours bound, when Maiesty stoops to folly,	荣誉有义务去实话实说，当君王止于昏聩时，
Reuerse thy doome, and in thy best consideration	重审你的厄运，你最好慎思深虑来审视这
Checke this hideous rashnesse, answer my life,	可怕的鲁莽，对我的一生所为，我的判断
My iudgement, thy yongest daughter does not loue thee least,	作出应答，你最小的女儿并不是不爱你，
Nor are those empty hearted, whose low sound	不像那些人心意空洞 / 虚情假意，她朴实的声音
Reuerbs no hollownesse.	没有混合空泛虚伪。

在莎士比亚戏剧中，精神失常的人物或者疯子（装疯）常常使用散文体写作，例如奥菲利亚的对白有时是散文体的，李尔王精神错乱时的独白是散文体的。李尔王恢复过来后与未发疯之前的对白却是采用诗体的。A. C. 布拉德利《莎士比亚悲剧》论述到了《李尔王》，“在他的精神失常之后，李尔王的言语几乎全是散文体的，他从昏迷中恢复其理智，他的语言也回复到诗体”。① 以下选录第四场第 6 幕（IV, 6, 139–149）李尔王对格洛切斯特伯爵的应答，发疯的李尔王诅咒两个女儿的背叛，哀叹失去了金钱与王权，并多次使用宗教语句。在这节激烈地诋毁女人的散文体对白中，pell-mell 是中古法语借词 pelemele，源自古法语 mesle，ay 拼写为 I，to’t 拼写为 toot，Horse 拼写为 Horsse，yond 误写为 yon，the fichew 误写为 to fichew，也许对这节散文重新分行的努力是徒

① Andrew Cecil Bradley. *Shakespearean Tragedy; Lectures on Hamlet, Othello, King Lear, Macbeth*, London: Macmillan and co., 1914: 416–417.

劳的。

***King Lear* (Quarto 2, 1619)**	**李尔王（1619 年）**
William Shakespeare	彭建华译
Lear. I, euery inch a King:/ when I do stare see how the subiect	李尔王：是的，分分寸寸即是国王：当我怒目而视时，看到臣民
Quakes:/ I pardon that mans life, what was thy cause, / Adulterie?	如何颤栗：我赦免了那人的生命，你因何获罪？通奸？
thou shalt not dye for adultery: no, / the wren goes toot, and the	你不会因为通奸而死：不会，鹪鹩在干那事，在我的眼前，
small guilded flye do letcher in my sight;/ let copulation thriue.	气味引导了苍蝇去交媾；让交配繁盛起来吧。
For *Glosters* bastard son was kinder to his father then my daughters/	因为格洛斯特的私生子对他父亲，比我的女儿更好，
got tweene the lawfull sheets, / toot Luxury, pell mell, for I	她们生于在合法的床帏之间，对于它，是奢华的，
want souldiers./ Behold yon simpring dame, / whose face between	恣意的，为此我需要很多卫兵。看那个扭捏作笑的女子，
her forkes presageth snow, / that minces vertue, and do shake the	她的脸表明她叉开的双腿之间贞洁如雪，她矫饰了美德，
head, heare of pleasures name/ to fichew, nor the soyled Horsse	听到臭鼬享乐纵欲的字眼便摇着头，没有一匹肮脏的马
goes toot with a more riotous appetite:/ downe from the waste	不会以更狂暴的兴致去干那事：她们是半人马妖精，
they are Centaures, / though women all aboue, but to the girdle	虽然束腰以上完全是女人，这是从众神继承而来的，
do the gods inherit, / beneath is all the fiends, / theres Hell, theres	腰以下却完全是恶魔，那里是地狱，那里是黑暗，
darknesse, fie, fie, fie, pah, pah: Giue mee an ounce of Ciuet,	啡，啡，啡，啪，啪：[地狱的气味]，给我一盎司麝香，
good Apothecary, to sweeten my imagination, ther's money for	好药剂师，它会让我的想象力更温馨甜美，这是给你
thee.	的钱。

在《李尔王》和别的莎士比亚戏剧中，下层人物和喜剧性人物的对白往往使用散文体，如宫廷小丑/傻子的独白有时是诗体的，有时是散文体的，有时混合了二者。以下选录第一场第4幕（I, 4, 608–617）中宫廷小丑/傻子对李尔王的暗讽，第608–613行是散文体的，最末的四行诗节是某一种即兴的谣曲，韵式为ABAB，四重音诗行、三重音诗行交替。巧智（wit）是英格兰文艺复兴时期最常用的修辞方法，例如傻子用吃蛋这一生活形象影射李尔王变得愚蠢的头脑，指出李尔王为他的两个大女儿加冕是一个极不明智的行为。

***King Lear* (Quarto 2, 1619)**	**李尔王（1619年）**
William Shakespeare	彭建华译
Foole. Why after I haue cut the egge in the middle and eate vp	傻子：为什么在我把蛋从中间切开之后，要吃掉
the meate, the two crownes of the egge: when thou clouest thy	它的精华，余下蛋壳的两个冠冕：当你把你的冠冕
crowne in the middle, and gauest away both parts, thou borest	从中间破开，把两个部分都给了人，你背着你的毛驴
thy asse on thy back ore the dirt, thou hadst little wit in thy bald	走在泥地上，你的秃壳冠冕已经没有一点智慧，
crowne, when thou gauest thy golden one away; if I speak like	当你把你的金冠送给别人的时候。如果像我自己这样
my selfe in this, let him be whipt that first findes it so.	在这事上说话，让最先发觉它是傻话的人该受鞭挞。
Fooles had nere lesse wit in a yeare,	这年岁里傻子不再有一点机智，
For wise men are growne foppish,	因为聪明人都变得愚笨，
They know not how their wits do weare,	他们不知道他们的智慧已经损失，
Their manners are so apish.	他们的举止十分像一蠢人。

四、第1对折本（F1）的修订

1623年出版的第1对折本（F1），题名更改为《李尔王的悲剧》，列为第八个悲剧。前 2 个四开本（Q1, Q2）和第 1 对折本（F1）是莎士比亚戏剧的不同的、独立的版本，二者在文本的长度、情节上有明显差别。第 1 四开本（Q1）和第 1 对折本（F1）版本在 800 多个词语的拼写上有所不同。由于书商或者印刷商对剧作的重新分行，第 1 对折本（F1）的行数比第 1 四开本（Q1）增多了 300 行，但在词语数量上更少。

第 1 对折本（F1）在文本校对、拼写一致、每页分行、情节连贯上优于 2 个四开本（Q1, Q2），但第 1 对折本并不是一个较为完美的版本。它可能是依据“国王剧团”新近演出的、重新修订过的剧本而刊印的，它是基于第 2 四开本（Q2），并参考了第 1 四开本（Q1）的修改本，偶尔有新的错误。第 2 四开本（Q2）和第 1 对折本（F1）之间的标点符号十分接近，第 1 对折本（F1）在纠正第 1 四开本（Q1）中较明显的错误与第 2 四开本（Q2）一致。同时，第 1 对折本（F1）也包含第 2 四开本（Q2）新出现的错误，例如，and 误写为 aad。前两个四开本分别写作 Prethe/prethee, for，而第 1 对折本（F1）写作 Prythee/Pry’thy, vor。除开标点符号与拼写形式，3 个早期版本所共有的任何段落在内容（词语、语句）基本一致，第 1 对折本（F1）较为谨慎地删除了少数宗教词语和粗鄙俗语。第 1 对折本（F1）包含字母 z 的词语共计 26 个，在数量上比第 2 四开本（Q2）更多，Anatomize, bastardizing, benizon, braz’d, brazen, buz, cozend, Cozener, craz’d, Curtizan, dizie, gazing, Gozemore, hizzing, pezant, prize, queazie, raiz’d, rouz’d, seize, vnpriz’d, Benizon, Zed, Zir, zo, zwaggerd。

King Lear	Q1（1608）	Q2（1619）	F1（1623）	New Oxford Shakespeare
总行数	3001	3092	3302	
单词总数	25175	25980	23513	
Actus Primus. Scoena Prima	5–312	5–306	3–332	第一场第 1 幕
Scena Secunda	313–464	307–456	333–504	第一场第 2 幕
Scena Tertia	465–490	457–482	505–528	第一场第 3 幕

（续表）

King Lear	Q1（1608）	Q2（1619）	F1（1623）	New Oxford Shakespeare
Scena Quarta	491–754	483–749	529–872	第一场第 4 幕
Scena Quinta	755–798	750–793	873–925	第一场第 5 幕
Actus Secundus. Scena Prima	799–909	794–914	926–1073	第二场第 1 幕
Scena Secunda	910–1072	915–1083	1074–1250	第二场第 2 幕
[缺]	1073–1094	1084–1105	1251–1272	第二场第 3 幕
[缺]	1095–1393	1106–1410	1273–1613	第二场第 4 幕
Actus Tertius. Scena Prima	1394–1443	1411–1461	1614–1653	第三场第 1 幕
Scena Secunda	1444–1513	1462–1534	1654–1733	第三场第 2 幕
			1734–1750	(增写部分)
Scaena Tertia	1514–1538	1535–1560	1751–1775	第三场第 3 幕
Scena Quarta	1539–1701	1561–1726	1776–1968	第三场第 4 幕
Scena Quinta	1702–1723	1727–1748	1969–1995	第三场第 5 幕
Scena Sexta	1724–1816	1749–1845	1996–2056	第三场第 6 幕
Scena Septima	1817–1925	1846–1961	2057–2176	第三场第 7 幕
Actus Quartus. Scena Prima	1926–2008	1962–2045	2177–2265	第四场第 1 幕
Scena Secunda	2009–2105	2046–2148	2266–2347	第四场第 2 幕
Scena Tertia	2106–2160	2149–2207	2348–2381	第四场第 3 幕
Scena Quarta	2161–2189	2208–2238	2382–2428	第四场第 4 幕
Scena Quinta	2190–2232	2239–2281	2429–	第四场第 5 幕
[缺]	2233–2488	2282–2552	–2742	第四场第 6 幕
Scaena Septima	2489–2586	2553–2664	2743–2843	第四场第 7 幕
Actus Quintus. Scena Prima	2587–2657	2665–2744	2844–2916	第五场第 1 幕
Scena Secunda	2658–2671	2745–2760	2917–2936	第五场第 2 幕
Scena Tertia	2672–3001	2761–3092	2937–3302	第五场第 3 幕

对比第 1、2 四开本，在第 1 对折本（F1）中，原初四开本的散文体对白被重新分行，第 1 对折本（F1）增写了第 46–49，54–55，90，94–95，176，265，437–444，466，487–491，774，810–872，1090–1092，1322–1327，1373–1374，1379，1420–1424，1599，1631–1638，1659，1664，1711，1734–1750，1798，1807–1808，1819，2013，2087，2185–2189，2194，2235，2295，2543，2567，2609–2612，2683，2688，2816，2936，3019，3035，3146，3181，3183，3282–3283 行，共计 100 多行在第 1 四开本（Q1）中没有的内容，主要包括李尔王、宫廷小丑 / 傻子、冈诺里拉的对白。同样，第 1 对折本（F1）删除第 1 四开本（Q1）中的第 265，398，434–439，481–484，488，600–613，674–677，995，1041–1043，1049，1104，1402–1409，1418–1429，1734–1765，1798–1816，1917–1925，1988–1993，2040–2058，2060–2066，2070–2077，2515–2516，2525–2526，2576–2586，3019，3072，3100，3146，3282 行，包括整个第四场第 3 幕（第 2106–2160 行），共计约 230 行。①

第 1 对折本（F1）首次出现了明确的分场分幕，即采用拉丁语（意大利斜体）分为五场 Actus Primus, Actus Secundus, Actus Tertius, Actus Quartus, Actus Quintus，同样，各场又分为多幕（Scoena, Scaena, Scena）。第 1 对折本（F1）重写了一些舞台指示（stage direction），这些细致的舞台指示对剧作的理解有较大帮助。②第 1 对折本（F1）中的舞台指示用意大利斜体写出，大部分是作独立分行的标识，可能是剧作抄写者有意添加了来自剧院的舞台表演、音乐演奏、舞台状态、场景指示以及解释性的说明，以方便读者了解更详细的舞台信息。包括：（1）一般的，每幕都有多次人物的进场与退场，69 次进场都

---

① Fredson Bowers. Establishing Shakespeare's Text: Notes on Short Lines and the Problem of Verse Division，*Studies in Bibliography*，Vol. 33 (1980)，pp. 74–130.

② William B. Long, "Stage Directions: a Misinterpreted Factor in Determining Textual Provenance." *TEXT* 2 (1985): 121–137.

标明了进场的人物，例如，Enter Kent. Enter Bastard. Enter a Messenger. Enter Messenger. Enter a Gentleman. Enter Bastard, and Curan, seuerally. 其中有 3 次标明了多次进场（seuerally），进场人数最多为 8 人，Enter King Lear, Cornwall, Albany, Gonerill, Regan, Cordelia, and attendants。同样，58 次退场分为 52 次简单标识 Exit, Exeunt，和 6 次标识了特定人物、特定场景的退场，例如，Exit Edgar. Exit Captaine. Exit with Glouster. Exeunt both the Armies. Exeunt with a dead March.（2）舞台上音乐演奏：5 次小号演奏 Trumpet. A Tumpet sounds.Trumpet answers within. 1 次击鼓 Drum afarre off. 1 次号角演奏 Hornes within. 2 次喇叭吹奏 Tucket within. 1 次喇叭声 Sennet. 4 次管弦乐合奏 Flourish；舞台状态说明，3 次警报 Alarums. Alarum within. 7 次暴风雨场景 Storme and Tempest. Storme still.（3）剧中人物在舞台上的行为表演，ouer the Stage（横穿舞台），Reads the Letter. Herald reads. Fights.（4）舞台行为的解释性说明，Kent here set at liberty（肯特去除脚枷被释）Killes him. He dies.①

《李尔王》的大部分内容是素体诗，即无韵、自由的五重音诗行或抑扬格五音步诗行，它由萨里伯爵亨利·霍华德于 1540 年左右从意大利引入英格兰，并被他用于翻译维吉尔的《埃涅阿斯纪》的第二卷和第四卷。尼古拉斯·格里马尔德（Tottel's Miscellany，1557 年）首次在英语诗歌中采用了这一诗体，其根源开始深入英国土壤并吸收实质内容。特别重要的是，萨克维尔和诺顿用素体诗创作了第一部英语悲剧《戈布杜克》(Gorboduc)。大约在莎士比亚抵达伦敦的时候，尤其是 1594 年之后，展示了素体诗为戏剧性诗歌和激情的载体的无限可能性。莎士比亚使用的素体诗确实是与英语戏剧相关的发展阶段相一致。在他早期的戏剧中，素体诗通常与《戈布杜克》的相似。其倾向是坚持数音节原则，以台词为单位，句句与台词一致（停格诗），并用

① Antony Hammond. "Encounters of the Third Kind in Stage-Directions in Elizabethan and Jacobean Drama." *Studies in Philology*, 89:1 (1992): 71–99.

五个完全抑扬步对应台词。其中间时期，如 1596–1600 年写作的《威尼斯商人》和《如你所愿》，空白诗更像是基德和马洛的，结构上没有那么单调的规律性，并且越来越倾向于继承自一行到另一行，在行尾没有句法或修辞上的停顿（连续诗句，enjambement）。现在冗余音节比比皆是，旋律更加丰富饱满。在莎士比亚后期的戏剧中，素体诗摆脱了形式界限的束缚，并在自由、表现力和有机统一中熟练使用。

素体诗最早出现在拉丁语诗歌中，常见于文艺复兴时期及其后的意大利语、英语、德语诗歌。诗人可以自由改变每个诗行中的重音和停顿的位置、捕捉语言变化的音调和情感暗示。素体诗是莎士比亚戏剧中的最常使用的诗体，萨克维尔（Thomas Sackville）、诺顿（Thomas Norton）、基德（Thomas Kyd）与马洛（Christopher Marlowe）为莎士比亚提供了极好的范例。在《李尔王》一剧中素体诗总是显得自由且灵活，其重音富有变化，有较多阴韵结尾和轻音结尾，以及短行（三音步、四音步）和跨行。以下选录第一场第 1 幕（I, 1, 41–60）年老的李尔王决定把王国分给他的三个女儿，这是用 7 个亚历山大诗行、11 个五重音的素体诗行、1 个自由的三重音诗行（可视为半个亚历山大诗行）写成的诗段，其中第 46–49，54–55 行是新增写的，第 45、50 诗行有较小的更改。李尔王用第一人称复数（we, our, vs）和宾格（me）来指代他自己。map 作为“地图、地球仪”是一个 16 世纪英语新词，它源自罗曼语化的拉丁语词（mappa mundi, mappemonde），与 5 世纪凯尔特不列颠时期的李尔王历史真实不相符合。在以历史为基础的想象作品中，时代误会（anachronism）源于对不同时期特征的不同生活方式和思想的无视或者对历史事实的无知。该诗段中还表现了一个中世纪骑士爱情故事，即法兰克亲王与勃艮第王子来到不列颠宫廷向李尔王的最小女儿科迪莉亚求婚，真诚地追求她的贞洁的爱情。其中 Vnburthen'd crawle 是一个隐喻，人被比喻为驮畜，在年老时需要摆脱沉重的负担。（参看　梁译 17 页）

King Lear (Folio 1, 1623)	李尔王（1623 年）
William Shakespeare	彭建华译
Lear. Meane time we shal expresse our darker purpose.	李尔：现在我要说出我更隐秘暗藏的目的，
Giue me the Map there. Know, that we haue diuided	地图在那里；让人知道我已把我们的王国
In three our Kingdome: and ’tis our fast intent,	分为三部分；这是我的第一个心愿，
To shake all Cares and Businesse from our Age,	摆脱我们这个时代的所有忧心和事务，
Conferring them on yonger strengths, while we	把它们交付给更年轻的力量，而我
Vnburthen’d crawle toward death. Our son of *Cornwal*,	将无负担地爬向死亡。我的女婿康瓦尔，
And you our no lesse louing Sonne of *Albany*,	还有你，享有同样爱的女婿阿尔班尼，
We haue this houre a constant will to publish	现在，我有一个坚决的意愿
Our daughters seuerall Dowers, that future strife	给我的三个女儿分配几份嫁妆，以便防止
May be preuented now. The Princes, *France & Burgundy*,	未来的冲突。法兰西和勃艮第两位王子，
Great Riuals in our yongest daughters loue,	向我最小女儿求婚的尊贵竞争者，
Long in our Court, haue made their amorous soiourne,	长时间在我的宫廷里，他们为爱情而逗留，
And heere are to be answer’d. Tell me my daughters	此时将得到回答。我的女儿们，来告诉我，
(Since now we will diuest vs both of Rule,	（从现在开始，我将抛弃统治权力、
Interest of Territory, Cares of State)	领土收益、国家事务）
Which of you shall we say doth loue vs most,	你们中的哪一个，告诉我她是最爱戴我的？
That we, our largest bountie may extend	我可能加倍赐予她最大的奖赏，

（续表）

King Lear (Folio 1, 1623)	李尔王（1623 年）
Where Nature doth with merit challenge. *Gonerill*,	这是美德最值得去争取 / 获得它：
Our eldest borne, speake first.	冈诺里乐，你出生最早，请你先说。

以下选录第一场第 1 幕（I, 1, 102–114）中李尔王对科迪莉亚即将远嫁法兰克而做出的辞别，这是一节包含 2 个亚历山大诗行、9 个素体诗行、2 个四重音诗行的对白。法兰克亲王赢得了科迪莉亚的婚约，后者将前往法兰克王国，与斯基泰人 / 塞人（Scythian）为邻，然而莎士比亚对斯基泰人的认知是模糊的，并存在误解，《亨利六世　第一部》（1 *King Henry the Sixth*, II, 3）也对斯基泰人有叙述。赫卡特可能源自小亚细亚的神话，她是莎士比亚较为喜爱的希腊女神。在《麦克白斯》（*Macbeth*, II, 1; IV, 5）中，赫卡特是一个拥有魔法、召唤女巫的月光女神。（参看　梁译 21 页）

King Lear (Folio 1, 1623)	李尔王（1623 年）
William Shakespeare	彭建华译
Lear. Well let it be so, thy truth then be thy dower,	李尔：好吧，就这样你的真实便是你的嫁妆，
For by the sacred radience of the Sunne,	因而，以太阳神圣的光芒，
The mistresse of *Heccat,* and the might,	赫卡特召唤的女巫和魔力，
By all the operation of the Orbes,	以确定我们存在和不存在的
From whom we do exsist and cease to be,	众多星球的一切运转为证，
Heere I dissclaime all my paternall care,	在此，我放弃了我所有的父爱，
Propinquity and property of bloud,	我们的亲属关系与血缘属性，
And as a stranger to my heart and me,	作为陌生人，对于我心和我本人，
Hold thee from this foreuer, the barbarous *Scythian*,	你将永远离开这里，毗邻野蛮的
Or he that makes his generation	斯基泰人，或者他所衍生的后代

（续表）

King Lear (Folio 1, 1623)	李尔王（1623 年）
Messes to gorge his appetite,	为了嗜吃果腹而搞得乱七八糟，
Shall be as well neighbour'd, pittied and releeued,	你将会被善待，被怜爱、被抚慰，
As thou my some-time daughter.	正如旧时你是我的女儿。

莎士比亚表现了人的本性，而国王永远应该有君主的尊严，后者是《李尔王》一剧潜在的主题。以下选录第一场第 4 幕（I, 4, 813–829）中李尔王指责大女儿格诺丽拉的背叛，期望小女儿科迪莉亚能恢复他君王的尊严。Woluish（wolfish）包含了字母 f, v 替换，这可能影射了伊索寓言中狼的故事。这个诗段包含 12 个素体诗行、2 个自由的三重音诗行、1 个自由的四重音诗行。值得指出的是，第 813–814，817–818 行表现为错误的诗行划分，它们原是 2 个素体诗行。①（参看　梁译 69–70 页）

King Lear (Folio 1, 1623)	李尔王（1623 年）
William Shakespeare	彭建华译
Lear. Ile tell thee:	李尔：我告诉你：
Life and death, I am asham'd	生与死，我在蒙羞
That thou hast power to shake my manhood thus,	你有权力撼动我失了男子气概，
That these hot teares, which breake from me perforce	从我眼里迸流而出的这些热泪
Should make thee worth them.	会让你得其所值。
Blastes and Fogges vpon thee:	疾风与浓雾将降临你：
Th'vntented woundings of a Fathers curse	父亲诅咒的无意伤害，将深切刺透

① Seymour M. Pitcher. *The Case for Shakespeare's Authorship of The Famous Victories*, New York: State University of New York, 1961: 120.

（续表）

King Lear (Folio 1, 1623)	李尔王（1623 年）
Pierce euerie sense about thee. Old fond eyes,	你的每个感官。老而昏花的眼睛，
Beweepe this cause againe, Ile plucke ye out,	再次为这个原因哭泣，我把你
And cast you with the waters that you loose	挑出来，用你放出来的水，把你掷下
To temper Clay. Ha? Let it be so.	同粘土调和。啊？真该是这样的。
I haue another daughter,	我还有一个女儿，
Who I am sure is kinde and comfortable:	我确信她是善良且令人慰藉的：
When she shall heare this of thee, with her nailes	当她听到你这话时，她会用她的手指
Shee'l flea thy Woluish visage. Thou shalt finde,	来撕下你恶狼般的脸具。你会发现，
That Ile resume the shape which thou dost thinke	我将恢复我的尊严之形，而你认为
I haue cast off for euer.	我永远失掉了它。

1603 年以后，莎士比亚戏剧中的素体诗往往实现了自由、表现力和有机生命体的一致。以下选录第四场第 1 幕（IV, 1, 2179–2187），埃德加在荒原上遭遇了他的父亲格洛切斯特伯爵。埃德加的独白对历经磨难的人生抒发了深刻的沉思，莎士比亚用 4 组悖论式的警句机智地传达了人类生活的经验。除开 3 个短行，这一诗段主要是较为规范的 5 个重音的素体诗，却也不拘泥于韵律模式的拘束限制，（参看　梁译 171 页）。

King Lear (Folio 1, 1623)	李尔王（1623 年）
William Shakespeare	彭建华译
Edg. Yet better thus,and knowne to be contemn'd,	埃德加：知道在被鄙视，应该会比受人鄙视
Then still contemn'd and flatter'd, to be worst:	表面也受人恭维更好一些。最糟糕的是：

（续表）

King Lear (Folio 1, 1623)	李尔王（1623 年）
The lowest, and most deiected thing of Fortune,	命运中最卑微的、最沮丧的那人，
Stands still in esperance, liues not in feare:	却站在希望中，无畏无惧地生活：
The lamentable change is from the best,	可悲的转变从最好的（状况）开始，
The worst returnes to laughter. Welcome then,	最糟糕的也将回归于欢笑。便坦然迎接，
Thou vnsubstantiall ayre that I embrace:	我拥抱你虚空不实的狂风：
The Wretch that thou hast blowne vnto the worst,	被你狂暴吹打的人已经是最糟
Owes nothing to thy blasts.	最坏，不幸却与你的吹打无关。
But who comes heere? My Father poorely led?	谁来这里？我的父亲由一个穷人引来？
World, World, O world!	世界，世界，哦，世界！
But that thy strange mutations make vs hate thee,	你惊奇的突然改变，竟使得我们怨恨你，
Life would not yeelde to age.	生命不该屈服于年岁老迈。

五、结语

悲剧《李尔王》的时代背景是模糊而矛盾的，剧中反复提及古希腊神祇、占星术、中世纪的恶龙（under the Dragon's tail）、都铎王朝时期的宫廷用语等；此外，还部分混淆了盎格鲁–萨克森时期的肯特（可能暗示了 8 世纪的麦西亚）。第一场第 1 幕出现了剧中的主要人物（除开宫廷小丑 / 傻子与埃德加），李尔王宣布“更隐秘暗藏的目的”（darker purposes）。darker 暗示了该戏剧的气氛，从此也引出了爱情考验、王国的分裂、科迪莉亚被剥夺继承权，肯特的放逐、埃德蒙的阴谋等戏剧情节。第一场第 3 幕宫廷小丑 / 傻子首次出场，他是低微的、理智的、机智的旁观者，发现并揭示了真相。傻子揭开了格诺丽拉、瑞根的真正面纱，后者以她们的强权剥夺了李尔作为君王的尊严，并逼得走投无路的李尔王发疯。第二场第 1 幕埃德蒙带着李尔王的二女儿瑞根和康沃尔伯爵来到格洛切斯特城堡，处于两个阴谋中的李尔情节和格洛切斯特情节便连接在一起。李尔、愚者和肯特正处于夜晚的暴风雨中，第三场第 4 幕装疯的埃德加再次把李尔情节和格洛斯特情节交织在一起，李尔王在暴风雨中发疯使得悲剧达到了它的高潮。而后科迪莉亚与法国军队来到，故事逐渐趋于平静，达到悲剧的结局。其中包括想象中审判格诺丽拉和瑞根，瑞根和沃尔康惩罚被背叛的格洛切斯特伯爵，科迪莉亚与法国军队对格诺丽拉、瑞根、埃德蒙率领的军队作战。第五场第 3 幕叙述了悲剧的结局，即李尔王与科迪莉亚在不幸中死去。《李尔王》一剧表达了对“贫穷的、赤裸的不幸者”（Poore naked wretches）的同情。

1606 年新法令颁布之后，《李尔王》显然受到了出版物审查的限制，其中所使用的宗教词语是极其克制的。《李尔王》混合了悲剧与喜剧成分，而第 1 四开本（Q1）在诗体、散文体对白独白分行上较为混乱。该剧有一些不寻常的句子结构，甚至是诗意的压缩、省略和文字游戏。前两个四开本（Q1, Q2）与第 1 对折本（F1）有较大的差异：首先是在拼写、词语和宗教词语上的差异，其次第 1 对折本（F1）发生了显著的情节增写和删略。该剧使用了亚历山大诗体、双行诗体、多种谣曲、素体诗和散文体对白独白，在文体上丰富、自由、多变化。该剧包含 900 多个散文体（印刷）行，散文体对白独白在剧中表现出独特的优美。同时，从 2 次伦敦书业公会的登记文字来看，深受观众与读者喜爱的《李尔王》可能隐含了剧作者、多个剧团、书商、印刷商之间较为复杂的互动关系，剧作的版权在流传中表现出明显的争议。前 2 个四开本和第 1 对折本的修改可能是印刷商、出版商或者“国王剧团”别的成员完成的，而与剧作者莎士比亚无关。

第九节　论《哈姆雷特》第 1、第 2 四开本的修改

一般认为《哈姆雷特》第 1 四开本、第 2 四开本、第 1 对折本是三个较为独立的早期版本。《哈姆雷特》(*The Tragedie of Hamlet, Prince of Denmarke*) 第 1 四开本被认为是 1598 年莎士比亚创作的意大利式悲喜剧。1602 年 7 月 26 日《哈姆雷特》首次出现在书业公会的登记簿上，注册人为书商詹姆士·罗伯特（James Roberts），原题为“丹麦王子复仇记”(the Revenge of Hamlett Prince Denmarke as yt was latelie Acted by the Lord Chamberleyne his servantes.)。1603 年书商 N. 灵（Nicholas Ling）和 J. 特伦得尔（John Trundell）在伦敦刊印了第 1 四开本（First Quarto），剧名“丹麦王子哈姆雷特的悲哀事迹”(The Tragicall Historie of Hamlet, Prince of Denmarke）下标明作者是威廉·莎士比亚；印刷商可能是 V. 西蒙斯（Valentine Simmes）。因为戏剧情节与传说的哈姆雷特故事很接近，该作可能是莎士比亚按照某个已佚旧剧改编而成。

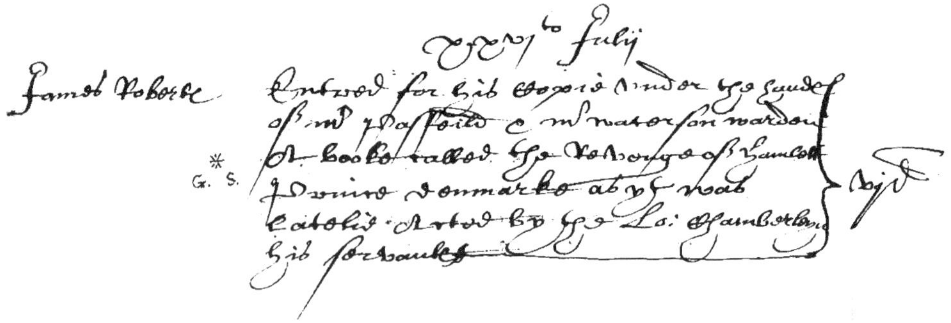

1604 年书商 N. 灵在伦敦圣顿斯东教堂（Saint Dunstons Church）刊印了第 2 四开本，名为 The Tragedie of Hamlet, Prince of Denmarke，并注明“按照真确

善本更新刊印，较旧版增加了几乎一倍”（Newly imprinted and enlarged to almost as much againe as it was, according to the true and perfect Coppie）。1605 年刊印的第 3 四开本，是第 2 四开本的重印本。1611 年刊印了第 4 四开本，有一些修改，英语拼写更符合正字法的要求。大约 1622 年刊印了第 5 四开本，这个重印本已经接近第 1 对折本（First Folio）。1637 年刊印了第 6 四开本，是第 5 四开本的重印版本。1623 年第 1 对折本出版，即《莎士比亚喜剧历史剧悲剧集》（*Mr. William Shakespeares comedies, histories, & tragedies*），在悲剧一类之下第七个是《哈姆雷特》（*The Tragedie of Hamlet, Prince of Denmarke*），在第 152–280 页，共 3906 行。这是一个舞台修订本，218 行与第 2 四开本相同，85–98 行则不同于第 2 四开本。这些为舞台演出而做出的修订，可能是国王剧团（由宫内大臣剧团更名而来）修改的，而非莎士比亚所作。

一、第 1 四开本不是原初剧作的盗印本

英格兰文艺复兴时期，四开本是一种通行的廉价印刷书。现存的 1603 年第 1 四开本（Q1）极少，不列颠图书馆的藏本，上下封页为直纹的红色山羊皮，封面和书脊饰有金色压纹，边缘镀金；大小规格为 176 × 119 mm；除开标题页和空白扉页，本文共 62 页。页眉有题签，单页为 The Tragedie of Hamlet，双页为 Prince of Denmarke。除开页眉和页脚的标识文字，每页 35–36［印刷］行。除开词语间空格，每印刷行约 44–50 字母和符号，其中共有 15 个词语（westward, Forten, maiesticall, England....）跨行印刷。该剧作为诗体，其总［印刷］行数为 2235 行，诗行总数为 2221 行。英语拼写主要采用普通的罗马字体、意大利斜体，有连写字符，例如，ct；舞台指示语和人物一般为斜体，别的文本为罗马字体。第 1 四开本（Q1）中仅有 thē 一次误写，这不是模仿手抄字体；另有 and 误印为 aud，haue 误印为 hane，stowping 误印为 stowpiug。

1900 年以来，S. 李（Sidney Lee）、W. W. 格勒格（Walter Wilson Greg）、

W. J. 劳伦斯（William John Lawrence）、P. 亚历山大（Peter Alexander）、L. 科西鲍姆（Leo Kirschbaum）、F. 鲍尔斯（Fredson Bowers）、E. K. 钱伯斯（Edmund Kerchever Chambers）、K. 艾拉斯（Kathleen Irace）、L. 厄内（Lukas Erne）、G. I. 杜缇（George Ian Duthie）、H. 金肯斯（Harold Jenkins）等学者称第 1 四开本是一个“差 / 次的四开本”（bad quarto）。A. W. 坡拉德（Alfred William Pollard）通过对莎士比亚作出细致的文本分析，质疑了长期以来一直存在的假设，即早期的四开本由于错误、拼写错误和划线错误而没有多少书目价值。① 通过强调为阻止现代英格兰早期的印刷盗版所做的努力，坡拉德指出，四开本比此前学界认可的莎士比亚修订本更接近莎士比亚的手稿。②《哈姆雷特》早期版本可争议的问题是：第 1 四开本（Q1）经过修订成为第 2 四开本（Q2），或者说，第 2 四开本（Q2）是第 1 四开本（Q1）的原初形式。③E. M. 阿尔布赖特（Evelyn May Albright）④、F. G. 哈伯德（Frank G. Hubbard）则认为，《哈姆雷特》第 1 四开本（Q1）是作者的定本（authoritative text），第 2 四开本（Q2）是前者的修订本或者是盗印本、私印本。⑤1980 年代以来 R. 麦克劳德（Randall McLeod）、G. R. 赫巴德（George Richard Hibbard）、P. 威斯汀（Paul Werstine）、S. 乌括威茨（Steven Urkowitz）、S. 麦克米林（Scott McMillin）、S. 托马斯（Sidney Thomas）、G. 霍尔德尼斯（Graham Holderness）、B. 罗格雷（Bryan

① Alfred W. Pollard. *Shakespeare Folios and Quartos; A Study in the Bibliography of Shakespeare's Plays, 1594–1685*, London: Methuen, 1909: 64–80.

② Alfred W. Pollard. *Shakespeare's Fight with the Pirates and the Problems of the Transmission of His Text*, Cambridge: Cambridge University Press, 2010: 53–80.

③ Kathleen O. Irace ed., *The First Quarto of Hamlet*, Cambridge: Cambridge University Press, 1998: ix–x.

④ Evelyn May Albright. *Dramatic Publication In England, 1580–1640*, London: Oxford University Press, 1927: 23.

⑤ Frank G. Hubbard. The Readings of the First Quarto of Hamlet, *PMLA*, Vol. 38, No. 4 (Dec., 1923), pp. 792–822.

Loughrey）①、E. A. J. 霍尼格曼（Ernst Anselm Joachim Honigmann）② 等学者对"差 / 次的四开本"提出了合理的质疑。L. E. 马圭尔写道："1594–1609 年这十五年间，18 种当时表演过的莎士比亚戏剧就曾以廉价的四开本或八开本印刷发行过。从 18 世纪的莎士比亚戏剧编辑传统开始，编辑和文本评论家就对其中的五个剧本感到特别困惑。" ③

一般认为第 1 四开本可能是悲剧《哈姆雷特》的初稿，其中往往可见抄写人的失误，例如，"我虽然不能十分确定的说，但从大致来看。"（In what particular to worke, I know not, But in the thought and scope of my opinion），"这（我认为）就是我们现今警戒值守的主要来由与根基。"（and this (I take it) is the Chiefe head and ground of this our watch）。此外，舞台人物也有更改，两个士兵（two centinels）在剧初仅标示为 1 和 2，剧中人物包括柯兰庇斯（Corambis，意味着自以为是的，专断的，教条的，唯书是从的人），即雷欧提斯之父，自第 2 四开本（Q2）以后的版本更改为 Polonius，if like a Crab you could goe backward（你会像螃蟹一样倒行的）。奥菲利亚写作 Ofelia，第二场第 1 幕的仆人名为蒙塔诺（Montano），此后的版本更改为 Reynaldo。

	Q1（1603）	**F1（1623）**	**New Oxford Shakespeare**	**说　明**
诗行总数	2235^{2221}	3901^{3906}		
单词总数	17622^{+12284}	29906		
I. 1	1–147	1–174	第一场第 1 幕	
I. 2	148–340	175–459	第一场第 2 幕	

① William Shakespeare. *Hamlet, The First Quarto*, ed. by Graham Holderness, Bryan Loughrey, New York: Routledge, 2014: 13–29.

② Ernst Anselm Joachim Honigmann. *The Texts of Othello and Shakespearian Revision*, New York: Routledge, 1996: 37.

③ Laurie E. Maguire. *Shakespearean Suspect Texts: The "Bad" Quartos and Their Contexts*, Cambridge：Cambridge University Press, 1996: 3.

（续表）

	Q1（1603）	F1（1623）	New Oxford Shakespeare	说　明
I. 3	341–414	460–602	第一场第 3 幕	
I. 4	415–479	603–680	第一场第 4 幕	
I. 5	480–651	681–887	第一场第 5 幕	
II. 1	652–719	888–1017	第二场第 1 幕	
II. 2	720–833	1018–1645	第二场第 2 幕	
II. 3	834–932	1646–1847	第二场第 3 幕	第三场第 1 幕（插入场景）
II. 4	933–1166		第二场第 4 幕	第二场第 2 幕（后续场景）
III. 1	1167–1203	1646–1847	第三场第 1 幕	
III. 2	1208–1458	1848–2270	第三场第 2 幕	
III. 3	1459–1491	2271–2373	第三场第 3 幕	
III. 4	1492–1603	2374–2585	第三场第 4 幕	
IV. 1	1604 → 1676	2586–2629	第四场第 1 幕	第 1–3 幕 未划分
	→	2630–2660	第四场第 2 幕	
	→	2661–2733	第四场第 3 幕	
IV. 2	1677–1688	2734–2743	第四场第 4 幕	
IV. 3	1689–1801	2744–2971	第四场第 5 幕	
	→	→	第四场第 6 幕	第 6 幕是新增的
IV. 4	1802–1852	2972–3188	第四场第 7 幕	第 6–7 幕 未划分
V. 1	1853–1907	3189–3498	第五场第 1 幕	第五场第 2 幕（插入场景）
V. 2	1908–2234	3499–3906	第五场第 2 幕	第四场第 7 幕（后续场景）

第 1 四开本（Q1）中较少不均衡的剧体诗，然而该剧并未实现巧妙的情节设计，且插入的情节在戏剧结构中往往潜藏一些冲突与断裂。以下主要比较第

1 四开本（Q1）和 1623 年第 1 对折本（F1），另参考新牛津版《哈姆雷特》的场幕划分。①1709 年 N. 洛在《莎士比亚文集》卷五中首次对《哈姆雷特》作出场幕的划分，此后编辑的“莎士比亚戏剧集”全都沿袭了这一传统。②

第 1–147 行（第一场第 1 幕 Actus Primus. Scoena Prima）剧初，第二个士兵的回答是法语式的 Tis I（moi），第 1 幕有马西勒斯、勃那多、霍拉旭关于鬼魂出现原因的对白。第 148–340 行（第 2 幕 Scena Secunda）国王、王后与哈姆雷特的对白是极其简明的，极少机智的隐含辞语，也没有人物的旁白。第 341–414 行（第 3 幕 Scena Tertia）雷欧提斯、柯兰庇斯（Corambis）与奥菲利亚的对白是简要的，没有解说部分；柯兰庇斯的对白（训示）较好再现了其舞台形象。而且奥菲利亚的对白提到 a cunning Sophister（狡黠的诡辩者），暗示了罗马哲学对英国文艺复兴时期的深刻影响。第 415–479 行（第 4 幕）没有哈姆雷特、霍拉旭关于恶劣风俗的批评性对白，这表明英国文艺复兴时期对中世纪粗野风习的摒弃。第 480–651 行（第 5 幕）鬼魂与哈姆雷特的对白是简要的，其中没有巴洛克式的情感炫耀。哈姆雷特的对白中提到了爱尔兰的保护者圣帕特里克（Saint Patrike），他驱逐了所有的毒蛇。在发誓的场景里，舞台指示（The Gost under the stage）、鬼魂与哈姆雷特的对白（1, Ha, Ha, come to here, this fellow in the sellerige; 2, Hic and ubique; nay then weele shift our ground; 3, Well said old mole, can’st worke in the earth so fast, a worthy pioneer; 4, Rest, rest, perturbed spirit:）沿袭了中世纪宗教戏剧和民间闹剧的传统。第 5 幕的最末，哈姆雷特宣称“这时代是全盘错乱；啊可恨的冤孽，我生不辰，竟要我来纠正！”③（The time is out of

---

① William Shakespeare. *The New Oxford Shakespeare. The Complete Works. Modern Critical Edition*, ed. by Gary Taylor, John Jowett, Terri Bourus, etc., Oxford: Oxford University Press, 2016: 1993–2099.

② William Shakespeare. *The Works of Mr. William Shakespear; Revis'd and Corrected*, Vol. 5, ed. by Nicholas Rowe, London: Jacob Tonson, 1709: 2365–2466.

③ 莎士比亚 . 莎士比亚全集 哈姆雷特，梁实秋译，北京：中国广播电视出版社，2001：79.

ioynt, O cursed spite, /That euer I was borne to set it right, 649–650），为全剧投上了一层人文主义色彩。

第 652–719 行（第二场第 1 幕）柯兰庇斯与蒙塔洛的对白是极其简明的，呈现出二者的喜剧形象。奥菲利亚的叙述（对白）突出了少女的纯真，她与哈姆雷特相遇的地点是长廊（gallery），哈姆雷特的拥抱（gripes me by the wrist）、叹息、寂静和出神等行为，突出了哈姆雷特性格（nature）的巨大改变（显然不是有意的装疯），只是不全符合文艺复兴时期的贵族社会或者宫廷礼仪。剧中巧妙的传达了关于生活的格言警句，“老年人做事疑心太多，和年轻人做事思虑太少，真是同样的误事”（By heav'n t'is as proper for our age to cast Beyond ourselves, as t'is for the yonger sort To leave their wantonnesse）。第 720–833 行（第 2 幕）国王、王后与罗森格兰兹、吉尔登斯吞的对白是极其简明的，只提及哈姆雷特的发疯（1, Hamlet Hath lost the very heart of all his sence; 2, his distemperancie），没有暗示宫廷的阴谋。国王、王后与柯兰庇斯的对白突出了后者的喜剧形象，柯兰庇斯的叙述（话语）中包含较多无意义的重复和巴洛克式的委婉语，他宣告哈姆雷特是发疯了（Certaine it is that hee is madde: mad let us grant him then.）。此节仅包含哈姆雷特写给奥菲利亚的情诗。柯兰庇斯提出的舞台证实，即证实哈姆雷特因爱奥菲利亚而发疯的场景，是自然发生的，也是国王要求的。发现哈姆雷特发疯的原因（the cause and ground of his distemperancie; the cause and ground of your discontent），是以下舞台场景的目标。值得指出的是，柯兰庇斯与国王的对白暗示了更为复杂的宫廷情景，前者说“您认为我怎样？”（what doe you thinke of me?），后者的回答是“是个真实的朋友和可爱的朝臣”（As of a true friend and a most louing subiect.）。由于 1604 年第 2 四开本（Q2）插入新的情节，第二场的各幕被重新划分，第 834–932 行被改编为第三场第 1 幕。然而，在 1603 年第 1 四开本中，第 834–932 行可看作是第二场第 3 幕，著名的哈姆雷特独白即“生存还是毁灭，这是一个值得考虑的问题”（To be, or not to be, It here's the point, / To die, to sleepe, is that all? 840–857）就在此幕中，显然，这个自由诗体的诗节是模仿罗马哲学的拉丁式论述，主题却是基督教的死亡与人生苦难；其中提及拉丁词语 Quietus（death, or that which brings death）。哈姆雷特与奥菲利亚的对白是简洁的，其中包括意大利式的美与忠诚（faire/beauty and honest）的讨论；然而，哈姆雷特误认这是奥菲利亚的阴谋（This was sometimes a Paradox, / But now the time gives it scope.），并对后者发出了严厉的指责。在该场景的末尾，奥菲利亚的独白能充分反映第 1 四开本的诗体风格，"天上的主，这是怎样的猝然变化，/ 朝臣、学者、武士，他聚于一身，/ 然而全都消殒凋散而去，噢！我的哀伤。/ 曾经的一切（美好）闻见，如今的耳闻目睹呀！"（参看　梁译 141 页）（Great God of heauen, what a quicke change is this?/The Courtier, Scholler, Souldier, all in him, /All dasht and splinterd thence, O woe is me, /To a seene what I haue seene, see what I see. 924–927）。第 933–1166 行是第二场第 4 幕。仅仅就第二场剧情篇幅（第 652–1166 行）而论，整个第二场 4 幕还是均衡合理的。

第 1167–1203 行（第三场第 1 幕）依然是关于哈姆雷特发疯的舞台证实，同样的，哈姆雷特误认这是柯兰庇斯的阴谋（1, y'are a fishmonger; 2, I would you were so honest a man, For to be honest, as this age goes; 3, Mary most vile heresie: For here the Satyricall Satyre writes），柯兰庇斯与哈姆雷特的对白突出了前者的喜剧形象，哈姆雷特称前者是一个"唠叨的老傻瓜"（Olde doating foole）。哈姆雷特与罗森格兰兹、吉尔登斯吞的对白是极其简明的，前者只是表现出强烈而虚无的忧郁，"你知道，这么一个伟大的世界没有使得我开心，点缀繁星的天空不会，大地不会，大海也不会，男人不会——如此高贵而美丽的造物，女人也不会使得我开心"（参看　梁译 135 页）（this great world you see contents me not, No nor the spangled heavens, nor earth, nor sea, No nor Man that is so glorious a creature, Contents nor me, no nor woman too），吉尔登斯吞进而提出

戏剧 / 悲剧演员（the Players; the Tradedians of the Citty）可以让哈姆雷特开心。第 1208–1458 行（第三场第 2 幕）接着便是旅行剧团来到的场景，柯兰庇斯与哈姆雷特关于戏剧的对白，应该指出的是，这些舞台对白依然是简要的。以下舞台场景（包括以意大利维也纳为背景的戏中戏“贡萨古的谋杀” The Murther of Gonzago，又名“捕鼠机” The Mousetrap）是关于克劳迪斯国王毒害已故国王老哈姆雷特的舞台证实，这是哈姆雷特王子精心安排的。其中，柯兰庇斯的对白，他扮演了尤利乌斯·恺撒，恺撒被布鲁图斯所刺杀，这直接暗示了另一个悲剧《尤利乌斯·恺撒》。紧接的场景是罗森格兰兹、吉尔登斯吞、柯兰庇斯相继出现，传达王后乔特鲁德要求与哈姆雷特谈话。第 1459–1491 行（第 3 幕）是国王忏悔有罪，哈姆雷特放弃了即刻的复仇。第 1492–1603 行（第 4 幕）王后与哈姆雷特的对白是尖锐的，哈姆雷特是愤怒的（as raging as the sea），他刺死了呼救的柯兰庇斯，并称后者是“唐突、扰乱的傻瓜”（intruding foole）或者“愚蠢而啰唆的奴才”（a foolish prating knave），宣称“他不该在别的地方扮演傻瓜”（He may play the foole no where）。哈姆雷特严厉地指责王后，但鬼魂的再现阻止了哈姆雷特对王后的复仇行为。

第 1604–1676 行（第四场第 1 幕）十分简短，国王决定把哈姆雷特被遣送到英格兰，哈姆雷特、国王的对白表明，前者是装疯的，而后者则阴谋处死哈姆雷特。第 1677–1688 行（第 2 幕）福丁布拉斯短暂的出场。第 1689–1801 行（第 3 幕）国王与王后的对白表明奥菲利亚因哀伤发疯，而后者唱着歌（playing on a Lute, and her haire downe singing）见到了国王与王后。国王的独白叹息短暂而逝的欢乐。雷欧提斯与国王的对白是简要的，主要是前者追讯父亲的死因。发疯的奥菲利亚唱着哀歌，剧情的悲伤氛围达到顶峰。第 1802–1852 行（第 4 幕）霍拉旭与王后的对白表明哈姆雷特已经返回丹麦。雷欧提斯与国王的对白是简要的，前者决意通过决斗来复仇，而国王阴谋处死哈姆雷特（1, be rulde by me, And you shall have no let for your revenge; 2, marke the plot I have layde）。王后、国王、雷欧提斯的对白表明奥菲利亚已溺亡，后者陷入极度的悲哀之中。值得指出的是，第 1822–1853 行在 1623 年第一对折本（F1）中被重新改编为第五场第 2 幕的场景，这可看作为一个独立的插入场景。哈姆雷特与绅士（a Bragart Gentleman）的对白是简洁的，在此后的版本中，更名为朝臣奥斯里克（Ostricke）。在第 1 四开本中，第 1604–1907 行可分为 4 幕，即第一对折本第四场第 1–3，6–7 幕未划分。对比第 2 四开本（Q2）及其后的诸多版本，这一剧情篇幅更均衡合理些。

第 1908–2096 行（第五场第 1 幕）是两个小丑的对白（Clowne and an other）。他们原本是墓园的掘墓人，主题是奥菲利亚是否应该按照基督徒的葬礼埋葬（I say no, she ought to be buried In Christian buriall），二人在舞台上作了猜谜语的游戏，隐约对应斯芬克斯之谜。哈姆雷特、霍拉旭、小丑的对白是简洁的，关于骷髅（scull）的讨论回应了中世纪的死亡之舞，即人的生命主题，并嘲讽了当时的律师，剧中提到了羊皮和小牛皮的契书（parchment made of sheep-skinnes and of calues-skinnes）。值得指出的是，哈姆雷特的对白（This seaven yeares have I noted it: the toe of the pesant, Comes so neere the heele of the courtier, That hee gawles his kibe）暗示小丑在舞台上越来越显得突出，戏剧风尚正发生着变化，并谈到了宫廷小丑约利克（Yoricke）。接着的场景是奥菲利亚葬礼上的冲突。第 2097–2234 行（第 2 幕），哈姆雷特与雷欧提斯的决斗。王后误饮毒酒，哈姆雷特刺死国王。哈姆雷特与雷欧提斯达成谅解后死去。哈姆雷特关于雷欧提斯的对白，即“宫廷了解他，但他并不了解宫廷”（The Court knows him, but hee knows not the Court），暗示了复杂的宫廷阴谋是本剧的主题。剧末，英国使臣和福丁布拉斯（挪威）见证了这悲惨的景象（tragicke spectacle），哈姆雷特将以骑士（souldier）的葬礼下葬。霍拉旭的对白表达了该剧的道德意义，“它展示给众人，这场地，这个悲剧的开端：让人们在市集建起舞台，把世界的原本面貌呈现，你们听到讲述这个悲惨故事，命运已定的凡人将不要重演”。（参看　梁译 295 页）(Ile shew to all, the ground, /The first beginning of this Tragedy:/Let there a scaffold be rearde up in the market place, /And let the State of the world be there:/Where you shall heare such a sad story tolde, /That never mortall man could more unfolde.)

由上推论 1603 年第 1 四开本（Q1）即是悲剧《哈姆雷特》的初稿，而且可能是《哈姆雷特》初稿的盗印版（pirated version，surreptitious publication）。《哈姆雷特》第 1 四开本是一个意大利式的悲喜剧，同时还明显可见（罗马）拉丁复仇悲剧的影响。剧中往往可见机智的言语（话语），无韵诗体的诗节总是简洁明了的，较少巴洛克式的夸张语气。整个戏剧情节是连贯的，完整的，情节/行动的进展较快，而且剧中已经包含大多数的舞台说明，人物形象也是一致的。

二、《哈姆雷特》第 2 四开本的修订

1604 年《哈姆雷特》第 2 四开本（Q2）可能是供戏剧演员使用的舞台剧本共计 3795［印刷］行。第 2 四开本强调“简洁是机智的灵魂”(Therefore breuitie is the soule of wit)。新增的部分较多是散文体的对白，主要分布在 1177–3584 行之间各场幕，超过 550 行，然而这些散文并不符合当时诗体戏剧的主导风格。在一些琐细的情节、人名等与第 1 四开本有明显不同。因此这可能是莎士比亚剧团/国王剧团增色润饰的修改稿，改正了一些第 1 四开本中原有的错误，尤其是增加了对于哈姆雷特性格描述的部分，故事情节变得更完整生动，更丰富多彩。

第 2 四开本改正了一些第 1 四开本中原有的错误，例如，剧初的人物已改为马西勒斯 Marcellus、勃那多 Barnardo，“值守的伙伴” The partners of my watch 已改为 The riualls of my watch，“钟声敲响了一点” The bell then towling one 已改为 The bell then beating one，“死寂的时刻” this dead hower 已改为 this dead houre，“走在高高的东方山上的晨露之上” Walkes ore the dewe of yon high

Eastward hill 已改为 Walkes ore the deaw of yon hie mountaine top。

此外，新的修订更接近当时的正字法，例如，Afore my God（1603）已改为 Before my God，on the yce 已改为 on the ice。此外，在第 2 四开本中，新出现了一些拼写错误，例如，1, Lookes a not like the King? 2, it horrowes me with feare and wonder, 3, Without the sencible and true avouch Of mine owneeies. 4, The morning cocke crew lowd. 5, shapes of griefe That can deuote me truely. 6, It is most retrogard to our desire, 7, Costly thy habite as thy purse can by, 8, But yet me thinkes it is very sully and hot, or my complection. 9, I would it be might hangers till then.

第 2 四开本第 1–192 行（第一场第 1 幕）中增加了马西勒斯、勃那多的对白，包括口令、十二点、连老鼠的声音都没有等琐细的情节。鬼魂的出现，关于鬼魂出现原因的对白都有显著的增色润饰的修订，尤其是突出了细节的表现。此节增加了罗马时期恺撒遇刺的灾变异象，另增衍了鬼魂在鸡鸣之后消失的民间传说。第 193–469 行（第一场第 2 幕）国王克劳狄斯、王后乔特鲁德与哈姆雷特的对白有较大的增色润饰，繁复的表达有意突出表现了舞台人物的激情。以下诗节也许能充分反映第 2 四开本的无韵诗体风格，国王的对白突出了宗教或者自然的伦理与理性，并强调应该遵从的（普遍）责任，“哈姆雷特，这是你的天性中亲柔可喜的，你有责任深切哀悼父亲，但是你应该知道你的父亲也曾失去父亲，曾祖也是，高祖也是。在世的人应该在某个时期内居丧哀悼；但持久苦守的哀痛则是不虔的固执，是不合人情的过哀，显得有违上天之意，或者心地柔弱，心智缺乏坚韧。简单易解的而非学究的事理，我们既已知道便应该遵从，丹麦的王子啊，这就是常情常理。正如感受到最粗俗的事物，我们为什么要在心里作持久的抗拒，嗨，这有违上天，有违逝者，有违人性，对于理性，也是极其执拗不当的”。（参看　梁译 35 页）Tis sweete and commendable in your nature Hamlet, /To give these mourning duties to your father/But you must knowe your father lost a father, /That father lost, lost his, and the surviver bound/In filliall obligation for some tearme/To doe obsequious sorrowe, but to persever/In obstinate condolement, is a course/Of impious stubbornes, tis unmanly griefe, /It showes a will most incorrect to heaven/A hart unfortified, or minde impatient/An understanding simple and unschoold/For what we knowe must be, and is as common, Prince of Denmarke./As any the most vulgar thing to sence, /Why should we in our pevish opposition/Take it to hart, fie, tis a fault to heaven, /A fault against the dead, a fault to nature, /To reason most absurd. 而后是，哈姆雷特由悲伤转为愤怒。第 470–609 行（第 3 幕）雷欧提斯与奥菲利亚的对白有显著的增色润饰的修订，有意突出了贞洁等美德。其中，雷欧提斯的对白强调了哈姆雷特的身份悬殊，并提到“早春的紫罗兰”（A Violet in the youth of primy nature），暗示了奥菲利亚的不幸爱情；此外，“狡黠的诡辩者”已改作“某个口是心非的牧师”（some vngracious pastors），表达了对宗教腐败的批评；波洛涅斯（Polonius，意味着圆滑的，狡猾的）与奥菲利亚的对白也有一些的修改，在坚决的反对立场上增加了对奥菲利亚的经验性教诲。第 470–681 行（第 4 幕）哈姆雷特、在丹麦国霍拉旭的对白有显著的增色润饰的修订，突出了惊异恐惧氛围，马西勒斯的对白“什么事情该发生腐败了”（Something is rotten in the state of Denmarke）呼应了前幕的灾变异象。第 682–918 行（第 5 幕）鬼魂与哈姆雷特的对白增添了巴洛克式的情感炫耀，突出了基督教的观念，例如，地狱的惩罚、蛇的形象。“别让你的心仇恨你的母后，上天会原谅她，她的良知已经承受那些沉重的负疚”（let not thy heart/Conspire against thy mother ought, /Leaue her to heauen, /And to those burthen that her conscience beares.），Q1 原本（1603）避免指责王后不贞的对白被放弃了，相反，新的修改加剧了对国王克劳狄斯的伦理谴责，“这乱伦的畜生，/ 用他巧智的巫术，用他狡猾的天赋，/ 哦，邪恶的巧智，和具有

诱惑力的天赋；我对他可耻的欲望不感兴趣”（I that incestuous, that adulterate beast, /With witchcraft of his wits, with trayterous gifts, /O wicked wit, and giftes that haue the power/So to seduce; wonne to his shamefull lust）。

在1604年第二四开本（Q2）中，第二场只有2幕；从全剧的结构来看，这是不均衡的。其中，第2幕出现了新增的场景和较多的散文对白。第919–1047行（第二场第1幕）波洛涅斯（Polonius）与蒙塔洛的对白是夸张的，有意突出二者的喜剧形象，而强令雷欧提斯演奏音乐的部分被弱化了。接着，奥菲利亚与哈姆雷特相遇的地点改为廊间客厅（gallery），出现了较多夸张的舞台表演动作，例如，哈姆雷特张狂的形象，哈姆雷特紧紧地握住前者的手等。波洛涅斯提出的舞台证实，即证实哈姆雷特因爱奥菲利亚而发疯的场景，是自然发生的。国王、王后与罗森格兰兹、吉尔登斯吞的对白是简洁的，增加了一些礼貌性对白，话题是哈姆雷特的发疯（1, something haue you heard/Of Hamlets transformation; 2, That opendlyes within our remedie.）。国王、王后与波洛涅斯的对白突出了后者的喜剧形象，波洛涅斯的叙述（话语）中包含较多无意义的重复和巴洛克式的委婉语，他宣告哈姆雷特是发疯了（your noble sonne is mad: Mad call I it, for to define true madnes, What ist but to be nothing els but mad）。此节出现了哈姆雷特写给奥菲利亚的信，以及信中的情诗。进而，发现哈姆雷特发疯的原因（I will finde/Where truth is hid, though it were hidindeede/Within the Center.），是以下舞台场景的目标。波洛涅斯与哈姆雷特的对白，这一情节被提前呈现，它再次突出了波洛涅斯的喜剧形象，哈姆雷特称前者是一个“讨厌的老傻瓜”（These tedious old fooles）。第1048–1562行（第二场第2幕）哈姆雷特与罗森格兰兹、吉尔登斯吞的对白，有显著的增色润饰的修订。这一情节被提前呈现。出于对忠诚的忧虑，哈姆雷特对后者表现出强烈的疑惑与不安，哈姆雷特的散文体对白（lines 1345–1356）表现出强烈而虚无的忧郁，“大地这一座美好的框架，对于我，像是一个不毛的荒岬；苍穹这无比壮丽的帐幕，你看，这个雄伟的空宇，点缀着金黄火球的庄严的屋宇，为什么对我像是一大堆污浊的瘴气的集合。人类是一件多么了不起的杰作：多么高贵的理性；其形态和举动，多么丰彰的智能；在行为上，多么隽秀雅好；仪表多么像一个天使，多么像一个天神；世界的珍美，万物的灵长！可是在我看来，这只是一个尘土塑成的精华。男人不会使得我开心，女人也不会使得我开心”（参看　梁译 111 页　）(that this goodly frame, the earth, seemes to me a/sterill promontorie. This most excellent canopie the ayre, looke/you, this braue orehanging firmament, this maiesticall roof fretted/with golden fire, why it appeareth nothing to me but a foule/ and pestilent congregation of vapoures. What peece of work is a/man! How noble in reason, how infinit in faculties, in forme and/moouing, how expresse and admirable in action, how like an angell/in apprehension, how like a god; the beautie of the world; the/paragon of annimales. And yet to me what is this quintessence of/dust? Man delights not me, nor women neither, though by your/smilling, you seeme to say so.)。吉尔登斯吞进而提出悲剧 / 戏剧演员（ the players; the Trage-dians of the Citty ）可以让哈姆雷特开心。而后，波洛涅斯的再次出场突出了他的喜剧形象。接着的场景是，依然是关于哈姆雷特发疯的舞台证实，在此幕，第 2 四开本增添了旅行剧团预演的悲剧（戏中戏）的场景，同时表达了对当时主流的伦敦剧场表演的批评。其中，波洛涅斯的对白表示，他扮演了尤利乌斯・恺撒，这直接暗示了另一个悲剧《尤利乌斯・恺撒》。

同样，第三场也出现了巨大的变化。第 1563–1755 行（第三场第 1 幕）有显著的增色润饰的修订，该幕突出了哈姆雷特的装疯（ a craftie madnes ）。国王和波洛涅斯利用奥菲利亚来发现哈姆雷特发疯的真实。显然，哈姆雷特清楚地知道这一（宫廷）阴谋，他与奥菲利亚的对白夸张地强调了对后者的指责，（弱化了意大利式的美与忠诚的讨论）。哈姆雷特的无韵诗体对白（ lines 1626–1652 ），即“生存还是毁灭，这是一个值得考虑的问题；默然忍受命运的暴虐的毒箭，或是挺身反抗人世的无涯的苦难，通过斗争把它们扫清”①（To be, or not to be, that is the question, /Whether ’tis nobler in the mind to suffer/The slings and arrowes of outragious fortune, /Or to take armes against a sea of troubles, /And by opposing, end them.）。被改为死亡与命运主题，尤其突出了后者（To die, to sleepe, /No more, and by a sleepe to say we end/The hart-ake, and the thousand naturall shocks/That flesh is heire to; ’tis a consumation/Deuoutly to be wisht. To die, to sleepe;/To sleepe, perchance to dreame. I, there’s the rub, /For in that sleepe of death what dreames may come/When we haue shuffled off this mortall coyle/Must giue vs pause. There’s the respect/That makes calamitie of so long life./For who would beare the whips and scornes of time, /Th’oppressors wrong, the proude mans contumely, /The pangs of despiz’d loue, the lawes delay, /The insolence of office, and the spurnes/That patient merrit of th’vnworthy takes, /When he himselfe might his quietas make/With a bare bodkin? Who would fardels beare, /To grunt and sweat vnder a wearie life, /But that the dread of something after death, /The vndiscover’d country, from whose borne/No trauiler returnes, puzzels the will, /And makes vs rather beare those ills we haue/Then flie to others that we know not of.）。在该场景的末尾，奥菲利亚的独白（lines 1715–1726）表现出第 2 四开本的素体诗风格，“啊，一颗多么高贵的心是这样陨落了，/ 朝臣的眼睛、学者的辩舌、军人的利剑，/ 国家所瞩望的一朵娇花；时流的明镜，人伦的雅范，举世瞩目的中心，/ 这样无可挽回地陨落了！我是一切妇女中间最哀伤而不幸的，我曾经从他的高贵无比的理智，像一串美妙的银铃失去了协和的音调，无比的青春美貌，在疯狂中凋谢。/ 啊，我好苦，曾经的一切（美好）闻见，如今的耳闻目睹呀！”（朱生豪译 344 页）（O, what a noble mind is heere o’erthrowne!/The courtier’s, souldier’s, scholler’s,

---

① 莎士比亚 . 莎士比亚全集　第五卷 , 朱生豪等译，北京：人民文学出版社，1999：341.

eye, tongue, sword, /Th'expectation, and rose of the faire state, /The glasse of fashion, and the mould of forme, /Th 'obseru'd of all obseruers, quite, quite downe, /And I, of ladies most deiect and wretched, /That suckt the honny of his musickt vowes, /Now see what noble and most souereigne reason/Like sweet bells iangled out of time, and harsh, /That vnmatched forme and stature of blowne youth/Blasted with extacie. O, woe is mee/T'haue seene what I haue seene, see what I see.）国王由于不安的疑虑而决定把哈姆雷特遣送到英格兰。而后的场景是第 1756–2120 行（第三场第 2 幕），其中包括戏中戏“贡萨古的谋杀”，又叫“捕鼠机”（lines 1770–1775），即关于克劳迪斯国王毒害已故国王老哈姆雷特的舞台证实，这是哈姆雷特王子精心安排的。值得指出的是，哈姆雷特的对白重申了戏剧是自然 / 人性的镜子，模仿人性（imitated humanitie）观念，“让行为与语言吻合无间，让语言与行为恰到好处；要特别留神这一点：你们不可超越自然 / 人性的中和之道，因为任何过分的表现便失去了演戏的本旨；自古至今，演戏的目的像是把一面镜子举起来映照人性 / 自然；使得美德显示她的本相，丑态露出她的原形，把时代的形形色色一齐呈现出来”（梁译 145 页）（Sut the action to the word, the word to the action, with/this speciall observance, that you ore-steppe not the modestie of nature./For anything so ore-doone, is from the purpose of playing, /whose end, both at the first and nowe, was and is, to holde as 'twere/the mirrour vp to nature, to shew vertue her feature, scorne her own/image, and the very age and body of the time his forme and pressure.）。紧接的场景是罗森格兰兹、吉尔登斯吞、波洛涅斯相继出现，传达王后乔特鲁德要求与哈姆雷特谈话。第 2 四开本增添了哈姆雷特要求吉尔登斯吞演奏长笛（pipe）的对白，这是一个嘲讽式的隐喻；第 2121–2224 行（第三场第 3 幕）是国王决定把哈姆雷特遣送到英格兰；波洛涅斯冒失地计划打探哈姆雷特发疯的真相；国王忏悔有罪，哈姆雷特基于基督教教义而放弃了即刻的复仇。第 2225–2453 行（第三场第 4 幕）王后与哈姆雷特的对白是尖锐

的，哈姆雷特是愤怒的（Mad as the sea and wind when both contend/Which is the mightier.），他刺死了呼救的波洛涅斯，并称后者是“恶意的、唐突、扰乱的傻瓜”（Thou wretched, rash, intruding foole）或者“极愚蠢而啰唆的奴才”（a most foolish prating knaue），事实上，哈姆雷特已经为这个意外的行为而懊悔和痛苦（I doe repent; but heauen hath pleasd it so/To punish me with this, and this with me, / That I must be their scourge and minister.）。哈姆雷特严厉地指责王后，但鬼魂的再现阻止了哈姆雷特对王后的复仇行为。

第 2454–3127 行（第四场）出现了此剧最大的增改，该场包括 7 个独立的场景（幕），各幕的长短差异较大。在第 2454–2501 行（第四场第 1 幕）中，国王得知哈姆雷特刺死波洛涅斯的消息，决定尽快把哈姆雷特遣送到英国；第 2502–2526 行（第四场第 2 幕）是罗森格兰兹、吉尔登斯吞受命去寻找波洛涅斯的尸体；在第 2527–2603 行（第 3 幕）中，哈姆雷特被带到国王面前，二者的对白表明，哈姆雷特是装疯的，国王则阴谋处死哈姆雷特。第 2604–2673 行（第 4 幕）是挪威王子福丁布拉斯短暂的出场，以及哈姆雷特决心复仇。第 2674–2891 行（第 5 幕）国王与王后的对白表明奥菲利亚因哀伤发疯，而后者唱着歌，见到了国王与王后。雷欧提斯与国王的对白有较大的增衍，主要是前者追讯父亲的死因，国王巧妙地平息了前者的愤怒。发疯的奥菲利亚唱着哀歌，剧情的悲伤氛围达到顶峰。第 2892–2919 行（第 6 幕）霍拉旭与送信的水手的对白表明哈姆雷特已经返回丹麦。第 2920–3127 行（第 7 幕）国王与雷欧提斯的对白改变了原初的戏剧情节，国王借哈姆雷特回国的消息，有意利用雷欧提斯的复仇行动，并阴谋设计他与哈姆雷特的决斗；接着，王后、国王、雷欧提斯的对白表明奥菲利亚已溺亡（王后的对白再现了一个田园诗式的图景），后者陷入极度的悲哀之中。

该剧的第五场仅有 2 幕。第 3128–3394 行（第五场第 1 幕）有显著的增色润饰的修订。作为教堂墓地的掘墓人，两个小丑的对白（Clowne and an other）

主题是奥菲利亚是否应该按照基督徒的葬礼埋葬，评论再次回到基督教圣经的原初教义；二人在舞台上作了猜谜语的游戏，隐约对应斯芬克斯之谜。哈姆雷特、霍拉旭、小丑的对白稍有增饰润色，关于骷髅（scull）的讨论回应了中世纪的死亡之舞，即人的生命主题，并嘲讽了当时各种为人诟病的不忠实的获利者：无良的政客（pollitician）、朝臣（Courtier）、律师（Lawyer）、大地主（great buyer of Land/inheritor）。值得指出的是，哈姆雷特的对白（This seavenyeares have I noted it: the toe of the pesant, Comes so neere the heele of the courtier, That heegawles his kibe）暗示小丑在舞台上越来越显得突出，戏剧风尚正发生着变化；基于基督教圣经的原初教义，哈姆雷特谈到了宫廷小丑约利克（Yoricke）、（马其顿）亚历山大、（罗马）恺撒。接着的场景是奥菲利亚葬礼上的冲突：雷欧提斯与神学博士、牧师关于葬礼的冲突，愤怒的雷欧提斯与哈姆雷特的冲突。值得指出的是，剧中引用了希腊神话，“直到把平地堆成一座山，高过古老的双峰的派隆山，或者深蓝的奥林匹亚山高如云天的顶峰”（Till of this flat a mountaine you haue made/To’retop old Pelion, or the skyesh head/Of blew Olympus）。第 3395–3795 行（第五场第 2 幕）霍拉旭与哈姆雷特的对白表明即将发生一个恶劣境遇下的抗争，其中另包括哈姆雷特遣往英格兰和返回丹麦的追述，哈姆雷特却反置罗森格兰兹、吉尔登斯吞于死地，（their defeat/Dooesby their owneinsinnuationgrowe, /Tis dangerous when the baser nature comes/Betweene the passe and fell incenced points/Of mighty opposits）；哈姆雷特与朝臣奥斯特里克（Courtier, young Ostricke）的对白突出了后者的喜剧性形象；而后，哈姆雷特与雷欧提斯的决斗。王后误饮毒酒，哈姆雷特刺死国王。雷欧提斯最终认清了这场宫廷阴谋，“我和我父亲的死怪不得你，你死也怪不得我”（Mine and my fathers death come not vppon thee, /Nor thine on me），哈姆雷特与雷欧提斯达成谅解后死去。剧末再次提到了死亡主题，英国使臣和福丁布拉斯（挪威）见证了这悲惨的景象（tragicke spectacle），哈姆雷特将以骑士（souldier）的葬礼下葬。

霍拉旭的对白表达了这个流血的惨剧（this bloody question）的道德意义，“请你们下令把这几个尸体高高地放置在台子上，让人们看见；请让我告知，向那些不明真相的世人，这些事情的发生经过；请你们听清：奸淫残杀，反常悖理的行为，冥冥中的判决，意外的杀戮，接受杀人的狡黠诡计，以及陷入自害的结局，我将真实告知你们这一切”。（朱生豪译 422 页）(giue order that these bodies/ High on a stage be placed to the view, /And let me speake, to yet vnknowing world/ How these things came about; so shall you heare/Of carnall, bloody and vnnaturall acts, /Of accidentalliudgements, casuall slaughters, /Of deaths put on by cunning, and for no cause/And in this vpshot, purposes mistooke, /Falne on th’inuenters heads: all this can I/Truly deliuer. ）

三、结语

在 1600 年之前，哈姆雷特的故事已多次在舞台上演出（Nashe, Henslowe, Lodge, Henslowe, Harvey, Pudsey）。由于可能与莎士比亚的悲剧《尤利乌斯 · 恺撒》和别的同题材戏剧相关,《哈姆雷特》第 2 四开本（Q2）更多显现出（罗马）拉丁复仇悲剧的影响。无疑，修订的增色润饰部分突出了剧中大多喜剧性的情节，剧中往往可见戏剧人物的机智言语（wit）和巴洛克式的夸张语气，这使得第 2 四开本更近似意大利式的悲喜剧。剧中的无韵诗体的诗节却与散文体十分接近。

从剧中人物、情节和戏剧结构来看,《哈姆雷特》第 1 四开本（Q1）可能是 1598–1602 年莎士比亚创作的五幕意大利式悲喜剧。19 世纪末期以来，新文献学家 A. W. 坡拉德、J. D. 威尔逊、W. W. 格勒格等促进了莎士比亚早期版本的研究；由于“不完整”的剧体诗行，许多学者认为较为短小的《哈姆雷特》第 1 四开本（Q1）是“差 / 次的四开本”。1980 年代以来，R. 麦克劳德、G. R. 赫巴德、P. 威斯汀等学者对“差 / 次的四开本”提出了合理的质疑。显然《哈姆雷特》第 2 四开本（Q2）有较明显的增订和改写，尤其是散文体的增写，并重新调整了原初剧中的故事情节（包括移动和插入）。无论《哈姆雷特》第 1 四开本还是第 2 四开本，整个戏剧情节都是连贯的、完整的，情节 / 行动的进展较快，而且剧中已经包含大多数的舞台说明，人物形象也是一致的。

第十节　论《亨利五世》的舞台要素

《亨利五世》是莎士比亚创作的一个五幕历史剧，1599 年夏季首次在环球剧院演出。1600 年 8 月 4 日《亨利五世》与《无事生非》《如你所愿》等在伦敦书业公会的登记，“保留《亨利五世》和宫内大臣勋爵剧团的其他三部戏剧，或阻止其印刷和售卖”，该剧可能出现了出版权的争议。1600 年 8 月 14 日《亨利五世》出现在伦敦书业公会的登记簿上，原题为“亨利五世与阿金库尔战斗的事迹”（The historye of Henry vth with the battell of Agencourt），该剧的版权转让给托马斯·帕维尔（Thomas Pavier）。1600 年初印刷商托马斯·克里德（Thomas Creede）为书商托马斯·米林顿（Tho. Millington）、约翰·巴斯比（John Busby）刊印了第 1 四开本（First Quarto），剧名《亨利五世的历史事迹》（*The Cronicle History of Henry The Fift, With His Battell Fought At Agin Court In France. Togither With Auntient Pistoll*），未标明作者是威廉·莎士比亚。与 1623 年第 1 对折本对比，该剧第 1 四开本被一些目录学家（Gary Taylor）看作“差 / 次的四开本”。1602 年印刷商托马斯·克里德为书商托马斯·帕维尔刊印了第 2 四开本。1608 年印刷商威廉·伽噶德（William Jaggard）在伦敦刊印了第 3 四开本，书商是托马斯·帕维尔，由于该戏剧的版权原因，第 3 四开本印刷的真实时间应该是 1619 年。1623 年《亨利五世》收入第一对折本（F1）。该剧与《亨利四世》（第一、二部）和《理查德二世》构成四联剧。①

---

① Cyrus Mulready. Making History in Q “Henry V”, *English Literary Renaissance*, Volume 43, Issue 3(September 2013), pp. 478-513.

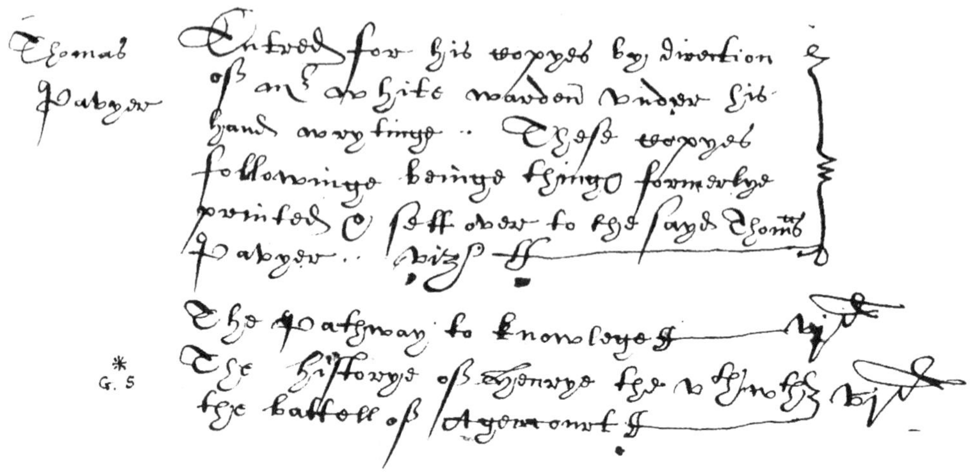

一、环形剧院 vs 希腊式的表演

伊丽莎白时期，伦敦已经成为与中世纪风格迥异的新城市，城市生活发生了极大的现代性变化。英国伦敦的剧场取得了长足的发展，莎士比亚的戏剧主要是为城市的表演舞台而写作的。J. H. 阿斯汀顿《莎的士比亚时代剧场、演员与观众》(John H. Astington, *Playhouses, players, and playgoers in Shakespeare's time*）指出，在泰晤士河南岸的的南岸区（Southwark）先后建成了许多剧场。1567 年伦敦既已建有红狮剧场，1577 年窗户剧院（The Curtain）建成，1587 年玫瑰剧院建成，1599 年环球剧院对外开放来表演戏剧。① 彼得 · 汤姆逊《莎士比亚时代的剧场与演员》(Peter Thomson, *Playhouses and players in the time of Shakespeare*）指出，伦敦的剧场包括公共剧场、旅店院内剧场（inn-yard theatres)、教堂内的、私人宅邸的、宫廷的演剧。野猪头旅店（the Boar's Head in Whitechapel）和红牛旅店（the Red Bull in Clerkenwell）就是著名的旅店院内剧场，圣保罗大教堂的孩子演剧团（the Children of Paul's）和皇家小教堂的孩

① Margreta de Grazia, Stanley Wells edited. *The Cambridhe Companion to Shakespeare*, Cambridge: Cambridge University Press, 2006: 99.

子演剧团（the Children of the Chapel Royal）是闻名一时的室内演剧团体。汤姆逊还详细描述了天鹅剧院的内部结构，戏剧舞台包括上面表演区和下面表演区，以及精心的舞台（装饰）布置。①

艾克洛德《莎士比亚传》写到了伦敦的社会生活，“人们还搭起许多戏台，演员们在上面演着各种剧目。在这些表演中，演员和观众之间没有明显的区别，大家都忘情地参与到了表演中。这是一种极具感染力的戏剧风格，就像一股纯洁、明亮的火焰，同时点燃生活和艺术。戏剧还是表现这座城市的力量和财富的一种方式。一位历史学家［蒂莫西摩尔《伊丽莎白时代与詹姆士一世时期的文体》］曾经激情满怀地提到伊丽莎白时代的戏剧：‘舞台设计很棒，布景华丽，演员的表演自如精湛。表演从不间断；它要求回应，释放快乐；但它不会流于简单和俗套。’在一定程度上，这也是对莎士比亚戏剧的最好诠释。那时的戏剧演出喜欢使用艳丽的颜色、复杂的布景，这样设计的初衷是想给观众以视觉震撼。莎士比亚戏剧的风格也是如此”。②

杜兰特《世界文明史》第七卷之“戏剧舞台”写道：“英国文学在乔叟与斯宾塞之间有很长的干旱时期，为何一朝之间竟出现了莎士比亚呢？因为财富的增加与广布，因为长期有利的和平时期，以及刺激人心、终获胜利的战争，因为外国文学及国外旅行扩大了英国人的眼界。普劳图斯和泰伦斯教给英国喜剧的艺术，塞内加则教以悲剧的技巧。意大利演员曾在英国公演（1577 年以后）。英国人曾经作了 1000 次的演出实验。1592-1642 年间，英国共有 435 出喜剧上演。闹剧及幕间剧演变成为喜剧，由于一度神圣的神话如今失去了信仰根据，故神秘剧和道德剧转为世俗的悲剧所取代。”③

---

① Stanley Wells ed. *The Cambridge Companion to Shakespeare Studies*, Cambridge: Cambridge University Press, 1986: 78.

② 彼得·艾克洛德．莎士比亚传，北京：国际文化出版公司，2010：117.

③ 威尔·杜兰特．世界文明史 理性开始的时代，北京：华夏出版社，2010：81.

正如雅典酒神神庙后的舞台给埃斯库罗斯、索福克勒斯提供了戏剧表演的特定场所，伦敦玫瑰剧院、环球剧院、黑修士剧院（the Blackfriars playhouse）的舞台给莎士比亚提供了再现历史事件的真实场所并暗示了观众的期待与想象，宫内大臣剧团（the Chamberlain's Men）显然致力于实现观众的要求。莎士比亚历史剧是以戏剧舞台来再现历史重大事件的，但并不着意于建构英国的史诗性的历史场景，而是努力戏剧化的表现中世纪的、传统的政治景象。《亨利五世》主要叙述了英法战争中的阿金库尔战役（1415 年）和特洛瓦和约（1420 年），与其说是对中世纪历史事件的模仿，还不如说是高度舞台化的历史书写。合唱队的第一次出场（Enter Prologue）写道："可是，在座的诸位，请原谅像我们这些低微的小人物斗胆在这简陋的舞台上，扮演什么轰轰烈烈的事迹，这个'斗鸡场'容得下法兰西的广大战场？我们这个木头的圆框子里（wooden O）塞得进那么多将士？——只消他们把头盔晃一晃，管叫阿金库尔的空气都跟着颤动！请原谅吧！一个小小的圆圈的数字（crooked figure），凑在数字的末尾，就可以变成个一百万；因而让我们就凭这渺小的作用，来激发你们庞大的想象力（imaginary forces）吧。假想在这团团一圈的围墙内拥有了两大王国：国境和国境（巉岩对峙的兀地）被波涛汹涌的海水（一道海峡）从中间隔断。用你们的想象（with your thoughts）来弥补我们的缺陷——一个人，把他分身为一千个，组成了一支幻想的（imaginary）大军。我们说到战马，你们便假想万马奔驰，在泥地上留下印痕。现在，凭藉你们的想象（your thoughts）来装扮我们的君王，让他们来来去去，跨越时间，把数年的事迹在一个小时里演完。"① 最后一次出场（Enter Chorus）是剧末的致谢词，"凭一支疏略的、笨拙的笔，作者就把故事写到这里，在这小小的剧场，却容纳了这么些大人物；他们荣耀的全部过程只得概略述说！时间很短，场地很小，这颗英国的星座则灿然照耀——命

① 莎士比亚全集 亨利五世，梁实秋译，北京：中国广播电视出版社，2001：15.

运成就了他的利剑，通过它，赢得了世界上最美的花园——后来留给了他的儿子继承这帝国”。①

《亨利五世》一剧采用了较多古代希腊的神话与故事，突出了非基督教色彩的人文主义。该剧还有意模仿了古希腊悲剧，其中有 6 次合唱队的出场（入场与退出），而且剧中用拉丁语表示了各场（Actus）的划分，但各场没有幕（Scœna）的划分，在形式上与拉丁五幕 / 场剧近似。合唱队的第一次出场（Enter Prologue）即是全剧的序幕，“愿火光炎炎的诗神给我们灵感，一同上升到想象（invention）的、最光明的天上；把整个王国当作舞台，由君王们来充任演员，让君主们观看这些伟大的场景吧！——如此，英勇的亨利（Harry），才像他本人，才具备着战神的雄姿；紧接着在他的脚后的，‘饥馑’、‘利剑’和‘火焰’像是套上皮带的猎狗一样，蹲伏着，只等待一声命令。”② 剧中合唱队（Chorus）在其余的 4 次出场主要是预告舞台上场景（地点 / 空间）的变换，并补充说明了两场之间所发生的事件，合唱队实际上起到了分场的作用。第二场（Actus Secundus）合唱队的入场歌写道：“请你们耐心观看，在我们穿插剧情的时候，请注意地点的变换。……诸位，场景现已换到汉普顿。这是我们的剧场，你们现在是在这儿安坐，我们将马上前往法兰西，我们将平安地把你们带往法兰西，然后把你们从那里带回。让我们祝告那狭窄的海（海峡）让你们舒适往返，只要我们能做得到，我们这戏决不会让人晕船呕吐。可是必须等到英王登场，我们才能换景到汉普顿。”③ 第三场（Actus Tertius）合唱队的入场歌写道：“我们的场景在飞一样的转移，凭着那想象（imagin’d）的翅膀，动作的速度并不比想象（Thought）慢。试想你们已经看到……还请多多原谅，我们演出的不

① 莎士比亚全集　亨利五世，梁实秋译，北京：中国广播电视出版社，2001：233.

② 莎士比亚全集　亨利五世，梁实秋译，北京：中国广播电视出版社，2001：15. 另参见朱生豪、方平译 . 莎士比亚全集　第三卷，北京：人民文学出版社，1994：343.

③ 莎士比亚全集　亨利五世，梁实秋译，北京：中国广播电视出版社，2001：47.

足需要你们的想象（mind）。”① 第四场（Actus Quartus）合唱队的入场歌写道：“现在请［诸位］想象（coniecture）这样的时辰，……你们看见这些笨拙而低微的表现，我们无法表现出来［那壮丽的场景］：这是哈利在夜晚巡视的零星半点，如今我们的场景必须飞往战场——唉，老天可怜，我们对不起阿金库尔这个地名，这四五把生锈迟钝的圆头剑，东倒西歪，［演员］在舞台上吵吵嚷嚷！诸位请坐下来看这是他们可笑的演戏，却能记起真的［战争］事件。”② 第五场（Actus Quintus）合唱队的入场歌写道：“请容许我为没有读过这故事的列位作必要的提示；而读过的诸君呢，我谦卑地祈求他们顾念到时间这么长，人物这么多，故事的取舍，难以按照实际的、庞大的生活图卷在这里上演。现在我们正载着国王向卡莱奔赴，在那里欢迎他。在那里看到他；请展开你那思想的翅膀（winged thoughts），护送他飞渡海峡。……其间发生的一切事件，不问大小，全都一笔略过。我们必须在法国再见到他，如此就算对过去种种作了个交代。请原谅这许多的删节省略，让你的眼光跟随着思想，重回看到法兰西的土地上。”③

与古代希腊戏剧的合唱队不同，《亨利五世》一剧中的合唱队并不是由 12、15 人组成的歌舞表演群体，也不是故事 / 情节里特定的人物角色。梁实秋在此剧汉译本的“序”中指出，合唱队的出场主要是充当“剧情说明”的报幕人，合唱队（可能 1–3 人）在叙述每一场的剧情之外往往还插有指导性的评论、说明和解释。例如，第二场（Actus Secundus）的合唱队对剧情的讲述，“现在全英格兰的青年们情绪炽烈，把绸缎的服装藏在箱子里，现在铸造兵刃的人利市三倍，荣誉之想霸占住每个人的胸怀：现在他们卖掉牧场去买马，脚跟像生翅似的去追随那位基督教国王的典范，有如一群英格兰的墨丘利。……法国人得

① 莎士比亚全集　亨利五世，梁实秋译，北京：中国广播电视出版社，2001：85.
② 莎士比亚全集　亨利五世，梁实秋译，北京：中国广播电视出版社，2001：133.
③ 莎士比亚全集　亨利五世，梁实秋译，北京：中国广播电视出版社，2001：201.

到了这极可怕的备战的情报，战栗恐慌，想用怯弱的狡计转变我们的目标。……法兰西国王在你境内找到了一窝内心虚伪的人，他用诱人的克朗塞满他们的胸怀；三个受贿的人，一个是康桥伯爵理查，第二个是马莎珊的斯克庐帕爵士亨利，第三个是脑赞伯兰的汤姆士爵士，他们为了法国的金钱，——啊，真是罪过！——和怯弱的法兰西王暗订阴谋；这位国王中之佼佼者在上船驶行法国之前，尚在汉普顿的时候，就一定要被他们手下处死，如果地狱与叛逆不改变他们的主意”。合唱队往往还插有指导性的评论、说明和解释，“因为现在希望在空中端坐，用许多大小不同的冠冕把一把宝剑从剑柄到剑尖完全遮起来了，那些冠冕是许给哈利和他的属下的”。“啊，英格兰！你是内部伟大之缩小的模型，像是小小身躯而有强大的心胸，凡你所要做的事都是荣誉所驱使你做的，愿你没有不肖的子孙！但是看看你的纰漏！”（梁译 49 页）

二、作为舞台道具的网球

1600 年《亨利五世》第 1 四开本标题页表示该剧已经多次演出（As it hath bene sundry times playd by the Right honorable the Lord Chamberlaine his seruants.）。一般的，人们认为《亨利五世》是 1599 年春季在新建成的环球剧院首次演出的，但是，J. 夏皮罗认为，宫内大臣剧团是在窗户剧院（The Curtain）首次演出该剧的，而且莎士比亚本人可能是合唱队（Chorus），即一位向观众讲述剧情和解说的报幕人。① 舞台上的道具与服装永远是不可忽视的戏剧要素，第四场（Actus Quartus）合唱队的入场歌写到了圆头剑，第三场第 7 幕写到了头盔上的威尔士石蒜。作为最显著的英格兰文化的表征，具有贵族色彩的网球，在《亨利五世》一剧中显然是值得关注的舞台道具。在 1415 年前后，英格兰和法国宫廷都已经流行网球运动，② 网球的游戏规则和文化意涵是普遍的一致

① James Shapiro, *1599, A Year in the Life of William Shakespeare*. London: Faber, 2005: 99.

② Robert Gensemer. *Tennis*, London: W. B. Saunders Company, 1975: 12.

的，因而网球可以作为两国间交往（尤其是外交上）的象征辞令。1598 年托马斯·科瑞德刊印的历史剧《闻名遐迩的亨利五世的胜利》（*The Famous Victories of Henry the fifth: Containing the Honourable Battel of Agincourt: As it was plaide by the Queenes Maiesties Players*）叙述了法国王太子路易送给亨利五世一桶网球、一件毯子（Here is a Carpet and a Tunne of Tennis balles.），并突出写到了网球（8 次）和网球场（2 次）。

12 世纪网球发源于法国北部，13 世纪末网球流传到欧洲各宫廷；法国国王路易十世（Louis X le Hutin, 1289–1316）、查理五世（Charles V le Sage, 1338–1380），苏格兰国王詹姆士一世（James I, 1394–1437）和英国国王亨利八世热衷网球运动；16 世纪出现网球拍（rackets）之后该运动更名为 tennes, teneys, or tenyse（源于诺曼底法语 Tenez）。J. M. 赫斯科特《网球》之“球场、球拍和网球的历史”写道：“13 世纪法国的网球运动，如我们所知，仅仅是在非封闭的场地进行，而且是极其普遍地流行于外省；早在 14 世纪，它作为娱乐和身体锻炼的活动出现在一些城镇里。……查理五世可能是促使早期网球运动改进的先行者。马歇尔《网球史》（*Annals of Tennis*）告诉人们，查理五世在卢浮宫建有网球场，据德克拉拉克记载，该球场占据了王宫的整整两层楼。他在包特丽府邸还有另一个网球场。”① 切特温德《球类的秘史》之“网球”写道：“早期的网球（Tennis ball）是见习基督教神学者创造的用来向上帝致敬的，……14 世纪，在法国小镇内维尔的神父是负责生产网球的。……这种最初的网球形式叫做‘jeu de paume’（抓球游戏），与如今的游戏形式有很大的不同。……在英格兰，网球运动是贵族运动（1530 年，在汉普顿宫建了一个网球场）。对于网球制造者来说，去当地发廊收集材料是很平常的事。甚至莎士比亚在《无事生非》里也提到过这种特殊的实践，当裴德鲁先生开关于拜尼迪克的玩笑时，克劳迪

① John Moyer Heathcote. *Tennis*, London: Longmans, Green, and Co., 1890: 14.

告诉他：‘理发师一直在看他，他的胡子已经塞满了网球。’……据说，英格兰的亨利八世玩过像软木塞那样轻的球。在法国，路易十一世（Louis XI, 1423–1483）对于选择网球表面材质很是烦恼。……国王坚持要求球里面还是应该添加像羊毛一类的东西。17 世纪初，网球制造者意识到可以以碎布为中心外面弄成圆形贴上胶带，这成了制球的标准。”①

网球是在亨利四世时期传入英国的，而后逐渐成为英格兰皇室较为热衷的运动。1400 年 J. 高文献给亨利四世的颂歌《球未停下时无人可知网球的输赢》（John Gower, *Of the tenetz to winne or lese a chase, Mai no lif wite er that the bal be ronne*）写到了网球。H. 吉尔迈斯特《网球：一个文化史》（Heiner Gillmeister, *Tennis: A Cultural History*, 1998）写到了亨利五世时期（Henry V, 1386–1422）英格兰的网球运动。1460 年系列神秘剧《托尼里剧》（Towneley Cycle of Mystery Plays），1500 年神秘剧《第二牧人剧》（*The Second Shepherds' Pageant*）、骑士传奇《土耳其人与高文》（*The Turke and Gowin*）都写到了网球。在一些中世纪谣曲中也提到了亨利五世时期的网球，例如《阿金库尔战役》（*The Battle of Agyncourt*）较早写到了网球。1623 年莎士比亚戏剧第一对折本分别在《亨利五世》和《亨利八世》共 4 次写到网球。大卫·休谟《英国史》（David Hume, *The History of England, From the Invasion of Julius Cæsar to the Revolution in 1688*, 1778）在第二卷之“亨利五世”的注释中引用伪英伽尔弗《克鲁兰编年史》（Ingulphus of Croyland, *The Croyland Chronicle Continuations*, 1459–1486）认为，法国王太子路易谴责亨利的要求及其早期的放荡行为，给他送了一桶网球；暗示这些游戏工具比战争工具更适合他。但这个故事并不可信；1420 年法国宫廷作出极度让步的和谈允诺表明，他们已经接纳亨利的性格，正如接纳他们自己的处境。

---

① 乔希·切特温德 . 球类的秘史，刘辉译，上海科学技术文献出版社，2013：137–138.

莎士比亚在该剧合唱队的第一次出场（Enter Prologue）即全剧的序幕中有意强调了环球剧院及其舞台的情形，“在座的诸位，请原谅像我们这些低微的小人物斗胆在这简陋的舞台上，扮演什么轰轰烈烈的事迹，这个‘斗鸡场’容得下法兰西的广大战场？我们这个木头的圆框子里（wooden O）塞得进那么多将士？——只消他们把头盔晃一晃，管叫阿金库尔的空气都跟着颤动！请原谅吧！一个小小的圆圈的数字（crooked figure），凑在数字的末尾，就可以变成个一百万；因而让我们就凭这渺小的作用，来激发你们庞大的想象力（imaginary forces）吧”。① 对于环球剧院的表演舞台，无论演员还是观众显然更容易接受网球这一尚有夸耀性的、普遍熟知的道具。

第一场第 1 幕法国使臣首次提及法国王太子路易的礼物网球，“为了答复您的要求，我们的太子说您未免是少年气盛，要您放明白些，在法国没有什么东西单凭一场热舞即可获得到手；您不能靠了饮宴作乐而在那里赢得公国。所以为了更适合您的趣味，他给您送来一桶宝物（This Tun of Treasure）；作为对这项礼物的回敬，希望您对您所要求的公国以后休再提起。”第二场第 4 幕法国王太子说出了送给亨利五世一桶网球的真实理由，“只愿和英格兰国王作对：为达到这个目的，我所以送他一桶巴黎网球（the Paris-Balls），因为这是和他的年少气盛正相适合”。② 第三场第 6 幕法国王太子再次重申了这一理由，“我要让英格兰国王悔恨他的荒唐，看出他的弱点”（梁译 119 页）。

第一场第 1 幕亨利五世对法国王太子路易的回应是，“等我给这些球配好网拍子之后（When we haue matcht our Rackets to these Balles），我就要到法国去，借上帝的恩宠，和他打一局，把他父亲的王冠打进墙的豁口（Shall strike his fathers Crowne into the hazard）。告诉他说和他对局的是一位高手，法国的所有的球场（all the Courts of France）将因连串的失手而震动。我很了解他，他拿

---

① 莎士比亚全集　亨利五世，梁实秋译，北京：中国广播电视出版社，2001：15.

② 莎士比亚全集　亨利五世，梁实秋译，北京：中国广播电视出版社，2001：41，83.

我从前荒唐的生涯来挖苦我，”“告诉那位轻佻的王太子（Dolphin blinde），他这番嘲弄已经把网球变成了石弹（Hath turn'd his balles to Gun-stones），随着石弹飞来的横祸将使得他内心惨痛。（梁译 43 页）” Racket（拍子）一词可能源于中世纪法语 rachasser（to strike the ball back）或者弗莱芒词语 raketsen。虽然乔叟《特洛伊罗斯与克丽西达》(*Troylus and Cryseyde*）已经写到了 Racket（拍子），然而直到 16 世纪才最早使用网球拍，显然，莎士比亚在《亨利五世》一剧中想象性地写到了“给这些球配好网拍子”，这已经是亨利八世时期及其后网球运动的情景。

三、莎士比亚的巧智（wit）或者巴洛克风格

戏剧主要包含舞台对话和非常少的叙述。自古代希腊以来，对白（Dialogue）、独白（Monologue or dramatic monologue）、旁白（Aside）和私语 / 自言自语（Soliloquy）是戏剧表演中至关重要的表达方式；一般的，独白与私语是十分相似的，并常常互换使用。戏剧中的舞台对话是一种高度艺术化的语言，在根本上区别于人们在日常生活中使用的自然语言。作为舞台对话的语言，无论是诗体还是散文体，往往都会展现出时代与社会的共同精神，有时会与特定的文艺思潮相关联。除开英国的中世纪文学，古代希腊罗马文学艺术和意大利的巴洛克文艺思潮对莎士比亚的影响是显著的。

（1）巧智（wit）是英国文艺复兴时期重要的文化观念和批评观念。该词源自古英语 witt，意思是“理解、智慧、知识、认知、良知”(understanding, intellect, sense, knowledge, consciousness, conscience)。在莎士比亚戏剧中，普遍使用巧智（wit）这一修辞手法，因此表征为巴洛克风格的一方面。① 巧智普遍流行于伊丽莎白时期的文学及其后的玄学派诗歌（metaphysical poetry）中，莎

① Leo Salingar. *Shakespeare and the Traditions of Comedy*. Cambridge: Cambridge University Press, 1976: 245–246.

士比亚的戏剧尤为常见，其《第十二夜》写道："机智的傻子比愚蠢的巧智更好些"。（Better a witty foole, then a foolish wit.）米歇尔·布斯《莎士比亚的巧智》认为，莎士比亚的戏剧人物往往以狡猾（sly）的方式得出不正确的结论，表明该人物对在日常思想和对话中的既有的想象角色和选择性投射角色是十分机警的。缩略语（compression）在笑话和故事中都是一种有效手段，物质性锚定（material anchors）在两者中都具有同样有用的功能。在诗歌中，结构冲突（frame clash）或不协调（incongruity）能使人发笑，莎士比亚的幽默一般不是嘲弄（derisive），而是通过强调不同观点之间的不协调来起作用。马文·明斯基、丽萨·朱茜恩认为莎士比亚的巧智既涉及突然感觉到的不协调（Marvin Minsky），又涉及考量诸多观点的不同角度（Lisa Zunshine）；概念整合模型有效地统一了这些观点。①

巧智（wit）是莎士比亚戏剧中喜剧人物较为常见的语言技巧。第一场第1幕伊雷主教（Bishops of Ely）的矛盾修辞（Oxymoron）即是巧智的一种形式。

The Life of Henry the Fift	**亨利五世**
William Shakespeare	梁实秋译 P23
The Strawberry growes vnderneath the Nettle,	草莓生于荨麻之下，
And holesome Berryes thriue and ripen best,	健硕的浆果在低级的果实旁边
Neighbour'd by Fruit of baser qualitie:	长得最为茂盛肥大：
And so the Prince obscur'd his Contemplation	所以王太子也只是用荒唐的面目
Vnder the Veyle of Wildnesse, which (no doubt)	遮掩他的深谋远虑，（无疑）
Grew like the Summer Grasse, fastest by Night,	像夏天的草，夜里长得最快，
Vnseene, yet cressiue in his facultie.	没人看的见，但是他的智慧却日在增长。

① Michael Booth. Shakespeare's Wit, *Shakespeare and Conceptual Blending*, New York: Palgrave Macmillan, 2017: 71–113.

作为英国（Englishness）的“他者”形象，法国王太子（Dolphin）、奥尔良公爵、法国元帅（Constable of France）等在《亨利五世》一剧中或多或少被看作喜剧人物，他们的对白往往也包含巧智。第三场第7幕法国元帅的对白包含一些嘲讽的反话（antiphrasis, sarcasm），这是巧智的一种常见形态。Antiphrasis（反话）是伊丽莎白时期“优雅的风格”（Euphuism）一派作家惯常使用的、委婉的修辞手法，例如，约翰·李利《尤弗伊斯：巧智的剖析》（John Lyly, *Euphues: The Anatomy of Wit*, 1578）。“你自己需要先去赌一把，才能抓到战俘。”（You must first goe your selfe to hazard, ere you haue them.）“我想他会把他杀死的都吃下去。”（I thinke he will eate all he kills.）“凭着她的脚发誓吧，好让她把你的誓言一脚踢开。”（Sweare by her Foot, that she may tread out the Oath.）“干就是活动，他得总是在干。”（Doing is actiuitie, and he will still be doing.）“老实说吧，先生，是秘密；除了他的侍从之外，谁也没有看见过他做出勇敢的样子：那是一种蒙罩着头的勇敢；一露脸，就要扑动翅膀。”（By my faith Sir, but it is: neuer any body saw it, but his Lacquey: 'tis a hooded valour, and when it appeares, it will bate.）“接得好。把你的朋友当做了恶魔：让我来一语破的吧，让恶魔生天花！”（Well plac't: there stands your friend for the Deuill: haue at the very eye of that Prouerbe with, A Pox of the Deuill）

第五场第2幕勃艮第公爵与亨利王的对白，尤其是关于“爱情是盲目且极有诱惑力的”（Loue is blind and enforces）的对白，这些隐含/影射、双关、暗讽的文字游戏（pun, paronomasia）也是巧智的一种形式，“如果你要在她身上施展法术，你必须先画出一个圆圈圈；如果你要在她心里唤起爱情以其本来的面目出现，他一定是赤裸而且是盲目的。她还是一个处女，还罩着一层处女的娇羞的红晕，假如她不让一个赤裸瞎眼的男童在她的赤裸的眼睁睁的心中出现，那么你能怪她么？”“因为小姐们，在软暖中娇生惯养，像是到了巴托洛缪节日的苍蝇，虽然有眼睛，但是看不到东西；以前不让人看一看，那时节可以由人抚弄。”同样，亨利王的应答总是极其机智的。

第五场第2幕亨利王向法国公主凯瑟琳求婚的对白包含诡辩式的反论（Paradox）以及文字游戏，这也是巧智的一种形式，“但是，老实讲，凯特，我年纪再大一些，我会变得好看一些：我的安慰是，那毁坏美貌的老年不能再糟蹋我的脸了：如果你得到我，你是在我坏得不能再坏的时候得到我；如果你享受我，你会觉得我愈来愈好。……来，用你的那种破音乐给我一个回答；因为你的声音是音乐，你的英语是破的；所以，众人敬仰的女王，凯瑟琳，用破英语对我说破你的心事吧”。“凯特，跟着我们的地位而来的自由权可以堵塞一般人挑剔的嘴巴；我现在正要堵塞你的嘴，因为你提出了你的国家的繁琐的风俗拒绝与我接吻。……甜蜜蜜的在你嘴唇上一触，其中有比法国枢密院更多的口才；那两片嘴唇能比许多位君王的联合请求更快的说服英格兰的哈利。”（梁译225页）

作为《亨利五世》一剧中的喜剧人物，福尔斯塔夫的随扈骑士：下士尼姆（Corporall Nym）、中尉巴多夫（Lieutenant Bardolfe）、旗官皮斯多（Ancient Pistoll）首次出现在第二场第2幕，他们近似于传统喜剧中的小丑（clown）。第三场第2幕侍童称这三人是虚张声势的家伙（these three Swashers），小丑（three such Antiques）。第三场第6幕皮斯多和弗鲁哀伦关于命运女神的对白表现出巧智的诡辩语言，“巴多夫是个意志坚强的军人，有活泼的勇气，但是命运不济，那个命运女神瞎了眼睛……”此外，第二场第2幕巴多夫的对白使用了模棱两可的言语表达。

The Life of Henry the Fift	**亨利五世**
William Shakespeare	梁实秋译 P49
Bardolfe.I dare not fight, but I will winke and holde out	巴：我不敢打斗，但是我会半闭着眼睛伸出
mine yron: it is a simple one, but what though? It will	我的剑。那是一把普通的剑；可是那又有什么关系？

（续表）

The Life of Henry the Fift	亨利五世
toste Cheese, and it will endure cold, as another mans	它可以烘烤酪干，它可以像任何别人的剑
sword will: and there's an end.	一样的冷：如是而已。

（2）巴洛克（baroque）作为艺术批评的观念，最早出现在18世纪。1758年德尼·狄德罗较早用巴洛克一词表示艺术上的“奇异怪诞”风格。16世纪路德新教和英国清教徒兴起以来，被罗马天主教会鼓励/支持的巴洛克（baroque）风格首先出现在建筑领域，而后拓展到美术音乐舞蹈文学等艺术领域。A. 豪泽尔《艺术社会史》(Arnold Hauser，*Sozialgeschichte der Kunst und Literatur*, 1951）之“巴洛克的概念”写道：“作为一种艺术风格，风格主义与一种矛盾的、但在整个西方都随处可见的生活体验相吻合；巴洛克所表达的，是一种本身比较一致、但在欧洲各文化地区表现不尽相同的世界观。……不仅是宫廷和天主教圈子的巴洛克与市民阶级和新教圈子的巴洛克艺术截然不同，贝尼尼（Gianlorenzo Bernini, 1598–1680）和鲁本斯（Peter Paul Rubens, 1577–1640）所描绘的内心和外在世界不同于伦勃朗（Rembrandt Harmenszoon van Rijn, 1606–1669）和凡·霍延（Jan Josephszoon van Goyen, 1596–1656）描绘的内心和外在世界，甚至在这两大风格流派内部也存在诸多巨大差别。在这种内部分化中，最重要的便是宫廷–天主教巴洛克艺术一分为二：一个是通常所理解的那种追求感官刺激和气势宏伟的装饰效果的‘巴洛克风格’；一个是更刻板、更有形式严格主义倾向的‘古典主义’风格。……教会巴洛克和宫廷的巴洛克艺术在天主教国家一开始就有一种独立的自然主义流派，其代表人物是卡拉瓦乔、路易·勒南和里贝拉。后来这种自然主义渗透到所有的巴洛克大师的作品中。自然主义最终在荷兰成为主流，就像古典主义在法国成为主流。通过这两个流派，巴洛克艺术的社会前提被看得一清二楚。自哥特式艺术以来，艺术风格的

结构变得越来越复杂；不同思想内涵的对立日益尖锐，相应地，不同的艺术元素之间出现了越来越大的区别。”①M. 盖特雷恩《世界艺术史九讲》写道：“文艺复兴艺术强调理性的平静，巴洛克艺术则充满激情、活力和动感。巴洛克艺术中的色彩比文艺复兴艺术更浓重，颜色和光影的对比更强烈。在建筑和雕塑上，文艺复兴追求的是古典的朴素，而巴洛克喜欢尽可能华丽繁复的装饰。巴洛克艺术被认为生机勃勃，有时甚至是戏剧性的。这种戏剧性可由巴洛克最重要的演绎者、艺术家詹洛伦佐・贝尼尼的作品清晰地反映出来。贝尼尼在任何时代都称得上是一个极富魅力的人物，但如果说有一个艺术家和一种风格彼此完美契合的话，那就是贝尼尼和巴洛克。”② 菲利普斯《伦敦艺术指南》(Sam Phillips, *The Art Guide: London*, 2011）之“巴洛克”写道：“巴洛克艺术偶尔也会有‘奇异怪诞’的奢华夸张，但是国家美术馆的卓越收藏所展示的理想化和对光线的关注等其他倾向是如此明显，使任何一种对此风格的简单定义都变得复杂化了。也许这个时期最重要的剧作家威廉・莎士比亚在《罗密欧与朱丽叶》（*Romeo and Juliet*, 1597）中写下的台词，有助于我们理解巴洛克：‘名字有何重要？玫瑰即便唤作别的名字，还是照样芳香。’(What? in a names that which we call a Rose, /By any other word would smell as sweete,）16 世纪初，莎士比亚在伦敦的名声确立，……鲁本斯建立起来的国际性声誉可与提香（Tiziano Vecelli, 1488-1576）相并论，他被授予过骑士身份，并为查理一世在伦敦的国宴厅（Banqueting House）创作了一系列如今依然能在原地看到的壮丽的天顶画。”③

在《亨利五世》一句中，舞台上的喜剧人物（comedian characters）往往更倾向于被投射巴洛克风格。剧中别的人物在对白中也可见巴洛克式的语言。第

① 阿诺尔德・豪泽尔 . 艺术社会史，黄燎宇译，北京：商务印书馆，2015：247.

② 马克・盖特雷恩（Mark Getlein）. 世界艺术史九讲　第 8 版，王滢译，北京：北京联合出版公司，2016：423.

③ 山姆・菲利普斯 . 伦敦艺术指南，殷俊洁译，北京：中央编译出版社，2013：82.

三场第 7 幕表现了王太子、法国元帅、奥尔良公爵喜剧性的、逗笑的对白，这些散文体的对白是一种矫揉造作的、炫耀技巧的、辞藻浮华的表达方式，但夸耀的词语本身并不是巧智，“世上最好的一套盔甲”（the best Armour of the World），“欧洲最好的一匹马”（the best Horse of Europe），“全法国最活跃的贵公子”（the most actiue Gentleman of France.）。王太子用辞藻浮华的语言夸耀自己的战马，法国元帅在逗笑的对白中指出这种表达是刻意夸张的（bragges），修辞不当的，“我并不把我的马当做我的情人，也不引用任何文不对题的成语”。（Yet doe I not vse my Horse for my Mistresse, or any such Prouerbe, so little kin to the purpose.）“明天也不会干：他要永远保持那个美名的”。（Nor will doe none to morrow: hee will keepe that good name still.）

王太子的对白表现出矫揉造作的，辞藻浮华的巴洛克式风格，“我不肯用我的马换取任何用四根骹骨跑路的畜牲。吓！它从地上跃起，好像肚里填的全是毛发：鼻孔喷火的天马裴加索斯（le Cheual volante, the Pegasus, ches les narines de feu.）！我骑它的时候，我飞翔，我是一只鹰：他凌空驰骋；它触到地面的时候，地面上发出美丽的歌声；它的最低贱的蹄子也能比赫尔墨斯的笛子奏出更好的音乐”。“像姜一般的火辣。是该由波西阿斯来骑的牲口：它是纯粹的‘风’与‘火’；除了在骑者跨上马背的时候它是驯静不动外，在它身上从不露出‘土’与‘水’那种沉浊原质的迹象。”“它是坐骑中之王，他的嘶声像是君王的号令，它的样子令人起敬。”“一个人若是不能，从云雀升空起到羊群回栏止，用各种不同的言辞赞美我的坐骑，他便是缺乏巧智（wit）：这是像海洋一般广阔的题材；如果你把海岸上的沙粒变成为健谈的舌头，我的马也是够他们谈论的题目。它值得让一位君王来谈论，更是值得让王中之王来骑乘；值得令所有的人——无论是我们认识的或不认识的——放下他们各人的工作而来对它表示惊羡。有一次我作了一首十四行诗赞美它，是这样开始的：‘自然的奇迹！’（Wonder of Nature.）（梁译 125 页）”奥尔良公爵的对白使得话题从良马转到情人，在此，双关与含混 / 是似而非的词语表达突出了巧智本身，“那么是他们模仿我写给我的马的那首诗；因为我的马正是我的情人（for my Horse is my Mistresse.）。”“让我觉得很好骑；这才是对于一位好的独享的佳人所惯用的赞美。”“那么也许她是老了，变温和了；你骑上去的时候，像是爱尔兰的轻装骑兵一般，脱下了你的法国裤子，穿着你的紧腿裤。”“你要接受我的劝告了：这样骑的人，如不小心地骑，会要掉进污秽的泥淖里去。我宁愿把我的马当做我的情人。”“但愿把它应得的赞美都驮在它的背上！永远到不了白昼？明天我愿骑着马跑一哩路，路上铺满了英国人的面孔。”（梁译 127 页）

第五场第 2 幕勃艮第公爵夸张而华丽的对白表现出明显的巴洛克风格，“为什么那赤贫的，可怜的，任人宰割的和平（the naked, poore, and mangled Peace），原是技艺、繁荣与欢欣的保姆（Deare Nourse of Arts, Plentyes, and ioyfull Births），不能在这世界上最好的花园，我们的附属的法兰西抛头露面呢？哎！她被赶出法兰西实在已经太久了，她的耕耘所得，成堆的弃置在那里，丰硕的成果任由其自行腐烂。她的葡萄，最能鼓舞人心，因未加修剪而死了；她的编插匀整的篱笆，像是毛发蓬松的囚徒，抽出了凌乱的枝条；毒麦、莠草、荒蔓的胡延索，在她的未耕的田地上长得根深蒂固，而应该用以芟除芜秽的犁头却在生锈；那平坦的草原，一向生长着带斑点的野樱草、地榆，和绿的苜蓿，只因没有镰刀刈割，变得荒芜不治，如今与懒惰结缘，除了可厌的酸模，粗鲁的紫蓟、空茎、针球，不生长任何东西，既不美观，亦无实用。我们的葡萄园、休耕地、草原、篱笆，固然是因为变质而荒芜；而我们的家人，我们自己和孩子们，也同样荒废了，或是没有工夫去学习，那些足以使我们的国家增光的学识……”（梁译 211–213 页）

四、结语

自乔叟、约翰·切克（John Cheke）、罗杰·阿西姆（Roger Ascham）、加百

利・哈维（Gabriel Harvey）、锡德尼、托马斯・洛吉（Thomas Lodge）、德莱顿以来，亚里士多德在英国文艺复兴时期逐渐被人们接受。① 亚里士多德《诗学》（Περὶ ποιητικῆς）写道："作为一个整体，悲剧必须包括如下六个决定其性质的成分，即情节（Mythos）、性格（Ethos）、言语（Lexis）、思想（Dianoia）、戏景（Opsis）和唱段；其中两个指摩仿的媒介，一个指摩仿的方式，另三个为摩仿的对象。""既然摩仿通过行动中的人物进行，那么，戏景的装饰就必然应是悲剧的一部分；此外，唱段和言语亦是悲剧的部分，因为它们是人物进行摩仿的媒介。……这种摩仿是通过行动中的人物进行的，这些人的性格和思想就必然会表明他们的属类。" ② 莎士比亚的历史剧作为一个新的、独立的戏剧次类型，不同于古代希腊悲剧（准确的说，"山羊之歌"），网球作为舞台道具，巧智和巴洛克风格的对白在《亨利五世》一剧中是较为显著的。暂且不论剧中的情节、性格和思想，莎士比亚在《亨利五世》一剧中并没有出现音乐与歌唱本身，（不算皮斯托对白中的拉丁化的爱尔兰歌谣词语），合唱队（chrous）仅仅承当报幕员和戏剧情节解说的作用。

---

① Marvin Theodore Herrick. *The Poetics of Aristotle in England*, New Haven: Yale University Press, 1930: 8–38.

② 亚里士多德 . 诗学，陈中梅译，北京：商务印书馆，1996：63，64.

第十一节　论《泰尔亲王伯里克勒斯》的舞台空间与地理叙事

1608 年乔治·威尔金斯的散文体骑士传奇《伯里克勒斯》出版。1608 年 5 月 20 日书商爱德华·布伦特在伦敦书业公会（Stationers' Register）登记了《泰尔亲王伯里克勒斯》（20 Maij. Edward Blount. Entred for his copie vnder thandes of Sir George Buck knight and Master Warden Seton A booke called, the booke of Pericles prynce of Tyre），同年稍后《泰尔亲王伯里克勒斯》（The Late, and much admired Play, called Pericles, Prince of Tyre）第 1 四开本出版，剧作家署名莎士比亚（By William Shakespeare）。传奇剧《泰尔亲王伯里克勒斯》（*Pericles, Prince of Tyre*）共有 6 个四开本（1609a, 1609b, 1611, 1619, 1630, 1635），1664 年第三对折本增补本首次收入该剧的第 6 四开本（Q6, 1635）。第 1、2 四开本（Q1, Q2, 1609）的印刷商是威廉·怀特（William White）、托马斯·克里德（Thomas Creede），前 3 个四开本的所有者是书商亨利·哥松（Henry Gosson）；伦敦书业公会登记簿没有布朗特把出版权转让给哥松的记载，这可能并不意味着第 1、2 四开本是非法的盗印本。第 1 四开本包含了较多的错误，大约 452 行韵文是作为散文印刷的，51 行韵文实际上应该是散文。[①] 第 3 四开本（Q3, 1611）的印刷商是西蒙·斯塔福德（Simon Stafford）；第 4 四开本（Q4, 1619）的印刷商是威廉·伽噶德，该剧的所有者是书商托马斯·帕维尔（Thomas Pavier）。

该剧叙述的是伯里克勒斯青年时期的爱情历险、老年时期妻女重逢的虚构

---

① Philip Edwards, An Approach to the Problem of "Pericles", *Shakespeare Survey*, 5 (January 1952): 25–49.

故事。这个从中世纪骑士传奇改写而来的想象故事来源是：（1）9世纪的拉丁语骑士传奇《泰尔亲王阿波罗尼乌斯》（*Historia Apollonii regis Tyri*），（2）约翰·高渥《情人的忏悔》（John Gower, *Confessio Amantis*, 1393/1554），（3）劳伦斯·忒恩翻译的《痛苦历险的典范故事》（Laurence Twine, *The Patterne of Painefull Aduentures*）。[①] 恰如前3个四开本（Q1, Q2, Q3）标题显示的那样，《伯里克勒斯》可以看作是2个独立的中世纪传奇故事的戏剧性改编，突出了两个人物的美德和奇遇相认：其一是"伯里克勒斯的苦难历险"，其二是"玛丽娜"的罹难故事。[②]

早期目录学者认为，《泰尔亲王伯里克勒斯》第1四开本（Q1）是一个剧场速记的盗印本，因为其封页标题表明，"国王剧团"曾多次在环球剧场演出该剧（The Late, and much admired Play ... As it hath been diuers and sundry times acted by his Maiesties Seruants, at the Globe on the Banck-side），这应该是真实的情况。D. L. 托马斯认为，莎士比亚所属的"国王剧团"于1606–1607年演出了该剧。[③]T. S. 格莱维斯《论〈伯里克勒斯〉的创作日期与意义》指出，该剧创作于1606–1607年间，1607年或1608年，法国和威尼斯的大使们观看过该剧。[④] 从1608年G. 威尔肯斯写作的散文故事《泰尔亲王伯里克勒斯的苦难历险》（George Wilkins, *The Painfull Aduentures of Pericles Prince of Tyre*, 1608）来看，"伯里克勒斯"是1606–1610年流行的故事。[⑤]

---

① George A. A. Kortekaas. *The Story of Apollonius, King of Tyre: A Study of Its Greek Origin and an Edition of the Two Oldest Latin Recensions*, Leiden, Boston: Brill, 2004: 11.

② William Shakespeare. *Pericles, Prince of Tyre. With the true Relation of the whole Historie, aduentures, and fortunes of the said Prince: As also, The no lesse strange, and worthy accidents, in the Birth and Life, of his Daughter Mariana*. London: Henry Gosson, 1609.

③ Daniel Lindsey Thomas. *On The Play of Pericles*, Englische Studien, 39 band, 1908: 210–239.

④ T. S. Graves. On the Date and Significance of "Pericles", *Modern Philology*, Vol. 1, 1916: 177–188.

⑤ George Wilkins, *Pericles, prince of Tyre, a novel*, ed. by Tycho Mommsen, J. Payne Collier, Oldenburg [German] : G. Stalling, 1857.

《伯里克勒斯》一剧原本不分场分幕，报幕人是14世纪英格兰诗人高渥（Gower, Gowr），共出场8次，剧作家称高渥为auntient Gower, old Gower，主要是预告剧情，向观众作出道德、地理和想象力的提示，起了分场的作用。《伯里克勒斯》一剧充满了道德说教的语段，尤其是诗人高渥的道白中反复重申了宗教的道德。该剧中的报幕人，明显受到B. 巴尼斯的悲剧《恶魔表状》（Barnabe Barnes, *The Divils Charter; A Tragdie Conteining the Life and Death of Pope Alexander the Sixt*, 1607）的影响，报幕人chorus近似于《亨利五世》一剧中的集体角色。①

一、舞台空间、图像与观众的想象

在某一时期、某一地域，符号化的舞台场所总是由社会制度、传统文化、生活方式而决定的，舞台从来都是代表着一种社会文化空间的象征，是一个表现社会文化、人类生活的镜像模式，而不是某个具体的现实场所。出现在戏剧空间里的戏剧物体，是各种现实中的物体，是一种处在具体的舞台空间中的物体，这些非戏剧"真实"物体是出现在舞台场所的符号。

观众的心理结构、戏剧文本结构、舞台空间三者之间却是处于循环阅读与互相阐释的动态过程中。观众永远是与演员同在剧场，参与了戏剧表演的意义产生过程。舞台的空间符号包括设置布景、服装、道具、个人化言语方式（ideolects）、形体姿态等。舞台空间是由动作和声音构成的，它是社会空间的模拟，或者是社会空间的图像转换。《伯里克勒斯》一剧中就宣称"我用声音描绘出了她的肖像"。（I haue drawne her picture with my voice.）。第一场第1幕伯里克勒斯对拉奥蒂丝（Antiochus daughter）的赞美就是一例，"[她]的多姿形态像春天……她的脸是赞美诗的书卷，二者相似的，只会看到让人惊异的欢乐"。

① William Shakespeare. *Pericles, prince of Tyre*, ed. by Alfred R. Bellinger, New Haven: Yale university press, 1925: 1.

(See where she comes, appareled like the Spring, /.../Her face the booke of prayses, where is read, /Nothing but curious pleasures, as from thence)。诗人高渥第五次出场(Enter Gower)提醒观众，剧中的人物在不同地区分别使用他们各自的语言，“请见谅，我们不是故意犯错，在各地都使用同一种语言[即英语]。我们生活在不同场景里，我请求你们，仔细理解我在各幕间所说的”。(By you being pardoned we commit no crime, /To vse one language, in each seuerall clime, /Where our sceanes seemes to liue, /I doe beseech you/To learne of me who stand with gapes/ To teach you.)。[梁译，137 页]

不同的文化在不同时期往往会产生各种戏剧建筑和舞台结构模式，戏剧建筑对于戏剧空间的表现功能来说是决定性的。舞台建筑最显著部分的表演区和占据它们的人物运动之间是息息相关的。伊丽莎白时代较宽大的舞台(例如，环球剧场)则容许出现群众场景和战争场面；因为表演区(高的平台、二楼房间、密室)相连接，所以开放式的、群众性的场面与人数较少的室内场景交替进行。①1610 年 2 月 2 日圣烛节(Candlemas)，旅行剧团 Cholmeley 曾在约克郡尼德谷地的格兹威特大厅(Gowthwaite Halle)演出了“伯里克勒斯”一剧。1619 年 5 月 20 日《伯里克勒斯》曾作为法国大使的娱乐在伦敦白厅(White hall)表演。

报幕人是戏剧中一个特殊的叙述者(即戏剧中的角色)，是演员与观众的中介者，他在舞台上向观众预告(叙述)戏剧情节 / 行为，并对此作出解释、说明和评论。作为戏剧舞台上的角色，报幕人不是戏剧情节 / 行为的模仿者(即表演中的人物)，也不是剧场的热情观众。②

诗人高渥第一次出场(Enter Gower)宣称，戏剧表演将为观众带来耳目

---

① Keir Elam, *Semiotics of Theatre and Drama*, 2nd edition, London, New York: Routledge, 2002: 50.

② William Shakespeare. *Pericles, Prince of Tyre*, ed. by Dover Wilson, Cambridge: Cambridge University Press, 2009: xxvii.

之娱（To glad your eare, and please your eyes），观众将作出自己的判断（to the iudgement of your eye, I giue my cause, who best can iustifie）。诗人高渥第二次出场（Enter Gower）宣称，观众已经看过伯里克勒斯、安提奥库斯三世的情节，提醒观众像人们在平日里做的那样沉默（Be quiet then, as men should bee），第二场将表现伯勒克勒斯历经困难，并祝福他。（I'le shew you those in troubles raigne; ... To whom I giue my benizon），高渥再次请求大家观看并评价舞台上所表现的情节。（But tidinges to the contrarie, Are brought your eyes, what need speake I.）诗人高渥第三次出场（Enter Gower）提醒观众注意观看，“时间过得匆促，你们要用幻想使之丰满，”［梁译，87 页］（be attent, And Time that is so briefly spent, With your fine fancies quaintly each,）“以后风暴中发生什么事情，它自会表演出来。我不必在此多说，余下的请看舞台上的动作，它是否不像我所讲述的那样？”［梁译，91 页］（And what ensues in this fell storme, Shall for it selfe, it selfe performe: I nill relate, action may Conueniently the rest conuay; Which might not? what by me is told）。诗人高渥第四次出场（Enter Gower）提醒观众要有对世界地理的合情合理的想象，戏剧中的人物伯里克勒斯、塔伊萨、玛丽娜分别在泰尔、以弗所和塔索斯（Imagine *Pericles* arriude at *Tyre*, Welcomd and setled to his owne desire: His wofull Queene we leaue at *Ephesus*, Vnto *Diana* ther's a Votarisse. Now to *Marina* bend your mind, Whom our fast growing scene must finde At *Tharsus*,）在预告剧情之后，诗人高渥要求观众关注戏剧表演本身，“至于以后的情节，我请求你们仔细观看：我只是说一些蹩脚的诗句，把飞驰的时间带了过去；我将不能生动的传达事件，除非你们的想象紧跟随我”。［梁译，91 页］（the vnborne euent, /I doe commend to your content, /Onely I carried winged Time, /Post one the lame feete of my rime, /Which neuer could I so conuey, /Vnlesse your thoughts went on my way）。诗人高渥第五次出场（梁译，第四场第 4 幕），请求大家理解舞台表演的时间转变，“想想，这牵念的思想和船一样飞快，你们

的想象也要跟随，去接他的远别的女儿回家。像尘埃像影子，看他们不停的移动，我要求你们好好听着看着”。[梁译，139 页](thinke this Pilat thought/So with his sterage, shall your thoughts grone/To fetch his daughter home, who first is gone/Like moats and shadowes, see them/Moue a while, Your eares vnto your eyes Ile reconcile.)“现在激扬一下你们的机智”(Nowe please you wit)。诗人高渥第七次出场（梁译，第五场第 2 幕），“现在我们的沙漏快要流尽，再过一点即将空寂。这是给我的最后一个帮助，因为你们的友善让我释怀。你们要大胆假想，那些盛典、宴会、表演呀，吟咏歌唱、雅致的热闹，总督在米提利尼全力而为，来欢迎这位君王”。(Now our sands are almost run, /More a little, and then dum./This my last boone giue mee;/For such kindnesse must relieue mee:/That you aptly will suppose, /What pageantry, what feats, what showes, /What minstrelsie, and prettie din, /The Regent made in *Metalin*./To greet the King, so he thriued)“你们为此惊讶。写得简洁一些，是一帆风顺……定然要感谢你们的丰富想象”。[梁译，181 页](you all confound./In fetherd briefenes sayles are fild, /.../Is by your fancies thankfull doome. ）诗人高渥第八次出场是在剧情结束（FINIS）之后，这是一个宗教式的道德说辞，“你们已经听到了安提奥库斯和他的女儿……你们可以很好地描述厄利卡努斯……因而感谢你们耐心的观看，祝你们快乐。我们的演戏到此结束”。[梁译，191 页](In Antiochus and his daughter you haue heard/.../In *Helycanus* may you well descrie, /.../So on your Patience euermore attending, /New ioy wayte on you, heere our play has ending. ）这是一个舞台表演者（包括报幕人）与观众高度契合的交流行为。

符号化的舞台空间是象征和想象的。空间符号是一系列移动的图像，J. 洪泽尔（Jindrich Honzl, La Mobilité du signe théâtral, 1971）称之为“戏剧符号的可移动性”。舞台空间的可移动图像召唤着观众-读者去阐释文本符号的语义。舞台空间由演员、观众的幻想所充实而又必然是重新构建的。舞台空间是集体之象征和个人之想象的联接场所。舞台表演再现的是一种观众认识的，或认识其成分的活动方式。演员是在象征性的地点说话并模仿表演，舞台上的声音传向观众区，观众显然接受了那些舞台上的（事件 / 行动）模仿。观众对舞台空间象征性的图像符号充满了热情，他们用自我的想象和经验知识使得表演符号具体化，并把它还原到社会生活的“真实”情景，或者赋予图像–符号某种身临其间的文化意涵。①

诗人高渥第三次出场（Enter Gower）提醒观众，“在你们的想象之中要姑且假定这舞台表示船，在甲板之上，伯里克勒斯正要倾诉”。[梁译，91 页]（In your imagination hold: This Stage, the Ship, vpon whose Decke The seas tost Pericles appeares to speake）诗人高渥第五次出场强调了舞台上地点的转变，“我们来消遣时光，让遥远的里程缩短；幻想着企望乘彩蛤航海，请展开我们的想象力，从一国到一国一地到一地”。[梁译，139 页]（Thus time we waste, & long leagues make short, /Saile seas in Cockles, haue and wish but fort, /Making to take our imagination, /From bourne to bourne, region to region, ）“舞台上的故事是，现在伯里克勒斯再次横渡大海，贵族和骑士是他的扈从，”（The stages of our storie *Pericles* Is now againe thwarting thy wayward seas, Attended on by many a Lord and Knight）。诗人高渥第六次（Enter Gower）出场，提醒观众注意戏剧场景的转变，“这是玛丽娜所在的地方，我们的想象再转到她的父亲。我们上次说到他在海上，在另一处海上，海风吹送，他来到了女儿所在的这里，在这个海岸边，假想现在他已经抛锚停船”。（here wee her place, /And to hir Father turne our thoughts againe, /Where wee left him on the Sea, wee there him left, /Where driuen before the windes, hee is arriu'de/Heere where his daughter dwels, and on this coast, / Suppose him now at *Anchor*），特别强调了舞台上的场景是船上，“请你假想，再

① Jindrich Honzl, La Mobilité du signe théâtral, Travail théâtral, 4. Lausanne: La Cité, 1971, pp. 6–20.

次看到哀伤的伯里克勒斯，这就是在他的船上；你将看见，表演的事件就是在此，请你们坐下来听端详。"[梁译，159 页](In your supposing once more put your sight, /Of heauy *Pericles*, thinke this his Barke:/Where what is done in action, more if might/Shalbe discouerd, please you sit and harke.)

舞台符号与其所表现的事物之间保持着一种相似关系。舞台符号既是某种事物的模仿（某一空间化成分的图像），又是一个处在独立的具体现实中的成分；一个独立的（非图像的）符号系统对现实成分的"相似复制"。舞台空间可以看作是空间的几何拓扑学图像。U. 埃科《符号学理论》(Umberto Eco, *A Theory of Semiotics*, 1972）认为图像符号并不表示物体的特性，而是选择性的再现认知的某些知觉条件。"因而，图像符号可以具有：(a）视觉的（可见的），(b）本体的（假定的）和（c）客观物的规约化的诸属性。借助规约化的诸属性，我指的是那些依赖于图绘式（iconographic）的属性，它们重新定义了先前实际感知体验的创造性呈现。"① 图像性不可或缺，F. 多罗、M. 瓦尔德《戏剧符号学：现代戏剧的文本与舞台表演》写到了空间化的戏剧物体（theatre object)，"舞台上的每个物体同时是一个图像，也自发是一个指示符号。如果我们考虑如此事实，在舞台建构中，一切都成为符号，而后又成为戏剧物体的符号的指示，那么设置布景、服装、灯光或音乐都将作为空间或时间的指示，以表明历史时期，而且服饰也将与之相一致"。②

作为戏剧插曲，《伯里克勒斯》包含了 2 个哑剧、1 个武士们的军舞。剧中对哑剧有简略的情节描述（What's dumbe in shew, I'le plaine with speach.)，这只是普通的舞台指示说明。伊丽莎白时期戏剧中常见近似的静默表演，例如，1600 年之前宫内大臣剧团中坎普（William Kemp, or Will Kemp）的表演。诗人

---

① 翁贝托・埃科 . 符号学理论，卢德平译，北京：中国人民大学出版社，1990：207.

② Fernando de Toro, Mario Valdes. *Theatre Semiotics: Text and Staging in Modern Theatre*, Toronto: University of Toronto Press, 1995: 82.

高渥第二次出场的开场白之后，即插入了一个静默表演（Dombe shew），“伯里克勒斯与克勒翁谈话从一门进场，有侍从跟随；一绅士从另一门上，持信给伯里克勒斯，伯里克勒斯递给克勒翁看信。伯里克勒斯奖赏信使，加封他为骑士。伯里克勒斯、克勒翁从二门分别离开”。（Enter at one dore Pericles talking with Cleon, all the traine with them: Enter at an other dore, a Gentleman with a Letter to Pericles, Pericles shewes the Letter to Cleon; Pericles giues the Messenger a reward, and Knights him: Exit Pericles at one dore, and Cleon at an other.）

诗人高渥第三次出场的开场白之后，即插入了一个静默表演（dumbe in shew），“伯里克勒斯与西莫尼德斯从一门进场，有侍从跟随；一信使迎面来见，给伯里克勒斯跪呈信函，伯里克勒斯递给西莫尼德斯看信，众贵族给西莫尼德斯行跪礼。而后怀孕的塔伊萨进来，伴随保姆李科利达；国王给她看信，她很欣喜。她和伯里克勒斯告别父王，离去”。（Enter Pericles and Symonides at one dore with attendantes, a Messenger meetes them, kneeles and giues Pericles a letter, Pericles shewes it Symonides, the Lords kneele to him; then enter Thaysa with child, with Lichorida a nurse, the King shewes her the letter, she reioyces: she and Pericles take leaue of her father, and depart.）

《伯里克勒斯》还含有一个中世纪的梦幻剧，这是一个普通的“戏中戏”（Play within a play），也是一个极简短的、过渡性的情节（act）。第六场第 2 幕戴安娜女神在梦的幻景中向伯里克勒斯发出神谕，告知王后塔伊萨现在是以弗所神庙的女祭师，伯里克勒斯决定前往米提利尼城中。谈谈这个梦幻剧，有利于理解舞台空间和舞台表演。首先伯里克勒斯表示听到了音乐（But harke what Musicke tell,）并发现是天上的音乐（the Musicke of the Spheres, Most heauenly Musicke），伯里克勒斯随即入睡（It nips me vnto listning, and thicke slumber Hangs vpon mine eyes, let me rest）。利西马库斯给已睡的伯里克勒斯枕头（A Pillow for his head），舞台上出现了伯里克勒斯在音乐声中枕头而睡的表演。接着的舞台表演是女神戴安娜的神谕（即人物独白），最末是伯里克勒斯遵照戴安娜的训令醒来。从环球剧场的设置来看，戴安娜（戏剧人物）应该是出现在舞台的二楼窗口。

二、诗性地理学：地中海、希腊化地区与小亚细亚

舞台空间与戏剧的地理叙述是不同的两个方面。舞台空间可以看作是空间的几何拓扑学图像，而地理空间则是由地点、场所、景观、人物的旅行、政治地理学等构成。公元前 14–6 世纪泰尔王国（现今黎巴嫩、以色列、叙利亚部分地区）曾是小亚细亚地区的文明国家，先后受到埃及帝国、锡顿王国、亚述帝国、新巴比伦帝国（尼布甲尼撒二世）、波斯阿契美尼德帝国、马其顿亚历山大帝国的进攻甚至被统治。公元前 9 世纪泰尔到达了强盛时期，泰尔的布匿人远征船队在北非建立了殖民城市迦太基和迦太基王国。①《泰尔亲王伯里克勒斯》(*Pericles, Prince of Tyre*, 1609）描述的是公元前 219–174 年希腊化时期的地中海世界，即爱琴海上的希腊岛屿（勒斯博斯）、叙利亚的塞琉古王国［安提奥克、帕加蒙（Pergamon）］、埃及的托勒密王国（潘塔波利斯、塞浦路斯），马其顿和色雷斯，隐约提及希腊的斯巴达、东非的埃塞俄比亚。该剧表现了公元前 196–174 年希腊化的托勒密王国、塞琉古王国之间复杂的地缘关系，有意突出安提奥克是一个深受赫梯、亚述、波斯文化影响的、东方色彩浓厚的希腊化城市，却不恰当的把泰尔、塔索斯看作是希腊城市。此外，剧中还可以看见古罗马文化在安纳托利亚地区的影响，而且安提奥库斯三世在青年时代曾在罗马作为帝国的人质。②

古代希腊是一个关于巴尔干半岛南部（奥林匹亚、阿提卡、伯罗奔尼撒半

① Wallace B. Fleming. *The history of Tyre*, New York: Columbia university press, 1915: 30–31.

② Anonymous. *Tyre: Its Rise, Glory, and Desolation*, Philadelphia: American Sunday-school union, 1852: 43–46.

岛)、克里特岛与爱琴海诸岛的地理名词，而不是一个统一的民族 / 国家。古代希腊存在多种方言：西部多利安方言群（West group)、爱奥利亚方言（Aeolic group)、伊奥尼亚方言、阿提卡方言（Ionic-Attic group)、阿卡狄亚-塞浦路斯方言（Arcado-Cypriot group）等。直到雅典城邦的伯里克利时期，古代希腊语言才开始走上以阿提卡方言为标准的统一道路。伯里克勒斯因为普鲁塔克《希腊罗马名人传》而在英格兰文艺复兴时期广为流传。然而,《泰尔亲王》与雅典政治家伯里克勒斯（Περικλῆς, 495–429 BCE）毫无关系，可能是剧作家（莎士比亚、托马斯·海伍德、萨缪尔·洛利等）混淆了雅典城邦的鼎盛时期与小亚细亚的希腊化时期，因此产生了古叙利亚的泰尔亲王即是伯里克勒斯（Perycles, Pericles）这一跨时空的历史文化错误。从该剧描述的地理-方言来看，安纳托利亚西部沿岸的以弗所、勒斯博斯岛上的米提利尼的语言是爱奥利亚方言；塞浦路斯的语言是阿卡狄亚-塞浦路斯方言；潘塔波利斯的语言则是多利安方言。

公元前 323 年马其顿国王亚历山大死后的一个世纪里，塞琉古一世（Seleucus I Nicator, 358–281 BCE）创立的叙利亚帝国是亚洲-欧洲最大的王国，它为小亚细亚地区带来了一百多年的社会经济发展与繁荣。塞琉古王朝最后卷入了深刻的内部危机和王位争夺战，公元前 223 年王室的唯一幸存者安提奥库斯三世（Antiochus III the Great, 242–187 BCE）夺得王位，成为塞琉古王朝的一位伟大君王。第四次叙利亚战争时期，公元前 219 年安提奥库斯三世在安提奥克的塞琉西亚港打败埃及国王托勒密四世（Ptolemy IV Philopator, 238–205 BCE)，夺取泰尔和托勒密城，公元前 218 年南下夺取叙利亚的珂勒地区（Coele Syria)，公元前 216 年第四次叙利亚战争的和平协议承认，托勒密王国收回泰尔、珂勒地区等。公元前 199–前 198 年安提奥库斯三世再次占领珂勒、腓尼基。安提奥库斯三世的统治后期国势衰微，帝国西部的士麦那（Smyrna)、兰萨库斯（Lampsacus）与罗马共和国结盟，公元前 190–前 189 年安提奥库斯三世被罗马军队在安纳托利亚打败，公元前 187 年他在平定波斯叛乱的战斗中死于艾里马伊思城（Elymaïs）。

《泰尔亲王》第 1 四开本（1609）17 次写到 Antiochus，7 次写到 Antioch，剧中明显混淆了安提奥库斯一世（Antiochus I Soter, 324–261 BCE）和安提奥库斯三世，安提奥库斯三世和王太子安泰欧克斯（Crown-prince Antiochus, 221–193 BCE）。梁实秋写道："安泰欧克斯（Antiochus III）之所以有此恶名声，可能是因为在纪元前 196 年命令他的儿子安泰欧克斯（Crown-prince Antiochus）娶了他的女儿劳蒂斯（Laodice IV Epiphanes）为妻。［公元前 187 年塞琉库斯四世（Seleucus IV Philopator, 220–175 BCE）成为劳蒂斯的第二任丈夫。公元前 175 年安泰欧克斯四世（Antiochus IV Epiphanes, 215–164 BCE）成为劳蒂斯的第三任丈夫］。在波斯帝王之中同胞兄妹结婚是当有之事，但在小亚细亚的希腊君主之间此则尚为首创，故播为丑闻。"① 在塞琉古王国的王室婚姻中，安提奥库斯三世保持了马其顿–波斯传统习俗（But custome what they did begin, Was with long vse, account'd no sinne），力图保持政治统治的稳定。埃及的托勒密王国也出现了同样的婚姻习俗。该剧第一场第 2 幕写到了安提奥库斯三世的强大军队，"［他］将率领敌视的军队压迫我境，并显示强大的战争威势，震慑会让我国丧胆，我们的士兵将不战而馁败"（... With hostile forces heele ore-spread the land, / And with the stint of warre will looke so huge, /Amazement shall driue courage from the state, /Our men be vanquisht ere they doe resist）。

《泰尔亲王伯里克勒斯》基于中世纪阿波罗尼乌斯的传说，泰尔亲王伯里克勒斯向安提奥库斯三世的长女劳蒂斯求婚（That would be sonne to great Antiochus.）（I went to Antioch, ... against the face of death, I sought the purchase of a glorious beautie），显然这个轻率的行为包含了致命的政治错误和毁灭性的文

① 莎士比亚．莎士比亚全集　波里克利斯，梁实秋译，北京：中国广播电视出版社，2001：193.

化冲突（cultural conflict），剧中则把它简化为一则包含斯芬克斯之谜的律法。“这国王娶了一位高贵妻子，她死了，留下一个女继承人，这姣好的女儿欢乐活泼……使得许多君王纷纷赶到，希望能和她同床共寝，同享一般美满的婚姻：国王却力图阻止，便订下一则律法，为把她据为己有，让人畏惧：想要娶她为妻的人，却不能解答他的谜语，则将失去性命：”（This King vnto him tooke a Peere, /Who dyed, and left a female heyre, /So bucksome, blith, and full of face, /.../ Made many Princes thither frame, /To seeke her as a bedfellow, /In maryage pleasures, playfellow:/Which to preuent, he made a Law, /To keepe her still, and men in awe:/ That who so askt her for his wife, /His Riddle tould, not lost his life:）显然，剧中叙述的故事与安提奥库斯三世的历史事件极为悬殊。

（1）《泰尔亲王》一剧混合了许多古代希腊、古代罗马的文化（包括神话）和中世纪戏剧成分，突出了古典文明的人文主义精神。（1）该剧分散有一些古希腊和希腊化的神话成分：赫斯帕里得斯是看守金苹果乐园的四姊妹（this faire Hesperides, With golden fruite）。伯里克勒斯在塔索斯说过“愿希腊的众神保佑你！”（The Gods of *Greece* protect you），潘塔波利斯的渔夫说“在我们希腊的国土”（in our countrey of *Greece*）。智慧女神帕拉斯·雅典娜（thou seemest a *Pallas* for the crownd truth to dwell in,），被伯里克勒斯称为“银色的女神”（Celestiall *Dian*, Goddesse *Argentine*）。该剧还提到了月亮之神（the eye of *Cinthya*），希腊婚姻之神海门（Hymen），大地女神特鲁斯（I will rob Tellus of her weede to strowe thy greene with Flowers,），希腊海洋女神忒提斯（Thetis *being prowd,*），希腊的生殖之神普里阿普斯（god Priapus），希腊命运女神（the Destinies doe cut his threed of life）。伯里克勒斯提到了特洛伊木马（the Troian Horse），塔伊斯说到了“胜利之冠”（Wreath of victorie）。此外，阿波罗常见于希腊-罗马神话，埃斯克拉庇乌斯（Escelapius）是希腊-罗马医神。

（2）古罗马拉丁文化是英格兰文艺复兴的重要源泉，《伯里克勒斯》一剧分散有一些古罗马的神话成分：贞洁女神戴安娜（Diana, Mistresse Dian, Pure Dian）在剧中出现了16次，其中包括戴安娜神庙（Dianaes Temple/Dianaes temple），戴安娜祭坛（Dianaes Altar）；戴安娜的信徒都穿银色的衣服（wears yet thy siluer liuerey, weare Dianas liuerie）。尼普顿（Neptunus）是古罗马河神兼海神，在剧中出现了4次（Neptunes billow, the mask'd Neptune, God Neptunes Annuall feast, Neptunes triumphs）。露西娜是罗马的生育女神（till Lucina rained）。丘比特（Cupids Warres）是罗马爱神。此外，在潘塔波利斯的王宫宴会上说到了罗马天神朱甫（Ioue）、朱诺（*Iuno*）。

（3）《伯里克勒斯》一剧多次出现了中世纪骑士比武大会和骑士受封礼，但这些文化成分与古希腊、希腊化没有直接关联。在安提奥，克伯里克勒说“我将走上比武场”（Like a bold Champion I assume the Listes, ）。在塔索斯，“伯里克勒斯奖赏了信使，并封他为骑士”。在潘塔波利斯，伯里克勒斯得到了父王遗传下来的盔甲（rusty Armour），并决定在国王塞莫尼蒂斯女儿塔伊萨（Thaisa, Thaysa, Tharsa）的生日当天参加了比武大会（to Iust and Turney for her loue, turney for the Lady）（the Tryumph, these Triumphs, honour'd tryumph）。盛宴之后是军人舞蹈（a Souldiers daunce），比武的骑士们都参加了跳舞（They daunce）。剧中暗示这是一种合乐的小步舞（Are excellent in making Ladyes trippe;/And that their Measures are as excellent. ）。

此外，《伯里克勒斯》一剧还写到了短的火枪（my Pistols），这是中世纪后期出现的火器，火枪可能是“国王剧团”常用的舞台道具。与《亨利五世》一样，《伯里克勒斯》一剧不恰当地写到了网球，“在那个大网球场上，被海浪和狂风当做球拍打的人”（In that vast Tennis-court, hath made the Ball For them to play vpon, ）。1400年J. 高渥献给亨利四世的颂歌《球未停下时无人可知网球的输赢》（John Gower, *Of the tenetz to winne or lese a chase, Mai no lif wite er that the bal be ronne*）写到了网球。①

三、空间符号、象征化的地点与地理叙事

自荷马史诗《奥德修斯纪》、维吉尔《埃涅阿斯纪》、阿普列尤斯《金驴记》以来，由于历险故事、航海故事、大陆旅行在叙事诗、旅行散文等叙事文学中越来越多的受到关注，地理空间便成为叙事的重要内容。拉丁语骑士传奇《泰尔亲王阿波罗尼乌斯》与传奇剧《泰尔亲王伯里克勒斯》显然沿袭了这一地理叙事的文学传统。《伯里克勒斯》与前者不同的是，该剧没有提及腓尼基人、弗里吉亚人、希腊人开拓的历经克里特岛、萨里亚岛、罗得斯岛这一地中海航线。

托勒密《地理学》中的世界地图是欧洲的早期地图，它有助于人们认识自己地区 / 国家之外的世界地理，尤其是真实地表现环地中海世界。《伯里克勒斯》的地点是地中海上的希腊殖民地、小亚细亚–北非多个城市：泰尔、安提奥克、塔索斯、潘塔波利斯、以弗所、米提利尼等。该剧叙述的潘塔波利斯和小亚细亚诸城市的情形，并非剧作者亲历所见的地理信息，剧作者似乎并不熟悉 16 世纪真实可靠的世界航海地图。剧中的地理信息部分是来自传统传说，它们随着时代而改变，例如，十字军东征改变并否定了某些古老的东方传说，同时也产生了大量充满幻象的、新地理传说和少数真实的地理记载。从 15 世纪末以来，西欧各国（尤其是意大利、西班牙）的东方航行，带来了大量更新的地理知识，并印制了一些较为可靠的世界航海地图。显然，《伯里克勒斯》混杂了这些亦新亦旧的地理叙述，其中存在一些语焉不详、自相矛盾的地理知识，甚至包括少量的地理幻象。例如，希腊化的潘塔波利斯地区（Pentapolis，五城）在剧中是一个含糊的地名，它暗示埃及的托勒密王国。“五城”几乎被混淆了：其一是公元前 305–30 年托勒密王国在利比亚和埃及的 5 座希腊化城市（Cyrene,

---

① John Gower. *Complete Works Edited From the Manuscripts With Introductions, Notes, and Glossaries by G. C. Macaulay*, Oxford: The Clarendon Press, 1901: 271.

Apollonia, Euhesperides, Taucheira, Barce）被称为“五城”，公元前 3 世纪新建立的托勒密城（Ptolemais）取代了 Barce，而后添列“五城”之中；其一是公元前 440 年之前利比亚王国的西勒奈卡地区（Cyrenaica）的都城 Cyrene。

以下将以戏剧文本重绘的文学地图（基于卫星测绘的最新地图）来论述剧中的象征化地点与具体的地理叙事。戏剧空间表现为一种象征结构，也是历史的场所。在戏剧文本和舞台表演中，地点描述总是微不足道的，除了引人注目的例外，它们总被安排在十分特殊的地方。它们更多是功能性的，很少是诗学的，目的不在于想象的构建，而在于演出实践即空间的布置。

《伯里克勒斯》一剧中的地理空间，从戏剧人物的行程来看主要包括：（1）伯里克勒斯前往安提奥克，并返回泰尔；（2）伯里克勒斯前往塔索斯，最终来到潘塔波利斯；（3）伯里克勒从潘塔波利斯返回，海难后前往塔索斯，并返回泰尔；（4）塔伊萨在海难后漂泊到以弗所；（5）玛丽娜从塔索斯被劫持到米提利尼；（6）伯里克勒斯再次前往塔索斯，并漂泊到米提利尼，前往以弗所；（7）重逢的伯里克勒斯一家即将前往潘塔波利斯，最后回到泰尔。

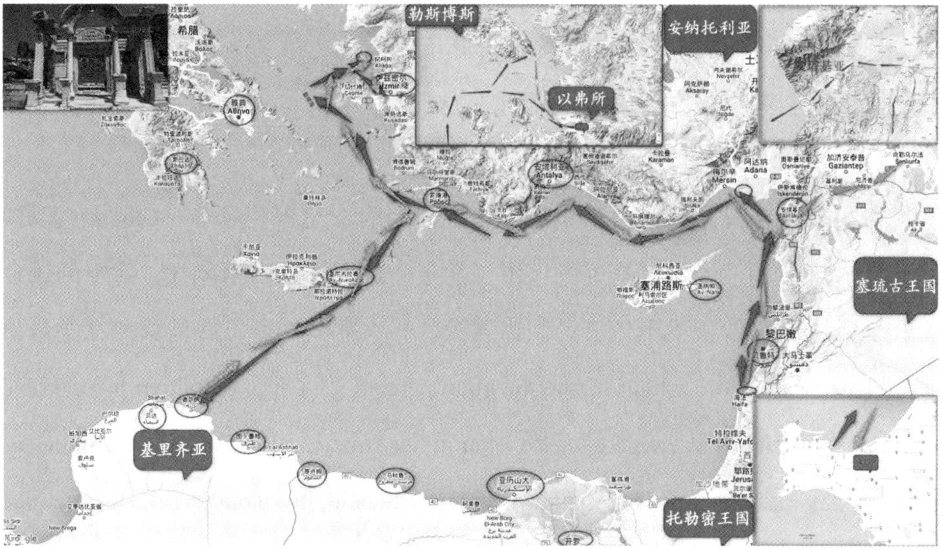

诗人高渥第一次出场说道："这座安提奥克城，安提奥库斯大帝修建了它，是叙利亚最雄伟的城市。"（This Antioch, then Antiochus the great, Buylt vp this Citie, for his chiefest Seat; The fayrest in all Syria.），安提奥克城位于奥朗特河（Orontes River）下游右岸，临近塞琉西亚港（Seleucia Pieria），公元前300年塞琉古一世（Seleucus I Nicator, 358–281 BCE）在弗里吉亚的伊普苏斯战役胜利之后创建此城，后因安提奥库斯一世以此城为叙利亚帝国的都城，故得名安提奥克城，它一直是叙利亚水陆交通枢纽。该城南郊有祭祀女神达芙妮的神庙。《伯里克勒斯》第一场第1幕的地点是安提奥克王宫，公元前197–196年泰尔亲王伯里克勒斯应该是作为人质住在安提奥克城（And so with me the great *Antiochus*, /Gainst whom I am too little to contend, /Since hee's so great, can make his will his act ....）。公元前196年塞琉古王国的王太子安泰欧克斯（Crown-prince Antiochus, 221–193 BCE）娶了他的妹妹劳蒂斯为妻。

第一场第2、3幕的地点是泰尔王宫。泰尔（Tyre, Tyrus）是濒临地中海的、繁荣的海港城市，埃及的托密勒王国、塞琉古王国曾多次出兵争夺泰尔的控制权。第2幕的结尾，伯里克勒斯由于害怕安提奥库斯的大军征伐，决定从海上逃亡到基利奇亚地区（Cilicia）的滨海城市塔索斯。第3幕开头安提奥库斯三世派来的塔利亚德宣称："这就是泰尔，这就是王宫"（So this is Tyre, and this the Court）。

第一场第4幕的地点是塔索斯城中的总督府。总督克勒翁（Cleon）宣称，塔索斯曾经"是一个极其富庶的城市，甚至街道上洋溢富裕风气；耸立的楼台上接云天，旅客看了无不惊羡；装饰珠玉的男女尤其姝丽，好像彼此在竞奇争艳"（This Tharsus ore which I haue the gouernement, /A Cittie on whom plentie held full hand:/For riches strew'de herselfe euen in her streetes, /Whose towers bore heads so high they kist the clowds, /And strangers nere beheld, but wondred at, /Whose men and dames so jetted and adorn'de, /Like one anothers glasse to trim them by）。伯里

克勒斯率领他的船队从海上来到塔索斯城，找到一个暂时安住的地方。塔索斯（Tharsus,Tharsis, Tharstill）是剧中反复出现的地点，该城处于安提奥库斯三世的统治下。

诗人高渥第二次出场，宣告伯里克勒斯在塔索斯，并深受人们的尊重，人们为他建了一座雕像。（Is still at Tharstill, where each man, /Thinkes all is writ, he spoken can:/And to remember what he does, /Build his Statue to make him glorious: ）哑剧和高渥的第二次道白中的地点是塔索斯城中的总督府，并预言伯里克勒斯将离开塔索斯，前往潘塔波利斯（Πεντάπολις, Pentapolis），海上路线不明。第二场第 1 幕的地点是托勒密王国统治下的西勒奈城（Cyrene）近郊海滨（How farre is his Court distant from this shore? Mary sir, halfe a dayes iourney）。一个渔夫告诉伯里克勒斯，“这地方叫做潘塔波利斯，我们的国王是善良的塞莫尼蒂斯”（this I cald Pantapoles, And our King, the good Symonides）。

第二场第 2 幕的地点是西勒奈王宫前，该幕末尾，国王塞莫尼蒂斯（Simonides, Symonides）宣称要回到宫中廊厅（We will with-draw into the Gallerie.）。参加比武大会（Tilting）的武士分别是斯巴达武士、马其顿的王子、安提奥克的骑士等 6 人（You are Princes），塔伊萨对伯里克勒斯的描述是“他是一个穿着奇怪服装的人，他的献礼是一根枯枝，只是顶端还有一点绿；格言是‘我生活在希望中’”（Hee seemes to be a Stranger: but his Present is A withered Branch, that’s onely greene at top, The motto: In hac spe viuo.）。伯里克勒斯最终赢得了比赛。值得指出的是，斯巴达武士的盾牌上绘有黑色的埃塞俄比亚人（blacke Ethyope）；马其顿王子的格言写的是讹误的西班牙语（Pue per doleera kee per forsa.）。

第二场第 3 幕的地点是西勒奈王宫，国王塞莫尼蒂斯在王宫设盛宴舞会款待比武大会的客人。第二场第 4 幕的地点是塞琉古王国的泰尔总督府。公元前 187 年安提奥库斯（Antiochus）死后，厄利卡努斯（Hellicanus）决定寻找流亡在外的伯里克勒斯。第二场第 5 幕的地点是西勒奈卡（Cyrenaica）地区的西勒奈王宫。伯里克勒斯在比武之后赢得了塔伊萨的爱情，塞芒尼蒂斯在宫中主持了他们的婚礼（Ile make you, Man and wife: nay come, your hands, And lippes must seale it too）。

诗人高渥第三次出场，宣告新婚的伯里克勒斯在西勒奈卡（Cyrenaica）地区的西勒奈，泰尔的信使来到西勒奈王宫，伯里克勒斯和怀孕的塔伊萨决定返回泰尔。第三场第 1 幕的地点是接近以弗所、塔索斯之间的海上，该地点暗示即是希腊的罗得斯岛（Rhodes），但这是一个地理幻象；第四场第 1 幕玛丽娜说："我出生时刮的是北风"（When I was borne the wind was North），第七场第 1 幕表明地点是以弗所的外海（Vpon this coast）。伯里克勒斯的船队在夜里遭遇暴风雨，塔伊萨早产，生下一女玛丽娜（Marina），塔伊萨遇到产难，被放进棺材里，投入大海。伯里克勒斯决定前往塔索斯。因为夜晚遭遇海难的地点距塔索斯很近（what Coast is this? Wee are neere *Tharsus*. ... When canst thou reach it? By breake of day, if the Wind cease.）。

第三场第 2 幕的地点是以弗所，塔伊萨经过长时间海上漂流在以弗所获救，医生塞利蒙（Cerymon）宣称，"已有生机，她嘴里有热气呼出来了，她昏迷不会在五小时以上"（this Queene will liue, Nature awakes a warmth breath out of her; She hath not been entranc'st aboue fiue howers:）。该幕提到了埃及（I heard of an Egiptian that had 9. howers lien dead,）。第 3 幕的地点是塔索斯的总督府，海难过去 12 月后伯里克勒斯决定离开塔索斯的克勒翁，并把他的女儿玛丽娜托付给克勒翁及其夫人戴欧奈萨（Dioniza, Dionisa）抚养。第 4 幕的地点是以弗所，塔伊萨被医生塞利蒙悉心救治，而后成为以弗所戴安娜神庙的修女。（His wofull Queene we leaue at Ephesus, Vnto Diana ther's a Votarisse.）

诗人高渥第四次出场，宣告伯里克勒斯回到泰尔，女侍李科利达（Lichorida, Lychorida, Licherida）死后，总督夫人戴欧奈萨由于嫉妒欲谋害 14

岁少女玛丽娜（at fourteene yeares）。第四场第 1 幕的地点是塔索斯的海滨，戴欧奈萨指令利奥宁（Leonine）杀害玛丽娜，后者刺杀时，大海盗瓦尔迪斯（the great Pyrato Valdes）的同伙劫走了玛丽娜。该幕提到了塞浦路斯岛上的帕弗斯（so The Doue of Paphos might with the crow Vie feathers white），帕弗斯有希腊爱神阿芙洛狄特（Aphrodite）的神庙。第 2 幕的地点是希腊的勒斯博斯岛上的米提利尼（Mitylene, Meteline, Metaline, Metalin, Metiliue），玛丽娜被海盗卖到一所妓院。该幕提到了罗马尼亚的特兰西尔瓦尼亚人 Transiluanian, 西班牙人 Spaniard，法国骑士维洛尔 Verollus, French knight，表明米提利尼有来自各国的商人（if we had of euerie Nation a traueller）。第 3 幕的地点是塔索斯的总督府，克勒翁在家中抱怨夫人戴欧奈萨谋害玛丽娜、利奥宁的行为。戴欧奈萨为了遮掩而建造了一座玛丽娜坟墓。

诗人高渥第五次出场，宣告伯里克勒斯从泰尔乘船前往塔索斯，并伤痛欲绝地离开塔索斯。哑剧表现了被欺骗的伯里克勒斯在女儿玛丽娜坟墓前的哀恸。地点是塔索斯的海滨墓地，即玛丽娜的坟墓前。第 1–3 幕的地点是玛丽娜所在的米提利尼妓院。米提利尼总督利西马库斯（Lord Lisimachus, Lysimachus）、妓院掮客包尔特最终帮助玛丽娜离开了苦难场所（Marina thus the Brothell scapes,）。这是一个简短的、过渡性的情节（act）。

诗人高渥第六次出场，宣告玛丽娜逃离妓院，找到一个良好的住处。伯里克勒斯由于风暴在海上漂泊到米提利尼（Where driuen before the windes, hee is arriu'de Heere where his daughter dwels, and on this coast），恰好是海神尼普顿年祭的盛会时节。厄利卡努斯说，泰尔国王三个月没有对别人说话（who for this three moneths hath not spoken to anie one），这正是伯里克勒斯从泰尔到米提利尼的海上旅行时间。第六场第 1 幕的地点是米提利尼的海岸。祭祀尼普顿的总督赖西米克斯来到泰尔大海船上见到了伯里克勒斯，随后玛丽娜乘小艇来到海船上见到伯里克勒斯，父女重逢相认（her Fortunes brought the mayde aboord vs）。

诗人高渥第七次出场宣告米提利尼总督以歌舞盛会欢迎伯里克勒斯，并向玛丽娜求婚。第七场第 1 幕的地点是以弗所的戴安娜神庙，伯里克勒斯前来神庙里忏悔（I here confesse my selfe the King of *Tyre*），并与王后塔伊萨相认。由于玛丽娜是两个王国的继承人，王后塔伊萨宣称，玛丽娜和赖西米克斯将在潘塔波利斯完婚，而后将成为泰尔的君王。

四、结语

英格兰文艺复兴时期，越来越多的人学习古典语文学（包含希腊语），希腊古典文明逐渐成为人们借鉴学习的古典来源之一。莎士比亚以古希腊、希腊化为背景的戏剧共有《两个高贵的亲戚》《仲夏夜之梦》《特洛伊罗斯与克瑞希达》《雅典的泰门》四个。泰尔王国在时间上远远早于基督教的诞生。传奇剧《伯里克勒斯》是一个以安纳托利亚、泰尔、北非等希腊化地区为故事背景的戏剧，却与希腊古典文明并无紧密联系，剧作家有意模仿了古典希腊戏剧形式。该剧是从高渥的骑士叙事诗改写而成，诗人高渥成为剧中的报幕人，对剧情做出说明、解释和补充。由于戏剧舞台的象征性，《伯里克勒斯》对希腊化的塞琉古王国、托勒密王国的地理叙事突出了古代地中海世界的社会文化联系。莎士比亚对古代希腊化世界的历史（人物）和地理知识有一些误解，由于时代上的误会，剧中情节、地理空间的叙事往往增加了不恰当的基督教（新教）道德说教。

莎士比亚使用早期现代英语写作的，莎士比亚戏剧明显受到了乔叟、高渥等中古英语作家的影响。《伯里克勒斯》一剧描述了伯里克勒斯、塔伊萨、玛丽娜等戏剧人物在环地中海的希腊化世界中的行程，演员（戏剧人物和报幕人）在戏剧舞台上通过报幕人的话语提示和观众的想象表现了这一巨大的地理空间。戏剧舞台，作为空间化的表演符号，往往是图像的。“舞台 / 演员 / 观众”的话语功能是戏剧美学、主体认知、文化意味、文本阐释赖以发生的基本结构。舞台空间总是可以看作为空间化符号总体，可以看作为文本诗学的、复杂的换喻图像。舞台符号是戏剧物体本身、空间本身。戏剧空间在那些与社会文化所构成的戏剧场所的关系中产生，是观众的知觉对象。观众心理的空间意向、自我的图像列表或者空间化的幻想，都是主体认知的基本来源。因而舞台空间可看作一个广阔的心理学场域。

第二章　莎士比亚戏剧的语文学研究

第一节　论印刷术与《亨利六世　第二部》中的早期现代英语变体

虔诚的亨利六世（Henry VI, 1422–1461 和 1470–1471 在位）是兰开斯特王朝的最末一位国王。C. F. T. 布鲁克认为，《亨利六世》第一、二、三部可能是莎士比亚与克里斯托弗·马娄（Christopher Marlowe）、托马斯·纳什（Thomas Nashe）合作创作了这个三联剧（trilogy）。①J. D. 威尔逊认为，《亨利六世》第二部（*The second Part of Henry the Sixt, with the death of the Good Duke Humfrey*）可能创作于 1591–1592 年间。②1594 年 3 月 12 日该剧首次出现在伦敦书业公会的登记簿上，注册人为书商托马斯·米灵顿（Thomas Myllington），原题为“约克与兰开斯特两个显耀家族的纷争　第一部”（the firste parte of the Contention of the twoo famous houses of York and Lancaster with the deathe of the good Duke

① C. F. Tucker Brooke. *The Authorship of the Second and Third Parts of "King Henry Vi"*. New Haven: Yale University Press, 1912: 194–197.

② William Shakespeare. *The Second Part of King Henry VI.* edited by John Dover Wilson, Cambridge: Cambridge University Press, 2009: 29.

Humfrey and the banishement and Deathe of the Duke of Suffolk and the tragicall ende of the prowd Cardinall of Winchester, with the notable rebellion of Jack Cade and the Duke of Yorkes ffirste clayme vnto the Crowne）。1594 年稍后，印刷商托马斯·克利德（Thomas Creed）为书商托马斯·米林顿出版了《亨利六世　第二部》(the First part of the Contention betwixt the two famous Houses of Yorke and Lancaster）第 1 四开本，标题页未署名莎士比亚。1600 年印刷商瓦伦丁·西蒙斯（Valentine Simmes）为书商托马斯·米林顿（Thomas Millington）出版了《亨利六世　第二部》(the First part of the Contention betwixt the two famous houses of Yorke and Lancaster）第 2 四开本，它是依据 1594 年第 1 四开本重新排印的，标题页未署名莎士比亚。1602 年 4 月 19 日书商托马斯·米林顿把《亨利六世　第二、三部》(the first and second part of the Contention [betwixt] the two [famous] houses）的出版权转让给书商托马斯·帕维尔。1619 年印刷商威廉·伽噶德（William Jaggard）为书商托马斯·帕维尔（T. P. [Thomas Pavier]）印刷了《亨利六世　第二、三部》(The Whole Contention betweene the tvvo Famous Houses, Lancaster and Yorke.)，该剧首次署名莎士比亚（Written by William Skakespeare, Gent.)。M. 哈塔威认为，《亨利六世　第二部》还可能从罗伯特《新编年史》(Robert Fabyan, *New Chronicles of England and France*, 1516)，格拉夫顿《大编年史》(Richard Grafton, *A Chronicle at Large*, 1569)，弗克斯《(清教殉难者的) 行为与时刻》取材。①

英格兰文艺复兴时期，四开本（Quarto）是一种通行的廉价印刷书，对折本（Folio）则是一种较少的精装印刷书。莎士比亚戏剧文本至今尚未发现任何一份作者原初的手稿。A. W. 坡拉德指出，1594 年，托马斯·米灵顿、出版商托马斯·克利德刊印了第一个四开本（Q1），该四开本原题为“显赫

① HATTAWAY M. ed., *The Cambridge Companion to Shakespeare's History Plays*, Cambridge: Cambridge University Press, 2002: 67–69.

的兰开斯特家族与约克二家族之争　第一部”（The first part of the contention betwixt the two famous houses of Yorke and Lancaster, with the death of the good Duke Humphrey），与注册题名近似。①1600 年托马斯·米灵顿、出版商瓦伦廷·西美斯刊印了第二个四开本（Q2）。1619 年书商托马斯·帕维尔刊印了第 3 个四开本（Q3），即与《兰开斯特家族与约克二家族之争　第二部》一同收入威廉·伽噶德刊印的伪对折本中。而后收入 1623 年第一对折本（F1）中。

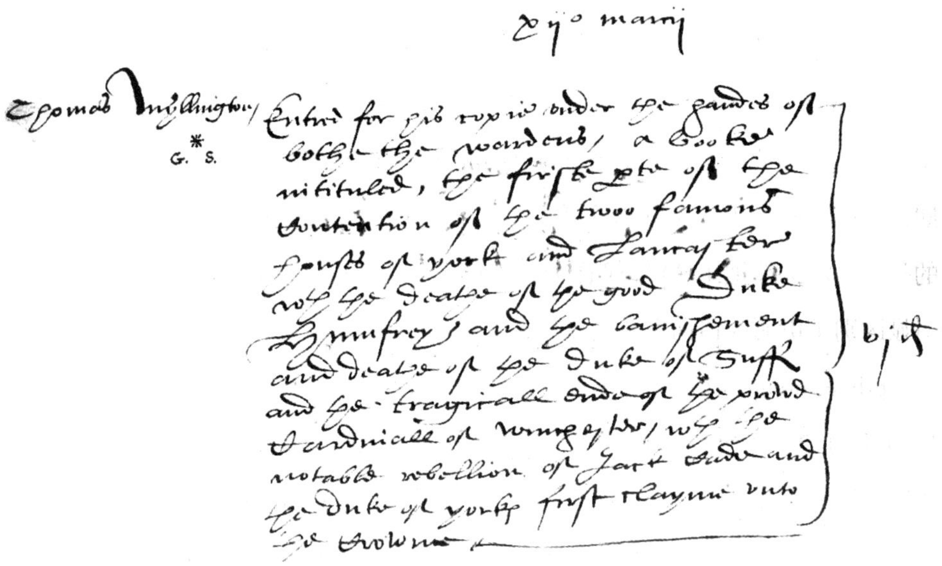

一、从手工抄写到印刷书籍的变革

从中古英语转变到早期现代英语，词汇及其拼写、语音是变化最显著的部分。A.C. 鲍格、T.A. 凯贝尔《英语史》写道：1100-1400 年，中古英语书写系

① Alfred William Pollard. *Shakespeare Folios and Quartos: A Study in the Bibliography of Shakespeare's Plays, 1594–1685*, London: Methuen and company, 1909: 99, 111.

统与音位的发音出现了较大的差距。①1476年以来，印刷术深刻地影响了现代英语的发展，印刷书籍普遍遵循的拼写规则主要是基于现代英语语音，即口语语音。从12、13世纪以来手工抄写到机械印刷技术（printing）的转变，是一切学习形式的革命。F. 培根《新工具》(*Novum Organum, Sive Indicia Vera De Interpretatione Naturæ*, 1620）认为，印刷术（the art of printing）的发明不同于源于开放的、显然的自然属性的发现。从权力、效果和重要性来看，印刷术、火药与指南针的发明是非同寻常的，它们改变了世界的状况，并赋予其崭新的面貌。②M. 麦克卢汉《谷登堡星群》显然强调了欧洲早期印刷术的卓越贡献。③由于印刷术和印刷机的出现，伊丽莎白时期正处于听-说、读-写知识模式（福柯的知识型）的巨大变革之中，人们在两种似乎对立的社会与经验模式之间摇摆，一边是即将终止的中世纪共同体（corporate）经验，另一边是文艺复兴时期已经确立的个人主义或者个人独立的世界。然而，P. 克鲁特维尔《莎士比亚的那个时代》却把1590年代看作英国文艺复兴运动敏感而深刻的变化时期，它明显区别于伊丽莎白前期的文学风尚。④

printe, prente（印、印记）源自古法语 emprienter，是一个中古英语词语，1350年前后骑士文学《亚历山大和丁迪穆斯》(*Alexander and Dindimus*）较早使用了该词，Whan we sihen þi sonde wiþ þi sel prented, We kenden þi couaitise. 伊丽莎白-雅各宾时代，印刷业更为普遍，图书出版成为一种商业化的事业。莎

① Albert Croll Baugh, Thomas Cable. *A History of the English Language* (5th Edition). London: Routledge, 2002: 182.

② Francis Bacon. Novum Organum Scientiarum, Vol.I , *The Works of Francis Bacon*, Baron Verulam, Viscount St. Alban, and Lord High Chancellor of England Vol.4. London: M. Jones,1815: 110, 143.

③ Marshall McLuhan. *The Gutenberg Galaxy: The Making of Typographic Man*, Toronto, Buffalo, London: University of Toronto Press, 1962: 1.

④ Patrick Cruttwell. *Shakespearean Moment and Its Place in Poetry in the Seventeenth Century*, New York: Columbia University Press, 1954: 29.

士比亚戏剧（F1, 1623）中多处论述-事实 / 真实的或者隐喻的-活字印刷。《暴风雨》米兰达的对白中写道：Which any print of goodnesse wilt not take,（*The Tempest*, I, 2）。《维洛那二绅士》斯皮德的对白中写道：All this I speak in print, for in print I found it.（*The Two Gentlemen of Verona*, II, 1）。《温莎的风流娘们儿》佩吉太太的对白中写道：And these are of the second edition: hee will print them out/of doubt: for he cares not what hee puts into the presse, /when he would put vs two:（*The Merry Wives of Windsor*, II, 1）。《温莎的风流娘们儿》伊莎贝拉的对白中写道：And credulous to false prints.（*Measure for Measure*, II, 4）。《无事生非》本尼迪克的对白中写道：Weare the print of it, and sigh away sundaies:（*Much Ado About Nothing*, I, 1）。《无事生非》雷奥纳多的对白中写道：Could she heere denie/The storie that is printed in her blood?（*Much Ado About Nothing*, IV, 1）。《爱的徒劳》布瓦耶的对白中写道：His hart like an Agot with your print impressed,（*Love's Labor's Lost*, II, 1）。《爱的徒劳》考斯塔尔的对白中写道：I will doe it sir in print: gardon, remuneration.（*Love's Labor's Lost*, III, 1）。《仲夏夜之梦》忒修斯的对白中写道：yea and one/To whom you are but as a forme in waxe/By him imprinted:（*A Midsummer Night's Dream*, I, 1）。《如你所愿》侍从试金石 Touchstone 的对白中写道：we quarrel in print, by the booke: as you haue bookes for good manners:（*As You Like It*, V, 4）。《冬天的故事》保罗的对白中写道：Although the Print be little, the whole Matter And Coppy of the Father:（*The Winter's Tale*, II, 3）。《冬天的故事》莫普萨的对白中写道：I loue a ballet in print, a life,（*The Winter's Tale*, IV, 4）。《冬天的故事》莱昂特斯的对白中写道：For she did print your Royall Father off,（*The Winter's Tale*, V, 1）。《亨利六世　第二部》凯德的对白中写道：could this kisse be printed in thy hand,（*2 Henry VI*, IV, 7）。《亨利六世　第二部》凯德的对白中写道：our Fore-fathers had no other Bookes but the/Score and the Tally, thou hast caused printing to be vs'd,（*2 Henry VI*, IV, 7）。

《特洛伊罗斯与克瑞西达》内斯托的对白中写道：I, with celerity, finde Hectors purpose/Printing on him.（*Troilus and Cressida*, I, 3）。《提图斯·安德洛尼库斯》马库斯·安德洛尼库斯的对白中写道：Heauen guide thy pen to print thy sorrowes plaine,（*Titus Andronicus*, IV, 1）。《辛柏林》国王辛柏林的对白中写道：some more time/Must weare the print of his remembrance on't,（*Cymbeline*, II, 3）。

在16世纪欧洲，旧讯息与新媒介，传统文化与技术革新，手工方式与新机械，布道者、学者与行业工匠、印刷商等诸多变量以新的方式长期互动，相互作用。从中世纪手抄书文化向现代印刷术文化的过渡，可以称为一次传播的革命，印刷术在欧洲产生了特别的影响。E. L. 爱森斯坦《作为变革动因的印刷机》(*The Printing Press as an Agent of Change*）写道："作为一种变革动因，印刷术改变了资料搜集、储存和检索的方法，并改变了欧洲学界的交流网络。"① "在书籍手工抄写的时代，甚至受教育的群体（literate groups）对口头传播的依赖也超过了后来人们对此的依赖。口语文化的许多特征，比如记忆术（memory arts）的培养和听众的角色，在使用手抄书的学者中，也依然具有重大的意义"。

随着英语成为英格兰的官方语言，到15世纪中叶，早期现代英语在语音、拼写、词汇和语法方面已经明显区别于传统的中古英语。R. 莫里斯《英语简史》指出，1460–1520年，英格兰普遍缺乏文学经典书籍；1476年英格兰商人威廉·凯克斯顿最早从尼德兰引入了印刷机，而后开始机器印刷书籍，印刷术极大地促进了古典语言（古希腊语、拉丁语、希伯来语）的学习与传播。②古代经典的扩散与印刷术极大地改变了英语，对现代英语语音、拼写、词汇、语法等产生了十分重大的影响。

---

① 伊丽莎白 L. 爱森斯坦 . 作为变革动因的印刷机 . 何道宽译，北京大学出版社，2010: 6, 4.

② Richard Morris. *Historical Outlines of English Accidence, Comprising Chapters on the History and Development of the Language*, London: Macmillan, 1882: 84.

《英语：历史与结构》写道："机器印刷迅速拓展开来，书籍成百上千的被复制出来。这对语言的影响是极大的。当人们以手抄的方式覆写原稿（manuscripts）而传播书籍时，几乎不可能达成统一的规范（uniformity）。每个抄写者对他们所抄录的作品往往有较大的自由。每个手抄本总包含一些特殊的情形，或源于抄写者的奇思异想，或源于抄写所在地区的方言。词语的拼写变换不定，语法的形态也不拘改变。时而新词替换了不常用的词汇。但是，机器印刷终止了这些随意的变换，因为用同一模板刊印的书必然是同一化复制的。不仅仅确立了统一的规范，进而要求树立语音的标准（standard of speech），这是所有人被强制要求达到的。"①《英语：历史与结构》也论及莎士比亚的语言："在莎士比亚的作品里，有些词语和用法现在已经陈旧弃用。他用 his 代替 its，这正如英语圣经里的用法。他用 clept 代替 called，这一用法可以追溯到斯宾塞的 cleoped 和乔叟的 y-clept，以及古英语 ʒe-clypode。他用 an 代替 if，benison 代替 blessing，bodements 代替 forebodings，hardiment 代替 courage，thinks't thee 代替 does it seem to thee，these ... as 代替 such... as，ye 代替 you(objective)，thrid 代替 thread，suspire 代替 breathe，allegiant 代替 loyal，还有别的词语和短语现在也不再使用了。除开这些例外，莎士比亚的英语，毕竟还是成熟期的英语。"（46–47 页）

由于机器印刷的原因，现代英语从古典希腊语、拉丁语和法语中借用了较多的语汇，这些借词（borrowed words）往往标识为斜体。同时，英语本土词汇的屈折词尾、前缀与后缀则不采用斜体。O. F. 艾默生《英语简史》指出，印刷术促进了现代英语的发展，"当旧式英语（Old English）文本被印刷出版时，大多数字母则采用了现代英语字母。然而，这些字母有时会有不同的价值和意义。主要是 f, s 表现出差异，二者分别被用作 f-v，和被用作 s-z；g 被用作 y；c

① *The English Language; Its History and Structure With Chapters on Derivation, Paraphrasing, Sentence-Making, and Punctuation*, London: T. Nelson, 1879: 42, 46–47.

被用作 k。此外，被用作 th 的字母 ð 和 þ，和被用作 w 的特殊字母ƿ，不再用于印刷书籍中。在中古英语时期即将终结的时刻，现代英语字母基本已经开始使用了”。①

从手抄书到印刷书时代，这将经历一个较长的转变过程。莎士比亚戏剧的创作与传播显然获益于印刷术。印刷书也往往保留了一些手抄书的习惯。印刷术为伊丽莎白时期戏剧提供了极其便利而丰富的题材，尤其是大量古代罗马的文学经典和欧洲大陆的现代文学作品被翻译到英语。1592–1594 年莎士比亚在伦敦的早期生活可能与印刷术密切相关，例如，与黑修士修道院的出版商沃特鲁勒（Thomas Vautrollier）和费尔德（Richard Field）保持着友好的紧密关系。W. 布莱德《莎士比亚与印刷术》写道：“我们发现，莎士比亚的思想表明（他）对印刷术是熟悉的，在那个时代，印刷术并没有与人们的日常生活需求与愉悦像现在这样紧密联系，我们发现莎士比亚运用这些术语，并总是指向那些习惯……据此我们要求读者全心注意一些引用语及相关内容，即使我们不能断定莎士比亚曾是一个印刷商，无疑可以相信莎士比亚在其职业生涯的某个时期与出版社（Printing Office）确实有关联。”②《亨利六世　第二部》写到了玛格丽特王后对萨福克公爵的对白：“但愿这一吻能印在你的手上，你以后看到它，你就会想到我的。”（Oh let this kisse be printed in thy hand, /That when thou seest it, thou maist thinke on me.）

E. A. 艾伯特《莎士比亚语法》写道：“应该记得，伊丽莎白时期对于英语史来说是一个过渡时期。一方面，出现了大量的新发现与新思想。相应地，需创造一些新的词汇，特别是一些表达抽象观念的词语。另一方面，古典研究的复兴，以及来自希腊语和拉丁语的译作之广受欢迎，都表明拉丁语和希腊语词

① Oliver Farrar Emerson. *A Brief History of the English Language*, London: Macmillan, 1922: 128.

② William Blades. *Shakspere & Typography*, New York: Winthrop Press, 1897: 39–40.

汇（尤其拉丁语）是极便利的、极有可塑性的语料。像是一大批便于制造的硬币，只需要加上一点民族的印记，就可以广泛流通，它们对现有英语作出了有益的拓展。而且，漫长且发展成熟的的古典时期，古典语言受到了伊丽莎白时期的作家的高度推崇。人们试图将英语纳入拉丁语的表达方式的机制中，因此使得英语的建设性力量几乎难以承受。”①E. A. 艾伯特引述了本·琼生的一个说法：“直到亨利八世统治时期，人们在过去习惯于在词尾加 *-en*，例如：Lov*en*，say*en*，complain*en*，但是现在（不管出于什么原因）这一用法已经过时。相反，另一种用法已经不这么用了被普遍地接受，我不想试着重新再用这一（陈旧）用法。”乔叟《坎特伯雷故事集》中的动词常见语法标示词缀 *-en*，例如：foughten, riden, wenden, weren, wolden（*Canterbury Tales*, Prologue）。E. A. 艾伯特接着又指出：“他显然清楚英格兰中部地区的复数形式 -en（332 页），这一用法极少表现在斯宾塞和《泰尔亲王佩尔克勒斯》，而不是北部地区的复数形式 -es（333 页），后一用法常见于莎士比亚的作品中。后者还表现出明显反常的名词复数与动词单数的搭配方式。而且莎士比亚似乎并不知道英语中的虚拟语气。”莎士比亚戏剧中没有出现 16 世纪中部地区常见的复数形式 eyen, hosen 二词，oxen, children 作为复数形式却沿用至今，Sixe-score fat Oxen standing in my stalls,（*The Taming of the Shrew*, II, 1）。Onely to sticke it in their childrens sight,（*Measure for Measure*, I, 3）。

二、英语拼写的不一致与字母替换

在早期现代英语这一过渡时期，1594 年、1600 年、1619 年《亨利六世　第二部》前 3 个四开本的语言表现出丰富的拼写、词汇、语法等变异现象。

① Edwin A. Abbott. *Shakespearian Grammar: An Attempt to Illustrate Some of the Differences Between Elizabethan and Modern English; For the Use of Schools*. London: Macmillan, 1870: 7–8.

换言之，莎士比亚的英语远未达到17世纪中后期基于现代正字法的标准化。由于现在没有基于《亨利六世　第二部》早期版本文本而建立的语料库以及相关计算机技术的统计软件，本研究采用的是传统的语言统计法进行人工统计，即在文本细读基础上，一一对比对照《亨利六世　第二部》前3个四开本的拼写、词汇和语法（狭义的）。

首先谈谈《亨利六世　第二部》前3个四开本的英语拼写特征。1619年第3四开本（Q3）是一个盗印的对折本（在形体上更接近四开本），其中出现了少量印刷错误。例如：angrie误印为hungry，aperne误印为apron，Aunt误印为Auut，case误印为ease，has误印为ha's，Humphrey误印为Humprey，ladies误印为ladaies，leaue误印为leane，Let误印为Ler，Lord误印为Sord，Lordly误印为Lorldly，Lords误印为Lotds，Messenger误印为Mssenger，one误印为once，out of his误印为out on's，reuengde误印为reuendge，the误印为thee，valianly误印为valiantly，where误印为wher'e。

但是，在1619年盗印版（Q3）中也纠正了前两个四开本（Q1, Q2）中的一些拼写错误。① 例如：capitie误印更改为capite，doate误印更改为do't，drempt误印更改为dreamt，dreampt误印更改为dreamt，fllie误印更改为fly，Gardner误印更改为Gardiner，graffle误印更改为grapple，hansome误印更改为handsome，ignomious误印更改为ignominious，Koger误印更改为Roger，Ladaies误印更改为Ladies，onr误印更改为our，ouer误印为ore，oth误印更改为ore the，Pollices误印更改为Pollicies，sprited误印更改为spirited，Standbags误印更改为Sandbags，shoulst误印更改为shouldst，scrike误印更改为scritch。

在1594年、1600年第一、二四开本（Q1, Q2）中，between写作betwixt, from写作frō，Englands写作Englāds，France拼写作Frāce，when拼写作whē,

---

① Walter Wilson Greg. *A Descriptive Catalogue of the Early Editions of the Works of Shakespeare Preserved in the Library of Eton College*, Oxford: Oxford University Press, 1909: 3.

这是中世纪英语手抄形态的残余。这些英语词汇主要是基于传统的、日常的读音而拼写的。1619 年第 3 四开本（Q3）则部分作出正字法的修订。

与传统的中古英语一样，第 1、第 2 四开本（Q1, Q2）在字体上，半辅音字母 w 常写作 vv，例如，dovvn/dovvne, vvhile/while；字母 j 常写作 i，词语拼写中未见字母 j，例如，或者 ioy, ioyne, reioyce, maiestie, periur'd, subiects 等。

除开词尾和大写首字母，字母 s 主要是简化的哥特字体，与字母 f 形近，字母 u 常写作 v；反是，辅音字母 ct 有时是手抄传统的连写字体。Salsbury 也拼写作 Salisbury，Elnor 也拼写作 Elnor 或者 Elanor，Alarums 也拼写作 Alarmes，sirrha 拼写作 sirra, Maugre 拼写作 Mauger，vvaight 拼写作 waite。

D. 明科瓦《英语语音史》写道：1400–1700 年，早期现代英语在语音、词汇、语法上发生了极大的变化，"元音大移位"（the Great Vowel Shift, GVS）是早期现代英语发音的一个重大变化，即长元音发声向更高音的位置移动，中元音升高和高元音双元音化。① 基于语音近似的传统法则，现代英语的拼写往往可见读音近似的元音（群）或者辅音（群）的替换现象。

（一）首先谈谈元音字母在词语拼写上混乱而复杂的诸多现象

（1）词尾默音 e（mots finissant par e）是常见的拼写现象。D. 明科瓦《英语词末元音的演变史》写道：像古法语到中古法语一样，从古英语到中古英语，词语性数格的词末标识逐渐退化为 -e，到早期现代英语词末的 -e 已经变为非词格标识的默音 e。② 在第 1、第 2 四开本（Q1, Q2）中，词语拼写保留词尾默音 e 与省略词尾默音并存互见。例如：1594 年、1600 年 blinde, borne, breathe, Crowne, Captaine 等词语有词尾默音 e，但是别的大多数词语，1619

① Donka Minkova. *A Historical Phonology of English*, Edinburgh: Edinburgh University Press, 2013: 250.

② Donka Minkova. *The History of Final Vowels in English: The Sound of Muting*. New York: Mouton de Gruyter, 1992: 35–37.

年更常见保留词尾默音 e。此剧包含词尾默音 e 变化 117 个词语，大部分词语的拼写形式还未统一，同一词词尾带有默音 e 与不带有默音 e 的情况并存，在 1594 年、1600 年到 1619 年三个四开本（Q1, Q2, Q3）中有 30 个词语，占比 25.6%。例如：foote/foot，blinde/blind，breath/breathe，Captaine/Captain，crowne/Crown，downe/down，farwell/farewell，far/farre，go/goe，he/hee，Lamb/Lambe，Madam/Madame，me/mee，mean/meane，Nick/Nicke，post/poste，Queen/Queene，said/saide，speed/speede，speak/speake，spirit/spirite，streets/streetes，Suffolk/Suffolke，sweete/sweet，thank/thanke，villain/villaine，Warwick/Warwicke，we/wee，words/wordes，York/Yorke。

在 1594 年、1600 年到 1619 年三个四开本（Q1, Q2, Q3）中有 41 个词语词尾去掉了默音 e，占比 35.0%。例如：aloude 写作 aloud，ansvvere 或 answere 写作 answer，booke 写作 book，boundes 写作 bounds，brooke 写作 brook，churle 写作 churl，cloudes 写作 clouds，containde 写作 containd，Curtelaxe 写作 Curtelax，Diademe 写作 diadem，dost 写作 doest，ende 写作 end，extendes 写作 extends，findes 写作 finds，Foxe 写作 Fox，Frenche 写作 French，gone 写作 gon，gowne 写作 gown，grounde 写作 ground，foure 写作 four，hote 写作 hot，kneeles 写作 kneels，loade 写作 load，Lorde 写作 Lord，meate 写作 meat，panges 写作 pangs，petticoate 写作 petticoat，plaine 写作 plain，pleade 写作 plead，reades 写作 reads，rightes 写作 rights，seate 写作 seat，solemnely 写作 solemnly，steale 写作 steal，stirrope 写作 stirrop，talkes 写作 talks，thinke 写作 think，troopes 写作 troops，weare 写作 wear，where 写作 wher，vvorldes 写作 worlds。

46 个词语词尾有加上默音 e。占比 39.3%。例如：act 写作 acte，again 写作 againe，bands 写作 bandes，be 写作 bee，bind 写作 binde，born 写作 borne，breed 写作 breede，brick 写作 bricke，combat 写作 combate，crook 写作 crooke，deceit 写作 deceite，do 写作 doe，don 写作 done，field 写作 fielde，fights 写作 fightes，

follows 写作 followes，foreseen 写作 foreseene，Greeks 写作 Greekes，grief 写作 griefe，half 写作 halfe，hinds 写作 hindes，hys 写作 hisse，immediately 写作 immediately，indeed 写作 indeede，intreat 写作 intreate，keep 写作 keepe，laid 写作 laide，lands 写作 landes，Lo 写作 Loe，locks 写作 lockes，mayd 写作 maide，old 写作 olde，own 写作 owne，paid 写作 paide，puttocks 写作 puttockes，ransomlesse 写作 ransomelesse，scarsly 写作 scarsely，she 写作 shee，smooth 写作 smoothe，staid 写作 staide，stinks 写作 stinkes，told 写作 tolde，vncontrold 写作 vncontrolde，whipt 写作 whipte，wind 写作 winde，yeeld 写作 yeelde。

（2）元音字母 i, e, ie 在拼写中的替换。i 字母的使用只是在中古英语中才逐渐增多。在第 1、第 2、第 3 四开本（Q1, Q2, Q3）中，词语拼写中 i, e 的替换并存互见。此剧中出现拼写中 i, e 替换的共计 22 个词语，一些词语的拼写形式还未统一，同一词语拼写中 i, e 的替换并存，例如：在 1619 年第 3 四开本（Q3）中 bene 写作 beene/bin, Territores/Territories 写作 Territories，而且 i, e 的替换明显增多。

在 1594 年、1600 年到 1619 年三个四开本（Q1, Q2, Q3）中有 4 个词语拼写中 i, e 的替换并存，占比 18.2%。例如：Bullingbrooke/Bullenbrooke, entend/intend，hither/hether, Neuels/Neuils。在 1594 年、1600 年到 1619 年三个四开本（Q1, Q2, Q3）中有 4 个词语的拼写出现元音 i 替换 e，占比 18.2%。例如：erreuocable 写作 irreuocable，Exet 写作 Exet 或者 Exit，Mortemer 写作 Mortemer 或者 Mortimer，Ser 写作 Sir。13 个词语的拼写中表现为元音 e 替换 i，占比 59%。例如：Alligations 写作 allegations，dispight 写作 dispight 或者 despight，griefe 写作 griefe 或者 greefe，inough 写作 enough，intangle 写作 entangle，intreat 写作 intreate 或者 entreate，Inuiron’d 写作 Enuiron’d，Manit 写作 Manet，omnis 写作 omnes，Owin 写作 Owen，piece 写作 peece，togither 写作 togither 或者 together。

（3）元音字母 i, y 在拼写中的替换。常见为“辅音字母 +y”“元音字母 + y”（例如，ay, ey, oy），away, lie, ride, say, way 在 1594 年、1600 年和 1619 年中已经是一致的拼写。较多的词语的拼写形式还未统一，一些词语的拼写同时包含 i, y 的替换形式。

该剧共有 73 个词语出现了元音字母 i/ie, y 替换，或者同一词语的拼写兼有 i/ie, y 字母替换。元音字母 i/ie, y 在拼写中的替换在 1619 年第 3 四开本（Q3）明显减少，大多数词语的拼写是以 y 替换 i/ie，少数词语的拼写是以 i/ie 替换 y。

在 1594 年、1600 年到 1619 年三个四开本（Q1, Q2, Q3）中只有 2 个词语，即 aire/ayre 和 daies/dayes 出现元音字母 i/ie, y 在拼写中的替换形式，占比 2.7%。14 个词语的拼写出现元音 i, ie 替换 y，占比 19.2%。例如：Ankyses 写作 Ankises，awayt 写作 awaites，ayde 写作 aide，Beuys 写作 Beuis，Henry 写作 Henrie，hys 写作 hisse，Lyonels 写作 Lionels，mayd 写作 maide，pryze 写作 prize，ryding 写作 riding，Smythfield 写作 Smithfield，spoyld 写作 spoild，Stykes 写作 Stix，tryumph 写作 triumph。

在 1594 年、1600 年到 1619 年三个四开本（Q1, Q2, Q3）中，57 个词语的拼写中表现为元音 y 替换 i, ie，占比 78.1%。例如：alreadie 写作 already，alwaies 写作 alwayes，ashie 写作 ashy，bastardie 写作 bastardy，betraie 写作 betray，bloodie 写作 bloody，bodie 写作 body，Citie 写作 City，Charitie 写作 Charity，chiualrie 写作 chiualry，daintie 写作 dainty，dies 写作 dyes（died 写作 dyed），dignitie 写作 dignity，either 写作 eyther，emptie 写作 empty，failes 写作 fayles，firie 写作 fiery，flie 写作 flye，giddie 写作 giddy，guiltie 写作 guilty，happie 写作 happy，haughtie 写作 haughty，hie 写作 hye，ladie 写作 lady，laie 写作 lay（laies 写作 layes），laier 写作 layer，lies 写作 lyes，libertie 写作 liberty，liuerie 写作 liuery，Maiestie 写作 Maiesty，maister 写作 Mayster，mightie 写作 mighty，Normandie 写作 Normandy，occupie 写作 occupy，paie

写作pay，penie写作peny，Pitie写作Pitty，plaide写作played，poison写作poyson，prie写作pry，priuie写作priuy，readie写作ready，safetie写作safety，saist写作sayst（saies写作sayes，saide写作sayde），sandie写作sandy，simplicitie写作simplicity，spie写作spy，staie写作stay（staies写作stayes），studie写作study，testifie写作testifye，Tragidie写作Tragedy，trie写作try，twentie写作twenty，valiancie写作valiancy，vnbloodie写作vnbloody，voice写作voyce，worthie写作worthy。

（4）e, a, ea, ee, ai, ei, ia在拼写中的替换。在第1、第2、第3四开本（Q1, Q2, Q3）中，词语拼写中e, a, ea, ee的替换并存互见。此剧中出现拼写中e, a, ea, ee替换的共计25个词语，一些词语的拼写形式还未统一，同一词语拼写中e, a, ea, ee的替换并存。例如：Anioy/enioy, hart/heart, here/here/heare出现在前3个四开本中，占比12%。2个词语包含e, a在拼写中的替换，占比8%，Astridge写作Estridge，talants写作talents。12个词语包含e, ea/ee在拼写中的替换，占比48%。bene写作bene/beene，betwene/betweene写作betweene，Caedar写作Cedar，hed/head写作head，Hele写作Heele，Ieat写作Iet，leauie写作leuie，ment/meant写作meant，neast写作nest，repelde写作repeald，shead写作shed，where写作where/wheere。5个词语包含ea, ee, ia, ie在拼写中的替换，占比20%，cleare写作cleare/cleere，deare写作deare/deere，griefe写作griefe/greefe，liniall写作lineall，where写作where/wheere。2个词语包含ai, ei在拼写中的替换，占比8%，raigne写作reigne，sodeinly/sodainly/sodenly写作sodainly。

（5）元音字母o, u, oa, oo, ou, ow在拼写中的替换。在第1、第2、第3四开本（Q1, Q2, Q3）中，词语拼写中o, u, oa, oo, ou, ow的替换并存互见。此剧中出现拼写中o, u, oa, oo, ou, ow替换的共计34个词语，一些词语的拼写形式还未统一，同一词语拼写中oo/ou, or/our的替换并存。例如：honour/honor,

Iordaine/Iourdaine, neighbour/neighbor, souldiers/soldiers，troupe/troope 出现在前 3 个四开本中，占比 11.8%。3 个词语包含 o, u 在拼写中的替换，占比 8%，Comberland 写作 Comberland/Cumberland，Edmund 写作 Edmund/Edmond，Trompets/Trumpets 写作 Trumpets。8 个词语包含 or, oor, our 在拼写中的替换，占比 8%，afford 写作 affoord，Armourers 写作 Armourers/Armorers，florisheth 写作 flourisheth，foorth/forth 写作 forth，Glendor 写作 Glendour，humors/humours 写作 humors，Soldiours 写作 soldiors（1619），worth/vvoorth 写作 worth。10 个词语包含 o, u, oo, ou 在拼写中的替换，占比 8%，bloudie/bloodie 写作 bloody，brought 写作 brought/broght，chuse 写作 choose，cousin 写作 cousin/cosin，do/doo 写作 do，footecloth 写作 footclooth，loose/lose 写作 lose，moue 写作 moue/mooue，Poull/Poule 写作 Poull/Pole，yong/yoong 写作 yong/young。1 个词语包含 o, oa 在拼写中的替换，占比 8%，cloakes 写作 cloakes/clokes。5 个词语包含 o, ou, ow 在拼写中的替换，占比 8%，controwler 写作 controller，floure 写作 flower，oules 写作 owles，rouse 写作 rowse，trow 写作 tro。

（6）元音字母 er/ar, or/er, ur/or 等在拼写中的替换。在非重读音节中，五个元音 +［r］音常常弱读为［ər］，或者源于英格兰地区方言的发音差异，因此多拼写替换。例如：chollour 写作 choller，offendors 写作 offenders，soldiers 写作 soldiors 或者 Soldiours，tortord 写作 torturd，traitorous 写作 traitorous 或者 traiterous，venture 写作 venter。Diar 写作 Dier，earst 写作 erst，grammer 写作 Grammar，Sargiant 写作 Sargeant 或者 Sergeant，standerd/standard 写作 standard，weart/wart 写作 wert。Cearies 写作 Ceres，neare/nere 写作 neare 或者 neere 或者 nere，soare/sore 写作 sore。

（7）别的发音近似的组合元音 / 音群替换。在第 1、第 2、第 3 四开本（Q1, Q2, Q3）中，词语拼写中发音近似的组合元音 / 音群替换并存互见。此剧中出现发音近似的组合元音 / 音群替换的词语共计 29 个，一些词语的拼写形式还未统一，而且组合元音/音群替换明显增多。例如：weapon 写作 weopon，leoper 写作 leaper 是一组受到希腊语拼写影响的组合元音替换。demaund 写作 demand，France 写作 Fraunce，raunsome 写作 ransome，slaunder 写作 slander，是一组受到法语拼写影响的元音 a/au 替换；o/oa 的替换，approach 写作 approch，groanes 写作 grones，oth 写作 oath；ew/ow 的替换，Beshrovv 写作 Beshrew，sinowes 写作 sinewes。

在 1594 年、1600 年到 1619 年三个四开本（Q1, Q2, Q3）中有 2 个词语拼写中组合元音/音群的替换并存互见，占比 6.9%。例如：maist/mightst, show/shew 分别并存于 3 个四开本（Q1, Q2, Q3）。拼写中组合元音/音群替换趋向一致的词语有 4 个，即接受正字法的词语拼写，占比 13.8%。例如：ghoast/ghost 写作 ghost，raunsome/ransome 写作 ransome，Throane/Throne 写作 Throne，weapon/weopons 写作 weapon。15 个直接替换组合元音/音群为新拼写的词语，占比 52.7%。例如：affeard 写作 affraid，approach 写作 approch，forfeit 写作 forfet，frute 写作 fruite，Pinnais 写作 Pinnis，Ruffin 写作 Ruffian，surfeiting 写作 surfetting 等。7 个词语新增了发音近似的组合元音/音群替换，占比 24.1%。例如：battaile 写作 battaile 或者 battell，country 写作 country 或者 countrey，France 写作 France 或者 Fraunce，nought 写作 nought 或者 naught，Parlament 写作 Parlament 或者 Parliament，through 写作 through 或者 throgh，villaine 写作 villen 或者 villaine。

（二）其次谈谈辅音字母在词语拼写上的现象

（1）辅音字母的双写。基于中世纪手写时代的传统/惯例，在 1594 年、1600 年到 1619 年三个四开本（Q1, Q2, Q3）中辅音字母的双写依然是十分普遍的词语拼写现象，共计 47 个词语，其拼写形式还未统一。Alas/Alasse, al/all, arrest/arrest, cals/calles, diuel/diuell, Drum/Drumme, far/farre, farwell/Farewell, madde/mad, rebel/rebell, run/runne, shal/shall, Somerset/Sommerset, son/sonne, tel/

tell, well/wel, will/wil, wonne/won，18 个词语在前 3 个四开本（Q1, Q2, Q3）中并存互见，占比 38.3%。

在 1594 年、1600 年到 1619 年三个四开本（Q1, Q2, Q3）中新出现的辅音字母双写的词语 17 个，占比 36.2%。例如：bandeto 写作 Bandetto，big 写作 bigge/big，chop 写作 choppe/chop，Dutches 写作 Dutchesse/Dutches，furd 写作 furr'd，litle 写作 litle/little，nodst 写作 noddst，of 写作 off，penance 写作 penance/pennance，plums 写作 plummes，punishment 写作 punnishment，shadow 写作 shadow/shaddowed，stir 写作 stir/stirre，til/till 写作 till，vp 写作 vp/vppe，vpon 写作 vpon/vppon，whet 写作 whette。

部分取消辅音字母双写，和失去了辅音字母双写的词语共有 12 个，占比 25.5%。例如：billes 写作 Bils，comming 写作 coming/comming，coppies 写作 copies，dugge 写作 dug，falles/fals 写作 fals，fertill 写作 fertile，generall 写作 generall/general，pinne 写作 pin，spanne 写作 span，vissage/visage 写作 visage，winne/win 写作 win，withall 写作 withal。

此外，双写的辅音字母，后缀 nesse 在 1594 年、1600 年、1619 年中已经是一致的拼写。例如：happinesse 拼写作 happinesse，kindnesse 拼写作 kindnesse，thankfulnesse 拼写作 thankefulnesse，plainnesse 拼写作 plainnesse，vvitnesse witnesse 拼写作 witnesse，highnesse 拼写作 highnesse，mightinesse 拼写作 mightinesse。

后缀 lesse 在 1594 年、1600 年、1619 年中已经是一致的拼写。bloodlesse 拼写作 bloodlesse, harmelesse 拼写作 harmelesse, ruthlesse 拼写作 ruthlesse, Causelesse 拼写作 Causlesse, endlesse 拼写作 endlesse, harmlesse 拼写作 harmlesse, ransomelesse 拼写作 ransomlesse, breathlesse 拼写作 breathlesse, guiltlesse 拼写作 guiltlesse。headlesse 拼写作 headlesse。

（2）辅音字母 c, k, ck 在发音为［k］时的拼写替换。辅音字母 c, k, ck 在发音为［k］时的拼写替换，发音为［k］一般拼写为 ck。4 个词语包含 c, k 在拼写中的替换，例如：Askalon 写作 Ascalon，Askapart 写作 Ascapart，rankorous 写作 rancorous，vnkle 写作 vnkle/vncle。4 个词语包含 k, ck 在拼写中的替换，例 如：Scayles/Skayles 写 作 Skayles，frantike 写 作 franticke，inckhorne 写 作 inkehorne，vnckle/vnkle 写作 vnckle/vnkle。

（3）辅音字母 c, s, z 在发音为［s］［z］时的拼写替换。15 个词语包含 c, s 在拼写中的替换，占比 78.9%。例如：aduanst 写作 aduanc'd，aduise 写作 aduise/aduice，compleases 拼写作 complices, Iustises 拼写作 Iustices, lases 拼写作 laces, licence 拼写作 license, Masadonian 拼写作 Macedonian, prentise 写作 prentice/prentise，prosessions 拼写作 processions, sucseed 拼写作 succeed, sease/cease 写作 cease，suffise/suffice 写作 suffice，sypris 拼写作 Cypresse, thrise/thrice 写作 thrice，twise 拼写作 twice。4 个词语包含 s, z 在拼写中的替换，占比 21.1%, 例如：enterprise 拼写作 enterprize, sounes/sounds 拼写作 zounds, surprisde 拼写作 surprizde/surprisd, Wissard 写作 wizzard。

（4）部分发近似音的辅音字母出现的拼写替换。辅音字母 g, y, j 在发音为［ʒ］时的拼写替换，girke 拼写作 ierke，Mayor 拼写作 Maior。

辅音字母 c, t 在发音为［ʃ］时的拼写替换，gratious 拼写作 gracious.

辅音字母 ph, f 在发音为［f］时的拼写替换，ph 在发音为［f］时的拼写替换，Humphrey 拼写作 Humfrey，Pomphret 拼写作 Pomfret。

辅音字母 g 在发音为［g］时的拼写为 gu，gard 拼写作 guard，toong 拼写作 tongue 或者 toong。

拼写中包含辅音 t, d 替换的词语共有 2 个，hundreth 写作 hundred，murthers 写作 murders。

拼写中包含不发音的辅音 b, s 的词语共有 4 个，clime 写作 climb，limmes 写作 limbes，Ile 写作 Isle，Iland 写作 Island。

别的辅音近似发音的替换，还有 Duches/Dutches 写作 Dutches，wandring

写作 wandering。

三、词语拼写的大写小写与合成词的分写连写

对于远未达成一致的早期现代英语拼写，词语拼写中的大写小写，与合成词的分写连写和省略是极为普遍的现象。

（一）首先谈谈句首词语和名词首字母的大写现象

在 1594 年、1600 年到 1619 年三个四开本（Q1, Q2, Q3）中句首词语和名词首字母的大写依然是十分普遍的词语拼写现象，共计 116 个词语，其拼写形式还未统一。beares/Beare, But/but, King/king, Lord/lord, Miracle/miracle, 5 个词语在前 3 个四开本中并存互见，占比 4.5%。

在 1594 年、1600 年到 1619 年三个四开本（Q1, Q2, Q3）中新出现的句首词语和名词首字母的大写的词语共计 81 个，占比 76.6%。例如：and 写作 And，axe 写作 Axe，bandeto 写作 Bandetto，barke 写作 Barke，bees 写作 Bees，billes 写作 Bils，bona 写作 Bona，brethren 写作 Brethren，brother 写作 Brother，buckrum 写作 Buckrum，complaint 写作 Complaint，coniurer 写作 Coniurer，corne 写作 Corne，country-men 写作 Country-men，crabtree 写作 Crab-tree，crimson 写作 Crimson，curtaines 写作 Curtaines，cut 写作 Cut，deare 写作 Deare，doublet 写作 Doublet，fathers 写作 Fathers，flaxe 写作 Flaxe，garret 写作 Garret，generall 写作 Generall，gentle men 写作 Gentlemen，gold 写作 Gold，good 写作 Good，gowne 写作 Gowne，grace 写作 Grace，grammer 写作 Grammar，hawking 写作 Hawking，highnesse 写作 Highnes，holbards 写作 Holbards，kernes 写作 Kernes，kingdome 写作 Kingdome，knight 写作 Knight，kyte 写作 Kyte，lake 写作 Lake，lamb 写作 Lambe，land 写作 Land，letters 写作 Letters，lightens 写作 Lightens，liege 写作 Liege，loue 写作 Loue，maiestie 写作 Maiesty，maister 写作 Mayster，marchantlike 写作 Merchant-like，milende 写作 Mile-end，mistresse 写作 Mistresse，mountaine 写

作 Mountaine，my 写作 My，neighbour 写作 Neighbour，noble 写作 Noble，now 写作 Now，outtalian 写作 Outalian，papers 写作 Papers，paper-mill 写作 paper Mill，partridge 写作 Partridge，peace 写作 Peace，pillovv 写作 Pillow，pitch 写作 Pitch，protector 写作 Protector，puld 写作 Puld，queene 写作 Queene，red 写作 Red，realme 写作 Realme，saint 写作 Saint，seeke 写作 Seeke，sir 写作 Sir，soueraigne 写作 Soueraigne，souldiers 写作 Soldiours，sypris 写作 Cypresse，state 写作 State，theefe 写作 Theefe，to 写作 To，townes 写作 Townes，villaine 写作 Villaine，vnckle 写作 Vnkle，vs 写作 Vs，wife 写作 Wife，womans 写作 Womans。

在 1594 年、1600 年到 1619 年三个四开本（Q1, Q2, Q3）中句首词语和名词首字母的大写改为小写的词语共计 30 个，占比 36.2%。例如：Alligations 写作 allegations，Ambassador 写作 ambassador，Ambition 写作 ambition，Armes 写作 armes，Army 写作 army，Assenda 写作 assenda，Bastardie 写作 bastardy，Brick 写作 bricke，Butcher 写作 butcher，Cage 写作 cage，Church 写作 church，Cirkle 写作 cirkle，Crowne 写作 crowne，Diademe 写作 diadem，Drumme 写作 drum，Duke 写作 duke，Giue 写作 giue，Hauing 写作 hauing，Monuments 写作 monuments，Night 写作 night，Pillars 写作 pillers，Rampant 写作 rampant，Rebell 写作 rebell，Rode 写作 rode，Townes 写作 townes，Treasons 写作 treasons，Vnder 写作 vnder，Waggon 写作 waggon，What 写作 what，Why 写作 why。

（二）合成词的分写与连写

在 1594 年、1600 年到 1619 年三个四开本（Q1, Q2, Q3）中合成词的分写与连写是较常见的词语拼写现象，共计 30 个词语，其拼写形式还未统一。Blood-sucker, eye-bals, scrike-oules/scritch-owles, 3 个连写词语在前 3 个四开本中并存互见，占比 10%。在 1594 年、1600 年到 1619 年三个四开本（Q1, Q2, Q3）中从连写改为分写的合成词共计 15 个，占比 50%。例如：birthright 分写作 birth-right，Cheapeside 分写作 Cheape-side，Church-men 分写作 church men， crabtree 分写作 Crab-tree，crooktbacke 分写作 crook'd-backe，forewarned 分写作 fore-warnd，headstrong 分写作 head-strong，hard-by 分写作 hard by，marchantlike 分写作 Merchant-like，milende-greene 分写作 Mile-end greene，paper-mill 分写作 paper Mill，penny-inckhorne 分写作 pen and inkehorne，plum-tree 分写作 plum tree，straightwaies 分写作 straight way，threedbare 分写作 thred-bare。

在 1594 年、1600 年到 1619 年三个四开本（Q1, Q2, Q3）中从分写改为连写的合成词共计 12 个，占比 40%。例如：be low 连写为 below，common-wealth 连写为 Commonwealth，foure score 连写为 four-score，French men 连写为 Frenchmen，gentle men 连写为 Gentlemen，half-penny 连写为 halfepeny，high minded 连写为 high-minded，London bridge 连写为 London-bridge，me-thinks/mee thinkes 连写为 me-thinks/methinkes，out liue 连写为 out-liue，ouer ripened 连写为 ouer-ripened，sand-bag/sand-bagge 连写为 sandbag。

（三）词语内的省略间隔符号

词语内的省略间隔符号，主要是动词的过去式或者过去分词形式，参见下文。在 1594 年、1600 年到 1619 年三个四开本（Q1, Q2, Q3）中仅见 commandments/Commandements 一词的省略写作 command'ments。

早期版本中常见词语间的省略间隔符。it 在连写时的省略共计 4 次，Ant/An't 写作 And't（1623），call it 写作 call't，on it 写作 on't，it like 写作 t'like。the 在连写时的省略共计 4 次，Th'excessiue 写作 Th'excessiue，th'offence 写作 the offence，to'th 写作 to the（1623），th'other 写作 th'other。在 1594 年、1600 年到 1619 年三个四开本（Q1, Q2, Q3）中没有否定词 not，doate 写作 do't。此外，还有 Ide 写作 I'de，lets 写作 let's，gainst/against 写作 'gainst。

四、动词的拼写形式与时态

过去式、过去分词的形态变化是动词变化的主要方面。

（一）过去式、过去分词的形态变化。前三个四开本（Q1, Q2, Q3）中一般的，V+ed/d/de 构成过去式、过去分词形式。7 个动词的形态变化在拼写上未达到一致，占比 24.1%。causde 写作 causd，decreede 写作 decreed，deposde 写作 deposd，stabde 写作 stabd，surprisde 写作 surprisd，vnassaild 写作 vnassailde，vsde 写作 vsed。

（二）过去式或者过去分词的词内省略间隔符。动词的过去式或者过去分词形式普遍使用词语内的省略间隔符号，在 1594 年第一四开本（Q1）中已经出现 V+'d，例如：belou'd，Inuiron'd, hous'd 等过去式形态；1619 年较普遍使用 V+'d 形式构成过去式和过去分词。例如，burly-bond 写作 burly-bon'd，condemd 写作 condemn'd，conferd 写作 conferr'd，crownde 写作 crown'd，deceiued 写作 deceiu'd，defamde 写作 defam'd，discharged/dischargde 写作 discharg'd，expirde 写作 expir'd，furd 写作 furr'd，gouerned/gouernd 写作 gouern'd，imployd 写作 imploy'd，ioynd 写作 ioyn'd 等 12 个动词从 V+d 改为 V+'d 形式，占比 41.4%。在 1594 年、1600 年到 1619 年三个四开本（Q1, Q2, Q3）中仅有beloued/belou'd，Inuiron'd 写作 Enuiron'd 二词并存互见，占比 6.9%。hous'd 一词改写作 housd。3 个动词新增了 V+'d 拼写形式，占比 10.3%，cald 写作 call'd/cald，enterd/entered 写作 enter'd/entred，turnde/turnd 写作 turnd/turn'd。大概后缀 'd, t 的近似发音为［t］，crookt, eternest, eternest, fast, learnt 则是 V+t，因此有替换现象，例如：aduanst 写作 aduanc'd，crookt 写作 crook'd，eternest 写作 eterniz'd，fast 写作 fac'd，learnt 写作 learn'd，这 5 个动词的拼写形式不必看作过去分词的误写，占比 17.2%。

（三）动词 be 在连写时的省略。is 在连写时的省略共计 11 次。alls/als 写作 all's/al's，Cardinals 写作 Cardinal's，colours 写作 colour's，hees 写作 hee's/he's，Heres 写作 Here's/heer's，it is/Ist 写作 it's/Ist，thats 写作 that's，Theres/theirs 写作 There's/Ther's，Whats 写作 what's，where's 写作 where's，Whose/Who's 写作 Who's。

are 在连写时的省略共计 2 次，th'are 写作 th'are，you are 写作 you're。

will 在连写时的省略共计 5 次，Heele 写作 Hee'l，I wil/Ile 写作 I'le，sheele 写作 shee'll，weele 写作 wee'll/Wee'l，youle 写作 you'l。

was 和 were 在连写时的省略分别各有 1 次，twas 写作 T'was/t'was，Twere 写作 'Twere/T'were。

动词 begone 写作 be gone，shalbe/shall be 写作 shall be/shalbe。

（四）动词第二、三人称单数的变化形式。动词（包括情态动词）第二、三人称单数的变化形式在拼写上未达到一致。在 1594 年、1600 年到 1619 年三个四开本（Q1, Q2, Q3）中，V+st/s/t 构成动词第二、三人称单数的变化形式，例如，dares, keepes, knows, takes 等 4 个动词第二、三人称单数是由 V+s 构成的，占比 23.5%。7 个动词第二、三人称单数由 V+st/'st 构成，在前三个四开本（Q1, Q2, Q3）中并存互见，占比 41.2%。cam'st 写作 camst，ciuel'st 写作 ciuilst，darest/darste 写作 dar'st，dishonor'st 写作 dishonor'st, mightst/mightest/might'st 写作 mightst/mightest/might'st，Smildste 写作 Smild'st，wouldst 写作 woldst。7 个动词第二、三人称单数改写为或者新增了 V+st/'st 拼写形式，占比 41.2%，can 写作 canst，do 写作 dost/doest/doost，may 写作 mayst；keepes 写作 keep'st/keepes，knows 写作 knows/knowst，takes 写作 takest，want 写作 want'st/wants，3 个动词第二、三人称单数由 V+ t 构成，lurke 写作 lurkt，shall 写作 shalt，are 写作 are/art，占比 17.6%。

五、结语

自 1476 年以来，活字印刷术深刻地影响了现代英语的发展。印刷书籍普遍遵循的拼写规则主要是基于现代英语语音，即口语语音。由于机械（活字）印刷在英格兰的确立，中世纪末期东中部地区（伦敦）的英语逐渐扩大了其使用范围，东中部地区英语成为越来越普遍使用的拼写形式，这便于人们的阅读。

手抄书、印刷书将在较长时期里并存，并发生相互影响，而不是二者的尖锐对立或者取代任一方。

由于早期现代英语远未确立标准化的正字法（orthography），其拼写、词汇、语法缺乏普遍遵守的一致性。在《亨利六世　第二部》一剧中，不一致的词语拼写以及字母替换，和词尾默音 e 是常见的拼写现象。基于英语语音近似的传统法则，早期现代英语的拼写往往可见读音近似的元音（群）或者辅音（群）的替换现象。种种词语拼写的大写小写主要是表现在句首词语和名词首字母的大写；剧中还出现了一些合成词的分写连写与省略，动词的拼写形式与时态，这些不一致表明莎士比亚时代的英语远未达成成熟的状况。

第二节　论语言演变与《亨利六世　第二部》（1623）的早期现代英语

1594 年 3 月 12 日《兰开斯特家族与约克家族之争　第一部》（The First part of the Contention betwixt the two famous Houses of Yorke and Lancaster, with the death of the good Duke Humphrey: And the banishment and death of the Duke of Suffolke, and the Tragicall end of the proud Cardinall of VVinchester, vvith the notable Rebellion of Jacke Cade: And the Duke of Yorkes first claime vnto the Crowne）首次出现在伦敦书业公会的登记簿上，注册人为书商托马斯·米灵顿（Thomas Millington）。同年，托马斯·米灵顿、出版商托马斯·克利德（Thomas Creede）刊印了第 1 个四开本。1600 年托马斯·米灵顿、出版商瓦伦廷·西美斯刊印了第 2 个四开本。1619 年书商托马斯·帕维尔刊印了第 3 个四开本，即收入威廉·伽噶德刊印的伪对折本中，前三个四开本剧作同名。而后收入 1623 年第一对折本中，更名为《亨利六世　第二部》（*The second Part of Henry the Sixt, with the death of the Good Duke Humfrey*），词语拼写进一步表现出正字法的特征，较多场景出现了重大的改写与增写，与前三个四开本有明显的差异。①

一、古英语到早期现代英语的变革

不列颠（包括爱尔兰）的早期移民是说凯尔特语（Celtic, Keltic）的东南欧移民族群。从恺撒对不列颠的征服（公元前 55–前 54 年）到罗马皇帝克劳狄斯

① Michael Hattaway ed., *The Cambridge Companion to Shakespeare's History Plays*, Cambridge: Cambridge University Press, 2002: 67–69.

的长久性占据（公元42年），拉丁语的传播便在不列颠发生了，然而原初的凯尔特语可能较少受到罗马文明的影响，411年最后的罗马人撤离不列颠，本土的凯尔特语重新获得短暂的主导性地位。即使在条顿征服（Teutonic Conquest）之后，凯尔特语依然残存在条顿语之中，盎格鲁–撒克森语与现代英语存在着显著的差异。比德《英格兰教会史》（Venerabilis Baedae, *Historiam Ecclesiasticam Gentis Anglorum, Historiam Abbatum, Epistolam Ad Ecgberctum*）写道："新到来的是日耳曼种族的三个最强大的部族，撒克森人、盎格鲁人和朱特人。朱特人最初形成了肯特人和怀特岛人。撒克森人则占领了老撒克森一地，而后形成了东撒克森、南撒克森和西撒克森。盎格鲁人则形成了东盎格鲁、中部盎格鲁和麦西亚，它构成了整个北部地区（Northumbrian）的种族。"① 早期盎格鲁人称他们的语言为盎格鲁语（anglicus），这是一种条顿语言即西弗里西安语，但比德没有把撒克森人的语言称为撒克森语（lingua Saxonum）。F. 克鲁格《英语史》对比德的记载做了简化的修正，"朱特人定居肯特和怀特岛，以及汉普郡的邻近地区。撒克森人占据了泰晤士河两岸和英格兰南部的一小部分。英格兰的其余部分为盎格鲁人拥有。"②S. 莫尔《古英语基础语法》关于盎格鲁–撒克森语写道："古英语的口语包括四种方言：北部方言（Northumbrian）、麦西亚方言（Mercian）、肯特方言、西撒克森方言。大多数手抄文献，事实上，那些所有值得阅读的文献（literature）都是西撒克森方言。……而现代标准英语主要是从麦西亚方言发展而来的。三种用西撒克森方言写的手抄文献大约是公元900年前后的：阿尔弗雷德时期翻译的圣乔治《牧灵书，或教区指引》（St. Gregory, *Cura Pastoralis*），奥罗西乌斯《世界史》（Orosius, *History of the World*），和帕克手抄

① the Venerable Bede. *The Ecclesiastical History of the English Nation, From the Coming of Julius Caesar Into This Island, in the Sixtieth Year Before the Incarnation of Christ, Till the Year of Our Lord 731*, London: J . A. Gilles, 1840: 27–28.

② Friedrich Kluge. *Geschichte der englischen Sprache*, Strassburg: K. J. Trübner, 1904: 928.

稿《盎格鲁–撒克森编年史》(*Anglo-Saxon Chronicle*)，最后一份主要是说教的作品，是关于阿尔弗雷德和乌尔弗斯坦的历史，这份现存的手抄稿大约是 1050 年前后编辑的，与西撒克森方言的福音书是同时期。……阿尔弗雷德时期还翻译了比德《英格兰教会史》(Bede, *Ecclesiastical History of the English People*) 和波提乌斯《哲学的慰藉》(Boethius, *De Consolatione Philosophiae*)，二者译成混合方言。此外，诗歌《埃克赛特合辑》(*the Exeter Book*)，《韦切利合辑》(*the Vercelli Book*)《贝奥武甫》手抄稿和《凯德蒙》(*the Cadmon*) 手抄稿也不是用纯粹的西撒克森方言写成的。"①

而后维京人、丹麦人的入侵，为不列颠带来了斯堪的纳维亚方言。1066–1154 年以条顿语为基础的古英语逐渐被诺曼底法语取代，法国人和宗教人士拒绝使用本土的英语，英语既已被视为野蛮的语言。同时，英语的拉丁化依然在持续进行着。T. R. 伦斯伯里《英语史》写道："在诺曼底征服之后，英语作为书面语事实上并没有被终止，它仅仅是不再作为典雅的标准语言。……然而，法语则持续几个世纪在社会上层作为高雅的交流语言；同时，法语和拉丁语是文学中普遍使用的语言……有足够充分的理由让人相信，直到 13 世纪末期，永久居留在英格兰的贵族的孩子，开始把英语作为其母语。"②B. 克罗格、A. 阿隆佐《英语简史》写道："在征服之后的很长时间里，英格兰出现了一个奇怪的现象，即两种语言并没有趋向融合，相邻的两个群体说着各自的语言。两种语言没有向彼此屈服，两个群体也没有学习彼此的语言。……臣属的人们出现了普遍而巨大的衰落，他们极少创造文学，沉没到漠然的境地。他们的语言不再得到教育的精心培育。(盎格鲁–撒克森) 语言的规范日渐趋于遗忘。……大量的

① Samuel Moore, Thomas A. Knott. *The Elements of Old English Elementary Grammar and Reference Grammar* , Eugene: Wipf & Stock, 2007: 1.

② Thomas Raynesford Lounsbury. *History of the English language*, New York: Henry Holt and company, 1924: 54–56.

语汇，受崇敬的学术化的种种被人忽略，被湮没。那些保留在社会生活环境中的词语，例如，我们称为语法的曲折变化、属格、人称、数量、时态等几乎完全消失殆尽。”① 诺曼底征服在不列颠确立了骑士制度和封建文明，J. M. D. 梅克约翰《英语简史》写道：“诺曼底法语的词语主要是多个类型的语汇，它们是与战争、封建制度、捕猎相关的语汇。还有一些新的法律术语，与国家相关的语汇，以及诺曼底人引入的新体制的术语。也有一些诺曼底教会人士带来的新词。还引入了英格兰未知的阶衔语汇，诺曼底人还为此带来了更好的烹调、更高级的社会生活中家庭时尚的词语，如此之类的前所未闻的新词等。”②

英法百年战争和普遍流行的黑死病对英格兰既已熟悉的法语带来了毁灭性的打击。J. H. 费歇《标准化英语的出现》认为，中世纪英语发端于亨利五世时期，法庭记录人员、（教会）学者和作家促进了它的发展。书面英语（written English）在 16 世纪有较大的提高，也更加趋于标准化。在伊丽莎白时期，藉教育而施用的典雅英语（cultivated English）的创作者们，我们没有莎士比亚、沃顿（Izaak Walton）受过正规教育的记载。别的 16 世纪作家，例如，萨里伯爵亨利・霍华德、托马斯・华亚特、本・琼生、约翰・韦伯斯特、托马斯・莫尔、培根、约翰・李黎、锡德尼等则都受过良好的教育。③ 比较之前的任何时代，文艺复兴时期的英语更丰富也更加易变，印刷技术提供了大量的不同的书写文献可供创作者们学习利用。英语因此开启了标准化的过程，同时也保持了极其繁多的地域性或者社会的语言变体（varieties）。莎士比亚的英语已经是成熟期的英语。N. F. 布莱克《莎士比亚语言导论》写道：“在莎士比亚戏剧中，他可

---

① Brainerd Kellogg and Alonzo Reed. *The English Language A Brief History of Its Grammatical Changes and Its Vocabulary*, New York: Maynard, Merrill, 1893: 17.

② John Miller Dow Meiklejohn. *The English Language Its Grammar, History, and Literature*, New York: Macmillan, 1890: 216.

③ John H. Fisher. *The emergence of standard English*, Lexington: University Press of Kentucky, 1996: 10–11.

以使用的只是他那个时代的英语相当有限的语言学语用范围，因而很难从剧中的人物的某一对话确认其身份，因为他剧作中的人物极少有明显区别于别的人物的显著特征。……这些不同是较微妙的，不易显现出词语和方言的特征，而在剧场里它们是极易被忽略的。"①E. A. 艾伯特《莎士比亚语法》写道："应该记得，伊丽莎白时期对于英语史来说是一个过渡时期。一方面，出现了大量的新发现与新思想。相应地，需创造一些新的词汇，特别是一些表达抽象观念的词语。另一方面，古典研究的复兴，以及来自希腊语和拉丁语的译作之广受欢迎，都表明拉丁语和希腊语词汇（尤其拉丁语）是极便利的、极有可塑性的语料。像是一大批便于制造的硬币，只需要加上一点民族的印记，就可以广泛流通，它们对现有英语作出了有益的拓展。而且，漫长且发展成熟的的古典时期，古典语言受到了伊丽莎白时期的作家的高度推崇。人们试图将英语纳入拉丁语的表达方式的机制中，因此英语的建设性力量几乎难以承受。"②

二、前三个四开本到第一对折本的词语拼写的变革

首先谈谈 1594、1595、1619 年前三个四开本到 1623 年第一对折本的词语拼写的变革。1623 年第一对折本《亨利六世　第二部》是一个精心校改过的新版本，其中偶尔也会出现印刷错误，例如，has 误印为 ha's，you art 误印为 y^{u} art。

1619 年第 3 四开本与 1623 年第一对折本纠正了前 2 个四开本中的一些拼写错误，drempt 误印更改为 dream'd，graffle 误印更改为 grapple，Ladaies 误印更改为 Ladies，onr 误印更改为 our，Standbags 误印更改为 Sandbags，Koger 误

① Norman Francis Blake, *Shakespeare's Language: An Introduction*, London: Macmillan Press, 1983: 28.

② E. A. Abbott. *Shakespearian Grammar: An Attempt to Illustrate Some of the Differences Between Elizabethan and Modern English; For the Use of Schools*, London: Macmillan, 1870: 7–8.

印更改为 Roger，doate 误印更改为 do't，shoulst 误印更改为 shouldst，hansome 误印更改为 handsome，scrike 误印更改为 scritch，oth 误印更改为 ore the，Pollices 误印更改为 Pollicies，Koger 误印更改为 Roger。

1623 年第一对折本出现了较多的正字法的修订。在 1594, 1595, 1619 年前三个四开本到 1623 年第一对折本，betwixt, Englāds, Frāce, whē 等中世纪英语的残余形式已经消失不用，但保留了 thē（them）与 frō（from）的使用。Her words yclad with wisedomes Maiesty, 其中 yclad（着装、穿着）是一个 14 世纪出现的典雅词语，最早见于 1320 年《特利斯顿爵士》（*Sir Tristrem; mit Einleitung, Anmerkungen und Glossar*），写作 Mark y clad in palle. 该词另见于 1386 年乔叟《坎特伯雷故事集》之“磨坊主的故事”（Geoffrey Chaucer, “The Miller's Tale” in *The Canterbury Tales*），写作 Yclad/y-cladde，乔叟的诗歌残片《玫瑰传奇》（*The Romaunt of the Rose from the unique Glasgow*, 1366）中写作 ycledde，yclad 在 16 世纪作为陈旧词语，逐渐弃用。Let it come yfaith, 其中 yfaith（可信赖的）是一个 16 世纪新出的词语，最早见于 1530 年道德剧《巧智与学识》（John Redford, *The moral play of Wit and Science*），写作 ifayth，可能是托马斯·莫尔《理查德三世》（Thomas More, *The History of King Richard III*, 1513）中 In faith 省略的合写形式，该词另见于《逐猎谣曲》（*The Ballad of Chevy Chase*），和 1596 年佚名戏剧《托马斯·莫尔爵士》（*Sir Thomas More*）中。

现代早期英语远未确立其正字法（orthography）的规则，在词语拼写上缺乏普遍遵守的一致性。基于语音近似的传统法则，现代英语的拼写往往可见读音近似的元音（丛）或者辅音（丛）的替换现象。

（一）首先谈谈元音字母在词语拼写上混乱而复杂的诸多现象

（1）词尾默音 e 是常见的拼写现象，此剧包含词尾默音 e 变化 117 个词语，大部分词语的拼写形式还未统一，同一词词尾带有默音 e 与不带有默音 e 的情况并存。从 1594, 1595, 1619 年前三个四开本到 1623 年第一对折本中，词语拼写保留词尾默音 e 与省略词尾默音并存互见，共有 27 个词语，占比 23.1%。例如，acte/act, answere/answer, foot/foote, breath/breathe, combate/Combat, Crowned/crownd, do/doe, down/downe, farwell/farewell, go/goe, Locks/locke, mee/me, plaine/plain, Poste/Post, Queene/Queen, seate/seat, solemn/solemne, speake/speak, streete/streets, Suffolke/Suffolk, sweet/sweete, think/thinke, troups/Troupe, Warwicke/Warwick, We/Wee, words/wordes, Yorke/York。此外，在 1623 年第一对折本中，词语拼写保留词尾默音 e 与省略词尾默音并存互见，共有 11 个词语，占比 9.4%。例如，be/bee, borne/born（1619, 1623）, finde/finds, follow/followes, Hinds/Hindes, kneel/kneele（1619, 1623）, load/loade, reade/read（1619, 1623）, she/Shee（1619, 1623）, Wind/Winde（1594, 1623）, yeeld/yeelde（1619, 1623）, 1623 年第一对折本与 1619 年第三个四开本在词语拼写上更为近似。

从 1594、1595、1619 年前三个四开本到 1623 年第一对折本中，38 个词语词尾带有默音 e，占比 32.5%。例如，again/againe（1594）写作 againe，blinde/blind 写作 blinde，book/booke 写作 Booke，breed（1594）写作 breede，bricke/brick 写作 bricke，brook/brooke 写作 brooke，Captaine/Captain 写作 Captaine，churl/Churle 写作 Churle，containd（1619）写作 containe，Dicke/Dick 写作 Dicke，don/done（1594）写作 done，far/farre 写作 farre/fare，four/foure 写作 foure，gowne/gown 写作 Gowne，half（1594）写作 halfe，indeed/indeede 写作 indeede，keep/keepe 写作 keepe，Lamb/Lambe 写作 Lambe，load（1619）写作 load/loade，loe/looke（1619）写作 looke，Madam/Madame 写作 Madame，mean/meane 写作 meane，meat/meate 写作 meate，own/owne 写作 owne，plead/pleade 写作 pleade，speed/speede 写作 speede，steal/steale 写作 steale，stinks（1594）写作 stinkes，talke/talks 写作 talke，thank/thanke 写作 thanke，villain/villaine 写作 villaine，wear/weare 写作 weare，where/wher（1619）写作 where。其中，coate 写作 coate，immediately 写作 immediately， ransome 写作 ransome，scarse 写作 scarse，seene 写作 seene，5 个词语在 4 个早期版本中是一致的。

从 1594、1595、1619 年前三个四开本到 1623 年第一对折本中，有 30 个词语词尾去掉了默音 e，占比 25.6%。1619 年比较 1594, 1595 年四开本更常见保留词尾默音 e，因而 1623 年词尾不带有默音 e 的词语部分同于 1594, 1595 年四开本。例如，band/bandes 写 Band，bind（1619）写作 binds，boundes/bounds（1594）写作 bound，cloudes（1594）写作 clouds，deceite（1619）写作 deceit，Diademe（1594）写作 Diadem，end/ende（1594）写作 end，field/fielde 写作 field，fights/fightes（1619）写作 fight，Foxe/Fox（1619）写作 Fox，Frenche/French（1594）写作 French，grounde/ground（1594）写作 ground，hote（1594）写作 hot，intreate（1619）写作 intreat，laid/laide 写作 laid，landes 写作 Lands，lockes（1619）写作 lockt，Lord/Lorde（1594）写作 Lord，old/olde 写作 old，panges（1594）写作 pangs，puttockes（1619）写作 Puttocks，rightes/rights（1594）写作 rights，said/saide 写作 said，smooth/smoothe 写作 smooth，spirit/spirite 写作 spirit，staide（1619）写作 staid，stirrope（1594）写作 stirrop，told/tolde（1619）写作 told，whipt/whipte（1619）写作 whipt，vvorldes（1594）写作 worlds。其示例图表如下：

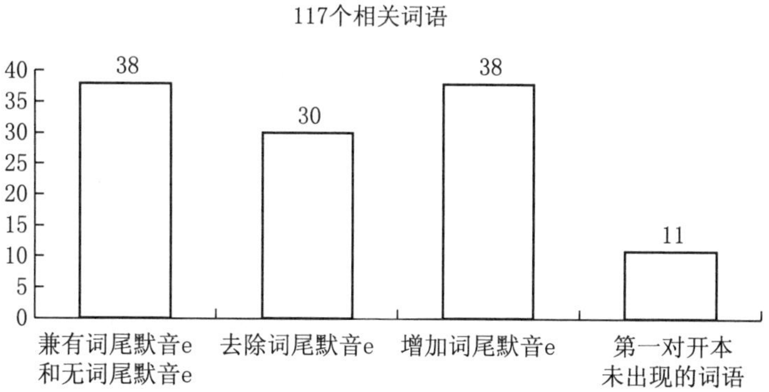

（2）元音字母 i, e, ie 在拼写中的替换。从 1594、1595、1619 年前三个四开本到 1623 年第一对折本，词语拼写中 i, e 的替换并存互见。此剧中出现拼写中 i, e 替换的共计 22 个词语，一些词语的拼写形式还未统一，同一词语拼写中 i, e 的替换并存。在 1623 年第一对折本中，i, e 的替换明显减少，有 3 个词语拼写中 i, e 的替换并存，占比 13.6%。例如，bene/beene/bin, griefe/greefe, entreat/intreat。

从 1594、1595、1619 年前三个四开本到 1623 年第一对折本，8 个词语的拼写是一致的，占比 31.8%。例如，Bullingbrooke, hither, intend, Manet, Neuils, omnes, Sir/Sirrha, Territories。

1623 年第一对折本中大多与 1619 年第三四开本相同，有 9 个词语，占比 40.9%。例如，allegation, despight, irreuocable, Exit, enough, Mortimer, Owen, peece, together。其示例图表如下：

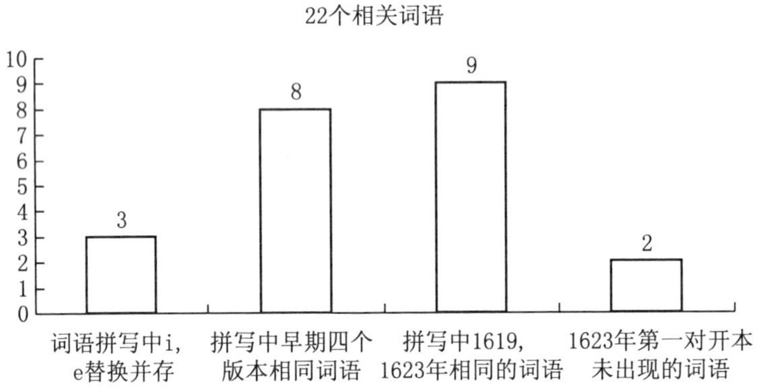

（3）元音字母 i, y 在拼写中的替换，常见为“辅音字母 +y”“元音字母 +y”（例如，ay, ey, oy），away, betray, daintiest, day, die, faile, lie, Maister, ride, say, stay, trie, triumph, way, worthy 在 1594、1595、1619、1623 年中已经是一致的拼写。较多的词语的拼写形式还未统一，一些词语的拼写同时包含 i, y 的替换形式。从 1594、1595、1619 年前三个四开本到 1623 年第一对折本，共有 73 个

词语出现了元音字母 i/ie, y 替换，或者同一词语的拼写兼有 i/ie, y 字母替换。

在 1623 年第一对折本中，元音字母 i/ie, y 在拼写中的替换比较 1619 年第三四开本有明显的增多，大多数词语的拼写是以 y 替换 i/ie，少数词语的拼写是以 i/ie 替换 y。29 个词语的拼写兼有互见 i/ie, y 字母替换，占比 36.98%。例如，aire/ayre, already/already, betray/betraid, bloody/bloodie, body/bodie, City/Citie, day/daies, die/dye, dignitie/Dignity, faile/fayle, guiltie/guilty, happy/happiest, haughtie/haughty, Henry/Henrie, Ladies/Lady, Liberty/libertie, Maiestie/Maiesty, maid/Mayden, mightie/mighty, pitty/pittie, prie/pry, safetie/safety, spoyle/spoile, staid/stay'd, Studie/study, trie/try, twenty/twentie, voice/voyce, worthy/worthie 出现元音字母 i/ie, y 在拼写中的替换形式。

从 1594、1595、1619 年前三个四开本到 1623 年第一对折本，19 个词语的拼写出现元 y 替换音 i, ie，占比 24.7%。从 1594 年第一四开本到 1623 年第一对折本，有 15 个词语的拼写中表现为元音 y 替换 i/ie，ashie（1594）写作 ashy，aide 写作 ayd，flye/flies 写作 flye/fly，giddie（1594）写作 giddy，laie（1594）写作 Lay，laier（1594）写作 layer，liuerie（1594）写作 Liuery，paie（1594）写作 pay，penie（1594）写作 peny，plaide（1594）写作 play，poison/poyson 写作 poyson，readie（1594）写作 ready，say/saies 写作 say/sayes，spie（1594）写作 spy，way/waies 写作 way。从 1619 年第三四开本到 1623 年第一对折本，仅有 4 个词语的拼写中表现为元音 y 替换 i/ie，alwayes/alwaies（1619）写作 alwayes，away/awaites（1619）写作 away，either/eyther（1619）写作 eyther，lie/lyes（1619）写作 lye/lyes。

从 1594、1595、1619 年前三个四开本到 1623 年第一对折本，在拼写中元音字母 i/ie 替换 y 明显的减少，16 个词语的拼写中表现为元音 i, ie 替换 y，占比 19.2%。从 1594 年第一四开本到 1623 年第一对折本，有 8 个词语的拼写中表现为元音 i/ie 替换 y，Beuys（1594）写作 Beuis，hys（1594）写作 hisse，Lyonels（1594）写作 Lionels，pryze/prize（1594）写作 prize，ride/ryding（1594）写作 ride，sandie/sandy 写作 sandie，Smythfield（1594）写作 Smithfield，tryumph/triumphs（1594）写作 triumph。从 1619 年第三四开本到 1623 年第一对折本，有 8 个词语的拼写中表现为元音 i, ie 替换 y，bastardy（1619）写作 Bastardie，Charity（1619）写作 Charitie，empty（1619）写作 emptie，maister/Mayster（1619）写作 Maister，Normandy/Normandie（1619）写作 Normandie，priuy（1619）写作 priuie，testifye（1619）写作 testifie，Tragedy（1619）写作 Tragedie。其示例图表如下：

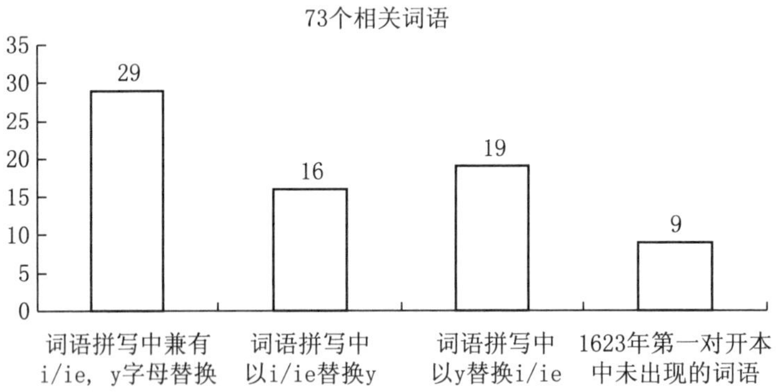

（4）e, a, ea, ee, ai, ei, ia, ie 在拼写中的替换。从 1594, 1595, 1619 年前三个四开本到 1623 年第一对折本，词语拼写中 e, a, ea, ee 的替换并存互见。该剧中出现拼写中 e, a, ea, ee 替换的共计 25 个词语，一些词语的拼写形式还未统一。在 1623 年第一对折本中，7 个词语拼写中 e, a, ea, ee 的替换兼有并存，占比 28%。例如，beene/been/bene/bin, deare/deere, griefe/greefe, heart/hart, here/here/heare, nere/neere, reigne/raigne。

1623 年第一对折本中大多与 1619 年第三四开本相同，有 18 个词语拼写一致，占比 40.9%。例如，Basiliske, Ceres, Cedar, heeles, Iet, Nest, reigne, repeale, shed。其中，在 1594, 1595, 1619, 1623 年早期版本中拼写一致的有 9 个词语，bene, betweene, cleare, head, Leuie, meant, sodainly, Territories, where。其示例图表

如下：

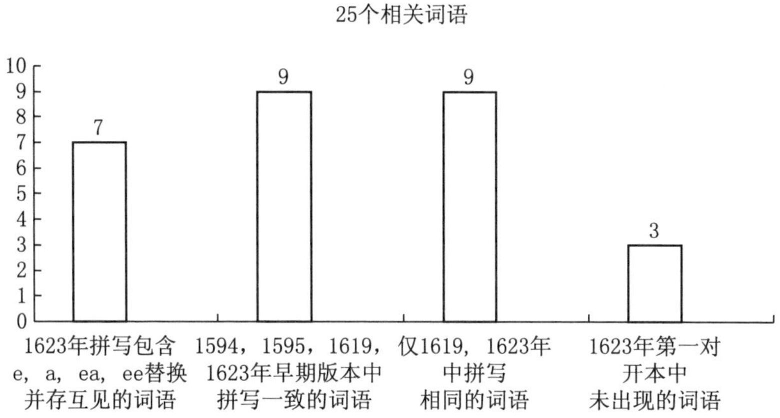

（5）元音字母 o, u, oa, oo, ou, ow 在拼写中的替换。从 1594, 1595, 1619 年前三个四开本到 1623 年第一对折本，词语拼写中 o, u, oa, oo, ou, ow 的替换并存互见。此剧中出现拼写中 o, u, oa, oo, ou, ow 替换的共计 34 个词语，一些词语的拼写形式还未统一。在 1623 年第一对折本中，4 个词语拼写中 oo/ou, or/our 的替换兼有并存，占比 11.8%。例如，bloody/bloudy, flourish/Florish, honor/honour, Neighbor/Neighbour。6 个词语包含 o, u, oo, ou 在拼写中的替换，占比 17.6%。例如，Cousin/Cosin, Edmond/Edmund, lose/loose, Souldier/Soldier, would'st/Wold'st, young/yong。其中，在 1594, 1595, 1619, 1623 年早期版本中拼写一致的有 18 个词语，占比 52.9%。例如，bloodie, brought, Cloakes, Cousin, chuse, Edmund, Florish, forth, honor/honour, humor, moue, Neighbor/Neighbour, Souldier/Souldiers, tongue, Troupe, Trumpet, would, worth。

1623 年第一对折本与 1619 年第三四开本在拼写中的 o, u, oa, oo, ou, ow 替换上有 14 个词语相同，占比 40.9%。例如，afford（1594）写作 affoords，Armourers/Armorers（1619）写作 Armorer，brought/broght（1619）写作 brought，cloakes/clokes（1619）写作 Cloake，Comberland/Cumberland（1619）写作 Cumberland，controwler（1594）写作 Controller，foorth/forth（1594）写作 forth， footclooth（1619）写作 foot-cloth，Glendor（1594）写作 Glendour，Iordaine/Iourdaine（1619）写作 Iordane/Iordan，moue/mooue（1619）写作 moue，Poull/Pole 写作 Pole，toong/tongue（1619）写作 tongue，worth/vvoorth（1594）写作 worth。其示例图表如下：

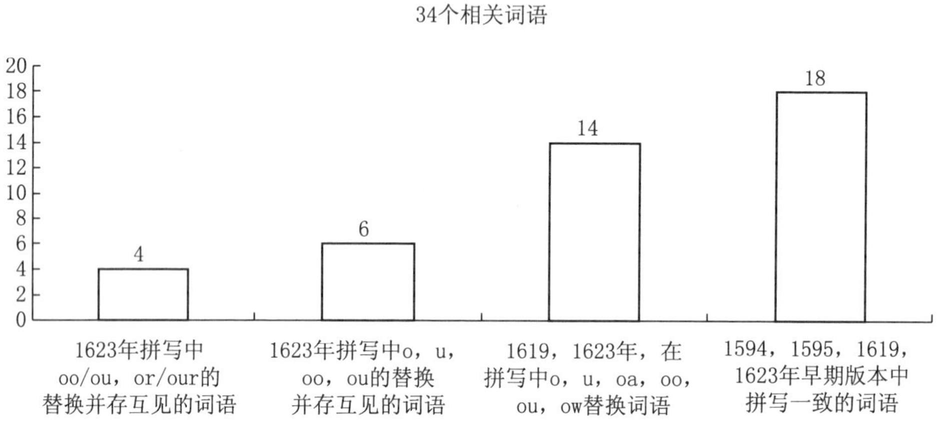

（6）元音字母 er/ar, or/er, ur/or 等在拼写中的替换。从 1594，1595，1619 年前三个四开本到 1623 年第一对折本，词语拼写中 er/ar, or/er, ur/or 的替换并存互见。此剧中出现拼写中 er/ar, or/er, ur/or 替换的共计 13 个词语，一些词语的拼写形式还未统一。在 1623 年第一对折本中，仅 Traitor/traiterously 一词在拼写中有 or, er 的替换兼有并存，占比 7.7%。其中，在 1594，1595，1619，1623 年早期版本中拼写一致的有 2 个词语，占比 15.4%。例如，sore/soare, standard。此外，在 1619 年第三个四开本与 1623 年第一对折本中，词语拼写中 er/ar, or/er, ur/or 的替换明显减少，拼写一致的有 7 个词语，占比 53.8%。例如，Ceres 写作 Ceres，Choller 写作 Choller，erst 写作 erst，Grammar 写作 Grammar，Standard 写作 Standard，torturd 写作 tortur'd，wert 写作 wert。1623 年第一对折本与 1594 年第一四开本拼写一致的有 2 个词语，占比 15.4%。例如，offendors 写作 Offendor，venture 写作 venture。在 1623 年第一对折本中，词语中 wer 的

拼写常改写为 wre，例如，cowr'd, flowring, powres/powers, scowred/scowring, showres, sowre, towre/Tower。其示例图表如下：

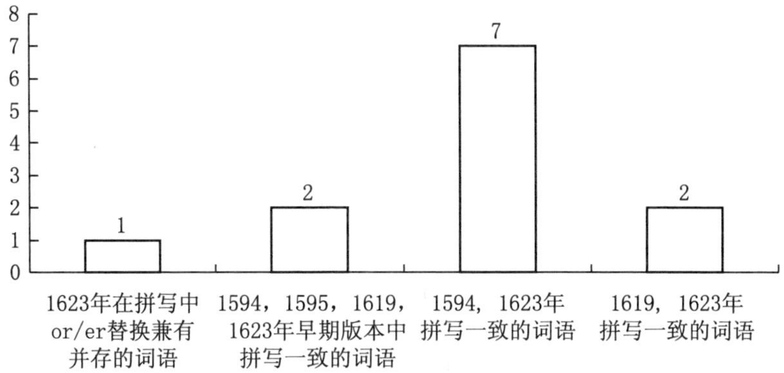

（7）别的发音近似的组合元音 / 音丛替换。从 1594、1595、1619 年前三个四开本到 1623 年第一对折本，词语拼写中发音近似的组合元音 / 音丛替换并存互见。此剧中出现发音近似的组合元音 / 音丛替换的词语共计 25 个，一些词语的拼写形式还未统一，而且组合元音 / 音丛替换明显减少。在 1623 年第一对折本中，有 2 个词语拼写中组合元音 / 音丛的替换并存互见，占比 8%。例如，groane/grone, sore/soare。affeard/affraid, forfeit/forfet, sinowes/sinewes 三组词语未出现在 1623 年第一对折本中。

在 1594、1595、1619、1623 年早期版本中，拼写一致的有 7 个词语，占比 28%。例如，France 写作 France，ghost 写作 Ghost，mightst 写作 might'st，ransome 写作 ransome，shew 写作 shew，Throne 写作 Throne，weapon 写作 weapon。此外，在 1623 年第一对折本与 1619 年第三个四开本中，词语拼写一致的有 10 个词语，占比 40%。例如，battaile/battell 写作 battell，Beshrew 写作 Beshrew，demand 写作 demand，fruite 写作 Fruit，leaper 写作 Leaper，nought/naught 写作 naught，oath/ore 写作 oath，Parlament/Parliament 写作

Parliament，Ruffian 写作 Ruffian，slander 写作 slander。在 1623 年第一对折本与 1594 年第一四开本中，词语拼写一致的有 3 个词语，占比 12%。例如，approach 写作 approach，groanes 写作 groanes，soare 写作 soare。其示例图表如下：

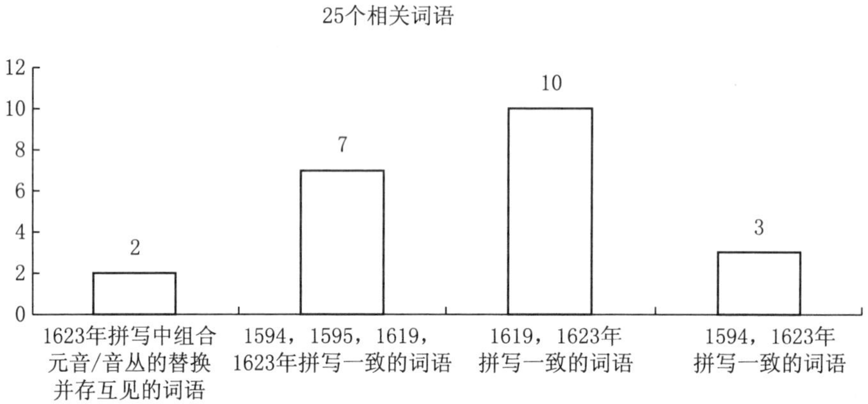

（二）其次谈谈辅音字母在词语拼写上的现象

（1）从 1594、1595、1619 年前三个四开本到 1623 年第一对折本，辅音字母的双写依然是十分普遍的词语拼写现象。此剧中包含辅音字母双写的词语共计 47 个，其拼写形式还未统一。在 1623 年第一对折本中，16 个词语拼写中辅音字母的双写并存互见，占比 29.8%。例如，diuels/diuelles, Drum/Drumme, far/farre, happinesse/happiness, Highnesse/Highnes peny/penny, Plum/Plummes, Rebels/Rebells, run/runne, shal/shall, son/sonne, till/til, vpon/vppon, well/wel, will/wil, win/winne。

在 1594、1595、1619、1623 年早期版本中，拼写一致的有 25 个词语，占比 53.2%。例如，Alas 写作 Alas，all 写作 all，arrest 写作 arrest，call 写作 call，chop 写作 chop，come/comming 写作 come/comming，farewell 写作 Farewell，Generall 写作 Generall，penance 写作 Penance，penny 写作 penny，rebel/rebell 写作 Rebel/Rebell，run/runne 写作 run/runne，shall/shal 写作 shall/shal，shadow

写作 Shadow，Somerset 写作 Somerset，sonne 写作 sonne，tell 写作 tell，till 写作 till，vp 写 作 vp，vpon 写 作 vpon，visage 写 作 Visage，well/wel 写 作 well/wel，will/wil 写作 will/wil，win 写作 win，wonne 写作 wonne。

在 1623 年第一对折本与 1619 年第三个四开本中，词语拼写一致的有 11 个词语，占比 23.4%。其中，7 个词语表现为辅音字母的双写，Bandetto 写作 Bandetto，Dutchesse 写 作 Dutchesse，furr'd 写 作 furr'd，happinesse/happines，little 写 作 little，noddst 写 作 nodde，plummes 写 作 Plummes，stirre 写 作 stirre。其中，3 个词语失去了辅音字母双写，copies 写作 Copies，fertile 写作 fertile，span 写作 Span。

在 1623 年第一对折本与 1594 年第一四开本中，词语拼写一致的有 5 个词语，占比 10.6%。例如，billes 写作 billes，chop 写作 chop，dugge 写作 dugge，punishment 写作 punishment，whet 写作 whet。其示例图表如下：

此外，双写的辅音字母，后缀 nesse 的拼写在 1623 年第一对折本中大多数情况是一致，也有写作 nes。例如，Darknesse, Fulnesse, greatnesse, happinesse/happines, Highnesse/Highnes, Holinesse, leannesse, plainnesse, thankfulnesse。

后缀 lesse 在 1623 年第一对折本中已经是一致的拼写。例如，bloodlesse, breathlesse, Causelesse, crimelesse, faultlesse, gracelesse, guiltlesse, haplesse, Harmelesse, headlesse, liuelesse, mercilesse, remorselesse, ruthlesse, senselesse, spotlesse, timelesse, worthlesse。

除开 Fulnesse, thankfulnesse 中的 ful，后缀 full 在 1623 年第一对折本中大多数情况是一致的拼写。例如，cheerefull, full, peacefull, rightfull, shamefull, spightfull。

后缀 ship 在 1623 年第一对折本中大多数情况是一致的拼写，一般取消辅音字母 p 双写。例如，Lordship/Lordshippe, Towneship, Courtship, Regent-ship, Ladyship, Protectorship。

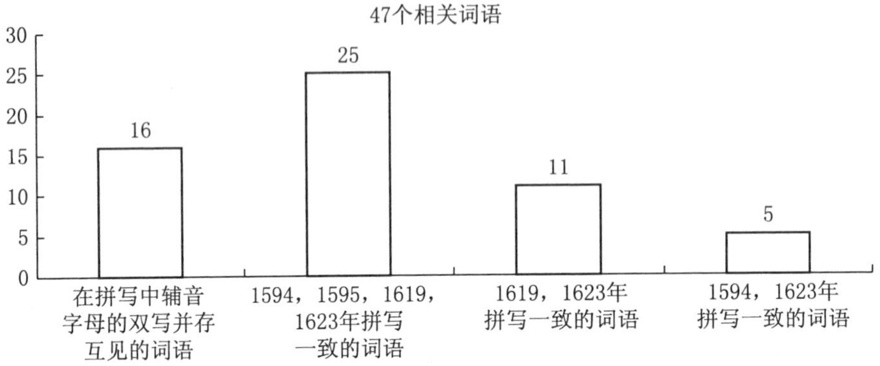

（2）辅音字母 c, k, ck 在发音为［k］时的拼写替换，发音为［k］一般拼写为 ck。从 1594，1595，1619 年前三个四开本到 1623 年第一对折本，7 个词语包含 c, k 在拼写中的替换，Scales（1623）在前三个四开本的拼写不同。在 1623 年第一对折本中，仅 Vnckle/Vnkle/Vncle 一词包含 c, k, ck 在拼写中的替换。在 1623 年第一对折本与 1619 年第三个四开本中，rancorous 一词的拼写是一致的，另有 publike, publique 的拼写替换，Dutchesse, Duchesse 和 scritch-owles, Screech-owles 中 tch/ch 的辅音丛替换。其示例图表如下：

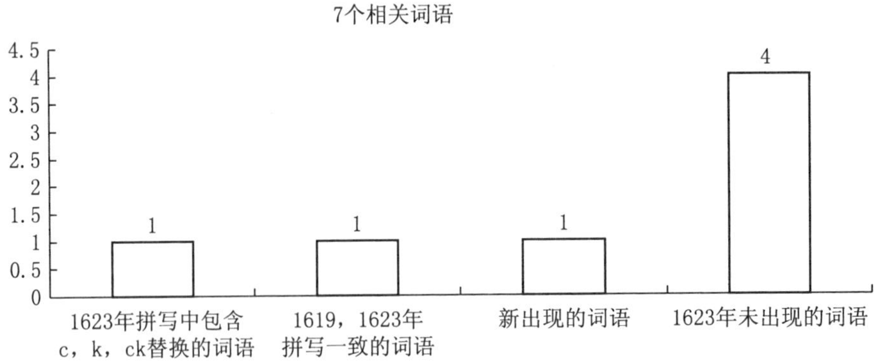

（3）辅音字母 c, s, z 在发音为［s］［z］时的拼写替换。从 1594、1595、1619 年前三个四开本到 1623 年第一对折本，19 个词语包含 c, s, z 在拼写中的替换。其中，cease, suffice, surprisde/surprisd/surpris’d, thrice 等 4 个词语在早期版本中的拼写是一致的。在 1623 年第一对折本中，2 个词语在拼写中辅

音字母 c, s, z 的替换并存互见，占比 10.5%。例如，aduice/aduised, surpris'd/surpriz'd。

在 1623 年第一对折本与 1619 年第三个四开本中，词语拼写一致的有 10 个词语，占比 52.6%。例如，aduanc'd 写作 Aduance，complices 写作 Complices，Iustices 写作 Iustices，laces 写作 Laces，license 写作 License，prentice/prentises 写作 Prentice，processions 写作 Procession，Cypresse 写作 Cypresse，succeed 写作 Succeed，twice 写作 twice。在 1623 年第一对折本与 1594 年第一四开本中，词语拼写一致的，仅有 sounds 写作 sound 一词，占比 5.3%。其示例图表如下：

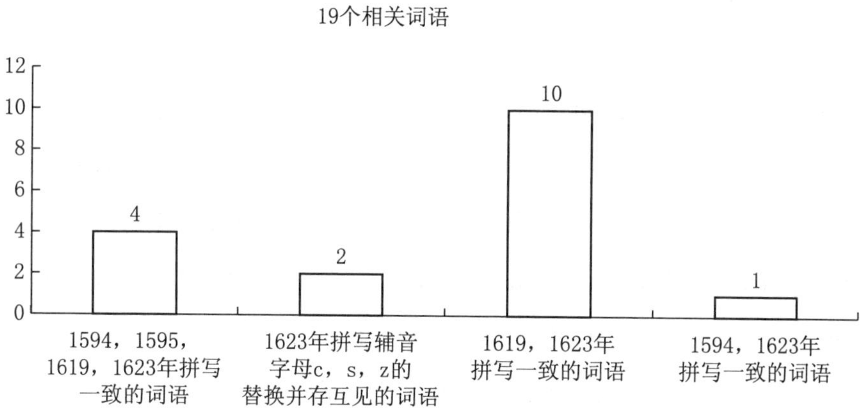

（4）部分发近似音的辅音字母出现的拼写替换。从 1594、1595、1619 年前三个四开本到 1623 年第一对折本，辅音字母 g, y, j 在发音为［ʒ］时的拼写替换，辅音字母 c, t 在发音为［ʃ］时的拼写替换，辅音字母 ph, f 在发音为［f］时的拼写替换，辅音字母 g 在发音为［g］时的拼写为 gu，以及辅音字母 t, d 的拼写替换。在 1623 年第一对折本中，仅 Humphrey/Humfrey 一词包含辅音字母 ph, f 的拼写替换。Maior, gracious, tongue 等 3 个词语在早期版本中的拼写是一致的，占比 33.3%。

在 1623 年第一对折本与 1619 年第三个四开本中，词语拼写一致的有 2 个词语，占比 22.2%。例如，Humfrey 写作 Humfrey，wolues 写作 Wolues，guard

写作 guard，占比 22.2%。其示例图表如下：

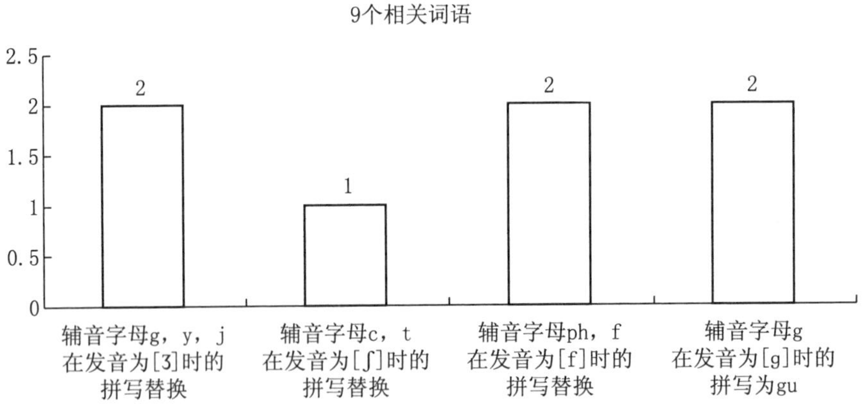

（5）拼写中包含不发音的辅音 b, s 的词语共有 4 个，和（6）别的辅音近似发音的替换。从 1594、1595、1619 年前三个四开本到 1623 年第一对折本，仅 Ile 一词的拼写是一致的。在 1623 年第一对折本与 1619 年第三个四开本中，词语拼写一致的有 6 个词语，占比 75%。例如，climb 写作 climbe，limbes 写作 Limbe，Isle 写作 Isle，Island 写作 Island，Dutchesse 写作 Dutchesse，wandering 写作 wandering。在 1623 年第一对折本与 1594 年第一四开本中，词语拼写一致的有 1 个词语，占比 12.5%。例如，clime 写作 Clime。其示例图表如下：

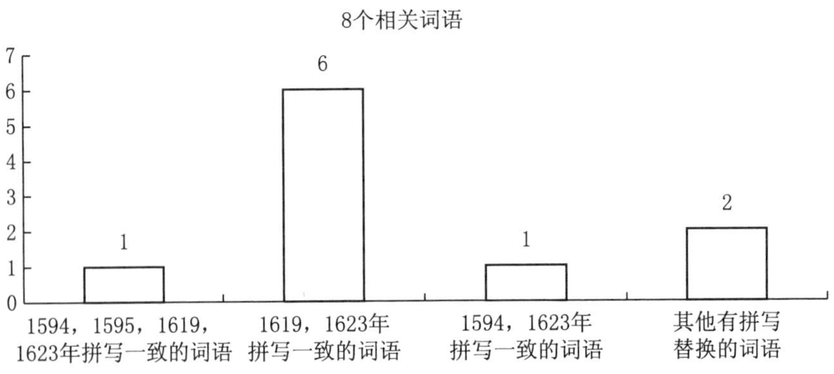

（三）接着谈谈词语拼写的大小写、分写连写现象，和词语内的省略间隔符号

（1）句首词语和名词首字母的大写现象，从 1594、1595、1619 年前三个四开本到 1623 年第一对折本中，句首 / 诗行首个词语和名词首字母的大写依然是十分普遍的词语拼写现象，少数形容词、副词也出现了首字母的大写现象，其拼写形式还未统一，共计 116 个词语。beares/Beare, But/but 等 2 个词语在 1594，1595、1619、1623 年早期版本中并存互见，占比 1.7%。此外，King, Miracle 在 1594、1595、1619、1623 年早期版本中的拼写是一致的。

在 1623 年第一对折本中，25 个词语在首字母拼写上的大小写并存互见，占比 21.6%。例如，Arme/arme, barkes/Barke, Beare/beare, billes/Bill, brickes/Bricke, brother/Brother, butcher/Butcher, crownd/Crown'd, cut/Cut, father/Father, giue/Giue, Good/good, Grace/grace, Knight/knight, Loue/loue, night/Night, now/Now, Peace/peace, Red/red, Sir/sir, souldiers/Souldier, state/State, Treasons/treasons, Villaine/villaine, vnder/Vnder。

在 1623 年第一对折本与 1619 年第三个四开本中，词语拼写一致的有 79 个词语，占比 68.1%。其中，首字母大写的词语共有 68 个，例如，And 写作 And，Axe 写作 Axe，Bandetto 写作 Bandetto，Barke 写作 Barke，Bees 写作 Bees，Bils 写作 Bill，Brethren 写作 Brethren，Brother 写作 Brother，butcher 写作 butcher，Complaint 写作 Complaint，Corne 写作 Corn/Corne，Coniurer 写作 Coniurer，Country 写作 Country，Crimson 写作 Crimson，Crab-tree 写作 Crab-tree，Curtaines 写作 Curtaine，Cut 写作 Cut，Cypresse 写作 Cypresse，Doublet 写作 Doublet，Fathers 写作 Fathers，Flaxe 写作 Flax，Garret 写作 Garret，Generall 写作 Generall，Gentlemen 写作 Gentleman，Good 写作 Good，Gold 写作 Gold，Gowne 写作 Gowne，Grace 写作 Grace，Grammar 写作 Grammar，Hawking 写作 Hawking，Highnes 写作 Highnes，Kernes 写作 Kernes，Knight 写作 Knight，Kyte 写作 Kyte，Lake 写

作 Lake，Lambe 写作 Lambe，Land 写作 Land，Letters 写作 Letters，Lightens 写作 Lightens，Liege 写作 Liege，Loue 写作 Loue，Maiesty 写作 Maiesty，Merchant-like 写作 Merchant-like，Mistresse 写作 Mistresse，Mountaine 写作 Mountaine，My 写作 My，Neighbour 写作 Neighbor/Neighbour，night 写作 Night，Noble 写作 Noble，Now 写作 Now，Papers 写作 Paper-Mill，Partridge 写作 Partridge，Peace 写作 Peace，Pitch 写作 Pitch，Protector 写作 Protector，Queene 写作 Queene，Realme 写作 Realme，Red 写作 Red，Saint 写作 Saint，Sir 写作 Sir，Soueraigne 写作 Soueraigne，State 写作 State，Theefe 写作 Theefe，Townes 写作 Towne/Townes，Villaine 写作 Villaine，Vnkle 写作 Vnkle/Vnckle，Wife 写作 Wife，Womans 写作 Woman。其中，首字母小写的词语共有 11 个，例如，allegations 写作 allegation，armes 写作 armes，bricke 写作 brickes，crowne 写作 crownd，giue 写作 giue，hauing 写作 hauing，rampant 写作 rampant，treasons 写作 treasons，vnder 写作 vnder，what 写作 what，why 写作 why。

在 1623 年第一对折本与 1594 年第一四开本中，词语拼写一致的有 43 个词语，占比 12.5%。其中，首字母大写的词语共有 19 个，例如，Ambition 写作 Ambition，Ambassador 写作 Ambassadors，Bastardie 写作 Bastardie，Brick 写作 Bricke，Butcher 写作 Butcher，Cage 写作 Cage，Church 写作 Church，Crowne 写作 Crowne，Diademe 写作 Diadem，Drumme 写作 Drum/Drumme，Giue 写作 Giue，Hauing 写作 Hauing，Monuments 写作 Monuments，Night 写作 Night，Pillars 写作 Pillars，Rebell 写作 Rebell，Treasons 写作 Treasons，What 写作 What，Why 写作 Why。其中，首字母小写的词语共有 24 个，例如，barke 写作 barkes，billes 写作 billes，bona 写作 bona，brother 写作 brother，cut 写作 cut，deare 写作 deare，fathers 写作 father/Fore-fathers，gentle 写作 gentle，good 写作 good，grace 写作 grace，loue 写作 loue，my 写作 my，now 写作 now，peace 写作 peace，pillovv 写作 pillow，red 写作 red，seeke 写作 seeke/seek，sir 写作 sir，souldiers 写作 souldiers，state 写作

state，to 写作 to，villaine 写作 villaine，wife 写作 wife，womans 写作 woman。其示例图表如下：

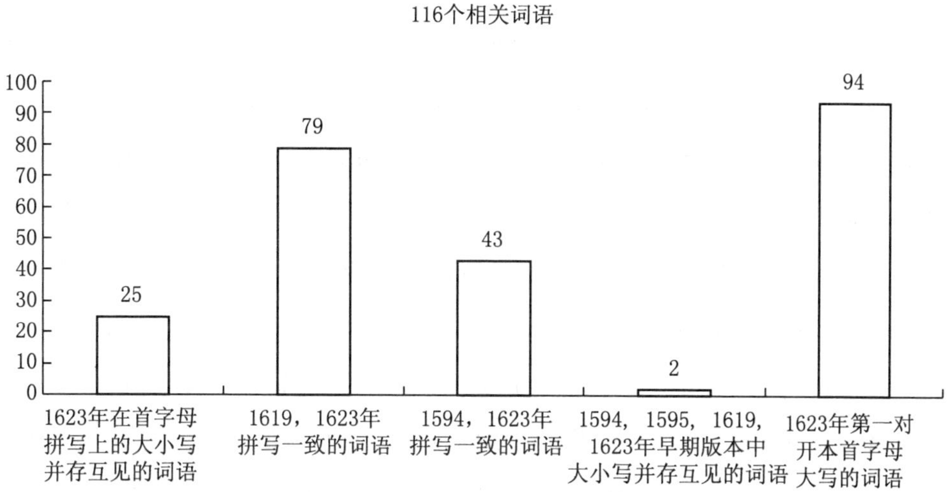

（2）从 1594、1595、1619 年前三个四开本到 1623 年第一对折本中，合成词的分写与连写是较常见的词语拼写现象，共计 142 个词语，其拼写形式还未统一。birthright/Birth-right, blood-sucker, Cheapeside/Cheape-side, common-wealth/Commonwealth, crabtree/Crab-tree, eye-bals/eye-balls, headstrong/head-strong, inckhorne/Inke-horne, sand-bagge/sandbag, scrike-oules/scritch-owles, threedbare/thred-bare 等 11 个连写词语在前 3 个四开本中并存互见，占比 7.7%。

在 1623 年第一对折本中，新增的连写的合成词共计 110 个，占比 77.5%。例如，Ale-house, Aue-Maries, Bare-headed, base-borne, Bee-hiues, begger-woman, Birth-right, Black-Prince, blood-bespotted, blood-consuming, blood-drinking, bloody-minded, Blunt-witted, Bond-men, braine-pan, braine-sick/brain-sicke, Brest-plate, Chaire-dayes, Chariot-Wheeles, Christian-like, Church-like, Coale-Black, Common-weale, counter-poys'd, Cradle-babe, Crest-falne, dead-mens,

Deaths-man, death-bed, Double-Beere, earnest-gaping-sight, false-heart, Fee-simple, fell-lurking, Fellow-Kings, Fish-streete, first-conceiued, Fleure-de-Luce, foot-cloth, French-woman, Gallow-glasses, Gentleman/Gentlemen, Good-fellow, halfe-fac'd, Handy-crafts, heart-blood, heart-offending, house-keeping, ill-nurter'd, leane-fac'd, Lime-twigs, mad-bred, mad-mans, Main-chance, Mother-bleeding, Mayden-head, meane-borne, Milke-white-Rose, new-made, Office-badge, pale-fac't, Peace-makers, penyworths, play-fellowes, point-blanke, Prim-rose, Ring-leader, shallow-rooted, selfe-loue, shag-hayr'd, sharpe-quill'd, silken-coated, Slaughter-house, Span-counter, Spring-time, teare-stayn'd, tender-feeling, timely-parted, three-fold, thrice-famed, Tilt-yard, Townes-men, two-hand, White-heart。其中，前缀 + 词根的合成词共有 5 个词语，例如，a-foot, a-tilt, a-while, dis-honored/dis-honour, dis-pursed。与副词构成的合成词或者合成了动词共有 20 个，例如，downe-right, farre-off, farre-fet, farre-vnworthie, fast-by, Fore-fathers, forth-coming/forth-comming, hence-forward, manhood, o're-grow, ore-seas, ore-weening, Out-cast, ouer-blowne, ouer-charged, ouer-gorg'd, ouer-weening, out-face, Priest-hood, Regent-ship, vnder-mine, where-as, with-held。

在 1623 年第一对折本与 1619 年第三个四开本中，词语拼写一致的有 10 个词语，占比 7%。例如，Aye me 写作 Aye me，be gone 写作 be gone，below 写作 below，Gentlemen 写作 Gentlemen，hard by 写作 hard by，London-bridge 写作 London-bridge，Merchant-like 写作 Merchant-like，out-liue 写作 out-liue，ouer-ripened 写作 ouer-ripen'd，straight way 写作 straight way。在 1623 年第一对折本与 1594 年第一四开本中，词语拼写一致的有 4 个词语，占比 2.8%。例如，Church-men 写作 Church-man，mee thinkes 写作 Me thinks/Me thinkes，paper-mill 写作 Paper-Mill，plum-tree 写作 Plum-tree。其示例图表如下：

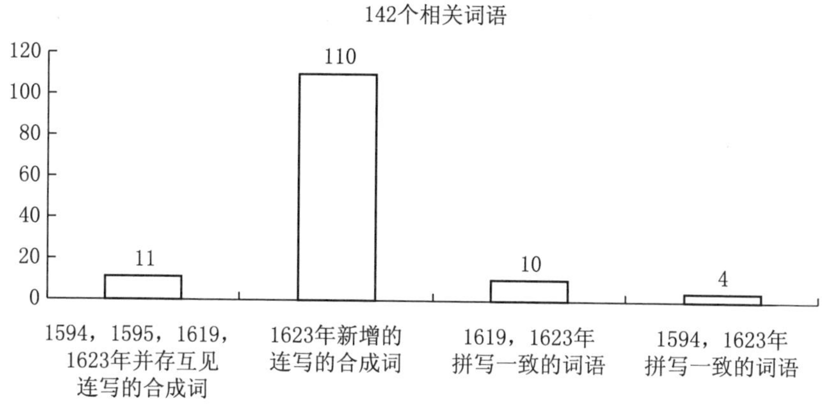

（3）词语内的省略间隔符号，主要是动词的过去式或者过去分词形式，参见下文。从1594、1595、1619年前三个四开本到1623年第一对折本中，词语内的省略是较常见的词语拼写现象，其拼写形式还未统一。在1623年第一对折本中，7个词语出现了以省略间隔符号为标志的词语内省略共有，Cardinall省略写作Card'nall，hast省略写作ha's，murderous省略写作murd'rous，Murdering省略写作murd'ring，Traytor-ous省略写作trayt'rous。在1623年第一对折本中，较多使用了否定词no, not，neuer。由于词语拼写中u, v的替换，euer省略写作e're，neuer省略写作ne're，ouer省略写作o're。

（4）早期版本中常见词语间的省略间隔符。在1623年第一对折本中，it在连写时的省略共计12次，and it写作and't/And't，for it写作for't，in it写作in't, on it写作on't，to it写作to't，Is't/is't写作Is it/is it，it is/It is写作'tis/'Tis，It was/it was写作'twas，was it写作Was't，it were写作'twere，were it写作Wer't，It will写作'twill/'Twill。the在连写时的省略共计10次，By the Masse写作By'th' Masse，in thy hand写作i'th hand，of the Church写作o'th' Church，on the eare写作o'th' eare，the enioying写作th' enioying，the Innes写作'th Innes，the other写作t'other，the parts写作'th parts，The Queene/the Queene写作th' Queene，The vnciuill写作Th'vnciuill。此外，从1594，1595，1619年前

三个四开本到1623年第一对折本中，还有betwixt写作'twixt，against/gainst写作'gainst，amongst写作'mongst，Ide写作I'de，let vs/lets写作let's，make them写作make 'em。其示例图表如下：

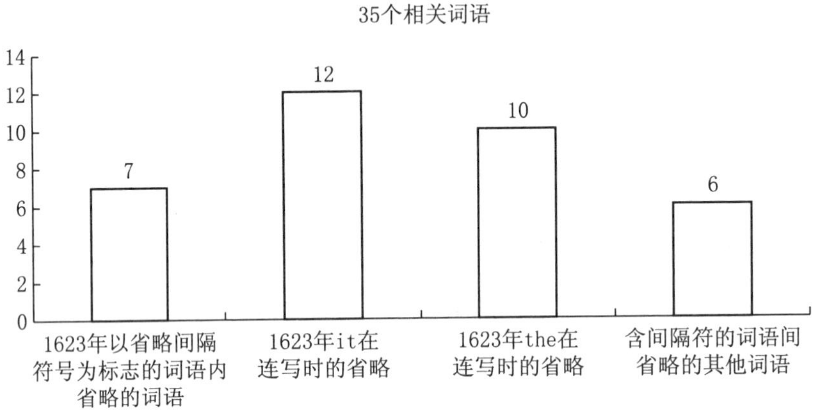

三、名词复数形式的变化形式

从1594、1595、1619年前三个四开本到1623年第一对折本中，名词复数普遍使用N + s/es形式构成，这是英格兰北部地区方言常见的复数形式。在1623年第一对折本中，名词复数共计337次，词语拼写形式还未统一。例如，affaires/Affaires/Affayres, Armes/armes, Beares/Bears, Boyes/boyes, Brothers/Brethren, Catterpillers/Caterpillers, dayes/daies, Deeds/deeds, diuelles/diuels, enemies/Enemies, eyes/Eyes, faults/Faults, feete/feet, Friends/friends, Heauens/heauens, Hinds/Hindes, Honours/Honors, Lips/lips/lippes, mischiefs/mischiefes, Newes/newes, Sonnes/sonnes, Soules/soules, Spirits/spirits, teares/Teares, things/Things, thoughts/thoghts, Traytors/Traitors, villaines/Villaines, Windes/windes, wisedomes/wisdomes, words/wordes/Wordes, yeeres/yeares, eye-balls/eye-balles, Bee-hiues, Chariot-Wheeles, Chaire-dayes, deaths/Deaths-man,

Dukes/Dukedomes, Fellow-Kings, Fore-fathers, Gallow-glasses, Laces/Lacies, Lime-twigs, Peace-makers, play-fellowes, Screech-Owles。在 1623 年第一对折本中（F1），thoght 使用了 11 次，thought 使用了 587 次，-ough 的拼写形式即使不意味着双元音化，却表明正字法的拼写习惯已经转向 -ough，中古英语中的 -ogh 几乎急遽被取代。乔叟《坎特伯雷故事集》几乎完全写作 acordaunt, Caunterbury, Flaundres, straunge，但在莎士比亚戏剧（F1, 1623）中，accordant, Canterbury/Canterburie, Flanders, strange 分别取代了前者，Fraunce 使用了 10 次，France 使用了 379 次，这意味着 -au 的发音已经日渐转向单元音 -a。

四、动词的拼写形式与时态

过去式、过去分词的形态变化是动词变化的主要方面。从 1594、1595、1619 年前三个四开本到 1623 年第一对折本中，V+ed/d/de 构成过去式、过去分词形式，动词的形态变化在拼写上未达到一致。（1）在 1623 年第一对折本中，180 个动词表现为 V+ed/d/de 构成过去式、过去分词形式。例如，accused, admitted, aduertised, affected, Aged, agreed, applyed, appointed, apprehended, arrested, attainted 等。其中，30 个动词过去式、过去分词在大小写、字母替换、省略间隔符号使用等拼写上不一致，例如，accus’d/accused, aduis’d/aduised, attain’d/attainted, banish’d/banished, Conquer’d/vnconquered, Crowned/crownd/Crown’d, Deliuer’d/deliuered, dy’de/dyed, enclin’d/inclin’d, pale-fac’t/lean-fac’d/halfe-fac’d, hallow’d/vnhallowed, heau’d/heaued，honor’d/dis-honored, iudg’d/iudged, lay’d/layd, Learned/learned/learnt, lou’d/loued, Murder’d/murdred, murther’d/murthered, pleas’d/pleased, prou’d/proud, raign’d/reign’d, receiu’d/Receiud, rul’d/Rul’d, surpriz’d/surpris’d, tortur’d/tortured, vs’d/Vs’d, waited/wayted, wip’d/wiped/wipt, wish’d/wished。

（2）动词的过去式或者过去分词形式普遍使用词语内的省略间隔符号，在 1594 年第一四开本中已经出现 V+'d，例如，belou'd, Inuiron'd, hous'd 等过去式形态；1623 年较普遍使用 V+'d 形式构成过去式和过去分词，共计 158 个动词，例如，adiudg'd, admir'd, afear'd, alter'd, answer'd, appeas'd, approu'd, ask'd, assay'd, assur'd, aueng'd, bargain'd, besieg'd, bestow'd, bon'd, borrow'd, breath'd, broach'd, burthen'd, call'd, chain'd, character'd, chas'd, check'd, checker'd, calm'd, climb'd, commenc'd, condemn'd, confer'd, cowr'd, custom'd, danc't, defac'd, defam'd, demean'd, denay'd, depos'd, digg'd, dim'd, dimn'd, discharg'd, dispierc'd, displac'd, display'd, displeas'd, dragg'd, dream'd, drown'd, espous'd, eterniz'd, exil'd, expyr'd, fill'd, fleec'd, follow'd, furr'd, ouer-gorg'd, guerdon'd, hang'd, shag-hayr'd, hoop'd, imploy'd, Inchac'd, iniur'd, kneel'd, long'd, loos'd, lym'd, main'd, Mark'd, marryed/married, Mayl'd, mou'd, mourn'd, ill-nurter'd, ordain'd, perform'd, play'd, counter-poys'd, practis'd, prays'd, preferr'd, preseru'd, preuayl'd, proclaim'd, proportion'd, pull'd, sharpe-quill'd, rais'd, redeem'd, refus'd, resolu'd, restor'd, retir'd, reueal'd, ouer-ripen'd, rob'd, roll'd, scap'd, seru'd, seduc'd, snar'd, Seiz'd, shar'd, shew'd, sow'd, Stab'd, stay'd, suffer'd, surmiz'd, tearm'd, teare-stayn'd, term'd, stirr'd, steru'd, try'de, tugg'd, turn'd, vnassail'd, vncouer'd, vndiscouer'd, vnreueng'd, vntutur'd, vprear'd, wrack'd, wrong'd。

（3）在 1623 年第一对折本中，42 个动词过去式、过去分词是合成词，例如，blood-bespotted, Mother-bleeding, mad-bred, first-conceiued, discoloured, discomfited, thrice-famed, dis-honored, dispierc'd, displac'd, display'd, displeas'd, dis-pursed, shag-hayr'd, Bare-headed, bloody-minded, ill-nurter'd, timely-parted, counter-poys'd, sharpe-quill'd, ouer-charged, ouer-gorg'd, ouer-ripen'd, shallow-rooted, teare-stayn'd, Blunt-witted, vnassail'd, vnbloudied, vnbowed, vnconquered, vncouer’d, vndiscouer’d, vnhallowed, vnreueng’d, vnspotted, Vnsounded, vntainted, vntutur’d。1623年第一对折本比前三个四开本，动词的合成词出现了显著的增多，部分合成动词是极其不稳定的，例如，out-face, defac’d, pale-fac’t, leane-fac’d, halfe-fac’d。其示例图表如下：

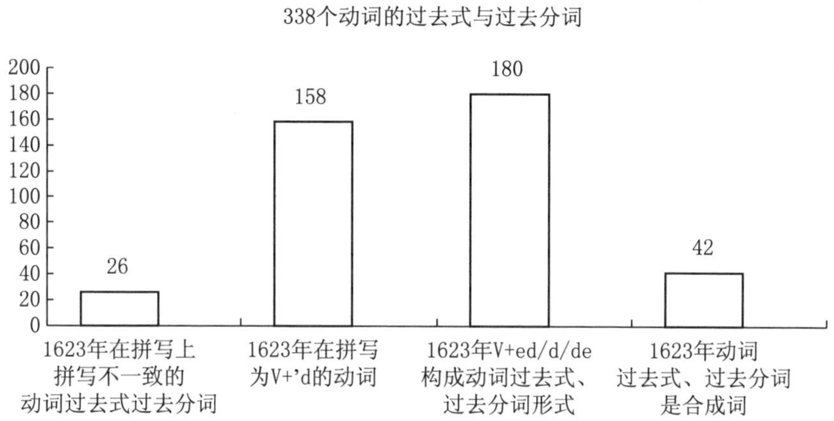

（4）从1594、1595、1619年前三个四开本到1623年第一对折本中，is在连写时的省略共计11次，alls/als写作all’s/al’s，Cardinals写作Cardinal’s，colours写作colour’s，hees写作hee’s/he’s，Heres写作Here’s/heer’s，it is/Ist写作it’s/Ist，thats写作that’s，Theres/theirs写作There’s/Ther’s，Whats写作what’s，where’s写作where’s，Whose/Who’s写作Who’s。are在连写时的省略共计2次，th’are写作th’are，you are写作you’re。will在连写时的省略共计5次，Heele写作Hee’l，I wil/Ile写作I’le，sheele写作shee’ll，weele写作wee’ll/Wee’l，youle写作you’l。was和were在连写时的省略分别各有1次，twas写作T’was/t’was，Twere写作’Twere/T’were。在1623年第一对折本中，有he/she/it + was/were。动词begone写作be gone，shalbe/shall be写作shall be/shalbe。其示例图表如下：

will，be，is，are，was，were的分写与连写

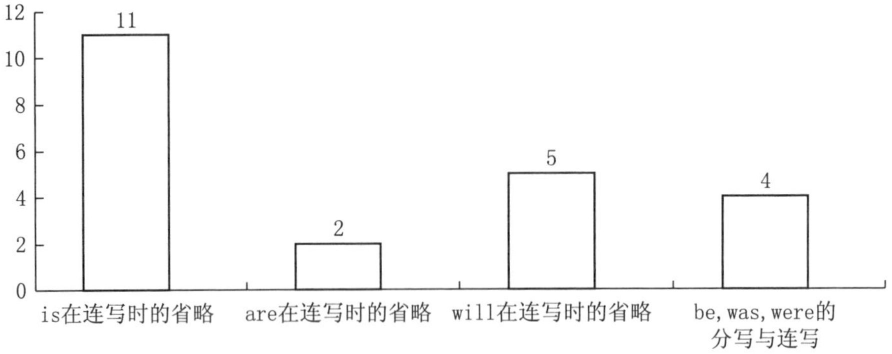

（5）动词（包括情态动词）第二、三人称单数的变化形式在拼写上未达到一致。J. H. 费歇《标准化英语的出现》认为，在早期法庭记录文献中，动词第三人称单数的曲折变化形式 -eth/-eþ 比较 -es/-s 会更多些（Fisher, Anthology 45）。而在凯克斯顿的印刷书籍中未发现 -s 的用例。在下一个世纪 -s 形式却有极其显著的增长，在詹姆士钦定版圣经（the King James Bible）中，第三人称单数的曲折变化形式往往是 -th。莎士比亚的显著特征则是二者兼用。①

从 1594、1595、1619 年前三个四开本到 1623 年第一对折本中，情态动词的形态与用法与其他实义动词相似。与克里斯托弗·马洛对比，莎士比亚使用 shall 来请求命令，将 should 用于表示合理可能性，莎士比亚没有用 must 来表示强烈的建议或强烈的期望，莎士比亚使用情态动词不能被视为现代早期英语时期的代表。② 当主语为 thou 的时候，情态动词的第二人称单数形式也是 V+st/t 构成的。此外，当主语为 you, ye, he, she, it 的时候，情态动词第二、第三人称单数 / 复数形式是普通的变化形式，即 can/could, Dare/dare, must, shall/should/

① John H. Fisher. *The Emergence of Standard English*, Lexington: University Press of Kentucky, 1996: 15.

② Monika Skorasińska. *Modal Verbs in Marlowe and Shakespeare: A Semantic-Pragmatic Approach*, Newcastle upon Tyne: Cambridge Scholars Publishing, 2019: 369.

Should, will/would。在 1623 年第一对折本中，19 个动词第二、三人称单数在拼写上未达到一致，例如，are/art/Art, bearest/beares, bee'st/beest, Cam'st/cam'st, com'st/comes, can/canst, dar'st/dares, hadst/hast/Hadst, dost/doest/do'st/didst/Didst, hast/Hadst/hadst, knowes/know'st, lou'dst/loues, mayst/may't, meanest/mean'st/meant/meanes, saist/say'st/Say'st, shal/shall/shalt, think'st/thinkes/thinks, wast/was/Was, Wold'st/would'st/wouldst。49 个动词第二人称单数是 V+ st/'st 构成的，例如，aymest, bearest, behaued'st, com'st, could'st, deseru'st, fightst, hop'st, iudgest, liu'st, look'st, lou'dst, meetest, might'st, ought'st, ran'st, seest, should'st, smil'dst, smoot'st, stol'st, struck'st, threatest, torment'st, tremblest, Trowest, want'st, wishest, wrong'st 等。其中，8 个动词第二人称单数由 V+ t 构成，例如，art, curst, dismist, kist, may't, possest, shalt, would't。其示例图表如下：

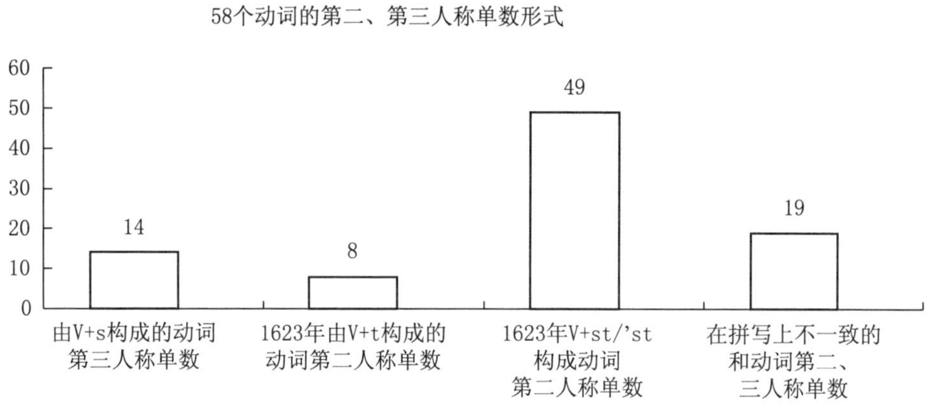

五、结语

中世纪末期英格兰中部地区的东部方言逐渐扩大了其使用范围，而基于中部地区方言的伦敦英语成为越来越普遍使用的拼写形式，这便于人们的阅读。在莎士比亚《亨利六世　第二部》一剧中，早期现代英语的拼写规则主要是基于东中部地区方言语音，即伦敦口语语音。由于现代早期英语远未确立其正字法（orthography）的规则，在词语拼写上缺乏普遍遵守的一致性。从语法标志退化而成的词尾默音 e，基于发音近似原则的字母替换，例如读音近似的元音（丛）或者辅音（丛）的替换，以及别的不一致的词语拼写现象是常见的，例如，句首词语和名词首字母的大写，合成词的分写连写与省略，动词过去式、过去分词，第二、第三人称单数与时态的拼写形式变化。

《亨利六世　第二部》作为一个持续受到欢迎的历史剧，1594–1623 年该剧出现了多次修改订正，1623 年第 1 对折本与 1619 年第 3 四开本在词语拼写上有较多的近似；然而，1623 年第 1 对折本合成词明显增多，以省略间隔符号为标志的词语拼写形式也有显著的增多，词语拼写上的字母替换减少。这些都表明第 1 对折本是一个在英语语法上更加独立的新版本。

国家社科基金一般项目”莎士比亚戏剧的早期版本研究“（18BWW082）成果

让未来学术检验吧

莎士比亚戏剧的
早期版本研究

彭建华　著

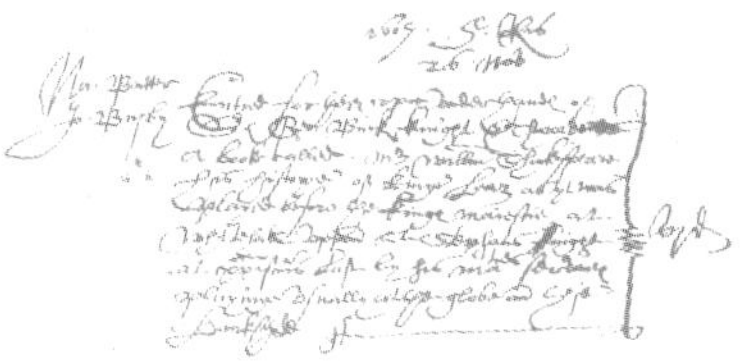

（下册）

上海三联书店

第三节 论《李尔王》第1四开本与早期现代英语的元音大移位

受到佚名剧作者《李尔王纪事》(*The True Chronicle History of King Leir, and his three daughters, Gonorill, Ragan, and Cordella*, 1605）的启发，1605年莎士比亚写作了历史剧《李尔王》(*The Historie of King Lear*)。①1607年11月27日《李尔王》首次出现在书业公会的登记簿上，注册人为书商N. 布特（Nathaniel Butter）和J. 布斯比（John Busby)，原题为“李尔王纪事”(his historye of Kinge Lear)，1606年国王剧团曾多次演出过该剧（as yt was played before the kinges maiestie at Whitehall vppon Sainct Stephans night at christmas Last, by his maiesties servantes playinge vsually at the globe on Banksyde)。1608年印刷商N. 奥克斯（Nicholas Okes）在伦敦刊印了第1四开本（First Quarto, Q1)，剧名《李尔王纪事》(HIS True Chronicle Historie of the life and death of King Lear and his three Daughters）上标明作者是威廉·莎士比亚，这是基于莎士比亚原初手稿的印刷本，共计3002［印刷］行。②同年，书商P. 布尔（Pide Bull）在伦敦刊印了第2四开本（Q2)。第2四开本是从第1四开本增订而成，包含较多更改，更正了第1四开本中的一些错误，却也产生了别的错误。1619年印刷商W. 伽噶德刊印了一个新的四开本（Q3)。而后收入1623年第一对折本（First Folio）中，题

① Stanley Wells, Gary Taylor ed., *The History of King Lear*, Oxford: Oxford University Press, 2001: 1.

② William Shakespeare. *The Tragedy of King Lear* (New Cambridge Shakespeare), ed. by Jay L. Halio, Cambridge: Cambridge University Press, 2005: xi.

名改为“李尔王的悲剧”（The Tragedie of King Lear），第一对折本可能源自 17 世纪“国王剧团”在剧场用过的更改了的手抄稿，与第 1 四开本有明显的差异。

1603 年苏格兰国王詹姆士一世继承了英格兰王位，由此建立了斯图亚特王朝。它激起了人们对不列颠时期的凯尔特历史的兴趣，凯尔特历史便成为戏剧的历史题材。李尔王（King Leir）是罗马入侵不列颠之前的凯尔特国王，关于他的传说往往与不列颠神话人物 Lir/Llŷr 相混淆。莎士比亚《李尔王》的题材主要来自 R. 霍林谢德《英格兰、苏格兰、爱尔兰编年史》（Raphael Holinshed, *The Chronicles of England, Scotlande, and Irelande*, 1587），蒙茅斯的杰弗瑞《不列颠历代国王史》（Geoffrey of Monmouth, *Historia Regum Britanniae*）。伊丽莎白时期，关于李尔王题材的作品是极其常见的，例如，斯宾塞《仙后》、锡德尼《阿卡迪亚的彭布洛克伯爵夫人》、佚名《李尔王纪事》、J. 海金斯《朝臣之鉴》（John Higgins, *The Mirror for Magistrates*, 1574）、J. 马斯顿《不满者》（John Marston, *The Malcontent*, 1604）等都写到了李尔王。

《李尔王》（Q1）英语拼写主要采用普通的罗马字体、意大利斜体，有连写字符；舞台指示语和人物一般为斜体，别的文本为罗马字体。Me thinks（Me thinks, Me thinkes, me thinke, me thinks）是一个中古英语的习惯表达法，《李尔王》第 1 四开本（Q1）中使用了 8 次；prethe, Prethe, prethee, Prethee, Preethe, prithe, prithee, Prithe, prithy 也是一个中古英语的习惯表达法，第 1 四开本（Q1）中使用了 13 次，并表明该词发生了“元音转变”。第 1 四开本中有模仿中古英语手抄字体，例如，ã=an, substãce, stãds, strãge, attendãce, stãd, instãly, cãnot, deathsmã; ẽ=en, tẽder, bẽt, obediẽce, offriẽds, iudgemẽt, ẽtertained, beatẽ, offẽce, thẽ, tẽder, negligẽce, engẽdred, whẽ, thẽ, thẽselues; õ=om/on, cõmon, Cõmand, preparatiõ, cõfort, diuisiõ, cõsider, preparatiõ, demonstratiõ, accõmodate, frõ, restoratiõ; ũ=un *Burgũdie, Burgũdy*, cũning, soũded, boũd, Exeũt, haũts, grayhoũd, grim-hoũd, trũdletaile, *Edmũd*; ô=oh。

一、英语发展历程与早期现代英语的元音转变

不列颠地区早期通行凯尔特语（the Celtic）、拉丁语和盎格鲁-萨克森语，盎格鲁-萨克森语是5世纪中期传入不列颠地区的。盎格鲁-萨克森语（OE）、中古英语（盎格鲁-罗曼语）的发音和音位系统对早期现代英语的影响是深刻的。A. C. 鲍格、T. 凯伯尔《英语史》写道："在英格兰，我们知道其语言的最早的人群是凯尔特人。过去通常认为凯尔特人来到英格兰和将青铜器引入本岛是同时发生的。然而，青铜的使用可能比凯尔特人还早几个世纪。我们已经描述了英格兰的凯尔特语，并引起人们对它们的两个分支的关注：盖尔［高卢］或戈得尔方言（the Gaelic or Goidelic）分支和布列顿方言（the Brythonic）分支。凯尔特语可能是英格兰最早口头使用的印欧语。在英语出现之前，另一种语言，即拉丁语，被广泛使用了大约四个世纪。当英格兰成为罗马帝国行省的一部分时，便引入了拉丁语。"①8世纪晚期（789）以来，盎格鲁-萨克森语与维京人的老北方话（Old Norse）交流，这极大地影响了盎格鲁-萨克森语（OE）的地位和表现形态。

拉丁语及其俗语（Vulgar Latin, colloquial Latin）是欧洲中世纪广泛使用的语言，罗曼语（Romance languages）是从通俗拉丁语演变而来的，或者说是罗马帝国西部地区的高卢-罗曼语、西班牙-罗曼语、意大利-罗曼语、瑞提亚-罗曼语、巴尔干-罗曼语各方言的统称。② 古法语（OF）是一种罗曼语，主要源自拉丁语俗语，即罗马征服高卢之后传入高卢的口语拉丁语。5世纪法兰克人入侵后，高卢的拉丁语俗语发生了一些更改，开始迅速变化并发展为一种新语言，同时分裂为多种方言。9世纪中期，古法语主要分为北部的多伊语和南方

① Albert C. Baugh, Thomas Cable. *A History of the English Language* 5th Edition, London: Routledge, 2002: 39.

② William Denis Elcock. *The Romance Languages*, London: Faber & Faber, 1960: 18.

的多克语。① 诺曼底–安茹王朝的建立，诺曼底方言、西部法语成为英格兰的官方语言，在根本上改变了盎格鲁–萨克森语（OE）原初的主导地位，后者迅速沦为社会低等级的语言，主要在民间以口语形态而存在。

中古英语（ME）与古法语在其普遍的书写形式、词汇以及语句表现力上都表现出罗曼语的共同 / 一致特征，“不仅是在词汇上，而且在更微妙的表达方式，在其使用的习语，在其使用的语句上”。“一种语言对另一种语言的密切和持续影响，无论是口语还是书写形式，总会以比仅仅借用词语更微妙的方式来影响另一种语言。每个拉丁语词语翻译到盎格鲁–萨克森语时，拉丁语［句法］结构是必然考虑的一个因素。拉丁语本身从希腊语借来了许多习语和［句法］结构”。② 除开拉丁语，中古英语从欧洲大陆罗曼语中大量引入了外来词，这需要一个不同种类的发音模式。例如，乔叟《坎特伯雷故事集》埃尔斯米尔手稿（the Ellesmere Manuscript）的拼写在某些方面与现代英语的拼写有所不同，发音也是非常不同的，尤其是长元音的发音通常与罗曼语很相似，“中古英语（ME）的长元音尚未经历‘元音大移位’，即重音节中的长元音被‘升高’，或者（如果是闭音节）变为双元音或者双元音化（diphthongised）”。③

1100–1250 年法语（诺曼底–安茹方言）成为英格兰的官方语言，即在盎格鲁–罗曼语确立的过程中，口语和书写上仍沿用盎格鲁–萨克森语，盎格鲁–萨克森语在字母、词汇以及表达措辞上，逐渐变得近似于法语。因而中古英语（ME, Anglo-Norman）在发音和拼写上明显区别于中世纪的盎格鲁–萨克森方言。约瑟林《编年史》(Jocelin of Brakelond, *Chronicle of the Abbey of Bury St*

① E. Einhorn. *Old French: A Concise Handbook*, Cambridge: Cambridge University Press, 1975: 1–2.

② Frederick Henry Sykes. *French Elements in Middle English*, Oxford: Oxford University Press, 1899: 6, 7.

③ Simon Horobin, Jeremy Smith. *An Introduction to Middle English*, Oxford: Oxford University Press, 2002: 12.

Edmunds, 1202–1215）记载了圣埃德蒙修道院院长参孙善于用法语和拉丁语作辩论演说，他精通英语，常用英语向人们布道，他还用诺福克（Norfolk）方言在教堂讲坛上说话（Homo erat eloquens, Gallice et Latine, ... Scripturam Anglice scriptam legere nouit elegantissime, et Anglice sermocinare solebat populo, et secundum linguam Norfolchie.... ）。“在中世纪，拉丁语、英语和法语在英格兰都发挥着各自独特的作用。”①1250–1400年，中古英语和古法语（OF），各自的拼写（standardized writing）与自发的语音（spontaneous speech）之间出现了较大的差距，甚至可以说法语和英语的书写系统与音位的发音实现相距甚远。②英法百年战争时期（1337–1453），瓦卢瓦–奥尔良王朝的法语演变成中古法语（MF）；英语逐渐赢得较多的社会推崇，甚至被看作为民族语言。爱德华三世（Edward III，1327–1377）时期，伦敦法院的记录已经开始使用英语，英语再次成为英格兰王国的官方语言。英语的地位再次发生了变化，这导致语言传播和结构的变化。乔治·普廷翰《英诗的艺术》(1589）写道：“因此，你们将接受宫廷以及伦敦及其周围六十英里以内（大致的范围）的伦敦郡的日常语言。我说的不只是这一点，而是说，英格兰的每个郡都有绅士和一些说话雅致的人，然而尤其是书写，像中部萨克森或萨里郡一样优雅的南方人，却不是每个郡的普通文人都可以做到，那些［外郡］绅士和有学识的文员在大多数情况下都会屈居下风。”③

在英语的最早时期（OE），会读写的人很少，词语或多或少都是按语音书写的。由于没有公认的拼写标准，便有了更多的私人主动空间，所以形成英

---

① Lynda Mugglestone ed., *The Oxford History of English*, Oxford: Oxford University Press, 2012: 77, 148.

② M. Maiden, J. C. Smith, A. Ledgeway eds., *The Cambridge History of the Romance Languages* Volume 2, Contexts, Cambridge: Cambridge University Press, 2013: 85.

③ George Puttenham. *Art of English Poesy, A Critical Edition*, ed. by Frank Whigham, Wayne A. Rebhorn, Ithaca: Cornell University Press, 2007: 229.

语拼写的多样性。关于中古英语（ME）的语音，依然存在很多疑问，因而重构中古英语、早期现代英语将面临种种难题。O. 叶斯佩森（Otto Jespersen, *A Modern English Grammar*, 1909）、H. C. 威尔德（Henry Cecil Wyld, *A history of Modern Colloquial English*, 1953）、A. 科亨（Antonie Cohen, *The Phonemes of English: A Phonemic Study of the Vowels and Consonants of Standard English*, 1971）和 A. A. 普林斯（A. A. Prins, *A History of English Phonemes*, 1972）分别论述了现代英语语音变化。D. 明柯瓦指出，长元音的发音移位在中古英语时期已经开始，并且表现出明显的地域特征，“关于［i:］的双元音化的最早的拼写证据，即 abide, betide 中的元音拼写为〈ei/ey〉，也出现在［诗行的］韵律中，这可追溯到 13 世纪上半期，特别是在西中部地区。在下个世纪将会发现更多这样的拼写，无疑直到 15 世纪初，这种变化还将持续进行。［u:］的双元音化的证据，与从法语引入的发音［u:］的拼写〈ou〉和〈ow〉交揉混杂；但是确证［o:］的升高始于 13 世纪，它没有与［u:］趋于重合，而是趋向［uw］双元音化，其最初一步可以追溯到大约同一时间”。① 可能是由于与中古法语的分离，一些中古英语词语发音出现了新的改变。A. 斯特坡纳维奇《英语语音史》写到了 14–16 世纪发生的“元音大移位”，“中古英语后期，单音素的双元音的［音位］升高，或更确切地说是自由元音的出现，导致长元音和短元音关联性被可检验和不可检验的关联性代替；偶然地导致了对短元音的重新解释，而长元音成为不可检验的（自由的）。这些关联性的替换以及对长元音和短元音的语音重新解释，则将伴随着一系列的语音双音化和窄化，从而影响到原初的长元音。这些双元音化被称为传统的元音大移位（GVSh）”。②S. 霍罗宾、J. 史密斯认为，中古英语处于它的方言阶段，各地

① Donka Minkova. *A Historical Phonology of English*, Edinburgh: Edinburgh University Press, 2013: 203.

② Albertus Steponavičius. *English Historical Phonology*, Moscow: Vyšaya Škola, 1987: 170–171.

区方言呈现了多种英语变体，“既然英语书面语的使用功能变为特殊的和地区性的，书面语（甚至可能更为重要的）的存在形态只是为了特定的地域内阅读，因而它可以更改来表征各个方言区域的独特口语。确实，更改继承的拼写惯例便于本地使用，这是有意义的，因为这将使基于‘语音’的读写及教学变得更容易”。①J. C. 康得-西尔维斯特、J. 卡尔-马丁认为，辅音流音［r］较容易发生音位转换，以中古英语的罗曼语词 purveien 为例，1420 年之前发生了音位转换和“元音大移位”（GVS），出现了双元音［ei］，即 purvei(de) ⇨ provei(de)，provide(d) 最终替代了 provvey(ed)。②C. 琼斯《英语语音史》详细论述了中古英语和早期现代英语的“元音移位”，“音位升高和双元音化产生现代英语发音系统（即称为‘元音大移位’），这一过程始于早期现代英语时期。也有人认为这是中世纪晚期 / 早期都铎时代伦敦社会语言互动的结果”。例如，life/lif/lyf, meet/meten, meat/mete, name/name, take/taak, how/how, town/toun, mood/mo(o)d, boat/bo(o)t, home/ho(o)m。③ 由于戏剧文本和伦敦剧院表演的重大转型，《李尔王》第一四开本（Q1）已经不再出现中古英语 lif/lyf, meten, mete, taak, toun, ho(o)m 等词语的拼写形式。④

M. L. 萨缪尔（Michael Louis Samuels, *Some applications of Middle English dialectology*, 1963）论述了从威克利夫的英译圣经到乔叟的初始英语标准化。英语标准化与将本国语（vernacular）的功能重新扩展到国家生活有关，尤其是语言交流的驱动力（communicative pressures）；同时，拼写标准化也是英语整体

① Simon Horobin, Jeremy Smith. *An Introduction to Middle English*, Oxford: Oxford University Press, 2002: 32.

② Juan Camilo Conde-Silvestre, Javier Calle-Martín. *Approaches to Middle English: Variation, Contact and Change*, New York: The Peter Lang Publishing Inc, 2015: 78.

③ Charles Jones. *A History of English Phonology, London: Routledge,* 1989: 48–49.

④ Beatrix Busse. *Vocative Constructions in the Language of Shakespeare*, Amsterdam, Philadelphia: John Benjamins Publishing Company, 2006: 16.

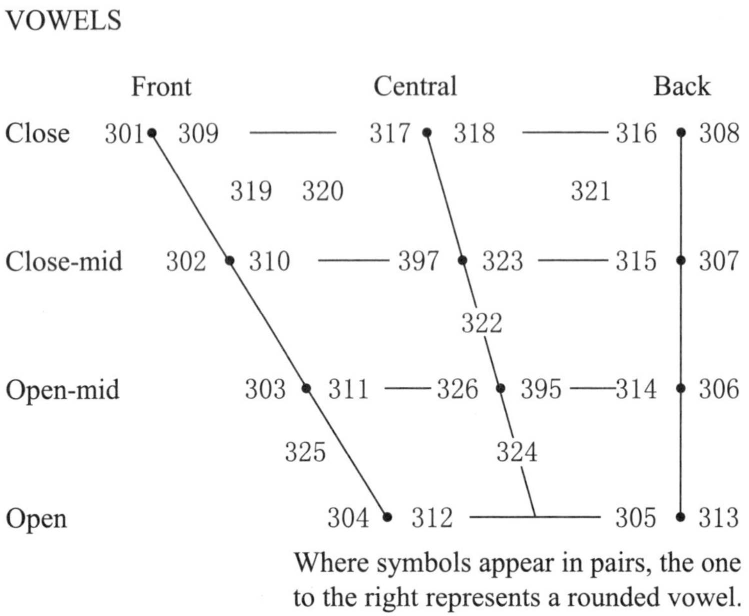

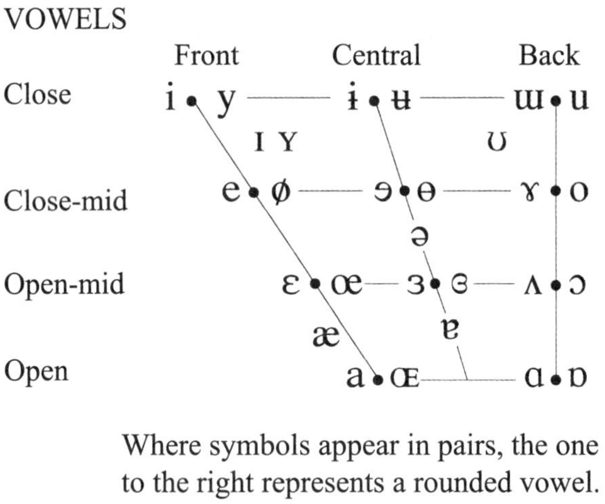

上“优雅化”（elaboration）的产物。①从金雀花王朝到都铎王朝时期，伦敦方言（vernacular）在南部赢得了越来越高的声誉，具有社会流动性的移民团体更适应

① Simon Horobin, Jeremy Smith. *An Introduction to Middle English*, Oxford: Oxford University Press, 2002: 35–36.

并采用了该方言。中古英语末期，各地方言的早期形态差异明显减少，出现了语音和书写上的标准化，新出现的书写模式的标准化，南部比北部要早一些。玫瑰战争结束意味着英格兰最终结束了分裂状态，而且印刷术为此提供了规范性典范。1549–1570 年 J. 哈特发表了 3 篇有关英语拼写的论文（treatises），倡议进行正字法改革，以消除 16 世纪中期英语拼写不一致和不规范，例如，拼写的混乱（disorder）、混淆（confusion）、谬误（corruption），尤其是简略（diminution）、繁复（superfluity）、颠倒（usurpation）、误用（misplacing）等拼写乱象所带来的学习障碍，提出采用新字母体系，"[英语] 书写需要有足够多的字母，正如语音需要有足够多的发音，不多不少"。1569 年 J. 哈特《正字法》对语言的技术分析同意识形态和修辞结合起来，对英语语音作出了详尽的描述。①1604 年前后出版的第一本英语词典《字母序列》(Robert Cawdrey, *A Table Alphabeticall, conteyning and teaching the true writing, and vnderstanding of hard vsuall English wordes, borrowed from the Hebrew, Greeke, Latine, or French*)，表明早期现代英语（Early Modern English, EME）字母基本达到普遍的一致，该词典采用了早期现代英语字母和以罗马字体刊印。

1340 年以后，中古英语拼写与发音出现了复杂的关系，换言之，词语拼写并不直接表示为发音。早期现代英语仅区分重读音节、非重读音节，尚未明显区分开音节和闭音节，例如，bare, barre; fare, farre; mar, marre; stare, starre, starres, Starres。虽然中古英语失去了一些长元音，Vowel + r 的元音群保持了明显的长音化，例如，er 的发音为 [eːʳ]，or 的发音为 [oːʳ]。一般的，元音在重读音节中主要是发长音，元音在非重读音节中主要是发短音。

在早期现代英语中，ar 在重读音节和非重读音节中的发音依然保持为 [aːʳ]。

---

① John Hart. *An Orthographie, Conteyning the Due Order and Reason, Howe to Write or Paint Thimage of Mannes Voice, most like to the Life or Nature*, London, Imprinted by W. Seres, 1569: 41.

《李尔王》第1四开本（Q1）中ar［a:ʳ］的语例包括Arch, are, art, Art, argue, argument, arme, armes, arm'd, army, arbiterment, barber, barke, Bastard, beware, Beware, carbuncle, care, cares, carefully, carpe, cary, carry, cart, charge, charg'd, chargd, charges, discharge, charms, charmes, Church-yard, darke, Darke, darker, darknes, darkenes, darknesse, Darkenes, darkling, dare, dart, depart, departure, discarded, farmers, farewell, farther, farwell, garb, gard, garden, garments, garters, glars, guard, hard, hardly, hardnes, harder, harbour, hare, harke, harme, harmes, harmfull, harmefull, Hartie, large, largest, larke, Lyars, marble, march, marching, marke, Marke, markes, maruell, pardon, Pardon, parson, part, parted, Parted, parti, partie, particuler, rare, regard, reward, scarce, scarcely, scard, scarse, sharpe, Sharpe, sharpes, sharper, spar'd, spare, sparke, sparks, square, starts, starue, tardines, thar't, varlet, vulgar, warbling, warme, warpt, warre, warres, warring, warlike, warmth, yard。

（一）1400–1700年，早期现代英语（EME）在语音、词汇、语法上发生了极大的变化，拼写形式并不直接表示词语的发音。"元音大移位"（the Great Vowel Shift, GVS）是早期现代英语发音的一个重大变化，即长元音发声向更高音的位置移动，中元音升高和高元音双元音化。1900年代初期，K. 路易克（Karl Luick）、O. 叶斯佩森（Otto Jespersen）较早提出了现代英语的"元音大移位"。"元音大移位包括所有长元音的升高，只有两个高元音/i:/和/u:/除外，这两个高元音在不成为辅音的情况下已无法再升高，因而被双元音化，变为［ai，au］"。① 因此早期现代英语失去了罗曼语和拉丁语中的纯净元音，以及长元音和短元音之间的语音配对。此后，R. 莱斯（Roger Lass）、R. P. 斯托克维尔（Robert P. Stockwell）、D. 明柯瓦（Donka Minkova）、J. J. 史密斯（Jeremy J. Smith）更细致更深入论述了中古英语的长元音出现了有序的系列的提升和双

① Otto Jespersen. *A Modern English Grammar on Historical Principles*, Vol. 1, Heidelberg: Winter, 1909: 231–232.

元音化（diphthongizations）。R. 莱斯《剑桥英语史 1476–1776 年》（第三卷）写道："在语音学中，最重要的也许是元音大移位，其中整个中古英语长元音系统都发生了变化（例如，beet 过去的旧发音 /eː/ 已升高为 /iː/，boot 过去的旧发音 /oː/ 已升高为 /uː/，bite, out 过去的旧发音 /iː, uː/ 因为音的合成，最终接近现在双元音的音值）。此外，中古英语中 cat 的短音 /a/ 已升高为［æ］，然后在某些辅音（例如，pass, bath）之前变为长音，从而导致类别的划分（cat 中的短元音，pass, bath 中的长元音，往往具有不同的音质）；中古英语中 put, cut 的元音 /u/ 也导致不同类别的划分。""在中古英语中，house, cow 中的元音〈ou，ow〉的发音是 /uː/，而 food 中的元音〈oo〉的发音是 /oː/。在 14、15 世纪，元音大移位的早期，/oː/ 开始升高为 /uː/，/uː/ 开始发生双元音化。这一系列的语音变化产生了两种类型的非传统拼写，需要作出不同的解释。"① 乔叟《坎特伯雷故事集》写作 ron/ronne, dronk, yong/yonge，莎士比亚戏剧写作 run, runne，drunk, drunke，和 yong/yonge, young/younge。然而，乔叟写作 lond/londe, Engelond, Londoun，莎士比亚戏剧写作 land, England, London，一些词语的语音变化可能与地域有关，［o］的发音变为［u］或者［a］，或者介乎二者之间的［ʌ］。

"元音大移位"包含一系列英语语音的变化，随后对相邻的元音产生较大的影响，长元音的变化会推动别的元音发生变化，以保持各元音之间的区别，因而短元音在拼写和发音方面也受到影响。当然不能忽略随之而来的其他变化，早期现代英语的"元音大移位"影响了英格兰本土的语音，也影响了从罗曼语和拉丁语中借词的发音。对于诗歌，韵律发生了改变，进而特殊强调逗号、撇号、词语及其大写字母和图形等元素。D. 明柯瓦《英语语音史》认为，外来词（loans）是中古英语双元音的重要来源，"这些二合音位变体在系统中的存在很重要，因为它打破了可能的单一音位变体［æː］和［ɔː］与明显的二合音位内核

① Roger Lass. *The Cambridge History of the English Language: 1476–1776*, Vol. 3, Cambridge: Cambridge University Press, 2000: 11, 65–66.

［æj］～［ɛj］～［ej］以及［ɔw］～［ow］之间的感知差异。英语的重读长元音很容易变成双元音，而下降的双元音具有与单音音相同的峰值，使得区分重叠实现的任务会变得更加困难”。[①]W. W. 斯科特《英格兰法语对现代英语的影响》认为，诺曼语的发音在许多情况下确实使英语单词的母语发音不堪重负，并转移了母语的发音，诺曼语发音对英语的影响是零星的和不确定的，影响某些单词，而不影响其他单词，或者对其他单词的影响更大。在某些情况下，效果只是短暂的或部分的。“我认为英法文士们非常尽责，并尽其最大努力以语音方式表达声音，甚至在他们停止发音后很长时间仍在写下声音。也许最特别的例子之一就是动词的写作，在该动词中我们仍然设定了一个初始 w，该 w 早已灭绝了。”[②]

中古英语（ME）一直有“元音变化”（vowel-change），例如，arrant=errant, Barkley=Berkeley, Barkshire=Berkshire, berrn/berne/baerne=barne, clark=clerk, darby=derby, dorck/derk=darke, fer=far, harry=herry/henry, horid=horred, parson=person, sondry=sundrie, stan/stæn/ston=stone 等。在英格兰不同地区，“元音大移位”以不同的时间和速度进行，通常在中部地区（Midlands）、南部（特别是伦敦）发生得较早，并且更明显；北部地区的一些词语（例如 uncouth, dour）仍然保留其元音移位前的发音。事实上，元音移位的不规则性和区域差异，导致了一些词语发音不一致。Busy 保留了旧的中部地区（Mid Midlands）的拼写，却是东中部地区（East Midlands/London）的发音。bury 的发音是西中部地区（West Midlands），但发音是肯特方言（Kentish）。J. 史密斯《语音变化与英语史》有意区分了英格兰南部与北部的“元音大移位”，“元音移位发生在英语史过渡的关键时刻，那时英语已不再是与拉丁语和法语相比地位相对较低

① Donka Minkova. *A Historical Phonology of English*, Edinburgh: Edinburgh University Press, 2013: 263.

② Walter William Skeat. *The Influence of Anglo-French Pronunciation Upon Modern English*, Leyton: the Philological Society’s Transactions, 1901: 14.

的语言，而是开始担当民族语言角色，换言之，它经历了一个埃纳尔·豪根称为‘优雅化’(elaboration)的过程。英语的‘优雅化’意味着英语的某种享有声誉的变体即将出现，而至少元音移位的故事与此密切相关。”J. 史密斯指出，中世纪后期/都铎王朝早期的伦敦地区，“南方元音大移位”源于社会语言学驱动下的相互作用，通过这种互动，具有社会流动性的移民团体倾向于使得自己的口音有意适应他们认为声誉更高的语言用法。①

在莎士比亚戏剧（F1, 1623）中，比较级普遍写作 then, than，这可能并不意味着“元音大移位”正在地域方言中缓慢地发生，而仅仅是拼写上的差异，shee hath more haire than wit, and more/faults then haires, and more wealth then faults.（*The Two Gentlemen of Verona*, III, 1）。And that's farre worse than none: better haue none/Then plurall faith（*The Two Gentlemen of Verona*, V, 4）。

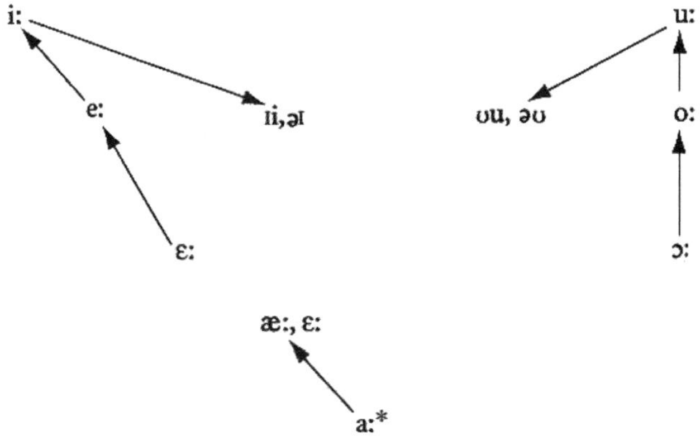

The Great Vowel Shift in southern England (traditional model, after Smith 1996: 87)

Note:*=output of/a/with English Open Syllable Lengthening, phonemicized through loss of final -*e*.

① Jeremy Smith. *Sound Change And The History of English*, Oxford: Oxford University Press, 2007: 129.

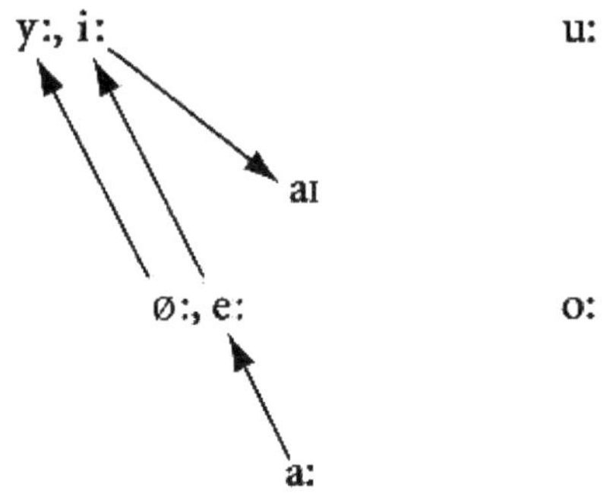

The Great Vowel Shift in northern England and southern Scotland (traditional model, after Smith 1996: 100)

二、东中部地区方言与元音大移位（GVS）

在中古英语中，虽然产生了多种方言的差异，在非重读音节中的短元音与元音字母的关系大致表现出拼写与发音的一致，i, y 的发音为［i］，e 的发音为［e, ɛ］，a 的发音为［a］，o 的发音为［o, ɔ］，u 的发音为［u］；其中［ɛ］,［ɔ］分别是在非重读音节中弱化的发音。长元音与读重音节中的元音字母（元音群）的关系大致表现出拼写与发音的一致，i, ij, y 的发音为［i:］，例如，lyf, lif；e, ee 的发音为［e:］，例如，meten；a, aa 的发音为［a:］，例如，taak；o, oo 的发音为［o:］，例如，mo(o)d；ou, ow 的发音为［u:］，例如，how, toun。东中部地区方言（伦敦方言）成为现代英语的重要基础，继承并发扬了中古英语，也出现了长元音 mete［mɛ:t］和 bo(o)t［bɔ:t］, ho(o)m［hɔ:m］。

随着活字印刷带来的阅读便利，由于希腊语、拉丁语和罗曼语词汇的大量借用，由词缀法产生的新词增多，词缀法容易引发非重读音节中的发音弱化，例如，希腊语前缀 arch-, archi-, arch-villaine, Archbishop, Arch-heretique, Arch-enemy, Arch-one 等。常见的希腊语前缀包括，amphi-, anti-, auto-, cata-, dia-, epi-, Antipodes, Antidote, antipathy。罗曼语-拉丁语后缀 -ous 和 -tion，amorous, beautious, clamorous, enormious, gorgeous, iealous, trayterous, Vnrighteous, auspicious, portion。-hood［hɔ:d］是一个源自古英语的后缀（OE. -hád, ME. -hod, -hode），argue-proofe, child-hood, knighthood, manhood。后缀中 a 一直有发音弱化的情形，即［a:］⇨［æ, ɛ:］⇨［ɛ, ə］，尤其是一些包含拉丁语-法语后缀 -ar, arie/ary=air/aire, -ance=-ence, -ant=-ent 的词语。aduersarie, depositaries, drunckards, Drunkards, dullard, hereditarie, necessarie, ordinarie, planitary, sectary, simular; vnnecessarie; acquaintance, allowance, assurance, countenance, difference, ignorance, ordinance, patience, predominance, radience, temperance, vengeance, Vengeance, vengeances; dependants, festuant, ignorant, seruant, pleasant。英语后缀 -ward［wa:d］源自古日耳曼语、古弗利安方言（OFris），在古英语（OE）中也写作 -weard［wæ:d］，例如，hitherward, outward, toward, towards, vpward, waywardnes。作为高频出现的构词形式，英语后缀 -ing, -yng 源自古英语、古弗利安方言 -ung, -unge, -ing, -inge, -enge，其发音为［ing］。

"元音大移位"对拼写正字法、阅读以及对在转变之前或转变期间所写的任何英语文字的理解等都有长期影响。以下考察《李尔王》第 1 四开本（Q1）中的"元音大移位"（GVS），这是非典型的东中部地区方言（East Midland/London）的"元音大移位"。

（1）从［a:］到［æ］的发音转变，例如，hart, harted, heart, hearts; name, names, named, nam's。一个合理而重要的推测是，作为语音转变的最显著现象，早期现代英语的"元音大移位"（GVS）可能是从［a:］与［æ, ɛ:］有意区分开始的。例如，affaires, againe, alate, arraine, arraigne, Arraigne, array, arayd, Alarraine, aurigular, barbarous, bragart, bastard, bastardie, bastardy, Bastards, Caractar, character, familiar, guardians, maruaile, Paracides, particulars, planitary, partiall, swaggar'd, wagtayle, warrant 等词语则必须区分［a:］与［æ, ɛ:］。同样的情形也发生在［ɔ:］与［o:］的有意区分。

在早期现代英语中出现了一个重要的语音转变，少量元音字母 a 在非重读音节和重读音节中的发音为［æ, ɛ:］，例如，and, cat, catch, can 表明元音字母 a 在重读音节中的发音为［æ］。appeare, Appeare, appeares, apeer's; deare, Deare, dearer, Dearer, deer, deere, Deere, deerer, deerest, deerely; meare, meere; neare, neere, Neere, neers, neerely 的 ear, eer 发音为［ɛ:］；与此近似，元音群 ee, ear, eer, air, ayr 在重读音节和非重读音节中的发音为［ɛ:］，例如，beard, beare, Beare, bearer, beares, bearing, bearest, beard, chearles, dearne, dearth, Earle, eare, eares, earnest, earnestly, earth, feare, Feare, feard, feares, feareful, fearefull, forbeare, heare, Heare, heares, heard, hearing, learne, learned, learn'd, learnt, pearce, pearcing, pearles, Search, shepheard, sweare, teare, teares, tearing, tearmes, weare, weares, wearest, wearie, Wearie, weary, yeare, yeares; cleerest, heere, Heere, heers, Heers, heer's, compeers; affaires, chaire, faire（fæʒer, fæʒir, fæier, feier）, faires, Fairest, haire, ayre, Ayre, ayrs, ayres。可能极少量元音字母 e 在非重读音节和重读音节中的发音为［ɛ:］。

例　如，arrest, eiesare, parent, pared, prepare, prepared, quarrell, quarrels, quarrels, rarest, sectary。其 他 的 词 语 如 下，charitie, charity, marrie, miscary, miscaried, ordinance, Paracides, parings, paromord, sparrow, tarie, tary, tarry。

［æ, æ:］是古英语、中古英语中常见的语音，例如，day=dæʒ, daiʒ, daʒ。然而，在早期现代英语中，元音群 ai, ay 可能保留了中古英语的传统发音［ɛ:］，allay, always, alwayes, array, arayd, away, bay, betray, betray'd, bewray, caytife, Caytife, clay, day, dayly, dayes, decay, delay, Display'd, essay, faith, fayth'd, gayle, gray, gray beard, gray-beard, hay, Haile, Hayle, *Hollidayes*, lay, Lay, laying, layd, layde, laid, laide, may, mai't, midway, nay, Nay, nailes, nayles, obay, obays, obrayds, pay, play, playd, playes, Players, *playing*, *played*, playd, pray, prayers, praiest, praise, prayse, prayses, praysd, raile, railes, rayld, rayment, raine, raineth, rayne, raised, rais'd, rayse, say, sayes, say's, say'st, said, saide, slay, slaine, snayle, stay, Stay, stayes, staid, staine, Stayne, stray, traitour, traytor, Traytor, straitway, sustaine, sustayn'd, sustayning, sway, Tayler, Taylor, traine, villaine, way, waie, waile, wayl。

againe, gaine, Assaile, forraine, Against, vaine, gainst, Fairie, mountaine, acquaint, certaine, Certaine, praiers, Frailtie, affaire, maide, maides, maiden, maidens, saile, entertaine, entertainement, soueraigntie, haire, faith, Yfaith, acquaintance, braine, straitway, faine, faile, Faile, raigne, faire, disdainefull, paintings, Or'e maister, maisters, maistry, villaine, raile, gaine, praise, straines, maist, twaine, despaire, remaine, portraiture, waine, Captaine, maide, saint, preuail'd, Mermaide-like, praised, paint, sodaine, proclaime, slaine, *traine*, claime, Captaines.

在乔叟的中古英语中，一些罗曼语外来词 *Alarum*, alarumd, Apothocarie, carbonado, Marshall, Mary, Margerum, Sarum, 即元音字母 a 的发音为［a:］。name［na:m］是一个源自古弗利安方言（Old Frisian）的词语，中古英语 bake, bath, face, father, hare, hart, hartely, hartily, passe, passed, passing, saue, Saue, strange 中的 a 发音为［a:］。

从［速写］手抄字体 ã 的使用来看，attendãce, cãnot（cannot, Cannot）, instãly (instant, instantly), stãd, stãds (stand, stande, stands, stand's, Stands, Standst), strãge (strange, strangenes, stranger, stranger'd), substãce (substance)，an 发音为［a:n］。其他词语还包括 ancient, angring, answere, answerd, banisht, banishment, banners, blanke, dance, disbranch, France, hand, husband, husbands, manner, shankes, stands, stranger, tenant, vnsanctified, vnmannerly, want, wanton。

（2）从［ɛ:］到［e:］的发音转变。由于受到拉丁语和罗曼语（尤其是法语）的影响，本土的盎格鲁-萨克森语词语较容易发生元音转变。例如，sea (sæ, see, sey, seye, sie), Lear(Leir) 保留了古英语的传统发音［ɛ:］，元音群 ea, ei, ey 在重读音节和非重读音节中的发音为［ɛ:］，例如，Ceasen, Norway,

Saint, Sceane, 这些是罗曼语外来词。源自古英语、古弗利安方言（OFris）的词 语 each (ælc, elc, elch, ech, eich, eyche, eache), grey, eight (eahta, æhte, ehte), neighbour'd, receaued, receiue, receiued, receiu'd, weighed 保留了传统的发音［ɛː, eː］。在早期现代英语（EME）中，少量元音字母 ea, ei, ey 在重读音节中的发音为［eː］，例如，break, breake, Breake, conceiue, Conceaue, deere, dearest, deerest, deceaued, deceiu'd, meal, perceau'd, perceiue, Perceiued, sea, seauen, seuen, yea, Yea, yealds, Yeelds。

其他的词语如下：alreadie, already, beach, beacon, beadle, beakes, beames, beast, beastly, beat, beates, beaten, beneath, bleak, breach, breaches, bread, breake, breath, breathes, breathles, cease, ceaze, cleauing, concealed, conceals, concealement, create, creating, creature, dead, deadly, death, Death, deale, dealing, disease, diseases, displeasure, dread, each, Each, ease, easie, eate, eater, extreame, extreames, extreamitie, feather, feathers, feature, flea, fleach, fleash, great, Great, greater, head, heads, heades, headed, headlong, health, heat, heate, heaue, heauen, heauens, heauenly, heauie, heauy, heauinesse, increase, intreat, Intreat, intreatie, leachers, lead, leade, leads, leading, leake, leape, leasure, least, Least, leaue, leaues, meades, meane, Meane, meanes, mean'st, meanest, measure, meate, meates, neate, neather, peace, Peace, please, pleas'd, pleasant, pleasure, pleated, preach, read, reade, reading, readie, ready, reason, receaued, repeals, *retreat*, reueald, seaze, season, sheald, speake, speakest, speaking, stealing, stealth, sweat, teach, treacherie, tread, treason, treasons, threatned, threatning, vncleane, vnseale, weak, weake, weale, wealth, weather, weaues, weapons, Weapons, wheate。

Cokney, conuey, eye, eyes, ey'd, eyd, eyles, hey, key, money, motley, obey, Obey, they; beit, conceit, conceiue, counterfeiting, eithers, Leige, neither, perceiue, perceiued, surfeit, weild; feirce, heire, their.

（3）从［ɔː］到［oː］的发音转变。在乔叟的中古英语中，aok［ɔːk］, boat［bɔːt］的发音近似于古英语（OE）发音。goat, vault, aught, nose, stone 是源自古英语或者古弗利安方言（OFris）的词语，其中的元音群 ao, oa 在重读音节和非重读音节中的发音为［ɔː］。可能极少量元音字母 o, oo 在非重读音节和重读音节中的发音为［ɔː］。

一个合理的推测是，早期现代英语的"元音大移位"（GVS）是从［ɔː］与［oː］有意区分开始的。例如，borrow, borrowed, cõfort, comforted, Cohorts, comfortable, controwle, dishonord, forgot, forlorne, forsooth, forescore, Fourescore, *Gonorill*, honor'd, honorable, horeson, horror, Moreouer, morrow, to morrow, opportunities, outscorne, paromord, soiorne, sorow, Sorow, sorrow, sorrowes, sorowes, sorrowes, thorough, whorson, whoreson 等词语则必须区分［ɔː］与［oː］。随之而来的是一些词语中的［ɔː］转变为［oː］；由此进而引发［oː］转化为［uː］。

在早期现代英语（EME）中，少量元音群 ao, oa, au, aw, ew 在重读音节中的发音为［oː, ɔː］，例如，*Austins*, law, Law, lawfull, lawes, Lawyer, out-lawed, *Pauls* 中 au, aw 的发音分别为［oː, ɔː］。乔叟《坎特伯雷故事集》中的 Felaweshipe, 莎士比亚戏剧中写作 fellowship。元音群 ao, oa, aw 的发音可能较早发生了从［ɔː］到［oː］转变，例如：abroad, approach, Approach, boast, boasted, coates, gloabe, Gloabe, goard, hoast, loath, loathly, loathed, oath, oaths, oats, Roaring, throat, toad-spotted; draw, drawes, drawen, drawne, withdraw, flawd, gnawne, pawne, pawn, saw, sawcy, sawcely, sawcily, straw。

在早期现代英语中，au, ew 在重读音节中保留了中古英语的发音［ɔː］，例如，auntient, Autums, baud, Because, cause, cautions, caught, vncaught, centaures, commaund, commaunds, daube, daughter, daughters, Daughters, demaunding, fault, faults, Fauchon, *France*, *Fraunce*, fraught, gauntlet, graund, laugh, launces, laughs, laughter, Maugure, naught, naughty, Naughty, slaughter, Taught, traunst, vault, vauntcurrers; adew, curphew, crewell, dew, drew, Few, fichew, Flew, grew, iewels, iewell, mew, mildewes, new, newes, reuenew, shew, shewe, shewes, shewed, shewedst, shewest, shewen, shewted, sinewes, Stewd, *Steward*, threw, vew, wall-newt。

在早期现代英语中，or在重读音节和非重读音节中，Lord, Lords, Lordship, *Cornewal*, *Cornewall*, *Cornwall*, *Cornwell*等保留了中古英语中的发音［oː］。例如：abhorred, abhord, according, adore, anchoring, authoritie, authorities, authority, before, besort, bordered, Bore, borish, borest, borne, bornet, cheuore, clamor, comfort, comfortable, comforts, comforting, comfortles, *Cordelia*, cordes, coren, corkie, *Corn*, corne, correction, Corrupted, corrupter, corruption, deformity, discords, disorders, disordred, diuorse, dore, Enforce, enform'd, enforst, fauor'd, for, forbeare, forbid, force, forces, forfended, forget, forgot, forgiue, forgiuenes, forke, forked, forkes, forme, former, forsaken, forraine, Forst, for't, fort, forth, fortnight, fortunately, fortune, Fortune, fortunes, fortun'd, fortie, gorge, gosmore, hathorne, *Historica*, horne, hornes, Hornes, horred, horid, horrible, Horrible, horse, horses, humor, ignorance, ignorant, informd, inform'd, informe, informed, import, imports, important, Importune, memories, more, morning, mortalitie, morter, mortified, nor, or, orbs, order, ordinarie, ordinance, or'e, organs, origin, perforce, perform'd, Port, Ports, Porter, portable, portend, purport, remorse, report, reports, restoring, roring, score, scornfull, short, shortens, shorter, shortly, sore, sorely, sory, sport, store, stor'd, storme, support, sword, swore, sworne, terrors, torches, torment, transforme, Transport, victory, *vnfortunate*, whore, whores, word, words, wordes, wore, worke, working, world, worme, worships, worse, worser, worst, worsted, worth, worthied, worthier, Worthy。后缀 -or 保留了中古英语中的发音［oː］, conductor, *maior*, sauor, Taylor, traytor, victor, 与此相同，复合型副词 henceforth, morall, therefore, Therfore, wherefore, wherfore 也保留了中古英语中的发音［oː］。

（4）从［eː］到［iː］的发音转变。在乔叟的中古英语中，see（OF. sé, sié）的发音近似于法语发音［seː］，即元音字母 ee 在重读音节和非重读音节中的发音为［eː］。然而，在早期现代英语（EME）中，少量元音字母 ee, ie 在重读音节中的发音为［iː］，例如，greene, neere, Neere, neers, neerely, peece, peeces, peec'st, headpeece, Codpeece, piece, pieces, piec'd, see, See, seeing, seene, sweat, sweet, sweete, Sweet, sweeten, sweetnes。fierce, pierce 中的 ier 发音为［iː］。从现代英语拼写的替换来看，between, betweene, tweene, betwixt, twixt; beleeue, Belieu't; greefe, griefe, griefes, greeue; hadst bin, hath bin, hath beene, haue beene, had beene, hadst beene, releeue, releeued, relieued, theefe, Theeues, thiefe, yeeld, yield, yielded 表明元音群 ee, ie 在重读音节和非重读音节中的发音为［iː, eː］。

其他的词语如下：apeer's, bee, beet, beetles, beleeft, bleeding, beseech, beweepe, bleed, bleeding, bleedst, bo-peepe, breeches, breed, breeds, breeding, breefnes, cheeke, cheese, cheeke, cheeks, cheekes, cleerest, com-peers, creeking, deed, deedes, deepe, deeply, degree, deere, Deere, deerer, deerest, deerely, discreet, eeles, eene, fee, feele, feeling, feelingly, feet, free, freer, greedines, greet, hee, Hee, heede, Heele, heeles, heere, Heere, Heers, indeed, keepe, keepes, Keepe, knee, knees, kneele, *kneeles*, kneeling, mee, meete, *meeting*, need, neede, needes, needs, needles, needful, needfull, peeble, proceed, proceedings, queene, Queene, redeeme, redeemes, reeking, repreeue, see, seene, seeing, Seest, seeke, seeking, seeme, Seeming, seemd, Seet, shee, Shees, sheep, sheepe, sheets, asleepe, sleepe, *sleepes*, sleepest, sleeping, speech, speeches, speede, speedie, speedely, speedily, speedy, spleene, steeled, steepe, steeples, succeed, thee, Thee, teeme, teeth, three, tree, vnfeed, wee, weele, weedes, weeds, weep, weepe, weeping, wheele。

（5）从［oː］到［uː］的发音转变。在乔叟的中古英语中，fool（OF. fol, fole, folle, foole）的发音近似于法语发音［foːl］，即元音字母 oo 在重读音节和非重读音节中的发音为［o:］，例如，cosin, coosin, poore, poorest 是一个法语借词。然而，在早期现代英语（EME）中，少量元音字母 oo 在重读音节中的发音为［u:］，例如，doe, Does, doot, doo't, dooes, doost, foole, Foole, fools, fooles, Fooles, foolish, doome, foredoome, Moone, Moones, mooneshines, moone-shine, too, toot, too't, doore, doores, foord。

其他的词语如下：afoot, Aloofe, blood, booke, boone, boote, bootes, bootlesse, bridegroome, broome, colder-moods, cookow, Cookow, cooles, Doo'st, doome, doore, doores, food, foode, foord, forsooth, foote, footed, football, foot-path, good, Good, goodliest, goodnes, goodman, Goose, groome, hold, holding, Holds, Hould, inloose（=vnloose）, looke, Looke, looks, lookes, looking, lookt, Lookt, loopt, loose, looses, loosest, loosen, mood, noone, poole, poore, Poore, proofe, roofes, schoole, schoolemaster, schoolemasters, shooes, shooke, shoot, shoote, smooth, soone, Soone, sooth, stood, stoole, stoops, strooke, tooke, Tooke, mistooke, tooth, tooth'd, troope, whirli-poole, wooll, whoop, wooden, Woolfe。

（6）从［i:］到［aɪ］的发音转变。在乔叟的中古英语中，mice［mi:s］的发音近似于法语发音，即元音字母 i 在重读音节和非重读音节中的发音为［i:, i］。time (OE. tyme, tim, tyme, teme, teyme, taym) 是一个源自古英语的词语，中古英语时期其发音为［taɪm］，Time, times, pastime, sometime, Sometime, vntimely。在早期现代英语（EME）中，少量元音字母 i 在重读音节中的发音为［aɪ］，例如，hie, high, highnes, Highnes, highnesse, hight, 其中 hie, high 的发音同为［haɪ］。中古英语 igh 是一个法语式的拼写。knight（cniht, cniʒt, cnih, knyht, kniht, cnæht）是一个源自古弗利安方言（OFris），古英语（OE）的词语，其发音为［knixt］，15 世纪末其发音变为［naɪt］。在第 1 四开本（Q1）中，Despight, eight, eye-sight, fight, flight, knights, Knights, knighted, knighthood, light, lights, lightning, lightnings, might, Might, mightst, mightie, mighty, mightily, *night*, nights, fortnight, goodnight, nightingale, pight, plight, right, Right, rightly, rights, aright, sight, slightly, vnsightly, vpright, waight, 由此推论，igh 在重读音节中的发音为［aɪ］。源自古英语的代词 my, mine, Mine, thine 中的元音字母 i 发音为［aɪ］。

其他的词语如下：all-licenc'd, appetite, bide, bite, bites, behind, blind, caytife, chide, Combine, derides, confine, confined, crime, crimes, Decline, depriue, determine, dice, dride, hide, Hide, hides, hideous, incline, kite, knife, life, line, minces, mind, mind's, minds, minded, nine, pride, pricke, prickes, price, prise, pride, sprigs, Princes, Printed, prison, prisoners, prize, vnprizd, guide, quite, ride, side, sides, side's, Bancke-side, besides, smite, spite, strife, swine, thrice, tide, trice, twice, Vanitie, vermine, vices, white, whites, *Whitehall*, wide, wife, wipe, write。

pity (OF. pite, pité, pitié) 是一个法语借词。pitie, pittie, pities, pitifull, pity, pitty, pitied, pittyed, pittiles, 表明元音字母 i 在重读音节中的发音为［iː］。

（7）从［uː］到［au］的发音转变。在乔叟的中古英语中，mouse［muːs］的发音近似于法语发音，即元音群 ou, ow 在重读音节和非重读音节中的发音为［uː］，例如，power（OF. poër, poair , poeir）, powre, powers, powrefull, 保留了法语拼写形式。our (OE. ure, hure, ur, owre) 是一个源自古英语的代词，中古英语时期其发音为［aur］。早期现代英语（EME）时期，少量词语中的元音群 ou, ow 是可以相互替换的，其发音为［au, əu］，例如，about, Aboue, account, bloud, bloudy, brought, couch, house, house-lesse, mouth, mouthes, nought, ought, Out, outfrowne, out-iest, out-lawed, outside, out-wall, outscorne, outward, pound, spout, tough, vouchsafe, without; acknowledge, acknowledged, acknowlegd, allowance, auowched, bow, bowes, cow-dung, crowne, crownes, Crownd, Dower, dowre, dowreles, dowerless, downe, drown'd, elbows, frowne, how, How, howers, howerly, howle, Howle, knowledge, know, knowes, knowne, knowest, know'st, Knowst, know't, vnknowne, low, lownes, mowse, now, snow, towne, townes, vow, vowes。

中古英语时期，元音群 ou, ow 的发音出现了较为复杂的转变，例如，bloud, borrow, bound, bounds, doubt, doubtfull, doubted, enough, Enough, inough, fought, foulds, found, grow, growne, neighbour'd, ounce, rough, sound, sought, sound, *Sound*, sounded, touch, Touches, though, Although, thought, thoughts, bethought, tould, thousand, trouble, vnboulted, voucht, wrought; allow, Allow, Allows, blowes, bestow, crowes, crow-keeper, dower, fowle, fellow, fellowes, flow, flowne, flowing, follow, followes, followed, following, follower, frowne, furrow, gallow, grow, growes, hollow, hollowness, lowse, owes, owest, own, owne, pillow, *Rowland*, shadow, snow, sparrow, throw, throwest, throwne, trow, trowest, windowed。

元音发音的变化，混杂了传统的拼写形式和"元音大移位"所带来的改变。早期现代英语的"元音大移位"（GVS）可能是从［aː］与［æ, ɛː］,［ɔː］与［oː］有意区分开始的。中古英语中的［æ］被更广泛地使用，一些词语的元音出现了［aː］向［æ, ɛː］转变，和［ɔː］向［oː］转变。进而引发了［ɛː］向［eː］转变，［eː］向［iː］转变，和［oː］向［uː］转变。最后促发了新的双元音（diphthongs）出现，即越来越多包含元音群的词语出现，使得［iː］向［aɪ］转变，［uː］向［au, əu］转变。在《哈姆雷特》第 1 四开本中，元音字母 i 的发音往往只与重读 / 非重读音节有关，与 17 世纪后期标准化英语（PDE）的开音节、闭音节无关；罗曼语词 poison, *poyson*, poysons, poysned, appoynted, point, poynt, poynted 表明元音字母 i/y 是可以相互替换的，其发音为［i］，出现在中古英语中的元音群 oi, oy［ɔː］还不是标准化英语中稳定的双元音［ɔɪ, əɪ］。同样，尚未出现双元音［eɪ, uɪ］和［ɔu, ɛu］。

三、结语

由于早期现代英语主要是基于语音而确立起来的，莎士比亚戏剧的每一个早期版本都有独立的文本价值，尤其是它们包含了明显的语言学价值。“元音转变”在更为长久的时期里在罗曼语中发生，大多数词语中的元音发音都在持续提升。14–16 世纪末期，英语开始越来越多地发挥官方语言功能，英语元音在同时期发生了突然而戏剧性的变化。

持续不断的语音变化，是英语语音史上较为显著的现象。中古英语早期，盎格鲁–萨克森方言逐渐趋向于发音与拼写的一致，增强了地域的发音特征。14 世纪后期，东中部地区（伦敦）方言的崛起，并成为英格兰民族语言，大量希腊语、拉丁语和罗曼语借词和词缀法产生的新词，加剧了早期现代英语的变化。“元音大移位”引发了英语发音的一些歧异现象。在莎士比亚的时代，英语保持了重读、轻读音节和长元音、短元音的主要区别，而且短元音往往是可以相互替换的。由于活字印刷术的引入，早期现代英语为了更好表征发音的变化，一些词语的拼写发生了变化，但大多数却没有发生拼写变化，因而部分掩盖了英语词语与对应外国词语之间的关系。

第四节　论《哈姆雷特》第 1，2 四开本与早期现代英语的元音大移位

罗马帝国时期，拉丁语与希腊语、诸蛮族语言（非拉丁语）并存。从语源上看，古弗利希安语（Old Frisians）和古英语（OE）源自一种共同的更古老的日耳曼方言，而古英语更近似西弗利希安方言。① 拉丁语及其俗语（Vulgar Latin, colloquial Latin）是欧洲中世纪广泛使用的语言，罗曼语（Romance languages）是从通俗拉丁语演变而来的，或者说是罗马帝国西部地区的高卢–罗曼语、西班牙–罗曼语、意大利–罗曼语、瑞提亚–罗曼语、巴尔干–罗曼语各方言的统称。② 古法语（OF）是一种罗曼语，主要源自拉丁语俗语，即罗马征服高卢之后传入高卢的口语拉丁语。5 世纪法兰克人入侵后，高卢的拉丁语俗语发生了一些更改，开始迅速变化并发展为一种新语言，同时分裂为多种方言。9 世纪中期，古法语主要分为北部的多伊语和南方的多克语。③ 在古弗利希安方言和盎格鲁–萨克森语（Old Anglo-Saxon）的传统中，拼写往往是基于诸方言的发音，而且各方言并不一致。

考察早期现代英语接受而来的语音系统（Received Pronunciation, RP）中的元音大移位（the Great Vowel Shift, GVS）的现象，首先谈谈盎格鲁–萨克森语的

① Orrin W. Robinson. *Old English and Its Closest Relatives: A Survey of the Earliest Germanic Languages*, London: Taylor & Francis, 2005: 153.

② William Denis Elcock. *The Romance Languages*, London: Faber & Faber, 1960: 18.

③ E. Einhorn. *Old French: A Concise Handbook*, Cambridge: Cambridge University Press, 1975: 1–2.

罗曼语化是有意的。公元 1 世纪后期，罗马征服英格兰促动了不列颠凯尔特语的罗曼语化。11 世纪晚期诺曼底–安茹王朝在不列颠的建立，诺曼底法语方言、西部法语成为英格兰的官方语言，在根本上改变了盎格鲁–萨克森语（OE）原初的主导地位，后者迅速沦为社会低等级的语言，主要在民间以口语形态而存在。中世纪，盎格鲁–萨克森语在字母、词汇以及表达措辞上，已经变得近似于罗曼语化的法语，因而中古英语（ME, Anglo-Norman）在发音和拼写上明显区别于老盎格鲁–萨克森语（OE）。12 世纪至 1400 年，中古英语和古法语（OF），各自的拼写（standardized writing）与自发的语音（spontaneous speech）之间出现了较大的差距，甚至可以说法语和英语的书写系统与音位的发音实现相距甚远。①1350 年代之后东中部地区的伦敦方言（英语）成为容易被普遍接受的社交语言。1357 年伦敦成立了抄写人兄弟会（the Brotherhood of Manuscript Producers），而后使得中古英语字母及其手写 / 抄写的字体逐渐趋向一致。1549—1570 年 J. 哈特发表了 3 篇有关英语拼写的论文（treatises），倡议进行正字法改革，以消除 16 世纪中期英语拼写不一致和不规范所带来的学习障碍，提出采用新字母体系，“[英语] 书写需要有足够多的字母，正如语音需要有足够多的发音，不多不少”。1569 年 J. 哈特《正字法》(John Hart, *An Orthographie, conteyning the due order and reason, howe to write or paint thimage of mannes voice, most like to the life or nature*）对语言的技术分析同意识形态和修辞结合起来，对英语语音作出了详尽的描述。②1604 年前后出版的第一本英语词典《字母序列》（Robert Cawdrey, *A Table Alphabeticall, conteyning and teaching the true writing, and vnderstanding of hard vsuall English wordes, borrowed from the Hebrew, Greeke, Latine, or French*），表明早期现代英语（Early Modern English, EME）字母基本

① M. Maiden, J. C. Smith, A. Ledgeway eds., *The Cambridge History of the Romance Languages* Volume 2, Contexts, Cambridge: Cambridge University Press, 2013: 85.

② Otto Jespersen. *John Hart's Pronunciation of English*, Heidelberg: C. Winter, 1907: 19–22.

达到普遍的一致，该词典采用了早期现代英语字母和罗马字体。

中古英语（ME）与古法语在其普遍的书写形式、词汇以及语句表现力上都表现出罗曼语的共同/一致特征，“不仅是在词汇上，而且在更微妙的表达方式，在其使用的习语，在其使用的语句上”。“一种语言对另一种语言的密切和持续影响，无论是口语还是书写形式，总会以比仅仅借用词语更微妙的方式来影响另一种语言。每个拉丁语词语翻译到盎格鲁-萨克森语时，拉丁语［句法］结构是必然考虑的一个因素。拉丁语本身从希腊语借来了许多习语和［句法］结构”。①

11 世纪晚期，盎格鲁-萨克森语持续发生了变革和罗曼语化，这些中古英语（ME）的拼写逐渐趋向于与英格兰各地区的方言发音一致。S. 霍罗宾、J. 史密斯指出，在非重读音节的元音中，存在于古英语中的本质区别在盎格鲁-萨克森晚期已经变得模糊；这种模式在中古英语（例如乔叟手稿 Ellesmere manuscript）中继续存在。古英语和中古元音系统之间的主要区别在于双元音。在从古英语到中古英语的过渡时期，古英语双元音单元音化，或者与其他发音合并；而且通过辅音的元音化与法语借词，新的双元音在语言系统中得以出现。中古英语的长元音没有经历“元音大移位”，重音音节中的长元音被“提高”或（如果已经接近）双元音的变化。因此，bookes 的发音是［boːkəs］，swete 的发音是［sweːtə］。②

一、早期现代英语的语音变化

尼古拉斯·里特在“重新考虑中古英语元音数量”一文中认为，中古英

① Frederick Henry Sykes. *French Elements in Middle English*, Oxford: Oxford University Press, 1899: 6, 7.

② Simon Horobin, Jeremy Smith. *An Introduction to Middle English,* Oxford: Oxford University Press, 2002 : 12.

语方言发音和早期现代英语接受而来的语音系统（Received Pronunciation, RP）中的元音发音变化，是在特定时期的可生成的语音系统中发生的，而不必特别关注个别的元音重读或者长元音化。[①]B. 登斯贝格《英语的语言体系变化》认为外来词 / 借词是早期现代英语语音变化的根本原因，“虽然古英语和早期中古英语（以 1250 年作为分界点）保留了欧洲大陆拼写传统（这或多或少是音素的），而后中古英语和更后的现代英语，在发音和拼写上表现出极大的差异。这部分归因于与法语的语言接触，但更多归因于上述语音的诸多变化”。[②] 除开拉丁语，中古英语从欧洲大陆罗曼语（法语、意大利语、西班牙语等）中大量引入了外来词，这需要一个不同种类的发音模式。例如，乔叟《坎特伯雷故事集》埃尔斯米尔手稿（the Ellesmere Manuscript）的拼写在某些方面与现代英语的拼写有所不同，发音也是非常不同的，尤其是长元音的发音通常与罗曼语很相似。英语在其历史中经历了许多发音上的变化，长元音变化、大元音移位二者是语言进化的重要实例。“中古英语（ME）的长元音变化稍早于‘元音大移位’，‘元音大移位’即重音节中的长元音被‘升高’，或者（如果是闭音节）变为双元音或者双元音化（diphthongised）。”[③]M. 舍勒《英语词汇》指出，现代英语词汇，源自不列颠本土语言（例如，凯尔特语、盎格鲁-萨克森语、老北方方言等）的占 30%，其中包含源自斯堪的纳维亚诸语言的 5%；现代英语的借词（borrowed words, Loanwords）是比较多的，源自拉丁语和罗曼语的超过 50%，源自希腊语和别的语言（例如，希伯

① Matti Rissanen, Ossi Ihalainen, Terttu Nevalainen, Irma Taavitsainen (eds.), *History of Englishes*, New York: Mouton de Gruyter, 1992: 207–222.

② Bernhard Diensberg. *Linguistic Change in English the Case of the Great Vowel Shift from the Perspective of Phonological Alternations Due to the Wholesale Borrowing of Anglo-French Loanwords*, Folia Linguistica Historica, Vol. 32（1998）, pp 103–117.

③ Simon Horobin, Jeremy Smith. *An Introduction to Middle English*, Oxford: Oxford University Press, 2002: 12.

来语）的占 18%–20%。①

	SOED **80.096**	***ALD*** **27.241**	***GSL*** **3.984 entries**
Germanic(“Inselgermanisch”)	26% 22%	32% 27%	51% 47%
French	28%	36%	38%
Latin	28%	22%	10%
other languages	18%	10%	1%

from: M. Scheler, *Der englische Wortschatz* (Berlin, 1977), 72.

由于更频繁的语言接触和语言混合，从乔叟到莎士比亚，英语的拼读与语义发生了很大的变化，词语曲折变化（性数格）的标志与句法、语法趋向于简化，例如，乔叟诗中有 Roo'me，莎士比亚写作 Roame（Roame thither then），二者的发音可能近似。②K. 路易克（Karl Luick, *Untersuchungen zur englischen Lautgeschichte*, 1896）、D. 琼斯（Daniel Jones, *An Outline of English Phonetics*, 1922）、A. C. 吉姆森（A. C. Gimson, *Pronunciation of English*, 1962）、E. J. 多布森（Eric J. Dobson, *English Pronunciation 1500–1700*, 1968）等努力重构中古英语、现代英语的语音。关于早期现代英语，1909 年 O. 叶斯佩森（Otto Jespersen）较早提出了现代英语的“元音大移位”。“元音大移位包括所有长元音的升高，只有两个高元音 /iː/ 和 /uː/ 除外，这两个高元音在不成为辅音的情况下已无法再升高，因而被双元音化，变为［ai，au］”。③因此早期现代英

① Manfred Scheler. *Der englische Wortschatz* (Grundlagen der Anglistik und Amerikanistik, Band 9), Berlin : E. Schmidt, 1977: 70–72.

② Dorothy Bethurum, Randall Stewart. *Chaucer And Shakespeare: The Dramatic Vision*, Chicago: Scott, Foresman, 1954: 32.

③ Otto Jespersen. *A Modern English Grammar on Historical Principles*, Heidelberg: C. Winter, 1909: 231–232.

语失去了罗曼语和拉丁语中的纯净元音，以及长元音和短元音之间的语音配对。随后，P. M. 伍尔夫（Patricia M. Wolfe）、R. 莱斯（Roger Lass）、R. P. 斯托克维尔（Robert P. Stockwell）、J. 弗兰克斯（John Frankis）、C. 博瓦松（Claude Boisson）、D. 明科瓦（Donka Minkova）、J. J. 史密斯（Jeremy J. Smith）、A. 麦克马洪（April M. S. McMahon）、P. A. 约翰斯顿（Paul A. Johnston, Jr.）等更细致更深入论述了中古英语的长元音出现了有序的系列的提升和双元音化（diphthongizations）。"元音大移位"主要包括元音变化的开始（ Inception）、元音变化的顺序、结构性融合、语音合并与英格兰方言等 5 个问题。

G. F. 斯腾布勒登认为，盎格鲁-萨克森方言的长元音变化始于 1066 年诺曼底法语成为英格兰官方语言之前，换言之，古英语晚期到中古英语早期既已出现了 4 组长元音的变化，ȳ >［ iː, eː ］; ēo >［ øː ］>［ eː ］; ā >［ ɔː ］; ō［ oː ］>［ ʉː ］，其中后二项变化完成于 1350 年之前。①R. 莱斯《剑桥英语史 1476–1776 年》（第三卷）写道："在语音学中，最重要的也许是元音大移位，其中整个中古英语长元音系统都发生了变化（例如，beet 过去的旧发音 /eː/ 已升高为 /iː/，boot 过去的旧发音 /oː/ 已升高为 /uː/，bite, out 过去的旧发音 /iː, uː/ 因为音的合成，最终接近现在双元音的音值）。此外，中古英语中 cat 的短音 /a/ 已升高为［ æ ］，然后在某些辅音（例如，pass, bath）之前变为长音，从而导致类别的划分（cat 中的短元音，pass, bath 中的长元音，往往具有不同的音质）；中古英语中 put, cut 的元音 /u/ 也导致不同类别的划分。""在中古英语中，house, cow 中的元音〈ou，ow〉的发音是 /uː/，而 food 中的元音〈oo〉的发音是 /oː/。在 14、15 世纪，元音大移位的早期，/oː/ 开始升高为 /uː/，/uː/ 开始发生双元音化。这一系列的语音变化产生了两种类型的非传统拼写，需要作出不

---

① Gjertrud Flermoen Stenbrenden. *Long-Vowel Shifts in English, c. 1050–1700*: Evidence from Spelling, Cambridge: Cambridge University Press, 2016: 3–4.

同的解释。”①

A. A. 普林斯《元音大移位的早期例证》一文指出，从中古英语用例来看元音变化的更早日期，[a:] 升高为 [æ:, ɛ:] 是 1303 年，[o:] 升高为 [u:] 是 1320 年，[e:] 升高为 [i:] 在 15 世纪初（大约 1420 年）之前。对于盎格鲁–法语，[o:] 升高为 [u:] 和 [e:] 升高为 [i:] 是同时发生的。②1400–1700 年，早期现代英语（EME）在语音、词汇、语法上持续发生了较大的变化，“元音大移位”是早期现代英语发音的一个重大变化，即长元音发声向更高音的位置移动，中元音升高和高元音双元音化。“元音大移位”包含一系列英语语音的变化，随后对相邻的元音产生较大的影响，长元音的变化会推动别的元音发生变化，以保持各元音之间的区别，因而短元音在拼写和发音方面也受到影响。当然不能忽略随之而来的其他变化，早期现代英语的“元音大转变”影响了英格兰本土的语音，也影响了从罗曼语和拉丁语中借词的发音。对于诗歌，韵律发生了改变，进而特殊强调标点符号（逗号、撇号）、词语及其大写字母和图形等元素。D. 明柯瓦《英语语音史》认为，外来词（loans）是中古英语双元音的重要来源，“这些二合音位变体在系统中的存在很重要，因为它打破了可能的单一音位变体 [æ:] 和 [ɔ:] 与明显的二合音位内核 [-æj] ～ [ɛj] ～ [ej] 以及 [ɔw] ～ [ow] 之间的感知差异。英语的重读长元音很容易变成双元音，而下降的双元音具有与单音相同的峰值，使得区分重叠实现的任务会变得更加困难”。③J. 史密斯《语音变化与英语史》有意区分了英格兰南部与北部的“元音大移位”，并指出金雀花王朝–都铎王朝时期，伦敦方言（vernacular）在南

① Roger Lass. *The Cambridge History of the English Language: 1476–1776*, Vol. 3, Cambridge: Cambridge University Press, 2000: 11, 65–66.

② A. A. Prins. *A Few Early Examples of the Great Vowel Shift*, Neophilologus 27, 1942: 134–137.

③ Donka Minkova. *A Historical Phonology of English*, Edinburgh: Edinburgh University Press, 2013: 263.

部赢得了越来越高的声誉，具有社会流动性的移民团体更适应并采用了该方言。“元音移位发生在英语史过渡的关键时刻，那时英语已不再是与拉丁语和法语相比地位相对较低的语言，而是开始担当民族语言角色，换言之，它经历了一个埃纳尔·豪根称为‘优雅化’（elaboration）的过程。英语的‘优雅化’意味着英语的某种享有声誉的变体即将出现，而至少元音移位的故事与此密切相关。”①

在英格兰历史上，凯尔特语、盎格鲁-萨克森语一直发生着或明显或微弱的变化。中古英语一直有“元音变化”（vowel-change）发生，例如，arrant=errant, Barkley=Berkeley, Barkshire=Berkshire, berrn/berne/baerne=barne, clark=clerk, darby=derby, dorck/derk=darke, fer=far, harry=herry/henry, parson=person, stan/stæn/ston=stone，等。日本学者 H. 久保园认为，早期现代英语“元音移位”的连续变化链条主要与中世纪英格兰地区方言的差异有关。②H. 普利查德则通过考察北部地区方言中的“元音大移位”语例发现，③在英格兰不同地区，“元音大移位”以不同的时间和速度进行，通常在中部地区（Midlands）、南部（特别是伦敦）发生得较早，并且更明显；北部地区的一些词语（例如 uncouth, dour）仍然保留其元音移位前的发音。事实上，元音移位的不规则性和方言的区域差异，导致了一些词语发音不一致。例如，Busy 保留了旧的中部地区（Mid Midlands）的拼写，却是东中部地区（East Midlands/London）的发音。bury 的拼写是西中部地区（West Midlands），但发音是肯特方言（Kentish）。

---

① Jeremy Smith. *Sound Change And The History Of English*, Oxford: Oxford University Press, 2007: 129.

② Haruo Kubozono, *The Genesis of the English GVS*, Studies in Linguistic Change, Tokyo: Kenkyusha, 1982: 39–52.

③ Hilary Prichard. *Northern Dialect Evidence for the Chronology of the Great Vowel Shift*, Journal of Linguistic Geography, 2014/10, Vol. 2, Iss. 2, 87–102.

12、15 世纪法语对盎格鲁–萨克森语的影响是两个不同阶段。12 世纪盎格鲁–萨克森语失去了官方语言、优雅语言的地位，仅仅广泛存在于本土民众的口语中，在 1380 年代之前极少出现新的书写文献。15 世纪中古英语作为民族语言成为普遍的自觉的观念，再次成为官方语言和文学语言，而乔叟、高渥等开创了中古英语文学。H. 赫尔曼《德语语文学概要》(Hermann Paul, *Grundriss der germanischen Philologie*, 1901)、W. W. 斯基特《英语词源原理》(Walter William Skeat, *Principles of English Etymology*, 1887) 从词源的角度论及英语与德语、法语的关联。随着诺曼人带来的大陆文明，一小部分诺曼–法兰克语词汇作为新概念输入古英语的语汇中，另一些诺曼–法兰克语词汇则逐渐取代了古英语词语，因而开启了最初的中古英语时期。盎格鲁–萨克森语便日益远离原初的古日耳曼语或者古弗利安方言。①W. W. 斯科特《盎格鲁–法语对现代英语的影响》认为，诺曼方言的发音在许多情况下确实使英语单词的母语发音不堪重负，并转移了母语的发音，诺曼方言发音对英语的影响是零星的和不确定的，影响某些单词，而不影响其他单词，或者对其他单词的影响更大。在某些情况下，效果只是短暂的或部分的。“我认为英法文士们非常尽责，并尽其最大努力以语音方式表达声音，甚至在他们停止发音后很长时间仍在写下声音。也许最特别的例子之一就是动词的写作，在该动词中我们仍然设定了一个初始 w，该 w 早已灭绝了。”②L. M. 盖指出，army, beauty, depart, face, host, peace, people, perished, vation, valleys, voice 等诺曼–法兰克语借词取代了原初的古英语词；同时，一些古英语词出现了起

① W. Rothwell. Anglo-French Lexical Contacts, Old and New, *The Modern Language Review*, Vol. 74, No. 2 (Apr., 1979), pp. 287–296.

② Walter William Skeat. *The Influence of Anglo-French Pronunciation Upon Modern English*, 1901: 14.

相对应的诺曼-法兰克语同义词，例如，morn(morgen/morgn-), morrow。① 在《哈姆雷特》中，较少英语词语采用了古法语的拼写形态，例如，doubt(dout), moth(mote), shipwrites(shipwrights), solembe(solemn), way(weigh), wayd(weighed), apparision(apparition), cald(called), dirdge(diege), madnes(madness), scandle (scandal)。

二、莎士比亚戏剧中的英语发音

重音变化和“元音大移位”是中古英语转向早期现代英语显著的发音问题。莎士比亚戏剧中的英语发音一直受到了学者们热情的关注，A. J. 埃利斯《早期英语发音》②，W. 维托《莎士比亚发音》③，H. C. 魏尔德《现代口语英语史》④，H. 科克利茨《莎士比亚的语音》⑤，E. J. 多布森《1500–1700 年英语发音》⑥，F. 塞茨纳尼《莎士比亚作品与伊丽莎白时代的发音》先后考察了莎士比亚作品中的英语发音。⑦ 科克利茨提出了合理的假想：当莎士比亚被引诱到伦敦寻找好的发展前景时，他带着瓦威克郡的方言……在都城伦敦，他迟早要做出相当大的语言调整，仅仅作为一条闯世界之路的一种方式。伦敦吸引了来自不列颠群岛各个角落的各种各样的人，这些人在迁移到都城后很长一段时间里，通常都会继

① Lucy M. Gay. *Anglo-French Words in English*, Modern Language Notes, Vol. 14, No. 2 (Feb., 1899), pp. 40–43.

② Alexander John Ellis, *On Early English Pronunciation, With Especial Reference to Shakespeare and Chaucer*, London: Early English Text Society, 1869–1889.

③ Wilhelm Vietor, *Shakespeare's Pronunciation*, New York: Lemcke & Buechner, 1906.

④ Henry Cecil Wyld. *A History of Modern Colloquial English*, New York: Barnes and Noble, Inc., 1956: 99.

⑤ Helge Kökeritz. *Shakespeare's Pronunciation*, New Haven: Yale University Press, 1953: 4.

⑥ Eric John Dobson. *English Pronunciation 1500–1700*, Oxford: Oxford University Press, 1968.

⑦ Fausto Cercignani. *Shakespeare's Works and Elizabethan Pronunciation*, London, New York: Oxford University Press, 1981.

续使用他们的出生地（native）方言。但当莎士比亚成为伦敦剧团一员，并开始与别的演员、剧作家及其赞助人交往时，情况发生了变化。作为一名演员，他必须使用一种不令人反感的地方口音的发音，同时又要清晰响亮，让观众很容易理解。而伦敦的早期现代英语一直是西萨克森（西南部、南部地区）、东中部地区和肯特郡（东南部地区）三种不同地区方言的融合。这可能导致瓦威克方言的特征只能在他职业演员的生涯中偶尔出现。

莎士比亚生活在多语言社会，是早期现代英语不可忽视的方面，其中也包括混合语言带来的发音状况。莎士比亚《约翰王》一剧中用早期现代英语代替古法语（即以巴黎方言为基础的多伊语），虽然约翰王的宫廷是使用法兰西北部的多伊语。在其他几个戏剧中，莎士比亚较多表现了混合法语-英语的语用现象，法语作为外语，它们构成了戏剧中的喜剧性因素。在《温莎的风流娘们儿》中，法国医生卡攸（Doctor Cayus）的每个对白中都混合了法语词语，在语法上也几乎全是糟糕的混合句式，例如，（1）Vat be all you, Van to tree com for, a?（2）Begar de preest be a coward Iack knaue,（3）Mockwater, vat me dat?（4）I begar is dat all? Iohn rugby giue a ma pen/an Inck: Tarche vn pettit tarche a little.（5）Begar den I haue as mockuater as de Inglish Iack dog, knaue.（6）Begar I will kill de cowardly Iack preest, He is make a foole of moy.（7）Begar excellent vel: and if you speak pour moy, I shall procure you de gesse of all de gentelmẽ mon patinces.（8）Hark van vrd in your eare. You be vn daga/And de Iack, coward preest.（9）I dat be vell begar I be friends.（10）And dere be ven to, I sall make de tird。在《亨利五世》中，英格兰营长 / 队长皮斯托及其侍童对被俘的法国贵族的对白也是混合了法语-英语词语，在语法上多是糟糕的混合句式，例如，（1）Eyld cur, eyld cur.（2）Moy shall not serue. I will haue fortie moys.（3）Ony e ma foy couple la gorge.（4）Comant ettes vous apelles?（5）Feate, vou preat, ill voulles coupele votre gage.（6）La gran ransome, ill vou tueres. 剧中由近似语音构成的双关语

Fer, fer, ferit, fearkt（Ile Fer him, and ferit him, and ferke him:）一定程度上表现了 3 个词语的实际发音。

三、《哈姆雷特》第 1，2 四开本中的拼写现象

1476 年以后印刷术促进了早期现代英语的传播，在早期现代英语的印刷文本中，词语的拼写形式还未统一，而且组合元音 / 音群替换明显增多。《哈姆雷特》写道：我请你巧舌如簧地说出这些话，像我对你说出的那样（Speake the Speech I pray you, as I pronounc'd it to you trippingly on the Tongue）。莎士比亚戏剧的早期现代英语发音与当前的标准化英语（PSE, PME）有明显的差异。

以下将主要考察《哈姆雷特》第 2 四开本（Q2）中的拼写及其发音。为了便于对比，在括号内写出当前现代英语（Present Morden English, PME）的拼写形式。词尾默音 e（mots finissant par e）是常见的拼写现象，例如，clowne, Clowne, downe, feede, keene, knowne, marke, Marke, meete, seeme, vnseene, theame(theme), towne。D. 明科瓦《英语中词末元音默音的发展史》指出，弱央元音（schwa）因为语音上的、形态学上的、韵律上的失去价值，在早期现代英语中已经成为普遍的语言现象，尤其是作为形态–句法的变更标记的词末元音 -e 失去了原初的意义，退化为无意义的默音。①M. 郭尔拉齐在“词末 -e 的功能”中指出，自 1400 年前后以来，双音节词词末［ə］的消失使得 -e 拼写显现为随意的和可选的，这从 15 世纪的抄写实践中明显可见。然而，词末 -e 在现代英语早期开始解释为功能性的，且至少有三种功能，偶尔却也是非功能性的。②

① Donka Minkova. *The History of Final Vowels in English: The Sound of Muting*, New York: Mouton de Gruyter, 1992: 45.

② Manfred Görlach. *Introduction to Early Modern English*, Cambridge: Cambridge University Press, 2020: 47.

元音字母 i, e, ie 在拼写中的替换。（1）元音字母 i, y 在拼写中的替换，eies(PME: eyes), ioynt-labourer(joint-laborer), moitie(moiety), ayre(air), poynt(point), soyle(soil), Soyle(Soil)。（2）e, a, ea, ee, ai, ei, ia 在拼写中的替换，beckins(PME: beckons), bedred(bed-rid), bettles(beetles), bin(been), butie(beauty), chaunces(chances), cleefe(cliff), clip(clepe), Counsaile(Council), cressant(crescent), dalience(dalliance), desseigne(design), enimie(enemy), forraine(foreign), Fraunce(France), gate(gait), gauled(galled), gaules(galls), heere(here), hetherto(hitherto), horrable(horrible), incestious(incestuous), incountred(encountered), inough(enough), intreatments(entreatments), intreated(entreated), leasure(leisure), leedgemen(liegemen), neere(near), pea(pie), peece(piece), Perchaunce(Perchance), preceading(preceding), prethee(prithee), reed(rede), reueale(revel), scandle(scandal), sea'd(seized), slaunder(slander), soueraigntie(sovereignty), step(steep), then(than), sute(suit), Vertue(Virtue), vnimprooued(unimproved), waighing(weighing), wassell(wassail), Whether(Whither), yeelding(yielding)。其中 scandle 是 1581 年之后出现的拉丁语借词，butie, chaunces, Fraunce, gauled, Perchaunce, slaunder, voyage 都是源自古法语的借词；而 gate, sute 是源自老北方方言（Old Norse, ON）的借词。（3）元音字母 o, u, oa, oo, ou, ew, ow 在拼写中的替换，abord(aboard), approoue(approve), bountious(bounteous), brazon(brazen), brute(bruit), commaund(command), conquerour(conqueror), coold(cold), cosin(cousin), curteous(courteous), foorth(forth), horrowes(harrows), laboursome(laborsome), loose(lose), obay(obey), Puh(Pooh), remooued(removed), rowse(rouse), rommeage(rummage), rowse(rouse), shooes(shoes), shroudly(shrewdly), sommet(summit), staukes(stalks), stauke(stalk), strooke(struck), sturre(stir), too't(to't), tronchions(truncheon's), vphoorded(uphoarded), woldst(wouldst), wroung (wrung)。（4）元音字母 er/ar, or/er, ur/or 等在拼写中的替换，arture(artery), cheare(cheer), familier(familiar), hart(heart), meerely(merely), perticular(particular), pestur(pester), rore(roar), scholler(scholar), suruiuer(survivor), tearmes(terms), vertue(virtue)。由于高卢–罗曼语的重音模式，这影响了盎格鲁–萨克森词语和借用词素的发声。源自古日耳曼语的 beard, heere(hear) 与罗曼语借词 hearse, pearl, search，在元音 ear 发音上是不同的。A. 麦克哈洪认为，在现代英语方言中，[r] 是一个齿龈音或者后齿龈，在苏格兰的阿伯丁和英格兰北部的诺森伯兰、杜伦还有一些小舌擦音 [ʁ]，而唇齿近似音 [ʋ] 在城市地区越来越普遍。在 [r] 化的重音中，出现在 [r] 之前的元音组往往与其他辅音或单词之前的元音组相同或近似。①

（1）辅音字母的双写依然是十分普遍的词语拼写现象，apparrell(apparel), begge(beg), filliall(filial), of(off), plannets(planets), sonne(son), starre(star), sunne(sun)。（2）辅音字母 g, y, j 在发音为 [ʒ] 时的拼写替换，辅音字母 j 总是写作 i, g，例如，iocond(jocund), gelly(jelly)。（3）辅音字母 v 总是写作 u；同样，元音字母 u 也有时写作 v，例如，aleauen(eleven), auoyd(avoid), conuay(convey), maruile(marvel), vnualewde(unvalued)。（4）辅音字母 c, k, ck 在发音为 [k] 时的拼写替换，发音为 [k] 一般拼写为 ck，incky(inky), Pollax(Polacks), rancke(rank), strikt(strict)。（5）辅音字母 c, s, z 在发音为 [s][z] 时的拼写替换，choise(choice), gratious(gracious), grissl'd(grizzled), partizan(partisan), sencible(sensible), sence(sense)。（6）辅音 t, d 的拼写替换，这一语音现象常见于中古英语，bak't(baked), exprest(expressed), fadoms(fathoms), fixt(fixed), forct(forced), hundreth(hundred), inbarkt(inbarked), lockt(locked), opprest(oppressed), op't(oped), prickt(pricked), puft(puffed), Sharkt(Sharked), tider(tether), tradust(traduced), vanisht(vanished), walkt(walked)。（7）f, v 在方言发音中并不总是区分开来的，有时古希腊语 ph [f] 也出现在词语拼写中，

---

① April McMahon. *Lexical Phonology and the History of English*, Cambridge: Cambridge University Press, 2000: 232.

twelfe(twelve), sulphrus(sulf ’rous), Ophelia(*Ofelia*), sulphrvs, turph(turffe)。除开外来词语（借词）和拉丁语、高卢–罗曼语的影响，这些语音现象较多是中古英语拼写法的延续。

四、《哈姆雷特》第 1 四开本中的“元音大移位”(GVS)

“元音大转变”对拼写正字法、阅读以及对在转变之前或转变期间所写的任何英语文字的理解等都有长期影响。以下考察《哈姆雷特》第 1 四开本（Q1）中的“元音大移位”（GVS），这是非典型的东中部地区方言（East Midland/London）的“元音大移位”。元音发音的变化，混杂了传统的拼写形式和“元音大移位”所带来的改变。早期现代英语的“元音大移位”（GVS）可能是从［aː］与［æ, ɛː］,［ɔː］与［oː］有意区分开始的。中古英语中的 ae［æ］被更广泛地使用，一些词语的元音出现了［aː］向［æ, ɛː］转变，和［ɔː］向［oː］转变。进而引发了［ɛː］向［eː］转变,［eː］向［iː］转变，和［oː］向［uː］转变。最后促发了新的双元音（diphthongs）出现，即越来越多包含元音群的词语出现，使得［iː］向［aɪ］转变,［uː］向［au, əu］转变。在《哈姆雷特》第 1 四开本中，元音字母 i 的发音往往只与重读 / 非重读音节有关，与 17 世纪后期标准化英语（PDE）的开音节、闭音节无关；罗曼语词 poison, *poyson*, poysons, poysned, appoynted, point, poynt, poynted 表明元音字母 i/y 是可以相互替换的，其发音为［i］，出现在中古英语中的元音群 oi, oy 还不是标准化英语中稳定的双元音［ɔɪ, əɪ］。同样，尚未出现双元音［eɪ, uɪ］和［əu, ɛu］。

（1）在乔叟的中古英语中，一些罗曼语外来词 alarum, Albertus, arganian, Arras, Baptista, *Barnardo*, *Bernardo*, Caesar, Capapea, Hamlet, *Mars*, Mary, Monarkes, Plato, Valentine, Valentines, 即元音字母 a 的发音为［aː］。随着活字印刷带来的阅读便利，由于希腊语、拉丁语和罗曼语词汇的大量借用，由词缀法产生的新词增多，早期现代英语的“元音大移位”（GVS）可能是从［aː］

与［æ, ɛ:］有意区分开始的。例如，arrant, apparrell, Apparell, Barbary, *Bragart*, garbage, garland, Marshall, Paradox, tarmagant, warrant 等词语则必须区分［a:］与［æ, ɛ:］，尤其是一些包含后缀的词语 apparition, Apparition, cariages, carriages, disparage, familiar, marriage, marriages, parentage, preparation。英语后缀 -ward［wa:d］源自古日耳曼语、古弗利希安方言（OFris），在古英语（OE）中也写作 -weard［wæ:d］，例如，backeward, cowardes, inward, outward, steward, toward, westward。同样的情形也发生在［ɔ:］与［o:］的区分中。

name［na:m］是一个源自古弗利希安方言的词语，中古英语 bake, bath, face, hare, hart, hartely, hartily, passe, passed, passing, saue, Saue, strange 中的 a 发音为［a:］。在早期现代英语中，-ar 在重读音节和非重读音节中的发音依然保持为［a:］。例如：Arbor, argument, are, art, arms, Armed, Armes, armor, Barbers, bare, barked, Beggar, Beware, carefully, care, carelesse, Carpenter, charge, charme, dares, dared, depart, Denmarke, fare, farre, farewell, farewel, Farewell, glare, garters, hard, hardy, hare, Harke, harme, harping, imparched, impart, inbarkt, Larded, marble, march, marte, orchard, Orchard, parle, parlous, part, parte, parts, particular, regardes, rewardes, scarse, scarcely, Sharkt, sharpe, snares, Spare, starre, stars, starres, start, sugar, swaring, target, tardy, vnpardonable, vulgar, vulgare, warme, warre, wharffe, Wart, welfare。值得指出的是，［æ, æ:］是古英语、中古英语中常见的语音，例如，day=dæʒ, daiʒ, daʒ。在早期现代英语中出现了一个重要的语音转变，少量元音字母 a 在非重读音节和重读音节中的发音为［æ, ɛ:］，例如，Cat, catch, can 表明元音字母 a 在重读音节中的发音为［æ, ɛ:］。heart, hearts, appeare, Appeeres 的 ear, eer 发音为［ɛ:］；与此近似，元音群 ear 在重读音节和非重读音节中的发音为［ɛ:］，例如，appear'd, beard, beardes, beare, beares, Beare, bearers, forbeare, Forbeare, earth, eares, earely, earnest, feare, fearefull, afeard, hearb, heare, heares, heard, hearing, hearsed, vnhearsed, learning, rearde, sweare, Sweare, swearing, teare, teares, weare, weares, weary, yeares。

其他的词语如下：angle, Angell, Angels, anger, angry, change, changde, danger, dangerous, fatted, hang, hangs, hanging, hangers, change, spangled, strangely, attend, Batterie, catch, catcheth, date, father, Father, fathers, fatall, flatter, flattered, flattering, flattery, gate, gates, happy, hast, hath, hatte, match, mate, matrons, matter, nature, Natures, pate, rape, Rat, rather, sate, Satyre, Satyricall, sparrow, staffe, state, stedfast, that, water, what, wrath, barren, barrell, Chariest, charitable, harrow, marry, married, quarrell。

（2）在乔叟的中古英语中，sea [sɛː] 的发音近似于法语发音，即元音群 ea, ai, ay, ei, ey 在重读音节和非重读音节中的发音为 [ɛː]，例如，cease, Ceasen, Norway, Sceane, 这些是外来词。然而，在早期现代英语中，少量元音字母 ea, ai, ay, ei, ey 在重读音节中的发音为 [eː, iː]，例如，break, breake, Breake, deere, dearest, deerest, meal, sea, seauen, Yea。值得指出的是，源自古英语、古弗利希安方言的词语 day, grey 保留了传统的发音 [ɛː, eː]。

其他的词语如下：already, allegeance, beast, beastly, beautie, beate, beauty, beautifull, bleach, breach, breast, cleaues, compleate, conceale, consealed, creatures, dead, deadly, deale, death, deaths, dreaded, deceased, dreadfull, dreames, Dreames, Dream't, deaw, each, Each, ease, easily, easier, eager, east, eate, eating, eaten, feast, feature, great, Great, greatly, greater, head, health, heauen, heauens, Heauens, heau'n, heau'ns, heauy, heauily, impeach, increase, intreat, intreate, intreaty, intreated, iealous, ieat, ieasts, leade, leane, leape, *leapes*, leaprous, leases, least, leasure, leaue, Leaue, mean, meane, Meane, meanes, mean'st, meant, meates, meaw, peace, please, pleased, pleasde, time-pleasing, pleasant, pleasure, reaches, reade, ready, readynes, readinesse, reasons, reueale, reueal'd, seale, Seale, season, shreads, steales, speake, seale, seazed, sleaded, sweate, sweaty, teach, treasure, treason, Treacherous, treasure, weake, weakely, weakenesse, weaker, weapon, wealth, weasel, weasell.

always, alwayes, assay, away, ayre, ayres, bray, betray'd, clay, day, dayly, dayes, lay, layd, layde, laid, laide, may, mai't, nay, Nay, obay, obays, pay, play, playd, playes, Players, *playing*, pray, praiest, say, sayes, said, saide, Saint, slay, slaine, stay, Stay, stayes, staid, straitway, traine, villaine, villayne, way, waie, eye, eyes, Grey, key, keyes, obey, obey'd, they, journeymen.

againe, gaine, Assaile, forraine, Against, vaine, gainst, Fairie, mountaine, acquaint, certaine, Certaine, praiers, Frailtie, affaire, maide, maides, maiden, maidens, saile, entertaine, entertainement, soueraigntie, haire, faith, Yfaith, acquaintance, braine, straitway, faine, faile, Faile, raigne, faire, disdainefull, paintings, Or'e maister, maisters, maistry, villaine, raile, gaine, praise, straines, maist, twaine, despaire, remaine, portraiture, waine, Captaine, maide, saint, preuail'd, Mermaide-like, praised, paint, sodaine, proclaime, slaine, *traine*, claime, Captaines.

（3）在乔叟的中古英语中，aok［ɔ:k］, boat［bɔ:t］的发音近似于古英语（OE）发音。goat, vault, aught, nose, stone 是源自古英语或者古弗利希安方言（OFris）的词语，其中的元音群 ao, oa 在重读音节和非重读音节中的发音为［ɔ:］。然而，在早期现代英语中，少量元音群 ao, oa, au, aw, ew 在重读音节中的发音为［o:, ɔ:］，例如，coat, baum, law, lewd, new 中 oa, au, aw, ew 的发音分别为［o:, ɔ:］。

元音 or 在重读音节和非重读音节中发音为［o:］，一个合理的推测是，早期现代英语的“元音大移位”（GVS）是从［ɔ:］与［o:］有意区分开始的。例如，Comfort, forgoe, Forgoe, forgot, forgotten, foreknowing, honor, honord, horrors, Oxford, sorrow, to morrow, To morrow 等词语则必须区分［ɔ:］与［o:］；随之而来的是一些词语中的［ɔ:］转变为［o:］；由此进而引发［o:］转化为［u:］，例如，aboorde, boorded, doore, doores, hoorded, poore, wormewood。

在《哈姆雷特》第 1 四开本（Q1）中，abhorre, adorne, Afore, *Arbor*, armor, before, borne, corner, corse, corses, for, forbid, force, forced, forged, forget, forme, forth, fortie, gore, horse, immortall, lord, Lord, Lordes, more, morning, mortall, nor, Nor, or, orchard, Orchard, order, orphan, platforme, poring, porches, Portall, reformed, report, restore, scornes, short, sore, sort, sport, sports, store, sword, sworne, therefore, Therfore, transforme, wherefore, wore, word, words, wordes, worke, world, worme, wormes, worse, worser, worthy 等保留了中古英语中的发音［oː］。其他的词语如下：brothell, brother, brothers, Chaos, foe, goe, hoe, loe, moes, mops, mother, mothers, other, others, poesie, toe（=two）, tother, woe, abroade, coate, doating, moane, soaker, throate, throat, audience, authoritie, beautie, beauty, Beauty, beautifull, because, Because, caught, cause, caution, Chaunting, commaund, daughter, demaunding, draughts, fault, graunt, ignoraut, knaue, knaues, laugh, laught, laughed, slaughter, strauagant, taught, bawd, bawdy, bawdry, crawling, dawning, deaw, draw, drawes, gawles, Iaw, Iawes, law, lawlesse, Lawyer, meaw, rawish, saw, sawe, sawes, crew, few, grew, Iewell, knew, Lewdnesse, nephew, nephews, Nephew, Nephews, new, news, newes, rew, shew, *Shew*, shewes, shews, shewne, shrewd, slew, Slew。

（4）在乔叟的中古英语中，see［seː］的发音近似于法语发音，即元音字母 ee 在重读音节和非重读音节中的发音为［eː］，例如，Greeks, Epiteeth 都是外来词。然而，在早期现代英语中，少量元音字母 ee 在重读音节中的发音为［iː］，例如，greene, neere, peece, prethee, see, See, seeing, seene, sweate, sweaty, sweet, sweete。从现代英语拼写的替换来看，between, betweene, twixt；beleeue, beleeue, Beleeue, Belieu't, 表明元音字母 ee 在重读音节中的发音为［iː, i］。haue bin, hath bin, hath beene, had beene, hast beene, 则表明元音字母 i 在非重读音节中的发音为［iː, i］。

其他的词语如下：agreeing, agreed, beene, Beene, beere, beseech, breeder, beseech, cleere, cheerefully, deeds, deepe, deepely, deeper, deerest, degree, esteemed, fee, feeling, free, freely, free-holde, freeze, greedy, greetings, greete, greeues, heed, heede, heeles, heere, Heere's, heerein, heereof, Indeede, keep, keepe, meet, vnmeet, keeping, Indeed, indeede, indeed, Indeede, *kneeles*, leegemen, mee, need, needes, neede, needefull, *Queene*, releeued, releefe, reeles, shee's, seeing, seeke, seekes, sheetes, sixteene, sleeping, sleepes, seeming, seemed, seem'd, sheete, sheepe, sheep-skinnes, sleeping, Sleeping, sleepe, speech, squeesing, sleeping, Sweete, sleepe, smeered, steele, sweepe, thee, weeke, wee, Weele, weede, ore-teeming, weedes, weepe, yeelde。

（5）在乔叟的中古英语中，fool［fo:l］的发音近似于法语发音，即元音字母 oo 在重读音节和非重读音节中的发音为［o:］，例如，Oosell（osell, ousell, owsell）是一个源自盎格鲁-萨克森语的旧词；cosin, coosin 是一个法语借词。然而，在早期现代英语（EME）中，少量元音字母 oo 在重读音节中的发音为［u:］，这可能是来自中古英语［o:］发音位置的升高，例如，doe, Does, doot, doo't, dooes, doost, foole, fooles, foolish, Foolishly, doomd, doome, Doomes-day, Moone, too, too't。

其他的词语如下：afternoone, afoote, aloofe, blood, booke, Bookes, brooke, choose, flood, foote, Likelyhood, prooue, approoue, inapproued, good, hoope, moodes, looke, looks, Lookes, looked, look't, vnlooked, loosing, moodes, moou'd, mooued, poopies, proofes, rootes, Schoole-fellowes, shoone, shooes, smoothe, soone, sooner, soothe, stoode, stoop, stoope, stooping, Swoop-stake-like, tooke, Tooke, woodcocks。

（6）在乔叟的中古英语中，mice［mi:s］的发音近似于法语发音，即元音字母 i 在重读音节和非重读音节中的发音为［i:, i］，例如，Robin, Martin。显然，在早期现代英语中，少量元音字母 i 在重读音节中的发音为［aɪ］，例如，

hie, hies, highnesse, Highnesse, highest, higher, highly，其中 hie, high 的发音同为［haɪ］。pety, pitty, pitifull, 表明元音字母 i 在重读音节中的发音为［e, aɪ］。

在第 1 四开本（Q1）中，affright, fight, frighted, life, light, Lights, lightest, lightnes, delight, Knight, line, lines, might, mine, night, nights, nightly, price, right, Right, rights, Vnrighteous, Shipwright, sigh, sight, time, times, betime, wife 中的元音字母 i 发音为［aɪ］。中古英语 igh［aɪ］是一个法语式的拼写形式。

其他的词语如下：abhominable, Artiue, busines, businesse, Charitie, chopine, combined, confines, continuance, crime, crimes, dignitie, diuinitie, dominions, happy, vnhappy, happinesse, Illumine, imagination, indite, inquire, libertine, licence, Ministers, ministring, minutes, ominous, opinion, Porpentine, seruices, singularitie, sometimes, spiced, strife, twice, whine。beginne, begins, behind, blinde, bodkin, brings, cinkapase, *coffin*, Confinde, drinke, drincking, finde, gin's, goblin, increase, incestuous, inch, inclin'd, incountered, indeed, indifferently, indure, infamy, informe, inquirie, intent, into, intrap, intreat, intreated, Instrument, king, kinde, vnkinde, linckt, Mincing, minde, mindes, napkin, pinnes, Prince, princely, printed, Rifted, Since, singeth, sinckes, sinne, sinnes, sins, skinnes, splinterd, Springes, vp-spring, sting, thing, thinke, thinkes, thinne, Virgins, win, wince, winde, window, wings。

（7）在乔叟的中古英语中，mouse［muːs］的发音近似于法语发音，即元音字母 ou, ow 在重读音节和非重读音节中的发音为［uː］，例如，power, powers, Powers, powre, powres, powred, prowde, 保留了法语拼写形式。然而，在早期现代英语中，少量元音字母 ou, ow 在重读音节中的发音为［au, əu］，例如，floure, floures, flowers, know, knowes, known, foreknowing, loud, lowd, mouse, Mouse, mouth, mouthes, owe, how, How, howe's, hower, howsoeuer, rowse, Zownds（=god's wounds）。floure, floures, flowers 原本是通俗拉丁语词 flōrīre，盎格鲁-诺曼方言 florir, flurir 的异写形式。元音字母 ou, ow 有时是可以相互替换的，例如，

howse (house), shrowde (shroud), thowsand (thousand)。在《哈姆雷特》第一四开本中，包含 ow 的词语如下：allowed, allowances, bowt, bestowed, carowse, clowts, crowing, crownes, Crowne, dowry, frownd, frowningly, gallowes, *gowne*, gowty, shallow, sowre, towling, vow, vowes, vow'd 等源自法语；arrow, below, blowes, bellow, bellowed, clowd, clowdes, clowts, drowne, drownde, drownd, drown'd, fellow, fellowes, Schoole-fellowes, follow, followed, followes, grow, growne, hallowed, harrow, hollow, howling, now, Now, owle, owne, Owne, showers, sparrow, swallowes, throwes, ouerthrowne, snowe, trowant, widow, widdow, window, willow 等源自老日耳曼语。

除开拉丁语后缀 -ous，包含 ou 的词语如下：about, acoutrements, although, approoue, auouch, bloud, bloudy, bloudily, boung, brought, court, counsell, country, Country, Countenance, countrie, countries, courtier, course, counted, Deuourer, discourse, Double, doubt, enough, fauour, fauours, floud, foure, found, ground, houre, houres, house, houses, humour, journeymen, labourer, mountaine, our, outface, outliue, outward, parlous, Pronounce, souldier, soule, sound, Sauiours, *Souldiers*, Soueraigne, thou, Thou, thought, thoughts, Thoughts, through, toucheth, Touching, vouchers, without, *wounded*, wrought, yong, yonger, youthfull, you, your, yours, could, ought, should, shoulde, shouldst, would, wouldst。

晚期中古英语的音位系统已经对其价值进行了深度的“重构”。数量不菲的外来词带来了与不列颠本岛日耳曼语不同的拼写形态与发音（少数词语会发生英格兰的本土化拼写），导致了一些英语元音在音位上的合并；大量拉丁语和罗曼语借词是早期现代英语“元音大移位”（GVS）不可忽视的动因。

中古、早期现代英语“元音大移位”分为 2 个阶段依然存在较大的争议，尤其是在英格兰北部地区与中部、南部地区，各英语方言的语音变化并不是一致的。在莎士比亚的时代，英语会带有重音，而且短元音在发音近似的情况下，往往是可以相互替换的。为了更好表征现代英语发音的变化，一些词语的拼写也发生了变化，但大多数却没有发生拼写变化。

五、结语

外来词语和诺曼底法语传入英格兰，促使英语的重音变化和“元音大移动”等语音转变。印刷书籍有利于中古英语向早期现代英语的转变，正字法开始突显在现代英语拼读中。由于外来词和英格兰方言的差异，重构中古英语、早期现代英语发音是很难的。与中古、早期现代英语一样，“元音大移位”在更为长久的时期里在欧洲罗曼语中发生，大多数词语中的元音发音都在持续提升。14–16世纪末期英格兰，英语开始越来越多地发挥更多的官方语言功能，英语元音发生了突然而显著的变化。“元音大移位”引发了英语发音的一些差异现象，甚至掩盖了许多盎格鲁–萨克森词语与对应外来词语之间的关系；事实上，日耳曼语与罗曼语词语主音（tonic）和主音前词干的发音，通常是不同的。英格兰东中部地区（伦敦）方言的崛起，大量外语借词和词缀法产生的新词，加剧了早期现代英语的变化。英语《圣经》在规范早期现代英语产生了积极的作用，1611年钦定版圣经（King James Bible, KJV）可以看作早期现代英语规范化的标志性文献，然而，莎士比亚戏剧的早期版本在拼写和读音上显然表现出更多传统的拼写形式与发音方式。

第五节　论历史剧《亨利六世　第二部》(1623) 中的动词

语言从来都不是一个封闭的、自主的符号系统，而是一个不断被认知力、语用操作、文化历史等外部因素塑造的实体。这些因素构成了链式语言结构出现的原因。从语言的习得行为（language acquisition）或者日常语言使用活动可知，语言总是保持着继承与革新。由于各种不同的社会-文化变革，一种言语系统总会在时间空间上会发生衍变，尤其是受到别的语言系统的影响，由于相互接触而发生言语规则的变化。罗曼语言形态句法演变的各个方面，表征为词语借用、词语形态摹仿、语义扩张、语用更替、语音更替、语法迁移、语序同化等。① “语法化”最早是指一种语言的词汇成为语法形式的（单向）过程，包括语义弱化和从大类别降到更小类别，实义词变成助词等，例如，You say he has bin throwne in the Riuers:（*Merry Wives of Windsor*, IV, 4）。从亨利八世（Henry VIII, 1491–1547）到伊丽莎白一世时期，现代英语发生了显著的变化，这是一种混杂了极多差异因素、普遍使用的自然语言。人们极度推崇古典文化，复兴了古典文学的研究，希腊语和拉丁语较多被引入英语中，尤其是后者对英语的词汇语法等表达方式产生了深远的影响。自麦哲伦的环球航行以来，人们为这个新时代的发现和新的思想创造了众多新的词汇，也促进了英语的语法化与词汇化。1476 年印刷术被引入英格兰，机械印刷技术（printing）深刻地影响了现代英语的发展，印刷书籍普遍采用了现代英语字母。虽然印刷书籍表现出不同的英格兰方言特征，但普遍遵循的拼写规则主要是基于麦西亚方言语音，即伦

① Paul J. Hopper, Elizabeth Closs Traugott. *Grammaticalization*, Cambridge: Cambridge University Press, 1993: 33.

敦方言的语音。①

一、现代早期英语的衍变：超越词汇化与语法化

16世纪末，早期现代英语的衍变是一个复杂的言语系统转型过程，它超出了严格意义上的英语词汇化与语法化。各种不稳定或者可变化的话语形态是早期现代英语极其显著的言语现象，早期现代英语语法并没有表现出明确的语法化、词汇化方向及其可靠的（依赖）路径。语言接触（language contact）常常会导致词语形态-句法成分的借用和影响，拉丁语法、法语语法和意大利语法可以为现代英语提供有益的启发。哈里斯、坎贝尔《跨语言视角的历史句法》指出，重新分析（reanalysis）、扩展（extension）、句法借用（borrowing）等机制一起造成大量形态句法现象的产生和演变。语言接触不仅会通过句法借用和句法影响促成特定语法化过程的发生，而且还可以导致语法化机制的跨语言扩散。②海恩、库特瓦《语言接触与语法演变》认为，接受语（recipient language）在源语言的外部作用下，发生某一语言特征（例如，语音形式、语义、语素、语序等）从源语言迁移到接受语中，即复制与借用该语言特征。③

语法是言语在无意识的、自动化的长期过程中累积而成的。J. 白壁《语法的进化过程》认为，语法是极易受到影响而变化的，言语使用会十分深入地影响语法。导致语法化的诸多机制类似于跨语言的一般概念。④M. 哈斯普马特《为什么语法化是不可逆的？》认为，语言衍变表现为言说者（speakers）

---

① William Blades. *Shakspere & Typography*, New York: Winthrop Press, 1897: 39–40.

② A. C. Harris, L. Campbell. *Historical Syntax in Cross-linguistic Perspective*, Cambridge: Cambridge University Press, 1995: 122.

③ Bernd Heine, Tania Kutava. *Language Contact and Grammatical Change*, Cambridge: Cambridge University Press, 2005: 34.

④ Joan Bybee, Revere Perkins, William Pagliuca. *The Evolution of Grammar: Tense, Aspect and Modality in the Languages of the World*, Chicago: University of Chicago Press, 1994: 4–9.

的无数个体行为的累积之结果。言说者并非有意改变言语，但其边际效果（side effect）却是语言朝向一个特定的方向衍变。语法化是奢侈化惯例（maxim of extravagance）的一个边际效果，即言说者利用明显的陈式表现（formulations）来引人注意。在言说的交流群体中，它们越来越多地被人们使用，变得越来越习常可见，语音形态则趋于弱化。①L. 坎贝尔《语法化的歧误何在？》（*What's wrong with grammaticalization?*）写到了反对语法化理论的观点：语法化不是一个独特的过程，它仅仅涉及其他种种演变以及我们已经理解的演变机制，而后者也不局限于语法化的诸多语例，例如，语音的变化、语义的变化，和重新分析。②语言表达有语义和形式组成部分，包括它们所组成的结构。语法化是指从词汇形式到语法形式的发展过程中，一旦语法形式发生了演变，就会发展出进一步的语法形式。由于语法形式的发展发生在特定的语境和结构中，语法化的研究也涉及结构和语境，包括更大的话语片段。③在莎士比亚的戏剧中，一些英语语法成分同时并存二种或者多种话语形态，人们可以经验性地遵循英语的传统惯例自由地选择其中任何一种，且不必担心该选择是否具有充分的合理性。

与古希腊语、古罗马的拉丁语明显的格语法形态不同，现代英语语法体系的建构活动并不意味着普通语法的完成是单向的（unidirectionality）、不可回溯的过程，或者说，语法化并不是一个具有区别性的/独特的（语言衍变）过程。语法化是众多语言衍变的现象一个分支（Traugott and Heine, *Approaches to Grammaticalization*, 1991），语言衍变的许多机制都与语法化相关，语法化并不

---

① Martin Haspelmath. Why is Grammaticalization Irreversible? *Linguistics*, Volume 37 Issue 6, 1999: 1043–1068.

② Lyle Campbell ed. Grammaticalization: A Critical Assessment. *Language Sciences*, Volume 23 Issues 2–3, 2001: 113–161.

③ Heiko Narrog, Bernd Heine. *Grammaticalization,* Oxford: Oxford University Press, 2021: 1.

能从总体的（语言）衍变中分离出来加以界定（Hopper, *On some principles of grammaticization*, 1991）。贝蒂、罗伯特《从句结构与语言衍变》认为，语法体系变化是在语言参数设定体系（parameter setting）变更时的一种表现，语言衍变在本质上是一种在可能的参数设定体系（combinations）空间内的随意性移动。① 罗伯特、卢梭《句法衍变》进而认为，语法化是言语活动的历时性现象，语法化是创造了新的功能性语料的范畴性的重新分析，或者功能性范畴的重新分析，重新分析往往涉及结构性的简化。②

对于现代早期英语，词汇化与语法化理论依然是一个考察英语语言衍变的新视角。布林顿、特劳戈特《词汇化与语言演变》写道："语法化是一种语言衍变，藉于此衍变，在某些特定语言情境中，言说者部分使用具有某一语法功能的建构成分。随着时间更易，一些预成为语法的语例，通过获得越来越多的语法性功能并扩展其宿主诸类别（host-classes），越来越变成为语法的范例。""语法化可构想为导致一种新的功能形式产生的历史性衍变。它不止是一个吸纳非衍变成分或者将其纳入语言库（inventory）的过程。""语法化是渐变的，即意味着，它是非瞬时的，它历经了一些微小且典型的交错 / 重叠的、居间 / 过渡的、有时是模糊的衍变过程。""……语法化（或者真正的词汇化）是语言衍变的次类，它服从于语言运用和习得的普遍习惯规约（general constraints）。词汇化（Lexicalization）涉及组合或改变现存形式使其成为主要词类的过程，而语法化（grammaticalization）涉及从主要词类到次要词类的形式去范畴化，或者旨在成为从独立成分到黏着成分的功能形式。两种演变可涉及形式或语义组构性的降低和溶合的增加。""在概念化的纳入到语言库（inventory）过程中，我

① Adrian Bettye, Ian Roberts. *Clause Structure and Language Change*, New York: Oxford University Press, 1995: 11.

② Ian Roberts, Anna Roussou. *Syntactic Change: A Minimalist Approach to Grammaticalization*, Cambridge: Cambridge University Press, 2003: 3, 35.

们认为言说者利用了语法、音位学以及构词法的普遍原则。运用这些普遍原则，他们使得这些语符编组惯例化，或使现存的形式–意义组合体习语化；这一过程使得个人语言库发生新‘言语单位’的革新。这些‘言语单位’不必是众多的单一语素（morphemes）。一个‘言语单位’包含一个句法类成分、一个语音编组和一个语义要素，其中，每个或者全部都可以发生衍变。言语单位既可能是词汇的（指示性的／实义性的），也可能是语法的（功能性的／非指示性的），还可能相对于词汇域（lexicality）的某一层级（L1–L3）或者语法域（grammaticality）的某一层级（G1–G3）。”“语法化的完成语项可以是任何一种复杂的形式。从形式上看，这些语项范围包含从语法建构项或迂回表达语（G1），到功能词语和附着形式（G2），到屈折变化形式（G3）。”“语法化的完成语项可以是存入语言库中的任意事件，其范围从语符编组（be going to），到各种建构项（let's ‘hortative’ 劝告的、忠告的 < let us ‘allow us’ 允许我们；naught< OE na ‘no’ 不 + þwiht ‘anything’ 任何事物），到词汇项（may 也许、可能 < OE magan ‘have the strength to’ 有实力，once 一旦 < OE an ‘one’ 一个 + þ-es ‘adverbial genitive’ 副词属格）和语法项（infinitive to 不定式 < Prep to 介词）。但是，已完成的语项在语义上必须是普遍的”。①Ch. 勒曼《关于语法化的思考》认为，语法化的过程并不仅仅局限于语法体系的某些特殊部分，它普遍存在于话语结构与词语形态之间。②J. 海曼《仪式化与语言的发展》认为，一个可能实现语法化的语项，总是表现出很高的使用频率。在不断的重复使用中，该语项因为自动化（automatization）完成其语法化。③

① Laurel J. Brinton, Elizabeth Closs Traugott, *Lexicalization and Language Change*, Cambridge, New York: Cambridge University Press, 2005: 165–169.

② Christian Lehmann. *Thoughts on Grammaticalization*, Second edition, 2002: 120.

③ John Haiman. *Ritualization and the Development of Language*, Perspectives on Grammaticalization, 1994: 3–28.

二、不一致的动词拼写形式

中古法语在英格兰迅速衰落之后，早期现代英语远未确立其正字法（orthography）的规则，在词语拼写上缺乏普遍遵守的一致性。（一）在1623年第一对折本中，一些动词的拼写形式还未统一，基于语音近似的传统法则，元音字母和辅音字母的拼写替换现象是较为常见的。

（1）词尾默音e是常见的拼写现象，尾默音e与省略词尾默音并存互见。例如，acte/act, answere/answer, be/bee, borne/born, breath/breathe, combate/Combat, Crowne/Crowned/crownd/Crown'd, do/doe/dost/doest/doth, farwell/Farewell, finde/find, flye/fly, follow/followe, go/goe, kneel/kneele, load/loade, meane/meant/mean'st/meanest/meant'st, reade/read, say/sayes/say'st/sayd, seate/seat, speake/speak/speakes/speaks, think/thinke/thinkes/thinks, writ/write, yeeld/yeelde。

（2）其次谈谈辅音字母在词语拼写上的现象。现代英语的拼写往往可见读音近似的元音或者元音（丛）的替换现象，例如，beene/bin/bene, betray/betraid, die/dye, entreat/intreat, faile/fayle, flourish/Florish, groane/groanes/grone/grones, powres/powers, prie/pry, reigne/raigne/reign'd/raign'd, sore/soare, spoyle/spoile, stay/staid/stay'd, trie/try。

（3）接着谈谈辅音字母在词语拼写上的现象。在1623年第一对折本中，辅音字母的双写依然是十分普遍的词语拼写现象，读音近似的辅音或者辅音（丛）的替换现象，例如，diuels/diuelles, Rebels/Rebells, run/runne, shall/shal, will/wil, aduice/aduised/aduis'd, surpris'd/surpriz'd, Murder'd/murdred/Murther/murther'd, Clime/climbe。

（4）从1594、1595、1619年前三个四开本到1623年第一对折本中，句首词语的首字母大写，依然是十分普遍的词语拼写现象。动词Art, Was, Dost, Hast, Liue, Say等动词位于句首，其首字母大写，例如，Art thou a Messenger;

Art thou gone to? Art thou like the Adder waxen deafe? Was't I? Dost thou turne away; Dost thou vse to write thy name? Hast thou as yet confer'd With Margerie Iordane the cunning Witch; Hast thou not spirit to curse thine enemy; Hast thou not sworne Allegeance vnto me? Liue thou to ioy thy life; Say you consent。

（二）作为合成词的动词分写与连写现象。从 1594、1595、1619 年前三个四开本到 1623 年第一对折本中，合成词的分写与连写是较常见的词语拼写现象。例如，begone (1594)/be gone, belike, dislike, o're-grow, o're throw, Out-cast, out-liue, out-face, methinkes (1619)/me thinks, blood-sucker, Bond-men, Peac-makers, penyworths, selfe-loue, Span-counter。其次，V + d/'d 构成的合成动词，例如，blood-bespotted, bloody-minded, Blunt-witted, dis-honored/dis-honour, dis-pursed, halfe-fac'd, ill-nurter'd, leane-fac'd, meane-borne, new-made, ouer-blowne, ouer-charged, ouer-gorg'd, ouer-ripen'd, pale-fac't, shallow-rooted, shag-hayr'd, sharpe-quill'd, silken-coated, teare-stayn'd, timely-parted. 再次，V-ing 构成的合成动词，例如，bloodshedding, euerlasting, mistaking, Vndoing, vnfeeling, blood-consuming, blood-drinking, bloodshedding, dealing-man, earnest-gaping-sight, fell-lurking, fore-arning, forth-coming/forth-comming, heart-offending, house-keeping, Mother-bleeding, ore-weening, ouer-weening, tender-feeling。

动词 pray 可能是在 15 世纪开始出现“语法化”，prythee 被用作感叹词或礼貌用语标记。prethee 是一个合成的通俗词（colloquialism），也写作 prithee, prythee, preythe, preethe, preethee, prithy, 最初出现于 16 世纪，例如，But preythe see where Withipolls cum. (*Letter-book of Gabriel Harvey*, 1573–1580, 1884: 57)。①莎士比亚戏剧中随处可见使用该词，And prythee leade me in: (*Henry VIII*, III, 2)。Prythee get thee in: would thou had'st nere been borne; (*Troilus and Cressida*, IV, 2)。

① O. Fisher, A. Rosenbach, D. Stein eds., *Pathways of Change: Grammaticalization in English*, Amsterdam: Benjamins, 2000: 67.

Prythee call my Master to him. (*Coriolanus*, IV, 5)。在《亨利六世　第二部》中的使用共计 4 次，I prethee goe; I prethee pardon me; What newes I prethee? I prythee peace。而原初合成词词 pray thee 在该剧中的使用共计 2 次，I pray thee sort thy heart to patience; I pray thee Buckingham go and meete him。

（三）从 1594、1595、1619 年前三个四开本到 1623 年第一对折本中，主要是 is/Is/'s, are/'re, will/'l/'le 在连写时的省略，但没有出现动词 do, did, done, haue, ha's/Hath/hath, had, shalt, was, were/wer, would 在连写时的省略现象。

（1）首先谈谈 is/Is/'s, are 在连写时的省略。当前面词语是辅音字母结尾时，is 在连写时可以省略为 's, alls/als 写作 all's/al's, thats 写作 that's, Whats 写作 what's，例如，all's one to me; The Cardinall's not my better in the field; now Gloster's dead; whose greatnesse answer's words; For that's the Golden marke I seeke to hit; that's some Wrong indeede; Why that's well said; And that's not suddenly to be perform'd; That's bad enough; Why that's well said; That's false; that's my name; Foule stygmaticke that's more then thou canst tell; What's yours? What's heere? what's my Name? What's his Name? What's thine owne Name? what's thy Name? what's a Clock? Ah what's more dangerous; For what's more miserable then Discontent? what's the matter; And aske him what's the reason of these Armes。hees 写作 hee's/he's, Heres 写作 Here's/heer's，例如，for hee's a good man, For hee's disposed as the hatefull Rauen; For hee's enclin'd as is the rauenous Wolues; hee's dead; Shee's tickled now。Theres/theirs 写作 There's/Ther's，例如，There's reason he should be displeas'd at it; There's two of you; for there's no better signe of a braue minde; There's Bests Sonne; there's the question; there's an Army gathered together in Smithfield。where's 写作 where's，例如，that threatest where's no cause; where's your Knife? Where's our Generall? Where's Dicke; But where's the body that I should imbrace? Whose/Who's 写作 Who's，例如，Who's within there; who's a

Traytor? Who’s there?

are 在连写时的省略共计 1 次，you are 写作 you’re，例如，that shall you’re your Grace all questions you demand。

（2）接着考察情态动词 will 在连写时的省略。Heele 写作 Hee’l，sheele 写作 shee’ll，共计 5 次。例如，hee’l be Protector; hee’l neuer call yee Iacke Cade more; Hee’le wrest the sence; Shee’le hamper thee; Shee’le gallop farre enough to her destruction。I wil 写作 I’le/Ile，共计 41 次。例如，Ile be the first sure; but Ile be Protector ouer him; Ile be euen with you; Ile bridle it; Ile call him presently; Ile cope with thee; or Ile fell thee downe; Ile follow presently; I Ile giue thee Englands Treasure; Ile giue a thousand pound to looke vpon him; Ile giue it sir; Ile haue thy Head for this thy Traytors speech; Ile haue an Iris that shall finde thee out; Next time Ile keepe my dreames vnto my selfe; Ile to the Duke of Suffolke presently; Ile lengthen it with mine; that ere Ile looke vpon the World; And force perforce Ile make him yeeld the Crowne; but Ile make thee eate Iron like an Ostridge; and Ile requite it; Ile thinke vpon the Questions; Ile tell thee; Ile shaue your Crowne for this; and Ile pledge you all; and Ile prepare My teare-stayn’d eyes; And Ile prouide his Executioner; Ile read it ouer once againe; And from thy Burgonet Ile rend thy Beare; Sometime Ile say; Ile see it truly done; Ile see if his head will stand steddier on a pole; Ile send some holy Bishop to intreat; Ile send Duke Edmund to the Tower; Ile send them all as willing as I liue; For there Ile shippe them all for Ireland; On which Ile tosse the Fleure-de-Luce of France; Ile warrant they’l make it good; And that Ile write vpon thy Burgonet; This day Ile weare aloft my Burgonet; Ile yeelde my selfe to prison willingly; Is this the Gouernment of Britaines Ile? youle 写作 you’l，共计 3 次。例如，That thus you do exclaime you’l go with him; you’l surely sup in hell; You’l nor fight nor fly; weele 写作 wee’ll/Wee’l，共计 14 次。例如，Wee’l quickly hoyse Duke Humfrey from his seat; Wee'l both together lift our heads to heauen; Wee'le see these things effected to the full; wee'le heare more of your matter before the King; So one by one wee'le weed them all at last; wee'le see thee sent away; Wee'le see your Trinkets here all forth-comming; wee'le take her from the Sherife; and therefore wee'l haue his head; Wee'l follow the King; wee'l deuise a meane; Wee'l bate thy Bears to death。

三、动词的时态：V-ing、过去式、过去分词

动词的词尾变化形式 -s, -ed, -ing 等，都是英格兰本土的。(一)在《亨利六世　第二部》中，包含 be/is/are/art/were/haue beene + V-ing(即现在分词 present participle)的用例 13 次，as let the Magistrates be labouring; And bid mine eyes be packing with my Heart; Your Lady is forth-comming; Looke on the sheets his haire (you see) is sticking; the King thou know'st is comming; for heere is no staying; And Wolues are gnarling; for thine eyes are wounding; whiles thou art standing by; as wee were scowring; and many a time when I haue beene dry, & brauely marching; Is marching hitherward in proud array; Thou shalt be waking; it wil be stinking Law。

在介词 by, for, from, in, of, with, without 之后，也较多使用 V-ing，例如，By staying there so long, till all were lost; By crying comfort from a hollow breast; Vnlesse by robbing of your Friends, and vs; Crownes of the King by carrying my head to him; Yet by reputing of his high discent; From meaning Treason to our Royall Person; Makes me from Wondring; We heere discharge your Grace from being Regent; if you meane to saue your selfe from Whipping; And duly wayted for my comming forth? For Costs and Charges in transporting her; In bringing them to ciuill Discipline; In crauing your opinion of my Title; and they, in seeking that; commenc'd in burning Troy; I lost mine eye in laying the prize aboord; in studying good for

England; in erecting a Grammar Schoole; Yea Man and Birds are fayne of climbing high; The Treasurie of euerlasting Ioy; Or rather of stealing a Cade of Herrings; inspired with the spirit of putting down Kings and Princes; With walking once about the Quadrangle; With shining checker'd slough doth sting a Child; I would be blinde with weeping; Looke pale as Prim-rose with blood-drinking sighes; his nostrils stretcht with strugling; Warwicke is hoarse with calling thee to armes; without hauing any Dowry。

作为形容词的V-ing形式在《亨利六世　第二部》中是常见的，例如，Summers parching heate; his smoothing words; all this flattering glosse; these tedious stumbling blockes; the cunning Witch; grumbling Yorke; her worst wearing Gowne; such enticing Birds; the burning Lake; to beleeuing Soules; The lying'st Knaue; his Men in Mourning Cloakes; with his wrathfull nipping Cold; a pointing stock; the sucking Lambe; red sparkling eyes; lowring Starre; With sorrow snares relenting passengers; roll'd in a flowring Banke; a raging fire; the laboring Spider; The pretty vaulting Sea; The splitting Rockes cowr'd in the sinking sands; madding Dido; bleeding fresh; to slaughter sleeping men; Pernicious blood-sucker of sleeping men; grieuous lingring death; Your louing Vnckle; their tender louing care; bitter searching termes; murd'ring Basiliskes; boading Screech-Owles; Blaspheming God; cursing men; my flying soule; the busie medling Fiend; loud houling Wolues; their drowsie, slow, and flagging wings; A cunning man; in our voyding Lobby; thy yawning mouth; thy Mother-bleeding heart; The false reuolting Normans; And lofty proud incroaching tyranny; Burnes with reuenging fire; Omitting Suffolkes; a hundred lacking one; my throbbing brest; a wandering Plannet; The pissing Conduit; This breast from harbouring foule deceitfull thoughts; thy euerlasting gates; thy stedfast gazing eyes; a burying place; controlling Lawes; the bayting place; a hot ore-weening Curre; my flaming wrath; a liuing loade。

（二）过去式、过去分词（past participle）的形态变化是动词变化的主要方面。布林顿、特劳戈特《词汇化与语言演变》写道："语法化词项一旦完成，往往会进一步向词汇-语法连续体系的语法极而变化（例如，附加的普通形态音位的融合过程等）。这是'由更少到更多语法的'变化，即语法域（grammaticality）的量变（G1>G2>G3）。"① 从 1594、1595、1619 年前三个四开本到 1623 年第一对折本中，V + ed/d/de 构成过去式、过去分词形式，动词的形态变化在拼写上未达到一致。30 个动词过去式、过去分词在大小写、字母替换、省略间隔符号使用等拼写上不一致，例如，accus'd/accused, aduis'd/aduised, attain'd/attainted, banish'd/banished, Conquer'd/vnconquered, Crowned/crownd/Crown'd, Deliuer'd/deliuered, dy'de/dyed, enclin'd/inclin'd, pale-fac't/leane-fac'd/halfe-fac'd, hallow'd/vnhallowed, heau'd/heaued，honor'd/dis-honored, iudg'd/iudged, lay'd/layd, Learned/learned/learnt, lou'd/loued, Murder'd/murdred, murther'd/murthered, pleas'd/pleased, prou'd/proud, raign'd/reign'd, receiu'd/Receiud, rul'd/Rul'd, surpriz'd/surpris'd, tortur'd/tortured, vs'd/Vs'd, waited/wayted, wip'd/wiped/wipt, wish'd/wished。

（1）在 1623 年第一对折本中，180 个动词表现为 V + ed/d/de 构成过去式、过去分词形式。例如，I prophesied; I thought King Henry had resembled thee; That Doyt that ere I wrested from the King; Or any Groat I hoorded to my vse; for I inuented it my selfe; For I that neuer feared any; as he commanded; And he but naked; His eye-balles further out, than when he liued; She vaunted 'mongst her Minions t'other day; Now by the death of him that dyed for all; Suffolke concluded on the Articles; Wee'le see these things effected to the full; Then where Castles

① L. J. 布林顿、E. C. 特劳戈特 . 词汇化与语言演变，罗耀华、郑友阶、樊城呈等译，北京：商务印书馆，2013: 165，166，168，169.

mounted stand; Although by his sight his sinne be multiplyed; Let neuer Day nor Night vnhallowed passe; my Wife desired some Damsons, and made me climbe; Our simple Supper ended; Edward the Black-Prince dyed before his Father; Who marryed Edmond Mortimer; [You Madame] Despoyled of your Honor in your Life; the Townes each day reuolted; A Heart vnspotted; And the Offendor graunted scope of speech; What boaded this? But how he dyed; My wife descended of the Lacies; The Peeres agreed; whom heauen created for thy Ruler; That slyly glyded towards your Maiestie。

一般的，haue/hath + V + ed/d/de 构成动词的完成时态，但是第二人称单数 thou 作为主语时，hast + V + ed/d/de 构成动词的完成时态。例如：I haue heard her reported to be a Woman of an inuincible spirit; How often haue I tempted Suffolkes tongue; When I haue feasted with Queene Margaret? wherein haue I offended most? I haue considered with my selfe; But match to match I haue encountred him; And many time and oft my selfe haue heard a Voyce; Whom we haue apprehended in the Fact; Till we haue brought Duke Humphrey in disgrace; Whom we haue apprehended in the Fact; We haue dispatcht the Duke; The liues of those which we haue lost in fight; nor haue we wonne one foot; what haue we done? This they haue promised to shew your Highnes; Hath he conuersed with the Enemie; the dust hath blinded them; that that Lord Say hath gelded the Commonwealth; This Tongue hath parlied vnto Forraigne Kings; The King hath yeelded vnto thy demand; Famine and no other hath slaine me。

一般的，be/am/is/are/art/was/were + V + ed/d/de 构成动词的被动语态（passive），例如：Or be admitted to your Highnesse Councell; Who since I heard to be discomfited; before I be attainted; if I be appointed for the Place; And if mine arme be heaued in the Ayre; Say he be taken, rackt, and tortured; Yet let not this make thee be bloody-minded; Please it your Grace to be aduertised; Being all descended to the labouring heart; Thy name is Gualtier, being rightly sounded; And Sir Iohn Stanly is appointed now; Because his purpose is not executed; [A Heart] is not easily daunted; That good Duke Humfrey Traiterously is murdred; See how the blood is setled in his face; Whose Conscience with Iniustice is corrupted; as 'tis published; It is applyed to a deathfull wound; Vertue is not regarded in Handy-crafts men; Small Curres are not regarded when they grynne; But I am troubled heere with them my selfe; [I] am vanquished by Famine; O I am slaine; And I am sent to tell his Maiestie; we are therefore prouided; My minde was troubled with deepe Melancholly; Tenne is the houre that was appointed me; Harmelesse Richard was murthered traiterously; But both of you were vowed D. Humfries foes; And had I not beene cited so by them。

（2）动词的过去式普遍使用词语内的省略间隔符号，1623 年较普遍使用 V + 'd 形式构成过去式和过去分词，例如，that euer King receiu'd; And dim'd mine eyes; Deliuer'd vp againe with peacefull words? and steru'd in France; Inchac'd with all the Honors of the world? What dream'd my Lord; Where *Henrie* and Dame *Margaret* kneel'd to me; And the Protectors wife belou'd of him? A Spirit rais'd from depth of vnder ground; See you well guerdon'd for these good deserts; And Things call'd Whippes? Seiz'd on the Realme, depos'd the rightfull King; Humfrey, no lesse belou'd; to see this Quarrell try'de; And follow'd with a Rabble; Yet so he rul'd; Because I wish'd this Worlds eternitie; That all the Court admir'd him for submission; and say I wrong'd the Duke; stay'd the Souldiers pay; I neuer rob'd the Souldiers of their pay; And neuer ask'd for restitution; that fleec'd poore passengers; I tortur'd Aboue the Felon; And Charitie chas'd hence by Rancours hand; And Equitie exil'd your Highnesse Land; for they play'd me false; That ere I prou'd thee false, or fear'd thy faith; Or as the Snake, roll'd in a flowring Banke; As Humfrey prou'd by Reasons to my Liege; Shew me one skarre, character'd on thy Skinne; Mens flesh preseru'd so whole; And vndiscouer'd; I mou'd him to those Armes; And reape the Haruest which that Rascall sow'd; and Crown'd with infamie; The pretty vaulting Sea refus'd to drowne me; The splitting Rockes cowr'd in the sinking sands; The Sea receiu'd it; And so I wish'd thy body might my Heart; And call'd them blinde and duskie Spectacles; commenc'd in burning Troy; His hayre vprear'd; His hands abroad display'd; as one that graspt And tugg'd for Life; His well proportion'd Beard; If euer Lady wrong'd her Lord so much; Some sterne vntutur'd Churle; by him the good Duke Humfrey dy'de; Deliuer'd strongly through my fixed teeth; two Friends condemn'd; Dy'de he not in his bed? But with our sword we wip'd away the blot; my Armes torne and defac'd; And I proclaim'd a Coward through the world; Fed from my Trencher, kneel'd downe at the boord; And like ambitious Sylla ouer-gorg'd; surpriz'd our Forts; and Bandetto slaue Murder'd sweet Tully; Brutus Bastard hand Stab'd Iulius Caesar; Wee Iohn Cade, so tearm'd of our supposed Father; Mark'd for the Gallowes; Because my Booke preferr'd me to the King; For they lou'd well; And shew'd how well you loue your Prince & Countrey; his men dispierc'd; I climb'd into this Garden; The rampant Beare chain'd to the ragged staffe; And my consent ne're ask'd herein before?

hast/haue/hath + V + ed/d/de 构成动词的完成时态，过去分词形式普遍使用词语内的省略间隔符号。例如，hath pull'd faire England downe; The Dolphin hath preuayl'd beyond the Seas;［a blinde man］hath receiu'd his sight; This Newes I thinke hath turn'd your Weapons edge; And God in Iustice hath reueal'd to vs; Hath slaine their Gouernors; Hath this louely face, Rul'd like a wandering Plannet ouer me; And hauing both together heau'd it vp; Yorke haue ill demean'd himselfe in France; Haue practis'd dangerously against your State; Haue all lym'd Bushes to betray thy Wings; Causelesse haue lay'd disgraces on my head; all of you haue lay'd your heads together; The Rebels haue assay'd to win the Tower; Prayres and Teares haue mou'd me; that hauing scap'd a Tempest; Which he had thought to haue murther'd wrongfully; Till they haue snar'd the Shepheard of the Flock; my selfe haue lym'd a Bush for her; My selfe haue calm'd their spleenfull mutinie; How I haue lou'd my King; that I haue stay'd so long; I haue seduc'd a head-strong Kentishman; Large gifts haue I bestow'd on learned Clearkes; Whom haue I iniur'd; at whose Name I oft haue beene afear'd。

一般的，be/am/is/are/art/was/were + V + ed/d/de 构成动词的被动语态，过去分词形式普遍使用词语内的省略间隔符号。例如，till terme of eighteene Moneths Be full expyr'd; To see her Coronation be perform'd; With whose sweet smell the Ayre shall be perfum'd; And not be check'd; If Then let him be denay'd the Regent-ship; Why Somerset should be preferr'd in this? If Gloster be displac'd; Now God be prays'd; till I be Crown'd; And that my Sword be stayn'd; vntill thy foot be snar'd; There to be vs'd according to your State; 'tis to be fear'd they all will follow him; 'tis meet he be condemn'd by course of Law; Before his Chaps be stayn'd with Crimson blood; 'tis meet that luckie Ruler be imploy'd; I take it kindly: yet be well assur'd; And Princes Courts be fill'd with my reproach; [you] were glad to be imploy'd; Be counter-poys'd with such a pettie summe; Be hang'd vp for example at their doores; and the bodies shall be dragg'd at my horse heeles; Vntill a power be rais'd to put them downe; Vnlesse his teeth be pull'd out; Who being accus'd a craftie Murtherer; Being call'd a hundred times; Least being suffer'd in that harmefull slumber; Who being suffer'd with the Beares fell paw; While all is shar'd; thy Office is discharg'd; my heart is drown'd with griefe; Is Beauford tearm'd a Kyte? for thereby is England main'd; Is term'd the ciuel'st place of all this Isle; is the Traitor Cade surpris'd? Or is he but retir'd to make him strong? Thy graue is digg'd already in the earth; My heart is turn'd to stone; While his owne Lands are bargain'd for, and sold; These Oracles are hardly attain'd; Such as by Gods Booke are adiudg'd to death; his feathers are but borrow'd; these faults are easie, quickly answer'd; Through whom a thousand sighes are breath'd for thee; But mightier Crimes are lay'd vnto your charge; Are my Chests fill'd vp with extorted Gold? where you are lou'd; and Henry was well pleas'd; Till Paris was besieg'd; That England was defam'd by Tyrannie; Was I for this nye wrack'd vpon the Sea; Was euer King that ioy'd an earthly Throne; Was neuer Subiect long'd to be a King; I by the best blood that euer was broach'd; I am resolu'd for death and dignitie; I am resolu'd to beare a greater storme; Now by the ground that I am banish'd from; I am falsely accus'd by the Villaine; I am pleas'd againe; And on the peeces of the broken Wand Were plac'd the heads of Edmond。

（3）接着考察动词 do, did, done 的用法，如果主语是第二人称单数（Thou/thou），则写作 didst。（1）did 是 do 的过去式。例如，we did it for pure need; By'th' Masse so did we all; nor no man wrong; To sit and watch me as Ascanius did; As wilde Medea yong Absirtis did; And if we did but glance a farre-off Looke; for I did but seale once to a thing。

did + V 构成了一般过去式，其中 did 是动词过去式的时态标志词，如果主语是第二人称单数（Thou/thou），则写作 didst, When thou didst ride in triumph through the streets; Thou neuer didst them wrong; Thou neuer didst them wrong; 然而，主语是第二人称单数（you）则写作 did, you did deuise Strange Tortures for Offendors, 主语是第三人称单数时仅有一次写作 didst, Didst euer heare a man so penitent? L. J. 布林顿，E. C. 特劳戈特《词汇化与语言演变》写道："语法化的完成语项是一种'语法的'，即是功能的形式。在先前的案例中，它在语义上没有实义，即'词义淡化'（bleached），甚至无指称（如'Did she leave?'中的 do），或者音位缺失但是有意义（如零曲折形式 zero inflection）。""语法化还典

型地涉及具体语义、字面意义的消失（如习语化，词义淡化 bleaching），即通过从连接性的语境中推导出更抽象和一般的意涵来强化和终结性的语义化来抵消的。”①

例如，and when I did correct, ...he did vow vpon his knees he would be euen with me; I did dreame to Night; [I] Did beare him like a Noble Gentleman; that are the Substance Of that great Shadow I did represent; Her sight did rauish; My selfe did win them both; these Armes of mine did conquer; which by maine force Warwicke did winne, ...so long as breath did last; And on my head did set the Diadem; hee did speake them to me in the Garret one Night; That erst did follow thy prowd Chariot-Wheeles; Did instigate the Bedlam braine-sick Duchesse; but well fore-warning winde Did seeme to say; That euer did containe a thing of worth; A cunning man did calculate my birth; Neuer yet did base dishonour blurre our name。

did + V 构成一般过去式。如果 did 前置句首，可表示语意强调；在疑问句中，did 也需要前置句首，在这二种情况下已经近似现代英语中的助动词（auxiliary verbs）。

例如，As did the fatall brand Althaea burnt, Vnto the Princes heart of Calidon; Yet did I purpose as they doe entreat; As did Aeneas old Anchyses beare; And yet I thinke, Iet did he neuer see; did my brother Henry spend his youth, His valour, coine, and people in the warres? Did he so often lodge in open field; And did my brother Bedford toyle his wits; Did the Duke of Yorke say; Did he not, contrary to forme of Law, Deuise strange deaths; And did he not, in his Protectorship, Leuie great summes of Money through the Realme; Didst euer heare a man so penitent? did he not? King did I call thee? and a fouler fact Did neuer Traytor in the Land commit。

---

① L. J. 布林顿、E. C. 特劳戈特 . 词汇化与语言演变，罗耀华、郑友阶、樊城呈等译，北京：商务印书馆，2013: 166，167.

过去分词 y- + Verb 是伊丽莎白时期斯宾塞等拟古主义作家采用的中古英语词形，古英语分词前缀是 ʒe-，例如，ʒegán(gán, wend)；在中古英语中分词前缀变为 y-，例如，vor he ybaptized was þere.(*The metrical chronicle of Robert of Gloucester*. 86)。by auenture yfalle/In felaweshipe, and pilgrimes were they alle, (*Canterbury Tales*, Prologue)。At mete was she well ytaught withall; (*Canterbury Tales*, Prologue); Hath in the Ram his halfe cours yronne, (*Canterbury Tales*, Prologue)。①ycliped 是古英语 clipian 的过去分词 geclipod 变体词形；yclad 是古英语 cláðod (cláðde, cládde)，中古英语 clad (clothe) 的过去分词。（1）在莎士比亚《爱的徒劳》一剧中，which I meane I walkt vpon, it is ycliped, Thy Parke (*Love's Labour's Lost*, I, 1)。Iudas I am, ycliped Machabeus (*Love's Labour's Lost*, V, 2)。（2）Her words yclad with wisedomes Maiesty, (*2 Henry VI*, I, 1)。clothe 仅仅用作名词，clad 在英格兰北部地区常用作动词。

四、动词第二、三人称单数的诸变化形式

从 1594、1595、1619 年前三个四开本到 1623 年第一对折本中，动词第二、三人称单数的变化形式在拼写上未达到一致。（一）第二人称代词包括 you, thou, ye，其单数、复数形式相同。从 1594、1595、1619 年前三个四开本到 1623 年第一对折本中，动词第二人称单数的变化形式在拼写上未达到一致。（1）在 1623 年第一对折本中，当主语为 thou 的时候，V + st/t 构成动词第二人称单数的变化形式。例如，What seest thou there? What seest thou in me Yorke? What saist thou man? What say'st thou? Thou ran'st a-tilt in honor of my Loue; Whose name and power thou tremblest at; Cam'st thou here by Chance; Be that thou

① Samuel Moore. *Historical outlines of English phonology and Middle English grammar: for courses in Chaucer, Middle English, and the history of the English language, Ann Arbor*, Michigan: G. Wahr, 1919: 75.

hop'st to be; yet thou seest not well; Say'st thou me so; thou know'st what Colour Iet is of? thou aymest all awry; How cam'st thou so? thou lou'dst Plummes well; seest thou this; the Law thou seest hath iudged thee; why look'st thou pale? why tremblest thou? it was thy Mother that thou meant'st; the King thou know'st is comming; And thou that smil'dst at good Duke Humfries death; thou behaued'st thy selfe; thou deseru'st no lesse; Why com'st thou in such haste? when struck'st thou one blow in the field? How much thou wrong'st me; if thou meanest wel; What mean'st thou; 'tis for a Crown thou fightst; when struck'st thou one blow in the field? if thou think'st on heauens blisse; thou torment'st thy selfe; when honester men then thou go in their Hose and Doublets。

The irregular verbs: be, will, do and go.

	ben		**willen**		**don**		**gon**	
Infinitive	be(n)	beon	will	willen	do(n)		go(n)	ga
Present Indicative (Singular)	1. am/em	be/beo	wil /wille	welle / wole / wulle	do		go	ga
	2. art/ert	bist/best	wilt	wolt / wult	dost / dos	dest	gost	gast / gas
	3. is/es	biþ/beþ	wil/wol	wul	doþ	deþ	goþ	gas
plural	are(n)/ arn	ben/beþ	willen	willeþ	don	doþ	goþ / gon	gas /gan
	er/es	sinde	wullen	wulleþ	dos			
Present Participle	[M.&S.] beyng		wold		doinde /doing	Doende /don	goinde	goende /goande
Preterite (Singular)	1. was	wes	wolde	wulde	dide	dede	ȝeode / ȝode	ȝede
	2. were	wore	woldest	wuldest	dides	didest	wentest	ȝedest

（续表）

	ben		willen		don		gon	
	3. was	wes	wolden	wulden	dide		wente	ȝede
Plural	weren/ ware(n)	woren			diden		wenten	ȝeden
Past Participle	Ben [N.] beande;	(y)been	Wold(e)		don	ido	igon	gan
Imperative (singular)	be/beo				do			
(plural)	be(n)	beþ/beoþ			doþ	do(n)		
Subjunctive (singular)	Were / ware/ wore	beon/ben	wille	wole / wulle	do		go	ga
(plural)	Were / ware/ wore	seon	willen	wolen / wullen	don		gon	ga

Karl Brunner. *An Outline of Middle English Grammar*, Oxford: Blackwell, 1970: 84–86.
Margaret M. Roseborough. *An outline of Middle English grammar*, N. Y.: Macmillan, 1938: 79.

在《亨利六世　第二部》中，（1）be 的第二人称变化形式为 Art/art, bee'st/beest, wast/Was't, wert/wer't，例如，If thou beest death; If after three dayes space thou here bee'st found; thou being a Subiect; how iust art thou? Vnworthy though thou art; Art thou not second Woman in the Realme? But that thou art so fast mine enemie; Onely conuey me where thou art commanded; whose Fruit thou art; art thou lame? Art thou gone to? know that thou art come too soone; Art thou like the Adder waxen deafe? and thou art farre the lesser; Art thou a Messenger; art thou the man that slew him? How art thou call'd? thou art not King; Why art thou old; That thou thy selfe wast borne in Bastardie; Was't thou ordain'd (deere Father) To loose thy youth in peace; wer't thou thence; But you, my Lord, were glad to be imploy'd; When thou wert Regent for our Soueraigne; Since thou wert King; thou wert best; Then when thou wert Protector to thy King; Vnlesse thou wert more loyall then thou art。

（2）do/doe 的变化形式为 Dost/dost/do'st, didst，例如，if thou dost loue thy Lord; Why dost thou pause? Thou dost ride in a foot-cloth; Dost thou turne away; that thou dost liue so long; Why dost thou quiuer man? And if thou dost not hide thee from the Beare; what Miracle do'st thou proclayme? Now thou do'st Penance too; if thou do'st pleade for him; When thou didst ride in triumph through the streets; Thou neuer didst them wrong。

（3）haue 的变化形式为 Hast/hast, Hadst/hadst，例如，Hast thou not worldly pleasure at command; The Commons hast thou rackt; How long hast thou beene blinde? as thou hast done; My foote shall fight with all the strength thou hast; thou hast preuayl'd in right; Hast thou not kist thy hand; thou hast built a Paper-Mill; whom thou hast misled; Although thou hast beene Conduct of my shame; why hast thou broken faith with me; if thou hast it? Hast thou not sworne Allegeance vnto me? and all the friends thou hast; Hadst thou been his Mother; If thou hadst beene borne blinde; hadst thou beene Regent there; well hast thou fought to day; For thou hast giuen me in this beauteous Face; Hast thou as yet confer'd With Margerie Iordane the cunning Witch; hast thou beene long blinde, and now restor'd?

此外，还有少量例外的 thou + V 用法，例如：Ere thou goe; ere thou sleepe in thy Sheath; for till thou speake; why starts thou? yet come thou and thy fiue men; if thou turne the edge; that thou henceforth attend on vs; But thou mistakes me much to thinke I do; Come thou new ruine of olde Cliffords house; And wedded be thou to the Hagges of hell。

（2）在 1623 年第一对折本中，ye 作为主语的用例较少，动词第二人称单

数 / 复数形式是普通的变化形式，而不是由 V + st/t 构成的。例如，What say ye Countrimen; that ye seeke my death? therefore get ye gone; are ye aduis'd? are ye danted now? can ye not? Can you not see? What Buckingham and Clifford are ye so braue? shew what cruelty ye can; do ye beleeue him; will ye relent And yeeld to mercy; Now will ye stoope; or will ye not obserue The strangenesse of his alter'd Countenance? And would ye not thinke it; I thought ye would neuer haue giuen out these Armes til you had recouered your ancient Freedome。

（3）在 1623 年第一对折本中，当主语为 you 的时候，动词第二人称单数 / 复数形式是普通的变化形式，而不是由 V + st/t 构成的，唯有 Main-chance father you meant 是一个例外。例如，what call you this? how thinke you by that? feare you not her courage; You goe about to torture me in vaine; as all you know; You vse her well; Say as you thinke; You put sharpe Weapons in a mad-mans hands; For euery word you speake in his behalfe; though you forbid; You bad me ban; What thinke you much to pay 2000. Crownes; Therefore come you with vs; And you that loue the Commons, follow me; if you reuolt; What say you of Kent; And shew'd how well you loue your Prince & Countrey; if you take not heed; If you go forward; If when you make your prair's; If you oppose your selues to match Lord Warwicke; if you meane to saue your selfe from Whipping; You made in a day; That you tooke Bribes of France; Come you, my Lord, to see my open shame? but that thou liu'st。

be 的第二人称变化形式为 be, Are/are, were，例如，that you be by her aloft; be you prostrate; If you be tane; that you be by her aloft, Vnlesse you be possest with diuellish spirits; If thou be found by me; whatsoere thou be; Are you so chollericke With Elianor; Where are you there? for you are more Nobly borne; My Conscience tells me you are innocent; But you are all Recreants and Dastards; you are strong and manly; Are you the Butcher; you are slow; What are you made of? To shew how queint an Orator you are; whiles thou art standing by; For where thou art; And where thou art not, Desolation; thou art but dead; For wheresoere thou art in this worlds Globe; And thou that art his Mate; and so art thou; By diuellish policy art thou growne great; art thou not? now art thou within point-blanke of our Iurisdiction Regall; that must sweepe the Court cleane of such filth as thou art; You were best to go to bed; It were but necessarie you were wak't。

do/doe 的第二人称变化形式为 do/doe, did, haue done，例如，You do prepare to ride vnto S. Albons; 'tis not my speeches that you do mislike; Why do you rate my Lord of Suffolke thus? Doe you as I doe in these dangerous dayes; if you doe it her; Dost thou vse to write thy name? dost thou not? you did deuise Strange Tortures for Offendors; But you haue done more Miracles then I。

haue 的第二人称变化形式为 Hast, Haue/haue, Haue/haue + 过去分词，例如，Hast thou not spirit to curse thine enemy; How often hast thou waited at my cup; How in our voyding Lobby hast thou stood; Thou hast hit it; Or hast thou a marke to thy selfe; Thou hast most traiterously corrupted the youth of the Realme; thou hast caused printing to be vs'd; that thou hast men about thee; Thou hast appointed Iustices of Peace; thou hast put them in prison; and because they could not reade; thou hast hang'd them; Haue you not Beadles in your Towne; the care you haue of vs; Haue you your selues, Receiud deepe scarres in France and Normandie; haue you dispatcht this thing? Haue you layd faire the Bed? And you (forsooth) had the good Duke to keepe; you had recouered your ancient Freedome; and get what you haue lost; this day haue you redeem'd your liues; You haue defended me from imminent death; as if thou hadst beene in thine owne Slaughter-house。

（二）动词第三人称单数的变化形式。第三人称单数代词包括 He/he/Hee/hee, She/she/Shee/shee, It/it/'t。从 1594、1595、1619 年前三个四开本到 1623 年

第一对折本中，动词第三人称单数的变化形式在拼写上未达到一致。（1）在1623年第一对折本中，当主语为He/he/Hee/hee的时候，动词第三人称单数的变化形式主要是V + s/th构成的。例如，how he proceedes; he leapes ouer the Stoole; and he enters with a Drumme before him; With what a Maiestie he beares himselfe; He knits his Brow; Respecting what a rancorous minde he beares; Seemes he a Doue? he confirmes; And thinkes he; Sometime he talkes; he calles the King; That euen now he cries alowd for him; He dies and makes no signe; that speakes he knowes not what; He lyes; he speaks Latine; he noddes at vs, as who should say; he speakes not a Gods name; Nor knowes he how to liue; And he that brings his head vnto the King; And still proclaimeth as he comes along; whom he tearmes a Traitor; That thus he marcheth with thee arme in arme? Yet he most Christian-like laments his death; nor he that loues himselfe。但也有极少的例外用法，尤其是在假设条件句中，例如：whippe him till he leape ouer that same Stoole; And when he please to make Commotion; If he reuenge it not; He neede not feare the sword; vnlesse he pay me tribute; Say that he thriue; She sweepes it through the Court with troups of Ladies; She beares a Dukes Reuenewes on her backe; And in her heart she scornes our Pouertie; She giues the Duchesse a box on the eare; so it please your Grace; It Thunders and Lightens terribly; and it like your Maiestie; if it please your Grace; and if it please you; I know not how it stands; It fayles not yet, but flourishes in thee; Where it best fits to be; It serues you well; and beats it when it strayes; It skills not greatly who impugnes our doome; Who in the Conflict that it holds with death; it stands vpright; It greeues my soule to leaue theee vnassail'd; so it stands; An't like your Lordly Lords Protectorship。

当主语为He/he/Hee/hee, She/she/Shee/shee, It/it/'t的时候，be的第三个人称单数变化形式为be, is/Is/'s, was, were/Wer，值得指出的是，在1623年第一对折

本中，有 he/she/it + was/were。例如，'tis meet he be condemn'd by course of Law; So he be dead; If he be guiltie; He be approu'd in practise culpable; And Henry though he be infortunate; Say he be taken, rackt, and tortured; and be it in the Morne; Bee it a Lordshippe; If it be fond; Be it by Gynnes, by Snares, by Subtletie, Sleeping, or Waking; Be it knowne vnto thee by these presence; and it bee but for pleading so well for his life; If it be banisht from the frostie head; heauen if it be thy will; How insolent of late he is become; that he is neere you in discent; he is the next will mount; he is your Prisoner; Gloster he is none; in that he is a Fox; more wretched then he is; That he is dead good Warwick; Then shew me where he is; Nay then he is a Coniurer; He is but a Knight, Or is he but retir'd to make him strong? is he fled? He is fled my Lord; For he is fierce; Vpon thine Honor is he Prisoner? He is a Traitor; He is arrested; But Noble as he is; He that is truly dedicate to Warre; Thrice is he arm'd; he's a Villaine and a Traitor; that hee is drunke; and therefore hee is a Traitor; Contemptuous base-borne Callot as she is; Noble shee is; It is enough, It is agreed betweene the French K. Charles, It is further agreed betweene them, But now it is impossible we should; It is my Office; it is no Pollicie; it is not worth th'enioying; For it is knowne we were but hollow Friends; It is reported; it is irreuocable; It is applyed to a deathfull wound; what a signe it is of euill life; for it is your Natiue Coast; it is thy Soueraigne speakes to thee; which it is I care not; It is impossible that I should dye; it is thee I feare; Farre be it; It is our pleasure one of them depart; and yet it is said; It is to you good people; the Lent shall bee as long againe as it is; It is great sinne; Now is it manhood; God knowes how long it is I haue to liue; is't too short? 'tis his Highnes pleasure; I indeede was he; We know the time since he was milde and affable; Immediately he was vpon his Knee; he was successiue Heire; that he was the Lord Embassador; He was an honest man; hee was rightfull Heire to the Crowne? It cannot be but he was murdred heere; and there was he borne; for he was thrust in the mouth with a Speare; because he was with-held; But that he was bound by a solemne Oath? It cannot be but he was murdred heere; It was the pleasure of my Lord the King; it was by'th Cardinall; was it you? I it was, prowd French-woman; A Hart it was bound in with Diamonds; it was thy Mother that thou meant'st; it was neuer merrie world in England; Was't I? yea, I it was, prowd French-woman; 'twas against her will; Or if he were not priuie to those Faults; He were created Knight for his good seruice; were she a Deuill; Were it not good your Grace could flye to Heauen? as it were vpon my Mans instigation; Vnlesse it were a bloody Murtherer; ah that it were; that it were to doe; What were it but to make my sorrow greater? It were but necessarie you were wak't; what were it else; 'twere not amisse。

当主语为 He/he/Hee/hee, She/she/Shee/shee, It/it/'t 的时候，do/doe 的第三人称单数变化形式为 doth, did，例如，in speech he doth resemble; He doth reuiue againe; what it doth bode God knowes; he did vow vpon his knees he would be euen with me; Did he not, contrary to forme of Law; And did he not, in his Protectorship, Madame be patient; hee did speake them to me in the Garret one Night。

当主语为 He/he/Hee/hee, She/she/Shee/shee, It/it/'t 的时候，haue 的第三人称单数变化形式为 ha's/Hath/hath, had，例如，he ha's a Familiar vnder-his Tongue; For he hath witnesse of his seruants malice; as he hath me; He hath confest; I thinke he hath a very faire warning; he hath no home; He hath no eyes; Hath he not twit our Soueraigne Lady here; Hath he conuersed with the Enemie; By flatterie hath he wonne the Commons hearts; the dust hath blinded them; So he had need; Is it but thought so? hee hath learnt so much fence already; Witnesse the fortune he hath had in France; but if shee haue forgot Honor and Vertue; it hath seru'd me insteede of a quart pot to drinke in; And it hath pleas'd him that three times to day。

五、情态动词的形态与用法

在早期现代英语中，情态动词（modal verbs, modal auxiliaries）的形态与用法与其他实义 / 行为动词相似，除开 dare, must 二词，它们分别有一般现在时和过去时的变化形态。当主语为 thou 的时候，情态动词的第二人称单数形式也是 V + st/t 构成的。此外，当主语为 you, ye, he, she, it 的时候，情态动词第二、第三人称单数 / 复数形式是普通的变化形式，即 can/could, Dare/dare, must, shall/shalt/should/Should, will/would。

		I. witen	II. cunnen	III. durren	IV. shulen
Pres. Sing.	1.	wot	can	dar	shal
	2.	wast/wost	canst	darst	shalt
	3.	wot	can	dar	shal
Plur.		witen	cunnen	dor/dar	shulen
Pret. Sing.	1.	wiste	cuþe	durste, dirste	sholde
Plur.		wisten	cuþen	dursten	sholden
Past Part.		wist	cuþ		

		V. muwen	VI. moten	VII. owen
Pres. Sing.	1.	mai/may	mot	owe
	2.	maist/mayst	most	owest
	3.	mai/may	mot	owe
Plur.		muwen, mowen	moten	owen
Pret. Sing.	1.	mihte, michte, miȝhte, mighte	moste	ouhte, oughte
Plur.		mihten, muhten	mosten	ouhten, oughten

Margaret M. Roseborough. *An outline of Middle English grammar*, N.Y.: Macmillan, 1938: 78.

当主语为单数名词时，情态动词的变化形式同第三人称单数的变化形式，即 can/could, may, shall/should, will/wil/'l/'le/would。例如：could this kisse be printed in thy hand;［Thy fortune］Might happily haue prou'd farre worse then his; So shall my name with Slanders tongue be wounded; That shall be scowred in his rancorous heart; Ne're shall this blood be wiped from thy point; Shall I not liue to be aueng'd on her? And shall I then be vs'd reproachfully? Shall be eterniz'd in all Age to come; His guilt should be but idly posted ouer; The Issue of the next Sonne should haue reign'd; I should be raging mad; My shame will not be shifted with my Sheet; The ancient Prouerbe will be well effected; that I will see perform'd; I will repeale thee, or be well assur'd; These Kentish Rebels would be soone appeas'd。

（1）当主语为 thou 的时候，情态动词的第二人称单数形式也是 V + st/t 构成的。can 的变化形式为 Canst/canst, could'st，例如，thou could'st haue better told. And flye thou how thou canst; Canst thou dispense with heauen for such an oath? Then any thou canst coniure vp to day; Foule stygmaticke that's more then thou canst tell; What canst thou answer to my Maiesty; See if thou canst out-face me with thy lookes。dar 的变化形式为 dar'st，例如，when thou dar'st; where thou dar'st not peepe; Where wert thou borne? If thou dar'st bring them to the bayting place; Thou dar'st not for thy owne; if thou dar'st, prowd Lord of Warwickshire; If from this presence thou dar'st goe with me。may 的变化形式为 mayst，例如，I beseech Ioue on my knees thou mayst be turn'd to Hobnailes。might 的变化形式为 might'st，例如，That thou might'st thinke vpon these by the Seale; Thou might'st as well haue knowne all our Names。ought 的变化形式为 ought'st，例如，thou ought'st not to let thy horse weare a Cloake。shall 的变化形式为 shalt, should'st，例如，thou shalt haue my Hammer; thou shalt not see me blush; So should'st thou eyther turne my flying soule; shalt thou dye; Thou shalt haue cause to feare before I leaue thee; thou shalt be payed; Thou shalt not passe from hence; But Ioue was neuer slaine as thou shalt be; and thou shalt haue a License to kill for a hundred lacking one; But thou shalt weare it as a Heralds coate; by heauen thou shalt rule no more O're him; thou shalt haue it for that word。will 的变化形式为 wilt, would'st/wouldst，例如，And wilt thou still be hammering Treachery; Come Nel thou wilt ride with vs? Aske what thou wilt; Wilt thou go digge a graue to finde out Warre; thou wilt betray me; But thou wilt braue me with these sawcie termes? So thou wilt let me liue; Rate me at what thou wilt; What wilt thou on thy death-bed play the Ruffian? Thou wilt but adde encrease vnto my Wrath; Thou would'st not haue mourn'd so much for me; Knowing that thou wouldst haue me drown'd on shore With teares as salt as Sea。

（2）在 1623 年第一对折本中，当主语为 you 的时候，情态动词第二人称单数 / 复数形式是普通的变化形式，即 can/could, Dare/dare, must, shall/should/Should, will/'l/would。例如，With such Holynesse can you doe it? if you can; Ere you can take due Orders for a Priest; deny it if you can; Nay answer if you can; And if you can; You cannot but forbeare to murther me; Whereof you cannot easily purge your selfe; that you could? or you must fight; Must you, Sir Iohn, protect my Lady here? But flye you must。

在《亨利六世　第二部》中，Dare you be so bold? then you dare execute; He dares not calme his contumelious Spirit。因为无一例外的是组合结构 dare + V，情态动词 dare 没有表现出"去语法化"的特征（参考 Frank Beths, 1999）。

例如：You shall goe neere to call them both a payre of craftie Knaues; And you your selfe shall steere the happy Helme; you shall doe; According to that State you shall be vs'd; And so much shall you giue; for dy you shall; You shall haue pay, and euery thing you wish; And should you fall; For you shall sup with Iesu Christ to night; And you three shall be strangled on the Gallowes; you should leaue me at the White-heart in Southwarke; Should make a start ore-seas, and vanquish you? Then you should stoope vnto a Frenchmans mercy.

Will you needs be hang'd with your Pardons about your neckes? and will you bid me leaue? where you will; you will not keepe your houre; That you will cleare your selfe from all suspence; To Ireland will you leade a Band of men; and you will giue them me; Bring me vnto my Triall when you will; And will you credit this base Drudges Wordes; Will you not Sonnes? And such a peece of seruice will you do; you would not haue him dye.

（3）当主语为第三人称单数 He/he/Hee/hee, She/she/Shee/shee, It/it/’t 的时候，情态动词的第三个人称单数变化形式是普通的变化形式，即 can/could, may, shall/should, will/wil/’l/’le/would。例如，he that can doe all in all With her; as full well he can; he can make Obligations, and write Court hand; Can he that speaks with the tongue of an enemy; he can speake French; hee can write and reade, and cast accompt; It cannot be but he was murdred heere; And could it not inforce them to relent; Pray God he may acquit him of suspition; Vnneath may shee endure the Flintie Streets; Vnneath may shee endure the Flintie Streets; It may be iudg’d I made the Duke away。

as he shall be; Safer shall he be vpon the sandie Plaines; he shall be encountred with a man as good as himselfe; therefore he shall be King; hee shall be beheaded for it ten times; but it shall be conuenient; it shall nere be said; And now henceforward it shall be Treason for any; It shall be done; It shall be stony; That henceforth he shall trouble vs no more; He shall not breathe infection in this ayre; he shall not die; By Water shall he dye; and take his end; I am content he shall raigne; he shall dye; For thousand Yorkes he shall not hide his head; but yet it shall not serue; And therefore shall it charme thy riotous tongue; A Scepter shall it haue; Where shall it finde a harbour in the earth? it shall bee so; And’t shall please your Maiestie; That he should come about your Royall Person; That he should dye; Where should he dye? But me thinks he should stand in feare of fire; Where it should guard;

as ’tis great like he will; Will he conduct you through the heart of France; That she will light to listen to the Layes; Sort how it will; as sure it shortly will; it will hang vpon my richest Robes; It will be prooued to thy Face; it wil be stinking Law; when he would steale the Lambe; He neuer would haue stay'd in France so long; When he to madding Dido would vnfold His Fathers Acts; hee would be aboue the Clouds; How would it fare with your departed soules; would't were come to that; Before I would haue yeelded to this League; I would remoue these tedious stumbling blockes; Because I would not taxe the needie Commons; I would expend it with all willingnesse; But I would haue him dead.

短语动词极大地拓展了动词的语义表达范围。诺曼征服以来，古英语中最早出现了动词短语，直到 15 世纪，这些短语动词仍然较少，短语动词本质上是口语化的。C. 卡斯提罗细致考察了莎士比亚戏剧的动词（Concha Castillo, *Verb-particle Combinations in Shakespearean English*, 1994），莎士比亚戏剧中经常可见短语动词的使用，例如，Deliuer vp my title in the Queene, Seale vp your lips, he did vow vpon his knees, Make vp no factious numbers, Take vp the staffe, Now York bethink thy self and rowse thee vp, Who by such meanes did raise a spirit vp, Rise vp sir Iohn Mortemer 等。现代早期英语中的动词属性比现今灵活得多，短语动词往往表现为动词与副词、介词的搭配形式，或者前缀加词干动词（prefix plus lexical verb）。莎士比亚戏剧中的短语动词为早期现代英语的发展提供了不可或缺的证据。①

六、结语

在历史剧《亨利六世　第二部》中，这些英语动词在拼写上表现出并不稳定的形式，其中部分是不同方言的拼写形态，少量残余了中世纪英语的形态，屈折性构形成分远未达到一致的正字法的规范要求。情态动词的形态与用

① N. F. Blake. *Phrasal Verbs and Associated Forms in Shakespeare*, Atlantis, Vol. 24, No. 2 (Diciembre 2002), pp. 25–39.

法与其他实义 / 行为动词相似，表现出明显的语法化特征，但依然是摇摆不定的。一般动词的过去时态基本完成了语法化，但保留了 -ed 和 did + V 等多种语法化形态。连接第二人称单数 thou 的动词，其变化形式是 V + st/t 构成的，此外，还有少量例外的 thou + V 用法，连接第三人称单数的动词，其变化形式主要是 V + s/th 构成的。这表明语法化的词语形态是言语衍变的结果而不是原因 / 起源。这些新的语法功能部分是由语言接触而产生的。

第六节　论《亨利六世　第二部》中的第二人称及其动词搭配形式

人类思想和语言的演变，是世界发展与人类行为在较长时间里新旧更替、除旧布新的结果。语言的演变往往有自己的发生趋向与汰除机制，然而国家的语言政策或者语言改革运动等来自社会文化的推动力，有时会大于自然选择（例如，竞争、优选、试错、证伪等）的力量。语言的习得行为（language acquisition）或者日常语言使用活动总是伴随着语言的继承与革新。

现代英语是一种派生的语言，拉丁语、法语（诺曼底方言、安茹方言、阿基坦方言、布列塔尼方言等）、挪威语、丹麦语、希腊语等在较长时期里改变了英格兰的盎格鲁-萨克森语。L. F. 克里普斯顿《盎格鲁-萨克森语语法》写道："英语，像别的现代语言一样，是一种派生的语言，它很大部分源自盎格鲁-萨克森语、拉丁语、希腊语和法语。在四种语言中，极大数量的词语，尤其是那些重要的、必需的、富有表现力的直接源自盎格鲁-萨克森语。据我们已知的相关信息来看，大致可以确定的是，英语大约 5/8 是来自盎格鲁-萨克森语，3/16 是来自拉丁语，1/8 是来自希腊语，而余下的是来自法语、西班牙语，和别的语言。"①A. C. 钱尼斯《英语史》指出，现代英语中存在相当大数量的、直接或间接从拉丁语借用的词汇，其中绝大部分是在诺曼征服之后才进入英语。在法语成为英格兰官方语言之后，一些拉丁语词汇是从法语间接借用的，或者是来自法语中的通俗拉丁语词汇，即法语化的拉丁词语。事

① Louis F. Klipstein. *A Grammar of the Anglo-Saxon Language*, New York: G. P. Putnam, 1859: 25–26.

实上，从罗马帝国末期到诺曼征服之前，不列颠凯尔特语、盎格鲁-萨克森语一直发生着罗曼语化，拉丁语借词，拉丁语作为教会语言，不列颠、威尔士和爱尔兰的教会促进了盎格鲁-萨克森语中的拉丁借词，因为早期盎格鲁-萨克森语的书写是许多教士完成的。①

1400 年乔叟去世之后，英语的拼写与发音出现了巨大的变化。1476 年机械印刷技术被引入英格兰，亨利八世（Henry VIII, 1491–1547）的宗教改革（始于 1532 年），都深刻地影响了现代英语的发展。J. 阿尔戈《英语的起源与发展》写到了现代英语正字法的创立，"威廉·卡克斯顿（William Caxton, 1422–1491）及其后的印刷商，在拼写上不是基于当时的日常语言发音，而是基于中世纪后期的手抄文献的拼写。因而，虽然中古英语的所有长元音的性质已经发生了变化，但它们的拼写却一仍旧式，像更早时期的拼写情况一样……印刷商与知识阶层（men of learning）——他们常常表现出误导性——较大程度上影响了英语拼写。这些知识阶层喜好旧式的拼写，并借用词源学的规则来重新拼写，以此创造了一些词语。印刷商则通过规范更早的手抄拼写而增益现代英语。虽然早期的印刷作品表现出很多非连贯的一致品质，然而它们与同时期的手抄作品比较，还是会显得十分规则有序"。②

都铎王朝初期，詹姆士一世（James I, 1603–1625）立法反对宗教亵渎，并刊行了"钦定版圣经"（King James Version, 1611），深刻影响了现代早期英语，也影响了莎士比亚第一对折本。N. F. 布莱克《莎士比亚语言的语法》写道："四开本的语言，特别是差 / 次的四开本的语言，可能与第一对折本的语言有较大的不同，尤其是在词汇、词语形态和句法上。例如，第二人称代词可能在四开

① Arthur Charles Champneys. *History of English*, New York: Macmillan, 1893: 137–139.

② John Algeo. *The Origins and Development of the English Language,* 6th edition, Boston: Wadsworth, 2009: 141.

本中显现为单数，而在对折本中显现为复数，反是。”[①]E. A. 艾伯特《莎士比亚语法》写道：“从表面上看，伊丽莎白时期的英语似乎表现出与现代英语的极大的不同，即在伊丽莎白时期的英语中，任何不规则的语用，无论是词语的构成还是词语建构的句子，都是允许的。首先，几乎任何言语成分都可以用作任何别的成分，副词可以用作动词，They askance their eyes（《罗密欧与朱丽叶》），用作名词，the backward and the abysm of time（《十四行诗集》）一个名词、形容词、或者中性动词（neuter verb）可以用做主动动词……其次，有各种我们会遇到的明显的语法舛误，用 he 替换 him，him 替换 he，spoke 和 took 替换 spoken 和 taken，复数名词性代词与动词单数搭配……但是，经过更仔细的考察，这些明显无序和无法解释的异常现象却是在那些人的头脑中有秩序地组合排列。应该记住，伊丽莎白时代是英语历史上的过渡时期。一方面，新发现与新思想的影响，则相应地要求人们创造一些新的词语（特别是表达抽象观念的词语）；另一方面，古典研究的复兴和从希腊语、拉丁语作家翻译的普遍流行，则表示拉丁语和希腊语（特别是拉丁语）是最方便、最适于采用的语料……”[②]

一、第二人称单数复数的历时演变

英语中的变格（Declension）及其动词的变化形式（Conjugation）是现代早期英语较为显著的语法演变现象。A. 波尔德《知识指南第一书》较早记述了不列颠各地的方言，“在英格兰王国，即在英格兰的国土疆域内，除开英语，有很多方言语音。法语还在英格兰使用，特别是在凯利（Calys），吉赛（Gersey），杰赛（Jersey）；在英格兰王国内的威尔士是威尔士语，康沃尔是康

① Norman F. Blake. *A Grammar of Shakespeare's Language*, Basingstoke: Palgrave Macmillan, 2001: 4.

② Edwin Abbott Abbott. *A Shakespearian Grammar; An Attempt to Illustrate Some of the Differences Between Elizabethan and Modern English*, London: Macmillan, 1909: 5–6.

沃尔语，爱尔兰是爱尔兰语，英格兰北部边境（Englysshe pale）是法语。还有北方话（Northen tongue），它近似苏格兰语（Scotysshe），苏格兰语也是北方话。此外，在英格兰不同的城镇，特别是近海的伦敦城，也使用一些外国语言和外语语音。”①A. C. 钱尼斯《英语史》指出，在盎格鲁–萨克森时期（400–1100），不列颠主要包括：在格洛塞斯特（Gloucester）、沃塞斯特（Worcester）、赫尔弗德（Hereford）、和泰晤士河以南通行的西萨克森方言（West Saxon），在肯特郡和萨里郡通行的肯特方言（Kentish），从亨伯河（Humber）以南往南直到泰晤士河以北地区（即兰开夏郡南部）通行的麦西亚方言（Mercian），从亨伯河以北直到弗斯菲斯（the Firth of Forth）通行的北方方言（Northumbrian）。现代英语主要是从东部麦西亚方言（即伦敦方言）直接演变而来的，北方方言较多受到丹麦语的影响，北方方言与现代英语较为近似；此外，不列颠还有接受丹麦语影响的通俗北方方言（popular Northumbrian）、通俗麦西亚方言（popular or vulgar Mercian），和存在于威尔士和康沃尔（Cornwall）边境的、爱尔兰的凯尔特方言。②

在古代西日耳曼语中，第二人称代词既已包括 thou, you, ye，它们分别是盎格鲁–弗里斯方言（Anglo-Frisian）的不同数与格的形式。在英格兰的西萨克森方言（OE）里，ðū, þū（thou）的双数 ʒit (you two)、多数 ʒíe (ye, you) 形式则来自不同的方言词根。在麦西亚方言（中古英语）中，thou 作为单数，you, ye 作为复数存在十分丰富的方言拼写形式。J. 赖特《英语方言辞典》列举了第二人称单数代词 thou 的各种方言形式，除开 A, Aw，主要有 T', Th', ta, tae, tha, thah, Te, Tea, Teh, Ter; tau, thau, taw, thaw, thai, tay, thae, thea; teu, teau, theau, theow, teaw, theaw; tu, thu, too, tho, thoo, tou, tow, thow, du, doo, dou 等。同时还有一些

---

① Andrew Boorde. *The Fyrst Boke of the Introduction of Knowledge Made by Andrew Borde*, London: N. T. Trübner, 1870: 120.

② Arthur Charles Champneys. *History of English*, New York: Macmillan, 1893: 131–133, 144.

thou 的缩略形式，例如，Teaw'd, Tha'd (thou hadst), Teaw'll, Tha'll, Thul, Too'l (thou wilt), Teaw'st, Thae'st, thou'se, Thou'st (thou shalt) 等。①

J. 波兹沃斯《盎格鲁-萨克森语简明语法》认为，1300 年之后第二人称的双数形式几乎完全消失，各种格的形式出现了极大的简化，参见下表。② 直到早期现代英语，thou, you, ye 才逐渐趋向较为一致的形式，一些方言拼写形式及其口语形态逐渐消失。thou, thee 作为宾格，表达了明显的亲切语气或者尊长者的说话语气，例如，to thou and thee。③

Old English			
	Singular.	Dual.	Plural.
Nom.	þú, þu	ʒit	ʒé, ʒe, ʒíe
Acc.	þec; þē, þe	incit; inc	éowic; éow (iuih, iuh)
Dat.	þē, þe	inc	éow
Gen.	þin	incer	éower
Poss. Pron.	þin	incer	éower
Middle English			
Nom.	þū, þou, þow	ʒit, ʒet	ʒe, ʒie, yhe, ye
Dat. Acc.	þē, þee	inc, ʒinc, ʒunc	eow, eou, ou,ow, ʒiu, ʒu, ygh.ou, yhu (etc.)
Gen.	þīn	inker, ʒunker, unker	eower, eour, ower, ʒure, ʒour
Poss. Pron.	þīn, þī	inker, ʒunker, unker	eower, eour, ower, ʒure, ʒoure
Modern English			

① Joseph Wright. *The English Dialect Dictionary, Being the Complete Vocabulary of All Dialect Words Still in Use, or Known to Have Been in Use During the Last Two Hundred Years*, Vol. 6, Oxford: H. Frowde, 1905: 100–102.

② Joseph Bosworth. *A Compendious Grammar of the Primitive English or Anglo-Saxon Language*, London: Simpkin and Marshall, 1826: 21.

③ Samuel Moore, Thomas A. Knott. *The Elements of Old English*, Ann Arbor: G. Wahr Mich. 1930: 43–44.

（续表）

Nom.	thou	[obs.]	ye, you
	Singular.	Dual.	Plural.
Dat. Acc.	thee	[obs.]	you
Poss. Pron. absol.	thine	[obs.]	yours
adj. < Gen.>	thy	[obs.]	your

J. 赖特《英语方言语法》写道：“在杜伦的西部、南部，坎伯兰、韦斯特摩兰、约克郡、兰开郡，德比郡的西北、中部、东部和兰开郡中部，代词 thou 中的 ð 字母演变成 t 字母，当这一代词用于疑问句和从句时，例如，kan tə kum? (canst thou come?) kum wen tə kan (come when thou canst.) p237” “在北部方言中，人称代词在相互指责的口头谈话中往往会重复使用，例如，thou great lout, thou. p270” “第二人称复数。很少有方言严格区分 you 和 ye，整体上 ye 更普遍的用作名词性、形容词性单数复数的各个格。对于 ye 和 you 在各方言中的形式参见索引。在柴郡南部，you 一般是用作单数虽然它也用作为复数，例如，you thinken，而 ye 总是用作为复数。在北方方言和柴郡、萨福克方言中，ʒe（*he*）常常用来替换 you；在约克郡西部，这一用法仅限于对儿童说话；在柴郡方言中，这一用法有时用于高等级（尊贵者）对低等级（低微者）的人说话；在萨福克方言恰好相反，这一用法适用说话人希望表达特殊的尊敬。在爱尔兰和诺福克，稍显得奇怪的形式 yous，而且在爱尔兰，还有 yees，可用来表示对双人多人说话”。①

thou 是没有重音的弱化词（weak form）。在印欧语系的各种语言及其方言

① Joseph Wright. *The English Dialect Grammar, Comprising the Dialects of England, of the Shetland and Orkney Islands, and of those parts of Scotland, Ireland & Wales where English is habitually spoken*, Oxford: H. Frowde, 1905: 237, 273–274.

中，动词的第二人称单数的曲折变化是 -es，例如，拉丁语 amas (thou lovest) 。然而，西部弗里西安方言（Frisian）的动词曲折变化则是 -est，同样，-est 也普遍出现在西萨克森方言（OE）中。

复数形式的代词表示尊称，也许可以追溯到拉丁语，E. A. 艾伯特称之为高级的罗马风格（high Roman style, 1919, p154）。R. O. 思迪斯顿《中古英语中 Ye 作为 thou 等值功能的语用》认为，直到 14 世纪初期，表示尊称的代词（复数形式）依然沿袭法语中的用法；当然，英语单数 thou 也是被普遍接受的形态。"可以确认的是，在诺曼底征服不久，诺曼底本土人在读写时（reader or hearer）既已注意到用第二人称复数代替单数形式的外来用法。因为这一用法在《罗兰之歌》中已经确立。"① 这一用法最早见于 13 世纪后半期的奥斯本·伯克南《传奇集》(*Legends of Osbern Bokenam*）之"圣徒伊丽莎白传", As among ientelys yt ys þe guyse, /Nere in þe plurere nounbyr speken hyr to/But oonly in þe syngulere, she hem dede deuyse, p891。同样，这一用法出现在莎士比亚《第十二夜》中，If thou thou'st him some thrice, it shall not be amiss;p20。在奥斯本·伯克南《传奇集》中，这一用法是较为普遍的，例如，aftyr þe counsel of me。②

H. T. 普莱斯《中古英语的外来影响》表示，皮科克《花束集》(Reginald Pecock, *Folewer* 88）中的 þe 是一个拉丁化的词语，例如：but þei about stonden þe deede; 在皮科克《规范集》(Reginald Pecock, *Reule* 247）中也有 þe 的用例，We and þe aboute stonders... be þe more stirid to loue þee. ③

10 世纪的西萨克森语史诗《贝奥武甫》(*Beowulf*）中包含 þu, ðu (thou, you),

---

① Russell Osborne Stidston. *The Use of Ye in the Function of Thou in Middle English Literature From Ms. Auchinleck to Ms. Vernon, a Study of Grammar and Social Intercourse in Fourteenth-Century England*, California: Stanford University, 1917: 80, 19.

② Osbern Bokenam. *Osbern Bokenam's Legenden*, Heilbronn: Gebr. Henninger, 1883.

③ Hereward Thimbleby Price. *Foreign Influences on Middle English*, University of Michigan Press, 1947: 3.

ðe, þe, ge (ye) 的用例。当第二人称单数作主语时，动词往往由 V + -est/-t 构成。该诗中包含了 þu eart（thou art）句型，例如，þu eart endelaf usses cynnes; þu eart mægenes strang ond on mode frod; swa þu bena eart; Na þu minne þearft; Eart þu se Beowulf; þu + V -st 句型是较为普遍的，例如，þu wast gif hit is; swa þu self talast; þu þe self hafast; ond þu þin feorh hafast; nean ond feorran þu nu hafast; gif þu Grendles dearst; þe þu gystranniht Grendel cwealdest; swylce þu ða madmas þe þu me sealdest; þe þu her to locast; gif þu þæt ellenweorc aldre gedigest; gyf þu on weg cymest; swa þu ær dydest; Eal þu hit geþyldum healdest; þu us wel dohtest; ðær þu findan miht; yf/þu healdan wylt; þæt þu him ondrædan ne þearft; þæs þu in helle scealt; ðys dogor þu geþyld hafa; Hafast/þu gefered þæt ðe feor ond neah; Ond þu Unferð/læt ealde lafe; Me man sægde þæt þu ðe for sunu wolde; 此外还有 ðu + V -st 句型，例如，þone þe ðu mid rihte rædan sceoldest; þa ðu færinga feorr gehogodest; þæt ðu þone wælgæst wihte ne grette; þæt ðu hine selfne geseon moste; Beo ðu on ofeste; no ðu ymb mines ne þearft; ðu scealt to frofre weorþan。

值得指出的是，该诗中还有 þu, ðu + V 句型，例如，No ðu him wearne geteoh; þeah ðu þinum broðrum to banan wurde; swa ðu on geoguðfeore geara gecwæde; þæt ðu ne alæte be ðe lifigendum; þæt ðu me ne forwyrne; ðu þe lær be þon; þæt ðu geare cunne; Nu ðu lungre geong; þonne ðu forð scyle。

当第二人称双数多数作主语时，往往使用 ðe, þe, ge + V 句型，例如，þæs ðe ic ðe gesundne geseon moste；þæs ðe ic moste minum leodum; þær ðe bið manna þearf; Secge ic þe to soðe; se þe wið Brecan wunne; Ne bið þe nænigra/gad worolde wilna, þe ic geweald hæbbe; eft æt þe anum. Eard git ne const; swa ic þe wene to; wyrce se þe mote; Ic hit þe þonne gehate; ic þis gid be þe; ær ge fyr heonan; Hwæt syndon ge searohæbbendra; ær ge fyr heonan; Hwanon ferigeað ge fætte scyldas; Nu ge moton gangan in eowrum guðgeatawum; Gebide ge on beorge byrnum werede; þe ge þær on standað; bæd þæt ge geworhton æfter wines dædum; þæt ge genoge neon sceawiað; Nu ge moton gangan in eowrum guðgeatawum; ge æt ham ge on herge, ge gehwæþer þara; ge feor hafað fæhðe gestæled; þæt ge genoge neon sceawiað; bæd þæt ge geworhton æfter wines dædum。①

二、第二人称单数 thou + V-st/t 的变化形式

莎士比亚在词语使用和新的词语形态上表现出一些创新性（inventiveness），但不宜过高评价莎士比亚在英语词汇上的拓展。莎士比亚在戏剧中主要表现出对英语传统的继承，莎士比亚的英语混合了大量的中古英语、少量的古英语和各种外来语言。事实上，把莎士比亚之前的英语称为不再通用的陈旧语言（archaic English）是不恰当的。

S. 莫尔《英语语音与词汇史纲》指出，在莎士比亚作品中，作为主格的 you 出现频率高于 ye。这一现象似乎是由多种原因造成的，包括发音的改变、类比及句法的改变等。② 在 1623 年第一对折本《亨利六世　第二部》中，当主语为 thou 的时候，V + st/t 构成动词第二人称单数的变化形式。例如，What seest thou there? What seest thou in me Yorke? What saist thou man? What say'st thou? Thou ran'st a-tilt in honor of my Loue; Whose name and power thou tremblest at; Cam'st thou here by Chance; Be that thou hop'st to be; yet thou seest not well; Say'st thou me so; thou know'st what Colour Iet is of? thou aymest all awry; How cam'st thou so? thou lou'dst Plummes well; seest thou this; the Law thou seest hath iudged thee; why look'st thou pale? why tremblest thou? it was thy Mother that thou

① *Beowulf*. Autotypes of the unique Cotton ms. Vitellius A XV in the British Museum, with a transliteration and notes, by Julius Zupitza, London: N. Trübner, 1882.

② Samuel Moore, *Historical Outlines of English Phonology and Morphology*, Michigan: George Wahr, 1925: 125.

meant’st; the King thou know’st is comming; And thou that smil’dst at good Duke Humfries death; thou behaued’st thy selfe; thou deseru’st no lesse; Why com’st thou in such haste? when struck’st thou one blow in the field? How much thou wrong’st me; if thou meanest wel; What mean’st thou; ’tis for a Crown thou fightst; when struck’st thou one blow in the field? if thou think’st on heauens blisse; thou torment’st thy selfe; when honester men then thou go in their Hose and Doublets.

be 的第二人称变化形式为 art, bee’st/beest, wast/Was’t, wert/wer’t，例如，If thou beest death; If after three dayes space thou here bee’st found; thou being a Subiect; how iust art thou? Vnworthy though thou art; Art thou not second Woman in the Realme? Onely conuey me where thou art commanded; whose Fruit thou art; art thou lame? Art thou gone to? know that thou art come too soone; Art thou like the Adder waxen deafe? and thou art farre the lesser; Art thou a Messenger; art thou the man that slew him? How art thou call’d? thou art not King; Why art thou old; That thou thy selfe wast borne in Bastardie; Was’t thou ordain’d (deere Father) To loose thy youth in peace; wer’t thou thence; When thou wert Regent for our Soueraigne; Since thou wert King; thou wert best; Then when thou wert Protector to thy King; Vnlesse thou wert more loyall then thou art。

do/doe 的变化形式为 dost/do’st, didst，例如，if thou dost loue thy Lord; Why dost thou pause? Thou dost ride in a foot-cloth; Dost thou turne away; that thou dost liue so long; Why dost thou quiuer man? And if thou dost not hide thee from the Beare; what Miracle do’st thou proclayme? Now thou do’st Penance too; if thou do’st pleade for him; When thou didst ride in triumph through the streets; Thou neuer didst them wrong。

haue 的变化形式为 hast, hadst，例如，Hast thou not worldly pleasure at command; The Commons hast thou rackt; How long hast thou beene blinde? as thou hast done; My foote shall fight with all the strength thou hast; thou hast preuayl'd in right; Hast thou not kist thy hand; thou hast built a Paper-Mill; whom thou hast misled; Although thou hast beene Conduct of my shame; why hast thou broken faith with me; if thou hast it? Hast thou not sworne Allegeance vnto me? and all the friends thou hast; Hadst thou been his Mother; If thou hadst beene borne blinde; hadst thou beene Regent there; well hast thou fought to day; For thou hast giuen me in this beauteous Face; Hast thou as yet confer'd With Margerie Iordane the cunning Witch; hast thou beene long blinde, and now restor'd?

haue 的第二人称变化形式为 Hast, Haue/haue, Haue/haue + 过去分词，例如，Hast thou not spirit to curse thine enemy; How often hast thou waited at my cup; How in our voyding Lobby hast thou stood; Thou hast hit it; Or hast thou a marke to thy selfe; Thou hast most traiterously corrupted the youth of the Realme; thou hast caused printing to be vs'd; that thou hast men about thee; Thou hast appointed Iustices of Peace; thou hast put them in prison; and because they could not reade; thou hast hang'd them。

当主语为 thou 的时候，情态动词的第二人称单数形式也是 V + st/t 构成的。can 的变化形式为 Canst/canst, could'st，例如，thou could'st haue better told. And flye thou how thou canst; Canst thou dispense with heauen for such an oath? Then any thou canst coniure vp to day; Foule stygmaticke that's more then thou canst tell; What canst thou answer to my Maiesty; See if thou canst out-face me with thy lookes。dar 的变化形式为 dar'st，例如，when thou dar'st; where thou dar'st not peepe; Where wert thou borne? If thou dar'st bring them to the bayting place; Thou dar'st not for thy owne; if thou dar'st, prowd Lord of Warwickshire; If from this presence thou dar'st goe with me。may 的变化形式为 mayst，例如，I beseech Ioue on my knees thou mayst be turn'd to Hobnailes。might 的变化形式为 might'st，例如，That thou might'st thinke vpon these by the Seale; Thou might'st as well haue knowne all our Names。ought 的变化形式为 ought'st，例如，thou ought'st not to let thy horse weare a Cloake。shall 的变化形式为 shalt, should'st，例如，thou shalt haue my Hammer; thou shalt not see me blush; So should'st thou eyther turne my flying soule; shalt thou dye; Thou shalt haue cause to feare before I leaue thee; thou shalt be payed; Thou shalt not passe from hence; and thou shalt haue a License to kill for a hundred lacking one; by heauen thou shalt rule no more O're him; thou shalt haue it for that word。T. L. 金顿–奥立凡特《古英语与中古英语》认为，自诺曼底征服以来，不表示意愿的纯粹将来时态的 thou wilt 有较多的使用，至少在南部英语中。①will 的变化形式为 wilt, would'st/wouldst，例如，And wilt thou still be hammering Treachery; Come Nel thou wilt ride with vs? Aske what thou wilt; Wilt thou go digge a graue to finde out Warre; thou wilt betray me; So thou wilt let me liue; Rate me at what thou wilt; What wilt thou on thy death-bed play the Ruffian? Thou would'st not haue mourn'd so much for me; Knowing that thou wouldst haue me drown'd on shore With teares as salt as Sea。

did + V 构成了一般过去式（preterit），其中 did 是动词过去式的时态标志词，如果主语是第二人称单数（Thou/thou），则写作 didst，例如：When thou didst ride in triumph through the streets; Thou neuer didst them wrong; Thou neuer didst them wrong; 然而，主语是第二人称单数（you）则写作 did，例如：you did deuise Strange Tortures for Offendors。

Art thou a Messenger; Art thou gone to? Art thou like the Adder waxen deafe? Was't I? Dost thou turne away; Dost thou vse to write thy name? Hast thou as yet confer'd With Margerie Iordane the cunning Witch; Hast thou not spirit to curse thine

① Thomas Laurence Kington Oliphant. *The Old and Middle English*, London: Macmillan, 1878: 44.

enemy; Hast thou not sworne Allegeance vnto me? Liue thou to ioy thy life; Say you consent。

did + V 构成了一般过去式，其中 did 是动词过去式的时态标志词，如果主语是第二人称单数（Thou/thou），则写作 didst，例如：When thou didst ride in triumph through the streets; Thou neuer didst them wrong; Thou neuer didst them wrong; 然而，主语是第二人称单数（you）则写作 did，例如：you did deuise Strange Tortures for Offendors, 主语是第三人称单数时仅有一次写作 didst，例如：Didst euer heare a man so penitent?

当主语为 thou 的时候，情态动词的第二人称单数形式也是 V + st/t 构成的。can 的变化形式为 Canst/canst, could'st，例如，thou could'st haue better told. And flye thou how thou canst; Canst thou dispense with heauen for such an oath? Then any thou canst coniure vp to day; Foule stygmaticke that's more then thou canst tell; What canst thou answer to my Maiesty; See if thou canst out-face me with thy lookes。dar 的变化形式为 dar'st，例如，when thou dar'st; where thou dar'st not peepe; Where wert thou borne? If thou dar'st bring them to the bayting place; Thou dar'st not for thy owne; if thou dar'st, prowd Lord of Warwickshire; If from this presence thou dar'st goe with me。may 的变化形式为 mayst，例如，I beseech Ioue on my knees thou mayst be turn'd to Hobnailes。might 的变化形式为 might'st，例如，That thou might'st thinke vpon these by the Seale; Thou might'st as well haue knowne all our Names。ought 的变化形式为 ought'st，例如，thou ought'st not to let thy horse weare a Cloake。shall 的变化形式为 shalt, should'st，例如，thou shalt haue my Hammer; thou shalt not see me blush; So should'st thou eyther turne my flying soule; shalt thou dye; Thou shalt haue cause to feare before I leaue thee; thou shalt be payed; Thou shalt not passe from hence; and thou shalt haue a License to kill for a hundred lacking one; by heauen thou shalt rule no more O're him; thou shalt haue it for that word。will 的变化形式为 wilt, would'st/wouldst，例如，And wilt thou still be hammering Treachery; Come Nel thou wilt ride with vs? Aske what thou wilt; Wilt thou go digge a graue to finde out Warre; thou wilt betray me; So thou wilt let me liue; Rate me at what thou wilt; What wilt thou on thy death-bed play the Ruffian? Thou would'st not haue mourn'd so much for me; Knowing that thou wouldst haue me drown'd on shore With teares as salt as Sea。

三、第二人称复数 ye, you + V 的变化形式

在英语句法中，第二人称复数 ye, you + V 的句式，也出现了一些变化。O. F. 艾默生《英语史》写道："比较 ye, you 更古老的屈折变化，可见二者的用法是有差别的。ye 是代词主格（nominative），you 是代词宾格（accusative），二者在格上的差异在中古英语、早期现代英语中一直是持续的。这一用法存在于乔叟作品时代、1611 年圣经，后者是基于更早时期的翻译，参见《约翰福音》14: I, 2。在莎士比亚时期，you 在多种［词］格中逐渐替代 ye，有时 ye 可以替代 you。而后，原初宾格的 you 既能作为主格也作宾格，ye 变成了陈旧词，仅仅可见于诗歌中。"①

（一）在最早印刷书籍中，J. 阿尔戈指出，由于受到欧洲大陆的影响，在中古英语的手抄书籍中普遍使用的字母 þ 被 y 替代，第二人称复数 þe 则在印刷中拼写为 ye, þee 则因临时替代而写为 y^e（Algeo, p142）。由于接受了法语的语法迁移，在 13 世纪后期，第二人称复数 ye, you, your 在礼貌或者正式的语境下开始替代第二人称单数 thou, thee, thy/thine。O. F. 艾默生写道："在中古英语时期，第二人称代词复数 ye, you 在礼貌用法中可用来替换单数形式（弱形式的 thou）。无疑这归因于法语用法，可能有古典拉丁语的影响。复数 ye, you 这一替换的用法

① Oliver Farrar Emerson. *The History of the English Language*, New York: Macmillan, 1894: 323.

最初发生于13世纪，直到乔叟的时代，它已经是普遍的用法。在《梅利博厄斯的故事》(*The Tale of Meliboeus*) 中，thou, thee, ye, you 都是常用的。(Emerson, p322) ”

ye在16世纪逐渐变成了陈旧词语 (archaic)。在1542年《知识指南第一书》中ye的语用次数明显较少，例如，Ye, syr, whan it pleaseth you; Ye shall pay. iii. pens; Ser, ye have .xxii. myle; What wold you haue, syr! 与中古英语一样，þe, you的使用可以互换。E. A. 艾伯特《莎士比亚语法》写道：“ye常常用于疑问句、恳求和修辞性的请求中。本·琼生说：第二人称复数形式在表示尊敬时可替代某些单数形式…… Ye和your在《暴风雨》一剧中的使用几乎是随意的、无区别的，Ye Elues of hils...And ye that...you demy-Puppets ...and you whose pastime, &c. (《暴风雨》v.i. 33–38) you和ye的混淆还表现在如下不规则的使用中：What mean you...do ye not know? ...If, therefore, at the first sight ye doe give them to understand that you are come hither ...do you not think? Therefore, if you looke... (North's Plutarch. 170) 有时，当需要非重读音节 (《驯悍记》Ind. ii. 87)，或者避免you重复使用 : I neuer lou'd you much, but I ha' prais'd ye. (《安东尼和克莉奥佩特拉》ii. 6.78) 或者如下：Ye shall, my lord (《理查德三世》iv. ii. 86)，句中shall表示强调，而ye是非强调的；然而在1623年第一对折本中，该剧于此有较多变化形式。”①

在1623年第一对折本《亨利六世　第二部》中，ye作为主语的用例较少，动词第二人称单数/复数形式是普通的变化形式，而不是由V + st/t构成的。例如，What say ye Countrimen; that ye seeke my death? therefore get ye gone; are ye aduis'd? are ye danted now? can ye not? Can you not see? What Buckingham and Clifford are ye so braue? shew what cruelty ye can; do ye beleeue him; will ye relent And yeeld to mercy; Now will ye stoope; or will ye not obserue The strangenesse of

① Edwin Abbott Abbott. *A Shakespearian Grammar; An Attempt to Illustrate Some of the Differences Between Elizabethan and Modern English*, London: Macmillan, 1909: 159–160.

his alter'd Countenance? And would ye not thinke it; I thought ye would neuer haue giuen out these Armes til you had recouered your ancient Freedome。

（二）当主语为 you 的时候，动词第二人称单数 / 复数形式是普通的变化形式，而不是由 V + st/t 构成的，唯有 Main-chance father you meant 是一个例外。例如，what call you this? how thinke you by that? feare you not her courage; You goe about to torture me in vaine; as all you know; You vse her well; Say as you thinke; You put sharpe Weapons in a mad-mans hands; For euery word you speake in his behalfe; though you forbid; You bad me ban; What thinke you much to pay 2000. Crownes; Therefore come you with vs; And you that loue the Commons, follow me; if you reuolt; What say you of Kent; And shew'd how well you loue your Prince & Countrey; if you take not heed; If you go forward; If when you make your prair's; If you oppose your selues to match Lord Warwicke; if you meane to saue your selfe from Whipping; You made in a day; That you tooke Bribes of France; Come you, my Lord, to see my open shame?

be 的第二人称变化形式为 be, Are/are, were，例如，that you be by her aloft; be you prostrate; If you be tane; that you be by her aloft, Vnlesse you be possest with diuellish spirits; If thou be found by me; whatsoere thou be; Are you so chollericke With Elianor; Where are you there? for you are more Nobly borne; My Conscience tells me you are innocent; you are strong and manly; Are you the Butcher; you are slow; What are you made of? To shew how queint an Orator you are; whiles thou art standing by; For where thou art; And where thou art not, Desolation; For wheresoere thou art in this worlds Globe; And thou that art his Mate; and so art thou; By diuellish policy art thou growne great; art thou not? now art thou within point-blanke of our Iurisdiction Regall; that must sweepe the Court cleane of such filth as thou art; You were best to go to bed。

do/doe 的第二人称变化形式为 do/doe, did, haue done，例如，You do prepare to ride vnto S. Albons; 'Tis not my speeches that you do mislike; Why do you rate my Lord of Suffolke thus? Doe you as I doe in these dangerous dayes; if you doe it her; Dost thou vse to write thy name? dost thou not? you did deuise Strange Tortures for Offendors。

Haue you not Beadles in your Towne; the care you haue of vs; Haue you your selues, Receiud deepe scarres in France and Normandie; haue you dispatcht this thing? Haue you layd faire the Bed? And you (forsooth) had the good Duke to keepe; you had recouered your ancient Freedome; and get what you haue lost; this day haue you redeem'd your liues; You haue defended me from imminent death; as if thou hadst beene in thine owne Slaughter-house.

在 1623 年第一对折本中，当主语为 you 的时候，情态动词第二人称单数/复数形式是普通的变化形式，即 can/could, Dare/dare, must, shall/should/Should, will/'l/would。例如，With such Holynesse can you doe it? if you can; Ere you can take due Orders for a Priest; deny it if you can; Nay answer if you can; And if you can; Whereof you cannot easily purge your selfe; that you could? or you must fight; Must you, Sir Iohn, protect my Lady here?

在《亨利六世　第二部》中，Dare you be so bold? then you dare execute; He dares not calme his contumelious Spirit。因为无一例外的是组合结构 dare + V，情态动词 dare 没有表现出"去语法化"的特征（参考 Frank Beths, 1999）。

例如 You shall goe neere To call them both a payre of craftie Knaues; And you your selfe shall steere the happy Helme; you shall doe; According to that State you shall be vs'd; And so much shall you giue; for dy you shall; You shall haue pay, and euery thing you wish; And should you fall; For you shall sup with Iesu Christ to night; And you three shall be strangled on the Gallowes; you should leaue me at the White-heart in Southwarke; Should make a start ore-seas, and vanquish you? Then you should stoope vnto a Frenchmans mercy.

Will you needs be hang'd with your Pardons about your neckes? and will you bid me leaue? where you will; you will not keepe your houre; That you will cleare your selfe from all suspence; To Ireland will you leade a Band of men; and you will giue them me; Bring me vnto my Triall when you will; And will you credit this base Drudges Wordes; Will you not Sonnes? And such a peece of seruice will you do; you would not haue him dye.

youle 写作 you'l，共计 3 次。例如，That thus you do exclaime you'l go with him; you'l surely sup in hell; You'l nor fight nor fly。

for thine eyes are wounding; the King thou know'st is comming; Your Lady is forth-comming; whiles thou art standing by; Thou shalt be waking.

are 在连写时的省略共计 1 次，you are 写作 you're，例如，that shall you're your Grace all questions you demand. was it you? if you meane to saue your selfe from Whipping; where you are lou'd。

四、动词人称变化形态的迁移与新的用法

在人类的交流行为主要依赖听–说模式的时期，基于读–写交流行为模式的语法，往往屈从于语音的和谐（euphony）或者语义的强调。不规范性（Irregularities）即语法上的不规范，是听–说模式时期的常见现象，因为语法的教条远未成熟，并且容易被人们忽视甚至误用。E. A. 艾伯特认为，-ts 可能是来自中部和北部方言的词尾曲折变化形式；thee 或者 you（有时）替换 thou 往往是出于语音的和谐，特别是在表示疑问或者请求的语句中。在埃利斯《早期英语发音》(i. 369）中，witow? 替换了 wilt thou? þinkestow? 替换了 thinkest thou? p139。当 thou + V-est 句式中动词是以 t 为结尾时，V-est 往往为了语音的

和谐而写作 -ts，例如，thou torments me, (《理查德二世》iv. i. 270) what is it thou requests. (《理查德三世》ii. i. 98) revisits, (《哈姆雷特》i. iv. 53)［Thou］Splits the vn-wedgable and gnarled Oke, (《一报还一报》ii. ii. 115) For thou exists on manie a thousand graines, (《一报还一报》iii. i. 20) and［thou］Solicites heere a Lady, (《辛柏林》i. vi. 147) Thou refts me of my Lands. (《辛柏林》iii. iii. 103) Thou fleets, (《十四行诗》19) p242。E. A. 艾伯特把 V-est 或者 -ts 看作麦西亚方言（ME）的曲折变化差异是更为合理的解释，而多种方言的混合在早期现代英语中是较为普遍的，例如，What art thou call'st... and affrights? (F. Beaumont and J. Fletcher, The Faithful Shepherdess, iv. 1) Therefore if thou bring thy gift to the altar, and there rememberest that thy brother hath ought against thee。(Matthew 5:23)

如前所述，在表示尊敬时第二人称复数形式 you 往往可替换 thou，然而，在莎士比亚剧作中有时也有例外的情形，例如，What say you (《亨利六世　第一部》iii. 2: 118), Talbot (《亨利六世　第一部》iv. 5: 8), (《亨利六世　第一部》iv. 6: 6–9)。

O.E. bindan.

	Nth.	E.Mid.	W.Mid.	S.W. and Kt.
		Infinitive		
	bind	bind(e)(n)	binde(n)	binden
		Present participle		
	bindand	bindende, binding(e), bindand (N.E. Mid.)	bindende, bindinde, bindinge	bindinde
		Present indicative		
1.	binde	binde	binde	binde
2.	bindes/is	bindest	bindes/est	bindest
3.	bindes/is	bindeþ/es	bindeþ/es	bindeþ
Plur.	bindes/is	binden/es	bindes/en, bindus/un	bindeþ

Margaret M. Roseborough. *An outline of Middle English grammar*, N.Y.: Macmillan, 1938: 77.

与西萨克森方言（OE）、麦西亚方言（ME）不同的是，早期现代英语由于受到拉丁语语法迁移的影响，在莎士比亚剧作中，在疑问句的动词之后 thou 有时被省略，在 wilt, wouldst 之后 thou 也常常省略，写作 woo't, wilta。例如：

Didst not mark that?（《奥赛罗》ii. i. 260）

How dost that pleasant plague infest?（Daniel）

Wilt dine with me, Apemantus?（《雅典的泰门》i. i. 206）

在 1623 年第一对折本中，出现了动词人称变化形态的迁移，即有少量例外的 thou + V 用法，例如，Ere thou goe; ere thou sleepe in thy Sheath; for till thou speake; why starts thou? yet come thou and thy fiue men; if thou turne the edge; that thou henceforth attend on vs; Come thou new ruine of olde Cliffords house; And wedded be thou to the Hagges of hell;

当主语为 you 的时候，动词第二人称单数 / 复数形式是普通的变化形式，而不是由 V + st/t 构成的，唯有 Main-chance father you meant 是一个例外。在莎士比亚戏剧中，you + V 例外的使用还是存在极少量的语例。例如：

I pardon thee thy life before thou ask it.（《威尼斯商人》iv. 1. 368）

If thou refuse and wilt encounter with my wrath.（《冬天的故事》ii. 3. 138）

but thou love me, let them find me here.（《罗密欧与朱丽叶》ii. 2. 76）

thou doe giue to me egregious Ransome.（《亨利五世》）iv. 4. 2395）

表示命令和恳求的动词后接虚拟语气是常见的。例如：We enjoin thee that thou carry.（《冬天的故事》，ii. 3. 174）

I conjure thee that thou declare.（《冬天的故事》i. 2.402）

That thou neglect me not.（《一报还一报》v. 1. 50）

If thou love thy son, Let Marcius, Lucius, or thyself, old Titus, Or any one of you, chop off your hand.（《泰特斯·安德洛尼克斯》iii. 1. 151）

五、结语

thou 仅是第二人称代词复数 ye 的单数形式，ye 源自古老的印欧语系词根。在英语发展历程中，thou 后来被用来表达亲密、熟悉甚至是不尊重，ye 往往被用于正式场合。除开在教友会 / 公谊会（Society of Friends）这样的宗教团体所使用的语言中，thou 作为陈旧词语在 17 世纪标准英语中被废止，但在英格兰和苏格兰的方言中却以改变的形式持续存在。在标准的现代英语中，thou 仅在正式的宗教语境中，尤其是在试图复制古语言的文学中以及某些固定短语中继续使用。

概言之，在莎士比亚《亨利六世　第二部》中，第二人称单数 thou 之后搭配的动词变化形式往往是 V + st/t，此外，还有少量例外的 thou + V 用法。事实上，从 1594、1595、1619 年前三个四开本到 1623 年第一对折本中，动词第二人称单数的变化形式在拼写上未达到一致。

第七节 论《亨利六世 第二部》(1623)中的英语句法、语义弱化与语法化

伊丽莎白时期是一个从手抄书籍向机械（活字）印刷文本转变的重要时期。印刷术为伊丽莎白时期戏剧提供了极其便利而丰富的题材，尤其是大量古代罗马的文学经典和欧洲大陆的现代文学作品被翻译到英语。①M. 利塞宁《(英语)句法》认为，早期现代（1500–1700）英语句法从极其丰富的可变化形态和句型组织的缺乏向更规范更有序的方向发展，以伦敦方言为主的书写标准发展起来了，而且仅限于书写语言，然而尚未一致的英语口语依然保留了丰富的可变化形式，"在中古英语时期，一些主要的变化发生在英语结构上。其中最重要的一点是屈折变化的词尾系统在减少，重新组织了词语顺序的句法模式，并倾向于使用分析的共建结构（construction）取代合成式结构"。"英语的结构逐渐建立起来，直到18世纪标准的书写英语十分接近当代英语。16世纪大多数英语作家的语言依然反映出对中古英语的继承性……16世纪的文本主要的特征是，具有丰富的可变化的形式和共建结构，这是从中古英语继承的，在较小的程度上是受到拉丁语的影响。在17世纪的写作中，大量的可变化形式在逐步减少。"②

从历史语言学角度考察莎士比亚戏剧中的英语是有益的。莎士比亚作为16、17世纪之交的英格兰诗人，主要表现出语言（传统）的继承性，以及较少的言语创新。E. A. 艾伯特《莎士比亚语法》写道："应该记得，伊丽莎白时期

---

① William Blades. *Shakspere & Typography*, New York: Winthrop Press, 1897: 39–40.

② Richard M. Hogg, Roger Lass ed., *The Cambridge History of the English Language* Vol. 3, Cambridge University Press, 187–188.

对于英语史来说是一个过渡时期。一方面，出现了大量的新发现与新思想。相应地，需创造一些新的词汇，特别是一些表达抽象观念的词语。另一方面，古典研究的复兴，以及来自希腊语和拉丁语的译作之广受欢迎，都表明拉丁语和希腊语词汇（尤其拉丁语）是极便利的、极有可塑性的语料。像是一大批便于制造的硬币，只需要加上一点民族的印记，就可以广泛流通，它们对现有英语作出了有益的拓展。而且，在漫长且发展成熟的的古典时期，古典语言受到了伊丽莎白时期的作家的高度推崇。人们试图将英语纳入拉丁语的表达方式的机制中，因此英语的建设性力量几乎难以承受。”①

一、语言衍变、句法理论与语法化概论

（一）现代英语是从 15 世纪后期英格兰东中部方言（伦敦方言）发展而来的，逐渐放弃了中古英格兰的多语言体系。每一种语言总是在人们的语言习得、话语活动中获得更新，它们总是不断衍变的。语言的继承与革新，是人们的语言习得（language acquisition）、话语活动中基本的形态。语言总是在人们的习得、话语活动中得到继承并发生或多或少的革新。一种语言在使用行为上的传统式沿袭，或者言语的继承性，往往表征为该语言在词汇和语法上的一致性；从社会文化的视角来看，沿袭作为文化记忆最显著的特征，这些语言要素常常被反复强调并自动获得了沿用的规范性力量，并隐性地要求言说者接受该语用规范。

D. W. 莱特福德《如何设定范围：语言演变的诸多论题》指出，语言史学家往往会认识到，有时语言会经历一个时期十分急遽的变化，而后达到一个相对平稳的时期。从这里所采取的视角看来，便自然地在某一范围内从新的设定条件去尝试解释该巨大的变化，有时会有较广泛的表层效果的变化，也可能引发

① Edwin Abbott Abbott. *Shakespearian Grammar: An Attempt to Illustrate Some of the Differences Between Elizabethan and Modern English*, London: Macmillan, 1870: 7–8.

一系列的反应。这一急遽的变化有许多如上所论的不同的特征，与积累的、逐渐的和无序的演变有相当的差异，后者会持续的影响语言的境况。另一方面，这些语言环境的变化，并不是源于一般由语言习得过程所决定的结果，而是由于某因素系统性地引发某一结构性的特性演变。甚至，通过与别的语言和方言的联系而诱发演变，或者作为风格原因而导入，有时仅仅以想象获得风格化的效果而作为构想的形式。于以上各种情形，这些革新（innovations）或是模仿的，或是独立的，但它们没有“刺激匮乏”的诸特征，各种激发（input）的因素发生了更广范围的系统性影响，而超出实际激发因素的数据量。①A. C. 哈里斯、L. 坎贝尔《历史句法学的跨语言视角》提出了语言演变的 3 点基本假设：“一，人类基本上被赋予了普遍语法的种种，它能规范孩子习得语言，进而决定什么可能构建了语言。二，孩子的语言习得（在很大程度上）是对语言体系变化的反应。三，既然语言演变发生于一种新的语法建构之中，对于作为语言学习者的孩子而言，演变是一种突变；它在内在建构上可能不同于成人学习语法的模式，（后者的语法学习可能不再是最优的，因为在成人的一生中这只是一些补充和修正）”。在强调分离（discrete）观念的同时，哈里斯、坎贝尔也承认，句法的突变（abruptness）或者渐变（gradualness）是一个依然具有争议的问题；在许多方面，句法的演变从较长时间来看可能更多被认为是渐变的，表现为渐变性，（参考第四章第 4 节）。概言之，句法演变既包含分离又有渐变的诸多方面。②

在实际的语言学习行为中，言说者对于词语和句法的学习往往优先于系统语法和传统规范的学习。基于认知语言学的视角，R. W. 兰盖克《语言使用与语

① David W. Lightfoot. *How to Set Parameters: Arguments from Language Change*, London Massachusetts: MIT Press, 1991: 169.

② Alice C. Harris, Lyle Campbell. *Historical Syntax in Cross-Linguistic Perspective*, Cambridge University Press, 1995: 48–49.

言习得的动态观》把语言学的结构看作长时间持续的行为，并结合语用的视角，“首先，抽取出来的语言学单位（units），并不需要某个特别的机制，而仅仅是选择性强化的结果。其次，更多特殊的语言单位作为范畴化的结构，具有内在的高灵活度优势。第三，各语言成分在根本上仅是高灵活度的协作问题。最后，语言单位的动态观有利于说明类别与语言标志频率的相关作用”。①

（二）在早期现代英语的演变过程中，英语句法、语法较多接受了经典拉丁语语法，而拉丁语语法继承了希腊化时期的古希腊语语法。莎士比亚戏剧中的早期现代英语是非标准化的英语。换言之，其中的英语句法、语法主要是从过去语言实践中继承而来的，尚未达到一致的标准句法、语法。在语言实践/话语活动中，句法是一个由语用习惯标识出来的构成性范围，而不是强制性的语用规范教条。一般的，在一代一代人之间的语法传递过程中，每一个人都将重新建构其习得的语法体系。语言的衍变主要是在人们的话语活动中实现的，语法是语言中高度“仪式化”的语用表征。而句法总是表征为被组织起来的各种语言成分，尤其是词汇与语丛，在一个独立表达单位中的相互关系和结构规范。兰盖克《认知语法导论》认为，语法本质上具有象征性（symbolic），“除象征结构而外，无需唤起其他任何成分，即可对复杂表达式及其体现的模式加以充分描述。更确切地说，词汇与语法构成了一个连续体，仅存在于象征结构的集合中。这一立场带来的一个直接后果是：语法描写中合理设定的所有概念（如类似于‘名词’‘主语’或‘过去分词’的概念）多少均须是有意义的”。②

一种语言中的语法与句法演变是在长时间里发生的，这是一个渐变的过程，甚至有怀旧的言说者采用某些陈旧的表达形式。1970 年代，认知语言学

---

① Ronald Wayne Langacker. A Dynamic View of Usage and Language Acquisition, Cognitive Linguistics Vol. 20, 2009: 627–640.

② 罗纳德 · W · 兰艾克 . 认知语法导论（上册），黄蓓译，北京：商务印书馆，2016: 7.

者、历史语言学者较早从语言学习的角度来探讨语法演变、句法演变的机制（Mechanisms of Syntactic Change）。A. 汀布莱克《句法演变中的重新分析和实现》因而建立了句法演变的两种模式：其一是重新分析（reanalysis），即一套构想的底层关系和规则的表述方法（the formulation of a novel set of underlying relationships and rules）；其二是句法演变的实现（actualization），即逐渐系统化的有条理的显现出重新分析的结果（the gradual mapping out of the consequences of the reanalysis）。句法的演变在很大程度上是渐变的，其继承性对于某个演变的类型而言常常是可预知的。一些微小的词汇学上的变化往往引发新的句法做出适应性变化。汀布莱克认为，“这表明，在语言的继承性决定句法的意义上，句法演变的实现是系统性的。甚至继承本身也是演变的动因，对于语言的可继承性来说，最初的演变（成分）是非标志的，更多自然的特征，前者构成了演变的互文本。而后，演变（成分）成为标志的，弱化自然的特征”。“一定程度上，人们成功地做到这一点，而不至于产生极大的差异和无法接受的言语后果，由此他们便达到了句法演变的实现。重新分析的结果维持了句法演变的一致的倾向，其机制依赖于限制例外和非目标性的规范。”①

一般的，传统语法包括词语形态、词语建构的句法和语义系统。T. 克劳利《历史语言学导论》之“语法化”写道：“许多语言的词语可以分两种基本的类别：语义化的词语和语法化的词语。……语法化的词语，只是在它们与别的词语伴随同在时才具有语义，它们与别的词语相联共存，方构成一个语法式的语句。在英语里，这些词与包括 the, these, on, my 等。”克劳利进而认为，语法化演变的机制中主要包含三种要素，即重新分析、类推（analogy）和扩散（diffusion）。“语法化演变中的重新分析，指这样一个演变过程，即在语法上一种表达形式（form）开始被看作为新的，区别于言说者原初的言语形态

① Alan Timberlake. Reanalysis and actualization in syntactic change, in Charles N. Li (Ed.), *Mechanisms of Syntactic Change*. Austin: University of Texas Press, 1977: 141–177.

（protolanguage）。”“许多语言不仅相互复制词汇，它们也会相互复制语法结构，甚至会相互复制在这些语言中用来建构语句的语素成分。这往往发生在说两种语言的人群中，他们开始在说一种语言时使用从另一种语言中抽取来的（语言）结构。”①

语言演变有内部因素促动的演变（internally motivated change）和语言接触引发的演变（contact-induced change）两类。A. C. 哈里斯、L. 坎贝尔《历史句法学的跨语言视角》提出了其句法演变的理论：一，只有三种句法演变的机制；二，这些机制中的一种即可实行一般的历时性的系列演变之发生；三，有一些与演变发生相互作用的普遍原则；四，一系列的句法建构是普遍语法的一部分；在此意义上，它们往往也能作为可替换的表达形式。句法模式的改变需借助于特殊的演变机制。而后，哈里斯、坎贝尔分别论述了这三个基本的机制，即重新分析、扩展（extension）和借用（borrowing）。前二者是内在机制，和更受人们青睐的演变过程。只有重新分析和借用可以为某一语言引入全新的结构，引发更显著的变化。②

“重新分析是一种使得句法模式的基础结构改变但并不改变表层的显现形态的机制。（Reanalysis is a mechanism which changes the underlying structure of a syntactic pattern and which does not involve any modification of its surface manifestation.”）哈里斯、坎贝尔进而界定了基础结构和表层的显现形态，前者包括组织成分（constituency）、层级结构（hierarchical structure）、语类标识（category labels）和语法关系（grammatical relations）；后者包括词语形态标记（morphological marking）和词语序列（word order）。重新分析（或者重新解释

① Terry Crowley. *An Introduction to Historical Linguistics* 3th edition, Oxford: Oxford University Press, 1992: 144, 148, 151.

② Alice C. Harris, Lyle Campbell. *Historical Syntax in Cross-Linguistic Perspective*, Cambridge University Press, 1995: 50.

或者重新建构或者范围重组）基于一种以表层的多重性（surface ambiguity）或者多样分析的可能性为特征的句法模式。

“扩展是一种致使某一句法模式的表层显现形态发生改变但并不涉及基础结构直接或内在的改变的机制。（Extension is a mechanism which results in changes in the surface manifestation of a pattern and which does not involve immediate or intrinsic modification of underlying structure.”）扩展不同于传统语言学所说的类比（analogy），扩展并不局限于词语形态学，有时在抽象的句法上也有证实，虽然它可能更普遍或者更容易在前一个领域得到确认。扩展能有效限制句法上的例外与不规范（语用现象），使得重新分析与既存的语法维持一致；扩展作为一种机制，它可以通过普泛化某一规则从而改变该语言的句法。扩展包括词汇的扩散/传播而引发的句法衍变，模式化词汇的扩展，以及语法标识（markedness）的多样化或者改变。扩展涉及在新的语法方面更为深入的结构调整。一些词语秩序的变化便促动了句式结构的这方面或者那方面，并通过扩展的机制实质性地革新了该语言的词语秩序结构。

在语言演变的研究中，句法借用机制较少获得严肃的关注。哈里斯、坎贝尔有意区分了语言接触与借用，语言接触作为一种通过借用而引发语言演变的境况，借用只有通过语言接触而发生。借用“意味着一种外语的句法模式（外语句型的复制，或者至少是形式十分近似的句法建构成分），在语言接触的境况中通过借出语句型的影响而被容纳到借入语言中所发生的语言演变”。借用是指一种演变的外部机制，涉及受影响语言外部的各种演变动因。借用可以同时引发基础结构、表层显现形态的变化，因为借用生成了一个外在系统的参照。在句法的借用中，外部的/异质的建构要素的引入，将为言说者辨别并认同该借出语言。

在伊丽莎白时期，借用往往有明显的标识，由此可知（语言）借用在英格兰文艺复兴时期的知识价值上占有较高的地位。O. F. 艾默生《英语简史》指出，由于机器（活字）印刷的原因，现代英语从古典希腊语、拉丁语和法语中借用了较多的语汇，这些借词（borrowed words）往往标识为斜体。同时，英语本土词汇的屈折词尾、前缀与后缀则不采用斜体。①

（三）谈谈语法化是有益的，因为语法化是语言衍变中极受关注的方面。在不同的语言中，语法化总是表现出复杂的语言衍变历程，而且语义淡化并不一定达到严格的语法化。B. 海恩、T. 库特沃《语法化的世界语汇》认为，语法化可以看作由互文本引发的重新解释的结果，包含四个相互作用的主要机制：语义淡化（desemanticization or semantic bleaching）即语义内容的丢失；扩展（extension or context generalization）即在新的互文本中的使用；去范畴化（decategorialization）即词汇或者别的较少语法化的形式在句法形态的固有特性上的丢失；语音弱化（erosion or phonetic reduction）即语音实体的丢失。对于语法化，语言在新的互文本中的使用会失去一些语义的、句法形态的、语音实体的特性，同时也会获得新的固有特性（properties characteristic）。语法化的发生要求特殊的互文本，互文本是一个在形成语法形式的结构过程中的关键因素；在一定程度上，这些语法形式可以表达那些不能直接从其原初形式中所提取的（语法）意义。②F. J. 纽迈耶《语言形式与语言功能》指出，从语法化的时间顺序来看，语法化作为一个较为显著的（历时的）过程，这一观念大部分是基于语法化总是经过了同一阶段，然而人们却没有一致界定这些阶段到底是什么。而且语法化的机制同样可见于别的语言演变中。③

---

① Oliver Farrar Emerson. *A Brief History of the English Language*, London: Macmillan, 1922: 128.

② Bernd Heine, Tania Kuteva. *World Lexicon of Grammaticalization*, Cambridge: Cambridge University Press, 2002: 2.

③ Frederick J. Newmeyer. *Langguage Form and Language Function*, Cambridge: MIT Press, 1998: 240, 248, 260.

二、英语句法中的 but 的使用与语义

莎士比亚戏剧中的英语是非标准现代英语，沿袭了众多中古英语、多种语言体系的特征。1476 年以来，活字印刷术促进了早期现代英语的发展，尤其是促进了现代英语走向一致性的拼写和一致性的句法。现代英语词语 but，源自西萨克森方言（古英语 OE）be-útan, bútan, búton, bútun, búta; búte, buten, bute；在古英语中，be-útan, bútan, búta 常用作副词或者介词 preposition，其语义为"例外（on the outside, outside of）、除开（except that, excluding），没有（without）"，其语音弱化形式 bŭten, bŭte, but，常用作连词。在麦西亚方言（古英语 OE）中，but 也写作 boten, bote, 这可能源自古斯堪的纳维亚方言 bot。boten, bote 的语音强化形式 bouten, boute, bout, 常用作副词或者介词。在中古英语时期，bout 逐渐取代了古英语 bútan；1490–1500 年前后，bout 已经变为陈旧词语，but 取代了前者。bout/but 作为副词的用法变得越来越多，并出现语义淡化（bleaching），从而实现了语法化。例如，But, to the rest; But first, go and set London Bridge on fire; But what a point, my Lord, your Faulcon made; 在 1623 年第一对折本《亨利六世　第二部》中，but 主要是用作连词 conjunction 和副词。在现代英语中，由于缺乏构词的屈折变化形态，but 作为介词和连词并没有明显分开来。

同时，也有 but 作为特称名词使用，例如，There is a corrective But, a veruntamen, spoyles all in the vp-shot... here is a But that shipwrackes all. (Thomas Adams. *The Diuells banket*, 1614)。在现代英语中，but 也有作为动词使用，例如，Leo. Finely butted, doctor. (John Fletcher. *The Humorous Lieutenant*, 1625) Sir Fran. But me no Buts. (Susanna Centlivre. *The Busie Body*, 1709)

（1）作为连接词的 but，常见 but + clause 的句式，例如，but I hope your Highnesse shall haue his; but I meant Maine; But I am troubled heere with them my selfe; But I am not your King, till I be Crown'd; But I was made a King, at nine months olde; But I can giue the loser leaue to chide; but shall I speake my conscience; But I will remedie this geare ere long; but Ile bridle it.

同时，也有 but + clause 的省略句式，例如，But be thou milde, and blush not at my shame; But is not this brauer; But feare not thou, vntill thy foot be snar'd; But meet him now, and be it in the Morne; But get you to Smithfield, and gather head; But list to me my Humfrey; But can doe more in England then the King。

在《亨利六世　第二部》中，but that + clause 的句式是较为常见的，例如，but that thou liu'st; But that my heart accordeth with my tongue; But that my hearts on future mischeefe set; but that thou liu'st; but that my puissance holds it vp; but that they dare not; But that thou art so fast mine enemie; But that he was bound by a solemne Oath? But that 'tis shewne ignobly; But that the guilt of Murther bucklers thee。值得指出的是，but that 还可以连接副词性短语，例如，But that in all my life, when I was a youth。

but 作为连词使用时，but 还可以连接多种疑问句，即 but + how/who/where/when + clause 的句式，例如 But how he dyed; but how now, Sir Iohn Hume? But who can cease to weepe; But where's the body that I should imbrace? But wherefore weepes Warwicke; But wherefore greeue I at an houres poore losse; But when I sweare; 其中 but if + clause 常常表示“别无选择的”条件句，例如，but if shee haue forgot Honor and Vertue; but if we haply scape; But if thy Armes be to no other end。

but + then/now/yet/still/well + clause 的句式与上述句式是不同的，因为 then/now/yet/still/well 在句中是较为独立的副词，而不是该从句的引导词，例如 But still where danger was, still there I met him; But then are we in order; But then, Aeneas bare a liuing loade; But now it is impossible we should; But now returne we to the false Duke Humfrey; But now is Cade driuen backe; but now am I so hungry; But now of late, not able to trauell with her furr'd Packe; but yet it shall not serue; But yet we want a Colour for his death; But still remember what the Lord hath done; but well fore-warning winde Did seeme to say。

（2）V + but 的词语搭配是不稳定的，其中动词可以是过去时态或者完成时态，but 的语义为“没有、无（Without, unprovided with），仅仅（only），除开（apart from, void of）”，例如，I ask but this; I am but Grace; I am but a poore Petitioner of our whole Towneship; for I am but reproach; for I did but seale once to a thing; Had I but sayd; And yet we haue but triuiall argument; And if we did but glance a farre-off Looke; For it is knowne we were but hollow Friends; thou art but dead; you but warme the starued Snake; Is it but thought so? and it bee but for pleading so well for his life; It were but necessarie you were wak't。

在 1623 年第一对折本中，常常可见 Mod. + but + V 的句式，例如，Might I but know thee by thy housed Badge; Thou wilt but adde encrease vnto my Wrath; You cannot but forbeare to murther me; It cannot be but he was murdred heere; His guilt should be but idly posted ouer; this late Complaint will make but little for his benefit; But flye you must。

（3）作为副词的 but, but + N/Pron/Adj 往往可作为独立的语句成分，其语义为“仅仅（only, all but, but only）”，例如，But I in danger for the breach of Law; as who is King, but thou? But God in mercie so deale with my Soule; But Cloakes and Gownes, before this day, a many; But three dayes longer, on the paine of death; Her sight did rauish, but her grace in Speech; But him out-liue, and dye a violent death; But Noble as he is, looke where he comes; 同样，副词 but 可以连接不同词性的词组和短语，例如，But greater sinne to keepe a sinfull oath; In life, but double death, now Gloster's dead; But match to match I haue encountred him; But to the matter that we haue in hand; But with aduice and silent secrecie; But like a pleasant slumber in thy lap? Nor knowes he how to liue, but by the spoile; for many a time but for a Sallet; But with our sword we wip'd away the blot。

此外，当 but + N 作为动词 V 的直接宾语 Direct Object 或者宾语补语 Complements 时，but 是一个表示强调的副词，例如，And make my Image but an Ale-house signe; And thinke it but a minute spent in sport; and giue me but the ten meales I haue lost。

（4）在历史剧《亨利六世　第二部》中，not/no/naught...but... 这一类词组搭配（phrases）尚未达到一致的，but 与前置的否定词（negative）搭配使用，其语义为“仅有、仅是（only, all but, but only）”，兼有连词和副词的功能，例如，I should not mourne, but dye for thee; this was nothing but an argument; The pissing Conduit run nothing but Clarret Wine; Nothing but this; Excepting none but good Duke Humfrey; We are alone, here's none but thee, & I; Spare none, but such as go in clouted shooen; Seale vp your Lips, and giue no words but Mum; our Fore-fathers had no other Bookes but the Score and the Tally; for his Father had neuer a house but the Cage; I neuer saw but Humfrey Duke of Gloster。

nought/noght 是麦西亚方言（ME）词语，可能源自西萨克森方言（OE）词语 nōwiht/nōþiht，该词可用于比较级，例如，Lust mai noght thanne be preferred (John Gower. *Confessio amantis*, 1390); worse then naught? 在麦西亚方言（ME）中 nothing/naþing 是一个更常用的 nought/naught 替代词。从 1594、1595、1619 年前三个四开本到 1623 年第一对折本中，都使用了这个陈旧词语，例如，this signifies nought but this; This hand was made to handle nought but Gold; And can doe naught but wayle her Darlings losse。

在否定句或者疑问句中，no more but 往往表示比较，例如，which can no more but flye；然而，在 1594、1595、1619 年前三个四开本中既没有出现 no more but，也没有出现的固定词组 no more then/than。固定词组 no more then/than

较早见于 14 世纪末期，例如，His moder wiste wel sche mihte Do Tereüs no more grief Than sle this child. (John Gower. *Confessio amantis*, 1390)。前三个四开本中既已出现了 no doubt but，例如，I haue no doubt but thou shalt cleare thy selfe；但是这一固定的词语搭配在 1623 年第一对折本中被替换。

三、英语句法中的 me thinkes

mē þyncþ/me þincþ 是一个连写的西萨克森方言（OE）词语，可能源自古日耳曼语汇 þúhte。阿尔弗雷德时期（847 或 849－899）用西萨克森方言翻译的波伊修斯《哲学的慰藉》(拉丁语)，其中包含了 me þincþ 句式。S. 福克斯认为 me þincþ 句式近似于 I think 句式，例如，Swá me ðincþ (So I think, Bt. 120); Me þincþ that þu me dþelire and dýderie; Me þincþ that ðu hþenfetc ýmbucon; Mé þincþ ðæt hit hæbbe geboht sume leáslíce mǽrþe;《哲学的慰藉》一书中也包含了 Ic þene（I think）句式，例如，Ic þene þæð hið sie (I think that it is, Bt. 120); Ic þene þeah that þe nýllen (I think, however, that we should not); Ic þene nu that Ic ðe habbe þeah þe nýllen (I think that I have said enough to thee about the false goods); þin þið ðæge (Who thinks of this); Dém ðú hí tó deáþe, gif ðé gedafen þince。①

在《哲学的慰藉》一书中，þyncþ/þincþ 的用例是较为丰富的，Ne þynceþ mé gerysne, ðæt wé rondas beren; Swá ðé ðyncþ; þyncþ him ðæt hé næbbe genóg; Him selfum þincþ ðæt hé nǽnne næbbe, swá swá manegum men þincþ ðæt hé nǽnne næbbe; Ðeáh ús þince ðæt it on wóh fare; 波斯沃兹、托勒编辑《盎格鲁-萨克森词典》指出，动词 þyncan 的原义是“看似，显得”（to seem, appear），me þincþ 的原义是“于我看似”（it is seem to me），例如，gif þe swá þince (if it so seem

① Boethius. *King Alfred's Anglo-Saxon version of Boethius De consolatione philosophiae, with a literal English translation, notes and glossary*. by Samuel Fox, London: Bohn's Antiquarian Library, 1864.

to thou, Bt. 120); Uthon nu. gif þe swá þince. geecan þone anweald and that genihth (Let us now, if it so seem to thee, make an addition to the power and the abundance, Bt. 120); Awæþer þe þonne þýnce unweorþ and unmærlic seo gegaderung ðara þreora þinga (Does the assemblage of these three things, then, seem to thee worthless and ignoble, when the three are united together, Bt. 120).①þync（to seem fit）较早出现在 9 世纪北方方言诗集《科尼武甫诗集》（Cynwulf or Kynewulf）中，例如，Do swa þe þynce (Do as seemeth fit to thee, *Elene*, 541)。②

在阿尔弗雷德翻译的《哲学的慰藉》一书中，还包含 þyncan, þenan 等动语，þenan (to think, ween, imagine)/þencan (To think, meditate, cogitate, consider) 的语义主要是"想，认为"，而且 Sub. + þenan/þencan 句式是极其普遍的。例如，se ðe wel þenceþ; hé ne mæg witan hwæt hé ðencþ; ic wát ǽr hwæt hé þenceþ; Nǽnig heora þóhte; Hwæþer ðú ðonne ongite ðæt ǽlc ðara wuhta ðe him beón þencþ ðæt hit þencþ ætgædere beón gehál undǽled; Hé tó gyrnwræce swíðor þóhte ðonne tó sǽláde; Se ðe wrecan þencep freán; Ic hine wríþan þóhte。③

在《鸮鸟与夜莺》（*The Owl and the Nightingale*, 1250）一诗中，Me þunch that thu for-leost that game; Me þunch thu ledest ferd tome;④ 这是一个显著的无人称结构（impersonal construction）形态。⑤

在 14 世纪北方方言诗歌《世界的创造》（*Cursor Mundi*）中，methinks/me

---

① Joseph Bosworth, Thomas Northcote Toller ed. *An Anglo-Saxon Dictionary, Based on the Manuscript Collections of the Late Joseph Bosworth*, Oxford: Oxford University Press, 1898: 1084.

② Joseph J. Schürmann. *Darstellung der Syntax in Cynewulfs Elene*, Paderborn: Schöningh, 1884: 11.

③ Louis F. Klipstein. *Analecta anglo-saxonica. Selections, in prose and verse, from the Anglo-Saxon literature*, New York, G.P. Putnam, 1856: 281.

④ *Early English Poetry, Ballads and Popular Literature of the Middle Ages*. Vol. 11, London: C. Richards, 1843.

⑤ Olga Fischer, Anette Rosenbach, Dieter Stein ed., *Pathways of Change: Grammaticalization in English*, Amsterdam, Philadelphia: John Benjamins Publishing Company, 2000: 355.

thinkes 使用了 15 次。例如，Me walde þink þat hit ware myne; Me þink þat nay wit þis resun; His scrift is noght, me-þink to tak; Me þink wele nay for þis resoune; Me þink his schrift es noght to take; Hale me þink of all mi harm; Me-thoght moght it apon him rine; Me-þoȝt mught I a-pon him rine; For to speed full lath me thoght。此外，该诗中还有 I think/thoght 句式的使用，表明无人称结构的动词 think 已经完成了语义的迁移，新语义为“想，想到”（to have ideas, to form an idea of, to consider; It seems to me）。① 乔叟写道：Me thynketh it acordaunt to resoun, (*Tales of Caunterbury*, Prologue)。

该词语在 14 世纪后期麦西亚方言（ME）中写作 me thinketh（Northumbria or Mercia）。例如在乔叟的诗歌中，除开 I thinke/I thought 句式，me thinketh 句式的使用是比较普遍的，Me thinketh this wonder; And so me thinketh truely; she is than holden, as me thinketh, to rewarde th'entent of my good wil; Now me thinketh (quod she) that it suffyseth in my shewing; me thinketh hem in my ful witte conceyved; Me thinketh thee now duller in wittes than whan I with thee first mette; me thinketh, I shulde have a reward for my longe travayle? yet me thinketh that by suche joleyvinge wordes my disese ginneth ebbe; Trewly, me thinketh that the sowne of my lamentacious weping is right now flowe in-to your presence; Me thinketh, by right, suche people shulde have no maistrye。②

在贝内兹男爵翻译的骑士小说《小不列颠的亚瑟王》（John Bourchier, Lord Berners. *The history of the valiant knight Arthur of Little Britain*, 1530）中，methinks/me thinkes 句式使用了 1 次，me think ye haue a iolly wanton eye; 而 I think 句式

---

① Cursor mundi (The cursur o the world). *A Northumbrian poem of the XIVth century in four versions*. Ed. by the Rev. Richard Morris, London: N. Trubner, and Co., 1878.

② Walter W. Skeat ed., *The Complete Works of Geoffrey Chaucer* Vol.7 Suppl., Oxford: Clarendon Press, 1894.

使用了 8 次，I think it right well; I think first to se ii. yeres more passed at ye least; I thinke ye should not reioyse her so easily as ye thynke of; wherfore I think by thys time they haue made some maner of scarmysshe w^t their enemies; I shold wel think my payne &labour right well enployed; for I shal think tyll y^t season be come as long or longer than ye shal do。①

13–16 世纪从中古英语到早期现代英语的衍变过程中，V + Object/clause 的句式逐渐达到了一致。1300 年之后，I think 句式越来越普遍的在中古英语时期为人使用。然而在 16 世纪，作为 I think 的替换形态，仍然残余了古英语的 methinks/me thinkes 句式。þync 作为陈旧词语依然出现在 16 世纪文学中，例如，Ek steape hire þun[c]þ a mile (1592)。②

Me thinkes 句式可见于伊丽莎白时代的各种文学作品，例如，该句式较多出现在朝臣伽斯科因（George Gascoigne, 1535–1577）的《群芳掇英》（*A hundreth Sundrie Floures*, 1572）《诗集》（*The poesies of George Gascoigne Esquire*, 1575）《战果》（he Fruites of Warres, 1575）《菲洛莫尔的哀怨》（*The Complaynt of Philomore*, 1576），及其翻译的欧里庇得斯悲剧《约卡斯特》（*Jocasta*, 1566）和翻译的福尤科斯《狩猎术》（*The Noble Art of Venerie or Hunting*, 1573）中，例如，Me thinke if then their cause be rightly scande (*F.W.*); me thinkes thou art not wise (*H. S. F.*); Me thought I fawe a derling of delight (*Steele Glas*); The which me thought, came boldly from hir brest (*C. Ph.*); Me thought I fawe a derling of delight (*C. Ph.*); Wherewith (me thought) she flong so fast away (*C. Ph.*); Alas me thinkes I feele a shivering feare (*J.*); Me thinkes good reason would (*J.*)。

《诗集》中的诗歌《巴斯的堂·巴托洛牟》（*Dan Bartholomew of Bathe*）则

---

① John Bourchier, Lord Berners. *The History of the Valiant Knight Arthur of Little Britain*, London, White, Cochrane, and Co., 1814.

② Thomas Elyot. *A Preservative: Agaynst Deathe*, Londini, 1534.

反复交替使用 me think, I think 句式。例如，As by this tale I thinke your selfe will gesse; Me thinkes it meete, to give before I go; I thinke the gift to simple for his Share; Me thinkes he rather should relieve hir wo; Mee thinkes I cannot better doe than well; His triumphes here I thinke wyll shewe no lesse; me thinkes I see him yet。

然而，伽斯科因的诗歌《大人物 F. J. 的历险》(The Adventures of Master F. J., 1573)《野草》(Weedes)，和翻译的阿里奥斯托《假想》(Supposes, 1566) 主要是 I thinke 句式，极少 me thinkes 句式。例如，I thinke you shall never recover the wealth that you loste at Otranto (*S.*); I thinke I have dubled it (*S.*); I thinke the birdes of the aire shall not winne the Sighte of hir (*S.*); I thinke you had eaten hir your selfe by this time (SUPPOSES); I thinke I have a booke here (*S.*); Yea I think y^{t} you had but homly lodging by ye way (*S.*); I thinke he be mad (*S.*); I thinke this whom I meane, is no suche manner of man (*S.*); I thinke not past five yeeres olde (*S.*); how can I thinke me blest?①

methinks/me thinkes 的替换，是早期现代英语衍变过程中较引人注目的句法现象，莎士比亚在其戏剧中常常交替使用这二种句式。在《亨利六世　第二部》中，莎士比亚的语言表现出明显的对中古英语的继承特征，think + Objects/clause 的句式是十分普遍的。me thinkes/mee thinkes 句式使用了 8 次，Me thinkes the Realmes of England, France, & Ireland; Lord Buckingham, Me thought this staffe mine Office-badge in Court Was broke in twaine; Me thinkes alreadie in this ciuill broyle; me thinks you watcht her well; Me thinkes I should not thus be led along; But me thinks he should stand in feare of fire; Me thought I sate in Seate of Maiesty; 有时，me thinkes 作为口语的词语搭配，其语义明显弱化，趋向于口语的从属成分，例如，Here a comes me thinkes, and the Queene with him。此外，另

---

① William Carew Hazlitt ed. *The Complete Poems of George Gascoigne*, London: Chiswick Press, 1869–1870.

写作 me-thinkes，例如，me-thinkes there should be terrors in him。

同时，该剧包括 17 次 I thinke 句式。例如，But as I thinke, it was by'th Cardinall; Beldam I thinke we watcht you at an ynch; It is enough, I thought King Henry had resembled thee; I thought as much, hee would be aboue the Clouds; I thought ye would neuer haue giuen out these Armes til you had recouered your ancient Freedome; I neuer sayd nor thought any such matter; I haue thought vpon it, it shall bee so; Ile thinke vpon the Questions。

此外剧中还有 ye/thou/you + thinke(st) + Object 的句式，例如，And would ye not thinke it; how thinke you by that? What thinke you much to pay 2000. Crownes; Say as you thinke; That thou might'st thinke vpon these by the Seale; Lord Card'nall, if thou think'st on heauens blisse; Which he had thought to haue murther'd wrongfully; What are they that thinke it? 第二、三人称的句式中，莎士比亚的第一对折本（1623）中不再有宾格 him/her + thinke 的句式，虽然这一句式曾经在麦西亚方言（ME）中使用过。

me + V. 的句法形式是拉丁语、法语的通用句式。me + V. 的句法形式还有（1）mee dancke,（2）Can woman me vntoo't.（3）me vnderstand well.（4）Me seemeth then, 此外，莎士比亚戏剧中还有近似的省略句式例如，Aye me vnhappie, Oh me vnhappy. Me Vncle. woe is me, 这是英语化的表达法，该句式可能来自古法语句式。

此外，yfaith 是另一个语义弱化的语例。14 世纪晚期乔叟、高渥较早使用了 in faith，例如，He is to wys in feith, as I bileeue. (Chaucer, *Canterbury Tales*. Yeom. Prol. & T. 91)。1520–1530 年这一来源于中古法语的词语简略写作 ifayth, Ho sayd, Sir, nedelonges most I sitte him by, /Hi-fath, ther wille him non mon butte I,（"Camden" in *Sir Amadace*, xii)。Do ye fle, ifayth? (John Redford, *The Play of Wit & Science*)。在莎士比亚戏剧中，yfaith 是常用词，第 1 对折本共使用了 24 次，

其中部分用例作为口语惯用词（感叹语）表现出语义弱化，例如 Why yfaith me thinks shee's too low for a hie praise, (Much Ado About Nothing, I,1)。one must ride behinde, an honest soule yfaith sir, (Much Ado About Nothing, III, 5)。

四、从名词 selfe 到反身代词 pron. + selfe

在 1623 年第一对折本中，在 self/selfe 复杂的语用中，大致可见该词语法化的变化历程。反身代词 themselves 是合写形式，himselfe 主要是合写形式，但有 6 次分写作 him selfe；her selfe/her self 主要是分写的，但有 12 次合写 herselfe/herself；my selfe 主要是分写的，却有 2 次合写作 myselfe；our selfe/our selves, your selfe, thy selfe, it selfe 等都表现为合成词的分写现象。概言之，myselfe, himselfe, herselfe, themselves 作为合写的反身代词，表明 selfe/selves 既已完成了语法化。此外，Which Actions selfe, was tongue too. Tarquins selfe he met. 因为 selfe 在二句中仅仅表示强调自身，二句可看作 selfe 开始出现语法化的特殊形态。

在古英语中，名词 self 是强词形，selfa 是弱词形；相应地，在古弗里斯语中，名词 self 是强词形，selva 是弱词形。在 1623 年历史剧《理查德三世》(The Tragedie of Richard the Third ）中保留了古日耳曼语名词首字母大写的形式，例如，Thy Selfe, thy Selfe, my Selfe。在第一对折本中，selfe 主要是作为名词，例如，an vnkinde selfe, a kinde of selfe, that selfe, by selfe, selfe from selfe, to selfe, selfe against selfe, one selfe king, in selfe admission; But least my selfe be guilty wrong, that selfe chaine about his necke, Infusing him with selfe and vaine conceit。

self/selfe 的语义包含“同一，唯一 same，恰是此人 the only one, the very man”。只有当该词的词义“同一，唯一 same”弱化甚至消失时，便产生了 selfe same 各种连用形态。在 1623 年第一对折本中，有 2 次 selfe same 分写形式 The selfe same Gods, the selfe same colour。加连接符号的合写形式 selfe-same

共出现了13次，例如，selfe-same manner, the selfe-same Inne, the selfe-same thing, The selfe-same Sun, selfe-same winde, the selfe-same Sea, selfe-same Feather, the selfe-same words, the selfe-same Heauen, selfe-same key, the selfe-same Tenure, selfe-same tune and words, th'selfe-same day；selfesame的合写形式共出现了7次，例如，the selfesame tongue, the selfesame flight, The selfesame way, selfesame kindnesse, the selfesame hand, The selfesame name, selfesame Mettle。

在1623年第一对折本中常见pron. + adj. + selfe结构，它们是selfe未完成语法化的中间形态。例如，My other selfe, my poore selfe, My wofull selfe, my worthlesse selfe, my weary selfe, my worthiest selfe; mine owne selfes; Our great selfe, our innocent selfe; thy cursed Selfe, thy crying selfe, thy deere selfes, thy gratious selfe; thine owne selfe; your perfect selfe, your faire selfe, your sweet self, your sweet selfe, your double selfe, Your precious selfe, your high selfe, Your gracious selfe, your Noble selfe, your Royall selfe, your Noble selfe; her humble selfe, her naked seeing selfe; his great Selfe, His Royall selfe, his poore selfe; it pretty selfe。

self/selfe是一个最常用的名词，它有较强的新词构成潜能，并出现了较多合成名词、形容词。其中合成名词有，self-abuse, selfe-affaires, selfe-assumption, selfe-Bounty, selfe-breath, selfe-charitie, selfe-comparisons, selfe-danger, selfe-explication, selfe-hand, selfe-loue, selfe-louing, selfe-mettle, selfe-offences, selfe-place, selfe-slaughter, selfe-soueraigntie, selfe-subdued; that selfe exhibition, selfe reprouing；其中合成形容词有，selfe-affrighted, selfe-mould, selfe-neglecting, selfe-misvs'd, selfe-will'd, selfe-harming Iealousie, selfe-harming heauinesse, selfe-borne Armes, selfe-glorious pride, selfe-borne howre, selfe-drawing Web, selfe-figur'd knot, selfe-wild harlotry, selfe-loue Maluolio；其中部分合成形容词没有使用连接符号，例如，selfe affected, out of a selfe gracious remembrance; Shee is so selfe indeared. 自由的构词法为莎士比亚灵活

表达新的语义提供了词语基础。

五、结语

现代英语是不列颠语言长期演变的结果。由于公元前 1 世纪罗马人入侵不列颠，拉丁语逐渐影响了不列颠人的语言及其书写。5 世纪盎格鲁-萨克森人入侵不列颠，再次极大改变了不列颠的语言状况，麦西亚、西萨克森王朝建立了较丰富的早期书写文献。1066 年诺曼底征服以来，高卢-罗曼语（古法语）在 300 年间成为英格兰的官方语言。直到亨利四世时期（Henry IV, 1399–1413），处于多语种体系的中古英语才逐渐兴起，出生于伦敦的乔叟的英语创作标志着一种新的语言实践。16 世纪初期，早期现代英语出现了较为显著的演变。

莎士比亚戏剧的英语仅仅是英语发展史中的短暂一刻，从中古英语、早期现代英语史的历时角度来理解莎士比亚戏剧的语言是有益的。虽然沿袭了较多的中古英语，莎士比亚的英语毕竟还是成熟期的现代早期英语。从语言习得来看，出生于埃文河畔的莎士比亚，其少年时期的语言学习更倾向于传统的接受，外来语的学习是破碎而极少的。从后期语言习得来看，虽然莎士比亚接受了一些外来语言的影响，但莎士比亚的语言并没有想象中的那样富有创新的特质，相反，他更多是广泛地继承了现代早期英语和少量的中古英语（ME）。

第八节　论语言接触与莎士比亚戏剧中的方言

语言是人类交往活动的符号化表征，两种、多种不同的语言在接触的时候，它们总会发生不同程度的互相影响。严格地说，没有一种语言是纯粹的，是自给自足的，所有的语言都是混合的（Pidginsprache），因为每一种语言都曾经向别的语言借用某些要素。语言内部的变化及从外部借用，一定程度上有助于语言的繁荣。

语言是特定人群在说的语言，把语言与说该语言的人群区分开在实践的层面是不合理的。语言接触（language contact, Sprachkontakt）造成一种语言内部具有多样性的特征。语言接触（包括方言接触）往往会产生一些语言混合的现象，例如，双语兼用（diglossia）、语言转用（language shift）、语码转换与语码混用（Code Switching or code mixing）、词语借用（Lexical borrowing）、句法移用、语言干扰（language interference）、语言濒危与语言消亡等。语言混杂还会产生较多弱化的词语形态学和语法学、语法上的变化。H. 布斯曼《语言与语言学词典》认为，语言接触是一种情景，"即两种或多种语言在一个国家同时存在，并且说话者根据特殊的具体情景而选用不同语言中的一种。……这些语言接触可能是基于政治的、历史的、地理的或者文化史的原因。多种语言之间的相互影响表现在（语言）描述的所有层面。过去语言学者主要关注对语言交换过程的分析和描述，而现在越来越关注语言计划、泛区域贸易交往（panregional trade）、语言习惯及制度的建议（参见 Joan Rubin, Roger Shuy, 1973）。因为这些语言政策问题在很大程度上依赖于政治的、民族的、经济的和文化诸因素，故问题的解决只能是通过多方面合作的努力”。[①] 布林顿、特劳戈特《词汇化与语言演变》写道：“语言接触的程度和类型，与文本类型和社团紧密地联系在词汇化与语言演变一起。形式风格和特定的文本类型可以与语言接触直接产生联系。”“当大量的词汇或短语被借用（正如在现代英语早期阶段的情况，参看 Nevalainen 1999），或者某个特定词类被借用（例如英语中多数心理动词是被借用的），问题就会自然产生，即在多大程度上，始源语言的句法形态和语义 / 语用，会继续留存在目标语言中并影响目标语言本身的发展”。[②]

方言（dialect, dialektos）是一种语言由于各种社会历史的原因在特定地域和 / 或社会阶层形成的语言变体，甚至人们可能发现一种职业方言（occupational dialect）的存在。从文化历史主义来看，方言适用于一种被看作源自共同祖先的语言。每个区域人群的方言都在不断变化，不同方言之间的差异总会因为长时期累积的接触 / 分离而减弱或者增强。[③] 地域方言（Geographic dialects）指区域性的或地域性的语言变体，来自不同地理区域的人说话方式（方言）是不同的，然而由于比较频繁的交往，邻近地区方言之间的差异通常很小。社会方言（Social dialects）指与社会阶层、教育水平或者职业相关联的语言差异。一种语言的诸多方言往往具有可以相互理解的、相互交流的、相互接洽的共同特征。方言与同一语言的其他方言的主要区别在于词汇、句式、语法等结构形态特征。语音特征（如元音、辅音和语调）部分包括在方言的维度中。中世纪拉丁语作为书写语言占有崇高的地位，各民族俗语（vernacular）即是一个地区普通人们的日常说的方言。[④]

---

① H. 布斯曼 . 语言与语言学词典（Routledge Dictionary of Language and Linguistics），北京：外语教学与研究出版社，2000: 260.

② 布林顿、特劳戈特 . 词汇化与语言演变，北京：商务印书馆，2013: 273.

③ Jacek Fisiak. *Historical Dialectology: Regional and Social*, Berlin, New York: Mouton de Gruyter, 1988: 211.

④ K. M. Petyt. *The Study of Dialect: an Introduction to Dialectology*, Boulder: Westview Press, 1984: 11.

盎格鲁–萨克森方言是一种来自欧洲大陆的古日耳曼语方言，萨克森方言和朱特 / 肯特方言分布在不列颠南部地区；盎格鲁方言则分布在不列颠的中部、北部地区。8 世纪以来的维京时代，丹麦–斯堪的纳维亚语作为一种新的方言出现在不列颠的中部、北部地区，与原初的凯尔特语、先前的盎格鲁方言接触并部分混合。① 盎格鲁–萨克森语较多地吸收外来词汇，C. 盖斯纳《解毒剂：论不同的语言》认为，由于哥特人的入侵，拉丁语在意大利、高卢、西班牙等地区遭到破坏。在现今所知地区的不同族群中，盎格鲁语是极混杂的，其破坏是极严重的。原初不列颠语言中还有萨克森语，也带来了破坏，几近废止拉丁语。②

由于军事上的征服、早期统一王国与封建君主等政治力量的影响，现代英语是一种派生的语言，拉丁语、法语（诺曼底方言、安茹方言、阿基坦方言、布列塔尼方言等）、挪威语、丹麦语、希腊语、意大利语等在较长时期里改变了英格兰的盎格鲁–萨克森语。S. S. 穆夫温《语言演化生态学》之“相互可懂度及英语的语言接触史”写道：“我们必须承认在所有的地方‘英语的故事’就是语言接触的历史，是它多种多样的语言变体的语言特征相混合和竞争的历史，是选择的历史（这种选择部分取决于英语本身就具备的变量，部分取决于非英语人口先前熟悉的语言系统）。词源语言本质上的变异性是重要的因素。我们在比较克里奥尔语、非洲裔美式日常英语和本土化英语的重构过程时，不能再使用同一套参照系统。对于某些变体而言，词源语言是非标准的；而对于另一些变体来说，它又被视为学院派式标准变体。这些差异本身就会导致不同的结果。”“同一种语言的方言之间并不是必须要相互理解，他们似乎也忽略了这一

① David DeCamp. *The Genesis of the Old English Dialects: A New Hypothesis*, Language, Vol. 34, No. 2 (Apr. – Jun., 1958), pp. 232–244.

② Conrad Gesner. *Mithridates De differentiis linguarum tum veterum tum quae hodie apud diversas nationes in toto orbe terraru in usu sunt*, Tiguri: C. Froschoverus, 1555: 11.

事实，即使用这些不被认同的语言变体的人仍声称自己讲的是英语。当然，如果把语言间的相互理解作为一种比拥有共同的祖先更为重要的标准的话，那么将现代英语变体和英语的克里奥尔化视为同种语言的方言，远比将现代英语和古代英语视为一体而将克里奥尔语排除在外要更有道理。”①

一、盎格鲁–萨克森时期的各种方言

449–547 年，盎格鲁–萨克森人入侵不列颠，苏格兰和爱尔兰较少受到这次条顿征服（Teutonic Conquest）影响，一直保持着自身的独立。原初的凯尔特部族被打败后退到威尔士、康沃尔（Cornwall, Kernow），保持一种独立的部族社会状态。他们分别保留了各自的凯尔特语言（Celtic, Keltic）：威尔士方言、康瓦尔方言（Cornish）。② 由于语言的接触，凯尔特语较少部分融入了盎格鲁–萨克森语之中。

作为独立的诸部族语言，英格兰的盎格鲁–萨克森方言往往因为各部族的势力消长而存废，各部族所建立的封建王国兴亡往往决定了该部族语言的命运，例如，盛极一时的西萨克森文学随着西萨克森王国的灭亡而黯然消失，诺森布里亚和麦西亚也是如此。盎格鲁–萨克森入侵不列颠后建立了 7 个封建王国。最初崛起的是肯特王国、东盎格鲁王国和诺森布里亚王国（Northumbria），三者都接受了天主教和作为宗教语言的拉丁语。到 8 世纪末，麦西亚方言（Mercian）和北部方言（Northumbrian）是盎格鲁人的语言，主要通行于泰晤士河以北到盎格鲁–萨克森占领的最远边界即现今称为苏格兰低地的广大地区。西萨克森方言和肯特方言主要通行于泰晤士河以南地区，西萨克森方言最终取代了后者。朱特人最初定居怀特岛、肯特郡、萨里郡（Surrey），以及汉普郡的邻

① 萨利科科 S. 穆夫温 . 语言演化生态学，北京：商务印书馆，2017: 272.

② Fortescue Hitchins. *The History of Cornwall, From the Earliest Records and Traditions, to the Present Time*, Helston: W. Penaluna, 1824: 11–15.

近地区。肯特方言是朱特人的语言，与萨克森语言有差别。现存最早的肯特方言的文献是 679 年手抄稿。

8 世纪以后，丹麦人、维京人（斯堪的纳维亚人）的入侵，为不列颠带来了斯堪的纳维亚方言。9–11 世纪，受到丹麦语影响的北部方言通行于丹麦占领的原诺森布里亚，受到丹麦语影响的麦西亚方言通行于东米得兰德地区（East Midlands）。1016–1042 年丹麦人建立的王权控制了整个盎格鲁–萨克森地区（英格兰），丹麦语虽获得了王权的支持，但并不在盎格鲁–萨克森地区普遍使用，受到丹麦语影响的西萨克森方言依然是通行语。O. F. 艾默森《英语简史》指出，除开一些来自凯尔特语、拉丁语、斯堪的纳维亚语言（the old Norse）的借用词，传入不列颠的古日耳曼语的诸方言属于古低地日耳曼语语族，它们在发音、词形（尤其是曲折变化）、句法上表现出或多或少的差异。① 西萨克森方言、肯特方言、麦西亚方言在元音、辅音上都表现出明显的颚音化（palatalization），在现代苏格兰语中还保留了麦西亚方言的特征，例如，kiek (church), caff (chaff), carl (churl), cauk (chalk), camp (castra)。肯特方言、西萨克森方言在词语形式上保留了更多更丰富的西日耳曼语言原有的曲折变化，北部方言失去了曲折变化的词尾 -n，例如，singga (to sing)，Cuma (to come), telle (to tell), geflea (to flea), tunges (tongues)；麦西亚方言基本上放弃了 -n；仅有西萨克森方言有较少的保留例如，singan (to sing), cuman (to come), tellen (to tell), fléon (to flea), grówan (to grow), healdan (to hold), tungan (tongues)。第三人称单数的标志在西萨克森方言中写作 aþ, eþ，例如，fealleþ (falleth), sendeþ, bindaþ (binds)，在麦西亚方言中写作 falleþ (falleth), sendes/sendeþ，在北方方言中写作 as, es，例如，spreces, sprecas (speaks), sendes。第二人称单数的标志在麦西亚方言中写作 -s，例如，þú sis (thou seest)。阴性（阳性中性）名词单数的属格的词尾标志写作 es, 西萨克森方言中写作 e。在北方方言写作 in（介词）, þe（定冠词 the），在西萨克森方言中却写作 an, on（介词），se（定冠词 the）。在北方方言写作 fadores（father's），

① Oliver Farrar Emerson, *A Brief History of the English Language*, London: Macmillan Company, 1922: 29–30.

在西萨克森方言中却写作 foeder（father's）。源自老北方话（the Norse），fling, flung, flung; string, strung, strung; dig, dug, dug 弱动词可见于圣经和莎士比亚。

（一）盎格鲁-萨克森语言中较早发展成熟的北部方言（Northumbrian）。6 世纪，盎格鲁人在泰晤士河以北地区建立了 2 个较小的封建王国，伯尔尼西亚（Bernicia）和德拉（Deira）。7 世纪初，伯尔尼西亚国王埃特尔弗里特（Æthelfrith, 604–616）并吞了德拉，建立了诺森布里亚王国（Northumbria）。在埃德温时期（Edwin，在位于 616–632），诺森布里亚王国几乎统治了除开肯特王国之外的整个盎格鲁-萨克森地区；同时期，从肯特王国传入天主教，并接受了拉丁语书写。① 整个 7 世纪，诺森布里亚是最强大的盎格鲁-萨克森王国，统治了埃尔郡海岸、福斯湾（the Firth of Forth）以南、亨伯河以北的广大地区，西起爱尔兰海，东到北海，即现今的约克郡、杜伦郡（Durham）、诺森伯兰郡、东米得兰德郡（East Midlands）和苏格兰低地。该地区通行盎格鲁语的北部方言，这是一种更接近斯堪的纳维亚方言（the Old Norse）的语言，例如，tella (to tell), Cuma (to come), men thinkes, hé ettes and drincaþ (he eats and drinketh-St. Mark ii. 16)。由于诺森布里亚王权持久的争夺和外来的战争，国家实力未能扩张，北部方言的影响范围几乎没有超出国界。直接用北部方言创作的文学几乎没有保存下来，现存的作品只有少量用西萨克森方言转写抄录的稿本。它们主要是 7 世纪后期到 8 世纪早期创作的，包括头韵诗歌、早期圣徒传和殉道者传奇等宗教文学、拉丁文学的翻译。诺森布里亚出现了较多的诗人和散文作者。凯德蒙（Cædmon, flourished 658–680）是一个来自约克郡斯特林夏尔奇（Streaneshalch）的基督教诗人，其创作主要是圣经故事（Bible narratives）和圣徒故事（legends of saints and martyrs），例如，《人类的失落》（*Paradise Lost of Cædmon*）。比德（Bede or Baeda the Venerable, 672–735）是一个来自杜伦郡杰

① John Richard Green. *The Making of England*, Vol. 2, London: Macmillan, 1910: 1–17.

洛（Jarrow）的基督教学者和教会史作家。基涅武甫（Cynewulf, flourished 9th century）是8世纪末期重要的基督教诗人和散文作家，他的创作（*Elene, Christ, Ascension, Juliana*）（*The Fates of the Apostles*）仅存10世纪后期的西萨克森方言手抄本。比德《英格兰教会史》（Bede, *Historia ecclesiastica gentis Anglorum*）是一本重要的散文著作，同时比德也是一个拉丁语圣经的翻译者。阿尔昆（Alcuin, 732–804）是一个来自约克城的基督教学者，在法兰克的查理曼王朝创建了巴拉丁学派。《贝奥武甫》（*Beowulf*）是诺森布里亚时期最优秀的诗歌。在北部方言中，苏格兰低地方言（the Lowland Scotch）在14–16世纪产生了较为丰富的文学作品。在诺福克郡（Norfolk）和萨福克郡（Suffolk），东盎格鲁王国的通行语言是模糊不清的，可能与北部方言同化了。

（二）麦西亚方言（Mercian）一时成为盎格鲁–萨克森地区的通用语。盎格鲁人的另一支建立了麦西亚王国（Mercia, People of the Marches）。它是盎格鲁–萨克森人建立的王国中最强大的一个。从7世纪中期到9世纪早期麦西亚占据着主宰性的地位。整个8世纪，盎格鲁地区一直维持着强盛/发达的、繁荣的状态，但麦西亚方言却未能成为盎格鲁地区的文学语言。麦西亚最初处于盎格鲁–萨克森定居区与凯尔特部落的边界区域，即现今的斯塔福德郡、德比郡、诺丁汉郡、西米得兰德郡（West Midlands）、兰开夏郡（Lancashire）和瓦威克郡（Warwickshire）。彭达时期（Penda, reigned 632–655），麦西亚的边界抵达威尔士、东盎格鲁、亨伯河、泰晤士河。彭达时期天主教传入麦西亚。艾特尔鲍尔德（Aethelbald, reigned 716–757）统治了亨伯河以南的英格兰地区，号称“不列颠君王”（Bretwalda）。奥法时期（Offa, reigned 757–796），王国达到了最强盛的时期，统治了亨伯河到英吉利海峡的广大区域，使得南萨克森西部、东萨克森、东盎格鲁、肯特等诸国臣服于麦西亚。麦西亚方言是盎格鲁人语言的一种，随着王国势力的扩展，它一度传播到王国境内的所有区域，逐渐取代了原有的各种方言，成为第一种盎格鲁–萨克森地区的通用语，例如，they hopeth, thou givest, he giveth。麦西亚没有出现文学成果显著的时期，只留下极少的麦西亚方言文学；800–850 年间，有多份拉丁语的颂歌集（psalter）、“福音书”上写有麦西亚词语的注解。J. 布莱尔《盎格鲁–萨克森简史》写道：“在 770 年代，我们开始看到在政府、地方组织以及王权的行使等方面的根本性改革。这些改革部分是受法兰克王国榜样的启示，部分是受已经十分富有且地位稳固的英格兰教会的影响。有一定理由认为奥发（Offa）是一个教会改革者：他在 786 年召开了整个盎格鲁–萨克森历史上唯一一次有教皇使节参加的宗教大会，而且即使说他把利奇菲尔德主教牧区提升为大主教牧区的努力——那获得了短暂的成功——是受政治目的的驱使，那也可以被看作是一个合理而且十分需要的机构。艾特尔鲍尔德和奥发经常参与并且有时还亲自主持宗教会议，他们的随从和大臣们也见证了会议如何作出决议，这些都被记载于文献中。教会处理事务的方式不可能不会提高人们关于司法惯例以及法制程序的意识。”①

（三）西萨克森方言即威塞克斯方言（Wessex is an elision of the Old English form of “West Saxon.”）取代麦西亚方言，并取得了丰硕的文学成果。萨克森人占据了泰晤士河以南地区和泰晤士河以北的一小部分。6–8 世纪以来，由于中部萨克森（Middlesex，即伦敦地区）、东萨克森（即埃塞克斯）、南萨克森（即苏塞克斯）王国弱小的实力，三者所通行的萨克森语的方言是模糊不清的。西萨克森成功保持了王国的独立，而不被麦西亚并吞。9 世纪早期，威塞克斯国王埃格伯特（Ecgberht, 802–839）打败麦西亚，成为后者的宗主国。827 年之前威塞克斯几乎统一了整个盎格鲁–萨克森地区。由于丹麦人的入侵，877 年麦西亚王国被分割为盎格鲁人地区和丹麦占领区。10 世纪早期威塞克斯国王大爱德华（Edward the Elder, 899–924）夺取了丹麦占领地区，并统治了麦西亚，其都城为汉普郡的温切斯特（Winchester）。直到威塞克斯国王埃塞尔斯坦

① 约翰 · 布莱尔 . 盎格鲁–萨克森简史，北京：外语教学与研究出版社，2008: 129.

（Aethelstan, 924–939）时期，再次实现了英格兰的统一。9–11 世纪，西萨克森方言成为盎格鲁–萨克森地区最具优势的通用语，现存的所有值得阅读的古代文献（literature）几乎都是用萨克森方言写作的。T. R. 伦斯伯里写道：“随着威塞克斯王室的登基，统治了条顿人所占领的地域，事情的状况发生了变化；跟随政治的变化，语言的主导性也发生了变化，威塞克斯方言便成为整个民族精致培育的语言（cultivated），出现了用这一语言写作的文学与法律的书籍。在阿尔弗雷德大帝（Aelfred the Great, 849–899）时期，文学开始发展起来了，在诺曼底征服之前，取得了不小的成就。用西萨克森语（the West-Saxon dialect）创作的文学，几乎构成了全部我们最早语言的现存文献，……此外，我们还有少量文字行间的光点，即穿插在文字行间的注释词语（glosses），——这是用北部方言写作的，即现今英格兰北部和苏格兰低地的古代母语。条顿入侵者的语言原初是他们是萨克森人或者盎格鲁人而叫作萨克森语或者英语。直到 11 世纪，这将持续采用不同形式的拉丁书写，直到盎格鲁人占有主导地位，因为更大数量的人口，更大的区域，或许还有更早的文学培养，最终达到了快速的全面的显现，使得这一（条顿）语言的名字归他们来主导。”① 现存最早的西萨克森文献是 778 年的手抄稿。在阿尔弗雷德大帝时期，用西萨克森方言创作的文学十分活跃，并翻译了不少拉丁语文学。现存的埃克赛特的 11 世纪手抄本（*The Codex Exoniensis, or Exeter Book*）是圣彼得修道院的勒夫里克主教（Bishop Leofric, 1050–1071）完成的，包含三首基督教长篇叙事诗 Christ, Azarius, Phoenix；和世俗题材的抒情诗或者寓言诗，The Wanderer, The Seafarer, The Wife’s Lament, The Husband’s Message, The Ruin；格言诗（the gnomic verses）和韵文诗（The Rhyming Poem），行吟歌手的叙事歌谣（Widsith），二首迭句诗歌 Deor, Wulf and Eadwacer。S. 莫尔《古英语基础语法》写道：“三种用西

① Thomas Raynesford Lounsbury. *History of the English language*, New York: H. Holt, 1904: 26–27.

萨克森方言写的手抄文献大约是公元900年前后的：阿尔弗雷德时期翻译的圣乔治《牧灵书，或教区指引》(St. Gregory, *Cura Pastoralis*)，奥罗西乌斯《世界史》(Orosius, *History of the World*)，和帕克手抄稿《盎格鲁-萨克森编年史》(*Anglo-Saxon Chronicle*)，最后一份主要是说教的作品，是关于阿尔弗雷德和乌尔弗斯坦的历史，这份现存的手抄稿大约是1050年前后编辑的，与西萨克森方言的福音书是同时期。……阿尔弗雷德时期还翻译了比德《英格兰教会史》(Bede, *Ecclesiastical History of the English People*) 和波提乌斯《哲学的慰藉》(Boethius, *De Consolatione Philosophiae*)，二者译成混合方言。此外，诗歌《埃克赛特合辑》(*the Exeter Book*)、《韦切利合辑》(*the Vercelli Book*)、《贝奥武甫》手抄稿和《凯德蒙诗集》(*the Cadmon*) 手抄稿也不是用纯粹的西萨克森方言写成的。" ①

本尼迪克特会修士R. 海格登 (Ranulf Higden, 1280–1364)《编年通史》(*the Polychronicon*, 1327, 1342) 指出，盎格鲁-萨克森诸方言的影响是相互的，由于语言接触，东米得兰德郡、西米得兰德郡都出现了多种方言的融合，即北部方言、麦西亚方言的交互影响，二者还受到了丹麦语的影响。

二、中古英语与英格兰各方言

中古时期，不列颠的盎格鲁-萨克森地区进入多语言 (法语、拉丁语、英语) 社会，然而威尔士、爱尔兰、苏格兰依然通用凯尔特语诸方言 (海岛凯尔特语)。②1066年诺曼底征服以来，古法语 (盎格鲁-诺曼语) 逐渐成为英格兰的官方语言，即是社会上层与知识阶级的语言，被有意培植的高雅语言。相反，在不列颠发展成熟的盎格鲁-萨克森各方言 (尤其是西萨克森方言) 则迅速沉沦

① Samuel Moore, Thomas A. Knott. *The Elements of Old English Elementary Grammar and Reference Grammar*, Michigan: George Wahr Publishing Co, 1919: 1.

② Donald MacAulay. *The Celtic Languages*, Cambridge: Cambridge University Press, 2008: 251.

为广大民众的日常语言，被视为低微的、日愈口语化的粗俗语言。① 盎格鲁–萨克森各方言将继续使用到 1250 年前后，此后，古法语（盎格鲁–诺曼语）在英格兰才获得主导性的雅语地位。由于源自欧洲大陆的诺曼–安茹王朝最初的核心统治区域是东盎格鲁、东萨克森、中萨克森和肯特郡，这改变了原初盎格鲁–萨克森语言的地理分布，诺曼–安茹王朝加强了伦敦作为都城的地位，中部地区方言逐渐形成西中部方言、东中部方言。东中部方言与肯特方言受法语影响更为明显、更深入，更早出现新的混合语言（中古英语）；南部地区即原初萨克森方言地区（西萨克森、南萨克森）而后也演变成为中古英语；北部地区方言保留了古英语的盎格鲁方言和少量的丹麦词语。② 从历史语言学来看，大约 1250–1300 年之后，法语、英语之间的语言接触使得中古英语接受了大量的中古法语词汇、句式和语法。③ 除开爱尔兰各部族和独立的苏格兰王国，1400 年以来，威尔士方言（凯尔特语）逐渐接受英语西中部方言的影响，并被接纳到中古英语之中。中古英语作为民族语言，逐渐取得了独立的官方语言的地位。乔叟、高渥等的诗歌创作使得伦敦英语成为文学语言。④

（一）关于中古英语（Middle English）。人们对于中古英语有较多不同的观点。R. 莫里斯《英语史纲》认为，中古英语是指 1100–1460 年受到法语影响的盎格鲁–萨克森语言。丹麦人的入侵已经促使盎格鲁–萨克森语言的句法结构中出现分析性替代和语法简化，诺曼底入侵则是加速了这一趋势。中古英语可

① Kenneth Sisam, John Ronald Reuel Tolkien. *A Middle English Reader and Vocabulary*, New York: Dover Publications, 2013: ix.

② Richard Dance. *Words Derived From Old Norse in Early Middle English: Studies in the Vocabulary of the South-West Midland Texts*, Tempe, Ariz.: Arizona Center for Medieval and Renaissance Studies, 2003: 17.

③ Frederick Henry. *French Elements in Middle English*, Oxford: H. Hart, 1899: 3–8.

④ Lewis J. Owen, Nancy H. Owen ed., *Middle English Poetry: An Anthology*, New York: Bobbs-Merrill Company, 2017: xiii.

分为三个时期：1100–1250 年的英语，“最初出现的变化影响了发音，这可追溯到 12 世纪初写成的文献，构成了旧的语言的唯一重大改变。这一变化主要是词尾（terminations of words）的普遍性的弱化”；1250–1350 年的英语，依然出现了词语语音上的变化，拼写的替换和词尾的弱化，以及语法简化，“1300 年之前不久人称代词的双数形式消失了。词尾的 e 用作形容词的复数标识，和区别限定、非限定词格。动名词的非限定性词尾用 -en 和 -e。普通的动词不定式在前面使用 to 作为标识。一些强动词（strong verb）变成了弱动词；现在分词的 -ing 形式在 1300 年前后开始出现。法语词汇变得越来越普遍，尤其是这时期的末期”。在莎士比亚戏剧的早期印刷文本中，中古英语的方言拼写形式依然普遍存在，例如，a- 作为动词分词的语法标识符，a birding, a bleeding, adoe, a ducking, a going, a growing, a hooting, a making, a mending, a ripening, a shaking, a shouting 等；1350–1460 年的英语，定冠词的复数 þo (the, those) 依然在使用。人称代词在加速变化，I 替代了 Ic/Ich，sche 替代了旧的词语 heo。-est 常常用作强 / 弱动词第二人称单数过去式的曲折变化标识，“这一阶段中部方言已经成为主导性的流行语言，北部方言和南部方言依然保持各自的特殊性”。“到这一时期的末尾，词尾 e 的使用变得不规则不确定。人称代词的北方方言形式 their, theirs, them 开始用于别的方言中。”①J. F. 何吉茨《中世纪的英语：从诺曼底征服到都铎王朝》没有使用术语“中古英语”（Middle English），而是强调了盎格鲁–萨克森语言持续不断的一贯属性，“从威廉一世到威克里夫其间的 300 年间，英语民众既没有失去［盎格鲁–萨克森民族的］心，也没有失去他们的语言。强大的种子曾经被践踏，却在逐渐成长……英语依旧保留了不定式、现在时和未完成时（imperfect indicative）的曲折变

① Richard Morris, Leon Kellner. *Historical Outline of English Accidence*, London: Macmillan, 1897: 77, 82, 83.

化 -en”。①

中古英语并不是指一个在形态上同质的语言，该术语主要是为了与古英语、现代英语区分。O. F. 艾默生认为，“中古英语是指 1100–1500 年间在英格兰使用的语言，即 12，13，14，15 世纪的英语”。“它主要是在中部地区方言（Midland dialect）的意义上是同质的，即把它看作 1200–1400 年间正常的中古英语。1100–1200 年间早期中古英语，表现出规范性的缺乏，其原因是从古英语而来的剧烈改变，和从丹麦语与法语中逐渐吸纳新的词汇元素。此外，这一时期的抄写本，主要受到传统正字法和传统语法的影响，因而这一时期的文学大部分是抄本，有一些轻微的变异，而这正属于 1100 年之前的特征。1400–1500 年间晚期中古英语，将更多接近现代英语形态。”②

J. H. 费歇《标准化英语的出现》认为，中古英语发端于亨利五世（Henry V, 1386–1422）时期，法庭记录人员、（教会）学者和作家促进了它的发展。③现存的中古英语主要是 14 世纪中期以后的手抄本，而且可能混入了一些抄写者自己使用的不同方言成分。从这些中古文献来看，北部方言、麦西亚方言更接近现代英语，或者说，现代英语是从麦西亚方言发展而来的。

（二）中古英语时期的各种方言。中古英语是从古英语各方言自然地发展而来的，中古英语方言的地理分布与古英语较为近似。中古英语时期，各英语方言（ME）之间的差异，例如在语音上的差异，主要是延续了古英语原有的差异。中古英语的南部方言从西萨克森方言发展而来，中部语言（Midland language）从麦西亚方言发展而来，肯特方言、北部方言分别从朱特人方言、

---

① J. Frederick Hodgetts. *The English in the Middle Ages-From the Norman Usurpation to the Days of the Stuarts*, London: Whiting, 1885: 51.

② Oliver Farrar Emerson. *A Middle English Reader, with Grammatical Introduction*, New York: Macmillan, 1912: xiii.

③ John H. Fisher. *The Emergence of Standard English*, Lexington: University Press of Kentucky, 1996: 10–11.

诺森布里亚方言发展而来。西南地区的肯特方言（the Kentish dialect）往往也被视为南方话（Southern language）。

S. 莫尔《英语语音与词形简史》写道：“中古英语主要有四种方言，即南部方言、肯特方言、中部方言和北部方言。从泰晤士河口到格鲁斯特郡（Gloucestershire）的东部边界，转向北直到格鲁西斯特郡、沃斯特郡（Worcestershire）的边界，再到塞文河（Severn）及其出海口，南部方言流行于这一线的以南以东地区。肯特方言通行于肯特郡。从东部的亨伯河入海口到西部的兰开夏郡的北部边界，北方方言流行于这一线的以北地区。中部方言（the Midland dialect）通行于南部地区、北部地区之间的地域。中部方言的地域可以进一步划分为东南西北四个次区域。”①A. H. 马克沃特《英语发音与词形变化简史》写道：“显然，主要的中古英语方言基本上与古英语的四大方言区域相一致。南部方言区，更准确应该叫西南部，与西萨克森方言的区域相同，并由后者发展而来。古英语的肯特方言发展成中古英语的肯特方言，分布区域的边界稍有变化。更准确的说是东南部，它没有强大的传统的力量。北部的中古英语是从古英语的北部方言发展而来，其流行区域在亨伯河、里本河（Ribble）、伦河（Lune）以北。古英语的麦西亚方言，中部英格兰的方言，在中古英语时期，通行于中部地区。为了方便，应该进一步区分更小的区域。中部地区的东部、西部在一些重要的方面彼此有较大的不同，中部地区的东部可以再区分为北部和南部。”②

14 世纪中期以来，中部语言（Midland language）决定了现代英语的基本特性，现代英语与西萨克森方言的关系是明显且重要的。15 世纪初而来，中

① Samuel Moore. *Historical Outlines of English Phonology and Morphology*, Ann Arbor, Mich., G. Wahr, 1925: 65.

② Samuel Moore, Albert H. Marckwardt. *Historical Outlines of English Sounds and Inflections*, Ann Arbor, G. Wahr Pub. Co., 1951: 112–113.

部语言的东部方言（East Midland dialect），特别是东中部地区（即中萨克森，Middle Saxons）的伦敦方言，逐渐变成标准英语，至少在拼写上是如此的。伦敦方言（dialect of London）占有极其重要的地位，它表现出显著的南方方言的色彩，同时它吸纳了中部语言的北部方言。伦敦方言的标准化进程，加剧了各种方言（例如，格鲁斯特郡的方言）的发音方式与拼写方式的分离趋势。

三、莎士比亚戏剧中的方言

不列颠方言在莎士比亚语言中是一个值得关注的显著现象。莎士比亚出生于埃文河畔的斯特拉福德镇（Stratford-upon-Avon），位于中部地区的西部，在盎格鲁-萨克森时期是瓦威克郡（Warwickshire）。从 S. 肖恩班《莎士比亚传》来看，莎士比亚一生的活动地域主要是在中部地区，即从瓦威克郡、格洛斯特郡、牛津、温莎、伦敦，到肯特郡的坎特伯雷，剑桥、牛津、伦敦流行中部语言的东部方言（East Midland English）。① 在 1623 年第一对折本中，莎士比亚较多使用了非中部地区方言的词语；同时，非中部地区方言也表现在句法、语法上，例如，That Iade hath eate bread from my Royall hand.（*Richard II*, V, 5）。N. F. 布莱克《莎士比亚语言导论》写道："在莎士比亚戏剧中，他可以使用的只是他那个时代的英语相当有限的语言学语用范围，因而很难从剧中的人物的某一对话确认其身份，因为他剧作中的人物极少有明显区别于别的人物的显著特征。……这些不同是较微妙的，不易显现出词语和方言的特征，而在剧场里它们是极易被忽略的。"②O. F. 艾默森《英语史》却认为："莎士比亚在表现剧中人物时采用了方言，例如威尔士上尉弗鲁哀伦（Fluellen），《李尔王》中的埃德

---

① Samuel Schoenbaum. *Shakespeare's Lives* (New Edition), London: Oxford University Press, 1993: 5–19.

② Norman Francis Blake, *Shakespeare's Language: An Introduction*, London: Macmillan Press, 1983: 28.

加。”① “少数常用的凯尔特语汇不见于古英语，但出现在中古英语中，例如，bodkin, clan。在莎士比亚时期，可以发现 bog, brogue, gallowglass, glib sb., kerne, shamrock, skein 等词语都来自爱尔兰（凯尔特）语。”

（一）早期现代英语是以东中部方言（尤其是伦敦方言）为基础发展而来的。S. 佩基指出，莎士比亚戏剧中包含较多中部方言词语或者简化的词语。作为副词的 incontinent, incontinently 同时出现在《奥赛罗》（1623）中，例如，I will incontinently drowne my selfe (*Othello*. I, 3). He saies he will returne incontinent. (*Othello*. IV, 3) 中部方言词语 distraught 出现在《罗密欧与朱丽叶》《理查德三世》中，O if I wake, shall I not be distraught. (*Romeo and Juliet*. IV, 4) As if thou were distraught, and mad with terror? (*Richard III*. III, 5)《亨利六世　第三部》（*Henry VI. Part III*. II, 2）使用了 extraught，Sham’st thou not, knowing whence thou art extraught. 在 1623 年第一对折本中，源自古英语的强动词 reach 已出现弱动词化的 reached，仅用做过去分词；莎士比亚 4 次使用了 raught。《奥赛罗》（*Othello*. I, 2）as proud a Fortune As this that I haue reach’d.《安东尼与克里奥佩特拉》（*Antony and Cleopatra*. IV, 9）He smil’d me in the face, raught me his hand.《亨利五世》（*Henry V*. IV, 6）This Staffe of Honor raught, there let it stand, That raught at Mountaines with out-stretched Armes, The hand of death hath raught him. 名词复数形式的 -en 是中部地区方言的常见词缀，brethren, children, eyen, hosen, shoone, oxen。莎士比亚戏剧中仅见 children, oxen，例如，Sixe-score fat Oxen standing in my stalls, I thinke Oxen and waine-ropes cannot hale them together. yoke you like draft Oxen, Adams sonnes are my brethren, Brethren and sisters of the hold-dore trade, 等。

中古英语北部方言《世界的诅咒》（*Cursor mundi*, 1300）较早出现了连接词 hu sumeuer, hou sum euir, how sim euer，例如，Nu at þe erþe, mai þou lift,

---

① Oliver Farrar Emerson. *The History of the English Language*, New York: Macmillan, 1919: 96.

Or hou-sum-euir wil te scift; Qua-sim-euer þou be. þat wille þi-self safe se. 在中古英语中已经出现 hwā, swā; hwǣt, swā，凯克斯顿的印刷拼写形态 whosomever, whatsomeve，在莎士比亚戏剧中是中古英语的中部地区方言的形态。例如，how somere their[...] earts are seuer'd in Religion, What somere he is, Would I were with him, wheresomere hee is, All mens faces are true, whatsomere their hands are. W. W. 斯科特《8 世纪至今的英语方言》指出，《麦克白斯》(*Macbeth*. IV, 1）一剧中 blood-boltered 是一个瓦威克方言词语。《冬天的故事》(*The Winter's Tale*. III, 3）一剧中 Is it a boy or a child? child 是一个中部地区词语。J. R. 威斯《莎士比亚：他的出生地及其邻近地区》之"莎士比亚的外省腔"(The provincialisms of Shakspere）指出：瓦威克郡的方言偶尔也出现在莎士比亚的戏剧中，"《冬天的故事》第二场第 3 幕中的 a mankind witch 一语，在中部地区各地意味着"狂暴的妇人"(a violent woman)。马洛恩（Malone）指出，《暴风雨》第一场第 2 幕中的 we cannot not miss him, 意味着我们应该想起他，这是中部地区的一个外省腔"。另有专文论述莎士比亚与伦敦方言、威尔士方言，此略。

（二）以坎特伯雷为中心的肯特方言是一种发展十分成熟的东南部方言，莎士比亚也偶有使用肯特方言。指示代词 this 源自古弗里斯语、古盎格鲁北部方言 þes (Masc.Sing.)，þis (Neut. Sing.)，中古肯特方言其复数形式为 þise。1340 年唐-米歇尔《内心智慧的连续撞击》表明，þise 是一个常用的肯特方言词语。[①] 乔叟较多使用了 þise。[②] 莎士比亚多次使用 this 表达复数语义，例如，Within this three houres will faire Iuliet wake; What cursed foot wanders this wayes to night; This Embalmes and Spices; I haue not seene him this two daies; For this paines,

① Dan Michel of Northgate. *The Ayenbite of Inwyt Written in the Dialect of the County of Kent*, London, 1855: 75.

② Frederick J. Furnivall Ed., *The Ellesmere ms. of Chaucer's Canterbury tales*, London: N. Trübner, 1879: 135, 182.

Cæsar hath hang'd him; and this twenty yeeres. T. 贝克斯、R. J. 瓦兹《标准英语》写道："地区方言会受到负面评论，并经常被用来描述天真或土气的说话者。因而当《李尔王》中的埃德加伪装成'基层农民'时，他改用了肯特方言。"①R. 莫里斯指出，在第 1 对折本（F1, 1623）埃德加的对白中，Sir 写作 Zir，Chill not let go Zir, Without vurther 'casion; Chill picke your teeth Zir: come, no matter vor your foynes.② 然而，1608 年第一四开本（Q1）写作 Chill not let goe sir without cagion. Chill pick your teeth sir, come, no matter for your foyns. 1619 年第 2 四开本（Q2）写作 Chill not let go sir without cagion. Chil pick your teeth zir, come no matter for your foines. 另一个 casion 写作 cagion，二者表明肯特方言的拼写特征是在 1608 年之后逐渐形成的，可能不是剧作家莎士比亚修改而成的。此外，《亨利六世　第二部》（*Henry VI. Part II.* IV, 7）中杰克·凯德 Jack Cade 的表达 / 词汇是基督教徒无法去听的南萨克森表达方式。G. L. 布鲁克认为，莎士比亚戏剧中主要使用了泰晤士河以南地区的南部方言，而不是西中部地区方言，例如，cham（=I am), chill（=I will), ice（I shall), fia（=via), cagion（=casion), vor（=for), Zir（=Sir), shrike, erne, philhorse, Cotsall 等。③

（三）西萨克森国王阿尔弗雷德时期的萨克森方言对中部英语方言有明显的影响。莎士比亚戏剧中包含一些源自盎格鲁–萨克森语的同形同音异义词 homonyms，显然它们属于不同的方言，例如，源自西萨克森方言 déore (dreadful, grievous, severe, sore) 的 dere/deere,《理查德二世》（*Richard the second.* I, 3）The datelesse limit of thy deere exile;《约翰王》（*King John.* III, 2）The

① Tony Bex, Richard J. Watts. *Standard English: The Widening Debate*, London: Routledge, 1999: 184.

② Richard Morris, Henry Bradley. *Elementary Lessons in Historical English Grammar*, London: Macmillan, 1900: 103.

③ George Leslie Brook. *The Language of Shakespeare*, London: Andre Deutsch, 1976: 177–185.

blood and deerest valued bloud of France;《约翰王》(*King John*. I, 2）That art the issue of my deere offence, and cost mee the deerest groanes of a mother。《温莎的风流娘们儿》(*The Merry Wiues of Windsor*）中残留了中古英语 dere 的 2 次用例，dere is no honest man dat shall come in my Closset (MWW. I, 4); dere is some Simples in my Closset (MWW. I, 4)。此外，dere 的异写词 deare (dreadful, grievous, severe, sore) 出现了 2 次，《亨利六世 第三部》(*Henry VI, Part 3*. I, 1）Thou would'st haue left thy dearest heart-blood there;《哈姆雷特》(Hamlet. I, 2）Would I had met my dearest foe in heauen. 莎士比亚使用了 wot (I know), wot not, wot'st, wots, wotting，该词源自古弗里斯语、北部方言、西萨克森方言 wōt, wāt/wāte, 动词不定式为 wit,《佩里克利斯》(*Pericles*. IV, 4: 31）一剧中残存动词 wit 的用例，Nowe please you wit: The Epitaph is for Marina writ.《亨利四世 第二部》(*Henry IV. Part II*. II, 4）萨克森语 feccan (fet) And hear my deep-fet groans. 萨缪尔·约翰逊指出 a mankind witch（*The Winter's Tale*, II, 3）是一个中部方言表达法，埃德蒙·马隆指出，we cannot miss him（*Tempest*, I, 2）也是一个中部方言表达句式。①

（四）北方方言对早期现代英语的影响是不可忽视的。J. R. 威斯还指出，北方方言 yonder 极少见于 12–15 世纪中古英语，却常见于莎士比亚；北方方言 yond man, Yonder man 见于乔叟和莎士比亚。② 前缀 um-, un- 源自古北方语言和古弗里斯语，Umpartial 是源自北部方言的词语，《亨利八世》(*King Henry the Eight*. II, 3）In the vnpartiall iudging of this Businesse. 莎士比亚戏剧中并不少见北部方言。例如，莎士比亚沿用了北部方言 old, news 的用法，《无事生非》

① John Richard Wise. *Shakespere: His Birthplace and Its Neighborhood*, London: Smith, Elder and co., 1861: 122.

② John R. Wise. *Shakspere: His Birthplace and Its Neighbourhood*, London: Smith, Elder and co., 1861: 5–6.

（Much Ado about Nothing. V, 2）Warwickshire Yonder's old coil at home.《麦克白》（*Macbeth*. II, 3）If a man were porter to hell-gate, he would have old turning of the key.《驯悍记》（*Taming of the Shrew*. III, 1）old news, and such news as you never heard of! Is it new and olde too? how may that be?（Taming of the Shrew. III, 2）《亨利四世　第二部》（*Henry IV*. Part II. II, 1）A hundred mark is a long loan.《错误的喜剧》（*The Comedy of Errors*. I, 1）Hopelesse and helpelesse doth Egean wend,《仲夏夜之梦》（*A Midsummer Night's Dream*. III, 2）And backe to Athens shall the Louers wend.《一报还一报》（*Measure for Measure*. IV, 3）Wend you with this Letter.《维洛那的二绅士》（*Two Gentlemen of Verona*. II, 7）Are visibly character'd and engrav'd.

《亨利六世　第二部》（*Henry VI*. Part II. I, 1）With you mine Alder liefest Soueraigne. 中古英语北部方言中的 sal 可能与斯堪的纳维亚语言有关，shall's 并不完全等于 shall us 句式，在 1623 年第一对折本中，莎士比亚 4 次使用了 shall's，例如，《冬天的故事》（*the Winter's Tale*. I, 2）shall's attend you there?《雅典的泰门》（*Timon of Athens*. IV, 3）how shall's get it?《辛柏林》（*Cymbeline*. IV, 2）where shall's lay him? Shall's haue a play of this? (Cym. V, 5) owe 源自古英语、中古英语 áh, ága 的第三人称单数的曲折变化形式 oweþ, owes。owe 与中古英语 ought, oughte 有共同的词源，其意义包含"有，拥有"（to possess, own）。莎士比亚常常采用其陈旧的词义，例如，《维洛那的二绅士》（*The Two Gentlemen of Verona*. IV, 2）That such an Asse should owe them.《皆大欢喜》（*All's Well That Ends Well*. II, 5）I am not worthie of the wealth I owe,《错误的戏剧》（*The Comedy of Errors*. IV, 2）Time is a verie bankerout, and owes more then he's worth to season.《爱的徒劳》（*Love's Labour's Lost*. I, 2）Which natiue she doth owe; Of all perfections that a man may owe,（Love's Labour's Lost. II, 1）《仲夏夜之梦》（*A Midsummer Night's Dream*. II, 2）All the power this charme doth owe.

莎士比亚戏剧中有很多双重否定，双重比较级和最高级，这一语法现象常见于约克郡等北部方言。例如，《罗密欧与朱丽叶》（*Romeo and Juliet*. IV, 1）That thou expects not, nor I lookt not for.《亨利四世　第一部》（*Henry IV*, Part I. III, 1）No, nor you shall not.《错误的喜剧》（*Comedy of Errors*. III, 2）Nor to her bed no homage doe I owe?《暴风雨》（*Tempest*. I, 2）nor no sound That the earth owes; And his more braver daughter, could control thee. Nor that I am more better Than Propero.（*Tempest*. I, 2）《亨利五世》（*Henry V*. IV, 8）Where ne're from France arriu'd more happy men; More sharper than your swords.（Henry V. III, 5）。

莎士比亚戏剧中常见双重比较级和最高级句式，《理查德二世》（*Richard II*. II, 1）Against the enuy of lesse happier Lands.《尤利乌斯·恺撒》（*Julius Caesar*, III, 1）With the most boldest, and best hearts of Rome; This was the most vnkindest cut of all. (Julius Caesar, III, 2)《维洛那的二绅士》（*Two Gentlemen of Verona*. IV, 3）That ere I watch'd, and the most heauiest.《哈姆雷特》（*Hamlet*. II, 2）but that I love thee best, O Most best, believe it.《特洛伊罗斯与克瑞西达》（*Troilus and Cressida*, IV, 1）the most despightful'st gentle greeting,《辛柏林》（*Cymbeline*, I, 6）For the most worthiest fit. 同时，莎士比亚也用 most 句式表达比较，突出语句的情感强度，《奥赛罗》（*Othello*. II, 1）A most deere husband, most deere life,《李尔王》（*King Lear*. IV, 5）Our deerest Regan, Your most deere Daughter.

四、结语

从公元前 1 世纪到 17 世纪初，不列颠先后经历了数次大规模的语言接触。凯尔特语是不列颠最初居民的通行语言，罗马征服和最初的罗马式城镇带来了拉丁语与凯尔特语的接触。盎格鲁-萨克森征服带来了新的语言接触，盎格鲁-萨克森语和凯尔特语、拉丁语的融合是较小而漫长的。维京人入侵与丹麦征服使得斯堪的纳维亚语言、丹麦语在不列颠再次发生较深刻的语言接触。而后诺曼底征服、安茹王朝的统治使法语成为不列颠的官方的、高级雅致的语言，盎格鲁–萨克森则沦为民间的语言，被看作是粗俗的大众语言。直到百年战争的结束，英语才成为英格兰的民族语言，而苏格兰依然通行古英语北部方言、凯尔特语，爱尔兰依然通行凯尔特语。

每个人都有自己的词语总量，这些词语的使用甚至具有个性化的标志。在莎士比亚戏剧中基本上放弃了英语法语双语兼用立场，法语被看作一种来自欧洲大陆的外语，英语是英格兰唯一的民族语言。在现代英语内部，以伦敦为代表的中部地区方言在众多不列颠方言中占有主导性的地位，现代印刷技术促进了这一语言演变倾向，乔叟的语言、英译圣经语言的传统因为印刷技术而被强调。莎士比亚显然接受了中部地区方言和一些北部地区方言，还包括少量盎格鲁–萨克森语的方言词语，其作品再现了早期现代英语作为混杂语言的特征。

第九节　论莎士比亚早期戏剧中的伦敦方言

伦敦由泰晤士河北岸的东区老伦敦城（the City of London）和西区威斯特敏斯特（The City of Westminster）以及南岸商贸区（Southware）3 部分构成。莎士比亚所在的宫内大臣剧团长期活跃在南岸商贸区，并在玫瑰剧院、大剧院、环球剧院等演出。莎士比亚《亨利六世　第二部》写到了南岸区和伦敦桥，Oh flie my Lord, the Rebels are entered/Southwarke, and haue almost wonne the Bridge (*Henry VI, Part 2*, IV, iv, 26)。1595 年 3 月 15 日账单表明，莎士比亚与坎普（William Kempe）、布贝吉（Richard Burbage）等已是"宫内大臣旅行剧团"的演员与合伙人，主要在南岸商贸区的剧院演出。1597 年莎士比亚在斯特拉福特买下"新地"（New Place）大庄园。一份官方特许文件表明，1603 年 5 月 19 日莎士比亚剧团可能改名为"国王剧团"。1604 年前后，莎士比亚移居住到老伦敦城的圣保罗大教堂附近的老城墙西北角的银器匠街一大房子里，它原是法国胡格诺教派头饰工匠 Christopher Mountjoy 的店铺；国王剧团开始在东区老伦敦城西北的黑修士剧场演出。《亨利八世》（*Henry VIII*, II, ii, 137−138）写到了黑修士修道院，The most conuenient place, that I can thinke of/For such receipt of Learning, is Black-Fryers。（黑修士修道院，即多米尼加隐修派，Dominican friary）。

1594−1612 年莎士比亚在伦敦从事戏剧表演活动，换言之，在他的大部分婚后生活中，他居住在伦敦，而他的妻子安妮和孩子们却留在斯特拉特福德。伦敦并不是莎士比亚长期定居的地点，他经常返回斯特拉特福德镇，而且"宫内大臣旅行剧团"也去英格兰各地巡回演出。P. 埃德蒙森、S. 威尔斯《莎士比亚的圈子，另一种传记》指出，莎士比亚与出版商 R. 菲尔德（Richard Field）

在斯特拉特福德镇是近邻，后者从1579年开始前往伦敦向法国胡格诺教派印刷商Thomas Vautrollier学习活字印刷；莎士比亚来到伦敦后，通过菲尔德熟悉了书商日常活动与印刷行业；此后，菲尔德印刷了第一批莎士比亚的早期剧作。①L. 坡特《莎士比亚传》指出，早在1572年莎士比亚的父亲可能在伦敦西区威斯特敏斯特有羊毛商贸活动，1570年代斯特拉特福德商会在伦敦有数家商业旅馆，而且这些商人可能与南岸区的剧场有关联。②S. 格林布拉特《俗世威尔：莎士比亚传记书写》指出，可能在1596年夏天，市政府获得了暂时关闭伦敦所有剧院的命令，因此莎士比亚剧团的一些成员便去了外省巡回演出，在肯特郡伐沃沙姆镇（Faversham）和别的地方表演；莎士比亚可能同他的剧团一起在外省巡演。③从多种莎士比亚传记来看，他一生的活动地域主要是在中部地区，即从沃里克郡、格洛斯特郡、牛津、温莎、伦敦，到肯特郡的坎特伯雷；其中从剑桥到伦敦的东中部地区流行中部方言的东部口音（East Midland English）。④

一、伦敦方言的演变

伦敦是一个持续变化的城市，伦敦的方言也因为其居民也持续地变化。伦敦最初是不列颠人在泰晤士河北岸建立的小城镇，同时它也是一个交通十分便利的重要港口。从公元前1世纪后期罗马人征服以来，伦敦就是一座水陆交通便利的商业贸易城市，（海外交通方面，与英吉利东岸、北海沿岸和莱茵河、塞

① Paul Edmondson, Stanley Wells. *The Shakespeare Circle: An Alternative Biography*, Cambridge: Cambridge University Press, 2015: 161–173.

② Lois Potter. *The Life of William Shakespeare: A Critical Biography*, Oxford: Wiley-Blackwell, 2012: 51–53.

③ Stephen Greenblatt. *Will in The World: How Shakespeare Became Shakespeare*, London: Bodley Head, 2014: 289.

④ Samuel Schoenbaum. *Shakespeare's Lives* New Edition, Oxford: Oxford University Press, 1993: 5–19.

纳河地区有经常性的商贸往来），它也是一座移民城市。彼得《英格兰教会史》写道：伦敦是一个从陆上和海上连接各国的贸易中心。① 一种方言总是当地居民所接受并向后传承的口头语言或者书写语言，伦敦方言作为一种人们日常使用的活生生的言语，总是随着时代的变化而演变。

首先谈谈伦敦城的文献记载。中世纪的一个传说宣称，公元前 1 世纪中期伦敦城最初名为 Trinovantum（Troynovant, New Troy）。然而，在古罗马的拉丁语文献中，例如恺撒《评论集》和塔西佗《历史》等几乎没有记载伦敦。② 纽尼乌斯《不列颠历史》写道，不列颠的原初居民由四种不同部族构成：苏格兰人、皮克特人、萨克森人和古老的不列顿人。公元前 47 年尤利乌斯・恺撒的军队在城镇 Trinovantum 打败了不列颠人后，罗马人一直统治了伦敦城。③ 蒙茅斯的杰弗瑞《不列颠诸王纪》写道：Kaer-Lundein 得名于公元前 1 世纪的不列颠国王卢得（Lud），他重建了城镇 Trinovantum，命名为 Kaer-lud, "其后的时代，随着语言的演变，它便得名为 London。再后来，当外族入侵者登陆并征服这个国家，它就被叫作 Lundres"。④ 莎士比亚《辛柏林》(*Cymbeline*, III, i, 33–34）重述了国王卢得建城的故事，Made Luds-Towne with reioycing-Fires bright, / And Britaines strut with Courage. 珀利多尔・维吉尔《英格兰史》部分沿用了杰弗瑞关于伦敦的历史记载，"关于这一城市，在古代记载中我主要阅读了塔西佗的历史，他称之为 Londinium。在他的记叙中，在过去时代，它还不是一个伟

---

① Beda Venerabilis（Bede）. *The Ecclesiastical History of the English People; The Greater Chronicle; Letter to Egbert*, Oxford: Oxford University Press, 1999: 74.

② Charles E. Moberly ed., *The Commentaries of C. Julius Caesar. The Civil War*, London: Nabu Press, 2009: 156.

③ Nennius. *History of The Britons* (Historia Brittonum), trans. By J. A. Giles, London: John and Arthur Arch, 1819: 4, 12.

④ Geoffrey of Monmouth, Lewis Thorpe. *The History of the Kings of Britain*, London: Penguin, 1969: 86.

大的城市，他这样写道：伦敦作为一个城镇，并不是因为其凯尔特名字，或者作为人口聚居地而闻名，而是因为商人的往来和众修道院而闻名”。①H. 斯托《伦敦广记》写到了不列顿人在泰晤士河岸上建造了最早的城镇（Troynovant, or Trenovant），居住在这个城镇的族群是 Trynobants。而后，不列颠国王卢得（Lud）重建了这一城市并加强了城镇的防护设施，更名为 Caire-Lud。罗马人入侵时，他们自主决定屈服于恺撒。②J. 李盖特《分裂的毒蛇》指出，“在这次征服行动及其著名的战胜之后，尤利乌斯・恺撒下令在这片土地上建造许多堡垒和城市，即有了多弗城堡、坎特伯雷、罗切斯特、伦敦塔，和恺撒伯里的堡垒与城镇，它以恺撒的名字命名，现在叫萨利斯伯里”。③ 而后，R. 格拉夫顿《大纪年史》写道：“约翰・李盖特在他的书《分裂的毒蛇》中写到恺撒在这片土地上建造许多堡垒与城市以便永久记住他的名字，即距多弗不远的堡垒，坎特伯雷和罗切斯特堡垒，以及伦敦塔最古老的那部分。” ④ 关于“发明的传统”（Invented Tradition）已经有很多论述，虚构的传统叙述显然植根于当代的社会文化中，它可以满足社会变革时期的文化需求和社会价值取向。纽尼乌斯《不列颠历史》认为，不列颠王国的创立者是特洛伊英雄布鲁图斯（Brutus of Troy），而卢得（Lud）重建伦敦城的传说同样是“发明的传统”。⑤

---

① Henry Ellis ed., *Polydore Vergil's English History From an Early Translation; Preserved Among the Mss of the Old Royal Library in the British Museum* Vol. 1, London: John Bowyer Nichols, 1846: 47–48.

② John Stow. *Survay of London Contayning the Originall, Antiquity, Increase, Moderne Estate, and Description or That, Citie, Written in the Year 1598*, London: Oxford U P, 1908: 1–2.

③ John Lydgate. *The Serpent of Division*, London: Oxford U P, 1911: 51.

④ Richard Grafton. *Chronicle, or History of England To Which Is Added His Table of the Bailiffs, Sherrifs, and Mayors, of the City of London, From the Year 1189, to 1558, Inclusive* Vol. 1, London: J. Johnson, 1809: 52.

⑤ Eric Hobsbawm, Terence Ranger. *The Invention of Tradition*, Cambridge: Cambridge University Press, 2012: 9.

其次谈谈伦敦人与伦敦方言。从公元前 1 世纪到 17 世纪初，不列颠先后经历了数次大规模的语言接触。凯尔特语是不列颠最初居民的通行语言，罗马征服和最初的罗马式城镇带来了拉丁语与凯尔特语的接触。盎格鲁-萨克森征服带来了新的语言接触。英语起源于 5 世纪日耳曼（盎格鲁-萨克森）定居者带到不列颠的方言，其最初的铭文采用斯堪的纳维亚的茹尼字母（Anglo-Frisian Runes, Anglo-Saxon futhorc/fuþorc），即一种近似古希腊字母的文字。6 世纪末基督教传教士再次来到英格兰，7 世纪盎格鲁-萨克森文字开始拉丁化，导致了一种基于拉丁字母的书写形式的发展，盎格鲁-萨克森语和凯尔特语、拉丁语的融合是平缓而漫长的。

英格兰的盎格鲁-萨克森方言往往因为各部族的势力消长而存废，各部族所建立的封建王国兴亡往往决定了该部族语言的命运。盛极一时的麦西亚文学随着麦西亚王国的灭亡而黯然消失，诺森布里亚和西萨克森也是如此。肯特方言是朱特人的语言，与萨克森语言有差别。伦敦城先后处于肯特、麦西亚、东盎格鲁、东萨克森王国、西萨克森的统治之下，因而伦敦方言融合了东麦西亚方言（East Mercian）、肯特方言（Kentish）、东盎格鲁（East Anglian）、东萨克森方言（即伊塞克斯方言）和西萨克森方言（即威塞克斯方言）。从 8 世纪末开始，维京人入侵以及丹麦征服，使得斯堪的纳维亚语言、丹麦语在不列颠再次发生较深刻的语言接触。受到丹麦语影响的麦西亚方言通行于东中部地区（East Midlands）。9 世纪末，在阿尔弗雷德的领导下，西萨克森顽强抵抗了维京人向南部地区的扩展，西萨克森方言成为中部地区与南部地区的通行语，阿尔弗雷德大力推广了后者。同时，西萨克森语与斯堪的纳维亚语的联系仍然存在，并且在 1016–1042 年间变得尤为重要，当时英格兰先后出现了 3 位丹麦国王。无论如何丹麦语的影响是不可忽视的，例如，乔叟的作品里就包含 60 多个斯堪的纳维亚词语。

1066–1485 年，西萨克森方言已成为英格兰中部地区、南部地区的标准英语方言，1067 年“威廉一世赦令”（the William Charter）便是用西萨克森方言书写的。诺曼底征服、安茹王朝的统治改变了英格兰的语言使用环境，法语、拉丁语和英语三者并行共存，英格兰表现出明显的多语现象（multilingualism）；与教会拉丁语一样，法语（OF）成为不列颠的官方的、高级雅致的语言，而盎格鲁-萨克森则沦为民间的语言，被看作是粗俗的大众语言。拉丁语并不局限于宗教领域的使用，它还被广泛使用于世俗的官方记录和各种正式书写，例如，法令与税收等（Lay Subsidy Rolls）。法语、拉丁语二者的综合影响极大地改变了英语的原本特性，词汇方面的影响最为明显，别的方面也受到了一定程度的影响。乔叟《坎特伯雷故事集》之“总序”温和地嘲讽了学习过法语的斯特拉福特女修道院副院长，And Frenssh she spak ful faire and fetisly, After the scole of Stratford atte Bowe, For Frenssh of Parys was to hire unknowe. 莎士比亚《亨利四世》（第一、二部）、《亨利五世》《温莎的风流娘们儿》《亨利六世》（第一、二、三部）等都再现了法语在英格兰历史上作为通用语的多语种环境。

14 世纪中期，英格兰的语言使用环境再次发生了新的变化，法语和拉丁语的日常使用持续减少。爱德华三世（Edward III, 1327–1377）发起的英法战争和 14 世纪下半期流行的黑死病所带来的人口变化，使得中古英语（ME）再次成为英格兰的通用语言。（1）1337–1453 年间，英格兰诗人和编年史家努力提出一种以英语为基础的英格兰观念和英国性，以加强其爱国主义和民族团结。直到英法百年战争结束，英语才成为英格兰的民族语言，并基于英格兰的东中部方言走上标准化的道路。（2）1348 年 6 月，黑死病（the Black Death）通过多塞特郡的梅尔科姆-里吉斯港（Melcombe Regis）传入英格兰，流行于各个城镇。1348–1350 年英格兰 400 万人中的 150 万人死于这场瘟疫，在根本上改变了英格兰社会的语言使用环境。到 14 世纪末，英格兰又爆发了六次黑死病。幸存者多是中下阶层的农民，他们普遍使用英语方言。从 1350 年开始，英语被用于当地学校。1362 年，英语被允许用作皇家法院的大法官法庭（the King's Office

of Chancery）中的语言；此后，皇家法院向英格兰发送用英语书写的官方文件。1422 年伦敦酿酒商行会的内部记录已用英文书写。J. H. 费歇《标准化英语的出现》认为，中古英语发端于亨利五世（Henry V, 1386–1422）时期，法庭记录人员、（教会）学者和作家促进了它的发展。① 在 15 世纪，大法庭英语（Chancery English）开始被伦敦以外的作家采用，但是它还不是现代意义上的标准英语。②

自诺曼底征服以来，伦敦逐渐成为英格兰王国的都城。作为政治经济中心，伦敦与北部地区之间的交流得到了很大的改善和增强，但伦敦方言还不是标准英语（Standard English, SE）。伦敦方言是一种由于语言接触（language contact, Sprachkontakt）而形成的混合了多样性的地区语言。语言接触（包括方言接触）往往会产生一些语言混合的现象。D. 克里斯托《英语简史》指出，中古英语可以称为“方言时期”，不仅有更多的英语文献，而且已经证明可以在地理上确定其中的许多文献，因而可以识别出真正的方言特征。③ 中古英语时期，中部地区语言（Midland language）决定了早期现代英语的基本特性，而现代英语与西萨克森方言的关系是明显且重要的。

二、伦敦方言与标准英语、文学英语

从古英语（OE）到标准英语，是一个跨时代的语言变化过程。中古时期的语文文献表明，书面英语的标准形式（SE）的发展跨越 1300–1800 年，而且主要发生在 1400–1660 年，其间英语发生了巨大的变化。伦敦中古英语的最早文本表明它是一种“混合方言”，伦敦抄写员书写了多种方言形式。

---

① John H. Fisher. *The Emergence of Standard English*, Lexington: University Press of Kentucky, 1996: 10–11.

② Manfred Görlach. *Introduction to Early Modern English*, Cambridge: Cambridge University Press, 2020: 10.

③ David Crystal. *The Stories of English*, New York: Harry N. Abrams, 2004: 45.

直到14世纪晚期（1485–1500年），伦敦方言作为单语化的地方英语，迅速成为了东中部地区方言中主导性的标准方言。L. 莱特《对先前的英语标准化叙述的批判性审视》写道：从13世纪到14世纪下半叶，大多数写作是用中古拉丁语、盎格鲁–诺曼法语和混合语言（我指的是用在账册、财物清单、日记簿和证词里的古拉丁语 / 盎格鲁–诺曼语 / 中古英语的代码转换系统）。1375–1440年，大多数写作是在中古拉丁语、盎格鲁–诺曼语、中古英语和混合语言之间切换。1440–1500年，大多数写作是在中古拉丁语、中古英语和混合语言之间转换（即较少使用盎格鲁–诺曼语）。从1500年开始，大多数写作都是用新拉丁语和早期现代英语（从混合语言系统和中古拉丁语转向单一语言）。从14世纪末到15世纪末，伦敦文献库显示，中古拉丁语、盎格鲁–诺曼语、中古英语和混合语言4种语言系统的使用全都是规范的。单语现象在这个世纪却是个例外。代码转换发生在单词、短语、从句、段落中；从段落到段落；从文本到文本；在文本正文、页边空白、标题、索引和注释之间；并且伴随着不同传统的不同文本类型。代码转换的特征像是一种运动：即从中古拉丁语、盎格鲁–诺曼语和混合语言，到一个剧烈反复转换的过渡时期，再到单语化的英语和新拉丁语的最后结局。直到16世纪，单语化的英语作为一种用于种种目标的书面语规范才确定下来，且超越此时依然存在的地域性的语言变体。①H. 海清斯《语言战争》认为，英语是一个语言的战场。从诺曼征服到伊丽莎白一世统治时期，英语的地位和品质引起了激烈的争论；直到文艺复兴时期，人们才对英语的潜力有了狭隘的认识。自莎士比亚时代以来，关于正确用法的争论一直很激烈，而且一直都是关于价值观的竞争——道德、政治和阶级。②

---

① Laura Wright ed., *The Multilingual Origins of Standard English*, Berlin, Boston: De Gruyter Mouton, 2020: 30.

② Henry Hitchings. *The Language Wars: A History of Proper English*, New York: Farrar, Straus and Giroux, 2011: 29.

首先谈谈标准英语与标准化。人们对语言标准持有不同的观点与立场。R. 海克《早期文本的语言演化》认为，语言标准是社会性包容或排斥的工具；直到 19 世纪初，标准被定义为一种排除英语地域性（东南地区方言）基础的语音形式。① 一般的，标准英语起源于中古时期的多语言环境，指一种经过很多年人工构建的英语语言变体，即诗人、史书作者和语言学者用大量规范性文本来促进某一特定的、被认可的语言变体并使之合法化。②L. 菲利叶、W. 安德鲁、V. 科菲勒克、D. 刘易斯《英语的规范与边缘》认为，语言使用者和语言规范 / 标准之间的关系是语言问题的核心：语言规范、语言标准远非一种制度化现象，规范化与标准化往往是一个持续的过程，标准化和规范之间的关系不是“既定的”；语言使用者并非仅是“服从”标准 / 规范，他们对标准 / 规范采取不同的态度，接受并执行语言规范，同时这也会影响规范本身。民族主义、集体认同、政治意识形态有时会影响语言规范。③ 杰姆斯 · 米尔罗伊、乐思丽 · 米尔罗伊《语言上的权威》认为，“严格来说，标准化不能容忍变易性（variability）。……最好将标准化（Standardisation）称为一个历史性的过程，那些语言在此过程中或多或少一直所发生所经历。标准化最初受到各种社会、政治和商业需求而促发，并以各种方式推动，包括使用相对容易标准化的书写系统；但从未实现口语的绝对标准化（唯一完全标准化的语言是死语言）。因此，将标准化更抽象地描述为一种意识形态，将标准语言描述为一种理念而非现实，即一组抽象的规范，语言的实际使用能或多或少地符合这些规

① Raymond Hickey ed., *Varieties of English in Writing: The Written Word as Linguistic Evidence*, Amsterdam: John Benjamins Publishing Company, 2010: 3.

② 参考 Einar Ingvald Haugen. *The Ecology of Language*, Stanford: Stanford University Press, 1972:255。

③ Linda Pillière, Wilfrid Andrieu, Valérie Kerfelec, Diana Lewis. *Standardising English: Norms and Margins in the History of the English Language*, Cambridge: Cambridge University Press, 2018: 3–20.

范。”①J. E. 约瑟夫《雄辩与力量》则认为，语言的地方性规范所导致的结果是“语言标准”，而且语言标准是一种提喻性的方言，在此情况下，语言的某个规范或部分将代表“整体”。②K. 布里奇《词语花园中的野草》认为，考察英语的演变，很难在任何时间点确定其语法、拼写、标点符号或发音并一劳永逸地宣布是否偏离“标准”的错误。“人们甚至称某种被赋予特权的语言变体为‘标准语言’，而不是‘标准方言’。由于方言被认为是一种语言的不合标准的变体，（语言变体并不完全符合标准），‘标准方言’标签则似乎是一种自相矛盾。”③

其次谈谈伦敦英语的标准化。J. 史密斯《英语的历史研究》认为，16 世纪开始出现将受过教育的伦敦上流阶层和南部语言作为一种社会模式。“它（活字印刷）的发明与更大范围的独特阅读大众的成长有关，特别是在伦敦和其他繁荣的南部和东部，有文化、向上流动的城市中产阶级。”④标准英语的发展是来自众多文本类型的经典语文的累积结果，例如始于爱德华三世时期宫廷与法院官方书写人员所采用中部地区方言的文献，英语编年史和诗歌。英语的标准化将持续到 1800 年之后。20 世纪早期语言学者 Eilert Ekwall, Lorenz Morsbach, Wilhelm Heuser 等认为，标准英语是从东中部地区方言发展而来的。至今，这已经成为英语史学界的主流观点。与 M. 萨缪尔斯（Michael Samuels）、D. 克里斯托的观点近似，芭芭拉·斯特朗《英语史》认为，中古英语时期，标准英语（SE）是从中部地区的中部方言的口语和写作演变而来的，由皇家法院的大法

① James Milroy, Lesley Milroy. *Authority in Language: Investigating Standard English* (Third edition), London, New York: Routledge, 1999: 19.

② John Earl Joseph. *Eloquence and Power: The Rise of Language Standards and Standard Languages*, Oxford: Blackwell, 1987: 31.

③ Kate Burridge. *Weeds in the Garden of Words: Further Observations on the Tangled History of the English Language*, Cambridge: Cambridge University Press, 2005: 8.

④ Jeremy Smith. *An Historical Study of English: Function, Form and Change*, London: Routledge, 1996: 92.

官法庭书记人员的用法演变而来。①

15 世纪初而来，中部地区语言的东部方言（East Midland dialect），特别是东南部（即原中萨克森，Middle Saxons）的伦敦方言，逐渐变成标准英语方言，至少在拼写上是如此的。伦敦方言（dialect of London）占有极其重要的地位，它表现出明显的中部地区语言的特质，同时它也积极吸纳了北部地区语言和南方地区语言。单语化环境促使伦敦英语迅速建立其规范 / 标准，伦敦方言的标准化进程加剧了各种方言（例如，格鲁斯特郡的方言）的发音方式与拼写方式的分离趋势。

伦敦英语的标准化有较为复杂的原因。大量移民对伦敦语言的改变发挥了明显的作用，包括北方移民、中部地区的东部移民和中部移民。D. 克恩《1100–1700 年伦敦，大都市的价值：移民、移动性与文化规范》认为，伦敦拥有英格兰最庞大的城市人口，其中包括大量往来的移民。它与别的城市和地区在经济、社会文化上的相互作用，多种语言的并存兼用，语言自身的演化等促使了英语标准化。"伦敦作为英格兰城市，极多来自本地和海外的语言和语言类型在这里使用和混合。众所周知，在这种语言混合中出现了一种或多种类型的伦敦英语，它们构成了将来融入标准英语的一部分；其间的过程尚不清楚。一些权威学者认为，移民来到这片土地上最大、最具活力的城市的地理模式具有特殊意义。别的学者则特别强调了商业或市民精英阶层的影响，或者伦敦作为国家治理和司法的权威地位，尤其是在政府官方记录的文本中表现出来的权威性。然而，伦敦在英语标准化方面的作用肯定比这更复杂。"②

15 世纪晚期，英格兰逐渐走向单语化社会，促进了伦敦英语发生极大的语

---

① Barbara M. H. Strang. *A History of English*. London: Methuen & Co., Ltd., 1970: 162–163.

② Laura Wright ed., *The Development of Standard English, 1300–1800: Theories, Descriptions, Conflicts*, Cambridge: Cambridge University Press, 2000: 93–114.

言转型。早期现代英语并不等同于标准英语，英语标准化则贯穿整个早期现代英语时期。R. O. 布错尔兹、N. 凯认为，早期现代英语始于都铎王朝的建立。① 早期现代英语的起始时间大致为 1476、1485、1500 年，其终结时间为 1700、1713 年；凯斯·约翰森认为，早期现代英语始于都铎王朝的建立，跨越英格兰文艺复兴时期。②

接着谈谈伦敦方言成为文学语言，或者说伦敦方言所取得的雅语地位。D. 弗瑞伯恩《从古英语到标准英语》指出，14 世纪后期，伦敦方言被用作文学语言，最终出现在乔叟的作品中，表明它正加速成为优雅语言和标准语言。③ 罗杰·拉斯认为，“至少在 15 世纪后期，没有任何一种特殊的英语变体比其他变体的声望更高，以至于它可以作为‘英语’的普遍范例。……书面英语（当然这是我们所有的记录，尽管口语变体肯定也是如此）通常是来自特定地区使用者的英语。中古英语时期的伟大文学作品都是用清晰可辨的地域变体来书写的，从北部地区（*Cursor Mundi*）和北中部地区（the *Gawain* poet）到西南中部地区（*Piers Plowman*）、肯特（*The Ayenbite of Inwit*）和伦敦（Chaucer）”。④《农夫皮尔斯》的诗作者朗格兰（William Langland）在中年时期从马尔文来到了伦敦，这首长诗也包含少量伦敦语言。D. 伯恩利认为，乔叟的语言是 14 世纪后期在伦敦使用的一种中古英语，是伦敦语言的规范化变体。他接受了一些拉丁语、法语和意大利语等外来词，即是多语言语境下的伦敦英语，也是一种受

① Robert O. Bucholz, Newton Key. *Early Modern England 1485–1714: A Narrative History*, Oxford: Wiley-Blackwell Publishing, 2014: 1.

② Keith Johnson. *The history of Early English: An Activity-based Introduction to Early, Middle and Early Modern English language*, London, New York: Routledge, 2016: 272.

③ Dennis Freeborn. *From Old English to Standard English: A Course Book in Language Variations Across Time*, New York: Palgrave Macmillan, 1992: 98–99.

④ Roger Lass. *The Cambridge History of the English Language: 1476–1776, Vol. 3*, Cambridge: Cambridge University Press, 2000: 27, 190.

过良好教育的市民阶层所使用的文学语言。与普通民众的伦敦土语（Cockney）不同，乔叟的英语已成为现代标准英语的基础。① 约翰·哈特《正字法》(John Hart, *Orthographie*, 1569）认为，宫廷和伦敦英语是最好的语言；教育良好的伦敦英语是“合于理性的英格兰人的语言，人们将会尽其所能使用这一语言来表达自己”。②

15 世纪末，斯图亚特王朝的建立结束了“混合式的”中古英语，活字印刷术在伦敦、肯特得到了迅速的发展。W. 凯克斯顿（William Caxton）在伦敦的威斯特敏斯特市区翻译和印刷宗教、文学、人文类书籍。他在从法语转译的维吉尔《埃涅阿斯纪》英译本序言中表明，这些促使东中部方言（尤其是受教育阶层的伦敦方言）成为英格兰普遍接受的通用语；通用词汇的选择与一致认同的英语发音，已经成为标准英语的首要问题。G. 普顿汉《诗艺》（1589）宣称，应该接受宫廷的日常语言，以及伦敦语言和毗邻伦敦各郡 60 英里以内的语言，而且不必更远。③ 伊丽莎白时期，众多诗人和作家来到并定居伦敦，使用伦敦语言写作，他们加速伦敦英语成为文学语言。以戏剧为例，一些剧作家（例如，Thomas Campion, Michael Drayton, George Ferrers, George Gascoigne, Stephen Gosson, Robert Greene, Richard Hathway, William Haughton, John Lyly, Christopher Marlowe, Thomas Nashe, Henry Porter and William Shakespeare）纷纷从外省（包括牛津、剑桥）来到伦敦定居并在伦敦各剧场表演；别的剧作家（John Heywood, Jasper Heywood, Ben Jonson, Thomas Kyd, Thomas Lodge, Anthony Munday and George Peele）则出生于伦敦，并长期在伦敦舞台上演出。

---

① David Burnley. *The Language of Chaucer*, London: Palgrave Macmillan UK, 1983: 117.

② Terttu Nevalainen. *An Introduction to Early Modern English*, Oxford: Oxford University Press, 2008: 15.

③ George Puttenham. *The art of English poesy*, London: Cornell University Press, 2007: 229.

三、莎士比亚戏剧中的伦敦方言

都铎王朝时期（1485–1603），大多数伦敦市民日常使用新拉丁语、法语和早期现代英语等语言。相对于日益追求规范化 / 标准化的现代英语来说，伦敦人所讲的方言后来被称为 Cockney。除开不再使用的陈旧词，一个词语的语义总是在拓展与演变。Cocknay/Cockney（cocks'eggs）是一个中古英语词语，1362 年朗格兰《农夫皮尔斯》(*Piers Plowman*. A. vii. 272）最早使用了该词。这个由 coken + ey, ay 合成词语的基本语义是"外形怪异的禽蛋"，含嘲讽的贬义；引申指娇惯宠溺的孩子，有时也指神经质的、过分讲究的、随性恣意的或易受影响的女人；1520 年 R. 惠廷顿（Robert Whittington, *Vulgaria*. 39）首次使用了其引申义"敏感温柔的城里人"；1600 年 S. 罗兰兹（Samuel Rowlands, *The Letting of Humours Blood in the Head-Vaine*. iv. 65）首次指称"伦敦人"，即听到圣保罗大教堂的大宝钟（Bowe bell）的老伦敦城市民；1890 年 A. 图尔（Andrew W. Tuer, *Thenks Awf'lly Sketched in Cockney and Hung on Twelve Pegs*. viii）首次指称"伦敦方言"。

伦敦方言和伦敦地名经常出现在英格兰的文艺复兴戏剧中。D. 格兰特利《早期现代英语戏剧中的伦敦》认为，1576 年之前一些的幕间剧中已经提到伦敦的地名，而后在各商业剧院演出的戏剧越来越多地使用伦敦作为背景，例如，Wilson's *The Three Ladies of London* (c. 1581) , *The Three Lords and Three Ladies of London* (1588–1590), Greene's and Lodge's *A Looking Glass for London and England* (1588), Thomas Heywood's *The Four Prentices of London* (Rose, 1594), *A Larum for London* (anon., Rose, 1599), *The Fair Maid of the Exchange* (anon., 1598), *Day's The Blind Beggar of Bednall Green* (Rose, 1600), *Grim the Collier of Croydon* (anon., 1600)，这些部分或者完全以伦敦为背景的戏剧共计 20 多部。[①] F. E. 谢

① Darryll Grantley. *London in Early Modern English Drama: Representing the Built Environment*, London: Palgrave Macmillan, 2008: 52.

林《论伦敦戏剧》(*On London Plays*)认为，即使许多伊丽莎白时期戏剧讽刺了伦敦的城市生活，而不是由衷的赞美，伦敦城几乎是逐条街道、逐个街区在戏剧舞台上作出仪式性的表现，例如《便宜坊邻街的贞洁女仆》(*A Chaste Maid in Cheapside*)、《芬教堂街的跛子》(*The Cripple of Fenchurch Street*)、《比林斯码头的老板》(*The Boss of Billingsgate*)、《卢德码头的恋人》(*The Lovers of Ludgate*)、《舠码头的恶魔》(*The Devil of Dowgate*)、《新码头的黑狗》(*The Black Dog of Newgate*)，威斯敏斯特、克罗伊登、莫特莱克和霍格斯顿的邻近地区也没有被遗忘。①W. 马修《伦敦方言的过去与现在》认为，伊丽莎白时期和雅各布时期历史剧（The history or chronicle play）更多叙述了英格兰故事和传统，也更关注伦敦和伦敦人；戏剧中的伦敦方言对白，以及当时伦敦人以口语风格写下的文献，有助于我们了解 16–17 世纪的伦敦方言。②

莎士比亚戏剧中以不列颠为背景的包括：悲剧《李尔王》《麦克白斯》《辛白林》，和 10 个历史剧，即《约翰王》《理查德二世》《亨利四世》第一、二部，《亨利五世》《亨利六世》第一、二、三部，《理查德三世》《亨利八世》。在诺曼底王朝、安茹王朝、金雀花王朝时期，伦敦一直都是英格兰的重要城市，并成为都城 / 大都市。几乎所有莎士比亚的历史剧都写到了伦敦，描述伦敦较详细的主要包括《亨利四世》《亨利五世》《亨利六世》。莎士比亚在戏剧中反复提到伦敦。E. F. 修马克《莎士比亚的语言》列举了莎士比亚戏剧中 40 个伦敦地名，除开 London（Lud's town），还有 Baynard's Castle, Bedlam, Black-Friars, Bucklersbury, Cheapside, Chertsey, Crosby Place, Eastcheap, Eltham, Ely House, Finsbury, the Fleet, Guildhall, Holborn, Inns of Court, London Stone, Lynn,

① Felix Emmanuel Schelling. *Elizabethan Drama, 1558–1642: A History of The Drama In England*, London: Kessinger Publishing, 2010: 3.

② William Matthews. *Cockney Past and Present: A Short History of the Dialect of London*, Routledge, 2015: 1–2.

Marshalsea, Mile-End Green, Moor-ditch, Moorfields, Newgate, Parish-garden, St. Paul's Cathedral, Pickt-hatch, Pie Corner, Saint George's Field, Savoy, Smithfield, Southwark, Strand, Temple Garden, tilt-yard, Tower of London, Turnbull Street, Tuthill Fields, Tyburn, Whitefriars, White Hart。①

每个作家（诗人）都有自己的词语总量，这些词语的使用甚至具有个性化的标志。不列颠方言在莎士比亚语言中是一个值得关注的显著现象，而莎士比亚戏剧中包含了少量的沃里克方言和伦敦方言。②S. 瑞勒《英语史》承认莎士比亚英语与钦定版圣经英语是一种文学的英语方言（English literary vernacular），“莎士比亚利用他不断增长的词汇资源，明显增加了文学英语的词汇基础。他的很多词语来自商业和贸易，很多是新创造的。同样，我们在莎士比亚的诗歌和戏剧中经常看到隐喻或比喻使用了具有技艺意义的词语。”③

莎士比亚对伦敦中下阶层的语言是十分熟悉的。英格兰东中部地区的伦敦方言包含 2 种不同意义，即伦敦腔（London accent）和伦敦土话（Cockney）；前者与牛津腔（Oxford accent）相对而言，后者与标准英语（SE）相对而言。伦敦土话（Cockney）和乔叟（Geoffrey Chaucer）的优雅的伦敦方言（Received pronunciation, RP）主要来自老伦敦城。莎士比亚的非标准英语就是属于早期现代英语。莎士比亚 2 次提到了“伦敦土腔”（Cockneys），有嘲讽的意味，例如，《第十二夜》（*Twelfth Night*. IV. i. 15.）I am affraid this great lubber the World will proue a Cockney.《李尔王》（*King Lear*. II, iv. 123.）Cry to it Nunckle, as the Cockney did to the Eeles. 即使伦敦作为首都是重要的，莎士比亚戏剧却没有给这

① Eugene F. Shewmaker. *Shakespeare's Language: A Glossary of Unfamiliar Words in His Plays and Poems*, 2nd Edition, New York: Facts on File Library, 2008: 42.

② Tony Bex, Richard J. Watts. *Standard English: The Widening Debate*, London: Routledge, 1999: 39.

③ Seth Lerer. *The History of the English Language*, Virginia: The Teaching Company, 2008: 91.

个大都市特别突出的地位，他对伦敦人的处理最能体现在《亨利四世　第二部》和《亨利五世》中的“快嘴桂嫂”（Mistress Quickly），她只有很少的伦敦方言的对白，尽管与伦敦惯用礼貌言语的规范有所不同，她的快言快语是极其自然的，且与别的伦敦人物的表现一致。

W. 马修《伦敦方言的过去与现在》认为，伦敦方言表现在言语行为方式（mannerisms）、市井俚语、方言词语、发音和语法等方面。在莎士比亚戏剧中，大多数下层社会人物都可能扮演伦敦人（Cockneys）的角色。喜剧《无事生非》（*Much Ado About Nothing*）中的治安巡查员多格贝利（Dogberry）和维吉斯（Verges），《一报还一报》（*Measure for Measure*）中的埃尔伯（Elbow）和弗洛斯（Froth）更接近于成为传统的伦敦人，他们像伦敦市民一样“雅致地”说话。《罗密欧与朱丽叶》中的保姆有许多与“快嘴桂嫂”相同的说话技巧；在《尤利乌斯・恺撒》开场中的普通市民所说的双关语与隐晦言语，看来像似伦敦戏剧中的平民；《哈姆雷特》中的掘墓人有像伦敦人对拉丁话题的过度偏爱；《仲夏夜之梦》中的器作匠也像多格贝利和维吉斯一样；《第十二夜》中的费斯特（Feste）也看似伦敦人。“甚至伦敦方言中的双重比较级和最高级，worser, more worser, most impudentest 等，都可以在圣经和莎士比亚的戏剧中发现。令人讨厌的伦敦方言常用的多重否定，在乔叟、阿夏姆、莎士比亚和波普的使用中也得到了确认。”

由于伦敦语言的复杂特性和对伦敦方言的误解，在 J. 赖特《英语方言词典》中，伦敦方言仅由偶尔出现的注释表示。① 莎士比亚戏剧中的 much ado, a-weary 是一种伦敦方言的用法；用 learn, remember, anger 替代 teach, remind, to make angry 即是一种伦敦方言的用法。②《如愿》（*All's Well That Ends Well*, II, v, 36–37）中使用了伦敦俚语，You haue made shift to run into't, bootes and/spurres

---

① Joseph Wright. *The English Dialect Dictionary*, London: Henry Frowde, 1898: 1.

② William Matthews. *Cockney Past and Present: A Short History of the Dialect of London*, London, New York: Routledge, 2015: 4–5, 39, 129.

and all: like him that leapt into the Custard。《第十二夜》(*Twelfth Night*, III, i, 136)采用了一句泰晤士河船工的口头语，Ol. There lies your way, due West./Vio. Then Westward hoe。莎士比亚往往使用一些伦敦俚语或者性暗语，例如，用 goose, windmill, huswife 指伦敦妓女：Some galled goose of Winchester would hiss.《特洛伊罗斯与克瑞西达》(*Troilus and Cressida*, V, x, 55) O sir Iohn, do you remember since we lay all night/in the windmil in saint Georges field?《亨利四世　第二部》(*Henry IV, Part 2*, III, ii, 189–190) and sung those tunes to the ouer-schutcht huswiues, that he heard the Car-men whistle.《亨利四世　第二部》(*Henry IV, Part 2*, III, ii, 310–312) ①

莎士比亚使用了伦敦方言的新词 misbecome，例如，Haue misbecom'd our oathes and grauities.《爱 的 徒 劳 》(*Love's Labour's Lost*) What I haue done, that misbecame my place. In this I'll be impartiall; I am not partiall to infringe our Lawes; Mowbray, impartiall are our eyes and eares;《亨利四世　第二部》(*Henry IV.* Part II. V, 2) blend 源自古英语北部方言强动词 blendan，莎士比亚分别使用了 blended, blent，blent 是伦敦方言的新词，其发音避免了 blended 不悦耳的现象。例如，Where euery something being blent together《威尼斯商人》(*Merchant of Venice*. III, 2)，Tis beauty truly blent.《第十二夜》(*Twelfth Night*. I, 5) ②S. 佩基《英语趣话》指出，莎士比亚常用词 Lesser, worser，是伦敦话俗语，例如，Can lesser hide his loue, or hate, then hee.《理查三世》(*Richard the Third*. III，4) Let thy worser spirit tempt me again.《李尔王》(*King Lear*. IV, 6) Chang'd to a worser shape thou canst not be.《亨利六世　第一部》(*King Henry VI*. Part I. V, 4) gone happy 也是

① Gordon Williams. *Shakespeare's Sexual Language: A Glossary*, London, New York: Continuum, 2006: 143.

② Paula Blank. *Broken English: Dialects and the Politics of Language in Renaissance Writings*, London, New York: Routledge, 1996: 17.

伦敦方言。例如，He is gone happy, and has left me rich.《雅典的泰门》(Timon of Athens. I, 2）①N. F. 布莱克《莎士比亚的非标准英语》认为，非标准英语是一种非正式化的语言，且原则上应该可供所有人使用的英语语言。布莱克的词典几乎排除了英格兰地域方言（regional vocabulary）和外来词（foreign words），因而也不包含伦敦方言词语，仅列举了数个直接与伦敦语言相关的英语词语：（1）Fulham（false dice, loaded to produce the required number: for gourd, and Fullam holds, *The Merry Wives of Windsor* 1.3.80, Pistol），是一个 1550 年前后产生于伦敦的新词。（2）Picked-hatch (an unsavoury area in London, but also a humorous suggestion that the pickpockets, *The Merry Wives of Windsor* 2.2.19, Falstaff), hatch 是一个古英语词语。（3）ale-house（pub, *Henry V* 3.2.12, Boy），ale 是一个古英语词语，莎士比亚多次提到了伦敦的“小酒馆”。（4）shot（payment, *Two Gentlemen of Verona* 2.5.7–9, Speed; *The First Part of Henry IV* 5.3.30–1, Falstaff），是一个古英语词语，莎士比亚多次提到了伦敦小酒馆的“少量饮料（酒）”及其账单。（5）press forth（to enrol in the army, *The Third Part of Henry VI* 2.5.64, Son），press 是乔叟曾使用过的中古英语词语。（6）statute-cap（better wits haue worne plaine statute Caps. *Love's Labor's Lost*, V, ii, 281）是伦敦学徒必戴的羊毛毡帽。②

四、结语

错综复杂的英语史总是伴随着语言身演变和人为力量的介入二者之间的无休止的争斗。区分早期现代英语与莎士比亚时期的伦敦方言，是一份无法完成的工作。人们不应低估国家中心化以及伦敦所处的主导地位，作为英格兰王国

① Samuel Pegge. *Anecdotes of the English language*, London: J. B. Nicholos and Son, 1844: 89.

② Norman Francis Blake, *Shakespeare's Non-standard English: A Dictionary of His Informal Language*, London: Thoemmes Continuum, 2004: 28.

的都城，以及政治经济文化中心的大都市，伦敦表现出良好的教育状况。多语言环境可能表现出“活生生的言语的无限混乱”(in the boundless chaos of a living speech)(见塞缪尔 · 约翰逊《词典 · 序言》Preface to a Dictionary of the English Language by Samuel Johnson)；另一方面是英语标准化，即 15 世纪以来由众多学者致力于规范化所创造的语言变体。

在莎士比亚戏剧中基本上放弃了英语法语双语兼用立场，法语被看作一种来自欧洲大陆的外语，英语是英格兰唯一的民族语言。在现代英语内部，以伦敦为代表的中部地区方言在众多不列颠方言中占有主导性的地位，现代印刷技术促进了这一语言演变倾向，乔叟的语言、英译圣经语言的传统因为印刷技术而被强调。莎士比亚显然接受了中部地区方言和一些北部地区方言，还包括少量古英语的方言词语，再现了早期现代英语作为混杂语言的特征。

第十节　从印欧语言学论莎士比亚戏剧中的法语

每一种语言都有自己的起源、自己的词汇、自己的词语形态，通常也有自己的句式-语法结构，自己的语法 / 语法哲学以及习惯表达方式。一般的，语言接触后产生的语言混合在语法和表达方式更容易趋向简化，将保留多语言的共同要素。由于历史的气候变化和北海盆地的地理变化，人们很难考证人类何时首次迁徙到不列颠岛。由于便利的海上交通，不列颠东南部、南部一直与欧洲大陆的伊比利亚、高卢、比利时保持着密切联系。安纳托利亚地区的赫提王朝时期，爱琴海诸岛已经有繁荣的移民文化。地中海世界很早就出现了古代文明的广泛交流，古代埃及文献记载了公元前 1500 年多前的古利比亚、努米底亚王国，但人们对它们了解甚少。① 公元前 800–700 年腓尼基人已经在伊比利亚南部建立殖民地迦太基。② 从伊比利亚到英格兰、爱尔兰的大西洋沿岸早期文化传播的考古证据表明，来自欧洲大陆（伊比利亚？）的移民已经在不列颠和爱尔兰开采金矿和铜矿；威尔士北海岸兰杜德诺附近的大奥姆斯海岬有铜矿开采，在不列颠西南部的康沃尔半岛开采锡矿和铜矿，这意味着青铜时代的开始。③ 从原初凯尔特语（Proto-Celtic）来看，早期不列颠可能与北非迦太基的腓尼基

---

① Bruce Hitchner ed., *A Companion to North Africa in Antiquity*, Wiley-Blackwell Companion, 2022: 41–63.

② Richard Miles. *Carthage Must Be Destroyed: The Rise and Fall of an Ancient Mediterranean Civilization*, London: Penguin, 2010: 10.

③ Nick Ashton, Simon G. Lewis and Chris Stringer Eds. *The Ancient Human Occupation of Britain*, Elsevier: Academic Press, 2011: 39–51.

人或者努米底亚人（Numidian）及其文字有关。①

在希腊、罗马的古典文献中，甚至在盎格鲁-萨克森语、丹麦语文献中，不列颠是一直独立于欧洲大陆的、多国家的区域。这是一个地理现实。罗马帝国灭亡之后欧洲形成了诸多民族国家，通行各种民族语言。国家作为一种政治、经济、军事综合性实体，是一个在明确界定的领土上垄断、合法使用武力的组织。中世纪欧洲封建国家是一种基于土地分封制度、严格的等级制度，并具有防御制度的组织；其中心是设防城市（城堡），它们分散在各战略要地，为封地上的农民和自由民提供保护。城堡邻近的人口通过婚姻或接受附庸地位与设防城市建立了更紧密的联系。领主与附庸关系的特征是对领主效忠、佃农的法律和兵役等。罗马教廷、十字军东征、骑士团体作为外在于封建王国的强大力量，暗示了欧洲内部的复杂的内在交流活动。

1066 年诺曼底征服之后，作为一个中世纪欧洲的封建王国，英格兰诺曼王朝的国王对欧洲大陆的诺曼公爵领地有宗主权。安茹王朝的国王拥有更广大的法语地区，这改变了地理分隔的观念，直到 1558 年加莱被法军攻陷并归属于法国，而英格兰王国失去在欧洲大陆最后的一个城市，便终结了诺曼-安茹王国开始的英格兰王国的观念。在莎士比亚的 11 个历史剧中，排除了这一短暂传统的历史观念。他写到安茹王朝的约翰王和亨利六世（Henry VI, 1421–1471）。因为与布列塔尼公爵亚瑟的王位继承战争，1214 年约翰王成为诺曼-安茹王国以来第一个完全失去大陆法语地区的英格兰国王。1215 年他因为王国内部男爵的叛乱而被迫签署《大宪章》(*the Magna Carta*)，并导致了 1216–1217 年加佩王国亲王路易（Louis Le Lion, 1187–1226）短暂占领了伦敦和英格兰东南部。亨利六世在百年战争结束后，除开加莱，也几乎完全失去大陆法语地区。虽然苏格兰王国是独立的，都铎王朝主导的国家观念强调了一个英格兰、威尔士、爱尔

---

① Martin J. Ball, Nicole Müller. *The Celtic Languages* (2nd edition), Routledge, 2009: 3–21.

兰完整统一的英格兰王国。莎士比亚《亨利五世》鲜明地表达了英格兰、威尔士、爱尔兰和苏格兰共同构成了独立于大陆的民族国家（不列颠），即一种孤立的英格兰民族观念。这是都铎王朝普遍接受的不列颠历史观念和民族文化观念，它也广泛地被欧洲大陆的历史学家所接受。在莎士比亚戏剧的第一对折本（F1, 1623）中，7 次提到了 Europe（欧洲），3 次使用希腊神话人物 Europa（欧罗巴），仅有《亨利六世　第一部》中指欧洲大陆，"他们的血腥行为将使整个欧洲震动，"（Whose bloody deeds shall make all Europe quake.）。可能由于埃文河畔的斯特拉特福德保存了罗马人遗迹，莎士比亚有意突出了英格兰的罗马传统。

一、不列颠的语言接触和语言混合

公元前 8–6 世纪，伊比利亚半岛包括伊比利亚人、巴斯塔尼人（Bastetani）、塔尔特斯人（Tartessian）、图尔德塔尼人（Turdetani）、凯尔特人、希腊移民和腓尼基移民。① 以弗所的米南德记载公元前 816–813 年左右泰尔人在北非建立迦太基（Qart-hadasht, Carthago），公元前 5–3 世纪赫米尔科（Himilco）和哈诺（Hanno）的漫长探险促进了欧洲和非洲大西洋沿岸的联系。古伊比利亚语是一种由于语言接触而形成的一种非印欧语系的混合语言。② 不列颠位于古代地中海世界的边缘，而最早活跃在大西洋沿岸的可能是来自北非（迦太基）的移民，可能使用某种古老的伊比利亚字母（利比亚提非纳字母或者腓尼基字母？）。③ 来自欧洲大陆的不列颠移民先后历经了史前时期、凯尔特时期、罗马时期、盎格鲁–萨克森时期、维京时期和诺曼–安茹时期的六次语言接触和语言混

① Ellen Churchill Semple. *The Geography of the Mediterranean Region: Its Relation to Ancient History*, New York: H. Holt and company, 1931: 284.

② Stanley G. Payne. *A History o f Spain and Portugal*, London: University of Wisconsin Press, 1973: 2.

③ Dexter Hoyos. *The Carthaginians*, London, New York: Routledge, 2010: 6–12.

合。① 在公元前 5 世纪后期凯尔特人来到之前，不列颠已经生活着来自欧洲大陆的某些部族，他们可能是来探寻铜铁锡等金属矿产，这些渡过海峡来到不列颠的早期移民的语言未知。不列颠人可以相互交流的通用语言是在众多移民的语言接触和语言混合的复杂情况下逐渐形成的。② 现代考古学（Gordon Childe, Christopher Hawkes, Jacquetta Hawkes, Graham Clarke, Stuart Piggott, Gildas, Barry Cunlife）表明，公元前 4000–3500 年新石器时代早期，英格兰（威尔特 Wiltshire、格洛斯特 Gloucestershire）和爱尔兰各地似乎都有船只登陆，大约同一时间在东英吉利亚、苏格兰东部和斯莱戈海岸的地方已经建立了农业，这些史前时期移民语言未详。③

在蒙茅斯的杰弗里《不列颠列王纪》(1155）的传说中，最早的不列颠人是来自巴尔干–阿尔巴尼亚的特洛伊人或者安纳托利亚人（Trojans, Anatolian），这可能是一个源自小亚细亚的印欧语–塞米特语混合语言（Indo-European languages, Semitic Languages）群体。④ 凯尔特（Gaelic, Keltic、Celtic Language）是一种具有共同信仰体系和共同语言的文化，巴里・坎利夫认为，凯尔特语接近意大利的伊特鲁斯坎语，除了一些铭文外，凯尔特人没有完全的书写系统。⑤ 在莱茵河、卢瓦尔河、马恩河、摩泽尔河和易北河等中上游地区，公元前 7 世纪奥地利萨尔茨卡默古特地区的哈尔施塔特（Hallstatt）、德国南部的霍内堡（Heuneburg）成为凯尔特人的中心居住区，公元前 5 世纪迁移到瑞士纳沙泰尔地区的拉泰纳（La Tène），受到阿尔卑斯山南部的希腊人和伊特鲁斯坎

---

① Richard M. Hogg. *The Cambridge History of the English Language, Vol. 1: The Beginning to 1066*, Cambridge: Cambridge University Press, 1992: 409–451.

② James Dyer. *Ancient Britain*, London, New York: Routledge, 1990: 30.

③ Andrew Hayes. *Archaeology of the British Isles*, London: B.T. Batsford Ltd, 1995: 90.

④ Geoffrey of Monmouth, Jacob Hammer. *Historia Regum Britanniae: A Variant Version Edited from Manuscripts*, Cambridge, Massachusetts: Mediaeval Academy of America, 1951: 25–26.

⑤ Barry Cunliffe. *The Ancient Celts*, Oxford: Oxford University Press, 2018: 21–25.

人 Etruscan 的影响。爱奥尼亚地区米利都的赫卡泰乌斯（Hecataeus Milesius, Heroologia/Genealogia）较早记载了公元前 494–450 年罗纳河谷的凯尔特人（Keltoi, Celtae）。① 而后凯尔特人向西迁移并控制了整个高卢地区，甚至来到了伊比利亚北部、中部和西部（加利西亚），进而向西越过海峡来到不列颠，即海岛凯尔特人，他们在语言上区别于大陆凯尔特语，大陆凯尔特语包括山南凯尔特方言（Keltoi）和高卢方言（Galatae）。② 希腊阿卡迪亚的学者波利比乌斯《历史》（Polybius' *History*）记载，公元前 325 年希腊航海家马萨利亚的皮提阿斯（Pytheas of Massalia）第一次提到不列颠群岛，他从卢瓦尔河口的科尔比洛向北航行，（也可能是从马赛出发，经过直布罗陀海峡，沿着大西洋沿岸向北航行），经过凯尔特人居住的布列塔尼（Armorica）和不列颠（Prettanic）的肯特（坎蒂翁）、康沃尔（贝尔里奥）和奥尔卡斯，然后向北前往图勒岛（Thule）或者斯堪的纳维亚。③ 斯特拉波《地理学》质疑皮提阿斯的"海上航行"（On the Ocean, Peri tou Okeanou）的真实性，但确认了不列颠的地理位置。希腊人和罗马人最早记录了不列颠的生活，这些文献记载有较多的误解。

公元前 4 世纪不列颠居民主要是从比利时、高卢移民而来的凯尔特人，他们可能给不列颠带来了铁冶炼技术。比利时的移民已使用青铜、金币或有固定重量标准的铁条。凯尔特语问题并不像人们想象的那么简单，它可能是一种来自中欧的印欧语言。塔西陀注意到不列颠语言和高卢语言的相似性，圣杰罗姆说加拉太语让他想起了特雷维里的高卢方言。④ 第二次布匿战争（前 218–201 年）之后，罗马人入侵高卢。公元前 56 年尤利乌斯・恺撒征服高卢的布列塔尼

---

① Rud. Henr. Klausen ed. Hecataei Milesii Fragmenta. *Scylacis Caryandensis Periplus*, Berolini: impensis G. Reimeri, 1831: 13.

② Donald MacAulay. *The Celtic Languages*, Cambridge: Cambridge University Press, 1993: 1.

③ Barry Cunliffe. *The Extraordinary Voyage of Pytheas the Greek*, New York: Penguin, 2002: 93.

④ Martin J. Ball, Nicole Müller. *The Celtic Languages*［2 ed.］, London: Routledge, 2009: 3–4.

（Bretagne, Breton, Brittany, Armorica）。①J. 博尔德、C. 博尔德认为，公元前 55 年当罗马军队首领尤利乌斯·恺撒的一支军队首次登陆不列颠东南海岸时，这片土地上几乎没有重大的坚固建筑。②

公元 42 年不列颠国王辛白林（Cunobelinus, Cymbeline）死后，其流亡罗马的长子阿德米尼乌斯（Adminius）请求罗马军队入侵不列颠，43 年罗马皇帝克劳迪斯占领了卡穆洛杜努姆（Camulodunum, Colchester）和伦敦，并建立了不列颠行省，于是拉丁语成为官方语言，不列颠方言开始出现了罗曼语化。410 年前后罗马人从不列颠撤离，罗马的正式权力基本结束，但罗马人在英格兰、威尔士和苏格兰留下了许多军事堡垒、守望塔、粮仓和民用建筑。③罗马统治时代（Roman Britain）结束，短暂恢复了不列颠方言。而欧洲大陆的高卢地区，自公元前 5 世纪至恺撒征服高卢（58–55BCE），整个高卢通行凯尔特语（Gaulish/Celtic language）。罗马统治时期，凯尔特语出现拉丁语化，逐渐形成了高卢–罗曼语，即一种通俗拉丁语（Vulgar Latin）。尤利乌斯·恺撒《高卢战记》写道：整个高卢分为三部分，其中一部分是比利时人（Belgae），另一部分是阿基坦人（Aquitani），那些用自己的语言被称为凯尔特（Celts）的人们，在我们的高卢人中，是第三部分。这三种人在语言、习俗和法律上都各不相同。加隆河将高卢人和阿基坦人分隔开来；马恩河和塞纳河将他们与比利时人分隔开来。④其他罗马人［例如，塔西陀、迪奥·卡西乌斯（Dio Cassius）、希罗提安（Herodian）］的记载认为，不列颠和爱尔兰的凯尔特人都与高卢–比利时（Gallia Belgica）有密切的关系。不列颠北部的喀里多尼亚人（Caledonians, Caledoni，Kalēdōnes）或者皮克特人（Picts），抵抗入侵的罗马人，他们说的是

---

① Stanley Ireland. *Roman Britain: A Sourcebook*, London: Routledge, 2009: 15.

② Janet Bord, Colin Bord. *Ancient Mysteries of Britain*, London: Grafton, 1986: 120.

③ David Shotter, *Roman Britain*, London, New York: Routledge, 2004: 110–112.

④ Julius Caesar. *Gallic Wars*, trans. by H. J. Edwards, London: William Heinemann, 1919: 3.

古布列塔尼语。① 但是不列颠可能还有从波罗的海、尼德兰移民而来的原初日耳曼人。塔西陀、康斯坦丁·克洛乌斯（Constantine Chlorus）却暗示二者可能是日耳曼人，“喀里多尼亚人的红褐色头发和粗壮的肢体表明他们的德意志血统。”②

中世纪日耳曼人对不列颠的入侵加速了语言接触和语言混合。400–450 年，曾经作为罗马人的雇佣军，来自丹麦、弗里西亚、尼德兰的朱特人、萨克森人、盎格鲁人的入侵，（3 世纪萨克森人可能居住在威悉河东部），为不列颠带来了朱特方言、盎格鲁方言和萨克森方言。盎格鲁–萨克森方言是日耳曼语的弗里斯（Frisian, Frysk, Fries）方言，使用近似古希腊字母的中期茹尼字母；盎格鲁方言近似西弗里斯语；萨克森方言地区接近东弗里斯语地区。吉尔达斯《不列颠的颠覆与征服》（Gildas, *De excidio et conquestu Britanniae*, 570）较早记载了入侵者发起的可怕战争。彼得《英格兰人教会史》（Bede, *Historia ecclesiastica gentis Anglorum*）记载，450 年前后来自丹麦（Jutland）的朱特人居住在肯特郡和怀特岛、汉普郡的部分地区，后来建立了肯特王国。③

7 世纪维京人的语言是一种原始日耳曼语的北方方言（Old Norse），他们使用近似希腊字母的中期茹尼字母（Runes）。④ 随着北海–波罗的海海上贸易路线的扩大，750 年以来维京人的入侵为英格兰北部地区带来了北方方言，一些北方方言词语（人名、地名、法律、战争）融入盎格鲁–萨克森语中，例如，anger, berserk, cake, call, crave, die, egg, fellow, fro, gift, give, guest, happy,

---

① Paul Russell. *An Introduction to the Celtic Languages*, Lindon, New york: Routledge, 1995: 111–112.

② Cornelius Tacitus. *Agricola. Germania. Dialogus*, trans. by M. Hutton, W. Peterson, R. M. Ogilvie, E. H. Warmington, Michael Winterbottom, New York: The Macmillan co., 1914: 187.

③ Beda Venerabilis. *The Ecclesiastical History of the English People*, trans. by Bertram Colgrave, Judith McClure, Roger Collins, Oxford: Oxford University Press, 1999: 27.

④ Jesse L. Byock. *Viking Language 1: Learn Old Norse, Runes, and Icelandic Sagas*, Barnsley: Jules William Press, 2013: 78–79.

hence, husband, ill, knife, law, low, meek, muck, rotten, ugly, scant, seemly, sister, score, skin, skull, sky, take, thence, they, thrall, thrive, though, thrust, till, trust, want, whence, wish 等等。870 年以后丹麦人已经在英格兰北部定居下来，而后入侵英格兰中部和南部。西萨克森（威塞克斯）国王阿尔弗雷德成功抵抗了丹麦人的入侵，在不列颠南部保留了盎格鲁-萨克森语言。980 年之后英格兰王国经受了丹麦人的严重威胁。1013–1066 年出现了 4 个丹麦人国王，即斯温（Sweyn Forkbeard, 1013–1014）、卡努特（Canute, 1016–1035）、哈洛尔德（Harold I Harefoot, 1035–1040）、哈德卡努特（Hardecanute, 1040–1042）。斯堪的纳维亚-丹麦语在英格兰北部可能发生了更广泛、更深入的影响。①

二、高卢-法兰克的语言接触和语言混合

在拉丁语化的诸罗曼语中，每一种语言都有自己发展的历史，语言接触与语言混合往往是在其发展的某个阶段发生，至少是在特定的语言和特定的时期内。比利牛斯山脉和阿尔卑斯-孚日山脉形成了高卢西南与东部的自然边界，其中部是中央高原，周围是丘陵和盆地，高原之间通过微裂隙而彼此互通。公元前 500–300 年凯尔特人迁移到高卢，取代了原初定居于此的部族——伊比利亚人（Iberians）被驱逐到西南部，利古里亚人（Ligurians）被驱逐到东南部。罗马征服高卢之后，高卢-罗曼语是凯尔特语渐进拉丁语化的结果，高卢语仍是普通民众日常使用的语言。6 世纪之前通俗拉丁语（Vulgar, Roman rustic language）、高卢-罗曼语（Gallo-Roman）与凯尔特语、日耳曼语、希腊语（马赛、土伦、尼斯、萨沃纳等）长期共存。②

首先谈谈高卢-法兰克语（Gallo-Franks）。法兰克方言与弗里西安语、盎格

---

① Richard M. Hogg, David Denison. *A History of the English Language*, Cambridge: Cambridge University Press, 2006: 15–16.

② Peter Rickard. *A History of the French language*, London: Routledge, Unwin Hyman, 2014: 2.

鲁-萨克森方言都是莱茵河-威悉河-易北河地区邻近部族的古日耳曼语方言，它们有经常性的语言接触。法兰克人说的是日耳曼语法兰克方言，希尔德里克一世（Childeric I, 458-481）建立萨利安法兰克王国之后，高卢-法兰克语成为一种拉丁语化的日耳曼语法兰克方言。作为一种新的混合语言，高卢-法兰克方言深刻地转向了拉丁语俗语，最初它是法兰西岛（Ile de France）和卢瓦尔河周边地区居民的通用语言。①

在罗马帝国的欧洲东部边境有数十个说不同民族语言的部族，法兰克人是指在莱茵河、美因河、摩泽尔河、图林根地区的日耳曼部族。早期拉丁语文献中没有提到法兰克人，240年之后美因兹（Mayence）的法兰克人才出现在拉丁语文献中。②“法兰克人最初来自潘诺尼亚（Pannonia），最初在莱茵河畔殖民。然后，他们越过莱茵河，穿过图林根（Thuringia）定居下来，在每个乡村地区和每个城镇中，从他们种族的最重要、最高贵的家族中选出长发的国王”。③沃皮斯库斯《奥瑞利安传》（Vopiscus, *Life of Aurelian*）记载奥瑞利安（Aurelian, 215-275）在美因兹打败入侵的法兰克人，这可能是法兰克河畔人（Ripuarians）。④289年查马维人（Chamavi）被认为是法兰克人；357年萨利人（Salii or Salians）被认为是法兰克人，尼德兰北部海岸的弗里斯人似乎常常与法兰克人混淆。⑤358年法兰克萨利人南迁，穿过帝国的下日耳曼尼亚省Germania Inferior，进入比利时-高卢的图尔奈（Tournai），该地位于默兹河

---

① Ducos Joëlle, Soutet Olivier. *L'ancien et le moyen français*, Paris: Presses Universitaires de France, 2012: 3.

② Walter C. Perry. *The Franks, From Their First Appearance in History to the Death of King Pepin*, London: Longman, 1857: 39.

③ Gregory of Tours. *A History of the Franks*, trans. by Lewis Thorpe, London: Penguin, 1974: 125.

④ Henry H. Howorth. *The Ethnology of Germany*, The Journal of the Anthropological Institute of Great Britain and Ireland, Vol. 13 (1884), pp. 213-237.

⑤ Edward James. *The Franks*, New York: Blackwell Publishers, 1988: 35.

（Meuse River）与谢尔德河（Schelde River）之间。358–458 年萨利人的语言逐渐实现了拉丁语化。①

法兰克墨洛温王朝（Merovingian dynasty, 476–750）统一了萨利、利普里安和包括巴黎的整个高卢北部，而后萨利人的统治达到了上日耳曼尼亚（Germania Superior），其都城从图尔奈（Tournai）迁移到鲁昂（Rouen）。克洛维一世（Clovis I, 466–511）后期法兰克王国采用高卢罗曼语和天主教，法兰克王国是一个多语言王国。②496–1539 年拉丁语一直是法兰克王国宗教、法律和教育的主导语言与官方书面语言，也是一种共同的习语，允许具有或多或少个性化方言的民族之间进行交流，而各地方言或者拉丁语俗语（vulgaire, ou vernaculaire）是法兰克王国的民众通用口语，9 世纪才出现书写的古法语文献。③ 其日耳曼语版本的《斯特拉斯堡誓言》（*Serments de Strasbourg*, 842）是现存最早的罗曼–法兰克语文献，表现出高度拉丁语化的特征，它是加洛林王朝时期使用的法律语言的一个样本，不同于 880–882 年普鲁登修斯《圣尤拉利亚祈祷诗》（Aurelius Clemens Prudentius, *Séquence de sainte Eulalie*），后者是一个混合拉丁语、高卢–法兰克语皮卡第方言的赞美诗，包含复杂的句法结构和古语序模式。④

加洛林王朝（Carolingian dynasty, 750–887）时期法兰克方言得到了极大的推广，拉丁化的高卢–法兰克语是国家致力推广的公共事业、交往行为的语言。

---

① Lewis Sergeant. *The Franks, From Their Origin as a Confederacy to the Establishment of the Kingdom of France and the German Empire*, New York: G.P. Putnam's sons, 1898: 75, 101.

② Katherine Fischer Drew. *The Laws of the Salian Franks*, Philadelphia: University of Pennsylvania Press, 1991: 28.

③ Wendy Ayres-Bennett. *A History of the French Language Through Texts*, London, New York: Routledge, 1995: 4.

④ Armand Gasté. *Les serments de Strasbourg; étude historique, critique et philologique*, Paris: E. Belin, 1888: 19.

查理曼（Charles I, Charlemagne, 742–814）促进了加洛林文艺复兴，781 年以来阿尔昆（Alcuin）、教会执事保罗（Paul Diacre）和埃金哈德（Eginhard）等当代最伟大的学者聚集在宫廷里。查理曼建立免费、开放的学校，并鼓励收集和抄写古代文献，以便提高拉丁语识字率，并形成新的“加洛林小写字体”（Carolingian minuscule）书写体系。①800 年强大而繁荣的加洛林国王查理曼被加冕为神圣罗马皇帝（À Charles Auguste, couronné par Dieu grand et pacifique empereur des Romains）。813 年图尔议会要求牧师用通俗罗曼语（rusticam romanam linguam）和忒奥提斯坎方言（Theotiscam）布道，以便民众理解。②莎士比亚《亨利五世》简略叙述了法兰克王国的律法，包括口头流传的《萨利克法》（*the Salike Law*），这是用拉丁语写下来的法兰克萨利人的部落法典。10 世纪高卢–法兰克语手抄本《乔纳斯片段》（*Fragments de Jonas*）是用北方方言写作的，《基督受难记》（*La passion du Christ*）和《圣莱格尔生活》（*La Vie de saint Léger*）则混合了北方和南方方言。③

加佩王朝（Capetian dynasty, 987–1328）时期，高卢–罗曼语有数百种形式和方言。西部、北部、东北部、东部和中部的人们使用各种语言和地区方言，如高卢–法兰克语、奥西坦语（Occitanie, Occitania）、布列塔尼方言（Breton）、普罗旺斯语（Provençal）、皮卡第方言（Picard）、瓦隆方言、勃艮第方言等。④10–14 世纪学者和教士普遍使用拉丁语。11–14 世纪大约以卢瓦尔河为界，

---

① Jacques Allieres. *Formation de la langue francaise*, Paris: Presses Universitaires de France, 1996: 11.

② Gabriel Peignot. *Essai analytique sur l'origine de la langue française*, Dijon: V. Lagier, 1835: 23–24, 34.

③ Ernest Devillard. *Chrestomathie de l'ancien français, IXe—XVe siècles: texte, traduction & glossaire*, Paris: C. Klincksieck, 1887: 6–9.

④ Jacques Chaurand. *Histoire de la langue française*, Paris: Presses Universitaires de France, 2006: 16.

法兰克北方出现了基于拉丁语化的日耳曼语的奥伊尔语（la langue d'oil）。奥伊尔语是一种混合了拉丁化的高卢-凯尔特语、日耳曼语的法兰克方言，是通行的官方语言，它是社会上层、商人和部分城市人口的语言。南方出现了基于拉丁语化的凯尔特语的奥克语（la langue d'oc）。① 腓力二世（Philippe II Auguste, 1165–1223）和路易八世（Louis Le Lion, 1187–1226）达到了加佩王朝的强盛时期，奥伊尔语成为宫廷文学的语言。

11 世纪法国出现了用奥伊尔语写作的骑士诗歌和宗教散文，例如，《罗兰之歌》(*La Chanson de Roland*）是用奥伊尔语写成的，保留了传统的北日耳曼语语音。② 在这首歌颂功绩之诗（Le Chansons de geste）的原始语言中，一些词汇和术语在中世纪封建价值体系中具有特别重要的意义。③ 由于十字军东征的财富掠夺和来自拜占庭的古典学者和古典文献，12 世纪以巴黎、兰斯、奥尔良等地的大教堂和修道院为中心促进了拉丁语古典文化（文学、法学、哲学和历史学、科学）的复兴；法兰西王国北部出现了一些学校和大学，其图书馆收藏了大量的图书，人文学者翻译了希腊语和阿拉伯语的著作。④1180–1185 年巴黎的亚历山大（Alexandre de Paris）编撰了《亚历山大传奇》(*Roman d'Alexandre*)，其哥特字体的手抄本是根据伪卡利斯提尼斯（Pseudo-Callisthènes, L'Iter ad Paradisum）、阿尔贝里克·德·皮桑松（Alberic de Briançon）、尤斯塔什（Eustache）和兰贝尔·勒-科尔（Lambert Le Cort）用皮卡第方言、普罗旺斯方言创作的骑

---

① Chaurand Jacques. *Histoire de la langue française*, Paris: Presses Universitaires de France, 2006: 19.

② Emile Littré. *Histoire de la langue française: Études sur les origines, l'etymologie, la grammaire, les dialectes, la versification et les lettres au moyen âge*, Paris: Didier, 1878: 129, 325.

③ Léon Clédat. *La Chanson de Roland, traduction archaïque et rythmée, accompagnée de notes explicatives*, Paris: E. Leroux, 1887: v–xiv.

④ Charles Homer Haskins. *The Renaissance of the Twelfth Century*, Cambridge, Massachusetts: Harvard University Press, 1971: 11, 48.

士叙事诗汇编而成。这些骑士叙事诗篇章（La prise de Defur, Voeux du paon, Li restor du paon, Le voyage d'Alexandre au paradis terrestre, Venjance Alixandre）包含了大量从瓦莱里乌斯（Valerius）的拉丁语文本翻译，该诗的亚历山大诗行标志着古法语诗歌的成熟。①France（法兰西）一词来源于Francs（法兰克），Frank一词演变为Franc，可能发生在法国瓦卢瓦王朝前期。法语普罗旺斯方言把frank（拉丁语写作Francus, 盎格鲁-萨克森语写作Franca）写作franc。1300年前后《马克西米安的忏悔》（*Le regret de Maximian*）一诗中较早使用了该词，Of herte ich wes wel liȝt, Soþliche wiis and briȝt, And franc mon of honde.（MS. Maximian 157 in Anglia III. 280）。②

其次谈谈瓦卢瓦王朝（Valois Dynasty, 1328–1589）的中古法语。1328年瓦卢瓦伯爵腓力（Philip VI Of Valois, 1293–1350）继承了法兰克王位，瓦卢瓦王朝从此开始。查理七世（Charles VII, 1403–1461）、路易十一世（Louis XI of Valois, 1423–1483）致力于强化中央王权、削弱各封建领主的特权，基本统一了法兰西王国。1350年之后在行政、司法/法庭、教育上支持与鼓励使用母语高卢-法兰克方言，尤其是向东部勃艮第方言、南部普罗旺斯语、奥克语地区的强制推行奥伊尔语，这有益于中央王权的强化，因为拉丁化的高卢-法兰克方言一定程度上象征着话语者的统治地位与（优先）权力。③拉丁语俗语、法兰西奥伊尔语、奥克语的语言混合，罗马法学和希腊哲学作品被翻译到高卢-法兰克方言，形成了一种与拉丁语竞争的高卢法语（lingua gallica/franco-gallica），这标志着中古法语的开始。④中古法语放弃了拉丁语式的完全依赖词语变形，古法

① Markus I. Cruse. *Illuminating the "Roman d'Alexandre": Oxford, Bodleian Library, MS Bodley 264: The Manuscript as Monument*, Oxford: Boydell & Brewer, 2011: 1–12.

② Carleton Brown ed., *English Lyrics of the XIIIth Century*, Oxford: The Clarendon press, 1932: 97.

③ Karin Ueltschi. *Petite histoire de la langue française, Le chagrin du cancre*, Paris: Imago, 2015: 58.

④ Ludovicus Schacht. *De elementis, germanicis potissimum, linguae franco-gallicae*, Berolini: F. Dümmler, 1853: 5–6.

语词形态结构部分消失，转而选择了介词和词语顺序，语序发生了根本性的改变。字母 S 成为复数的标记，Y 很流行，K 和 W 基本被淘汰，拉丁语俗语、奥伊尔语和奥克语的语言混合较大地促进了语法上的简化。①

为了反抗神圣罗马帝国和罗马教廷的外在压力，瓦卢瓦王朝的目标一直是削弱拉丁语及其在官方行为中的使用。1490 年 12 月查理十八世（Charles VIII, 1470–1498）的莫兰法令（L'ordonnance de Moulins）中规定，在朗格多克的刑事调查中使用"法语或母语"（langage françois ou maternel）。1510 年路易十二世（Louis XII, 1462–1515）规定，在所有成文法地区，刑事审判将使用"（拉丁语）俗语和地区语言"（vulgaire et langage du païs）。1535 年弗朗索瓦一世（François d'Angoulême, 1494–1547）要求普罗旺斯的刑事审判"使用法语，或至少使用地区的俗语"（langue vulgaire）。1539 年 8 月国王弗朗索瓦一世在《维耶尔–戈特莱敕令》（*Ordonnance de Villers-Cotterêts*）中要求所有法律和公证行为都将以法语书写和发送。"在任何情况下都没有将法语作为王国人民 / 公民的语言……它只是说，法律和公证行为是法语，而不是拉丁语。""我们现在希望所有判决以及所有其他程序，无论是来自我们的主权法院和其他下级法院，还是来自登记册、调查、合同、委托书、裁决、遗嘱，以及其他任何司法行为和行为，或依赖于这些行为和行为，都将被宣布、登记并交付给双方，用母语（langage maternel françois），而不是其他语言。"这标志着现代法语的开始。Et pour ce que telles choses sont souvent advenues sur l'intelligence des mots latins contenus dans lesdits arrêts, nous voulons dorénavant que tous arrêts, ensemble toutes autres procédures, soit de nos cours souveraines et autres subalternes et inférieures, soit de registres, enquêtes, contrats, commissions, sentences, testaments, et autres quelconques actes et exploits de justice, ou qui en dépendent, soient prononcés, enregistrés et délivrés aux

① Ferdinand Brunot, *Histoire de la langue française, des origines à 1900*, Paris: A. Colin, 1933: 45.

parties, en langage maternel et non autrement.①

接着谈谈早期现代法语。16 世纪初法国文艺复兴的开始激发了人们对希腊、罗马古典文学和古典语言的热情，古典文学手稿的数量迅速地增长，尼斯（Nicaea）、昂蒂布利（Antipolis）、阿格德（agatha）、马赛（Massaliotes）、阿维尼翁等原初希腊殖民城市为古典希腊语和古希腊文学提供了良好的学习条件。② 最初出现在德意志美因茨的活字印刷术传入法国，是一种革命性的因素。纽伦堡印刷商安东·科伯格（Anton Koberger, 1440/45–1513）的国际图书贸易扩展到法国的里昂、巴黎等。1470 年的索邦大学的校长兼图书管理员邀请了 3 位德意志印刷商在巴黎建立了第一家出版社。1480 年代卡昂、鲁昂、布列塔尼（Breton）等地出现了早期的印刷商，布列塔尼印刷的书籍在英格兰开拓了广大的市场。③1538 年弗朗索瓦一世命令巴黎印刷商罗伯特·埃斯蒂安将其印刷的每一本希腊语书籍都交送皇家图书馆。1539 年罗伯特·埃斯蒂安《法语–拉丁语词典》(Robert Estienne, *Dictionaire Francoislatin*）提供了 16 世纪早期法语（vernacular 作为俗语）的共时记录。④ 普遍的古典语文学教育和大量的印刷书籍有利于现代法语的统一，迅速发展的法语将成为宫廷、司法、行政、教育的通用语言。1549 年法国文艺复兴时期诗人杜倍雷在《保卫和发扬法兰西语言》中倡导“法语的纯洁运动”，提倡人们努力使拉丁语的短语和说话方式尽可能接近自然，使优雅的、自然的法语战胜拉丁语和那些

---

① Isambert, Decrusy, Armet ed., *Recueil générale des anciennes lois françaises, depuis l'an 420 jusqu'à la révolution de 1789. Tome 12*, Paris: Belin-Le-Prieur, 1828: 592–594.

② Linton C. Stevens. How the French Humanists of the Renaissance Learned Greek, *Modern Language Association of America* (PMLA), Vol. 65, No. 2 (Mar., 1950), pp. 240–248 (mar, 1950), pages 240–248.

③ Diane E. Booton, *Publishing Networks in France in the Early Era of Print*, Lindin, New York: Routledge, 2018: 1–9.

④ Jean Florence Shaw. *Contributions to a study of the printed dictionary in France before 1539*, Toronto: University of Toronto, 1997: 170.

"被滥用的"法语，保护法语免受拉丁语和希腊语的侵害；不要乞求外语，在坚持法语的拉丁语化原则之下，以任何方式创造新词来革新现代法语。①1635年黎塞留建立了法兰西学院，其中语言学者［马莱伯（Malherbe）、沃格拉·萨沃亚尔（Vaugelas savoyard）等］的任务是编撰法语词典，1694年《法兰西学院词典》(*Dictionnaire de l'Académie française*）初版刊印，法语由此减少了外省方言的使用，1681–1685年法语逐渐走上了现代的标准化之路。②波旁王朝（Dynastie des Bourbons, 1589–1792）之初法兰西并没有出现与英格兰之间的和平关系，而拉丁化的现代法语与盎格鲁–诺曼语、英格兰–奥伊尔语的差异却更加扩大了。

三、英格兰王国诺曼–安茹王朝的古法语

掌握了国家/地区权力的人们的通行语言往往是主导性的官方语言。一些历史事件使得盎格鲁–萨克森语和诺曼–法兰克方言发生了语言接触和语言混合。793–1042年维京人多次入侵诺森布里亚（Northumbria）、麦西亚、东盎格鲁、肯特和西萨克森，西萨克森的阿尔弗雷德成功抵抗了丹麦人的入侵。③919–954年斯堪的纳维亚人入侵约克郡。斯堪的纳维亚–丹麦的北日耳曼语部分影响了盎格鲁方言，对南部和东南部语言的影响较小。④1066年诺曼公爵威廉一世（William I, 1028–1087）在黑斯廷斯战役打败哈罗德二世，成为英格兰国王，罗

---

① Émile Person. *La deffence et illustration de la langue francoyse par Ioachim Du Bellay*, Paris: Librairie L. Cerf, 1892: 56.

② Jacqueline Picoche, *Christiane Marchello-Nizia. Histoire de la langue française*, Paris, Nathan: Vigdor, 1999: 30.

③ W. G. Collingwood. *Scandinavian Britain*, London: Society for Promoting Christian Knowledge, 1908: 43.

④ Matthew Townend. *Language and History in Viking Age England: Linguistic Relations between Speakers of Old Norse and Old English*, Turnhout: Brepols Publishers, 2002: 43.

曼语化的诺曼-法兰克方言成为围绕威廉一世的英格兰贵族的通用语言。① 诺曼贵族和新移民通行盎格鲁-诺曼语，它深刻影响了英格兰南部和东南部的语言，但盎格鲁-诺曼语最初 40 年未能在法律或行政中占有主导地位。教会中的方济各会（灰衣修士会）和多米尼加会（黑衣修士会）继续使用拉丁语、盎格鲁-萨克森语。②1066–1154 年英格兰王国通行的盎格鲁-诺曼语是一种新的混合方言，而且诺曼方言原本与斯堪的纳维亚-丹麦的北日耳曼语近似。③200–600 年斯堪的纳维亚木制或金属器物和石碑铭文采用早期茹尼字母（futhark），保留了印欧语言的非重音元音。④

首先谈谈古法语的诺曼-法兰克方言（Norman-french, Anglo-french, Anglo-Norman）。诺曼方言是一种北日耳曼语方言，高卢-诺曼语是一种长期经历了语言接触和语言融合的拉丁语化方言。⑤ 从罗马统治高卢时期至维京时期（l'ère viking），诺曼底地区的方言经历了凯尔特人、罗马人、法兰克人、维京人等入侵所带来的长期演变。公元前 56 年尤利乌斯 · 恺撒征服了塞纳河和欧尔河流域之间的凯尔特人，其语言逐渐出现了拉丁语化。⑥486 年前后该地被法兰克墨洛温王国统治，进而混合了拉丁语化的法兰克方言，产生了罗曼-法兰克语。⑦ 诺曼人（Normans, or Norsemen）是北方维京人的一支，据圣昆廷的杜

---

① David Bates, Anne Curry. *England and Normandy in the Middle Ages*, Hambledon, London: Hambledon Press, 1994: 37.

② Douglas A. Kibbee. *For to Speke Frenche Trewely: The French language in England, 1000–1600. Its status, description and instruction*, Amsterdam: John Benjamins Publishers, 1991: 12.

③ Laura Cleaver. *Writing History in the Anglo-Norman World: Manuscripts, Makers and Readers, C.1066–C.1250*, Rochester: York Medieval Press, 2018: 7.

④ Ralph Paul De Gorog. *The Scandinavian Element in French and Norman*, New York: Bookman Associates, 1958: 128.

⑤ Johan Vising. *Anglo-Norman Language and Literature*, Oxford: Oxford University Press, 1923: 8.

⑥ Urban Holmes. *History of the French Language*, Biblo-Moser, 1938: 26.

⑦ A. Granier de Cassagnac. *Histoire des origines de la langue française*, Paris: Firmin Didot frères, fils, et cie., 1872: 29.

多（Dudonis Decani S. Quintini, Dudone Sancti Quintini）、萨克索·格拉玛提库斯（Saxo Grammaticus）、弗洛多阿德（Flodoard）、罗贝尔·费古松（Robert Ferguson）记载，820–876 年塞纳河谷地和巴黎多次遭到维京人的袭击和入侵；911 年法兰克加洛林王朝的国王查理三世将鲁昂周围和塞纳河河口的领土（西法兰克王国，the Kingdom of West Francia）割让给维京人首领罗洛 / 罗伯特（Robert/Rollo of Normandy, 860–930），而后诺曼人的领地扩展到科坦廷（Cotentin）。① 诺曼底的大部分移民是丹麦人，西北部和塞纳河河谷也有挪威移民（比例不详），二者主要说西部北方方言（Old West Norse）。② 同样，以丹麦人为主的入侵者在不列颠建立了诺森布里亚王国（Northumbria）和东安格鲁王国。罗洛 / 罗伯特是一名来自丹麦（Dacia）的贵族，曾率领 6 条船从斯堪的纳维亚（Scanza）出发，前往阿尔斯特姆斯（Alstelmus, Æthelwold?）统治的东安格鲁王国，而后在弗利西亚（Frisia）作战，掠夺了比利时的圣希梅尔特鲁德教堂（St. Himeltrude）。876 年之后他袭击了塞纳河盆地的城镇和圣维达斯特教堂（St. Vedast），900 年前后占领鲁昂。③ 他与维京人首领古特鲁姆（Guthrum, Æthelstan, ?835–890）、丹麦国王斯温·福克彼尔德（Sweyn Forkbeard）是朋友，后二者都是丹麦的贵族。④960–966 年诺曼战争之后，新来的维京人掠夺了西法兰克王国（Francie occidentale, 843–987）的西北地区，这些非天主教群体延续了北方方言在诺曼底的显著地位。9–10 世纪这些来自丹麦和斯堪的纳维亚的

① Benjamin Pohl. *Dudo of Saint-Quentin's Historia Normannorum: Tradition, Innovation and Memory*, Rochester: York Medieval Press, 2015: 130.

② Johannes Christoffer Steenstrup. *Normandiets historie under de syv første hertuger, 911–1066*, København: A. F. Høst & søn, 1925: 37–40.

③ D. C. Douglas. *Rollo of Normandy*, The English Historical Review, Volume LVII, Issue CCXXVIII, October 1942: 417–436.

④ Henry Howorth. *A Criticism of the life of Rollo as told by Dudo of St. Quentin,* Archaeologia, Volume 45, Issue 2, 1880, pp. 235–250.

移民（即维京人）采用了早已形成的罗曼-法兰克语，其大多数接受了罗马天主教，使得日耳曼语北方方言与罗曼-法兰克语发生了语言接触与语言混合。① 诺曼-法兰克语明显受到盎格鲁-萨克森的影响，尤其是采用了部分盎格鲁-萨克森语词语，而盎格鲁-萨克森语不再用于书写，仅仅被大多数本地民众口头使用，便逐渐趋于它的终结。②

总言之，1066 年诺曼征服深刻影响了诺曼人和英格兰人之间的关系，作为方言集合的盎格鲁-萨克森语显然受到了诺曼-法兰克语（古法语方言）的影响，诺曼-法兰克语在英格兰与拉丁语、盎格鲁-萨克森语一起使用，在宫廷、行政行为中获得了统治地位。③1050–1350 年盎格鲁-诺曼语成为英格兰宫廷、法律、议会、市政的官方语言，通行于社会中上阶层。古法语成为英格兰贵族的语言，拉丁语依然是外交、教会和学习（学校、大学）的语言。④

其次谈谈英格兰诺曼王朝（1066–1154）的盎格鲁-诺曼方言。P. V. 蒂克 · 雪莱认为，1066–1100 年英格兰通行拉丁语、法语和盎格鲁-萨克森语；由于维京人的入侵和英格兰没有形成统一的民族国家，英格兰人对诺曼人并不完全是敌视的，甚至并不把他们看作外来者，二者存在不容忽视的联系与交往，盎格鲁-萨克森语与罗曼-法兰克语之间的差异比现在所想象的要小很多。⑤ 诺曼王朝时期的英格兰出现了多语言社会（拉丁语、盎格鲁-诺曼语、盎格鲁-萨克森语），到诺曼统治末期，30% 的英语词汇源自法语。而凯尔特语方言仍通行

---

① Paul Fouracre, David Ganz ed., *Frankland: The Franks and the world of the early middle ages*, Manchester: Manchester University Press, 2012: 152.

② Jaakko Tahkokallio. *The Anglo-Norman Historical Canon: Publishing and Manuscript Culture*, Cambridge: Cambridge University Press, 2019: 4.

③ Bertrand Clover. *The Mastery of the French Language in England from the XIth to the XIVth Century*, New York: Corning & Co., 1888: 69–70.

④ Constance Birt West. *Courtoisie in Anglo-Norman Literature*, New York: Haskell House, 1966: 2.

⑤ Percy Van Dyke Shelly. *English and French in England, 1066–1100* (thesis), Philadelphia: University of Pennsylvania, 1921: 74–92.

苏格兰、威尔士和康沃尔等地。①盎格鲁–诺曼语（Anglo-Norman）早在国王爱德华（Edward the Confessor, 1002/05–1066）时期就被引入英格兰宫廷。大卫·乔治认为，盎格鲁–诺曼语从口头古法语方言转变为书写的文学语言，古法语（franceis）的语言结构发生了较大变化，"法语是荣誉的、骑士的甚至司法的语言，而更具男子气概和表现力的盎格鲁–萨克森语则被抛弃"。②在12、13世纪对于中层社会法语和英语似乎是可以互换的，至少1250年前后在英格兰有一些法语教科书、法语词典和论文是为了"向在学校学习过拉丁语并且知道孤立法语的高级学生教授正确的大陆法语（巴黎的奥伊尔语，而不是盎格鲁–诺曼语）"。③盎格鲁–萨克森语发音的变化在很大程度上也要归功于法语。古英语有清音擦音［f］［s］［θ］（thin）和［ʃ］（shin），而法语的影响有助于区分它们的浊音对应物［v］［z］［ð］（the）和［ʒ］（mirage），也有助于形成双元音［ɔy］（boy）。④

接着谈谈英格兰安茹王朝（1154–1399）的法语。1154年安茹伯爵、诺曼底公爵亨利（Henry II, 1133–1189）成为英格兰国王，这一新建立的安茹帝国（Angevin Empire）包括英格兰和大陆法语地区的诺曼底、美茵、布列塔尼、安茹、普瓦图、阿基坦、图卢兹和加斯科涅等。《约翰王》提到了大陆法语地区：普瓦图（Poyctiers）、安茹（Aniowe）、都兰（Torayne）、美茵（Maine）。法兰克北部通行的官方语言是奥伊尔语，南部的图卢兹、加斯科涅通行的

① Lynda Mugglestone. *The Oxford History of English*, Oxford: Oxford University Press, 2006: 61.

② David Georgi, *Language Made Visible: The Invention of French in England after the Norman Conquest* (thesis), New York: New York University, 2008: 3.

③ Cynthia Lloyd. *Semantics and Word Formation: the Semantic Development of Five French suffixes in Middle English*, Oxford: Peter Lang, 2011: 14.

④ Albert H. Marckwardt. *Historical Outlines of English Sounds and Inflections*, Ann Arbor: George Wahr Publishing Co., 1951: 19.

是奥西坦方言（奥克语）。奥伊尔语也在英格兰通行。自威廉九世（William IX, 1071–1127）以来，阿基坦宫廷积极鼓励奥克语 / 普罗旺斯语的行吟诗人（troubadour）的骑士抒情诗创作（Gaucelm Faidit），这提高了奥伊尔语的文学地位。①

12 世纪宫廷的保护促使文艺繁荣，阿基坦的埃莉诺（Eleanor of Aquitaine, 1122–1204）原是法兰克路易七世的王后，而后是英格兰亨利二世的王后，她对宫廷文化、骑士文学影响深刻巨大，其母语是奥伊尔语。② 在埃莉诺的宫廷中，复兴了拉丁古典文学（包括奥维德），诗人们创作了早期的骑士传奇（romance）和寓言故事，Lais（八音诗行叙事诗）是这时期最流行的奥伊尔语诗体。例如，托马斯 · 切斯特《朗法尔爵士》（Thomas Chestre, *Sir Launfal, or Launfalus Miles*）。英格兰的托马斯（Thomas of England, 1100–1150）创作了《特里斯坦》（*Tristan and Isolde*, 1170），③ 法兰西的玛丽（Marie de France, ）创作了 12 个 Lais（八音诗行叙事诗）《圣帕特利兹的净界》（*L'Espurgatoire Seint Patriz*）和《伊利杜克》（Eliduc），④ 特洛瓦的克雷蒂安（Chretien de Troyes, flourished 1165–1180）创作了 5 部亚瑟王传奇小说《埃勒克》（*Erec*）《克里热》（*Cligès*）《兰斯洛》（*Lancelot, ou Le Chevalier à la charrette*）《伊万》（*Yvain, ou Le Chevalier au lion*）《帕西法尔》（*Perceval, ou Le Conte du Graal*）和《纪尧姆 · 德 · 安格尔特尔》（*Guillaume d'Angleterre*），温塔杜尔的伯纳德（Bernard de Ventadour）创作

① Auguste Bourguignon. *Grammaire de la langue d'oïl* (français des XIIe et XIIIe siècles), Paris: Garnier frères, 1873: 401.

② Bonnie Wheeler, John Carmi Parsons eds. *Eleanor of Aquitaine: Lord and Lady*, New York: Palgrave Macmillan, 2003: 55–76, 337–368.

③ Maria Dominica Legge. *Anglo-Norman Literature and Its Background*, Oxford: Clarendon, 1963: 259–261.

④ Laurence Harf-Lancner, Karl Warnke. *Les Lais de Marie de France*, Paris: Le livre de poche, 1990: 7–19.

了较多宫廷爱情诗。① 贝诺伊（Benoît de Sainte-Maure）出生于法兰西的普瓦捷，曾经活跃在阿基坦的埃莉诺宫廷。埃莉诺的女儿香槟伯爵夫人玛丽（Marie de Champagne, 1145–1198）在巴黎继续鼓励了宫廷爱情诗的创作。② 莎士比亚《约翰王》写到了充满权力欲的埃莉诺，她是约翰王（John Plantagenet, 1166–1216）的母后，但该剧没有用法语作为其身份认同的标志。

封建政治的变化往往容易引发语言的民族观念、对各种方言（语言变体）的看法、语言政策和语言形式本身的改变。英法百年战争是从加佩王朝的王位继承和对安茹领地宗主权争夺开始的。1337 年英格兰国王爱德华三世对瓦卢瓦王朝发起了战争。莎士比亚的历史剧《爱德华三世》象征性地表现了最初的战争和克雷西战役。此外，1348 年以来黑死病的流行，城市人口的大量死亡可能加速了中古法语与盎格鲁–奥伊尔语的分离。12–15 世纪英格兰留下了较多盎格鲁–诺曼语手稿，尤其是来自英格兰本尼迪克特会教堂的盎格鲁–诺曼语手稿，包括宗教文学、宫廷爱情诗和亚瑟王传奇等。③

四、英格兰金雀花王朝的法语：外语或者方言

14 世纪中期随着黑死病的流行和英法百年战争的发生，英格兰民族意识的兴起，英格兰有意强调了新的民族语言，以伦敦英语方言（东中部地区方言）为基础的中古英语迅速兴起。1350 年之后新的拉丁语–法语化的盎格鲁–萨克森语（中古英语）重新成为法院的官方语言，金雀花王朝在语言政策上有意加强了中古英语作为通行语言的地位，法语的重要地位出现显著的下降。用盎格鲁–萨克

① William W. Kibler ed. *Eleanor of Aquitaine: Patron and Politician*, Austin: University of Texas Press, 2014: 35.

② Douglas Boyd. *Plantagenet Princesses: The Daughters of Eleanor of Aquitaine and Henry II*, Barnsley: Pen & Sword Books, 2020: 93.

③ Virginie Green. *The Medieval Author in Medieval French Literature*, New York: Palgrave Macmillan, 2006: 35.

森语柴郡方言抄写的《高文爵士与绿色骑士》(*Sir Gawain and the Green Knight*)、《珍珠诗篇》(*Pearl* Manuscript）等深受中古法语骑士叙事文学的影响。①

首先谈谈英格兰金雀花王朝的法语。1250–1400年间，法语词汇句法对盎格鲁–萨克森语的影响最为强烈。1380年代伦敦开始使用新的盎格鲁–萨克森语（中古英语，ME)。②金雀花王朝（1399–1485）前期依然是普遍的多语言文化，没有改变法语作为官方语言的地位。而且亨利五世、亨利六世时期一直拥有说法语的大陆属地，来自法兰西瓦卢瓦王室的王后也使得宫廷中依然流行法语。14世纪末英格兰诗人（例如，Pierre de Peccham, Robert Grosseteste, William of Wadington等）往往是用英语、法语和拉丁语三种语言创作的，其中，乔叟、高渥对莎士比亚的诗歌和戏剧有明显的影响。虽然14世纪的英语伦敦方言是杰弗里·乔叟（Geoffrey Chaucer, 1343–1400）的母语，但他是一个多语种（法语、拉丁语、希腊语和意大利语）作家，其作品是以抄写本流传的，1476年威廉·卡克斯顿在伦敦首次印刷出版。由于法兰西奥伊尔语和拉丁语的影响，乔叟诗作的词汇也表现出多样性。就乔叟本人而言，意大利语（即意大利–罗曼语）也可以被添加到这些更普遍的外国影响来源之中。1367–1368年乔叟开始用法兰西奥伊尔语写诗，法语诗人尤斯塔斯·德尚（Eustace Deschamps, 1346–1406）对乔叟的早期诗歌作品产生了重大影响，他用英语翻译了荷马《伊利亚特》(古希腊语)、洛里斯的纪尧姆、默恩的让《玫瑰传奇》(中古法语)、波伊修斯《哲学的慰藉》(拉丁语)，并为中古英语引入了许多外来语借词，丰富了英语韵律。③乔叟在《维纳斯的抱怨》(*Compleynt*

① Paul Strohm. *Middle English*, Oxford: Oxford University Press, 2007: 39.

② Hereward Thimbleby Price. *Foreign Influences on Middle English*, Ann Arbor: University of Michigan Press, 1947: 34–38.

③ David Burnley. *The Language of Chaucer*, Basingstoke, London: Palgrave Macmillan UK, 1983: 103.

of Venus）的末尾宣称，格兰森（Granson）是最杰出的法国诗人，读众应该熟悉这位法国作家。他尽可能地从格兰森的法语版本精心翻译了这一诗作，却只是翻译成平淡无奇的英语。《坎特伯雷故事集》(*The Canterbury Tales*）主要是用中古英语创作的，赦罪神父在传教时使用拉丁语，自由农、法庭召唤人都可以说拉丁语，而女修道院院长讲法语，这表现出鲜明的多语言文学特征，也表现出明显的混合方言的多样性。其中《乡镇法警 / 司法官的故事》（Reeve's Tale）使用的北部方言，是为了追求特定的文学表达效果；而出现在他的作品中更多的是因为它更早之前就存在于现代伦敦英语方言（东中部方言）中，尽管可能有助于他突出其诗歌韵律特征。①

约翰·高渥（John Gower, 1325/1330–1408）是乔叟最亲密的朋友，他分别用法语、英语和拉丁语创作，其英语混合了肯特和斯塔福德（Stafford）方言。他深刻地受到法语文学传统的影响，中古法语的抒情诗、谣曲和爱情小调（dits amoreux）为高渥的诗作带来了灵活的方式。② 高渥用法语创作的谣曲《冥想的奇迹》(*The Speculum meditantis*, or *Mirour de l'omme*）和叙事诗《泰尔的阿波罗尼乌斯》(*Apollonius of Tyre*)，前者在韵律上是成熟而独特的，混合了盎格鲁–奥伊尔语和盎格鲁–萨克森语方言。高渥主要是一位叙事诗人和道德家，其《情人的忏悔》(*Confession Amantis*）以神的传译者（auctors）和诗人之间的对话形式写成，部分是从法兰克奥伊尔语诗人圣莫雷的贝诺伊《特洛伊传奇》(Benoît de Sainte-Maure, *Roman de Troie*, 1160）改写的。③

1437 年之后，由于与大陆法语地区几乎完全隔离（除开加莱），英格兰逐

① Johan Vising. *Anglo-Norman Language and Literature*, Oxford: Oxford University Press, 1923: 36.

② R. F. Yeager. *John Gower: The French Balades*, Kalamazoo: Western Michigan University, 2011: 1–4.

③ Jeremy John Smith. *Studies in the Language of Some Manuscripts of Gower's Confessio Amantis* (Dissertation), University of Glasgow, 1985: 27.

渐失去了与大陆法语文化的直接联系，法语在英格兰王国逐渐走向消失。法语作为外语或者方言，是一个难以判断的问题。① 因为玫瑰战争结束的时候，说法语的英格兰贵族急剧减少，说盎格鲁–罗曼语的爵士、骑士阶层大增，英语伦敦方言逐渐成为被尊崇的、普遍使用的方言，并将逐渐成为民族语言。由于讲方言的人群主要是从中部地区、南部地区来的移民，所以伦敦方言是一种具有多样性的混合语言。②

都铎王朝（Tudor Dynasty, 1485–1603）结束了玫瑰战争和中世纪的混乱，开始了英格兰文艺复兴，而方兴未艾的活字印刷业促进了盎格鲁–罗曼语（中古英语）向早期现代英语的转变，并越来越远离法语。1512–1525 年亨利八世（Henry VIII, 1491–1547）与西班牙王国一起反对法国。1532 年亨利八世的国家（宗教）改革却加剧了英格兰与罗马教廷和整个大陆分离，因此早期现代英语走上了单一语言的民族化道路。③

在英格兰多语言社会中，罗曼–盎格鲁语（中古英语）往往以特定的立场 / 策略介入宗教改革运动中。1380 年约翰 · 威克利夫（John Wycliffe）从拉丁语俗语翻译的英语圣经手稿是已知最早的英语圣经。1535 年之前英语圣经一直受到罗马教廷、英格兰国王和主教的压制，而且对英语本身的发展影响甚微。④ 英语翻译的方式是宗教改革的一个根本问题，亨利八世废除英格兰各地的罗马天主教修道院，极大削弱了拉丁语作为宗教语言的地位。1496 年约

---

① Samuel Moore. *Historical Outlines of English Phonology and Middle English Grammar*, Michigan: G. Wahr, 1919: 80–81.

② Simon Horobin, Jeremy Smith. *An Introduction to Middle English*, Oxford: Oxford University Press, 2002: 29.

③ Terttu Nevalainen. *An Introduction to Early Modern English*, Oxford: Oxford University Press, 2008: 1–5.

④ Edgar Whitaker Work. *The Bible in English literature*, New York: Fleming H. Revell company, 1917: 122–124.

翰·柯尔特（John Colet）从希腊语翻译了英语《新约》；1525年威廉·廷代尔（William Tyndale）从伊拉斯慕斯的希腊语版本翻译了英语《新约》；1535年迈尔斯·科弗代尔（Myles Coverdale）翻译了英语《旧约》，虽然这些英语《圣经》大都遭受了国王和主教的严厉打压，却也培养了广大的英语读者。1537年约翰·罗杰斯（John Rogers）刊印了从希伯来语和希腊语翻译的完整的英文圣经。1539年托马斯·克兰默（Thomas Cranmer）主持编写的英语《大圣经》（the Great Bible）被广泛发行和被授权公开使用。为了更好地被“没有完全学会拉丁语”的读者理解和接受，该译本采用了简洁明了的英语，较好地平衡了与拉丁语汇在字面上的适合/对应。1549年圣公会《通用祈祷书》（*Book of Common Prayer*）使用了简明规范的英语，日内瓦-汤姆逊《圣经》和这些英语祈祷书有助于早期现代英语的标准化。①1571年《三十九条宗教纲要》（*Thirty-nine Articles of Religion*）最后确认了英格兰宗教改革的结果，尤其是对英语规范上的成果，“在宗教集会中用人们所理解的语言说话。公众礼拜要用当地方言进行”。1572年《主教圣经》（*Bishops' Bible*）对莎士比亚风格和引用典故的重要性不容低估，其剧作显示出他非常熟悉星期天在教堂中所阅读的教会经典《智慧篇》（*Ecclesiasticus*）的段落，这是宗教改革以后出现的次经作品。②

其次谈谈英格兰都铎王朝的早期现代英语。16世纪中期英格兰王国完全失去了欧洲大陆的法语地区的宗主权，成为一个海岛国家。由地理、历史事件、内外势力和宗教团体塑造的英格兰文化即是“英国民族性”（Englandness）。在

① David Norton. *A History of the English Bible as Literature*, Cambridge: Cambridge University Press, 2004: 36.

② Richmond Noble. *Shakespeare's Biblical Knowledge and use of the Book of Common Prayer, as Exemplified in the Plays of the First Folio*, London: Society for promoting Christian knowledge, 1935: 99–105.

法兰西国王查理八世（Charles VIII, 1470–1498）的帮助下，亨利七世（Henry VII, 1457–1509）打败了约克家族的理查德三世（Richard III, 1452–1485），建立了都铎王朝。亨利七世开启与威尔士（亨利出生于威尔士彭布洛克的彭布洛克城堡）的和解与融合，他的改革促进了“英国民族性”的形成。①由于对法兰西布列塔尼公爵领地的争夺，1488, 1489–1492 年亨利七世 2 次发起了对法国的战争，最终放弃了布列塔尼的宗主权。1510–1513，1521–1526 年亨利八世 2 次参加了欧洲同盟对法国的战争。即使 1546–1550 年英格兰短暂夺取了布洛涅城，1557–1560 年英格兰、西班牙对法国的战争之后英格兰失去加莱，英格兰王国的领土退回到不列颠。由于与法国的长期敌对状态，法语及其文学加速退出了英格兰王国。②同时，法兰西王国完成了对高卢–法兰克地区的统一，形成自己的“法国民族性”（Franceness），法语作为民族语言，持续加强了拉丁化倾向。

都铎王朝时期，人文主义的文艺复兴与活字印刷术深刻改变了普通教育与英语本身。作为现代的民族国家，英语是英格兰显性的语言标志，而法语是法兰西显性的语言标志。莎士比亚在《亨利五世》中宣称英语是亨利五世的语言，而勃艮第公爵宣称“世界上最好的花园，我们肥沃的法国”。虽然常常因为战争而中断，英格兰与法兰西的贸易和文化交流还是使英国受益，15 世纪后期法国印刷的书籍大量进入英格兰国内。法国也是意大利文艺复兴时期古典语文学、艺术从欧洲大陆传到英格兰的“促进者”。③1066–1400 年盎格鲁–萨克森是社会下层人们通行的交流语言（口语），自乔叟以来，伦敦英语已经成为优雅的文

① Christopher Haigh. *English Reformations: Religion, Politics, and Society under the Tudors*, Oxford: Oxford University Press, 1993: 87.

② Jeremy J. Smith. *Essentials of Early English: An Introduction to Old, Middle, and Early Modern English*, London, New York: Routledge, 2022: 110–111.

③ Steven Gunn. *Henry VII's New Men and the Making of Tudor England*, Oxford: Oxford University Press, 2016: 275.

学语言。

五、戏剧中职业小丑、喜剧性人物及其法语

1542年安德鲁·波尔德《知识导论入门》(Andrew Borde, *The fyrst boke of the Introduction of knowledge*)指出，作为英格兰国王的臣民，语言（英语、法语、威尔士方言、康沃尔方言、爱尔兰方言、苏格兰方言等）及其特征是身份认同的重要方式。① 作为一个商业剧团的演员和剧作家，莎士比亚是一个严格的英格兰民族主义者，基于都铎王朝的政治意识形态，他忽视了中古时期通行多语言的英格兰文化。亚里士多德《诗学》论及喜剧时说，喜剧是对更低微/低下的人们的模仿，低微/低下是指道德的，或者社会地位的，而喜剧性（夸张可笑）人物表现得很糟糕，荒诞可笑的是一种不涉及痛苦或毁灭的错误或羞耻，荒诞可笑的是一种不光彩（不符合道德）的东西。② 只有在英语成为国家的官方语言之后，伦敦英语才具有比别的英格兰方言更高的地位。正是因为早期现代英语作为英格兰王国纯正/标准的单一语言，法语和各种英格兰王国的方言才成为莎士比亚戏剧中被嘲笑/取笑的对象。③

首先谈谈莎士比亚戏剧中2个友善的法国人物。除开频繁的文化交流，英格兰都铎王朝与欧洲大陆的西班牙帝国、神圣罗马帝国保持了友好关系。整个伊丽莎白时代（Elizabeth I, 1558–1603），伦敦从来都不缺说法语的法国人，英格兰宫廷的时尚深受西班牙和法国风格的影响，但法语几乎完全从英格兰的官方语言中退出。1603年莎士比亚曾租住在老伦敦城法国珠宝商蒙乔伊

① David Loewenstein, Janel Mueller ed., *The Cambridge History of Early Modern English Literature*, Cambridge: Cambridge University Press, 2002: 203.

② D. W. Lucas. *Aristotle's Poetics* (Clarendon Greek Text and English Commentary), Oxford: Oxford University Press, 1968: lxii.

③ Catherine M. S. Alexander. *Shakespeare and Language,* Cambridge: Cambridge University Press, 2004: 18.

（Christopher Mountjoy）的房屋，这个胡格诺派的侨民可能拥有法语书籍。① 莎士比亚戏剧，尤其是历史剧，较多写到了法国人及其所说的法语。1066-1500年，由于法语是英格兰宫廷、行政、法律和教育的官方语言，莎士比亚戏剧中说法语的人物往往是英格兰社会中上阶层人士及其侍从。莎士比亚将英格兰王国与法兰克王国长期历史的各个方面戏剧化，除开伪作《托马斯·莫尔爵士》（Anthony Munday, Henry Chettle, Thomas Dekker, Thomas Heywood 合作），主要包括《约翰王》（*King John*）、《爱德华三世》（*Edward III*）、《理查德二世》（*Richard II*）、《亨利四世》第一、二部、《亨利五世》（*Henry V*）、《亨利六世》第一、二、三部、《理查德三世》（*Richard III*）和《亨利八世》（*Henry VIII*）等，《李尔王》《如愿》《仲夏夜之梦》《温莎的风流娘们儿》《爱的徒劳》等。莎士比亚戏剧的法国来源极少，《暴风雨》中对理想共和国的讽刺描述可以追溯到蒙田的散文。《温莎的风流娘们儿》第一场第 4 幕快嘴女管家（Mistris Quickly）谈论到国王英语，这是 1553 年出现的一个新词，显然正确 / 纯洁英语是早期现代英语的语言现象。

在《亨利五世》中，法语程度副词 Ma foy（好的，确实），1600 年第 1 四开本（Q1）6 次，1623 年第 1 对折本（F1）1 次。②

莎士比亚描述了 2 个友善的法国人物。《李尔王》中的法兰西国王和《亨利五世》中的凯瑟琳公主，是莎士比亚戏剧中为数不多的、获得赞誉的法国人物。《李尔王》（*His True Chronicle Historie of the life and death of King LEAR and his three Daughters*, 1608）是根据女王剧团在玫瑰剧院演出的《莱尔国王的真实编年史》（*The True Chronicle History of King Leir*）一剧改编的，《李尔王》一剧

---

① Paul Edmondson, Stanley Wells. *The Shakespeare Circle*, Cambridge: Cambridge University Press, 2015: 175.

② William Shakespeare. *A Most Pleasaunt and Excellent Conceited Comedie, of Syr Iohn Falstaffe, and the Merrie Wiues of Windsor*, London: Printed by Thomas Creede for Arthur Iohnson, 1602.

中没有出现法语词语本身。剧中的法兰西国王（King of France, Lords of France，Princes France）仅仅出现在第一场第1幕中，他娶了李尔王最小的女儿科迪莉娅（Cordeilla），其形象更接近9世纪之后的欧洲骑士，“于他人的冷漠之中，/我的爱竟然烧成炽热的尊敬。/你的无妆奁的女儿既属我有，/她便是我的法国臣民的王后”。that from their couldst neglect, /My loue should kindle to inflam'd respect, /Thy dowreles daughter King throwne to thy chance, /Is Queene of vs, of ours, and our faire France: 虽然第五场第1幕出现了科迪莉娅率领法国军队登陆不列颠，法兰西国王却未再次出现。李尔王是罗马人入侵之前（43 BCE）的不列颠国王，法兰克王国出现在481年之后。西萨克森统治英格兰王国时期才出现阿尔班尼、肯特和康瓦尔等封建领主。法兰克与勃艮第的竞争关系暗示了玫瑰战争时期的国外背景，因此该剧包含了一些历史知识的错误。霍林希德《英格兰、苏格兰和爱尔兰编年史》写道：“世界纪元3105年，巴尔杜德（Baldud）的儿子李尔（Leir）被承认为不列颠人的统治者，当时乔阿斯（Joas）统治着犹太地区。莱尔是一位举止高贵的君王，统治着他的土地和臣民，拥有巨大的财富。他建立了李尔镇（Caerleir），现在称为莱切斯特（Leicester），坐落在索尔河上（river of Sore）。”① 在《李尔王》中，除开一些拉丁语和法兰西的地名和人名等专有名词，这些剧中的人物对白没有法语词语。

由于诺曼-安茹王朝的君主与贵族几乎全来自法兰克王国，所以莎士比亚并没有低估法兰克王国本身的价值，对来自法兰西王国的凯瑟琳公主（Catherine of Valois, 1401–1437）表达了崇敬和赞美，这位亨利五世的遗孀也是亨利七世的祖母。在《亨利五世》中，凯瑟琳公主问亨利：我有可能爱上法兰西的敌人吗？Kate. Is it possible dat me sall/Loue de enemie de France. 亨利回答说：不，凯特，你不可能爱法兰西的敌人，但爱我就应该爱法兰西的朋友；因为我如此热

① Raphael Holinshed. *Chronicles of England, Scotland, and Ireland*, ed. by W.G. Boswell-Stone, London: Chatto and Windus, 1907: 1–2.

爱法兰西，以至于我不会放弃它的一个村庄。Harry. No Kate, tis vnpossible/You should loue the enemie of France:/For Kate, I loue France so well, /That Ile not leaue a Village, /Ile haue it all mine: then Kate, /When France is mine, /And I am yours, /Then France is yours, /And you are mine.

其次谈谈众多滑稽可笑的法国人物。亨利七世、亨利八世持续地与法兰西王国的敌对状态与战争，较大地影响了莎士比亚对法国人不友善的立场。莎士比亚戏剧中的法国人物常常浮夸傲慢，当然也很敏感。伏尔泰认为，法国没少受够侮辱，被愚弄和嘲笑。France has not insults, fool's-caps, and pillories enough for such a scoundrel.①

《温莎的风流娘们儿》(*A pleasant conceited Comedie, of Syr Iohn Falstaffe, and the merry Wiues of VVindsor*) 是一个散文体的复杂闹剧，剧中仅有少量的诗体。这也是一个多语种的剧作，1602 年第 1 四开本（Q1）中没有法语，1623 年第一对折本（F1）增添了一些法语对白。第三场第 1 幕长袜带酒店（Garter Inn）主人提到 4 种方言 Gallia and Gaule, French & Welch,（高卢行省语和高卢语，法兰克语和威尔士语），Gallia 可能指威尔士方言、曾经通行的罗马帝国不列颠行省的罗曼–高卢语，Gaule 指高卢的凯尔特语。

《温莎的风流娘们儿》一剧中表现出多语言文化的社会阶层分离，法语被看作为更高地位人们的交流语言，莎士比亚常常使用语音近似的双关语。第五场第 5 幕快嘴女管家说出“长袜带骑士团”的法语箴言 Hony Soit Qui Mal-y-Pence,（心有邪念者才是可耻的）。（梁译，191 页）法官夏娄（Iustice Shallow, Robert Shallow Esquire）可能也是来自法兰克的贵族，因为他宣称他的家族 300 年来是有纹章的绅士称号（and haue done any time these three hundred yeeres.）。福尔斯塔夫爵士（Falstoffe, Sir Iohn Falstaffe, the Knight

① Roger Paulin, Adrian Poole, Peter Holland. *Voltaire, Goethe, Schlegel, Coleridge: Great Shakespeareans*: Volume III, London: Bloomsbury Publishing Plc, 2010: 17.

Sir Iohn）无疑是来自法兰西的贵族，他谈到了法兰西宫廷（Let the Court of France shew me such another. III.3）。第一场第 3 幕他走向爱情误会的陷阱时宣称“如果用确切的英语来说”,（to be english'd rightly）皮斯托对此评论道：“把她的心愿很好地译成英语”（translated her will: out of honesty, into English）。（梁译，37 页）而后福尔斯塔夫说他将学习这个时代的风尚“法国式的节俭”（Falstaffe will learne the honor of the age, French-thrift）。第二场第 1 幕暗示队长尼姆（Corporall Nim）似乎不能机智地说出英语（heere's a fellow frights English out of his wits.）。

法国医生卡优斯（Caius the French Doctor/French Physician）是另一个喜剧性人物，他十分接近社会上层（de Earle, de Knight, de Lords, de Gentlemen），他的朋友在宫廷中很有势力（his friends Potent at Court）（梁译，167 页），并暗示他日常是用法语交谈的。他的英语发音错误，他对词语含义的误解，以及他用法国口音念错英语词语的方式，法语和英语混杂的、意味略显粗鲁的语句，这些都产生了搞笑 / 闹剧性的效果。第一场第 4 幕写到住在温莎的卡优斯，他的对白使用了法语，vn boyteene verd; Court la grand affaires; Ouy mette le au mon pocket, de-peech quickly。第二场第 3 幕嘲讽地写到长袜带酒店主人、卡优斯医生 2 人用混杂的法语和英语的生硬表达。店主：对不起，贵客法官。嗯，便溺先生。Host. Pardon, Guest-Iustice; a Mounseur Mocke-water. 卡优斯：便溺，什么意思？Caius. Mock-vater? vat is dat? 店主：便溺，在我们英语中的意思是“勇敢（霸气）”。Host. Mock-water, in our English tongue, is Valour (Bully.) 卡优斯：哦，我和英国人一样“勇敢”：下流的家伙–狗牧师：哦，我要割下他的耳朵。Caius. By gar, then I haue as much Mock-vater as de Englishman: scuruy-Iack-dog-Priest: by gar, mee vill cut his eares.（梁译，89 页）卡优斯：哦，你这么说，我得谢谢你：哦，我爱你。Caius. By-gar, mee dancke you vor dat: by gar I loue you.

第三场第 1、2 幕描述了卡优斯医生被诱导进入了与修爵士在弗洛格莫尔原野（the Field near Frogmore）决斗的玩笑行为，店主取笑二人伤害了英语（hack our English.)(梁译，98 页）。同样，在此突出了卡优斯医生的混合语言，卡优斯：你为什么不与我决斗？vherefore vill you not meet-a me? 卡优斯：哈，我没有预想到这个（作弄），你是作弄了我们？Caius. Ha'do I perceiue dat? Haue you make-a-de-sot of vs, 卡优斯：我呃，小姐爱的是我：我的快嘴女管家是这样给我说的。Caius. I be-gar, and de Maid is loue-a-me: my nursh-a-Quickly tell me so mush.（梁译，105 页）第四场第 5 幕再次写到了卡优斯医生，卡优斯：袜带酒店主人在哪里？Caius. Ver'is mine Host de Iarteere? 卡优斯：我不懂你说的什么：但我听说你在准备盛大接待一位德意志公爵，我给你说一下真实，没有公爵到宫廷里来，我好意告诉你：再见。Caius. I cannot tell vat is dat: but it is tell-a-me, dat you make grand preparation for a Duke de Iamanie: by my trot: der is no Duke that the Court is know, to come: I tell you for good will: adieu.（梁译，173 页）

第五场第 3、5 幕写到卡优斯医生与假扮的安・佩吉去教堂结婚。① 卡优斯：佩吉太太在哪里？噢我被骗了，我要与少年结婚，一个男孩，一个乡下人，哦。Caius. Ver is Mistris Page: by gar I am cozoned, I ha married oon Garsoon, a boy; oon pesant, by gar. 卡优斯：我唉，是一个男孩，噢，我将让所有温莎人震惊。Caius. I bee gar, and 'tis a boy: be gar, Ile raise all Windsor.（梁译，201 页）

在《亨利四世》第一、二部中，除开一些拉丁语和法兰西的地名和人名等专有名词，这些剧中的人物对白没有法语词语。《亨利六世　第一部》可能是莎士比亚及其合作者创作的一部历史剧，剧中频繁论及英格兰金雀花王朝在法兰西的领地，例如，奥尔良、阿登等，Neuer so needfull on the earth

---

① Enna Martina. *The Use of Dialects and Foreign Languages in Shakespeare's King Henry V*, English Studies 2019, Vol. 100, No. 7, 767–784.

of France, ① 和法兰西的专有名词和人名，例如，圣丹尼斯是法国的守护神。“服从多尔芬亲王？这只是一个法语词语：我们英国战士不在乎它的意义”。Submission Dolphin? Tis a meere French word: We English Warriours wot not what it meanes.12 世纪以来，维耶诺瓦（Viennois）的领主被称为多尔芬（Dauphiné, or delphinate）。1349 年法兰西王室领地维耶诺瓦被分封给查理（Charles V, Charles Le Sage, 1338–1380），查理被称为多尔芬亲王（Dauphiné）。

《亨利六世　第二部》也是一个多语言的剧作，除开拉丁语，其中包含很多法兰西的专有名词和人名。根据 1420 年《特洛瓦协约》，亨利六世的完整头衔是“英格兰国王，和法兰西国王”（King of England, King of France），其王后是来自安茹–梅恩公爵、那不列斯、西西里、耶路撒冷国王瑞尼耶的女儿玛格丽特（Margaret of Anjou）。反叛者杰克·凯德则宣称“法国人是我们的敌人”（The Frenchmen are our enemies），莎士比亚喜剧性地描述了玛格丽特王后，亲法的萨福克公爵威廉·德·拉–珀尔（William de la Pole first Duke of Suffolke）被小丑化，他被指责向法国出卖了安茹、梅恩，没有处理好对诺曼底的宗主权（By thee Aniou and Maine were sold to France./The false reuolting Normans thorough thee）。剧中仅仅支持玛格丽特王后的马奇伯爵莫蒂默、克利弗德勋爵的对白中 2 处包含法语，“莫蒂默：再见” Mortimer. Dieu. “克利弗德：结果赋予所作之事的最终价值” Clifford. La fin Corrone les eumenes. 这是拉丁成语 finis coronat opus 的法语翻译。在《亨利六世　第三部》（The true Tragedie of Richard Duke of Yorke, and the death of good King Henrie the Sixt）一剧中，除开拉丁语和一些法兰西的专有名词和人名，人物对白中没有出现法语词语。《约翰王》（The life and death of King Iohn）也是如此，仅仅第三场第 1 幕末尾布兰琪的对白包含法语词语，“夕阳被血色的云遮住了：再见了美好的白天”。Blanch. The Sun’s orecast

① David Womersley. *France in Shakespeare's "Henry V"*, Renaissance Studies Vol. 9, No. 4, France in the English and French Theatre of the Renaissance (DECEMBER 1995), pp. 442–459.

with bloud: faire day adieu.（刘昊 57 页）

六、历史剧《亨利五世》中的法语分析

亨利五世（Henry V, 1387–1422）时期的宫廷语言依然是法语，法语和拉丁语依然是英格兰通行的书写语言。亨利五世通过特洛瓦协议获得了法兰西王位的继承权，但他未能成为法兰西国王。① 金雀花王朝时期英格兰还是多语言文化，英格兰的中上阶层是会说法语的，但法国人不会说英语，这是历史事实。盎格鲁–罗曼语（中古英语）的词汇包含了大约 10000 个法语词语（直接或间接的），其中约四分之三仍在现代英语中使用，较小部分是法语成语 / 谚语的简化形式，例如，allot（注定），artire（关键），armour（盔甲），bawcock（好小伙），ballow（拿、给），boitine（小盒子），cardecue（银币），consigne（交付），endeuors（努力），salute（欢迎），Roy（王）等。② 此外，莎士比亚广泛地使用法语的动词前缀 en-/em- + Noun 构词法，高度自由地表达了许多动作行为，例如，embay'd, enamoured, encaue, enchants, engaol'd, enshelter'd, Enwheele 等。

《亨利五世》生动地表现了发生在法兰西王国的历史事件，法语作为外语，剧中第三场第 4、5、7 幕、第四场第 1、2、4、5 幕、第五场第 2 幕较多的使用了法语对白，作为喜剧性的语言要素。

（1）《亨利五世》第三场第 4 幕描述了一个喜剧性场景，即 1420 年法兰西王国的凯瑟琳公主（Catherine of Valois, 1401–1437）试图学习有关身体和衣物的九个盎格鲁–罗曼语（中古英语）词语。（梁译，103 页）1600 年第 1 四开本（Q1）中的法语对白共计 30 个印刷行，其拼读是基于口语发音本身，其中有一些法语表达错误，例如，parte［parler］, se pella［s'appeler］, tude［cudie］,

---

① Ernest Fraser Jacob. *Henry V and the Invasion of France*, London: Praeger, 2008: 8.

② William B. Turnbull. *The visions of Tundale; together with metrical moralizations and other fragments of early poetry, hitherto inedited*, Edinburgh: T.G. Stevenson, 1843: 109.

Aloues［aller］，是明显的排印错误；francoy 是 16 世纪通行法语 francoyse 的误印，1623 年第 1 对折本（F1）改为 Francois。rehearser 是 1300 年前后的盎格鲁-诺曼语（古法语）新词，它源自奥伊尔语词 rehercier (12c.)。1623 年第 1 对折本（F1）共计 56 个印刷行，与前者（Q1）有一些明显的差异，修正了前者的一些错误，也产生了新的错误，例如，apprendre，apoandre（1600，Q1）和 apprins des（1623，F1）；oublier，oblye/obloye（1600，Q1）和 oublie（1623，F1）。①

Quato1, 1600	**(Modern-spelling)**
Kate. Allice venecia, vous aues cates en,	*Kate.* Alice, venez ici, vous avez quarante ans,
Vou parte fort bon Angloys englatara,	vous parlez fort bon l'anglais d'Angleterre.
Coman sae palla vou la main en francoy.	Comment s'appelez vous la main en anglais?
Allice. La main madam de han.	*Allice.* La main, madame? De han.
Kate. E da bras.	*Kate.* Et le bras?
Allice. De arma *madam.*	*Allice.* De arma, madame.
Kate. Le main da han *la bras* de arma.	*Kate.* Le main, da han; le bras, de arma.
Allice. Owye madam.	*Allice.* Oui, madam.
Kate. E Coman sa pella vow la menton a la coll.	*Kate.* Et comment s'appelez vous le menton et le col?
Allice. De neck, *e* de cin, *madam.*	*Allice.* De neck, et de cin, madame.
Kate. E de neck, *e* de cin, *e de code.*	*Kate.* Et de neck, et de cin. Et le coude?
Allice. De cudie ma foy Ie oblye, mais Ie remembre,	*Allice.* Le coude? Ma foi, j'oublie, Mais je remember
Le tude, o de elbo *madam.*	le coude, oh! De elbo, madame.
Kate. Ecowte Ie rehersera, towt cella que Iac apoandre,	*Kate.* Ecoutez: je rehearse tout celle que j'ai appris:
De han, de arma, de neck, du cin, *e* de bilbo.	de han, de arma, de neck, du cin, et de bilbo.

① Arthur Loiseau. Histoire de la langue française: ses origines et son développement jusqu'à la fin du XVIe siècle, Paris: E. Thorin, 1882: 162–163.

（续表）

Quato1, 1600	(Modern-spelling)
Allice. De elbo *madam.*	*Allice*. De elbo, madame.
Kate. O Iesu, Iea obloye ma foy, ecoute Ie recontera	*Kate*. O Jesu, j'ai oublié, Ma foi! Ecoutez; je raconterai:
De han, de arma, de neck, de cin, e de elbo, *e ca bon.*	de han, de arma; de neck, de cin; et de elbo. Est-ça bon?
Allice. Ma foy madam, vow parla au se bon Angloys	*Allice*. Ma foi, madame, vous parlez aussi bon anglais
Asie vous aues ettue en Englatara.	*As* [*comme*] si vous aviez étudié en Angleterre.
Kate. Par la grace de deu an pettie tanes, Ie parle milleur	*Kate*. Par la grace de Dieu, en petit temps, je parle meilleur.
Coman se pella vou le peid e le robe.	Comment s'appelez vous le pied et la robe.
Allice. Le foot, *e* le con.	*Allice*. Le foot, et le con.
Kate. Le fot, *e* le con, *ô Iesu! Ie ne vew poinct parle,*	*Kate*. Le fot, et le con? *ô* Jesu! Je ne veux point parler
Sie plus deuant le che cheualires de franca,	ce plus devant les chères chevaliers de France
Pur one million ma foy.	pour un million! Ma foi!
Allice. Madam, de foote, *e* le con.	*Allice*. Madame, de foot, et le con.
Kate. O et ill ausie, ecowte Allice, de han, de arma,	*Kate*. Oh! Est-il aussi? Ecoutez, Alice: de han, de arma;
De neck, de cin, le foote, *e* de con.	de neck, de cin; le foot, et de con.
Allice. Cet fort bon madam.	*Allice*. C'est fort bon, madame.
Kate. Aloues a diner.	*Kate*. Allons-y a dîner.

在第 1 四开本（Q1）中，首句是一个糟糕的法语句式，*Kate.* Allice venecia, vous aues cates en, Vou parte fort bon Angloys englatara, Coman sae palla vou la main en francoy. 它可能近似于伦敦南岸区的商人用语，由于英语南部方言的发音习惯而产生较多的发音错误，（venecia ⇨ venez ici; vous aues cates en englatara ⇨

Vous avez quarante ans; parte, palla ⇨ parler; englatara ⇨ Angleterre; Coman sae palla vou ⇨ comment appelez-vous)。sae palla, sa pella, se pella [s’appelez] 的动词变位是不规范的，但 la main 却是正确的表达。冠词是希腊语和日耳曼语中的词类，9 世纪罗曼–法兰克语既已使用定冠词。在 1600 年第 1 四开本（Q1）中，bras（拉丁语 bracchium）是 11 世纪通俗拉丁语词语，而且拉丁语中没有冠词，11 世纪拉丁语指示代词 ille/illa（那、那个）可能语义弱化为定冠词 le/la，13 世纪奥伊尔语普遍使用定冠词 le/la，la bras 可能是 le bras 的误用；诗人高渥在其法语诗歌中已经出现了对（阴、阳）词性及其词形变化的忽略；bien（bene）是 10 世纪通俗拉丁语词语，fort bon 原本是 fort bien。recontera（raconter）是古法语（罗曼–法兰克语）词语。与 ausi...que 不同，au se...Asie 是一个英语化的词组。剧作者夸张地突出了 [e] 普遍发音为 [a], [a] 有时发音为 [e], [e] 有时发音为 [i], [o] 有时发音为 [a, u]。以下是 1623 年第 1 对折本（F1）第三场第 4 幕中的法语对白，其话语场景更为完整 / 合理。

Kathe. Alice, tu as este en Angleterre, & tu bien parlas le Language.

凯特：爱丽丝，你曾去过英格兰，那里的语言你也说得很好。

Alice. En peu Madame.

爱丽丝：知道一点，小姐。

Kath. Ie te prie m’ensigniez, il faut que ie apprend a parlen Comient appelle vous le main en Anglois?

凯特：我请求你，来教我，我应该学会说它。le main（手），用英语怎么说？

Alice. Le main il & appelle de Hand.

爱丽丝：le main（手），这读作 de Hand（手）。

Kath. De Hand.

凯特：de Hand（手）。

Alice. E le doyts.

爱丽丝：还有 le doyts（手指）。

Kat. Le doyts, ma foy Ie oublie, e doyt mays, ie me souemeray le doyts ie pense qu'ils ont appelle de fingres, ou de fingres.

凯特：le doyts（手指），我还差点忘了 doyt（手指）。但我已经想起来了，le doyts（手指）读作 de fingres，是 de fingres（手指）。

Alice. Le main de Hand, le doyts le Fingres, ie pense que ie suis le bon escholier.

爱丽丝：le main（手），de Hand（手）；le doyts（手指），de fingres（手指）。我想，我是一个好老师。

Kath. I'ay gaynie diux mots d'Anglois vistement, coment appelle vous le ongles?

凯特：我很快学会了 2 个英语词语。le ongles（指甲）怎么说？

Alice. Le ongles, les appellons de Nayles.

爱丽丝：le ongles（指甲），读作 de Nayles（指甲）。

Kath. De Nayles escoute: dites moy, si ie parle bien: de Hand, de Fingres, e de Nayles.

凯特：de Nayles（指甲），听我读，告诉我读得好不好。de Hand（手），de Fingres（手指），de Nayles（指甲）。

Alice. C'est bien dict Madame, il & fort bon Anglois.

爱丽丝：读得很好，小姐。是很好的英语。

Kath. Dites moy l'Anglois pour .

凯特：告诉我，le bras（手臂）怎么说。

Alice. De Arme, Madame.

爱丽丝：De Arme（手臂），小姐。

Kath. E de coudee.

凯特：de coudee（手肘）怎么说？

Alice. D'Elbow.

爱丽丝：D'Elbow（手肘）。

Kath. D'Elbow: Ie men fay le repiticio de touts les mots que vous maves, apprins des a present.

凯特：D'Elbow（手肘）。我现在把你教我的词语全部重复一遍。

Alice. Il & trop difficile Madame, comme Ie pense.

爱丽丝：我想，这很难的，小姐。

Kath. Excuse moy Alice escoute, d'Hand, de Fingre, de Nayles, d'Arma, de Bilbow.

凯特：没关系，爱丽丝，你听我读吧：d'Hand（手），de Fingre（手指），de Nayles（指甲），d'Arma（手臂），de Bilbow［误读］。

Alice. D'Elbow, Madame.

爱丽丝：是 D'Elbow（手肘），小姐。

Kath. O Seigneur Dieu, ie men oublie d'Elbow, coment appelle vous le col.

凯特：哦天主呀！我忘了是 d'Elbow（手肘）。le col（颈、脖子）怎么说？

Alice. De Nick, Madame.

爱丽丝：De Nick（颈、脖子），小姐。

Kath. De Nick, e le menton.

凯特：De Nick（颈、脖子）。le menton（颏、下巴）怎么说？

Alice. De Chin.

爱丽丝：De Chin（颏、下巴）。

Kath. De Sin: le col de Nick, le menton de Sin.

凯特：De Sin［误读］。le col（颈、脖子）读作 De Nick（颈、脖子）；le menton（颏、下巴）读作 De Sin［误读］。

Alice. Ouy. Sauf vostre honneur en verite vous pronouncies les mots ausi droict, que le Natifs d'Angleterre.

爱丽丝：是的。真诚的说，你读出来的这些词语，就像英国人读的那样地道。

Kath. Ie ne doute point d'apprendre par de grace de Dieu, & en peu de temps.

凯特：我不怀疑我可以学会的，感谢天主，在短时间里就学会。

Alice. N'aue vos y desia oublie ce que ie vous a ensignie.

爱丽丝：你是不是要忘了我教你的［词语］?

Kath. Nome ie recitera a vous promptement, d'Hand, de Fingre, de Maylees.

凯特：没有［忘记］，我立刻背给你听。d'Hand（手），de Fingre（手指），de Maylees［误读］。

Alice. De Nayles, Madame.

爱丽丝：是 De Nayles（指甲），小姐。

Kath. De Nayles, de Arme, de Ilbow.

凯特：de Nayles（指甲），d'Arma（手臂），de Ilbow［误读］。

Alice. Sans vostre honeus d'Elbow.

爱丽丝：对不起，是 d'Elbow（手肘）。

Kath. Ainsi de ie d'Elbow, de Nick, & de Sin: coment appelle vous les pied & de roba.

凯特：好的，d'Elbow（手肘），De Nick（颈、脖子）读作 de Sin。les pied（脚）和 de roba（礼袍）怎么读?

Alice. Le Foot Madame, & le Count.

爱丽丝：小姐，读作 Le Foot（脚），和 le Count（礼袍）。

Kath. Le Foot, & le Count: O Seignieur Dieu, il sont le mots de son mauvais corruptible grosse & impudique, & non pour le Dames de Honeur d'vser: Ie ne voudray pronouncer ce mots deuant le Seigneurs de France, pour toute le monde, fo le Foot & le Count, neant moys, Ie recitera vn autrefoys ma lecon ensembe, d'Hand, de Fingre, de Nayles, d'Arme, d'Elbow, de Nick, de Sin, de Foot, le Count.

凯特：Le Foot（脚），和 le Count（礼袍）？天主呀，这些是糟糕的、粗野的、极不雅致的、不合宜的词语，对于我们高贵的女士来说。总之面对任何法国的贵族，我是不会说出 Le Foot（脚）和 le Count（礼袍）这些词语的。我还是把已学过的所有词语再读一遍：d'Hand（手），de Fingre（手指），de Nayles（指甲），d'Arme（手臂），d'Elbow（手肘），De Nick（颈、脖子），de Sin［误读］，Le Foot（脚），和 le Count（礼袍）。

Alice. Excellent, Madame.

爱丽丝：很好，小姐。

Kath. C'est asses pour vne foyes, alons nous a diner.

凯特：一次就学这些。我们去吃饭吧。

在第三场第 5 幕中，除开法国的地名和人名，多尔芬亲王、布列塔尼公爵、法军元帅的对白都使用了混杂法语、英语的语句，便于突出法兰西宫廷的场景，例如，Dolphin. O Dieu viuant: Shall a few Sprayes of vs,（多尔芬亲王：天主永在，我们有了几个新支脉）。Britaine. ...Mort du ma vie, if they march along Vnfought withall,（布列塔尼：让我死吧，如果让他们恣意前行而不战斗阻止）。［1600 年第 1 四开本写作 Constable. Mordeu ma via:］。Constable. Dieu de Battailes, where haue they this mettell?（法军元帅：战神呀，他们的这种勇气是从哪里来的？）在第三场第 5 幕中，多尔芬亲王的对白使用了混杂法语、英语的语句，Dolphin. ... ch'ha: he bounds from the Earth, as if his entrayles were hayres: le Cheual volante, the Pegasus, ches les narines de feu.（啊哈！它从地上跃起，仿佛身体轻盈如毫发：佩加苏斯的会飞天马，它的鼻孔将呼出火元素）。（梁译，122 页）在第三场第 7 幕中，Dolphin. Le chien est retourne a son propre vemissement est la leuye lauee au bourbier: thou mak'st vse of any thing.（多尔芬亲王：狗会转回到它吐出的东西；变得干净的猪会再入泥塘。一切行事你都能便宜用之）(梁译，124 页）。前句是来自《圣经 · 新约 · 彼得后书》中的谚语 le chien est retourne à ce qu'il avait vomi lui-meme, et la truie lavee, à se vautrer au bourbier.（一只狗会转回到它吐出的东西，一个傻瓜也会回到他的疯狂。），但剧中对白稍有语误。

（2）在第四场第 1 幕中，亨利五世用英语、法语混合语句对厄平汉勋爵表达了感谢，King. God a mercy old Heart, thou speak'st chearefully.（亨利王：谢谢上帝，老伙计，你说得令人振奋）。英军营长皮斯托的口令 Pistoll. Che vous la?（"来的是谁"）是一句糟糕的法语（梁译，137, 139 页）。而乔装的亨利五世的回答包含法语词语 Harry le Roy（哈利王）。在第四场第 2 幕中，为了突出阿金泰尔的法军营地这一场景，其中多尔芬亲王、奥尔良公爵的对白包含混杂英语、法语的语句，和完全的法语语句。（梁译，155 页）

Dolphin. Monte Cheual: My Horse, Verlot Lacquay: Ha.

多尔芬亲王：骑上马，我的马！侍从，马夫：快呀！

Orleance. Oh braue Spirit.

奥尔良公爵：哦，勇敢的精灵。

Dolphin. Via les ewes & terre.

多尔芬亲王：快走，水和土元素。

Orleance. Rien puis le air & feu.

奥尔良公爵：可能还有气和火元素？

Dolphin. *Cein*, Cousin *Orleance*.

多尔芬亲王：还有天（苍空 aether），奥尔良老弟。

在第四场第4幕中，皮斯托、英军侍童与一个法国战士（French Souldier）在阿金库尔战场上的对白包含法语语句，这三人都是剧中的小丑，法语作为外语，是喜剧性元素，尤其是突出了皮斯托的糟糕法语，后者还混合了爱尔兰-凯尔特语。（梁译，169页）

French. Ie pense que vous estes le Gentilhome de bon qualitee.

法国战士：我想，你是一位出身高贵的绅士。

Pistol. Qualtitie calmie custure me. Art thou a Gentleman？

皮斯托：高贵出身？苏尔河畔的姑娘（Callin o custure me, Callino casturame, Cailín ó chois tSiúire mé，爱尔兰-凯尔特语），你是一位绅士？

French. O Seigneur Dieu.

法国战士：啊天主！

Pistol. O Signieur Dewe should be a Gentleman:

皮斯托：啊！“田主”应该是一位绅士。

French. O prennes miserecordie aye pitez de moy.

法国战士：给一点怜悯，可怜我吧！

French. Est il impossible d' eschapper le force de ton bras.

法国战士：不可能逃脱你的控制力呀？

French. O perdonne moy.

法国战士：啊！请饶恕我。

Boy. Escoute comment estes vous appelle?

英军侍童：听好，你叫什么名字？

French. Mounsieur le Fer.

法国战士：先生，勒-菲尔（钢铁）。

French. Que dit il Mounsieur?

法国战士：先生，他说什么？

Boy. Il me commande a vous dire que vous faite vous prest, car ce soldat icy est disposee tout asture de couppes vostre gorge.

英军侍童：他让我告诉你，你要快点准备（赎金），否则这位军爷要立刻割断你的咽喉。

Pistol. Owy, cuppele gorge permafoy pesant,

皮斯托：是的，割断你的咽喉，蠢货。

French. O Ie vous supplie pour l'amour de Dieu: ma pardonner, Ie suis le Gentilhome de bon maison, garde ma vie, & Ie vous donneray deux cent escus.

法国战士：呵，为了天主的怜爱，我乞求你啦。我是来自高贵家族的绅士，确保我的生命，我给你 200 金币。

French. Petit Monsieur que dit il?

法国战士：小先生，他说什么？

Boy. Encore qu'il et contra son Iurement, de pardonner aucune prisonner: neantmons pour les escues que vous layt a promets, il est content a vous donnes le liberte le franchisement.

英军侍童：他说，饶恕任何战俘，违背了他的誓约；但为了你许诺的金币，他愿意让你自由，把你释放。

French. Sur mes genoux se vous donnes milles remercious, et Ie me estime heurex que Ie intombe, entre les main d'vn Cheualier Ie peuse le plus braue valiant et tres distinie signieur d'Angleterre.

法国战士：我将屈膝跪下，1000 次向你致谢，我认为，我是幸运的，落在一位骑士的手里；我想，他是英格兰最勇敢最英勇最杰出的领主。

Boy. Saaue vous le grand Capitaine? I did neuer know so full a voyce issue from so emptie a heart:

英军侍童：你跟随着这个大营长吧。我从未听过这样充实的声音从一个虚空的心中发出。

被俘的法国贵族的对白，在理想的情境中，应该是优雅的中古法语（以巴黎方言为基础的多伊语），然而它们却显得较为笨拙。对比 1600 年第 1 四开本中简陋的法语对白，1623 年第 1 对折本中的法语对白更接近早期现代法语的通行表达方式，这些显著的改变可能不是莎士比亚作为剧作家修改和增衍的。

Henry V (Quarto 1, 1600)	**Henry V (Folio 1, 1623)**
O Monsire, ie vous en pree aues petie de moy.	O Seigneur Dieu.
	O prennes miserecordie aye pitez de moy.
	Est il impossible d'eschapper le force de ton bras.
	O perdonne moy.
Monsier Fer.	Mounsieur le Fer.
Qui dit ill monsiere. Ill ditye si vou ny vouly pa domy luy.	Que dit il Mounsieur?
O Iee vous en pri pettit gentelhome, parle/ A cee, gran capataine, pour auez mercie/ A moy, ey Iee donerees pour mon ransome/ Cinquante ocios. Ie suyes vn gentelhome de France.	O Ie vous supplie pour l'amour de Dieu: ma pardonner, Ie suis le Gentilhome de bon maison, garde ma vie, & Ievous donneray deux cent escus.
	Petit Monsieur que dit il?
	Sur mes genoux se vous donnes milles remercious, et/ Ie me estime heurex que Ie intombe, entre les main d'vn Cheualier Ie peuse le plus braue valiant et tres distinie signieur/ d'Angleterre.

在第四场第 5 幕中，法军元帅、奥尔良公爵、多尔芬亲王的对白中混合了

英语、法语，或者是有语误的法语语句，Constable. O Diable.（法军元帅：噢，恶魔。）Orleance. O signeur le iour et perdia, toute et perdie.（奥尔良公爵：天主呀，现在失败了，完全失败了。）Dolphin. Mor Dieu ma vie, all is confounded all, Reproach, and euerlasting shame Sits mocking in our Plumes. O meschante Fortune, do not runne away.（多尔芬亲王：我死定啦。一切全完了，一切！永恒的耻辱高居在头盔的羽饰上嘲笑。噢可恶的命运，不要逃离而去。）

（3）在第五场第 2 幕中，亨利、凯瑟琳、宫廷贵妇的对话包含法语语句和英语、法语混合语句，这是 12 世纪以来英格兰王国的宫廷爱情，（常见于骑士叙事诗），可以追溯到奥维德《爱的艺术》所描述的古典场景。亨利笨拙地试图用法语表达自己的恋爱之情，也吁求凯瑟琳公主用英语表达，me vnderstand well 是一个法语化的英语语句。

Kath. Pardonne moy, I cannot tell wat is like me.

凯特：原谅我，我说不出口“什么是爱你”。

King. An Angell is like you Kate, and you are like an Angell.

亨利王：你像一个天使，凯特，你像一个天使。

Kath. Que dit il que Ie suis semblable a les Anges?

凯特：你是说“我像一个天使”。

Lady. Ouy verayment (sauf vostre Grace) ainsi dit il.

宫廷贵妇：是的，确实这样，（请你原谅），他是这样说的。

King. I said so, deare Katherine, and I must not blush to affirme it.

亨利王：我是这样说的，亲爱的凯瑟琳，我不会因为这样说而羞赧。

Kath. O bon Dieu, les langues des hommes sont plein de tromperies.

凯特：啊天主，这个人的话是（机智的）甜言蜜语。

Lady. Ouy, dat de tongeus of de mans is be full of deceits dat is de Princesse.

宫廷贵妇：是的，公主的话是说，男人的嘴巴说出的满是骗人的话。

Kath. Sauf vostre honeur, me vnderstand well.

凯特：请你原谅，我很理解你的意义。

Kath. I cannot tell wat is dat.

凯特：我没有明白所说的是什么。

King. ...Ie quand sur le possession de Fraunce, & quand vous aues le possession de moy. (Let mee see, what then? Saint Dennis bee my speede) Donc vostre est Fraunce, & vous estes mienne. It is as easie for me, Kate, to conquer the Kingdome, as to speake so much more French.

亨利王：当我拥有法兰西，而你也拥有了我，（让我想想，接着怎么说？圣丹尼快来帮我），于是法兰西是你的，而你是我的。征服这个国家和说这些法语，凯特，对我来说还是很容易的。

Kath. Sauf vostre honeur, le Francois ques vous parleis, il & melieus que l'Anglois le quel Ie parle.

凯特：请原谅，你说法语比我说英语要容易千百倍。（梁译，219 页）

King. How answer you, La plus belle Katherine du monde mon trescher & deuin deesse.

亨利王：怎样回答你？世界上最美的凯瑟琳，我亲爱的、神圣的女神。

Kath. Your Maiestee aue fause Frenche enough to deceiue de most sage Damoiseil dat is en Fraunce.

凯特：尊贵的君王在用十分糟糕的法语来欺骗法国最聪慧的姑娘。

King. Now fye vpon my false French: by mine Honor in true English, I loue thee Kate....

亨利王：好了，我的糟糕的法语真笨拙，我以名誉为誓，用纯正的英语来说，我爱你，凯特……

Kath. Dat is as it shall please de Roy mon pere.

凯特：你所说的，可能会让我的父王乐意。

Kath. Laisse mon Seigneur, laisse, laisse, may foy: Ie ne veus point que vous abbaisse vostre grandeus, en baisant le main d'une nostre Seigneur indignie seruiteur excuse moy. Ie vous supplie mon tres-puissant Seigneur.

凯特：不要，尊贵的君王，不要，不要这样！我不愿你因为吻了你的卑下的臣下而降低身份。原谅我，我把你尊崇为最有权力的君王。

Kath. Les Dames & Damoisels pour estre baisee deuant leur nopcese il net pas le costume de Fraunce.

凯特：女士和小姐在结婚之前与人接吻，法国没有这种风俗。

Lady. Dat it is not be de fashon pour le Ladies of Fraunce; I cannot tell wat is buisse en Anglish.

宫廷贵妇：说的是法国的女士没有这种风俗。我不知道 buisse（baiser 之误，接吻，kiss）在英语中怎样说？

Lady. Your Maiestee entendre bettre que moy.

宫廷贵妇：尊贵的君王，你知道的比我更多。

Lady. Ouy verayment.

宫廷贵妇：是的。确实这样。

Exeter. ...in French: Nostre trescher filz Henry Roy d'Angleterre Heretere de Fraunce: and thus in Latine; Praeclarissimus Filius noster Henricus Rex Angliae & Heres Franciae.

厄克塞特：……法语写作：我的女婿亨利，英格兰国王，法兰西王国继承人。拉丁语写作 Praeclarissimus Filius noster Henricus Rex Angliae & Heres Franciae。

中古英语采用了大量法语词汇，早期现代英语词语并不容易从法语中区分出来。在莎士比亚戏剧中，使用法语词语 sans（=no）是常见的，例如，（1）A confidence sans bound.（2）I doe sans question.（3）Sans teeth, sans eyes, sans taste, sans euery thing. 等；法语介词 à 也是常见的，例如，take-a-your Rapier, Peace-a-your tongue, send-a you, tell-a-me, vherefore vill you not meet-a me? loue-a-me 等。此外，caught, raught, rought, sought, straught, taught 等都保留了法语拼写形式。

七、结语

一种语言总是特定人群说的语言，人们的活动范围就是语言得以存在的空间。印欧语言可能是由外高加索、伊朗迁徙到南亚、小亚细亚和欧洲的诸多部落所通用的语言，并发展成不同的方言，例如，梵语、希腊语、日耳曼语、凯尔特语、波罗的海沿岸方言弗里西安语等。词语的发音、拼写、意义和语法、用法对语言外部社会和历史力量总是敏感的。在法兰克、英格兰封建王国中，法律、行政、教育和商业活动多语言的使用，一直是显著的语言现象。1066 年诺曼征服改变了英格兰人们的生活、语言、文化艺术、风俗和建筑面貌，由此英格兰进入了多语言时代，宫廷和社会中上阶层常常在法庭、官方和文学中使用法语，教会、教育、外交则使用中古拉丁语，而原初英格兰本地人大多数说各种各样的英语方言。每一个社会的官方语言转变，往往需要较长的时间。英格兰王国的语言改变需要数十年，甚至更长时间。盎格鲁–萨克森语、诺曼–法兰克语需要很长时间来实现混合，东区老伦敦城的 cockney 可能是受到法语影响的本地口音。12 世纪形成盎格鲁–诺曼语（古法语）。

1400 年亨利四世（Henry IV, 1367–1413）的宫廷是最早讲英语的。亨利八世的宗教改革促进了英语作为单一民族语言的快速转变，国王英语、纯正英语是早期现代英语走向英语纯洁运动的出发点。显然，莎士比亚把都铎王朝的欧洲、王国 / 王权、民族国家、民族语言观念分散地表达在其许多戏剧中，例如，《约翰王》《亨利五世》《亨利六世 第三部》《亨利八世》等。法语作为一种外语，往往是法兰西人的显性语言标志。莎士比亚常常使用英格兰王国多语言社会的双关语、语音近似、笨拙的外语等作为喜剧性元素。

莎士比亚戏剧中的法语，不再表现为中世纪英格兰的多语言社会的宫廷语言和官方书面语言，也并不准确表现为诺曼-法兰克语作为拉丁化的高卢-法兰克语的一种方言，或者与中古法兰克王国奥伊尔语的一种方言，甚至早期现代法语。相反，莎士比亚戏剧中的法语只是一种形态模糊的外语，可能近似于16世纪后期伦敦商人口中的法语，这是一种简陋的、随意的混合外语。作为明显的法语口语，莎士比亚戏剧中的法语在拼读上有较多的错误，即使与1100–1500年英格兰法语文献比较，例如，12世纪英格兰本尼迪克特会的圣诗集，剧中的法语并不是好的文学语言。

第三章　莎士比亚戏剧与英国文艺复兴的民族形象

第一节　论莎士比亚《哈姆雷特》的宗教词汇

不列颠位于古代地中海世界的边缘，不列颠作为一个社会整体，是一个地理空间事实，也是欧洲大陆的地理政治观念。迦太基人、古希腊人的海上探险家可能最早到达不列颠东南部肯特和东英吉利亚、南部怀特岛和西南部威尔特和格洛斯特，苏格兰东部和斯莱戈海岸的地方也出现了早期农业定居点。直到青铜器时代，最早来自欧洲大陆的不列颠移民可能是来自北非（迦太基）的移民，他们的数量有限。奥地利萨尔茨堡附近的哈尔斯塔特（Hallstatt）遗址表明，公元前700年凯尔特人已进入铁器时代，瑞士纳沙泰尔地区的拉泰纳（La Tène）见证了公元前5世纪中期凯尔特人的向西迁移。随着造船业与航海技术的发展，公元前5世纪后期至4世纪凯尔特人持续地从尼德兰、比利时和高卢穿越海峡来到不列颠。①公元前4世纪古希腊人、罗马人较早记载了海峡以西

① Hubert Henri. Les Celtes depuis l'époque de La Tène et la civilisation celtique, Paris: Renaissance du livre, 1932: 1.

的不列颠群岛。①

不同的移民群体（包含征服者与入侵者）给不列颠带来了多种宗教，例如，凯尔特宗教、古希腊宗教、罗马宗教、犹太教、盎格鲁-萨克森宗教、丹麦-维京宗教、法兰克-诺曼宗教等。4 世纪以来基督教逐渐成为不列颠的主流宗教。不列颠的各种定居形式和模式不仅反映了地貌的多样性，也反映了作为移民、定居者或征服者从欧洲大陆抵达的人们群体的连续流动，以及定居所处的不断变化的经济文化环境。英格兰、爱尔兰、高地苏格兰和低地苏格兰、威尔士和康沃尔保留了地区差异，直到 21 世纪，它们依然保持了明显的地理身份和独特的文化身份。

一、凯尔特不列颠与罗马征服时期的宗教

首先谈谈凯尔特时期的不列颠的原始宗教。（1）北非（迦太基）的移民可能是最早来到不列颠的人群。希腊作家记载，公元前 814 年泰尔的腓尼基人可能在北非建立了迦太基城（Carthage, Kart-hadasht），传说泰尔国王皮格马利翁之妹迪多（Dido, Elissa）是创建迦太基的女王，罗马诗人维吉尔在《埃涅阿斯纪》中叙述了迦太基的迪多女王。然而，比迦太基城更早的乌提卡城（Utica）却是公元前 8 世纪后期建立的。在凯尔特之前，来自北非（迦太基）的移民可能是为了在不列颠寻找金银矿、铜矿、锡矿和别的金属矿产，其宗教可能近似腓尼基人的原始宗教，一些拉丁语作家记载了迦太基（腓尼基人）的宗教。

（2）公元前 700 年至公元前 1 世纪，凯尔特人是一个不断迁移的、由众多部落构成的印欧群体，他们掌握了较先进的铜、铁和黄金冶炼制作技术，但他们建立城镇太晚，这不利于凯尔特人提高其政治、军事的实质效率。他们从中欧出发，向南（意大利罗马）、向西（高卢、西班牙和葡萄牙、不列颠）和向

① Peter Hunter Blair. *Roman Britain and Early England: 55 BC–AD 871*, W.W. Norton & Company, 1974: 16–18.

东（希腊、安纳托利亚的加拉太）迁移。公元前 5 世纪后期至 4 世纪凯尔特人持续地从尼德兰、比利时和高卢穿越海峡来到不列颠，给不列颠带来了凯尔特的原始宗教。从公元前 4 世纪开始，凯尔特人的力量开始衰落，公元前 3–2 世纪高卢（尤其是罗纳河谷地）凯尔特人接纳了部分古希腊、罗马的宗教–神话。[①] 斯特拉波、波塞多尼乌斯、老普林尼、尤利乌斯·恺撒和别的罗马历史学家记载了高卢、不列颠凯尔特的神话与宗教。恺撒认为整个高卢民族都致力于宗教和迷信，但这些片段的文献还不足于研究凯尔特世界的宗教事实。古代凯尔特人的宗教并不容易确定，因为它具有印欧古老传统的多神教特征，祭司主导了凯尔特社区仪式、崇拜仪轨与宗教实践。1886 年约翰·利斯《论凯尔特蛮族地区的宗教起源与发展》开启了凯尔特宗教的人类学研究，从神话学和超自然特征的角度分析了高卢的诸神、海岛凯尔特人的最高神、太阳英雄神话（the Sun Hero）、凯尔特的英雄、爱尔兰的诸神与恶魔。[②]1906 年 E. 安维尔《前基督教时代的凯尔特宗教》从史前考古学的角度分析了凯尔特文明的主要阶段、凯尔特宗教、凯尔特诸神、人格化的神与祭司、死亡的神灵世界（enaid, ysgawd）。[③]J. A. 麦克库洛克《古代凯尔特人的宗教》从人类学、比较宗教学的角度重构了凯尔特的异教信仰与实践（paganism）。麦克库洛克认为，凯尔特宗教的记载太少，古典文献只是用罗马人的眼光审视罗马–凯尔特地区的凯尔特宗教，也有 11–12 世纪爱尔兰的凯尔特手稿，威尔士的文献（诗歌，Mabinogion）包含神的人格化变形。凯尔特宗教是在迁徙、征服新的领地、战争、贸易和农业生活中发展出来的。凯尔特宗教中混合了非雅利安（印欧语族群）的成分，即“凯尔特化”的其他成分：高卢和大陆凯尔特诸神、爱尔兰神系、达奴神

---

① Henri Hubert. *The History of the Celtic People*, London: Bracken Books, 1992: 169.

② John Rhys. *Lectures on the origin and growth of religion as illustrated by Celtic heathendom*, London, Edinburgh: Williams and Norgate, 1888: 383.

③ Edward Anwyl. *Celtic religion in pre-Christian times*, London: A. Constable & Co., ltd., 1906: 57.

系的太阳神、布立顿诸神、古爱尔兰神系与神话传奇（Cuchulainn cycle, Fionn Saga）、死亡／死者仪轨、自然崇拜和动物崇拜、献祭祈祷和神圣化、禁忌节庆祭司与魔法、再生变形与极乐世界（elysium）等。①1960 年 J. 温德里《凯尔特人的宗教》提供了较丰富的古希腊语、拉丁语和爱尔兰语文献，他利用语言学的进步和考古学的成就加深了对“凯尔特宗教”的认识，详尽地分析了凯尔特诸神、神职人员和宗教崇拜。温德里认为，作为继承人和种族传统守护者的祭司，是解释凯尔特宗教的基础，是一个起源于印欧宗教传统的古老机构。在古代凯尔特文献中，神只通过名字（很少与比喻联系在一起）而为人所知；古代凯尔特世界（高卢）没有印欧起源的泛神论的证据。在中世纪凯尔特文献（爱尔兰和威尔士）中，神名与真实神话联系在一起；中世纪凯尔特神话是高度进化的，指示了印欧神系的神性人物、基督教化的变形、暗示古老权利与功能的历史框架。②D. 兰金《凯尔特人与古典世界》认为，凯尔特人与地中海文明有着复杂的关系，祭司与凯尔特各部族的宗教崇拜和习俗之间的联系是极为重要的。公元 1 世纪北加拉太的凯尔特人倾向于罗马的方式，凯尔特人的宗教与弗里吉亚的宗教更为同化。凯尔特人的神系列是多种多样的，希腊罗马诸神与凯尔特男神女神的相遇是印欧起源的多神教的接触，这两种多神教在性质上大致相似。③

其次谈谈原始基督教的创立和在西方的发展。公元 1 世纪原始基督教（即基督・耶稣改革的、更开放的犹太教派别）是由早期使徒在罗马的耶路撒冷、叙利亚、埃及（尤其是亚历山大城）等地传教发展起来的，其教义主要是“弥赛亚”信仰和福音书，耶路撒冷有基督教的祖教堂（mother church）。传说使徒圣保罗在小亚细亚、马其顿、希腊、罗马、高卢传教。尤利乌斯・恺撒（Gaius Julius Caesar, 100–44 BCE）在前基督教时期缔造了罗马帝国，他可能知道小亚

---

① John Arnott MacCulloch. *The Religion of the Ancient Celts*, Edinburgh: T. & T. Clark, 1911: 1–7.

② Joseph Vendryes. La religion des Celtes, Spézet: Coop Breizh, 1997: 65.

③ David Rankin. *Celts and the Classical World*, London ; New York: Routledge, 1996: 259.

细亚的犹太教。莎士比亚《尤利乌斯·恺撒》一剧中的宗教词汇包括 believe, below, bond, eternal[1], exorcist, feast[2], flood[2], ghost[1], gods, heaven[1], high, order[2], priest, providence, rite, Roman, sacrifice[1], shriek, soles, spirit[2], superstitious, Token 等，但这并不是为了表现恺撒时期的罗马宗教现状。① 莎士比亚使用了伊丽莎白时期常用的基督教词汇，显然剧作家并不关心真实地表现罗马宗教本身。

关于基督教举行礼拜仪轨的建筑物，早期基督教沿袭了犹太教的教区教堂（church）和小礼拜室（chapel），后者甚至可以是任意的建筑场所。1 世纪高卢南部普罗旺斯和罗纳河谷地区可能有来自小亚细亚、弗里吉亚（Phrygia）和叙利亚人和希腊的基督教使徒，例如，抹大拉的圣玛丽、圣拉撒路、使徒克雷森等创建了早期高卢教堂（The beginnings of the Gallic Church）。2 世纪末高卢南部的里昂、维埃纳、马赛和北非（迦太基）都有完善的礼拜教堂，教堂对外邦人开放。3 世纪中叶纳博纳地区和凯尔特高卢有三十多个主教区，? 年阿尔勒大主教主持召开了高卢的教会大会。里昂教堂［主教普瓦提耶的圣希拉里（Hilary of Poitiers）、图尔的圣马丁（St. Martin of Tours）］成为高卢教会的中心，极大的影响了不列颠基督教的传播。396–430 年希波主教圣奥古斯丁（Saint Augustine of Hippo, 354–430）的神学成为西方普遍接受的基督教教义，他是圣保罗之后最重要的基督教会的拉丁教父之一。

由于基督教作为一神教（反对偶像崇拜）和拒绝参加对皇帝的崇拜，从尼禄到马库斯·奥勒留、德西乌斯、戴克里先和加勒里乌斯，罗马皇帝对基督教是严厉的，甚至加以迫害。313 年君士坦丁皇帝颁布了《米兰敕令》，授予基督教和大多数其他宗教合法地位。325 年君士坦丁召集了尼西亚会议，《尼西亚信条》（*Nicene Christianity*）确定基督教的正式或正统信仰，指责亚历山大长老会阿里乌斯（Arius of Libyan）所创立的阿里安教派（Arianism）为异端。而后

---

① Rudolph Chris Hassel. *Shakespeare's Religious Language: A Dictionary*, New York: Thoemmes Continuum, 2007: 443.

康斯坦丁积极赞助基督教教会。380 年狄奥多西皇帝颁布了《帖撒罗尼迦敕令》（Thessalonica an edict），确立尼西亚基督教作为罗马帝国的官方宗教。①300–1200 年意大利大教堂的建筑形式及其功能不断变化，大教堂或者主教教堂（cathedral）是罗马天主教确立教阶制度后的产物，在基督教行省及其教区，大教堂是教区主教所在的教堂。罗马的圣彼得大教堂、圣保罗大教堂，成为西方的宗座教廷。②

由于基督教隐修或者（托钵僧）苦修方式的流行，3 世纪末罗马帝国统治下的埃及和叙利亚出现了早期基督教的修道院制度（Monasticism）。4 世纪上半期基督教修道院最早出现于埃及和叙利亚，卡帕多西亚的恺撒利亚的圣巴西尔（Basil of Caesarea, 330–379）确立了拜占庭修道院的标准规范。323 年帕乔米乌斯（Pachomius, 290–346）在埃及底比斯的塔本尼斯建立第一个拜占庭式的修道院，346 年之前阿塔那西乌斯（Athanasius, 293–373）在德意志的特里尔建立一个修道院。在罗马帝国境内，各地修道院的规模差异很大，较小的修道院只有十几个僧侣，较大的修道院（例如，910 年创建的法国克吕尼修道院）有 100–400 多个僧侣，大多数修道院有近 100 个僧侣。③

接着谈谈不列颠的早期基督教。英格兰的早期教堂融合了凯尔特、罗马和盎格鲁–萨克森的影响。7–8 世纪是凯尔特基督徒过渡和皈依的时期。在这些年里，他们古老的宗教习惯被罗马的基督教习惯所取代。④公元前 55 年尤利乌

---

① Gerald Bray. *The History of Christianity in Britain and Ireland: From the First Century to the Twenty-First*, London: Apollos, 2021: 204.

② Ralph Martin Novak. *Christianity and the Roman Empire: Background Texts*, Bloomsbury T&T Clark, 2001: 219.

③ David M. Gwynn. *Christianity in the Later Roman Empire: A Sourcebook*, London: Bloomsbury Academic, 2015: 70.

④ Leslie Hardinge. *The Celtic Church in Britain*, London: S. P. C. K. for the Church Historical, 1972: 201.

斯·恺撒的罗马军队首次入侵不列颠，公元 43 年帝国皇帝克劳迪斯的军队再次入侵，不列颠沦为罗马的殖民地。莎士比亚《辛柏林的悲剧》(*The Tragedie of Cymbeline*）所描述的辛柏林（Cunobelinus, Kimbeline, ?BCE–AD 42）是罗马第二次入侵之前的不列颠国王。R. C. 哈塞尔《莎士比亚宗教语言词典》基于基督教列举了宗教词语 angel, benediction, blessed(blest), cherubin, conscience, covet, deity, devil, dew, divine, Elysium, exorciser, fall, godhead, godly, gods, hell, holy, hope, impious, religion, Roman, sacrifice, sacrilegious, Scripture, self-slaughter, shrine, sin, sulphur, temple, troth, venge, water holy, witch 等 34 个基督教常用词语；在这一历史悲剧中，凯尔特宗教作为蛮族的异教，莎士比亚没有历史性再现凯尔特不列颠的原始宗教语言。①

圣徒崇拜（cult of the Saints）被看作一种基督教的虔诚行为，3 世纪在罗马帝国迫害基督徒的时期，殉道者成为典型的圣徒。4–6 世纪各地区教会产生了越来越多的圣徒，圣徒崇拜是拉丁欧洲宗教表达的核心形式。3 世纪基督教可能已传入不列颠。303 年左右罗马军团的不列颠士兵阿尔班是为基督教而殉难的，后来人们因圣徒的崇拜而在阿尔班的陵墓所在地建立了圣阿尔班教堂。迄至 314 年，英格兰伦敦、约克、林肯（Londinium, Eboracum, and Lindum）等地区可能已有早期基督教的传播。410 年罗马人的统治结束之后，罗马–不列颠基督徒社区在西部（威尔士和康沃尔）幸存下来。（1）圣帕特里克（St. Patrick, flourished 5th century）是出生不列颠的罗马公民，432/433 年以基督教传教士的身份来到爱尔兰，并建立了修道院，在爱尔兰被尊为圣徒和宗教庇护者。（2）吕伊的圣吉尔达斯（Gildas, Gildus, 500–570）是一位罗马裔的不列颠僧侣，离开康沃尔后，来到布列塔尼，在布列塔尼的吕伊建立了一座修道院。（3）434–455 年阿基坦的普罗斯佩《编年史》(Prosper of Aquitaine, *Chronicon*）记载，

---

① Rudolph Chris Hassel. *Shakespeare's Religious Language: A Dictionary*, New York: Thoemmes Continuum, 2007: 441.

429年教皇塞莱斯廷派遣高卢主教欧塞尔的日尔曼努斯（Germanus of Auxerre）前往不列颠，消除佩拉吉乌斯的异端（heresy of Pelagius, Pelagianism）。431年罗马教皇塞莱斯廷派遣高卢的帕拉迪乌斯（Palladius）前往爱尔兰作为第一位主教，帕拉迪乌斯在爱尔兰建立了一个主教区。塞莱斯廷努力使不列颠人（Roman island）成为天主教徒，他也使爱尔兰人（barbarian island）成为基督教徒。① 此外，莎士比亚还写到（4）圣劳伦斯（holy Lawrence）。（5）《罗密欧与朱丽叶》《无事生非》等剧写到了圣弗朗西斯修士（Holy Franciscan Frier），即灰衣修士。②

二、高卢法兰克王国与诺曼底征服之后的基督教

5-11世纪英格兰王国的基督教与法兰克王国与诺曼人的天主教有直接的关系，罗马天主教、法兰克教会、苏格兰教会（Presbyterian）和爱尔兰教会给盎格鲁-萨克森诸王国带来了基督教。作为异教徒，盎格鲁-萨克森人、丹麦-维京人对不列颠的入侵与征服也带来了不同的民族宗教。中世纪英格兰、苏格兰和爱尔兰各地依然流行凯尔特巫术和超自然的信仰与实践。③ 莎士比亚戏剧中包含犹太人（Jews）、基督教异端（Christian heretics）、异教徒（pagans）和摩尔人（Moors）及多种宗教。④ 大约3、4世纪犹太教随着罗马军团的到来传入不列颠。罗马帝国早期，通行印欧多神教的西方可能并没有明确区分作为一神教的犹太教和基督教。犹太人一直存在于中世纪的英格兰，

---

① Walter William Skeat ed., *Aelfric's Lives of Saints: Being a Set of Sermons on Saints' days Formerly Observed by the English Church*, Oxford: Oxford University Press, 1966: 336.

② Patrick Francis Moran. *Essays on the origin, doctrines, and discipline of the early Irish church*, Dublin : J. Duffy, 1864: 3–10.

③ Constance Hoffman Berman. *Medieval Religion: New Approaches*, Routledge, 2005: 300.

④ Samantha Zacher. *Imagining the Jew in Anglo-Saxon Literature and Culture*, Toronto: University of Toronto Press, 2016.

希伯来语《圣经·旧约》有时被看作犹太经典。1066 年诺曼人侵英格兰之后，犹太人第一次大规模从鲁昂迁移到英格兰，威廉一世及其之后的国王为犹太社区提供了保护，犹太人承认并尊重英格兰国王，并通过放高利贷为王室收入做出贡献。1275 年国王爱德华一世通过了一项法律禁止犹太人高利贷，1290 年犹太人被驱逐出英格兰。①

首先谈谈罗马帝国境内基督教的分裂。395 年阿卡狄乌斯（Flavius Arcadius, 377–408）、霍诺里乌斯（Flavius Honorius, 384–423）分别成为东罗马、西罗马帝国的皇帝，罗马帝国分裂。451 年东罗马帝国皇帝马尔西安在小亚细亚召开卡尔西顿泛基督教联合会议（the Council of Chalcedon），这标志着基督教会分裂为罗马天主教、东方正教（Orthodox Catholic Church）。东方正教由“自主的”（autocephalous）地区教会组成，拜占庭 / 君士坦丁堡的泛基督教牧首（ecumenical patriarch）拥有名义上或荣誉上的教宗地位，拜占庭 / 君士坦丁堡、亚历山大（埃及）、安条克、耶路撒冷等地区教会坚持泛基督教联合会议（ecumenical councils）确定的正统信仰和实践。1054 年君士坦丁堡泛基督教联合会议确立了希腊语神父教义的正统地位，东方正教与罗马天主教完全分裂（The Schism of churches）。②

其次谈谈 5 世纪以来法兰克人、诺曼人的民族宗教。逐渐强大的各蛮族彻底改变了西罗马帝国，并在帝国灭亡之后建立各个民族的封建国家。406 年汪达尔人大规模入侵罗马–高卢。410 年西哥特人阿拉里克在围攻罗马城之后在建立西哥特王国。476 年 9 月罗马雇佣军首领日耳曼人奥多亚克废黜西罗马皇帝罗慕路斯·奥古斯都，西罗马帝国覆灭。考察法兰克人、诺曼人的日耳

① Robin R. Mundill. *England's Jewish Solution: Experiment and Expulsion, 1262–1290*, Cambridge: Cambridge University Press, 1998: 16.

② John Anthony McGuckin. *The Eastern Orthodox Church: A New History*, New Haven, London: Yale University Press, 2020: 74.

曼宗教以及他们的基督教化，是研究盎格鲁-萨克森不列颠宗教的基础。385-482 年讲日耳曼语的萨利法兰克人入侵比利时和塞纳河下游地区（高卢北部）。482 年克洛维一世建立封建王国墨洛温王朝（Merovingian dynasty）。494-507 年法兰克王国阻止了阿勒曼尼人，征服了西哥特人，统一了整个高卢北部地区和莱茵河上游的里皮法兰克人、查蒂 / 黑森法兰克人地区。克洛维一世皈依了罗马天主教，赢得了正统基督教神父的支持，法兰克王国保留了较多的高卢-罗马文化。8 世纪爱尔兰、苏格兰神学 / 学术受到高度重视。714-719 年诺森布里亚圣威尔弗里德修道院的僧侣威利布罗德获得了法兰克宫相丕平二世（Pippin II, Pépin d'Héristal, ?-714）、国王查尔斯・马特尔的支持，在温弗里斯（Wynfrith）的协助下培养了一些法兰克本土的神职人员。阿尔昆（Alcuin）等爱尔兰、英格兰牧师前往法兰克王国查理曼的亚琛宫廷从事学者、传教士的工作，796 年成为图尔圣马丁修道院的首要执事（院长）。①800 年教皇利奥三世为查理曼（Charlemagne, 768-814）举行了恺撒式的加冕，查理曼这位加洛林国王宣布为罗马的皇帝，在教廷的支持下建立了神圣罗马帝国。位于艾克斯-拉-夏贝尔（Aix-la-Chapelle）的宫廷成为宗教和知识复兴的中心，并建立了宫廷图书馆、修道院、宏伟的大教堂。法兰克王国要求地区教会服从更高的教会，自愿参与基督教改革，基督教洗礼为信仰的普及、思想的交流提供了媒介，有利于调整人们的公共生活方式，查理曼将基督教传播到德意志中部和北部，甚至在帝国中出现了犹太社区。② 加洛林王国及其联盟区域俗人、基督教徒、异教徒的政治、文化和精神活动促进了一个中世纪欧洲共同体的形成。

---

① James F. Kenney. *The Sources for the Early History of Ireland: An Introduction and Guide. Volume I, Ecclesiastical*, New York: Octagon Books, 1966: 106.

② Jeff Sypeck. *Becoming Charlemagne: Europe, Baghdad, and the Empires of A.D. 800*, New York: Ecco, 2006: 66.

据法兰克王国基督教神父记载，北方维京士兵对民众和教堂的抢劫是令人恐怖的。诺曼人（Normans, Northmen）作为北欧维京人的一支，9 世纪后期入侵法兰克王国西北部塞纳河河口地区和鲁昂地区。911 年法兰克国王查理三世与诺曼人首领罗洛（Rollon, Hrólfr, 860–932）签订了《埃普河畔圣克莱尔条约》（Treaty of St. Clair-sur-Epte）。912 年罗洛接受了基督教洗礼，此后诺曼人采用了拉丁语化的高卢-法兰克语，并与罗马教廷保持着结盟的关系。除开 1066 年诺曼公爵威廉一世征服不列颠，1050 年代开始诺曼人作为雇佣军在意大利南部和西西里岛与摩尔人作战，1130 年诺曼人首领罗杰二世建立了西西里王国，统治意大利南部卡拉布里亚、普利亚和西西里岛。诺曼人在意大利和英格兰建立了许多修道院、教堂和大教堂，宗教生活是中世纪诺曼社会的中心。世俗贵族对专业的宗教人士和神职人员的支持至关重要。①

接着谈谈盎格鲁-萨克森时期不列颠的基督教。5 世纪入侵不列颠的朱特人、盎格鲁人、萨克森人是讲日耳曼语的异教徒，为不列颠带来了强大的日耳曼宗教。从 6 世纪晚期开始，来自罗马教廷、高卢-法兰克、苏格兰和爱尔兰的基督教传教士将盎格鲁-萨克森王国的统治者转变为基督教信徒。中世纪爱尔兰的凯尔特基督教会是盛行一时的福音教派的分支，它曾向整个欧洲派遣基督教传教士。② 盎格鲁-萨克森的早期教堂融合了意大利罗马、高卢-法兰克和凯尔特的宗教影响，采用了罗马天主教教会的主教教堂和苏格兰和爱尔兰基督教会普遍存在的修道院。③ 雅罗修道院的比德（Bede, ?–735）是诺森布里亚教会可敬的学者、历史学家，《盎格鲁人民的教会史》（The Venerable Bede, *Historiam*

① Graham A. Loud. *The Age of Robert Guiscard: Southern Italy and the Norman Conquest*, London, New York: Routledge, 2000: 234.

② George G. Hunter. *The Celtic Way of Evangelism: How Christianity Can Reach the West*, Nashville: Abingdon Press, 2000: 56.

③ Henry Mayr-Harting. *The Coming of Christianity to Anglo-Saxon England*, London: B.T. Batsford, 1991: 199.

ecclesiasticam gentis Anglorum）较详细记载了盎格鲁–萨克森教会与封建国家之间的复杂关系，君主与地区贵族往往是教会的保护人，甚至直接控制了国内的教堂和修道院。601 年教皇圣格雷戈里一世派遣保利努斯、圣梅利图斯（伦敦主教）和圣朱斯图斯（罗切斯特主教）前往不列颠，出生于意大利罗马的波林努斯（Saint Paulinus, 584?–644）先后在诺森布里亚的约克、罗切斯特建立主教区。635 年爱尔兰爱奥那修道院僧侣艾丹（Saint Aidan, ?–651）在诺森布里亚的林迪斯法恩岛建立修道院和主教区。罗马教会主教威尔弗里德得到了王后埃夫里德的支持。664 年诺森布里亚教会召开的惠特比会议（Synod of Whitby）打破了盎格鲁–萨克森教会与凯尔特教会（爱尔兰）的唯一联系，国王奥斯维乌（Oswiu or Oswy, 612–670）决定支持罗马教会，接受罗马天主教会的规范，以便更符合罗马和高卢–法兰克教会的惯例。685 年圣卡特伯特（St. Cuthbert）被任命为林迪斯法恩主教。林迪斯法恩修道院一度拥有富饶的财物。698–721 年主教伊德弗里斯制作了篇幅宏伟的林迪斯法恩福音书（the Lindisfarne Gospels），这份希伯来–盎格鲁风格手抄稿包括四福音书、圣杰罗姆的书信等。①

从 6 世纪下半期开始，罗马教廷、高卢–法兰克基督教会的牧师来到不列颠。肯特王国的基督教教会是盎格鲁–萨克森时期意大利罗马、高卢–法兰克拉丁教会的主要支持者和倡导者。肯特与东盎格鲁王国、诺森布里亚王国和西萨克森王国的君主及其宫廷因联姻关系较早皈依了基督教。657–660 年麦西亚国王伍尔夫赫尔（Wulfhere, 640–675）建立了 2 座修道院，并支持主教雅鲁曼（Jaruman）和圣查得（St. Chad）积极传播基督教。基督教会有利于发展教育、书写体系和国家法律与规章，肯特、诺森布里亚、麦西亚、西萨克森成为更大的封建王国时，人们更倾向于皈依基督教。② 肯特、西萨克森、东盎格鲁王国中

① Janet Backhouse. *The Lindisfarne Gospels*, Ithaca, NewYork: Cornell University Press, 1981: 8.

② Henry Mayr-Harting. *The Coming of Christianity to Anglo-Saxon England*, London: B.T. Batsford, 1991: 117.

一些王室成员（尤其是女性）因为信仰基督教而被地区教会尊为圣徒。① 在正统教会法、教会官方、神职人员、信仰与教义、神秘主义、礼拜仪轨、教堂仪式、财产和教会土地等方面，盎格鲁-萨克森教会自身是独立的，部分保留了盎格鲁-萨克森原始宗教的传统。②（1）法兰克（巴黎）国王夏里伯特（Charibert I, ?-567）的女儿伯塔（Bertha or Berhta）嫁给肯特国王埃塞尔伯特一世（Æthelbert I, ?-616），基督教徒伯塔和她带来的基督教主教使得埃塞尔伯特皈依了基督教。（2）597 年罗马教皇格雷戈里一世派遣奥古斯丁使团前往肯特，面临着克服朱特异教徒（国王埃德温的首席异教徒牧师科菲）和爱尔兰基督教的挑战。602 年奥古斯丁建立了坎特伯雷修道院。一个世纪后西萨克森和怀特岛的人皈依了基督教，一些异教徒的寺庙被改为基督教教堂，甚至接纳了凯尔特／朱特人动物祭祀的仪式。（3）法兰克国王科洛塔尔二世的女儿艾玛（Emma or Ymma, 603-642）嫁给了肯特国王艾德巴尔德（Eadbald, ?-640），后者在坎特伯雷建立圣母玛利亚教堂。（4）肯特国王埃塞尔伯特的女儿埃塞尔布尔（Aethelburh）嫁给了诺森布里亚国王埃德温（Edwin, ?-632）。627 年埃德温皈依了基督教，并在诺森布里亚建立了修道院和教堂（主教保利努斯 Paulinus）。633 年奥斯瓦尔德（Oswald）重新统一诺森布里亚，爱尔兰爱奥那修道院僧侣艾丹将基督教重新引入诺森布里亚。（5）635 年西萨克森国王希尼吉尔（Cynegils, ?-643）皈依了基督教，在多切斯特受洗，并建立了牛津主教区。（6）646 年左右东盎格鲁国王的女儿西克斯布尔（Seaxburg or Seaxburh, 627-673）与西萨克森国王森威尔（Kenwealh, Cenwalh, ?-672）的婚姻促进了基督教在西萨克森的传播。648 年在温彻斯特建造了圣彼得教堂。（7）西克斯布尔的女儿、肯特王后埃森戈塔（Eorcengota,

① Paul E. Szarmach ed., *Writing Women Saints in Anglo-Saxon England*, Toronto: University of Toronto Press, 2014: 3.

② Susan J. Ridyard. *The Royal Saints of Anglo-Saxon England: A Study of West Saxon and East Anglian Cults*, Cambridge: Cambridge University Press, 2008: 74.

651–?699）曾是法尔牟提耶圣母院女修士，后来是伊利修道院的首要执事（院长）；她的妹妹埃门希尔德（Eormenhild, 653–702）嫁给了麦西亚国王伍尔夫赫尔（Wulfhere, 640–675），675 年埃门希尔德隐退伊利修道院。①787 年尼西亚第二次主教会议禁止建立新的兼有男女的双修道院，此后女修道院独立出来，但女修道院的地位出现明显降低。787–1066 年女修道院一直是不列颠不可忽视的宗教现象。

整个中世纪，许多极重要的修道院（Monasteries）大都建在沿海及其附近岛屿上，越来越多地出现在城镇和乡村，修道院在盎格鲁–萨克森发挥了中心作用。②957–959 年麦西亚国王埃德加（Edgar, 943/944–975）统一诺森布里亚、西萨克森。由于受到法兰克国王查理曼及其继任者所采取的教会改革的启发，坎特伯雷大主教邓斯坦（Saint Dunstan, 924–988）、温彻斯特主教埃特尔沃尔德（Saint Æthelwold, 908–984）和约克大主教奥斯瓦尔德（Oswald of York, 925–992）发起了盎格鲁–萨克森王国教堂、修道院的重大改革，王权（国王、王后）被看作为僧侣和女修道士的保护者。970 年《康考迪亚（和平）准则》（Regularis Concordia）即“英格兰僧侣和修女的修道院协议”认为，本尼迪克特准则是教会祈祷、布道、日常活动的指导原则。（1）他们向卢瓦尔的弗勒里修道院（Fleury Abbey，位于圣贝诺–苏尔–卢瓦尔）寻求建议，推行努尔西亚的本尼迪克特（Benedict of Nursia, 480–547）所制定的修道院规则。（2）法尔牟提耶修道院（Notre Dame de Faremouthiers）位于塞纳河与马恩省（Seine et Marne department）的法尔牟提耶镇，7 世纪法兰克贵族阿涅里克的女儿法尔创建了这座修道院，1140 年修道院毁于大火。673 年东盎格鲁国王安纳的女儿埃忒德里

① Stephanie Hollis. *Anglo-Saxon Women and the Church: Sharing a Common Fate*, Woodbridge: Boydell Press, 1998: 111.

② Joseph A. Gribbin. *The Premonstratensian Order in Late Medieval England*, Woodbridge: Boydell Press, 2000: xv.

特（Etheldreda or Ethelthrith, 636–679）建立了伊利修道院（Abbess of Ely），这是一所高卢–法兰克式的兼有男女的双修道院，699年之前埃门希尔成为伊利修道院的首要执事（院长）。①

1066年诺曼人征服英格兰之后，英格兰王权对教会拥有极强的干预力量，新任命的诺曼教堂主教和修道院执事大多会利用盎格鲁–萨克森圣徒建立他们的权威，将自己融入新的英格兰教会，并保护郊区的土地和财产。温彻斯特教堂和阿宾顿修道院的圣徒崇拜并不总是被尊重，相反是被压制。英格兰教会与罗马天主教、拉丁欧洲文化更加紧密地结合在一起。②《末日审判书》（*Domesday Book*, 1086）以来，英格兰的人口一直在增加，建立了大量的基督教修道院、教堂和大教堂，现存的《埃克森调查书》（*Exon Domesday*）、《剑桥调查书》（*Inquisito comitatus Cantabrigiensis*）等包含一些英格兰宗教的信息。11世纪末至1300年达勒姆、温彻斯特、伊利、彼得伯勒、诺维奇、奇切斯特、罗切斯特建造了许多宏伟的大教堂（cathedrals）。从赫里福德的基尔佩克到肯特的巴尔弗雷斯顿，英格兰各地还有数百座较小的教堂（church）。同时，索斯韦尔（Southwell）、克莱斯特彻奇／基督教堂（Christchurch）、沃克索普（Worksop）、布莱斯（Blyth）、罗姆塞（Romsey）建造了修道院（abbeys）和小修道院（priories）。英格兰教会根据罗马教教廷、高卢–法兰克的正统教会法进行了改革：恢复了地方宗教会议，要求神职人员独身等。③

英格兰安茹王朝（Angevin dynasty, 1154–1216）和金雀花王朝（Plantagenet

---

① James G. Clark. *The Culture of Medieval English Monasticism*, Woodbridge: Boydell Press, 2007: 123.

② R. N. Swanson. *Catholic England: Faith, Religion, and Observance Before the Reformation*, Manchester: Manchester University Press, 1993: 257.

③ Rebecca Browett. *The Fate of Anglo-Saxon Saints after the Norman Conquest of England: St Æthelwold of Winchester as a Case Study*, History, Vol. 101, No. 2 (345) (April 2016), pp. 183–200.

Dynasty, 1216–1485）时期，安茹的领主们（伯爵／公爵）与罗马教廷、高卢–法兰克教会的关系有时（亨利二世、理查德一世）密切和平，有时（约翰王）紧张对立；为了维护国家利益，坎特伯雷大主教休伯特·沃尔特与教皇的关系并不总是融洽的。国王理查德一世去世之后，1199–1204 年国王约翰与布列塔尼公爵亚瑟爆发王位继承战争，后者得到了法兰西国王腓力二世的支持；直到 1206 年，腓力二世夺取了安茹、缅因和普瓦图的部分地区。由于与英格兰叛乱男爵的战争，1215 年教皇英诺森三世在第四次拉特兰会议决定约翰王被逐出基督教会。虽然约翰王像别的中世纪君主一样维护小教堂和牧师，建立和支持教堂及其土地。① 爱德华一世、爱德华三世非常成功的统治，威尔士被征服，对苏格兰战争，英格兰社会发展出一种良好稳定的经济结构。亚瑟王神话可能是布列塔尼、康沃尔和威尔士人的一种本地信仰，骑士文化和亚瑟王崇拜（Arthurianism, exspectare Arthurum）盛行一时。1279 年《土地所有权规约》(the Statute of Mortmain）使王室获得对教会获得土地的控制权。

三、教会改革、清教徒与新教（Protestantism）

整个中世纪一直存在持续的教会改革。887 年以来欧洲各国的主教教区大都经历了重大的变化，基督教世界边界的扩张，1078 年教皇格里高利七世在罗马拉特兰宫召开教会改革会议（Gregorian reforms）普遍禁止世俗君王授予主教和执事的教职，依据《约翰福音》强调神职人员独身、严格的道德操守和独立性，指责买卖圣物或教会职位、（超自然的圣灵）神秘主义的西蒙教派（simony）为异端。新的修道院秩序和新的宗教生活形式的激增，1098 年欧洲开始出现西多修道士会（The Cistercian Order）等新的修道士会，（1131 年西多修道士会在威尔士格文特建造了廷川修道院）。罗马教皇对地区事务和教区管理

---

① Michael Prestwich. *Plantagenet England 1225–1360*, Oxford: Oxford University Press, 2005: 99.

的参与有所增加，新的虔诚运动和宗教势力的爆发，引发了中世纪教会改革。1215 年教皇英诺森三世（Innocent III, 1161–1216）召开拉特兰第 12 届泛基督教联合会议（ecumenical council），其中教会改革集中于裁决年度忏悔、四旬斋圣餐、教会财产的使用、什一税、司法程序和父权制优先权等内容。这为英格兰教会的行动提供了基础。奇切斯特主教 Richard le Poore 出席了会议，而后在索尔兹伯里、伊利教区发起了相关改革。

由于十字军东征的影响，隐修的修道士会往往与中世纪骑士团融合为一，例如，圣三一教团（Trinitarians）、默塞德达里安教团（Mercedarians）、玛利亚会教团（Servites）、米尼姆斯教团（Minims）、上帝的圣约翰医院教团（Hospitallers of St. John of God）和条顿教团（the Teutonic Order）等。此外，12–13 世纪教皇控制了对圣徒的崇拜，建立了一个严格由教会法定义的封圣程序。大多数罗马天主教教堂都有一位圣徒作为他们的庇护者（patron）。1274 年里昂第二次宗教大会确认了罗马天主教四大隐修 / 托钵僧教团（mendicant orders），即多米尼加教派或者传教士会（Dominicans, Order of Preachers），方济各会（Franciscans），奥古斯丁教团或者圣奥古斯丁的隐士会（Augustinians, Hermits of St. Augustine），和以色列的卡梅尔教团（Carmelites）。莎士比亚《爱德华三世》等剧可能暗示了卡梅尔教团，即白衣修士会。

首先谈谈教会大分裂（Western Schism）。欧洲各国激烈的冲突使罗马教廷陷入了长期的分裂危机。为了对抗西班牙王室，1266 年法国国王路易九世的第弟安茹的查尔（Charles of Anjou, 1226–1285）应教皇克雷芒四世的邀请取得了那不勒斯王位，那不勒斯王国位于教皇领地的南部。1302–1304 年法兰西国王菲力四世在与教皇博尼法斯八世、本尼迪克特十一世的战斗中获胜，罗马教廷迅速衰落。1305 年克雷芒五世在菲力四世的支持下当选为教皇。1309 年教廷迁至法国南部的阿维尼翁，但是英格兰、奥地利等封建国家的主教鲜明地反对阿维尼翁教廷（Avignon papacy, 1309–1377）。教皇本尼迪克特十二世

（Benedict XII, ?–1342）设立了教会总理事会的教职和异端审判所，对欧洲基督教影响深远。1377 年 1 月格雷戈里十一世（Gregory XI, 1329–1378）平息了维斯康蒂家族发起的佛罗伦萨叛乱，并宣布自己为正统的罗马教皇，教皇职位重返罗马。1378 年 4 月神圣学院（Sacred College）的红衣主教选出新的阿维尼翁教皇，直到 1417 年 11 月才结束“教廷大分裂”（Western Schism, or Papal Schism）。①1399 年赫里福德公爵亨利·博林布鲁克在叛乱中推翻理查德二世后成为英格兰国王，英格兰主教与分裂的阿维尼翁教廷的关系是对立的。15 世纪上半期比萨（1409）、康斯坦斯（1414–1418）和巴塞尔（1431–1449）泛基督教联合会议裁决了教会分裂，宣布教会的总理事会有权罢免或接受有关教皇的辞职，并处理了各种基督教异端。1409 年比萨会议之后三位教皇同时存在：那不勒斯国王支持的格雷戈里十二世、德意志国王支持的本尼迪克特十三世、意大利米兰公国支持的亚历山大五世。1415 年康斯坦斯会议谴责约翰·威克利夫为异端。②

其次谈谈约翰·威克利夫与英格兰清教运动。英格兰的基督教各教派是从分裂教会的大分裂中产生的。Puritan 来自希腊语 καθαρός（katharos，洁净的、纯洁的、纯粹的）。251 年作为严厉主义者的诺瓦提亚努斯教派（Catharans, Catharists）被教皇科尼利厄斯职责为基督教异端而逐出教会，诺瓦提亚努斯《论纯洁的价值》（Novatianus, *De bono pudicitiae*）在罗马的宗教迫害运动中提倡坚定而纯洁的基督教信仰。12 世纪法兰西阿尔比的修道院受到保加利亚波戈米尔教派的影响，挑战了天主教会的权威，被基督教正统派指责为异端，被称为“纯洁教派”（katharos）；12–13 世纪纯洁教派在欧洲蓬勃发展起来，主张化身论、二元论等教义。1564 年皮埃尔·龙沙（Pierre de Ronsard）首次使用

---

① Joëlle Rollo-Koster. *The Great Western Schism, 1378–1417: Performing Legitimacy, Performing Unity*, Cambridge: Cambridge University Press, 2022: 1.

② Sydney F. Smith. *The Great Schism of the West*, London: Catholic Truth Society, 1933: 27.

puritain 一词，在英语中，该词指责不遵守伊丽莎白教会改革所规定的（尤其是白色褶边礼拜服）、拒绝教会内部等级制度的、虔诚的非国教教徒。1678 年康热的查理主编的中世纪拉丁语词典（Charles du Fresne, Seigneur du Cange, *the Glossarium ad Scriptores Mediae et Infimae Latinitatis*）中包含 pūritānī 一词。① 清教徒（Puritanism）强调阅读拉丁语俗语（vulgate）《圣经》和翻译成民族语言（vernacular）的《圣经》，借鉴《圣经》和日常经验中的图像进行传教。1588 年出版了第一本威尔士语《圣经》，布雷肯郡出现了反对主教制度的激进思想。约·阿·克雷维列夫认为，英格兰清教运动是“采取宗教反对派的形式”进行的“政治反抗”。②

14 世纪以来，牛津大学神学家约翰·威克利夫（John Wycliffe, 1330–1384）成为英格兰教会改革家和对教皇分裂的革命式批评家，其追随者形成洛拉德教派（Lollards, Lollardy）。洛拉德教派是不是真正的天主教异端，一直是备受争议的问题。③ 威克利夫开启的清教运动（Puritanism）扩大了非主流教派的抗议思想，使得英格兰教会经历了长期的宗教动荡。④1372–1377 年在爱德华三世、冈特的约翰、诺森伯兰伯爵亨利·珀西的支持下，威克利夫试图限制教廷在英格兰教会的权力，尤其是限制教皇土地所有权，赋予国王不同寻常的精神权威；威克利夫基于《圣经》的“福音书”和希波的圣奥古斯丁神学，主张《圣经》是唯一真理来源，《圣经》是最高的权威（律法），超越了所有其他律法；他批评教皇和教会等级制度的腐败和世俗教会滥用权力的行为，例如，对

---

① Francis J. Bremer. *Puritanism: A Very Short Introduction*, Oxford: Oxford University Press, 2013: 1.

② John Coffey, Paul C. H. Lim. *The Cambridge Companion to Puritanism*, Cambridge: Cambridge University Press, 2008: 163.

③ Anne Hudson. *Lollards and Their Books*, Bloomsbury Academic, 1985: 141.

④ George Macaulay Trevelyan. *England in the Age of Wycliffe*, 3ème ed., London: Longman, 1972: 1.

土地的贪婪，并质疑罗马正统教会的信仰和实践，因而鼓励改革世俗教会及其教义。1380–1381 年威克利夫、尼古拉斯·赫里福德和约翰·特雷维萨等把拉丁语的杰罗姆《圣经》翻译到中古英语，有两种羊皮书手稿，1382 年用雕版印刷发行。1382 年坎特伯雷大主教威廉·考特奈在伦敦黑衣修士会举行的宗教会议上谴责威克利夫，1401 年英格兰议会《焚烧异教徒法令》(statute de Heretico Comburendo) 宣布威克利夫的所有著作被禁止。1410 年分裂教皇亚历山大五世下令烧毁威克利夫的《论公众土地》(*De civili dominio*)、《神学》(*De scientia Dei*)、《圣经的真理》(*De veritate Sacrae Scripturae*) 等异端作品。① 此外，波希米亚王国的布拉格大学宗教改革家让·胡斯（Jan Huss）也是 14 世纪著名的福音教派神学家，1415 年教皇约翰二十三世召开康斯坦斯议会，威克利夫被谴责为异教徒，胡斯被判处火刑。②

接着谈谈 16 世纪新教改革。14 世纪兴起的欧洲宗教改革运动中，凡反对中世纪罗马天主教正统神学 / 教义和实践，和坚持宗教改革原则的基督教信徒都被称为新教（Protestantism），但却不都是清教（Puritanism）。在德意志，主张改革的基督教信徒更喜欢“福音教派”(Evangelicals, Evangelicalism) 这一名称，在法国则是“胡格诺教派”(Huguenots)。瑞士宗教改革者及其在荷兰、英格兰和苏格兰的追随者，尤其是在 17 世纪之后，更喜欢“教会改革派”(Reformed) 这个名字。M. 韦伯《新教伦理与资本主义精神》写道：In der Tat mag mit dem „gut essen wollen “die Motivation für den kirchlich indifferenteren Teil der Protestanten in Deutschland und für die Gegenwart, zwar unvollständig, aber doch wenigstens teilweise richtig charakterisiert sein. Aber nicht nur lagen die Dinge in

① Herbert B. Workman. *John Wyclif: A Study of the English Medieval Church*, Volume 1, Eugene: Wipf & Stock Publishers, 2001: 139.

② Joel Beeke. *A Puritan Theology: Doctrine for Life*, Michigan: Reformation Heritage Books, 2012: 810.

der Vergangenheit sehr anders: für die englischen, holländischen und amerikanischen Puritaner war bekanntlich das gerade Gegenteil von „Weltfteude “charakteristisch und zwar ...①韦伯没有严格区分 Puritaner（清教徒）与 Protestanten（新教）。米兰·扎菲罗夫斯基《新教伦理与威权主义精神：清教与民主与自由公民社　会》(Milan Zafirovski, *The Protestant Ethic and the Spirit of Authoritarianism: Puritanism Versus Democracy and The Free Civil Society*）则一直混同这两个概念。

由于长期分裂的教廷，15 世纪已经出现反教权主义、改革罗马教廷的呼声。（1）1440 年那不勒斯国王阿拉贡的阿方索（Alfonso of Aragon）宫廷历史学者洛伦佐·瓦拉《宣告》(Lorenzo Valla, *Declamatio*）指出西罗马帝国将君士坦丁的控制权授予教皇是伪造的，教皇尤金尼四世对意大利临时权力的主张是不合法的；《使徒信条》(*Apostles' Creed*）并不是十二使徒撰写的。（2）1496–1506 年希腊语和希伯来语学者约翰内斯·鲁奇林（Johannes Reuchlin, 1455–1522）卷入了一场将希伯来语、（犹太法典）塔木德和（犹太神秘主义）卡巴拉有关的知识自由与教会权威对立起来的普遍争论。（3）古典语文学者伊拉斯谟斯（Desiderius Erasmus, 1466/1469–1536）批评教会的严酷行为，强调阅读希腊语《圣经》，并质疑教廷的权威，提出了人文主义的教会改革主张。1509–1514 年伊拉斯谟斯在英格兰的剑桥大学讲授希腊语文本《新约》和拉丁语《圣杰罗姆作品集》等。

由于人文主义教育（希腊语、拉丁语、希伯来语与修辞学）的普遍展开，手抄书籍的广泛流通，16 世纪初德意志最早出现了新教（Protestantism）。1527 年斯派尔作为神圣罗马帝国的自治城市，成为帝国高等法院的所在地。1526 年帝国会议召开，皇帝查理五世废除了沃尔姆斯法令，允许每位地区统治者选择是否执行沃尔姆斯法令。1529 年帝国会议终止对路德教派的一切宽容，德意

① Max Weber, *Die protestantische Ethik und der Geist des Kapitalismus*, Tübingen: J. C. B. Mohr(Paul Siebeck) , 2016: 137.

志 14 个自由城市的代表和 6 个路德教派神父要求撤销禁止路德教派的沃尔姆斯法令（Diet of Worms, 1521），这些抗议者被天主教会正统派称为“新教”（持异见者）。①

（1）1501–1505 年马丁·路德在埃尔福特大学学习人文学科、经院哲学。作为奥古斯丁修道院的牧师，1508–1509 年在威登堡大学学习《圣经》阐释学和神学（Peter Lombard, Sententiarum libri IV），1510–1512 年在威登堡大学攻读神学博士学位，而后担任了圣经研究教授，讲授《诗篇》、圣保罗书信等。1517 年马丁·路德发表《九十五条论纲》（*the Ninety-five Theses*）反对美因茨多米尼加修士会售卖免罪符。到 1518 年底，路德对基督教的救赎或与上帝和解这一关键概念有了新的理解，与罗马教会的教义相冲突。安德烈亚斯·博登斯坦·卡尔斯塔特（Andreas Rudolf Bodenstein von Karlstadt, 1480–1541）、托马斯·蒙策尔（Thomas Müntzer, 1490–1525）等学者进而反对教会 / 教廷和教皇的权威，德意志的宗教改革开始。1521 年 1 月罗马教皇宣布马丁·路德为异教徒。在萨克森大公弗雷德里克三世（Frederick III, 1463–1525）的庇护之下，马丁·路德在瓦尔特堡把《圣经》翻译成德语。②

（2）加尔文主义是新教的另一支改革力量。1523–1528 年约翰·加尔文（Jean Calvin or Jean Cauvin, 1509–1564）在巴黎大学学习希腊语、拉丁语、希伯来语和神学，1528–1531 年在奥尔良和布尔日法学院学习。1533 年末加尔文被迫离开巴黎，前往瑞士的巴塞尔，为皮埃尔·奥利维坦（Pierre Olivétan）的法语译本《圣经》作序，而后出版了《基督教原理》（*Institutes*, 1536–1560），强调《圣经》是永恒的真理准则，是唯一的权威，否定罗马教廷的权威。1541 年 11

① Kerr Duncan Macmillan. *Protestantism in Germany*, Princeton: Princeton university press, 1917: 257.

② Harry Gerald Haile. *Luther: An Experiment in Biography*, Princeton: Princeton University Press, 2014: 60.

月日内瓦颁布《教会条例》(*Ecclesiastical Ordinances*)，规定由牧师、教师、教会长老会、世俗执事四种教会人员管理日内瓦镇的教育和市政。

（3）莎士比亚戏剧没有直接提及加尔文和日内瓦，但较多引用了156/1595年英语译本“日内瓦圣经”，对加尔文主义有部分同情。1560–1611年“日内瓦圣经”有122个四开本，例如，《亨利五世》多处回应了《旧约·以赛亚书》，莎士比亚似乎正在使用“日内瓦圣经”的文本及其注释为他的文艺复兴戏剧创造一个中世纪的背景。①《科利奥兰纳斯》写道：at once plucke out/The Multitudinous Tongue, let them not licke The sweet which is their poyson.（III, 1）。《辛柏林》写道：No, ‘tis Slander, /Whose edge is sharper then the Sword, whose tongue/Out-venomes all the Wormes of Nyle, whose breath/Rides on the posting windes, and doth belye/All corners of the World.（III, 4），二者引用了“日内瓦圣经”的《约伯记》。②流亡日内瓦的英格兰学者米尔斯·科弗岱尔（Miles Coverdale）、约翰·诺克斯（John Knox）等在加尔文的影响下，在日内瓦出版《圣经》的英文译本（1557, 1560），1576年首次在英格兰印刷，是伊丽莎白时代最受欢迎的英语圣经。“日内瓦圣经”作为严格的早期现代英语译本，有大量的注释。③

四、亨利八世的宗教改革及其后的英格兰国教

整个都铎王朝时期，英格兰教会经历了（王国）宗教政策的多次激烈转变，英格兰的基督教信仰和实践在某种程度上从天主教走向了新教。16世纪

---

① John Knoepfle. *Shakespeare's Henry V and the Geneva Bible*, Project MUSE (ISSN 1043–2213), Essays in Medieval Studies, 6, 1989, pp.94–101.

② R. A. L. Burnet. *Shakespeare and The Marginalia of the Geneva Bible*, Notes and Queries, Volume 26, Issue 2, April 1979, pp.113–114.

③ David Norton. *A History of the English Bible as Literature*, Cambridge: Cambridge University Press, 2000: 89.

初期，新教主要指宗教改革中出现的两大教派，路德派和改革派，然而罗马天主教会将所有声称自己是基督徒但反对天主教的人看作为新教徒。亨利七世（Henry VII, 1457–1509）与罗马天主教会、法兰西教会、西班牙王室，甚至神圣罗马帝国保持了和平的关系。1534年国王亨利八世发起宗教改革，将英国国教（the Church of England）与罗马天主教会分离。1547–1553年新教在爱德华六世（Edward VI, 1537–1553）的统治下迅速发展。1553–1558年玛丽女王统治期间，英格兰回归罗马天主教，众多新教徒被迫流亡。1558年伊丽莎白继承王位受到新教徒的热烈欢迎，她以温和、宗教宽容的方式重建新教。英格兰的宗教改革通常是国王强加给英国教会的“自上而下”的教会重组。

1509–1547年亨利八世（Henry VIII, 1491–1547）统治时期，王后阿拉贡的凯瑟琳（Catherine of Aragon, 1485–1536）只有一个女儿（玛丽）幸存下来，然而帝国皇帝查理五世、教皇克莱门特七世拒绝了亨利八世与凯瑟琳婚姻无效的申诉，因为凯瑟琳是1502年去世的威尔士亲王亚瑟的遗孀。1533年教皇克莱门特七世宣布将亨利八世逐出教会。1534年在亨利八世的坚持下，托马斯·克伦威尔主持英格兰议会通过了一系列法案，将英格兰教会与罗马教廷分离，并宣称国王为英格兰教会（Church of England）的精神领袖，从而否定罗马教皇的权威，却几乎完全保留了罗马天主教的信仰与实践。亨利八世几乎一直在支持新教，他复杂的宗教信仰决定了英格兰改革的形式。亨利八世与罗马教皇的决裂与正在兴起的宗教改革运动联系在一起，推动了新教路德教派进入英格兰（1521年亨利八世 Assertio septem sacracamentorum advertitus Martinum Lutherum 反对路德），加尔文教派也迅速在英格兰传播开来；追随伊拉斯谟斯的基督教人文主义改革者，和洛拉德教派的清教思想也较快发展起来。早期现代英语的“大圣经”（the Great Bible）和“主教圣经”（the Bishops' Bible）在教区教堂被强力推行和使用。1536–1540年修道院遭到镇压，修道院的财产和新的牧师税转交给王室。坎特伯雷大主教托马斯·克兰默、天主教徒德·拉–珀尔勋爵、约翰·费舍尔勋爵和托马斯·莫尔勋爵等作为宗教改革的反对者遭到了迫害。1539–1547 年福音派教、路德教派的少数反对者遭到了迫害。1540 年之后宗教派别之间的冲突日益激烈。亨利八世先后有 6 个王后，第二任王后安妮·博林（Anne Boleyn, 1501–1536）生下了伊丽莎白公主，第三任王后简·西摩（Jane Seymour, 1508–1537）生下了爱德华亲王。

1547–1553 年爱德华六世统治时期，在萨默塞特公爵爱德华·西摩、诺森伯兰公爵约翰·达德利的支持下，英格兰教会继续实行宗教改革，福音派教成为新教的重要组成部分，新教得到了迅速发展。爱德华六世本人是一个不妥协的、热情的新教君主，促进了英国国教的形成。虽然英格兰的教区和教区结构实际上保持原样，特别是在礼拜形式方面。托马斯·克兰默、尼古拉斯·雷德利、休·拉蒂默等主教推动了爱德华时代的新教改革。牛津大学、剑桥大学邀请了来自欧洲大陆的知名新教神学家，1549, 1552 年修订《通用祈祷书》（*the Book of Common Prayer*），1553 年颁布《四十二条》《布道书》，新教通过对教会教义、崇拜和规则的系统改革，删除任何圣徒祈祷，在教区层面破坏图像 / 偶像。①1550 年克兰默《捍卫真实的天主教圣礼教义》（*Defense of the True and Catholic Doctrine of the Sacrament*）是一份重要的新教改革文献。

1553–1558 年玛丽女王统治时期，英格兰教会回归罗马天主教，教皇权威重新引入英格兰，也许这需要更多的宗教政策上的平衡。② 玛丽·都铎恢复了天主教崇拜，恢复了修道院、弥撒和神职人员独身生活，恢复了反对基督教异

① Diarmaid MacCulloch. *Tudor Church Militant: Edward VI and the Protestant Reformation*, New York, London: Penguin Books Ltd, 2017: 9.

② D. M. Loades. *Reign of Mary Tudor: Politics, Government and Religion in England, 1553—1558*, New York: St. Martin’s Press, 1979: 321.

端的法律。① 在其丈夫西班牙的菲利普二世的支持下，玛丽·都铎加强了对新教徒的镇压和迫害，280 多名新教徒-反叛者而被处以火刑，克兰默、拉蒂默、雷德利等成为新教殉道者，富有的新教商人和工匠技师则逃往大陆的德意志和瑞士各地。② 多米尼加修道会巴托洛梅·卡兰扎牧师等西班牙天主教徒来到英格兰，虔诚的天主教主教雷金纳德·珀尔被任命为坎特伯雷大主教。1554 年英格兰议会同意宣布 1529 年之后通过的所有宗教立法无效。③

1558 年伊丽莎白一世成为女王后，流亡苏黎世、日内瓦等地的新教神学家作为主教重建了独立的英格兰国教（新教），并废除被起诉的仪式、雕像、图像／偶像和祭坛，但有意避免清教、福音教派、天主教中的极端群体对君主权威的挑战，伊丽莎白主动压制了新教不同派别之间的宗教斗争。1559 年《最高法令》(the Act of Supremacy）宣布女王是英格兰国教的“最高首领”，废除了任何教皇权力。为了加强宗教统一，圣经人物和现代殉道者得到了更大的重视，市场日布道取代了圣日游行，新教教义、圣经诗句被用作教堂装饰。同时，《统一法令》要求日常礼拜要遵循新教的《通用祈祷书》，1662 年最终修订了《通用祈祷书》。地区教堂是新教礼拜仪式的官方场所，新教成为国家认同的重要组成部分。1564 年伊丽莎白要求坎特伯雷大主教马修·帕克在礼拜仪式上实行统一。1566 年帕克颁布了《通告》。1571 年颁布《三十九条》，成为礼拜仪式和教义的标准。

在英格兰，公民身份和宗教信仰是不可分割的，英格兰国教一直保持着主教制形式，国王被看作为国家教会的精神首领，任命坎特伯雷、约克大主教，

---

① Eamon Duffy, David M. Loades. *The Church of Mary Tudor*, Aldershot: Ashgate Publishing Limited, 2006: 124.

② Ronald Truman, John Edwards ed., *Reforming Catholicism in the England of Mary Tudor*, Aldershot: Ashgate Publishing Limited, 2005: 33.

③ Frederick E. Smith. *Transnational Catholicism in Tudor England: Mobility, Exile, and Counter-Reformation, 1530–1580*, Oxford: Oxford University Press, 2022: 40.

而且被任命的主教负责每个教区。同年剑桥大学神学家托马斯·卡特赖特提出长老会制度，或由神职人员和俗人组成的地区教会制度，两年后约翰·菲尔德、托马斯·威尔科克斯进一步推动了卡特赖特的教会观点。他们被指责为教会“分离主义者”。1576 年剑桥大学神学家约翰·惠特吉夫特被任命为坎特伯雷大主教，清教徒被女王疏远；基于加尔文主义神学，1588–1590 年约翰·惠特吉夫特结束了清教的改革运动。高等法院延长的教会听证会而未起诉清教徒，星座法庭进行的民事诉讼只监禁了少数最杰出的清教徒。从牛津大学、剑桥大学到各教区的神父、牧师、修道士，继续向俗人宣讲新教。

此外，1560 年代关于牧师法衣和礼拜仪式争议中的反对者被称为清教徒，他们主张为英格兰国教建立长老会制度，否定了国家教会，不屈从女王在（宗教）精神上的至高无上地位，他们延续了威克利夫式的清教信仰与实践，因而受到了王权和国教主教们的强制打压。伊丽莎白时期，英格兰王国和国家教会与罗马教皇、神圣罗马帝国和西班牙王国的关系持续紧张。1570 年罗马教皇庇护五世将伊丽莎白逐出天主教会。1588 年西班牙入侵英格兰失败，国家内部几乎认同英格兰已成为新教王国。①

1603 年 3 月苏格兰国王詹姆斯继承英格兰王位，推行君主专制主义和主教制度，在其统治时期，詹姆斯与英格兰议会大多数时间处于紧张的关系，甚至多次解散议会。他写作了政治论文《自由君主的真正律法》（*The True Lawe of Free Monarchies*, 1598）和《皇家训导》（*Basilikon Doron, or His Majesties Instrvctions To His Dearest Sonne, Henry the Prince*, 1599）。莎士比亚《冬天的故事》一剧中的莱昂特斯提出父亲身份的合法性、对儿子的形象化教育问题，可能是回应《皇家训导》一文。詹姆斯一世（James I, 1566–1625）曾经是一个加尔文主义者，1582–1583 年他短暂支持新教 / 清教的立场，1584 年通过议会立

---

① Christopher Haigh. *English Reformations: Religion, Politics, and Society under the Tudors*, Oxford: Oxford University Press, 1993: 269.

法詹姆斯成为苏格兰长老会的精神领袖。1603 年千人签名请愿书向国王提出了清教徒的不满。1604 年汉普顿法院召开会议，詹姆斯一世驳斥了清教徒的不满。1604 年坎特伯雷大主教理查德·班克罗夫特颁布《宪章》和《反对不合规者的法令》；1611 年普遍发行早期现代英语翻译的“国王版圣经”（the King James Version）；1618 年强行要求在讲坛上阅读詹姆斯的《文法之书》。在英格兰，拒绝妥协的清教徒承受着来自王权的压力，一些神职人员被剥夺了职位，但其他人采取了回避行动，勉强维持生计；还有一些人无法接受妥协，逃离了英国。1607 年来自英格兰斯克鲁比的清教徒逃到荷兰，1620 年乘坐五月花号在北美科德角湾岸边建立了普利茅斯殖民地。

五、《哈姆雷特》的宗教词汇

英格兰早期的教堂融合了盎格鲁-萨克森、凯尔特和罗马的影响。563/596-1639 年英格兰教会经历了发展和衰落时期。8 世纪后期，丹麦 / 维京人的入侵摧毁了修道院，削弱了学术实力。直到 896 年西萨克森国王阿尔弗雷德统一了泰晤士河以南的地区，并试图复兴修道院，英格兰基督教教会才得以改革和发展。悲剧《哈姆雷特》讲述的是一个维京时代的历史故事，剧中的宗教包括挪威-丹麦人的多神教、罗马天主教、新教（路德教派、加尔文教派）和清教等。都铎王朝晚期，莎士比亚对英国“旧宗教”天主教的记忆和谈论方式，值得关注和考察。威廉·莎士比亚的母亲玛丽·阿登（Mary Arden）来自信仰罗马天主教的当地显要家族，外祖母和母亲的家庭可能深刻影响了这位剧作家。

首先谈谈维京时代的丹麦人宗教。维京宗教作为印欧多神教，是一种古老的日耳曼宗教，包括北方神话、诸神与精灵 / 精神、崇拜仪轨、命运、死亡观、魔法等。[①]690 年诺森布里亚约克的圣威尔弗里德修道院僧侣威利布罗德

① Angus A. Somerville, R. Andrew McDonald. *The Viking Age: A Reader*, New York: University of Toronto Press, 2014: 77.

（Willibrord of Utrecht, 658?–739）的基督教使团前往弗里斯，并成为尼德兰乌得勒支教区主教，698 年建立埃赫特纳赫修道院，725 年威利布罗德来到丹麦，丹麦的海德比镇（Hedeby, or Heiðabýr）较早出现了基督教信徒。994 年奥拉夫（Olaf I Tryggvason, 964–1000）995 在安多弗接受基督教洗礼，而后他将基督教强加于他统治的挪威王国。①8–10 世纪丹麦–维京人的入侵摧毁了英格兰北部中部的修道院，削弱了逐渐发展起来的宗教学术，给不列颠带来了北欧（丹麦、斯堪的纳维亚）的日耳曼宗教。为了抢劫教会的财富，787 年维京人首次袭击了西萨克森，793 年丹麦–维京人袭击了诺森布里亚的林迪斯法恩修道院，而后严重破坏了雅罗修道院、圣卡特伯特修道院、伊奥那修道院（苏格兰赫布里底岛）和别的修道院。② 由于丹麦–维京人的袭击，诺森布里亚、麦西亚和东盎格鲁的许多主教区被遗弃。因此，9–10 世纪盎格鲁–萨克森王国的教堂结构发生了重大变化。在南部地区，教会受到了本地贵族而非维京人的干涉，并夺走教会的财富。③896 年西萨克森王国阿尔弗雷德（Aelfred, 849–899）最终统一了包括伦敦在内的泰晤士河以南的地区，并对肯特–萨克森教会进行了改革，《盎格鲁–萨克森编年史》提供了丰富的历史文献。

《哈姆雷特》题材来源，主要是维京时代的丹麦–斯堪的纳维亚历史传说，剧中国王克劳迪乌斯写给英格兰国王的信中提到“海盗”（Ere we were two days old at sea, a pirate of very warlike appointment gave us chase），挪威王子福廷布拉斯率领军队远征波兰（Young Fortinbras, with conquest come from Poland,）即是维京时代的表征。（1）1200 年前后萨克索《丹麦历史》（Saxo Grammaticus, *Historia Danica*）第三、四册包含阿姆雷特（Amlethus, Amleth）的故事，这是

---

① Tony Allan. *The Vikings: Life, Myth, and Art*, New York: Barnes & Noble Books, 2004: 15.

② Du Chaillu, Paul Belloni. *The Viking Age: the Early History, Manners, and Customs of the Ancestors of the English Speaking Nations*, Vol. 1, John Murray, 1889: 334.

③ Robert Ferguson. *The Vikings: a history*, New York: Viking, 2009: 85.

一个 862–912 年丹麦-维京传说：阿姆雷特的母亲是瓦兰吉国王鲁里克（Rørik, Rorik, Rurik, 830?–879）女儿古鲁塔（Guruth, Gurutha），其父亲是丹麦贵族奥尔文迪尔（Ørvendil, Horwendil）。862 年鲁里克在诺夫哥罗德建立了鲁里克王朝，882 年鲁里克的继任者奥列格（Oleg, 845?–912）征服了斯摩棱斯克和基辅。奥尔文迪尔曾经在战斗中杀死了斯堪的纳维亚贵族科勒（Koller）及其妹妹塞拉（Sela）。国王鲁里克任命奥尔文迪尔和他的弟弟芬格（Feng）共同治理丹麦的日德兰半岛，但嫉妒的芬格谋杀了奥尔文迪尔，娶了其遗孀古鲁塔。警惕的阿姆雷特伪装成一个傻瓜 / 疯子，芬格安排一年轻女子与前者相会，而后芬格安排一个愚蠢的老谋士躲在古鲁塔房间的黑暗角落里的稻草下，偷听二人的谈话。阿姆雷特刺死了该朝臣，并让猪把分解的尸体吃掉。接着芬格决定派遣两名护卫将阿姆莱特送往英格兰，并向英格兰国王请求处决阿姆莱特。一年后，阿姆雷特及时返回丹麦，放火烧了宫殿，用剑杀死芬格。阿姆雷特返回英国，带回了妻子英格兰公主和苏格兰女王埃尔闵特鲁德；返回丹麦后，阿姆雷特与继任国王维格勒克（Viglek）展开了决斗，后者赢得了埃尔闵特鲁德。萨克索的历史叙述为人们提供了戏剧人物的原型。① 莎士比亚显然增添了老国王哈姆雷特鬼魂的场景、所有求证克劳狄乌斯谋杀的场景、奥菲利亚的爱情以及莱欧提斯的复仇场景，忠诚的好朋友霍拉旭、挪威王子福廷布拉斯等。（2）阿姆雷特的故事出现在比萨克索更早的《雷吉尔国王编年史》（The Chronicon Lethrense or Chronicle of the Kings of Leijre）中的《伦德编年史》（Annales ludenses or Annals of Lund），故事稍有差异。（3）1514 年萨克索《丹麦编年史》拉丁文译本在巴黎首次印刷。1572 年弗朗索瓦·德·贝勒福尔《悲剧故事》（François de Belleforest, Histoires Tragiques）中将萨克索的阿姆莱特等故事翻译成法语，增加了被谋杀的奥尔文迪尔的鬼魂、芬格与古鲁塔通奸等场景。贝勒福尔强调维

① Oliver Elton trans., *The First Nine Books of the Danish History of Saxo Grammaticus*, London: D. Nutt, 1894: 106–117.

京时代尚未信仰基督教的古代丹麦王国的野蛮风俗（酗酒等）、残忍和不忠。莎士比亚在王后乔特鲁德的情节中较多采用了贝勒福尔的道德说教。1608 年出版了英语译本《哈姆雷特的故事》(*The History of Hamblet*)，莎士比亚《哈姆雷特》中的罗森克兰茨、吉尔登斯顿是 16 世纪丹麦贵族的名字。（4）在 1602 年 7 月 26 日印刷商詹姆斯·罗伯茨（James Roberts）在伦敦书业公会取得莎士比亚《哈姆雷特》(the Revenge of Hamlett Prince Denmarke as yt was latelie Acted by the Lord Chamberleyne his servantes.）的出版权之前，已经存在一个哈姆雷特复仇的戏剧（现佚）。①1586 年在德意志巡回演出的英国喜剧演员剧团表演了匿名的《受到惩罚的兄弟谋杀》(Der bestrafte Brudermord）。据莎士比亚传记来看，此时他还不是戏剧表演行业公会的学徒。1589 年托马斯·纳什为罗伯特·格林《梅纳芬》写作的导言中提到某个佚失的悲剧“哈姆雷特”(and if you entreat him fair in a frosty morning, he will afford you whole Hamlets, I should say handfuls, of tragical speeches），这也可能暗示它是《西班牙悲剧》的剧作家托马斯·基德写作的。②1594 年 6 月 9 日菲利普·亨斯洛《日记》记载托马斯·洛奇的戏剧《机智的悲惨与世界的疯狂》在纽因顿镇演出，1596 年伦敦印刷商亚当·伊斯利普为书商卡特伯特·伯比 Cutbert Burby 出版了该剧第 1 四开本，序言中写到“哈姆雷特的复仇”(and looks as pale as the uisard of the ghost which cried so miserally at the Theator like an oisterwife, Hamlet, revenge）。

其次谈谈《哈姆雷特》一剧中的 1590 年代基督教词汇。《圣经》是莎士比亚典故和参考文献的主要来源，在莎士比亚戏剧中有数百处圣经中的形象、典故和语句引用。他所知道的《圣经》主要是英语版“大圣经”(The Great

---

① John W. Cunliffe. *The Influence of Seneca on Elizabethan Tragedy: An essay*, London: Macmillan, 1893: 5.

② John W. Cunliffe. Nash and the Earlier Hamlet, Publications of the Modern Language Association of America(PMLA), 1906, Vol. 21, No. 1 (1906), pp. 193–199.

Bible, 1539）、“主教圣经”（The Bishops’ Bible, 1568, 1572）和“日内瓦圣经”（Geneva Bible, 1557/1560, 1576）。①1611 年詹姆斯国王版《圣经》英译文本出版时，莎士比亚的戏剧表演和剧作家生涯几乎已经结束，但 1623 年第 1 对折本中的宗教用语大多数是按照 1611 年标准版修改的。“日内瓦圣经”是清教徒的圣经，清教徒可能更喜欢“日内瓦圣经”，而不是国王钦定的标准翻译文本，但许多英格兰国教徒也是如此；在莎士比亚时代，乔治·阿伯特等主教等都使用“日内瓦圣经”。1576–1611 年“日内瓦圣经”出版了 81 个印刷文本，11 个“主教圣经”。1616 年英格兰最后一个（即第 90 个）“日内瓦圣经”文本印刷出版。

莎士比亚经常引用《日内瓦圣经》的文本。托马斯·卡特（Thomas Carter, *Shakespeare and Holy Scripture*, 1905）认为，《哈姆雷特》中波洛尼乌斯的对白 A double blessing is a double grace（Hamlet, I, iii. 1604, Q2）引用了“日内瓦圣经”的《传道书》（*Ecclesiasticus* 26.15）、《以赛亚书》（*Isaiah* 40. 2–3），但纳西布·沙欣复核了几乎所有《日内瓦圣经》版本，发现没有现存文本可以支持这一观点。② 纳西布·沙欣指出，《奥赛罗》中奥赛罗的对白 whose hand(Like the base Iudean) threw a Pearle away Richer then all his Tribe:（Othello v.ii. 1623, F1），《亨利四世　第一部》中威尔士亲王哈利的对白 Redeeming time when men thinke least I wil.（1 Henry IV, I. ii. 1598, Q1），《亨利四世　第二部》中国王的对白 they know not what they do.（2 Henry IV, IV.iv. 1600, Q1），《亨利四世　第二部》中威尔士亲王哈利的对白 that bal out the ruines of thy linnen shal inherite his kingdom:（2 Henry IV, II.ii. 1600, Q1），以上引用了“日内瓦圣经”，也可能是

① Naseeb Shaheen. *Biblical References in Shakespeare's Plays*, Newark: University of Delaware Press, 1999: 27–29.

② Naseeb Shaheen. Shakespeare and the Geneva Bible: “Hamlet”, I.iii.54, Studies in Bibliography, Vol. 38 (1985), pp. 201–203.

1576年劳伦斯·汤普森版《新约》，即“日内瓦圣经”《新约》的修订版。[①]《哈姆雷特》中哈姆雷特的对白 I’ll speak to it, though hell itself should gape（Hamlet, I.ii. 1604, Q2）则是引用了“大圣经”或者“主教圣经”。

《哈姆雷特》更有意表现16世纪英格兰王国伊丽莎白时代的精神，而不是中世纪丹麦-斯堪的纳维亚的历史社会场景。在莎士比亚的戏剧中，英格兰国教（Anglicanism, Anglicans）礼拜仪式是显而易见的。莎士比亚戏剧努力普及和传播圣经中的契约思想，为世俗生活赋予了伦理分量。《哈姆雷特》一剧中多个段落表明他使用了“通用祈祷书”式的布道。纳西布·沙欣认为，《哈姆雷特》和《奥赛罗》各有50多处圣经参考文献，它们引用自多种不同的圣经文本，“在《哈姆雷特》中，有2个例子明显表明他使用了流行的日内瓦版本：第三场第1幕77–79行，第三场第3幕80行，第五场第1幕229–230行和第五场第2幕219–220行。”《哈姆雷特》中哈姆雷特的对白 The King is a thing of nothing.（Hamlet, IV.ii. 1604, Q2）引用了“日内瓦圣经”。《哈姆雷特》中哈姆雷特的对白 Let me not think on’t; frailty, thy name is woman!（Hamlet, I.ii. 1604, Q2）引用了《圣经》。《哈姆雷特》中哈姆雷特的对白 A took my father grossly full of bread,（Hamlet, III.iii. 1604, Q2）引用了“日内瓦圣经”。《哈姆雷特》中哈姆雷特的对白 There is special providence in the fall of a sparrow.（Hamlet, V.ii. 1604, Q2）可能是引用了“日内瓦圣经”。[②]詹姆斯·里斯《莎士比亚与圣经》详细列举了《哈姆雷特》一剧中26处引用《圣经》，并认为莎士比亚还阅读和引用《伪经》（Apocrypha）中的“马卡比书”。例如，《哈姆雷特》中波洛尼乌斯的对白 I will speak dagger to her, but use none.（Hamlet, III.ii. 1604, Q2）。《哈姆雷特》中奥菲

---

① Naseeb Shaheen. *Shakespeare and the Tomson New Testament*, Notes and Queries（Oxford University Press）, Vol. 3, No. 42 (1995), pp.290–291.

② Naseeb Shaheen. *Biblical References in Shakespeare's Tragedies*, Newark: University of Delaware Press, 1999: 536.

利亚的对白 Lord, we know what we are, but know not what we may be.（Hamlet, IV.v. 1604, Q2）。《哈姆雷特》中王后的对白 all that lives must die, /Passing through nature to eternity.（Hamlet, Iii. 1604, Q2）。《哈姆雷特》中哈姆雷特的对白 Now get you to my lady's table［Chamber, 1623］and tell her,（Hamlet, V.i. 1604, Q2）。《哈姆雷特》中哈姆雷特的独白受到了《旧约》赞美诗第八首的启发，What piece of work is a man! How noble in reason, how infinite in faculties, in form and moving, how express and admirable in action, how like an angel in apprehension, how like a god; the beauty of the world; the paragon of animals.（Hamlet, II.ii. 1604, Q2）。①哈姆雷特的对白 There's a divinity that shapes our ends（Hamlet, V.ii. 1604, Q2），奥菲利亚的歌 And of all Christians' souls,（Hamlet, IV.vi. 1604, Q2），divinity, Christian 等词语则表现了 16 世纪严谨的基督教教义。然而，《哈姆雷特》中的鬼魂，可能与维京人的多神论宗教无关；王后吉特鲁德（Gertrude）的房间，可能与基督教的忏悔室或者小教堂（Chappell）无关。剧中装疯的哈姆雷特指责奥菲利亚应该进入女修道院（nunn'ry），虽然 787 年之后欧洲大陆出现了独立的女修道院。《罗密欧与朱丽叶》第五场第 3 幕写到了女修道院（holy Nunnes），然而，880 年前后丹麦-维京尚未信仰基督教。此外，该剧却出现修道院、教堂和少数基督教圣徒 Saint Patrick, Saint Valentine。

R. C. 海塞尔列举了《哈姆雷特》一剧中的 183 个宗教词语，但它们并不全是基督教的常用词汇。海塞尔遗漏了 cherub/Cherube（基路伯天使），莎士比亚戏剧中还写作 Cherubin, Cherubins，该词常见于《圣经》（希伯来语 kāribu, 希腊语 χερούβ），威克利夫从通俗拉丁《圣经》翻译成中古英语时，cherub, Cherubin 即作为借词 / 外来词。这 183 个词语有 Abel, abstinence, account, Adam, affection, angel, apprehend, audit, believe, bell[1], below, bestial, blessing, bodkin, Cain, canon,

① James Rees. *Shakespeare and the Bible*, Philadelphia: Claxton, Remsen & Haffelfinger, 1876: 67, 91.

canonised, cause, celebrate, ceremony, chapel, chastity, Charity Saint, chaunts, choler, Christian[2], churchyard, clay, confess[1], conscience, crimes, cross[2], curse[3], damn, damnation[1], damned[3], desert, desperation, devotion[1], diet, dirge, disappointed, divine[1], divinity[2], doomsday, dreadful, dust, earth[3], eternal[3], eternity[1], even-Christen, Everlasting[2], evil[1], fast, fault, flames, flesh[3&4], forgive, garden, ghost[1], Gis, glass, God, God-a-mercy, godly[1], grace[1], hallowed, haunt, heathen, heaven[2], heavenly[1], hell, Herod, howl, immortal[1], imperfections, impious[1], Israel, jaw-bone, Jephthah, lash, lauds, lenten, love[1], made[1], make, marriage, mass, memory, merit, minister[2], mote, murder, nature, nunn'ry, obedient, obsequious, obsequy, obstinate, occulted, offence, ordinant, organ, orisons, ostentation, pagan, pastor, Saint Patrick, pelican, philosophy, pious[1], powers, pray, prayer[1], priest, prisonhouse, profane, providence[1], pure, purged, purging, quintessence, reason, reckoning, reform, religion[4], repent, repentance, requiem, rest[1&2], revenge, revengeful, rite, rood, rue, sacred, salvation, sanctify[2], sanctuarize, save[2&3], Saviour, scourge[2], Scripture, self-slaughter, sexton, shriving, sing[1&3], soul[1&4], sparrow, spirit[2], sulphur, Sunday, taint[2], temperance, temperately, tempt, tormenting, trespass, trumpet, Turk, unanel'd, unction, understanding, unfortified, ungracious, unholy, unhousl'd, unsanctified, Saint, Valentine, vanity[3], vice[1&2], vision, vow[1&2], wicked[1], will[1], Wittenburg, word[2], world[1&2], Worms, wormwood, ' zounds①。

首先谈谈主要用于（犹太教、基督教）宗教领域的常用词：Abel, abstinence, Adam, angel, apprehend, audit, bell, blessing, Cain, canon, canonised, celebrate, ceremony, chapel, chastity, Charity Saint, chaunts, cherub, Christian, churchyard, clay, confess, cross, curse, damn, damnation, damned, devotion, dirge, divine, divinity, doomsday,

① Rudolph Chris Hassel. *Shakespeare's Religious Language: A Dictionary*, Bloomsbury Academic, 2015: 441–442.

eternal, eternity, even-Christen, Everlasting, evil, fast, forgive, ghost, Gis, God, God-a-mercy, godly, grace, hallowed, heathen, heaven, heavenly, hell, Herod, immortal, imperfections, impious, Israel, Jephthah, lauds, lenten, minister, nunn'ry, occulted, offence, orisons, pagan, pastor, pious, pray, prayer, priest, prisonhouse, profane, providence, pure, purged, purging, religion, repent, repentance, requiem, rite, rood, sacred, salvation, Saint, Saint Patrick, Valentine, sanctify, sanctuarize, save, Saviour, Scripture, sexton, shriving, spirit, temperance, temperately, trespass, unanel'd, unction, unholy, unhousl'd, unsanctified, vice, wicked, Worms, wormwood, 'zounds。圣徒和圣徒崇拜，是早期基督教和罗马天主教教义和实践的重要特征：（1）圣帕特里克（Saint Patrick）是5世纪（其中晚年大约为451–496年）爱尔兰天主教使徒，在爱尔兰创立了修道院，著有《忏悔录》《致科罗提库斯的信》，7世纪末之前帕特里克已被尊为基督教圣徒。莎士比亚《哈姆雷特》一剧2次提到了隐修者帕特里克（At Frier Patrickes Cell; by Saint Patricke），《维罗纳的二绅士》一剧2次提到了帕特里克（That Siluia at Fryer Patricks Cell should meet me; she did intend Confession At Patricks Cell this euen,）突出了帕特里克的修道士身份。（2）圣瓦伦丁（Saint Valentine, ?–270）是罗马帝国皇帝哥特征服者克劳迪乌斯二世迫害基督徒时期的基督教殉难者，教皇朱利叶斯一世（Pope Julius I, ?–352）在他的坟墓上建造了一座长方形教堂，被尊为基督教圣徒。5世纪末教皇盖拉西乌斯一世（Pope Gelasius I, ?–496）禁止庆祝2月中旬牧神节，可能被圣瓦伦丁节取代；现存文献表明圣瓦伦丁节出现于15世纪。（3）莎士比亚戏剧（F1, 1623）中还提到圣阿尔班（Saint Albons）、圣安妮（Saint Anne）、圣阿萨菲（Saint Asaph）、圣本尼特（Saint Bennet）、圣克莱尔（Saint Clare）、圣科勒姆（Saint Colmes）、圣克里斯平（Saint Crispian, Saint Crispines）、圣丘比特（Saint Cupid）、圣丹尼（Saint Dennis）、圣埃德蒙兹伯里（Saint Edmondsbury）、圣弗朗西斯（Saint Francis）、圣乔治（Saint Gregorie, Saint George）、圣杰

克（Saint Iaques）、圣杰姆（Saint Iamy）、圣杰罗姆（Saint Ieronimie）、圣约翰（Saint Iohn）、圣凯瑟琳（Saint Katherine）、圣兰伯特（Saint Lambert）、圣劳伦斯（Saint Laurence）、圣路加（Saint Luke）、圣马尼（Saint Magnes）、圣玛丽（Saint Marie）、圣马丁（Saint Martin）、圣米歇尔（Saint Michael）、圣保罗（Saint Paul, holy Paul）、圣彼得（Saint Peter）、圣菲利普（Saint Philip）、圣斯蒂芬（Saint Stephen）等，除开戏谑拟词神圣的女巫（holy Witch）、圣丘比特（Saint Cupid）和《新约》福音书中的圣玛丽（Saint Marie, holy Mary），圣乔治（Saint Gregorie, Saint George）、圣杰克（Saint Iaques）、圣约翰（Saint Iohn）、圣路加（Saint Luke）、圣马丁（Saint Martin）、圣保罗（Saint Paul）、圣彼得（Saint Peter）等是早期基督教使徒，其他几乎都是早期殉道者或者地区教会的开创者。这些显著的天主教（旧教）特征，区别于清教和新教的教义与实践。

1588 年之后，英格兰已成为新教王国。莎士比亚可能是一个推崇古典语文学、修辞学的，立场动摇的天主教徒，也可能是一个宽容的、独立的新教徒，而更符合作为精神模糊的英格兰国教徒。莎士比亚第 73 首十四行诗“荒芜的、废弃的唱诗坛，鸟儿在那里曾唱出甜美的歌”（Bare rn'wd quiers, where late the sweet birds sang.）唤起了对英格兰修道院历史的废墟、英格兰天主教的废墟的回想。过去天主教的物质遗迹（例如，教堂的彩色玻璃，① Her eyes are grey as glasse, and so are mine: ② Her siluer visage, in the watry glasse, 等等），可能是莎士比亚成长世界的组成部分。

其次谈谈非宗教的常用词，它们只是在特殊的使用中被赋予宗教意涵。account, affection, believe, below, bodkin, clay, conscience, crimes, desert, dust, earth, flesh, made, make, marriage, mass, memory, merit, mote, obedient, obsequy, ordinant, organ, powers, quintessence, reform, rest, revenge, revengeful, rue, scourge, self-slaughter, taint, tempt, tormenting, unfortified, ungracious, vanity, vision, vow, will, Wittenburg。1502 年萨克森选帝大公弗里德里克三世（Frederick III, Friedrich der Weise, 1463–1525）创立了威登堡大学（Wittenberg University），威登堡（Wittenburg）作为德意志人文主义大学的所在地，剧中人物哈姆雷特、霍拉旭、罗森克兰茨、吉尔登斯顿等在此接受大学教育；1520–1521 年马丁·路德成为威登堡大学圣经学教授，威登堡作为新教路德教派的发源地，具有实际的宗教意涵。莎士比亚戏剧多次提及路德和威登堡大学，暗示剧作家对路德的崇敬，例如，《亨利八世》写道：yet I know her for A spleeny Lutheran（III, 2），《哈姆雷特》写道：For your intent In going backe to Schoole in Wittenberg（I, 2）。

可以说，在 R. C. 海塞尔所列举的宗教词语中，少数词语与宗教意涵无关，bestial, cause, choler, desperation, diet, disappointed, dreadful, fault, flames, garden, glass, haunt, howl, jaw-bone, lash, love, murder, nature, obsequious, obstinate, ostentation, pelican, philosophy, reason, reckoning, sing, soul, sparrow, sulphur, Sunday, trumpet, Turk, understanding, word, world。

接着谈谈多种宗教、基督教不同派别的混合观念。悲剧《哈姆雷特》使用的宗教词语 heathen, Israel, Jephthah, pagan, profane, unanel'd, unction, unholy, unhousl'd, unsanctified, vice, wicked, 表明莎士比亚清晰地知道地中海世界和欧亚大陆的多种宗教即异教徒，和基督教异端即非正统基督教教派。例如，《威尼斯商人》写到了犹太教，《伯里克勒斯》《特洛伊罗斯与克瑞西达》写到了小亚细亚的宗教，《仲夏夜之梦》《雅典的泰门》写到了古希腊的多神论宗教，奥林匹斯神话及其崇拜仪轨（ritual）是古希腊宗教的核心。①《尤利乌斯·恺撒》《提图斯·安特洛尼库斯》《科利奥兰纳斯》《安东尼和克利奥帕特拉》写到了古罗马的多神论宗教。《麦克白》写到了凯尔特宗教，苏格兰女巫的预言及其实现，与苏格兰基督教长老教会的教义相冲突，尤其是第一场第 1 幕（Actus Primus. Scoena Prima）简略地描述三个女巫的出场，Padock calls anon: faire is foule, and

① Jane Ellen Harrison. *Prolegomena to the Study of Greek Religion*, Cambridge: Cambridge University Press, 1903: vii.

foule is faire, / Houer through the fogge and filthie ayre.《温莎的风流娘们儿》写到了盎格鲁宗教，例如，长有鹿角的霍恩 Oft haue you heard since Horne the hunter dyed, ...Ses that he walkes in shape of a great stagge.（*The Merry Wives of Windsor*, 1602），从词源来看，Horne 源于古英语 hyrne，可能与古日耳曼森林之神 Odin 有关，而不是凯尔特神话中的 Cernunnos。《暴风雨》《奥赛罗》写到了摩尔人的宗教（即伊斯兰教）等。莎士比亚在戏剧中提到非西方–欧洲的印度人、中亚的亚马逊人和斯基泰人、波斯人、土耳其人、埃及人等，他们都有各自独立的宗教。附记，莎士比亚在《哈姆雷特》一剧中的误会，9 世纪末期丹麦没有形成高卢–法兰克式的骑士制度和骑士文化。1037 年图格里勒·贝格在小亚细亚建立塞尔柱土耳其王国 Turk，换言之，862–912 年丹麦的阿姆雷特与土耳其王国存在明显的时代差距。

六、结语

历史上的不列颠–英格兰教会经历了发展和衰落的时期，早期的基督教会融合了凯尔特、罗马和盎格鲁–萨克森的影响。在罗马人征服不列颠之前，不列颠的凯尔特人原本有自然宗教，具体的宗教实践与崇拜仪轨未详。311–313 年罗马取消基督教禁令并宣布其合法之后，发源于小亚细亚的基督教随着罗马军团的外籍士兵进入不列颠，并在不列颠迅速发展起来。随着罗马人的撤出，基督教或者罗马天主教并没有在不列颠完全消失，而是分散在威尔士和爱尔兰各地，重新统治不列颠的凯尔特人恢复其原初的多神论宗教。6 世纪入侵的蛮族朱特人、盎格鲁人、萨克森人则到来了日耳曼的多神论宗教，朱特人最早接受了罗马–高卢的天主教，并逐渐传播到盎格鲁–萨克森的封建王国。8 世纪入侵的丹麦–维京人部分阻挠了盎格鲁–萨克森的基督教传播进程，加强了日耳曼北方部族的多神论宗教。阿尔弗雷德统治泰晤士河以南地区，使得盎格鲁–萨克森的南部地区重新发展基督教事业。《盎格鲁人民的教会史》描述了盎格鲁–萨克森异教徒的神及其崇拜。

诺曼人即是维京人的一支，入侵了塞纳河口、下游谷地和法兰克西部邻近海岸地区，10 世纪晚期接受了罗曼–法兰克语、高卢–法兰克的天主教。诺曼公爵威廉一世征服英格兰后，盎格鲁–萨克森的基督教加强了与罗马教廷、法兰克天主教会的联系，也逐渐达到了英格兰教会的统一。中古时期西方教会的分裂，有利于英格兰教会的独立。威克利夫的清教运动、亨利八世的宗教改革不断推进了独立的英格兰国教。伊丽莎白一世后期英格兰成为新教国家。

悲剧《哈姆雷特》讲述的是丹麦–维京时期的北欧历史传说，莎士比亚却表现出 1590–1612 年英格兰王国的时代精神，而不是 862–912 年丹麦–斯堪的纳维亚的（真实的）历史图景。在《哈姆雷特》一剧中，英格兰国教（Anglicanism, Anglicans）礼拜仪式是显而易见的，莎士比亚引用了伊丽莎白时期流行的“大圣经”“主教圣经”“日内瓦圣经”和《通行祈祷书》，以及少数伪经文本和别的宗教文本。1623 年第一对折本中，莎士比亚戏剧部分引用了 1611 年国王标准版《圣经》，这主要是《威廉·莎士比亚的喜剧、历史剧和悲剧》编辑者约翰·赫明斯、亨利·康德尔修改的，或者是国王剧团的演员集体修改的。《哈姆雷特》中丰富的宗教词语，和广泛的宗教文本引用，表明了莎士比亚在天主教、新教之间的模糊的、独立的立场，他可能更像是一个立场宽容的、自由的英格兰国教徒，却对天主教抱有同情的怀旧思想。

第二节　论《亨利四世》第一、二部的宗教词汇

作为一个本质的概念，宗教（religion，源于拉丁语 religiōn，意思指责任、虔诚、崇拜）是一组社会实践的分类单元，指特定人群组成的、有许多表征（道德行为、正确信仰和参与宗教机构）的一种社会形态 / 社会类型，尤其是基于地理区域的神灵崇拜、对命运、死亡关切的实践类型。中世纪基督教信徒发展出众多修道院僧侣教团（monastic orders），人们发誓将在虔诚崇拜的特定规则下生活，这种僧侣教团被称为 religio, religiones（宗教）。① 布伦特 · 农布里认为，英语词语 religion 的最早用法是指不同的修道院僧侣教团，例如，15 世纪主教雷金纳德 · 皮科克思考了这样一个问题：为什么教会有如此多的僧侣教团（Whi ben ther so manye dyuerse religiouns in the chirche?）。②1624 年玄学派诗人爱德华 · 赫伯特男爵《论真实》（Edward Herbert, *De Veritate*）反对基督教社会群体的分裂，提出了崇拜唯一神、为错误行为忏悔、宗教实践培养美德等五个共同“要素”，这意味着 religion 概念的显著转变。religion 在 1623 年第 1 对折本中是一个高频词语：religion 使用了 16 次，religious/Religious 使用了 22 次，religiously/religiouslie 使用了 4 次，irreligious 使用了 3 次，其中大多接近拉丁语 religiōn 的原初语义。Puritan/Puritane 使用了 5 次，有“洁净、纯洁、（宗教）苦行”的意义，但并不指 15–17 世纪的清教徒派别。

---

① Peter Biller. “Words and the Medieval Notion of ‘Religion’”, *Journal of Ecclesiastical History*, 36(1985, 3): 351–369.

② Brent Nongbri. *Before Religion: A History of a Modern Concept*, New Haven, CT: Yale University Press, 2013: 21.

作为一个家族相似性概念，宗教是指人类与他们认为神圣的、至高无上的、绝对的、精神的、神学的或值得特别尊敬的事物的关系，例如，个人与神或灵魂的关系、个人对神或精神的皈依态度、个人与神话自然世界的关系。许多宗教都有自己的圣经文本，它们是精神或道德的权威，对神的崇拜、虔诚的祈祷、冥想或特定仪式往往是宗教生活的组成部分。① 中世纪神学家奥古斯丁《上帝之城》（Augustine, *De civitate Dei*）较早系统论述了“崇拜方式”（nobis religious）。②1871 年人类学家爱德华·伯内特·泰勒《原始文化》（Edward Burnett Tylor, *Primitive culture: researches into the development of mythology, philosophy, religion, art, and custom*），1902 年心理学家威廉·詹姆斯《不同的宗教经验》（William James, *The Varieties of Religious Experience*），1973 年文化人类学家克利福德·吉尔茨《文化的解读》（Clifford Geertz, *The Interpretation of Cultures*）等分别革新了 religion 这个综合性概念。此外，欧洲古典时代就存在有神论（theism）、无神论（atheism）的争论，存在一神论（monotheism）、多神论（polytheism）的争论，存在不可知论（agnosticism）、泛神论（pantheism）的争论。1909 年人类学家罗伯特·马雷特《宗教入门》（Robert Ranulph Marett, *The Threshold of Religion*）区分“万物有灵论”（animism）和“超自然力量”（animatism）。

在每一种人类文化中，宗教（Religion）可以被看作一种普遍性的社会类型；人们可以以非普遍的方式对宗教进行实质性或者功能性的定义。作为一个抽象的、变化的社会文化概念，宗教是一种与神圣、崇拜仪轨、精神相关的特殊社会实践类型，它往往还与禁忌、预示／预兆、诅咒或罪过／罪孽有关，人们并不总是可以明确区分形而上学、唯灵论（spiritualist）、巫术、超自然、被

---

① Paul J. Griffiths. “The Very Idea of Religion”, *First Things*, 103(May, 2000): 30–35.

② Augustine of Hippo. *The City of God against the Pagans*, R. W. Dyson ed., Cambridge: Cambridge University Press,1998: 49.

崇拜的神、命运和神学。因而宗教被认为是人类童年时代的思想与实践。凯文·斯齐布瑞克（Kevin Schilbrack, *What Isn't Religion*? 2013）认为，宗教是一种超经验（superempirical）的事物。E. 杜尔凯姆认为，宗教是将人们团结成一个关于神圣事物的信仰和实践的单一体系，换言之，各自分别的、有禁忌的信仰和实践将所有信奉它的人团结在一个称为教会的道德共同体（communauté morale）中。①

一、《亨利四世》第一、二部中的英语拼写形式

《亨利四世　第一部》共有 1598a（Quarto 0），1598b（Quarto 1），1599、1604、1608、1613、1622、1632、1639 年 9 个四开本，和 1623 年德灵（Edward Dering）手抄本；自 1623 年以来，该剧收入其后各个对折本，包括第一、第二对折本。1598 年 2 月 25 日《亨利四世　第一部》首次出现在书业公会的登记簿上，注册人为书商安德鲁·怀斯（Andrew Wise），原题为“亨利四世纪事”（The historye of Henry the iiijth with his battaile at Shrewsburye against Henry Hottspurre of the Northe with the conceipted mirthe of Sir John Ffalstoff. ）。②《亨利四世》第一、二部的第一四开本（1598, Q1; 1600, Q1）标题页上的戏剧题名与注册题名稍有不同。

《亨利四世　第二部》（Henry IV, Part 2）共有 1600a（Quarto 1），1600b（quarto 2）2 个四开本，和 1623 年德灵（Edward Dering）手抄本；自 1623 年以来，该剧收入其后各个对折本，包括第一、第二对折本。该剧收入 1623 年第一对折本，有较大修改。1600 年 8 月 23 日“亨利四世纪事　第二部”首

① Emile Durkheim, Les formes élémentaires de la vie religieuse, le système totémique en Australie, 2e éd, Quadrige/Presses Universitaires de France, 1990: 65.

② Marta Straznicky. *Shakespeare's stationers: studies in cultural bibliography*, Philadelphia: University of Pennsylvania Press, 2013: 208.

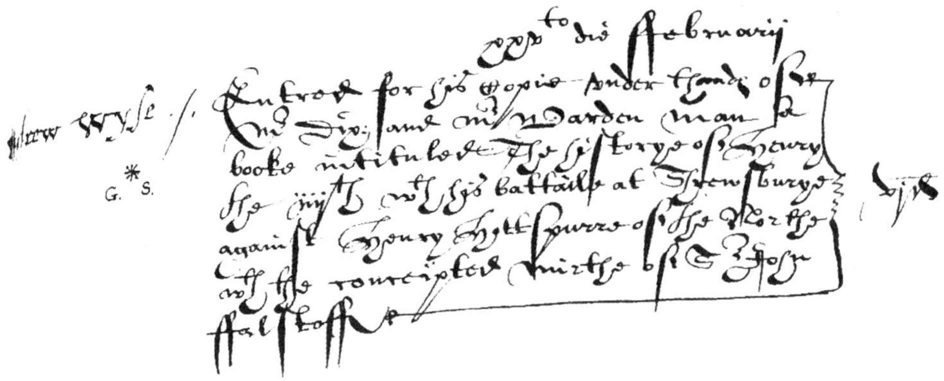

次出现在伦敦书业公会的登记簿上，原题为（The Second parte of the history of kinge Henry the iiijth with the humours of Sir John ffallstaff: Wrytten by master Shakespere.）。同年，出版商瓦伦廷·西美斯（Valentine Simmes）分别为书商安德鲁·怀斯（Andrew Wise）和威廉·阿斯普莱（William Aspley）刊印了2个四开本，其标题页表明该剧曾经有过公开演出（As it hath been sundrie times publikely acted by the right honourable, the Lord Chamberlaine his servants.）。①

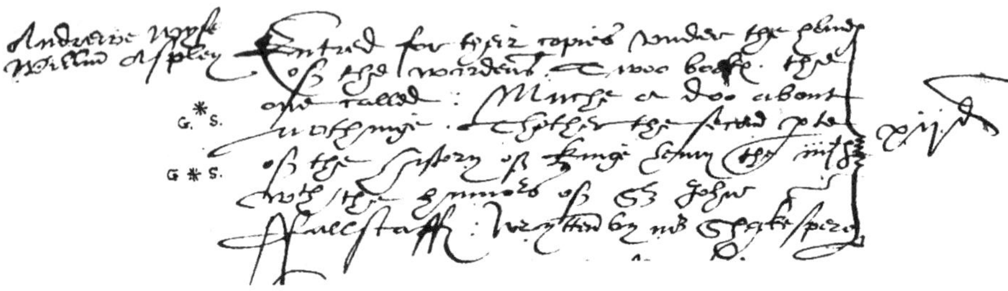

《亨利四世》第一、二部主要取材于霍林谢德《英格兰、苏格兰和爱尔兰历史》、哈勒《兰开斯特和约克两大家族的和解》，以及萨缪尔·丹尼尔《内战》（Samuel Daniel, *Civil Wars*, 1595）。从女王剧团（the Queen's Men）的

---

① William Shakespeare. *The second part of Henrie the fourth, continuing to his death, and coronation of Henrie the fift. With the humours of Sir Iohn Falstaffe, and swaggering Pistoll.* London: Valentine Simmes, 1600.

专职小丑演员 Richard Tarlton 来推断，《亨利五世的战胜》可能创作于 1583-1587 年。①1594 年 5 月 14 日该剧首次在书业公会登记，注册人是出版商托马斯·克利德，原题为（The famous victories of Henrye the Fyft, conteyninge the honorable battell of Agincourt. Thomas Creede.）。1598 年刊印了第一四开本《闻名遐迩的亨利五世的胜利》（The Famous Victories of Henry the fifth: Containing the Honourable Battel of Agincourt: As it was plaide by the Queenes Maiesties Players）。该剧对莎士比亚历史剧《亨利四世》第一、二部和《亨利五世》有深刻的影响。

1533-1537 年亨利七世宗教改革激发了现代英语新词汇的增长，古代经典的扩散与流布与印刷术极大地改变了英语，尤其是英语语汇。"增长的大部分来自借词（borrowing），其中大部分借词来自拉丁语。在前几个世纪，其他语言也为英语词汇［增长］做出了贡献，来自非印欧语言的词语首次大量输入英语。"② 现代英语拼写的标准化始于 1400 年左右，即亨利四世（Henry IV, 1399-1413）统治时期。在英语拼写中，最有冲击性的变化是"元音大移位"（the Great Vowel Shift, GVS），例如，长元音［a, e, i, u, o］分别变为［e, i, aj, aw, u］。造成英语拼写不规范的其他因素，包括词源性拼写改变（etymological respellings）和为外语词语保持原拼写却改变其发音的并入式拼写（incorporation）。词源性拼写改变，例如法语借词 debt 写作 dete, dette, dett, debte；并入式拼写，例如希腊语借词 Phoenix, xylophone。③

1500-1660 年间，早期现代英语发音的变化还在持续发生，英语不规范的

① Brian Walsh. Shakespeare, *The Queen's Men, and the Elizabethan Performance of History*, Cambridge: Cambridge University Press, 2010: 4, 33.

② C. M. Millward, Mary Hayes. *A Biography of the English Language*, Boston: Cengage Learning, 2011: 277.

③ Lynda Mugglestone. *The Oxford History of English*, Oxford: Oxford University Press, 2006: 189-192.

拼写变化将会长期存在，1623 年莎士比亚的“第一对折本”依然包含了许多传统的英语拼写。

由于手写 / 抄写的传统，1598 年第一四开本（Q1）中 v 常常写作 u，前缀 un 常常写作 vn，up 常常写作 vp；莎士比亚没有使用字母 j，j 全都写作 i；w 有时写作 vv（double v）；由于发音近似，oo/ou, o/oo, ie/y, s/z 往往在拼写中相互替换；像古法语到中古法语一样，从古英语到中古英语，词语性数格的词末标识逐渐退化为 -e，到早期现代英语词末的 e 已经变为非词格标识的默音 e；辅音字母 l, m, n, r, s 在中古英语和早期现代英语中有时双写 / 重写，包括后缀 ful/full 和 nes/ness；作为借词，Ebrew, Pharaos, Sathan 都保持了原初的拼写形式。早期现代英语的词语首字母大写比中古英语有明显增多，在 1598 年第一四开本（Q1）中，句首词语的首字母总是大写的，名词（偶尔也包括形容词）的首字母有时会大写，例如，Archbishop, Archdeacon, Bishops, Castle, Christian, Christendom 等。从 Wales, Welsh/welsh, Welchman, Welch-women（威尔士）明显可见英语发音在伊丽莎白时代的持续变化，ch, sh 是中古英语 /s/ 拼写的残余。①

Middle English（1330–1485）	**Early Modern English**	**Modern English**
u（forgiue, weauer）	u（forgiue, weauer）	v（forgive, weaver）
i（Ierusalem, Iesu, Iesus）	i（Ierusalem, Iesu, Iesus）	j（Jerusalem, Jesus）
ie/y（vanities, vanity; enuy, enuie）	ie/y（vanities, vanity; enuy, enuie）	y（vanity, envy）
oo/ou（bloud/blood）	oo/ou（bloud/blood）	blood
o/oo（wrong/wrong; moue/mooue）	o/oo（wrong/wrong; moue/mooue）	wrong, move
-e（Catechisme, signe）	-e（Catechisme, signe）	Catechism, sign
aigh（waight, waighting）	waight, waighting; waite, waiting	wait, waiting
-ll（angel, Angell; diuel, diuell）	-ll（angel, Angell; diuel, diuell）	Angel, divel

① N. F. Blake. *The Language of Shakespeare*, London: Palgrave Macmillan, 1983: 57.

（续表）

Middle English（1330–1485）	Early Modern English	Modern English
-nn（sin, sinne; sun, sunne）	-nn（sin, sinne; sun, sunne）	sin, sun
-rr（far, farre; sir, sirrha）	-rr（far, farre; sir, sirrha）	far, sir
-nes/nesse（darknesse, greatnes）	-nes/nesse（darknesse, greatnes）	-ness（darkness）
damnd, damnde; cald, called	damnd, damnde; cald, called	Damned, called
Ebrew, Pharaos	Ebrew, Pharaos	Hebrew, Pharaohs
Sathan	Sathan	Satan
zounds, zoundes	zounds, zoundes	God's wounds
zbloud, Zbloud	zbloud, Zbloud	God's blood

由于英语语音的演变，尤其是“元音大移位”（GVS）持续而深入的影响，直到 1623 年第一对折本中的《亨利四世》第一、二部。在《亨利四世　第二部》第一四开本（1600Q1），莎士比亚的英语拼写一直是不规范的，例如，anothomize, Anathomize; arrand, Errand; counsail, Councel; does, doth; dreampt, dream'd; fier, Fire; gilt, guilt; hie, high; Iarman, Germane; heart, hart; hir, her; liue, liefe; lowd, loud; pacient, Patient; retale, retaile; sute, suit; then, than; walkt, walk'd; Wheeson, Whitson; my eare, mine Eare。这些词语拼写中的元音、辅音替换是早期现代英语在自身演进过程中的普遍现象。

此外，历史剧《亨利四世》第一、二部混杂了一些陈旧词语和新词，莎士比亚采用了一些新词和更新时尚的拼写形式。dront, sunne（son）, waight, weighting, wan（wonne）, warde（word）是残余的中古英语拼写形式。waight, weighting 在 1623 年第一对折本中已经被 wait/waite, waiting 取代。以下是 1500 年以后出现的新词：brawne（1505）, chops（1505）, ifaith/ yfaith（1513）, scantle（1525）, guild（1544, 1546 gild）, misbegotten（1546, 1550）, Hindges（1562, 1573 hinges）, birlady/ byrlady（1570）, topple（1590）, whorson（1597 horson)。A. C. 鲍格、T. 凯伯尔《英语史》认为，词汇方面（vocabulary）成为一种激进的语言变革力量，“现在明显可见，机器印刷、阅读习惯、知识和科学的进步以及各种形式的交流都有利于思想的传播和词汇量的增长，当然，这些机构 / 机制和我们以上所描述的社会意识也会积极地促进和维护标准，尤其是在语法和语言用法上”。①

值得指出的是,《亨利四世》第一、二部出现了少量印刷错误，印刷商而不是剧作者应该对印刷错误负责，部分是因为英语语音（口语）的连读以及省略。《第一部》(1598, Q1）中的印刷错误包括：ago（agone）, bore（bare）, candy（caudie）, Eare（Ere I leade）, elsskin（Elfe-skin）, faith（in sooth）, father to（Father of）, God night（Good Night）, god morrow（good Morrow）, hest（hast）, import（report）, musition（musitian）, my faint-slumbers（thy faint slumbers）, neatstong（Neats tongue）, purchase（purpose）, stung（tongu'd）, villainons（villainous)。《第二部》(1600, Q1）中的印刷错误包括：ague（age）, a venter（aduenture）, Berod（Beare-heard）, coife（Quoife, Quaich）, Counties（Countries）, enow（euen now）, lorship（Lordship）, mettal（Mettle）, on（one）, once（ones）, Winsor（Windsor）, yeere（eare)。

二、亨利四世时期与伊丽莎白时期的英格兰宗教

历史剧《亨利四世》第一、二部中的宗教观念，与金雀花王朝的国王亨利四世（Henry IV, 1399–1413）时期的历史事实并不紧密相关，更多是表现了伊丽莎白晚期较宽容的新教思想。15 世纪初期，欧洲大陆依然处于“教会大分裂”境况，阿维尼翁教廷与罗马教廷的对立是明显的。在英格兰本地兴起了清教改革，约翰 · 威克利夫支持罗马教廷和英格兰王权的独立，倡导英语翻

① Albert C. Baugh, Thomas Cable. *A History of the English Language*, 5th Edition, London: Routledge, 2002: 189.

译《圣经》，并阅读英语《圣经》，而后追随威克利夫的清教徒形成罗拉德教派（Lollards）。①

首先谈谈英格兰的修道院与天主教大教堂是有益的。公元前1世纪后期，罗马的尤利乌斯·恺撒向西方发起了高卢战争和不列颠战争。罗马军队由来自帝国各地的士兵组成，公元2世纪末到3世纪罗马帝国的士兵最早把基督教（佚名的早期教派）传入不列颠（Albion）。200年迦太基的基督教神学家特图里安（Tertullian）较早提到了不列颠。传说威尔士的西卢雷斯国王卢修斯·勒弗尔·马沃尔（Lleuver Mawr ap Coilus, Lucius Lleuver Mawr, King of the Silures, 137–201）皈依了基督教。②随后出生于亚历山大的希腊教会神学家奥利金（Origen, Oregenes Adamantius, 185–254）也提到了不列颠。罗马帝国对一神论的基督教并不友好，公元1–2世纪曾下令迫害和禁止基督教，直到313年皇帝君士坦丁颁布的《米兰敕令》(Edict of Milan）授予基督教合法地位。③（1）304年阿尔班（Alban, flourished 3rd century）为庇护一位基督教牧师在维鲁拉姆殉难。429年在伦敦以北建立了圣阿尔班修道院（the Abbey of St. Albans）。④（2）371年来自潘诺尼亚的萨巴里亚的图尔主教圣马丁（St. Martin of Tours, 316–397）在卢瓦尔河畔建立了马尔穆提耶修道院，圣马丁和他的导师普瓦提耶的圣希拉里（Saint Hilary of Poitiers, 315–367）都是亚历山大的圣亚他那修斯（Saint Athanasius of Alexandria, 293–373）的追随者，也是正统派《尼

① James Gairdner, William Hunt. *Lollardy and the Reformation in England; an historical survey*, Vol. 1, New York: B. Franklin, 1968: 7.

② R. W. Morgan. *St. Paul in Britain, or The origin of British as opposed to papal Christianity*, London: Covenant Pub. Co., 1948: 158.

③ William Bright. A history of the church from the Edict of Milan, A.D. 313 to the Council of Chalcedon, A.D. 451, Oxford: J. Parker, 1875: 1.

④ The Venerable Bede. *The complete works of Venerable Bede*, vol. 2, London: Whittaker, 1844: 45–52.

西亚信条》(*Nicene Christianity*, 325)的支持者。后来他的弟子在肯特建立了一座圣马丁教堂(St. Martin's Church)。①410年罗马人退出不列颠，基督教可能在不列颠迅速衰落。同时，基督教的爱尔兰教会却较少受到影响，431年来自安纳托利亚加拉提亚的福音传道者帕拉迪乌斯(Palladius, 363–431)被教皇塞莱斯廷一世(Celestine I)派遣为爱尔兰基督信徒的第一位主教。②由于缺乏文献，人们对5世纪不列颠的基督教了解甚少。(1)圣帕特里克(St. Patrick, flourished 5th century)是不列颠西南部基督教会执事卡尔普纽斯(Calpurnius)的儿子，5世纪下半期成为爱尔兰、皮克特人地区的基督教牧师，他在爱尔兰的索尔去世，著有《忏悔录》(*Confessio*)、《致科罗蒂库斯的信》(*Letter to Coroticus*)。(2)出生于不列颠西南部的吉尔达斯《不列颠的覆灭和征服》(Gildas, *De excidio et conquestu Britanniae*, 540)记载了安布罗修斯·奥雷连努斯(Ambrosius Aurelianus)被萨克森人打败的历史事件，并指责格威妮德的梅尔格文(Maelgwn of Gwynedd)不够虔诚的基督教信仰。570年之前他在布列塔尼建立了圣鲁伊斯的吉尔达斯修道院(St. Gildas de Rhuys)。③

450–1066年间，来自大陆日耳曼地区的朱特人、盎格鲁人、萨克森人入侵不列颠，先后建立了肯特、西萨克森、麦西亚等7个封建王国。罗马天主教、高卢–法兰克教会和苏格兰教会长老会(Presbyterianism)给盎格鲁–萨克森王国带来了基督教使团。597年罗马圣安德鲁本尼迪克特教团的奥古斯丁(Saint Augustine of Canterbury, ?–604/605)带领使团到达肯特王国，最早建立了坎特伯雷修道院(St Augustine's Abbey)。575–616年法兰克公主伯莎(Queen Bertha

① B. E. Dodd, T. C. Heritage. *The Early Christians in Britain*, London: Longmans, 1966: 18.

② Charles Thomas. *Christianity in Roman Britain to AD 500*, Berkeley: University of California Press, 1981: 60.

③ Robert W. Hanning. *Vision of History in Early Britain: From Gildas to Geoffrey of Monmouth*, New York: Columbia University Press, 1969: 2.

of Kent）和主教勒奥德希尔德（Leodheard）为肯特王国带来基督教。而后罗马天主教逐渐成为南部萨克森王国、诺森布里亚王国的主要宗教。中世纪传入不列颠的罗马天主教包括本尼迪克特教团（另简称本笃会）、加尔都西教团、多米尼加教团（即 Blackfriars，黑衣修士会）、圣方济各教团（即 Greyfriars，灰衣修士会）、卡梅尔教团（即白衣修士会）等。（1）604 年肯特国王埃忒尔伯特一世（Aethelberht I, ?–616）在伦敦建立了圣保罗大教堂，675–685 年、1087 年两次重建。(2) 意大利努尔西亚的本尼迪克特（Benedict of Nursia, 480–547）正式建立了西方修道院制度。960 年前后首次在泰晤士河岸边建造了一座本尼迪克特会修道院。（3）1065 年 12 月英格兰国王爱德华一世建成罗马式的圣彼得大教堂（St. Peter’s Cathedral）。1269 年 10 月国王亨利三世重建了哥特式的西修道院（Westminster Abbey，另译为威斯敏斯特修道院）。

1066 年诺曼底征服之后，威廉一世与罗马教皇结盟，夺去盎格鲁–萨克森主教和住持职位，把这些职位授予诺曼骑士，而后修建了众多的教堂（church）、大教堂（cathedral）和修道院（monastery）。同时，高卢–法兰克教会的更多使团来到英格兰。（1）1084 年法国僧侣圣布鲁诺在格勒诺布尔附近的夏特勒兹山建立加尔都西教团（Carthusians）；1178 年安茄王朝的亨利二世首次将法国的大夏特勒兹（the Grande Chartreuse）的加尔都西教团带到英格兰；1346 年尼古拉斯·德·坎蒂卢佩爵士在诺丁汉的博瓦尔建立了第 3 个加尔都西教团。（2）1224 年圣方济各派遣比萨的阿涅勒斯（Agnellus of Pisa, 1194–1236）前往英格兰，稍后在牛津建立了方济各教团修士会。1231 年格洛斯特的方济各教团修士会成立。（3）1221–1538 年在泰晤士河北岸建立多米尼加教团修道院，伦敦黑衣修士剧院即是 1278 年最初建成的多米尼加教团修道院。（4）1155 年前后以色列西北部的卡梅尔山（Mount Carmel）上的隐修士被称为白衣修士会；1206–1214 年圣阿尔伯特创立了该教团的准则；1242 年在英格兰诺森伯兰郡的胡恩、肯特郡的艾尔斯福德建立了卡梅尔教团乡村修道院；1241–1246 年十字军东征骑士理查德·德·格雷（Richard de Grey）建立伦敦白衣修士会。1247 年德·格雷在剑桥建立白衣修士会。1274 年里昂第二次宗教大会确认奥古斯丁会（Augustinians）、卡梅尔会（Carmelite）、多米尼加会（Dominicans）和方济各会（Franciscans）等罗马天主教的隐修士会（mendicant orders）。

其次谈谈亨利四世时期的英格兰宗教。11 世纪末至 14 世纪上半期，十字军东征产生了圣三一骑士团、圣尤拉利亚骑士团、圣殿医院骑士团、条顿骑士团等隐修士会，基督教会中的隐修运动、纯洁运动逐渐在骑士团体中扩展开来。1309 年来自法国波尔多的教皇克雷芒五世将教廷迁至法国南部罗讷河上游的阿维尼翁。在 1337 年之前，英格兰教会支持阿维尼翁教廷，基本上没有反对罗马天主教正统教义的异端。1378–1417 年出现了阿维尼翁、罗马两位教皇的“教廷大分裂”（Great Western Schism, or Papal Schism）。1409 年在德意志国王西吉斯蒙德的支持下，比萨大主教会议选出新的对立教皇亚历山大五世（Peter of Candia or Peter Philarges），其继任教皇是约翰二十三世（Baldassare Cossa）、马丁五世（Oddone Colonna, 1368–1431）。1417 年 11 月教皇马丁五世结束了大分裂。①

14 世纪晚期英国教会经历了宗教的动荡。由于英法百年战争的延续，英格兰教会与分裂的阿维尼翁教廷的关系是对立的，英格兰主教支持罗马教皇。牛津大学学者约翰·威克利夫（John Wycliffe, 1330–1384）是基督教纯洁运动的改革家、批评家，他首次将《圣经》翻译成英语。1377 年前后威克利夫提出教会改革的主张，提倡耶稣的使徒教义，认为教会不应该积累世俗财富，反对罗马天主教的腐败，特别强调教皇职位和教阶制度的弊端，主张废除朝圣、图像和贪欲。② 威克利夫主张王室而非教皇对教会任命的控制是合理的，他提出国家

---

① Joëlle Rollo-Koster. *The Great Western Schism, 1378–1417: Performing Legitimacy, Performing Unity*, Cambridge: Cambridge University Press, 2022: 1.

② John Wycliffe. *The English Works of Wyclif*, F. D. Matthew ed., London: Early English Text Society, 1880: 458.

应在教会财产管理中发挥更大作用，赢得了摄政王冈特的约翰（John of Gaunt）和其他一些贵族的支持，英格兰教会改革派与兰开斯特家族（Lancastrian）的联盟支持了王国的政治稳定。1382 年赫里福德的尼古拉斯领导的罗拉德教派（Lollards）是威克利夫异端教义的追随者。1399 年赫里福德公爵亨利・博林布鲁克在叛乱中推翻理查德二世后成为英格兰国王，亨利四世得到了罗拉德教派的支持，约翰・奥尔德卡斯尔爵士（Sir John Oldcastle, 1378–1417）即是罗拉德教派的著名骑士，在莎士比亚《亨利四世》中更名为福尔斯塔夫（Falstaff）。

接着谈谈伊丽莎白时期和平的、包容性的英国新教方案（The Elizabethan Religious Settlement）。16 世纪都铎王朝，罗马天主教（Roman Catholicism）、清教派（Puritanism）、新教（Protestantism，持异见者）、英国国教（Anglicanism, the Church of England）之间的教派斗争与冲突是尖锐的。伊丽莎白时期的英格兰宗教政策，是对 1534 年以来极度冲突的宗教政策的和平修正，宽容的宗教政策更好地适应了英格兰的对外政策，即与尼德兰、德意志新教国家结盟，独立于罗马教皇。1534 年亨利八世（1509–1547）与罗马教皇克莱门特七世决裂，将英格兰教会与罗马教皇分离，废除了修道院，并没收了修道院的财产，建立了独立的英格兰教会，国王成为法定的英格兰教会（精神）首领。英格兰议会在亨利的坚持下通过了一系列法案，支持罗马教皇的修道院遭到镇压，但英国国教并没有改变罗马天主教的教义。1539 年英语版“大圣经”（The Great Bible）成为官方指定的宗教文本。1547 年爱德华六世（Edward VI, 1537–1553）是一位以新教徒身份长大的国王，坎特伯雷大主教托马斯・克兰默推动英格兰教会更接近全面的新教，1549 年颁布了《通用祈祷书》（*The Book of Common Prayer*, 1552, 1559, 1662 年修订）。1553 年玛丽女王（Mary I, Mary Tudor, 1516–1558）恢复了罗马天主教和反对异端的法律，并与西班牙国王菲利普二世结婚，血腥地镇压和迫害英国国教和新教徒。1558 年伊丽莎白女王（Elizabeth I, 1533–1603）继位后用温和的方式重建了英国国教，女王被确立为教会领袖。1570 年罗马教皇教皇庇护五世以异端罪将伊丽莎白革除天主教籍。为了将人民团结起来建成一个统一的宗教秩序，伊丽莎白女王先后颁布了《至尊法案》(*the Act of Supremacy*, 1559)、《统一法案》(*the Act of Uniformity*, 1559)、《皇家禁制令》(*The Royal Injunctions*, 1559)、《交易法令》(*Act of Exchange*, 1559)《三十九条》(*the Thirty-nine Articles,* 1571)定义英国新教，它们成为英格兰教会礼拜仪式和教义的标准。① 伊丽莎白时期主要通行新教的英语圣经，例如，1568 年英国教会强制推行坎特伯雷大主教马修·帕克等修订的“主教圣经”(The Bishops' Bible, 1572 年修订)，②1576 年在英格兰国内印刷迈尔斯·科弗代尔、约翰·诺克斯翻译的英语版“日内瓦圣经”(the Geneva Bible, 1557, 1560)。③

三、《亨利四世》第一、二部中的宗教词汇

英格兰文艺复兴时期，莎士比亚的历史剧《亨利四世》第一、二部作为人文主义戏剧，它们戏剧化的部分表现了亨利四世时期的英格兰宗教，但更多的是表现伊丽莎白时期的宗教政策和想象的宗教生活场景。在社会空间与想象的空间中，神圣性与日常生活是交织的，“在早期现代英格兰，交叉点是不可避免的。宗教尚未成功实现‘私人化’，它是世界体验与描述的基本媒介”。④ 圣经、赞美诗和祈祷书是主要的圣书(diuels booke)，而普遍的、世俗的基督教信仰(Christianity)会为莎士比亚时代的人们提供社会伦理、社会批评诸多有益的参考依据。《英诗中的赞美诗》(Sternhold & Hopkins, *Psalms in English Meter*,

---

① Henry Gee, William John Hardy ed., *Documents Illustrative of English Church History*, London: Macmillan and co., ltd.; 1896: 417.

② Andrew Edgar. *The Bibles of England*, London: Alexander Gardner, 1889: 191.

③ Eugene C. Sanderson. *Our English Bible*, Eugene, Oregon: Church and School Pub. Co., 1912: 186.

④ David Scott Kastan. *A Will to Believe: Shakespeare and Religion*, Oxford: Oxford University Press, 2014: 82.

1583）是一本流传极为广泛的宗教书籍，《亨利四世　第一部》中的福尔斯塔夫（*1 Henry IV*, 2. 5; 1093–1094）说过："我希望自己是一个织工，我可以唱赞美诗和别的一切歌谣。" B. 格罗夫斯《文本与传统：1591—1604 年莎士比亚戏剧中的宗教》指出，《亨利四世》第一、二部包含一些"圣经"中的宗教词语和意象，尤其是寓言式的情节改写，威尔士亲王哈尔是一个自我救赎者的形象。①

莎士比亚戏剧文本包含各种宗教词汇，它们会"表现"（presence）特定的基督教信仰，例如，教义、神圣的仪式、传统、圣经至上，和在祈祷、自由意志、天命论、和解祈祷、神意、偶像、信仰等主题上的信念，以及别的方面。②R. C. 海塞尔《莎士比亚的宗教语言词典》列举了《亨利四世　第一部》中 110 个宗教词汇，虽然分辨这些宗教词语是一个较难的努力。③1598 年《亨利四世　第一部》第一四开本（THE HISTORY OF HENRIE THE FOVRTH; With the battell at Shrewsburie, betweene the King and Lord Henry Percy, surnamed Henrie Hotspur of the North, With the humorous conceits of Sir Iohn Falstalffe.）中的宗教词语包含一个拉丁语词 memento mori（Remember you must die），作为外来词 / 借词（loans），该词的印刷形式采用了（意大利）斜体，它是一个清教徒的常用语。此外，Hallowmas, Alhallowmas, Antheme 是《维罗纳的二绅士》一剧中的词语，vncleane, vncleanlinesse, vncleannesse 是《温莎的风流娘们儿》一剧中的词语，均未见于《亨利四世　第一部》。

首先谈谈主要用于宗教领域的常用词：Adam（good man Adam，innocencie Adam），altar（on his altars），angel（good angel, an Angel, an angel, the Angell,

① Beatrice Groves. *Texts and Traditions: Religion in Shakespeare 1592–1604*, London: Clarendon Press, 1922: 14, 128.

② Beatrice Batson. *Shakespeares Christianity: The Protestant and Catholic Poetics of Julius Caesar, Macbeth, and Hamlet*, Waco, Texas: Baylor University Press: xi.

③ Rudolph Chris Hassel. *Shakespeare's Religious Language: A Dictionary*, London: Bloomsbury Academic, 2015: 442.

Gods Angell），archbishop（The Archbishop, Archbishop of Yorke, The Archbishops grace of York, Dowglas），Archdeacon, bishop（reuerend Bishops），bless（Iesus blesse vs），blessed（blessed crosse, those blessed feet, blessed sunne），blest（so blest），Christ（sepulcher of Christ, acknowledge Christ），Christian（like a Christian），christen（nere a King christen, by their christen names），Christendom（in Christendom, in Christendome），cross（blessed crosse, bitter crosse, Charing crosse, So honor crosse it, vpõ the crosse），damnable（damnable iteration, the kinges presse damnablie），damned（damnd Glendower, damnde brawne，hee had bin damnd, ile bee damnd, ile see thee damnde），death's head（deaths head, deaths hand, earthy and cold hand of death），devil（the diuel, a diuell, the Diuell, diuel Glendower, the diuell, the Deuil, the deuil, deuils name, seueral Diuels names），Dives（Diues），doom（his secret doome），doomsday（Doomes day），God（god-night, god morrow, Gods bodie, by God soft, For Gods sake, Gods Angell, Godamercy, Gods light, For Gods sake, god forgiue me），God's body（Gods bodie），Godamercy, Hebrew（Ebrew），hell（hell fire, in hell），holy（holy fields, holy land, Our holy purpose, many holly-day），Holy-rood day（holly rode day），Jerusalem（Ierusalem），Jesu（Iesu, Iesus blesse vs），Michelmas, Saint Nicholas（Sir Nicholas Gawsey, S. Nicholas Gawsey），offerings（rich offerings），pagan（a pagan, these pagans），Paul's（Paules Churchyard），pilgrim（pilgrims going to Canturburie），pray（Pray God, pray God），prayers（thy prayers），praying, psalmes, sacrifices, prelate（noble prelat, the Prelate Scroope），Saint（a saint, their Saint, S. Albones），salvation（their saluation），Satan（that olde white bearded Sathan），'sblood（= God's blood, Zbloud, zbloud），sin（merry be a sin, makst me sinne, guiltie of this sinne, the sinne），temple[Temple]，'zounds（= God's wounds, zounds, zoundes, Zounds, Zoundes）。

接着谈谈非宗教的常用词，它们只是在特殊的使用中被赋予宗教意涵。acknowledge（kingdoms that acknowledge Christ）, advantage（For our aduantage, at more aduantage, this swarme of faire aduantages）, all-hallown（Alhallowne summer）[Alhollown Summer], amend（amend this fault, amend my life）, amendment（good amendment of life）, bane（on the banes）[on the Banes], Catechism（my Catechisme）, cause（for this cause, in our cause, his cause, as our cause）, darkness（the sonnes of darknesse, the sonne of vtter darkenesse, darke）, death（thou owest God a death, an eie of death, sweates to death, the bloudie paiment of your deaths）, dust（in the dust, thou art dust）, envy（In enuy, enuie, Enuy）, fault（a womans fault, in other faults, faulty）[faultie, in others faults], flesh（mine owne flesh, my flesh, this flesh, hast thou flesht）, forgive（God forgiue thee, god forgiue me, God forgiue them, I forgiue thee）, image（in golden coates like images, perfect image of life）, Iniquity（that gray iniquity）[Iniquitie, iniquitie], innocency（the state of innocencie）, iteration（damnable iteration）, kine（lane kine）, laud（I laude them）, light（Gods light, an euerlasting bonefire light）, merit（to be saued by merit）, nail'd（naild, nailes）, painted（painted cloth）, pardon（God pardon, pardon me, God pardon it, God pardon thee, Pardon）, pontifical（roabe pontificall）, reverend（reuerent vice, reuerend Bishops, reuerence）, rod（On holly rode day, rods, the rod of heauen, rode）, save（God saue thy grace, God saue the mark, be saued by merit, he is sauing your reuerence, Saue mine, thou hast saued me, will to saue the blood, sau'd the trecherous labour, I haue saued my life）, scourged（scourge of greatnes, a scourge, scourg'd with rods）, sepulchre（sepulcher of Christ）, shadow（the shadow of succession, his shadowes）, sign（at the signe of the Angell, the signes of leaping houses, ecce signum, These signes）, spirit（ful of spirit, aduenterous spirit, a frosty spirited rogue, Thy spirit, that spirit Percy, cal spirits from the vasty deepe, a double spirit, Ill spirited Worcester）, Steeples, ungracious, vngratious boy, my thrice gratious Lord）, vanity（vanitie, no vanitie, thy vanities, that vanity）, vengeance（a vengeance, the hot vengeance）, vice（reuerent vice）, villainy（a villaine, the most omnipotent villaine, This villanous saltpeeter, the most villainons house, a very villaine, the stonie hearted villaines, the villaines, villain, they are villains, but in villany? wherein villainous, I am a villain, daies of villanie, the villains）, vow（vow to God, this vow, his vow）, weaver（I were a weauer）, wicked（one of the wicked, God helpe the wicked）, worm（For wormes）。

可以说，在 R. C. 海塞尔所列举的宗教词语中，少数词语与宗教意涵无关，例如，choler（Choler, dronk with choler）, feet（blessed feet）, fish（finles fish, neither fish nor flesh）, Friday（good friday last）, haunt（haunt, haunts）, Lazarus, Oldcastle（OldCastle）, Pharaos *Pharaohs*, robe（a most sweet robe of durance, in his robes）, Sunday（Sunday Citizens）, Shrewsbury（Shrewsburie, at Shrewsbury, at shrewesburie）, sing（sing psalms, her sing, the Lady sing in Welsh, the Ladie sings a welsh song）, thank（this vnthankefull king, thanke God on, God be thanked, I thanke your grace）, truth（By telling truth. Tel truth, you liue tel truth, Theres neither faith, truth）, world（the world By God, a world of curses, a world of figures, a bad world, in the worlde, this world）, York（The Archbishops grace of York, my Lord of York）。① 关于《亨利四世》中的喜剧性人物 OldCastle 与 Falstalffe，即威克利夫式清教的洛拉德教派人士，可参看 A. R. 慕斐。②

---

① William Shakespeare. *The History Of Henrie The Fovrth; with The Battell At Shrewsburie, Betweene The King And Lord Henry Percy, Surnamed Henry Hotspur Of The North, with the humorous conceits of Sir Iohn Falstalffe*. London: Andrew Wise, 1598.

② Andrew R. Murphy. *A Concise Companion to Shakespeare and the Text*, London: Wiley-Blackwell, 2007: 170.

R. C. 海塞尔列举了《亨利四世　第二部》(The Second part of Henrie the fourth, continuing to his death, and coronation of Henrie the fift. With the humours of sir Iohn Falstaffe, and swaggering Pistoll.）中的 75 个宗教词汇，其中一部分是主要用于宗教领域的常用词，甚至是基督教的专有词语；别的词语则是非宗教的常用词，在使用中被赋予了宗教意涵；然而，少数词语与宗教意涵无关。

首先谈谈主要用于宗教领域的常用词：Saint Albons（S. Albons）[S. Albans], angel（ill angell, a good angel）, anthem（Anthems）, archbishop（the Archbishop, th'Archbishop, lord Archbishop）, balm（Balme）, bishop（the Bishop, Lord bishop）, Cain [Caine], death's-head（a deathes head）, divine（your tongue diuine, a seale diuine）, goddaughter（Faire daughter, fayrest daughter, my god-daughter）, holy（the holy land, the Holy Land）, infernal（th'infernal deep）, Japhet（Iaphet）, Jerusalem（Ierusalem）, Jesu（Iesu）, Jesus（Iesus）, Job（as poore as Iob）, Jove（Ioues case, my Ioue）, Martlemas（the martlemasse）, martyr（for Olde-castle died Martyre, martires）, Oldcastle（for Olde-castle died Martyre）, Paul's（bought him in Paules）, Psalmist（as the Psalmist saith）, sanctify（the sanctities of heauen, to sanctifie thy head, what are sanctified）, save（God saue me law, God saue your grace, God saue you）, sect（her sect）,sinful（sinfull continents）, vice（this vice, this vices）。

接着谈谈非宗教的常用词，它们只是在特殊的使用中被赋予宗教意涵：affection（his affection, his affections, my affections）, flesh（flesht with conquest, his flesh）, forgive（God forgiue）, immortal（the immortall part, immortally）, investments（white inuestments figure）, laud（Laud be to God）, lechery（lechery, lecherous）, Lent（a whole Lent）, Shrovetide（mery shrouetide）, sin（foule sin gathering head）, soul（poore soules, my soule）, spirit（Your spirite, duteous spirit, the spirits, my spirites）, wicked（the wicked）, worldly（My worldly busines, the world, the worlde)。

可以说，在 R. C. 海塞尔所列举的宗教词语中，少数词语与宗教意涵无关，例 如，ashes (in ashes) , bell (a sullen bell, larum bell) , book (thy booke, the diuels booke, the bookes of God) , candle (A wassel candle, candles) , cause (the true cause) , covet, death (his death, Death) , Ephesians, Erebus (erebus) , fool (a great foole, the fooles) , gluttony (the glutton, gluttonie) , gossip, howl (howle) , ill (these ill-beseeming armes, ill chaunces, the ill winde) , justice (chiefe Iustice, these iustices) , light (your ill angell is light, the Lord lighten thee, Gods light, his light) , minister (our minister) , peace (the Peace, Peace good Doll, God send vs peace) , Pluto (Plutoes) , prodigal (the prodigal) , reverence (to heare with reuerence, a reuerend care, reuerend father, reuerently) , ring (bid the mery bells ring to thine eare) , rood (the Roode) , seal (Seale vp the ship-boies eies, a seale diuine, Thou hast seald vp my expectation) , sword (noble Hot-spurs sword, my sworde, our ciuil swords) , text (the holy text) , toll, tolling (tolling a departing friend) , torture (with erebus & tortures vile) , understanding (vnderstanding) , vanity (vp vanitie, in vanitie) , York (Your grace of York, the shrieue of Yorkshire) , zeal (zeal, the counterfeited zeale of God, this doth inferre the zeale)。

1580–1590 年是英格兰历史上反对戏剧最严重的时期之一，神职人员和世俗论者常通过小册子、布道和别的散文来指责伦敦戏剧。①《亨利二世》第一、二部等历史剧是世俗的、商业化的戏剧演出，并没有鲜明的宣教行为，而且部分淡化了宗教的辩论。1598 年《亨利四世　第一部》第一四开本与 1600 年《亨利四世　第二部》第一四开本 (Quarto 1) 有较多重合 / 一致的宗教词语，在 R. C. 海塞尔所列举的 75 个词语中就有 33 个，占比 44%，现列举如下：angel,

① Alison Shell. *Shakespeare and Religion*, London: Bloomsbury Arden Shakespeare, 2010: 30.

anthem, archbishop, bishop, cause, death, death's-head, flesh, forgive, god, holy, Jerusalem, Jesu, Jesus, laud, light, Martlemas, Oldcastle, Paul's, Psalmist, reverence, rood, Saint, save, sin, sinful, soul, spirit, vanity, vice, wicked, worldly, York。这些基督教书籍中基本的宗教词语并没有表现出莎士比亚的立场和教内派别；换言之，莎士比亚超越了宗教宣传所创造的对立模型，寻找适应宗教派别差异的方法。17–18 世纪，人们发现了莎士比亚宗教信仰中的英国国教、新教思想；在 19 世纪，莎士比亚更多被认为是天主教信仰者。J.-C. 麦耶《莎士比亚的混合信仰》认为，莎士比亚更像是一个正统教会的异议者（malcontent），"……莎士比亚对宗教问题一直持有不变的兴趣。确实，在他的英国历史剧中，宗教不全是政治的代名词，世俗主义情绪并不必然贯穿于莎士比亚的所有作品，因为他对忏悔问题［宗教争议］的态度使得他背离对宗教问题的真正关注"。①

1603–1625 年国王詹姆士一世推动了统一的宗教政策，规范了宗教词语的使用；1611 年出版的《钦定版圣经》（the King James Bible, KJB）对早期现代英语的影响是深刻的。在《亨利四世 第一部》第一四开本（1598, Q1）中，God 共计 51 次，包括 Gods bodie, by God, God giue thee，但在 1623 年第一对折本中减少到 20 次，该词较多被 heauen, Lord 替代，例如，By heauen, heauen helpe。by the Lord 在第一四开本（1598, Q1）中共计 7 次，但在 1623 年第一对折本中减少到 1 次。口语式感叹词 zbloud/ Zbloud 在第一四开本（1598, Q1）中共计 8 次，Zounds/ zounds/ Zoundes/ zoundes 在 1598Q1 中共计 10 次，O Iesu 在 1598Q1 中共计 5 次，christen names 在 1598Q1 中共计 1 次，以上四词在 1623 年第一对折本中都被删除了。此外，Christendome 却是一个常用词。从早期现代英语来看，1623 年第一对折本中的修改已经不是莎士比亚本人完成的，但这些复杂而富有文化意义的语言变迁是无法忽视的。

① Jean-Christophe Mayer. *Shakespeare's Hybrid Faith: History, Religion and the Stage*, Basingstoke, New York: Palgrave Macmillan, 2006: 153.

四、结语

1455-1500 年活字印刷早期，欧洲社会并没有发生明显的文化变迁，然而急遽增加的书籍产量在欧洲产生了一个“躁动不安”的知识阶层。活字印刷所带来的变革并没有抛弃手抄书文化的产品，而是在前所未有的规模上复制手抄书文化的产品。莎士比亚在伦敦的早期戏剧生活与机器印刷密切相关。

对于英语史来说，整个都铎王朝时期（1485-1603）是一个过渡时期，即早期现代英语时期。莎士比亚戏剧的英语依然是属于现代英语标准化尚未完成的传统。英格兰文艺复兴时期，意味着创造和借用词语的自由，英语继续变得更具分析性。由于机器印刷的原因，现代英语从古典希腊语、拉丁语和别的外语中借用了较多的语汇，这些借词（borrowed words）往往标识为斜体。《亨利四世》第一部（1598Q1）、第二部（1600Q1）采用了早期现代英语字母和伦敦式的罗马字体，其中词语拼写出现了较多的变化形态，基于语音近似的传统法则，它们表现出读音近似的元音（丛）或者辅音（丛）的替换现象；此外，还包括从中古英语沿用的陈词滥调和最近时期的新词。

对于动荡的早期现代英格兰，宗教问题是莎士比亚历史剧中极为重要的内容。通过戏剧文本的细读，重新分辨分析 R. C. 海塞尔所列举的《亨利四世》第一、二部中的宗教词汇是必要的：其中一部分是主要用于宗教领域的常用词，甚至是基督教的专有词语；别的词语则是非宗教的常用词，在使用中被赋予了宗教意涵；还有，少数词语与宗教意涵无关。这些源自宗教书籍的普通词语并没有鲜明地表现出莎士比亚的立场和教内派别。

第三节　论《亨利五世》中的民族性建构

在不同的地域，不同的时期，人们对某一民族状况（nationhood）有不同的观念。民族（nation）指一个文化政治共同体，或者是一个较为稳定的民众社区，它是在共同的语言、领土、经济生活、种族，或表现在共同的文化 / 传统中的心理构成的基础上形成的。厄内斯特·勒南《什么是民族？》认为一个国家不是建立在语言、宗教、王国、地理或共同利益的基础上的，"一个民族是一个灵魂，一个精神原则。两件事，实际上只是一件，构成了这个灵魂或精神原则。一个在于过去，一个在现在。一个是丰富的记忆遗产的共同拥有；另一种是现今一致的同意，共同生活的愿望，以及使人们以不可分割的形式获得的遗产价值永久存在的意愿"。"遗忘（Forgetfulness），我甚至会说历史错误，是创建一个国家的关键因素。……一个国家是一个大规模的团结，由过去人们作出的牺牲的感觉以及人们准备在未来作出的牺牲所构成。"① 民族身份 / 国家归属（nationality）是个人与国家之间的法律关系：国家为个人提供国家保护，和对个人的管辖权；同时，个人对国家也具有按照法律规定的权利和义务。本尼迪克·安德森《想象的共同体》认为，民族是一种特殊类型的文化人造物，"它是一种想象的政治共同体，并且它是被想象为本质上有限的，同时也享有主权的共同体"。民族意识的起源与印刷技术、方言（取代拉丁语的地区俗语）和16世纪宗教改革密切相关，"在积极的意义上，促使新的共同体成为可想象的，是生产体系和生产关系（资本主义）、传播科技（印刷品）和人类语言宿

---

① Ernest Renan, *Qu'est-ce qu'une nation*? Paris: Calmann-Lévy, 1882, p. NP–30.

命的多样性这三个因素之间半偶然的，但又富有爆炸性的相互作用”。① 民族性（nationness）是个人的民族认同（national identity），分享过去光荣的遗产和遗憾，以及将来实施的共同计划或事实一起受苦，享受和希望；是长期以来的努力，牺牲和奉献的结晶。一个英勇的过去，伟大的人物，共同的荣耀是一个基于民族观念的社会资本。在过去有共同的荣耀，并在现在有共同的意志，一起表现出色，希望更多地表现——这些是成为一个民族的必要条件。共同的苦难不仅仅是喜悦。在涉及国家记忆的地方，悲伤比胜利更有价值，因为他们施加责任，需要共同的努力。它预示着一个过去；然而，现在通过一个实际的事实，即同意，明确表达的继续共同生活的愿望，对它进行了总结。

一、民族性或者“英国性”（Englishness）

不列颠群岛的各民族是在漫长的历史进程中逐渐走向统一的，实现一致的国家认同。1487 年亨利七世建立了都铎王朝，最终结束了英国玫瑰战争。以英格兰为主导的、统一的国家意识、民族认同感（English identity）逐渐增强。1532–1534 年亨利八世（Henry VIII, 1509–1547）的英国改革（English Reformation）极大地重塑了英国的民族性，这不仅仅是脱离罗马天主教的英国国教改革，这场改革运动深入到社会文化更广泛的诸多层面。斯蒂芬·格林《莎士比亚的民族身份协商》（Stephen Greenblatt, *Shakespearean Negotiations*, 1988）、约翰·克里冈《英伦群岛》（John Kerrigan, *Archipelagic English*, 2007）从不同角度揭示了都铎王朝时期重要的社会政治问题，而戏剧则成为某种政治功能实体的表达，从现代民族意识的凝聚来看，历史剧在根本上即是政治戏剧。

1603 年斯图亚特王朝建立，结束了苏格兰与英格兰的敌对状态，英格兰与爱尔兰达成了基本的和解，但直到 1707 年，基于此前达成的“联合条约”

① 本尼迪克特·安德森．想象的共同体：民族主义的起源与散布，吴叡人译，上海人民出版社，2003：5，51.

（Treaty of Union）和“联合法案”（Acts of Union）苏格兰与英格兰王国合并，统一的英国（英吉利民族）才最后形成。罗伯茨、比松《英国史》之“英国民族的出现”写道：“然而在 14 世纪，诸多因素已经在起作用，正在迅速地创造着一个英吉利民族。到这个世纪末，英国语言、英国文学、英国艺术和英国思维方式已给这个岛国的人民贴上了独特的标签。在 1351 年，法语还依然是上层阶级喜爱的语言，但是在接下来的 50 年里，英语逐渐取代了它竞争对手的地位。英法百年战争带来的对法国的憎恨加快了这一进程。”① 摩根主编《牛津英国通史》之“中世纪后期”写道：“14 和 15 世纪似乎是个危机四伏、骚乱衰落的时代。英格兰的内乱和对外战争，特别是对苏格兰、法国和低地国家的战争较北欧海盗时代以来历次战争拖延时间更长，离本土更远，耗资更多，而且投入的人也更多。在不列颠群岛，威尔士人虽经过爱德华一世（Edward I, 1272–1307）数次征服，仍受到英格兰人的猜疑；以欧文·格林杜尔（Owain Glyndŵr）的反叛（始于 1400 年）为顶点的叛乱似乎说明英格兰人的猜疑是有道理的，并使人回想起将英格兰人赶出威尔士的预言。凯尔特人对英吉利人的偏见加上被击败、被压迫民族心理上的种种痛苦，和由此产生的对征服者的统治者的万般仇恨，进一步加剧。一位苏格兰人于 1442 年宣称：‘英格兰人的专横和残暴在全世界是臭名昭著的，这明显地表现在他们侵占法国、苏格兰、威尔士、爱尔兰和邻国的土地上。’饥荒、疾病和（1348 年后发生的）瘟疫到 15 世纪初使英格兰人的人口急剧减少，或许减少了一半，这一点使英国社会陷入了严重混乱。”② 盖尔纳《民族与民族主义》（Ernest Gellner, *Nations and Nationalism*, 1983）认为民族是偶然的产物，“民族是人的信仰、忠诚和团结的产物。如果某一类别的人（比如某个特定领土上的居民，操某种特定语言的

---

① 克莱顿·罗伯茨、戴维·罗伯茨、道格拉斯·比松．英国史　上册，潘兴明译，北京：商务印书馆，2013：209.

② 肯尼斯·摩根主编．牛津英国通史，王觉非译，北京：商务印书馆，1993：181.

人），根据共同的成员资格而坚定地承认相互之间的权利和义务的时候，他们便成为一个民族。使他们成为民族的，正是他们对这种伙伴关系的相互承认，而不是使这个类别的成员有别于非成员的其他共同特征”。①

D. J. 贝克《各民族之间》之“想象的不列颠：莎士比亚的《亨利五世》”（Imagining Britain: William Shakespeare's Henry V）写道：“在莎士比亚的《亨利五世》的第一场／幕中，坎特伯雷大主教将英格兰王国与蜂巢作了一个比较。他告诉亨利王，蜜蜂是‘靠了自然规律为人类国家之有秩序的活动而示范的小生物’（1.2.188–189），因此，他总结说，就像这些昆虫为了一个共同的目标而采取‘持续的行动’（1.2.185），‘一千种的工作，一经发动，会达成同一目标，而且可以全部顺利完成，不有挫败。’（1.2.205–206）像许多后来的评论者一样，在这部戏剧中，坎特伯雷坚持认为，英国国家权力具有崇高／高尚的完整性（integrity），诸多矛盾即是［对完整性的］明显违背。然而，我们应该注意到，光耀的‘英格兰’的整体性（wholeness），恰恰取决于它对别的威胁性他者的定义，威胁性他者几乎存在着，且未完全消除。”② 霍利迪《简明英国史》认为，爱德华一世制止贵族和教会对王权的侵犯，缩小贵族的特权，禁止向教会赠送土地，采取一些措施以赢得全国下层阶级的支持，尤其是提倡东部的伦敦方言（英语），在不列颠首次出现了英吉利民族的概念。③ 基于共同的语言、宗教、传统、法律和道德制约下的行动准则，民族意识的建构首先是一个群体达成一致的观念或行动，聚合各自分散的、随意的成员去实现特定的目的／任务，亨利五世（第一场第 2 幕）在预备作战之前说道：“现在每个人都要竭尽忠诚，推动这正义的大业向前进行。”而且第二场第 2 幕亨利王严厉惩罚了与法国阴谋杀

① 厄内斯特·盖尔纳 . 民族与民族主义，韩红译，北京：中央编译出版社，2002：9.

② David J. Baker, *Between Nations: Spenser, Shakespeare and Marvell and the Questions of Britain*, California: Stanford University Press, 1997: 29.

③ F. E. 霍利迪 . 简明英国史，洪永珊译，南昌：江西人民出版社，1985：25.

死他，背叛英格兰国王的贵族康桥伯爵理查德、斯克庐帕主教亨利、格雷爵士，他们被亨利指责为“英格兰的怪物”（English monsters）“狡猾的恶魔”“诱人叛变的恶魔”，亨利王还指责这些背叛者“会回到广大无垠的地狱里去对他的属下宣称：我永远不能赢得一个人的灵魂，就像赢得那个英国人的灵魂那般容易”。亨利王宣称将维护国家的安全，制裁国家颠覆者，“你们阴谋对我叛变，串通敌国，接受他们的贿金，受雇置我于死地；你们是企图将你们的国王出卖加以杀死，将他的王公贵族出卖为奴，将他的臣民出卖并使其遭受凌辱，将他的国家出卖给破亡毁灭”。莎士比亚却意外地让这 3 个阴谋叛变者一致认罪，并表达对恶毒的背叛的悔意 / 后悔，突出了更高的英吉利民族意识。其次，民族意识的建构，按照勒南、安德森、霍布斯鲍姆的观点看来，是人们有意识性言行地对过去历史的有选择性的记忆和遗忘。《亨利五世》第一场第 2 幕坎特伯雷大主教对法国《萨利克法》的解释，以及爱德华三世（Edward III, 1327–1377）和黑王子爱德华对英法战争的回忆，可以看作是无意中建构想象的、强大的英吉利民族观念。第四场第 7 幕弗鲁哀伦：“你的名垂不朽的曾祖父，请陛下原谅，还有你的叔祖威尔士的黑王子爱德华，我在历史上读到过，在法兰西这里打过一场顶漂亮的仗。”对英国历史上荣耀的回忆，和对未来荣誉的追求都是英吉利民族观念建构的重要方式。伊雷主教说：“唤起对于这些英勇死者的回忆，用你的强壮的胳膊重演他们的伟绩吧”。坎特伯雷大主教说：“英格兰的国王从来不曾有过更富足的贵族，更忠实的臣民，身在英格兰而心早已卧在法兰西战场上的营帐里面了。”亨利王说：“这件大事［对法作战］对于你们会是像对于我一般的光荣，我毫不怀疑这将是一场圆满成功的战争。”①

中世纪后期，法兰西与英格兰的竞争性敌对关系，有利于加强英吉利民族意识。爱德华三世较早发起了入侵法国战争，而后，冈特的约翰（John of

① 莎士比亚全集　亨利五世，梁实秋译，北京：中国广播电视出版社，2002：69.

Gaunt）及其政治盟友坎特伯雷大主教继续对法作战，亨利四世即使在镇压众多叛乱之中也没有放弃对法作战的思想。亨利五世的对法战争暂时缓和了英格兰、威尔士等内部矛盾，并达成临时的一致的国家认同感。《亨利五世》第三场第1幕哈夫勒攻城“把每一种力量都尽量的使用出来！前进，前进，你们最高贵的英格兰人！你们的血是从身经百战的祖先们传下来的；你们的祖先，都像是亚历山大一般，……健壮的庄稼汉，你们的胳膊是英格兰培养出来的，在这里给我们表现一下你们的地道的本领吧。”第五场第2幕法国国王：“这互争雄长的英法二国，因嫉妒对方的幸福连海岸都露出了苍白的脸，现在可以停止他们的恨意了。”弗鲁哀伦对英格兰低级军官威廉斯愤怒地吼道：“这简直是全世界，全法兰西，全英格兰，最可恶的一个叛徒。”

二、威尔士、爱尔兰、苏格兰与英吉利民族的认同

与波利多罗·维吉利《英国史》(Polidoro Virgili, *Anglica Historia*, 1534)、拉斐尔·霍林谢德《英格兰、苏格兰和爱尔兰历史》(Raphael Holinshed, *Chronicles of England, Scotland, and Ireland*, 1577)、爱德华·哈勒《兰开斯特和约克两大家族的和解》(Edward Hall, *The Union of the Two Noble and Illustre Families of Lancastre and Yorke*, 1543)、威廉·坎登《不列颠史》(William Camden, *Britannia*, 1586）叙述的不列颠整体历史相近似，《亨利五世》想象性地表达了英格兰、威尔士、爱尔兰、苏格兰一致认同的英吉利民族意识。在1623年第一对折本中，莎士比亚写到了三个分别来自威尔士、爱尔兰、苏格兰的营长（上尉）弗鲁哀伦、马克毛利斯、嘉米（the Scots Captaine, Captaine Iamy)，但在剧中人物直接标识为 Welch, Irish, Scot；来自英格兰的营长（上尉）写作 Gower（高渥）。这些勇敢而粗鲁的下级军官在剧中往往近似于喜剧形象。

莫尔顿《人民的英国史》之“威尔士、爱尔兰、苏格兰”写道：“诺曼底人所征服的疆域，起初仅约以英格兰为限，不列颠群岛的其余部分仍是独立的，

组织成无数个小王国和小公国，大部分是部落性质。诺曼底人致力于把这些地区荡平和封建化的过程，曾用去几百年的功夫。虽则苏格兰南部已行封建制，苏格兰却从没有被征服，而在爱尔兰，则到了都铎王朝，诺曼底人才在都柏林周围取得较稳固的立足地。这种征服事业在威尔士最先开始，也在威尔士做得最彻底。”①《亨利五世》第五场第 2 幕亨利王向卡萨琳公主求婚时说：“拉着我的手说：‘英格兰的哈利，我是属于你了’。我一听到你说出这句话，我就大声的告诉你：‘英格兰属于你，爱尔兰属于你，法兰西属于你，金雀花家族的亨利（Henry Plantagenet）属于你。’”② 这表明此剧中的英吉利民族观念主要包含英格兰、威尔士、爱尔兰，却摒除了敌对的、独立的苏格兰，而且爱尔兰的融入尚待加强。莎士比亚在这个历史剧中的想象性的叙述，并不是亨利五世时期的历史真实，而是亨利八世、伊丽莎白以来普遍的英吉利民族观念。

L. 菲德勒《莎士比亚戏剧中的陌生人》（Leslie Fiedler, *The Stranger in Shakespeare*, 1972）较早评论了对莎士比亚作品中的“陌生人”“外邦人”是在各自不同的社会情景下被表现出来的。这些表现方式不仅反映了莎士比亚自己的价值观，也反映了同时期观众的价值观，例如，性别歧视和种族主义等；再现了莎士比亚作为文艺复兴时期欧洲人共同所处的特殊历史困境，以及他自己的前意识神话。G. K. 汉特《戏剧中的身份认同与文化传统》（George Kirkpatrick Hunter, *Dramatic Identities and Cultural Tradition: Studies in Shakespeare and his Contemporaries*, 1978）集中于莎士比亚戏剧中的“陌生人”“外邦人”所代表的政治意义和情景意涵，他们与别的形象共同建构了莎士比亚戏剧的形态。R. 赫尔格松《民族意识的诸多形态》（Richard Helgerson, *Forms of nationhood: the Elizabethan writing of England*, 1992）认为，16–17 世纪编年史（Chorography）、诗歌、戏剧、骑士小说（Chivalric Romance）、地图（cartography）、法律书

---

① 阿·莱·莫尔顿. 人民的英国史　上册，谢琏造等译，北京：三联文具店，1976：131–132.

② 莎士比亚全集　亨利五世，梁实秋译，北京：中国广播电视出版社，2002：223.

籍、宫廷游戏、教会的辩论、国际商务和海外探险的叙事等都致力于建构英吉利民族，身份认同和差异性是一个迫切的时代文化问题。这一时期，英吉利民族观念得到了进一步的发展，整个社会普遍推进了一致认同的民族意识。安妮娅·鲁姆巴《莎士比亚戏剧中的英格兰与外邦人》（Ania Loomba, *Outsiders in Shakespeare's England*）认为，英吉利民族意识（Englishness）是相对于一切非英吉利的事物而言的，“种族的、民族的、宗教和文化差异的形象常常出现在文艺复兴时期的戏剧中。印第安人和摩尔人、吉普赛人和犹太人、埃塞俄比亚人和摩洛哥人、土耳其人、摩尔人、犹太人、‘野蛮人’、‘狂野的爱尔兰人’、‘未开化的鞑靼人’以及别的‘外邦人’在现代早期的英国公共或私人舞台上被反复表现。”“我要表达的是，差异性（difference）的观念对于加深理解英吉利民族意识的出现是极其重要的，而且对于理解持续的殖民活动，边缘化，和使得居住或者并不居住在英国的不同人民群体凝聚为一体等现象也是重要的。相对而言，英吉利民族的观念本身在莎士比亚时代还是新的观念。直到1534年亨利八世与罗马天主教决裂，英国的宗教领袖（教皇）还不是英国人。欧洲封建君主彼此之间不断的战争与联姻，他们之间的角力与联盟，重铸了民族/国家的种种形态。”①

（一）中世纪的威尔士（Wales, or Welsh）是以凯尔特人为主体的、分裂的封建王国，大卫·休谟《英国史》之“亨利三世”写到威尔士短暂地臣服于亨利三世，后者也把对威尔士的宗主权看作是既有权利，“虽然威尔士和诺曼诸王对威尔士享有很大的君权，但土著王子仍然统治自己的国家。他们虽然被迫向英格兰王室称臣纳贡，事实上却很少臣服，甚至很少保持边境和平。征服以来，几乎每个朝代，威尔士人必定犯边。小规模的入侵连绵不绝，一般历史著作很少记录。英国人仍然满足于击退入侵，将他们逐回山区，不指望从他们身

① Margreta de Grazia, Stanley Wells Ed.. *The Cambridge Companion to Shakespeare*, Cambridge University Press, 2006: 147, 149.

上获得什么利益。即使最伟大最能干的君主也不能彻底征服他们，哪怕是将他们降为封臣也做不到。最软弱最懒惰的现任君王却完成了这个任务。”① 威尔士与英格兰的民族认同最初源自爱德华一世（Edward I, 1272–1307）的军事征服，威尔士成为英国王室“兼并与联合”的领土。威廉·坎登《不列颠史》之“格拉莫干郡-威尔士亲王”指出，出生于卡那凡城堡的爱德华王子（Edward of Carnarvon）曾受封为威尔士亲王（1301 年），1343–1376 年黑王子爱德华（Edward of Woodstock, the Black Prince）受封为威尔士亲王。② 而后，亨利四世（Henry IV, 1399–1413）成功镇压了威尔士的反叛 / 叛乱，威尔士人最终放弃了独立国家的意识。亨利八世（Henry VIII, 1509–1547）废除了作为凯尔特传统的威尔士法律的最后残余，并以英国法律取代之。屈勒味林《英国史》(George Macaulay Trevelyan. *A History of Englang*, 1945）写道：“历中古之世常足以困英人的威尔士问题，都铎王室亦能完全解决，一劳永逸。亨利七世处理威尔士时占了两种便宜。……他自己是威尔士人，受过威尔士的教育，且终生笃爱威尔士的诗歌风范而不衰。威尔士人常把他之能于波斯卫司战场上获得英国王位为民族已经取到独立的一证，故他们竞趋于他的朝廷而无所嫌忌。……［亨利八世］虽于苏格兰及爱尔兰两国的处理极不得法，而于威尔士问题的解决则颇有得心应手之妙。他采用恩威兼施的政策，一方以武力取缔纷扰，一方又秉公待遇凯尔特人民。……亨利八世之把威尔士划入英吉利，且一视同仁，无有歧视，实鲜有违他的谏言。此勇敢的处置实为不列颠史中的第一次的《合并法》(Act of Union)，而把全境分成十二郡，郡各有治安法官以料理一切，并须服从国会的法律及枢密院的命令，自此而后威尔士的各邑各城亦得送代表于英吉利的众

① 大卫·休谟. 英国史，刘仲敬译，长春：吉林出版集团有限责任公司，2014：35.

② William Camden. *Britannia, sive Florentissimorum Regnorvm Angliae, Scotiae, Hiberniae, et Insularum adiacentium ex intima antiquitate Chorographica descriptio*, Londini: Impensis Georgii Bishop & Ioannis Norton, 1607.

议院。”①

在《亨利五世》一剧中，亨利王对威尔士表现出极高的民族认同，蒙茅斯的亨利曾受封为威尔士亲王（1399–1413），剧中第四、五场亨利王反复宣称：“我是威尔士人，”“还是他的亲族。”“因为我是一个威尔士人，你知道吧，老乡。”事实上，作为勇敢的骑士和威严的君王，亨利王也暗示某种英格兰式的偏见，“这个威尔士人，虽然有点古怪，却很有心机，很有勇气”。同时，威尔士上尉（营长）弗鲁哀伦［约翰·赖斯，即阿普·利斯扮演］对英吉利民族却表达了高度的一致性认同，第四场第7幕弗鲁哀伦承认亨利五世与威尔士的密切关系，“他是生在蒙茅兹”“我告诉你，有好多好人都是生在蒙茅兹的。”“魏河所有的水也不能把陛下的威尔士的血液从你身上冲洗掉，”“我是陛下的老乡，我不怕任何人知道这件事；我愿向全世界承认这件事：我无需为了陛下而感到惭愧。”后来，亨利还把一件有关于骑士荣誉的秘密任务交给弗鲁哀伦去执行，即接受威廉斯的挑战，“你替我佩戴这个纪念物，放在你的帽子上”。“因为我知道弗鲁哀伦是勇敢的，激怒起来，性烈如火药，会很快地回手伤人”。被激怒的弗鲁哀伦对英格兰低级军官威廉表达了对于背叛者的蔑视，“这是多么荒谬，下流，卑鄙，龌龊的一个奴才”。

剧中关于威尔士上尉（营长）弗鲁哀伦佩戴石蒜的传统是一个惹人注目的喜剧性场景，却暗示威尔士的文化及传统是根深蒂固的，并被人们自豪地保持，流传下来，“威尔士人在那生长石蒜的园子里确曾建过战功，在他们的蒙茅兹帽子上佩戴着石蒜；那石蒜，陛下知道的，一直传到今天仍是作战的光荣标帜”。亨利王表示愿意遵从这一传统，“我要佩戴它，作为荣誉的纪念”。第五场第1幕英格兰上尉（营长）高渥指出英格兰人对威尔士人表现出不恰当／合理的歧视，尤其是对威尔士方言、传统习惯的歧视，“一项古老的传统，其起源是光荣的，其

① 屈勒味林．英国史，钱端升译，上海：商务印书馆，1933：398.

佩戴乃是纪念久已死去的勇者，你竟要加以嘲弄而又不敢以行为来保证你的语言么？我看见你接二连三的讥讽嘲骂这位先生。你以为他不会说流利的英语，便也挥不动一根英国的棍子：你发现不是这样的；此后让这一番威尔士的惩罚给你以教训，使你养成一种良好的英格兰的品格吧”。值得指出的是，弗鲁哀伦与高渥的友谊显然是基于骑士精神，而不是一致的英吉利民族。英格兰旗官皮斯多就轻视来自威尔士的骑士（上尉）弗鲁哀伦，甚至戏弄后者，第五场第 1 幕弗鲁哀伦指责皮斯多对他的轻蔑与嘲弄，“你昨天喊我为山地老倌，我今天要你成为一个低级侍卫”。皮斯多故意嘲笑弗鲁哀伦佩戴石蒜，“到圣大卫节那一天，我要拔掉他头上戴的那根石蒜来打他的头”。结果弗鲁哀伦找到一个机会报复了前者，强迫前者吃下那些让他恶心的石蒜，“那个下流的，肮脏的，卑贱的，龌龊的，说大话的奴才，皮斯多”。

此外，在威尔士地区包括英格兰边境还有一种康沃尔方言，皮斯多误会了乔装后的亨利王，“一个康沃尔人的姓，你是属于康沃尔部队的么？”（a Cornish name: art thou of Cornish crew?）A. 布尔德《知识见闻录》（Andrew Boorde, *Boke of the Introduction of Knowledge*, 1542）写道：“在康沃尔郡有两种方言，一种是不规范的、低微的英语，另一种是康沃尔方言。许多男人和女人不会说一句英语，但所有人都会说康沃尔方言。”①

（二）整个中世纪，爱尔兰一直处于相对的独立地位，即使英格兰国王对爱尔兰保持着宗主权，但大部分英格兰贵族不愿意到爱尔兰去。爱德华三世的对法战争时期，英格兰在爱尔兰和苏格兰边境上的小规模战争屡遭失败，使得英格兰感到不安。直到 1485 年，爱尔兰完全操纵在英裔爱尔兰人（约克家族一派）手里；都铎王朝初期，约克家族的反叛力量、神圣罗马帝国、法国先后支持爱尔兰反对英国。摩根主编《牛津英国通史》写到了理查德二世（Richard II,

① Andrew Boorde. *The Fyrst Boke of the Introduction of Knowledge*, London: N.T. Trübner & Co. 1870: 122.

1377–1399）提出对爱尔兰的王权要求，并发动了两次对爱尔兰的战争，最终失败。直到 1485 年，英格兰君王再也没有重申这一要求。“1394 年至 1395 年理查德对爱尔兰进行了耗资巨大的大规模征讨，这是自 1210 年以来英格兰国王的首次征伐，它成功地给那儿的英格兰统治注入了新的活力，并以巧妙的刚柔并济的方式使凯尔特的和盎格鲁–爱尔兰的贵族就范；他这次的冒险活动确实加强了他在又一王家领地的权力，并显示了他的王室组织和资财能做出怎样的成就，虽然只是短暂的”。“1399 年他再次征讨爱尔兰，给予原德比伯爵，现为赫里福德和兰开斯特公爵的亨利 · 博林布鲁克以可乘之机，……博林布鲁克在得到为理查德疏远的珀西家族支持后便夺取了王冠。”“凯尔特人享受着独立和相对的繁荣，而盎格鲁–爱尔兰人珍惜他们自己的权利，便与凯尔特对手达成协议。英格兰政府的主要考虑是安全（‘爱尔兰是英格兰的支撑和柱石’，一位当时的人在 1430 年代说），只有在威尔士叛乱（1400–1409 年）期间和 1450 年代当安全受到威胁时，英格兰政府才对爱尔兰事务表现出较大的关注。”① 艾德蒙 · 柯蒂斯《爱尔兰史》写到即使在理查德二世征服时期，爱尔兰语依然顽强地坚持了下来，“爱尔兰的首领们在归降称臣和宣誓效忠于英王时，只用一种语言，就是爱尔兰语”。“理查德二世发动的首次征服显然是一个失败。由于英格兰政府既无足够的财力又无足够的人力可以用来对付爱尔兰，结果本地民族光复了三分之二的爱尔兰土地，在征服时期业已退缩到穷乡僻壤的爱尔兰语言和文化也重新传播了开来。爱尔兰的民族精神再次抬头，并且战胜了外来的民族精神；只可惜政治的统一没有和种族的统一同时恢复，因为五、六十个凯尔特氏族的首脑只希望恢复旧时的贵族传统，并复兴环绕在他们身边的行吟诗人、布雷亨法和编年史家所代表的学究文化。”②1494 年亨利 · 都铎（Henry Tudor, 1491–1547）受封为爱尔兰亲王（Lord Lieutenant of Ireland），并宣称自 1327 年以来

① 肯尼斯 · 摩根主编 . 牛津英国通史，王觉非译，北京：商务印书馆，1993：208.

② 艾德蒙 · 柯蒂斯 . 爱尔兰史，南京：江苏人民出版社，1974：248.

英国国王对爱尔兰拥有主权，尤其是“波伊宁兹法令”（1495）使得爱尔兰大领地降为完全的、绝对的屈从地位。

《亨利五世》第三场第2幕写到了爱尔兰人、很勇敢的骑士马克毛利斯营长（上尉）。高渥营长（上尉）表示马克毛利斯是一个懂得兵法的军官，“奉命围城的格劳斯特公爵完全是听从命令的爱尔兰人，一位很勇敢的贵绅的指导”。弗鲁哀伦出于嫉妒对马克毛利斯较为不满，甚至抱怨后者，“他是蠢驴，世上最蠢的蠢驴：我可以当着他的面证明他是蠢驴：你要注意，他不比一条小狗懂得更多的兵法，就像/尤其是罗马人的兵法”。然而，苏格兰人嘉米营长（上尉）积极肯定了马克毛利斯的才能，“两位都是好营长”。马克毛利斯自责与愧疚地承认挖地道的工作做得不好，表明他具有理性的、自律的良好品格。在战事最紧张的时刻，马克毛利斯拒绝与弗鲁哀伦辩论兵法，“这不是高谈阔论的时候，……城市被包围起来了，号角在呼唤我们冲向豁口。……任事不做，这是我们大家的耻辱，上帝救我，站着不动是耻辱”。

第四场第1幕亨利王提及志愿军，“我是营里的志愿军（As good a gentleman as the company）”。第四场第7幕提及法国雇佣兵（mercenary），爱尔兰马克毛利斯营长（上尉）可能即是雇佣兵/志愿军。第三场第2幕威尔士人弗鲁哀伦无意间不自觉地表现出民族意识上的偏见与歧视，暗示爱尔兰对英吉利民族意识的疏离，马克毛利斯却很敏锐地感受到了这一点，“马克毛利斯营长，我想，你要注意，如果我错了，你可以纠正，没有很多的你们贵国人——”（Welch: Captaine Mackmorrice, I thinke, looke you, vnder your correction, there is not many of your Nation.）① 而马克毛利斯的回答是过分敏感的，过激的，“我们贵国！我们贵国怎么样？他是个小人，杂种，奴才，流氓吗？我们贵国怎么样？他想议论我们贵国？”（Irish: Of my Nation? What ish my Nation? Ish a

① *Mr. William Shakespeareu's Comedies, Histories, & Tragedies*, London: Edward Blount and William and Isaac Jaggard, 1623.

Villaine, and a Basterd, and a Knaue, and a Rascall. What ish my Nation? Who talkes of my Nation?）剧中有意突出了马克毛利斯的混杂盖尔语、英语的语音，以增强舞台的表演效果，而不是民族身份的焦虑。第三场第 2 幕威尔士人弗鲁哀伦似乎更愿意强调出身与才能，而不是英吉利民族意识，"也许我就要以为你欠思考，没有以你应该对待我的礼貌来对待我，你要注意；讲到兵法，出身，以及其他各方面，我都不比你差"（Welch: . . . peraduenture I shall thinke you doe not vse me with that affabilitie, as in discretion you ought to vse me, looke you, being as good a man as your selfe, both in the disciplines of Warre, and in the deriuation of my Birth, and in other particularities.）。换言之，在亨利五世时期，爱尔兰与英格兰的关系是极其敏感的，尤其是对于那些被英格兰称为"英裔爱尔兰人"或者"爱尔兰的英国人"。第五场合唱歌队证明，即使在伊丽莎白时期爱尔兰仍然有为独立而发动的反叛，"如果我们的仁慈女皇手下的那一员大将现在——很可能就在现在，——从爱尔兰回来，剑挑着叛逆者的头颅，平静的城里面要有多少人来欢迎他啊！"这是指伊丽莎白女王晚期由于宗教改革而引发的爱尔兰独立战争（1593-1603），爱尔兰得到了西班牙、苏格兰的支持。1599 年埃塞克斯伯爵罗伯特·德弗罗（Robert Devereux, 2nd Earl of Essex）未能成功镇压这次叛乱，1600 年双方在谈判后宣布停战。① 莎士比亚似乎满怀希望罗伯特·德弗罗能获得对爱尔兰战争的完全胜利，暗示由此达成一致的英吉利民族意识。

另一方面，法国似乎对爱尔兰民族持有一定的好感。第三场第 7 幕法国太子说到了爱尔兰的轻装步兵，显然他们是十分勇敢的，"你骑上去的时候，像是爱尔兰的轻装步兵一般，脱下你的法国裤子，穿着你的紧腿裤"。第四场第 4 幕一个法国士兵被英格兰旗官皮斯托俘虏，皮斯托要求法国士兵提供巨额的赎金，"阶级？绥尔河边的姑娘！你是绅士么？你姓甚名谁？说吧"（Pist: Qualtitie

① 参看李成坚.《亨利五世》中麦克默里斯的身份探源及文化解读，外国文学评论，2009（4）：193-204.

calmie custure me. Art thou a Gentleman? What is thy Name? discusse.)。由于皮斯托听不懂法语，所以他胡胡诌乱扯一通，calmie custure me 是 1582 年刊印的爱尔兰歌谣《噢可爱的年轻姑娘》(*Cailín Óg a Stór*）中的一句戏拟拉丁语的最末合唱歌词，爱尔兰语原写作 Cailín ó Chois tSiúre mé（我是一个来自绥尔河边的姑娘)，此句也见于 17 世纪爱尔兰语诗歌《用细绳扎辫子的姑娘很讨厌》(*Mealltar bean le beagán téad*)。歌谣《噢可爱的年轻姑娘》现可见于 1584 年的英语抒情歌谣集（Broadside ballad)。① 显然，李成坚《〈亨利五世〉中麦克默里斯的身份探源及文化解读》对此有过度解读（overinterpretation)。

（三）公元 843 年以来，苏格兰逐渐成为一个独立的民族国家，以它的抗拒、反叛和战争，拒绝认同统一的英吉利民族意识。霍利迪《简明英国史》写道：凯尔特部落居住在苏格兰高地，萨克森人居住在苏格兰低地，后者实行采邑制。1295 年苏格兰与法国国王建立了长期的联盟（Auld Alliance)。次年爱德华一世以王位继承权为借口入侵苏格兰，激起了威廉·华莱士、罗伯特·布鲁斯的民族反抗斗争，苏格兰挫败了爱德华的四次入侵。1314 年苏格兰国王罗伯特·布鲁斯趁英格兰的内乱在班诺克伯恩打败英格兰军队。1388 年英格兰军队在奥特本战役中失败。此后的两个多世纪，苏格兰与法国联盟一直是英格兰持续的威胁，苏格兰与英格兰处于敌对状态。② 摩根主编《英国通史》写到了由于苏格兰长期以来对英格兰带来的困扰，所以，一些英格兰国王已放弃了在苏格兰和大部分爱尔兰的宗主权要求，“在 15 世纪，部分地因为在法国的战争又起，部分地由于亨利四世统治时期（1399–1413 年）和 1450 年以后英格兰内部的纷乱，他们对苏格兰处于防御地位；苏格兰甚至在 1419 年派出大量增援部队援助法国人。英格兰俘虏苏格兰国王詹姆士一世，短时间内（1406–1424 年）

---

① Clement Robinson, Hyder Edward Rollins ed. *A Handful of Pleasant Delights*(1584). Cambridge, Massachusetts: Harvard University Press, 1924.

② F. E. 霍利迪 . 简明英国史，洪永珊译，南昌：江西人民出版社，1985：30.

阻止了边界上大规模的军事对抗，但此后苏格兰人变得更为大胆，他们希望收复罗克斯伯勒城堡和贝里克，并于1460–1461年达到了目的。袭击，小规模的海战，海上掠夺，还有时效的休战协定，加在一起构成了没完没了的冷战状况。……1475年签订了盎格鲁–苏格兰条约，1502年签订了‘永久和约’。这些条约的签订标志着两国关系的重大转变”。①

《亨利五世》的叙述显然基于英格兰与苏格兰敌对、冲突的历史。在《亨利五世》一剧中，“邻国”（Neighbour）先后出现过7次，其中3次指苏格兰，亨利五世和别的英格兰贵族称之为“冲动的邻国”（giddy neighbour）“坏邻国”（bad Neighbour）“恶劣的邻国”（ill neighbourhood）。第一场第2幕写到了苏格兰与法国联盟，“我们不可以仅仅挥兵侵入法国，我们还要酌量分兵防备苏格兰人，他们有机可乘便要向我们进犯的”。“我怕的是苏格兰人大举进犯，它一向是我们的一个不稳定的邻邦；……苏格兰人不对他的无防御的国土倾巢来犯，像海潮一般以全部的力量乘隙而入，以快速的攻击骚扰这空虚的国土，围困堡垒城池；于是英格兰因国防空虚在这恶邻之下战栗了。”韦斯摩兰德公爵也承认苏格兰与法国联盟，“如果你想赢得法兰西，要先从苏格兰做起：因为英格兰一出去捕食，苏格兰那只黄鼠狼就偷偷地来到它的没有防御的巢里吮吸它的蛋，扮演猫不在家时的老鼠，扯烂糟蹋的东西比它所能吃的还要多”。坎特伯雷大主教也说到爱德华三世打败苏格兰的事件，“它不仅把它自己保卫得好，而且把苏格兰国王（James I of Scotland, 1406–1437）像流窜的野狗一般捉到并关了起来；随后把他送往法国，作为被俘的国王之一，以增长爱德华国王的威名，并且彪炳英格兰的史册，使得它充满了光荣事迹”。“如果我们有四分之三的兵力留在国内，而不能抵抗那狗侵入家门，那么就让我们被撕成碎片，让我们的国家失去坚强多谋的美名吧。”从轻蔑地称呼苏格兰为老鼠、黄鼠狼、狗（野狗），可

① 肯尼斯·摩根主编．牛津英国通史，王觉非译，北京：商务印书馆，1993：207.

以发现苏格兰与英格兰的敌对／对立是显著的，二者远未达到一致的民族认同，效忠亨利王的韦斯摩兰德公爵、坎特伯雷大主教等英格兰贵族敌视并畏惧苏格兰的独立存在。

苏格兰人嘉米上尉（营长）首次出现在第三场第 2 幕，嘉米在剧中出现的次数极少，这位英裔苏格兰人可能来自英属的低地苏格兰，或者是雇佣兵。弗鲁哀伦称嘉米“是个非常勇敢的人，那是一定的，他富有经验，而且精通古代兵法，这是我从他指挥战事中所亲自领教过的：指耶稣为誓，讲到古罗马战争中的兵法，他逞起雄辩能不下于世上任何军人”。而且嘉米在战场上表现得很勇敢，“我要好好效力一番，否则我就要倒在地上；对了，倒地而死；我要尽可能地勇敢地效力”。

M. 多勃松《民族诗人的形成：莎士比亚，改写，权威化》（Michael Dobson, *The Making of the National Poet: Shakespeare, Adaptation and Authorship*, 1660–1769, 1992）认为，自 18 世纪以来，莎士比亚被认为是可敬的启蒙作家和英国民族诗人，他的创作被认为是与英吉利民族性紧密关联在一起，是英吉利民族的象征。《亨利五世》想象性地表达了一致的英吉利民族意识，该剧的主题是亨利七世以来的“都铎王朝的神话”，或者建构英国的民族性（make nationness）。拉尔菲·何特勒《英国（戏剧）舞台上的伊丽莎白时期的历史剧》认为伊丽莎白时期的戏剧是一个想象的共同体（imagining community），戏剧通过故事的叙述在舞台上重新阐释了民族的历史（Making History: Staging the National Past）。这些历史剧向戏剧观众传达了英格兰民族性（Englishness），而观众亲眼目睹了戏剧舞台上表现出来的英国历史和民族性，并对英国民族身份（national identity）加以认同。① 布朗·沃尔西《莎士比亚，女王剧团，伊丽莎白时期的历史剧演出》认为，伊丽莎白时期的历史剧发挥作用的重心是政治领域。历史

① Ralf Hertel, *Staging England in the Elizabethan History Play: Performing National Identity*. Surry, England: Ashgate, 2014: 1.

剧紧密地关联着伊丽莎白时代的民族认同，王权、臣民的质询和国内外的国家权力扩张等问题。①

三、结语

亨利五世时期的英格兰民族性（Englishness）事实与观念与莎士比亚历史剧《亨利五世》(1599）所表现的理想的“都铎神话”，并不是一致的。伊丽莎白时期，英格兰王国已经完全失去了在法兰西的封建属地，主要包括英格兰、威尔士、低地苏格兰和爱尔兰群岛，1590–1591年爱尔兰出现了独立运动。位于北部的高地苏格兰是独立的王国，它是法国的结盟国，甚至与英格兰王国敌对。英格兰民族性首先是地理疆域上的认同，因而历史剧《亨利五世》表现出与爱尔兰、苏格兰的敌对境况。伊丽莎白一世是英格兰国王，是王国的世俗君主，也是国家教会的最高指导者。该剧部分表现出国王亨利五世在宗教方面的理想化的完美品格，以及超越于诸位主教的仲裁者地位。因而效忠君王是英格兰民族性不可忽视的一部分。虽然亨利五世时期英格兰还是一个多语言的封建社会，在法兰西有广大的封建属地，英语的地位并不比法语、拉丁语更高，然而在《亨利五世》一剧中，“我们的［共同］英语”(混合的伦敦–东中部地区方言）在社会–国家中占有绝对优越的主导地位，法语被看作外语，威尔士方言、低地苏格兰方言作为非通行英语而被作为喜剧性因素，这是都铎王朝时期在语言上的民族身份认同。在该剧中，莎士比亚创造了一种理想的“英格兰的本地人”(true-born Englishman），这些温和诚实的公民说话直率，穿着朴素，理性包容，这构成了英格兰民族性的一方面。

---

① Brian Walsh, Shakespeare, *The Queen's Men, and the Elizabethan Performance of History*. Cambridge and New York: Cambridge University Press, 2009.

第四节　论莎士比亚戏剧中的威尔士：语言、人物和地理

威尔士包括北威尔士、西威尔士（即包括康沃尔半岛和格罗切斯特，该地区通行康瓦尔语），威尔士语曾经通行于威尔士、什罗普郡和赫尔福德郡的部分地区。① 现今威尔士（Welsh, Wales）位于大约以 784 年奥法城墙为边界的、大不列颠西部的一个宽阔半岛上，还包括由梅奈海峡隔开的安格尔西岛。威尔士三面环水：北面是爱尔兰海，南面是布里斯托尔海峡，西面是圣乔治海峡和卡迪根湾。威尔士并不完全表示一个特定的英格兰地域，或许他们不是一个统一的古老民族，而是一个复杂的民族复合体。这意味着一些晦暗不明的古代民族迁徙、民族接触历史。

“凯尔特人是一个不断变化的类别，有几个方面，还没有形成 19 世纪的确定共识，即从布列塔尼经过康沃尔、威尔士和爱尔兰，一直到西部群岛与高地，存在一个种族独特的泛凯尔特人区域。” ② 通用凯尔特语的不列顿人、威尔士人和爱尔兰人在罗马人、盎格鲁-萨克森人入侵不列颠之前就已经在此生活了。公元前 600–400 年，威尔士出现了一种西欧（瑞士）La Tene 铁器冶炼铸造风格。北威尔士地区主要居住着罗马史学家所称的奥陶维斯人（Ordovices）、德梅泰人（Demetae）和西鲁斯人（Silures）。西威尔士主要居住着杜姆诺尼人（Dumnonii）和杜罗特里格人（Durotriges）。2 世纪托勒密

---

① John E. Southall. *Wales and her language considered from a historical, educational and social standpoint*, London: Newport, Mon., 1892: 1–5.

② Willy Maley, Rory Loughnane ed. *Celtic Shakespeare: The Bard and the Borderers*, Ashgate, 2013: xxiv.

《地理学》记载，杜姆诺尼人（Dumnonii）居住在杜罗特里格人（Durotriges）的西部，并记载了他们的4个城镇：Isca Dumnoniorum（现今的埃克塞特）、Tamara（现今的普利茅斯）、Uxella（现今的阿克斯河畔）和沃利巴（不明）。① 皮特阿斯《海上》论及杜姆诺尼的锡矿开采。威廉·卡姆登《不列颠历史》(William Camden, *Britannia*, 1607）记载，康沃尔在古代居住着索利努斯（Solinus）所称的杜姆诺尼人（Dunmonii, Ptolomee Damnonii, Danmonii），而德文郡居住着康沃尔-不列颠语所称的"丢南人"(Dewnan)，威尔士不列颠语所称的"杜夫内因特人"(Duffneint)，萨克森语所称的"德文希尔人"(Deven-schire)，拉丁语所称的"德沃尼亚人"(Devonia)，本地方言所称的"丹希尔人"(Denshire)。②

一、莎士比亚戏剧中的威尔士人物

在莎士比亚戏剧中，威尔士是一个重要的历史文化元素。莎士比亚出生于中部地区艾汶河畔的斯特拉特福德镇。斯特拉特福德位于英格兰中部地区的西部，邻近阿登森林，原初是多布尼人（Dobunni）的居住地，罗马入侵时期成为罗马军队的定居点，在盎格鲁-萨克森时期先后归属于麦西亚王国和西萨克森王国；而在诺曼底王朝时期是英格兰的瓦威克郡（Warwickshire)，该地流行中部地区方言的西部口音。约翰·奥布里写出了第一本简短的莎士比亚回忆录("Brief lives", chiefly of contemporaries, set down by John Aubrey)，奥布里认为"他是一个英俊的、身材匀称的人，很好的伙伴，而且非常善于准备和机智"。托马斯·沙德威尔认为他是我们现在最好的喜剧演员，沙德威尔和威廉·达文

① Claudius Ptolemy. *The Geography*, Klaudios Ptolemaios, Edward Luther Stevenson trans., Dover Publications, 1991: 51.

② William Camden. *Britannia, or a Chorographical Description of Great Britain and Ireland*, Vol. 1, London: Mary Matthews, 1722: 98.

南爵士说莎士比亚“有最惊人的智慧”。①S. 肖恩班《莎士比亚传》指出，1582年11月27日莎士比亚与安妮（Anne Hathwey）结婚，其岳父的老家原是瓦威克伯爵的一农庄房舍。“斯特拉特福是（事情发生的）背景；它的历史，是瓦威克郡、中部地区甚至英格兰历史上的一个篇章。艾汶河畔的斯特拉特福这个名字具有遥远过去的魅力，让人联想到罗马人的英格兰定居点[60—79]，罗马街道穿过威尔士人称之为艾封河（afon）上的渡口。弗利普（Edgar Innes Fripp）津津乐道威尔士的河流、丘陵、山谷等地名和被罗马人改建为据点的营地；还有莎士比亚时期斯特拉特福家族的威尔士名字，包括弗鲁厄伦（Fluellen），主要是低微的城镇居民，但其中有一位市议员刘易斯·阿普·威廉斯（Lewis ap Williams）。②

在伊丽莎白时代，斯特拉特福可能有定居的威尔士人，有理由认为莎士比亚与威尔士人保持着亲密的关系，因此他了解威尔士。“我们有合理的证据证明，莎士比亚有一位威尔士祖母，还有威尔士表亲和威尔士朋友。此外，在他长大的小镇上，有一个我们可以称为威尔士人的移民定居点。”③K. 切奇佐伊《莎士比亚的威尔士祖母》认为，他可能最初从威尔士祖母 Alys Griffin 的口中了解到了威尔士传统和民间传说。④

威尔士被视为在种族和精神上原初的不列颠人的所在地，文艺复兴时期，英格兰戏剧中所表现的威尔士背景是一个不可忽视的话题。M. S. 洛伊德《用威尔士语说出来：莎士比亚戏剧中的威尔士语》认为，莎士比亚简洁地描述了威尔士，创造了威尔士人物；他们的声音、语言使用和存在有助于反映英国身份

---

① Robert E. Hunter. *Shakespeare and Stratford-upon-Avon. A 'Chronicle of the Time'*, Cambridge University Press, 2009: 2, 5–6.

② Samuel Schoenbaum. *Shakespeare's Lives*, Oxford University Press, 1991: 499.

③ Frederick J. Harries. *Shakespeare and the Welsh*, London : T. F. Unwin, 1919: 251.

④ Willy Maley, Philip Schwyzer ed., *Shakespeare and Wales*, London: Routledge, 2010: 7–20.

的一个方面。① 莎士比亚在多部戏剧中写到了不同历史时期的威尔士人物，主要包括：悲剧《李尔王》中的康沃尔公爵，历史剧《理查德二世》和《亨利四世》第一、二部中的格伦道尔（Owen Glendower, Owain Glyn Dŵr），《亨利五世》中的弗鲁厄伦（Fluellen），传奇剧《辛白林》中的辛白林及其女儿伊莫金（Imogen），以及喜剧《温莎的风流娘们儿》中的威尔士神父休·埃文斯爵士（Sir Hugh Evans）。F. J. 哈里斯《莎士比亚与威尔士人》指出，莎士比亚"在三个威尔士人物身上表现了威尔士人极其显著的特征。在格伦道尔这一人物形象上，我们看到了凯尔特人本性神秘的、理想主义的和诗意的一面；休·埃文斯爵士是一位精明、朴实、热爱《圣经》的威尔士人；而弗鲁厄伦则展现了威尔士人好战、侠义和忠诚的特质"。②

（一）亚瑟（Arthur, Arthur Pendragon）是一位 5 世纪说凯尔特语的不列颠部族（王国）的武士首领，他击退了西萨克森人的入侵。③ 亚瑟传说最早起源于威尔士或不列颠北部说不列顿语的凯尔特人地区，蒙茅斯的杰弗里宣称其宫廷卡米洛特（Camelot）在纽波特的卡利昂。④ 亚瑟的活动区域是在威尔士，从西威尔士彭布洛克的内沃恩、雷诺斯顿的高尔山的亚瑟之石到布雷肯比肯斯的亚瑟王沉睡山洞，再到北威尔士斯诺多尼亚的三个魔剑湖，人们声称利多湖、第纳斯湖、欧格文湖拥有他的魔法剑，登比郡的里辛有亚瑟王斩首怀尔的石头。9 世纪内尼乌斯《不列颠史记》（Nennius, *Historia Brittonum*）记录了亚瑟与萨克森人的 12 场战斗。吉尔达斯《不列颠的毁灭和征服》（Gildas, *De excidio et conquestu Britanniae*）和 10 世纪后期的《威尔士编年史》（*the*

① Lisa Hopkins(Review). *"Speak It in Welsh": Wales and the Welsh Language in Shakespeare by Megan S. Lloyd*, Shakespeare Quarterly, 2008/SUM Vol. 59; Iss. 2, pp. 216–217.

② Frederick James Harries. *Shakespeare and the Welsh*, London: T. F. Unwin, 1919: 65.

③ A. O. H. Bromwich. *Arthur of the Welsh: The Arthurian Legend in Medieval Welsh Literature*, University of Wales Press, 2009: 15–31.

④ Geoffrey of Monmouth. *The History of the Kings of Britain*, Penguin, 1969: 22.

Annales Cambriae）提供了历史上的亚瑟率领威尔士人抵抗西萨克森人从泰晤士河中部向西部地区进攻的假说。同样，亚瑟王是早期威尔士文学中的神奇人物。①

莎士比亚的历史剧《约翰王》《亨利五世》《亨利八世》中46次出现“亚瑟”这一人名，惟有一次与历史上的亚瑟传说有关。《亨利五世》中的快嘴老板娘尼尔在谈论福尔斯塔夫时把《圣经》中的短语表达“在亚伯拉罕的肚子里”（Bosom of Abraham, 原意指地府、死去）并不机智的改为“在亚瑟的肚子里”：（Nay sure, hee’s not in Hell: hee’s in Arthurs/Bosome, if euer man went to Arthurs Bosome）。该剧中没有更深入论及亚瑟传说，但也表明剧作者与人物对亚瑟的尊敬。《亨利八世》一剧谈论到亨利七世的儿子亚瑟亲王（Arthur Tudor, 1486–1502），亚瑟被封为康沃尔公爵、威尔士亲王，以此强调都铎王室的威尔士血统（Katherine no more/Shall be call’d Queene, but Princesse Dowager, /And Widdow to Prince Arthur）。

梅林（Merlin, Merlin-Ambrosius）是凯尔特传说中的重要人物，亚瑟王传奇和中世纪浪漫史中的魔法师、预言者和智者。他来自威尔士的卡马森（Carmarthen），曾帮助格温内德国王沃尔蒂根在贝德盖勒特建造降龙城堡（Dinas Emrys），沃尔蒂根的儿子维塔利努斯（Vitalinus）可能是亚瑟的大敌。蒙茅斯的杰弗里记载，梅林是亚瑟的父亲尤瑟王（Uther Pendragon）的顾问，而后是亚瑟王本人的顾问。悲剧《李尔王》写到了预言家梅林（This prophecie Merlin shall make, for I liue before his time）。历史剧《亨利四世　第一部》的第三场第1幕叙述了格伦道尔对预言家梅林的崇拜。（Of the Dreamer Merlin, and his Prophecies）

（二）历史剧《理查德二世》中的威尔士人（Welch, Wales）。诺曼底人征服

① John Wiliams ed., *Annales Cambriæ*, London: Longman, 1860: 4.

了英格兰，然后对威尔士发起了进攻，安茹-金雀花王朝的亨利二世（Henry II, 1154–1189）对威尔士的进攻更为严重。爱德华二世（Edward II, 1307–1327）、爱德华三世（Edward III, 1327–1377）、理查德二世（Richard II, 1377–1399）用严酷的手段镇压了威尔士叛乱，吞并了威尔士土地。在很长的时间里，威尔士对英格兰国王表现出特别的忠诚。亨利·博林布鲁克在约克郡登陆并发起反叛，1399 年 7 月理查德二世从爱尔兰到达威尔士时，民众对后者的支持已经消失。

《理查德二世》以 1398 年 1 月诺福克公爵莫布雷与赫尔福德公爵亨利·博林布鲁克的斗争（That all the Treasons for these eighteene yeeres Complotted），到 1400 年 1 月秘密处死理查德王为主要情节，部分背景是在威尔士（Wales, Welch）。第二场第 4 幕写到了一个威尔士营长，其背景是威尔士某地，但没有详细的描述。第三场第 2 幕描述了亨利·博林布鲁克的军队与威尔士的格伦道尔及其同党作战（To fight with Glendoure, and his Complices）。[111] 第三场第 3 幕描述了北威尔士的弗林特堡战役（Goe to Flint Castle）及其后的王位谈判。“我是高贵的爱德华王最小的儿子，你的父亲威尔士亲王是他的长子，在战争中，他比激怒的狮子更凶猛：”[75]（I am the last of noble Edwards sonnes, Of whom thy Father Prince of Wales was first, In warre was neuer Lyon rag’d more fierce:）“再等一天，你这个忠实的威尔士人，国王把他全部信心放在你身上。”[107]（Stay yet another day, thou trustie Welchman, The King reposeth all his confidence in thee.）“因为所有的威尔士人听说你已经死了，去了布林布鲁克那边，散去了，逃走了。”[117]（For all the Welchmen hearing thou wert dead, Are gone to Bullingbrooke, disperst, and fled.）“因此，根据这一情报，我们得知威尔士人已经散去了，索尔兹伯里去见国王了”[125]（So that by this intelligence we learne The Welchmen are dispers’d, and Salisbury Is gone to meet the King, ）。剧中的 Barkloughly Castle（巴克劳利城堡）可能是 Harlech Castle 的威尔士语误读，它是威尔士中古故事集《马比诺吉昂》（*the Mabinogion*）中虚构的地名。

（三）在《亨利四世　第一部》(*The First Part of Henry the Fourth, with the Life and Death of Henry Sir named Hot-Spvrre.*）中，欧文·格伦道尔（Owen Glendour, Glendower)、莫蒂默夫人即格伦道尔的女儿（Dame Mortimer, her Mortimer)，班戈副主教是威尔士人。来自诺森伯兰的火爆人托马斯·珀西勋爵从基督教的立场（in Christendome）把格伦道尔视为迷恋魔法的异教徒（puts me from my Faith.)，“[他] 对我谈论鼹鼠和蚂蚁，/解梦者梅林和他的预言；/谈论龙和无鳍的鱼，/翅膀反剪的格里芬，蜕羽的乌鸦，/蹲伏的狮子，狂暴的猫，/这一类荒诞无稽的事物，/因此违背了我的信仰。让我告诉你，/昨晚他纠缠我至少九个小时，/细数许多恶魔的名字，/那些是他所使役的：/……我宁愿生活/在磨坊里，吃奶酪和大蒜（Garlick)，/而不愿意以佳肴为食，让他对我说话，/在基督教国土上的任一避暑庄园里。”（梁译，133页）珀西勋爵甚至暗示格伦道尔是魔鬼一派的，“现在我觉得魔鬼懂得威尔士语/他如此幽默也不足为奇”(Now I perceiue the Deuill vnderstands Welsh, /And ‘tis no maruell he is so humorous:)。班戈副主教的形象是模糊的。

1584年《坎布里亚（现今称为威尔士）历史》(Caradoc of Llancarfan, *The History of Cambria, now called Wales*）较早记载了格伦道尔（Owen Glyndwr）在亨利四世时期发动的反叛，“但是马奇伯爵［爱德蒙·莫蒂默］意识到他不喜欢通过国王亨利的方式来获得自由，无论是出于顺从，还是因为他的乏味囚禁，或者出于对这位年轻女士的喜爱，他同意与欧文一起对抗英格兰国王，并娶了他的女儿。伍斯特伯爵［托马斯·珀西］、他的兄弟诺森伯兰伯爵［哈利·珀西］和他的儿子、英勇的珀西勋爵也加入他们，他们密谋在班戈副主教府邸废黜英格兰国王。他们的副手将其领地分为三份，达成了一个三方契约，并用各人的印章盖章”。① 典型的威尔士人被描述为骄傲、叛逆、善变和反复无常。欧

① Caradoc of Llancarvan. *The history of Wales*, translated into English by Dr. Powell, Merthyr Tydfil: W. Williams, 1812: 316–322.

文·格伦道尔的煽动和叛乱加剧了对威尔士的仇恨和厌恶，以至于它促使英格兰产生严厉的法律。第三场第1幕深信魔法巫术的格伦道尔宣称：“我出生时，可见天上满是火热的形状，山羊从山上跑下来，牛群在惊恐的田野里怪异地喧闹。这些迹象使我与众不同，我一生的所有经历都表明我不在普通人之列。人们所居住的土地，被大海围绕，大海对着英格兰、苏格兰、威尔士的海岸咆哮，它会教训我指使我吗？”第一场第3幕写道：“但附带条件和例外情况，是要我们自己负责赎回他的姐夫，那愚蠢的莫蒂默，我以我的灵魂起誓，他故意背叛了他所带领的与那个伟大的魔术师（该死的格伦道尔）作战的人的生命。据我们所知，他的女儿最近与马奇伯爵结婚了。”A. E. 休斯《莎士比亚与他的威尔士人物》（讲座论文）详细论述了威尔士人物格伦道尔，“或许莎士比亚笔下的威尔士人物太可爱了，太精致了，以至于连威尔士人都无法完全理解。但是，尽管有点威尔士虚荣心的恶习……”①D. J. 贝克《格伦道尔》（Glyn Dwr, Glendouer, Glendourdy and Glendower）认为，莎士比亚对格伦道尔的了解并不局限于前者可以从霍林谢德《编年史》（Holinshed, *Chronicles*, 1587）中所得到的信息，“通过将 Owain Glyn Dwr 以 Owen Glendower 的身份登上舞台，莎士比亚彻底改变了这位威尔士反叛者的声誉，……格伦道尔从这些英国编年史家那里得到的敌意和蔑视被莎士比亚的人性化风格所转化，他的‘亲切的形象描绘’因其逼真而受到称赞”。②

（四）《亨利四世　第二部》（*The Second Part of Henry the Fourth, Containing his Death: and the Coronation of King Henry the Fift.*）的故事发生在舒兹伯利战役之后，背景是英格兰，而不是威尔士。1623年第一对折本中（Welsh, Welch,

① Arthur Edward Hughes. *Shakespeare and His Welsh Characters*, Devizes: George Simpson & Co., 1918: 6.

② Willy Maley, Philip Schwyzer. *Shakespeare and Wales*, Ashgate Publishing Limited, 2010: 43–58.

Wales）共计 8 次。出生于蒙茅斯的威尔士亲王哈利是剧中的主要人物，第五场主要描述了亨利五世的加冕，“与威尔士亲王，蒙茅斯的哈利相反”（Against the Welsh himselfe, and Harrie Monmouth.）；“他毫无武装地离开，法国和威尔士随后就唁唁挑衅，”（He leaues his backe vnarm’d, the French, and Welch Baying him at the heeles:）；“我听说国王从威尔士返回有些不如意，”（I heare his Maiestie is return’d with some discomfort from Wales.）；“国王从威尔士返回，”（Comes the King backe from Wales,）；“你从威尔士来吗？”（are you come from Wales?）。剧中 2 次谈论格伦道尔（Glendour, Glendower），“一支力量是反对格伦道尔”（And one against Glendower:），“格伦道尔死了”（that Glendour is dead.）。

（五）《亨利五世》嘲讽式地表现了威尔士与英格兰在民族观念上的矛盾，历史上的亨利五世没有任何威尔士血统。弗鲁厄伦（Fluellen）是莎士比亚戏剧中最令人喜欢的威尔士人。他是一个喜剧性人物（dramatis personae），是一个把责任、纪律和法律放在首位的人。他对亨利五世的狂热忠诚，也让后者想起了威尔士人在黑王子时代的英勇故事。J. D. 威尔逊认为，弗鲁厄伦的原型人物可能是在低地国家作战的伟大威尔士骑士罗杰 · 威廉姆斯爵士（Roger Williams）。①1429 年威尔士贵族领主欧文 · 都铎（Owen Tudor，1400–1461）与瓦卢瓦的凯瑟琳结婚，后者是亨利五世的遗孀。其长子埃德蒙娶了岗特的约翰的曾孙女玛格丽特。自 1485 年以来，都铎王室要求人们纪念他们的威尔士血统，利用它，甚至将它作为新的民族共同体的基础。Ph. 施维泽在《‘我是威尔士人，你知道’:〈亨利五世〉中的国家观念》一文中写到亨利五世自豪地宣称自己拥有威尔士属性（Welshness），即他出生于威尔士的蒙茅斯，并作为威尔士亲王而拥有威尔士这一领地，“亨利不是从他的祖先那里‘继承’他的威尔士属性，而是从他的继任者都铎王朝。自相矛盾的是，15 世纪早期的一个英格兰

---

① John Dover Wilson. *Martin Marprelate and Shakespeare’s Fluellen*, London: A. Moring limited, 1912: 21–22.

国王和 16 世纪晚期的英格兰观众之间的联系恰恰是威尔士血统”。①

（六）《温莎的风流娘们》中的神父休·埃文斯爵士，从《亨利四世　第二部》来看，是亨利四世、亨利五世时期的威尔士人物。故事背景是邻近伦敦的温莎与伯克郡（Berkshire），远离威尔士。1623 年第一对折本中（Welsh, Welch）共计 7 次，剧作者有意表现了威尔士元素。第二场第 2 幕福德的对白宣称：“我宁愿相信一个弗莱明人而托付我的黄油，相信威尔士人休神父而托付我的奶酪，相信一个爱尔兰人而托付我生命之水（酒，Aqua-vitae）的瓶，或者让一个小偷来遛我的骟马，而我不会让我的妻子独自在家：那时节她想主意，她动心思，她设计谋；她们心中有所想，她们可能勉力而为，她们宁可伤透心，但她们可能勉力而为。”（梁译，85 页）第五场第 5 幕福尔斯塔夫的对白宣称：“上帝保护我，免受那个威尔士仙人的伤害，否则他会把我变成一块奶酪。”（梁译，191 页）剧中还宣称猎人赫恩（假面舞中人物）是威尔士恶魔（the Welch-deuill Herne）。罗伯特·沙娄（Robert Shallow Esquire）是格洛切斯特的日常法官与审判官（Iustice of Peace and Coram），休·埃文斯爵士（Sir Hugh Evans）是来自威尔士的神父（Hugh the Welch Priest），他在第一场第 1 幕的对白已经预见其机智：“十二个白虱（Lowses）确实变成了一件旧外套：它非常适合：它是人类熟悉的野兽，象征着爱。”显然，莎士比亚反讽式地模仿了威尔士口音，埃文斯把 luce（新鱼、梭子鱼）误读成 Lowses。②

二、作为地理空间的威尔士

戏剧是以多种媒介模仿行动中的人物，再现生活与事件的艺术，戏剧的

---

① Philip Schwyzer. *Literature, nationalism, and memory in early modern England and Wales*, Cambridge University Press, 2004: 126–150.

② William Shakespeare. *Mr. William Shakespeares Comedies, Histories & Tragedies*, ed. by John Heminge & Henry Condell, London: Isaac Iaggard & Ed. Blount, 1623.

场景是这一行动模仿艺术的基本要素，戏剧中的地理空间总是场景中唤起诗意想象的物质性存在。一般的，戏剧中的地理空间再现，远不如在小说、叙事诗中的叙述那样强有力。因为基于模仿的身体表演、舞台事物与剧场建筑对地理空间的表现力往往是局限的，而且人物的对白、独白、旁白极少直接描述地理空间。

（一）莎士比亚《辛白林》受到他对当代彭布洛克郡的了解和想象的影响来描述米尔福德地区。辛白林是罗马不列颠时期的人物，霍林谢德在《英格兰编年史》第三卷 11–19 章（The Third Booke, Chapters 11–19）记述了罗马入侵不列颠的事件。公元前 58 年泰晤士河以北伦敦–阿尔班斯地区卡图维勒尼人的首领卢得（Lud）去世后，他的弟弟卡西维劳努斯（Cassivellaunus, Cassibellane）成为实际君主。他作为恺撒的对手，公元前 54 年率领卡图维勒尼人抵抗罗马军队的入侵。而后卢得的儿子塔斯欧瓦努斯（Theomantius, Tasciovanus）成为康沃尔地区的首领，公元前 33 年塔斯欧瓦努斯从卡西维劳努斯继承了王位。公元 5 年辛诺白利努斯（Cynobellinus, Cunobelinus, Kymbeline, 5–42）从塔斯欧瓦努斯继承了王位。辛诺白利努斯向东扩张到布莱克沃特河的特里诺万特人土地，苏埃托尼乌斯《罗马十二位恺撒传》称之为“不列颠之王”。[①] 40 年，辛诺白利努斯放逐了他的儿子阿德米尼乌斯（Adminius, Amminius, Aruiragus），阿德米尼乌斯随后逃往罗马并说服卡里古拉（Caligula）准备入侵英国。远征队集结完毕，但从未离开大陆。43–44 年辛诺白利努斯的另外两个儿子托戈杜姆努斯（Togodumnus）和卡拉塔库斯（Caratacus）被罗马皇帝克劳迪乌斯（Claudius）的军队打败，罗马军队占领了罗切斯特、奇切斯特和科尔切斯特，托戈杜姆努斯被杀死，卡拉塔库斯向西逃到了塞文河和艾汶河交汇处的多布尼人土地，格洛斯特的塞文河成为威

① Gaius Suetonius Tranquillus. *Lives of the Caesars*, Oxford University Press, 2008: 21.

尔士的边界。[1]传奇剧《辛白林》(*The Tragedie of Cymbeline*)的故事背景主要是早期罗马入侵的不列颠的伦敦［被称为卢得城(Luds-Towne)］和威尔士的米尔福德，剧中的奇幻情节与辛诺白利努斯生涯中的历史事件无关。该剧的故事框架主要取材于霍林谢德《英格兰、爱尔兰和苏格兰编年史》，罗马将军是凯乌斯·卢西乌斯(Caius Lucius)即是恺撒的将军凯乌斯·沃卢斯努斯(Caius Volusenus)。特南提乌斯(Tenantius)即是辛诺白利努斯的父王塔斯欧瓦努斯。卡西伯兰(Cassibulan, Cassibelan)即是卡西维劳努斯(Cassivellaunus)，"当初他［尤利乌斯·恺撒］来到不列颠并且征服了它的时候，你的叔父卡西伯兰，因恺撒对他的称赞而闻名遐迩"。[2]该剧还提到了康沃尔国王克洛顿之子莫尔穆提乌斯(Mulmutius, Molmutius)，"为我们制定法律，他是不列颠第一个头戴黄金王冠的人，并且自称为国王"。第三场第2—4、6幕的背景是坎布里亚的米尔福德(I am in Cambria at Milford-Hauen)，第四场第1—2、4幕的背景也是坎布里亚的米尔福德。第三场第2幕伊莫琴(Imogen)将前往坎布里亚(威尔士)与里昂内特斯相见。第三场第3幕中人物吉地利乌斯(Guiderius)、阿维雷古斯(Aruiragus)是辛白林的的两个儿子，被贝拉利乌斯带到坎布里亚，居住在米尔福德附近山中的岩窟小屋。第三场第4幕伊莫琴在米尔福德女扮男装，准备前往罗马。第三场第5幕王子克洛顿决定前往米尔福德。该幕暗示塞文河是威尔士的边界，辛白林说道："请不要离开尊贵的卢西乌斯，诸位大人，直到他渡过塞文河。"第三场第6幕伊莫琴在米尔福德附近误入吉地利乌斯、阿维雷古斯所住的岩窟小屋。第四场第1—2、4幕王子克洛顿来到米尔福德，并被误杀。卢西乌斯率领的罗马军队来到米尔福德。第四场4幕吉地利乌斯、阿维雷古斯决定参加抵抗罗

---

① Raphael Holinshed. *Chronicles of England, Scotland and Ireland*, Vol. 1, London: Richard Taylor & Co. , 1808: 464–482.

② 莎士比亚．莎士比亚全集，辛伯林，梁实秋译，北京：中国广播电视出版社，2001: 109.

马人的战争。R. J. 博林《〈辛白林〉中的英格兰-威尔士关系》认为，《辛白林》描绘了“进入曾经的遥远国度的奇妙旅程”，“都铎王朝纹章上的威尔士龙象征着威尔士和英格兰贵族的平等”，“辛白林的威尔士场景包含许多现今彭布洛克郡的痕迹，这些痕迹见证了威尔士在上层阶级加入英国国家时所经历的巨大变化”。①

（二）《亨利四世　第一部》中，由欧文·格伦道尔领导的叛乱构成了该剧的大部分情节，故事背景主要是英格兰（特别是舒兹伯利），多次提及威尔士（Welsh, Welch, Wales），包括怀伊河、塞文河、班戈、蒙茅斯与赫里福德等。该剧的最末（第五场第 5 幕）亨利四世宣告：“我和你，我的儿子哈里，将前往威尔士，与格伦道尔和马奇伯爵［莫蒂默］作战。” 229

第三场第 1 幕格伦道尔出现在威尔士西北部班戈主教教堂；班戈是威尔士北部的城镇，隔着麦奈海峡与安格尔西岛相望。班戈受到天主教高卢教会的影响，较早建立了主教教堂。格伦道尔宣称“我可从浩瀚深处召唤精灵”（I can call Spirits from the vastie Deepe.），这暗示班戈北部毗邻大海。剧中没有描述班戈的地理或者地形状况（topography），格伦道尔与莫蒂默、珀西勋爵正是在主教教堂共谋反叛英格兰的亨利四世。该剧还描述了铺上灯心草的主教教堂，“她吩咐你／让你躺在肆意的灯心草上／把你温柔的头靠在她的腿上”（She bids you, /On the wanton Rushes lay you downe, /And rest your gentle Head vpon her Lappe）。

《亨利四世　第一部》第一场第 1 幕写到了威尔士边境的赫里福德。赫里福德位于怀伊河中游的北岸：“就在这时，来自威尔士的快报满是沉重的消息。最糟糕的是，高贵的莫蒂默带领赫里福德郡的人去跟不守规则的、狂野的格伦道尔战斗，竟被那个威尔士人粗暴地俘虏，他的部众一千人被屠杀，肆意摧残他们的尸体，那些威尔士妇女做了如此残忍无耻的变故，真不该（没有太多耻辱）

① Ronald J. Boling. *Anglo-Welsh Relations in Cymbeline*, Shakespeare Quarterly, 2000/21, Vol. 51; Iss. 1, pp. 33–66.

重述或谈论这事故。”（梁译，22 页）

塞文河在罗马入侵时期、盎格鲁-萨克森入侵时期、诺曼底入侵早期曾经是威尔士的东部边界。卡拉多克《威尔士的历史》写道：“根据该契约，位于塞文河和特伦特河之间的所有乡村，一直向南，被分配给马奇伯爵［莫蒂默］；整个威尔士，以及塞文河以西的土地，被指定给格伦道尔；从特伦特河以北的土地，属于珀西勋爵［托马斯·珀西，火爆人］。”①《亨利四世　第一部》的第三场第 1 幕莫蒂默的对白完全重述了这一历史记载，“英格兰，从特伦特河和塞文河到这里，／南边和东边划归我所有：／向西的所有土地，塞文河岸直到威尔士，／在这区域内所有肥沃的土地，／属于欧文·格伦道尔：亲爱的内弟，属于你的是／特伦特河以北，其余的广大地区”。[127]

（三）历史剧四联剧“亨利亚德”（Richard II, 1 Henry IV, 2 Henry IV, & Henry V）描述了威尔士南部的蒙茅斯城堡，它位于怀伊河下游与曼诺河交汇处。在《亨利四世　第一、二部》中，出生于蒙茅斯的威尔士亲王哈利（Harry Monmouth）也是剧中的主要人物，剧中多次提及蒙茅斯，虽然戏剧场景并不在此。《亨利四世　第一部》第三场第 1 幕格伦道尔谈论到威尔士南部的怀伊河，“我三次从怀伊河、沙底的塞文河畔把他［亨利·布林布鲁克］打败，他落荒逃回家，不顾风雨交迫”。[127] 在《亨利五世》中，弗鲁厄伦在赞颂马其顿的亚历山大和英格兰国王哈里时，突出表现了威尔士的蒙茅斯，“如果你看看世界地图，我保证你会发现，在马其顿和蒙茅斯之间作一比较，你会看见两者情况很相似。马其顿有一条河，蒙茅斯也有一条河：在蒙茅斯的被叫作怀伊河，但我想不起另一条河叫什么名字；但这都是一回事，就像我的手指对我的手指一样，而且两者都有鲑鱼。如果你仔细地考察亚历山大的生平，蒙茅斯的哈利的生平紧随他没有不同；因为在一切事物中皆有相同之处”。（梁译，181 页）（if you looke

① Caradoc of Llancarvan. *The history of Wales*, translated into English by Dr. Powell, Merthyr Tydfil: W. Williams, 1812: 316–322.

in the Maps of the Orld）此外，《亨利五世》中还特别写到了威尔士人在圣大卫节蒙茅斯帽子上佩戴石蒜（见下节）。

三、莎士比亚戏剧中的威尔士方言

威尔士人使用一种古老的凯尔特方言，不同于古希腊语和罗马的拉丁语。威尔士语（Welsh, Cymraeg）是凯尔特（Celtic, or Keltic languages）语族中的一种语言，是不列顿语（Brythonic, Brittonic）的一种方言，通用于威尔士人的居住地区。说凯尔特语的不列顿人称之为 Walh, Wealh（原义为异族人），西萨克森人称之为 Wilisc, Wylisc，盎格鲁人、肯特人称之为 Welisc, Wælisc。在古高地日耳曼语中，Walh, Walah 一词与采集坚果（walnut, walshnut）有关。与入侵不列颠的盎格鲁-萨克森语言相对立，633 年一首诗歌第一次使用 Cymry 来指威尔士国家，700 年原初不列顿人称自己为 Cymry（原义为同族人），其国家称 Cymru，其语言为 Cymraeg。①

凯尔特语是印欧语系的一个分支，在前罗马时期已通行于西欧大部分地区（即大陆凯尔特语），甚至在小亚细亚 / 安纳托利亚地区也有使用。公元前 600 年左右凯尔特人迁移到英格兰，其语言在不列颠群岛演变成一种不列顿语（即岛屿凯尔特语），它为威尔士语、康沃尔语和布列塔尼语提供了基础。罗马入侵时期，威尔士人逐渐转向英格兰西部地区，艾汶河可能是其自然的边界。一般认为，原初凯尔特语（Proto-Celtic）可能使用某种古老的伊比利亚字母。公元前 1 世纪恺撒的罗马军队入侵不列颠之后，公元 1—2 世纪天主教会逐渐在不列颠、威尔士南部建立起来。天主教会促进了早期威尔士语的拉丁语化进程。布里顿语或不列顿语在罗马统治时期和随后的时期采用了不少拉丁语词语，威尔士人也采用了拉丁字母来书写其语言。“凯尔特–伊比利亚方言（Celtiberian）有

① Kenneth Jackson. *Language and History in Early Britain*, Four Courts Press, 1994: 445.

实证表明，从公元前 3 世纪末或 2 世纪初到公元 1 世纪，最早的铭文是伊比利亚音节文字，但从公元前 1 世纪以来，大量的铭文是罗马字母。”①

不列颠凯尔特语还使用过奥加姆字母（Ogham script），奥加姆字母与北欧茹尼字母在系统上有某种相似。J. 卡尼认为，爱尔兰的奥加姆字母（Ogham script）是公元前 1 世纪从高卢传入的。②W. 凯勒等认为，对比晚期罗马语法家多那图斯（Donatus）的著作，300–400 年基督教传教士创造了奥加姆字母，5 世纪以来它逐渐流行于威尔士（彭布洛克、康沃尔）、德文郡、马恩岛和爱尔兰等地。③466–533 年，威尔士西南部（达费德王国）的彭布洛克郡内沃恩（Nevern, Nanhyfer）的圣布莱纳奇教堂的维塔利努斯墓碑（the Vitalianus Stone in the graveyard at St. Brynach’s Church）上刻有罗马字母、奥加姆字母，这是现存最早的威尔士词语记录。④6 世纪，威尔士出现了古凯尔特语文献，奥加姆铭文主要存在于彭布洛克。R. A. S. 麦卡利斯特《古代爱尔兰》认为，爱尔兰的皮克特人继承了公元前 3 世纪高卢南部或者意大利北部的凯尔特祭师（Druids）所创造的奥加姆字母，“它是基于一种希腊字母的形态，希腊字母大约在公元前 5 世纪和 6 世纪就已经流行起来了，可能是因为世俗目的而被借用，在高卢受过教育的人中继续使用”。⑤ 然而，恺撒《高卢战记》没有记载高卢的凯尔特祭师创造了这种神秘的手势语言，换言之，奥加姆字母与高卢祭师并不相关。

7–10 世纪，威尔士语被称为老威尔士语；在不列颠西南部地区，老威尔

① Ranko Matasović. *Etymological Dictionary of Proto-Celtic*, Brill, 2009: 17.

② James Carney. The Invention of the Ogom Cipher, ÉRIU (Royal Irish Academy), 1975 Vol. 26, pp. 53–65.

③ Wolfgang Keller. Die Entstehung des Ogom, Die Entstehung des Ogom; PBB (de Gruyter) 62, 1938, 121–132.

④ Nennius. *Historia Brittonum: British History and the Welsh Annals*, Latin and trans. John Morris, Chichester, 1980: 12.

⑤ Robert Alexander Stewart Macalister. *Ancient Ireland: A Study in the Lessons of Archaeology and History*, Routledge, 2014: 119.

士语演变为早期康沃尔语和威尔士语，在不列颠北部地区演变为坎布里克语（Cumbrian）。由于天主教会的广泛影响，古威尔士语主要采用了（罗马）拉丁字母。“老威尔士语文献来自公元 7、8 世纪到 12 世纪是稀少的，它看似应该延续了基本的语音习惯，老康沃尔语和布列塔尼语在系统上的差异还是很小的。”① “这些材料主要由索引，页边空白处的单个词语或段落的翻译，或者经典作品的古拉丁文抄本的行间注释组成。这种行间的威尔士词语，可以在 8 世纪末或 9 世纪初欧提齐乌斯（Eutychius）和奥维德（Ovid）手稿中找到，这种类型的手稿藏于牛津大学的博德利图书馆。然而，《卡那封黑皮书》(*Black Book of Caernarvon*）和《赫格斯特红皮书》(*Red Book of Hergest*)，是最古老的未残破的威尔士语手稿，被认为是 12 世纪和 14 世纪最优秀的法官所写的。”②10 世纪威尔士德赫巴斯国王海维尔·阿普·卡德尔（Hywel ap Cadell, 920–950）制定了“海维尔法律”(Cyfraith Hywel)，这份羊皮手稿是用拉丁语而不是威尔士语写成的。

11–14 世纪，被称为中古威尔士语，中世纪威尔士吟游诗人阿内林（Aneirin）和塔勒森（Talesin）是用威尔士语创作的。“阿内林之书”使用了古威尔士语和中古威尔士语的组合。塔勒森曾在几位布立吞国王（Brythonic）的宫廷中任职，他被称为或“吟游诗人的首领”(Taliesin Ben Beirdd)。12 或 13 世纪，手稿《马比诺吉昂》(*Mabinogion*）是一本使用中古威尔士语创作的散文故事文学集。1000 年 Ags. Laws, Dunsetas §3, 2, xii lahmen scylon riht tæcean Wealan & Ænglan: vi Englisce & vi Wylisce.③

---

① Kim McCone. *Towards a Relative Chronology of Ancient and Medieval Celtic Sound Change*, Maynooth: St. Patrick’s College, 1996: 17.

② Thomas Watts. *Sketch of the history of the Welsh language and literature*, London : R. and J. Dodsley, 1764: 8.

③ Patricia E. Skinner. *The Welsh and the Medieval World: Travel, Migration and Exile*, University of Wales Press, 2018: 13.

1400年至今，在法语、拉丁语、英语等多语言的影响下，威尔士语出现了重大的转型，被称为现代威尔士语。1485年具有威尔士血统的亨利·都铎（即亨利七世）成为英格兰国王以来，都铎王朝的威尔士语言政策及其对威尔士身份和英国性的影响导致凯尔特语的使用总体上一直在下降。①1536年威尔士语获得法律上的独立地位。1588年，威廉·摩根用威尔士语翻译的《圣经》（William Morgan trans., Beibl Cymraeg）首次出版。

（一）对于通行英语的英格兰，威尔士语作为直接可感知的威尔士身份标志，是威尔士刻板印象的消极元素或者喜剧外壳。在《亨利四世 第一部》中，莎士比亚没有嘲讽威尔士语，也没有嘲讽格伦道尔及其女儿（即莫蒂默夫人）。第三场第1幕（Actus Tertius. Scena Prima.）珀西勋爵嘲讽式地宣称“我认为没有人威尔士语说得更好”（I thinke there's no man speakes better Welsh:），“不要让我听懂你的话，你用威尔士语说吧”（Let me not vnderstand you then, speake it in Welsh.）。马奇伯爵莫蒂默却宣称“因为你说出口的让威尔士语变得甜美，就像高调的小曲”[137]（for thy tongue/Makes Welsh as sweet as Ditties highly penn'd），详细的舞台指示反复强调了威尔士语，（1）“格伦道尔用威尔士语对她说话，她也用威尔士语回答”（Glendower speakes to her in Welsh, and she answeres him in the same），（2）“这位女士用威尔士语说话”（The Lady speakes in Welsh），（3）“这位女士再次用威尔士语说话”（The Lady speakes againe in Welsh），（4）“于是这位女士唱了一首威尔士歌曲”（Heere the Lady sings a Welsh Song）（梁译，135页）。格伦道尔也用威尔士语唱歌，珀西勋爵甚至称他为歌唱家。莫蒂默还表示，威尔士语言是优美的，“那优美的威尔士语，从你满含泪水的天空倾倒下来”[137]（that pretty Welsh/Which thou powr'st down from these swelling Heauens）。

---

① Janet Davies. *The Welsh Language: A History*, University of Wales Press, 2014: 1.

莫蒂默夫人（即格伦道尔的女儿）不会说英语，只会讲威尔士语；同时，莫蒂默、珀西勋爵则不懂威尔士语（My Wife can speake no English, I no Welsh.）。莎士比亚在剧作中没有写出任何一句威尔士语，这可能是表示莎士比亚剧团的演员对威尔士语做出了相应的舞台表演，威尔士语是被边缘化的一种英格兰方言。这也可能意味着，伦敦剧团的演员与剧场的观众大多是不懂威尔士语的，因而剧作及其表演很难采用威尔士语。此外，剧中暗示莫蒂默夫人具有战士般的勇敢，“她也要成为一名士兵，她也要去参加战争”（Shee'le be a Souldier too, shee'le to the Warres.）。

在戏剧舞台上，人物往往表现出某种鲜明的语言特征，格伦道尔的语言表征为夸张的巴洛克式风格。从最好的角度来看，格伦道尔是一个有美德、读书渊博的人（he was a worthy Gentleman, /Exceeding well read, and profited, /In strange Concealements）。剧作家确信对格伦道尔的对白根本没有必要突出后者的威尔士口音。显然，格伦道尔对自己的英语教育是很骄傲的，“我会说英语，阁下，和你一样：/因为我是在英格兰宫廷培养长大的；/在那里，我还年轻，我用竖琴表达了/许多优美的英语小调，用歌唱给话语一个有益的修饰”（I can speake English, Lord, as well as you:/ For I was trayn'd vp in the English Court; /Where, being but young, I framed to the Harpe/Many an English Dittie, louely well, /And gaue the Tongue a helpefull Ornament）。格伦道尔的英语偶尔也会表现为外语化的不当用法，他指责莫蒂默夫人是“一个脾气暴躁、任性的荡妇”（A peeuish selfe-will'd Harlotry）。格伦道尔巴洛克式风格的语言是显著的，“她会唱你喜欢的歌/在你的眼皮上加冕睡眠之神，/用令人愉悦的沉睡来吸引你的血液，/使得不同于醒时与睡眠”（And she will sing the Song that pleaseth you, /And on your Eye-lids Crowne the God of Sleepe, /Charming your blood with pleasing heauinesse; /Making such difference betwixt Wake and Sleepe）。

（二）圣大卫节、石蒜与弗鲁厄伦是《亨利五世》一剧中最鲜明的威尔士元素，弗鲁厄伦威尔士口音是不可忽视的、被边缘化的方言声音。弗鲁厄伦主要在第三场第2、6幕、第四场第7幕中，他的对白没有使用威尔士词语。威尔士营长弗鲁厄伦（Captaine Fluellen）宣称，威尔士人在圣大卫节（3月1日）在蒙茅斯帽子上佩戴石蒜或者黄花水仙（leeks or daffodils），已经是一个传统风俗。"威尔士人曾在其土地上做了很好的服务，那里有石蒜生长的花园，他们在蒙茅斯的帽子上佩戴石蒜，陛下现在知道，这是服务的光荣徽章：我相信陛下不会轻视圣大卫节佩戴石蒜。"（the Welchmen did good seruice in a/Garden where Leekes did grow, wearing Leekes in their/Monmouth caps, which your Maiesty know to this houre/is an honourable badge of the seruice: And I do beleeue/your Maiesty takes no scorne to weare the Leeke vppon/S. Tauies day. ）出生于彭布洛克的圣大卫（St. David, 520–589）是戴菲德王国时期的基督教圣徒，圣大卫节（S. Dauies day, S. Tauies day）的出现应该晚于公元600年。

弗鲁厄伦反复谈论到威尔士的"石蒜"（Leeke, Leekes），即一种"大蒜"（cenhinen, cenninin, pl. cennin），它其实是威尔士语中"水仙花"（cenhinen pedr，原义为"彼得蒜"）的混淆，黄花水仙在威尔士传统文化中占有极重要的地位。在威尔士语词典中，cenhinen 即是 Leek。①J. 斯托瑞在石蒜科（Amaryllidaceæ）词条中指出，假名水仙花包括不列颠、威尔士的黄花水仙，（PSEUDO-NARCISSUS. Daffodil. Gylfinog cyffredin, Creoso gwanwyn, Cenhinen Pedr.）②威尔士石蒜与圣大卫节相关联，并成为威尔士军队的荣誉性装饰。3月初新生的石蒜是可爱的，《仲夏夜之梦》也写到黄花水仙（石蒜），"他的眼睛仿佛是蒜叶般的嫩绿"（Louers make mone: His eyes were greene as Leekes.）。

在《亨利五世》中，莎士比亚通过某些词语非恶意地嘲笑了弗鲁厄伦的威尔士口音，最常见的是［th, d］，［p, b］，［ch, j］讹音，因为在伦敦舞台

① William Richards. *An English and Welsh dictionary*, Carmarthen: Evan Jones, 1821: 153.

② John Storrie. *The flora of Cardiff*, London: Anonim, 1886: 82.

上，由方言发音习惯引发的语音讹误是舞台表演中更容易辨识的、标志人物身份认同的特征。例如，（1）th'athuersarie(adversary) was haue possession of the Pridge(bridge)，（2）There is an aunchient(ancient) Lieutenant there at the Pridge(bridge)，（3）by Cheshu(Iesu, Ieshu), I thinke a will plowe vp all,（4）Though he be as good a Ientleman(gentleman) as the diuel is,（5）I will peate(bite) his pate foure dayes: bite I pray you, it is good for your greene wound, and your ploodie(bloody)，（6）I peseech(beseech) you heartily, scuruie lowsie Knaue，（7）and your great Vncle Edward the Placke(blacke) Prince of Wales, as I haue read in the Chronicles, fought a most praue(braue) pattle(battle) here in France，（8）I can tell you that: God plesse(blesse) it, and preserue it，（9）and it is like a coale of fire, sometimes plew(blew, blue), and sometimes red,（10）All the water in Wye, cannot wash your Maiesties Welsh plood(blood) out of your pody(body)，（11）I thinke it is in Macedon where Alexander is porne(borne)，（12）Kill the poyes(boys) and the luggage，（13）but it is out of my praines(braines)，（14）if you looke in the Maps of the Orld(World), I warrant you sall(shall) find，（15）By Ieshu, ...I will confesse it to all the Orld(World),（16）You call'd me yesterday Mountaine-Squier, but I will make you today a squire of low degree。在（15）句中，这是一个刻意的语音双关。值得指出的是，弗鲁厄伦与高渥关于亚历山大大帝（Alexander the Great）的对白中，弗鲁厄伦的语句是 What call you the Townes name where Alexander the pig(big) was borne? 我们发现，首先 pig（big），grear（Great）是威尔士口音；其次是外语式的深层语句形态，Why, I pray you, is not pig, great? The pig, or/the grear（Great），or the mighty, or the huge, or the magnanimous, /are all one reckonings, saue the phrase is a litle/variations. 显然，弗鲁厄伦的语句本身受到了其威尔士母语的负面影响，是一个糟糕的英语语句。此外，Godden to your Worship, 也

是一个外语式的语句。Ch. 大卫《回应：莎士比亚戏剧中喜剧化的威尔士英语》不同意弗洛伦和休·埃文斯爵士所说的流畅恰当的英语使得他们在舞台上显得可笑，“牧师休·埃文斯爵士和陆军营长弗鲁厄伦都识字，受过教育，当时很少有人识字，而且他们知识渊博”。①

四、结语

威尔士语起源于古代不列颠人所说的凯尔特语，在罗马人入侵之前就已经存在于不列颠。威尔士语在语音系统、文字上都不同于拉丁语。5 世纪末期至 11 世纪末期，随着盎格鲁-萨克森入侵不列颠，军事征服与多民族接触，改变了原初威尔士语。莎士比亚在历史剧四联剧“亨利亚德”中的外语使用，对威尔士和威尔士人的特征的描述，部分再现了历史事件或者时代精神。在英国文艺复兴时期，我们发现了许多关于威尔士的戏剧，以威尔士为背景，或者在舞台上以威尔士人物为讲英语的观众提供娱乐。莎士比亚在不同的剧作中将威尔士的班戈、彭布洛克、蒙茅斯等作为剧作的地理背景。莎士比亚创造了一些威尔士人物，从争吵的威尔士营长弗鲁厄伦到语言不通的恋人、单语歌手莫蒂默夫人，再到骄傲的休·伊文斯爵士，他们的声音、语言使用和存在有助于反映英格兰身份的一个方面。莎士比亚为早期现代英格兰提供了威尔士的戏剧性描述，为新形成的不列颠民族国家身份而构建了一种在英格兰国王统治下的英格兰、威尔士、爱尔兰和低地苏格兰的统一王国模式。

① Christie Davies. *Response: Comic Welsh English in Shakespeare: A reply to Dirk Delabastita* , Humor-International Journal of Humor Research, 2006/01 Vol. 19; Iss. 2, pp. 189–200.

第五节　论《亨利六世》的伦敦景观

Landscape（景观）一词源自中古萨克森方言 landscipe, lanscippe（masc. O. Sax.)。16 世纪末，landscipe 较早在现代英语中使用，这可能是一个源自古北方方言（land-skapr masc. ON; landscepi neut. OS.）或者古日耳曼语（lantscaf, OHG; landschaft fem., mod. G.）的借用词，在书写上远未达到一致，例如，landskip, lantskipp, landtschap, lantschape, landt-shape, landskap, landskape, landscap, landscape。西萨克森语《创世纪》(*The Anglo-Saxon version of Genesis*）较早使用了该词，Ic á ne geseah láðran landscipe。1598 R. Haydocke tr. Lomazzo iii. i. 94 In a table donne by Cæsar Sestius where hee had painted Landskipes. C. O. 苏尔《景观的形态学》(Carl Ortwin Sauer, *The Morphology of Landscape*, 1925）认为，文化景观是特定的文化群体把一个自然景观塑造而成的、普遍流行的景观；文化是代理，自然地域是媒介，文化景观是结果。①F. 普赖尔《英国景观的形成》认为，landscape 一词可能是在 16 世纪从尼德兰引入英语的。在尼德兰，这是一个绘画的术语，基本的语义指优美悦目的风景（pleasing view)；该词在考古学上的使用是基于 19 世纪学者，尤其是皮特–里弗斯（Augustus Henry Lane-Fox Pitt-Rivers, 1827–1900）对该词的使用。考古学者和景观历史学者所研究的景观，在根本上是人类活动与地域的自然特征相结合的产物，因而赋予某个地区独特的特征。② 景观的文化意涵主要

---

① William M. Denevan, Kent Mathewson ed., *Carl Sauer on Culture and Landscape: Readings and Commentaries*, Baton Rouge: Louisiana State University Press, 2009: 15.

② Francis Pryor. *The Making of the British Landscape: How We Have Transformed the Land, from Prehistory to Today*, London: Penguin Books Ltd, 2010: 2.

来源于该地域的人文历史：即历史上的各种自然景观变迁的形貌，甚至是历史考古学的发现。20 世纪后期人们较多地从转喻（transferred）、譬喻（figure）的角度使用该词，例如，intellectual landscape, Political Landscapes, Landscapes of Power, Landscapes of Fear, Landscapes of Promise。

整个 20 世纪，人们对景观的看法并不一致。J. M. 鲁宾斯坦《文化景观》认为，文化景观（cultural landscape）是社会关系和物理形貌演进二者聚合而成的一致性的结果，人与环境是一体的，不可分割的。前者包括人口、语言、宗教、建筑、道路、农业或者工业等经济活动特征，后者包括气候、水系、山脉、峡谷、湿地、森林、植物等。①J. 威利《景观》认为，景观是文化地理学的中心论题，欧洲大陆现象学关于自然、土地、栖息地的观点是具有启发的。理解景观即是聚焦于“看的诸多方式”（way of seeing），景观是一种“接近（proximity）与远距离，身与心之间，沉浸感和超然观察之间的张力”。②M. 约翰逊《景观的观念》特别论述了北美的人文地理学者，例如 J. B. 杰克逊（John Brinckerhoff Jackson）、D. W. 美尼格（Donald William Meinig）和 J. 第兹（James Deetz）等，对景观的定义，“美尼格总结了 J. B. 杰克逊的主要理论如下：1. 景观植根于人类生活；2. 景观即是一个整体：人是自然的一部分；3. 因此，景观需要以居住条件评估；4. 其基本单位是个人住宅；5. 首先应该注意当地方言，6. 所有景观都是象征性的；7. 所有景观是变化的”。③

城市景观（Urban Landscape）是一个特殊的文化景观。由于浪漫主义文学对自然的偏爱，城镇在很长的时期在不列颠的文化景观中占据着并不十分重要的地位。英国工业革命的发展深刻促进了旅游产业，在数量繁多的旅行手册中，

① James M. Rubenstein. *The Cultural Landscape: An Introduction to Human Geography*, New York: Pearson Education Limited, 2018: 16.

② John Wylie. *Landscape*(Key Ideas in Geography) , London: Routledge, 2007: 1.

③ Matthew Johnson. *Ideas of Landscape*, New York: Wiley-Blackwell, 2006: 196.

华兹华斯《湖区旅游指南》(William Wordsworth, *A guilde through the District of the Lakes in the North of England*, 1810)、《狄更斯地图，包含 12 幅与狄更斯散步伦敦路线图》(*A Dickens Atlas, including twelve walks in London with Charles Dickens*, 1873) 都是优秀的文学旅游手册。K. 贝德克尔《伦敦及其周边地区》(Karl Baedeker, *London and Its Environs: Handbook for Travellers*, 1900) 是一份伦敦旅游手册。19 世纪中期以来，景观（landscape）成为一个欧洲广泛传播的地理学观念。一些历史地理学、人文地理学学者，例如，*Paul Vidal de la Blache, Jean Brunhes, Robert Platt, Carl Ortwin Sauer* 等，开始研究文化景观。①W. G. 霍普金斯《英国景观的形成》写道：“这些城镇很小，很难与乡村区分开来，如果除去它们有围绕城镇的土筑的城墙，正如我们看到的多塞特郡的韦勒姆镇或者德文郡的利德福德镇。1086 年仅有五个城镇超过 1000 市民，即伦敦、诺威奇、约克、林肯和温切斯特。”② 直到 16 世纪初，伦敦城大约有 6–7 万人，然而伦敦地区的荒野和绿地依然显得十分突出。

一、衍变的景观：伦敦从罗马式小镇到港口城市、大都市

伦敦（Londinium, Lundenwic, London）是一座不断变化的城市。伦敦的历史可以追溯到不列颠人的神话时期，先后经历了罗马征服时期、盎格鲁–萨克森征服时期、诺曼底征服时期。莎士比亚在传奇剧《辛白林》写到了泰晤士河北岸的伦敦城（Luds-Towne），暗示伦敦城是在不列颠国王卢得时期建造的。最初的伦敦（Londinium）是 47–48 年罗马人在沃尔布鲁克下游河谷建立的军事化小镇，公元 400 年前后伦敦已经是英格兰最重要的商业港口城市之一。公元 43–418 年罗马征服的结果是在原初不列颠人的居住地建立了军事化的小镇，后来

① Maggie Roe, Ken Taylor Ed., *New Cultural Landscapes*, London: Routledge, 2014: 4.

② William George Hoskins. *The Making of the English Landscape*, London: Hodder & Stoughton, 1955: 67.

伦敦扩展为移民城镇，出现了发达的手工业和商业贸易。①457–851 年来自欧洲大陆的朱特人、萨克森人、盎格鲁人先后控制 / 占领了伦敦。W. 贝山特《伦敦的历史》写道："从东萨克森人登陆到他们占领伦敦，其间经历了 150 年……然后他们开始在城镇居住，定居伦敦。"② 盎格鲁–萨克森时期，伦敦曾短暂作为东萨克森王国的都城，一时发展成为重要的出海港口和最大的商业城市。伦敦与不列颠内地、与欧洲大陆沿海的商业贸易较为活跃，因而成为朱特人、盎格鲁人、萨克森人诸王国极力争夺的对象。851–886 年短暂为入侵的丹麦人控制。886–1066 年西萨克森统治了伦敦城，但西萨克森王国的都城在温切斯特，伦敦只是一个重要的商业港口城市。从丹麦国王克努特（Canute or Knud den Store, 1016–1035）到诺曼底王朝、安茹王朝和金雀花王朝，伦敦一直是英格兰的永久性都城。

自乔叟、高文、朗格兰、斯宾塞、莎士比亚以来，伦敦在文学地理学上逐渐赢得了欧洲范围内的极高声誉。乔叟、高文、朗格兰代表了既非宫廷也非教会的城市公民在民族文学上的努力和新的城市诗歌的解释诗学，C. E. 贝特雷特《伦敦文学的兴起》写道："因为伦敦位于中部地区英语的两种方言（东南地区 / 肯特方言和中部地区的东部方言）的交汇处，也是语言交互影响的主要地区……许多城市居民来自英格兰王国不同的语言、地理区域，伦敦为这些作者提供了在其作品中描述不同的英语文学传统的机会。"③1485 年都铎王朝的建立，终结了不列颠的内战（红白玫瑰战争）。都铎时期的和平、财富的增长、社会的繁荣、发展的教育、进取的文化为文学和戏剧表演提供了良好的社会环境。

① Gustav Milne. *The Port of Roman London*, London: B.T. Batsford, 2004: 103.

② Walter Besant. *The History of London*, Luton: Andrews UK Ltd., 2010: 23.

③ Craig E. Bertolet, *The rise of London literature: Chaucer, Gower. Langland and the poetics of the city in late Medieval English poetry*, Pennsylvania: The Pennsylvania State University Press, 1995: 11.

伦敦在悠久的历史进程中形成了自己独特的文化景观，这是民族、社会活动与环境在历史过程的形成某些文化一致的特征。2005年唐娜·戴利、约翰·汤米迪《文学景观：伦敦》叙述了从盎格鲁–萨克森征服至今的伦敦景观变化，“虽然萨克森时期的伦敦几乎没有留下任何遗迹，但它是城市发展的一个重要时期，中心教区、市坊区、街道格局就是在这一时期建立起来的。今天常见熟知的伦敦景观是在11世纪定型的，即虔诚的忏悔者爱德华王，他继承王位后修建了威斯敏斯特大教堂，1065年12月竣工”。①

（一）罗马征服时期，由于便利的水路交通，伦敦逐渐成为商业发达的城市（emporium）。泰晤士河中游南北两岸的沼泽和丘陵地区，特别是沃尔布鲁克下游河谷（Walbrook valley），较早就有不列颠人居住。② 在公元43年罗马征服之前，这里已经有多个凯尔特部族［伊凯尼人（Iceni），布狄卡人（Boudica）、特利诺班提人（Trinovantes）等］居住，邻近南岸区（Southwark）有农舍的遗址。最初的伦敦（Londinium）是47–48年罗马人在沃尔布鲁克下游河谷建立的军事化小镇，52年泰晤士河上修建了一座连接南北两岸的大桥。③D. 佩林《理解罗马时期的伦敦的最新进展》(Dominic Perring, *Recent advances in the understanding of Roman London*）认为，伦敦是作为军事网络化的城镇而建立的，“不考虑伦敦的形成是否从最早的城堡（fort）地址发展而来，这小镇可能建成于48年。47年／48年用来建筑向西的主道而铺设的木材，可以证实这一点（1 Poultry 1994–1996: Hill and Rowsome 2011, 258）。……47年／48年作为奠基的时间，可能使得伦敦成为总督奥斯托利乌斯（Ostorius Scapula）修建的3座城镇之一：49年在科

① John Tomedi, Donna Dailey, *Bloom's Literary Places: London*, London: Chelsea House Publications, 2005: 9.

② John Morris. *Londinium: London in the Roman Empire*, London: Orion Publishing Co., 1999: 13.

③ Lacey M. Wallace. *The Origin of Roman London*, Cambridge: Cambridge University Press, 2015: 47.

尔切斯特（Colchester）建立了一个老兵移民城镇（Tacitus, Annals 12.31–32）；同时，维鲁拉米翁镇（Verulamium）表明是建于同时期的（Frere 1983, 5）。……现今的考古工作表明，伦敦城区结构（urban fabric）的建设当推迟到 50 年代早期，富有成效的建造计划发生于 52–54 年”。大约公元 55 年罗马人在伦敦可能建立了坚固的码头（waterfront）和议事厅（forum）。①

塔西佗《编年史》(Tacitus, *Annales* 14.31–34）之“征服不列颠”最早记载了这个军事化的小镇在公元 60–61 年遭遇的反叛与毁坏，“苏埃托尼乌斯却十分坚决地穿过敌人的地区向伦敦推进。这个地方虽然不是作为罗马的移民地而出名，却依旧是个繁盛的中心；这主要是因为大量的商人和店铺都集中在那里”②（At Suetonius mira constantia medios inter hostes Londinium perrexit, cognomento quidem coloniae non insigne, sed copia negotiatorum et commeatuum maxime celebre.)。而后罗马人重建了伦敦，修建了新居民区、种植园城堡（Plantation Place Fort)、公用浴室（public bath-houses)，可能还有公共议会厅（basilica domus)。R. 亨力《罗马时期的伦敦纪事：从起源到 5 世纪》认为，伦敦城可能增加了罗马军队，并安置了一些随时可以募集的老兵。在执政官居流士·克拉西希安努斯（Gaius Julius Alpinus Classicianus）的管理下，大约 62 年罗马人开始重建伦敦的城堡设施（占地 1 公顷)、北岸的码头和城镇的基础设施等。从克拉西希安努斯纪念碑残片来看，他可能是一个等级不高的罗马骑士。“新近从布隆伯格（Bloomberg）发现的写有文字的木板（7 块）表明，商人和士兵的活动证明（伦敦）港口具有战略的价值。”③

---

① Michael Fulford, Neil Holbrook eds., *The Towns of Roman Britain: The Contribution of Commercial Archaeology Since 1990*, London: The Society for the Promotion of Roman Studies, 2015: 20–25.

② 塔西佗 . 编年史，王以铸、崔妙因译，北京：商务印书馆，1981: 481–482.

③ Richard Hingley. *Londinium: A Biography: Roman London from its Origins to the Fifth Century*, London: Bloomsbury Academic, 2018: 57.

由于征服战争转向北方地区，南部出现了较长时期的和平。125–150年伦敦迎来了它最繁盛的时期，成为不列颠核心区（Britannia Superior）的中心城镇和管理中心，被称为奥古斯都城（Augusta, meaning ‘Imperial’），泰晤士河岸边的码头为商业贸易和军事行动带来了极大的便利。其后伦敦因罗马与不列颠人的数次战争而遭受破坏。①3–4世纪伦敦的人口、城镇范围不再扩大。直到407–409年罗马军队撤离不列颠，伦敦主要是一座罗马式的城镇，经济活动较为发达。D. 佩林《罗马征服的伦敦》认为，到1世纪末，由于伦敦成为移民区（colonia），这座城镇基本拥有了所有的公共建筑，并扩建了一些旧的设施，例如，100–130年扩建了议事厅（forum），圆形竞技场（amphitheatre）、公用浴室、码头、步行区和高大的罗马围墙等，新建了一些罗马神庙、祭坛（Nemesis, Diana or Atys, Neptune）和运动场（stadium），“2世纪早期可见雄心勃勃的城镇扩张计划，即改造和排干沃尔布鲁克上游河谷……120年一条新的道路系统修成，1世纪晚期人们已经开始致力于排干该地区的部分沼泽地，并取得了部分成果（Maloney, 1990）。新的街道路网遍布从沃尔布鲁克和克里斯普门城堡（Cripplegate fort）到先弗拉维大道之间的地区（Shepherd, 1987）。”②

（二）盎格鲁–萨克森时期，伦敦是诸王国争夺的重要港口城市。409年不列颠人的国王沃蒂格恩短暂控制了罗马人留下的地区，包括伦敦。源自欧洲大陆日耳曼地区的英格兰人、盎格鲁人、萨克森人和朱特人受到沃蒂格恩的请求，来到不列颠参加对皮克特人的战斗。阿尔弗雷德大帝的《盎格鲁–萨克森编年史》写道：“457年。这年，[盎格鲁人]亨吉斯特和他的儿子埃什在称为克雷福德的地方同不列颠人作战，在此杀死4000人。不列颠人于是放弃肯特地区，十分惊恐地逃到伦敦。”488年埃什（Æsc）建立肯特国，

---

① Lindsey German. *A People's History of London*, London: Verso Books, 2012: 8.

② Dominic Perring. *Roman London*(The Archaeology of London) , London: Routledge, 1991: 57–67.

而后占领了伦敦，之后100年伦敦城被王国忽视。“604年。这年奥古斯丁（Augustine）委任了两位主教，即梅利图斯和加斯图斯……［肯特国王］埃塞尔伯特（Aethelberht I, 560–616）任命梅利图斯为伦敦主教，授加斯图斯为罗切斯特主教，该地距坎特伯雷24英里。”“616年。……一直任伦敦主教的梅利图斯继任肯特大主教。随后伦敦居民变成信仰异教的人——这曾是梅利图斯的教区。”① 作为较为发达的商业贸易城镇（港口），伦敦先后为东萨克森、诺森伯里亚、麦西亚（Mercia）、西萨克森王国占领。604–664年，伦敦是东萨克森王国的都城，城市有了较大的扩展。② 相传东萨克森国王萨贝特（Saeberht）曾在泰晤士河北岸西郊的泰伯恩河口（the River Tyburn）的托尼岛（Thorney Island）上创建了修道院，785年新修建了托尼修道院。伦敦一直是独立的基督教教区，古罗马城墙内建有圣保罗大教堂（St. Paul's Cathedral）几乎一直保留下来，未遭破坏。③

麦西亚国王埃特尔巴德（Aethelbald, 716–757）控制了伦敦，8世纪伦敦的人口和城区有了更大的扩展，R. 考维《麦西亚时期的伦敦》(Robert Cowie, *Mercian London*）认为，在麦西亚国王奥法（Offa, 757–796）统治时期，伦敦的铸币业占有重要的地位，这显现出麦西亚在英格兰南部广大的疆域和丰富的资源。“在萨克森时代的中期，伦敦（Lundenwic）是麦西亚这个陆上王国重要的，可能是唯一的出海港口。伦敦是欧洲西北部沿海区域的海上贸易城镇网络的一部分。一般的，这些出海港口（emporia）都是位于通航河道上较大的、防护不足的城镇；除开贸易，还有一系列特殊工艺加工和制造业。”④ 伦敦作为出海港

① King Alfred The Great. *The Anglo-Saxon Chronicle*, London: Eyre & Spottiswoode, 1961: 24.

② Douglas J. V. Fisher. *The Anglo-Saxon Age, c. 400—1042*, London: Routledge, 1976: 72.

③ Robert Cowie, Robert Whytehead. *Lundenwic: the archaeological evidence for middle Saxon London*, Antiquity, Volume 63, Issue 241, December 1989 , pp. 706–718.

④ Michelle P. Brown, Carol A. Farr. *Mercia: An Anglo-Saxon Kingdom in Europe*, London: The Continuum International Publishing Group, 2001: 131, 194.

口，其经济地位逐渐超越了原肯特王国的都城坎特伯雷。①

8世纪末期，维京人的海盗式掠夺毁灭了北海沿岸地区的海上贸易，沉重打击了伦敦的经济。842年维京人袭击了伦敦。851–886年，伦敦被入侵的丹麦人控制。886年西萨克森国王阿尔弗雷德（Aelfred, 871–899）夺回了丹麦人控制的伦敦，并加强了伦敦的基础设施和城堡（gesette Lunden burg）建设。但此后西萨克森、麦西亚、丹麦的战争一直在进行，伦敦是各方争夺的城市；910年西萨克森国王爱德华（Edward the Elder, 899–924）占领了伦敦和牛津，有效控制了这两个地区。980–1016年维京人（Olaf Tryggvason, Sweyn, Thorkell the Tall, Canute）多次入侵英格兰，伦敦再次遭到较大的毁坏。在西萨克森王朝末期，伦敦再次成为英格兰的临时都城。1040–1042年丹麦国王哈迪克努特（Hardecanute, 1030–1042）成为英格兰国王，伦敦被作为临时都城。

（三）诺曼底王朝（1066–1154）以伦敦作为英格兰王国的都城，最终确立了伦敦政治中心的地位。1066年，伦敦的城市居民已经超过一万，是不列颠最大的城市，征服者威廉在伦敦古罗马城墙的最东端修建了新的防御城堡——白塔（White Tower）。威廉一世（William of Normandy, 1066–1087）选择伦敦塔作为王宫、议会的地点。经历了1087年火灾后的重建，伦敦城区有较大的扩展，新修建了泰晤士河两岸的码头，商业重新发达起来。伦敦的10000–30000人口中极大部分是跟随征服者威廉而来的诺曼底人。从外省来到伦敦的市民主要分布在东区圣母玛丽教堂（St. Mary-le-Bow）的周围，其方言被称为Cockney。E. 威克利（Ernest Weekley）认为，Cockney是麦西亚东部方言、肯特方言、东盎格鲁方言的优雅结合。②J. 沃克《英语正音词典》认为，对于许多外省方言而言，伦敦东区市民的Cockney是外省的英语发音的典范，其发音应该是更严谨

---

① John Blair. *Building Anglo-Saxon England*, Princeton: Princeton University Press, 2018: 173.

② William Matthews. *Cockney Past and Present: A Short History of the Dialect of London*, London: Routledge, 2015: i.

更准确的。① 值得指出的是，在英法百年战争时期，伦敦是英格兰最发达的手工业城市，手工制造和商业贸易十分发达。

二、城市地图、伦敦剧场、环球剧院想象的文学空间

大航海时代的到来，促进了人们对世界地理的认知。自 16 世纪初以来，早期的伦敦地图描述了城市地形学（topology）。1561 年阿伽斯地图（Civitas Londinum）是较早的现代木刻地图。这份都铎时期最详尽的伦敦街区建筑地图，署名为测量员 R. 阿伽斯（Ralph Agas, 1540–1621），现仅存 1633 年修订版的地图。1560 年左右，伦敦人口接近 10 万，居民区明显超出了古城墙。奥特里乌斯《世界大舞台》(Abraham Ortelius, *Theatrum orbis terrarium*, 1570–1612）共有 70 幅现代地图，包括一份不列颠地图。布朗、霍根贝格《世界城市图集》（Georg Braun, Franz Hogenberg, *Civitates orbis terrarium*, 1572）包含一份伦敦地图，伦敦景观清晰地表现在这份混合了传统地理想象的城市图中。1676 年奥吉尔比、莫岗的伦敦新地图（*A New and Accurate Map of the City of London, distinct from Westminster and Southwark, Ichnographically Describin [g] all the Streets, Lanes, Alleys, Courts, Yards, Churches, Halls, Houses, &c. At the Scale of an Hundred Foot in an inch*. Actually Survey'd and Delineated by John Ogilby Esq; and William Morgan, Gent. His Majesty's Cosmographers）表现了 1666 年伦敦大火之后的城市重建的情景。

现在，人们对于莎士比亚在伦敦的生活了解极少，但更多学者认为 1592 年莎士比亚来到伦敦。C. 阿诺德《环球剧院：莎士比亚在伦敦的生活》写道："大多数学者都同意莎士比亚于 1588 年左右到达伦敦。尽管格林的愤怒指责是在 1592 年，但许多因素表明他已经在伦敦，并在四年前与詹姆斯·伯贝奇

① John Walker. *A Critical Pronouncing Dictionary, and Expositor of the English Language*, London: J. Robinson, 1791: xii.

London, Civitates orbis terrarium, 1572

（James Burbage）和女王剧团的人（the Queen's Men）一起工作。"[①]S. 勋鲍姆《莎士比亚传》写道，最早记录莎士比亚名字的官方文献是 1595 年 3 月 15 日的皇家内务大臣的财务登记文件。他与威廉·坎普（William Kempe）和理查德·伯贝奇（Richard Burbage）一起被列为宫内大臣剧团（Lord Chamberlain's Men）的支付对象名单中，该剧团在上一个圣诞节期间为女王表演了"两个喜剧或插曲"。[②]J. E. 霍华德《城市的剧场》(Jean E. Howard, *Theater of a City: The Places of London Comedy, 1598–1642*）认为，1598–1642 年商业化的戏剧舞台演出使得人们感受到了作为大都市的伦敦快速扩展与变化。H. 布鲁姆强调伦敦是莎士比亚的文学世界最重要的一部分，"在莎士比亚的 38 部剧作中，只有《温莎的风流娘们儿》一剧的场景是在他那个时代的英格兰……虽然在一种意义上说，几乎莎士比亚所写的所有戏剧，其背景都是在伦敦，或者在瓦威克郡的乡

① Catharine Arnold. *Globe: Life in Shakespeare's London*, London: Simon & Schuster UK, 2015: 43.

② Samuel Schoenbaum. *Shakespeare's Lives*, Oxford: Clarendon Press, 1991: 17.

间。这位最伟大的文学作家从来没有去过欧洲大陆，他甚至可能从来没有去过离开他的家乡斯特拉特福德更北方的地区。那些背景设在意大利、法国、苏格兰，或者希腊的戏剧，然而在根本上，故事所发生的背景即是莎士比亚所了解的那个很小的世界：伦敦、斯特拉特福德和其间的地区。”流行的瘟疫、政治事件和个人或者剧团的纠纷，深刻影响了莎士比亚在伦敦的生活和他的戏剧创作。L. 坡特《莎士比亚传》写道：“1606–1608 年，即这些剧本的创作时间，是伦敦经常发生的因瘟疫而封城（事件）中的一次。这一时期，许多对于莎士比亚而言极为重要的事件，发生在斯特拉特福德镇。乔纳森·贝特（Jonathan Bate）指出，明确记录此后莎士比亚出现在伦敦的是 1612 年。”①

1590–1616 年伦敦是莎士比亚戏剧创作和演出的地点，莎士比亚在《亨利四世》第一、二部和《亨利六世》第一、二、三部中较详细地描述了伦敦。在《亨利四世》第一、二部中，London 一词出现了 10 次，尤其是通过福斯塔夫（Falstaff）描绘了伦敦多样化的社会生活的生动形象。巴约挂毯画（the Bayeux Tapestry）、阿伽斯地图（1561/1633）和布朗、霍根贝格的伦敦地图（1572）可以帮助人们更好地理解莎士比亚所描述的伦敦景观。莎士比亚戏剧中写到了挂毯画：（1）My hangings all of tirian tapestry:（The Taming of the Shrew, II, 1）（2）sometime like the shauen Hercules in the smircht worm-eaten tapestrie,（Much Ado About Nothing, III, 3），但二者都不是地图。

在第一对折本“莎士比亚戏剧集”中，London 一词出现了 60 次，包括 the Citie of London，如果计入 50 多次别的伦敦的地点和景观，“伦敦”是莎士比亚剧作中出现频次最多的地名（特称名词）。在历史剧《亨利六世》第一、二、三部中，London 一词出现了 32 次，《亨利六世》三联剧是描述伦敦最集中的剧作。整个中世纪，伦敦的核心城区是在泰晤士河的北岸，即古城

① Lois Potter. *The Life of William Shakespeare: A Critical Biography*, New York: Wiley-Blackwell, 2012: 351.

墙围绕起来的东部老城区和威斯敏斯特（西修道院区）。泰晤士河的南岸发展要缓慢得多，因为南岸区主要是外来（非长久定居）人口的聚居区，莎士比亚曾经长时间寓居在南岸区并不廉价的出租房。J. 马约特《超出伦敦塔：伦敦东区的历史》写道：“约翰·斯托于1598年首次刊印了《伦敦概览》，他为后来的伦敦城叙述提供了一个标准；这与400年前威廉·菲兹斯蒂芬（William Fitzstephen, *The Life and Death of Thomas Becket*）对伦敦的叙述稍有不同。伦敦在地理上和象征意义上划分为古老城墙围绕的伦敦市（the City of London），这里居住着普通商贩、货贸商人、钱商和工匠；和威斯敏斯特市（the City of Westminster），即古老的法院、政府机构和教堂的所在地。它们之间是斯特兰德河，它几乎呈直角地流入泰晤士河。越过泰晤士河的南岸区（Southward）是刚开始形成的、房屋低矮的居民区。”①

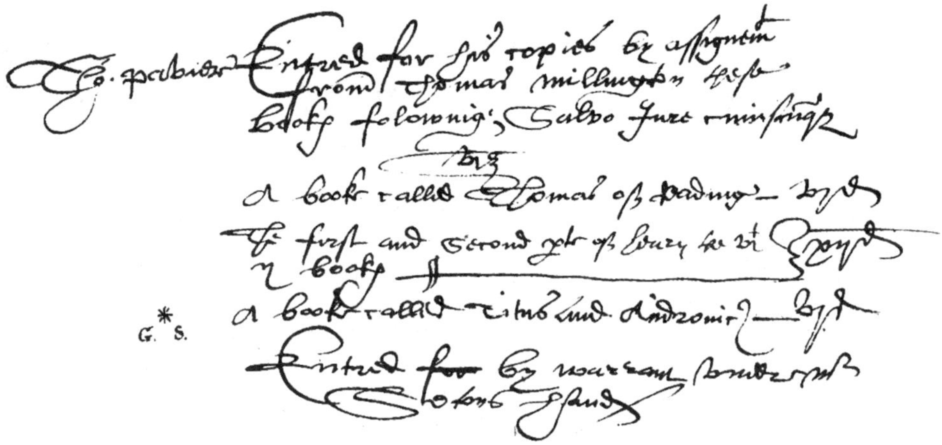

《亨利六世　第三部》（1623年改称）可能创作于1594–1595年，有1个八开本和2个四开本。1602年4月19日书商托马斯·米林顿在伦敦书业公会登

① John Marriott. *Beyond the Tower: A History of East London*, New Haven: Yale University Press, 2011: 7.

记簿注册，将《亨利六世》第二、三部和《提图斯·安德罗尼库斯》的版权转让给托马斯·帕维尔（Thomas Pavier），两部历史剧《亨利六世》在此写作《亨利六世的第一、第二部》(The first and Second parte of Henry the vjth)；书业公会登记簿却没有米林顿注册《亨利六世　第三部》的信息。1595年匿名刊印了第1八开本《约克公爵理查德的真实悲剧》(The True Tragedy of Richard, Duke of York)，彭布洛克伯爵剧团首次演出了该剧。1600年米林顿刊印了第2四开本（Q2)《约克公爵理查德的真实悲剧》。1619年印刷商威廉·伽噶德刊印的四开本写作《约克和兰开斯特两大家族的全面抗争》(The Whole Contention of the Two Famous Houses of York and Lancaster)，书商是托马斯·帕维尔。1623年《亨利六世　第一部》才首次刊印在“第一对折本”中，与1623年11月8日伦敦书业公会登记簿注册中的《亨利六世　第三部》有关。由于亨利六世的常驻王宫是伦敦的西敏斯特,《亨利六世》三联剧较多描述了伦敦城。

（一）泰晤士河（River Thames）是伦敦最灵动的景观，在中世纪也是最好的防御屏障。莎士比亚仅在《亨利六世　第二部》第四场第8幕提到一次泰晤士河。伦敦桥（London-bridge）是高大的石基木制塔桥，1750年以前，除开穿梭来往的船只，对于跨越泰晤士河的伦敦城，伦敦桥是唯一连接南北两岸的桥梁通道。在莎士比亚时代，桥两边都林立着市民住房和商铺。《亨利六世　第一部》第三场第1幕写到温切斯特主教在伦敦桥、伦敦塔设下陷阱欲杀害格拉斯特公爵。《亨利六世　第二部》第四场第5幕写到杰克·凯德叛军从南岸区（东部）攻占了伦敦桥。第四场第6幕杰克·凯德下令烧毁伦敦桥和伦敦塔。

（二）泰晤士河的南岸区（Southwarke）是新兴的手工业区和市场，先后出现了一些旅店剧场。在大瘟疫流行时期，在南岸区先后建起了众多的剧院，例如，红狮剧院、黑修士剧院、窗户剧院（The Curtain)、大剧院、玫瑰剧院、环球剧院等。《亨利六世　第二部》第四场第4幕使者指出，杰克·凯德的叛军已经到达泰晤士河的南岸区，即伦敦桥南岸毗邻肯特郡的东部地区。第四场第 8 幕的地点是南岸区，凯德命令："我的剑已经打开了伦敦城门（London gates），而你们把我扔在南岸区的白鹿酒店（White-heart）。" ①

（三）泰晤士河北岸的伦敦城区（the city of London）。《亨利六世　第一部》第一场第 4 幕的地点是圣殿骑士团修建的回廊、教堂、活动大厅和宿舍。圣殿花园（the Temple Garden）即泰晤士河北岸圣殿教堂所在的滨河地区，12–13 世纪英格兰圣殿骑士团（the Order of the Temple, the Knights Templar, 1120–1312）曾在此居住，位于威斯敏斯特和伦敦古城之间。E. 罗德《不列颠的圣殿骑士》认为，1135–1148 年国王斯蒂芬在东萨克森等地已经建立了圣殿骑士团组织，1144 年之后圣殿骑士团在伦敦建立分支团体，"自 1292 年以来伦敦市民的纳税清单显示，纳税人来自法国、意大利、佛兰德尔、日耳曼、威尔士、苏格兰和爱尔兰以及英格兰的个郡县。在圣殿（教堂）所在的城区里，所代表的行业包括理发师、制帽匠、杂货商、木桶匠、酿酒师、木匠、书稿装订工和丝绸女工。奢侈品和普通的手工艺人与圣殿（骑士）同在共处，圣殿（教堂）是伦敦喧闹的、多种语言混合的城区中一个封闭的静地"。② 伊丽莎白时期，该地已成为四个法学院（Inns of Court）所在地之一，此地多种植玫瑰。约克的理查德·普南塔真奈宣称："在圣殿大厅（the Temple Hall）里我们不便大声争辩，在花园这里较为方便。" ③ 理查德·普南塔真奈与萨默塞特在此发起了两个王室家族致命的王位继承权之争，并预示了将来的红白玫瑰战争。《亨利六世　第一部》第一场第 4 幕杰克·凯德（Iacke Cade, or Iohn Cade, Iohn Mortimer）提到了伦敦的买卖街（and in Cheapside shall my Palfrey go to grasse），便宜（东）街区（Cheapside）在伦敦桥的北岸街区，临近圣保罗大教堂。《亨利六世　第二部》

---

① 莎士比亚 . 亨利六世　中，梁实秋译，北京：中国广播电视大学出版社，2004：197.

② Evelyn Lord. *Knights Templar in Britain*, London: Routledge, 2004: 30.

③ 莎士比亚 . 亨利六世　上，梁实秋译，北京：中国广播电视大学出版社，2004：73.

第四场第 6 幕杰克·凯德占领了伦敦的坎农区，坎农位于圣保罗大教堂与伦敦塔之间。坎农南街的伦敦石（London Stone）是罗马旧城中心的大石碑，杰克·凯德坐在伦敦石上宣布他是这城的主人。而供水管道的出水口（The pissing Conduit）在便宜（东）街区的西端。第四场第 7 幕肯特的狄克再次提到了便宜（东）街区（When shall we go to Cheapside），第四场第 8 幕提到了伦敦桥北岸、坎农东边的鱼街（Fish Street Hill）和圣徒玛格诺斯神祠（Saint Magnus），“顺着鱼街 Fish-streete 走，走过圣玛格诺斯角（Saint Magnes corner），连杀代打，把他们丢进泰晤士河！”（梁译，195 页）

（四）威斯敏斯特（西修道院）位于泰晤士河北岸泰伯恩河口，是伦敦的西部市镇，不仅有宏伟壮丽的宗教建筑，而且较长时间里还是英格兰政治中心，英格兰国王和议院在此办公。威斯敏斯特大教堂和威斯敏斯特王宫（包含议院大厅）是伦敦古罗马城墙西郊的新建市镇中的核心建筑。自威廉一世以来，英格兰国王和王后几乎全在威斯敏斯特教堂加冕，王室成员死后大多葬于该教堂墓地。例如，1429 年亨利六世在威斯敏斯特教堂加冕。

960 年坎特伯雷大主教顿斯坦（Saint Dunstan of Canterbury, 959–988）在泰伯恩河口的托尼岛重建了罗马式本笃会修道院。1016 年之后克努特王（Canute）最初在泰伯恩河口修建了王宫（Westminster Palace）。1042–1065 年爱德华王（Edward the Confessor, 1042–1066）在此修建威斯敏斯特王宫，并扩建了诺曼式威斯敏斯特的圣彼得大教堂（St. Peter’s Cathedral）。威廉二世（William II, 1087–1100）新建了议院大厅（Westminster Hall）。1245–1269 年亨利三世拆除了爱德华教堂［除开园拱、正厅（nave）等］，重建了尖顶哥特式的法国天主教大教堂。1387 年建筑师亨利·耶维尔（Henry Yevele, 1320–1400）按照诺曼风格重建了教堂正厅。1503–1516 年亨利七世新建了垂直式的哥特式小教堂（Lady Chapel），西塔（the western towers）也在此期间完工。1559 年之后，威斯敏斯特教堂由教区教堂改为皇家专属的国教教堂，1560 年官方名称改为“威斯敏斯特的圣彼得学院教堂”（the Collegiate Church of St. Peter, Westminster）。①

《亨利六世　第一部》第一场第 1 幕（Actus Primus. Scoena Prima）故事始于在伦敦威斯敏斯特教堂举行的亨利五世葬礼。第二场第 1 幕的地点是议院大厅（Westminster Hall）、王宫（Palace of Westminster, the royal palace）和作为东郊城堡的伦敦塔（the Tower），年幼的亨利六世住在伦敦东南的埃尔特姆宫（Eltam Place）。第三场第 1 幕（Actus Tertius. Scena Prima）格洛切斯特公爵与温切斯特主教鲍福尔特在伦敦议院大厅（Westminster Hall）的诉讼案，然而，该诉讼案是发生在 1426 年莱切斯特召开的国会会议上，亨利六世前往巴黎加冕的时间是 1431 年。第五场第 1、2 幕的地点是伦敦的威斯敏斯特王宫，教皇、神圣罗马帝国皇帝和阿曼雅克伯爵的斡旋，意图结束战争。第 5 幕的地点是伦敦的威斯敏斯特王宫，萨福尔克伯爵献出了安茹的玛格丽特，主张后者应成为亨利的王后。

《亨利六世　第二部》第一场第 1 幕的地点是伦敦的威斯敏斯特王宫，提到了国家议会（the Councell house, Houses of Parliament），亨利与玛格丽特婚约让出了亨利六世在法国安茹和梅恩的领地。第一场第 2 幕，格劳斯特公爵夫人说出其野心是攫取王冠篡夺王位，“我觉得坐在威斯敏斯特大教堂的王座上”（Me thought I sate in Seate of Maiesty, /In the Cathedrall Church of Westminster）。第一场第 3 幕的地点是伦敦的威斯敏斯特王宫，并叙述了议院大厅的方形庭院（the Quadrangle）。第二场第 3 幕的地点是威斯敏斯特的法院大厅（Hall of Justice），审判格劳斯特公爵夫人艾琳诺的叛逆罪行，并宣告巫婆在威斯敏斯特王宫附近的斯密斯菲尔德（Smithfield 即铁器作坊）火刑烧死。此外，铠甲匠霍恩与徒弟彼得的决斗地点也应该是斯密斯菲尔德。第二场第 4 幕的地点未明，格劳斯特公爵夫人在流放曼岛之前的公众忏悔可能是在斯密斯菲尔德一街道（1441.11）。

① Hugh Clout ed., *The «Times» History of London*, London: Times Books, 1998: 42, 43.

第四场第 4 幕的地点是伦敦的威斯敏斯特王宫，而杰克·凯德宣称要在威斯敏斯特大教堂加冕（And calles your Grace Vsurper, openly, /And vowes to Crowne himselfe in Westminster）。第四场第 6 幕表示杰克·凯德下一步是向西在斯密斯菲尔德与马修·高夫的军队作战。第四场第 7 幕的地点是斯密斯菲尔德，马修·高夫率领的国王军队被击溃，马修·高夫被杀。杰克·凯德下令摧毁故兰开斯特公爵府邸萨沃伊宫（the Sauoy）（1381 年焚毁，已重建）和法学院（th' Innes of Court）。第五场第 2、3 幕圣阿尔班斯战役（1455）失败后，亨利六世逃回伦敦。此外，白金汉宫公爵府邸邻近威斯敏斯特王宫。

《亨利六世　第三部》第一场第 1 幕的地点是伦敦的议院大厅，约克公爵理查德、瓦威克伯爵理查德（Richard Neville）、玛奇伯爵爱德华追击国王亨利直到伦敦，玛格丽特王后和威尔士亲王逃离伦敦。瓦威克伯爵提议约克公爵理查德要求英格兰的王冠，“这是威严的国王所有的宫殿，这是国王的宝座”。① 瓦威克骄傲地宣称“举着旗帜列队穿行伦敦市到达王宫大门”（Marcht through the Citie to the Pallace Gates）。四开本还提到了威斯敏斯特的塔特希尔广场（Tuthill Fields）。在 1460 年 10 月国家议会前后，瓦威克（掌玺大臣、国王的监护人）率领的南方军队实际控制了伦敦；第一场第 2 幕回到桑达尔城堡的约克公爵派人去伦敦加强对亨利王的控制。第二场第 1 幕提及玛奇伯爵爱德华、理查德的军队与王后、瓦威克伯爵的军队都向伦敦前进。第二场第 6 幕约克公爵的军队（在圣阿尔班斯）大获全胜，1461 年 4 月爱德华在伦敦自立为英格兰国王，即约克王朝（House of York）的第一位国王爱德华四世（Edward IV, 1461–1470, 1471–1483）。第三场第 2 幕的地点是伦敦的威斯敏斯特王宫，1464 年爱德华王向格雷夫人（Elizabeth Wydville）求婚。1465 年 6 月在克利夫罗俘获的亨利被押送到伦敦的威斯敏斯特宫门，随即被送往了伦敦塔囚禁。第四场第 1 幕的地

① 莎士比亚 . 亨利六世　下，梁实秋译，北京：中国广播电视大学出版社，2004：15.

点是伦敦的威斯敏斯特王宫，爱德华王面临的严重分歧与危机。第四场第 3 幕瓦威克、牛津公爵的军队和法军在瓦威克郡打败并俘虏了爱德华；瓦威克向伦敦开进，“把国王亨利从监禁中解放出来，让他再登上国王的宝座（梁译，165 页）”（1470–1471）。第四场第 4 幕的地点是伦敦的威斯敏斯特王宫，格雷夫人［即伊丽莎白王后］得知爱德华被俘的消息，决定逃离伦敦。第四场第 8 幕的地点是伦敦的威斯敏斯特王宫，国王亨利、瓦威克的军队准备在考文垂战斗，爱德华四世在伦敦俘虏国王亨利，重新获取王位。第五场第 7 幕的地点是伦敦的威斯敏斯特王宫，完全战胜了敌人（Enemies/Foe-men）的爱德华四世为襁褓中的王子爱德华（Edward V, 1470–1483）祝福庆贺。《亨利六世　第三部》一剧多处表现了格洛切斯特公爵理查德争夺王位的阴谋。

（五）伦敦城西的郊区，一条罗马大道连接麦达河谷与威斯敏斯特（伦敦西修道院区），两地有一定的距离。《亨利六世　第二部》第一场第 2 幕的地点是格劳斯特公爵府邸，它位于伦敦西部的麦达河谷（Maida vale），该幕另提到了公爵园林（Glosters groue）。第一场第 3 幕再次提到了格劳斯特公爵奢华的府邸（sumptuous Buildings），第一场第 4 幕的地点是格劳斯特公爵府邸花园，骗子约翰·休姆和巫师听取鬼魂的预言。第二场第 1 幕红衣主教鲍福特宣称 Your Lady is forth-comming, yet at London.《亨利六世　第二部》第五场第 1 幕提到了伦敦的圣乔治比武场（St. Georges Field），它位于麦达河谷与威斯敏斯特的罗马大道中点。自西萨克森国王爱德华以来，圣乔治被视为保护英格兰的伟大圣徒，不列颠的圣乔治骑士团的首要住地是温莎，而不是伦敦。《亨利六世　第一部》提到了圣乔治节（Saint Georges Feast）。塔尔伯特是嘉德骑士团的骑士（The Most Noble Order of the Garter），也是圣乔治骑士团的骑士（Knight of the Noble Order of S. George）。

（六）《亨利六世　第二部》还提到了伦敦几个未知的地点。第二场第 2 幕的地点是伦敦的约克公爵府邸及其花园，它可能散落在威斯敏斯特通往麦达河谷的罗马大道上。索尔兹伯里伯爵及其子瓦威克伯爵私下拥立约克公爵理查德为国王。第三场第 3 幕的地点是伦敦红衣主教鲍福特府邸（未知）。红衣主教鲍福特因为鬼魂而毙命（1447.4）。《亨利六世　第一部》第三场第 1 幕格洛切斯特公爵的一个仆人特别说到了伦敦的小酒店（And I will see what Physick the Tauerne affords），这暗示小酒店里的妓女。

三、“伦敦塔”（Tower of London）与历史景观的叙事

伦敦塔是伦敦重要的景观建筑，是伦敦现存的、宏伟的中世纪建筑之一。1869 年 W. H. 狄克逊在一本导游手册《女王丛书 伦敦塔》（William Hepworth Dixon, *Her Majestys Tower*）中简略叙述了伦敦塔的历史。至今，已出现了数十种伦敦塔导游手册。伦敦塔是捍卫伦敦城的皇家堡垒，曾经是皇宫、国家监狱（囚禁英格兰王室的敌人）、处决政治囚犯的地点、珍奇动物园，它位于泰晤士河北岸，伦敦古城墙的最东端。S. 利普斯科姆《都铎英格兰的旅行：从汉普顿王宫、伦敦塔到埃文河畔斯特拉特福和桑伯里城堡》写道：“11 世纪征服者威廉建造的白塔位于中心，而许多别的塔楼大多是在爱德华一世（Edward I, 1272–1307）统治时期完工的。伦敦塔曾是一座防御堡垒和王宫；甚至在 13 世纪，被用来圈养珍稀的外来动物，包括用泰晤士河水洗浴的大象和北极熊。”①

首先谈谈作为皇宫的伦敦塔。普瓦提埃的威廉（The Gesta Guillelmi of William of Poitiers）记载，1066 年 10 月黑斯廷斯战役之后，伦敦的不列颠人与诺曼底入侵者之间的对立和敌意是明显的，诺曼底人在伦敦修建了 3 个军事据点。N. H. 琼斯《伦敦塔：悲壮的历史故事》指出，为了 1066 年 12 月在伦敦威斯敏斯特教堂（Westminster Abbey）加冕，征服者威廉在伦敦古城墙外东南角［濒临泰晤士河］修建了临时的城堡以确保安全，这是诺曼底式的城寨堡

① Suzannah Lipscomb. *A Journey Through Tudor England Hampton Court Palace and the Tower of London to Stratford-upon-Avon and Thornbury Castle*, Oakland: Pegasus Books, 2014: 1.

垒（motte-and-bailey castle），但这并不是后来的伦敦塔，“本笃会的昆杜尔夫（Gundulf）接受了他的委任。1077 年，昆杜尔夫成为罗切斯特的主教，第二年（1078 年）伦敦新塔的修建开始了”。①1078 年新建在人工堆积高台上的、木石结构的、方形三层白塔（the White Tower），这是一个诺曼底人守卫的中心要塞、防御堡垒，是威廉一世在伦敦的王宫，也是议会及政府永久性的办公地点；然而，直到 1100 年之后白塔才完工。英格兰诺曼底王朝的多位国王，威廉一世和他的继任者威廉二世（William II, 1087–1100）、亨利一世（Henry I, byname Henry Beauclerc, 1100–1135）在伦敦王宫居住的时间是很少的，他们长时期居住在诺曼底。安茹王朝的早期君王同样喜欢在自己的法国领地居住。伦敦塔作为永久性王宫的地位并没有凸显出来，相反，它更像国王在伦敦的临时王宫。G. 帕内尔、I. 拉佩尔《伦敦塔：2000 年的历史》写道：“《盎格鲁–萨克森编年史》提到，1097 年在伦敦塔周围建造了城墙——可能是替换征服者威廉时期土木结构的垒墙。然而，英格兰的第二任诺曼底国王红脸威廉（William Rufus）似乎很少关注这座城堡。事实上，最近的考古发掘报告表明，接着的亨利一世（Henry I, 1100–1135）统治时期，白塔本身的工作才完成。亨利二世（Henry II, 1154–1189），英国最伟大的城堡建造者之一，表明他对城堡的结构进行了某些维修，包括在白塔南边的外场地建立了一些皇室住所。虽然没有记载，亨利可能还在白色塔楼南侧建造了大型方形塔楼（即前楼）。”②霍登的罗杰《编年史残稿》（Roger of Howden, *Manuscripts of Chronica*）记载，威廉·隆钱普（William Longchamp）新修了钟楼、储藏塔（Wardrobe tower），并加强了伦敦塔的防卫，尤其是深挖了护城河，南接泰晤士河。1193 年理查一世（Richard I, 1189–1199）

---

① Nigel H. Jones. *Tower: an epic history of the Tower of London*, New York: St. Martin's Press, 2012: 3.

② Geoffrey Parnell, Ivan Lapper. *The Tower of London: A 2000 Year History*, Oxford: Osprey Publishing, 2000: 19.

在第三次十字军东征（the Third Crusade, 1189–1192）之后返回伦敦，开始按照东方的防御堡垒观念加强了这个伦敦堡垒，其防护结构是有瞭望口的城墙与小型圆塔相结合。马修·巴里《大编年史》(Matthew Paris, *Grande Chronique, Chronica Majora*) 提到，由于伦敦塔护城河的失误，1191 年 10 月首辅大臣威廉·隆钱普被迫向反叛的格洛切斯特伯爵无地约翰（John Lackland）投降，并逃亡法国。约翰王统治后期，持续不断的贵族反叛使得约翰王（King John, 1199–1216）失去了整个伦敦。从约翰王到爱德华三世，伦敦塔是英格兰军队的武器库、武器制作场地（包括火器的制作）和铸币地点。在收复伦敦之后，亨利三世（Henry III, 1216–1272）决定把伦敦塔作为永久性皇家住地。1220–1240 年亨利三世新修了盐塔（Salt Tower）、灯塔（Lanthorn Tower）、威克菲尔德塔（Wakefield Tower），大量增加了国王、皇家成员的私人房间，还特别加强了伦敦塔的防御，扩大了护城河。

其次谈谈皇家动物园的出现。1235 年以后，还将出现一个皇家动物园（Tower Menagerie），并允许市民付费参观。亨利三世在伦敦塔开始收养珍稀动物，包括狮子、猎豹、猞猁、骆驼、北极熊、大象等野生动物。约翰·斯托《伦敦概览》写道："马修·巴里记载，1239 年国王亨利三世加固了伦敦塔另一端的城墙。结果，市民担心会带来损害，便起了抱怨；国王答应他并不会伤害到他们，……翌年，我们这位作家说道，那座建有石头门和防护堡垒的高贵建筑，国王曾一度终止修建伦敦塔一侧的护墙，在伦敦塔西侧，因为地震而震倒了（1240）。国王再次命令建造比以前更好的建筑，继而在 1247 年，刚建好的伦敦塔的城墙和堡垒像以前一样不可挽回地被抛弃了，国王为此投入了一万二千多马克。"①1275–1285 年，爱德华一世再次向周围扩大和改进了伦敦塔的宫殿建筑，新建了后门（Postern Gate）、水门（Watergate）、圣托马斯塔

① John Stow. *Survey of London, Everyman's Library*, London: J. M. Dent & Sons, 1945: 44.

（St Thomas's Tower）、鲍钱普塔、狮塔（Lion Tower）作为永久性的动物园。

接着谈谈作为国家监狱与死刑地点的伦敦塔。作为连接泰晤士河的重要通道，水门较长时间是作为国家监狱的（state prison），13世纪以来这里囚禁过一些重要的政治罪犯，所以又称为叛国者门（Traitors' Gate）。绿塔（Tower Green）是严酷的死刑场地，1388年西蒙·伯莱在此处死。1471年亨利六世在伦敦塔被谋杀。然而，伦敦塔作为死刑地点的恐怖故事主要是在都铎王朝前期发生的。在伦敦塔囚禁并被处死的人，包括爱德蒙·都德礼（Edmund Dudley, 1510）、托马斯·莫尔（Thomas More, 1535）、安妮·博林（Anne Boleyn, 1536）、简·格雷（Jane Grey, 1554）、吉尔福德·都德礼（Guildford Dudley, 1554）等。徐嘉《伦敦塔、录事与恺撒——〈理查德三世〉的历史书写》写道："对于莎士比亚时期的英格兰人来说，伦敦塔不仅是一座国家监狱，还意味着恺撒初建的传说、两个小王子惨死的房间、腋下夹着头颅四处游荡的安妮·博林王后的幽灵，以及伊丽莎白女王年轻时曾幽禁于此的种种细节。换言之，伦敦塔不仅是英格兰历史的见证，也是一出影射时代的历史剧。"①

事实上，伦敦塔在安茹王朝后期几乎不再作为皇家的永久性驻地，1097–1099年之后威斯敏斯特王宫取代了伦敦塔而成为王宫。由于英法百年战争、流行瘟疫（黑死病）的影响，爱德华三世（Edward III, 1327–1377）在伦敦的居住时间并不是很长。1342–1348年他重建了温莎王宫，并在温莎创建了嘉德骑士团（Order of the Garter）；黑王子爱德华、冈特的约翰控制的国家议会主要地点是在威斯敏斯特宫。理查德二世（Richard II, 1377–1400）的皇家住地是威斯敏斯特宫。在未获取王位之前，亨利·博林布鲁克曾被囚禁在伦敦塔。兰开斯特国王（亨利四世、亨利五世）更喜爱住在埃尔特姆宫（Eltham Palace），亨利六世的长期住地是威斯敏斯特宫。1483年未成年的国王爱德华五世被谋杀，此后，

① 徐嘉. 伦敦塔、录事与恺撒——《理查德三世》的历史书写，外国文学评论，2017（03）：66–84.

伦敦塔不再作为都铎王朝的王宫，虽然 17 世纪初斯图亚特王朝早期曾再次把伦敦塔作为皇家住地。

1579–1634 年，英国作家共有 24 个剧作写到了伦敦塔。K. 迪特《英国文艺复兴时期戏剧中作为对立者图像的伦敦塔》写道："尽管伦敦塔作为皇家宫殿和堡垒，在戏剧中似乎代表皇家控制，但戏剧性的表现这种控制总是妥协的。……伊丽莎白一世、詹姆斯一世、查理一世时期，人们普遍地将伦敦塔塑造成体现世俗的和精神的皇家权威的胜景（showplace），宏伟且富有娱乐性。英国历史剧通过揭示伦敦塔作为王室的象征与表现的种种不确定性，破坏了这种宏大叙事，例如，它还将作为王权的对立者的象征，和作为非皇家英国身份的身体和精神图像。" ① 胡鹏《莎士比亚历史剧中伦敦塔的文化意义解读》写道："……我们也能准确地发现伦敦塔被描述为王权控制的最终象征，甚至有时其极端象征是暴君专制下的酷刑、监禁和处决的发生地，而且伦敦塔坐落于城市东部边缘紧靠城墙，意味着其是王室权威的前哨站。" ②

亨利六世时期，伦敦塔不再是皇家住地，主要是英格兰军队武器库、武器制作场地、国家监狱、铸币地点。《亨利六世　第一部》使用 tower 一词共计 11 次，主要是指伦敦塔。第一场第 3 幕故事的地点是伦敦塔，格劳斯特公爵遭拒后，仆人们开始攻打伦敦塔。《亨利六世　第一部》第一场第 5 幕理查・普兰塔格内特去探望临死的玛奇伯爵爱德蒙・莫蒂默，后者被囚禁在伦敦塔。

《亨利六世　第二部》使用 tower 一词共计 7 次，主要是指伦敦塔。第四场第 5 幕的地点是伦敦塔及其城墙，斯凯尔斯勋爵受命在伦敦塔防卫伦敦城，第 5—7 幕凯德占领伦敦，处死赛勋爵，自立为伦敦市长。第四场第 9 幕亨利六世同意要把萨默塞特公爵埃德蒙送到伦敦塔去囚禁。（Ile send Duke *Edmund* to the

---

① Kristen Deiter. *The Tower of London in English Renaissance Drama Icon of Opposition*, London: Routledge, 2014: 15.

② 胡鹏 . 莎士比亚历史剧中伦敦塔的文化意义解读，都市文化研究，2018（02）: 149–164.

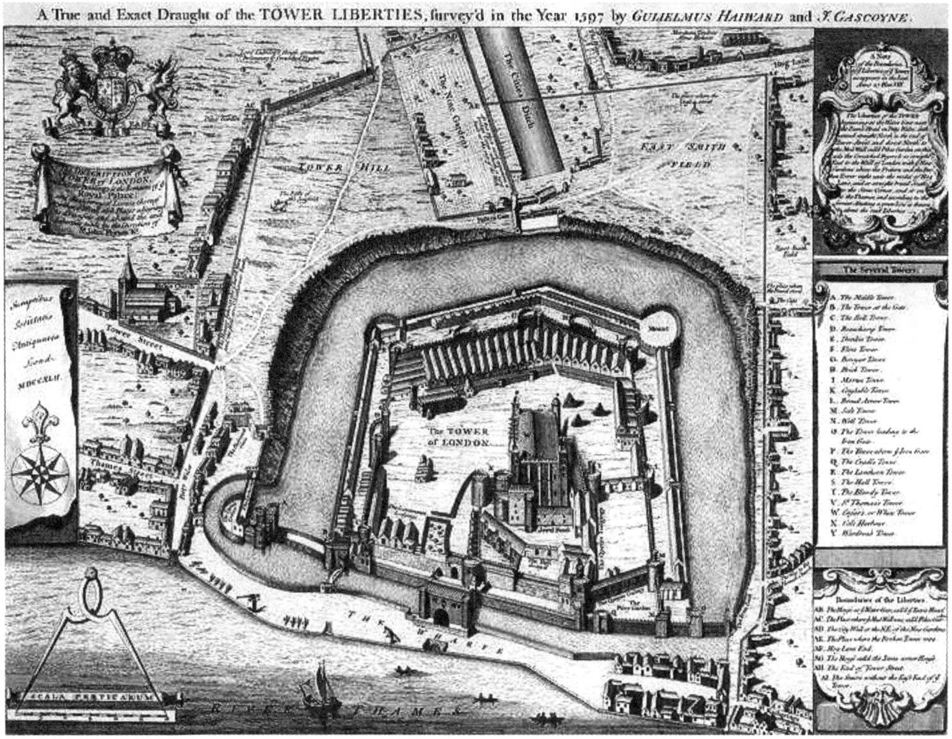

Tower)。第五场第 1 幕白金汉公爵谎称，萨默塞特公爵已经被囚禁在伦敦塔；克利弗德勋爵要求把叛逆的约克公爵送到伦敦塔去囚禁。

《亨利六世　第三部》使用 tower 一词共计 6 次，主要是指伦敦塔。第四场第 6 幕的地点是伦敦塔，国王亨利任命瓦威克、克拉伦斯公爵乔治同为摄政大臣，里奇蒙德伯爵亨利被称为英国的希望之所寄、国家之福。第四场第 8 幕被俘的国王亨利被送到伦敦塔去囚禁；第五场第 1 幕爱德华四世重申了这一事实。第五场第 5—6 幕格洛切斯特公爵理查德在战胜后前往伦敦，并在伦敦塔刺死亨利王，“要在伦敦塔调制一顿血腥的晚餐”（217 页）。第 6 幕的地点是伦敦塔。第五场第 7 幕爱德华王为爱德华王子（即未来的爱德华五世 Edward V, 1483–1483）庆贺与格洛切斯特公爵争夺王位的阴谋。

四、结语

伦敦地形学（topology）中最引人注目的是其城市景观。伦敦从罗马化的小镇发展成为一般的港口城市，进而发展成为不列颠的大都市。在1066年之前，这座港口城市只是在东萨克森王朝，和西萨克森王朝晚期短暂成为都城。伦敦一直是诺曼底王朝、安茹王朝、都铎王朝、斯图亚特王朝的都城。

威斯敏斯特王宫、伦敦塔作为景观建筑，在历史剧《亨利六世》中的文化意义是复杂的，表现出来的伦敦景观地图细致而丰富。背叛（Treason）是《亨利六世》三联剧的政治主题，作为王国都城的伦敦显然是各种政治力量争夺的焦点，成为王权更迭的象征。莎士比亚的地理想象（geographic imagination）表明，伦敦深受道德化的、戏剧表演中的诗性想象等地理学传统的影响，它超出了16世纪末这座真实的英格兰王国的都城，也超出了亨利六世时代的真实城市。

第六节　论《亨利六世》的英格兰地理空间叙事

虔诚的亨利六世（Henry VI, 1422–1461, 1470–1471）是兰开斯特王朝的最末一位国王，他在名义上是英格兰国王、法兰西王国、威尔士和爱尔兰领主，正如《亨利六世　第三部》中宣告的那样，“King of England and France, and Lord of Ireland, &c.”① 在他的统治前期，英格兰因内乱、战败而失去了在欧洲大陆的所有领地（除开加莱），完成了与法国的分离，结束了英法百年战争，促进了独立的英吉利民族观念的发展。同时，亨利六世与充满阴谋、野心的玛奇伯爵爱德华（Edward IV, 1461–1470, 1471–1483）争夺王位，亨利六世最终失去王位，被约克王朝取代。

莎士比亚的历史剧《亨利六世》第一、二、三部再现了 1422–1471 年英格兰的众多历史事件，尤其是英格兰内战，并在舞台上表现出丰富的历史地理情景。这些历史剧主要是对英格兰历史的一种戏剧化的叙述，甚至是伦理的、政治意识的重新建构，例如，按照伊丽莎白时期的“都铎神话”的模式表现历史事件，因而它们构成了一个富有想象力的时间–空间的文学世界。这个文学世界意味着莎士比亚和他的观众 / 读者可以理解的、体验的时间–空间的共同知识，而且，在一定程度上不同于当下数字化时代对历史地理的认知。从文学地图的角度来理解历史剧《亨利六世》是一种有益的尝试。《亨利六世》的创作时间是 1591–1592 年，第一部主要叙述了英法百年战争，法国最终赢得了百年

① William Shakespeare. *Mr. William Shakespeares Comedies, Histories, & Tragedies*, London: Isaac Iaggard and Ed. Blount, 1623.

战争；第二、三部主要叙述的是金雀花王朝后期，兰开斯特、约克两个家族因为王位继承权的争议而发生的玫瑰战争（The Wars of the Roses, 1455–1485）中多次恐怖的战斗事件。J. 布莱克《图绘莎士比亚：以地图呈现的莎士比亚世界》认为，地图既反映关于世界的知识，也是理解这些信息，获取疆域、身份认同等文化预设（assumptions）的方式。自中世纪以来，欧洲逐渐形成了基督教世界（Christendom），中世纪的背景可作为为都铎时期的英格兰提供可继承性的价值体系的环境（context），它也创造了（宗教）信仰、观念、积累性的经验等文化遗产（legacy）。莎士比亚的戏剧中依然可见中世纪 T-O 地图、古格地图的使用及其影响。在莎士比亚时代，很多人依然接受了中世纪精神的强烈影响，例如，对时间–空间的理解方式。另一方面，"波特兰海图（Portolan charts or navigational maps）这种形式是莎士比亚描述地中海旅行的最普遍的基础，大多数情况是要求清晰可见某一海岸（的港口）"。莎士比亚《奥赛罗》《亨利四世　第二部》《无事生非》《错误的喜剧》《第十二夜》《特洛伊罗斯与克瑞西达》等剧作则表现了新的地理知识的增长和新的世界地图知识，这也表明人们是乐于接受这些新的地理信息。①

舞台是世界的象征，这是 16 世纪的普遍观念。P. 怀特菲尔德《图绘莎士比亚世界》一书包含 100 多幅地图和插图。16 世纪后期印刷出版的各种世界地图（例如，奥特利乌斯、阿希利、墨卡托等绘制的欧洲地图），帮助了观众理解莎士比亚戏剧中出现的地点与位置（locations），而且大航海时代探险与远距离旅行提供并强化了新的地理上的信息。在基督教世界，16–17 世纪的欧洲地理（例如，希腊、罗马–意大利、丹麦、英格兰等）是一种高度道德化的观念。莎士比亚戏剧中的富有想象力的文学地图在很大程度上满足了人们对遥远的时间–空间的好奇与遐想，显然，人们可以理解这些地理背景（setting）所传达的微

---

① Jeremy Black. *Mapping Shakespeare: An exploration of Shakespeare's worlds through maps*, Conway, 2018: 31.

妙的意义。①

一、地图、地理与文学的想象空间

地图是一种地理认知的表征，也是一种认知的描绘技术。古希腊既已建立了“世界地图”的观念，但这并不是真正的地理地图。中世纪的 T-O 地图是高度宗教化、道德化、政治意识形态的心灵地图。1490 年大航海时代以来人们对地理的知识有较大的提高，各种地图（尤其是航海图）逐渐被普遍使用，甚至被用于文学的想象世界。19 世纪晚期以来旅游业的迅速发展较大促进了文学地图的商业化。20 世纪晚期，文学地图主要是为了方便文学阅读而提出的诗性地理学观念，它为文学提供了一个可拓展的、富有想象力的历史地理的探索视角。

Map 指地理学上绘制的“地图”，也指认知或者心灵（mental）的图景。这是一个源自拉丁语 mappa 和中古法语 mappe 的英语词汇。H. S. 特纳《1520–1688 年英格兰文学与地图描述》（Henry S. Turner, *Literature and Mapping in England, 1520–1688*）认为，map 一词指现代绘制技术上的地图这一用法可以追溯到 1527 年；但是 1600 年之前，该词主要是用作各种譬喻性的语义（figurative senses）、或表示象征性的图景，例如，map of beauty, map of vertue 等。②《亨利六世　第二部》写道：The Map of Honor, Truth, and Loyaltie。③F. 詹姆逊《认知绘图》（Fredric Jameson, *Cognitive Mapping*, 1988）一文也采用了譬喻性的语义。④G. 金《描绘真实：文化地图学的探索》（Geoff King, *Mapping*

---

① Peter Whitfield. *Mapping Shakespeare's World*, Bodleian Library, University of Oxford, 2016: 19.

② David Woodward ed., *The History of Cartography, Vol. III: Cartography in the European Renaissance*, Part I, University of Chicago Press, 2007: 412–426.

③ William Shakespeare. *Mr. William Shakespeares Comedies, Histories, & Tragedies*, London: Isaac Iaggard and Ed. Blount, 1623.

④ Fredric Jameson. “Cognitive Mapping,” in Cary Nelson & Lawrence Grossberg(eds.) *Marxism and the Interpretation of Culture*, 1988: 347–359.

Reality: An Exploration of Cultural Cartographies, 1996）则表示出来 map, cartography 二词语的语用差别。

在古希腊语中，γῆς περίοδος（Mappa mundi, chart or map of the earth, books of descriptive geography）的语义是“地图、地理、地理书”，例如，亚里士多德《修辞术》（Rhetoric. 1360a34）《形而上学》（Metaphysics. 362b12, 350a16）《政治学》（Politics. 1262a19）多次使用了这一词语；阿里斯托芬《云》写到了“世界地图”（γῆς περίοδος, map of the whole earth）。此外，πίναξ（picture, drawing, board or tablet on which astronomical tables were drawn）的语义是“图、图画、图表”；然而 ἔκφρασις（description）的语义是“叙述、讲述”与“地图”（map）没有关联。

公元2世纪托勒密《地理学指南》（Claudius Ptolemaeus, *Geōgraphikē hyphēgēsis*）对地理 / 地图的影响是极大而长久的。J. 布罗顿（Jerry Brotton, *A History of the World in 12 Maps*, 2013）指出，由于古希腊没有地理学和实际使用地图的事例，“直到 13 世纪拜占庭的副本出现，书中配合文字的地图才首次出现。” 1475 年产生了最早的托勒密《地理学》译本的印刷版本；1480 年佛罗伦萨出版的托勒密《地理学指南》（Francesco Berlinghieri 编辑）即插入了 1320 年维斯康特（Petrus Vesconte）和马里努・萨努图绘制的巴勒斯坦地图。14 世纪早期在威尔士绘制的《赫里福德世界地图》（Hereford Mappa mundi）是中世纪 T-O 地图中最杰出的作品。它采用内部三分法（tripartite）的构图法，不列颠群岛位于地图的左下方，“它以百科全书的形式呈现 13 世纪基督徒眼中的世界形象。”① 与心灵世界的地图不同，1375 年以来出现了一种用作英格兰王国有效治理的路线地图（Gough Map），原初的绘制者是理查・古格（Richard Gough），它们详细标示了城镇庄园、交通路线、商业货贸、工艺创新等社会信

① 杰里・布罗顿．十二幅地图中的世界史，林盛译，杭州：浙江人民出版社，2016: 4, 59.

息。1400 年以来，意大利、英格兰、法兰西、日耳曼出现了详细表示领地边界（landholdings）、城镇、庄园（estate）、建筑、桥梁等实用信息的区域地图（local maps）。15–16 世纪新出现的航海地图，标志着人们开启了一种全新的实用地图的时代。1452 年威尼斯地理学家乔瓦尼·利奥多（Giovanni Leardo）绘制了 3 幅世界地图（Mappamundi）。15 世纪末，随着大航海时代的到来，地图几乎受到了普遍的关注。1507 年马丁·瓦尔德泽米勒《世界地图》、1529 年第奥古·里贝罗《世界地图》（Diego Ribero）、1569 年杰拉杜斯·麦卡托《世界地图》、1570 年亚伯拉罕·奥特利乌斯《世界地图》（Abraham Ortelius, *Theatrum orbis terrarum*）都是早期的航海地图，新的地理学知识正在改变人们的认知观念和地图观念。1528 年 B. 波尔多尼的旅行地理书《群岛》（Benedetto Bordone, *Isolario*）包含多份地中海岛屿图和一幅世界地图。1568–1580 年葡萄牙航海家费尔南·瓦斯·多拉多（Fernão Vaz Dourado, 1520–1580）制作的《地图集》是 16 世纪后期航海地图的杰作，它由 17 幅带插画的地图组成。1588 年 A. 阿希利《水手之镜》（Anthony Ashley, *The Mariners Mirrour, wherin may playnly be seen the courses, heights, distances, depths, soundings, flouds, and ebs ... with the marks for th' entrings of the Harbouroughs, Havens and Ports of the greatest parts of Europe.*）包含 45 幅手绘的彩色世界海港图（欧洲），该书是安托尼·阿希利从尼德兰的航海家瓦格纳《世界地图》（Lucas Janszoon Waghenaer, Spieghel der Zeevaerdt, 1583–1584）翻译到英语的版本，该书的制图者是 Theodor De Bry, Jodocus Hondius, Augustine Ryther。除开早期（1554–1564）出版的几幅欧洲地图，1569–1595 年吉拉德·墨卡托《地图集》（Gerardus Mercator, *Atlas*）采用投影法绘制了 30 多幅世界地图，较为精确地描绘了欧洲地理。随着 18 世纪海洋文学（Maritime Literature）的兴起，航海地图常常被用作文学插画。

欧洲文学史上，地理的描述较早出现在欧洲古典时期的多种叙事文学（史诗、叙事诗、历史、远行游记等）中，但这些还不是文学地图。例如，《荷马史诗》较多描述了爱琴海地区（东地中海世界）的地理；J. 曼德维尔《远行与旅游散纪》（John Mandeville, *The Voiage and Travaile of Sir John Mandeville*, 1356–1357）汇集了穿越欧洲大陆的、寓言式的旅行故事，较早描述了欧洲地理，《远行与旅游散纪》（manuscript）附录 6 幅插画，没有地图。公元前 3 世纪埃及亚历山大学者埃拉托斯特尼（Eratosthenes of Cyrene, 276–194 BCE）较早使用了“地理学”（Geographia, Geographika, Geographoumena）。什么是文学地图（literary map, or literary atlas）、文学地图学（literary cartography）、文学地理学（literary geographies），人们对这些观念远未达成一致。

整个 20 世纪文学作品越来越多地与地理地图相关联。1980 年代以来，意识形态理论、文化研究、叙事学的空间研究为文学地图的研究提供了多样化的理论参考；法国学者对空间、地形学（topography）、古典文学中的地理建构诸问题的研究，激发了人们对文学中的地理（geographic literature）的探索热情。随着经济全球化的浪潮，尤其是最近 15 年（2005–2020），由于数字化地图技术的进步，人们可以便利地考察文学中的地理空间描述。B. 皮亚提《欧洲文学地图：作为方法的绘图》写道：“文学地理学和地图学（Literary geography and cartography）仅仅是新的发明。事实上，它们可以向前追溯 100 年前的历史。”① 郭方云认为，“文学的空间研究逐渐盛行，并在 1990 年代初与地图的文化阐释进行实质性的融合，共同催生了一种新的批评模式——文学地图研究”。②

文学地图的出现晚于文学作品中的插画（illustration）和微型图（miniature），地图往往被看作是特殊的文学插画。文学插画和文学地图是中世纪欧洲专业手抄书稿的产物，而拥有财富的贵族与教会促进了专业手抄书业的

① Anders Engberg-Pedersen ed., *Literature and Cartography: Theories, Histories, Genres*, The MIT Press, 2017: 34–37.

② 郭方云 . 文学地图，外国文学，2015（01）: 111–119.

发展。在欧洲文学史上，11–12世纪的手抄本文学作品中往往附有插画和微型图，例如，11世纪那不勒斯的奥维德《变形记》抄本（Neapolitan Ovid）、12世纪约翰·思利特扎（Ioannes Scylitza）《拜占庭的历史》（希腊文羊皮书）、13世纪腓特烈二世（Holy Roman Emperor Frederick II of Sicily）的诗集[1235]、戈特弗里德·冯·斯特拉斯堡《特里斯坦与伊索尔德》（Gottfried von Strassburg, *epic Tristan und Isolde*）、吉约姆·德·洛里斯和让·德·摩恩《玫瑰传奇》（Guillaume de Lorris, Jean de Meun, *Roman de la Rose*）、吉约姆·德·迪居勒维尔《生命的朝圣》（Guillaume de Digulleville, *Le pèlerinage de la vie humaine*）、《列那狐传奇》（*Roman de Renart*）等是有插画的。但丁《喜剧》（Dante Alighieri, *La commedia*, 1308–1321）的早期抄本（例如，薄伽丘手稿本manuscript）和早期印刷本（从1472年福利尼奥版本到1481年佛罗伦萨版本）往往有绘制图画（cartography）。1506年《喜剧》的菲利普·琼蒂（Filippo Giunti, 1456–1517)版本（Giunti Edition，the Giuntina Dante）包含多份插画和一份寓言式的地狱地图，其绘制风格与托勒密地图近似。同样，插画较早常见于基督教文学作品中，例如，9世纪初期的《韦索布伦的祈祷文》（Wessobrunner Gebet）、11世纪的埃伯哈德《诗篇》（Count Eberhard of Ebersberg）、11—12世纪众多的萨尔茨堡福音书手稿（羊皮书）是有插画的；12世纪圣埃默兰本笃会修道院的使徒传、1201年玛格丽特·德·伯利奥兹（Margaret de Briouze）《慕尼黑诗篇集》等都有插画。15世纪机器印刷术出现以来，文学作品和宗教文学中的插画便比较普遍了。

1516年T. 莫尔的拉丁语寓言作品《乌托邦》（Thomas More, *De optimo reip. statu, deque nova insula Utopia*, 1516）附录了多幅想象性的木刻画，包括一份“乌托邦”（ou topos）岛屿位置图。这份位置图在风格或者绘制精神上与1400年R. 海格登的宗教式T-O世界地理图（Ranulf Higden & etc, *Polychronicon*, 1399）有较多的近似之处，然而明显不同于同时期的航海地图，也不同于安东尼·金肯森绘制的“俄罗斯和鞑靼地图”(Anthony Jenkinson’s *Map of Russia Muscovy and Tartary*, 1562)。从文化的发展史来看，随着新的地图绘制技术的出现，描绘地理的地图与想象的 / 创造性的文学之间的相互阐发，最早可能是在 16 世纪后期发生的。1597 年亚伯拉罕·奥特利乌斯（Abraham Ortelius）首次绘制了荷马史诗中的奥德修斯旅行地图。塞万提斯《堂吉诃德》从 1605、1615 年出版以来，几乎每个版本都附有插画。1780 年伊巴拉版（Don Joaquín Ibarra）《堂吉诃德》(*El Ingenioso Hidalgo Don Quixote de la Mancha*)(马德里四卷本) 附录 1 幅塞万提斯肖像、93 幅插画和微型画，以及一份采用现代绘图技术制作的西班牙地图（Tomás López and José de Hermosilla 绘制），并用红色线条表示了堂吉诃德、桑丘·潘沙的旅行路线。

由于历险故事、航海故事、大陆旅行在叙事诗、旅行散文（游记）、小说等叙事文学中越来越多的受到关注，地图在文学中的出现是在晚近的 18 世纪，主要在 19 世纪后期。1719 年 4 月笛福《鲁滨逊·克鲁索》(*The Life and Strange Surprizing Adventures of Robinson Crusoe*) 出版，其后各版本都增有插画以便于赢得更多的读者，1719 年 8 月第四版中有附录一份“鲁滨逊·克鲁索地图”(A Map of Robinson Crusoe)，该地图也出现在 1719 年 8 月初版《鲁滨逊·克鲁索更远的旅行》(*The Farther Adventures of Robinson Crusoe*) 中，这只是一份普通的世界地图，用虚线表示航海路线。1875 年 J. 凡尔纳《神秘岛》(Jule Verne, *L’Île mystérieuse*) 对航海地图表达了好奇与热情，该书附有多份插画和一幅林肯岛的地理图。1883 年 R. L. 斯蒂文森《金银岛》(Robert Louis Stevenson, *Treasure Island*) 出版，1886 年豪华版《金银岛 劫持》(*Treasure Island & Kidnapped*) 中附有多份插画和一份宝藏图（a treature map），宝藏图是想象性的文学地图，明显受到了航海地图的启发。

1885 年左拉《萌芽》(Émile Zola, *Germinal*) 附有多份速写的地图。[①]1899 年 W. J. 朗格《英国文学》(William J. Long, *English Literature*) 中附录 William Lyon Phelps 绘制的一份“英国文学地图”(A Literary Map of England)。值得指出的是，19 世纪晚期欧洲旅游的发展，和 19 世纪末人们对伦敦的社会学考察促进了文学地图的使用。1879 年《狄更斯伦敦指南》(*Charles Dickens's* London Guide 1879) 是较早的旅游手册和儿童阅读狄更斯小说的地图指南，附录了伦敦 15 个街区地图，1882 年该书更名为《狄更斯的伦敦辞典》(*Dickens's Dictionary of London*)，这可以算是较早的文学地图书籍。1910 年约翰·巴塞洛缪旅游公司 (John Bartholomew and Son) 出版了《欧洲的文学和历史地图》(John George Bartholomew, *A Literary and Historical Atlas of Europe*) 包含 32 幅欧洲地图、27 幅战争地图，其中包括 11 幅不列颠（英格兰、苏格兰、爱尔兰）地图、19 幅文学地图 (Maps illustrating districts connected with famous books and their authors)；该书突出了“文学地图”的文化价值，例如，“坎特伯雷朝圣路线图”、“彭斯地图”、“司各特地图”、“华兹华斯等的湖区地图”、“狄更斯作品中的场景”(Places Mentioned in Dickens' Works)、“乔治·艾略特的乡村地图”等。1911 年 J. A. 尼克林、E. W. 哈斯勒胡思特《狄更斯的风景》(John Arnold Nicklin & E. W. Haslehust, *Dickens-Land*) 附录的只是与狄更斯小说有关的 19 世纪英国景观插画，而不是地图。该书是布莱克父子旅游公司 (John Blackie and Son) 的众多旅游手册中的一本。

文学中的地理描述，批评者分别称之为“地理上的想象”(geographic imagination)、“直觉式的地理学”(instinctive geography)、“想象性的地理学”(imaginative geography)、“心灵地图”(mental map) 等。E. 布尔森因此引用了

---

① Eric Bulson. *Novels, Maps, Modernity: The Spatial Imagination, 1850–2000*, New York London: Routledge, 2007: 4–8.

1993 年美国国会图书馆文学地图展览会的定义，“文学地图记录了与作者及其文学作品有关联的地点（places）的位置，或者作为他们的想象世界的引导。文学地图可以表现（present）与某个文学传统、某个作者，或者某个特定的作品相关的地点”。[①] 整个 20 世纪，文学教育和最广泛的文学阅读使得文学地图变得越来越普遍，至今依然受到关注。1923 年 A. A. 霍普金斯、N. F. 里德编辑的伦敦旅游地图《狄更斯的地图集》（Albert Allis Hopkins, Newbury Frost Read, *A Dickens Atlas, including twelve walks in London with Charles Dickens*）包含 30 幅伦敦街区地图和 12 幅狄更斯文学世界的步行路线图。1925 年 C. T. 古德、E. F. 塞农《英国文学地图》（Clement Tyson Goode and Edgar Finley Shannon, *An Atlas of English Literature*）论述了英国历史上英国作家在地理上的分布，附录 9 幅英国文学地图。1936 年 J. D. 布里斯克《英国文学导图》（John D'Auby Briscoe, *Mapbook of English Literature*）是一本优秀的文学教育地图集，主要根据 19 世纪英国的作家传记、文学作品而绘制，包括伦敦、（华兹华斯的）大湖区、哈代的威塞克斯、爱尔兰、欧洲等 9 幅地图，表现出鲜明的文学史精神，为读者提供了“地理学的背景”。W. 福克纳（William Faulkner）为他的约克纳帕塔法郡系列小说（Yoknapatawpha cycle）绘制了 2 份基于密西西比河流域的文学地图：1936 年福克纳《押沙龙！押沙龙！》首次绘制了一幅约克纳帕塔法地图；1946 年福克纳为 M. 考利编辑本（Malcolm Cowley's *Portable Faulkner*）绘制了另一幅未完成的约克纳帕塔法地图（the UVA map of Yoknapatawpha）。文学地图为福克纳的空间叙事提供了直观的地理图景，而小说中的空间叙事显然更丰富更活泼，再现了作者思想的变动性。[②]1986 年 M. 罗兰《地理学与罗马诗人》（Mayer

① Eric Bulson. *Novels, Maps, Modernity: The Spatial Imagination, 1850–2000*，New York London: Routledge, 2007: 21–22.

② Jay Watson, Ann J. Abadie ed., *Faulkner's Geographies*, University Press of Mississippi, 2015: ix.

Roland, *Geography and Roman Poets*）较早关注罗马诗歌与地理的关系。1988 年 C. 尼科勒《世界的发现》（Claude Nicolet, *L'inventaire du monde: Géographie et politique aux origines de l'Empire romain*）较早关注罗马帝国文学中的地理描述。因为对广大地域的统治，罗马帝国需要一种新的地理空间的感知方式，和在治理上对地理空间的运用，所以地理学可被理解为真实地理的表现形态，即对地理空间认知的聚集过程，或者认知整体（the body of knowledge）的形成过程。①1998 年 F. 莫雷蒂《1800–1900 年欧洲小说地图》附录 91 幅文学地图。莫雷蒂从文学地理学出发，详细论述了小说地图极其丰富的文化意味和作者的主观视角。第一章"民族–国家"（nation-state）分别论述了简·奥斯汀小说中的民族–国家的核心地区：乡土地理（Home-land）、不列颠地理与英格兰的两面性（double）、远离中心的地区、西印度殖民地；司各特多部历史小说的历史地理学、民族–国家的边界；俄罗斯小说中的恶棍（Villains）、西班牙流浪汉小说、泛希腊地区小说的地理背景；1750–1800 年法国小说的地理背景；1798–1802 年《女士杂志》的外国背景；非洲殖民地。在空间上区分乡村、外省、城市和大都市有益于分析小说的风格。第二章（A tale of two cities）集中论述了伦敦与巴黎的地理学。简·奥斯汀、E. G. 布尔沃–李顿、弗吉利亚·伍尔夫等众多小说家都写到了伦敦。作为畅销书的银叉小说（Silver Fork Novel）《佩勒姆》（Bulwer-Lytton, *Pelham; Or, The Adventures of a Gentleman*, 1828）叙述了伦敦的图景，但没有城市地图；狄更斯《奥列弗·退斯特》《我们共同的朋友》《荒凉山庄》也是；A. C. 道尔的"夏洛克·霍尔姆斯侦探小说"（Arthur Conan Doyle, *Sherlock Holmes*）也是。巴尔扎克《幻灭》《高老头》、福楼拜《感伤的教育》、雨果分别以不同的方式描述了巴黎的图景。②

① Claude Nicolet. *Space, Geography, and Politics in the Early Roman Empire*, Ann Arbor: University of Michigan Press, 2015: 2–3.

② Franco Moretti. *Atlas of the European Novel 1800–1900*, London: Verso, 1998: 75–140.

古典时期欧洲既已出现了“异国情调”（exoticism）。G. 维柯《新科学》（Giambattista Vico, *Scienza Nuova*, 1725）由“诗性的历史”提出了“诗性的地理学”（poetic geography）。维柯认为，自古代希腊以来，人们在描述未知的、遥远的事物时，由于一直以来没有真实的认知，或者为没有概述观念的人作出解释，就会用已知的或者切近的事物的相似性作出诗性的比附 / 类比。① G. 马佐塔《世界的新图景：G. 维柯的诗性哲学》认为，对于神学的、哲学的、诗学的三个维度，维柯关于现代世界的诗性哲学建立在一个新的人文基础上，“所有人类行为和人类知识的基础，即象征（emblem），是诗性的（poetry），它是从人们的未名的、黑暗的深处升起来的”。② 象征主要指图像的象征（pictorial emblem），区别于寓言式的象征符号（symbols）。1916 年 J. D. 洛吉斯在《旅行与探险：地理、地图》（J. D. Rogers, *Voyages and Exploration: Geography, Maps*）一文提出了地理具有道德的、象征的意味（moral or symbolic dimension），强调了 16 世纪晚期英国的多种历险故事对莎士比亚的影响，由此提出了莎士比亚的地理学和文学地图。洛吉斯认为，未知的、极少为人所知的地区，充满奇迹、精灵或恶魔所在的传奇地域等种种都是作者想象虚构出来的，而且一些外来事物成为时不时闯入欧洲基督世界的“他者”。③

J. 吉利斯发现莎士比亚的地理想象更近似中世纪的而不是当下时代的新地理学，《莎士比亚与差异地理学》一书也对莎士比亚剧中的环球地理（global geographic imagination）充满了疑惑。吉利斯致力于诗性地回应莎士比亚的地理观念，阐释莎士比亚对欧洲地理的象征性的融入（investment）。基于对“他者”

---

① Giambattista Vico. *The New Science of Giambattista Vico*, trans. By Thomas Goddard Bergin, Max Harold Fisch, New York: Cornell University Press, 2016: 254–255.

② Giuseppe Mazzotta. *The New Map of the World: The Poetic Philosophy of Giambattista Vico*, Princeton: Princeton University Press, 1998: 234.

③ Sidney Lee ed., *Shakespeare's England, An Account of the Life Manners of His Age*. Volume 1, London: Clarendon Press, 1916: 170–197.

的关注，吉利斯有意探讨莎士比亚怎样建构“地理学”上的欧洲，怎样建构欧洲以外的“世界”（exterior），尤其是建构外部世界的直觉（instinctive），因为欧洲和外部世界构成了莎士比亚的地理学、近似地理学（quasi-geographic）意义上的观念体系。在莎士比亚戏剧中，外在于欧洲的地理（世界）是通过某些形象（figure）表现出来的，这些形象是基于未知地域（terra incognita）或者处于视域极点的地平线而构想出来的。吉利斯进而探讨了莎士比亚戏剧与欧洲传统（heritage, convention, tradition）的关系。在莎士比亚戏剧中，“他者”与欧洲的种族、种族混合（miscegenation）、政治、殖民主义观念之间有诸多关联。在某种程度上，莎士比亚表现出对欧洲传统的偏离。“这些戏剧中的地理远不止于文学参与量（quantity），也远不止于文学背景。它是复杂的、动态的、富有想象力的参与量，并具有特征化的、象征性的议题（characterological and symbolic agenda）。”“莎士比亚的地理想象，接受了地理学传统的丰富的意义，即道德化的、既已存在于人类、戏剧中的诗学的意义，特别是人类差异化的意义。”①

二、英格兰各郡与城镇的地理叙事

比德《英吉利教会史》记载了大不列颠的5种语言：英吉利语、不列颠语、苏格兰语、皮克特语和拉丁语，它们分别是5种民族的通用语言，即盎格鲁-萨克森人、不列颠人、苏格兰人、皮克特人、征服者罗马人。②阿尔弗雷德大帝的《盎格鲁-萨克森编年史》写道：“那些人来自日耳曼的三个部落，即来自古萨克森人、盎格鲁人和朱特人。肯特和怀特岛的居民，也就是现在居住在怀特岛的部落和西萨克森的仍旧称为朱特族的那个种族，来自朱特人。东萨克森人、南萨克森人和西萨克森人来自古萨克森人。东盎格鲁人、中盎格鲁人、麦西亚

① John Gillies, *Shakespeare and the geography of difference*, Cambridge: Cambridge University Press, 1994: 1–2, 3, 4.

② 比德 . 英吉利教会史，陈维振、周清民译，北京：商务印书馆，1991: 24–27.

人和所有的诺森伯里亚人来自地处朱特人和萨克森人居地之间，后来一直荒芜下来的盎格尔。”① 爱尔兰、苏格兰、威尔士、盎格鲁地区（北部）、萨克森诸地区（中部、南部）、肯特（东部）的早期地理划分，因为丹麦人的入侵和阿尔弗雷德大帝的驱除运动而逐渐消失。威尔士的吉拉德《爱尔兰的历史与地形学》（Giraldus Cambrensis, *Topographia Hibernica*, 1188）、《征服爱尔兰》（*Expugnatio Hibernica*, 1189）、《威尔士旅行》（*Itinerarium Cambriae*, 1191）、《威尔士纪事》（*Cambriae description*, 1194）较早关注了威尔士、爱尔兰的历史地理，但这还不是“文学地理学”。从诺曼底王朝的威廉一世（William I, 1066–1087）到兰开斯特王朝的亨利六世（Henry VI, 1422–1461, 1470–1471），英格兰王国与威尔士、爱尔兰、苏格兰、法兰西王国保持了富有张力的关系。R. 巴特勒特《诺曼底和安茹君王统治下的英国》写道：英格兰“事实上，占据了不列颠近 60% 的陆地表面。在西方和北方，中世纪英格兰王国存在陆地相接的边界。因而西部和北部地区也面临着诸多问题和边界冲突可能的情况（opportunities），这是［英格兰］王国别的地域所没有的”。②1250 年圣阿尔班斯教堂的神父马修·帕里斯为其历史著作《大编年史》（*chronica majora*）绘制了一幅“不列颠地图”（map of Britain），表现了人们对英格兰地理的实际认知和直接观察所得的山川河流城镇之位置。在该地图中，苏格兰北部（即原初的皮克特人居住地）被绘作独立的岛屿，罗马征服时期遗留的哈德良长城（Hadrian's Wall）被作为英格兰、苏格兰的分界线。此外，该地图还标示了更北方的安东尼长城（Antonine Wall），但它并不是真正的防御城墙，却意味着疆域的边界（frontiers）。③

---

① 阿尔弗雷德大帝 . 盎格鲁–萨克森编年史，寿纪瑜译，北京：商务印书馆，2004: 11–12.

② Robert Bartlett. *England Under the Norman and Angevin Kings, 1075–1225*, Oxford: Oxford University Press, 2002: 68.

③ Matthew Paris. Chronicles of Matthew Paris: Monastic Life in the Thirteenth Century, Gloucester: St. Martins Press, 1984: 6.

英格兰作为一个王国，其在地理上的表征总是一个不断发生变化的图景。换言之，英格兰王国的统治疆域往往会随着王国的实力而起伏消长，例如，安茹帝国拥有对威尔士、爱尔兰、苏格兰的控制力，并拥有诺曼底、安茹、阿基坦、布列塔尼等公爵领地。由于英格兰王国内部普遍实行封建制度，各封建主充满了争吵或者斗争，他们甚至集体反抗国王。历史剧《亨利六世》对英格兰地理的叙事显然表现出明显的政治伦理、意识形态、国家理想等意味。1965 年 5 月国家地理杂志出版了一幅《莎士比亚的不列颠》，该地图表现了莎士比亚戏剧中的不列颠地理（城镇、寺院、城堡、战场、森林和原野），尤其是标示出了一些事件发生地（setting）的位置，以及伦敦、埃文河畔的斯特拉福德的微型地图。显然，该地图是为了人们阅读莎士比亚戏剧提供直接的地理景观而制作的。

历史剧《亨利六世》第一、二、三部中的每一位封建主分别来自英格兰各郡或者城镇，同时他们都是重要的封建制下的骑士。《第三部》第二场第 6 幕暗示，这些分封的爵位往往有传统政治伦理的等级，例如威尔士亲王、格劳斯特公爵、克拉伦斯公爵、约克公爵等。同时，《第三部》第四场第 8 幕表示，这些封建主往往会率领其封地的民众支持或者反对国王：瓦威克伯爵在瓦威克郡，牛津伯爵在牛津郡，克拉伦斯公爵在萨福克（Suuffolk）、诺福克（Norfolk）、肯特郡（Kent）等郡征集军队。菲利丝·拉金《舞台上的历史》认为，莎士比亚的英格兰历史剧表现了文艺复兴时期的历史意识（historical consciousness）和历史书写（historiography）观念，其中，迅速的文化变迁、文化转型与过时的观念（anachronism）、怀旧意识等多重话语交混在一起。①

《亨利六世　第一部》是从 1422 年 10 月亨利五世的葬礼开始叙述的，主要叙述英法百年战争的后期战斗与结束。《亨利六世　第二部》是从 1445 年 4

① Phyllis Rackin. *Stages of History: Shakespeare's English Chronicles*, New York: Cornell University Press, 1990: 6.

National Geographic: Shakespeare's Britain Wall Map (1965)

月亨利六世与安茹的玛格丽特结婚开始叙述的，主要叙述的是英格兰内部纷争和 1450 年杰克·凯德在肯特郡发动反叛（Cade's Rebellion），因而地点主要集中在英格兰。新出现的人物包括北安普顿郡的白金汉公爵斯塔福德（Humphrey Stafford, 1st duke of Buckingham, 1402–1460），赫特福德郡的圣阿尔班斯市长（St. Albans），肯特郡的亚历山大·伊登，康伯兰的克利弗（Proud Northerne Lord, Clifford of Cumberland）。《亨利六世　第三部》叙述了兰开斯特与约克两个家族的王位之争、玫瑰战争中多次恐怖的战斗事件，叙述的事件止于 1471 年爱德华四世重新获得王位。

（1）诺森伯兰（Northumberland）是英格兰的北部地区，原初是盎格鲁人建立的王国。英格兰中部地区主要居民是盎格鲁人。B. 约克《盎格鲁-萨克森时期的英格兰国王与王国》写道："诺森伯兰王国是伯尼西亚、德伊勒两个盎格鲁王国合并而成的，同时接纳了一些较小的凯尔特王国。""德伊勒的原初核心区域在约克郡的东部地区（Riding），伯尼西亚则可能是泰恩河地区。"① 诺森伯兰伯爵是历史剧《亨利六世》第一、二、三部中亲约克一派的北方贵族。《第一部》第二场第 5 幕临死的爱德蒙·莫蒂默（Edmund Mortimer, 5th earl of March, 1391–1425）提到了北方的珀西（the Percies of the North），即诺森伯兰伯爵（Henry Percy, earl of Northumberland）和他的儿子"热刺"（Sir Henry Percy, Hotspur）。这明确指示 1403–1408 年诺森伯兰伯爵与威尔士欧文·格林道尔（Owain Glyn Dŵr）的联合反叛事件，反叛力量最终在什罗普郡的舒兹伯利被亨利四世打败。《第三部》出现的诺森伯兰伯爵，即"热刺"珀西（Henry Percy, 2nd Earl of Northumberland, 1414–1455）。《第三部》第二场第 5 幕亨利六世和王后逃往英格兰北部边境的伯威克（Berwick）。第三场第 1 幕被废黜的亨利六世在英格兰北部边境的猎场被抓获，亨利王自称"我是从苏格兰偷偷跑出来的"。

---

① Barbara Yorke. *Kings and Kingdoms of Early Anglo-Saxon England*, London: Routledge, 1997: 74.

玛格丽特声称：流亡的亨利“被迫在苏格兰孤零零地定居”。①

在英格兰北部还存在兰开斯特、约克二公爵领地。1413 年之后由于亨利五世继承英格兰王位，兰开斯特公爵已不存在，兰开斯特公国成为王室财产的一部分。地理上的北方政治联盟分为两派，《第三部》第一场第 2 幕写道：“王后和北方的所有的伯爵与贵族们想要把您包围在这座城堡里”。（梁译，37 页）《第三部》第一场第 1 幕叙述了威斯特摩兰伯爵（earl of Westmoreland），而威斯特摩兰位于兰开斯特郡的北部。因为王位继承的合法性之争，约克公爵在北方维护着较大的势力。第二场第 4 幕原剑桥伯爵理查德（Richard, Earle of Cambridge, 1373–1415）之子理查德 · 普兰塔格内特（白玫瑰），获得了中部地区的瓦威克伯爵、弗农领主（Master Vernon）等支持。第三场第 1 幕亨利六世恢复了理查德 · 普兰塔格内特的约克公爵爵位，即第三约克公爵（Richard of York, 3rd Duke of York）。在对法战争中，约克公爵理查德的实力得到了扩展，被任命为法兰西执政，并在奥尔良抓获了法军统帅贞德，用火刑处死了后者。《第二部》约克公爵讲到理查德二世被囚禁并被杀死于庞弗雷特（Pomfret）。利兹、威克菲尔德在约克郡的西部。《第三部》第一场第 2 幕的地点在约克郡的威克菲尔德附近的桑达尔城堡（Sandal Castle, Wakefield）；第 3–4 幕 1460 年王后与约克军队的战斗就发生在威克菲尔德与桑达尔城堡之间的原野（Battle of Wakefield），约克公爵的头作为叛逆的惩戒悬挂在约克城门上示众。第 2–6 幕叙述国王亨利、玛格丽特王后、年轻的克利福德进入约克城（第 2 幕）。莎士比亚没有叙述 1461 年 1 月第二次圣阿尔班斯战役（the Second Battle of St Albans），此役的胜利使得亨利六世获释。1461 年 3 月在约克郡的陶顿（Towton）与萨克斯顿（Saxton）之间的旷野与爱德华、瓦威克、小理查德战斗（第 3 幕 Battle of Towton），爱德华在伦敦自立为英国国王，即约克王朝（House of York）的第一

---

① 莎士比亚 . 亨利六世　上、中、下，梁实秋译，北京：中国广播电视大学出版社，2004: 95, 105, 129.

位国王爱德华四世（Edward IV, 1461–1470, 1471–1483）。第四场第 3 幕约克大主教蒙塔格负责看管被囚禁的爱德华。第四场第 3 幕的地点是约克郡的米德兰城堡（Middleham Castle）附近的林园，1470 年被囚禁的爱德华在格洛切斯特公爵理查德、海斯丁斯的帮助下逃离此地。第 7 幕爱德华（约克公爵）率领法国勃艮第、尼德兰、日耳曼的援军返回约克城，打败瓦威克公爵，再立为英格兰国王（1471–1483）。第 7 幕提到了中部地区的北安普敦（Northampton）、莱切斯特郡（Leicestershire）。

（2）英格兰中部（部分）和南部地区最初是萨克森人、肯特人的居住地，并建立了多个王国、例如，西萨克森、中萨克森、东萨克森。① 除开伦敦，在《亨利六世　第一部》一剧中，先后出现了格洛切斯特公爵（Humphrey Plantagenet, duke of Gloucester, 1414–1447）、贝德福德公爵、埃克塞特公爵、萨默塞特公爵（Edmund Beaufort, 2nd Duke of Somerset）、温切斯特主教（后成为红衣主教）、索尔兹伯里伯爵、瓦威克伯爵、塔尔伯特勋爵。他们分别代表了英格兰中部、南部地区诸郡或者各城镇。威廉·普尔（William de la Pole）在《亨利六世》前二部中是活跃一时的权臣，1415–1448 年受封为萨福克伯爵（earl of Suffolk），1448–1450 年为萨福克公爵；萨福克位于英格兰中部地区的东部（东盎格鲁）。梅尔弗德（Melford）是萨福克郡的小镇。《第二部》第四场第 2 幕提到了林肯伯爵雷西家族（the Lacies, earls of Lincoln），林肯郡在英格兰中部地区的东部。《第二部》第一场第 4 幕叙述了发生在格洛切斯特公爵府邸林苑的巫术与艾琳诺叛逆事件，第二场第 2 幕的地点是圣阿尔班斯。骗子辛考克斯（Saunder Simpcoxe）自称出生地是北方的巴维克（Barwick in the North），第二场第 2 幕提到了 1447 年 2 月兰开斯特郡的伯利（Bury）御前会议。第三场第 1–2 幕的地点是伯利的圣埃德蒙，格洛切斯特公

① Michael Swanton. *The Anglo-Saxon Chronicles*, London: Phoenix Press, 2000: 27.

爵在此被杀害。史密斯菲尔德（Smithfield）在第五场第 2–3 幕叙述了 1455 年圣阿尔班斯战役（the First Battle of St Albans），即是玫瑰战争的开始，约克公爵在圣阿尔班斯的“堡垒酒店”前杀死了萨默塞特公爵。《第三部》新出现的人物，主要是来自中部地区的诺福克公爵（Duke of Norfolk），牛津伯爵（earl of Oxford），玛奇伯爵爱德华，拉特兰伯爵（earl of Rutland），里士满伯爵（earl of Richmond），彭布洛克伯爵（earl of Pembroke），里士满伯爵亨利（Henry Tudor, earl of Richmond），威尔特伯爵（earl of Wiltshire），海斯汀勋爵（Lord Hastings），斯塔福勋爵（Lord Stafford），科伯汉姆勋爵（Cobham），福尔坎伯利吉勋爵（Faulconbridge），亨格福德勋爵（Lord Hungerford），斯凯尔斯勋爵（Lord Scales），考文垂市长等。第一场前 2 幕提到的威尔特、索尔兹伯里都位于南萨克森；诺福克位于中部地区的东部。科伯汉姆（Cobham）位于伦敦西南部。第二场第 1 幕王后与瓦威克伯爵的军队在圣阿尔班作战，前者取得了胜利；玛奇伯爵爱德华、理查的军队与瓦威克伯爵在中部地区的赫弗德郡（Herefordshire）的莫提默十字路（Mortimer's Cross）的平原集合，作战。第四场第 2–3 幕叙述了 1460 年瓦威克、牛津公爵的军队和法军在瓦威克郡的平原集结（Battle of Northampton），与爱德华王的军队对峙，作战。第 7 幕出现的约翰·蒙哥马利爵士（John Montgomery of Throwley）来自中部地区的斯塔福德郡。第 8 幕国王亨利的军队准备在考文垂战斗，第五场第 1 幕 1469 年瓦威克、牛津公爵的军队与爱德华王的军队在考文垂对峙。后者突袭伦敦，俘获了亨利六世。该幕提及中部地区的邓斯莫尔（Dunsmore），丹特里（Daintry），骚泽姆（Southam）。第 2–3 幕提及 1470 年战斗发生在伦敦以北的巴奈特原野（Barnet），瓦威克负伤而死。第 4–5 幕提及 1471 年爱德华王的军队与玛格丽特王后、牛津公爵、萨默赛特的军队在格洛切斯特郡的托克斯伯里原野（Tewksbury）的战斗，爱德华王大获全胜，牛津公爵被囚禁于海姆兹堡（Hames Castle）。

（3）肯特位于英格兰东南部，最初建立了肯特人的王国。肯特人原初是来自现今丹麦的北方日耳曼移民（Jutes, Jutis, Jotum, Geatum）。《第二部》第四场第 7 幕塞勋爵佞言宣称："肯特是被称为全岛上最文明的地区，这地方是可爱的，因为充满了财富；人民慷慨、勇敢、活泼、富庶。"《第一部》第五场第 1 幕提到了东部肯特郡的多佛港。《第二部》第三场第 1 幕约克公爵自称约翰·凯德（Jack Cade）原本是其手下的军官，曾在爱尔兰顽强地作战，也曾伪装成爱尔兰步兵。约翰·凯德是自己的代理人，"我已诱惑了一个刚强的肯特人，阿什福德的约翰·凯德，让他化名为约翰·莫蒂默（John Mortimer），尽其所能地制造骚乱"。阿什福德（Ashford）在坎特伯雷的西南部。第四场第 1 幕萨福克公爵从肯特郡的多弗海峡流放出国，被军士、海盗杀死。海盗船长提到了英格兰南部的开阔丘陵地（the Downes），和反叛的肯特郡民众。第 2–4 幕约翰·凯德与温汉姆村的贝斯特等在黑草原（Blackheath）发动民众反叛，并向伦敦进军。黑草原位于伦敦东南的刘易舍姆（Lewisham）和格林威治（Greenwich）之间，原属于肯特郡；温汉姆在坎特伯雷的东部。凯德处死了肯特郡的查塔姆镇（Chatham）书吏伊曼纽尔，该镇位于梅德韦河下游。第 5 幕使者建议亨利六世逃亡到牛津以北的基林沃斯（Killingworth）。第 9 幕提到的地点是基林沃斯城堡。第 10 幕逃脱的凯德在肯特郡的伊登林园被杀死。第五场第 1 幕的地点是肯特郡的达特津（Dartford）和黑草原之间旷野，国王亨利的军队与约克的理查德的军队对峙。舞台上的英格兰中部南部地区，例如，肯特郡–伦敦，往往表现出空间的跳跃，观众／读者对历史地理的普遍知识应该可以使其理解这些象征性的跳跃。

三、边缘地理与爱尔兰、威尔士叙事

塔西佗《编年史》、恺撒《高卢战记》、蒙茅斯的杰弗瑞《不列颠诸王纪》（Geoffrey of Monmouth, *Histories of the Kings of Britain*）等较早记录了威尔士的原初居民，公元前 55 年至公元 84 年，威尔士人长期抵抗罗马征服者的入侵。德河（the Dee）、乌斯克河（Usk）罗马人修建的堡垒和要塞大致划定了威尔士的东部边界（即从切斯特到卡纳芬）。威尔士的早期部族主要包括斯利尔人、德梅泰人、奥陶维斯人、得西安格利人等。407 年西罗马帝国军队撤离以后，不列颠人摆脱了罗马的控制，并逐渐疏远罗马文化及其管理体制，形成独立的威尔士民族。J. 达维斯《威尔士历史》写道："400–600 年，威尔士人和不列颠人进入历史的中心，这时期不列颠逐渐分为布立吞人的西部、条顿人的东部、凯尔特人的北部，即威尔士、英吉利和苏格兰诸民族确立起来了。"①1282–1283 年爱德华一世征服威尔士，此后，威尔士承认英格兰的宗主国权利。《第一部》莫蒂默提到了蒙茅兹的亨利（即亨利五世）。蒙茅兹是威尔士东南部城镇，亨利五世被称为蒙茅兹的亨利（Henry of Monmouth），1399–1413 年亨利被封为威尔士亲王（prince of Wales）。亨利五世时期（Henry V, 1413–1422）威尔士与英格兰基本融合在一起；1536 年《联合法案》（the Act of Union）规定威尔士与英格兰完全合并为一。《第二部》第二场第 2 幕中，约克公爵讲到了欧文·格林道尔反叛事件，格林道尔俘虏并扣留了玛奇伯爵爱德蒙·莫蒂默。D. J. 贝克《欧文·格林道尔》（Glyn Dwr, Glendouer, Glendourdy and Glendower）写道："采用欧文·格林道尔的事件，莎士比亚小心处理了这一极不愉快的材料……在舞台上再现欧文·格林道尔，莎士比亚在关键的地方重构了威尔士反叛的可敬地位，建立了一个与 2 个世纪的历史记载良好评价的方面基本一致的标准化视角。"②《第三部》新出现了威尔士亲王爱德华，即亨利六世的王位继承人。第二场第 1 幕瓦威克（Richard Neville, earl of Warwick）提到了玛奇伯爵爱德华［即第四任约克公爵（4th duke of York）］在威尔士人中召集的军队。《第一部》第

① John Davies. *A History of Wales*, London: Penguin, 2007: 26.

② Willy Maley, Philip Schwyzer ed., *Shakespeare and Wales: From the Marches to the Assembly*, Farnham: Ashgate, 2010: 45–46.

四场第 7 幕关于舒兹伯利伯爵（Earle of Shrewsbury）塔尔伯特的玩笑暗示了威尔士，因为舒兹伯利临近威尔士的边界（Great Earle of Washford, Waterford, and Valence, Lord Talbot of Goodrig and Vrchinfield,)。

爱尔兰主要是凯尔特各部族的领地，1394-1395 年理查德二世占据了北部爱尔兰，并实行对爱尔兰的统治。艾德蒙·柯蒂斯写道："克里特不列颠人却在康沃尔郡、威尔士和斯特拉斯克莱德王国顽强抵抗，顶住了条顿化，并且去布列塔尼殖民。……在第 5、6 世纪，实力强大的盖尔人压倒了不列颠人，他们瓜分了不列颠。留在自己国土上的盖尔人数量并不比住在不列颠的更多。"① 莎士比亚在 10 多个剧作中提及了爱尔兰。D. P. 巴顿《爱尔兰与莎士比亚的联系》写道："3 个爱尔兰总督（Viceroys）是《亨利六世　第一部》中的戏剧人物，他们是约翰·塔尔伯特，即后来的舒兹伯利伯爵，玛奇伯爵爱德蒙·莫蒂默，和最高贵的理查·普兰塔吉纳特，即后来的约克公爵。"②A. 哈德菲尔德《莎士比亚的英国主题剧作与被排除的爱尔兰》(Andrew Hadfield, 'Hitherto she ne're could fancy him'：Shakespeare's 'British' Plays and the Exclusion of Ireland）写道："莎士比亚清楚地知道爱尔兰，并在其早期作品中提及爱尔兰王国和它的普通居民，尽管常常是极简略的。在 1593 年《错误的喜剧》中，西拉库斯的得罗米奥对阿德里亚纳的厨娘露茜或者奈尔提出了漫画的地理特征化的面貌描述。"③J. R. S. 菲利普《13 世纪三份英格兰对阿基坦、爱尔兰和威尔士的统治权的声明》(J. R. S. Phillips, *Three Thirteenth-Century Declarations of English Rule: Over Aquitaine, Ireland and Wales*）写道：

---

① 艾德蒙·柯蒂斯 . 爱尔兰史，南京：江苏人民出版社，1974: 12-13.

② D. Plunket Barton. *Links Between Ireland and Shakespeare*, London: Maunsel and Company, 1919: 137.

③ Mark Thornton Burnett, Ramona Wray eds., *Shakespeare and Ireland: History, Politics, Culture*, New York: Palgrave Macmillan, 1997: 47.

“沃尔特·乌尔曼（Walter Ullmann）注意到在剑桥大学图书馆存有一份14世纪的手稿，在一篇短的文献中包含英格兰国王对阿基坦、爱尔兰和威尔士的统治权的声明。这些声明记录在多米尼克教派的西蒙·博拉斯顿的二份文献里，De mutabilitate mundi 和 De unitate et ordine ecclesiasticae potestatis。”① 在《亨利六世》中，爱尔兰的地理是模糊的，勇武的爱尔兰人是易于反叛的。《第一部》莫蒂默提到了克拉伦斯公爵莱昂内尔［即爱德华三世的二子安特卫普的莱昂内尔］。该剧没有指出莱昂内尔（Lionel of Antwerp, 1338–1368）是北爱尔兰的阿尔斯特伯爵（1346–1362），1362年被册封为克拉伦斯公爵；剧中也没有指出1423年莫蒂默被任命为爱尔兰总督，1425年1月在阿尔斯特死于瘟疫。莱昂内尔、莫蒂默二人暗示了英格兰对爱尔兰的宗主国权利。《第二部》第一场第1幕索尔兹伯里伯爵表明约克公爵曾经为爱尔兰总督，“你在爱尔兰的一番作为，使得人民奉公守法”。第二场第3幕艾琳诺被判处流放爱尔兰海上的曼岛（the Ile of Man）。第三场第1幕从爱尔兰来的使者报告“那里的叛乱业已起事，杀戮英格兰人”。而后约克公爵被任命统率军队从布里斯托（Bristol）的港口出发去镇压反叛的爱尔兰。第四场第9幕中有消息称约克公爵率领爱尔兰的斧头大队和轻装劲旅向伦敦进发以铲除萨默塞特公爵，支援凯德反叛。

四、结语

5世纪盎格鲁–萨克森入侵不列颠以来，在不列颠建立了多个封建国家。威尔士、爱尔兰成为原初的凯尔特–不列颠人的领地。直到1653年，苏格兰一直是独立的王国，其居民主要是早期到来的凯尔特人。伊丽莎白时期，英格兰的历史题材普遍运用到叙事诗和戏剧的叙述中，而莎士比亚的叙述主要继承了英

① Brendan Smith. *Ireland and the English World in the Late Middle Ages*, New York: Palgrave Macmillan, 2009: 23.

格兰历史学的标准视角，诺森伯兰、威尔士、康沃尔是这个国家的边缘地区。五幕剧《亨利六世》第一、二、三部中表现了英格兰的地理图景，但还不是对不列颠地理或者地形学的直接描绘，莎士比亚在这三部历史剧中赋予某些历史地点象征性的意义，尤其是宗教伦理、政治意识形态的意义。而且对爱尔兰的边缘地理描述，模糊了不列颠第二大岛屿丰富的地理特征。

1603 年苏格兰国王詹姆士·斯图亚特（即詹姆士一世）成为英格兰国王，但直到 1707 年苏格兰王国与英格兰才成立联合王国。人们越来越多的旅行、对景观的亲身观察和大量印刷的各种地理地图，有助于莎士比亚和观众理解《亨利六世》中的历史地理，严格地说，这是中世纪的诗性的历史地理：一方面，它激起了观众对地理地图的好奇与期待；另一方面，人们用丰富的想象暂时填充了在历史地理的知识上的模糊和空白。

结束语

莎士比亚出生于邻近威尔士的埃文河畔的斯特拉特福德，英格兰王国西中部地区的瓦威克（Warwick）。1564 年 4 月 26 日莎士比亚在本地圣三一教堂接受洗礼，教区登记册上用拉丁语写道：吉约姆斯，约翰·莎士比亚之子（Guilielmus filius Johannes Shakspere）。人们对莎士比亚作为诗人、剧作家身份的质疑，源于他的生平极少为人所知。伦敦作为英格兰王国的都城，日渐发达的活字印刷术有利于莎士比亚戏剧的广泛传播。莎士比亚作为伦敦通俗戏剧的剧作家和演员，由于缺乏足够的历史性文献，人们对其生平与教育知而甚少。1616 年莎士比亚去世后开始以他的名字为中心的大量传统和轶事形成了“莎士比亚神话”，其中就包括对莎士比亚作为剧作家真实身份的质疑。

莎士比亚是与汤显祖（1550–1616）、冯梦龙（1574–1646）、王思任（1574–1646）同时期的诗人、剧作家。自 1839 年编译的《四洲志》和 1843 年编修的《海国图志》以来，莎士比亚被介绍到中国。晚清中国租界和通商口岸的教会学校出现了莎士比亚作品的阅读和莎士比亚戏剧表演。21 世纪以来，国内高校的学校剧团较多演出了莎士比亚戏剧。本课题的研究致力于促进国内学者（不是普通读者）阅读莎士比亚戏剧原著（文本），理解莎士比亚戏剧的版本形态，清晰明了地认知 1590–1610 年代莎士比亚戏剧的真实语言特征（多语种语言 + 伦

敦方言 + 外地方言），剧作者、印刷商、书商之间的复杂关系，戏剧作品、舞台表演、舞台设置与道具以及剧院观众之间的关系。

一、阅读与莎士比亚戏剧的早期版本

阅读史和书籍史可以追索到各个古代文明，书籍在印刷术发明之前一直是珍贵而稀少的，书籍作为知识汇集和特殊的财富，意味着书籍所有者享有一种社会地位与权力。在古典希腊、罗马，书籍是以精细制作的羊皮、莎草纸为通用媒介而生产的，即手写稿。在机械（活字）印刷在欧洲普及之前，这些手工抄写的书籍，主要由职业抄写员、僧侣和教会职员制作。中世纪的羊皮书，由领主或贵族单独委托制作，只有熟练的抄写员才能完成。15 世纪活字印刷设备展示了人们购买英语圣经、语文学课本、文学作品等的可能性，一台印刷机器和几名熟练的工匠可以在一个特定的时期内生产出数百本图书。印刷术促进了早期现代欧洲的传播与文化变革。

莎士比亚戏剧的早期版本指 1594–1623 年出版的 21 个莎士比亚戏剧的印刷文本。莎士比亚戏剧的早期版本是剧作家、其他演员、记录员 / 抄写员、书业公会、读者共同参与的产物，是伊丽莎白–雅各宾时期读者的世俗文学读物，也是图书贸易中通行的印刷文本，剧团、印刷商、书商从其中获得了各自的商业利益。莎士比亚戏剧早期文本（Os, Qs, F1）不是严格地直接参照剧作家的亲笔手稿印刷出来的，除开极少的盗印本，莎士比亚的每一个戏剧的第 1 印刷文本可能来自剧团授权出版的戏剧誊清稿。对于第 2 个及其后的印刷文本，印刷商更愿意从上一个四开本重新排印出版，例如，《亨利四世　第一部》的 6 个四开本往往是相续递进修订的。除开 1619 年莎士比亚戏剧集盗印对折本（包含 6 个伪作），1663，1664，1685 年《莎士比亚的喜剧、历史剧和悲剧》出版了第三、第四对折本，1664 年第三对折本的第二次印刷新增了 7 个剧作，除开《伯利克里斯》，其余 6 个都是伪作。由于对文本语言的现代化和不当修订，1685 年第四对折本（21.3 × 34.6 cm, 229 × 355）在文本上并不具有值得肯定的校对价值。

莎士比亚戏剧的传播，一方面是在伦敦剧院的表演和在英格兰各地的巡回演出，人们可以在莎士比亚同时代人的日记中发现其戏剧演出的信息；另一方面是印刷商和书商出版的这些戏剧文本，包括数量较多的四开本和极少的八开本以及早期 4 个对折本（F_1, F_2, F_3, F_4）。由于比较繁荣的图书贸易活动，莎士比亚戏剧常常有不同的版本。主要依据同时代人的日记、伦敦书业公会的莎士比亚戏剧登记记录和各戏剧的第 1 印刷文本标题页上的戏剧表演信息，重新确定莎士比亚戏剧的写作时间是必要的，以便纠正早期编者对莎士比亚戏剧写作时间不恰当的或者错误的推理。

（一）莎士比亚作为宫内大臣剧团、国王剧团的演员和剧作家，他的演员生涯和戏剧写作与彭布洛克伯爵剧团、莱斯特伯爵剧团、斯特兰奇勋爵、亨斯顿勋爵剧团、女王剧团、海军上将剧团有关。1588–1592 年莎士比亚作为戏剧表演的学徒可能加入某一个外省旅行剧团（? 斯特兰奇勋爵剧团），1592–1594 年莎士比亚可能成为伦敦某一剧团的学徒（? 彭布洛克伯爵剧团、? 海军上将剧团），1593–1594 年伦敦发生瘟疫，伦敦的剧院可能暂时被关闭。1598 年莎士比亚作为剧作者出现在 2 个早期版本标题页上，这可能表示他已经在戏剧行业取得了自由的剧作家资格。直到 1607 年纳撒尼尔 · 巴特和约翰 · 巴斯比在伦敦书业公会登记《亨利五世》的出版权（条目）中莎士比亚首次被称为戏剧师傅（Master）。值得指出的是，宫内大臣剧团、国王剧团是伦敦的商业剧团，剧团的戏剧演出会面临激烈的商业竞争，剧团依赖持续的商业演出的成功，因而几乎所有创作的戏剧往往会取悦当前时代的主流风尚和受到普遍关注的题材和主题，例如，某个匿名剧作家的历史剧《亨利六世》获得了表演成功，莎士比亚的剧团则写作了《亨利六世》第一、二部，继而改写了原初匿名剧作家的《亨利六世》，这就是《亨利六世》三部曲。

在中世纪的欧洲城市，行业公会（livery guilds, craft guilds, trade guild）是

12、13世纪欧洲城市经济活动中从事相同事务并旨在追求共同目标的工匠或商人所组成的协会（company），最早的行会旨在业内相互帮助和保护，促进正当的行业利益，禁止非法的暴利，并在固定的场所进行贸易。莎士比亚戏剧的舞台演出往往早于各个活字印刷的早期版本，剧作者可能是剧作的创作者／合作创作者，也可能是原有剧作的改编者。

剧作者、舞台演出与印刷版本有时是分离的，虽然不大可能存在非演出的戏剧文本。由于莎士比亚戏剧的早期版本包含了丰富的剧场和舞台表演的信息，目录学者提出了舞台演出的“提词本”“回忆／讲述–记录本”、盗印的合成本等假说，但这些早期印刷文本与舞台表演真实的详细情况已经极少为人所知。一般的，人们认为，戏剧文本（剧院抄稿／剧院文本）是随着持续的舞台表演而改变，剧作家、其他演员，甚至书商也将参与戏剧文本的修订与改编。这些早期版本是依据剧团演出的剧作文本来印刷出版的，通常情况下，印刷商、书商得到了莎士比亚剧团的出版授权。

19、20世纪英语目录学学者对这些剧作或详细或深入或简略地有过研究，取得了不少值得称道的成果。一方面，把已经取得的成果介绍给汉语学术界是有意义的，当然这需要一个适当长度的时间过程；另一方面，在已有的版本研究成果基础上提出一些新的、当代化的观念也是必要的，尤其是对汉语学术界更加关注的一些论题做出基础性的研究论文，以便纠正错误的文本阐释和价值观谬误。

（二）在本课题研究中，莎士比亚戏剧的早期版本是指1623年之前的多种四开本或者极少数八开本，1619年盗印版四开本（伪对折本），和1623年第一对折本等印刷形态。作为戏剧文学作品，1623年《莎士比亚喜剧、历史剧和悲剧集》第1对折本是雅各宾时期一个重要的个人文集。莎士比亚戏剧的早期版本（Os, Qs, F1）是文艺复兴时期活字印刷的产物，由于纸张的制作工艺，对折本（12 × 19 inches, 30.48 × 48.26 cm）和四开本（9½ × 12 inches,

24.13 × 30.48 cm）是早期出版物的标准形态。在 1642 年伦敦关闭最后一家剧院之前，莎士比亚的 21 个戏剧已出版了 70 多个四开本（Quartos）和第一、第二对折本（F1, F2）。最早的四折本是 1594 年印刷商约翰·丹特出版的《泰特斯·安德洛尼库斯》(*The most lamentable Romaine tragedie of Titus Andronicus*）的第一四开本（First Quarto），有该剧版权的是圣保罗大教堂的书商爱德华·怀特和托马斯·米林顿。

1623 年之前共有 20 个莎士比亚剧作印刷过四开本，即《理查德三世》《理查德二世》《亨利四世　第一部》《亨利四世　第二部》《亨利五世》《亨利六世　第三部》《亨利六世　第二部》《爱德华三世》《温莎的风流娘们儿》《威尼斯商人》《仲夏夜之梦》《无事生非》《爱的徒劳》《罗密欧与朱丽叶》《哈姆雷特》《李尔王》《奥赛罗》《泰尔亲王配力克里斯》《泰特斯·安德洛尼克斯》及《特洛勒罗斯与克瑞西达》。1623 年第一对折本（First Folio）首次收入了 18 个没有以四开本出版的剧作。迄今为止尚未发现莎士比亚戏剧的原初手写稿，但有少数几个基于四开本的抄写片段。

都铎王朝时期，英格兰从中世纪成功转向到文艺复兴时期。莎士比亚的大部分戏剧都来源于中世纪文学题材，乔叟的文学语言和主题／题材持续影响了这位诗人和剧作家。由于 1490 年代欧洲航海大发现，莎士比亚生活在开放的现代社会，他的文学世界还表现了希腊–罗马古典文学和地中海世界，例如，《伯里克勒斯》所讲述的西亚的泰尔王国以及北非。莎士比亚的作品不会像《圣经》这样重要的书那样被印刷。1598 年弗朗西斯·梅尔斯《智慧的宝藏》(Francis Meres, Palladis Tamia, *Wits Treasury*）认为，莎士比亚以甜美风格的奥维德式爱情诗而闻名，后者具有机智的灵魂。梅尔斯还称赞了莎士比亚的戏剧，正如普劳图斯和塞内加在拉丁文学中被认为是喜剧和悲剧最好的：同样莎士比亚在英国人中是这两种戏剧中最优秀的。As Plautus and Seneca are accounted the best for Comedy and Tragedy among the Latines: so Shakespeare among ye English is the most excellent in both kinds for the stage; 显然，1598 年莎士比亚已经是一个备受赞誉的剧作家。在印刷的戏剧上署名莎士比亚，可能有利于印刷商或者书商的书籍营销。①

（三）伊丽莎白时期的文艺复兴，为莎士比亚戏剧的写作提供了自由而优越的社会文化条件。莎士比亚及其剧团的其他演员普遍受益于语法学校的古典语文学（人文主义）教育。罗马古典戏剧和意大利文艺复兴时期文学为莎士比亚同时期的戏剧写作提供了不可缺少的题材、戏剧典范与表演技巧。19 世纪出现的剧作家独立的“原创性”观念并不适合于莎士比亚戏剧。同样，19 世纪出现的“文学戏剧”或“文学性”观念也不适合于莎士比亚戏剧。20 世纪初期“新目录学派”致力于重构莎士比亚戏剧的写作过程，这些学者提出了多种写作假想（推理式的）。1980 年代以来唯物论文化研究学派提出了历史主义的、叙述的研究方法，他们基于早期文本的严谨而细致的分析，认为莎士比亚戏剧的早期版本是独立的、原初的或者逐渐修改过程中的产物，与 1623 年第 1 对折本一样，是舞台表演的产物。现存的莎士比亚戏剧是剧团演员集体写作的结果，剧作家兼演员、其他演员、抄写员、记录者，甚至书商、印刷商、排字工匠部分参与其中。莎士比亚戏剧也是国家宗教政策、国家审查制度、行业制度等制约下的产物，它们取悦了（伦敦）观众，也迎合了普遍的社会主流时尚。

二、莎士比亚的语言与传统语文学的研究

传统的语文学（Philologie）也被称为比较文献学，包括对文学文本、版本的历时研究和对不同文本中语言的历史状态的比较研究。它是一种艰苦的文本分析，通常与文学史相关，并使用传统的描述框架。从语文学的传统来研究莎士比亚戏剧的早期版本，有助于清晰了解莎士比亚的语言、早期文本、版本形

① Lukas Erne. *Shakespeare as Literary Dramatist*, 2nd ed. Cambridge: Cambridge University Press, 2013: 93.

态及其差异，有助于深入阅读和有效分析莎士比亚戏剧，并对莎士比亚戏剧的批评与阐释具有重要意义。如果说乔叟的以伦敦方言为基础的中古英语是最初的英语文学语言，莎士比亚戏剧中的英语则是早期现代英语不可忽视的文学英语典范。莎士比亚时代的英语发音保留了较多中古英语的特征，词汇的拼写远未达到标准化，莎士比亚戏剧中的句法／语法延续了中世纪多语种的语言句法传统惯例。

任何文学语言都是通约化的语言，莎士比亚戏剧中的语言，是剧团演员日常说出的语言，也是观众可以听得懂的通行语言，而不能假想为莎士比亚的私人语言或者个性化的“文学语言”。无论莎士比亚戏剧有多么丰富而巨大的词汇数量，它们是剧作家、演员和观众的共同语言，一种普遍通约的民众语言。1066 年以来法语作为英格兰王国官方语言和优雅的书面语言，在莎士比亚戏剧中再次被看作是外语和可笑的语言。早期现代英语作为民族语言（即“我们的语言”），得到了最普遍的认同。由于伦敦英语的地位进一步提高，早期现代英语（词语拼写、标点符号等）得到了较多的规范化，被确认为是文学语言。即使拉丁语还具有较高的语言地位并将持续下去，但到 1623 年为止，英格兰王国是多语言社会的观念几乎接近终结。此外，人文主义教育也更广泛改变了中世纪的骑士精神，莎士比亚在 2 个历史剧四联剧中努力塑造了理想的“英格兰本地人”，他们的机智风趣、真诚直率、理性务实、崇尚学科知识，区别于法国的浮夸造作风格。

重音变化和“元音大移位”是中古英语转向早期现代英语显著的发音问题。伊丽莎白时期，英格兰依然处于英语、拉丁语、法语等多种语言的末期，英语发音、英语拼写和英语语法正经历着重大的转型。莎士比亚戏剧中的英语是以伦敦方言或者东中部方言为基础的早期现代英语，这不是标准的普通话，而是相互有或大或小差异的方言。莎士比亚戏剧的早期现代英语包含了一些残余的中古英语句式和较多的外语借词。一方面，以语音为导向的书面英语，继承了较多中古英语的方言特征，因而发音相似／相同的词语在拼写上往往会有明显的差异。早期现代英语完成了从1400年左右开始发生的元音大移位，例如，foote/foot, erreuocabl/irreuocable, awayt/awaites, leauie/leuie等。另一方面，早期现代英语依然表现为多语种状况下的混合方言英语。值得强调的是，书面的早期现代英语是一种基于法语（高卢–罗曼语）、拉丁语的中古盎格鲁–萨克森方言的现代拼写形式，它已经表现出拉丁语标准化的努力。这不仅体现在语音上，也体现在拼写、词汇、语法，甚至表达习惯上。由于显著的罗曼语化，内部分裂的中古盎格鲁–萨克森方言和早期现代英语都与原初的日耳曼方言有较为悬殊的差异。莎士比亚出生于瓦威克（Warwick），那里讲西中部地区方言。商业化的莎士比亚剧团的演出，必然为伦敦观众喜闻乐见，尤其是宫内大臣剧团、国王剧团在南岸区的环球剧院的演出。南岸区是以从事商业贸易的人和外来人口为主体；在黑衣修士剧院的观众则是手工艺者和伦敦城区的居民。莎士比亚的剧团可能没有在西敏斯特城区演出过，虽然莎士比亚戏剧中经常描述到西敏斯特。

三、莎士比亚戏剧的注释、编辑与现代目录学研究

对莎士比亚戏剧做出解释性的注释，始于18世纪的编辑者，例如，尼古拉斯·罗、亚历山大·蒲伯、塞缪尔·约翰逊等。18世纪以来，编辑和出版商放弃了四开本、对折本形态，采用了新的现代版本形式，大多都有注释。1709年尼古拉斯罗出版了《莎士比亚作品集》(六卷本)，1725年亚历山大·蒲伯编辑了六卷本《莎士比亚作品集》(*The Works of Shakespeare in Six Volumes: Collated and Corrected by Alexander Pope*)以来，人们逐渐接受了用现代标准英语出版的莎士比亚戏剧，虽然这有利于人们的普遍阅读，但忽视了莎士比亚戏剧本身的语言特征。1765年塞缪尔·约翰逊编辑了《莎士比亚戏剧集》(*The Plays of William Shakespeare in Eight Volumes*)；1766年印刷商乔治·斯蒂文斯（George

Steevens）重印早期四开本的《莎士比亚二十个戏剧集》（*Twenty of the Plays of Shakespeare, Being the Whole Number Printed in Quarto During His Life-Time*）；1784年约翰·斯托克代尔（John Stockdale）出版了基于第四对折本的《莎士比亚戏剧作品集》（*Shakspeare's Dramatic Works*）；1799年比奥伦和马丹出版了《莎士比亚的戏剧和诗歌集》（北美费城）等版本。同时期，莎士比亚逐渐被人们被看作民族诗人。

19世纪晚期目录学者已经开始对莎士比亚戏剧的目录学研究。1909年A. W. 坡拉德（Alfred William Pollard, 1859–1944）提出了好的四开本（good quarto）、差/次的四开本（bad quarto）等观点，这一观点长期被普遍地接受。而后的目录学者基于对莎士比亚戏剧早期版本的深入考察，进而提出了非演出的剧作文本、舞台演出的提词本、剧场速记本、盗印的合成本或者简略本等观念，关注早期版本的功能与使用价值。活字印刷的莎士比亚戏剧早期版本部分体现了剧作者、印刷商、书商、社会中上层读者等相互作用的社会文化。目录学者更为细致地分析授权版与盗印版，尤其是1619年盗印的莎士比亚戏剧集，这有助于揭示英国文艺复兴的文化真相。L. 埃恩的《莎士比亚与图书贸易》（Lukas Erne, *Shakespeare and the Book Trade*, 2013）考察了莎士比亚时代的活字印刷物的出版、构成、传播和接受情况。1980年代北美目录学者基于后现代主义、解构主义等文化批评指出，莎士比亚戏剧的早期版本是独立的，具有自足的版本价值和文本意义，新一代目录学者鲜明地反对好的四开本、差/次的四开本这一传统观点。莎士比亚戏剧的早期版本中，散文体、素体诗的区分并不总是清晰的，编辑者或者印刷商常常对此有误认。例如，《哈姆雷特》第二四开本增加的大量散文体部分，在此后的四开本中一直被改写为素体诗，直到第一对折本才接近完成。

1980年代以来，后现代主义、各种新的文化批评理论为莎士比亚戏剧的研究提供了新的考察视角与分析方法。由于国内学术界对莎士比亚历史剧的研究较为薄弱，本课题有意突出了这一领域研究，特别关注莎士比亚戏剧中显著的现象，例如，对中世纪骑士精神与骑士制度研究，对剧院、舞台和戏剧表演的研究，对戏剧符号化叙事的研究等做出初步的努力等。伊丽莎白时期，英格兰最终完成了民族国家的建构，重新塑造英格兰民族形象，同时对法国形象作出新的描述。莎士比亚的历史剧不是历史真实的再现，而是具有鲜明目的性的描述。从互文本理论来看，莎士比亚戏剧是这一民族精神形成过程中的艺术表征。莎士比亚戏剧中的主导性力量还包括意大利和西班牙文艺复兴时期的戏剧与文化，希腊罗马古典文化的影响；此外，也还有德意志宗教改革的深刻影响。莎士比亚在天主教、英国国教、清教徒信仰之间是动摇的，例如，《哈姆雷特》中的威登堡、《亨利四世　第一部》中的福尔斯塔夫、《麦克白》中的女巫等。本课题从宗教词语的角度来研究可以避免空泛的评论。

四、莎士比亚戏剧中的“都铎神话”或者英国民族性

莎士比亚戏剧主要是在英格兰王国都铎王朝末期写作的，《李尔王》《奥赛罗》等戏剧是1603年之后写作的，它们表现了都铎王朝的古典文艺复兴观念和都铎王朝已经达到的短暂繁盛情景，尤其是表现了都铎王朝努力建构的“英国民族性”，有学者将这种理想的“英国民族性”称为“都铎神话”。莎士比亚戏剧中的“英国民族性”（ENGLISHNESS）主要包括英格兰国王、英国国教和英语作为民族语言三个方面：（1）国王是世俗英格兰王国的君王，效忠君王和优雅的骑士精神，是英国民族性的首要条件，是“都铎神话”从中世纪封建国家继承而来的思想。（2）英格兰王国指国王统治下的英格兰、低地苏格兰、威尔士和爱尔兰的君主国家，这是政治地理上的疆域，也是社会文化上的共同体。英格兰国王已经完全失去了在欧洲大陆（法兰西）的封建属地，苏格兰依然是独立的封建王国。（3）伊丽莎白女王进一步推动了亨利八世、爱德华六世以来

的（新教）宗教改革，终止了玛丽女王（1553–1558）短暂恢复的罗马天主教，以英国国教为基础的宗教信仰，即英格兰王国是一个新教国家，国王是世俗王国的统治者，是一切世俗权力的来源；同时，国君是英格兰国家教会的指导者和最高监督者，新教是法定的国家宗教，虽然伊丽莎白女王采取了宽容的宗教政策，温和地对待天主教和别的新教派别，例如，伊丽莎白女王放松了对清教徒的压制。（4）以伦敦方言为基础的早期现代英语，它继承了较多中古英语的词汇、句式和语法特征，乔叟、高渥等中古英语作家的文学作品和威克利夫的中古英语《圣经》深刻影响了早期现代英语。（5）都铎王朝时期，英格兰王国通行多语言（拉丁语、法语、伦敦英语、英格兰各地方言），一时兴起的早期现代教育，尤其是普遍推行的语法学校较多受益于活字印刷的书籍，语法学校的教育加强了古典语文学的人文主义倾向，整个王国通行更为开放的现代思想。从《罗密欧与朱丽叶》《亨利五世》《温莎的风流娘们儿》《哈姆雷特》《理查德三世》等戏剧来看，莎士比亚戏剧的早期版本展现了“英国民族性”的演变过程，尤其是 1623 年第 1 对折本依据“詹姆士国王圣经”（1611）对莎士比亚戏剧早期版本的修改，在较大程度上表现出国家宗教政策上的改变，严格约束了戏剧中的宗教用语，规范了早期版本中随意 / 自由的宗教用语，罗马天主教思想取得了更大自由的范围，相反，新教则受到了更多严格的限制。总言之，伦敦商业剧团较多超出了英国国教的严格限制。莎士比亚戏剧早期文本中的宗教思想是温和而宽容的，从大量引用《大圣经》《主教圣经》《日内瓦圣经》和伊丽莎白时期的通用祈祷书的宗教词汇来看，主要是英格兰新教；可能由于出生于西中部地区的斯特拉特福德，以及天主教的家庭影响（其祖父、妻子都信仰天主教），偶尔也有一些对天主教的怀旧色彩，例如，莎士比亚戏剧中较多写到了圣徒及其岩窟，早期修道院（Monastery），早期教堂（abbey, Ministry）和天主教大教堂（Catholic Church）。尤其是写到了本尼迪克特教团，白衣修会（卡梅尔会，Carmelite）、灰衣修会（方济各会，Franciscans）、黑衣修会（多咪尼加会，

Dominicans)。

五、结语

英格兰文艺复兴最初激发了普遍的对古典希腊罗马和东方世界的知识热情，随后活字印刷术促进了早期现代欧洲的文化传播与文化变革。早期印刷文本和剧场的舞台表演是早期现代戏剧不同的两个方面。莎士比亚戏剧的早期版本研究，在目录学和传统语文学的层面上，展现了活字印刷给早期现代英格兰带来的深刻变化。活字印刷改变了人们的阅读和普遍的人文教育，人文主义精神普遍的深入人心。莎士比亚戏剧的早期版本具体而详细地展现了早期现代英语的发音、词语拼写、句式和语法（也包含标点符号），尤其是在多语言文化末期的真实的历史语境。莎士比亚的语言是人们通用的语言，它们是丰富的、混合的，也是复杂而矛盾的。这些早期的戏剧文本包含了较多戏剧表演的信息。伊丽莎白–雅各宾时期的戏剧舞台，对于当前的戏剧表演研究，依然有一些不可忽视的启发。莎士比亚戏剧的早期版本，是宫内大臣剧团、国王剧团商业演出的常演剧目的产物，这些由剧团集体创作的戏剧不是剧作家个人独立写作的。莎士比亚戏剧作为商业演出的戏剧，它们是伊丽莎白–雅各宾时期“英国民族性”建构过程中的产物，同样它们也建构了“英国民族性”。

附录
莎士比亚戏剧在伦敦书业公会的登记

1.《温莎的风流娘们儿》+ 版权转让（**transfer**）

January 18, 1602. John Busby. Liber C, folio 78 recto.

Title: An excellent and pleasant conceited commedie of Sir John ffaulstof and the merry wyves of Windesor.

January 18, 1602. ⇨ Arthur Johnson. Liber C, folio 78 recto.

Title: An excellent and pleasant conceited commedie of Sir John ffaulstof and the merry wyves of Windesor.

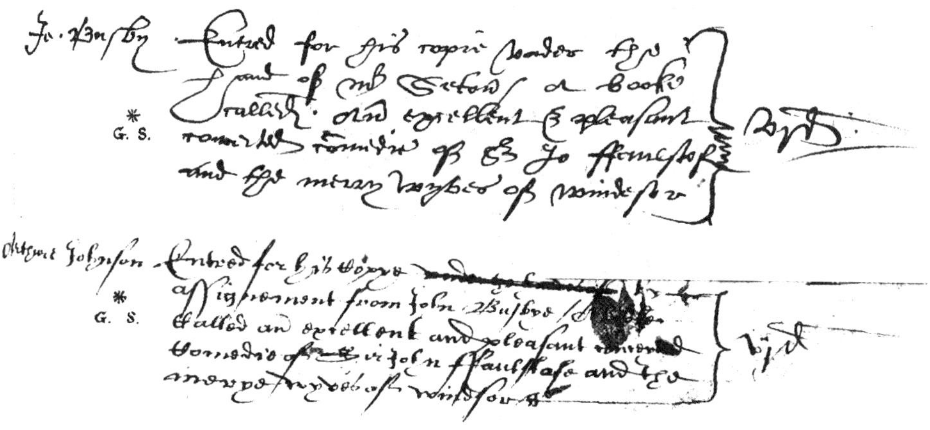

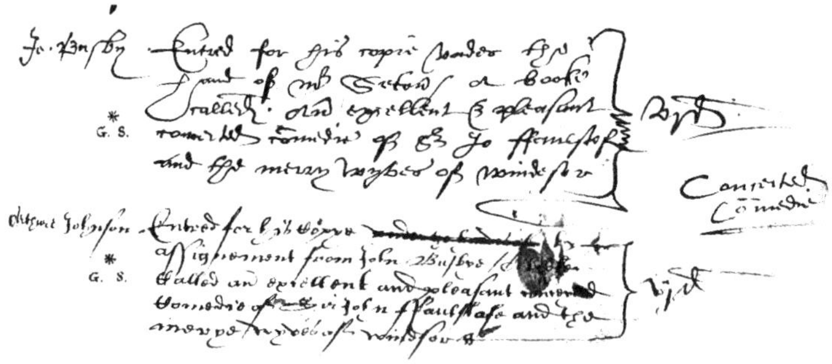

2.《爱的徒劳》

August 1603. Thomas Gataker(1637). Pre-1650 MS 153.

Title: loves labor lost.

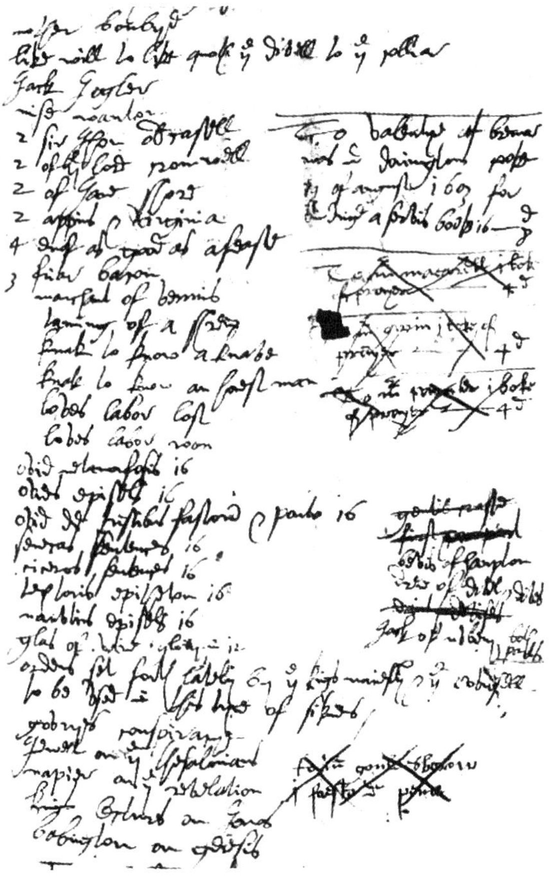

3.《罗密欧与朱丽叶》+《爱的徒劳》+《驯悍记》版权转让（transfer）

January 22, 1607. ⇨ Nicholas Ling. Liber C, folio 147 recto.

Title: Romeo and Juliett

Title: Loues Labour Loste

Title: The taminge of A Shrewe.

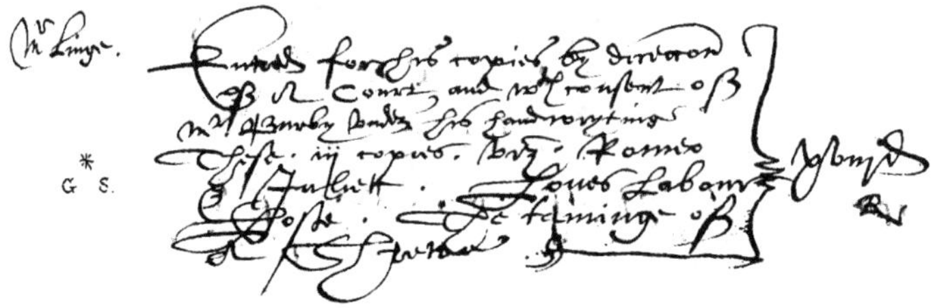

4.《仲夏夜之梦》

October 8, 1600. Thomas Fisher. Liber C, folio 65 verso.

Title: A mydsommer nightes Dreame.

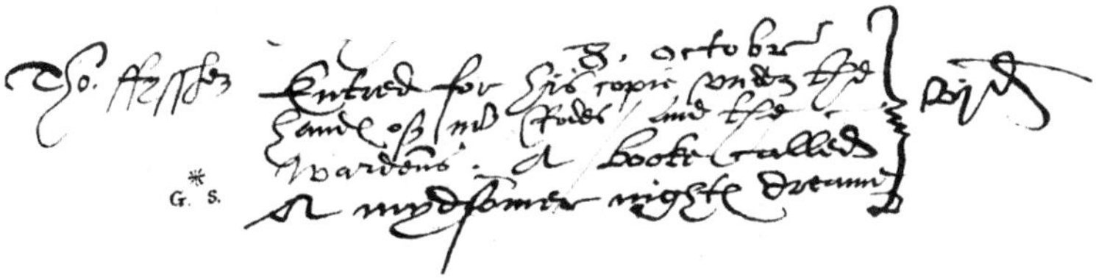

5.《威尼斯商人》

July 22, 1598. Lawrence Hayes. Liber C, folio 39 verso.

Title: the Marchaunt of Venyce or otherwise called the Jewe of Venyce.

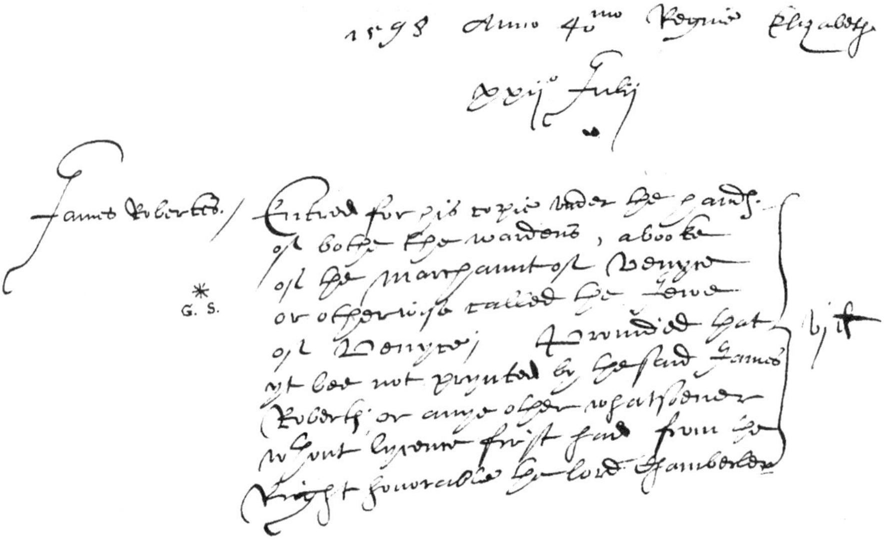

1598 Anno 40mo Regine Elizabeth
xxijo Julij

James Robertes./ Entred for his copie vnder the handes of bothe the wardens, a booke of the Marchaunt of Venyce or otherwise called the Jewe of Venyce/ Provided that yt bee not prynted by the said James Robertes or anye other whatsoever without lycence first had from the Right honorable the lord Chamberlen vjd

* G. S.

6.《威尼斯商人》版权转让（transfer）

October 28, 1600. ⇨ Thomas Hayes. Liber C, folio 66 recto.

Title: the Marchaunt of Venyce or otherwise called the Jewe of Venyce.

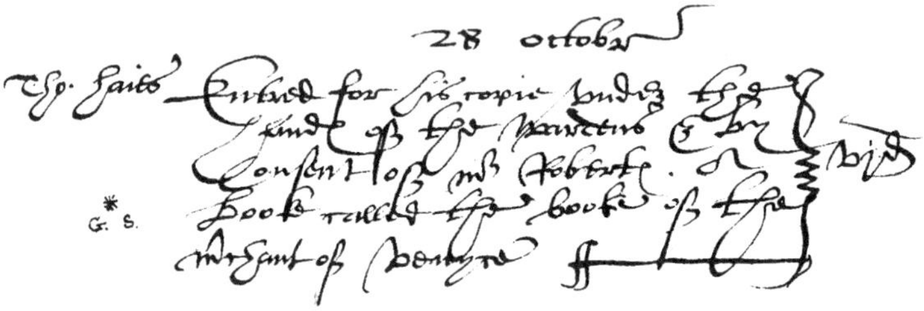

28 octobr

Tho. haies Entred for his copie vnder the handes of the Wardens & by Consent of master Robertes. A booke called the booke of the Merchant of Venyce vjd

* G. S.

7.《威尼斯商人》版权转让（transfer）

July 8, 1619. ⇨ Lawrence Hayes. Liber C, folio 303 recto.

Title: the Marchaunt of Venyce or otherwise called the Jewe of Venyce.

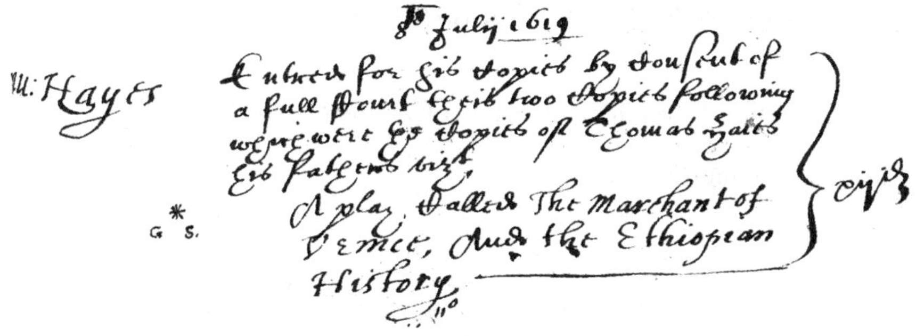

8.《驯悍记》

May 2, 1594. Peter Short. Liber B, folio 306 verso.

Title: A plesant Conceyted historie called “the Tayminge of a Shrowe.”

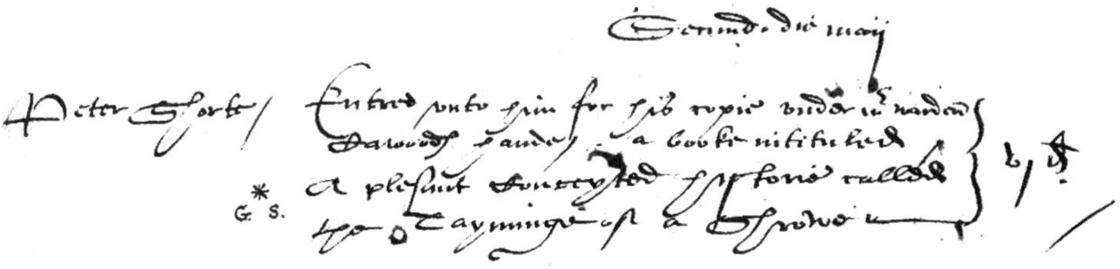

9.《理查德二世》

August 29, 1597. Andrew Wise. Liber C, folio 23 recto.

Title: The Tragedye of Richard the Second.

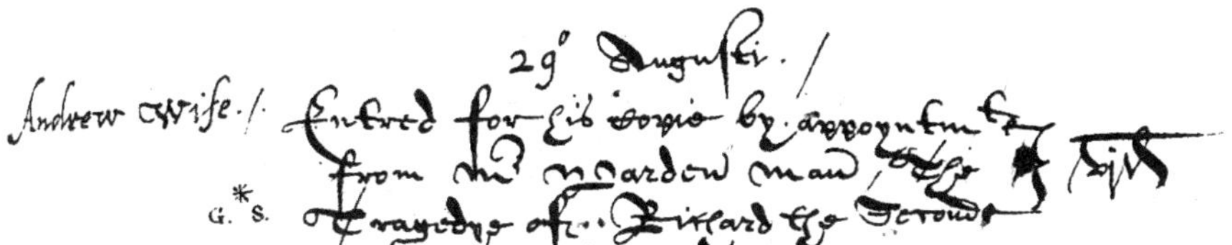

10.《理查德二世》版权转让（transfer）

June 25, 1603. ⇨ Matthew Law. Liber C, folio 98 recto.

Title: Richard the 2.

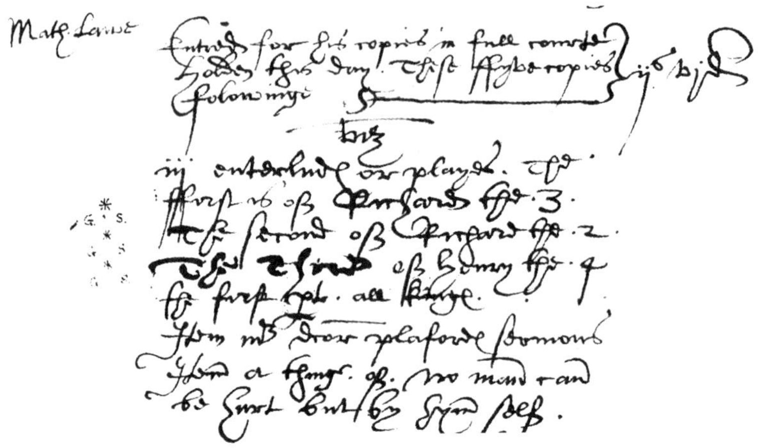

11.《亨利四世》 第一部

February 25, 1598. Andrew Wise. Liber C, folio 31 recto.

Title: The historye of Henry the iiijth with his battaile of Shrewsburye against Henry Hottspurre of the Northe with the conceipted mirthe of Sir John Ffalstoff.

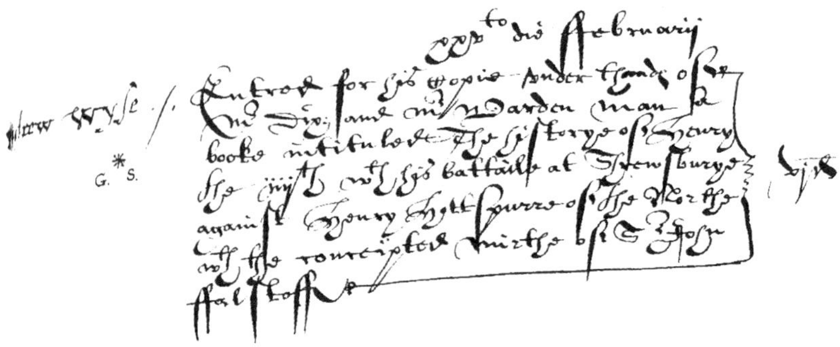

12.《亨利四世　第二部》+《无事生非》

August 23, 1600. Andrew Wise & William Aspley. Liber C, folio 63 verso.

Title: the second parte of the history of kinge Henry the iiijth with the humours of Sir John ffallstaff.

Title: Muche a Doo about nothinge.

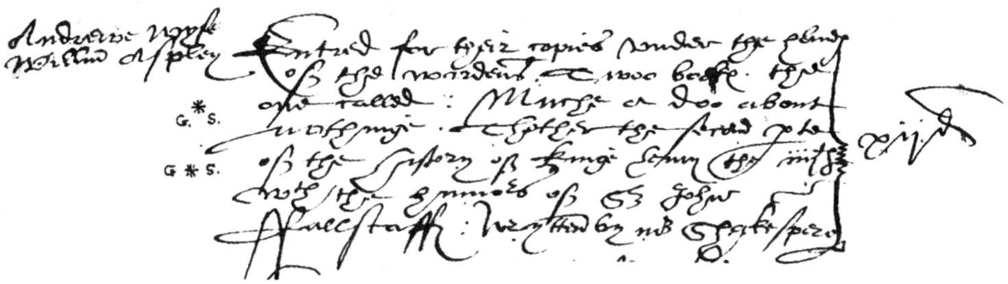

13.《亨利五世》版权转让（transfer）

August 14, 1600. ⇨ Thomas Pavier. Liber C, folio 63 recto.

Title: The historye of Henry vth with the battell of Agencourt.

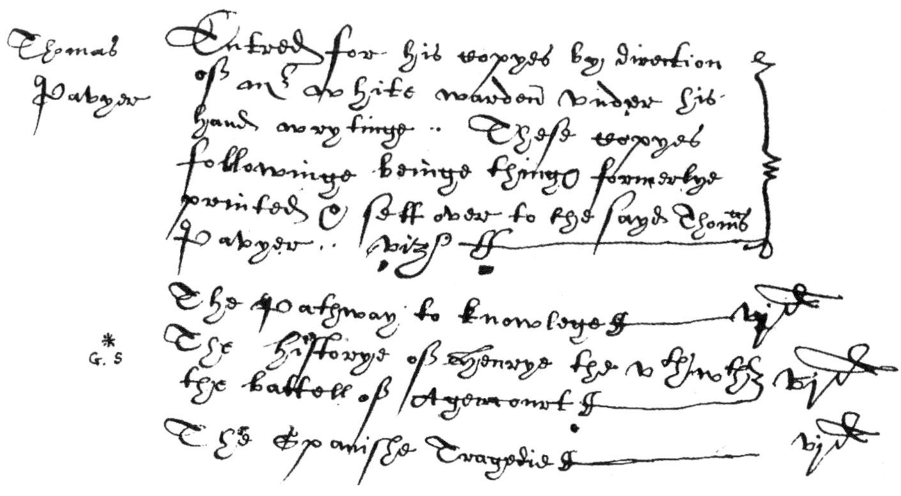

14.《亨利六世　第二部》

March 12, 1594. Thomas Millington. Liber B, folio 305 verso.

Title: the firste parte of the Contention of the twoo famous houses of York and Lancaster with the deathe of the good Duke Humfrey and the banishement and Deathe of the Duke of Suffolk and the tragicall ende of the prowd Cardinall of Winchester/with the notable rebellion of Jack Cade and the Duke of Yorkes ffirste clayme vnto the Crowne.

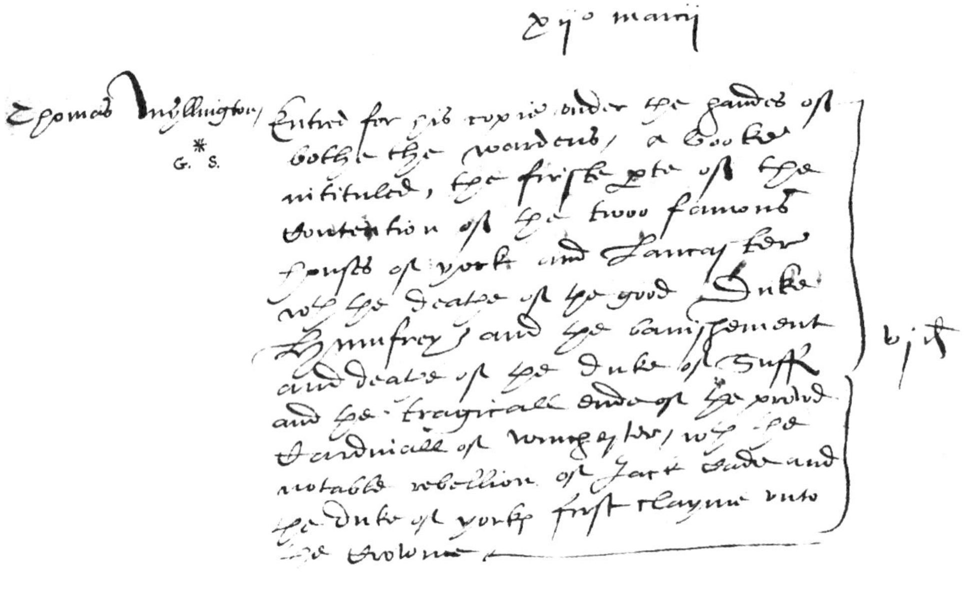

15.《亨利六世　第一、二部》+《泰图斯·安德洛尼库斯》版权转让（transfer）

April 19, 1602. ⇨ Thomas Pavier. Liber C, folio 80 verso.

Title: The first and second parte of Henry the vjth.

Title: Titus and Andronicus.

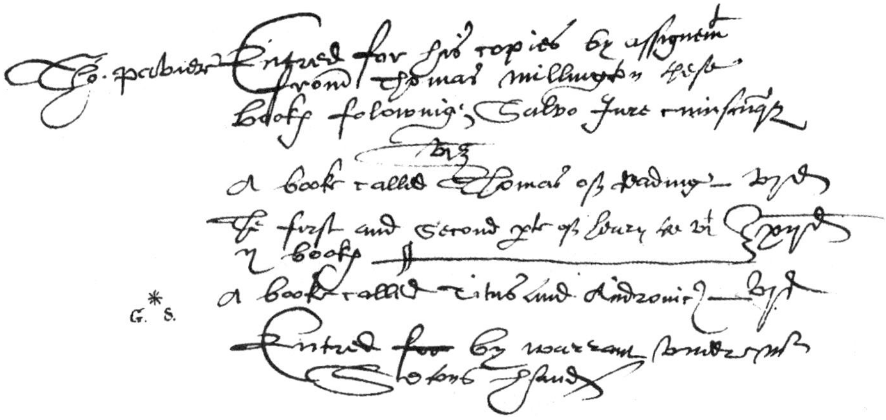

16.《理查德三世》

October 20, 1597. Andrew Wise. Liber C, folio 25 recto.

Title: The tragedie of kinge Richard the Third with the death of the Duke of Clarence.

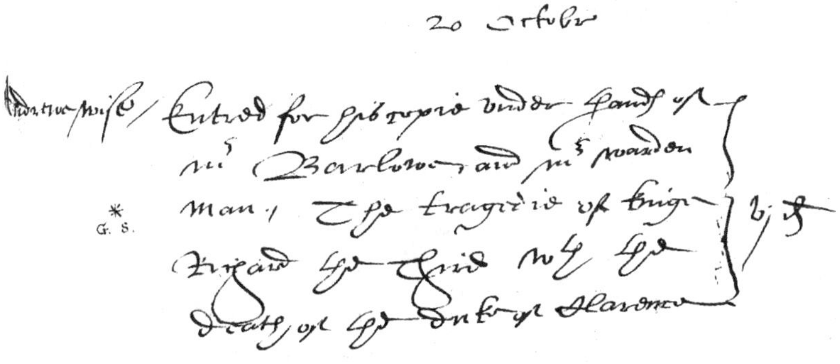

17.《特洛伊罗斯与克瑞西达》

February 7, 1603. James Roberts. Liber C, folio 91 verso.

Title: Troilus and Cresseda' as yt is acted by my lord Chamberlens Men.

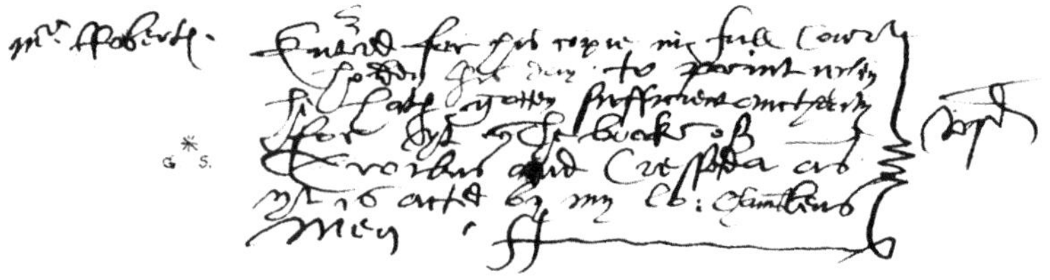

18.《特洛伊罗斯与克瑞西达》版权转让（transfer）

January 28, 1609. ⇨ Henry Walley & Richard Bonian. Liber C, folio 178 verso.

Title: the history of Troylus and Cressida.

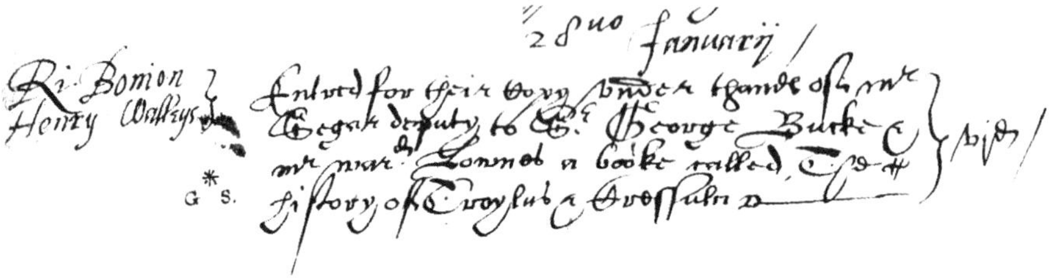

19.《泰图斯·安德洛尼库斯》

February 6, 1594. John Danter. Liber B, folio 304 verso.

Title: a Noble Roman Historye of Tytus Andronicus.

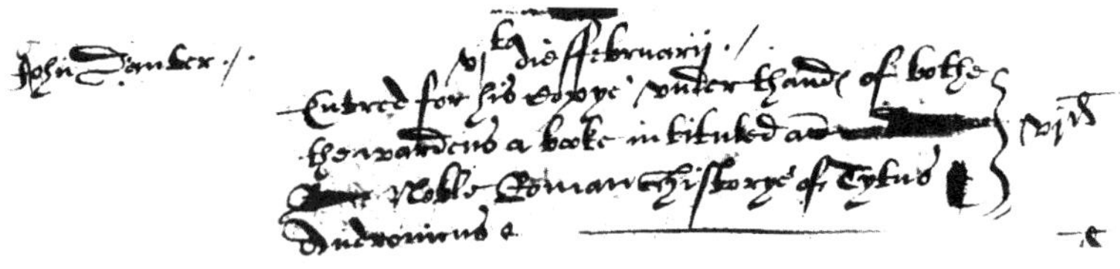

20.《哈姆雷特》

July 26, 1602. James Roberts. Liber C, folio 84 verso.

Title: the Revenge of Hamlett Prince Denmarke as yt was latelie Acted by the Lord Chamberleyne his servantes.

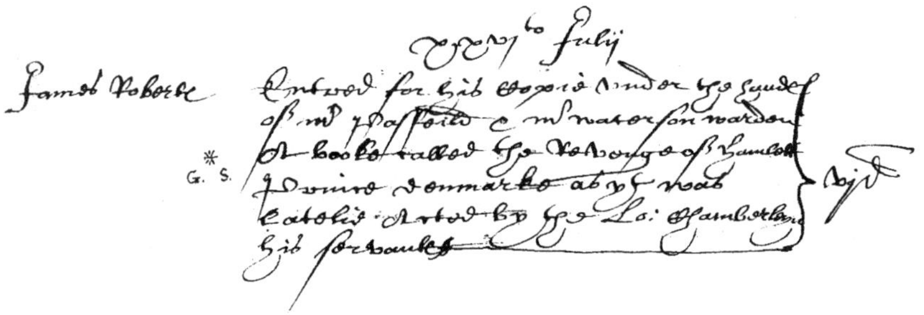

21.《哈姆雷特》+《罗密欧与朱丽叶》+《爱的徒劳》+《驯悍记》版权转让（transfer）

November 19, 1607. ⇨ John Smethwick. Liber C, folio 161 recto.

Title: Hamlett.

Title: The taminge of A Shrew.

Title: Loues Labour Lost.

Title: Romeo and Julett.

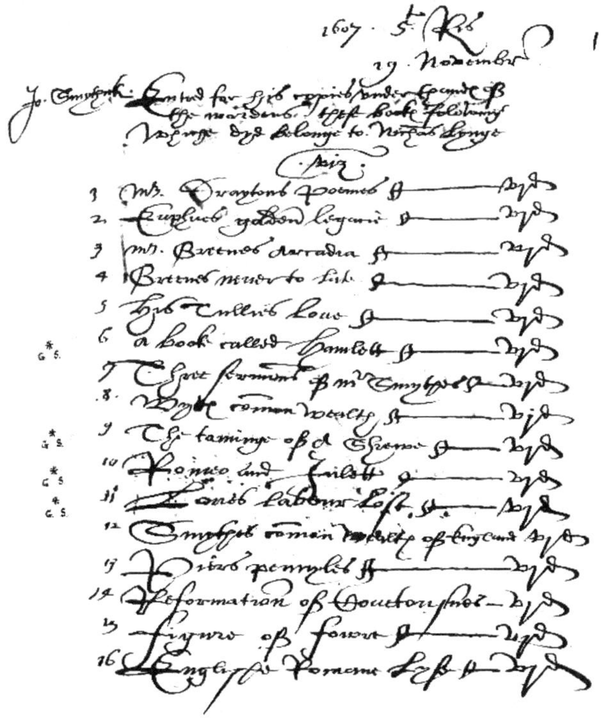

22.《李尔王》

November 26, 1607. Nathaniel Butter & John Busby. Liber C, folio 161 verso.

Title: Master William Shakespeare his ‘historye of Kinge Lear’ as yt was played before the kinges maiestie at Whitehall vppon Sainct Stephens night at Christmas Last by his maiesties servantes playinge vsually at the ‘Globe’ on the Banksyde.

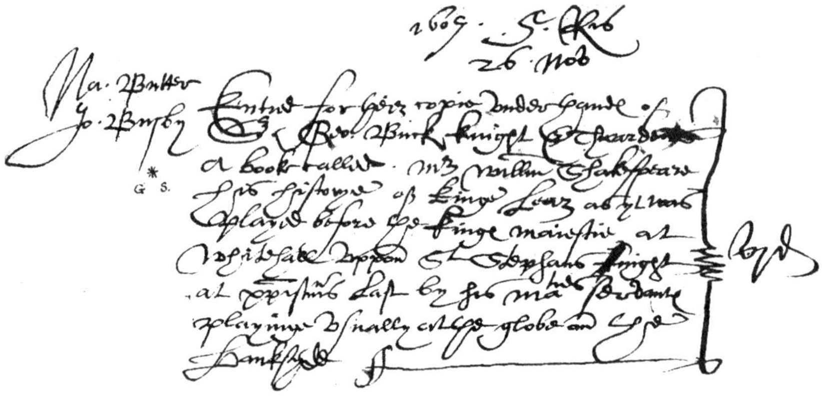

23.《奥赛罗》

October 6, 1621. Thomas Walkley. Liber D, page 21.

Title: The Tragedie of Othello, the moore of Venice.

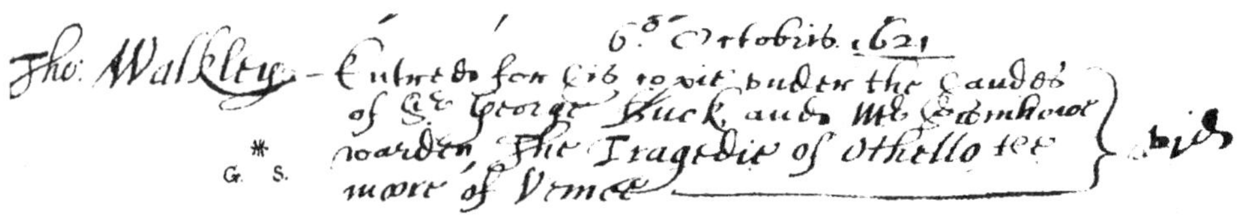

24.《两个贵亲戚》

April 8, 1634. John Waterson. Liber D, page 290.

Title: the two noble kinsmen by John ffletcher and William Shakespeare.

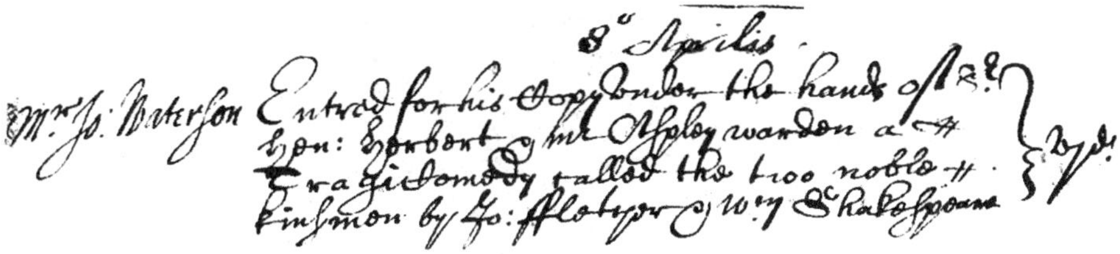
8o Aprilis.
Mr Jo: Waterson Entred for his Copy under the hands of Sr Hen: Herbert & mr Aspley warden a Tragicomedy called the two noble kinsmen by Jo: ffletcher & Wm Shakespeare vjd

25.《伯里克勒斯》

May 20, 1608. Edward Blount. Liber C, folio 167 verso.

Title: The booke of Pericles prynce of Tyre.

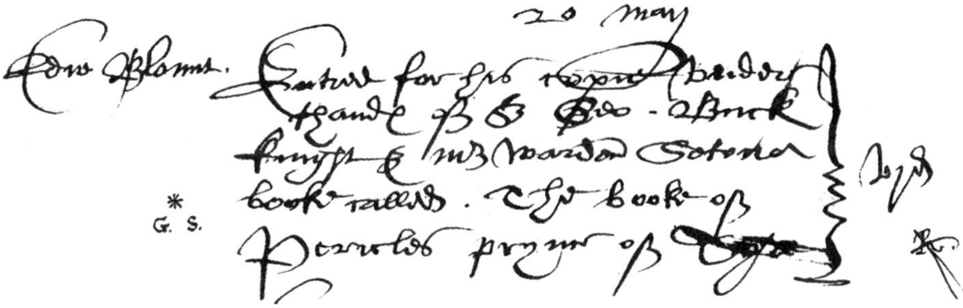
20 May
Edw. Blount. Entred for his copie under thandes of Sir Geo. Buck knight & Mr Warden Seton a booke called. The booke of Pericles prynce of Tyre vjd
* G. S.

26.《莎士比亚历史剧、悲剧和喜剧集》(1623, Folio 1)

November 8, 1623. Edward Blount & Isaac Jaggard. Liber D, page 69.

Title: Mr William Shakespeers Comedyes Histories, and Tragedyes.

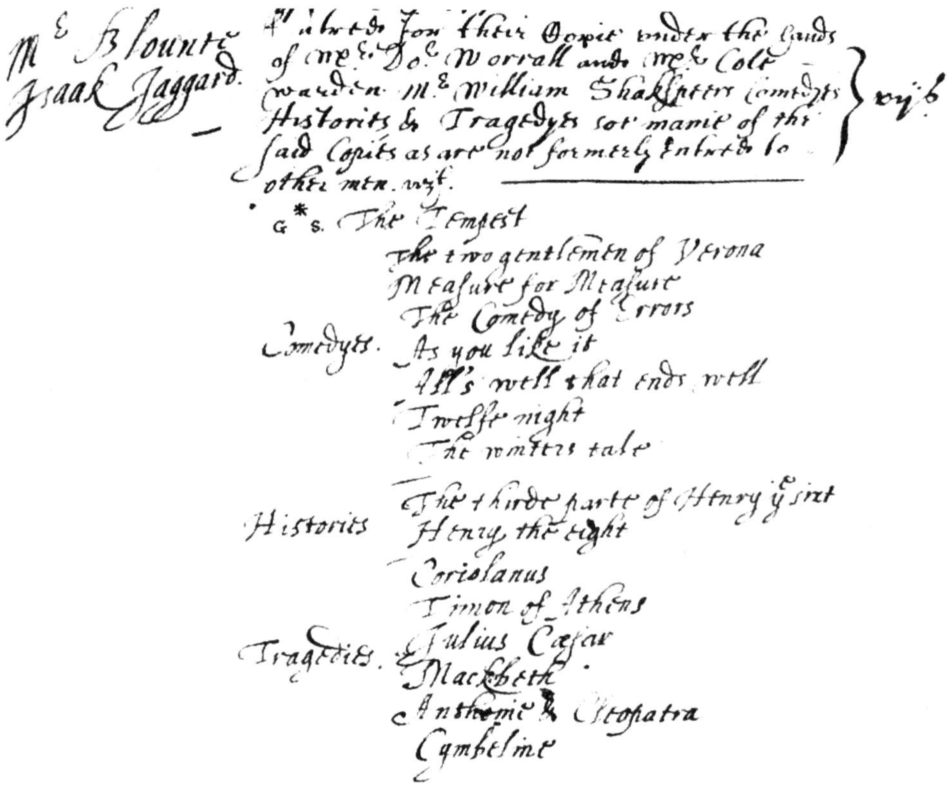
Mr Blounte
Isaak Jaggard.
Entred for their Copie vnder the hands of Mr Doctor Worrall and Mr Cole warden Mr William Shakspeers Comedyes Histories & Tragedyes soe manie of the said Copies as are not formerly entred to other men. vizt.
vij s
G. * S. The Tempest
Comedyes.
The two gentlemen of Verona
Measure for Measure
The Comedy of Errors
As you like it
All's well that ends well
Twelfe night
The winters tale
Histories
The thirde parte of Henry ye sixt
Henry the eight
Tragedies.
Coriolanus
Timon of Athens
Julius Caesar
Mackbeth
Anthonie & Cleopatra
Cymbeline

27.《爱德华三世》

December 1, 1595. Cuthbert Burby. Liber C, folio 6 recto.

Title: Edward the Third and the Blacke Prince their warres with kinge John of Fraunce.

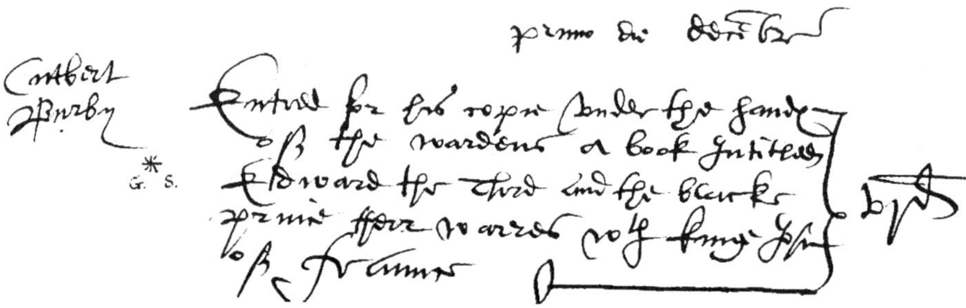
primo die decembris
Cuthbert Burby
G. * S.
Entred for his copie vnder the handes of the wardens a booke Intituled Edward the third and the blacke prince their warres wth kinge John of Fraunce
vj d

28.《爱德华三世》版权转让（transfer）

March 2, 1618. Thomas Snodham. Liber C, folio 288 recto.

Title: Edward third.

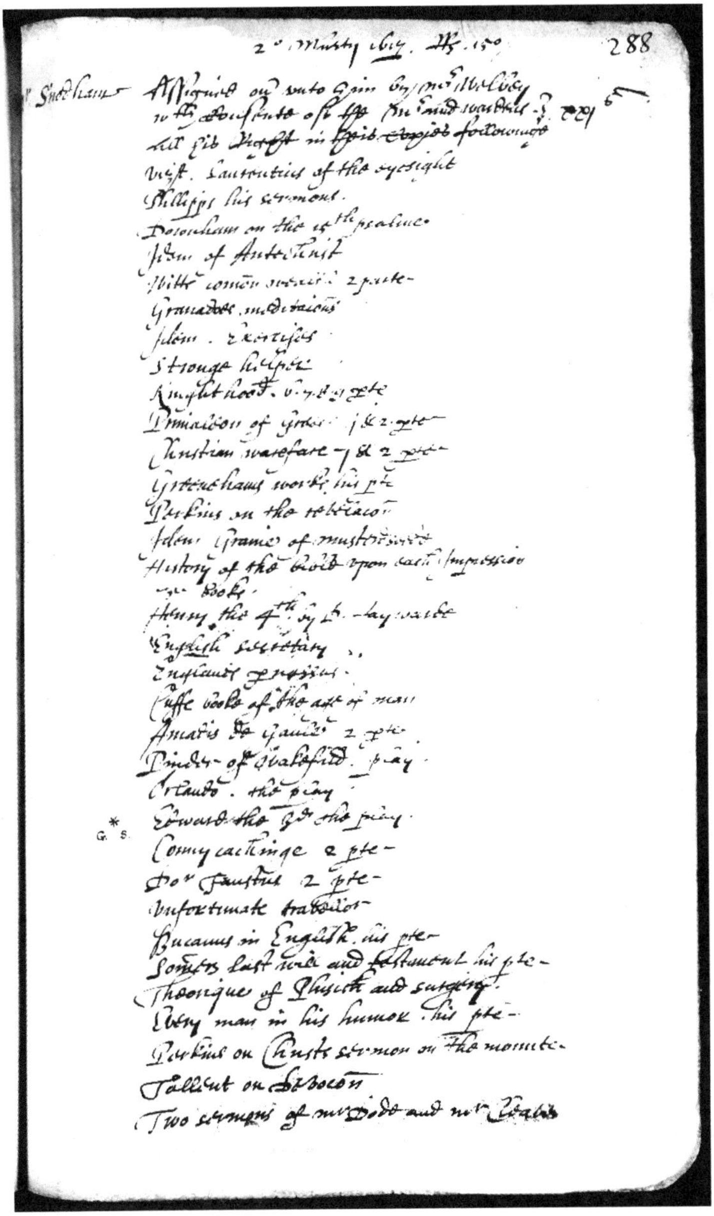

A CATALOGVE
of the ſeuerall Comedies, Hiſtories, and Tragedies contained in this Volume.

COMEDIES.

HISTORIES.

TRAGEDIES.

来源：the Folger's Shakespeare Library's Shakespeare's Works,
the British Library's Shakespeare in Quarto.

后 记

这本书写得不容易。莎士比亚戏剧的早期版本（Os, Qs, F1）几乎是一本一本地读过，一页一页地读过，一行一行地读过，几乎需要对比每一个词语。阅读、思考、分析这些发黄的故纸上的文本，像在荒原上挖掘恐龙蛋。

M. 多勃松《民族诗人的形成：莎士比亚，改写，权威化》论述了自 18 世纪以来，莎士比亚逐渐被人们看作民族诗人。莎士比亚戏剧早期版本研究（目录学）的论文写完了，必须考虑让自己歇歇，放松自己。毕竟这是 2017—2023 年日以继夜写作、呕心沥血而成的，绝非一项仓促之作。因为时间长了，个别人名的翻译前后不一致，便可作为 7 年持续写作的明证。

在这里的，只是一本简明的文学（学科）学生适用的入门专业书，一本引玉的小书，也许略显单薄，份量不够，分析 / 论述缺乏深度，但这是一本偏向于目录学和传统语文学的专业书，不是创新性的马克思主义哲学书。笔者并不奢望搞出深刻的、哲学化的、分析时代精神的宏伟专著。用语文学的方法研究早期现代文学文本是流传已久的传统，无论这本基础的书多么简朴和不成熟，但它依然是笔者竭尽心力而写出的专业书，是汉语学界对莎士比亚戏剧早期版本的首次探索和尝试。既然是专业书，列举或重译了含有“巧智”“巴洛克”风格的文本片段，我想，总不必具体分析到文本中的修辞手段或用词。

我已经54岁了，长期的阅读损害了我的身体，严肃的莎士比亚戏剧研究玩不动了，敬请尊敬的莎学专家们写作更多、更深刻的论文和专著，尤其是写出“神秘的第四章”。预祝大家的学术成功。

莎士比亚戏剧早期版本所谓“好的四开本”“差／次的四开本”，这是目录学的常识，即如英语ABC。由于人们对莎士比亚戏剧的早期文本或者版本了解甚少，至今在汉语莎学界，阅读过莎士比亚戏剧早期版本的学者可能不到5人吧？虽然这本入门书没有太多创新性的发现，如果它无意间伤害了一些人高傲的自我感知，我深深地表示歉意。真的很抱歉让你看不懂，这原本不是我的本意。我所有的努力，不是为了说服，不是为了反对，不是为了歌颂，没有高高在上的废话，没有自以为是的假话，仅仅是一个接近原始文本的呼吁，仅仅是一个简陋的提醒，为了清醒的阅读。如果这份微薄的努力引发／产生了一个关于莎士比亚本源考察的重大研究成果，则是意外的收获。

“一千个读者有一千个哈姆雷特”，但这些存在的阅读现象并不总是合理的，因为阅读活动往往是基于自由的精神、学理性和逻辑性。我以为，专业的努力（阅读、校勘、研究、分析与阐释）总是要基于阅读文本自身，阅读莎士比亚戏剧的早期文本，对于专业学者来说还是需要的，回到1594–1623年莎士比亚的原初文本，这是1966、2018年新编辑文本无法替代的。如果一个人没有听说过、也没有阅读过这些早期文本，即使被官方授予权力，也不见得是专业的学者。如果有人没有阅读过这些早期文本，就已经有很多时代精神的、哲学的、深刻的观点与想法，那该怎样去证实自己观点和想法的真伪？笔者从2015年开始阅读莎士比亚戏剧的早期文本，2017年提交申请未果，2018–2023年实行系统的论文写作，愚者千虑，必有一得。笔者毕竟有一些专业知识。

如何计划论述的整体结构，仁智各见。笔者近十次修订更改，林林总总所谓系统结构合理与否，结构较为粗放，兴之所至，随意写来之说，已经没有申辩的必要。用1966、2018年新编辑的文本来断定1594–1623年莎士比亚的原初文本是错误的，在学理上是不可取的，甚至是反智的。在目录学上，版本的校注总是选择一个可靠的工作原本（T0），然后用别的可靠的、原初的版本（T1, T2, T3, T4……）一一校对，合理甄别裁汰，如果用几个20世纪新编辑的莎士比亚戏剧集来作对勘校注，且有自我的创新，可能真是“进路”的迷失。

戏剧表演和图书出版、图书贸易分别属于两个不同的行业公会，莎士比亚首先是戏剧［表演］行业公会的，而后才是一个伟大的文学家。如何进行莎士比亚戏剧早期版本的清晰且合理的研究，是一个问题。第一章从图书印刷、伦敦剧院及舞台表演来论述莎士比亚戏剧的早期版本，这是西方目录学者普遍采取的研究路径，笔者坚持有引必注，注释必专家专著专论。第二章从语文学的角度，不是英语发展史，来论述莎士比亚戏剧的早期版本，揭示了莎士比亚戏剧中的早期现代英语依然沿袭了中世纪英格兰多语言（拉丁语、法语、英语）的文化，远不是标准化的英语。从1700–1709年尼古拉斯·罗的首个现代编辑本来说，莎士比亚戏剧的文本校勘已经有300多年，积累了很多有益的成果，值得后来的学者借鉴。本书运用传统语文学的方法（不是现代语言学）研究莎士比亚的早期现代英语，毕竟还是有新的发现。如果有人认为第一、二章的文本对勘“似乎主要依据前人已有成果，自身并未提供足够的新发现”，“似乎”（今版“莫须有”）就是不负责任的、恶意的说辞。然而对于专业的学术研究，有人这样暗示笔者抄袭一说，是无知的、恶劣的，也是不负责任的错误。学术不必玩“羡慕嫉妒恨”的游戏。

第三章基于莎士比亚戏剧的早期文本来分析英国文艺复兴的民族形象，是在新世纪运用国家领袖的最新指示精神来分析莎士比亚戏剧的早期文本，践行了中央现行方针政策。英格兰都铎王朝的“民族性/民族形象”（ENGLISHNESS），包括（1）英格兰国王的统治和效忠君主；（2）基于英格兰国王统治的英格兰、低地苏格兰、威尔士和爱尔兰的君主国家；（3）以英国国教（新教）为基础的宗教信仰；（4）以伦敦方言为基础的早期现代英语；（5）

多语言（拉丁语、法语、英语、各地方言等）的余绪等。莎士比亚时期，在英格兰民族精神和宗教政策上是较为敏感的，当下中国也是敏感的。从宗教词语的角度实证性地论述400多年前的莎士比亚戏剧中的宗教问题，比空泛的政治正确的说教要好一些，况且超越传统的目录学和语文学研究，这也算是一种尝试和探索。这些论述是否“缺乏学术性”“不具概括性”，就让未来的学术求证来检验/验证它吧。我不想为第一、二、三章的学理性和逻辑性、令人信服的思路申辩了。

本书每一章包含了多个小节，用这些独立的论文来展开相关主题的论述，即使论文之间的衔接和过渡会稍有弱化，却更有利于具体论题（例如伦敦方言、《亨利四世》中的宗教思想等）的深度分析。（多乎？少乎？）笔者原本没有计划给全书写一个“结语”，想想，增写一个简洁明了的、高度概括的“结语”还是有助于普通读者的。正如一般的启蒙书都有“结语”，如果有读者从本书出发，真正热爱上阅读莎士比亚戏剧的早期文本，进而深度研究莎士比亚戏剧，自然是一个美好的期望。

书中，Principall, Poope, Twoo, Tragicall, Cardinall, Ffirste等词语拼写一一核对原初戏剧文本，没有错误。5月的初稿远非完善，有打字错误或文字遗漏，个别语句表述不清，这算是“语言粗糙”现象。个别人名和术语翻译不一致已经作了统一处理，个别语句错误和论文格式不当都已经修改。威尔士石蒜既不是大蒜也不是韭菜，没有前后说法不一致的失误。《爱德华三世》错写为《理查德三世》，这个笔误与“逻辑模糊”无关，而且大多数英语、德语学者认为《爱德华三世》不是莎士比亚的剧作，不能片面轻信激进的河边版（The Riverside Shakespeare），对《爱德华三世》的论述绝非欠严谨，相反，笔者自以为论证是清晰完整的。

2017—2023年持续的努力，也许可以促进国内学者（不是普通读者）阅读莎士比亚戏剧的原初文本，理解莎士比亚戏剧的版本形态，清晰明了地认知

1590—1625 年莎士比亚戏剧的真实语言特征（拉丁语、法语、早期现代英语等多语种语言 + 希腊语借词 + 意大利语借词等），剧作者、印刷商、书商之间的复杂关系，戏剧作品、舞台表演、舞台设置与道具以及剧院观众之间的关系。考察莎士比亚戏剧的早期版本（Os, Qs, F1），作为专业的目录学研究，可能有利于国内学术界强化辩证唯物的历史观，克服空泛的理论评论与文化批评，减少对英国文艺复兴时期的阐释谬误和过度阐释。

作一个严肃的回复是必要的，反对学术上的虚伪、伪善甚至无知的傲慢也是必要的。笔者的目录学与语文学的申辩结束。《论语 · 为政》写道：知之为知之，不知为不知，是知也。我不想谈伪哲学化的“问题聚焦”“研究进路”“本体研究”一类。最后，我已经恪守礼貌原则，没有说骂人的粗话。

本书由福建师范大学文学院资助出版。特别感谢上海三联书店的编辑郑秀艳女士、（校对）王凌霄，在认真细致的校对工作中，付出了很多辛劳，使得本书修正了一些文字和注释错误。

2023 年（癸卯）秋末于闽畔飞凤山

图书在版编目(CIP)数据

莎士比亚戏剧的早期版本研究 / 彭建华著. -- 上海 : 上海三联书店, 2024. 12. -- ISBN 978-7-5426-8556-8

Ⅰ. I561.073

中国国家版本馆 CIP 数据核字第 2024YG0602 号

莎士比亚戏剧的早期版本研究

著　　者 / 彭建华

责任编辑 / 郑秀艳
装帧设计 / 一本好书
监　　制 / 姚　军
责任校对 / 王凌霄

出版发行 / 上海三联书店
(200041)中国上海市静安区威海路 755 号 30 楼
邮　　箱 / sdxsanlian@sina.com
联系电话 / 编辑部: 021 - 22895517
发行部: 021 - 22895559
印　　刷 / 上海惠敦印务科技有限公司

版　　次 / 2024 年 12 月第 1 版
印　　次 / 2024 年 12 月第 1 次印刷
开　　本 / 710mm × 1000mm　1/16
字　　数 / 650 千字
印　　张 / 51.5
书　　号 / ISBN 978 - 7 - 5426 - 8556 - 8/I · 1887
定　　价 / 198.00 元